चन्द्रकिशोर जायसवाल

चन्द्रकिशोर जायसवाल का जन्म 15 फरवरी, 1940 को बिहार के मधेपुरा जिले के बिहारीगंज में हुआ। उन्होंने पटना विश्वविद्यालय, पटना से अर्थशास्त्र में स्नातकोत्तर शिक्षा हासिल की और अरसे तक अध्यापन करने के बाद भागलपुर अभियंत्रण महाविद्यालय, भागलपुर से प्राध्यापक के रूप में सेवानिवृत्त हुए।

उनकी प्रमुख कृतियाँ हैं—'गवाह गैरहाजिर', 'जीबछ का बेटा बुद्ध', 'शीर्षक', 'चिरंजीव', 'माँ', 'दाह', 'पलटनिया', 'सात फेरे', 'मणिग्राम', 'भट्ठा', 'दुखग्राम' (उपन्यास); 'मैं नहिं माखन खायो', 'मर गया दीपनाथ', 'हिंगवा घाट में पानी रे!', 'जंग', 'नकबेसर कागा ले भागा', 'दुखिया दास कबीर', 'किताब में लिखा है', 'आघातपुष्प', 'तर्पण', 'जमीन', 'खट्टे नहीं अंगूर', 'हम आजाद हो गए!', 'प्रतिनिधि कहानियाँ' (कहानी-संग्रह); 'श्रृंगार', 'सिंहासन', 'चीर-हरण', 'रतजगा', 'गृह-प्रवेश', 'रंग-भंग' (नाटक); 'आज कौन दिन है?', 'त्राहिमाम्', 'शिकस्त', 'जबान की बन्दिश' (एकांकी)।

उनके उपन्यास 'गवाह गैरहाजिर' पर राष्ट्रीय फ़िल्म विकास निगम द्वारा निर्मित फ़िल्म 'रूई का बोझ' और कहानी 'हिंगवा घाट में पानी रे!' पर दूरदर्शन द्वारा निर्मित फ़िल्में काफी चर्चित रही हैं। 'रूई का बोझ' नेशनल फ़िल्म फ़ेस्टिवल पैनोरमा (1998) के लिए चयनित हुई थी और अनेक अन्तरराष्ट्रीय फ़िल्म महोत्सवों में प्रदर्शित हो चुकी है।

उन्हें 'रामवृक्ष बेनीपुरी सम्मान', 'बनारसी प्रसाद भोजपुरी सम्मान', 'आनन्द सागर कथाक्रम सम्मान', बिहार राष्ट्रभाषा परिषद के 'साहित्य साधना सम्मान' और बिहार सरकार के 'जननायक कर्पूरी ठाकुरी सम्मान' से सम्मानित किया गया है।

मो. : 9931018938

ई-मेल : jaiswal.chandrakishore@gmail.com

चिरंजीव

चन्द्रकिशोर जायसवाल

पहला संस्करण 2002 में रचनाकार प्रकाशन से प्रकाशित

राजकमल पेपरबैक्स में
पहला संस्करण : 2024

राजकमल पेपरबैक्स : उत्कृष्ट साहित्य के जनसुलभ संस्करण

राजकमल प्रकाशन प्रा. लि.
1-बी, नेताजी सुभाष मार्ग, दरियागंज
नई दिल्ली-110 002
द्वारा प्रकाशित

शाखाएँ : अशोक राजपथ, साइंस कॉलेज के सामने, पटना-800 006
पहली मंजिल, दरबारी बिल्डिंग, महात्मा गांधी मार्ग, प्रयागराज-211 001
1, अनमोल सोराबजी सन्तुक लेन, मरीन लाइंस, मुम्बई-400002

वेबसाइट : www.rajkamalprakashan.com
ई-मेल : info@rajkamalprakashan.com

बी.के. ऑफसेट
नवीन शाहदरा, दिल्ली-110 032
द्वारा मुद्रित

मूल्य : ₹799

CHIRANJEEV
Novel by Chandrakishore Jaiswal

ISBN : 978-93-6086-414-9

चिरंजीव

भाग 1

सामने रखी जिस तसवीर को एकटक निहार रहा था शशांक, वह उसकी अपनी ही तसवीर थी। वह अक्सर ऐसा किया करता था, अपनी ही तसवीर को एकटक निहारते रहना।

अपनी ही यह तसवीर कभी-कभी उसे किसी गैर की तसवीर लगती थी; पर निश्चय ही किसी अन्तरंग की, जिसके साथ वह अपना जी बहला सकता था; और जिसके कानों में वह अपनी कोई भी मन की बात फुसफुसा सकता था, अपना दुख-सुख बतिया सकता था, धरती से आकाश तक विचर सकता था।

चेहरों की भीड़ में औरों को उसका चेहरा न जाने कैसा नजर आता होगा, पर खुद उसे अपना यह चेहरा सबसे आकर्षक, सबसे मोहक दिखाई पड़ता था।

सिर पर छतराए उद्दंड बाल कितने प्यारे लग रहे थे।

नाक कुछ और ऊँची रहती, तो अच्छा रहता?...शशांक ननिहाल में ही पैदा हुआ था। माँ बताती थी कि नानी बच्चे को देखकर ही चिहुँक उठी थी, "हाय राम, इसकी तो नाक ही नहीं है। बस, दो सुराख नजर आ रहे हैं।" माँ बताती थी कि जब तक शशांक वहाँ रहा, नानी उसकी नाक को उठाने-उगाने की क्रिया में ही व्यस्त रहती थी। दिन-रात बस एक इसी बात की चिन्ता।

माँ आज अगर इस तसवीर को देखती, तो देखकर जरूर कह बैठती, "और सब तो ठीक ही है, पर नाक जरा और खड़ी होती तो अच्छा होता।"

आँखें कुछ और बड़ी-बड़ी?...साबो दीदी की पीठ पर का था शशांक, शायद इसलिए बात-बात पर उसका इस बहन से झगड़ा होता था। और, हर झगड़े में साबो दीदी यह खरोंच लगाना नहीं भूलती थी, "हुँह, आँखें कैसी हैं, नेवले की तरह, चोंधर। देख तो मेरी आँखें, कितनी बड़ी-बड़ी हैं।" गुस्से में दौड़ता वह साबो दीदी की ओर, उसे मुक्के मारने, नोंचने-खसोटने; पर उसका चेहरा रुआँसा हो जाता। साबो दीदी अपनी हर हार को जीत में बदल डालती। अपनी बड़ी-बड़ी आँखें दिखाकर वह बहुत चतुर, बहुत सयानी, बहुत पराक्रमी बन जाती; और शशांक अपनी ही नजरों में बहुत छोटा हो जाता, खून के घूँट पीकर रह जाता वह।

साबो दीदी आती है तो दिन में एक बार इन झगड़ों की चर्चा जरूर करती है, पर अब अपनी जीत का रहस्य प्रकट नहीं करती; हालाँकि शशांक को उस वक्त ऐसा

लगता है कि साबो दीदी इन चर्चाओं के दौरान अवश्य उसका आँखों की ओर जब तब देख लेती है। इस तसवीर को देखकर भी आज वह बस इतना-भर कहेगी, "बड़ी अच्छी तसवीर है तुम्हारी?" पर आज बहन के मन में इतना प्यार तो जरूर उपज आएगा, "रे शशांक, तूँ मुझसे आँखों की अदला-बदली कर ले।"

अगर ईश्वर से कभी कुछ माँगना ही हुआ, तो क्या वह रूप माँगेगा? यह भीख माँगकर वह कितना दरिद्र हो जाएगा!

अगर उसकी नाक कुछ और ऊँची हो जाती, तब क्या यह तसवीर उसे इतनी प्यारी लगती? और बड़ी-बड़ी आँखें हमेशा उधार की आँखें न मालूम पड़तीं? शशांक के इस चेहरे में विकृति आ जाती शायद। उस तसवीर को वह प्यार नहीं कर पाता; उसके साथ उसका जी नहीं बहलता; उसके कानों में वह मन की कोई बात फुसफुसा नहीं पाता।

शशांक का नाम भी अगर शशांक न होकर कुछ और होता, तो शायद बहुत छोटा हो जाता वह, बहुत साधारण, ऐसा लगता था शशांक को। उसके नाम और उसके चेहरे के पास ही यह पूरी सृष्टि अपने अनन्त काल और असीम सौन्दर्य को लेकर सिमटने लगी थी; इसीलिए शशांक को अपना नाम बहुत ही प्यारा लगता था, अपना चेहरा बहुत ही आकर्षक।

एक दिन अपनी इस तसवीर के नीचे उसने ये पंक्तियाँ लिख डालीं—

देखता पलकें उठाकर
मौन मैं यह विश्व-मेला,
घूमता सुनसान पथ पर
मैं अकेला, मैं अकेला।

कोई कविता लिखने नहीं बैठा था वह। अचानक ही ये पंक्तियाँ कहीं से सजकर उसके होंठों पर उतर आई थीं; या फिर ऐसा हुआ था कि कोई सपनों में आकर उसके कानों में बुदबुदा गया था इन्हें और उसे ये याद रह गई थीं। और तब ऐसा लगा था कि इन पंक्तियों के बगैर उसकी तसवीर अधूरी रह गई थी। तसवीर के नीचे ये पंक्तियाँ गहरी स्याही में उतार दी गईं।

इस अकेलेपन का अहसास उसे बहुत बचपन में ही हो गया था। माँ के लाड़-प्यार में पलते हुए भी माँ हमेशा उसे मात्र एक छाया-सी प्रतीत होती। पिता से जुड़े रहने पर भी उसे लगता, कोई पिता का अभिनय कर रहा है। संगी साथियों के बीच खेलते-कूदते हुए भी उसे यही महसूस होता कि ये सबके सब अपरिचित हैं, अजनबी हैं। खुफिया निगाहों और दार्शनिक अन्दाज से उसने पूरी दुनिया को देखना शुरू कर दिया था, बहुत बचपन से ही। वह अपने को नितान्त, नितान्त अकेला महसूस करता था।

पर इस एकाकीपन को वह खुद भी बेहद प्यार करने लगा था धीरे-धीरे। पुस्तकों

में मन रमा रहता उसका; कल्पनाओं में विचरता रहता वह। यहीं वह अपने प्रश्नों के हल ढूँढ़ता; और कभी-कभी तो चाँद-सूरज तक से पूछ डालता; "तुम क्यों?... तुम किसलिए?...

इस जीवन के नाटक में हर एक को मंच पर उतरना पड़ता है, पर शशांक के अकेलेपन का उसके भी इस मंच पर उतरने से मेल नहीं खाता। कभी सोच भी नहीं पाता शशांक कि अभिनेताओं की इतनी बड़ी भीड़ में वह भी शामिल हो जाएगा; और लोगों की तरह वह भी मंच पर उतरकर उछलेगा-कूदेगा...नाचेगा-गाएगा...रोएगा-हँसेगा। यह सब करेगा वह? हो पाएगा उससे यह सब? जहाँ एक साथ उस पर असंख्य निगाहें पड़ेंगी, वहाँ वह खड़ा भी रह पाएगा क्या? झेल सकेगा उन निगाहों को?

वह जीवन-भर एक दर्शक बना रह जाएगा, और मंच पर अनवरत चल रहे इस नाटक को कहीं से छिप-छिपकर देखता रहेगा। तब अकेले में, हर किसी की निगाह से बचकर वह हँस-रो भी लेगा, नाच-गा भी लेगा; और उसका जीवन आनन्दमय हो जाएगा।

तीन भाई-बहनों में सबसे छोटा था शशांक। दोनों बड़ी बहनों की शादी हो चुकी थी। दो वर्ष पहले माँ का देहान्त हो चुका था और पिता घर में बिलकुल अकेले रह गए थे। बहनें बारी-बारी से आती तो रहती थीं, पर धीरे-धीरे उनका भी आना कम होता गया था। उन्हें अपनी गृहस्थी से ही फुरसत नहीं रहती थी; आती थीं और भेंट-मुलाकात कर जल्दी ही वापस चली जाती थीं। घर का काम नौकरों के सहारे चलता था। खेती-बारी का काम भी अब अकेले रामदास सँभालता था, पिता का इस ओर से भी जी उचट गया था। पर रामदास भी अब काफी बूढ़ा हो चुका था और मालिक से छुट्टी की दरखास्त करता रहता था। खाना बनाने के लिए एक बच्चा नौकर बहाल तो था, पर पिता की अब भोजन से भी रुचि गायब हो गई थी। माँ के मरने के बाद पिता ने उससे कहा था, "अब घर आ जाओ, शशांक। इस घर में अब अकेले मैं नहीं रह सकूँगा।" पर अपनी जिद से शशांक आगे की पढ़ाई पूरी करने चला गया था; और दो वर्षों का समय उसने माँग लिया था पिताजी से।

और इस बार एम.ए की परीक्षा देकर जिस दिन शशांक घर पहुँचा उसी दिन रात में पिता ने उसे अपने पास बैठाकर कहा, "यह अच्छा ही हुआ कि तुमने अपनी पढ़ाई पूरी कर ली। पर अब तुम मेरे पास ही रहो; अब और कहीं जाने नहीं दूँगा तुम्हें। इतने बड़े घर में अकेले अब मेरा जी बिलकुल नहीं लगता। और लोगों की तरह पढ़-लिखकर घर से बाहर नौकरी करने के लिए तुम्हें जाने नहीं दूँगा मैं। खाने-पहनने के लिए भगवान ने हमें काफी कुछ दे रखा है। इसके लिए कहीं और भटकने की जरूरत नहीं है। राजगंज भी अब कोई साधारण गाँव नहीं रहा कि तेरा मन यहाँ नहीं लगे। अब तो यह भी एक छोटा-माटा शहर ही लगता है। बाहर जाकर जितना तुम कमाओगे नहीं उससे अधिक यहाँ नुकसान हो रहा है मेरा। अब मैं बूढ़ा हो चला हूँ; शरीर गिर गया

है; खेती-बारी का काम भी अब मुझसे नहीं सपरता। यह भार अब तुम अपने कन्धे पर ले लो। मैं थक गया हूँ; अब आराम करना चाहता हूँ मैं...जब तक मैं हूँ, मेरे साथ रहो; जब आँखें मूँद लूँगा, तो जहाँ जी चाहे जाना, जो जी में आए करना।"

पिता कहकर चुप हो गए, पर मन में उन्हें डर लग रहा था कि कहीं इकलौता बेटा कुछ और वर्षों तक बाहर रहकर कोई और पढ़ाई पढ़ने की जिद न कर बैठे। बेटा ऐसा कोई प्रस्ताव रखे, इसके पहले ही उन्होंने कह दिया, "जैसा तुमने खुद बताया था तुम्हारी पढ़ाई अब पूरी हो गई। अब अगर और कोई वेद-शास्त्र पढ़ना हो, तो घर में ही रहकर पढ़ो। अगर तुम घर में नहीं रहोगे, तो अब मैं भी घर छोड़कर कहीं चला जाऊँगा। अकेले यह घर मुझे काटने को दौड़ता है।"

शशांक ने पिता की बात मान ली। सोने का घर हो और चाँदी की खिड़की, ऐसी कोई इच्छा उसके मन में कभी नहीं आई थी। पिता ने दो रोटियों का जुगाड़ बैठा ही दिया था। किसी और चीज की चाह नहीं थी उसे। जिस जिन्दगी को जीने की ललक थी उसके मन में, वह शायद यहीं सम्भव थी, अपने ही घर में, अपने इसी राजगंज में। अपने अकेलेपन का सुख और आनन्द उसे और कहीं नहीं मिल पाएगा। पुस्तकें... कल्पनाओं का संसार...प्रश्नों के हल...रंगमंच की ओर टकटकी...

यहाँ तक तो ठीक; पर पिता उतने पर ही तो रुक नहीं गए जितना उन्होंने उस दिन कहा था; 'अब तुम मेरे पास ही रहो। इतने बड़े घर में अब अकेले मेरा जी नहीं लगता।' एक दिन बात-बात में ही पिता ने एक इशारा कर दिया, "जब से तुम्हारी माँ मरी है घर उजाड़ लगता है। बड़ी इच्छा थी उसकी अपनी बहू को देख लेने की।"

तो अब पिता के कहने पर शशांक ब्याह भी कर ही डाले?

पर...इस सम्बन्ध में तो वह बहुत पहले ही अपना पुख्ता निर्णय ले चुका है।

उसके छात्रावास में भी जब-तब घटक उसके पास पहुँचते ही रहते थे। शायद पिताजी ही उन्हें भेज दिया करते होंगे उसके पास। हर एक को उसने एक छोटा-सा जवाब ही दिया था, "अभी नहीं।" पर यहीं उसने "कभी नहीं" का निर्णय भी मन-ही-मन ले लिया था। अपने छोटे जवाब से वह घटकों से पिंड छुड़ा लिया करता था; पर अगर अब पिताजी उसके पीछे पड़ गए तो क्या करेगा वह, उन्हें कौन-सा जवाब देगा?

शशांक का भावुक मन तो इस शून्य में कहीं और ही बँध गया था; उसे तो किसी और की ही प्रतीक्षा थी...कल्पना लोक की एक प्रेयसी...उसी प्रेयसी की अगवानी...

हर बार
पालकी में बैठ
आती होगी वह यहाँ
इस धरा पर,

और फिर उदास
वापस चली जाती होगी।
रवि-शशि ने हँसकर
अवश्य पूछा होगा उससे,
'कन्धे हमारे छिल गए हैं
ढोते-ढोते तुम्हारी पालकी।
बताओ तो सही,
तुझे मिलना किससे है,
कौन है वह?'

पिता से कैसे यह सब कहे शशांक?

पिता के पास पत्र आया है भागलपुर के किसी भागवत बाबू का। वे अपनी दूसरी कन्या का रिश्ता शशांक के साथ तय करना चाहते हैं। पिता उसकी ओर पत्र बढ़ा देते हैं और फिर खुद को सुनाते हुए बुदबुदाते हैं, "कुछ जवाब तो लिख ही देना है।"

पर भागवत बाबू की यह दूसरी कन्या अजन्ता की गुफा में चित्रार्पित उसकी वह प्रेयसी तो नहीं जो युगों से उसकी प्रतीक्षा करती आ रही है और आज उसके आने की खबर पा आत्म-विभोर हो उठी है...

रक्ताक्त हो उठे हैं उसके अधर
और लाली छा गई है कपोलों पर;
कर्ण-फूल मुस्करा उठे हैं
और मुक्त हो गए हैं
नूपुरों में बँधे स्वर;
कनक-मेखला दीप्त हो उठी है
और तोड़कर गहरी नींद
कसमसा रहे हैं कंकण और भुजदंड।

शशांक के आने की खबर पाकर जो आज बावली हो गई है...

जानती थी मैं;
जानती थी,
किसी दिन आएगा
मेरा वसन्त,
मेरा शरद,
मेरा ग्रीष्म।

भागलपुर के भागवत बाबू को उनके पत्र का कोई जवाब नहीं मिला। डोली सजकर भागलपुर भला कैसे जाए शशांक! अनन्तकाल पर छा जानेवाला शशांक समय के एक मामूली टुकड़े में बँध जाए! वह तो स्वयं भी चित्रार्पित हो जाना चाहता है अपनी चिरपिपासित प्रेयसी के साथ...प्रेयसी के पास...सदा-सदा के लिए...

आओ, हे चाँद!
छोड़कर अपना गगन-ग्राम,
गगन-पथ का लक्ष्यहीन फेरा;
आओ,
हम भी चित्रित हो जाएँ
इन पत्थरों पर।
ऐसे
कैसे निभा पाऊँगा मैं
हर रोज यहाँ आने की कसम!

राधेश्याम; बचपन का दोस्त; एक दिन आकर कहने लगा, "शशांक, मैंने एक लड़की देखी है तुम्हारे लिए, बहुत ही सुन्दर। अगर तुम कहो, तो चाचाजी से बात करूँ।"

शशांक मुस्कराने लगा था।

"हाँ रे हाँ, बहुत ही सुन्दर," राधेश्याम उत्साहित होकर कहने लगा, "तुम हाँ कर दो; मैं चाचाजी को तैयार कर लूँगा।"

पर शशांक मुस्कराया था क्यों?...उसे तो उस रूपसी की याद आ गई थी जिसे कई-कई बार पुकारकर अपना नाम बता दिया था...

गई थी मैं चन्दन वन
पुष्प-चयन करने,
और ढेर सारे कुसुम भरकर
अपने पुष्प-भाजन में,
बैठ गई थी वहीं
गूँथने अपने लिए पुष्प-वेणी,
कि तभी मेरे कर्ण-मृदंग पर
हुआ एक आघात...कविते! मैं...
समेटकर सारे कुसुम
मैं भाग गई थी एक ओर।
क्या तो नाम बताया था उसने!

राधेश्याम फिर आया था। इधर-उधर की बातें करते-करते अचानक पूछ बैठा था, "हाँ, तो शशांक, क्या सोचा है तुमने? चाचाजी से तो मैंने बात कर ली है। बस, तुम्हारी देर है। तुम चाहो तो लड़की खुद भी देख लो। बहुत सुन्दर है, हजार में एक। जब एक दिन शादी करनी ही है, तो फिर यह झिझक छोड़ो। ऐसी लड़की हमेशा नहीं मिलती।"

एक क्षण चुप रहकर उसने फिर कहा था, "कुछ बोलते क्यों नहीं? कोई और लड़की हो मन में, तो बताओ। मुझे तो बता ही सकते हो।"

शशांक ने हँसकर जवाब दिया था, "नहीं, रे राधे, ऐसी कोई लड़की नहीं है।"

लेकिन शशांक ने सच तो नहीं कहा था...

स्वर्ण-तरी में बैठ
मैं छोड़ देती थी नौका
मन्दाकिनी के मन्द प्रवाह में;
गुनगुनाती थी
मिलन और बिछोह के गीत।
अचानक रजत उदकान्त पर बैठा वह
पुकार उठता था, 'मानिनी! मैं...'
क्या तो नाम था उसका!

राधेश्याम ने फिर कोशिश की थी। इस बार लड़की केवल सुन्दर ही नहीं, बहुत ऊँचे खानदान की भी थी। परिवार की और लड़कियों की शादी बड़े-बड़े घरों में हुई थी। हर शादी में अच्छा दान-दहेज दिया गया है। और भला क्या चाहिए शशांक को? तो फिर वह हाँ क्यों नहीं करता? ऐसा तो नहीं कि जिन्दगी-भर कुँवारा ही बैठा रहेगा। अब बाप इसके पैर पकड़े, 'कर लो बेटे शादी।' कोई और बाप होता, तो सब कुछ ठीक-ठाक कर आता; और ऐन शादी के दिन बेटे के कान पकड़ता और कहता, "चलो, आज तुम्हारी शादी है। चलो चुपचाप, नहीं तो जूते लगाऊँगा बगैर गिनती किये।"

तब क्या करता शशांक? मान लेता पिता की बात? अपनी बस रही दुनिया उजाड़ लेता?...फिर किस दिल में जगह देता अपनी उस प्रेयसी को? सीना चाक कर लेता?...

पैसे!...खानदान!...यह सब चाहिए था शशांक को? अनसुना कर दे हवा में तैरती इस स्वर लहरी को?...

नगाड़े पर दे-दे थाप
जब क्रीड़ारत हो उठते
गगन में पयोधर,
तब खोलकर अपने पिच्छ
नाच उठते थे कलापी।
जब बाँध नहीं पाती थी मैं

अपने मन को,
तब बाँधकर अपने पाँवों में मंजीर
मैं चली जाती थी कवर-पुच्छों के बीच।
मेरा तो था निरभ्र आकाश,
पर तब भी एक अपने बादल को
ढूँढ़ते हुए
मैं जी-भर नाचती थी।
और तभी
न जाने किधर से तो
टपक पड़ता था वह... वह...
क्या तो भला-सा नाम था उसका!

'उसका भला-सा नाम था शशांक', शशांक मन-ही-मन बुदबुदा पड़ता, 'शशांक...'

"कुछ दिन और ऐंठ लो," इस बार राधेश्याम काफी गुस्से में आ गया था, "फिर कोई कानी-लँगड़ी भी नहीं पूछेगी। मुँह से लार टपकेगी, मगर कोई आँख उठाकर भी नहीं देखेगी, मुँह दूसकर चली जाएगी। आपकी तरह बहुत ऐंठू मरदों को देखा है। पहले तो आप ना-नुकर करेंगे, फिर घटकों के तलुए चाटेंगे, "करा दो, भैया, शादी।" और खुदा की मेहरबानी से कोई कानी-कुबड़ी हाथ लग गई, तो सारा समय दंडवत और प्रार्थनाओं में ही गुजरने लगेगा, 'मेरी दन्त-पंक्तियों की ओर नहीं देखो, प्रिये। दाँतों का यह चौका बचपन में ही एक घोड़े की लतार से हिल गया था। और तुम मेरी चाँद को घूर तो रही हो, पर यह भी जानती हो कि यह तो सौभाग्य का लक्षण है? इधर से निगाहें हटाओ; मेरे दिल को देखो। मेरे दिल को देखो, प्यारी।' खाक देखे वह उसके दिल को। छि:! तुम भी जान लो, प्यारे, कि अगर यही गत तुम्हारी भी न हो गई, तो मेरे नाम पर कुत्ता पोस लेना; नाम रख लेना अपने कुत्ते का राधेश्याम; और मोहल्ले में हाँक लगाना, 'रे रधिया, रे रधिया।' एक कुत्ता मैं ही दे जाऊँगा तुम्हें।"

बहुत गुस्साकर उस दिन चला गया था राधेश्याम।

पर जाने से पहले राधेश्याम ने मित्र के प्रति अपनी सारी जिम्मेदारियों से खुद को मुक्त कर लिया था। उसने साफ-साफ कह दिया था, "सुन ले शशांक, मैं जानता हूँ कि वह दिन अवश्य आएगा जब तेरी तुर्की तमाम हो जाएगी, और उस दिन तूँ मेरे पास आकर कहेगा, 'रे राधे, मेरी मति मारी गई थी, तो क्या तूँ मुझे ठीक से समझा-बुझा नहीं सकता था? मैंने जिद कर ली थी, तो क्या तूँ ही कुछ और जोर नहीं लगा सकता था?'

"मैं जानता हूँ," राधेश्याम ने आगे सुनाया था, "कि जब तेरी तोंद पचेगी और छटपटाहट होगी तुम्हें, तो मेरे पास ही आँसू बहाने आएगा तूँ और बिलख-बिलखकर

मुझसे कहेगा, 'तूँ तो मेरा दोस्त था, रे राधे। तूँ तो मेरे साथ जबरदस्ती भी कर सकता था; मेरी भलाई के लिए मुझे जूते भी लगा सकता था।'

"उस दिन तूँ बहुत याद करेगा, याद कर-करके रोएगा और रो-रोकर मुझसे कहेगा, 'लाल झा की शादी हुई कि नहीं? वह भी तो तैयार नहीं हो रहा था शादी के लिए। लोग उसे गठरी की तरह उठाकर ले गए और शादी करा दी। तूँ क्या चार पहलवानों को इकट्ठा नहीं कर सकता था? एक बौकू पहलवान ही तो काफी था मेरे लिए। अकेले लादकर ले जा सकता था मुझे। शादी के बाद लाल झा ने क्या कर लिया? मैं क्या कर लेता? पर तूँ तो मेरा दुश्मन था, दुश्मन। कहाँ निभाई दोस्ती? दोस्त का भला-बुरा कहाँ सोचा? यह तूने क्या किया, रे राधे?'

"इस दिन को याद रखना," राधेश्याम ने अपनी बात पूरी की थी, "और कभी मत आना मुझसे कुछ कहने-सुनने, भूलकर भी मत आना। कहने को तो मेरे पास बहुत-सी बातें हैं, पर क्या होगा यह सब तुम्हें सुनाकर! तुम्हारे पल्ले तो कुछ पड़ेगा नहीं। पर आज के इस दिन को तो याद रख ही सकते हो। याद रखना और कभी किसी दिन मत चला आना कोई दोष मेरे सिर चुपड़ने, मेरे पास तोबा तिल्ला मचाने।"

उस दिन के गुस्से को बरकरार रखा राधेश्याम ने और फिर कभी उसके पास उसकी शादी की चर्चा नहीं छेड़ी।

और राधेश्याम ने उसके पिता से कह दिया, "शशांक को मनाना मेरे लिए सम्भव नहीं है, चाचाजी। आप खुद उससे कहकर देखिए।"

तब पिता ने ही लाचार होकर बेटे से कहा था, "अब मैं तुम्हारी शादी कर देना चाहता हूँ। एक यही काम बचा है मेरे पास। इससे निबट लूँ, तो फिर बेफिक्र होकर रहूँ। मीना और साबो की भी चिट्ठियाँ आई हैं। उन लोगों ने भी कई लड़कियाँ देखी हैं। अब कोई भले घर की लड़की मिल जाए, बस।"

शशांक उस वक्त तो चुप रह गया था, पर पिता को उसका जवाब बूढ़े रामदास की मारफत मिल गया, "शशांक मालिक तो इस साल रुक जाने के लिए कह रहे हैं।"

जिस बूढ़े रामदास की बड़ी-से-बड़ी गलती पर मालिक महज भुनभुनाकर रह जाया करते थे, उसी बूढ़े रामदास पर, बस इसलिए कि उसके बेटे के मुँह से निकले कुछ शब्दों को उसके आग्रह पर उसके पिता के कानों में ज्यों-का-त्यों डाल दिया था, मालिक बुरी तरह बरस पड़े, "चुप रहो। क्या रखा है इस साल में और उस साल में? इस साल शादी होने से राजगंज में भुकम्प हो जाएगा? है कोई उसकी उम्र का कुँवारा इस गाँव में? तुमने अपने बेटों की शादी कब की थी, बताओ तो? यह कोई जवाब हुआ, 'इस साल नहीं, अगले साल?'"

तो इस जवाब के लिए क्या रामदास ही जिम्मेदार है? उस बेचारे ने कोई गलती

की? क्या उसे जवाब सुधारकर बोलना चाहिए था, "शशांक मालिक तो शादी की बात सुनकर खुशी में एक-एक बाँस उछल रहे हैं।"

बगैर किसी गलती के भी रामदास सिटपिटा गया था। वह तत्काल वहाँ से खिसक गया। लेकिन इसके बाद भी मालिक अदृश्य रामदास को देर तक डाँटते-फटकारते रह गए, और चुप होने से पहले पिता देर तक भुनभुनाते-मिनमिनाते रहे थे।

शशांक ने रामदास को डाँट खाते हुए देखा; पिता की भुनभुनाहटों को किवाड़ की ओट से कान लगाकर सुना; इस बात का भी थोड़ा अन्दाजा लगाया कि जब पिता 'इस साल नहीं' पर ही इतना उबल गए, तो, 'कभी नहीं' के जवाब पर वह क्या-क्या करेंगे; और फिर उस शक्ति का आह्वान किया जो उसे अपने निर्णय पर अडिग-अटल रहने में मदद करे।

शशांक की आवारागर्दी-बादलों के बीच लुका-छिपी, गुफाओं में अभिसार, नन्दन वन की सैर, मन्दाकिनी के रजत उदकान्त पर बैठकर प्रतीक्षा, सुरांगनाओं से छेड़छाड़, भ्रू-विलास, अंग-भंगी—उसके चिरकुमार व्रत का एकमात्र कारण नहीं था। एक सधे और घुटे हुए जमानासाज की तरह वह अपने निर्णय तक पहुँचा था और उसे पुख्ता कर लिया था। शादी स्वर्ग की ओर जानेवाला प्रशस्त पथ है या नरक की ओर मुड़नेवाली अन्धी गली, इसी पर तो आज तक वह अपना दिमाग खपाता आया है। हर बार, हर तरफ से एक ही आवाज आई है, 'सावधान! नरक की ओर जानेवाली अन्धी गली से सावधान।' सोने-सी जिन्दगी! इसे धकेल दे वह नरक-कुंड में?

संसार के दुखों का यों ही वारापार नही; तब भी वह उमगकर बाजार जाए और अपनी टेंट से पूँजी लगाकर कुछ और दुख खरीद लाए?

शशांक के जीवन में आज तक ऐसा एक क्षण थी नहीं आया था जिसमें आह्लादित होकर उसने सोचा हो कि एक दिन वह भी घर से बारात सजाकर निकलेगा और एक दुलहन डोली में बैठाकर ले आएगा; फिर उसे बेटे होंगे, बेटियाँ होंगी; बेटेवालों की तरह वह भी जब-तब मूँछों पर ताव देता रहेगा; बेटियों के लिए हर बार चाँद-सा वर ढूँढ़कर लाएगा; वह घर का मालिक होगा; पूरे घर में रोबदाब रहेगा उसका; एक पत्ता तक नहीं हिलेगा घर में उसकी इच्छा के विरुद्ध; वह नाना होगा, दादा होगा; भरा-पूरा घर होगा उसका; जीवन उसका बड़ा ही आनन्दमय होगा।

लेकिन ऐसे अनेक क्षण आए थे उसके जीवन में जब यह सोचकर उसका कलेजा मुँह को आने लगा था कि अगर किसी भूल-चूक से, किसी षड्यंत्र का शिकार होकर अथवा किसी सरकारी कानून के तहत ही उसे कभी विवाह करना पड़ गया, तब क्या होगा!

घर में खाने-पीने की सुविधा होने के बावजूद उसे यह चिन्ता सताती रहती थी कि पूरी जिन्दगी अपने लिए दो रोटियाँ जुटा पाने में वह कामयाब हो पाएगा या नहीं। वह कमाकर किसी और का पेट भरने में भी कामयाब हो सकता है, यहाँ तक सोचने की तो उसे कभी हिम्मत ही नहीं हुई थी। पिता की पूरी-पूरी दौलत अगर पत्नी के खाते

में डाल भी दी जाए, तब भी उसे चिन्ता से छुटकारा नहीं मिलता था। दुलहन लाकर, मान लिया, घर को मधुवन बनाया जा सकता है; पर जब बाल-बच्चे पैदा होने लगेंगे, तब? अपने बाल-बच्चों को तो रूखा-सूखा खिलाकर किसी तरह पाल-पोस लेगा वह, ऐसा उसका अन्दाजा है; पर जब उन बच्चों के भी बच्चे होंगे, और फिर उनके बच्चे, तब उनका क्या होगा? सबको रोजी-रोटी मिलती ही रहेगी, इस बात की तसल्ली भला कैसे हो सकती है? जमाना तो और खराब ही होता चला जा रहा है। इस दुख-ग्राम में न जाने उनमें से कितने दुख के भँवर में डूबेंगे, कितनों पर मुसीबतों के पहाड़ टूट गिरेंगे। और इन सब के लिए अन्तिम रूप से तो जिम्मेदार वह खुद ही होगा। जब माया-मोह को फटकार कर वह दूर रख सकता है, तो फिर क्यों इतने लोगों की चिन्ता और दुख से वह अपने दिल को जलाए, अपनी शान्ति लुटवाए?

मन तो नहीं मानता, पर तब भी अगर यह बात मान भी ली जाए कि अपनी जिन्दगी के बाद किस पर क्या गुजरता है इसकी चिन्ता में अभी घुल-घुलकर क्यों मरे कोई, तब भी इस बात की तसल्ली कहाँ है कि अपने इसी जीवन में शादी के बाद दुख का उत्पात शुरू नहीं हो जाएगा?

बेटा ही सूरदास पैदा हो गया, तब?

तब सारी जिन्दगी वह बेटे को खँजरी बजा-बजाकर भजन गाना सिखाए, ताकि कभी दुख-तकलीफ हो तो बेटा सूरदास भीख माँगकर भी अपना गुजारा कर ले...'सबका भला करे भगवान; दे दे दाता, दे दे राम...'

और बेटी पैदा हो गई, तब? कानी-कुबड़ी न सही, तब भी?

'मरी कुँवारी, कुल को ताड़ी।' मरे हुए पुरखे तक परेशान हो जाते हैं, अगर वंश-वृक्ष की कोई लड़की शादी की उमर पार करने लग जाती है। मर जाती हैं कुँवारी बेटियाँ तो उन्हें भी शान्ति मिलती है। पर, मरती हैं कुँवारी बेटियाँ? सात-सात बेटे पटापट मर जाएँगे—हैजा, फौती, माता, मलेरिया; मगर बेटी की देह पत्थर की हो जाएगी, खाँसी-बुखार तक नहीं होगा उसे।

है कोई ऐसा बेटीवाला जिसकी पगड़ी न उतरी हो? दर-दर की ठोकरें खाओ, बेटी का 'शेर बाप' होकर भी बेटा के 'बकरा बाप' की दुत्कारें सुनो, और तब भी कातर-कम्पित स्वर में अनुनय-विनय करते जाओ, "मेरा उद्धार कीजिए, मेरी बेटी का उद्धार कर दीजिए।"

और बीवी अगर बहुत सयानी निकल गई, तब?

पहले का जमाना कुछ और था। औरतें सती-सावित्री होती थीं। पति अन्धा हो, बहरा हो, लूला हो, लँगड़ा हो, रोगी हो, अपाहिज हो, पत्नी का एकमात्र धर्म था उनकी सेवा, एकमात्र लक्ष्य था उनका सुख।

जमाना हाल-हाल तक इतना बिगड़ा नहीं था। दूल्हा शादी की रात में कोई भी एक किताब 'स्त्री-धर्म प्रश्नोत्तरी' या 'भक्त नारी' या 'आदर्श देवियों'—दुलहन के हाथ में

थमा देता और फिर बुढ़ापे तक निश्चिन्त होकर खर्राटे भरते रहता। औरत अपने पति पर अपनी हर दौलत न्योछावर कर देती, अपनी बाकी बची उम्र तक। मिट्टी-पत्थर के भगवानों से कम पूजा नहीं होती थी उसकी। औरत की सारी प्रार्थनाएँ और व्रत-उपवास पति के कल्याण के लिए होते थे।

जमाना अचानक बहुत तेजी से खराब हुआ है। आज की बीवी पति की जेब टटोलती है; पति का जिस्म निचोड़कर एक-एक बूँद सुख गाड़ लेती है अपने लिए; आँखें दिखाती है बात-बात पर; और जरूरत-बेजरूरत सड़क पर निकलकर हंगामा मचाने की धमकी भी देने से बाज नहीं आती। उँगली पर नाचता है बेचारा पति, पर इतने पर भी खैर कहाँ है उस बेचारे को। कभी-कभी अचानक खबर फूटती है, 'लो, सुनो, उसकी बीवी नौकर के साथ भाग गई...नौकर के साथ...नौकर नौकर...'

कोई मुँह न खुलवाए—पर क्या जमाना है!—शौहर मरता है, तो जवान बीवी के भाग्य खुल जाते हैं। पति-लंघन तो इस जमाने में सुबह का नाश्ता और शाम का जलपान है

कैसी दुर्बुद्धि घेरती है उन कुँवारों को जो शादी के लिए मचलते भी हैं। बुद्धि हर लेते हैं भगवान, और क्या! उन्हें तो खेल सूझता है।

ऐसे जमाने को दूर से नमस्कार। दूर से ऐसी बीवी को सौ-सौ दंडवत। बेहतर है यह लड्डू नहीं खाकर ही पछताना। लात मारूँ दादा और नाना के ओहदे पर। मरकर भी चैन नहीं। हे राम!

इस फजीहत और गलीज से तौबा! सोने-सी जिन्दगी, एक बार! गुहगिंजन में नहीं गुजारेगा वह अपनी जिन्दगी को। उसने जो निर्णय लिया था, बहुत ठोंक-बजाकर, जाँच-परखकर लिया था।

उस दिन से ही पिता गुमसुम रहने लगे थे! गहरा सदमा पहुँचा था उन्हें। रामदास तक से बोलना-बतियाना कम कर दिया था। उन्होंने किसी बात का हाँ-ना में जवाब देने लगे थे। दो कौर खाकर उठ जाते। चेहरा अचानक बुझ गया-सा लगता था। देह अचानक क्षीण होती नजर आने लगी थी। पिता की मूर्ति को गलते देख घबराहट हुई थी शशांक को। बेचैनी में उसने निर्णय लिया, वह पिता से बातें करे और उन्हें समझाकर अपने मन की मुरादें माँगे।

एक दिन वह पिता के पास धीमे से उनकी चौकी पर जा बैठा था, उनसे कुछ बतियाने के इरादे से। पिता ने उसे एक नजर देखा और फिर सामने शून्य में देखने लगे। शशांक के गले में कुछ फँस गया। वह जिन शब्दों और वाक्यों को तरतीब देकर लाया था वे सब तितर-बितर हो गए। कुछ उसकी पकड़ से भागने लगे, कुछ अचानक अन्तर्धान हो गए।

इस कष्ट में अधिक देर नहीं रहना पड़ा शशांक को। पिता चौकी पर से उठे और उससे कहा, "आओ मेरे साथ।"

बेटे को साथ लिये वे पूजा-घर में गए। तिजोरी उसी घर में थी। उन्होंने तिजोरी खोली, अन्दर से एक छोटी-सी गठरी बाहर निकालकर रखी और फिर बेटे से कातर-कम्पित स्वर में कहा, "तुम्हारी माँ की इच्छा थी, बहू को देखकर मरे। उसके नसीब में यह नहीं था। मर गई बेचारी पहले ही। मगर मरने से पहले उसने अपने सारे गहने-जेवर मुझे सौंप दिये थे बहू को दे देने के लिए। यह गठरी मैंने उसके सामने ही बाँधी थी। अब जो जवाब मुझे देना होगा वह मैं उसे दे दूँगा, पर तुम यह गठरी सँभाल लो," बोलते-बोलते उनकी आँखें डबडबा आईं, "अब मेरी जिन्दगी का भी कोई भरोसा नहीं।"

वह वहाँ से उठकर चले गए। उठते-उठते उनकी आँखों से दो बूँद आँसू ढलक पड़े।

तिजोरी खुली छोड़कर चले गए थे वे। चाबियों का गुच्छा सामने पड़ा था। माँ के गहनों की गठरी भी। शशांक पत्थर की तरह पड़ा हुआ था; सुन्न हो गया था वह।

पिता के दो बूँद आँसू क्या गिरे, तूफान आ गया; प्रचंड झंझावात, भयंकर भूडोल। इस आँधी-झक्कड़ में, इस भारी उथल-पुथल में शशांक को अपने तक का होश नहीं रहा...

मन की शाख पर बैठा उल्लू अचानक उड़ गया।

...उस अक्षतयौवना किशोरी की डोली फिर से रवि-शशि के कन्धों पर लद गई। उदास स्वर में बुदबुदाकर उसने कहारों से कहा था, "ले चलो वापस; अब फिर कभी नहीं आना है इस ओर..."

...नूपुरों को फिर से अभी बाँधा ही था पैरों में कि अचानक हथेलियों में मुँह छिपाकर भाग गईं पत्थरों से बाहर निकल आईं सुन्दरियाँ फिर से पत्थरों में समा जाने...

...कवर-पुच्छों के बीच नाचती अभिसारिका उस दिन जी-भर नाच नहीं पाई; बीच में ही झुंड से निकल आई; खिसक गई वहाँ से; बुदबुदाते हुए चली गई, "होगा कोई अच्छा-बुरा नाम। क्या होगा याद रखकर?...

...मन्दाकिनी के मन्द प्रवाह में बहती स्वर्ण-तरी अचानक डगमगा गई थी; मिलन और बिछोह के गीत एकबारगी बन्द हो गए थे। रजत उदकान्त से आनेवाली हँकार का स्वर बीच में ही टूट गया...

मन की शाख पर बैठा उल्लू जोर से घुघुआ उठा था।

पिता ने इतना ही तो कहा था, "तुम्हारी माँ की इच्छा थी, बहू को देखकर मरे। उसके नसीब में यह नहीं था। मर गई बेचारी पहले ही।" पर माँ का ध्यान आते ही यह क्या हो गया?...चिरकुमार यज्ञ में अचानक भारी विघ्न आ गया। माँ साक्षात यज्ञ के हवन-कुंड में ही कूद पड़ीं।

भारी कोलाहल हुआ। भाग-दौड़ मच गई। हवन कर रहे ऋत्विज हाथ की स्रुवा फेंककर जैसे-तैसे भाग खड़े हुए। परस्पर होड़ लगाए चीख-चीखकर शस्त्रपाठ कर रहे याजकों को इतनी सुध न रही कि भागते हुए अपनी पोथियाँ लेते जाएँ। ऐसी भगदड़ मच गई कि यज्ञशाला में बैठे सारे लोग एक-दूसरे को धकियाते-मुकियाते भाग निकले।

आचार्य और पंडित के नाम पर काँव-काँव करनेवाला एक कौआ तक नहीं बचा है।

पिता अपने रौद्र रूप में उपस्थित हुए। जो गदहे ग्रन्थों की गठरियाँ पीठ पर लादकर वहाँ लाए गए थे, उन पर ऐसे डंडे पड़े कि वे दुलत्तियाँ झाड़ने लगे और अपनी-अपनी जान लेकर भागे। पिता ने यज्ञमंडप उखाड़ फेंका, सूक्तियों के बन्दनवार नोंच डाले, वचनामृत-कलश फोड़ डाला। मिट्टी-काठ और लोहे-सोने के यज्ञ-पात्रों को लात की ठोंकर से इधर-उधर लुढ़का दिया।

कहाँ से तो जोर-जोर से गालियाँ पढ़ती नानी आ गई, "किसने बहकाया है मेरे मुन्ना को? झाड़ू मारूँ ऐसे दुश्मन के मुँह पर।" और फिर हाथ का झाड़ू फेंककर शशांक के पास आ उसे दुलारने लगी, "शादी से क्यों भागता है, रे? दुलहन पसन्द नहीं करेगी? नाक जरा छोटी है, इसलिए? धत, पगला। मर्द की भी सूरत देखी जाती है? गुण हो, पराक्रम हो, पौरुष हो, बस। सूरत तो औरत की देखी जाती है। खैर, मैं आ गई हूँ और अब तेरा यह दुख भी दूर कर ही दूँ। रुक जाती हूँ महीना-भर। कह दिया था तेरी माँ से, 'बेटी, मुन्ना की मालिश सरसों तेल से बराबर करते रहना और रोज इसकी नाक को उँगलियों से पकड़कर उठाते रहना,' पर करमजली को अपने खाने और सोने से ही फुरसत नहीं मिलती थी।"

"तूँ हट, नानी; मुझे मालूम है अपने भैया का दुख," नानी को हटाते हुए साबो दीदी उसके सामने आ गई, "ले, बदल ले आँखें। यही दुख है न? अब कौन मुँहझौंसी कहेगी कि तेरी आँखें गुच्ची-सी हैं? तब भी बदल ले। मेरा क्या, अब आँखें फूट भी जाएँ तो! अब क्या फिर मुझे डोली में बैठना है, कोहबर में जाना है? बोल, बदलेगा?"

मीना दीदी फटी-फटी आँखों से निहार रही थी उसे और फिर अचानक बोल पड़ी, "रे भैया, बहनों से डर लगता है, नेग देना पड़ेगा? कुछ नहीं मागूँगी, रे; तूँ शादी तो कर ले, भैया। साबो, तूँ भी बोल दे।"

तब तक तो झपटकर बौकू पहलवान ने उसे कन्धे पर लाद ही लिया। राधेश्याम पूरे दस पहलवानों के साथ आया था जो वक्त-जरूरत काम आए। लाल झा तेज आवाज में आदेश दे रहा था, "बौकू, यहाँ से सीधे विवाह-मंडप में ले चलो; वहाँ सब कुछ तैयार है।"

रामदास से आँखें मिलीं, तो उस बूढ़े ने लज्जामिश्रित खुशी के साथ कहा, "मालिक, मेरी भी आखिरी तमन्ना यही थी। बस इसके बाद ही मैं बूढ़े मालिक से छुट्टी ले लूँगा और घर चला जाऊँगा। बेटे बार-बार बुलाने आते हैं।"

लाल झा की तेज आवाज फिर सुनाई पड़ी, "अगर बहुत छटपट करे, हाथ-पैर चलाए, तो बोरे में कसकर ले चलो। कल्लू, बोरा तैयार रखो।"

बौकू और दस कल्लू! शशांक निश्चेष्ट हो गया।

कन्धे पर उसे लटकाए जब बौकू तेज कदमों से विवाह-मंडप की ओर चला, तो उसकी पीठ पर झूलते अपने सिर को उठाकर शशांक ने एक नजर यज्ञ-मंडप पर

डाली। एक कुत्ता—वही कुत्ता जो अभी तो राधेश्याम के साथ आया था, पर एक दिन जिसका मालिक वह खुद होता और मोहल्ले में, 'रे रधिया, रधिया रे' की हाँक लगाकर जिसे बुलाता—अपनी बाईं टाँग उठाकर यज्ञ-वेदी पर पेशाब कर रहा था।

हाय रे मन! कहाँ तो तेज अग्नि में कच्ची ईंट की तरह पकने लगता है, और कहाँ हल्की आँच लगी नहीं कि बर्फ की तरह पिघल उठता है। क्या हुआ था? पिता ने मारा-पीटा था? डराया-धमकाया था? महज दो बूँद आँसू गिरे थे आँखों से और माँ की आखिरी इच्छा की चर्चा हो गई थी। इतने में ही इतना उथल-पुथल हो गया! पोथियों के पन्ने फड़फड़ाकर उड़ गए, जीवन-दर्शन की धज्जियाँ उड़ गईं, और वर्षों के चिन्तन-मनन के बाद जो निर्णय लिया गया था वह अडिग-अटल निर्णय बगटुट घोड़े की तरह भाग गया।

इतना ही हुआ!...राधेश्याम भी झूठा साबित हुआ जिसने कहा था, "शादी के बाद...।" गाँव का सैनी चमार जिस शहनाई को दरवाजे पर महीने-भर बाद फूँकने आता, मन के आँगन में वही शहनाई अभी से बजने लगी। मन में यह बात बार-बार कौंध जाती, 'शाख पर बैठा उल्लू मौके से उड़ गया था, नहीं तो सोने-सी यह जिन्दगी पनाले से बहकर निकल जाती, किसी कूड़ेदान में फेंक दी जाती।' जिसे वह मूर्खों की जमात समझ रहा था उसमें शामिल होते ही उसे लगा कि यहाँ तो अक्लमन्द लोग बैठे हुए हैं, जीवन के असली परखैये तो इसी जमात में हैं।

कितनी ही बार प्रेमासक्त नर-मादा की जोड़ी को छिपकर एक नजर देख लेने के लिए वह ठिठककर खड़ा हो गया था शहर-बाजार में; कितनी ही बार उनकी मुस्कराहटों से उसका अपना हृदय भी चंचल हो उठा था; ऐसे जोड़ों को सामने से गुजरते जाते वह देर तक देखता रह जाता था; अभिभूत हो उठता था वह; जिस समर्पण-सुख को वे भोग रहे थे उसका एक टुकड़ा पाने को वह भी ललक उठता था। पर तब वह समझा देता था अपने-आप को, 'रे शशांक, ये तुच्छ सुख हैं, तुम्हारे नसीब में नहीं। तुम्हें तो किसी बड़े सुख की, अलौकिक आनन्द की तलाश है।'

'कौन सा बड़ा सुख? कैसा अलौकिक आनन्द?' अब शशांक की समझ में नहीं आता।

अब शशांक की समझ में आता है, यह घोंघा—जो घोंघा बसन्त भी कहलाता है—कितना ज्ञानी है कि जवानी में पाँव रखते ही अचानक चंचल हो उठता है और ढूँढ़ निकालता है अपनी प्रेयसी को; और तालमय नृत्य के साथ लुभाता है उसे; घूम-घूमकर नाचता है उसके चारों ओर, कभी आगे बढ़ता है, कभी पीछे हटता है। 'क्यों?' अब शशांक की समझ में आता है।

एक पत्थर उठाता है पेंगुइन और आगे बढ़कर उसे अपनी प्रेयसी के चरणों में अर्पित कर देता है; और फिर टकटकी बाँध देता है उसकी ओर। कितना निहाल हो उठता है वह जब प्रेयसी मुँह फेरकर नहीं चल देती और उस पत्थर को उठाकर उसके

प्रेम को अंगीकार कर लेती है। कौन-सा सुख है वह, शशांक अब समझता है।

बहुत एकाकी जीवन जीता है छछूँदर। पर समय आते ही किस तरह सूँघ-सूँघकर मादा के बिल की तलाश करता है वह, तलाश करते हुए भटकता है। कौन-सा आनन्द है वह—लौकिक?...अलौकिक?...अब और क्या समझने को बाकी रह गया है शशांक के लिए!

अब शशांक की समझ में यह नहीं आता कि वे किस सुख-आनन्द की तलाश में हैं जो रिरियाते हैं, "हे प्रभु, आँखों की रोशनी हर लो; औरतें दिखाई पड़ जाती हैं... श्रवण-शक्ति समाप्त कर दो, प्रभु; मीठे स्वर कर्ण-कुहरों में प्रवेश कर जाते हैं...मन मैला हो रहा है; हे प्रभु, चाबुक मारो इसे, चाबुक मारो...ठूँठ बना दो इस तन को; तभी तो जप और तप में मन लगा पाऊँगा..."

सुख का अभाव ही सुख है? या, सुख का अपरिचय है सुख? ज्ञाण की गुदड़ी ओढ़कर आत्मालाप करते हैं विरागी, पैबन्द-पर-पैबन्द लगाते चलते हैं अपनी इस गुदड़ी में। रसोई में रोटियाँ सेंकते हुए गृहिणी जीव की, जगत की, ब्रह्म की, आत्मा की सारी गुत्थियाँ सुलझा लेती है; तुलसी-चौरा पर साँझ-बाती जलाकर अपने अज्ञान के सारे अँधेरे को दूर कर देती है; और ज्ञाण की गगरी पटकते हुए अपने ऊँघते बेटे को जगाकर—'पहले खा ले, फिर सोना। तेरे कारण ही तो इतना सवेरे चूल्हा जलाती हूँ'—अपना सुख पा लेती है। इससे बड़ा सुख, इससे बड़ा सच और क्या हो सकता है?...ज्ञान की गुदड़ी में झूठ के पैबन्द लगते चले जा रहे हैं।

अपने बछड़े को चाटते हुए जब भी किसी गाय को देखा है शशांक ने, तो आत्मविभोर हो उठा है, अभिभूत देखता रह गया है। कुतिया को अपने पिल्लों से पूँछ कटवाते, देह लुचवाते और उनके साथ उछल-कूद करते देखा है उसने, तो इसे महज एक खेल, एक तमाशा नहीं समझा है। हैरत से देखता रह गया है शशांक मुँह में बच्चा दबाए बिल्ली को एक ठौर से दूसरे ठोर जाते हुए।

कोई सुख है जिसके लिए परेशान होते हैं ये सब!

माँ बच्चों के खाते में, अपनी उम्र टाँक देना चाहती है। कोई सुख है?

तुतलाकर जब मुन्ना माँगता है चाँद, तो बाप अपनी कंगाली भूल जाता है। रोटी-दूध न सही, चाँद तो वह अपने मुन्ना को देकर रहेगा।

शशांक ने सचमुच कहा था क्या, 'लात मारूँ दादा के ओहदे पर'? नहीं, उसने नहीं कहा होगा ऐसा। दादा संसार का सबसे सुखी जीव है। पेट खाली हो या देह उघारी, अगर कन्धे पर बैठकर खेल रहा हो पोता, तो...तो भगवान उबल पड़ेंगे, "राम-राम जपते हो, और जब मैं इतनी देर से पूछ रहा हूँ कि क्या वर चाहिए, तो कुछ बोलते ही नहीं। अपने लिए माँगो न, क्या माँगना है।" और तब भी दादा पोते से ही पूछेंगे, "क्या माँगू, रे? बताओ न जल्दी।"

मन के आँगन में शहनाई बजते ही शशांक तन-मन से मेहमान के स्वागत की

तैयारी में जुट गया। कोई चूक न रह जाए उससे; कोई नुक्स नजर न आ जाए इस मेहमान को। इस दुलहन की कद्र तो होगी उसके पास?

उल्लू उड़कर फिर तो नहीं आ बैठेगा मन की शाख पर?

अचानक उसके अपने अन्दर से ही निकलकर एक दंडधर सामने खड़ा हो गया, "रुको, पहले मेरे कुछ सवालों के जवाब दे दो; उसके बाद ही यह ताताथेई।"

दंडधर ने गुरु-गम्भीर स्वर में अपना पहला सवाल किया, "क्या यह सच है कि तुमने अपने अडिग-अटल निर्णय को एक खूँटे से खोलकर दूसरे खूँटे में बाँध दिया है?"

"सच है।"

"क्या इसलिए," तीखी निगाहों से घूरते हुए दंडधर ने कहा, "कि एक चरण-कमल की दासी मिल जाएगी? माथे पर तेल चुपड़ दिया करेगी, अंगों की मालिश कर दिया करेगी, पूछ-पूछकर पसन्द की चीजें खिलाएगी, और एक टाँग पर खड़ी रहकर दिन-रात हुजूर की जी-हुजूरी में लगी रहेगी; क्या इसीलिए, रे बगला भगत?"

'बगला भगत'! दंडधर के हाथ में डंडा नहीं रहता, तो इस विशेषण के व्यवहार पर कुछ और ही सलूक करता शशांक उसके साथ; पर अभी उसने धीमे से जवाब दिया, "पत्नी दासी नहीं होती; वह सहधर्मिणी, अर्धांगिनी होती है।"

"समझ तो आ गई है; पर अपना धर्म तूँ निभाएगा, तब तो," दंडधर अपना सिर हिलाते हुए बुदबुदाया और फिर कड़कर पूछा, "बोल, खाने-पीने का कष्ट तो नहीं देगा उसे?"

"इतना खेत-पतार है मेरे पास," इस बार शशांक ने भी ऐंठकर जवाब दिया, "खाने-पीने की किल्लत भला क्यों होगी!"

"चुप, मूर्ख," दंडधर ने डपट दिया, "बाप की दौलत पर ऐंठता है? इसी दौलत के भरोसे जिन्दगी-भर का इकरारनामा? नाना भरोसे फौजदारी? उस औरत का पेट भरने के लिए तूँ अपने हाथ-पैर हिलाएगा या नहीं? दौलत खत्म हो गई, तो क्या बीवी को लात मारकर कहेगा, 'भाग, ससुरी, तूँ बड़ी कुलच्छनी है; सब खा-पकाकर बैठ गई। भाग जा अपने माँ-बाप के घर; अब वहीं अपनी रोटी का जुगाड़ कर।"

"इतना फूहड़ क्यों समझते हैं शशांक गुप्ता को?" शशांक कुछ व्यथित हो उठा।

"तो मैं यह मान लूँ कि दिन-भर की कमाई अगर एक रोटी होगी, तो अपनी क्षुधातृप्ति के लिए अकेले ही पूरी रोटी भकोस नहीं जाएगा तूँ?"

"मैं रोटी के दो टुकड़े करूँगा; एक अपने लिए, एक उसके लिए।"

"उसके लिए कौन-सा टुकड़ा, बड़ा या छोटा?" दंडधर के होंठों पर कुटिल मुस्कान विराज रही थी।

दंडधर उसकी फजीहत पर उतर आया था, पर गुस्सा जाने से तो वह बेदाग साबित नहीं होगा। रोटी के टुकड़े बराबर नहीं हुए, तो छोटा टुकड़ा कैसे देगा वह अर्द्धांगिनी को! उसने बुलन्द आवाज में दंडधर को जवाब दिया, "बड़ा टुकड़ा।" दंडधर इतने

से ही आश्वस्त नहीं हो गया। उसने आगे पूछा, रोटी का बड़ा टुकड़ा बीवी को देगा, यह तो ठीक; मगर बीवी को कपड़े का कौन-सा टुकड़ा देगा, बड़ा या छोटा? बोल, तूँ गूदड़शाह बनने के लिए तैयार है या नहीं? ऐसा तो नहीं कि खुद तो रेशम-मलमल डाटे रहेगा, और बीवी को चिथड़ा-गुदड़ा पहनकर पूरी उम्र गुजार देने की हिदायत करता रहेगा? या, उसे फुसलाने की कोशिश करेगा, 'मैं तो बाहर आता-जाता हूँ; मुझे तो अच्छे वस्त्र चाहिए ही। तूँ तो घर के अन्दर रहती है; किसी तरह रह ले। घर के अन्दर आँगन-दीवार के आँखें तो नहीं होतीं कि तुम्हें लाज आए।"

"खुदा-न-ख्वास्ता बुरे दिन आ गए, तो मैं गूदड़शाह बनकर भी दिखा दूँगा," शशांक ने पूरी गम्भीरता के साथ अपना जवाब सुनाया।

दंडधर ने एक जोरदार ठहाका मारा, और फिर गरदन जरा टेढ़ी करते हुए बोला, "संवाद अच्छे बक रहे हो, मगर उनका मतलब तो समझ रहे हो न? आगे कभी पछताओगे तो नहीं कि 'व्यर्थ ही ऐसा वादा कर लिया था मैंने। मुझे तब क्या पता था कि गूदड़शाह बनने में इतनी तकलीफें हैं।' वादे से मुकर तो नहीं जाओगे, 'नहीं, यह मुझसे पार नहीं लगेगा; मैं गूदड़शाह नहीं बनूँगा?'"

"मैं जो बोलता हूँ उसका मतलब भी समझता हूँ," आवाज में अपनी चिढ़ जाहिर करते हुए शशांक ने सुनाया, "और अपने जीवन में मैं कभी पछता भी सकता हूँ, ऐसा मैं नहीं मानता। डंका पीटकर क्या होगा! यह तो समय ही बता देगा कि मैं गूदड़शाह बन सकता हूँ या नहीं।"

दंडधर थोड़ी देर चुप रहकर गौर से उसे निहारता रहा और इस निर्णय पर पहुँचने की कोशिश करता रहा कि उसे बेपेंदी का लोटा मानना उचित नहीं होगा। पर अभी भी उसे पूरी तसल्ली नहीं हुई थी। चुप्पी तोड़कर भौंह सिकोड़ते हुए उसने पूछा, "अच्छा, यह बताओ कि जब दुलहन तुम्हारे घर आ जाएगी, तो तुम्हारे उस 'मैं अकेला, मैं अकेला' का क्या होगा? दिन-रात दीमक की तरह किताबें चाटने की आदत क्या उसके बाद भी बनी रहेगी? मेला-ठेला चलने के लिए बीवी अगर कभी निवेदन कर बैठी, तो चमक तो नहीं पड़ोगे उस पर? कभी खेल-तमाशे दिखाने ले भी जाओगे अर्द्धांगिनी को?"

व्यंग्य बड़ा ही कटु लगा शशांक को, पर तब भी अपमान को पीकर उसने हाँ में सिर हिलाया।

"सिर मत हिलाओ," टनाका आवाज में दंडधर ने कहा, "मुँह से बोलो।"

"हाँ, हाँ," शशांक मुँह से बोला।

"क्या हाँ?"

"मेले भी ले जाऊँगा, तमाशे भी दिखा लाऊँगा।"

"चीखो मत, चीखो मत, धीरे बोलो," अचानक मीठी आवाज में दंडधर ने कहना शुरू किया, "और अब यह बताओ कि तुम्हारी जो बात-बात में रूसने-फूलने की आदत है उसका क्या इलाज होगा? मनाने से मानोगे भी, या महीनों गुम्मा बने

रहोगे, हर घड़ी अकड़-फों, बात-बात में आहार त्याग।"

"माँ मनाती थी, तो मानता नहीं था क्या?" शिकायत के लहजे में कहा शशांक ने।

"तो फिर मनाने से एक बार में मान जाओगे?"

शशांक ने सोचकर कहा, "कम-से-कम दो बार।"

दंडधर मुस्कराने लगा, तो शशांक लाज से सकपका गया। मुस्कराते हुए ही दंडधर ने पूछा, "बोली-ठोली मारने में तुम किसी से कम तो नहीं ही हो। अगर कभी तुम्हारी बीवी रूठ गई, तो मनाओगी भी उसे या निराहार मरने छोड़ दोगे?"

"मनाऊँगा, मनाऊँगा," शशांक बेधड़क बोला।

"अगर एक, दो या तीन बार में वह नहीं मानी, तो?"

"सौ बार में मानेगी? मना लूँगा।"

"उससे पहले ही मान जाएगी। पर मनाओगे, किस तरह? हाथ में डंडा लेकर तो नहीं पूछोगे, 'उपवास तोड़ती हो या नहीं? मानती हो या लगाऊँ डंडे?'"

शशांक को हँसी छूट गई। उसने हँसते हुए ही कहा, "नहीं-नहीं, उस तरह नहीं मनाऊँगा; दुलार-मलार से ही मनाऊँगा।"

"ठीक है, दुलार-मलार करोगे; मगर, मान लो, कभी किसी दुख-तकलीफ से, किसी दिन के रगड़े-झगड़े में उसके मुँह से जाने-अनजाने निकल जाए, 'मेरे तो करम फूटे थे जो इस घर में आई। बनारसवाला लड़का कितना सुन्दर था, बड़े घर का, राजकुमार! पसन्द तो उन लोगों ने कर ही लिया था मुझे, मगर मेरे माँ-बाप ही कसाई निकले। न जाने किस जनम का वैर था इस बेटी से। बड़ी दीदी आज राज करती है या नहीं राजमहल में! मेरे लिए कुआँ मिला था।' तब तुम क्या करोगे?"

शशांक हक्का-बक्का ताकने लगा दंडधर की ओर।

"ऐसा नहीं भी हो सकता है," दंडधर ने दिलासा देते हुए कहा, "मगर मान लो ऐसा हुआ, तो क्या करोगे?"

"ऐसा मान लूँ कि ऐसी रोने-धोनेवाली बीवी मेरे ही पल्ले पड़ेगी। खानदान की हड्डी देखकर पिताजी ने रिश्ता तय किया है।" शशांक ने रिस मारकर अपना जवाब दिया।

"खानदान की हड्डी देखकर ब्रजमोहन के बाप ने भी रिश्ता तय किया था; पर आज ब्रजमोहन को क्या-क्या नहीं सुनना पड़ रहा है अपनी बीवी से! जो अकेले ब्रजमोहन को फुसफुसाकर सुना देना है उसे भी चीख-चीख कर पूरे टोले को सुनाती रहती है। तुमने भी तो बराबर सुना ही होगा। परसों भी तो उसने चिल्ला-चिल्ला कर कहा था कि इस घोंचू मर्द के साथ फेरे दिलवाने में जिन लोगों ने एक तिनका तक उठाकर इधर से उधर रखा था वे सब हैजा में मर जाएँ, इसके लिए वह व्रत-पूजा करेगी।"

'घोंचू!' शशांक को सुनने में बड़ा ही खराब लगा।

"भगवान न करे ऐसा हो," दंडधर ने अपनी बात पूरी की, "मगर ऐसा हो गया, तब क्या करोगे तुम?"

घोंचू का जवाब...क्या जवाब?

"मन में कुछ है जो बोलना नहीं चाह रहे हो," दंडधर पूछ बैठा, "या कोई जवाब नहीं सूझ रहा है?"

"नहीं सूझ रहा है; अभी कोई जवाब नहीं सूझ रहा है।" शशांक ने शीघ्रता से उत्तर दिया।

"तब इतना ही बता दो," अत्यन्त कोमल स्वर में पूछा दंडधर ने, "कि पत्नी के मोरचा बाँधते ही तुम भी हाथ-पैर चमकाकर और आँखें मटका-मटकाकर ब्रजमोहन के लहजे में ही कहना तो नहीं शुरू कर दोगे, 'करम तो मेरे फूटे थे कि बाप ने कहाँ से लाकर मेरे गले में एक घेंघा बाँध दिया। किस देव ने मति मारी थी कि पहले ही हाँ नहीं कर दी थी मैंने। भागलपुर में शादी हुई रहती, तो सोने-हीरे से लदकर आई रहती भागवत गुप्ता की बेटी। दरवाजे पर आज मोटरगाड़ी होती और हौदा कसा हाथी भी। उस पर भी उसकी आँखों में लाज-शरम होती; तुम जैसी बेगैरत, बेहया होकर अपने शौहर से ही पंजे नहीं लड़ाती।"

"ऐसी गन्दी बातें मैं मुँह से निकाल नहीं सकता, "शशांक के चेहरे पर शिकन आ गई।

"और तुम भी ब्रजमोहन की तरह," दंडधर अपनी धुन में कहता चला गया, "पत्नी के आमंत्रण पर वाग्युद्ध को तिलांजलि देकर मल्ल-युद्ध में तो कूद नहीं पड़ोगे?"

ना में सिर हिलाने लगा शशांक, "ऐसा मैं नहीं कर सकता।"

"और जब घर का आँगन इस मल्ल-क्रीड़ा के लिए बहुत छोटा मालूम पड़ेगा, तो पत्नी के पीछे-पीछे तुम भी दरवाजे पर तो नहीं चले जाओगे?"

"छिः, ऐसा तो मैं सपने में भी नहीं सोच सकता।"

"और जब घर के दरवाजे पर भीड़ बहुत छोटी नजर आएगी, तो दोनों मियाँ-बीवी भीड़ जमाने के लिए सामने की सड़क पर तो नहीं चले..."

"बस, बस," शशांक चिल्ला पड़ा, "अब और बकने की जरूरत नहीं है।"

"ठीक है, यहीं रुक जाता हूँ," दंडधर ने सुलह के स्वर में कहा, "मगर बता दो, क्या करोगे तुम। क्या तुम भी ब्रजमोहन की तरह..."

"हाँ-हाँ, मैं भी ब्रजमोहन की तरह," शशांक क्रोधातिरेक में बेसुध हो गया, "वाग्युद्ध करूँगा, मल्ल-युद्ध करूँगा, आँगन में लड़ूँगा, दरवाजे पर लड़ूँगा और भीड़ छोटी देखकर हम मियाँ-बीवी बाजार की सड़क पर भी उठा-पटक करने जाएँगे। यही होना होगा, तो होगा; पर अब तुम मुझे लाख डराओ, धमकाओ, चिढ़ाओ और भूत दिखाओ, शादी तो अब मैं करके रहूँगा।"

इस जवाब पर दंडधर को अपना डंडा शशांक के सिर पर तान देना चाहिए था। पर ऐसा उसने नहीं किया। अजीब हरकत की उसने। हर्षोल्लास में उसने अपने दोनों हाथ आकाश में फैला दिये और बोल पड़ा, "बस, बस, मेरे लिए यही सुनना बाकी

रह गया था। अब और कोई सवाल नहीं। अब विदा लेता हूँ।"

शशांक के अन्दर से ही निकला हुआ वह दंडधर विदा होकर फिर शशांक के अन्दर नहीं हुआ। उसने सामने की राह पकड़ी और शशांक की नजरों से पीछा छुड़ाता हुआ धीरे-धीरे ओझल हो गया।

उसके जाने के बाद शशांक को अपने ही जवाब पर बार-बार हँसी आने लगी, '...अब चाहे जो हो, शादी तो अब मैं करके रहूँगा...'

2

पिता ने ठीक ही कहा था, "अब मेरी जिन्दगी का भी कोई भरोसा नहीं।" पर उन्हें भारी चिन्ता थी कि शशांक की माँ को वे क्या जवाब देंगे। वह बेचारी तो हर तरह से, हर तरफ से दूर हो गई थी। मगर अब शशांक की माँ से इतना-भर ही थोड़े कहना था कि "हो गई शादी तेरे बेटे की और तेरे सारे गहने-जेवर भी तेरी बहू को मिल गए," अब तो वह शशांक की माँ को पास बैठाकर देर तक घर का हाल-चाल सुनाएगा, रस ले-लेकर घर की बातें बताएगा, कहते-कहते अघाएगा नहीं...

"बाप रे बाप, कितना भारी काम सौंप दिया था तुमने मुझे, शशांक की माँ। यह लौंडा तो शादी के लिए तैयार ही नहीं हो रहा था। मुझे कहता था, 'अभी नहीं', और राधेश्याम को कहता था, 'कभी नहीं।' मुझे तो डर लगता था, कहीं रामशरण न हो जाए। गाँव में कोई साधु-फकीर आता था, तब तो मैं चौकन्ना हो उठता था कि कहीं लौंडा उसके पीछे न लग जाए। एक बार तो उसकी गैरहाजिरी में मैं उसके कमरे में भी घुस गया था जाँच-पड़ताल करने कि साधु बनने की कोई तैयारी तो नहीं चल रही है उसकी। कमरे के कोने-कोने में ढूँढ़ता रहा कि कहीं कोई चिमटा-कमंडल, बघछाला-मृगछाला तो नहीं है। ऐनक लगाकर उसकी ढेर सारी किताबों तक को उलट-पलटकर देख लिया कि लौंडा इस उम्र में कोई विरक्ति-वैराग्य की चीजें तो नहीं पढ़ा करता है। वह सब तो नहीं मिला, शशांक की माँ, पर दिल में धड़का तो लगा ही रहता था। आखिर 'शादी नहीं करूँगा' कहने का कारण क्या हो सकता है। लगता था, जरूर यह अन्दर-ही-अन्दर छिप-छिपकर कोई भारी, भयंकर योजना बना रहा है। रात की नींद तक हराम हो गई थी। लगता था किसी दिन सुबह में उठने पर यह देखने को मिलेगा कि रात के ही किसी पहर में छोकरा अपनी सारी किताबें और बक्से से मेरा पुराना कम्बल निकालकर भाग गया है; और मरने से पहले शायद यह सुनने को मिल जाएगा कि वह तो मूँड़ मुड़ाकर किसी ठाढ़ेश्वरी की जमात में शामिल हो गया था या किसी योगेश्वर से चिपट गया था। जब बिलकुल थक गया, तो मारा मैंने मन्तर; और एक ही मन्तर में उसे वश में कर लिया...

"और तुम अचरज करोगी, शशांक की माँ, कि तुम्हारा वही बेटा शादी होते ही

इतना पालतू और घराऊ हो कैसे गया। उसे तो घर की डोरी ऐसी लगी रहती है कि अब दीन-दुनिया की भी खबर नहीं रखता वह। जितनी गुफ्तगू मैंने तुम्हारे साथ तीस वर्षों में नहीं की होगी, उतनी तो उसने पहले महीने में ही पूरी कर ली होगी। जब देखो तब कमरे में फुसफुस, फुसफुस। ऐसा घर घुसना बन गया है कि घंटे-भर के लिए भी घर से बाहर नहीं रह सकता। राधेश्याम को तो जानती ही हो कि बचपन से ही वह कितना शरारती रहा है। दरवाजे पर आते ही आवाज लगा देता था, 'अरे, शशांक, घर में हो, भाई? पाँच मिनट के लिए बाहर आ सकते हो?' अब तुम खुद सोचो कि उस वक्त उसकी नजर मुझ पर पड़ जाती, तो उसकी क्या हालत होती और खुद मेरी क्या हालत हो जाती। मैं तो जैसे ही उसकी आवाज सुनता, बिस्तर पर सिर से पाँव तक चादर ओढत्रकर लम्बा हो जाता।

"पता नहीं, शशांक की माँ, यह बहू का जादू है या तुम्हारा बेटा ही इतना पत्नी-परायण है कि बीवी का मुँह देखे बगैर एक पखवारा गुजार नहीं सकता। जब भी बहू मैके गई है, एक पखवारा से अधिक वहाँ नहीं रह पाई है। मुझसे कोई बहाना बनाकर ससुराल चला जाता था तुम्हारा लाड़ला और वहाँ कोई बहाना बनाकर बीवी को साथ लिये चला आता था। जब आ जाती थी बहू, तब तो अपनी और उसकी भी लाज बचाने के लिए मुझे कहना ही पड़ता था, 'अच्छा किया जो बहू को ले आए; मुझे खाने-पीने की काफी दिक्कत हो रही थी।'

"तुम खुद याद करो, शशांक की माँ, कि कितने दिनों बाद तुम्हारा गौना हुआ था। शादी के बाद पूरे तीन साल तक किसी मेला-ठेला में भी लुक-छिपकर तुम्हारा चेहरा मुझे देखने को नहीं मिला था। और अब अपने लाड़ले का किस्सा सुन लो। शादी हुए महीना-भर मुश्किल से हुआ होगा कि पहुँचा राधेश्याम मेरे पास; कहने लगा, 'चाचाजी, अब, जब शशांक की शादी हो गई है, तो बहू को ले आना ही उचित है। जब तक औरत घर में नहीं आ जाती, घर का रूप नहीं सुधरेगा। और फिर आपको भी तो खाने-पीने का महाकष्ट हो रहा होगा। क्यों नहीं अगले महीने ही गौना का दिन तय कर लेते। ससुरा राधेश्याम क्या खाक कहेगा, उसे तो तेरे बेटे ने सिखा-पढ़ाकर भेजा था। चाहता तो मैं भी था कि गौना जल्दी करा दूँ; मगर मैं कुछ करूँ, कुछ बोलूँ, इससे पहले ही तेरे बेटे की अर्जी आ गई। सोचो, मैं कर सकता था ऐसा?

"और, शशांक की माँ, इनकी चिट्ठी-पत्री का हाल सुनोगी, तो दाँतों तले उँगली काटोगी। तुम भी तो चिट्ठी लिखती थी। क्या रहता था इसमें? एक छोटे-से पन्ने में दो-चार पद, खून से लिख रही हूँ...और स्याही न समझना...और पंछी बन जाऊँ... उड़कर आ जाऊँ...बस, यही सब न? पर इनकी चिट्ठियाँ देखकर तो तुम अन्दाजा भी नहीं लगा पाओगी कि ये एक बार में कितने गीत-दोहे लिखते हैं; या फिर लिखते होंगे एक-एक मिनट की बात, छींकने-खाँसने तक का हिसाब। कभी-कभी इस लौंडे की असावधानी से डाकिया मेरे हाथ चिट्ठी देता था, तब मैं तो चिट्ठी को हैरत से देखता

रह जाता था। न जाने कितने पन्ने अन्दर ठुसे रहते थे कि लिफाफे का पेट फटने-फटने को हो जाता था। हाथ में चिट्ठी देकर डाकिया कहता था, 'इस पर पूरे टिकट चिपकाए नहीं गए हैं; बीस पैसे देने पड़ेंगे।' एक बार दे दे आदमी, दो बार दे दे; पर यह क्या कि हर बार बीस पैसे, पचीस पैसे, तीस पैसे। एक बार तो मन रिसाया कि नवाबजादे को बोल ही दूँ, 'इस बार की चिट्ठी में यह भी लिख देना कि बहू लिफाफा डाक में डालने के पहले उसे तराजू पर तौलवा लिया करे और फिर डाकबाबू से पूछकर पूरे टिकट चिपका दिया करे। यहाँ दुगुने पैसे लग जाते हैं।'

"और इस तरह कहीं चिट्ठियाँ लिखी जाती हैं, जैसे कि और कोई काम ही नहीं हो। मैं ही, शशांक की माँ, क्या तुम्हें कम चाहता था! पर इस तरह डाकघर में डंका तो नहीं पीटता था। मुझे तो लगता है कि रोज एक चिट्ठी उधर से आती थी और एक इधर से जाती थी। जब देखो, शशांक बाबू डाकखाने का रुख पकड़े हुए हैं। एक बार तो ऐसा हुआ कि बहू सुबह में विदा हुई और बबुआ दोपहर होते-होते हाथ में लिफाफा लिये डाकखाना की ओर निकल गया। मुझे तो एक चिट्ठी तुम्हें लिख देने पर कहीं से दस रुपये का इनाम भी मिला करता, तब भी रोज-रोज चिट्ठी नहीं लिख पाता मैं तुम्हें। मुझे तो याद है कि एक चिट्ठी लिखने में कम-से-कम पन्द्रह दिन लग जाते थे मुझको, और वह भी पूरी होती थी आधी-आधी रात तक जगने पर।

"हाँ, एक बात में मैं बहू को तुमसे बीस जरूर मानूँगा, अब चाहे इसके लिए तुम पछताओ या दुख मनाओ। तुम भी लिफाफे के पीछे स्याही से फूल बना देती थी; पर उस फूल से भला सुगंध निकले! बहू की कोई भी चिट्ठी आती थी, तो खुशबू से तर रहती थी। एक घड़ी सूँघते रहने का मन करेगा किसी का भी! मुझे तो लगता है, वही सुगंध सुँघा-सुँघाकर बहू ने तुम्हारे बेटे को मोह लिया है। इस तरह बीवी पर लट्टू होते तो मैंने आज तक किसी को नहीं देखा था।

"तुम तो बहुत खुश हो रही हो कि तुम्हारा बेटा बड़े सुख में है; पर इसके लिए मुझे कितना सावधान रहना पड़ा है, यह मैं ही जानता हूँ। पहले तो किसी तरह शादी के लिए राजी किया तुम्हारे बेटे को, और फिर मन में सोचा कि लड़की ऐसी सुन्दर ला दूँ कि शादी होते ही ससुरे का वैराग्य-फैराग्य हवा हो जाए। और अब जो तुम्हारा लाड़ला बहू पर लट्टू हो गया है, तो विश्वास करो, उस बेचारे का काई दोष नहीं है। लड़की है ही इतनी रूपवती। तुम तो यही समझोगी कि मैं तुम्हें खुश करने के लिए बोल रहा हूँ; पर सच कहता हूँ, शशांक की माँ, कि जो सुन्दरता तुम्हारी बहू के तलुए में है वह कभी तुम्हारे मुँह में भी नहीं थी। चेहरा तो उसका ऐसा चमाचम है कि अँधेरे में भी साफ दिख जाए। तुम्हें याद हो न हो, पर मुझे तो अच्छी तरह याद है कि जब कोहबर में मैंने तुम्हारा घूँघट हटाया था, तो हल्की रोशनी के बावजूद मैं तुम्हारे चेहरे को ठीक से नहीं देख पा रहा था। मैंने लालटेन की बत्ती उकसाई थी और फिर लालटेन को बिलकुल तेरे मुँह के पास लाकर तुम्हारा चेहरा देखा था। तुम्हारे बेटे को

बहू का चेहरा अँधेरे में भी देखने के लिए दीया-बाती करने की जरूरत कभी नहीं पड़ेगी, विश्वास करो।

"नाक-नक्श तो ऐसा है उसका, शशांक की माँ, कि मेरे जैसा भुलक्कड़ आदमी भी पचीस बरस बाद हजार की भीड़ में उसे ढूँढ़ निकाले। तुम्हारा चेहरा भी तो कोई कम सुन्दर नहीं था, पर सोचो, महीना नहीं लगा और तुम्हारा चेहरा मैं भूल गया। शादी के बाद तीन वर्षों तक, जब तक गौना नहीं हुआ, मेले-ठेले में जाता, तो यही सोचता कि अगर अचानक तुम मुझे मिल जाओ, सामने से गुजर जाओ, तो मैं तुम्हें पहचान भी पाऊँगा या नहीं। लाख कोशिश करने पर भी मुझे केवल तुम्हारी नाक की नकमुन्नी याद आती थी, चेहरा-मोहरा तो बिलकुल नहीं।

"मैं जो बहू के केवल रूप का बखान करता जा रहा हूँ, तो जरूर तुम्हारे मन में खटका हो रहा होगा कि ऐसी रूपवती को तो अपने सिंगार-पटार से ही फुरसत नहीं रहती होगी, कंघी-चोटी में ही व्यस्त रहती होगी वह दिन-भर, आईना लेकर बैठी रहती होगी। पर सुन लो, शशांक की माँ, ऐसी सुलक्षणा बहू तो चिराग लेकर ढूँढ़ने से भी न मिले। ऐसी रूपवती हजार में एक मिल भी जाए, पर ऐसी गुणवती तो पाँच हजार, दस हजार में एक मिले तो मिले। मैंने भी खानदान की हड्डी देख ली थी, ठोंक-बजाकर देख लिया था कि किस घर की बेटी को अपने घर ले जा रहा हूँ। तब जाकर यह रिश्ता तय किया था मैंने। रूप को क्या आदमी धो-धोकर पीएगा! तुम इस भय से बिलकुल मुक्त हो जाओ कि अपने रूप के जाल में फँसाकर बहू तुम्हारे बेटे से पाँव-चप्पी करवाती होगी, रसोई के बरतन मँजवाती होगी और अपनी साड़ी-चोली तक फिचवाती होगी। अरे, ऐसे तो एक बार, अभी तक याद है मुझे, मैंने भी तुम्हारे सिर में कंघी कर डाली थी, अपने ढंग से बाल गूँथ-सँवार कर वेणी तक बना डाली थी, और कई बार जोर-जबरदस्ती तुम्हारे हाथ-पैर की मालिश तक कर डाली थी; पर यह सब क्या तुम्हारे रूप के जाल में फँसकर? गुण थे तुम में, इसलिए। बहू के रूप का चाहे जो असर हो तुम्हारे बेटे पर, असली असर उसके गुणों का है। अपने गुणों से उसने मोह लिया है तेरे बेटे को। तू भागवन्त है जो ऐसी पतोहू मिल गई तुम्हें।

"तुम्हारी बहू तो ऐसी खुशकदम है, शशांक की माँ, कि पाँव रखते ही घर का नक्शा बदल गया। घर का पिछवाड़ा कैसा था? नाक नहीं दी जाती थी वहाँ। वहाँ अब फूल उगते हैं। ऐसा साफ-सुथरा हो गया है कि घड़ी-दो घड़ी वहाँ बैठने की इच्छा हो जाती है। और उस घर में तुम्हारी हिम्मत नहीं होगी कि नाक सिनककर कहीं भी नेटा फेंक दो। गया वह जमाना। मैं तो बहुत सँभल-सँभलकर छींकता-थूकता भी था। एक दिन, क्या बताऊँ, मैंने साफ-सुथरे आँगन में एक चोता थूक फेंक दिया। थूक तो दिया, पर देखता क्या हूँ कि बहू झाड़ू-पानी लिये वहाँ आई और उस गन्दगी को साफ किया। उस दिन तो मैं दिन-भर बहू के डर से उसके सामने तक नहीं आया। और उसी शाम क्या देखता हूँ कि बिस्तर के पास थूकदान पड़ा है। शुरू में तो, शशांक की माँ,

बहुत लगा-लगाकर उसमें थूकने का अभ्यास करना पड़ गया था मुझे। जानती हो, वह थूकदान बहू अपने हाथों साफ करती थी।

"घर तो तुम भी बहुत सज-सँवारकर रखती थी, मगर बहू ने तो तुम्हारी भी नाक काट ली। मुझे याद आता है कि तुम्हारे जमाने में किसी-किसी दिन सुबह में पारवाना जाने के लिए लोटा खोजने में व्यायाम करना पड़ जाता था मुझे घर-आँगन में चक्कर लगाकर। तुम्हारे जमाने में घर के ऊखल-मूसल तक को टाँगें हुआ करती थीं और नजर की ओट होते ही वे चल-फिरकर इधर-उधर छिप जाती थीं। हर चीज फुदकती रहती थी। अब घर की सूई तक की क्या मजाल कि जहाँ रख दी गई वहाँ से एक जो भी इधर-उधर खिसक जाए।

"कहने को तो अभी भी रसोइया बिनमा ही है, पर बहू तो उसे चौके में भी घुसने नहीं देती। वह बस बाहरी काम करता है। रसोई का पूरा काम बहू के जिम्मे। और पाक कला में वैसी ही निपुण। खाना तुम भी अच्छा बनाती थी, लेकिन ले-देकर वही भात-दाल-तरकारी, दाल-भात-तरकारी। कभी-कभी उसी में पापड़-अचार भी जोड़ देती थी। लेकिन बहू का तो यह हाल कि जो सब्जी आज खा लोगी वह कल नहीं मिलेगी। तुम खा रही हो आलू, मगर सोच रही हो, आखिर यह है किस चीज की सब्जी। सुनो किस्सा। एक दिन उसने बनाई एक चटनी। बड़ी अच्छी लगी। उसके तीसरे दिन अचानक मुझे उस चटनी की याद आ गई और उसे चखने को जीभ चल गई। पर बहू को कहूँ तो कैसे कहूँ! नाम तो उस चटनी का मैं जानता नहीं था। तब मैंने बिनमा को बुलाया और उससे कहा बहू को कहने के लिए कि बुधवार को दिन के भोजन में जो उसने लाल-सी चटनी बनाई थी उसे आज भी बनाए। कोई विश्वास करेगा कि जवानी से अधिक बुढ़ापे में भूख लगे! मेरे साथ तो यही हुआ।

"अब तो जमाना ऐसा आ गया है, शशांक की माँ, कि कोई बाप यह सोचकर बेटे की शादी रचाए कि बहू आकर कभी एक गिलास पानी भी देगी माँगने पर, तो उसे मैं तो भारी मूर्ख मानता हूँ। पर धन्य है यह बहू! मैं दिन में कितनी बार छींकता था इसकी भी गिनती रखती थी वह! अगर कुछ अधिक छींक बैठता, कभी हल्की खाँसी उखड़ जाती, तब उसका तो कलेजा उखड़ जाता। फिर तो दिन-भर गरम पानी, गरम दूध, गरम घी, गरम तेल। रात-बरात भी कभी अलसाते, देह चुराते उसे नहीं देखा मैंने। अब इसी से तुम अन्दाजा लगा लो कि जब बीमार होकर मैंने खाट पकड़ ली, तो कितनी सेवा की होगी उसने। एक टाँग पर खड़ी रहती थी, एक टाँग पर, चौबीसों घंटे।

"तुमने तो जिद मचा रखी थी कि सुहागन रहकर ही मरूँ। सुबह-सुबह भगवान से यही प्रार्थना और सोने जाती थी रात में तब भी यही बुदबुदाकर सोती थी। अरे, मेरे मरने से एक घड़ी पहले मरती, तब भी तो सुहागन रहकर ही मरती। पर तुम्हें न जाने क्या जल्दी थी, क्या डर था कि हड़बड़ा गई। अगर इस अनबोल रानी के साथ एक पखवारा भी गुजारने का मौका तुम्हें मिल जाता, तो अपनी यह जिद ही भूल जाती,

सच कहता हूँ। तब तो अगर मैं कभी कहता भी कि 'शशांक की माँ, अब हम लोग चलें, देरी हो रही है,' तो तुम झनककर कह पड़ती, 'तुम्हें जल्दी है तो जाओ; मुझे जल्दी नहीं है। ऐसी पतोहू के रहते मैं अभी नहीं मरूँगी।'

"घर का मालिक तो मैं पहले भी था; पर तुम्हारे घर में, इसे शिकायत मत समझो, मैं कौड़ी के तीन था। घर में तुम्हारी मनमानी चलती थी। लेकिन इस बहू के आते ही मुझे तो लगा कि मेरी इज्जत बहुत बढ़ गई है। मेरी यह तो आदत नहीं कि किसी के दूके लगाऊँ, पर कभी-कभी आँगन से गुजरते हुए या अपने कमरे से भी मेरे कानों में शशांक को धमकाते हुए बहू के स्वर सुनाई पड़ जाते थे, 'बुलाऊँ बाबूजी को? कह दूँ बाबू जी से?' और तब कान लगाते ही तुम्हारे बेटे की घिघिआहट सुनाई पड़ती थी, 'चुप, चुप, चिल्लाओ मत; आ जाएँगे बाबूजी!' अब उनके बीच क्या कहा-सुनी होती थी, मैं क्या जानूँ! तुम्हारा बेटा कैसा है, यह तो तुम जानती ही हो, परले दरजे का हठी-जिद्दी! तुम्हारे दुलार-मलार ने तो उसे बिलकुल खराब कर दिया था। बहू का रंदा पड़ने लगा, तब मुझे तो खूब खुशी हो रही थी। बहू तो कोई अच्छी बात ही कह रही होगी, और वह अपनी जिद पर अड़ रहा होगा। मुझे तो अगर उनके बीच जाना पड़ जाता, तब मैं तो आँख मूँदकर बहू का पक्ष ले लेता। मगर मैं क्या मूर्ख था जो मियाँ-बीवी के पचड़े में पड़ने जाता! पहली बार, क्या बताऊँ शशांक की माँ, मैं खड़ाऊँ खट-खट करते आँगन से गुजर रहा था कि बहू की आवाज कानों में पड़ी। मैं तो डर गया कि कहीं सचमुच बहू कमरे से बाहर आकर मुझसे कुछ कहने न लगे। मैं तो जहाँ का तहाँ ही रुक गया। खड़ाऊँ दुश्मन; खट-खट, खट-खट! खड़ाऊँ से उतर गया मैं, सावधानी से हाथों में खड़ाऊँ सँभाली और वहाँ से सटक गया। कमरे में आकर सिर से पाँव तक चादर।

"तुम सोच रही होगी कि इतनी देर हो गई, तो अवश्य मुझे हुक्के की तलब हो रही होगी। मेरा हुक्का पीना तो तुम्हारे मरने के बाद ही छूट गया, आप-से-आप। उसके बदले में एक नई आदत लग गई थी। बहू ने लगा दी थी। आने के बाद पहली बार मेरे सामने उसने मुँह खोला था। बिनमा से भी पुछवा सकती थी, पर नहीं, खुद आ गई पूछने सुबह-सुबह, 'बाबूजी, चाय पीएँगे?' बहू सीधे मुझसे पूछ रही है, मैं तो घबरा गया, लाज से सिकुड़ गया। घबराहट में उस वक्त मेरे मुँह से कुछ भी निकल सकता था, 'हाँ' भी, 'नहीं' भी। निकल गई 'हाँ'। अब उस दिन से ही सुबह-सुबह गरम-गरम चाय की आदत। घबराहट में 'हाँ' कह देने-भर से चाय की आदत लग गई, 'ना' भी कह सकता था।

"लो, हुक्के का असली किस्सा तो मैंने तुम्हें सुनाया ही नहीं। सुन लो। एक दिन तुम्हारा बेटा भाँग खाकर आया था। भाँग ही खाई होगी उसने। होली का दिन था। राधेश्याम ने कह-सुनकर खिला दी होगी। लौंडे की अक्ल तो देखो, ढलेल का ढलेल ही रह गया; बीवी के सामने हाँकने लगा, 'आज तो मैं भाँग खाकर आया हूँ।' ऐसा ही

कुछ कहा होगा। बहू को भला बरदाश्त हो यह बात! बिगड़ गई वह, 'बुलाऊँ बाबूजी को?' मैंने मन-ही-मन कहा, 'मुझे मत बुलाओ, बहू। यह आदमी तुमसे ही ठीक होगा।' बेटा तुम्हारा गिड़गिड़ाए जा रहा था। 'चुप, चुप, हल्ला मत करो।' मैंने मन-ही-मन कहा, 'नहीं, बहू, चुप मत रहो; खूब रंदा दो। जब तक कान पकड़कर यह उठ-बैठ न करे तब तक तुम चुप मत होना!' बहू तो जैसे मेरे मन की बात सुनती जा रही थी। उसने फटकारना बन्द नहीं किया, 'एक रोज पी ली या सौ रोज पी ली, बात बराबर है।' बिलकुल ठीक। बहुत पढ़वैया बनता है, तो अब करे बीवी के साथ बहस। अब किधर गया अकड़-फों! मेरे सामने अकड़ता था, 'अभी शादी नहीं करूँगा, कभी शादी नहीं करूँगा।' अब दो जवाब बीवी को। जवाब खाक देगा। मुँह की बोलती तो बन्द थी। हाथ जोड़कर खड़ा होगा बीवी के सामने। बहू थी कि अपनी रौ में कहे जा रही थी, 'मैं यह सब नहीं सुनूँगी, एक दिन, एक दिन। क्या मतलब एक दिन का? एक दिन दारू पी आइए, एक दिन ताड़ी ढाल लीजिए, किसी एक दिन चिलम चढ़ाइए, एक दिन हुक्का गुड़गुड़ाने...'

"हुक्का!" उसके बाद तो मुझे कुछ सुनाई ही नहीं पड़ा कि और क्या-क्या बोल गई बहू। हुक्का का नाम सुनते ही मैं तो चिहुँक पड़ा। हुक्का पीते तो बहू ने मुझे कभी देखा नहीं था। तब ऐसा तो नहीं कि अभी के रगड़े में इस नालायक ने ही अपने को निर्दोष साबित करने के लिए अपने बाप की ही शिकायत कर डाली हो, 'वाह-वाह, पिताजी वर्षों हुक्का गुड़गुड़ाते रहे तो कुछ नहीं, और एक दिन मैंने भाँग छानी तो जुल्म हो गया!' या, ऐसा हुआ हो कि मेरी गैरहाजिरी में कभी आ गई हो बहू मेरे कमरे में और उसकी नजर हुक्के पर पड़ गई हो। वही हुक्का जो तुमने मेरे लिए सिंहेश्वर मेला से लाया था, अभी भी अंट-शंट चीजों के साथ मेरे कमरे में ही एक ताखा में पड़ा था। उसे फेंक देने का कभी ध्यान ही नहीं रहा। यह भी तो नहीं जानता था कि यह हुक्का कभी बहू की आँखों में खूँटी की तरह गड़ेगा। और आज बहू ने मौका निकालकर अपने मर्द पर तीर चलाते-चलाते एक तीर इधर भी फेंक दिया। पर अपनी इस शंका पर मुझे खुद ही विश्वास नहीं हुआ। बहू ने तो ऐसी तबीयत पाई है कि जिस दिन उसकी नजर हुक्के पर पड़ जाती उसके दूसरे दिन से ही चिलम भरकर भेजने लग जाती वह। और अगर शशांक शिकायत करता, तो इसके लिए उस पर और भी डाँट पड़ती, 'बुरी चीज है तभी तो इतने वर्षों की आदत को भी उन्होंने वनवास दे दिया।' लेकिन तब भी ताखा में पड़ा वह हुक्का मुझे डराने लगा। अब उस वक्त से यही फिक्र लग गई कि कैसे चुपके से उसे फेंक आऊँ। हालाँकि दोनों उस वक्त कमरे में बन्द थे, मगर मैंने हुक्का को कुरता के अन्दर कमर में खोंसा और चुपचाप पिछवाड़े में जाकर उसे एक गड़हा में डाला और ऊपर से इतनी मिट्टी और कूड़ा डाल दिया कि फिर कभी उसके ऊपर निकल आने की गुंजाइश ही न रहे।

"लो, मैं किस्से लेकर बैठ गया और असली बात तुम्हें बताई ही नहीं। तुम्हारी

बहु और बेटे के तो इतने किस्से हैं कि जब भी बैठूँगा, दो-चार सुना दूँगा। तुम सुनती रहना। मगर एक और बात है जो तुम्हें सुनानी है। ऐसे नहीं सुनाऊँगा। लाओ, कान इधर लाओ...ऊँहूँ, और नजदीक...हूँ...हूँऊँऊँऊँ, सच कह रहा हूँ। मैं भला जान पाता! कौन कहता मुझे? बहुत घुमा-फिराकर यह बात राधेश्याम ने मुझे बताई। लगता है, तू यहाँ भी बेटे के लिए ठाकुर-सेवा करती है।

"तू मर गई, शशांक की माँ, तब मुझे तो यही लगता था कि अब यह घर उजड़ गया। लेकिन अब मैं बेफिक्र हूँ। बहू ने पुरानी गुहस्थी अकेले सँभाल ली है। तू है ही बड़ी भाग्यवन्त, शशांक की माँ; बहू के रूप में ऐसी सुघड़ घरनी मिल गई और इतनी जल्दी यह शुभ समाचार।"

उस दिन दिव्या ने भी कहा था, "ऐसे नहीं सुनाऊँगी। कान इधर लाइए...ऊँहूँ, और नजदीक...हूँ..."

शशांक उस दिन भी रूठकर गुस्सा बना हुआ था। उस दिन भी उसने मन में सोच लिया था, आज आसानी से नहीं मानेगा वह। आज वह अपने होंठों पर हँसी नहीं आने देगा, चाहे दिव्या कैसी भी अदा से मुस्कराए। आज मुँह से कोई बोल फूटने नहीं देगा, चाहे दिव्या कुछ भी कहकर क्यों ने उसे उकसाए।

मगर दिव्या उस दिन भी बाजी मार गई, और उस दिन तो ऐसा हुआ कि शशांक ही उसका निहोरा करने लगा।

दंडधर ने शादी से पहले ही पूछ लिया था शशांक से, "तुम्हें जो बात-बात में रूसने-फूलने की आदत है, उसका क्या होगा? मनाने से मानोगे तो?"

"माँ मनाती थी, तो नहीं मानता था क्या?" शशांक ने उत्तर दिया था।

पर माँ कैसे मनाती थी इस रूसना बेटे को, किस मंत्र से मनाती थी, दिव्या को नहीं मालूम। वह बेचारी तो मनाते-मनाते परेशान हो उठती थी, 'बाप रे बाप, इतना गुस्सा! मैं तो तंग आ गई इस मर्द से। राम जाने, माँ जी कैसे सँभालती थीं इन्हें बचपन में। मुझसे तो अब पार नहीं लगेगा मनाना। चार हाथ का मर्द, कहीं इस तरह गाल फुलाए। खूब फुलाइए गाल, अब मैं तो चली।'

पर चैन कहाँ दिव्या को, जब तक शशांक मान न जाए। दंडधर को तो लगभग वचन दिया था शशांक ने कि रूठने पर दो बार मनाने से वह मान जाएगा, मगर यहाँ तो गिनना मुश्किल है कि उसके एक बार रूठने पर बेचारी दिव्या को कितनी बार मनाना पड़ता है। तय तो यह भी हुआ था कि अगर कभी दिव्या रूठ गई, तो शशांक उसे मनाएगा, सौ बार मनाएगा। पर बेचारी दिव्या को क्या मालूम कि किस दंडधर के

साथ किस कुँवारे की कैसी गुफ्तगू हुई थी। यहाँ तो यह हाल था कि केवल शशांक रूठेगा; और सौ बार में माने या हजार बार में, दिव्या के जिम्मे है उसे मना लेना। दिव्या को रूठने की फुरसत भी तो नहीं देता उसका मर्द।

माँ तो मनाती होगी नुनु-बाबू कहकर, 'यह दूँगी, वह दूँगी, जलेबी मँगा देती हूँ, मेले घुमा लाऊँगी।' दिव्या भी यही बोली बोले? बोले, मगर कैसे? यहाँ तो शशांक ऐसा अबोला ठानता है कि कुछ सुनने-विचारने को भी तैयार नहीं होता, 'खबरदार! मुझे मत छुओ...जाओ, अपना काम करो। तंग मत करो मुझे...हाँ-हाँ, मैं पानी पीकर ही रहूँगा; तुम्हें क्या लगता है! तुम थाली भरकर खाओ। मना करने तो नहीं जाता हूँ... एकदम गँवार औरत है। क्यों कर रही हो इस तरह?...

तब क्या करे दिव्या? शशांक के साथ रहते-रहते जो थोड़ी-बहुत अक्ल हासिल हुई है उसे ही भिड़ाती है बेचारी।

एक दिन तो दोनों ओर से अबोला ठन गया था।

उस दिन घर में बिनमा नहीं था, मगर दिव्या ने बाजार से सब्जी लाने के लिए शशांक से नहीं कहा। वह थैले को ही एक ठुनका मारकर बोली, "रे थैला, आज तू खुद चला जा बाजार और सब्जी ले आ। अब मुझसे किसी की खुशामद नहीं होगी।"

सब्जी ले आया था शशांक, मगर उसने दिव्या को टोका नहीं।

एक अवसर मिला तो, मगर शशांक ने दिव्या से नहीं, दीवार से कहा, "ऐ दीवार, जरा पूछकर बताओ, मेरी कोई गंजी धुली हुई है या नहीं।"

दिव्या ने कोई जवाब नहीं दिया, चुपचाप गंजी लाकर शशांक की बगल में रख दी।

बेहतर लगा दिव्या को लालटेन को ही समझा देना, "ऐ लालटेन, अभी ही तुम्हें चेता देती हूँ। रात में खटपाटी मत लेना। घर में किरासन तेल नहीं है। तुझे गरज हो तो खुद कनस्तर लेकर चली जा बाजार और तेल ले आ। दूसरे के भरोसे मत रह। अब इस घर से कोई कनस्तर लेकर बाजार नहीं जाएगा। बाजार में लोग रहते हैं; और उनका क्या ठीक, कनस्तर को पाखाना का कनस्तर समझ बैठें।"

शशांक ने हँसी दबाई और करवट ले ली, बोला कुछ नहीं।

पतलून पहनते-पहनते अचानक शशांक रुआँसा होकर बिगड़ उठा, दिव्या पर नहीं, "एक भी बटन नहीं, एक साथ सब गायब। सब साले मुझसे ही दुश्मनी करेंगे, मुझे ही सताएँगे। यह घर अब रहने लायक नहीं रहा।"

पतलून एक ओर फेंक दिया गया। दिव्या उसे उठाकर बटन लगाने बैठ गई। कनखियों से दोनों एक-दूसरे को देखते रहे, मगर इस सावधानी के साथ कि एक की नजर दूसरे से नहीं मिले।

"ऐ नमक! तू आज-भर के लिए चीनी बन जा, प्यारे। घर में चीनी नहीं है और

महाराज अभी मौन-व्रत के साथ आलस्य-देव की पूजा में लगे हुए हैं। भात में भी चीनी खानेवाले महाराज के आदेश पर घर की छत तो चीनी बरसाएगी नही। तू फिर कल नमक ही हो जाना, बस, आज-भर चीनी हो जा।"

चीनी का प्रबन्ध तो कर देगा वह, शशांक ने मन में सोचा, मगर वह बोल नहीं सकता है। अब देख ही ले यह औरत कि किसकी जिद बड़ी है।

पूरे कमरे को छान मारने की बजाय शशांक ने केवल पलँग के नीचे एक नजर डाली और एक दिव्या को छोड़कर शेष सबसे पूछताछ करने लगा, "ऐ कुर्सी, मेज, पलँग, खिड़की, दरवाजा, दीवार, लोटा, गिलास! तुम लोगों में से अगर किसी ने मेरी चप्पल निगली है, तो तुरन्त उगल दो। मुझे जरूरी काम से बाहर जाना है।"

दिव्या कमरे में आ गई थी, और कमरे के जिस कोने में चप्पल पड़ी हुई थी उस पर बरस पड़ी, अबे ऐ कोना! तुझे इतनी अक्ल नहीं है कि जरा आगे बढ़कर मालिक की चप्पल मालिक के पैरों के पास रख दे? तू भी आज रूठा हुआ है क्या, रे? बीवी के साथ तेरा भी झगड़ा हो गया है?"

कोने को डाँटकर चली गई दिव्या।

जलावन समाप्त हो जाने की सूचना वह दो दिन पहले से देती चली आ रही है, अब आज बिलकुल समाप्त हो गई है तो हो जाए, अब वह नहीं भूँकेगी, मन में सोचा दिव्या ने; पर तब भी एक बार चूल्हे से कह देना उसने उचित माना, "रे चूल्हा, घर में जलावन नहीं है; शाम से कैसे जलेगा तू?"

यह सुनकर मुँह बिचकाते देखा शशांक को दिव्या ने।

तब उसने ऐंठकर चूल्हा से कहा, "अब शाम से क्या मैं मैके से जलावन मँगाकर जलाऊँगी?"

इस बार केवल मुँह बिचकाने से काम नहीं चलेगा, ऐसा लगा शशांक को। वह बिस्तर से उठकर चूल्हा के पास चला आया और बोला, "रे चूल्हा, जरा अपनी चूल्ही से पूछ कि कभी उसके मैके से जलावन आया है क्या?"

"क्यों रे चूल्हा," दिव्या ने फिर चूल्हा से ही कहा, "जब तेरे घर में जलावन नहीं रहेगा, तब बेचारी चूल्ही क्या करेगी, मैके से ही तो जलावन मँगाएगी।"

"पूछ, पूछ रे चूल्हा, चूल्ही के मैके से कभी कोई मक्खी पंखों पर गुड़ लेकर भी आई है?"

"रे चूल्हा, अभी महीना-भर पहले ही जो एक झाँपी भरकर शुद्ध घी की खजूर, खाजा और मोतीचूर के लड्डू आए थे, वे किसके मैके से आए थे, रे? बोलो, जरा मुँह खोलकर बोलो।"

"रे चूल्हा, चूल्ही के लिए आया होगा और चूल्ही ने ही खाया होगा। तुझे भी मिला था क्या?"

"क्यों रे चूल्हा, इतनी जल्दी भूल गया, पूरा हफ्ता तू सुबह-सुबह नाश्ता में क्या

खाता था? और कभी-कभी तो रात में एक बजे, दो बजे उठकर मोतीचूर का लड्डू कौन चाभता था और कौन आँखें मटकाकर, मुँह नचाकर अपने आप बुदबुदाता था, 'ओह, मजा आ गया, मजा आ गया!' मैं क्या उस वक्त सोई रहती थी?"

"रे चूल्हा, पूछ कितने पैसे हुए खजूर, खाजा और लड्डू के। मैं कल ही भिजवा दूँ पैसे।"

"रे चूल्हा, उस पैसे से अभी जलावन मँगवा ले; तकाजा होगा, तो बाद में पैसे भिजवा देना।"

इस बार सचमुच बहुत कठोर प्रतीज्ञा कर डाली थी शशांक ने। इतने नियंत्रण में तो वह अपने को कभी भी नहीं रख पाया था। न कभी हँसी फूटी, न सीधे-सीधे दिव्या की बातों का उसने जवाब दिया और न समझौता के लिए कोई भूमिका ही बाँधी।

तब दिव्या को लगा कि वह अपनी हार कबूल कर ले। शशांक के कमरे में टँगे भगवान शिव के चित्र के आगे वह हाथ जोड़कर खड़ी हो गई और स्पष्ट स्वर में शशांक को सुनाने लगी, "हे प्रभु, मैं कसम खाकर कहती हूँ कि अब से मैं एक भले आदमी से यही निवेदन करूँगी कि सुबह में उठते ही वह पहले भरपेट भोजन कर ले, फिर अगर जरूरत समझे तो दतवन कर ले, और उसके बाद अगर उसे ऐसा लगे कि कोई दुश्मन लम्बी-चौड़ी फौज लेकर उस पर चढ़ आया है तो वह पाखाना भी चला जाए। किसी भी हालत में वह खाना खाने के पहले स्नान न करे।"

भगवान शिव को अपनी बात सुनाकर दिव्या शशांक से मुखातिब हुई और उसकी ठोढ़ी पकड़कर उससे कहा, "अब तो मेरा जी रखिए। कसम भी खा ली मैंने। ले आऊँ खाना?"

शशांक झटपट उठकर बिस्तर पर बैठ गया और बोला, खाना नहीं खाऊँगा तो क्या भूखा रहूँगा? मगर तुम ऐसा क्यों बोली, 'पहले खाना, फिर दतवन, फिर पाखाना!' मैं क्या सुबह में उठकर पाखाना नहीं जाता हूँ, दतवन नहीं करता हूँ? स्नान मैं अपनी मर्जी से दिन में कभी भी करूँगा; इच्छा नहीं होगी, तो नहीं करूँगा। और इसके लिए मैं तुम्हारी बोली और कचकच भी बरदाश्त नहीं करूँगा।"

बोलना समाप्त करते ही अचानक शशांक को खयाल आया कि जीत तो दिव्या की हो गई। आज खाना नहीं खाने का उसने पुख्ता निर्णय लिया था, मगर बहुत आसानी से तैयार हो गया वह खाना खाने के लिए। जीत गई दिव्या; आज फिर वह हार गया।

और उस दिन जिस दिन दिव्या ने कहा था, 'ऐसे नहीं सुनाऊँगी, कान इधर लाइए,' उस दिन तो दिव्या की जीत होनी ही थी।

उस दिन शशांक को यह काफी बुरा लग रहा था कि घंटे-भर से वह रूठा हुआ है और दिव्या को जैसे इस बात की परवाह ही नहीं। वह मजे में घूम रही है, टहल

रही है, गुनगुना रही है, और आते-जाते उसे मटकी मार देती है। यह तो किसी भयानक द्रोह का सूचक है, उसके दुर्भेद्य किले को उड़ा देने की साजिश, उसके अहंतंत्र को जबरदस्त ठोकर, निश्चय ही सत्ता-हस्तान्तरण के लिए खतरनाक प्रयास।

उसने तीखी निगाहों से आती-जाती दिव्या को घूरना शुरू किया।

अचानक दिव्या उसके पास आई, "आप बहुत देर से कुछ बोल-बतिया नहीं रहे हैं। इतनी देर तक तो चुप रहनेवाले नहीं थे आप। रूठे हुए तो नहीं हैं?"

"हाँ, रूठा हुआ हूँ," शशांक ने अपनी अवस्था से दिव्या को अवगत करा देना नितान्त आवश्यक समझा, "अवश्य रूठा हुआ हूँ।"

दिव्या ने स्वगत-भाषण किया, "साबो दीदी ठीक कहती थीं।"

ऐसी भद्द तो कभी नहीं हुई थी उसकी, शशांक ने मन में सोचा, उसने तो स्पष्ट शब्दों में कहा कि वह रूठा हुआ है। पर बजाय इसकी कि वह पूछे, 'क्यों रूठे हुए हैं,' ठोढ़ी पकड़े, 'मान जाइए', गिड़गिड़ाई, 'अब ऐसी गलती नहीं करूँगी', वह साबो दीदी को याद करने लगी है।

दिव्या की ओर तिरछी निगाह फेंककर उसने पूछा "क्या कहती थीं साबो दीदी?"

स्वगत कथन के लहजे में ही कहती रही दिव्या, "साबो दीदी कह रही थीं, 'कनियाँ, यह लड़का बहुत नाजो से पाला हुआ है। यह तब तक तुम्हें तंग करता रहेगा जब तक कोई इसे तंग करनेवाला न आ जाए।'"

"मैं किसी को तंग नहीं करता; और मुझे तंग करनेवाला कौन आएगा," शशांक ऐंठकर बोला, और फिर पूछा, "और क्या-क्या कहती थीं साबो दीदी?"

"अब मैंने भी सोच लिया है," दिव्या अपनी रौ में कही जा रही थी, "कि इनके साथ अब ऐसा सलूक किया जाए कि इनकी ऐंठ कुछ कम हो, अकड़ कुछ ढीली हो।"

"कैसा सलूक?" लहजा बता रहा था, अकड़ कुछ और बढ़ ही गई है।

"अब किसी को बुलाना ही पड़ेगा।"

"बुला लो। मैं भी देखूँ, कौन आता है। एक तो तुम्हारा भाई हरिचन्द आ सकता है। कुछ-कुछ गुंडा की तरह वही दिखता है। हाँ, एक और कोई चौधरी भी है तुम्हारे गाँव में जिसने कभी एक गीदड़ मारा था।"

"एक लाठी उसके हाथ में दूँगी और कहूँगी कि अब इस जरा भाँजकर दिखा दे।"

"बौकू पहलवान को देखा है? अभी भी कहीं मिलता है तो सलाम करता है बौकू। उसे एक इशारा कर दूँ तो जिसका मुंड चाहूँ कटवाकर मँगवा लूँ। यह मत समझना कि बहुत सीधा हूँ मैं।"

"बौकू-फौकू पहलवान क्या उससे हाथ मिलाएगा!"

"तुम्हारा पूरा गाँव उठकर आ जाए, तो बौकू और कल्लू ही उनसे निबट लेंगे, तीसरे की जरूरत नहीं पड़ेगी। उन दोनों के हाथ में लाठी उठाते ही पूरी भीड़ काई-सी फट जाएगी, काई-सी।"

"कहूँगी उससे कि इस मर्द की टीक पकड़ और जितना इसने मुझे नचाया है उतना ही इसे भी नचा। और फिर मैं खड़ी होकर तमाशा देखती रहूँगी। जब बौकू और कल्लू पहलवान आएँगे, तो वे भी आपको सलाम कर आपका नाच देखने लगेंगे, और फिर हँसकर पूछेंगे, "मालिक, यह आपका ही बेटा है?"

इतना कहकर अचानक दिव्या पलटकर कमरे से बाहर निकल गई।

शशांक के मुँह से एक हाथ लम्बा 'क्या' निकला।

उसने दिव्या को हाँक नहीं लगाई, बाहर निकला और सामने ओसारे पर कुछ ढूँढ़ रही दिव्या के पास जाकर पूछा, "क्या कहा तुमने?"

"कुछ तो नहीं," दिव्या ने अनमने ढंग से जवाब दिया।

"अभी कहा न कि बौकू और कल्लू क्या तो हँसकर पूछेंगे?"

"तो क्या मैं अपना भला-बुरा भी न सोचूँ? कोई मुझे तंग करेगा, तो क्या मैं चुप रहूँगी?"

"नहीं, चुप नहीं रहोगी। मगर अभी क्या कहा तुमने कि बौकू और कल्लू..."

"जो कहना था मैं और सबसे कह चुकी हूँ।"

"और किससे?"

"छत से, दीवार से, खिड़की से, दरवाजा से, थैला से, कनस्तर से।"

"मुझसे नहीं?"

"जरूरी नहीं है; मगर आप सुनना चाहेंगे, तो कह दूँगी।"

"कहो न, मैं सुनना चाहता हूँ।"

तब दिव्या ने कहा था, "ऐसे नहीं सुनाऊँगी; कान लाइए इधर।"

कोई और बात होती तो शशांक खीझ उठता, 'कान क्या मेरी जेब में हैं! जो बोलना हो, बोलो।' मगर उस वक्त उसने चुपचाप कान उसकी ओर बढ़ा दिया।

दिव्या ने फिर अकड़कर कहा, "ऊँहूँ, और नजदीक..." और फिर उसने शशांक के कान में अमृत घोल दिया।

"सच?"

दिव्या मुस्कराते हुए वहाँ से भागकर शशांक के कमरे में चली गई। पीछे से शशांक आया तो देखा, दिव्या आँखें बन्द कर बिस्तर पर लेट गई है। एक क्षण निहारता रहा शशांक दिव्या के चेहरे को, फिर धीरे-धीरे उस पर झुक गया और कान के पास बहुत धीमी आवाज में पूछा, "सच, दिव्या?"

दिव्या ने कोई जवाब नहीं दिया, मगर मुस्कराहट अब उसकी पलकों पर भी उतर आई थी। शशांक ने अब और नहीं पूछा, धीरे से अपने होंठ उसके होंठों पर रख दिये।

दिव्या के दमकते हुए चेहरे पर अपनी नजर टिकाए शशांक ने हार्दिक आह्लाद के साथ मुस्कराते हुए पूछा, "हँसकर क्या कहेगा बौकू पहलवान?"

शशांक देर तक खोया-खोया रहा था, और फिर अचानक उसे महसूस हुआ कि वह कुछ भूलता जा रहा है;...भूलता जा रहा है कि बौकू पहलवान हँसकर क्या तो कहेगा...दिव्या को अभी भी याद होगा...

"और कितनी बार कहना पड़ेगा?" हँस पड़ी दिव्या।

"हजार बार, मगर इतना सिर्फ एक बार कि बौकू ने बेटा कहा था या बेटी।" शशांक की ओर देखते हुए भी दिव्या एक क्षण के लिए आत्म-लीन हो गई और फिर बोली, "आप क्या चाहते हैं?"

"तुम बोलो।"

शशांक सोचने लगा, क्या चाहिए दिव्या को? क्या बोले वह?

दिव्या सोचने लगी, क्या चाहता है शशांक? क्या बोलूँ 'बेटा या बेटी?'

उसने सोचकर कहा, "बेटी का आगमन तो शुभ माना जाता है, मगर हर औरत पहले एक पुत्र की कामना करती है।"

शशांक ने फौरन कहा, "बेटी हो तब भी ठीक; मगर मैं चाहता हूँ, एक जोड़ीदार मिल जाए। और फिर तुम्हारी बेटी तो न लाठी भाँज पाएगी और न मेरी टीक पकड़कर मुझे नचाएगी।"

एक समस्या का हल ऐसे हो गया जैसे कि पैसे का प्रबन्ध हो गया ओर अब खरीद के लिए बाजार जाने-भर की देरी है।

और यह तय होते ही शशांक ने मन में आई पहली बात दिव्या को बता दी, "जानती हो, दिव्या, तुम्हें अब से अच्छी-अच्छी तसवीरों पर निगाह डालनी चाहिए, बाल-कृष्ण का स्मरण करना चाहिए।"

"क्यों?"

"जैसी सूरत पर निगाह पड़ेगी, बच्चा वैसी सूरत लेकर ही पैदा होगा।"

दिव्या हँसने लगी, "यह आपको किसने बताया?"

"मैंने राधेश्याम को देखा था अपने कमरे को सुन्दर-सुन्दर चित्रों से सजाते। जिधर भी नजर जाती देवताओं के सुन्दर मुखड़े दिख जाते थे। ऐसा एक चित्र भी नहीं था जिसमें कोई कुरूप चेहरा हो। एक लुभावने बच्चे का चित्र तो उसने ऐसी जगह टाँका था कि सुबह में आँख खुलते ही पत्नी की नजर सीधे उस पर पड़े। कुरूप चेहरों से तो उसने ऐसा परहेज लागू किया था कि बाबा हनुमान की एक तसवीर भी, उनसे माफी माँगकर उसने कमरे से हटा दी।"

दिव्या जोर-जोर से हँसने लगी।

"राधेश्याम ने ही मुझे यह सब बताया था," शशांक बोला और फिर कुछ अचरज प्रकट करते हुए दिव्या से पूछा, "तुम्हें यह सब नहीं मालूम?"

दिव्या ने मुस्कराते हुए हाँ में सिर हिला दिया।

"तो फिर इस काम को मैं आज ही अंजाम दे दूँ," शशांक ने काफी उत्साह से

कहा, "कुछ चित्र तो मैं पूर्णिया और कटिहार से ले आऊँगा, पर मेरे पास पत्र-पत्रिकाओं में भी ढेर सारे सुन्दर चित्र हैं। मैं अभी ही उन्हें काट-छाँटकर निकाल लेता हूँ।"

"आप यह काम कीजिए, तब तक मैं रसोई का काम पूरा कर लेती हूँ।" बच्चे को किसी खेल में मस्त देखकर जैसे माँ फुरसत पा लेती है, कुछ वैसी ही फुरसत मिली थी दिव्या को।

फुरसत कहाँ मिली! शशांक ने उसे डाँटकर कहा, "रुको, तुम भी साथ बैठो; एक दिन बिनमा ही रसोई बना लेगा, तो कोई जुल्म नहीं हो जाएगा।"

दिव्या चली जाती, तब जुल्म हो जाता।

दिव्या को सामने बैठाकर और डाँट-डपटकर उसने हाँ-हूँ बुलवाते हुए शशांक ने पत्र-पत्रिकाओं से ढेर सारे चित्र कतर लिये। कठोर परीक्षण के दौरान पहली दृष्टि में पसन्द किये गए कई चित्रों का बाद में उसने बहिष्कार कर दिया। एक चित्र में एक चित्रकार बच्चा चित्र बना रहा था। खुद तो वह बहुत सुन्दर और स्वस्थ दिखता था, पर उसने जिस लड़की का चित्र बनाया था उसके टाँग-हाथ लाठी की तरह थे, उँगलियाँ बड़े-बड़े काँटों की तरह, और सिर के बाल किसी झाड़ी के मानिन्द। शशांक को भय हुआ, क्या पता, दिव्या की नजर चित्रकार बच्चे पर कम और उसके बनाए चित्र पर अधिक पड़े। यही डर उस चित्र को देखकर भी लगा जिसमें एक बच्चे ने विज्ञापित दुग्ध-चूर्ण खाकर एक दैत्य को पटक मारा था; दैत्य का मुँह दिखाई पड़ता था चित्र में। एक चित्र में बच्चा हृष्ट-पुष्ट था तो जरूर, मगर एक विशेष मलहम लगाने के पहले वह बुरी तरह छींक रहा था। उसके छींकने का अन्दाज बिलकुल पसन्द नहीं आया शशांक को। एक मोटे-ताजे और प्रसन्न बच्चे का चित्र उसे इसलिए नहीं भाया कि परीक्षा-भवन में बैठते ही उस बच्चे के दिमाग से कल तक का पढ़ा सब कुछ गायब हो जाता था; बच्चा शंख-पुष्पी शरबत पिए बगैर चला आता था परीक्षा देने।

और दीवारों पर नजर दौड़ाकर उसने दिव्या से कहा, "तुम झटपट लेई बना लाओ; मैं अभी ही चिपकाने का काम भी पूरा ही कर डालूँ। उठो, जल्दी करो।"

दिव्या किसी हठी और नटखट बच्चे को मनाने की बेबसी के साथ उठी और लेई बना लाई।

चित्र चिपकाते हुए एक जगह वह अचानक रुक गया, मुस्कराते हुए अपना सिर खुजलाने लगा और फिर दिव्या को पास बुलाकर सामने टँगे अपने चित्र की ओर इशारा करते हुए पूछा, "इस चित्र के चेहरे को जरा देखो तो; इसे रहने दूँ या हटा दूँ?"

दिव्या शरमा गई। उसने कोई जवाब नहीं दिया, उचककर चूम लिया अपने पति को और पलटते हुए बोली, "आती हूँ।"

मंत्र-मुग्ध-सा खड़ा रह गया शशांक एक क्षण, पर कमरे से बाहर निकल रही दिव्या को उसने आवाज लगा ही दी, "रुको, अभी और काम हैं।" दिव्या नहीं रुकी; 'आती हूँ, आती हूँ' कहते हुए भाग गई वह कमरे से बाहर।

घर को चित्रों से इस तरह सजाकर, कि कोई मनमुखी और मनमौजी बालक भी शरारत और मनमानी की पूरी छूट होने के बावजूद किसी पान-दूकान को इससे बेहतर नहीं सजा सकता था, शशांक ने राहत की एक लम्बी साँस छोड़ी।

और फिर लगातार रट लगाना शुरू किया, "दिव्या!...दिव्या!...दिव्या!...दिव्या!..."

इस रट के जवाब में एक बार पिता ने बिनमा को हाँक लगाई।

दिव्या दौड़ती-भागती कमरे में दाखिल हुई।

"देखो, दिव्या, मैंने..."

"इस तरह कहीं हाँक लगाई जाती है। बाबूजी भी क्या सोचते होंगे!" कमरे में घुसते ही दिव्या बरस पड़ी।

"क्या हुआ?" शशांक ने कुछ सहमकर पूछा।

"हुआ मेरा सिर। बोलिए जल्दी, क्या कहना है।"

शशांक कुछ हतोत्साहित हो गया, और एक क्षण चुप रहकर मिठास भरे स्वर में बोला, "इस तरह गुस्साओगी तो कैसे होगा। एक दिन मेरा काम नहीं कर सकती?"

दिव्या कुछ ढीली हुई; मुस्कराहट रोक नहीं पाई और पूछा, "और क्या काम बाकी बचा है?"

"तुम तो उकता जाती हो," खिन्न होकर कहा शशांक ने, "थोड़ी देर बैठो न!"

"लीजिए, बेठ गई।" बिस्तर पर बैठते हुए दिव्या ने कहा।

दिव्या को दया-द्रवित देखकर शशांक ने बात चलाई, "बच्चे का कोई नाम भी सोच रही हो?"

हँसी दबाकर दिव्या ने कहा, "अभी ही? बेटे का पता नहीं और करधनी तैयार!"

"पता कैसे नहीं है?" शशांक ने कृत्रिम क्रोध प्रकट किया और फिर अपना तर्क दिया, "करधनी तैयार करने में भी तो समय लगेगा।"

यह कहते-कहते शशांक का ध्यान दिव्या की दबी हँसी की ओर चला गया। उसने बहुत गौर से दिव्या के चेहरे को निहारते हुए कहा, "तुम तो समझ रही होगी कि मैं निरा बच्चा हूँ। मगर सुन लो, मेरा यह रूप केवल तुम्हारे सामने है। घर के बाहर तो मैं बिलकुल बुजुर्गों की तरह पेश आता हूँ। बीची के सामने क्या डर, क्या लाज! समझती हो, समझो। तुम्हारे लिए मैं बच्चा, मेरे लिए तुम बच्ची। मैं तो बेटे का नाम आज से ही सोचूँगा। यह काम एक दिन की मेहनत और सोच-विचार से होनेवाला नहीं है। बहुत सोचकर एक अच्छा-सा नाम ढूँढ़ निकालना है।"

"तो फिर?"

"हँसो मत, गम्भीर बनो।"

"बोलिए भी तो।"

"मैंने तो सोचा है, एक बही बना लूँ," शशांक ने कहना शुरू किया, "उसमें जब जो अच्छे नाम याद आए लिखते चलो। एक बही बेटी के लिए भी बना ही लो। तब

बाद में कोई झंझट नहीं होगा। जल्दी ही नामों का एक भंडार हो जाएगा हमारे पास। शुभ घड़ी के आते ही एक सुन्दर-सा नाम चुन लेंगे हम।"

"ठीक है; अब खाना ले आऊँ?"

एक क्षण सोचकर कहा शशांक ने, "हाँ, खाना ले ही आओ!"

खाना खाते हुए कुछ बोलने के लिए शशांक ने मुँह खोला ही था कि दिव्या कह बैठी, "पहले खाना खा लीजिए, फिर आराम से अपनी बातें सुनाइएगा।"

शशांक नहीं माना, देखो, इसी बात के लिए मैं तुम्हें हिदायत करने जा रहा था। अभी मैं खा रहा हूँ। कोई विचार मेरे मन में आता है जो तुमसे कह देना है। अब अगर मैं सोचूँ कि पहले खाना खा लूँ, फिर मुँह-हाथ धोकर थोड़ी देर सुस्ताऊँ, और तब जो कुछ कहना हो कहूँ, तो मैं कोई अक्लमन्दी का काम नहीं कर रहा हूँ। इस बीच वह विचार ही मेरे दिमाग से गायब हो गया, तो? बाद में उस बात को याद करने के लिए मैं उछलूँ-कूदूँ; मन मसोसूँ कि गलती से यह डकैती हो गई; तड़पूँ? तुम्हें फिर लग रहा होगा कि मैं बच्चे की तरह बकबक कर रहा हूँ। तुम्हें लगता है, तो लगे। तुम जो कहो मैं वही मान लूँ, यह जरूरी नहीं है। मैं तो अब महापुरुषों के कथन को भी जाँचकर देख लेता हूँ। उनकी बात भी बगैर सोचे-समझे नहीं मान लेता। हर आदमी अपने लिए, महापुरुष है; हर महापुरुष दूसरों के लिए बच्चा है। जीवन की गाड़ी में जो बैल जुते हैं, उन्हें महापुरुषों की शक्तियों की टिटकारी से नहीं हाँका जा सकता; उन्हें जमाना देखे हुए गँवई-गँवार की अनगढ़ उक्तियों की छड़ी की सटकार से ही आगे बढ़ाना है..."

"कौर भी चलाते रहिए; और असली बात बोलिए न। मुझे कोई काम नहीं है क्या!" दिव्या ने अपनी थकान जाहिर की।

"मैं तुम्हें असली बात ही बता रहा था, मगर तुम तो अपनी हरकत से किसी बात की गम्भीरता ही नष्ट कर देती हो। गैरजरूरी या कम जरूरी कामों के लिए काफी वक्त रहता है तुम्हारे पास, जरूरी कामों के लिए नहीं; और तुम्हें यह भी पता नहीं है कि जरूरी काम तुम्हारी फुरसत के लिए रुका नहीं रहता। मान लो, तुम रसोई में सब्जी बना रही हो और तुम्हें अचानक एक अच्छा-सा नाम सूझ गया। अब अगर तुम सोचो कि 'पहले सब्जी बना लूँ, फिर नाम दर्ज कर दूँगी बही में', तो यहाँ तुम भीषण गलती कर रही हो। जो खयाल मन में अचानक आता है वह अचानक चला भी जाता है। तुम्हारा मगज भी ऐसा नहीं है कि जब चाहो होंठों पर एक सुन्दर-सा नाम निकाल लाओ। एक दिन जली-अधपकी सब्जी खा लोगी, तो स्वास्थ्य बहुत बिगड़ नहीं जाएगा; मगर एक अच्छा नाम हाथ से निकल गया, तो भारी नुकसान हो जाएगा। एक नाम की उम्र सौ-सौ वर्ष होती है। एक सुन्दर नाम..."

शशांक अपने वक्तव्य में और भी बहुत कुछ जोड़ना चाहता था, पर दिव्या ने बीच में ही अपनी सहमति उसके साथ जता दी, "ठीक है, अब जैसे ही कोई नाम याद

आएगा, दौड़कर आऊँगी और बही में टाँक दूँगी। बस तो? अब बाबूजी को खाना खिला देती हूँ।"

शशांक ने पत्नी के चेहरे को ठीक से पढ़ा कि उसके मन में कहीं कोई दुराव-छिपाव तो नहीं है और फिर बोला, "अभी और काम बाकी हैं, जरूरी काम। तुम बाबूजी को खाना परोसकर आ जाओ! वहाँ बिनमा को बैठा देना।"

दिव्या को आने में देर हुई, तो इस बार शशांक ने हाँक नहीं लगाई, बाहर निकला और चुपचाप दिव्या को खींचता हुआ आ गया। कमरे में आते ही उसने पत्नी से कहना शुरू किया, "देखो, बच्चा सुन्दर चेहरा-मोहरावाला हो इसका तो हम लोगों ने प्रबन्ध कर लिया; पर बच्चा गुणों से भरा-पूरा हो, वीर हो, विद्वान हो, बड़ा आदमी बने, इसके लिए तो कुछ नहीं सोचा।"

"इसके लिए क्या करना होगा?" दिव्या ने जिज्ञासा की, कुछ उसी तरह जिस तरह बच्चे कहानियाँ सुनते हुए हुंकारी भरते हैं।

शशांक के लिए इतना ही पर्याप्त था। दिव्या का ध्यान उसकी बातों पर है, इतने से काम चल जाता था शशांक का। काम इससे भी चल सकता था कि ध्यान कहीं हो दिव्या का, मगर उस वक्त उसके मुँह से कोई बुदबुदाहट प्रकट न हो, 'बाबूजी को बिनमा ने दूध दिया कि नहीं? रोटी के लिए बिनमा ने पूछा कि नहीं?' ऐसी कोई बाधा आ भी रही हो तो दूर ही रह जाए, यह सोचकर शशांक ने पूरे हाव-भाव के साथ तुरन्त बोलना शुरू कर दिया, "तुम अपने मन में बराबर महापुरुषों का स्मरण किया करो, बड़े-बड़े विद्वानों का, वीरों का, पराक्रमियों का।"

"ठीक है।" दिव्या ने कोई बहस नहीं की।

पर इस कारण ही शशांक गरम हो उठा, "बस, कह दिया, 'ठीक है।' यह नहीं पूछा कि कैसे विद्वानों का स्मरण करना है, किन वीरों-पराक्रमियों के बारे में सोचते रहना है।"

"गलती हो गई; आप बता दीजिए।" दिव्या ने मुस्कराते हुए कहा।

शशांक ने उसकी चिढ़ाऊ मुस्कराहट की ओर ध्यान नहीं दिया और आगे बढ़ा, "तुम्हारी नजर में तो तुम्हारे कलासन के दशरथ झा भी बड़े भारी पंडित हैं। तुम अनेक बार उनकी प्रशंसा कर चुकी हो। पहले मैं कुछ नहीं बोलता था कि तुम सोच बैठोगी, तुम्हारे मैके का पंडित तक मुझे पसन्द नहीं। पर आज बोलना जरूरी समझता हूँ कि अपनी शादी में ही मैंने देख लिया था कि वे संस्कृत मंत्रों का शुद्ध उच्चारण तक नहीं कर पाते थे। और तुम अपने मैके के किसी चौधरी की वीरता का भी जब-तब बखान करती रही हो, पर जान लो कि एक पागल गीदड़ को खदेड़कर मार देने से ही कोई आदमी बड़ा वीर नहीं हो जाता। अब ऐसे लोगों की चर्चा आगे कभी मत करना।"

"ठीक है, आप रोज सुबह मुझे एक विद्वान और एक वीर के नाम बता दिया

करेंगे; मैं दिन-भर उन्हें जपती रहूँगी।" दिव्या ने बहुत सहज ढंग से कहा।

यह सुनकर शशांक ने खुफिया निगाह से पत्नी के चेहरे को एक क्षण घूरा और फिर बोला, "अगर यह तुम मजाक में कह रही हो, तो मैं तुम्हें भारी मूर्ख मानता हूँ।"

"मैं मजाक में नहीं कह रही हूँ। आप सन्देह क्यों कर रहे हैं।"

"मैं नाम की माला जपने को नहीं कह रहा हूँ। तुम महापुरुषों के जीवन-चरित्र को जानो, उनके गुणों को याद करो, बस। मैं ऐसे लोगों की जीवनियाँ लाकर तुम्हें दूँगा। तुम उन्हें पढ़ते रहना। फिर अनायास तुम उन्हें याद करती रहोगी।"

"हाँ, ऐसे वीर को बाद कर दीजिएगा," दिव्या ने इस बार भी काफी गम्भीरता से कहा, "जो अपनी सारी सेना को युद्धभूमि में भेज देने के बाद अचानक अपने महल में रूठ जाए और हथियार फेंककर कहे, 'अब मैं लड़ने नहीं जाऊँगा।' जो झलाहा वीर बात-बात पर रूठे, बात-बात पर आहार-त्याग करे, ऐसे वीर को भी मैं याद करना नहीं चाहती।" दिव्या कहकर मुस्कराने लगी।

शशांक को काम बिगड़ने का डर नहीं रहता, तो अभी के गुस्से पर वह रूठे बगैर नहीं रहता। पर उसने बुद्धिमानी की, मन को काबू में रखा, और हँसकर कहा, "मजाक छोड़ो।"

"अब और कोई काम तो नहीं है न?"

"और कोई क्या काम हो सकता है, इस पर तुम भी सोचो। अभी तुरन्त मुझे और कोई काम नहीं सूझ रहा है। हाँ, एक काम बच गया है। मैं समझता हूँ कि यह भी एक जरूरी काम ही है।"

"क्या?"

"पिताजी को भी इसकी खबर होनी चाहिए।" सबसे अधिक खुशी तो उन्हें ही होगी।"

दिव्या मुस्कराने लगी और शशांक सोचने लगा कि पिताजी को कैसे खबर दी जाए। एक उपाय जल्दी ही उसे हाथ लग गया और वह बोला, "मेरे लिए सम्भव नहीं है कि मैं उन्हें यह खुशखबरी सुनाने जाऊँ। तुम भी भला कैसे उनसे यह कहने जाओगी! मैं तो समझता हूँ कि राधेश्याम के जरिये ही उन तक यह खबर पहुँचा दूँ।"

और शशांक उसी वक्त तैयार होकर राधेश्याम के घर की ओर चला।

उस दिन केवल उस दिन का काम समाप्त हुआ था। उस दिन के बाद वह ऐसा व्यस्त हुआ कि उस व्यस्तता से फिर कभी मुक्त नहीं हो पाया। अगले ही दिन वह पूर्णिया चला गया! किताबों की दूकानों में उसकी नजर 'स्त्री धर्म प्रश्नोत्तरी,' 'भक्त नारी' और 'आदर्श देवियाँ' पर भी पड़ी थी, पर अब ये किताबें उसे आकृष्ट नहीं कर पाईं। उसने तो खोज-पूछकर, ढूँढ़-ढूँढ़कर 'माता-पिता और बच्चे', 'बच्चों का लालन-पालन', 'प्रसव से पहले, प्रसव के बाद' जैसी पुस्तकों की एक गठरी बनाई और वापस घर आया। दिन-भर की दौड़-धूप के बावजूद रात की गाड़ी से घर पहुँचने पर वह बिलकुल

तरोताजा दिख रहा था; थकान का कहीं कोई चिह्न नहीं। उस रात में लगभग सारी किताबों के प्राक्कथन, आमुख, प्रस्तावना, मुखबन्ध, दो शब्द और उपोद्‌घात उसने पढ़ लिये। शीघ्रातिशीघ्र हर पुस्तक को अथ से इति तक पढ़ जाने की जरूरत को ध्यान में रखते हुए शशांक ने आँखों में नींद झमकने के बावजूद अगली सुबह, अब से हर सुबह, खूब सवेरे जग जाने का एक बार फिर पुख्ता निर्णय ले लिया।

भोर में आखें खोलते ही दिव्या ने देखा, पति बगल में बैठकर उसकी ओर ही निहारते हुए मुस्करा रहा है। वह हड़बड़ाकर उठ बैठी, "सूरज उग गया क्या?"

"नहीं, अभी नहीं उगा है। इधर मैंने आठ-दस वर्षों से सूर्योदय नहीं देखा है। एक बार पटना से आते समय इसका मौका भी मिला था, पर रेलगाड़ी में इस बात का ख्याल ही नहीं रहा। रात में अचानक जोरों की इच्छा हुई कि सूर्योदय देखूँ। बिलकुल भूल गया हूँ कि सूरज कैसे उगता है। तुम भी उठ जाओ न।"

दिव्या उठी, उठकर बाहर गई और फिर अन्दर आकर पति से बोली, "बाबूजी की तबीयत तो ठीक नहीं थी। देखती हूँ, उन्होंने सवेरे ही स्नान कर लिया है।"

शशांक ने कुछ झेंपते हुए सुनाया, "नहीं, अलगनी पर मेरी धोती टँगी है। सोचा, उठ गया हूँ तो अब स्नान भी कर ही लूँ। सुह के स्नान का आनन्द लिये हुए भी तो न जाने कितने वर्ष गुजर गए थे।"

दिव्या टुकुर-टुकुर पति को निहारने लगी, तो पति ने उसका ध्यान तोड़ दिया, "उठकर सबसे पहले मैं पाखाना गया, फिर दतवन किया और तुरन्त बाद ही स्नान। उठो, अब जल्दी से तुम भी पाखाना से हो आओ। आज हम लोग पिछवाड़े में खड़े होकर सूर्योदय देखेंगे।"

जब तक दिव्या पाखाना से लौटकर नहीं आ गई, शशांक आकुल-व्याकुल यही मनाता-सोचता रहा कि अगर आज की तरह ही हर रोज उसे भोर-भिनसार में उठ जाने, झटपट पाखाना से हो आने, तुरन्त दतवन कर लेने और लगे हाथ शीतल जल से बेखौफ स्नान कर लेने की भी आदत लग जाए, तो कितना अच्छा हो! अगर आज पसेरी-भर लड्डू चढ़ा देने से इतना कुछ हो जाए उसके साथ—मगर इस बात का पक्का यकीन दिला दे उसे कोई—तो एक पसेरी की जगह दो पसेरी लड्डू वह किसी भी देवता को चढ़ाने के लिए तैयार हो जाएगा। बेटे को भी कभी पता चलेगा कि किस बाप से पाला पड़ा है। अगर उसकी इस नित्यचर्या का पता गाँव के लोगों को लग जाए—इसके लिए वह सुबह में गाँव की सड़क पर थोड़ा टहल भी लिया करेगा—तो उसके नाम में चार चाँद लग जाएँगे; और पिताजी तो उसकी बड़ाई जिस-तिस के पास करते हुए उसकी दिनचर्या की चर्चा सबसे पहले करेंगे।

दिव्या लौटकर आई तो देखा पति की आँखें एक खुली किताब पर टिकी हुई हैं।

और उस दिन से फिर ऐसा कभी नहीं हुआ कि शशांक कमरे में हो और उसके आसपास कुछ किताबें बिखरी हुई न हों, और कम-से-कम एक किताब उसके सामने खुली हुई।

यह कोई नई बात नहीं थी दिव्या के लिए; नया बस इतना-भर था कि शशांक के पाठ्य-क्रम की सारी पुस्तकें एक-ब-एक बदल गई थीं। आलमारियों में ठूँसकर बन्द कर दिये गए कालिदास, शेक्सपियर, दांते, गेटे, मिल्टन मन मसोस रहे थे कि कूड़ा-कोठ को भरने के लिए हर तरह का कूड़ा-कचरा इकट्ठा करने में तो उन्होंने कोई कोर कसर नहीं की, मगर लम्बी उम्र में एक क्षण के लिए भी यह अक्ल नहीं आई कि दस-पाँच दाई-धाई-चमाइन से पूछ-पाछकर कोई हल्की-फुल्की किताब भी जच्चा-बच्चा पर लिख मारे।

उस दिन से उन पुस्तकों का ऐसा पठन-पाठन शुरू हुआ कि शशांक को फिर कभी सूर्योदय देखने तक का भी ध्यान नहीं रहता था। पहले भी वह पत्नी को पास बैठाकर कविता-कहानी पढ़-पढ़कर सुनाया करता था, पर अब की तरह वह पत्नी को एकाग्रचित्त और दत्तचित्त होने के लिए पहले कभी इतना ठोंकता-बजाता नहीं था, टहोका नहीं मारता था।

दिव्या पास नहीं होती, तब भी उसका अध्ययन और चिन्तन चालू रहता। दिव्या के लिए भोजन-तालिका तो उसने दो-तीन दिनों की कमर-तोड़ मेहनत के बाद अकेले ही तैयार की थी।

दिव्या सामने होती, तो दिव्या से अधिक उसके पेट का शिशु नजर आता शशांक को...

"दिव्या! हूँऊँऊँऊँ..."

"क्या हुआ?"

"अब तुम्हारा काम इन पुरानी चोलियों से से नहीं चलेगा।"

तिरछी नजर से देखा दिव्या ने, जैसे कि किसी गुंडे ने सीटी मारी हो; और फिर मुस्कराकर पूछा, जैसे कि गुंडा अन्तर्गत निकल आया हो, "क्यों?"

"किताब में लिखा है।"

"क्या लिखा है किताब में?"

"अब तुम्हें ढीली-ढाली चोली चाहिए।"

"ऐसा लिखा है?"

"हाँ।"

"ठीक ही लिखा है।"

तब अनबूझ की तरह शशांक ने पूछा, "क्यों, दिव्या, चोली ढीली-ढाली क्यों?"

"किताब में ही पढ़ लीजिए," कहकर बाहर निकलने लगी दिव्या, तो शशांक ने शोर किया, "रुको, रुको; हँस दी, मगर बताती जाओ, बात समझ गई न?"

पति की हाँक पर दिव्या को तुरन्त हाजिर हो जाना पड़ता था क्योंकि जिस जरूरत से पति उसे हाँक लगाता था वह घर की और सारी जरूरतों से अधिक महत्त्वपूर्ण हुआ करती थी...

"दिव्या!"

"रुकिए, आ रही हूँ।" रसोई से आवाज आती दिव्या की।

"तुरन्त लौट जाना। आ जाओ।"

दिव्या आती और गुस्से में फूट पड़ती, "बोलिए, क्या है?"

सामने खुली किताब के एक पृष्ठ पर उँगली रखकर शशांक सहज स्वर में बोलता, "जरा इस पढ़ो न!"

"बाद में नहीं पढ़ सकती थी?" जल-भुन जाती दिव्या, "गरम कड़ाही उतारकर आई हूँ।"

"कड़ाही फिर चढ़ा देना; एक बार इसे पढ़ लो।"

किताब पर झुककर जल्दी-जल्दी बुदबुद पढ़ती दिव्या और फिर गुस्से में ही पूछती, "पढ़ लिया; और कुछ?"

इस बार शशांक भी गुस्साता, "ठीक है, अब कभी नहीं बुलाऊँगा, लाख जरूरत होने पर भी नहीं बुलाऊँगा। अब चूल्हे की मिट्टी खाते भी देख लूँगा, तो कुछ नहीं बोलूँगा।"

"अब मेरे लिए कुछ खाने को नहीं है जो चूल्हे की मिट्टी खाऊँगी!"

"खाने की सौ चीजे हों, तब भी इस अवस्था में औरतों का मन उधर दौड़ता है। इसी राजगंज में एक सास ने बहू की चोरी पकड़ी थी। बहू के तकिये के नीचे से खपड़ा के टुकड़े निकले थे। बुढ़िया को भी अचम्भा लग रहा था कि ओलती के खपड़े धीरे-धीरे गायब कैसे हो रहे हैं। तुम यह जान लो कि इससे भयंकर रोग हो सकता है। मुझे इतनी फुरसत नहीं है कि अब मैं जासूसी करूँ। कहना था, कह दिया; किताब भी पढ़ा ही दी।"

"पढ़ा दी तो बड़ा अच्छा किया, मगर सुन लीजिए कि अब अगर आगे से इस तरह बुलाएँगे तो मैं नहीं आऊँगी।"

आगे भी शशांक इसी तरह बुलाता रहा और दिव्या दौड़-दौड़कर आती रही।

वक्त-जरूरत झूठ बोलने से भी बाज नहीं आता शशांक...

"सुनो, दिव्या, एक बात मैंने आज तक तुम्हें नहीं बताई, पर आज बता देना जरूरी समझता हूँ। तुम्हारी सोने की आदत बड़ी बिगड़ी हुई है। नींद में तुम हाथ-पैर पटकती हो, मुक्का-थप्पड़ तक चलाती हो। गाल पर तुम्हारा थप्पड़ खाकर एक रोज मेरी नींद टूट गई थी। ऐसा लगा जैसे थप्पड़ बिलकुल जान-बूझकर चलाया गया हो। मैं देर तक अपना गाल सहलाता रह गया था। परसों-तरसों भी तुमने करवट इस तरह बदली

कि मेरी नाक में चोट लग गई, जोरदार चोट। उस रोज भी मेरी नींद खुल गई थी। पर हर बार तो मेरी नींद टूटने से रही! और भी क्या-क्या उत्पात करती हो सोते हुए, राम जाने! मैं तो यही सलाह दूँगा कि बच्चे को तुम कभी अपने साथ मत सुलाना। उसके लिए अलग खाट होगी और तुम्हारी खाट से कुछ दूरी पर लगेगी।"

दिव्या को हँसी आ गई थी, "पता नहीं, यह मर्द झूठ बोल रहा है या सच!"

शशांक के चेहरे पर कहीं मुस्कान की एक रेखा तक नहीं उभरी थी, और तब उसके किसी भी झूठ को सच मान लेना जरूरी था दिव्या के लिए।

सात फेरे के बाद फिर से फेरे पड़ने लगे थे, और हर फेरा के साथ कोई गाँठ कुछ और मजबूत होती जा रही थी।

प्रसव के कुछ महीने पूर्व ही दिव्या मैके चली गई। सास-ससुर के आग्रह को टालना उचित नहीं लगा शशांक को। वहाँ औरतों का घर था। पास ही प्रसूतिगृह की सुविधा थी। यहाँ शशांक अकेला था। दिव्या भी चाहती थी कि आगे की परेशानियों से शशांक मुक्त हो जाए।

पर दिव्या के मैके चले जाने से शशांक की चिन्ता में कमी नहीं, कुछ बेशी ही हो गई। 'दिव्या अकेले में, उसके अंकुश से मुक्त न जाने क्या-क्या गलतियाँ कर रही होंगी;' यह चिन्ता शशांक के मन को मथने लगी थी।

दिव्या के दूर होते ही चिट्ठियों का सिलसिला फिर चरालू हो गया।

पहले जो चिट्ठियाँ लिखी जाती थीं उनके लिए मजमून बाँधे-तराशे जाते, फिर मसौदा तैयार किया जाता, और लिफाफे में डाले जाने के पहले उसी तरह सज जाती थीं जिस तरह ससुराल जाती हुई नई दुलहन पालकी में बैठने के पहले। उन चिट्ठियों में फूल, काँटे, पत्थर, चाँद, सितारे हुआ करते थे। अब की चिट्ठियाँ नये सुर-ताल में लिखी जा रही थीं "...भोजन-तालिका जो मैंने तैयार कर दी थी वह तुम्हारे पास है या खो गई, लौटती डाक से जवाब देना। उसे पूरा लिखने में समय लगेगा। संक्षेप में लिख देता हूँ...दाल नब्बे ग्राम। दूध-दही एक लीटर चार सौ ग्राम। चीनी-गुड़ आदि साठ ग्राम..."

'पुनश्च', के अन्तर्गत लिखा होता, "इस पत्र को हिफाजत से रखना। भोजन तालिका की एक प्रति मेरे पास है। उसमें किसी परिवर्तन की सूचना मैं समय-समय पर देता रहूँगा। इस पत्र के मिलने की सूचना तुरन्त देना। पत्र-संख्या का उल्लेख कर देना। जितने चित्र मैंने तुम्हें दिये थे वे सबके सब तुम्हारे कमरे में टँग गए या नहीं? पत्र का जवाब लिखने अभी बैठ जाओ।"

महिलाओं के लिए प्रकाशित पत्रिकाओं को पढ़ने में भी शशांक ने अपनी रुचि पैदा की और उनमें से प्राप्त-सूचना आवश्यक जानकारी वह अविलम्ब दिव्या को उपलब्ध करा देता, "...'नारी' का जो अंक मैं भेज रहा हूँ इसे पूरा पढ़ लेना, और

जिन वाक्यों को मैंने रेखांकित कर दिया है उन पर अमल करना...

"पुनश्च:—पत्र संख्या 5 की प्राप्ति तुमने अभी तक नहीं भेजी है। वह पत्र गुम तो नहीं हो गया? किसी ने उड़ा तो नहीं लिया? पत्र लिखने में लापरवाही मत बरतो। उस पत्र की मोटी बातों का उल्लेख इस पत्र में मैंने कर दिया है।"

"...मैके जाने से एक दिन पहले तुमने मुझसे अचानक पूछ डाला था, 'अगर बेटी हो गई, तो आप उदास तो नहीं होंगे?' तब मैंने इतना-भर कहा था, 'बिलकुल नहीं।' पर शायद तुम्हें मेरे उत्तर से तसल्ली नहीं हुई थी। उसके बाद भी मैंने तुम्हारे चेहरे पर उदासी देखी थी। पर जान लो, दिव्या, अब कभी भी मैं तुम्हें उदास नहीं देख सकता। अब अगर तुम्हें जुड़वाँ बच्चे हों, और दोनों की दोनों बेटियाँ, तब भी मैं उदास नहीं होऊँगा। तुम तो यहाँ तक भरोसा रखो कि अगर तुम्हें,—भगवान न करे ऐसा हो—चार बेटियाँ भी एक साथ पैदा हो जाएँ, अखबारों में बच्चों सहित तुम्हारा चित्र छप जाए, दूर-दराज के लोग तुम्हें देखने आने लगें, तब भी मेरे हृदय में तुम्हारे लिए जो सम्मान है उसमें कोई कमी नहीं आएगी। मेरे दिल में तुम्हारी जगह एकदम सुरक्षित है। तुम कभी उदास मत होना। तुम्हें मेरी बातों का विश्वास हो जाए, इसलिए एक पुस्तक भेज रहा हूँ, 'भारत के स्त्री रत्न'...

"पुनश्च:—इस पत्र को दो-चार बार पढ़ लेने के बाद फाड़कर फेंक देना। और, हाँ, अब तक तुमने कितने महापुरुषों की जीवनियाँ पढ़ डालीं? पत्र में सारी बातें लिखा करो और विस्तार से लिखो। 'भारत के स्त्री रत्न' पूरी पढ़ने की जरूरत नहीं है। इस किताब में तुम केवल भारती, देवस्मिता, पटाचारा, रुक्मावती, जयन्ती और मृगावती के बारे में पढ़ लेना। उतने से काम चल जाएगा।"

पत्र डालने के बाद शशांक को इस बात की भी परेशानी रहती थी कि कहीं अल्हड़ बीवी आदतवश उसकी चेतावनी और पुनश्च के बावजूद इन पत्रों को अपनी सखी-सहेलियों को पढ़ाने न बैठे। उसके पत्रों को पढ़ा-पढ़ाकर ही तो दिव्या रानी ने अपनी सखियों के बीच उसे भाँड़ का दरजा दिला दिया था। जब कभी ससुराल में उसकी मुलाकात दिव्या की सखियों से होती थी, तो हू-ब-हू उसके पत्रों के शब्द और वाक्य बोलकर उसे परेशान कर देती थीं वे सब। इन पत्रों को वे सब पढ़ेंगी, तो न जाने और क्या-क्या सोचेंगी अपने मन में! शशि ने तो पिछले पत्र में अपना सम्बोधन बदल ही दिया था; 'जीजाजी' के बदले 'वैद्य जी' लिखा था। अब अगर दिव्या ऐसी ही ढलेल है तो पढ़ाती फिरे अपने सहेलियों को अपने शौहर के पत्र...स्तन-पान विधि... नव-प्रसूता की तेल-मालिश...!

दूर रह रही दिव्या की एक-एक असुविधा का उसे खयाल करना पड़ रहा था। यह औरत तो ऐसी गूँगी है कि अपना कोई कष्ट भी किसी से बताना नहीं जानती, "... दिव्या! मुझे मालूम है कि तुम्हारे घर में खटमल बहुत हैं। एक बात तो मुझे भी पूरी रात जगकर बितानी पड़ी थी वहाँ। तुम अभी से ही खटमल रहित चारपाई पर सोना।

अच्छी नींद आवश्यक है तुम्हारे लिए। मैं खटमलमार की एक पुड़िया भेज रहा हूँ। अगर इसकी और जरूरत हो तो निस्संकोच लिखना; मैं तुरन्त भेज दूँगा...

"पुनश्च:—इस पत्र के मजमून का किसी को जरा भी पता न चले; नहीं तो वहाँ लोग सोचेंगे कि इन खटमलों के कारण ही मेरा ससुराल आना-जाना इतना कम होता है।"

साली को अक्सर किसी काने बूढ़े के साथ शादी करा देने की धमकी देनेवाला शशांक अब उसका निहोरा करता, चापलूसी करता,..."शशि! तुम्हारी बहन कुछ मामले में बड़ी फूहड़ है। मैं तो तुम्हें उससे काफी चतुर और सयानी मानता हूँ। तुम अपने खपड़ैल भुसकार पर नजर रखना, खपड़े गायब तो नहीं हो रहे हैं। रसोई में भी उस पर आँख रखना कि चूल्हे की मिट्टी वह खखोर नहीं पाए। मैं पत्रों में केवल आवश्यक बातें ही तुम्हें लिखता हूँ। हर पत्र की हर बात आँचल में बाँध लेना। दिव्या बड़ी धूर्त है; वह हमेशा तुम्हारी आँखों में धूल झोंकने की कोशिश करेगी...

"पुनश्च:—अपनी दीदी से पत्रों को छिपाकर रखना, नहीं तो वह सावधान हो जाएगी। समय-समय पर उसके तकिये और बिस्तर के नीचे की तलाशी लेना मत भूलना।"

शशांक बहुत चिन्तित, बहुत परेशान, बहुत व्यस्त रहा। 'क्या बाप बनना हर एक के लिए इतना ही मुश्किल होता है?' पूछने पर शशांक जरूर जोरदार 'हाँ' में जवाब देता।

3

शशि का एक लम्बा पत्र आया था :

सिद्धि श्री सर्व उपमा योग्य, सकल समर्थ, वैद्यराज, ज्ञान के कुंड, कविराज, प्रसूति-विज्ञान के महापंडित, नाम उजागर, पूज्य चरण श्री 1001 जीजाजी राजगंज शुभस्थान को कलासन बाजार से शशि साली का साष्टांग दंडवत पहुँचे, जय धन्वन्तरी।

वैद्यराज को विदित हो कि उनकी प्रसूति-संहिता (पत्र संख्या 1 से 27, पत्नी के नाम; पत्र संख्या 1 से 27, साली के नाम) में दिये गए आदर्शों और निर्देशों का कड़ाई से पालन किया गया और नुसखे बाँधे गए। सीताराम सुनार के यहाँ से कुछ दिनों के लिए उधार माँग लाई गई निकती पर मैं खुद काफी सावधानी से नब्बे ग्राम के बटखरे से दाल और साठ ग्राम के बटखरे से गुड़-चीनी तौलती थी। वसा, विटामिन और खनिज लवण तक का हिसाब मैं खुद रखती थी।

पत्र संख्या 5, जिसमें लिखी बातों का मोटे तौर पर फिर से पत्र संख्या 8 में उल्लेख कर दिया गया था, डाक की गड़बड़ी के कारण कुछ विलम्ब से प्राप्त हुआ था। उस पत्र को किसी ने उड़ाने की कोशिश नहीं की थी। दोनों पत्रों को मिलाकर मामूली पाठ-भेद सुधार लिया गया था।

दीदी की देख-भाल और पालन-पोसन में माँ की भरपूर मदद मिली। पत्र संख्या 3 के आते ही माँ ने वनमाली को भगा दिया। वनमाली हमारे यहाँ का नौकर था और

एक घरनी का आधा काम सँभाल लेता था, मगर उसका मुँह लकड़बग्घा की तरह था।

खपड़ैल भुसकार की प्राण-रक्षा के लिए कुजाय को मेरे नाम आपका पहला पत्र आते ही तैनात कर दिया गया था। चूँकि वह कुछ-कुछ बहरा है, उसे चीख-चीखकर सुना दिया गया था कि किसी एक खपड़े की चौथाई भी अगर गायब हो जाती है, तो कोई कैफियत देने के पहले उस गुम हो गए टुकड़े को वह हाजिर करे, अन्यथा अपने को सेवा-मुक्त मानकर बाहर-ही-बाहर अपने घर की राह पकड़ ले। कुजाय हमारे घर के चौपायों की देख-भाल के लिए नियुक्त हमारा पुराना नौकर है। उसमें यह लियाकत है कि वह औरतों से भी लड़-झगड़ सकता है। इसी भुसकार के पास से एक कद्दू तोड़कर गायब होने की कोशिश कर रही एक अधेड़ औरत को इसने खदेड़कर उसका झोंटा पकड़ लिया था और उस औरत के रोने-पीटने, किरिया खाने और हाय मारने के बावजूद उस कद्दू की सब्जी हमारे ही घर बनी थी। कुजाय ने काफी मुस्तैदी से पहरा दिया था। अगर दीदी कभी रात-बिरात खपड़ैल भुसकार की ओर गई भी होगी, जिसकी सम्भावना पर एक-आध रात कुजाय द्वारा झनक-खनक की आवाज सुने जाने से विश्वास करना पड़ता है, तो वह कुजाय के खखारने पर अपना-सा मुँह लिये वापस आ गई होगी।

माँ तो इस कदर चौकस रहती थीं कि दीदी रसोई में पहुँककर चूल्हे की मिट्टी खखोरने की कोशिश में अपना हाथ बढ़ाती ही होगी की माँ के पैरों की धमक उसे सुनाई पड़ जाती होगी और तब सिर पीट लेती होगी बेचारी, रुआँसी होकर खिसक जाती होगी वहाँ से।

बहुत सारे लोगों के सम्मिलित प्रयास से नामों की बही अब काफी मोटी हो गई है। घर में छाँट-फटक करनेवाली जो बनिहारिन आती है उस बुढ़िया को सख्त हिदायत दे दी गई थी कि पहले वह पाँच नाम बक दिया करे और तब ऊखल या चक्की को हाथ लगाए। दीदी की जितनी सखी-सहेलियाँ आई हैं सब बेचारी अपने-अपने देवर, जेठ, ससुर और ननिया-ददिया ससुर तक के नाम बताकर गई हैं। जो औरतें ससुराल के अपने से बड़ों के नाम नहीं लेतीं उनसे भी माँ ने सुपारी खिलाकर या बीड़ी पिलाकर ऐसे नाम बुलवा लिये हैं। पिताजी भी—राम जाने, माँ ने घर का एक यही काम उन्हें सौंपा था या और भी कुछ!—जब-तब बोलते ही रहते थे, "आज एक आदमी से मुलाकात हुई थी, उसका नाम यह था...फलाँ नाम भी बड़ा अच्छा है, इस नाम का एक आदमी आज रेलगाड़ी में मिला था...पूर्णिया में एक कपड़े की दुकान के मालिक दो सगे भाई हैं, एक नाम है फलाँ राम और दूसरे का फलाँ प्रसाद..."

दीदी के लिए अलग खाट की व्यवस्था कर तो दी गई, पर नींद में हाथ-पैर चलाने का उसका रोग इस कदर बढ़ गया है कि अब वह अगल-बगल की खाटों तक जा पहुँचती है। एक दिन एक जोरदार थप्पड़ खाकर मेरी नींद अचानक टूटी तो देखती हूँ कि दीदी मेरी छाती पर चढ़ बैठी हुई है। मैंने उसे उतारने के लिए जोर लगाया, पर

नींद में उसे न जाने कितनी ताकत हो गई थी। दूसरा जोरदार थप्पड़ लगते ही मैं रो पड़ी, दीदी, दीदी, मुझे मत मारो, मैं जीजाजी से कह दूँगी।" तुरन्त तो दीदी की नींद टूट गई और—राम जाने, क्यों और कैसे!—उसके मुँह से बरबस निकल पड़ा, "तो तुम कौन हो? अरे, शशि!" दीदी मेरी छाती पर से उतरकर अपने बिस्तर पर चली गई और वहीं से कहा, "तुम्हें मेरी सौगंध, शशि; किसी से यह बात बताना मत।" कैसे नहीं बताती? वैद्य जी ने माँ से कहा था, "यह रोग तो अब दूर कभी होगा नहीं। एक ही उपाय है, इसे अलग कमरे में सुलाना और बाहर से उसमें ताला लगा देना!" वैद्य जी को तो यह आशंका है कि दिन की नींद में ही ऐसा झटका आ सकता है। यहाँ हर तरह की सावधानी बरती जा रही है।

पत्र संख्या 9 और उसके साथ खटमलमार की पुड़िया मिलते ही घर में 'खटमल उन्मूलन सप्ताह' मनाया गया। घर के आधे खटमल तो माँ की गालियाँ सुनकर ही मर गए होंगे। माँ कैसे नहीं दें उन नमकहराम खटमलों को गालियाँ जिन्होंने एक भोले-भाले दामाद का ससुराल आना छुड़ा दिया! शेष आधे खटमलों को घर के लोग बारी-बारी से मारते रहे। माँ के डर से पिताजी तक फुरसत निकालकर आँगन में चले आते, खाटों को जमीन पर पटक-पटककर खटमलों को बाहर निकालते और गुस्से में जोरदार लात जमाते हुए उनका भुरकस निकाल देते। माँ ने एक खाट पर बगैर कोई बिस्तर लगाए जब एक पूरी रात चैन की नींद लेकर उसे उपयोग में ले लिये जाने का प्रमाण-पत्र दे दिया, तब कहीं जाकर वह खाट दीदी को सुपुर्द की गई। उस समय से ही माँ मुझे कोंचती रही कि मैं आपको इस नई ससुराल में निरापद नींद का आनन्द उठाने के लिए शीघ्र आने को लिखूँ, पर उस वक्त मैं लिख नहीं पाई। अब जबकि आपके यहाँ आने का समय निकट आ रहा है; इस यात्रा को स्थगित करना आपके लिए उचित नहीं होगा; और आप इस कशमकश में हैं कि 'राजगंज से ही एक खाट लेते जाऊँ या जाऊँ ही नहीं'। मैं आपको विश्वास दिलाती हूँ कि यहाँ आते ही माँ द्वारा प्रमाणित एक खटमल-रहित खाट आपको मुहैया कर दी जाएगी।

अब यह पत्र समाप्त कर रही हूँ। तीन दिनों से लिखती आ रही थी इसे। इसकी राजगंज की यात्रा में अभी दो-चार दिनों की और देर है। इस बीच कोई और जरूरी बात पत्र में शामिल करनी होगी, तो 'पुनश्च' से काम चला लूँगी।

आपकी प्यारी साली,
शशि

पुनश्चः—यहाँ की बहुत-सी भावी माताएँ आपकी प्रतीक्षा में इस कदर पलकें बिछाए बैठी हैं कि आपसे मिले बगैर अपने मैके या अपनी ससुराल जाने से इनकार करती जा रही हैं। आप यहाँ शीघ्र आने का कष्ट उठाएँ, यह पत्र पाते ही चले आएँ।

प्यारी साली,
शशि

पुनश्चः—ब एकार बे, ट आकार टा, बेटा

—शशि

पूरी चिट्ठी नीली स्याही में लिखी हुई थी, आखिरी 'पुनश्च' तक। मगर चिट्ठी का अन्तिम वाक्य लाल स्याही से लिखा था शशि ने।

पत्र का अन्तिम वाक्य तो पत्र के अन्तिम पृष्ठ पर था। उससे पहले ढेर सारे वाक्य थे, और हर एक वाक्य उस पर हमला बोल रहा था। कोई उसके कान पकड़कर उमेठने लगता, कोई पीछे से आकर उसकी लाँग खोल देता। जब तक वह लाँग सँभालकर कमर में पीछे खोंसे तब तक कोई उसकी नाक पकड़कर जोर-जोर से हिलाने लगता। जब तक नाक छुड़ाता, कोई उसकी टीक पकड़ पीछे की ओर तानता। और इतने में कोई ऐसा धक्का देता कि वह जमीन चूमने लग जाता।

यह सब हो रहा था ससुराल की ढेर सारी ओरतों के सामने, बीवी दिव्या की मुस्कराहटों के बीच, साली शशि की खिलखिलाहटों के साथ!

आँखों के आगे अचानक अँधेरा छा गया; लगा, कोई धोबी के पाट पर उसे तड़ातड़ पटक रहा हो। और जब अँधेरा छँटा, तो पत्र का कोई शब्द, कोई वाक्य नहीं था वहाँ। अब उनकी जगह शशि अपनी सखियों के साथ उसके चारों ओर ताली दे-देकर नाचने लगी थी!

बचपन का एक झूठा मजाक याद आ गया उसे उस वक्त। उसे उस कुत्ते की याद आई जिसकी पूँछ में शरारती छोकरों ने फुलझड़ी बाँध दी थी, और जो छटपटाता हुआ, उलट-उलटकर पूँछ की ओर देखता हुआ बेतहाशा भागता जा रहा था इधर-उधर। अभी उस वक्त पहली बार उस कुत्ते की दारुण अवस्था और दुख का सही-सही अहसास हुआ उसे।

नाच अचानक बन्द हुआ और गीत की लड़ियाँ सुनाई पड़ने लगीं उसे। दिव्या और उसकी माँ को घेरकर शशि अपनी सखियों के साथ जोर-जोर से गाने लगी थी...

सँभाल मेरी माई, दीदी को अब तूँ सँभाल!

तेरे घर में है एक लकड़बग्घा;
जल्दी से इसको निकाल।
निकाल मेरी माई, दीदी को अब तूँ सँभाल।

दीदी मेरी खपड़ा न खाए;
कर तूँ किसी को बहाल।
बहाल मेरी माई, दीदी को अब तूँ सँभाल।

दीदी न खाए चूल्हे की मिट्टी;
इसका तूँ अब कर खयाल।
खयाल मेरी माई, दीदी को अब तूँ सँभाल।

नींद में दीदी थप्पड़ चलाए;
वह तो हुई है बेहाल।
बेहाल मेरी माई, दीदी को अब तूँ सँभाल।

ऐसा जवाँई रूठा हुआ है;
खटिया से खटमल निकाल।
निकाल मेरी माई, दीदी को अब तूँ सँभाल।
सँभाल मेरी माई, दीदी को अब तूँ सँभाल।

उसके रोंगटे खड़े हो गए, जान सूखने लगी...सहसा औरतों की एक भाड़ी भीड़... एक-दूसरे पर चढ़ती लुगाइयाँ...उसे एक नजर देखने के लिए धक्कम-धक्का...और फिर उसे एक कड़ाके का आदेश, "उतारो टोपी...और अब कमीज...गंजी भी...और अब धोती..."

उसने व्याकुल नजरों से देखा, औरतें उत्सुकता से फटी जा रही थीं; एकटक भूखी निगाहों से देख रही थीं उसकी ओर; किसी का रोआँ पसीज नहीं रहा था।

"और अब...महिलाओ! बजाओ ताली...और अब..."

आँखें मूँदकर उछला वह और भीड़ को चीरते हुए तन-तनहा भागा। आगे-आगे वह, पीछे-पीछे शोर—"पकड़ो, पकड़ो।"...सड़क...पगडंडी...खेत..."पकड़ो, पकड़ो..."

और तभी पत्र का आखिरी पृष्ठ आ गया। लाल स्याही में लिखे आखिरी वाक्य पर नजर पड़ गई...

सक कुछ बदल गया!

राजमुकुट तक चढ़ गया सिर पर। पत्र के सारे वाक्य उड़न छू हो गए; बस, एक आखिरी वाक्य स्थिर रहा, मुस्कराने लगा, नाचने लगा पन्ने पर।

पत्र डाक से नहीं, कोनमा नाई के हाथ भेजा था शशि ने। नाई जिस वक्त पहुँचा, रात उतर आई थी। पर अभी भी त्योहार मनाने के लिए पूरी रात बाकी थी।

पूरी रात सोते-जागते असंख्य बार शशि के पत्र को पढ़कर, पूरी रात कुछ परिचित कुछ अपरिचित दिव्या के दमकते चेहरे को निहारकर और पूरी रात कभी दिव्या के तो कभी अपने बेटे को चुमकार-पुचकारकर त्योहार मनाता रहा शशांक।

पर ऐसा त्योहार किसी एक दिन या किसी एक रात का तो नहीं होता! जीवन का हर दिन त्योहार का दिन हो जाता है, हर रात त्योहार की रात। शशांक के साथ तो यही

हुआ, हर दिन त्योहार का दिन हर रात त्योहार की रात...

नाई को खिला-पीलाकर और खुद भी खा-पीकर जब वह सोने के लिए अपने कमरे में घुसा, तो दरवाजे की सिटकिनी लगाते ही उसके होंठों से बरबस निकल पड़े, "अब मैं एक पिता हूँ।" और यह सुनकर वह ऐसे मुस्करा पड़ा जैसे कि किसी से बधाई मिलने पर मुस्कराया हो वह, जरूरी हो गया हो थोड़ा मुस्करा देना। फिर बिस्तर पर बैठकर एक-एक शब्द पर जोर दे-देकर उसने उच्चारित किया, "अब...मैं...एक... पिता...हूँऊँऊँऊँ..." जैसे मेज पर मुक्के मारकर कोई बात कही जाती है वैसे ही हवा में मुक्के मारकर उसने फिर इसे दुहराया। अभी भी उसे सन्तोष नहीं हुआ। वह बिस्तर छोड़कर कमरे में चहलकदमी करने लगा। दीवार पर टँगे अपने चित्र पर नजर पड़ी तो वह उसके सामने आ गया और अंग्रेजी में पूछा, "क्या तुम एक पिता हो?" मुस्कराकर उसने उसे बताया, "हाँ जी, अब तुम एक पिता हो।" चित्र को जवाब देने के लिए उसने उकसाया, "बोलो, हाँ, मैं एक पिता हूँ।" खिड़कियों पर उसकी नजर पड़ी तो उसने उसे बन्द कर दिया, पर दीवार उसकी नजर में आई तो उसने मीठे स्वर में पूछा, "मालूम हुआ कुछ, अब मैं एक पिता हूँ?" और कोने में पड़े कनस्तर पर नजर पड़ते ही उसने अंग्रेजी में बुरी तरह डाँटा, "क्या तुम जानते हो, मैं कौन हूँ? जानते हो, अब मैं एक पिता हूँ?" अचानक ही बहुत सहज होकर बोल पड़ा वह, "नहीं जानते हो, तो अब जान लो।"

फिर वह बिस्तर पर बैठ गया और तकिये के सहारे अधलेट बैठ गया। 'अब मैं एक पिता हो गया हूँ,' इसका अनुवाद उसने संस्कृत में किया। अपने संस्कृत अनुवाद की शुद्धता पर उसे पूरा भरोसा नहीं हुआ, और इस बात का उसे काफी मलाल हुआ कि अपने बाप बन जाने की बात वह आज संस्कृत में बुदबुदा भी नहीं सकता। उसका ध्यान बंगला की ओर चला गया। 'मैं तुम्हें प्यार करता हूँ', बंगला में इतना-भर कहना उसने कभी किसी बंगाली मित्र से सीख लिया था और इसे दुहराने का कोई अवसर कभी नहीं मिलने पर भी इसे याद रखे हुए था। उस बंगाली मित्र से यह पूछ लेने का उसे होश नहीं रहा कि कोई बंगला में अपने पिता हो जाने की बात कैसे बोलेगा। आज कोई ऐसी किताब होती उसके पास जिसमें दुनिया की समस्त भाषा-उपभाषाओं में 'मैं अब एक पिता बन गया हूँ' लिखा होता, तो आज अभी वह पूरी किताब बाँच जाता।

बिस्तर पर ठीक से पसरकर उसने जेब से शशि की चिट्ठी निकाली और एक बार फिर उसे पढ़ने लगा। पत्र की हर पंक्ति के साथ आखिरी वाक्य आपसे-आप पढ़ा चला जाता था। आखिरी 'पुनश्च' तक पहुँचते-पहुँचते उसे लगा, दिव्या स्वयं लाल स्याही लेकर बैठ गई है, और एक बार मुस्कराकर फिर से लिखने लगी है, ब एकार बे...

उसने पलकें बन्द कर लीं।

ऐसे ही वह एक बार दूल्हा बना था। कई-कई दिनों तक सड़क पर चलते हुए वह

महसूस करता रहा कि उसके पीछे-पीछे कहारों के कन्धों पर लदी उक डोली भी चली आ रही है और उस डोली में बैठी हुई है दिव्या, उसकी दुलहन।

कितनी ही छोकरियों को उसने करारा जवाब दे दिया था, "चुर रह। यह धोखा तुम्हें कैसे हो गया कि मैंने तुम्हें मटकी मारी? बहुत धमंड है अपनी सुन्दरता का क्या? तो जरा उस डोली में झाँककर बताओ कि वह क्या तुमसे कम सुन्दर है। और उससे ही पूछ लेना, मैं कौन हूँ।" सड़क पर चलते हुए कितनी ही अरजियों को उसे ठुकराना पड़ गया था, "तुम्हारा दुर्भाग्य! देर कर दी तुमने। ठीक है, तुम मुझ पर अपनी जान लुटा सकती हो, सुन्दर भी हो तुम; पर तीर से कमान निकल गया, तो मैं अब क्या कर सकता हूँ! मुझे अफसोस है, बेहद अफसोस है तुम्हारे लिए।"

सड़क-बाजार से गुजर रही उस डोली को खाली समझकर कितनी ही ललनाओं ने नजरें बचाकर उसमें घुस बैठने की कोशिश की, पर शशांक ने हर एक को मना कर दिया था, "माफ कीजिए, डोली खाली नहीं है।"

कितने ही अवसरों को उसने एक साथ उपस्थित किया और कितने ही लोगों से साफ-साफ कह दिया, "अब मैं शादीशुदा हूँ।"

अब वह और भी कुछ है; वह पिता है, कहने को वह अब बाल-बच्चेदार है।

आँखें बन्द किये बिस्तर पर सोचने लगा शशांक, किन-किन अवसरों पर उसे यह कहने की इच्छा होगी, कब-कब वह कहने को मजबूर होगा, 'मैं बाल-बच्चेदार हूँ।'

बूढ़े शीबू महाराज ने जवान बतसिया को डाँट पिलाई थी, "मुँह बन्द कर, बतसिया; जवानी मत दिखा। क्या मजाक किया मैंने तुमसे? कोई औरत कहे तो, मैंने किसी के साथ कभी मजाक किया है। तू ही बड़ी छबीली है। मेरी उम्र मजाक करने की है? मैं बाल-बच्चेदार आदमी हूँ; नाती-पोते हैं मेरे। निकल मेरे खेत से। मैं अपने खेत में नहीं काटने दूँगा धान।"

तब वहाँ उपस्थित सारी बनिहारिनों ने बतसिया की ही छीछालेदर की थी। बोलती बन्द हो गई थी बेचारी की।

और अभी बेचारा शशांक फँस गया है। भीड़ खड़ी है उसे घेरकर, और वह सुना रहा है सबको, "छिः, ऐसी हरकत भला मैं कर सकता हूँ! बहन जी को गलतफहमी हुई है। मैं बाल-बच्चेदार आदमी हूँ, भाई। विश्वास न हो तो पढ़ लीजिए इस चिट्ठी को। साली की चिट्ठी तो कोई किसी को नहीं पढ़ाता, मगर आप लोगों को मैं पत्र का अन्तिम वाक्य पढ़ा देता हूँ। उतने से ही आपका काम चल जाएगा। देखिए, क्या लिखा है? ब एकार बे, ट आकार टा, बेटा। साली ने इस तरह मजाक में लिखा है। मतलब साफ है कि 'आपको बेटा हुआ है।' देखिए न, लाल स्याही में लिखा हुआ है यह। मुझे आप लोग इतना ओछा और कमीना मत समझिए कि..."

उस सुबह भी सूरज को उगते देखने का मौका मिल गया था शशांक को।

शशांक को बाहर निकलने की फुरसत दोपहर के बाद तब मिली जब उसने नाई को खिला-पिलाकर और अपने कलासन जाने की तिथि बताकर विदा कर दिया। राधेश्याम गाँव में रहता, तो समय निकालकर वह उससे मिल लेता या उसे ही अपने घर बुलवा लेता; पर वह तो पूर्णिया से शनिवार की रात में आया करता था, लिहाजा उससे दो दिनों के बाद मुलाकात होनी थी।

शशांक को सहसा इस बात का आभास हुआ कि उसे बेटा हुआ है, यह खबर पूरे गाँव में फैल गई है। हर तरफ जोर-शोर से इसी बात की चर्चा हो रही है। लोग उसके भाग्य की सराहना किये जा रहे हैं। 'भगवान ने फिर एक छप्पड़ फोड़ा है,' ऐसा एक- दूसरे से कहता है और इस बात पर भारी अचरज प्रकट करता है कि भगवान इतना खुश कैसे हो गया कि कल शादी और आज बेटा! उसे बधाई देनेवालों का ताँता लग गया है और हर पुछवैया की जिज्ञासा उसे शान्त करनी पड़ रही है। वह काफी सतर्क हो जाता है, किसी के साथ बात-व्यवहार में घमंड उसे छू न पाए।

अर्जुन मोदी की पान-दूकान पर हँसी उड़ाई जा रही है हनुमान सिंह की जिसके उद्गार न जाने किसने कैसे सुन लिये हैं और अब दूसरों को सुना रहे हैं, "देखो तो भला, क्या कलियुग है! मैं उससे अधिक मोटा-ताजा, अधिक बलवान, पर मुझसे केवल बेटियाँ पैदा हुईं, और यह आदमी पहली बार में ही बेटे का बाप बन गया। भगवान जाने, बेटा पैदा करने की भी कोई इल्म होती है क्या!"

शशांक सुनता है और मन्द-मन्द मुस्कराता है।

फेकू दास घर के सामने से तीन बार झाँक-झाँककर चला गया है और चौथी बार मौका पाकर वह पूछ ही डालता है, "तुम बेटेवाले हुए; बड़ी खुशी हुई। मगर अब हमारी भी मदद करो। पिछले आठ वर्षों में मैं साहू पोखर की मछलियों को आटे की एक लाख से अधिक गोलियाँ खिला चुका हूँ। पर कोई असर देख नहीं रहा हूँ। भगवान न खुश होते हैं न नाराज। नाराज होकर एक बेटी भी हमें दे देते, तो एक मन्दिर बनवा देते हम। हम तो हर देवता को पूज-पूजकर हार गए। तुम लोगों ने ऐसा कौन-सा दान-पुण्य किया जो भगवान तुरन्त तुम पर ढल गए? हमें बताओ तो हम भी कुछ वैसा ही करें!"

शशांक कुछ सोचकर कहता है, "मैंने तो ऐसा कुछ किया नहीं है। हो सकता है, मेरी सास की ओर से कुछ किया गया हो। अब मेरी पत्नी आ जाती है, तो उससे पूछकर ही कुछ बता सकूँगा।"

गौरी चाची आँगन में आकर बैठ जाती है और कहती है, "तुझे ही ढूँढ़ रही थी, रे शशांक! बहू की गोद भर गई, यह सुनकर कलेजा तर हो गया। चिथड़पीर तो कलासन के रास्ते में ही पड़ता है न! जरूर बहू ने वहाँ चिथड़ा चढ़ाया होगा।"

"यह तो नहीं जानता, चाची कि चिथड़पीर को चिथड़ा चढ़ाया था या नहीं, पर वह

बराबर पुरैनी के महादेव का गुण गाया करती थी। वह तो कहती थी, चाची, कि पुरैनी के महादेव ने ही मेरा मन भी बदला था। मैं पहले शादी करने में आनाकानी कर रहा था न।" कहकर शशांक को सन्तोष होता है कि चाची आज ही मुनिया को यह खबर भेज दे ताकि पुरैनी के महादेव के दर्शन और पूजा से मुनिया की भी कोख खुल जाए।

शशांक बिस्तर पर पड़े-पड़े सोचता है, दिव्या के भाग्य से जुड़कर ही वह इतना भाग्यशाली हो पाया है; नहीं तो पूजा-प्रसाद दूर, कभी एक लोटा जल भी किसी देवता को चढ़ाया है उसने!

दिव्या आज पूरे छह महीने बाद मैके से आ रही है। उसके साथ शशांक की पिछली मुलाकात के भी अब तीन महीने हो रहे हैं। और वह मुलाकात ऐसी नहीं थी कि वहाँ से लौटने पर हफ्ते-भर के लिए भी मन को बहलाकर रख पाता शशांक।

छठी के अवसर पर गया था शशांक। इस बार पूरे दो दिनों तक रहा था वह, पर इन दो दिनों में जी-भर वह देख नहीं पाया दिव्या को। छठी की भीड़-भाड़ थी अवश्य, पर घर के लोग तो अपने स्वभाव और दुर्भाग्य के कारण इस बार भी इस बात से बिलकुल बेखबर रहे कि घर में कोई ऐसा आदमी भी आया हुआ है जिसने अपनी पत्नी के वियोग में एक-एक दिन गिनते हुए पूरे नब्बे दिन गुजारे हैं, दो-चार दिन अधिक ही; और जिसने अपनी पत्नी से कितनी ही बार कह रखा है, "जब भी मैं ससुराल जाऊँ और तुम वहाँ रहो, तो मेरे वहाँ पहुँचते ही तुम मुझे अन्दर बुला लिया करो। अपने हाथों नाश्ता कराओ, खाना खिलाओ। मैं आराम भी घर के अन्दर करूँगा। बाहर दरवाजे पर भीड़-भाड़ रहती है और वहाँ गुमसुम बैठे रहना मुझे अच्छा नहीं लगता।" शशि को तो लगता है कि जीजाजी केवल हलुवा-कचौड़ी खाने के लिए ही ससुराल आते हैं। और यह साला हरिचन्द तो कभी भी आदमी बनने से रहा। उसे तो लगता है कि घर में आया हुआ यह आदमी कोई पराया मर्द है और उसकी बहन को छूने की कोशिश कर रहा है और उसे अपनी कसम निभानी है कि किसी भी हालत में वह ऐसा होने नहीं देगा; जैसे कि दिव्या अभी भी केवल उसकी बहन ही हो, किसी और की बीवी नहीं। यह साला पुछल्ला बनकर लगा रहता है बहनोई के साथ। नाश्ता वह अपने साथ खिलाएगा, दिन और रात के भोजन में साथ खाने बैठ जाएगा। और फिर पास में बैठकर गढ़-गढ़कर बातें करते हुए अपनी शेखी बघारता रहेगा, जबकि उसे कितनी ही बार यह इशारा किया जा चुका है कि वह कभी-कभी अक्ल की भी बातें करे, हरदम भैंस की नहीं। अगर शशि के चलते कभी-कभार वह अन्दर रुक भी गया है, गप-शप के लिए आँगन की खाट पर बैठे-बैठे पसर गया है, और फिर वहीं काफी होशियारी से ऊँघने की कोशिश भी की है, तो हर बार यह चांडाल वहाँ उपस्थित हो गया है, "उठिए, मेहमान जी, अब आपको नींद आ रही है। आपका बिछावन लग

गया है, चलिए!" अगर मेहमान जी उस बिस्तर पर ही गहरी नींद में सो गए हैं, तो वह साला ऐसे झकझोरता है जैसे कि किसी मुरदे को जगाने की कसम खाई हो। मुरदा भी अपनी जिद पर तभी तो अड़े जब उसे इस बात का भरोसा हो कि चांडाल उसे अपने दोनों हाथों से गोद में उठाकर दरवाजे पर लगे बिस्तर पर डाल नहीं आएगा। साला इस बात की रियायत देने तक को तैयार नहीं कि गर्मी की रात में आँगन की खुली हवा में मेहमान जी जी को मीठी नींद आएगी, अधिक आराम मिलेगा। सबसे आगे बढ़कर साला खुद दरवाजे पर खाट बिछाएगा, बिस्तर लगाएगा, और जब तक बहनोई उस पर लम्बा नहीं हो जाता तब तक अपनी आँखों में नींद नहीं झमकने देगा वह।

इस बार भी हर बार की तरह ही हुआ। छठी के धूम-धड़क्का को बाद कर देने के बाद भी तो इतना समय बचता ही था कि दिव्या दिन में पाँच-सात बार उससे मिले, घंटा-घंटा भर गुफ्तगू करे; मगर वह तो बाप को बेटे का मुँह दिखाकर फुरसत पा गई। शशि हलुवा-कचौड़ी बनाने में ही लगी रही। हरिचन्द अपनी गुंडई में व्यस्त रहा।

और शशांक दिन-भर दरवाजे पर गुमसुम बैठा कुढ़ता रहता और रात में दरवाजे पर उफन-उबलकर सो जाता।

तीसरे दिन शशांक को घर लौट आना था। घर वह नौकर पर छोड़कर आया था, यह सबको पता था; पर ससुरालवाले इस बात से अधिक वाकिफ थे कि उसके निर्णय को किसी अनुरोध या अनुनय-विनय से नहीं टाला जा सकता था। जब वह अपना फिट्टा मुँह लिये थैले में धोती-पाजामा समेट रहा था, तो शशि की मारफत दिव्या ने उसको सलाम भेजा। जल-भुनकर राख हो गया वह तो। एक मन हुआ उसका कि शशि से कह दे, "अब मेरे पास समय नहीं है," और इतना कहकर तुरन्त वहाँ से चलता बने; दूसरा मन हुआ कि शशि के साथ अन्दर जाए और दिव्या से सामना होते ही एक जोरदार तमाचा उसके गाल पर जड़कर उलटे पैर वापस लौट जाए। पर असली मन से वह तुरन्त शशि के पीछे हो लिया था, फिर न जाने कब भेंट हो!

इतनी-सी मुलाकात से क्या होना-जाना था, ऊँट के मुँह में जीरा!

तीन महीने तो उसने दिव्या से अलग रहकर किसी तरह काट लिये थे, पर और एक दिन भी काटना उसे भारी लग रहा था। हर बार भारी लगा है एक हफ्ता भी उससे अलग रहकर गुजार लेना। मैके जाने के पहले हर बार उसने दिव्या की चिरौरी की है, "जाती हो तो जाओ, मैं नहीं रोकता; पर तुरन्त चली भी आओ। अब अकेले रहने में काफी कष्ट होता है!" मगर दिव्या हर बार यही कहती रही है, "आप बाबूजी को पत्र लिख दीजिएगा। अपने मन से कैसे मैं उन लोगों से कहूँगी कि अब मुझे जाने दीजिए! उनके बिना अब मैं एक क्षण नहीं रह सकती। वे मेरे बिना पागल हो रहे हैं। मैं उनके बिना पागल हो जाऊँगी।" दिव्या को वापस लाने में बेचारे शशांक को हर बार हंगामा खड़ा करना पड़ा है, ससुरालवालों के सामने अपने तांडव की एक झलक पेश करनी

पड़ी है। और यह सब किया है उसने शशि को लिखे अपने पत्रों के जरिये; सास-ससुर के आगे मुँह खोलने की उसे कभी हिम्मत नहीं हुई।

छठी के दूसरे दिन उसने शशि के साथ यह चर्चा की थी कि पन्द्रह-बीस दिनों के बाद दिव्या राजगंज चली आए। "अगर हरिचन्द जी पहुँचाने में असमर्थ हों" शशांक ने कहा था, "तो वह राजगंज से किसी को भेज देगा।" इसके जवाब में खाना खाते वक्त शशांक के कानों में सास की गर्जना सुनाई पड़ी थी, "मैंने क्या बेटी बेच डाली है कि अब साल-छह महीने भी उसे रख नहीं पाऊँ! इस बार दिव्या रहेगी यहाँ कुछ दिन!" सास कर्कशा है, इस बात का उसे सहज ही विश्वास कर लेना पड़ा; और, सास दमदार है, इसका जो एक किस्सा कभी अच्छे मिजाज में दिव्या ने उसे सुनाया था—कि किस तरह पिता के कई-कई बार बुलाने पर भी गाँव का नाई-धोबी, मजदूर-बनिहार, यह जानकर की मालिक ने बुलवाया है, टाल-मटोल कर दिया करता है या घर में अपने अनुपस्थित होने की बात कहलवा देता है; और वही नाई-धोबी, मजदूर-बनिहार, यह सुनते ही कि इस बार मालकिन ने बुलाया है, सारे बहाने बिसरकर, अभी-अभी पेट में हो रहे भयंकर दर्द को भूलकर और अचानक आसमान से घर में प्रकट होकर दौड़ा हुआ सेवा में हाजिर हो जाता है—उस किस्से को भी आज तक झूठ मानते रहने के बाद अभी-अभी सच मान लेना पड़ा।

पर शशांक उस घर का खवास तो नहीं था कि मालकिन की बात सिर-आँखों पर। दामाद का रुतबा मिल जाए, तो बड़े-से-बड़े दुश्मन के दाँत भी खट्टे किये जा सकते हैं। इस दमदार सास के दाँत भी शशांक ने खट्टे किये हैं, एक-आध बार नहीं, कई-कई बार। हुज्जत करने की उसे आदत नहीं। चुपचाप उसने सुन लिया, 'इस बार दिव्या रहेगी यहाँ, साल-छह महीने।' उसने मन-ही-मन कहा, "सास जी, आपकी जद से जरा बाहर निकल जाऊँ; फिर देखिए, आपका ख्वाब हकीकत बनता है या नहीं। हुँह, छह महीने! साल-भर!"

एक पखवारा नहीं गुजरा कि दामाद ने पेच लगाना शुरू कर दिया। विदाई के लिए सास-ससुर को कोई पत्र नहीं लिखा शशांक ने; दिव्या को भी यह राय नहीं दी कि मैके के दुलार-मलार और दूध-घी को लात मारकर वह राजगंज में भुँजा फाँकने चली आए; वह बस अपने दैनिक समाचार से दिव्या को अवगत कराता रहा...

"एक खुशखबरी सुनो, दिव्या; मैंने चाय पीना छोड़ दिया है। इधर चार-पाँच दिनों से एक बिल्ली परक गई थी; रोज ही दूध पी लिया करती थी; मुई चाय तक के लिए दूध नहीं छोड़ती थी। जब मैंने बिनमा से कहा कि बिल्ली को डंडे लगाओ, तो वह मुझे ही समझाने लगा कि बिल्ली को मारने से भारी पाप लगता है। तब तंग आकर मैंने दूध लेना ही बन्द कर दिया। बिनमा को तो रसोई में अब बिलकुल मन नहीं लगता है। हाँड़ी चूल्हे पर चढ़ाकर वह मुझे उस पर निगाह रखने के लिए कह देता है और खुद

पाखाना जाने के बहाने अपने कुछ नये दोस्तों के साथ गुल्ली-डंडा खेलने चला जाता है। एक रोज तो माँड़ पसाने में मुझसे हाँड़ी ही उलट गई। भात तो पूरा गिर ही गया, अलग से मेरे हाथ भी जल गए। बिनमा मुझसे डरता नहीं है; डाँटता हूँ, तो मन्द-मन्द मुस्कराता है केवल...

"...लो, सुनो इस बार भी एक खुशखबरी। मैंने एक ऐसी बात का पता लगा लिया है कि भविष्य में हमारा घी का खर्च काफी कम हो जाएगा। तुम कहती थी न कि बिनमा बड़ा ईमानदार नौकर है; बिलकुल गलत। जब कभी मैं घर से बाहर किसी काम से निकलता हूँ, तो वह मेरी गैरहाजिरी में हलुवा बनाकर खाता है। मेरी रोटियों में तो वह हल्के से घी चुपड़ देता है, पर जब खुद खाने बैठता है तो घी की कटोरी सामने रखता है और उसमें रोटियाँ डुबो-डुबोकर खाता है। आश्चर्य है कि उसने तुम्हें कभी इस बात का पता लगने नहीं दिया जब कि तीन दिनों की गुप्तचरी में ही मैंने उसके कारनामों का पता लगा लिया। अब तुम बताओ कि लापरवाह कौन रहता है, मैं या तुम? मुझे तो बहुत पहले ही यह शक हो गया था कि आखिर बात क्या है कि जब से तुम गई हो तब से दिनोंदिन जितनी तेजी से मैं दुबलाता जा रहा हूँ उतनी ही तेजी से यह लौंडा मुटाता जा रहा है। यह छोकरा भी सोचता है कि जब तक तुम आओ तब तक वह भी अपने शरीर पर चरबी चढ़ा ले; फिर इस तरह खुलकर खाने का मौका तो हाथ लगेगा नहीं। वह डरकर भाग न जाए, इसलिए अभी मैं उससे कुछ कह नहीं रहा हूँ...

"...लगता है, बिनमा की अब नौकरी करने की इच्छा नहीं है। बड़ी लापरवाही से काम करता है वह आजकल। कल रात सब्जी में एक मरा हुआ तिलचटा निकला। कह दिया है बिनमा से आज से मैं रात में अचार के साथ सिर्फ रोटियाँ खाऊँगा। किसी दिन दाल-सब्जी में गिरगिट खिला दे, तो भारी मुश्किल! सूखी रोटियाँ भी मैं मजे में खा लूँगा; भूख में किवाड़-पापड़...

"...तुम तो कहकर गई थी कि सबका हिसाब चुकता कर दिया है! तब धोबी पुराने हिसाब में बकाया नौ रुपये माँगकर कैसे ले गया? सब्जीवाली भी तुम्हारे समय का बकाया चार रुपये लेकर ही गई। एक गोयठा बेचनेवाली औरत ने भी दावा किया कि उसके सात रुपये तुम्हारे पास रह गए थे, और आज सुबह वह पैसे लेकर ही गई। बहुत तत्तो-थम्बो करने पर भी वह और रुक जाने को तैयार नहीं हुई। इस औरत का चेहरा तो पहले कभी मैंने देखा भी नहीं था। और तो किसी का बकाया नहीं है, याद कर लिखना...

"कल एक आवारा और चोर कुत्ता घर से एक कटोरी लेकर भागता हुआ पकड़ा गया। बिनमा की नजर अचानक पड़ गई थी उस पर। उसके बाद मैंने तुरन्त बरतनों की खोज-ढूँढ़ की। अपने घर में बाल्टी दो थीं न? एक ही देख रहा हूँ। एक लोटा भी मिल नहीं रहा है। बिनमा को कहा है ठीक से ढूँढ़ने के लिए। घर में चूहे के बहुत बिल हो गए थे। बिनमा ने सारे बिलों को तोप दिया है। एक बिल में चम्मच मिला

था। और किसी बिल से कोई बरतन नहीं निकला...

"...बिनमा आज सुबह भाग गया। बिना कहे भागा है, तो कुछ-न-कुछ चुराकर ले ही गया होगा। तुम अपनी छोटी अटैची तो अपने साथ लेती गई थी न? आज एक बड़ा-सा तरबूजा खरीद लाया था मैंने। दिन में वही खाकर रहा हूँ। रात में भी वही खाऊँगा। काफी देर तक गड्ढा भरा रहता है। कल के लिए भी एक तरबूजा ही ले आऊँगा। जब तरबूजे से मन भर जाएगा, तो केले से पेट पाटना शुरू कर दूँगा। बेल काफी मिल रहे हैं। बीच-बीच में बेल खाकर मुँह का स्वाद बदलता रहूँगा। आम का मौसम भी आ ही गया है; और जब बाजार में आम मिलने लगेंगे, तो अभी की तरह किसी दिन निराहार रहने की नौबत नहीं आएगी। अभी जो कभी-कभी रात में आँतें कुलबुलाने से नींद टूट पड़ती है और तकलीफ होती है, वह तकलीफ दूर हो जाएगी। दिन में भी आम खाऊँगा और भूख लगने पर आधी रात में भी। तब जितनी तेज भूख होगी मजा भी उतना अधिक आएगा...

"...एक और खुशखबरी भी सुन ही लो। बिनमा भाग गया, तो बड़ा ही अच्छा हुआ। वह चोर था, आलसी था, और इधर काफी ऐंठने भी लगा था। मेरी किसी बात पर तो वो कान धरता ही नहीं था। कहूँ खेत की तो सुने खलिहान की। उसके बदले मुझे एक खवासिन मिल गई है। अपने ही गाँव की मुसहरी की एक गरीब लड़की है। नाम है रामप्यारी। लड़की को राम कहकर पुकारना अच्छा नहीं लगता, इसलिए मैं उसे प्यारी ही कहा करता हूँ। बड़ी हँसमुख लड़की है, हमेशा कुछ गुनगुनाती रहती है। वह दोनों बेला खाना बना जाती है। उसके हाथ का खाना भी बड़ा स्वादिष्ट लगता है। जब से वह खाना बनाने लगी है भरपेट खाता हूँ। बिनमा तो पूरी रसोई जला देता था। पहले तो मुझे झिझक हुई थी जवान-जहान लड़की को घर में पैर रखने देना ठीक होगा या नहीं; हाल ही में उसकी शादी हुई है; पर बाद में मैंने सोचा कि जिस बदनामी का डर उसे होना चाहिए उससे मैं क्यों डरूँ! और फिर एक गरीब लड़की का पेट भरता है, तो थोड़ी-बहुत बदनामी से ही मेरा क्या बिगड़ जाता है! तुम तो जब यहाँ आओगी तो लट्टू हो जाओगी उस पर। किसी काम से जी नहीं चुराती, मेरी पाँव-चप्पी तक करती है। सोचो, तुम्हारी कितनी सेवा करेगी वह...

"...प्यारी के गौने का दिन बन गया है। परसों वह ससुराल चली जाएगी। पर कष्ट सिर्फ सात दिनों का है। उसने मुझसे वादा किया है कि, जैसे भी होगा, सात दिनों के अन्दर-अन्दर वह ससुराल से चली आएगी। और फिर साल-भर से कम नहीं रहेगी वह यहाँ। उस बेचारी के पास ससुराल जाने के लिए अच्छे कपड़े नहीं थे। तुम रहती तो न जाने कितने कपड़े उसे अपनी ओर से दे डालती। मैंने तुम्हारे बक्से से उसे सिर्फ दो साड़ियाँ दी हैं। सौ रुपये उसने मुझसे कर्ज लिये हैं जो वह धीरे-धीरे अपने दरमाहा से चुका देगी..."

पत्रों से ही हाल-समाचार मिलता रहा दिव्या को, और एक दिन पति-प्राणा का पत्र पति के नाम आया, "...आपको बहुत याद आती है; अब यहाँ एक क्षण जी नहीं लगता। आप खुद आइए या किसी को भेज दीजिए, मैं चली जाऊँगी..." और 'भतार-चीन्ही' बेटी ने अपनी माँ से कह ही दिया, "अब मैं नहीं रुकूँगी, माँ; मेरा अपना घर खंडहर होता जा रहा है। मेरे नहीं रहने से काफी कष्ट उठाना पड़ रहा है उन्हें..."

शशांक खुद नहीं जा सका, चचेरे भाई बैजनाथ के लड़के राजू को भेज दिया कलासन। हरिचन्द के नाम एक चिट्ठी दे दी गई जिसमें विदाई का शुभ दिन लिख दिया गया।

वह शुभ दिन आज ही है। बिनमा की मदद से शशांक सुबह से घर को सजा रहा है और दोपहर से दिव्या की प्रतीक्षा करने लगा है।

ऐसी प्रतीक्षा उसने पहले भी की है, पर इस बार दिव्या का आना और बार के आने से बहुत भिन्न है और बार दिव्या अकेली आती थी। महज गाड़ी आती थी खाजा-खजूर और लड्डू की कुछ झाँपियों से भरकर। इस बार दिव्या अपनी गोद भरकर आ रही है। माँ बनकर आ रही है दिव्या, मातृत्व से लदी-फँदी।

ज्यों-ज्यों दिव्या के आने की घड़ी निकट आ रही है, शशांक के हृदय का स्पन्दन बढ़ता जा रहा है, धड़कनें तेज होती जा रही हैं। और दिव्या पहले कुछ-कुछ अपरिचित, फिर बहुत-कुछ अपरिचित और फिर बिलकुल अपरिचित हो गई है।

शशांक दिव्या की सूरत याद करने लगता है और मन के आईने में वह भी ठीक से प्रकट नहीं हो रही है।

बच्चे को जन्म देकर बहुत बड़ी हो गई है दिव्या; और शशांक उसके सामने बहुत ही छोटा हो गया है, पंक्ति-च्युत। बच्चे की छठी में शशांक ने महसूस किया था, दर्प से चेहरा चमक रहा था लड़कोरी का। और आज दिव्या आ रही है, तो बिलकुल बदल गई है।

पहले जब भी जुदाई भोगकर आई है दिव्या, कमरे में घुसते ही मुस्कराकर उसकी बाँहों में बँध गई है; और शशांक को विश्वास करना पड़ा है कि बिछड़न का भारी दुख उठाया है उसकी दिव्या ने।

इस बार भी वैसा होगा क्या?

इस बार उसकी गोद में उसका बेटा रहेगा। वह कमरे में आएगी; पूरे कमरे को एक बार निहारकर एक ओर बैठ जाएगी; और फिर अपने बच्चे में ही खो जाएगी। यह भी नहीं पूछेगी, "बिनमा को देख रही हूँ। सचमुच भागा था क्या?" यह भी नहीं पूछेगी, "कौन है आपकी रामप्यारी? गौने के बाद आई या नहीं?"

इस बार ऐसा ही होगा? विश्वास नहीं होता शशांक को...हो सकता है...इस बार...

इस बार अगर पहले की तरह ही कभी मुस्कराते हुए वह दिव्या के जूड़े में कोई

फूल खोंस देगा, तो फूल नोंचकर फेंकते हुए तमतमा तो नहीं उठेगी दिव्या!—"अब आप अपनी चुहलबाजी और चिबिल्लापन से बाज आइए। लूमर हो गए, शऊर न आया। इन हरकतों के चलते आपसे मेरा जी फीका हो गया है। कोई हो रामप्यारी, तो अब उसी के खोपे में खोंस आइए चाँद-तारा। अब मैं अपने जन्मतुआ की फिक्र करूँ कि नकचढ़े मर्द के लिए खोपा सजाऊँ! आरती उतारूँ आपकी!"

शशांक की फिक्र अब बिलकुल नहीं करेगी दिव्या?

अगर कभी धीरे से बुदबुदा ही पड़े शशांक, "आज पीने को चाय नहीं मिली। मन कैसा-कैसा तो..." तो दिव्या का मिजाज खौल तो नहीं जाएगा!—"कैसा-कैसा क्यों मन कर रहा है? भगवान ने हाथ-पैर तो दिये हैं! ढिल्लड़ की तरह पड़े-पड़े फरमाइश कर बैठे। जाइए रसोई में और बनाकर सुड़किए चाय। कोई मना तो नहीं कर रहा है। या फिर, कीजिए बच्चे का गू-मूत, तो मैं हुजूर को घंटे-घंटे चाय बनाकर पिलाती रहूँ। छि:, फरमाइश करते लाज भी नहीं लगती। तुफ है ऐसे मुँह पर। मरती रहे दिव्या इनके पीछे। चाय चाहिए! मैं भी रानी तू भी रानी, कौन भरेगा पानी!"

कभी...हाँ, कभी पलक खोलते ही यही दिव्या सामने खड़ी मुस्कराते हुए पूछती थी, "चाय ले आऊँ?"

अब कभी भूल से भी रूठ पाएगा शशांक? रूठने की कोशिश भी करेगा?

बिफर नहीं उठेगी दिव्या!—"क्यों जी, थूथन क्यों फूले हुए हैं? रूठे हुए हो क्या? तो फिर उठाओ अपनी खाट और खटपाटी लो जाकर पिछवाड़े में। मनहूस की सूरत मैं देखना नहीं चाहती। नहीं खाना हो, मत खाओ; मेरी बला से। पेट में आग लगेगी, तो खुद खाओगे। मुँह धो रखो कि अब मैं किसी का निहोरा करूँगी। अब किसी के नकतोड़े उठाना मेरे लिए सम्भव नहीं।" और फिर बिनमा को हाँक लगाकर कह भी देगी!—"रे बिनमा! अपने मालिक का खाना परोसकर रख दो उसके सामने; और अगर खाना न खाए, तो भात कुत्ते को खिला देना। पका अन्न किसी के पेट में जाना चाहिए।"

और अगर शशांक अस्वस्थ स्वर में कहे भी, "मैं कहाँ रूठा हुआ हूँ जो तिरछे वचन बोल रही हो, दिव्या! और तुरन्त गरम क्यों हो जाती हो, बोलो तो? क्यों तान तोड़ती हो मुझ पर? मीठा बोलो न। हम दोनों को मिल-जुलकर गृहस्थी की गाड़ी खींचनी है। कैसे काम चलेगा, अगर गुस्से में तुम यह भी भूल जाओगी कि, अच्छा या बुरा, मैं तुम्हारा पति हूँ..."

"क्या हो तुम?" भभक पड़ेगी दिव्या, "बोलो, फिर से बोलो तो; क्या हो तुम?"

शशांक को तो ठकमुर्री लग जाएगी, बोले तो क्या बोले वह! और तब नथना फुलाकर दिव्या बोल पड़ेगी, "हुँह, पति! दम न गुरदा, पादे मुरदा। ये मेरे पति हैं! इनका तलवा धो-धोकर पीऊँ मैं!"

ऐसी अश्लील बोली बोल सकती थी कभी दिव्या? नहीं, दिव्या नहीं बोल सकती थी कभी ऐसी बोली।

तब दिव्या जब-तब कहा करती थी, "आप आजकल बहुत दुबले नजर आ रहे हैं; आप खाने-पीने पर ध्यान दीजिए।"

अब अगर किसी दिन शशांक को खुद बोलना पड़े, "देखो न, दिव्या, इधर मैं बहुत दुबला गया हूँ। अब कुछ खाने-पीने पर..."

बरस पड़ेगी दिव्या, "आपको सिर्फ अपनी मुटाने की चिन्ता है। बच्चा इधर दुबलाकर कैसा हड़ीला हो गया है, यह नहीं सूझता।"

शशांक आर्त स्वर में कहेगा, "तुम्हें तो बात-बात में चोट करने की आदत हो गई है। कैसे समझती हो कि मुझे बच्चे की चिन्ता नहीं है? तुम बच्चे की माँ हो; मैं क्या बच्चे का बाप नहीं हूँ?"

"चुप भी रहो," घृणा से मुँह सिकोड़ लेगी दिव्या, "बाप बनते हो, नकटा बाप! करनी खाक की और बात लाख की।"

थुड़ी-थुड़ी करते हुए मुँह फेरकर चली जाएगी दिव्या उसके सामने से!

"ऐसा न हो, हे ईश्वर!" चिन्तित होकर शशांक ने ईश्वर को याद किया, "दिव्या जैसी थी वैसी ही बनी रहे। सचमुच ऐसा न हो कि वह घर में आए, उस पर एक चलती निगाह फेंककर कमरे में एक ओर बैठ जाए, और फिर अपने बच्चे में ही खो जाए।" ऐसा न हो कि उसे अपना परिचय देना पड़े, "दिव्या! मुझे नहीं पहचाना? मैं हूँ शशांक, तुम्हारा पति, इस बच्चे का पिता। जरा मुँह तो दिखाओ मुझे अपने बेटे का..."

ऐसा बिलकुल नहीं हुआ। परिचय नहीं देना पड़ा शशांक को अपना। कमरे में घुसकर दिव्या मुग्ध-भाव से निहारने लगी अपने पति को और फिर गोद के बच्चे को उसकी ओर बढ़ाकर कहा, "लीजिए, अब सँभालिए अपने बेटे को। अभी से शैतान हो गया है।"

"अभी से?" बेटे को गोद में लेते हुए किलक पड़ा शशांक, "अभी से शैतान हो गया है?...अभी से?...सचमुच शैतान हो गया है...अभी से?..."

दिव्या खड़ी-खड़ी सुनती रही, मुस्कराती रही...

नामों की बहियाँ नहीं खोली गईं। शशांक ने दिव्या से कहा, "दिव्या, जरा पूछो तो बेटे से, 'टीपू' नाम इसे पसन्द है?"

दिव्या सचमुच बेटे पर झुक गई और पूछा, "क्यों, रे शैतान, पसन्द है तुम्हें यह नाम, टीपू?" और दिव्या अभी बेटे की हाँ-ना की प्रतीक्षा ही कर रही थी कि शशांक ताली बजाकर उछल पड़ा, "देख, देख, हाँ कर दी इसने; पसन्द है इसे यह नाम।"

दिव्या ने पूछा तक नहीं, कौन-सी भाषा में क्या कहा बेटे ने; पर इतना विश्वास कर लिया कि शशांक झूठ नहीं बोल रहा था। होगी कोई ऐसी भाषा जो केवल बाप की समझ में आती हो। माँ तो बस बच्चों के रोने की भाषा समझती है। बच्चे की हर

भाषा माँ की समझ में आ जाए, केवल माँ ही समझे, बाप कुछ भी नहीं, ऐसा कहीं हुआ है? तब, बाप है किसलिए?

गृहस्थी की गाड़ी पर उस दिन अचानक उछलकर एक नन्हा गाड़ीवान चढ़ बैठा, बैलों की रास थाम ली, और फिर हाथ का सोटा सटकारता हुआ बैलों को टिटकारने लगा।

4

लीलाएँ होने लगीं टीपू के घर में।

"अरे, दौड़िए जरा।"

दिव्या चूल्हे के पास है, यह ध्यान आते ही शशांक हाथ कि किताब फेंक बिस्तर से कूदा और दिव्या के 'दौड़िए जरा' की तरफ तेजी से दौड़ा। रसोई के ओसारे में ही दिव्या बैठी हुई मिल गई, वह बच्चे को हिला-डुला रही थी। शशांक पास पहुँचा, तो उसने मुस्कराते हुए कहा, "जरा पकड़िए तो इसे। गोद में ही पाखाना कर दिया इस दुष्ट ने।"

शशांक तो जल-भुन गया। वह तो इस अनुमान के साथ दौड़ा था कि चूल्हे की आग ने दिव्या की साड़ी को छू लिया होगा और अब लपटें उठ रही होंगी। यहाँ आकर सुनता है कि 'बच्चे ने पाखाना कर दिया, इसलिए जरा दौड़िए।' खोदा पहाड़ निकली चुहिया। अनुमान के गलत होते ही वह नाराज हो गया, "इस तरह कहीं चिल्लाया जाता है, 'दौड़िए, दौड़िए।' दौड़ गया; फिर?"

"कह तो रही हूँ, जरा पकड़िए इसे।"

"मैं पकड़ूँ?"

"क्यों, बाघ पकड़ने कह रही हूँ क्या?"

"बच्चे ने पाखाना किया है; मैं पकड़ूँ?"

"हाँ-हाँ, पकड़ने ही कह रही हूँ। जल्दी कीजिए।"

"मुझसे नहीं होगा। मैं क्यों पकड़ूँ?"

"बहस बाद में कीजिएगा। जल्दी से पकड़िए तो। साड़ी में पाखाना लग गया है।"

"छिः!" शशांक ने आँखें मूँदकर मुँह दूसरी ओर फेर लिया और नथना को हथेली से झाँप लिया।

"पकड़ते हैं या इसे ऐसे ही डाल आऊँ आपके बिस्तर पर?"

"धमकी मत दो; पकड़ता हूँ। रुको एक मिनट।"

शशांक कमरे से एक तौलिया ले आया, उसे अपनी नाक के ऊपर बाँधा, और तब फिर पूछा, "अब बोलो, क्या करना है?"

"इसे ऐसे पकड़िए," बच्चे को पाखाना करने में सुविधा हो, इस तरह उसे बैठाकर पकड़ने की कला का बच्चे के बाप के आगे प्रदर्शन करते हुए दिव्या ने कहा; और

जब शशांक ने बच्चे को उस तरह पकड़ लिया, तो वह बोली, "उसे अपने पैरों से थामे रहिए ताकि वह ठीक से पाखाना कर सके।"

बच्चा बाप की पकड़ से छूटते-छूटते बचा, "अभी और पाखाना करेगा क्या? बाप रे!"

बच्चे की औकात पर अपनी कोई राय प्रकट किये बगैर वहाँ से जाते हुए दिव्या ने इतना-भर कहा, "जरा सिसकारते रहिए, सी सी सी..."

"सी सी!" शशांक कुछ अचरज में पड़ा, और यह सोचकर कि अज्ञानवश वह किसी धोखे का शिकार न हो जाए, पूछ बैठा बीवी से, "सी सी क्यों करूँ?"

कमरे में घुसते-घुसते दिव्या हँसकर बोली, "इसका जवाब बच्चा ही देगा।"

बाप इस तरह सिसकार रहा था कि बच्चा जरूर असमंजस में पड़ गया होगा, जवाब दे या न दे!

इस बार 'दिव्या! दिव्या!' की पुकार पर दिव्या ने कमरे के अन्दर से ही पूछा, "क्या हुआ, क्यों चिल्ला रहे हैं?"

"जरा दौड़कर आओ।"

"आ रही हूँ; हल्ला मत कीजिए।"

"जल्दी आओ; तौलिया नाक पर से फिसल रहा है।"

कमरे से बाहर निकली दिव्या तो पति को दाँत से तौलिया पकड़कर आसमान की ओर थूकने की मुद्रा में मुँह ऊपर उठाए देखा। तौलिए को नाक पर फिर से लपेटकर वह बोली, "साड़ी धोकर तुरन्त आती हूँ।"

साड़ी साफ करती हुई दिव्या पिछवाड़े में घर के अन्दर से रह-रहकर उठनेवाली चीखें सुनती रही और काफी लापरवाही से मुस्कराती रही। उसे लगा, जरूर बच्चे ने जवाब दे दिया है।

पिछले कई ऋणों को तुरन्त याद कर और ऋण-भार भरसक कम कर लेने के इरादे से दिव्या ने पति के गोहार मारते ही चूल्हे पर से तवा नीचे किया और सँभलकर पति के कमरे तक दौड़ आने के लिए रसोई से बाहर निकली। अभी आधे आँगन तक ही वह पहुँची थी कि देखा, जनाब बाहर ओसारे में खड़े हैं, बच्चे को दोनों हाथों से टाँगे हुए हैं, और बुरी तरह चीख-चीखकर उसे डाँटे जा रहे हैं। दिव्या निश्चिन्त हुई, बच्चा नहीं चीख रहा था। लेकिन जब बाप ने डाँट समाप्त कर बेटे से पूछा, "बोल, पटक दूँ जमीन पर?" तो बेटे के मौन को बाप स्वीकृति का सूचक न मान बैठे, दिव्या ने पूछ लिया, "हुआ क्या?"

"पूछो इस लौंडे से, क्या हुआ," आँखें तरेरकर पति ने पत्नी से कहा, "इतना पेशाब भला बच्चा करे!"

बच्चे की ओर स्नेह से हाथ बढ़ाते हुए पत्नी ने बच्चे की कारगुजारी पर भारी खुशी

और उसके बाप की कार्रवाई पर गहरा दुख प्रकट किया, "पेशाब ही किया बच्चे ने; कोई नदी नहीं बहा दी।"

"नदी नहीं बही, तो पूरी धोती कैसे भींग गई?"

"आपकी गलती से," बच्चे को चुमकारते हुए पत्नी ने जवाब दिया, "एक बार में ही तो पूरा गगरा उड़ेल नहीं दिया होगा इसने। जैसे ही छुलछुलाना शुरू किया था, इसे गोद से उतारकर गँड़तरे पर रख देते।"

"पता भी चलता कि छुलछुलाना शुरू किया है, तब तो! मैं इसके दुलार-मलार में लगा हुआ हूँ और यह अपनी काली करतूत में व्यस्त। बिलकुल पता नहीं चलता, अगर जाँघ पर कुछ गरम-गरम महसूस नहीं हो जाता मुझे। और फिर, मुझे पता नहीं था कि मैं किसी युद्ध में जा रहा हूँ मुझे हर तरह से सुसज्जित होकर जाना है।"

"आपकी 'त्राहि-त्राहि' से तो ऐसा ही लगा कि किसी युद्ध-भूमि से आवाज आ रही है। बच्चे ने पेशाब कर दिया, तो कोई भारी जुल्म कर दिया क्या?"

"हाँ, यह जुल्म ही है, भारी जुल्म।"

"जुल्म ही सही, मगर आप चुप रहिए। आपने जो भारी-भारी जुल्म किये हैं उनके सामने यह कुछ भी नहीं है।"

"क्या भारी जुल्म किये हैं मैंने?"

"आपको तो सब पता ही होगा। मुझे तो एक-आध बताया था साबो दीदी ने।"

"साबो दीदी ने?" शशांक का माथा ठनका, "क्या बताया था साबो दीदी ने?"

"बोलूँ क्या?" दिव्या मुस्कराई।

असमंजस में पड़ गया शशांक और थमकर बोला, "बोलो।"

"जोर से बोलूँ या धीरे से?"

दिव्या के स्वर में धमकी थी, इसलिए कुछ सिकुड़कर शशांक ने मुस्कराते हुए कहा, "धीमे ही बोलो।"

"साबो दीदी कहती थीं," दिव्या धीमे-धीमे बोलने लगी, "कि बिस्तर पर पेशाब कर देने की आपकी आदत बारह-तेरह साल की उम्र तक बनी रही थी। उसके बाद भी यह आदत बहुत धीरे-धीरे छूटी थी।"

"झूठ।"

"साबो दीदी ने तो एक किस्सा भी सुनाया था।"

तिर्यक-दृष्टि फेंककर शशांक ने पूछा, "कौन-सा किस्सा?"

"एक बार आप," मुस्कराते हुए दिव्या किस्सा सुनाने लगी, "बाबूजी के साथ कहीं मेहमानी में गए हुए थे। वहाँ से लौटने पर बाबूजी ने माँ जी से कहा था, 'देखो, इसे कहीं साथ में भेजो, तो दो-एक गँड़तरे दे दिया करो। वहाँ इसने रात में बिस्तर पर...'।"

"एकदम झूठ, एकदम झूठ।" शशांक का चेहरा लाल हो उठा।

"साबो दीदी तो कह रही थीं," दिव्या अपनी रौ में कहती चली गई, "कि इसके

लिए माँ जी ने आपकी बहुत झाड़-फूँक करवाई थी, कई घिनौने टोटके किये थे। उन्होंने जो एक टोटका किया था वह सुनाऊँ?"

"खुद कहो और खुद सुनो।" कहकर शशांक झटपट वहाँ से हटकर अपने कमरे के अन्दर चला गया। दिव्या जोर-जोर से हँसने लगी, और फिर गोद के बच्चे से कहा, "क्यों, रे टीपू, बाप के करतब सुन रहा है न? जहाँ जी चाहे पेशाब करो, बेटे।"

शशांक फिर बाहर आया और क्रीड़ा-कोप के साथ कहने लगा, "यह सब सुनाकर तुम मुझे अपने पैरों तले नहीं रख सकती, यह जान लो। और साबो दीदी को तो इस बार भ्रातृ-द्वितीया में ही पता चल जाएगा कि तरपरिया भाई-बहन की पुरानी दुश्मनी को अभी तक चालू रखने का क्या फल होता है।"

"क्या फल होगा?"

"हर बार साड़ी जाती थी, इस बार एक बित्ता कपड़ा भी नहीं जाएगा।

"इस बार एक जोड़ा साड़ी जाएगी," मुँह दूसते हुए दिव्या ने कहा, "मेरा टीपू लेकर जाएगा इस बार।"

"हुँह! टीपू!" पत्नी को मुँह बिराते हुए पति ने कहा, "हर बात में टीपू!"

चौकन्नी नजरों से चारों ओर देख
और हल्के से बन्द कर कक्ष-कपाट,
वेद, पुराण और उपनिषदों के पीछे से
भोज-पत्रों की एक जिल्द
निकाल ली जटाधारी वेदाचार्य ने;
और फिर एक बार
सशंकित निगाह से सूने कमरे को देख
जिल्द खोल डाली।
जिल्द खुलते ही छिटककर
बाहर निकल आई मैं,
और उनसे कहा,
'क्या सचमुच
रच डाला है शिष्यों ने यह नियम
कि रूप की नगरी में
नहीं घुस सकते आप आचार्य?
तो फिर शोर मचाती हूँ मैं।
मचाऊँ?'
घिघिआने लगे वेदाचार्य, 'कविते! कविते!'
और मैं खिलखिलाती हुई
कपाट खोल बाहर निकल आई...

चिरंजीव

...मगर, यहाँ कौन शोर मचा रहा है?"

"अरे, यह मेरी पत्नी रसोई में चीख-चिल्ला रही है। कोई खास बात नहीं है। उसे आदत है जब-तब शोर मचाने की। तुम आगे बढ़ो।"

ज्योतिष-ग्रन्थों में लीन
बैठे थे ज्योतिषाचार्य।
फैलाकर उनके सामने अपनी हथेली
मन्द हँसी से मैंने कहा,
'पढ़कर मेरी हस्त-रेखाओं को
जरा बताएँगे मुझे भी
मेरा भविष्य?'
हाय राम!
मैंने तो हथेली बढ़ाई थी,
और उनकी टकटकी
मेरे चेहरे पर बँध गई थी।
हँसकर खींच लिया मैंने अपना हाथ,
तो आचार्य गिड़गिड़ा पड़े, 'चन्द्रमुखी! रुको...रुको तो...'

...मगर, यह कौन चिल्ला रहा है, 'भागो, भागो'? मुझसे कहा जा रहा है क्या?"

"अरे, नहीं-नहीं, यह मेरे बच्चे को कहा जा रहा है। शरारती है न! उसे भगा रही होगी उसकी माँ। तुम उधर ध्यान मत दो। हाँ, तो फिर?"

ऊखल में
कूट-कूटकर
बना रहे हैं वैद्यराज
पाचन की गोलियाँ,
और कराही में
तैयार कर रहे थे आसव-अरिष्ट।
कमर सीधी की,
तो नजर पड़ गई मुझ पर,
'आओ, कविते!
तुम तो कभी आती ही नही
इन जड़ी-बूटयों की बस्ती में।
पी-पीकर द्राक्षासव
कहाँ हो पाता है कभी यह मन जवान!'...

...द्राक्षासव, द्राक्षासव। यह क्या सुन रही हूँ, जीरा, मरीच, धनिया...?"

"मेरी पत्नी मसाला ढूँढ़ रही है। खुद ही कहीं रख देगी और गुस्सा झाड़ेगी बच्चे पर। झूठ-मूठ बड़बड़ाती रहेगी। तुम अपनी सुनाओ।"

कज्जाकों की एक टोली
हाथों में लिये जलते मशाल
एक दिन
आ गई मेरे क्रीड़ानक की ओर।
तब मैंने उनसे कहा,
'लूटने ही तो आए हो?
ले लो पाँवों में बँधे नूपुर;
खोल लो कनक-वलय, भुजबन्द;
थाम लो हाथों में यह स्वर्ण-मेखला;
दे देती हूँ तुम्हें कानों में सुशोभित करनफूल;
लो, यह मोतियों की लड़ी ले लो...

...चम्मच? हाय राम! चम्मच कहाँ है मेरे पास? मैं कैसे उगलूँ चम्मच?"

"ओह! तुमसे कुछ नहीं कहा जा रहा है। रसोई में माँ बेटे पर दोष मढ़ रही है कि वह कोई चम्मच निगल गया है, और फिर उसे डाँट रही है चम्मच उगल देने के लिए। बच्चे ने न तो निगला होगा चम्मच और न उगलेगा ही। मगर माँ जब तक बच्चे को डाँटेगी नहीं, उसका खाना पचेगा नहीं। तुम बेफिक्र रहो, तुम्हारी कोई चर्चा नहीं है।"

जलता रहा मेरा क्रीड़ानक,
देखती रही मैं मौन, निस्पन्द;
और बिना चीखे, बगैर चिल्लाए
स्वयं भी होम हो गई
उस धधकती ज्वाला में।
खोंस रखे होंगे उन्होंने अपने जूड़ों में
सौभाग्य-कुसुम,
जिनके लिए खड़े कर दिये गए हैं
जगह-जगह ताजमहल।
मेरी तो कब्र तक जला दी गई!...

लो, मार-पीट शुरू। अब नहीं रुकूँगी मैं। बच्चे पर बेलन चला है। सँभालिए अपने बच्चे को; रो रहा है। हे राम! मैं किधर भागूँ!...

शशांक ने पुस्तक एक ओर रख दी और उठकर रसोई में आ गया; और, साँप की पूँछ पर लात न पड़ जाए इस डर से पत्नी की कोई छेड़छाड़ किये बगैर, रोते हुए बच्चे को चुपचाप अपने कमरे में उठा लाया।

बच्चे को कोई गहरा सदमा पहुँचा था। उसने सोच लिया था कि आज कोई मामूली रोना नहीं रोएगा वह। बाप का समझाना-बुझाना बेकार गया। उपदेश और सूक्तियाँ भी कारगर सिद्ध नहीं हुईं। अंग-भंग की धमकी का भी बेटे ने कोई असर नहीं लिया। नाक-मुँह तक आनेवाले थप्पड़ों और मुक्कों तक की उसने उपेक्षा कर डाली।

सोच में पड़ते ही शशांक को वह बूढ़ा याद आ गया जिसे बचपन में अपने दोस्त नत्थन के घर जाने पर वहीं किसी आसपास के घर में देखा करता था; और जब भी देखा उसे, तो किसी रोते हुए छोटे बच्चे को चुप कराते ही देखा। सौभाग्य से उस टोले की जो स्मृति अभी भी उसके पास थी उसमें बस ये दो ही बचे थे, नत्थन का घर और वह बूढ़ा।

वह रोते हुए बच्चों को चुप कराते उस बूढ़े का स्मृति-चित्र तैयार करने लगा।

हालाँकि शशांक के पास उस बूढ़े की तरह बच्चों की बरबस लुभाकर उन्हें किलकारी मारते हुए आनन्दित-आह्लादित कर देनेवाला पोपला मुँह, ध्वस्त दन्त-पंक्ति, सिमटी-सिकुड़ी आँखें, चुचका हुआ चेहरा और ढीली चूलों के सहारे हरकत करती देह-यष्टि नहीं थी; पर तब भी उस बूढ़े की नकल में वह चटक-मटक के साथ मोहक अंग-संचालन तो कर ही सकता था, उस बूढ़े की नकल कर वैसी बोलियाँ तो बोल ही सकता था जिन्हें बोलनेवाले पशु-पक्षी की नस्लें न जाने कब की समाप्त हो चुकी थीं।

अपनी ताकत और लियाकत का भान होते ही फल की चिन्ता छोड़ और कर्म को प्रधान मान शशांक गले से अजनबी आवाजें निकालते हुए फुदक-फुदककर, थिरक-थिरककर, उछल-उछलकर नृत्य की विभिन्न शैलियों में नाचते हुए बच्चे पर मोहनी डालने लगा।

इस कौतुक को देख बच्चा पहले तो थर्राया, फिर देर तक अपना कोई अनिष्ट न होते देख चिन्तनशील हुआ, और फिर बाप पर तरस खाकर अकस्मात किलक पड़ा। इस सफलता से बाप दूने उत्साह में आ गया।

काफी देर बाद बाप-बेटे की बातचीत में बाधा उपस्थित कर दिव्या बच्चे को गोद में लेने के लिए बढ़ी, तो शशांक ने उसे दुत्कार दिया, "खबरदार! इसे छूने की कोशिश मत करो। जिस कष्टसाध्य कार्य को करने में मैंने उतना परिश्रम जरूर किया है जितने में अपनी दस कट्ठा जमीन जोत सकता था, उसका मीठा फल चखने अब तुम चली आई हो! हाथ मत लगाना बच्चे को। रोने की जिद पर अड़ गए बच्चे को हँसा लेना कोई बच्चे का खेल नहीं है।"

बगलवाले कमरे में दिव्या थपकियाँ दे-देकर सुला रही थी टीपू को और उन थपकियों के साथ ही एक लोरी भी गाए जा रही थी—

सो जा, सो जा, राजकुमार।
पिछवाड़े में खड़ा सियार।
फूफी तेरी गई पिछवाड़े।
वह सियार था उसका यार...

"दिव्या! खबरदार!" शशांक अपने कमरे से गरज पड़ा।

"क्या हुआ?" दिव्या ने इस तरह पूछा जैसे कि कुछ हुआ ही नहीं था।

शशांक कड़कदार आवाज में बोला, "क्या हो रहा है?"

"कुछ तो नहीं, एक लोरी सुना रही हूँ टीपू को। जरा जल्दी सुला दूँ।" कहकर आगे बढ़ गई दिव्या—

डोली लेकर आया था वह।
संग-साथ में चार कहार।
उसमें तेरी फूफी बैठी।
बैठा दूल्हा बना सियार...

"नहीं मानोगी तुम?" शशांक ने अपने कमरे से जोरदार चेतावनी भेजी।

"अब बच्चे को लोरी भी न सनुऊँ?" दिव्या ने भी कृत्रिम क्रोध प्रकट करने की कोशिश की, और हठ-ठाना—

तेरा बाप दौड़कर आया;
कहा चीखकर, 'रुको, कहार!
बहन न मेरी यों जाएगी;
रुपये लूँगा एक हजार'...

दिव्या चुप होकर यह सुनने में लग गई कि शशांक इस बार किस तरह चिल्लाता है। शशांक का ध्यान इस बात की ओर चला गया था कि दिव्या लोरी में आगे क्या कहती है। जब देर तक पति की ओर से कोई तीर नहीं चला, तो उसकी निश्चिन्तता से चिढ़कर दिव्या ने बेटे से पूछा, "फिर क्या हुआ, जानते हो, टीपू?"

टीपू नहीं जानता था, इसलिए दिव्या को सुनाना पड़ गया, "तब सियार गुस्से में आ गया और बोला—

दूर, दूर, रुपया एक न दूँगा;
कैसे दे दूँ एक हजार?
काली-कलूटी बहन तुम्हारी;
इसके दूँगा पैसे चार।

इतने में तो शशांक हाजिर हो गया वहाँ और गुस्सा भरकर बोला, "मेरी बहन काली-कलूटी है? कौन-सी बहन है काली-कलूटी?"

दिव्या खिलखिलाकर हँस पड़ी, यह मुझसे क्यों पूछ रहे हैं? सियार से पूछिए न।"

"तो फिर हटो तुम; टीपू को मैं लोरी सुनाऊँगा।"

"मगर अब तो वह सो गया है।"

"तब भी सुनाऊँगा।"

"सुनाइए," कहकर दिव्या हँसते हुए बिस्तर से उठकर अलग खड़ी हो गईं और बोली, "तब तक मैं कपड़े धो आती हूँ।"

"नहीं," शशांक ने झट से उसकी बाँह पकड़ ली और कहा, "तुम्हें भी सुनना पड़ेगा।"

"अच्छा, सुनती हूँ।" पलँग पर बैठते हुए दिव्या मुस्कराने लगी।

शशांक लोरी गाने लगा रुक-रुककर—

सो जा, सो जा, राजकुमार।
तुम्हारी मौसी पिछवाड़े में गई।
उसको लेकर भाग गया एक हाथी।
तुम्हारा मामा हरिचन्द दौड़ा।
हाथी को देखकर जोर-जोर से रोने लगा।
रो-रोकर उसने कहा हाथी से, 'जीजाजी, जीजाजी,
दो पैसे भी तो देकर जाइए...'

"ऊँहूँ...नहीं हुआ," दिव्या ने मुँह बिचकाकर कहा, "इस तरह कहीं लोरी गाई जाती है! कोई तुक ही नहीं है।"

"तुक नहीं है, तो क्या हुआ! अर्थ तो है उसमें।"

"इस भाषण से तो सोया बच्चा भी जाग जाएगा। ऊँहँ...बिलकुल नहीं..."

"ठीक है, मैं भी तैयार करता हूँ लोरी," शशांक ने परास्त मुद्रा में कहा और फिर अपने कमरे में घुस गया। दिव्या हँसते हुए कपड़े धोने चली गई।

ऐसा झक सवार हुआ उस पर कि कमरे में घुसते ही वह उसी क्षण कागज-कलम लेकर बैठ गया और लोरी में क्या मसाला डाला जाए इस पर अपना दिमाग खाली करने लगा...हरिचन्द मामा ने हाथी से कहा, "जीजाजी, कम-से-कम दो पैसे तो देते जाइए," उसके बाद?...टीपू की नानी भी खुश, नाना भी खुश; दोनों कंजूस...नहीं, यह नहीं चलेगा। दिव्या तुरन्त अपने बक्से की तर-तर थाक लगी साड़ियाँ पसारना शुरू कर देगी और मुँह चमकाकर कहेगी, "ये साड़ियाँ आपकी ही खरीदी हुई हैं क्या?" टीपू के गले की सिकड़ी झुलाकर पूछ बैठेगी, "यह एक तोले की सोने की सिकड़ी इसके नाना ने दी है या इसके बाप ने?"...हाथी ही कुछ और करे...हाथी रोने लगे,

"यह बीवी तो लँगड़ी है। अब क्या करूँ मैं!...बीवी को नखास पर चढ़ा दे; ले दही, दे दही; दाम बताए एक पैसा...मगर, शशि लँगड़ी है, यह सुनते ही दिव्या कहीं आपे से बाहर न हो जाए! औरत के मुँह का क्या ठिकाना! कहीं बकने न लगे!..."शशि लँगड़ी है? आपके गोतिया-दियाद में है कोई उस जैसी सुन्दर लड़की?"...इससे बेहतर है कि किसी और बात पर मियाँ-बीवी में झगड़ा हो और तब मियाँ बीवी को लेकर मेले में जाए...उसे खरीदेगा कौन एक पैसा में?...खरीदने के बाद वह भी कुछ करेगा या नहीं?...अभी बस इतना-भर कि एक पैसा में शशि बिक जाए...

मसाला के जुटते ही शशांक तुकबन्दी में लग गया। दिव्या अन्दर आकर उसके कागज पर झुकी ही थी कि शशांक ने कागज छिपा लिया और कहा, "अभी तुम जाओ।" दिव्या के इस आग्रह पर कि वह स्नान कर लें उसने ध्यान नहीं दिया।

तुकबन्दी शुरू तो हुई, मगर तुक जोड़ने का काम काफी भारी पड़ रहा था। वह तो दिव्या से भी गया-गुजरा तुक्कड़ साबित हो रहा था। सिकड़ी का तुक?...किकड़ी?... खिकड़ी?...गिकड़ी?...मियाँ का तुक...?...शब्द-कोश खोल लिया उसने अपने आगे और उसमें ढूँढ़ने लगा, एकार्थक शब्द, अनेकार्थक शब्द, विपरीतार्थक शब्द। पसीना चू गया उसे। जिस किसी काम में हाथ डालता है वह, वही साला कष्टसाध्य हो जाता है। दिव्या ने कैसे चटपट तैयार कर ली थी अपनी लोरी! अब अगर अभी से रात के बारह बजे तक वह आँख फोड़े, तब कहीं जाकर यह काम पूरा होगा, ऐसा शशांक को महसूस हुआ।

दिव्या कई बार गुस्साकर उसके कमरे में आई थी, और शशांक ने हर बार उससे अधिक जोर से गुस्सा कर उसे वापस लौटा दिया था।

बिस्तर पर लेटे-लेटे बच्चे को चुमकारते हुए दिव्या बार-बार बेटे से कह रही थी, "रे टीपू, आज मेरे पैरों में बड़ा दर्द हो रहा है; जरा दबा नहीं देगा? तुम्हारे कारण ही इतनी थक जाती हूँ। तुम्हारा कितना दुलार रखती हूँ मैं! मेरी भी एक बात मान ले न, बेटा।"

शशांक उसी बिस्तर पर निठल्ला पड़ा मलार गा रहा था। उसने एक बार सुना, दूसरी बार भी सुनकर चुप रह गया, मगर तीसरी बार उससे बोले बगैर नहीं रहा जा सका, "तुम सौ बार भी बोल जाओगी, तब भी मैं तुम्हारे पैरों की मालिश नहीं करने जा रहा हूँ।"

दिव्या पहले देर तक खिलखिलाकर हँसती रही; और जब हँसी का वेग कुछ कम हुआ, तो बोली, "मैं आपको तो नहीं कह रही थी?"

"तो फिर किससे कह रही थी?"

"अपने टीपू से।"

"टीपू तुम्हारे पैरों की मालिश कर देगा?"

"क्यों नहीं करेगा?"

"ठीक है, कहो"

दिव्या फिर बच्चे को चुमकारने लगी, "क्यों रे टीपू, तू मालिश नहीं करेगा? कर देगा न, बेटा?"

शशांक को फिर बोलना पड़ गया, "बहुत इतराती हो बेटे पर, मगर काम मैं ही आऊँगा। पहले भी तुम 'हे राम! यह कैसे होगा। हे भगवान! यह कैसे करूँ!' बोलती रही हो, पर कभी न राम आए न कोई और भगवान। हर बार तुम्हारी पुकार सुनकर मैं ही दौड़ा आया हूँ। अब नया-नया बेटा हुआ है, तो हर काम के लिए बेटे को ही पुकारती रहती हो। पुकारो। अब यह तो नहीं होगा कि तुम्हारे जिस-तिस काम के लिए मैं दौड़ आऊँ, उछल-कूदकर आ जाऊँ। यह मत भूलो कि अब मैं भी केवल एक खाविन्द ही नहीं, एक बेटे का बाप भी हूँ।"

"जरा मैं भी सुनूँ, मेरी किस पुकार पर दौड़कर चले आए हैं आप! मेरा कौन-सा काम कर दिया है आपने! 'खाविन्द हूँ, बाप हूँ' यह मथते रहने के अलावा भी कुछ करते हैं आप?"

"कौन-सा काम नहीं किया है मैंने इस घर में? चूल्हा नहीं फूँका है, कि बरतन नहीं माँजे हैं, कि घर में झाड़ू नहीं लगाया है, कि सब्जी नहीं बनाई है? मैंने तो तुम्हारे सिर से ढीलें तक निकाली हैं।"

"हे भगवान! एक दिन चूल्हा क्या जलाया, दो बरतन साफ क्या कर दिये कि लगता है जैसे पहाड़ तोड़कर रख दिया।"

"पहाड़ मैं क्या तोड़ता! पहाड़ तो मुझ पर टूट पड़ा। एक दिन का काम ही तो जहर हो गया।"

"जहर! क्या जहर हो गया?"

"तुमने तुरन्त खबर भेज दी अपनी बहन को, "तुम्हारे जीजाजी तो बहुत अच्छे आदमी हैं, चूल्हा भी जला लेते हैं, बरतन भी माँज लेते हैं।' यही जहर हो गया।"

"मैं क्या यही सब खबरें शशि को भेजती हूँ! कभी कोई बात निकल गई होगी मुँह से गप-शप में। पर इससे पहाड़ कैसे टूट पड़ा आप पर?"

"पहाड़ उस वक्त टूट पड़ा जब ससुराल में मेरे साथ यह सलूक हुआ कि साली भोर-भोर जगाकर चिरौरी करने लगी, 'उठिए, जीजाजी; जरा उठिए। देखिए न, आधा घंटा से मैं चूल्हा जला रही हूँ, पर आग सुलगती ही नहीं, बुझ-बुझ जाती है। आपका तो बड़ा नाम है चूल्हा फूँकने में। दीदी बहुत बड़ाई करती है। जरा चलिए न।' उस वक्त मुझ पर पहाड़ नहीं टूट पड़ा, तो क्या यह सब सुनाकर मुझे मोर-मुकुट पहनाया गया?"

"कौन साली मजाक नहीं करती है?"

"यह मजाक हुआ? बगल की खाट पर तुम्हारा भाई हरिचन्द सोया हुआ था। उस समय नींद में थोड़े ही होगा! सब सुन रहा होगा। तुम्हारे पिताजी तक ने सुना। वे बाहर कुर्सी पर बैठे हुए थे। मैंने तो कनखी से देखा भी उनकी मूँछों को मुस्कराते हुए।"

"मुस्कराए ही तो, आप पर गरजे-बरसे तो नहीं?"

"ऐसे दामाद पर कौन ससुर गरज-बरस सकता है भला! ऐसा ससुर तो मूसल से नगाड़ा बजाएगा। तुम्हारे पिताजी भी तो तुरन्त वहाँ से लम्बे-लम्बे डग भरकर घर के अन्दर चले गए थे। गए होंगे तुम्हारी माँ के पास और कमरे का दरवाजा भिड़ाकर मूँछों पर ताव देते हुए कहा होगा, 'दिव्या की माँ, मैं जरा ढीला-ढाला हूँ और मेरे बुलाने पर यहाँ का धोबी-नाई या मजदूर-बनिहार जरा देर से आता है, तो बस इतने से ही तुम मुझे कौड़ी काम का नहीं समझती हो; पर सुन लो, कैसा जवाँई ढूँढ़कर मैंने दिया है तुम्हें। मेहमान जी खुद चूल्हा फूँकते हैं और तुम्हारी बेटी पलँग तोड़ती है...बरतन भी माँजता है यह आदमी। है किसी सास-ससुर के पास यह दौलत?' उस दिन तो तुम्हारे पिताजी का सीना ऐसा फूला था कि खुद नौकर को लेकर जलेबियाँ खरीदने बाजार गए थे, जबकि इससे पहले बाजार से मर-मिठाई लाने का काम हमेशा हरिचन्द किया करता था। उस दिन तो जलेबियाँ खाते हुए मुझे उतनी ही शर्म आ रही थी जितनी किसी आदमी को बाहर के आदमियों से यह बताते आ सकती है कि 'अभी-अभी जिस औरत ने मुझे झापड़ मारा है वह...है, घर का ही आदमी...अब क्या बताऊँ...समझ लीजिए, रक्त-चाप की मरीज है...हाँ, है तो मेरी बीवी ही, मगर बीमार है..."

दिव्या अपनी हँसी रोक नहीं पाई, और स्वयं आह्लादित हो उठने के बाद पति को भी सान्त्वना दी, "आपके सास-ससुर आपसे खुश हैं, सन्तुष्ट हैं, तो यह आपके लिए दुख मनानेवाली बात तो नहीं है!"

"बड़ी अच्छी बात है, सास-ससुर खुश हैं, सन्तुष्ट हैं; मगर और लोग जो सुनेंगे वे क्या सोचेंगे?...'बेचारा!...आह!...दुखिया!' कहीं सिर उठाकर भी मैं चल पाऊँगा?"

दिव्या ने पति का कष्ट दूर कर देने की कोशिश की, "मेरे माँ-बाप क्या ढिंढोरा पीटने जाते हैं!"

शशि को खबर देकर कि उसके जीजाजी बड़े लायक आदमी हैं, तुमने क्या ढिंढोरा पीटने की कोशिश की थी? खाँसी-खुशी तक छिपा ले आदमी, मगर गुण-अवगुण किसी के नहीं छिपते, यह जान लो! जब तुम नई-नई आई थी, तो तुम्हारे गुणों की भी ऐसे ही चर्चा फैल गई थी। लोग मेरे पिताजी के पास पहुँचने लगे थे, और कितनों को ही मैंने खुद यह कहते सुना था, 'बहू की तो खूब चर्चा हो रही है टोले-मोहल्ले में! मेरी घरवाली तो इस जिद पर आ गई है कि अब अपने घर कोई बहू आएगी तो बस कलासन से ही आएगी। मेरा भी तो एक बेटा विवाह के योग्य हो गया है। आप जरा अपने समधी साहब को एक पत्र लिखिए न कि वे मेरे बेटे के लिए भी एक लड़की ढूँढ़ें। दान-दहेज की कोई जिद नहीं। दो पैसे कम मिलेंगे, कबूल। बहू तो मन के लायक मिल जाएगी।' अब तो अवश्य ऐसे लोगों की भीड़ तुम्हारे घर पहुँचती होगी, "कितना अच्छा जँवाई मिला है आपको! घरवाली की जिद है कि राजगंज में ही बेटी का ब्याह ठहराऊँ! एक लड़के का वहाँ पता लगा दीजिए न। पैसे की चिन्ता नहीं है हमें; दान-दहेज भरपूर देंगे।"

दिव्या ने मुस्कराकर कहा, "इससे तो आपके राजगंज का नाम ही हो रहा हैं यह भी तो खुशी की बात है।"

"खुशी की बात! गाँव रसातल चला जाएग, तो यह खुशी की बात होगी? कलासन की बेटियाँ तो यह मनसूबा बाँधे आएँगी कि ससुराल में पहली रात से ही दूल्हा कटोरी भर तेल लेकर घुसेगा कमरे में और उनके पैर-हाथ की मालिश कर देगा, देह दबा देगा। अब अगर हनुमान सिंह या मेरे जैसा दूल्हा मिलने से उनके मनसूबे पर पानी फिर गया, तो उत्पात होगा या नहीं? झोंटाझोंटी होगी, दाँतादाँती होगी। बहन का सन्देश पाकर हरिचन्द जैसा भाई दौड़-दौड़ आएगा राजगंज लठैतों को साथ लिये, कम-से-कम उस चौधरी को लेकर जो कभी एक गीदड़ मारकर अभी तक कलासन में बाँका वीर बना हुआ है। तब गाँव में एक-एक समय में पाँच-पाँच घरों में पंचायत होती रहेगी। यह सब खुशी की बात होगी?"

"अच्छा, खुशी की बात नहीं होगी; जाइए, अब स्नान कर लीजिए। निठल्ले आदमी को यही सब सूझता रहता है। अब कभी मैके की कोई बात आपसे नहीं कहूँगी मैं। हर बात को गाँठ में बाँध रख लेने की आदत है आपकी।"

"मत कहना। जितना जान चुका हूँ वही काफी है सुखमय जीवन जीने के लिए। स्नान भी कर ही लूँगा। अब जरा यह जान लूँ कि तुम्हारे पैरों के दर्द का क्या हुआ?"

"वह तो अभी भी हो ही रहा है।"

"टीपू से काम चल जाएगा?"

मुस्कराकर कहा दिव्या ने, "ऊँहूँ, अभी देर है।"

"ढिंढोरा तो नहीं पीटोगी?"

दिव्या जोर से हँस पड़ी, "हाँ, पीटूँगी। आप जाइए स्नान करने।"

"और तुम्हारा दर्द?" कहकर मुस्कराया शशांक और फिर उठकर स्नान करने चला गया।

जाते हुए इस बार सचमुच कोई मलार गा रहा था वह।

5

गुजरे हुए बचपन को फिर से एक बार जीने, बार-बार जीने की इच्छा किसके हृदय में नहीं उपजती! मगर यह इच्छा कभी फलवती भी होती है? ऐसा होता है कि बीता हुआ बचपन फिर लौट आए?

होता है, ऐसा होता है।

ऐसा नहीं होता, तो फिर से गुल्ली-डंडा खेल पाता शशांक!

टीपू के हाथ में गुल्ली-डंडा देखकर हाथ की किताब रख देता है शशांक और बेटे

से कहता है, "चल तो, रे टीपू, बहुत शेखी बघारता है तू कि 'इसको हराया, उसको हराया।' आज खेल तो मेरे साथ। आज देख, मैं तुम्हें कितना पदाता हूँ।"

अविश्वास और विस्मय की निगाह से बेटा बाप को घूरता है, और फिर पूछता है, "आप खेलेंगे, पिताजी? इतने बड़े होकर?"

"बस, डर गए? सिर्फ डींग हाँकना जानते हो?"

बाप की यह ललकार बेटे के घमंड को छू गई। उसने बुलन्दी से जवाब दिया, "मैं आपसे डरनेवाला नहीं हूँ। हिम्मत हो तो चलिए। कहाँ खेलिएगा, बड़का कुआँ के पास या दरवाजे पर?"

"अपने पिछवाड़े में खेलूँगा।"

"पिछवाड़े में? वहाँ तो बहुत कम जगह है।"

"काम चल जाएगा।"

बाप-बेटा पिछवाड़े में चले जाते हैं और खेल शुरू हो जाता है।

"बेईमानी मत कीजिए, पिताजी; मेरी गुल्ली लकीर पार कर गई थी।"

"पार नहीं हुई थी; बेईमानी तुम कर रहे हो।"

"आपने इतनी जल्दी गुल्ली क्यों हटा दी वहाँ से? खेलना हो तो ठीक से खेलिए। उस बार भी आपने बेईमानी की थी; अभी भी कर रहे हैं।"

"बेईमानी तुम करते हो, बराबर।"

"आप पक्के बेईमान हैं।"

बेईमानी में तब भी मजा आता था शशांक को, आज भी आ रहा है। एक जमाना गुजर गया, और इतने दिनों बाद आज किसी ने बेईमान कहा है उसे। आज तक वंचित रहा था बेईमान कहलाने के उस आनन्द से। आज उस आनन्द को पा निहाल हो गया है शशांक।

उस जमाने की बेईमानी में भी जब-तब मुक्का-थप्पड़ की नौबत आ जाती थी। शशांक ने वही मुद्रा ग्रहण की और बेटे से पूछा, "क्या कहा तुमने?"

इस बदले हुए तेवर को देख बेटे को अचानक अपने प्रतिद्वंद्वी में बाप की सूरत झलक गई। उसने दबे हुए स्वर में जवाब दिया, "मैं बच्चा हूँ, तो, आप डाँटकर हरा दीजिएगा? मत कीजिए बेईमानी...गे माँ! जरा इधर तो आना। देखो तो, पिताजी किस तरह..."

इस बेईमानी के चलते ही न जाने कितने दोस्तों से कुट्टी कर ली थी शशांक ने; कितनों के साथ अबोला ठन गया था उसका। आज यह झगड़ा टीपू के साथ हो रहा है; उसी के साथ अबोला ठनने की उम्मीद है। वह कुछ नरम पड़ गया, "चिल्लाओ मत। माँ आकर क्या करेगी? तुम बेईमानी मत करो, तो खेल ठीक से होगा।"

"चलिए यहाँ से गुच्ची तक एक टाँग पर।"

"एक टाँग पर?"

"हाँ, चलना पड़ेगा।"

कितने दिन पहले एक टाँग पर चला था शशांक? सौ वर्ष तो हो ही गए होंगे शायद! हाँ, इससे कम नहीं।

वह एक टाँग पर खड़ा होने की कोशिश करने लगा।

"अब आप 'कितकित कितकित' बोलते हुए चलिए।" बेटे ने बाप को आदेश दिया।

उठाई हुई टाँग शशांक ने फिर से जमीन पर रोप दी और विरोध के स्वर में बोला, "कितकित क्यों बोलूँगा?"

"यही नियम है।" बेटे ने ताव से कहा।

यहाँ भी बाप ने रार मचाने की कोशिश की, "'कितकित' नहीं बोलूँगा। हम लोग अपने जमाने में 'कबड्डी-कबड्डी' बोलते थे।"

"गया वह जमाना," बेटे ने ऐंठकर कहा, "अब 'कितकित' ही बोलना पड़ेगा। बेईमानी नहीं चलेगी। जल्दी कीजिए।"

"ठीक है, बोलता हूँ; लेकिन मैं पता लूँगा आज। अगर तुम्हारी बेईमानी साबित हो गई, तो..."

"तो दो मुक्के मार लीजिएगा। शुरू कीजिए।"

"कित...कित...कित...कित...कितततततततीश्शश"

"अरे, अरे, भाग क्यों रहे हैं? रुकिए न, दाँव पूरिए..."

बाप के पीछे-पीछे बेटा भी दौड़ा, और आँगन में ही माँ से भेंट हो गई। उसने तत्काल माँ से शिकायत कर दी, "देखो न, माँ, पिताजी हार गए और बिना दाँव पूरे ही भाग गए। बहुत बेईमानी करते हैं पिताजी। तब भी मैंने खूब हराया।"

इतना कहकर बेटा सीना फुलाए पिताजी के कमरे के आगे आ खड़ा हुआ और अन्दर झाँककर देखा कि पिताजी किताब पढ़ने का बहाना बनाए बिस्तर पर पड़े हैं। एक बार उन्हें चिढ़ा देना उसने आवश्यक समझा, "हुँह! टीपू से भिड़ने चले हैं। दाँव भी नहीं पूरे और भाग गए। हुँह!"

यह देखकर कि पिताजी बिलकुल पराजित मुद्रा में पड़े हुए हैं और चूँ तक नहीं कर रहे हैं, टीपू अपना गुल्ली-डंडा लेकर बाहर चला गया।

बेटे के बाहर जाते ही शशांक पत्नी के पास आ खड़ा हुआ और काफी कुपित होकर बोला, "अपने बेटे को सँभाल लो; उसने मुझे आज बेईमान कहा है।"

"बेईमानी की क्यों? उसका दाँव क्यों नहीं दिया?" दिव्या पहले से ही जवाब लिये बैठी थी, "आपकी यह उम्र अब बच्चों के साथ बेईमानी करने की है?"

एक पीढ़ा लेकर वहीं बैठ गया शशांक और पत्नी को बताने लगा, "दाँव तो मैं पूर ही रहा था, मगर अचानक क्या देखता हूँ कि झाड़ी के उस पार से दो-तीन औरतें

मुझे ही निहार रही हैं और ठी-ठी कर हँस रही हैं। तब भी एक टाँग पर दौड़ता रह जाता क्या?"

बचपन लौट नहीं आता, तो खेल पाता वह आज नैनागढ़ की लड़ाई का खेल? कैसे शरीक हो पाता वह इस खेल में? कैसे सवार हो जाता वह काल्पनिक घोड़े पर, हाथ में अदृश्य तलवार ले लेता, ओर पूरे हाव-भाव के साथ बीवी के आगे हाथ चमका-चमकाकर कहता, "सुनो लड़ाई नैनागढ़ की...!"

"सुनो लड़ाई नैनागढ़ की..." बाहर से कूदता-फाँदता घर के अन्दर आता है टीपू और वीर की मुद्रा में माँ से कहता है, "जल्दी खाना मुझको दे दो, पल की देर लगाओ नाय...बोला आल्हा नर ऊदल से, भैया सुनो उदयचन्द राय..."

बेटा कुछ न भी कहे तब भी माँ को वह हमेशा भूखा ही नजर आता है। और टीपू तो सुबह का गया अभी लौटा है। उछल-कूद में कितना थक गया होगा! भूख से कैसा बेहाल होगा! दिव्या जवाब देती है, "खाना तैयार है। हाथ-पैर धोकर आ जाओ रसोई में।"

खाना तैयार है, मगर परोसने में तो समय लगेगा। उस समय का टीपू सदुपयोग कर लेना चाहता है। अपना आदेश फरमाकर वह आँगन में वीरोचित उछल-कूद करने लगता है, "यहाँ की बात वहाँ पर छोड़ो, अब आल्हा का सुनो बयान। जल्द बुलाया है रुपना को, ऐसे कहन लगा मलखान..."

गुस्से के कारण माँ की आवाज जरा ऊँची हो जाती है, "खाना खाओगे या नाचोगे?"

टीपू नाचते हुए रसोई की ओर बढ़ता है, तो माँ तत्काल आदेश देती है, "हाथ-पैर धोकर आओ।"

"अब हाथ-पैर धोओ!" झुंझला पड़ता है टीपू, मगर मजबूर होकर बाल्टी से पानी गिरा-गिराकर हाथ-पैर धोने लगता है, "दिन में दस बार हाथ-पैर धोओ...जब भी घर में घुसो, हाथ-पैर धोओ...जल्दी परोसो खाना...पापड़ सेंक देना...कलौंजी भी देना...मुझे कलौंजी भी देना माँ, पल की देर लगाना नाय...चिट्ठी आई नैनागढ़ से भैया मंडलीक अवतार, करो चढ़ाई नैनागढ़ पर गुजरे घड़ी घड़ी कर वार..."

"चलो, खाना परोस दिया," माँ खाना परोसकर बेटे को बुलाती है। हाथ में अपनी तलवार सँभाले टीपू खाने पर बैठता है, "खट खट खट खट तेगा बाजे..."

"पहले खाना खा लो, फिर बजाना तेगा।"

"बाजे छपक-छपक तलवार..."

"सुन रहे हो, मैं क्या कह रही हूँ?"

"कट कट शीश पड़े धरती पर..."

"अरे, अरे, चोट लगेगी मुझे।"

"बहने लगी खून की धार..."

"बोलो, खाते हो या नहीं? कान उखाड़ लूँगी।"

"आँ ाँ ाँ ाँ! खा तो रहा हूँ।" अचानक टीपू को कलौंजी याद पड़ती है और थाली को ठीक से निहारकर वह बिदक पड़ता है, "कलौंजी?"

"कलौंजी नहीं बनी है आज।"

"तो फिर मैं नहीं खाऊँगा। मुझे कलौंजी दो," टीपू आसन से उठ जाता है और तैश भरी मुद्रा में कहता है, "पहले मुझे कलौंजी दे दो, पल की देर लगाओ नाय। ऐसे भोजन नहीं करूँगा, मैं देता तुमको बतलाय..."

"आज ऐसे ही खा लो, टीपू; कल बना दूँगी कलौंजी।"

"पल की देर लगाओ नाय, पल की देर लगाओ नाय।" टीपू लगातार अपना सिर हिलाता रहता है।

"कह रही हूँ न; कल बना दूँगी। अब आज तंग मत करो, बेटा।"

टीपू खुश हो जाता है, "सुनकर बेटे की फरमाइश, माँ तो गई सनाका खाय..."

"हाँ, हाँ सनाका खा गई। बैठो अब, खाना खाओ।"

बैठने के पहले टीपू फिर ललकार उठता है, "मुझे कलौंजी कल खाना है, पल की देर लगाना नाय...नहीं तो, सोच लो, माँ...खट खट खट खट तेगा बाजें, बाजे छपक छपक तलवार। कट कट शीश पड़े धरती पर, बहने लगी खून की धार..."

माँ आँखों से आसन पर बैठने का संकेत करते हुए कहती है, "अच्छा, आज खा लो! कल आएगा, तब न?"

टीपू खाने पर बैठ जाता है, मगर मुँह में कौर डालकर मुँह चलाने की बजाय जीभ चलाने लगता है, "हल्ला तुल्ला ऊदल गुल्ला..."

"गाना बन्द करो और ठीक से खाओ," माँ गुस्से में आ जाती है।

माँ को गुस्से में देख 'ऊदल गुल्ला' पर रुक जाता है टीपू और जल्दी-जल्दी कौर चबाने लगता है। दो-चार कौर खाने के बाद ही वह गटागट पानी पीता है, तो माँ टोक देती है, "पानी बाद में पीना; पहले खाना खा लो।"

पर पानी पीने के बाद ही टीपू माँ को अपना हाल सुनाता है, "पेट भर गया है अब मेरा, माता सुन लो कान लगाय..."

"ऐसा थप्पड़ दूँगी कि मिजाज ठीक हो जाएगा। दुलार कर रही हूँ, तो नखरे कर रहा है। दो कोर खाया नहीं और पेट भर गया?"

"आठ कौर खा चुका हूँ।"

"गिनती की जरूरत नहीं है; पेट भर खा लो।"

"पेट तो भर गया है...करो न जिद ऐ माता मेरी, डर है उल्टी न हो जाय..."

"खाओगे कि अनाप-शनाप बकोगे?...वैसे मत करो, बेटा। सुबह से भूखे हो। पेट भर खा लो; फिर नाचना-गाना।"

"सच कहता हूँ, माँ, पेट भर गया है। अब और खाऊँगा, तो उल्टी हो जाएगी।"

अब क्या करे बेचारी दिव्या! टीपू का कोई भरोसा है क्या! अगर डरा-धमकाकर दो-चार कौर और उसे जबरदस्ती खिला भी दिया जाए, तो कोई ठीक नहीं कि जान-बूझकर यह लड़का ओ-ओ कर उल्टी करने न लग जाए। तब तो जो भी खाया-पिया है उसे भी उगल देगा! टीपू एक क्षण अपनी माँ को निहारता है कि वह परास्त हुई या नहीं और फिर लोटा लेकर मुँह-हाथ धोने उठ जाता है। दिव्या कुछ भुनभुनाते हुए थाली उठाकर एक ओर रख देती है। टीपू थोड़ी देर आँगन में ही इधर-उधर घूमता है और फिर तेजी से बाहर निकल जाता है।

वहाँ से उठकर दिव्या सीधे शशांक के कमरे में दाखिल होती है। शशांक बहुत खुश दिखता है और मुस्कराते हुए उसका स्वागत करता है। माँ के हिसाब से आधा पेट खाकर ही ऊदल बाहर भाग गया है, इसलिए बेटे की आधी भूख अभी भी माँ को सता रही है। पति की मुस्कान भाड़ में जाए! दिव्या बेरुखी से पूछती है, “आपका भी खाना लगा दूँ?”

शशांक केवल मुस्कराता है टुकुर-टुकुर पत्नी को घूरते हुए।

“मैं जो बोली, तो कान में कुछ गया?” दिव्या गुस्से में आ जाती है। “आधा पेट खाकर भाग गया है बेटा!”

“बोला आल्हा नर ऊदल से, भैया सुनो...” शशांक नैनागढ़ में प्रवेश करता है कि तभी दिव्या बीच में ही ललकार उठती है, “मेरा कपार बोला नर ऊदल से...मैं बोल रही हूँ, खाना ले आऊँ?”

“खाना? इतनी जल्दी?...इतनी जल्दी क्या है मछला, मुझको बात देओ समझाय। यह भोजन का वक्त नहीं है, मैं देता तुमको बतलाय...”

“वक्त नहीं है, तो मैं चलती हूँ। जब वक्त हो जाएगा, तो खुद परोसकर खा लीजिएगा। आपको अगोरकर मैं बैठी नहीं रहूँगी।” यह कहकर दिव्या ज्यों ही जाने को मुड़ती है कि शशांक तेजी से बढ़कर उसके सामने आ जाता है, “अभी मुझे तुम चाय पीला दो, पल की देर लगाओ नाय...”

“चाय!” नाक-भौं सिकोड़कर दिव्या खीझ प्रकट करती है।

...पल की देर लगाओ नाय, पल की देर लगाओ नाय,” भरसक मीठे स्वर में गाता है शशांक।

“अभी मुझसे चाय नहीं बनेगी; जाने दीजिए मुझे।”

शशांक ठठाकर हँसता है और फिर सुनाता है, “सुनकर शौहर की फरमाइश बीवी गई सनाका खाय...”

“हाँ, बीवी सनाका खा गई। नहीं बनेगी चाय। यह भोजन का वक्त है।”

“बनेगी कैसे नहीं चाय! नहीं बनेगी, तो सोच लो...खट खट खट खट तेगा बाजे, बाजे छपक छपक तलवार। कट कट शीश पड़े धरती पर, बहने लगे खून की धार” कहते हुए खड्गधारी अपनी अदृश्य तलवार भाँजने लगता है। बेचारी दिव्या शीश को

कट गिरने से बचाने के लिए आँखें मूँदकर शीश पीछे की ओर झुका लेती है और तेगा के प्रहार से बचने के लिए अपने दोनों हाथों से अपने शीश और देह की रक्षा करती है। जब खड्गधारी का मुँह बन्द होते हैं और तलवार थमती है, तो दिव्या अपना मन्तव्य प्रकट करती है, "बाप-बेटा दोनों ही पागल हैं।"

"पागल!" खड्गधारी की भृकुटी तन जाती है। वह पुनः चालू हो जाता है, "खबरदार ऐ मछला रानी, तू मुझको पागल बतलाय। सुनकर तेरी ऐसी बातें गुस्सा भरा बदन में जाय। जल्दी मुझको चाय पिला दो, नहीं करो मुझसे तकरार। वरना खट खट तेगा बाजे, बाजे छपक छपक तलवार..."

अचानक दिव्या के होंठों पर हँसी आ जाती है। वह मुस्कराते हुए बोलने लगती है, "इस तरह कर रहे हैं आप, लाज नहीं लगती? कोई देखेगा तो वह भी अचम्भे में पड़ जाएगा कि इस तरह एक मर्द कर रहा है, और वह मर्द एक बेटे का बाप भी है!"

"यहाँ कोई कैसे देखेगा, बताओ तो? और बाहर में मैं काफी गम्भीर आदमी समझा जाता हूँ। अच्छे-अच्छे लोग मुझसे राय लेते हैं, मेरी इज्जत करते हैं। उस वक्त भी मैं क्या तेगा बजाता हूँ!"

"अच्छा, हटिए," कहते हुए दिव्या जाने लगती है, तो शशांक अचानक गिड़गिड़ा उठता है, "चाय?"

लगता है, जैसे खड्गधारी के हाथ का तेगा छीना जा चुका है, उसका कान किसी की उँगलियों की गिरफ्त में आ चुका हो, और उससे पूछा जा रहा हो, "क्या बजाएँगे, तेगा?" कैसे, खट खट खट खट?"

ऐसी मूर्ति को देख पसीज उठती है दिव्या और कहती है, "अच्छा, लाती हूँ चाय।"

बचपन लौट नहीं आता, तो अपनी ही कही-सुनाई बातों को काटकर आज किस बहाने वह चल पड़ता मेले की ओर!

कभी दिव्या मेला जाने की बात उठाई, तो शशांक ऐसा मुँह बनाता जैसे कि बीवी ने बाघ की सवारी का प्रस्ताव रख दिया है। "मेला जाओगी?" इतना पूछकर दिव्या के मुँह से कुछ और सुनने की बजाय अपनी सुनाने लग जाता, "भला तुम्हारे लिए मेला है! मेला जाती है गाँव की छैल चिकनिया। क्या करे बेचारी! गाँव में तो इठलाने पर अंकुश, इतराने पर अंकुश, चलने-मचलने पर अंकुश। तो छैल-छबीली गाँव के किसी नकलोल यार को बहका-फुसलाकर चली जाती है मेले। यार के पैसे से पान खाती है, बीड़ी पीती है, तमाशे देखती है और मौज मनाकर लौट आती है घर। अब अगर तुम्हें भी पान खाने और बीड़ी पीने का ऐसा ही शौक हो गया है, तो ले चलूँगा कहीं दूर; शौक पूरा कर दूँगा, मगर इस मेले में नहीं। यह गाँव के पास का मेला है; डेग-डेग पर गाँव के लोग मिलते हैं।

"मेले में जाती है कोई साली जो पिछले मेले में बिछड़ने के वक्त ही जीजाजी

के साथ कार्यक्रम तय कर लेती है अगले मेले में आने का। महीना-भर पहले से ही जीजाजी इस साली के लिए बीवी से चुराकर अपने बटुए में पैसे जमा करने लग जाते हैं। जीजाजी के साथ लटक चाल से घूम-घूमकर, देह रगड़कर साली मेले में जलेबियाँ खाती है, तमाशा देखती है, और फिर उन्हें पटाकर नकमोती-नकबेसर खरीदती है, जादू जमाकर कानों में कनफूल भी झुला लेती है। बिछड़ने के पहले जीजाजी बहुत भावुक हो उठते हैं और कहते हैं, "लाजो! अगले मेले भी आना, ठीक पूर्णिमा के दिन। इस साल शादी मत करना, लाजो। अभी तो कच्ची उमर है तुम्हारी। अगले मेले में तुम्हें एक लाल लहँगा खरीद दूँगा और अपनी निशानी एक कण्ठहार भी पहना दूँगा।" साली की आँखें गीली हो जाती हैं, "मेहमान! जरूर आऊँगी। मैंने तो माँ से कह दिया है कि मेरे लिए जीजाजी ही अपने जैसा दूल्हा ढूँढ़ेंगे। इस बार होली में आप आइए न।"

"तुम कुछ बोल नहीं रही हो, मगर तुम्हारे मन में जरूर हो रही है मुँह चमकाकर यह कहने की इच्छा, 'पाँच-सात छोकरियों के गोल में एक बुढ़िया जरूर रहती है उन पर नजर रखने के लिए।' पर, सुन लो, ये छबीली छोकरियाँ कहने-भर को गावदी-गँवार हैं; नानी को भी हुक्का पीना सिखाती हैं ये। मेले में घुसते ही बुढ़िया दादी से पिंड छुड़ाने के लिए कसमसाने लगती हैं छोकरियाँ। बुढ़िया की नजर जरा अगल-बगल गई नहीं कि छोकरियों के डेग लम्बे-लम्बे हुए। अब लाख चिल्लाए बुढ़िया, 'गे लाजो! रुक न, बेटी...गे बतसिया मुँहझौंसी! भागी क्यों जा रही है? रुक न'; मगर जहाँ मेले में एक साथ हँकार-पुकार मचाई जा रही है, 'गे चाची!...हो भैया!...ऐ मेहमान!... हे रामपुरवाली!...अरे भनटा!', उस हो-हल्ला में भला बतसिया को सुनाई पड़े 'गे बतसिया', और लाजो को 'रुक न, बेटी, लाजो'! उस पर जगे को जगाना! जीजाजी आँख मारकर आगे बढ़ गए हैं, तो फिर कैसे रुके बतसिया!

अब बुढ़िया डोल रही है मेले में। अचानक लाजो को देखकर और ठीक से पहचानकर बुढ़िया जाती है उसके पीछे और धम से एक मुकका उसकी पीठ पर जमाकर कहती है, 'बोल तो, मुँहझौंसी! मुझे छोड़कर...', मगर छिटककर वह छौंड़ी अपनी पीठ पर बुढ़िया की हड्डी की लगी चोट पर सहलाते हुए ज्यों ही बुढ़िया की ओर नजर करती है कि हड़बड़ा जाती है, 'हाय राम! तू तो लाजो नहीं है। तेरी जैसी है मेरी एक पोती। किधर तो भटक गई मेले में। अब मैं क्या करूँ!' और इसके पहले की वह छौंड़ी कहे 'तू मर जा, बुड्ढी', बुढ़िया उस छौंड़ी के साथ कुछ औरतों को भी देख वहाँ से जल्दी-से-जल्दी खिसक जाती है। अब बुढ़िया खाक खरीदे करछुल और चलनी! जब पोतियों की खोज में कमर और पैर दुखने लगते हैं बुढ़िया के, तो थक-हारकर मेले से बाहर गाँव से आई बैलगाड़ियों के पास चली आती है वह सुस्ताने, और वहाँ बैठी-बैठी भुनभुनाती-बुदबुदाती रहती है। और जब तभरे पहर बुढ़िया का हाल जान लेने के लिए मुँहझौंसी लाजो पहुँचती है गाँव की बैलगाड़ियों के पास और नजर पड़ती है उसकी दादी पर, तो इससे पहले कि दादी गालियाँ बकने लगे मुँहझौंसी

रुआँसी होकर अपनी सुनाने लग जाती है, 'गे दादी, कहाँ खो गई थी, गे? ढूँढ़ते-ढूँढ़ते मर गई मैं तो! तू क्यों इस तरह करती है, दादी? गोल छोड़कर किधर निकल गई थी तू? मेरा तो कलेजा मुँह को आ रहा था कि बुढ़िया कहीं खो गई, तो किस मुँह से घर जाऊँगी मैं, घर जाकर क्या कहूँगी सबसे! अब फिर कभी ऐसा मत करना, दादी।' अब बुढ़िया इसके बाद बोले तो क्या बोले; क्या पूछे और क्या गाली दे!

"जाती है वहाँ, गाँव की औरत भी जाती है, गरीब-गुरवा। मर्द को साथ लेकर जाती है और वहाँ से तसवीर खिंचवाकर आती है। महारानी के वेश में मोर-मुकुट पहनकर कुर्सी पर बैठी हुई है वह और उसका मर्द महाराजा के वेश में तलवार की मूठ पर हाथ रखे खड़ा है बगल में। बेचारी घर पर दिन-भर की कुटाई-पिसाई की थकान रात में एक-आध बार उस तसवीर को देखकर मिटा लेती है। ऐसी तसवीर, कहो तो, तुम्हारी भी खिंचवा दूँ। मगर इस मेले में तो यह नहीं हो पाएगा; शहर ले जाऊँगा तुम्हें।

"खुद जाकर अँगिया-चोली खरीदने का शौक हो, तो ले चलूँगा किसी शहर की दुकान पर; खुद खरीद लेना। इस मेले में भूलकर मत जाना, दिव्या। गाँव की छोकरियों को देखा है मैंने मेले में ऐसी चीजें खरीदते हुए। बजाज की दुकान पर खड़ी हो जाएगी छोकरी और बोलेगी, 'एक चोली दीजिए तो।'

"दुकानदार तुरन्त पूछ बैठेगा, 'नाप?' किस नाप का? किसके लिए?"

"बेचारी को नाप का क्या पता कि बत्तीस चाहिए या छत्तीस! वह जवाब देती है, 'मेरे लिए।'

"अब लुच्चा दुकानदार तुरन्त नाप लेने के लिए उसकी छाती पर निगाह जमा देता है, ठीक से घूरने लगता है, और वह छोकरी इस डर से कि नाप कहीं गड़बड़ न हो जाए जरा ठीक से तन कर खड़ी हो जाती है।

"और चेहरा जरा चिकना रहा, तो जिस छोकरी ने नकमोती खरीदा उससे जरूर कहेगा दुकानदार, 'दिल्ली से एकदम नया माल आया है, नई गढ़न का। पहनकर देख लो, ठीक बैठता है या नहीं। बाद में माल वापस नहीं होगा।' कहते-कहते तो वह छोकरी के हाथ से नकमोती ले लेगा, दुकान के एक कोने में उस छोकरी को बैठाएगा, और फिर लगेगा उसे नकमोती पहनाने। अब मन भरे, तब तो पहना दे जल्दी से नकमोती। और फिर लम्बी बातचीत, 'कौन-कौन हैं तुम्हारे साथ?...तुम्हारी नाक में तो यह खूब फबेगा, असली मेला तो रात में लगता है। आई हो, तो देखकर जाओ...अरे, जगह की क्या कमी है। इतने लोग रुकते हैं यहाँ...ऐसा करना, मेरी दुकान के आगे ही आराम कर लेना...एक फालतू कम्बल है मेरे पास। तू लेकर थोड़े ही भाग जाएगी!...रुकना हो तो खबर कर देना ताकि वह कम्बल किसी और को न दूँ...नकमोती की कीमत में मैंने तुम्हें एक रुपया छोड़ दिया है, एक और लौटा दूँगा; शाम में आकर ले जाना; अभी बहुत लोग हैं, देख लेंगे...'

"और चुड़िहारा से चूड़ियाँ पहनकर जैसे ही छोकरियाँ दुकान छोड़कर आगे

बढ़ती हैं कि छोटी बहन बड़ी बहन से कहने लगती है, 'गे दीदी, चुड़िहारा तो बड़ा ही लफंगा था। मुझे चूड़ियाँ पहनाता था और हाथ में गुदगुदी भी लगाता था। मैंने दो बार ऊँह-ऊँह की, मगर बड़ा ढीठ था मुँहझौंसा; एक बार जोर से चिकोटी काट ली हथेली में। तेरे साथ भी ऐसा किया था क्या, दीदी?' जवाब में दीदी डाँटती है, 'चुप रह, मेले-ठेले में यह सब हल्का-फुल्का होता ही है।'

"गुंडे घूमते हैं वहाँ; दिव्या; गुंडे। अचानक कोई कुंवारी ननद लपककर आगे बढ़ गई भौजी के पास जा पहुँचती है और उससे सटकर कहती है, 'हे भौजी, देखो तो उस लुच्चे को जो दुकान पर जलेबियाँ खा रहा है। मुझ पर नजर पड़ी, तो मुझे कनखी मारने लगा। जरा धीरे चलो न, भौजी।'

"वहाँ तो लुच्चे-गुंडे मन्दिर में भोला बाबा को जल ढारते हैं और मन-ही-मन प्रार्थना करते हैं, "औढरदानी! आज ढरो मुझ पर। कोई भागी-भगाई ही मिल जाए, कोई गोल से बिछड़ी ही कब्जे में आ जाए, किसी की जीभ जलेबियाँ देखकर ही ललच उठे, कोई ठरमरुआ छोकरी रात में जाड़ा से काँपती, दाँत कटकटाती ही मिल जाए...ढरो, औढरदानी! ढरो।'

"अब बताओ, दिव्या, कि ऐसे मेले में तुम जाओ, मैं जाऊँ, यह सम्भव है क्या? किस-किस की रगड़ से मैं बचाता चलूँगा तुम्हें मेले में और किस-किस के सामने रुककर पूछूँगा, 'क्यों, भैया, इस सुन्दरी को तुम जिस नजर से देख रहे हो वह कितनी बुरी है?' और मेरा क्या हाल होगा अगर मेरी नजर—नजर ही तो है!—किसी की सूरत पर जरा-सी देर के लिए अटक गई और मेरी पलक—पलक ही तो है!—नीचे गिर गई; और, ढीठ छोकरी सामने आ गई मुझे कोई नजरबाज समझकर और आँखें तरेरकर पूछा, 'क्यों, रे कलमुँहे! तुमने मटकी क्यों कारी?' बाप रे, तब क्या होगा! मत जाओ, दिव्या; ऐसे मेले में मत जाओ। रुक जाओ कुछ दिन और; कोई शहर ही घुमा लाऊँगा तुम्हें।"

जब टीपू मेला जाने की की जिद कर बैठा, तो शशांक ने राग तो पुराना ही छेड़ा, पर इसका अलाप भिन्न था।

भगवान जाने, टीपू को किसने उकसाया था, किसी और ने या उस बचपन ने जो शशांक के पास दुबारा लौट आया था!

हाँ, घर में मेला की बात शशांक ने ही खोदी थी। उस दिन घर में घुसते-घुसते उसने टीपू को सुनाते हुए दिव्या से कहा था, "क्या बताऊँ, दिव्या, पता नहीं इस बार कौन-सा आकर्षण है इस मेले में कि हर एक पर मेला जाने की सनक सवार हो गई है। जिसे देखता हूँ वही मेला जाने की तैयारी कर रहा है। राजगंज तो, लगता है, मेले में ही जा बसेगा।"

दिव्या मुँह चमकाकर दूर हट गई थी, पर टीपू दौड़कर पास आ गया था, "कौन मेला, पिताजी?"

पत्नी की हरकत जरा भी पसन्द नहीं आई शशांक को। मन की बात समझी नहीं और फुफकारकर चली गई। औरत की जात! मेला जाने की निरर्थकता पर बहस की शुरुआत करते हुए शशांक ने बेटे को सुनाया, "अरे, यही सिंहेश्वर का मेला। कोई खास बात नहीं है। हर साल लगता है।"

"मैं भी जाऊँगा, पिताजी।"

"धत्! क्या करोगे जाकर! इतना हल्ला तो इसलिए हो रहा है कि इस बार, सुनते हैं, कोई अच्छा-सा नाच आया है। अच्छा क्या होगा! होगा जैसा-तैसा ही। लोगों को तो कोई बहाना मिलना चाहिए मेला जाने का।"

"पिताजी, मैं भी नाच देखूँगा।"

"नाच? धत्! नाच तो तुम राजगंज में भी देख चुके हो कितनी बार। लोग मेला जाएँ भी, तो नाच देखने! बच्चों को चिड़ियाखाना भले देखना चाहिए। सुनता तो हूँ कि इस बार लखनऊ से चिड़ियाखाना आया है जिसमें बहुत से जानवर हैं। अब पता नहीं, इसमें कितना सच है, कितना झूठ! मेलेवाले भी तो झूठ का प्रचार करते ही हैं।"

"पिताजी, मुझे भी दिखा दीजिए न चिड़ियाखाना।"

"अरे बेटे, चिड़ियाखाना में कोई खास बात तो नहीं होती। बाघ, सिंह, बन्दर, भालू, हाथी, घोड़े, यही सब हैं वहाँ भी। बाघ नहीं देखा है, मगर बाघ की तसवीर तो देखी ही है। अब कहो, तो मैं दहाड़कर दिखा दूँ कि बाघ कैसे दहाड़ता है। बन्दर-भालू दिखाने के लिए मैं मेला नहीं ले जाऊँगा तुम्हें। अगर कभी तुम्हें मेला ले भी गया मैं, तो वहाँ जादूगर का कमाल दिखलाऊँगा। उसे देखकर तुम्हें जरूर आनन्द आएगा।"

"तो फिर ले चलिए न, पिताजी; दिखा दीजिए न मुझे जादूगर का कमाल।"

"अरे, जादू क्या कोई असली जादू है! सब हाथ की सफाई है। ऐसे तो सुन रहा हूँ कि कोई बंगाल का जादूगर आया है और बड़े अच्छे-अच्छे जादू दिखाता है। पर यह सब हल्ला ही है। कोई बड़ा जादूगर इस मेले में क्या आएगा! और इस जादू में भी क्या पड़ा है, बेटा! बैठे-बैठे सोच लो कि कोई गाछ हवा में उड़ा जा रहा है; किसी लड़की को दो हिस्सों में काटकर अलग कर दिया और फिर जोड़ दिया; जादूगर की जेब से दनादन सौ-पचास कबूतर निकल भागे, जबकि उसने अपनी खाली जेब तुम्हें पहले ही दिखा दी है; तुम दूर बैठकर तमाशा देख रहे हो, और जादूगर मंच पर से ही हाँक लगा बैठता है, 'टीपू, इधर आओ।' बस, यही सब। यह सब देखने के लिए मेला जाओगे? राजगंज में भी तो जादूगर आते ही रहते हैं। यहीं मौका लग जाएगा जादू देखने का।"

"नहीं, पिताजी, मैं मेला जाऊँगा, मैं बंगाल के जादूगर को देखूँगा; मैं जरूर जाऊँगा, पिताजी।"

"बस, लगे न जिद करने। सोचते हो, जिद करूँगा तो पिताजी मेला ले ही जाएँगे। पर मैं समझ रहा हूँ कि जिद क्यों कर रहे हो। तुम नाच और जादू तो खाक देखोगे वहाँ। तुम्हें तो किसी ने बता दिया होगा अजब साह हलवाई की जलेबियों के बारे में।

पर अजब साह की दुकान तो हम लोगों के उस जमाने में आया करती थी। और उस वक्त की अजब साह काफी बूढ़ा हो चला था। अब क्या पता, उसकी दुकान मेले में आती भी है या नहीं! और यह जरूरी नहीं है कि अभी भी उसकी दुकान में वैसी ही कुरकुरी और स्वादिष्ट जलेबियाँ बनती हों। सब जलेबियाँ एक ही हैं, बेटे। मैं तुम्हें यहीं जलेबियाँ खिला दूँगा; बराबर तो खाते ही हो। अब ऐसे थोड़े ही लोग होंगे जो उस समय की तरह अभी भी अजब साह की जलेबियाँ खाने को मेला जाते होंगे।"

"मैं मेला जाऊँगा, पिताजी। इतने लोग जा रहे हैं, मैं भी जरूर जाऊँगा।"

"मुझे परेशान मत करो, टीपू। जो कहना हो अपनी माँ से कहो। वह कहेगी, तो चला जाना; तब मैं नहीं रोकूँगा। पर जाओगे किसके साथ? किसी दूसरे-तीसरे के साथ तो तुम्हें मेले में भेजना ठीक नहीं होगा। अच्छा, पहले माँ से पूछ तो लो।"

टीपू निहोरा कर रहा था अपने पिताजी का? नहीं, खुद शशांक का बचपन आया हुआ था, और शशांक मना रहा था अपने पिताजी को मेला ले चलने के लिए।

और फिर ऐसा हुआ इस साल कि गाँव की और बैलगाड़ियों के साथ एक बैलगाड़ी टीपू की भी चली सिंहेश्वर मेला की ओर। रास्ता टीपू के लिए जितना अपरिचित था उतना ही अब शशांक के लिए भी हो चला था। उस रास्ते की महज कुछ धुँधली स्मृतियाँ शेष थीं उसके पास कि रास्ते में एक कुआँ मिला था जहाँ उतरकर उसने पानी पिया था, एक मैदान में बहुत से बच्चे खेल रहे थे, एक साँड़ मिला था रास्ते में जो दो बैलों से भिड़ंत करना चाहता था और जिसे कई गाड़ीवानों ने एक साथ खदेड़कर भगाया था, एक बड़ा-सा बगीचा था कहीं जहाँ उन लोगों ने रात गुजारी थी और खाना पकाकर खाया था। बहुत-सी स्मृतियाँ धीरे-धीरे वापस आ रही थीं जो शायद कभी लौटकर नहीं आतीं, जिन्हें बिलकुल भुला चुका था शशांक। उस रास्ते पर फिर से एक और टीपू ही चल रहा था। टीपू की तरह शशांक भी फिर से रास्ते को पहचानता हुआ चल रहा था।

मेले में घुसने से पहले ही शशांक ने दिव्या से कह दिया कि वह औरतों की टोली में जगह ले ले और टीपू अपने बाप के साथ मेला देखेगा।

और बैलगाड़ी का जुआ उतरते ही बाप ने बेटे से कहा, "चल, सबसे पहले मैं तुम्हें जलेबियाँ ही खिला दूँ।"

"नहीं, पिताजी, पहले पोखर में स्नान करूँगा मैं।"

"कपड़े लेकर आए हो?"

"हाँ।"

"तो चल।"

पोखर की ओर बेहिचक, बेधड़क चला आया था शशांक, यह जानते हुए भी कि वहाँ औरतें देह मल-मलकर नहाती हैं, और अपनी आँखों को मूँदकर समझ लेती हैं कि

हर देखनेवाले की आँखें बन्द हो गईं। मुँह में जादुई गोली रखकर अदृश्य हो जानेवाले दानव की तरह भी वहाँ उपस्थित होना दुश्वार हो जाता शशांक के लिए, कब मुँह से गोली गिर जाए, कब गोली का जादू समाप्त हो जाए। और तब हजार-हजार लोगों की नजरों में आ जाए वह और उनकी 'दुर छी दुर छी' उसके तन मन को बेधने लगे।

एक बार पूर्णिया बस पड़ाव में पेशाब लगने पर इधर-उधर सड़क-मैदान की बजाय एक भले आदमी की तरह शौचालय का उपयोग किया था उसने; मगर बाहर आने पर ज्यों ही उसे यह जानकारी हुई कि वह तो महिला शौचालय में घुस गया था, उसके पूरे बदन में झुरझुरी पैदा हो गई थी। खुदा का शुक्र कि उस वक्त आसपास उपस्थित अनगिनत औरतों में से किसी एक को भी लघुशंका की याद नहीं आई थी। अगर अचानक उस वक्त कोई अन्दर आ जाती, उसे देखकर जोरों से चीख पड़ती, और इस चीख पर पूरा बस पड़ाव दौड़ा चला आता, तब?...फिर तो...

चले तड़ातड़ लप्पड़, थप्पड़,
ठुनका, मुक्का और दुहत्थड़।
अपना-अपना शोक मिटा लो;
बड़े भाग्य से आया अवसर।

तब क्या-क्या होता?...कहीं बाहर में शौचालय जाने से पहले शशांक पूरी तरह छानबीन कर लेता है, कभी-कभी तो इतना तक देख लिया करता है कि उस शौचालय में उसके सामने कोई मर्द घुसा या नहीं।

औरतों का इतना खौफ खानेवाला वही शशांक आज बहुत निडर होकर पोखर की ओर बढ़ गया था, बेहिचक और बेधड़क।

शाम के झुटपुटे में पिछवाड़े की सड़क या बगल के खेत-मैदान से गुजरने के पहले शशांक दूर तक नजर दौड़ाकर देख लेता है कि कोई औरत अलस भाव से शौच-क्रिया से निवृत्त होने की कोशिश तो नहीं कर रही है। कोई दिख गई, तो शशांक आगे नहीं बढ़ता। मन शरमाने का हुआ तो उठ खड़ी हो जाएगी, आप बगल से गुजर जाइए; मन को मजाक सूझा तो बैठी रह जाएगी निर्विघ्न आसन जमाए जरा-सा घूँघट खींचकर, अब आपकी मर्जी कि आगे बढ़िए या पीछे लौट जाइए। औरों को मजाक लगे यह औरतों का, शशांक को तो षड्यंत्र दिख जाता है। अगर बात फैल गई लोगों में कि शशांक गुप्ता अक्सर पिछवाड़े की सड़क से शाम ढल जाने पर गुजरते हैं, तो 'क्यों', के एक से अधिक जवाब नहीं हो सकते। एक और बजरंगी भैया! राजगंज के इस भैया को मन्दिर में या नाटक-नौटंकी में औरतों के पास ही देखा जाता है, पर उनमें इतनी लियाकत तो है कि वे औरतों की तरह बतियाना जानते हैं और अपनी लम्बी उमर के बावजूद अपनी बातचीत से छोकरियों को खुश कर डालते हैं। जिस आदमी को औरतों के आगे गिड़गिड़ाने तक का शऊर नहीं, उनसे माफी माँगना तक

नहीं आता, उसे तो हर जगह खतरा-ही-खतरा अवश्य नजर आ जाएगा। अगर कभी कोई ऐसी औरत अपनी जगह से दो-चार कदम आगे उसकी ओर बढ़ जाए, तो सरपट दौड़ लगा भाग जाने का मन करता शशांक का।

वही शशांक अभी पोखर की ओर बढ़ा जा रहा था, चाहे वहाँ औरतें किसी भी तरह देह मल-मलकर क्यों न नहा रही हों।

एक बार साइकिल से जाते हुए छतरपुर में एक कुएँ पर टहटह दुपहरी में एक जवान छोकरी साफ नंगी स्नान करती हुई दिख गई थी उसे और किसी भूत का भय समा गया था उसमें। वेगपूर्वक अपनी साइकिल आगे दौड़ा दी थी उसने। काफी दूर निकल जाने पर भी वह उलट-उलटकर देखता जा रहा कि पीछे से पीछा करनेवाले तो नहीं चले आ रहे हैं। 'जब यह समय इस गाँव में कुएँ पर औरतों के स्नान करने के लिए निश्चित कर दिया गया है, तो कोई मर्द, गाँव का या बाहर का, जान-बूझकर या अनजाने, कुएँ के सामने से गुजरा क्यों?' शशांक की जगह कोई और आदमी सवार होता साइकिल पर, तो ऐन उसी वक्त, उसी जगह उसकी साइकिल की चेन उतर जाती और छतरपुर गाँव के नियम की बजाय वह अपने गाँव के नियम से जब तक कुएँ के आसपास अस्त हो गई उस छोकरी के पुनः उग आने की सम्भावना बनी रहती तब तक साइकिल की चेन चढ़ाने की कोशिश करता रह जाता। पर शशांक तो उधर से, दुपहरी तो दूर, भोर या शाम में भी एक-आध पखवारा तक बिलकुल नहीं गुजरने का निश्चय कर बैठा था। हाँ, जरूर सोचा होगा छतरपुरवालों ने कि जब एक बार सुख भोगकर गया है कोई आदमी, तो दुबारा आने की कोशिश अवश्य करेगा वह। और तब तो कम-से-कम पखवारा-भर कुछ लठैत जरूर तैनात रहेंगे वहाँ। शशांक के नाक-नक्शा के बारे में तो विस्तार से बता ही दिया होगा। उसे लोग पकड़ेंगे और बुला लेंगे छोकरी को पहचान के लिए।

वही शशांक आज पोखर में नंगी-अधनंगी स्नान करती हुई युवतियों को निहारने जा रहा था। कैसा भय और कैसा त्रास! हुँह!

पहले जब कभी इस खयाल से वह गदगद हुआ है कि जहाँ हजार-हजार आँखें किसी औरत पर पड़ रही हों वहाँ हजार आँखों के बीच उसकी दो आँखों का पता लगा लेना किसी के लिए सम्भव नहीं होगा और पोखर की ओर बढ़ा जा सकता है, तभी इस खयाल ने भी उसे धर दबाया है कि हजार आँखों के बीच उसकी दो प्रफुल्लित-आह्लादित आँखों के कुकर्म का तुरन्त सबको पता चल जाएगा और उस पोखर की ओर बढ़ना काफी खतरनाक है जहाँ हर कोई आगे बढ़-बढ़कर 'बड़े भाग्य से आया अवसर' का जी-भर लाभ उठा लेता है।

पर आज तो शशांक बेहिचक, बेधड़क जिस औरत को जी चाहे घूरेगा, ताकेगा, निहारेगा; और किसी ढीठ औरत ने तमतमाकर अगर कुछ कहा उससे, तो दिखा देगा उसे अपना वह मुँहतोड़ जवाब जो उस वक्त पोखर के किनारे पानी में छप-छप करता

रहेगा, "हुँह! औरत को निहारने आया हूँ मैं! अरे, मेरा बेटा स्नान कर रहा है पोखर में। जिन्हें शरम लगती है वे यहाँ न नहाएँ, घर से नहाकर आएँ; देह घर पर मल लें, यहाँ केवल नहाएँ; यहाँ नहाएँ, कपड़े कहीं और बदलें। उनसे शरमाकर मैं तो अपने बेटे को पानी में डूब जाने नहीं दूँगा।" हाँ, इतना-भर कहना कबूल कर लेगा वह, "टीपू! अरे बेटे टीपू! जरा जल्दी करो; मुझे देर हो रही है, बेटे।"

पोखर से बाहर निकलते ही बाप ने बेटे से पूछा, "अब क्या करना है, बोलो?"

बाप के प्रश्न एक आसान बुझौवल था जिसका जवाब बेटे को आँख मटकाकर तुरन्त दे देना था, "ज..ले..बी..।" मगर जब बेटे ने जवाब दिया, "चिड़ियाखाना," तो बाप को एक थप्पड़ चला देने लायक गुस्सा आ गया। जलेबियाँ कब चखी जाएँगी? अगर चिड़ियाखाना और बंगाल का जादू और अंट-शंट देखने में अजब साह नजर से ओझल ही रह गया; या फिर जादू-बन्दर की बात में जलेबी की बात गुम हो गई, तो फिर इतने सालों बाद इस मेले में आने का सबब? क्या सबब? लोग जब साल-भर फिर उन जलेबियों की चर्चा करेंगे, तब अपना मुँह तो सीकर रहना पड़ेगा। यह जानते ही कि टीपू को अजब साह की जलेबियाँ नसीब नहीं हुईं, उसके संगी-साथी फिस्स से हँस पड़ेंगे और उसके मुँह पर कह देंगे, "हाय री किस्मत! बाप के साथ गया था और जलेबियाँ तक खाने को नहीं मिलीं! अरे, पत्तल भी चाट आते उस दुकान के आगे की, तब भी कुछ शेखी हाँक सकते थे यहाँ! अब क्या!" बाप ने मुरझाते हुए कहा बेटे से, "चलो, पहले तुम्हें जलेबियाँ खिला दूँ।"

हलवाई पट्टी में एक फेरा लगाते ही यह पता चला कि अजब साह मर चुका है, और साथ ही यह भी पता चल गया कि इताके के लोगों को जलेबियाँ खिलाने का भार अपने दिन बेटों पर लादकर मरा है। मेले में तीनों बेटे की दुकानें आई थीं; एक 'अजब साह मिश्री साह' की, दूसरी 'अजब साह जगदेव साह' की, और तीसरी 'अजब साह भोला साह' की। असली अजब साह की असली कुरकुरी जलेबियाँ किसमें मिलती हैं, यह पता नहीं चल पाया शशांक को। टीपू तो किसी भी दुकान की जलेबियाँ खाकर मन भर लेता, पर 'बच्चा शशांक' तो कोई भी जलेबी खाकर सन्तुष्ट हो जानेवाला नहीं है। बेटे से बाप ने कहा, "रे टीपू, बड़ी मुश्किल हो रही है कि किस दुकान की जलेबियाँ तुम्हें खिलाऊँ! पता नहीं, अजब साह का कौन बेटा बिलकुल अपने बाप पर गया है।" और जब बेटे ने बाप को यह राय दी कि 'हम लोग मेला छोड़ने के पहले तीन खेप जलेबियाँ खा लेंगे', तो बाप ने न केवल राहत महसूस की, बल्कि अपने उस गुस्से को भी बुरा-भला कहा जिसने अभी थोड़ी देर पहले ही उसे बेटे पर थप्पड़ चलाने के लिए उकसाया था।

मेले में घूमते हुए अचानक बाप बेटे पर बिगड़ा, "तुम तो बस दुकानों को देखकर ही फुदक उठते हो। देखो तो उधर क्या है।" कहते हुए बाप ने बेटे का कान पकड़ा और

इस तरह उमेठा कि उसकी नजर आसमानी झूले पर जा पहुँची। और जब बेटा उधर जाने को मचलने लगा, तो फिर बिगड़ा बाप बेटे पर, "तुम्हारी यही आदत ठीक नहीं है। देख लिया, आसमानी झूला है, बस; और क्या करना है उधर!...चलो, दिखा ही दूँ, नहीं तो ठुनकता रह जाएगा तू अन्त तक।"

झूले के पास पहुँचते ही बेटे ने कहा, "पिताजी मैं भी चढ़ूँगा झूले पर।"

पिता का ध्यान झूले के पास पहुँचते ही उन बूढ़े-बुजुर्गों की ओर चला गया था जो खुशियाँ मनाते हुए आसमान में नीचे से ऊपर और ऊपर से नीचे आ-जा रहे थे। शशांक उन्हें हैरत से देख रहा था और सोच रहा था कि क्या सचमुच उसका अपना मन भी झूले में बैठकर ऊपर-नीचे होने का कर रहा है।

"पिताजी..."

इन बूढ़ों-बुजुर्गों की बात और है जो लोगों को इतना हँसते देख चुके हैं कि अब किसी की हँसी का असर नहीं लेते और लोग हँसकर इन्हें हरा नहीं सकते, केवल मन बहला सकते हैं अपना; मगर उसे अपनी इस गलत उम्र में झूले पर चढ़ते देख लोग तो तड़ातड़ तालियाँ पीटने लगेंगे और किलकारी भरकर सुनाएँगे एक-दूसरे को, "क्या देखा? कुछ देखा?...देखा, देखा, बाप का जी ललचते देखा...यह देखा कि बेटे का जी बाद में ललचा, पहले तो...?..."

"पिताजी, बोलिए न।"

शशांक इधर-उधर नजरें दौड़ाकर यह देख रहा था कि कितने लोग अभी उसकी ओर देख रहे हैं और कितने लोग बाद में ताली बजा सकते हैं।

"पिताजी..."

अब लोगों के ताली बजाने और किलकारी मारने के डर से वह बच्चे को अकेला तो नहीं बैठ जाने देगा झूले पर! अगर ऊँचाई पर जाकर बच्चा घबरा गया, चीख पड़ा, बेहोश हो गया, तब? तब क्या यही ताली बजानेवाले काम आएँगे! उसका ध्यान बेटे की ओर गया और उसने पूछा, "हाँ, तुम कुछ कह रहे थे?"

"मैं झूले पर चढ़ूँगा, पिताजी।"

"झूले पर!" बाप ने चिन्ता प्रकट की और फिर बोला, "तुम्हें डर लगेगा ऊपर में।"

अपमानित होने के बावजूद बेटे ने मीठी आवाज में कहा, "नहीं, पिताजी, डर नहीं लगेगा।"

"मैं जानता हूँ, तुम्हें डर लगेगा," शशांक की आवाज कुछ इतनी तेज हो गई कि आसपास जो साले ताली बजानेवाले खड़े हों उन्हें भी सुनाई पड़ जाए, "इसलिए सोचकर बोलो, बहुत इच्छा हो तब बोलो, क्योंकि तब मुझे भी बैठना होगा तुम्हारे साथ झूले में।"

"हाँ, पिताजी, बहुत इच्छा है।"

बाप ने आगे बढ़कर झूलेवाले को पैसे दिये, काफी चतुराई से पहले बेटे को झूले

पर चढ़ाया और फिर खुद उसकी बगल में जा बैठा।

जब उनका झूला पूरी ऊँचाई पर पहुँचा, तो बेटे ने अवसर का सदुपयोग करते हुए बाप से पूछा, "पिताजी, आपको डर भी लग रहा है?"

बाप ने तेज और तिरछी निगाह बेटे की ओर फेंकी।

जब झूला रुका और वे दोनों भी नीचे उतरे, तो बाप ने बेटे से पूछ लिया, "बोलो, मन भर गया न? दुबारा चढ़ने की इच्छा तो नहीं है? साफ-साफ बोलो। मन में कुछ बाकी मत रखो।

बेटा पहले तो मुस्काया और फिर हाँ में सिर हिलाने लगा।

"ओह! तुम बहुत तंग करते हो," कहते हुए बाप फिर जेब से पैसे निकालने लगा।

पान बनारसी मुँह में दबाए हुए लौंडों का नाच देख रहा था शशांक, मस्त हो गया था देखने में, जैसे किसी छुट्टा साँढ़ को बहुत दिनों बाद कोई लहलहाता खेत मिल गया हो बेरोक-टोक मुँह मारने के लिए। ऐसा नाच जब-तब होता था गाँव में, शादी-ब्याह के अवसर पर भी देखने को मिल सकता था, मगर शशांक इस भय से भी परिचितों और गाँव के छोकरों की भीड़ के सामने से खिसक जाता था कि कहीं अचानक ही वह गुनगुना न बैठे, अचानक उसके पाँव गाने के सुर-ताल पर हरकत न करने लगें, अचानक उसके मुँह से निकल न जाए, 'वाह! क्या कमाल है!' और फिर गाँव में जिसके सिर पर फ़ज़ीलत की पगड़ी बँधी हो, भला उसके लिए ऐसे गन्दे, कुरुचिपूर्ण लौंडे के नाच देखना उचित है, लोकसम्मत है, दूसरों के लिए अनुकरणीय है? पर आज अभी वह कोई आदर्श उपस्थित करने के फेर में नहीं था। वहाँ उपस्थित भीड़ में आधे लोग केवल राजगंज के ही क्यों न हों, वह नहीं मानेगा, आज बिलकुल नहीं मानेगा। फुसफुसाएँ जिन्हें फुसफुसाना हो, 'अरे, ये तो अपने शशांक बाबू हैं! ये यहाँ?... जिन्हें बोलना हो बोलें,' गाँव में तो बड़े नेकचलन बनते हैं। जरूर मजा आ रहा है इस आदमी को भी। 'ओह, इन सब बोली-ताने से बेखबर रहना है उसे। यहाँ तो बस उसे बीच-बीच में टीपू को हाँक लगाते रहना है; लोगों को आप-से-आप जवाब मिलता चला जाएगा, बोलनेवाले की बोलती बन्द हो जाएगी।'

पर आफत इतने पर ही नहीं टलती। टीपू कहता है, "पिताजी, मुझे भी कन्धे पर चढ़ा लीजिए न। यहाँ से मुझे दिखाई नहीं पड़ रहा है ठीक से। देखिए न, कितने बच्चे बैठे हुए हैं कन्धे पर।"

तो शशांक भी चढ़ा ले टीपू को अपने कन्धे पर? आसपास झाँकने की नौबत आ गई उसे।

शशांक जब बचपन में मेला जाया करता था, तो हर बार उसके साथ रामदास रहा करता था। उसके कन्धे पर बैठकर शशांक न केवल नाच देखता, पूरे मेले की सैर करता था वह कन्धे पर बैठे-बैठे।

जब बाप के कन्धे पर चढ़ा बेटा, तो शशांक को लगा कि एक बार फिर वह भी रामदास के कन्धे पर जा बैठा है। और उसे यह बिलकुल सच लगा कि जरूर कभी उसकी गैरहाजिरी में रामदास ने उसके बेटे को कन्धे पर बैठकर मेला देखने के लिए उकसाया है और उससे कन्धे पर बैठकर उत्पात करने की कसम खिलाकर अपना पुराना बदला ले लिया है। बिलकुल रामदास की तरह आज उसे भी बीच-बीच में बाँचना पड़ रहा है, "ठीक से बैठो...हाथ मेरे सिर पर रखो न...मेरी आँखें ढाँप लोगे, तो मैं कैसे देखूँगा आगे?...अरे, अरे, मेरी टीक क्यों खींच रहे हो...ओह, झकझोरो मत...पैर चलाओगे, तो पटक दूँगा जमीन पर..." रामदास ने जमीन पर पटक देने की धमकी दी थी, तो उससे पूछा गया था कि वह गीदड़-भभकी तो नहीं दे रहा है। बेटे ने पूछा कुछ नहीं, धमकी के बाद भी बार-बार अपने पैरों में हरकत लाकर यह बताता रहा कि बाप बेटे को गीदड़-भभकी ही दे रहा है।

चिड़ियाखाना को दोनों ही बच्चों ने कौतुक-भरी निगाहों से देखा। एक पूरे बाघ को पहली बार बड़े गौर से देख रहा था; दूसरा पहली बार बाघ की मूँछों पर दृष्टि जमाए रहा था, जैसे कि अब तक उसने केवल बाघ को देखा था, उसकी मूँछों को नहीं, और बाघ पहली बार मूँछें लगाकर आया था। एक के मुँह से निकला, 'यही उल्लू है'; और दूसरा मन में देर तक सोचता रहा, 'अच्छा, उल्लू की आँखें ऐसी होती हैं!' एक ने कहा, "देखिए तो, कैसा बकरा है," देसरे ने कहा, "बकरे को क्या देखना! देखो उसके सींग। इतने लम्बे और सुन्दर सींग मैंने तो पहले कभी नहीं देखे थे।"

और बंगाल का जादू देखकर जब एक ने पूछा, "सिर को काटकर अलग कर देने के बाद सिर को फिर से जोड़ कैसे दिया, बताइए तो?" तो दूसरे ने बिगड़कर जवाब दिया, "यह मैं कैसे जानूँ? जहाँ तू वहाँ मैं।" मगर उसकी निगाह में मिठास थी, "अब यह मैं कैसे बताऊँ! जैसा बच्चा तू वैसा बच्चा..."

मेले को रौंद डाला था बाप-बेटे ने। बाप तो इतना तक भूल गया था कि उसके साथ कोई बेचारी दिव्या भी आई हुई है। मेले से लौटते वक्त हड़बड़ी में उसने दो खिल्ली पान बनारसी खरीदा और तीन दोनों में जलेबियाँ। 'अजब साह मिश्री साह' और 'अजब साह जगदेव साह' के दोने उसने अपने हाथ में लिये और 'अजब साह भोला साह' का दोना टीपू को सुपुर्द किया।

6

अपना ही गाँव धीरे-धीरे अपरिचित होता चला जा रहा था; गाँव की हर चीज हाथ से निकलती चली जा रही थी। सिमटता चला जा रहा था उसका गाँव और निर्वासित होता जा रहा था शशांक अपने ही गाँव से।

किसी देशान्तरित व्यक्ति की उँगली थाम ली थी टीपू ने और उसे घुमाने ले निकला था उसकी अपनी जमीन, अपनी मिट्टी, अपनी डीह की ओर। और यह देशान्तरित व्यक्ति फिर से अपनी माटी की गंध से अपने नथने को भर रहा था।

टीपू नहीं होता, तो होता यह सब?

गुजरे हुए लोग, भुलाई गई गलियाँ, बिछड़े हुए दोस्त, अँधेरे में गुम हो गईं स्मृतियाँ—क्या फिर से ये सब वापस लौट आते उसके पास? शशांक देखने लगा अपने बचपन को राजगंज की गलियों-मैदानों में दौड़ लगाते हुए, चकफेरी देते हुए, शरारतें करते हुए, हर चस्पा से कुछ बतियाते हुए। एक टूटा रिश्ता फिर से जुड़ने लगा था।

टीपू जाने लगा था बड़का कुआँ की ओर।

अब तो राजगंज काफी बड़ा हो गया है और गाँव में बहुत-से अड्डे बने गए होंगे गाँव के बच्चों के लिए, पर उस जमाने में, जब शशांक बच्चा था, राजगंज के बच्चे बड़का कुआँ की ओर ही दौड़ते थे। तब उनके प्राण बसते थे वहाँ। बड़का कुआँ के पास ही बच्चों की सुबह शुरू होती थी, दिन समाप्त होता था; और जब घर लौट आने के लिए माँ-बाप की हंकारें टकराने लगती थीं बड़का कुआँ से और अँधेरे का भूत बड़का कुआँ के पास भी डराने लगता था बच्चों को, तो वे अपने प्राण वहीं रखकर वापस लौट आते थे अपने-अपने घर।

कुआँ काफी पुराना था और उसका पानी न तो पीने के काम आता था, न नहाने के। बच्चों के खेलने के लिए वहाँ काफी फैली हुई जगह थी और एक साथ ढेर सारे बच्चे खेल सकते थे। और यह उस जगह का कमाल था कि वहाँ पहुँचते ही बच्चों को न भूख लगती थी न प्यास। गाँव के लोगों का उधर से आना-जाना नहीं के बराबर होता था। बस, बीच-बीच में कभी कोई चाचा मनोरंजन करने के इरादे से वहाँ चला आता था और भतीजे को एक-आध चाँटा लगाकर अपना मन बहला लेता था; या फिर किसी बड़का भैया के हाथ में खुजली होती थी और वह वहाँ पहुँचकर छोटे भाई के कान मलता और हाथ की खुजली मिटाकर वापस हो जाता। अपनी भूख से बच्चों को भूखा समझनेवाले माँ-बाप भी कभी-कभी आ पहुँचते थे वहाँ और बच्चों को अपनी इस बात पर विश्वास करने के लिए धमकाते थे कि उन्हें अवश्य भूख लगी होगी और उनकी अँतड़ियाँ कुलबुला रही होंगी। अवश्य कभी-न-कभी किसी बड़े देवता ने बड़का कुआँ की तपस्या या उसके किसी सुकर्म से खुश होकर वरदान दिया होगा उसे, "रे बड़का कुआँ, मैं तुझे यह वर देता हूँ कि जो भी बच्चा तुम्हारे आसपास रहेगा, उसे न तो भूख सताएगी न प्यास।" और तब से सचमुच राजगंज के बच्चों को घर पहुँचने पर ही भूख सताती है, बड़का कुआँ के पास रहते हुए तो बिलकुल नहीं। आज तक ऐसा सुनने में नहीं आया कि भूख के कारण कोई बच्चा बड़का कुआँ के पास से भागा हो।

वैसी उपदेश-स्थली, राजगंज तो क्या, उस पूरे इलाके में शायद ही कभी कहीं

रही हो। शायद बड़का कुआँ की तपस्या से अत्यन्त प्रसन्न होकर बड़े देवता ने उसे दूसरा वर भी दिया होगा, "मैं तुम्हें यह भी वर देता हूँ कि जो भी बड़े-बुजुर्ग तुम्हारे पास आएँगे वे तत्काल उपदेशक बन जाएँगे; उनके मुँह से अनमोल मोती झड़ने लगेंगे; सूक्तियों का ताँता बँध जाएगा; अनमोल बोलों की भीड़ जमा हो जाएगी।" शायद यही कारण है कि वहाँ पहुँचते ही कोई अक्षरकट्टू चाचा भी भतीजे पर उबल पड़ता है, "अरे नालायक, कभी तो पढ़ा-लिखा करो। यह खेल ही काम देगा? गिरह बाँध लो चाचा की यह बात, माँ-बाप का दुलार काम नहीं देगा। दो अक्षर पढ़ लोगे, तो आदमी बन जाओगे; नहीं तो जिन्दगी-भर मारे-मारे फिरोगे, कोई भीख नहीं देगा माँगने पर भी। तब इस चाचा को याद कर रोओगे कि चाचा की बात नहीं मानी और यह दिन देखने को मिला।" और अड्डे से गाँजे का दम लगाकर आया हुआ बड़का भैया, सींकिया ही सही, अपने छोटे भाई को पकड़ता है और फिर कान मल-मलकर सुनाते हुए या सुना-सुनाकर कान मलते हुए तुरन्त कहने लग जाता है, "जरूर तुम यहाँ छुप-छुपकर बीड़ी पीते हो। कलेजा जल जाएगा, रे चोट्टे; लकलक सींक की तरह हो जाओगे। क्यों अपनी उम्र आप ही खा रहे हो!"

शायद यह भी उस जगह का ही प्रभाव था—कोई तीसरा वर भी दिया होगा बड़े देवता ने—कि जो बच्चे अपने घर में बड़े भाई-बहन तक को मुँह चिढ़ा देते थे, सामने खड़े होकर तुर्की-बतुर्की जवाब दे बैठते थे, और अपने माँ-बाप तक को अपनी जिद और अकड़ से पानी पिला देते थे, वही बच्चे यहाँ इतने विनीत, सरल और सुशील हो उठते थे कि अपने तो क्या, किसी के भी बाप, चाचा या भैया के वहाँ धमकते ही पूरा आदर-भाव प्रदर्शित करते हुए उड़न छू हो जाते थे वहाँ से, और अपनी करनी को तुरन्त बुरा मानकर इस कदर शरमाते थे कि भागते हुए अपना चेहरा तक दिखाने में शर्म महसूस करते थे वे।

शशांक जेब में कौड़ियाँ भरकर इसी जगह आया करता था। घर के बहुत पास ही था बड़का कुआँ। साबो दीदी हर-हमेशा उनके पीछे पड़ी रहती थी, कभी भी जमकर नहीं खेलने देती थी उसे। इस दीदी के हाथ भी चुनचुनाते ही रहते थे, और वह अकेली ही बाप, चाचा और बड़का भैया के फर्ज पूरा करती थी।

अब टीपू जाने लगा है बड़का कुआँ की ओर। वहाँ पहुँचते ही टीपू भी भूख-प्यास भुला बैठता है। दिव्या अपनी भूख से टीपू की भूख का अन्दाजा लगाती है। और बेटे को ढूँढ़ने शशांक जाया करता है उधर। अभी भी वहाँ बीसों गुच्चियाँ खुदी हुई मिलती हैं, ढेर सारे बच्चे खेलते हुए मिल जाते हैं। राजगंज के बच्चे यहाँ खेल-खेलकर जवान हुए हैं, हो रहे हैं। बड़का कुआँ हर वक्त आबाद रहा है। और अब टीपू...टीपू वहाँ की आबादी में शरीक हो गया है।

टीपू के लिए रबर का एक छोटा गेंद ला दिया था शशांक ने और टीपू दो-चार बच्चों

के साथ अपने दरवाजे पर ही गेंद खेला करता था। पर अब शशांक उसे अपने साथ कचहरी मैदान की ओर ले जाने लगा है। आज तक कचहरी की गाछी और कचहरी मैदान ज्यों-के-त्यों हैं। किसी जमाने में जमींदारों की कचहरी थी यहाँ। अब सरकार का काम-काज होता है यहाँ और सरकार के अमला-फैला रहते हैं। गाछी के फल वगैरह भी वही लोग खाते होंगे।

कचहरी मैदान का जो आकर्षण शशांक के जमाने में था वह अब नहीं रहा। शाम में कोई-न-कोई खेल होता ही रहता था इस मैदान में। चाँदनी रात में लोग कबड्डी तक खेलते थे यहाँ। तब राजगंज में गेंद का खेल खूब चमका हुआ था। इसी मैदान में राजकिशोर, विश्वनाथ और झाबर की तिकड़ी गेंद खेलती थी। इन तीनों के कारण उस वक्त राजगंज ने काफी कीर्ति हासिल की थी। गेंद प्रतियोगिता में अपनी ओर से खिलाने के लिए दूसरे-दूसरे गाँव के लोग भी इन्हें आदर-सत्कार के साथ ले जाया करते थे। इन्हें ले जाने के लिए उस गाँव से हाथी आता था। वहाँ इन्हें पाहुनों का दरजा मिलता था। इस आदर-सत्कार के लिए शशांक ही क्यों, हर एक का जी ललचता था उस वक्त।

और आज जब उसका टीपू इस मैदान में उतर गया है, तो शशांक एक सपना देखने लग जाता है कि टीपू भी एक दिन गेंद का एक बहुत ही अच्छा खिलाड़ी बनेगा और उसे भी ले जाने के लिए दूसरे गाँव से हाथी आया करेगा। जब-तब टीपू आकर उससे पूछ बैठेगा, "पिताजी, बाहर खेलने जाना है...गमैल, सिरसिया, लक्ष्मीपुर, आलमनगर...जाऊँ?" और तब यह मैदान फिर से उन्हीं दिनों की तरह आकर्षक हो जाएगा जैसा उस तिकड़ी के दिनों में था। अभी जो मैदान में घोड़े और गाय-बैल चरते रहते हैं, इसके लिए मनाही हो जाएगी। फिर से गेंद का खेल चमक उठेगा राजगंज में और फिर से राजगंज अपना डूबा नाम उछाल लेगा।

रबर के गेंद का आकार बढ़ाता जा रहा है शशांक और शीघ्र ही वह बेटे के हाथ में चमड़े का एक बड़ा गेंद दे देगा।

किसी भालूवाले के पीछे-पीछे टीपू बुलन्ती टोला की ओर बढ़ गया है, यह जानते ही शशांक बेटे को ढूँढ़ लाने निकल पड़ता है। पूरे राजगंज में एक बुलन्ती टोला से ही बचपन से दहशत खाता आया है वह, और नहीं चाहता कि टीपू के पाँव कभी उधर पड़ने पाए। उस जमाने से ही अभी तक बुलन्ती एक ताकत का नाम रहा है। पहले वह खुद भी मछलियाँ बेचा करती थी, मगर अब मछली बाजार में केवल शासन चलाती है। बुलन्त ने बीस बच्चे पैदा किये थे; और गाँववालों का अन्दाजा था कि अगर बुलन्ती का आधा दम-खम भी उसके पति में होता, तो बुलन्ती उतने बच्चे और पैदा कर लेती। पर तब एक और नया टोला बसाना पड़ जाता बुलन्ती को। जब शशांक अपने बचपन में उधर से गुजरता था, तो वहाँ महज तीन-चार घर थे; पर आज वहाँ,

घर पर घर, बीस-पचीस घर हैं। बुलन्ती ने अपने दामादों को भी किसी-न-किसी तरह वहीं बसा लिया है। राजगंज में केवल हाट के दिन बाहर से मछलियाँ बिकने आती हैं शेष सब दिन बुलन्ती के बेटे-दामाद मछलियाँ बेचते हैं वहाँ। बाहरवालों को इनके हाथ औने-पौने दाम पर मछलियाँ बेचकर चला जाना पड़ता है। टोला के सामने की सड़क तक बुलन्ती के कब्जे में है। उस टोले के केवल मर्द शौच के लिए बाहर निकलते हैं शायद। औरतें दिन-दहाड़े सड़क के किनारे बैठ जाती हैं। बहुत दिनों तक इस बात का घमंड रहा था शशांक को अपने बचपन में कि बुलन्ती उसे पहचानती थी। मगर इस घमंड को बुलन्ती के ही एक बेटे ने जो शशांक का हमउम्र था, चूर कर दिया था। उसने किसी बात पर, शशांक को अब वह बात याद नहीं, कई लड़कों के सामने एक ऐसी भद्दी गाली दे दी थी कि शशांक का चेहरा पीला पड़ गया था। शशांक केवल इतने से सन्तोष कर रह गया था कि दाँत साफ नहीं करने की वजह से उस उम्र में ही उस छोकरे के आगे के दो दाँत गायब हो गए थे। अब पता भी नहीं शशांक को कि उसके वे दो दाँत फिर कभी उगे या नहीं, और गाली देने का कोई और भी बुरा फल उसे अब तक मिला या नहीं। बहुत बाद तक जब भी शशांक की नजर उस छोकरे पर पड़ती, उसका हाड़ काँप जाता, क्या पता, अब वह छोकरा बिना किसी बात के भी कोई भद्दी गाली दे बैठे उसे। डर ऐसा समाया था कि उस टोले की ओर जाना भी असम्भव हो गया था उसके लिए। यह डर आज तक उसके पीछे पड़ा है कि कहीं वह उसे मिल न जाए और अचानक हँसकर दो-चार आदमियों के बीच कह न बैठे, "इसे मैंने बचपन में एक गाली दी थी, और यह इतना डरपोक था कि जवाब में इससे गाली देते भी नहीं बना।"

शशांक नहीं चाहता कि टीपू कभी भी उस गन्दे टोले की ओर गन्दे लोगों के बीच गन्दी गालियाँ सीखने जाए। और अब तो बुलन्ती अपनी फौज के सारे सिपाहियों तक को नहीं पहचानती होगी, तो भला कैसे पहचान लेगी किसी शशांक को जिसे उसके बचपन में पहचानती थी वह!

कभी-कभी टीपू फूलों के लिए बाहर निकल पड़ता है, और शशांक को भय हो जाता है कि कहीं वह हनुमान सिंह की फुलवाड़ी की ओर न चला जाए, उस फुलवाड़ी के फूल न तोड़ बैठे। उन फूलों की पूजा पाकर जितना सुख भगवान नहीं देंगे उससे अधिक दुख यह सिंह हनुमान दे देगा। और तभी शशांक को बाजो माली की याद आ जाती है और गाँव में हुआ एक परिवर्तन उसकी नजरों में आ जाता है। बाजो कन्धे से एक गठरीनुमा झोला, जिसमें फूल भरे रहते थे, लटकाए रहता था और गाँव में फूल बाँटने निकला करता था, शायद हर रोज। बाजो ने उस वक्त ही बुढ़ाना शुरू कर दिया था। पता नहीं, अभी वह जिन्दा है भी या नहीं; यह भी पता नहीं कि उसके बेटे यहाँ रहते हैं या छोड़ चुके हैं इस गाँव को। बाजो की तरह फफूल बाँटते अब नहीं देखा करता है वह किसी को। ठीक तिरमुहानी के पास घर था उसका। टीपू को साथ लेकर

जब शशांक पहुँचता है तिरमुहानी के पास, तो निश्चय नहीं कर पाता कि कौन-सा घर है बाजो का! वहाँ दो-एक गाछ हैं अवश्य, पर वे फूल के गाछ नहीं लगते। एक बछड़ा बँधा हुआ है घर के आगे! एक लड़की उस घर से निकलती है और बगल के एक घर में घुस जाती है। शशांक को उससे कुछ पूछने की हिम्मत नहीं होती। अगर बाजो बरसों पहले मर चुका हो, तब तो वह लड़की उसे देखकर हँस पड़ेगी। गाँव का ही कोई आदमी गाँव के किसी मरे हुए आदमी को खोजने निकला है, इस पर भला किसे हँसी नहीं आएगी! तिरमुहानी के पास से लौटते हुए सोचता है शशांक, पहले बाजो के बारे में पूरा पता लगा लेना चाहिए, तभी उस घर की ओर कदम बढ़ाना चाहिए उसे।

अचानक घर में एक कुत्ता रखने की जरूरत महसूस होती है टीपू को, ठीक उसी तरह जैसे कभी उसके पिता को महसूस हुई थी। शशांक को हँसी आ जाती है जब वह टीपू को किसी भी कुत्ते को तू-तू करते हुए रोटी दिखाकर बुलाते और फिर उसके गले में रस्सी फँसाते देखता है। शशांक को अपना बचपन याद आ जाता है। उन दिनों उसके साथ सुबोध था, उसका ममेरा भाई। दोनों कुत्ते की तलाश में दिन-भर गाँव की चकफेरी दिया करते थे। सुबोध के हाथ में हमेशा कुत्ता बाँधने की एक जंजीर रहती थी। एक मोटा-ताजा कुत्ता हाट के दिन आसपास के किसी गाँव से आया करता था। उस कुत्ते को फुसलाकर घर तक ले जाने में दोनों कामयाब हुए थे और फिर उसके गले में जंजीर डाल देने में भी उन्हें सफलता मिल गई थी। दोनों अपना-अपना पेट काटकर और जीभ को काबू में रखकर जमा किये पैसों से उस कुत्ते के लिए मांस खरीदकर लाते और उसे खिलाते ताकि वह पोस मान जाए। मगर कुत्ता रुपये-दो रुपये की चोट उन्हें देकर मौका मिलते ही लापता हो जाता था। उस कुत्ते पर दो-तीन चढ़ाइयाँ हुई थीं, पर वह कुत्ता हाथ नहीं आया था। सड़क-बाजार में घूमते हुए जैसे ही किसी कुत्ते पर नजर पड़ती, सुबोध उधर इशारा कर पूछ बैठता, "भैया?" और तत्काल उसे शशांक का जवाब मिलता, "लगाओ जंजीर।" पर उस जंजीर की कैद को किसी कुत्ते ने पसन्द नहीं किया। तब माँ से यह ज्ञान प्राप्त हुआ शशांक को कि आवारा कुत्ता पोस नहीं मानता और उसे किसी पिल्ला को पकड़कर लाना चाहिए। पर शशांक पिल्ला लाए कहाँ से!

बेचारा टीपू भी पिल्ला कहाँ से लाए?

बाप ने बेटे से कहा, "मैं तुम्हें ला दूँगा एक पिल्ला मुसहरी से।"

पिल्ला के लिए शशांक भी मुसहरी ही गया था। उसके दोस्त मोहन ने खबर दी थी कि मुसहरी में ढेर सारे पिल्ले हैं। पर उन दोनों में किसी के भी पास पिल्ला और पिल्ली की पहचान नहीं थी। जिसे वे दोनों पिल्ला समझकर ले आते थे उसे माँ पिल्ली करार देती थी घर में। कई बार ऐसा हुआ और हर बार पिल्ली लौटाने जाना पड़ा था उसे मोहन के साथ। तंग आ गया वह, आखिर पिल्ला होता है कैसा? उसे याद नहीं कि उसने माँ से इस सम्बन्ध में कोई सवाल किया था और माँ ने इसका कोई जवाब

दिया था। और अब तो उसे यह भी याद नहीं कि अन्त में कोई पिल्ला उसे मिला भी था या नहीं।

इसी मुसहरी की ओर आज शशांक टीपू के साथ टहल जाता है। मुसहरी का भूगोल तक अब ठीक से याद नहीं आ रहा शशांक को। उसे लोगों से पूछकर जाना पड़ता है। अभी भी उसकी धुँधली स्मृति में वह पुरानी मुसहरी ही है। काफी खुली जगह थी वहाँ। छिट-पुट पाँच-सात झोंपड़ियाँ थीं। जाड़े की सुबह में अलाव जलता रहता था। जिस वक्त शशांक पहुँता था वहाँ उस वक्त तक औरतें-मर्द वहाँ से उठ-उठकर अपने-अपने काम-धन्धे पर जाने लगते थे। नंगे बच्चे कुत्तों और पिल्लों के साथ खेलते नजर आते थे। एक बुढ़िया की याद अभी तक आ रही है उसे जो एक घर के ओसारे में बैठी खाँसती रहती थी और न जाने किसे गाली-बात बकती रहती थी। मुसहरी इतना बदल गया होगा, ऐसी तो उसने कल्पना भी नहीं की थी घर से चलते वक्त। अब क्या वह बता सकता है कि अलाव कहाँ जलता था, बुढ़िया कहाँ बैठी रहती थी, कुत्तों और पिल्लों के साथ बच्चे किधर खेलते रहते थे? इतने बरसों में मुसहरी की जमीन जरूर कुछ इधर-उधर खिसक गई है, ऐसा लगता है शशांक को। और वहाँ पिल्ला तो कोई एक भी नजर नहीं आया। अब तो शशांक को पूछना पड़ेगा कि राजगंज की कुत्तियाँ किस टोले में झोल निकालती हैं। उन्हीं बच्चों में एक पाँचू भी रहा होगा जिसके साथ उसका परिचय राजगंज के माध्यमिक विद्यालय में हुआ था। दो साल पहले पाँचू से भेंट हुई थी, वह अब सरसी के पास किसी गाँव की पाठशाला में गुरुजी है।

शशांक को टीपू के लिए एक पिल्ला ले आने की फिक्र इस बार कुछ अधिक ही सताती है। वह शीघ्र ही एक अच्छी नस्ल का पिल्ला ले आने का आश्वासन दे देता है बेटे को।

एक दिन अचानक टीपू ने एक बन्दर पोसने की इच्छा जाहिर कर दी। उस दिन गाँव में कोई बाहर का आदमी एक बन्दर के साथ आया था; और जितनी देर वह रुका, राजगंज के बच्चे उसके पीछे लगे रहे। बन्दर की उछल-कूद और हाव-भाव बच्चों के मन को बेहद भा रहे थे, और बन्दर का मालिक बच्चों की नजरों में महान और देव-तुल्य हो गया था। उस वक्त अगर किसी भी बच्चे से जीवन की कोई एक अभिलाषा जाहिर करने को कहा जाता, तो वह बार-बार बस यही रट लगाता, "एक बन्दर हो मेरे पास, बस एक बनदर।" टीपू ने भी अपनी यह अभिलाषा पिता के आगे जाहिर कर दी।

सुनकर हँसी छूट गई थी शशांक को। एक बन्दर याद आ गया, उसके साथ गिरधारी। बेटे ने इस हँसी का कारण पूछा।

एक दिन बैजनाथ भैया को बीड़ी पीते देख लिया था शशांक ने। शशांक ने तिल देखा, ताड़ दिख गया बैजनाथ भैया को ही। सौदेबाजी का खयाल तो शशांक के मन में तब आया जब बैजनाथ भैया ने उसे पुचकारते हुए कहा, "किसी से कहना मत, शशांक।"

बड़े भैया की कुचाल की खबर वह कैसे चाचा से छिपा ले? इतनी बड़ी बात! और अगर छिपा ले, तो उसे फायदा? मामला एक गेंद पर तय हुआ। हाथ से कोई छोटा गेंद भी निकल नहीं जाए, इसलिए शशांक ने बड़ा गेंद लेने के लिए अधिक जिद नहीं की।

छोटा गेंद के अलावा बैजनाथ भैया ने कहीं से लाकर एक बच्चा बन्दर भी दिया था उसे। बेहद खुश हुआ था शशांक, बड़ा गेंद से भी बहुत बड़ा यह बन्दर; अब तो बैजनाथ भैया दो-चार साल बेखौफ बीड़ी पी सकते हैं उसे दिखाकर भी। बच्चों ने भीड़ लगाना शुरू कर दिया था। गिरिधारी उसकी जी-हुजूरी करने लगा था। बन्दर बहुत शाम में आया था, इसलिए जल्दी ही अँधेरा घिर आने के कारण अधिक देर तक आनन्द मनाना सम्भव नहीं हुआ शशांक के लिए। अब अगली सुबह का इन्तजार करना था उसे। मगर उस सुबह से पहले ही गिरिधारी उस बन्दर को हथिया लेना चाहता था। पैसे तक का लोभ दिया था उसने शशांक को! पर शशांक को उस बन्दर से जुदा होना किसी हालत में मंजूर नहीं था। गिरिधारी के रिरिआने-घिघिआने का कोई असर नहीं लिया उसने। जब शशांक को बिलकुल पिघलते नहीं देखा गिरिधारी ने, तो वह कुढ़कर, जलकर अपने घर चला गया, और शशांक बन्दर को अपने कन्धे पर बैठाए हर्षोल्लास के साथ अपने घर की ओर बढ़ा।

शशांक का सुख अचानक दुख में बदल गया था।

बन्दर को कन्धे पर धारण किये ज्यों ही वह घर में घुसा कि सुबोध दौड़ता हुआ आया और उसे खबर दी कि घर में बन्दर पोसने की व्यवस्था हो रही है, यह सुनकर पिताजी खड़ाऊँ लेकर मारने आ रहे हैं। यह सुनना था कि शशांक उल्टे पाँव घर से बाहर भागा। बन्दर कन्धे पर था। अभी और भी भागने की जरूरत पड़ सकती है, यह सोचकर उसने बन्दर को कन्धे से नीचे उतार देना चाहा।

अब बन्दर ने दिल्लगी की और कन्धे से उतरने को तैयार नहीं हुआ। कुछ जोर लगाता शशांक, तो बन्दर दाँत किटकिटाकर और भी जोर से उसके सिर के बालों को खींचते हुए कन्धे से चिपकने की कोशिश करता। कन्धा अकड़ने लगा था शशांक का। और उसे इस बात का रोना आ गया कि अब यह बन्दर कभी उसके कन्धे से नहीं उतरेगा, वह जवान हो जाएगा तब भी बन्दर मौजूद रहेगा उसके कन्धे पर, और अब बुढ़ापे तक उस बन्दर को ढोते रहना पड़ेगा उसे अपने कन्धे पर। वह वहाँ से सीधे गिरिधारी के पास गया और उसके प्रस्ताव को स्वीकार कर लेने की बात उसे बताई। पर इस बीच क्या पलटा खाया गिरिधारी के दिमाग में कि उसने तोते की तरह आँखें बदलीं और अपने प्रस्ताव से साफ मुकर गया। मित्रता के नाम पर उसे मुफ्त बन्दर दे देने के शशांक के प्रस्ताव को भी उसने ठुकरा दिया। उस दिन जो गिरिधारी के प्रति वैर का काँटा उसके दिल में गड़ा वह आज तक चुभता रहा है। बदख्वाह और बदसलूक गिरिधारी को वह कभी मन से माफ नहीं कर पाया; गद्दारी की थी गिरिधारी ने उसके साथ।

वह देर तक बैजनाथ भैया को तलाशता रहा, सुबोध को इधर-उधर दौड़ाता रहा, पर कहीं नजर नहीं आए बैजनाथ भैया।

थक-हारकर वह अपने पिछवाड़े में आ खड़ा हुआ, घोर कष्ट में फँसे बेटे की खबर माँ तक पहुँचाई और उसके आते ही बिलख पड़ा, "माँ, उतारो इस बन्दर को।"

माँ ने खाने की कोई चीज मँगवाकर उससे कुछ दूर पर रख दी। बन्दर नीचे उतरा; और ज्यों ही बन्दर नीचे उतरा, शशांक जान छुड़ाकर भागा, ऐसा भागा कि उसने देखा तक नहीं कि उसके पीछे उस बन्दर का क्या हुआ।

पिता की हँसी का कारण जानते ही टीपू ने उन्हें सुना दिया, "अब मैं बन्दर नहीं पोसूँगा, पिताजी।" उसे ऐसा लगने लगा था कि पिता के कन्धे पर बैठा बन्दर अब उछलकर उसके ही कन्धे पर बैठनेवाला है।

उस दिन टीपू भी शशांक के साथ चल रहा था; और ज्यों ही बाप एक गली की ओर मुड़ा, बेटे ने टोक दिया, "उधर रास्ता नहीं है, पिताजी।"

"चुप, बेवकूफ," बाप ने बेटे को डाँट दिया, "राजगंज में तू मुझे राह दिखाता है! ऐसा कोई दिन नहीं होता होगा जब मैं इधर से गुजरता नहीं होऊँगा! चुपचाप चल मेरे साथ! यही गली आगे जाकर मोहनपुरवाली सड़क में जा मिलती है।"

शशांक ने चारों ओर निहारकर देख लिया कि वह ऐसी कोई गलती करने नहीं जा रहा है जो कभी उसके पिताजी के साथ हुई थी।

एक बार पिताजी को मुँह अँधेरे रेलगाड़ी पकड़नी थी और बिनमा हाथ में लालटेन लिये उन्हें स्टेशन पहुँचाने जा रहा था। बाजार के चौराहे पर आकर पिताजी ने पूरब रुख करने की बजाय पश्चिम का रास्ता पकड़ लिया। तब बिनमा ने उन्हें टोका था, "मालिक, उधर कहाँ? उधर तो बस्ती है!" पिताजी ने जोर से डाँटा था उसे, "चुप, गधा, रात में तुझे दिशा का ज्ञान नहीं रहता। तुम तो अब रात में कहीं आने-जाने लायक नहीं रहे।" बिनमा सहमकर चुप हो गया था, शायद अँधेरे में उससे ही गलती हो रही हो। वह लालटेन लिये चुपचाप पिताजी के साथ चलता रहा। उस रास्ते पर चलते हुए पिताजी सोमन साह के टोले में घुसे, फिर बुलन्ती के टोले में पहुँचे, और आगे बढ़ते ही सड़क पर निकल आए। सड़क पर आते ही उन्होंने देखा, सामने अपना ही मकान है। वह बड़बड़ा उठे, "यह क्या! यह तो अपना मकान है!" नौकर ने हल्के से कहा, "मैंने तो तभी कहा था, मालिक, कि आप बस्ती की ओर जा रहे हैं। उधर से घूमते हुए हम फिर अपने घर के पास निकल आए।" पिताजी लजा गए थे। उन्होंने बिनमा से कहा, "इस बार ठीक से चलो तो।" उन्हें मन में डर भी हो रहा होगा, आज अपनी पहचान पर चलने से गाड़ी अवश्य छूट जाएगी।

मगर शशांक को क्या डर, कैसी शंका! उसने टीपू को कसकर डाँट दिया था। जिस राजगंज की हर गली में वह आँखें बन्द कर दौड़ लगा सकता था, आँखें बन्द

कर अपने इस या उस दोस्त के पास जा सकता था, उस राजगंज के बारे में आज उसका बेटा उसे बताए! सौ बरस परदेश में गुजर जाने पर भी अपने गाँव की गलियाँ भुलाई जा सकती हैं क्या? लक्ष्मीपुर में एक अन्धा है, सुना है शशांक ने, जो हर दिन गाँव का एक फेरा लगाता है, लोगों से भेंट-मुलाकात करता है, और गाँव के पोखर में स्नान तक कर आता है। हर गली की याद मौजूद है उसके मस्तिष्क में। विस्मृति की धूल अगर कहीं पड़ भी गई हो, तो उसे झाड़ते कितना समय लगेगा!

शशांक को अच्छी तरह याद है कि इसी गली में उसका एक तेली दोस्त रहता था जो उसके साथ ही चटशाला में पढ़ता था। उसका नाम बिकुआ था। बिकुआ के घर कई बार जाना हुआ था शशांक का। उस घर में हमेशा एक औरत कोल्हू के बैल को हाँकती दिखाई पड़ती थी उसे। बिकुआ ने ही उसे इस बात की खबर दी थी कि हाट के बिहान बहुत से बच्चे हाट में पैसे चुनने के लिए जाते हैं। राजगंज की हाट अँधेरा घिर जाने पर भी देर तक लगी रहती थी। उस समय तक बहुत सिक्के-पैसे लोगों की जेब से, अंटी से, बटुए से गिर पड़ते थे हाट में जहाँ-तहाँ। और उन्हीं पैसों को ढूँढ़ने बच्चे पहुँचते थे हाट में। शशांक ने भी बिकुआ के साथ इस धन्धे पर जाना शुरू किया था, मगर कभी कमाई नहीं होने के कारण वह हताश हो गया था। एक दिन कुछ उम्मीद बँधी थी जिस दिन बिकुआ ने रात में आकर यह शुभ समाचार दिया था कि उस दिन एक बनिये ने एक ग्राहक के साथ बकझक और फिर हाथापाई हो जाने के कारण सेर-पसेरी या मुक्का चलाने की बजाय सिक्कों की वजनदार थैली ही उसके सिर पर दे मारी। सौभाग्य से थैली का मुँह गिरफ्त से बाहर हो गया और ढेर सारे सिक्के दूर तक जमीन पर बिखर गए। अधिकांश पैसे तो चुन लिये गए थे, मगर तब भी सुबह-सवेरे जाने से बहुत पैसे हाथ आ जाएँगे। उस बिहान जब वे दोनों हाट में पहुँचे तो वहाँ ढेर सारे बच्चे पहले से मौजूद थे और जमीन पर आँख गड़ाए घूम रहे थे। उस दिन भी उन दोनों के हाथ कुछ नहीं आया, और इसके बाद ही शशांक ने इस धन्धे से मुँह मोड़ लिया।

बिकुआ का साथ कब छूटा, यह तो अब बिलकुल याद नहीं। इतने बरसों के बीच बिकुआ की याद भी उसे सिर्फ एक बार आई है, ऐसा लग रहा है शशांक को। चार-पाँच वर्ष पहले एक शाम शशांक के घर के पास ही एक तेलिन के सिर पर की टोकरी नीचे गिर गई थी और उसमें रखा तेल का बरतन जमीन पर गिरकर उलट गया था। हाट में वह बेचने आई थी कोल्हू का तेल जिसे ऊँचे दाम पर खरीदकर लोग बाल-बच्चों की देह में लगाने ले जाते थे। तेलिन तो धूल-गर्द से भरा तेल जमीन से उठाने में व्यस्त रही और उसका मर्द चीख-चीखकर उस पर बरसता रहा, "यह तूने क्या किया, गे कुलच्छनी! सिर पर एक टोकरी नहीं टिकती है! ऐसी महरानी! अब बोल, रामेश्वर मिलवाले को कहाँ से पैसे दूँगा?" हालाँकि यह पता नहीं था शशांक को कि वे लोग राजगंज के ही थे या किसी और गाँव से तेल बेचने आए थे यहाँ, पर उस वक्त उसे

अपने बिकुआ की याद आ गई थी। वह आदमी बिकुआ नहीं था। बिकुआ गाँव में भी नहीं था, नहीं तो इतने दिनों में कभी तो दिखाई पड़ता वह। राधेश्याम कभी-कभी चर्चा के दौरान उस समय के बहुत से साथियों और परिचितों के बारे में बताता है जो राजगंज छोड़कर मधेपुरा में जा बसे हैं, अरार घाट में घर बाँध लिया है, जिन्हें गुलाब बाग में खरीद-बिक्री करते देखा गया है, जो ससुराल में घरजँवाई बने हुए हैं और कभी-कभी राजगंज आते हैं। बिकुआ की चर्चा कभी नहीं की राधेश्याम ने; शशांक ने भी कभी नहीं पूछा उसके बारे में। पूछकर ही क्या होगा! किस-किस के बारे में क्या-क्या पूछेगा वह? जिज्ञासा जगती है और तुरन्त खत्म भी हो जाती है।

टीपू ने ठीक ही कहा था, 'उधर रास्ता नहीं है, पिताजी।' यह गली अब सचमुच शशांक की वह गली नहीं रही थी जिस होकर वह गली के अन्तिम छोर पर स्थित अपने दोस्त नत्थन के घर जाया करता था। शशांक को महसूस होता है कि गाँव की कितनी ही पुरानी गलियाँ बन्द हो चुकी हैं, और कितनी ही नई गलियाँ खुल गई हैं। गाँव वही रहता है, पर गाँव की बेटियाँ बाहर चली जाती हैं, ढेर सारे परिचित चेहरे बाहर निकल जाते हैं; और बाहर से बहुएँ चली आती हैं जिनके चेहरों से परिचित होना पड़ता है। कुछ ऐसा ही हाल इतने बरसों में गाँव की गलियों का हो गया है। बहुत-सी बहुओं के चेहरे घूँघट में छिपे ही रह जाते हैं; बहुत-सी गलियाँ अब रौंदी नहीं जा सकेंगी, ऐसा लगता है शशांक को।

अब नत्थन के घर मोहनपुरवाली सड़क से होकर ही जाना हो सकेगा। पिछले बीस बरसों में कभी नत्थन के घर जाना नहीं हुआ है। बचपन में अक्सर वह जाया करता था नत्थन के घर। पर उसे अब केवल एक बार की याद आ रही है। जैसे ही वह आँगन में घुसा था, उसने नत्थन की माँ को अपनी जवान बेटी से कहते सुना था, "तुम्हें लाज-शरम नहीं है क्या जो साड़ी की कोंछी इतना ऊपर कर खोंसती हो?" उस वक्त उसका जरा भी ध्यान इस ओर नहीं गया था कि माँ ने बेटी से क्या कहा; बहुत दिनों बाद उसे याद आया, याद आने लगा, कि नत्थन की माँ ने अपनी बेटी से ऐसा कहा था। आश्चर्य! नत्थन के घर के बारे में उसे और कुछ भी याद नहीं; जब भी नत्थन की याद आई है, बस उसकी माँ के वे शब्द ही याद आए हैं उसे। नत्थन से भी दो-तीन वर्ष पहले बढ़ाढ़ा स्टेशन पर अचानक भेंट हुई थी। अब वह धमदाहा में रह रहा है और, जैसा कि उसने बताया, वहाँ उसने अच्छा पैसा कमाया है और बाजार में काफी साख और पूछ है उसकी।

नत्थन के घर के पास ही उस बूढ़े का घर था जो हर-हमेशा, जब भी शशांक को मौका मिला उसे देखने का, रोते हुए बच्चों को चुप कराता रहता था। पता नहीं, मुहल्ले का हर रोता हुआ बच्चा उस बूढ़े के पास ही लाया जाता था क्या! जब भी नत्थन को घर से निकलने में देर होती थी, शशांक उस बूढ़े को ही खड़ा-खड़ा निहारता रहता

था। इस गली में घुसने के बाद फिर कई गलियों को पार कर वह साहू परिवार के मकान पर पहुँचता था, ऐसा याद आ रहा है शशांक को। उस घर के ढेर सारे बच्चों में से किसी एक के साथ दोस्ती गाँठी थी उसने; किसके साथ, यह अब याद नहीं। तब पहली बार शशांक ने किसी के साथ किसी मतलब से दोस्ती की थी और ऐसा करने का असली इरादा उसने किसी पर जाहिर होने नहीं दिया था।

साहू परिवार राजगंज का सबसे धनी-मानी परिवार था। और अकेले उसी परिवार के पास एक दुमंजिला मकान था। शशांक ने मन-ही-मन यह कल्पना की थी कि उस घर में तो छोटे-छोटे सिक्के जहाँ-तहाँ गिरे-पड़े रहते होंगे, उस घर के लोगों के पास भूख फटकती नहीं होगी, हरदम पेट भरे रहते होंगे उनके, और अच्छी-अच्छी मिठाइयाँ देखकर भी किसी का जी ललचता नहीं होगा। हर एक बच्चे की जेब हमेशा पैसों से भरी रहती होगी। माँ बच्चे को डाँटती होगी शाम में, "रे मुन्नू, मैंने सुबह में जो बीस रुपये तुम्हें दिये थे वे अभी तक खच क्यों नहीं हुए? देख रही हूँ, पैसे जेब में पड़े हुए हैं।" माँ दोपहर में डाँटती होगी, "रे मुन्नू, देख रही हूँ कि तुम सुबह से एक ही कमीज पहने हुए हो। दोपहर हो गई; कपड़े समय पर बदल लिया करो, बेटे।" माँ सुबह-सुबह उठाती होगी बेटे को, "रे मुन्नू, उठ बेटा; हाथी लेकर महावत आ गया है। जा, सैर कर आ, बेटा।" यह सब सोच-सोचकर कभी-कभी एक इच्छा जरूर होती शशांक को कि अगर वह भी उसी घर में पैदा हुआ होता तो कितना मजा होता। मगर फिर उसे अपनी माँ की याद आ जाती, उसका दुलार याद आ जाता, और वह अपनी इस इच्छा को तिलांजलि दे देता।

शशांक की दूसरी इच्छा थी मकान की छत पर बैठकर किसी सुख को अनुभव करने की। उन दिनों शशांक के पास केवल टीन की ढालवीं छत थी जिस पर बैठने का कोई मजा नहीं था। दुमंजिला मकान में घुसने-बैठने का सुख उसे तरसाता था।

उस दोस्त के साथ देर-देर तक वह दुमंजिले मकान में इधर-उधर घूमता-टहलता, इस कमरे से उस कमरे में आता-जाता रहता। वहाँ से उसने पूरी बस्ती देखी, पूरा बाजार देखा, और दूर-दूर तक के खेत-पतार पर नजर डाली। जितने सुख का अनुमान किया था उसने उससे भी अधिक सुख था वहाँ। अगर अपना भी एक मकान होता ऐसा, कई-कई बार सोचा था शशांक ने, तो वह ऊपर-ही-ऊपर राधेश्याम को आवाज लगा सकता था, नत्थन या मोहन या किसी भी दोस्त को छत पर किसी लग्गी में बँधा लाल कपड़ा देखकर फौरन चले आने का इशारा कर सकता था, ऊपर से ही गुलेल चलाकर वह किसी को भी निशाना बना सकता था और फिर नीचे उतरकर उस रोते-चीखते बच्चे या आदमी के पास जाकर कह भी सकता था, "हे राम! यह कैसी शरारत है! कितनी जबरदस्त चोट लगी है बेचारे को! जिसने भी किया, अच्छा नहीं किया यह।" तब वह अपने हर दुश्मन को ईंट का जवाब पत्थर से ही देता।

हालाँकि वहाँ से पैसे चुरा लाने का उसका बिलकुल इरादा नहीं था और मौका

मिलने पर भी वह कभी उसका लाभ नहीं उठाता, मगर जब उसने उस घर में कहीं भी पैसा फेंका हुआ या गिरा हुआ नहीं पाया, तो उस घर का आकर्षण काफी कम हो गया था शशांक के लिए। लोग झूठ-मूठ ही उस घर के वैभव के बारे में बड़ी-बड़ी बातें करते हैं, ऐसा लगा था उसे। उसे उस वक्त तो और भी अचरज हुआ जब उसने एक बच्चे को अपनी माँ के पास ठुनकता पाया, "माँ, मुझे भी मूढ़ी दो न खाने।" फिर उसने एक और बच्चे को अपनी माँ के सामने से कोई खाने की चीज लपककर भागते भी देखा। किसी नौकरानी ने मालकिन से कुछ पैसे माँगे थे, तो मालकिन ने जवाब दिया था, "मालिक को आने दो, तब पैसे दिलवा दूँगी; अभी पैसे नहीं हैं मेरे पास।"

बहुत कम ही आना-जाना हुआ था शशांक का उस घर में। और अब तो उस घर तक पहुँचने का रास्ता तक वह नहीं बता सकता, वहाँ जाने के लिए लोगों से पूछना पड़ जाएगा। वह परिवार भी अब टूटकर इधर-उधर बिखर गया है। उस घर का इतिहास, उसकी जमीन-जायदाद का इतिहास, आज सब सुनता है शशांक कभी किसी से, तो उसे काफी रोचक लगता है। कभी रामजी साहू बाजार में निकल पड़ते थे, तो जिस किसी पर नजर पड़ जाती थी वही खड़ा होकर सलाम करता था उन्हें। जिस दरवाजे पर वे पहुँच जाते थे वहाँ तुरन्त उनके लिए बीड़ी सुलगाई जाती थी। आज उस परिवार के बच्चे बेलाला घूमते हैं। कभी-कभी सुनने को मिलता है कि यह रामजी साहू का पोता है और तीन बरस पहले उधार ली गई धोती के पैसे उसने आज तक नहीं चुकाए हैं; वह रामजी साहू का पोता है और जब-तब बरतनिया के यहाँ घर के बरतन बेचने आता है। एक पोखर है उस परिवार के पास जहाँ लोग छठ मनाते हैं और उसके चलते थोड़ी-बहुत इज्जत दे देते हैं उस परिवार को, मगर उस पोखर की सफाई तक नहीं कराते हैं साहू परिवार के लोग।

बहुत दिनों बाद अपनी किसी पुरानी जगह पर वापस आए किसी व्यक्ति को जैसे वहाँ रह रहा कोई मित्र फिर से वहाँ के गलियों-घरों में घुमाता है, पुराने परिचितों और संगी-साथियों के पास ले जाता है, कुछ वैसे ही एक मित्र के रूप में अचानक सड़क के किनारे प्रकट हो गया था कदम्ब का एक वृक्ष जिस पर शशांक की नजर पड़ गई थी। उसको देखकर हल्के से मुस्करा दिया शशांक। इस कदम्ब को बस्ती की उन सारी गलियों का पता था जिनमें से शशांक गुजरा करता था, उन सारे घरों की जानकारी थी जहाँ शशांक जाया करता था। यह कदम्ब अब उसे सब कुछ बता देगा। मन हुआ बाप का, बेटे से कह दे, "अब तुम्हें बकबक करने की जरूरत नहीं है। अब तो पूरी बस्ती में मेरा यह दोस्त कदम्ब ही मुझे घुमा लाएगा।"

पर, शशांक से आँखें मिलते ही कदम्ब ने मुस्कराकर एक प्रश्न कर डाला, "कौए का बच्चा चाहिए? अपने लिए या अपने बेटे के लिए?"

चिरंजीव

जवाब में शशांक भी मुस्करा पड़ता है।

गुलबा राजगंज में अपने नाना के घर रहता था उस वक्त और उसने ही यह खबर दी थी कि इस कदम्ब पर कौए का एक खोंता है। उसने ही यह जिद भी की थी कि खोंते से कौए के बच्चे को उतारा जाए! कोई कौए का बच्चा भी उसके बचपन को मधुर बनाने की कूवत रखता है, ऐसा तो कभी खयाल ही नहीं आया था उसके मन में; लेकिन जब गुलबा ने बताया कि कौए के बच्चे की टाँग में रस्सी बाँधकर उसे पतंग की तरह उड़ाया जा सकता है और सारे बच्चों को ललचाया जा सकता है, तो वह काफी प्रमुदित हो उठा था और कौए के बच्चे के साथ अपना नाता जोड़ने को तैयार हो गया था। शशांक गुलबा के मुकाबले में उस वक्त भी उससे काफी अक्लमन्द था, ऐसा अभी कदम्ब के सामने खड़ा-खड़ा शशांक ने महसूस किया, क्योंकि उसके तर्क और मधुर वाणी के कारण गुलबा को ही मजबूर होकर खोंता उतारने के लिए कदम्ब पर चढ़ना पड़ा था। गुलबा गाछ की उस ऊँचाई तक अपने चढ़ जाने की डींग बाद में संगी-साथियों के बीच हमेशा उसके सामने ही न हाँके, इस आशंका से शशांक तब तक शोकग्रस्त रहा जब तक गुलबा दुर्घटनाग्रस्त नहीं हो गया। चढ़ने को तो वह काफी तेजी से चढ़ा था गाछ पर, मगर ऐन वक्त पर खोंते का मालिक वहाँ उड़कर पहुँच गया था। हो सकता है, उसने इन दोनों को कदम्ब के पास रुकते देखा हो, आपस में फुसफुसाते सुना हो, और फिर उनका असली इरादा भी भाँप चुका हो। आधी दूरी तक ही पहुँच पाया था गुलबा कि कौए ने शोर मचाना शुरू किया। कौए ने शोर ही मचाया था; कोई सिंहनाद नहीं हुआ था वहाँ; न किसी कटाह कुत्ते के भूँकने की आवाज आई थी। तब ऐसा कैसे होता कि महज काक-रव सुनकर गुलबा हिम्मत हार बैठता और ऊपर की आधी दूरी तय कर परिश्रम का फल चखने की बजाय नीचे उतर आता! इस काक-रव से उसे तो उस योद्धा के आनन्द की प्राप्ति हो रही थी जिसने युद्ध में अपने दुश्मन को पछाड़ गिराया हो और दुश्मन अपने अन्तिम घड़ी में फुसफुसा रहा हो, "पा...नी...।" कौए ने पानी नहीं माँगा। ज्यों ही गुलबा कुछ और ऊपर चढ़ा, काँव-काँव करते हुए कौए ने एक चक्कर लगाया और फिर उड़ते हुए ही उसके सिर में जोर से चोंच मारी। इस अप्रत्याशित, आकस्मिक आक्रमण से गुलबा घबरा गया। इतने भीषण और नुकीले हथियार का आज तक उस पर कोई आक्रमण नहीं हुआ था। सिर पर की चोट से उसका पूरा शरीर काँप उठा, और आगे सिर पर क्या होनेवाला है यह सोचकर ही उसके हाथ-पैर फूल गए। वह तेजी से नीचे की ओर चला; विचार-विमर्श तक नहीं किया नीचे खड़े शशांक के साथ; अपने तर्क और मधुर वाणी का उपयोग करने का एक बार फिर मौका तक नहीं दिया नीचे खड़े अक्लमन्द दोस्त को। चोंच की मार और गाछ की नोंच-खरोंच के साथ जब गुलबा पलक झपकते जमीन पर आ रुका, तो अपने लटके हुए मुँह से शशांक के 'क्या हुआ, रे बिक्को?' के जवाब में पूछा, "देख तो, रे शशांक, टीक के पास खून भी बह रहा है?" गुलबा

अब दोस्तों के बीच उसे सुना-सुनाकर डींग नहीं हाँक सकेगा, इस बात की खुशी को बिलकुल गुप्त रखते हुए शशांक ने चुटैल सिर को गौर से देखा और चुटिया के पास की जमीन को छूकर भी देख लिया।

कदम्ब के नीचे खड़ा-खड़ा शशांक ने उस सिहरन को महसूस किया जिसे बीसों वर्ष पहले गुलबा ने उस गाछ पर चढ़कर कौए से उलझने के बाद महसूस किया था। और वह मुस्करा बैठा जब उसने कदम्ब का प्रश्न सुना, "कौए का बच्चा चाहिए? अपने लिए या अपने बेटे के लिए?"

शशांक को लजाता देख कदम्ब ने उसे बगलवाली गली की ओर इशारा कर दिया। बिलकुल सही पता बताया था कदम्ब ने। इसी गली में हित्तो की माँ रहती थी! अक्सर उसके घर मूढ़ी-चूड़ा लाने शशांक जाया करता था। उसका चेहरा याद आता है शशांक को, गोल मुँह, फूले-फूले गाल, बड़ी-बड़ी आँखें। वह शशांक के घर से धान ले जाती थी और बदले में मूढ़ी-चूड़ा देती थी। एक पारिवारिक रिश्ता कायम हो गया था इन दो घरों में। बेटा हित्तो छठ पर्व में शशांक के घर में ही उपस्थित रहता था और सूपों का दौड़ा सिर पर रखकर घाट जाया करता था। शशांक की माँ के मरने के बाद हित्तो की माँ का आना भी छूट गया था। थोड़े दिनों तक हित्तो आता-जाता रहा, और फिर वह भी दिखाई नहीं पड़ता था।

क्या शशांक हित्तो के घर जाकर उसकी खोज-खबर ले? बुढ़िया के मरने की खबर तो उसे बहुत पहले मिल चुकी थी, हित्तो मिल सकता था। पर हित्तो का घर अब ढूँढ़ पाएगा वह? गली के घरों का इतने दिनों में नक्शा ही बदल गया होगा। उसका पूरब मुँह का घर कहीं अब पच्छिम मुँह का नहीं हो गया हो। एक बार गौरी चाची ने कहा भी था, "रे शशांक, हित्तो की माँ एक बार तुम्हारी माँ से किसी देवता की पूजा के लिए सोने का डोरा माँगकर ले गई थी। डोरा कम-से-कम भी तो आधा तोला का होगा। माँगकर ले आना, नहीं तो वह पचा लेगी। दीदी जी तो जिस-तिस को पैसे देती रहती थीं, और हमलोगों के पूछने पर झुँझला पड़ती थीं, 'मेरे लेन-देन का हिसाब लेनेवाली तुम कौन?' मैं सचमुच कौन थी? उनके बहुत पैसे डूब गए। कभी किसी को कुछ बताया भी नहीं उन्होंने। तुम एक बार माँगकर देखो तो। पचा कैसे लेगी हित्तो की माँ?" शशांक 'हाँ हाँ' कहकर रह गया था, कभी गया नहीं हित्तो की माँ के घर। डोरे के लिए मुँह नहीं खोल सकता था वह। अब आज भी क्यों जाए! हित्तो की माँ रहती, तो शायद भेंट-मुलाकात करने चला जाता वह।

इसी टोले में सुरजा का घर था। सुरजा दिन-भर बाजार में मजदूरी करता, पर रात में वह शशांक के घर में ही सोया करता। शशांक से उसकी बड़ी बनती थी और वह शशांक को सारे गाँव के किस्से सुनाया करता था। वह बाँसुरी भी बहुत अच्छा बजाता था, और एक बार उसने अपने पैसे से शशांक के लिए भी बाँसुरी लाई थी। बाँसुरी

की ही तरह वह अपने मुँह से भी सीटी बजाया करता था। शशांक ने सीखने की बहुत कोशिश की थी, पर सीख नहीं पाया था। जब पढ़ने के लिए शशांक बाहर जा रहा था, तो सुरजा की याद उसके साथ गई थी; और यह बात बराबर उसके मन में बनी रही थी कि अगर पढ़-लिखकर वह कोई बड़ा आदमी बन गया, तो सुरजा के लिए भी कुछ ऐसा प्रबन्ध करेगा कि सुरजा को उसके साथ दोस्ती निभाने का एक अच्छा पुरस्कार मिल जाए और उसे महसूस हो कि उसने किस आदमी के साथ दोस्ती की थी।

बाद में न जाने किन कारणों से सुरजा का सम्बन्ध उसके घर से टूट गया था, और उसने किसी और घर में अपना ठिकाना कर लिया था। तब भी घर आने पर सुरजा से भेंट करने की उसकी इच्छा बराबर बनी रहती और शशांक उसे ढूँढ़कर उससे मिलता! पर बाद में सुरजा से उसकी मुलाकात भी कम होने लगी और कई बार ऐसा हुआ कि बगैर सुरजा से मिले ही घर पर छुट्टियाँ बिताकर उसे लौट जाना पड़ा। कभी बाद में पता चला कि सुरजा मर गया। उसे खून की उल्टी हुई थी और पैसे के अभाव में कोई इलाज नहीं हो पाया था।

यह सोचकर दुखी हुआ शशांक कि सुरजा को उसकी याद नहीं आई, अपनी बीमारी की खबर सुरजा ने उसे नहीं दी। तो क्या सुरजा उसे उतना अपना नहीं समझ रहा था जितना वह समझता था सुरजा को अपना? अगर सुरजा उसे बुलाता, उसकी मदद माँगता, तो सब काम छोड़कर दौड़ा चला आता वह सुरजा के पास। एक बाँसुरी के पैसे तो यों भी उसे चुका देने थे; दवा की दो-चार खुराकें तो खरीद ही लेता उस पैसे से। उस पर कर्ज लादकर तो नहीं मरता सुरजा।

सुरजा की लम्बी, काली और बूढ़ी माँ अभी भी कभी-कभी बाजार में दिख जाती है, पर क्या अब बाँसुरी के पैसे उसे चुकाने जाए शशांक? एक बाँसुरी के पैसे? "कब के पैसे? कैसे पैसे?" सौ बाँसुरियों के पैसे? "आज क्यों? अब आज किसलिए?" नहीं जाएगा वह; अब सुरजा की बूढ़ी माँ से मिलने नहीं जा सकेगा।

सरजुग नाई भी मर गया! वह भी इसी टोले में रहता था, इसी गली के आखिरी छोर पर। हर रविवार को वह शशांक केघर आया करता था सबके बाल-दाढ़ी बनाने। साल-भर में एकतालीस रुपये की बँधी रकम उसे मिलती थी। बीस-पच्चीस बरसों के बाद भी बिलकुल याद है उसे, एकतालीस रुपये। वह पहले ईंट लगाकर बाजार में बैठा करता था, पर बाद में उसने अपना सेलून भी खोला था। उसके मरने के बहुत दिनों के बाद पता चला था शशांक को कि उसके हाथ-पैर फूल गए थे। वह बाजार में दरवाजे-दरवाजे अपने इलाज के लिए पैसे माँगता-फिरता था। किसी को उसके बचने की उम्मीद नहीं थी, और शायद इसीलिए किसी ने उसे पैसे दिये भी नहीं। वह निस्सन्तान था, इसलिए उसके बड़े भाई ने भी उसे जिन्दा करना मुनासिब नहीं समझा। सुनने में आया कि वह कारी मड़ड़ के बगीचे में एक गाछ के नीचे बैठ गया था और वहीं उसके प्राण छूटे

थे। सरजुग के बड़े भाई ने उसकी पत्नी पर अपने पति को खा जाने का आरोप लगाया और पूरे टोले की भलाई के लिए उसे मार-पीटकर राजगंज से भगा दिया।

कुछ उदास होकर सोचने लगता है शशांक, क्या सरजुग उसके पिताजी के पास भी आया था? अगर उसके पास किसी तरह आ जाता सरजुग, तो क्या करता वह? उसकी पत्नी को भला क्या मालूम कि राजगंज में एक ऐसा भी बच्चा था जिसके मन में उसका पति बसता था! अगर उसकी पत्नी अचानक आ जाती उसके पास भीख के लिए, मदद के लिए, तो क्या वह भी उस टोले की भलाई की बात सोचने लग जाता? अब इन प्रश्नों को मथकर क्या होगा! सरजुग का बड़ा भाई उसकी इज्जत करता है और उसके भतीजे 'प्रणाम, चाचा' कहकर अपने सेलून में उसका स्वागत करते हैं।

कम-से-कम सरजुग का घर ही तो वह उड़ती निगाह से देख आए...पर सरजुग का घर अब है कहाँ!

बाप के साथ चंडी थान जाते हुए टीपू सड़क छोड़कर गली का रास्ता पकड़ता है। शशांक को भी मालूम है कि चंडी थान पहुँचने के लिए सड़क से बहुत घूमकर जाना पड़ता है, और गली के रास्ते से दूरी बहुत कम हो जाती है वहाँ की। वह खुद भी सड़क छोड़कर उस गली में ही घुसता। पर बाप को बराबर राह दिखाने की बेटे की यह हरकत उसे बिलकुल पसन्द नहीं आई।

टीपू की यह आदत हो गई है कि बाप के साथ चलते हुए हमेशा वह दस-बीस कदम आगे रहेगा, और मुड़-मुड़कर देखता रहेगा कि बाप उसके पीछे-पीछे सही रास्ते पर चला आ रहा है या नहीं। वह अपने हाव-भाव से बाप को कोंच-कोंचकर यह जताता रहता है कि उसे तो गाँव की सारी गलियों का पता है और उसके बाप को महज कुछ मुख्य सड़कों की जानकारी है। कुछ ऐंठकर जताता है टीपू यह सब। और बेटे की यह ऐंठ बाप को काफी बुरी लगती है, खरोंच देती है उसे। बेटा कभी भूल कर बैठे और तब उसे कसकर डाँटा जाए, ऐसा बहुत बार चाहा है शशांक ने। जब बेटा कोई गलती नहीं करता और बाप को कुढ़ाते हुए उसके आगे-आगे चलता रहता है, तो बाप भी बेटे को तंग करने की बात मन में सोच लेता है। अचानक रास्ते में रुककर वह अपने किसी मित्र या परिचित से यों ही बातें करने लग गया है, और बेमतलब देर तक बातें करता रह गया है, ताकि बीस कदम आगे बढ़ गया टीपू तंग आकर लौट आए। कभी-कभी तो टीपू से कहकर और उसे साथ लेकर घर से निकलता है वह कहीं और जाने के लिए, मगर जब टीपू को बीस कदम आगे चलकर राह बताते हुए देखा है तो गुस्से में आकर उससे बीस कदम पीछे ही इस-उस गली में बेमतलब घुस गया है। दौड़कर लौटा है टीपू, "पिताजी, इधर कहाँ?" और शशांक ने जवाब दिया है, "एक आदमी से भेंट करनी है मुझे इस गली में। तुम्हें चलना हो तो साथ-साथ चलो। सड़क पर इस तरह नाचकर चलने की आदत ठीक नहीं, बहुत ही बुरी है।"

चंडी थानवाली गली में दस कदम चलकर टीपू रुक जाता है और खड़ा होकर पीछे की ओर देखने लगता है ताकि पिताजी अगर अनजान में सड़क से आगे बढ़ने लगें, तो उन्हें हाँक लगाकर वह बुला ले। शशांक बेटे से नजरें मिलाए बगैर उस गली में इस तरह घुसता है जैसे कि वह घर से अकेले ही निकला हो; और अगर टीपू हो भी उसके साथ, तो शायद वह अनजान में गली की बजाय सड़क का रास्ता पकड़कर आगे बढ़ गया हो। टीपू को यह बता देना जरूरी हो गया कि उसका बाप इस गली से अपरिचित नहीं है और इस गाँव में बाप का जन्म बेटे के जन्म से पहले हुआ था। मगर अपने हाव-भाव से बेटे को यह सब बता देने पर भी सन्तोष नहीं होता है शशांक को और टीपू के पास आते ही वह कह बैठता है, "इस गली में एक पक्का कुआँ है। उसी के पास..."

"हाँ, पिताजी," झटपट बोल उठता है टीपू, "उसी के पास मेरा एक दोस्त रहता है, बनवारी। उसका बाप बैलगाड़ी जोतता है।"

"तुम्हारा दोस्त है वह?"

"हाँ, पिताजी।"

सोचने लगता है शशांक, इस बनवारी का बाप जरूर उसका साथी रहा होगा। पूछ बैठता है वह, "क्या नाम है बनवारी के बाप का?"

"यह तो नहीं मालूम, पिताजी।"

शशांक इस गली के पुराने चेहरों को याद करने लगता है। चेहरे बहुतों के याद हैं, नाम बहुत कम के। इस गली में बैलगाड़ी जोतनेवाले उसके कई दोस्त हैं—तनुक, हरिलाल, दुक्खन, मेदनी...शशांक बेटे से नहीं पूछता कि बनवारी के बाप का चेहरा-मोहरा कैसा है। क्या होगा जानकर? होगा कोई!

शशांक कुछ दूर से ही देख लेता है, वह टेढ़ी-मेढ़ी गली आगे बन्द हो गई है। गली बन्द तो नहीं थी, सड़क से जा मिलती थी चंडी थान के पास, याद आता है शशांक को। बस्ती के अन्दर की सड़कें तो पहले जैसी ही हैं, पर गलियाँ लड़-झगड़ कर, टूट- भाँग कर इधर-उधर हो गई हैं। बाप-दादा के पुश्तैनी मकान की तरह सड़कें मौजूद हैं; टूट-बिखर गए परिवार के लोगों की तरह गलियाँ इधर-उधर जा बसी हैं। इन सबका पता तो अब सचमुच टीपू ही रखता होगा।

बन्द गली में भी टीपू को आगे-आगे बढ़ता देख शशांक भी उसके पीछे-पीछे बढ़ जाता है; हो सकता है, कहीं कोई सुराख मिल जाए आगे बढ़ने के लिए।

गली को बन्द करता हुआ जो घर है उसके सामने टीपू रुकता नहीं, और अगल-बगल किसी सुराख को भी नहीं ढूँढ़ता। वह उस घर के आँगन में घुस जाता है। शशांक ठिठककर खड़ा हो जाता है घर के बाहर ही और हल्के से हाँक लगाता है, "टीपू!"

"आइए न, पिताजी।" आँगन से बाहर आकर कहता है टीपू।

"अन्दर?"

"हाँ।"

"वह तो आँगन है?" शशांक अन्दर घुसने से डरता है।

"इधर से ही रास्ता है। आइए न आप।"

बाजी मार लेता है बेटा, बाप को खरोंच लग जाती है। अब कोई घर या गली, कोई पक्का कुआँ या पुराना कदम्ब उसकी मदद नहीं कर सकता, उसे सब कुछ नहीं बता सकता। और अब वह टीपू से नहीं कह सकता, "तुम्हें बकबक करने की जरूरत नहीं है; मुझे सब पता है।" पर खरोंच की नाखुशी ऐसी नहीं थी कि बेटे की जीत पर खुशियाँ नहीं मनाए बाप। शशांक के होंठों पर मुस्कराहट तैर गई।

पर आँगन में साँस रोककर सकपकाते हुए घुसा था वह। बचपन तो किसी भी आँगन में बेरोक-टोक घुसता है, मगर शशांक तो अब एक भरा-पूरा मर्द है। मर्द लाख बेकसूर हो, पर उसकी निगाहों को कौन माफ करेगा! औरतें हो सकती हैं आँगन में।

आँगन में घुसते ही वह भयभीत हो उठा। अगर कोई टोक दे, "क्यों रे बेशर्म, आँगन में क्यों घुसा?" तब? अगर कोई अपने पाँच-सात बेटों को एक साथ नाम ले-लेकर पुकार बैठे और उन्हें लाठियाँ लिये हुए आने को कह दे, तब? अगर अड़ोस-पड़ोस के लोग भी दौड़ आएँ और आते ही कहें, "अरे बाप! जुल्म हो गया! बहू-बेटी के आँगन में अजनबी मर्द! पहले इसे खूँटे से बाँधो;" तब क्या करेगा वह?

शशांक ने धड़कते दिल से अपनी योजना बनाई। पहले तो वह तड़ातड़ दो-तीन तमाचे टीपू के गाल पर जमाएगा। इससे लोग अवश्य थोड़ी देर के लिए हतप्रभ और शान्त हो जाएँगे। फिर वह रणोद्यत लठैतों से विनती करेगा, "मुझे माफ कर दीजिए। इस छोकरे ने मुझे यह रास्ता बता दिया; 'यही रास्ता है,' यह जोर देकर बोला। पर गलती मुझसे ही हुई; मुझे बच्चे की बात में नहीं आना चाहिए था।" इतने से ही काम न चले, इसलिए वह उनकी कुदृष्टि और कोप को निष्फल करने हेतु जल्दी से तनुक और हरिलाल का हवाला देते हुए अपना नाम और पता-ठिकाना बक देगा, और फिर एक गौंवा की हैसियत जताकर उनसे लाठी फेंक देने का निवेदन...

"शशांक बाबू!" आँगन में घुसते ही उसे आवाज सुनाई पड़ती है। शशांक अपनी झुकी नजर ऊपर उठाता है, तो बगल में ही खाट पर बैठे हुए दुक्खन को देखता है। "दुक्खन!" शशांक की मुस्कराहट पिंजरे से आजाद हुए पक्षी की तरह बाहर निकल आती है। दुक्खन उठ खड़ा होता है और पूछता है, "इधर कहाँ?" शशांक रुककर उसे जवाब देने लगता है; पर उसे दुक्खन की माँ याद आ जाती है और अपनी बात कहते-कहते वह अचानक पूछ बैठता है, "तुम्हारी माँ कहाँ है?" दुक्खन जोर से हँस पड़ता है और फिर जवाब देता है, "बुढ़िया को मरे तो जमाना गुजर गया।" शशांक झेंप उठता है, कैसी बुद्धि है उसकी कि बिना बताए जान ही नहीं सकता कि बुढ़िया कब की मर चुकी होगी या अभी तक उससे मुलाकात करने के लिए रुकी हुई होगी! अपना काम बताकर वह आँगन से बाहर निकलता है। तभी उसके कान में ये शब्द

पड़ते हैं, "जानती हो, परसरमावाली...," और वह चोर की तरह ठिठककर सुनने लगता है, "यह है शशांक गुप्ता, मेरे बचपन का दोस्त। बाजार में घर है इसका। बड़े घर का बेटा है...," पर अधिक देर नहीं रुक सकता वह वहाँ। इच्छा होती है उसकी कि दुक्खन हाँक लगाकर बुलाए उसे और अपने घर में बैठाए उसे थोड़ी देर; कुछ बातें करे पुराने दिनों की। बचपन में इस घर में कई बार आना हुआ था उसका। और एक बार इसी दुक्खन की बुढ़िया माँ ने बोरसी में पका हुआ एक सकरकन्द दिया था उसे खाने को। आँगन-आँगन होकर ही वह कैसे-कैसे तो तनुक, हरिलाल, और मेदनी के घर भी चला जाता था। आगे या पीछे, कहीं पास में ही उनके घर भी हैं। उन सबके बारे में क्या होता दुक्खन से कुछ पूछकर! उसने ही कहाँ बैठने को कहा! बैठाकर एक गिलास पानी ही पिला देता। पुराने दिनों को याद कर सकरकन्द खिला देता। घर में सकरकन्द तो होगा ही। नहीं, जिस तरह वह अपने दोस्तों को याद किया करता है उस तरह बचपन के वे दोस्त उसे बिलकुल याद नहीं करते। उदास हो जाता है शशांक, बेहद उदास हो जाता है।

आगे थोड़ी दूर चलकर ही फिर रुकना पड़ गया शशांक को। खैरियत थी, साथ में टीपू था। सामने में एक ऐसा बथान बना हुआ था जिसमें गली का भी एक हिस्सा शामिल कर लिया गया था। बथान में गड़े खूँटों में भैंसें बँधी हुई थीं जो गली को घेरकर खड़ी थीं। जानवरों का कोई भरोसा नहीं, शशांक संसार के कई बड़े-बड़े सत्यों में से इसे भी एक सत्य मानकर चलता है। भला बच्चे को इतने सारे सत्यों की जानकारी कहाँ से हो! टीपू भैंसों की बगल से आगे निकल जाता है और रुककर पिता को भी आ जाने के लिए कहता है। शशांक को लगता है कि भैंसों ने उसे कनखियों से देख लिया है और अब वे अपने पैरों में दम भर रहे हैं। भैंसों के जरा पास जाकर और फिर अपना एक कदम बढ़ाकर वह जाँचता है कि भैंसें उसकी ओर लपकती हैं या नहीं। टीपू खिलखिलाकर हँस पड़ता है और फिर कहता है, "पीछे से आ जाइए न, पिताजी; भैंस लताड़ नहीं मारती।" हाँ, भैंस लताड़ नहीं मारती, यह ज्ञान तो बचपन में ही हो गया था उसे, याद आता है शशांक को। बचपन का बहुत सारा ज्ञान, लगता है उसे, अब लुप्त हो गया है। टीपू के आश्वासन और अपने बचपन के ज्ञान के बावजूद शशांक पहले इस बात से आश्वस्त हो जाने की कोशिश करता है कि ऐसी अनहोनी एक उसी के साथ ठीक इसी वक्त नहीं घटेगी कि अपनी परम्पराएँ तोड़कर, अनुशासन भंग कर और ईश्वरीय नियमों की अवज्ञा कर भैंसें तड़ातड़ उस पर लताड़ चलाना शुरू कर देंगी। और फिर काफी सावधानीपूर्वक भैंसों के पीछे से निकलकर वह गली में बथान के आगे निकल गया।

चंडी थान के पास आते ही शशांक अचानक बहुत सावधान हो जाता है; एक सिहरन-सी होती है उसके बदन में; वह पीछे मुड़कर भी देख लेता है, नागो सिंह की कटाह कुतिया

कहीं आसपास तो नहीं है। यह कुतिया बहुत खतरनाक थी, बहुत परेशान करती थी। जब भी शशांक अकेले या अपने दोस्तों के साथ इधर आता था, तो बहुत सतर्क और चौकन्ना रहा करता था। कुतिया ढीठ थी, ढेले चलाने पर भागने की बजाय खदेड़ती थी। शशांक अनायास पूछ बैठता है टीपू से, "यहाँ कोई कटाह कुत्ता-कुतिया भी है?" "नहीं तो," टीपू जवाब देता है और फिर अचरज से पूछता है, "आपको किसने कहा?" शशांक को अपने-आप पर हँसी आ जाती है, बीस वर्ष पहले की कुतिया क्या अभी भी मरी नहीं होगी! पर तब भी उसके संशय-भरे मन में बात आ ही जाती है, कुतिया न सही, उसके बाल-बच्चे तो हो ही सकते हैं। एकदम लावारिस तो नहीं मरी होगी वह। वे सब ही प्रकट हो जाएँ और उसे घेरकर कहें, "आ गए चाचा! बहुत ढेले चलाए थे आपने मेरी नानी पर। सब कुछ बताकर गई है नानी; आपका रूप-रंग भी बतला दिया था। अब बोलिए, हम आपको किधर से काटें?" मुस्कराते हुए ही शशांक एक बार फिर अपनी उड़ती निगाह चारों ओर डाल लेता है, कोई पिल्ला या पिल्ली अचानक प्रकट तो नहीं हो रही है। टीपू फिर दुहराता है, "आपको किसने कहा, पिताजी?" और शशांक को जवाब देना पड़ता है, "कहा किसी ने नहीं; यों ही पूछ लिया तुमसे।" टीपू का अचरज समाप्त नहीं होता और वह सोचने लगता है, कैसे पता चल जाता है पिताजी को कि कहाँ क्या खतरा है या हो सकता है!

बाप को पहली बार बेटा ही मांगन मन्तरिया का घर दिखाता है और कहता है, "पिताजी, मांगन मन्तरियों को भगवती का वरदान है। कैसा भी साँप किसी को क्यों न काट ले, वे मंत्र से विष उतार देते हैं।" इस बार सचमुच ऐसा लगा कि इस गाँव में टीपू ही अधिक दिनों से रह रहा था। मांगन मन्तरिया का नाम बचपन में शशांक ने भी सुना था, मगर उनके घर का पता नहीं था उसे और न कभी मन्तरिया को देखने का मौका ही मिला था। बस इतना-भर जानता था कि मांगन मन्तरिया बहुत बूढ़े हैं। पहले उनका बेटा जागेसर सिंह हाथ लगाता है। जब बेटे से नहीं सपरता है, तब बूढ़े मन्तरिया खुद विष झाड़ते हैं।" बाप बेटे से पूछ बैठता है, "तुमने मांगन सिंह को देखा है?"

"हाँ, पिताजी, मैंने उन्हें विष झारते भी देखा है। गमैल के एक किरतनिया को गेहुँअन साँप ने काट लिया था। मांगन मन्तरिया ने खुद हाथ लगाया था, लेकिन किरतनिया मर गया था, पिताजी। उसे भगवान ने बुला लिया था अपने पास, तो कोई कैसे बचा लेता!"

जब चंडी थान से निकलते हैं दोनों और टीपू गली की ओर मुड़ता है, तो शशांक कह बैठता है, "इधर से हम लोग सड़क होकर चलेंगे।"...शायद टीपू इधर से जाते हुए भी कोई नई बात बताए, कुछ नई जानकारी दे दे। बाप तो हाल में आया हुआ है; बेटा काफी अधिक दिनों से रह रहा है इस गाँव में।

भाग 2

किसी बच्चे को शैतान मत कहो, भगवान दुखी होगा।

मगर दिव्या को भगवान के दुख की कोई चिन्ता नहीं, 'टीपू शैतान है, शैतान है, शैतान है।' शैतान तो ऐसा है कि घर में घुटरूँ चलने लगा और शैतानी शुरू कर दी। हाथ-पैर हुए, तो मुसीबत और भी बढ़ गई बेचारी माँ की। और हे, भगवान! अब तो घर से बाहर निकलने लगा है टीपू और वहाँ भी शैतानी से बाज नहीं आता। दिव्या अक्सर पति को उलाहना देती रहती है, "बेटे को सँभालते क्यों नहीं आप? इतनी शैतानी करता है, मगर आप उसे डाँट तक नहीं सकते! मुझे तो वह कुछ लगाता ही नहीं, और आप हैं कि शह दिये जा रहे हैं।"

हल्के से पूछता है शशांक, "टीपू सचमुच शैतान हो गया है क्या?"

"नहीं हो गया है, तो हो जाएगा। दिन-दिन-भर बाहर रहता है। आप उसे कुछ कहते क्यों नहीं?"

"ठीक है, मैं कल से ही उसे घर में बन्द रखता हूँ।"

"वाह! घर में क्यों बन्द रहेगा वह! बच्चा खेलने-कूदने लायक हुआ, तो आप उसे घर में बन्द कर देंगे! हाय री बुद्धि!"

"तुम नहीं समझ रही हो, दिव्या; वह बाहर में जरूर लड़ता-झगड़ता होगा, उसे कैद में रखना जरूरी है।"

"वाह! वाह! इस उम्र के बच्चों को कैद में रखा जाता है! कौन बच्चा लड़ता-झगड़ता नहीं है? कोई लाठी-भाले की लड़ाई तो नहीं होती है।"

"तो फिर ऐसा करता हूँ कि आज उसकी पिटाई कर देता हूँ; दिन-दिन-भर घर से बाहर क्यों रहेगा वह!"

"पिटाई की जरूरत नहीं है। समझाने-बुझाने से काम चल जाएगा। बात-बात में बच्चे की पिटाई नहीं की जाती।"

"शैतान के लिए पिटाई जरूरी है, दिव्या।"

"कौन है शैतान, मेरा टीपू? चुप रहिए, मेरा बेटा शैतान नहीं है; बहुत सीधा बच्चा है, एक बार समझाने से मान जानेवाला। जरा बाहर गया घर से, तो शैतान हो गया वह! खबरदार! फिर कभी उसे शैतान नहीं कहिएगा।"

भगवान के दुख की चिन्ता कैसे नहीं है दिव्या को! उसके 'खबरदार!' को सुनकर खुश हो गए होंगे भगवान!

मगर टीपू के दिन-भर की भाग-दौड़, उठा-पटक और धूम-धड़ाके का इजहार लेने के बाद जब शशांक ने बेटे को उसकी गलतियाँ बताईं, उसका ध्यान उसकी गलत हरकतों की ओर आकृष्ट किया, तो हैरत में आ गया टीपू, "पापा, यह मेरी गलती हुई?"

"हाँ।"

"और यह भी गलती हो गई, पिताजी?"

"बेशक।"

"यह तो नहीं हुई मेरी गलती?"

"यह भी हुई।"

कैसे हैरत में नहीं आता टीपू! उसे पता तक नहीं, और उससे गलतियाँ होती चली जा रही हैं। उसने पिता से कहा, "पापा, आप मुझे गलतियों की एक सूची बना दीजिए; फिर देखिए, मुझसे कोई गलती नहीं होगी।"

"गलतियों की सूची!" बुदबुदा उठा शशांक और फिर बेटे से कहा, "ऐसी कोई सूची तो बनाई नहीं जा सकती, बेटे। अपनी अक्ल से काम लेना होगा। हाँ, कुछ मोटी बातें मैं बता सकता हूँ।"

ऐसे ही बदरी दास ने भी गलतियों की एक सूची माँगी थी राधे मास्टर से।

राधेश्याम पूर्णिया के एक विद्यालय में शिक्षक थे और अपने गाँव राजगंज में राधे मास्टर के नाम से ही विख्यात थे। उनका परिवार राजगंज में ही रहता था, और वे हर शनिवार की रात घर चले आते थे और सोमवार की सुबह विद्यालय के लिए रवाना हो जाते थे। जब राधेश्याम घर पर होते, तो शशांक का अधिक समय इस पुराने जिगरी दोस्त के साथ ही गुजरता।

उस शाम शशांक भी वहीं बैठा हुआ था जब बदरी दास राधेश्याम के घर आए थे और उस पर नजर पड़ते ही हँसकर कहा था, "राधे मास्टर दिल्ली जा रहा हूँ मैं।"

राधे मास्टर ने अपनी खुशी जाहिर करते हुए कहा, "बड़ी अच्छी बात सुनाई तुमने बदरी! जब से नेता बने हो, किस्मत खुल गई है तुम्हारी।"

गद्‌गद् हो गए बदरी दास!

बहुत दिनों तक राजगंज अपने राजगंज से बाहर नहीं निकला था। एक टापू की तरह बसा हुआ था राजगंज, एक टापू की तरह रह रहा था। बाहर की खबरें कभी-कभी उड़कर आया करती थीं यहाँ। कोई मेढक कभी कुएँ से बाहर कूद जाता, तो पूरे कुएँ में उथल-पुथल मच जाती।

तब राजगंज ऐसे गाँवों में एक था जिसके होने-न होने की खबर तक दिल्ली के बादशाहों को नहीं रहती थी। लड़ाई-झगड़े, चोरी-डकैती, खून-कत्ल और अकाल-भुखमरी तक की गूँज-अनुगूँज इलाके की सीमा तक पहुँचते-पहुँचते मन्द पड़ जाती थी। तब पाँव-पैदल और बैलगाड़ियों का जमाना था। तब दुलहनें तक माँ-बाप के घर से विदा होकर दुलहों के पीछे-पीछे पाँच-पाँच, सात-सात कोस पैदल चलकर ससुराल का रास्ता तय करती थीं; और रास्ते के हर गाँव में वहाँ के बच्चे गाँव के कुत्तों को भगाकर खुद उनके स्वागत में बहुत करीब आकर गाते थे, "दुलहा है काला, कनियाँ है गोर। दौड़ो, कनियाँ को ले चला चोर।"

तब गाँव से गुजरते हुए किसी भी अजनबी को सड़क पर या आसपास मिल गए गाँव के बूढ़े-बुजुर्ग के पास अपना परिचय छोड़ जाना पड़ता था—"शुभ नाम?...कहाँ से आना हुआ?...कहाँ जा रहे हैं?..." साँझ होते ही गाँव की सड़क से या अगल-बगल के खेत-बहियार से पाँच-दस आदमियों का कोई दल गुजरता हुआ दिख जाता, तो पूरे गाँव में रतजगा हो जाता—"जरूर ये सब डकैत हैं...मुझे तो लगता है, काका, यह कैलाश मंडल का ही दल है...सरौनी की ओर गया है...उधर हाथ नहीं लगा, तो इधर भी धावा बोल सकता है...साहू परिवार को खबर दो..."

तब किसी पाहुन के गाँव में घुसने के पहले ही उनके आने की खबर पूरे गाँव में फैल जाती थी। दूर से ही देखकर खेत में काम कर रही कोई कलिया-फूलिया अचानक बोल पड़ती, "गे चाची, यह तो सरो का दुलहा मालूम पड़ता है...हाँ, गे भौजी, वही है; देखती नहीं हो, ठेहुना तक ही धोती है...रुको, जरा मुझे उसकी टीक देख लेने दो...हाँ, हाँ, वही है, सरो दीदी का दुलहा..., अचानक खेत में उग गई सारी आँखें सरो के दुलहे को बींधने लगतीं। खिसके हुए सारे आँचल अपनी जगह पकड़ लेते। तंग और फटे कपड़ों में देह सिकुड़ने लगतीं। बूढ़ी औरतें तक अपने मुखड़े छिपाकर अपनी आँखें दुलहें पर लगा देतीं। लड़ती-चिल्लाती औरतें तक अचानक पिंजड़ों तक बन्द हो जातीं। गाँव में घुसते-घुसते कितने ही छोकरे जीजाजी के साथ लग जाते थे। अब तक तो मेहमान की आने की खबर सरो दीदी के पास पहुँच जाती। और सरो दीदी उनकी पहली झलक लेने के लिए किसी गाछ-टाटी की ओट ले लेती, या कोई खिड़की पकड़ लेती और आह्लादित होते हुए देखती अपने...! तब पाहुन के आते ही आँगन और दरवाजे पर भीड़ लगने लगती थी। तब सरो दीदी का दुलहा नहीं, गाँव का दामाद आया करता था।

जमाना बैलगाड़ियों का था और गाँव से गुजरनेवाली हर बैलगाड़ी गाँववालों का ध्यान आकृष्ट कर लेती थी। शाम में बैलगाड़ियों की गिनती तक मिला ली जाती..."आज तो दस बैलगाड़ियाँ गुजरी हैं इधर से...दस या नौ?...नौ नहीं, दस, चाचा; दस। आप तो हुक्का गुड़गुड़ाते हुए भी ऊँघते रहते हैं। आपकी गिनती कभी सही भी हुई है...आज दो दुलहे पालकी से गए हैं...आज जो बारात गुजरी है वह सिरसिया के मांगन यादव के यहाँ गई है...आज तो लक्ष्मीपुर के सत्तो बाबू की टोपर गाड़ी भी गुजरी है इधर से।

बेटी ग्वालपाड़ा जा रही होगी; वहाँ तो समधियाना है उनका...सत्तो बाबू की गाड़ी नहीं थी वह, कैसे नहीं थी? टोपर पर लिखा हुआ था—सत्यवान मेहता, ग्राम—लक्ष्मीपुर, जिला—सहरसा...सिर्फ टोपर सत्तो बाबू का था, गाड़ी महिखंड की थी। उस गाड़ीवान को तो मैं पहचानता भी हूँ...पहचानते हो तो क्या हो गया? महिखंड का गाड़ीवान सत्तो बाबू के यहाँ नहीं रह सकता?...सत्तो बाबू के लिए लक्ष्मीपुर में गाड़ीवानों की कमी है क्या?...ओह, छोड़ो भी, इस झगड़े से नमक-रोटी मिलेगी क्या?..."

फिर राजगंज का ऐसा सौभाग्य आया कि साहू परिवार ने एक हाथी खरीद लिया। गाँव में एक दर्शनीय हथसार बन गई। राजगंज अब हाथीवाला राजगंज कहलाने लगा। हाथी ऐसा सौभाग्य लेकर आया साहू परिवार के लिए कि वहाँ रोज आमंत्रणों की वर्षा होने लगी। शादी-ब्याह और भोज-भात से फुरसत ही नहीं मिलती थी हाथी को। नन्हे साहू या मुन्ने साहू को भी कहीं जाना होता, तो वे हाथी लेकर ही जाते। बच्चों को पाठशाला भी हाथी से ही पहुँचाया जाने लगा। गाँव के हाथी की चर्चा गाँव में एक बार जरूर हो जाती...साहू का हाथी आज बेलाही गया है...गमैल के पंचानन सिंह आज उनका हाथी माँगकर ले गए हैं...आज साहू का हाथी ग्वालपाड़ा के जयकृष्ण बाबू के मेहमानों को पहुँचाने अरार गया है, अपना हाथी आज मधुकरचक में था..." राजगंज के लोग कहीं बाहर अपना परिचय देते हुए अपने हाथी का हवाला जरूर दे देते थे और हाथोंहाथ इज्जत-आदर पा लेते। इलाके में राजगंज ने अपना नाम पैदा कर लिया।

रेलगाड़ी आई, तो कारी मड़ड़ के बाबा बमके जरूर उस सरकार पर जिसने गली-गली में रेल चला दी और अब मधेपुरा-सहरसा जाने के लिए उनकी बैलगाड़ी किराये पर ले जानेवाला कोई नहीं रहा, मगर अब रेलगाड़ी पर चढ़ने के सुख और गौरव पर अकेले साहू परिवार का एकाधिकार समाप्त हो गया। अब कोई मूँछें ऐंठकर यह नहीं कह सकता था कि वह उन गिने-चुने लोगों में से है जो रेलगाड़ी की सवारी कर चुके हैं। एक जमाना था कि रामजी साहू के पिता की अरथी को गाँव के पचीसों आदमी कन्धे बदल-बदलकर काढ़ागोला घाट तक पहुँचाने गए थे। एक जमाना आया कि गाँव के दुग्गी-तिग्गी भी गंगा स्नान करने रेलगाड़ी से काढ़ागोला घाट जाने लगे। अगहनी अच्छी हुई, तो मामूली बीमारी में भी लोग पूर्णिया अस्पताल तक धावा मारने लगे। साधारण हैसियतवालों के बच्चे भी मुंगेर और भागलपुर के महाविद्यालयों में पढ़ने के लिए जाने लगे। अब तो गाँव के किसान गाँव में आए व्यापारियों को खड़ा जवाब दे देते, "इस दाम पर खरीदना हो, तब तो ठीक; नहीं तो हम बेच आएँगे अपना अनाज खगड़िया जाकर। नौगछिया के व्यापारियों से भी बात हो गई है, नौगछिया ही चले जाएँगे। अब कोई मंडी है ऐसी जो हमारी देखी हुई नहीं है?" अब पटना भी दूर नहीं रहा। राजगंज के ढेर सारे लोग बिना टिकट पटना जाने लगे, कभी आन्दोलन करने, कभी किसी नेता का भाषण सुनने, और कभी, मन आ गया तो, वहाँ लगी कोई प्रदर्शनी ही देख आने।

मगर दिल्ली अभी भी दूर थी। अभी तक भी राजगंज का कोई आदमी दिल्ली नहीं जा पाया था। जिस राधे मास्टर के पास दिल्ली से सुरक्षित लौट आने के सम्बन्ध में सलाह-मशवरा करने आया था बदरी दास, खुद उस राधे मास्टर ने भी दिल्ली नहीं देखी थी।

राजगंज को बहुत कुछ मिल गया था, मगर अपनी जमीन का एक नेता नहीं मिल पाया था। इलाके के नेता बाबू राजो मिसर की नजरों में उपेक्षित रहा था राजगंज। साहू परिवार का हाथी भी कोई नेता पैदा नहीं कर सका अपने राजगंज में। जब बाबू राजो मिसर का ही काम-धाम अचानक बहुत बढ़ गया और उन्हें राजगंज के लिए भी एक नेता की जरूरत पड़ गई, तो उन्होंने बदरी दास को वहाँ का नेता चुन लिया। और बदरी दास इतना लायक साबित हुआ कि इस बार जब राजो मिसर दिल्ली को हिलाने चले हैं, तो अपने साथ बदरी दास को भी लिये जा रहे हैं।

बाजी मार ली बदरी दास ने, साहू परिवारवाले मुँह देखते रह गए। कई दिनों से राजगंज की हर जबान पर इस बात की चर्चा थी कि इस बार बाबू राजो मिसर के साथ अपना बदरी दास भी दिल्ली हिलाने जा रहा है। गाँव में इतने जोर-शोर से कोई चर्चा सिर्फ एक बार पहले तब हुई थी जब रामजी साहू के बड़े बेटे कैलाश साहू को धक्का-मुक्का के बाद महाविद्यालय का मुँह देख आने के लिए आवश्यक अनुमति-पत्र विद्यालय परीक्षा समिति की ओर से प्रदान कर दिया गया था।

गाजे-बाजे के साथ कैलाश बाबू को हाथी पर बैठाकर गाँव के एक छोर से दूसरे छोर तक घुमाया गया था। सर्वत्रा यह चर्चा होती रही थी कि अब लड़का जल्दी ही दरोगा या जज हो जाएगा। राजगंज का हर एक आदमी अपने को पहले से कुछ बड़ा महसूस कर रहा था। अब तो राजगंज घर में सुख की नींद सोएगा; और घर के बाहर अगर कभी किसी आदमी ने आँय-बाँय बकने की कोशिश की, तो तुरन्त उस पर फौजदारी ठोंक दी जाएगी—"अब मरो, साले; समझ क्या रखा था!"

और आज फिर राजगंज के हर आदमी का सीना कुछ अधिक चौड़ा हो गया था। 'राजगंज का एक आदमी दिल्ली हिलाने जा रहा है', हर जबान यह कहते हुए थक नहीं रही थी। गाँव के बूढ़े भी आँखों में चमक लिये बोल रहे थे, 'वाह! बदरी डिल्ली जा रहा है।'

'डिल्ली' जा तो रहा था बदरी, मगर दिल में धुकधुकी पैदा हो गई थी; शहर दिल्ली जाना और सकुशल लौट आना कोई मामूली बात तो नहीं! राजो बाबू की बात और है; वे दिल्ली जाते ही रहते हैं। बदरी दास को तो बहुत सावधान रहना होगा। एक बार राजो बाबू का साथ छूटा, तो फिर दिल्ली शहर में उन्हें ढूँढ़ निकालना सम्भव नहीं होगा। बदरी दास ने राधे मास्टर से कहा, "सुनो, मास्टर, जा तो रहा हूँ, मगर जरा तैयार होकर जाना पड़ेगा। सुनते हैं, बड़ा फरेबी शहर है दिल्ली। एक से दो भले, इसलिए साथ में गुजाय को भी लिये जा रहा हूँ। कहीं तकरार की नौबत आई, तो कोई एक तो पीठ पर रहेगा। शहरों के तौर-तरीके तो मालूम हैं तुम्हें! तुम ऐसा करो कि गलतियों

की एक सूची बनाकर दे दो मुझे, ताकि वहाँ मुझे कोई धोखा होने न पाए और किसी बखेड़े में मैं न पड़ूँ। अगर वहाँ मेरी किसी गलती पर कोई गँवार कहकर भी मेरी हँसी उड़ाता है, तो राजगंज की इज्जत में भी बट्टा लग जाएगा। मैं तो पूरे गाँव की इज्जत के लिए तुमसे मदद माँगने आया हूँ।"

हँसी छूट गई थी राधे मास्टर को और उसने हँसते हुए ही कहा था, "सुनिए, नेताजी, ऐसी कोई सूची गलतियों की नहीं बनाई जा सकती। अपनी अक्ल से ही काम लेना होगा। ऐसे कुछ मोटी बातें, कहो तो, बता दूँ। मगर यह पहले ही सुन लो कि अभी तक दिल्ली मैं भी नहीं गया हूँ।"

"नहीं गए हो," बदरी बोला, "मगर तब भी तो दिल्ली के बारे में बहुत कुछ सुना ही होगा, किताबों में भी बहुत कुछ पढ़ा होगा।" और फिर शान से कहा बदरी दास ने, "बस, पहली बार किसी तरह वापस आ जाऊँ मैं इज्जत बचाकर; फिर तो मैं खुद दस-बीस को वहाँ से घुमा लाऊँगा। बता दो, कुछ मोटी बातें ही बता दो।"

राधे मास्टर ने शशांक की ओर देखा, उससे भी कुछ मदद माँगी और फिर अपने दिमाग पर जोर लगाने लगा। शशांक मुस्कराता हुआ अपने मसखरे दोस्त की ओर देखता रहा; और गुजाय ने हर मुँह की बात सुन लेने के लिए एक बार जो अपना मुँह खोला तो अन्त खोले ही रह गया।

पहली मोटी बात राधे मास्टर ने झटपट सोच ली और बदरी को पढ़ाया, "दिल्ली शहर में घुसते ही सावधान हो जाना कि कुछ देखते ही मुँह से चीखें न निकलने पाएँ!"

"चीखें! कैसी चीखें, यार?" बदरी दास ने सवाल किया। गुजाय ने इसी वक्त अपना मुँह खोल दिया था।

"दिल्ली में ऐसी-ऐसी चीजें हैं कि पहली बार देखते ही मुँह से बरबस चीखें निकल पड़ें। और तो कुछ नहीं होगा, मगर लोग हँस पड़ेंगे, फुसुसाएँगे, 'गँवार है'; पूछ भी सकते हैं, 'भाई साहब, कहाँ घर है आपका?'"

"मैं तो चीखनेवाला नहीं हूँ, यार, आसन बदलकर अपना विश्वास प्रकट किया बदरी दास ने, और फिर गुजाय से बोला, "सुन लो, गुजाय, वहाँ कुछ देखकर चिल्ला मत पड़ना 'रे बाप! गे माँ! कमाल है! वाह, भाई वाह!'"

मुँह पहले से खुला था, अब दिल की धड़कनें तेज हुईं गुजाय की।

राधे मास्टर आगे बढ़ा, "शहर की सड़कें तुम्हें देखकर खुश होंगी। दो-चार आदमी मोटरगाड़ियों के नीचे दबकर नहीं मरें, तो शहर की इज्जत को बट्टा लगता है। तब शहर शहर नहीं हुआ, एक बड़ा गाँव हो गया। अपनी जान का खयाल रखना, भाई।"

"ओह, उधर से निश्चिन्त हूँ मैं," लापरवाही जताते हुए बोला बदरी दास, "अब दाएँ-बाएँ चलना मैंने सीख लिया है। सड़क पार करने में भी माहिर हो गया हूँ मैं! गुजाय को भी मरने नहीं दूँगा...गुजाय! मेरा साथ कभी मत छोड़ना। भीड़-भाड़ में मेरा हाथ पकड़ लेना...याद कर लो, मेरा हाथ पकड़ लेना है।"

गुजाय की आँखों के सामने पूर्णिया अस्पताल के पास का वह दृश्य याद आ गया जिसमें एक लावारिस लाश को ठेले में लादकर एक डोम काफ़ी बेरहमी और लापरवाही के साथ कप्तान पुल में फेंकने जा रहा था और उस लाश की दाह-क्रिया के लिए दिये गए सरकारी पैसे से दारू पीकर आनन्द-मौज करनेवाला था। उस लाश पर भिनभिनाती हजार-हजार मक्खियों की भीड़ की एक-एक मक्खी नजर आने लगी गुजाय को।

राधे मास्टर ने इस बार झूम-झूमकर सोचा, फिर झूमने के दौरान मुँद गई आँखों को खोलकर बदरी दास पर निगाहें टिकाईं और मुस्कराते हुए बोला, "एक बात और कह ही दूँ, बदरी भाई; बुरा मत मानना। यहाँ जो खेत-बहियार में निकलते ही किसी को देखकर चिचिया-चिचियाकर गाने लगते हो 'चल गे गोरिया रहर के खेत में' उस आदत से बाज आना, और भूल से भी वहाँ किसी गोरी-चकोरी को देखकर अलाप शुरू मत कर देना।"

"छी छी छी छी! कैसी बातें बोल गए! अभी भी तुम मुझे ऐसा-वैसा समझते हो, यार? अब गाँव-परगना में मेरी इज्जत है; पंचायतों में जाता हूँ मैं। अब तो मुझे खुद छिछोरे छोकरों पर नजर रखनी पड़ती है। छी छी छी, क्या बोल गए!! तुम्हें कुछ पता नहीं कि अब मैं कहाँ पहुँच गया हूँ।"

गुजाय के दिमाग में परसों की बात कौंध गई। बदरी दास ने बड़ी चालाकी से पूछा था उससे, "दल्लू की बेटी मनोरिया बहुत छम-छम करती रहती है आजकल। गदरा गई है साली। कैसा चाल-चलन है उसका, रे गुजाय?" गुजाय ने सोच लिया कि अगर वह बदरी दास के साथ गया भी, तो रेलगाड़ी में चढ़ने के पहले उससे अपना चाल-चलन ठीक रखने के लिए किरिया खिला लेगा।

सोच-विचारकर राधे मास्टर ने एक और चेतावनी दी, "वहाँ भोजनालयों में भोजन या जलपान करते वक्त आत्मा को बहुत तृप्त करने की कोशिश मत करना। ऐसा मत समझ बैठना कि भात के साथ दाल और रोटी के साथ तरकारी मुफ्त दी जा रही है। हर चीज की कीमत दरियाफ्त कर लेना, तब कहीं आसन जमाना खाने-पीने के लिए; नहीं तो, भैया, डकार लेते ही जब आत्मा की तृप्ति की कीमत सुनाई जाएगी, तो पूज्य पिता का स्मरण हो आएगा और जोर-जोर से पिता को पुकारने के बावजूद भोजनालय का मालिक सुबह-शाम एक-एक सूखी रोटी और काम के वक्त आँसू बहाने की इजाजत देकर कुछ महीनों के लिए भिनसार से आधी रात तक जूठे बरतन माँजने पर बहाल कर लेगा; या फिर, अपनी टेंट से कुल रकम पाँच-सात रुपये सत्तर-अस्सी पैसे और गुजाय के बटुए की कुल रकम तीन-चार रुपये पचास-पचपन पैसे से हाथ धोकर और उस मालिक को अपनी-अपनी देह से धोती, कमीज, गंजी, गमछा वगैरह उतार-उतारकर दे देने के बाद एक लँगोटी के सिवाय और कुछ वस्त्र धारण किये बगैर आत्मा को तृप्त कर लेने की गलती के लिए माफी माँगकर दिल्ली की गलियों में फ़कत लँगोटी

में तुम तो चिल्लाते रहोगे, 'जो दुखिया को देगा दान' और बहरों को भी सुना देने के लिए तुमसे अधिक जोर लगा-लगाकर गुजाय चिचियाएगा, 'उसका भला करेगा राम'!"

बदरी दास की उन्मुक्त हँसी का साथ गुजाय ने अपनी मरियल मुस्कराहट से दिया। मुस्कराने से पहले ही उसे खयाल आ गया कि उसकी मौत के बाद किस तरह उसकी भाभी उसकी बीवी को झोंटा पकड़कर और उसके बच्चों को झाड़ू मारकर घर से बाहर कर देगी। उसने झटपट यह निर्णय ले लिया कि कम-से-कम एक पसेरी सत्तू तो अवश्य वह अपने साथ ले लेगा, और बदरी दास को भी साथ-साथ कह देगा कि वह भी झोली-भर सत्तू साथ लेकर जाए; क्योंकि और किसी चीज का लेन-देन गुजाय दिल्ली में भले कर ले, मगर अपना चुटकी-भर सत्तू भी, आदमी तो क्या, भगवान को भी उधार-पैंचा नहीं देगा वह।

"यह हँसी गायब हो जाएगी, बदरी भाई," बदरी दास को बहुत हँसते-खिलखिलाते देख राधे मास्टर ने कहा, "जब दिल्ली में जेबकतरों से पाला पड़ेगा।"

"जब दिल्ली में रहूँगा, तो इतना बेखबर नहीं रहूँगा, राधे मास्टर, कि जेब कट जाए," बदरी दास ने बहुत ऐंठ के साथ कहा।

"वह तो दिल्ली से लौटकर आना, तब बताना कि वहाँ तुम कितने खबरदार थे। अभी इतना जान लो कि हिन्दुस्तान के बड़े-बड़े जेबकतरे भी दिल्ली से अपनी जेबें कटाकर वापस लौटते हैं।"

"तब ऐसा करूँगा, मास्टर," बदरी ने अपनी अक्ल का परिचय देते हुए कहा, "कि बटुए को लँगोटी के अन्दर डाल लूँगा और जेबे खाली रखूँगा।"

"ना ना ना ना, ऐसा मत करना," मास्टर ने सिर हिलाते हुए कहा, "तब तो खतरा और भी बढ़ जाएगा। जेब बिलकुल खाली देखकर जेबकतरा भारी गुस्से में आ जाएगा और आसपास की भीड़ का भी लिहाज छोड़कर जोरदार तमाचा जड़ देगा गाल पर, और ढीठ होकर बोलेगा, 'साले, जेब में कानी कौड़ी नहीं, और चले आए हो दिल्ली। बाप की दिल्ली है क्या?' उसका सगुन खराब न हो, इतना खयाल तो जरूर रखना।"

गुजाय को याद आया, घर में एक खोटा सिक्का पड़ा है एक रुपया का। पूरे सात बरसों तक उसकी घरवाली उस सिक्के को खालिस चाँदी समझकर अपनी मोटरी में बाँधकर रखे रही और हर हफ्ता उसके दर्शन से लाभान्वित होती रही। आठवें वर्ष में इस घरवाली की किसी भारी जरूरत ने उस सिक्के को मोटरी से निकाल बाहर किया। पर चाँदी की चमक उस वक्त बिलकुल गायब हो गई जब राजगंज, पुरैनी और चौसा के सात सुनारों ने परस्पर कोई मंत्रणा या षड्यंत्र किये बगैर और गुजाय की चिरौरी और दीनता का कोई असर लिये बगैर उस सिक्के को चाँदी तो क्या, चाँदी की छाया तक मानने से साफ इनकार कर दिया। तब रो-धोकर घरवाली ने उस चाँदी को रुपया बराबर मान लिया। मगर पिछले तीन बरसों में एक रुपये की भी कोई चीज खरीद लेने की कोशिशों के दौरान कम-से-कम चौदह दुकानदारों ने उस सिक्के को उछालकर,

पटककर और हथेली पर रगड़कर देखा और जलती निगाहों से खरीदार को घूरते हुए और उस पर धोखेबाजी और धूर्तता का आरोप लगाते हुए सिक्का लौटा दिया। पन्द्रहवाँ दुकानदार सुघनी साह ने तो अच्छी तरह हथेली पर रगड़ा भी नहीं और बगैर कुछ बोले ही सिक्के को सामने सड़क की ओर उछाल दिया। दिल्ली में उसी सिक्के को जेब में हरदम रखे रहने की बात गुजाय ने मन में सोची। सगुन तो हो ही जाएगा जेबकतरों का; गुस्सा तो नहीं आएगा उसे; थप्पड़ तो नहीं मारेगा; यह तो नहीं कहेगा, 'साले, जेब में कानी कौड़ी नहीं है...'

गाँव में कुछ और बातें बाँधकर जब बदरी दास और गुजाय विदा हुए, तो उनके चेहरे से ऐसा लगा कि दिल्ली देखने का सारा आनन्द तो बदरी भैया उठाएँगे और दिल्ली देखने की पूरी कीमत अकेले गुजाय को चुकानी पड़ेगी। गुजाय की गाँठ तो भय से इस तरह भर गई थी कि अब कोई आनन्द बाँधने के लिए उसमें जगह ही नहीं बच रही थी! रास्ते में बड़े ही उदास स्वर में गुजाय ने बदरी दास से कहा, "बदरी भैया, ऐसा करो कि इस बार तुम अकेले ही दिल्ली से हो आओ और मुझे छोड़ दो। घरवाली की तबीयत ठीक नहीं है। बच्चे भी बीमार हैं। जब से घरवाली ने सुना है कि मैं दिल्ली जा रहा हूँ, उसने रोना-धोना शुरू कर दिया है। अकेली औरत बच्चों को कैसे सँभालेगी! मेरा जाना तो नहीं हो सकेगा, बदरी भाई!"

जेब से खोटा सिक्का गँवाकर, गाल पर झापड़ खाकर, सुनकर यह भी सुनकर—'साले,बाप की दिल्ली है क्या?', अगर यहीं किसी जादू-मंत्र से देख लेता वह दिल्ली, तो कितना मजा होता! पर यह भाग्य गुजाय का कहाँ! तब क्या करे वह, मान ले बदरी की बात? दिल्ली देखने का लोभ गुजाय को दो कदम आगे धकेल तो देता था, मगर भय का भूत हर बार ढाई कदम पीछे ठेल देता।

तब भी बदरी ने गुजाय को ठोंक-पीटकर तैयार कर ही लिया। वह रास्ते-भर समझाता रहा था गुजाय को, "ऐसे मत डरो, गुजाय। इस तरह डरोगे, तो क्या कर पाओगे जिन्दगी में? यह दिल्ली किसी गैर की नहीं, अपनी ही है। हम दिल्ली को हिलाने जा रहे हैं; डरेंगे दिल्लीवाले; हमें क्या डर! राजो बाबू तो सैकड़ों बार दिल्ली जा चुके हैं; कभी कुछ बिगड़ा उनका? उनका लोहा तो दिल्लीवाले भी मानते हैं, डरते हैं उनसे। वे तुम्हारे साथ हैं; मैं तुम्हारे साथ हूँ। तब तुम्हें क्या डर, रे गुजाय?

दिल की धुकधुकी जाती ही नहीं थी, पर तब भी अन्दर-ही-अन्दर कलपते हुए राजी हो गया गुजाय। और राजी होते ही वह प्रार्थनाओं में लीन हुआ, "हे प्रभु! राजो बाबू का साथ छूटने न पाए दिल्ली में...छूट जाएँ राजो बाबू, तो बदरी भैया का साथ नहीं छूटे...वह भी नहीं, तो दिल्ली अपनी बन जाए, गैर की नहीं रहे...अपनी हो जाए दिल्ली, हे प्रभु! चरणों में शीश झुकाता हूँ...."

दिल को कड़ा किया गुजाय ने—क्या होगा अधिक-से-अधिक, गला कट जाएगा! और कुछ तो नहीं होगा इस दिल्ली में! और इतना सोचते ही काफी स्थिरता आ गई

गुजाय में। गलतियों की एक सूची प्रकट हो गई उसके सामने; उस सूची को पढ़ लिया, समझ लिया; और अचानक काफी उत्साहित हो उठा गुजाय। गाँठ में जगह बनने लगी आनन्द बाँध लेने के लिए।

शुरू हो गई दिल्ली की तैयारी, और जब तक उन दोनों को लेकर रेलगाड़ी दिल्ली पहुँच नहीं गई, उनका 'दिल्ली प्रवास' नाटक जब-तब, जहाँ-तहाँ मंचित होता रहा...

सामने से आ रही साइकिल को दूर से ही देखकर अचानक बदरी भैया केहुनी मार देते हैं गुजाय को, "सूरदास! सूरदास सामने देखो!"

"क्या हुआ?" गुजाय अचम्भित होकर पूछता है।

"हुआ कुछ नहीं। साइकिल आ रही है; टक्कर से बचो।"

"साइकिलवाले को अपनी जान प्यारी नहीं है क्या?"

"प्यारी तो है, मगर तुम हो कहाँ? पता नहीं, हम दिल्ली की सड़कों पर चल रहे हैं? इस तरह भूलोगे, तो काम चलेगा? बताओ तो, अभी कहाँ हैं हम?"

"अभी हम," अचानक याद कर प्रफुल्लित हो उठता है गुजाय, "हाँ, अभी हम लाल किला के पास हैं।"

"शाबाश!"

गुजाय की नजर अचानक भुट्टा बेचनेवाले पर जाती है और भुट्टा देखकर उसका जी ललच उठता है, "बदरी भैया, एक-एक भुट्टा खा लिया जाए।"

बदरी भैया 'हाँ' कहने को ही होते हैं कि अचानक कुछ सोचकर गुस्साते हुए बोलते हैं, "अबे उल्लू, पहले कीमत तो पूछ लो। देख नहीं रहे हो कि अभी हम चाँदनी चौक में हैं?"

"चाँदनी चौक में?"

"तो फिर कहाँ हैं?" और भी गुस्से में आ जाते हैं बदरी भैया।

"हाँ हाँ हाँ हाँ," गुजाय सिर खुजलाते हुए जवाब देता है, "मुझसे गलती हो गई। मैं तो धोखे में था कि अभी भी हम पूर्णिया में ही हैं।"

"इस तरह धोखे में रहा करोगे, तो फिर भीख माँगोगे बहुत जल्दी; या फिर भुट्टेवाले के भुट्टे पकाते गुजारोगे साल-छह महीने।"

"अरे बाप! यह मकान है या किला! जरूर किसी राजा का होगा।" गुजाय अचानक बोल उठता है।

"क्या कहा?" बदरी भैया आँखें तरेरते हैं।

"हाँ, बदरी भैया, देखिए न, कितना बड़ा मकान है; किसी राजा का ही होगा।"

"तुमने और कुछ कहा?"

"क्या?" गुजाय बुरबक की तरह मुँहबाए बदरी भैया की ओर देखता है।

"तुमने 'अरे बाप!' नहीं कहा?"

गुजाय झूठ बोलने की कोशिश करता है, "नहीं तो।"

"याद करो, तुमने कहा है, अरे बाप!" बदरी भैया अपने कानों पर पूरा भरोसा रखते हैं, "और हमें 'रे बाप! गे माँ!' नहीं चिल्लाना है।"

"मगर अभी तो..."

"कुछ नहीं, हम दिल्ली पहुँच चुके हैं। सूझ नहीं रहा है सामने कुतुब मीनार?"

गुजाय झेंपकर चुप रह जाता है।

सामने से गुजर रही एक रूपवती ने बदरी दास का मन आनन्द से भर दिया। इस दर्शन-लाभ से गुजाय वंचित न रह जाए, इसलिए बदरी ने उसे केहुनी मारी! गुजाय, जो खुद भी कनखियों से उधर ही देख रहा था, बदरी भैया के मन का आशय समझकर ऐंठ गया, "क्या बात है?"

"देख, देख, किस तरह बन-ठनकर चल रही है, और है भी कितनी सुन्दर!"

"तो क्या हुआ?"

"मुझे तो दल्लू की बेटी मनोरिया की याद आ रही है, ठीक से कपड़ा-लत्ता पहने, तो वह इससे कम सुन्दर दिखेगी क्या!"

"बदरी भैया, खबरदार!"

"खबरदार!...क्यों?"

"चाल-चलन ठीक रखिए! हम कहाँ हैं, मालूम नहीं है? देखिए, सामने मैदान में राष्ट्रपति जी टहल रहे हैं।"

"हम हैं दिल्ली में, मगर यह है इलाहाबाद। देखो, वहाँ लिखा हुआ है 'इलाहाबाद'। गाड़ी में बैठे-बैठे हम किसी भी छोकरी को देख सकते हैं, और गाँव की किसी भी छोकरी को अभी यहाँ याद कर सकते हैं।"

"लिखा हुआ कुछ भी हो, 'इलाहाबाद' या 'बनारस', मगर हम हैं दिल्ली में। आप एक बार सामने देख तो लीजिए, राष्ट्रपति जी अभी भी टहल ही रहे हैं।"

"ठीक है, हम दिल्ली में हैं, मगर अमरूद खाओगे? इलाहाबाद का अमरूद बड़ा नामी है।"

"पहले दाम पूछिए।" तड़ाक जवाब देता है गुजाय जोर से।

सचमुच गलतियों की एक सूची लेकर ही बदरी और गुजाय दिल्ली गए थे। लेकिन बचपन शुरू करते ही जब टीपू ने पिता से गलतियों की एक सूची माँगी, तो पिता ने अपनी असमर्थता जाहिर कर दी। संस्कृत के दो-चार श्लोक बाँचकर वे चुप लगा गए और सिर्फ इतना कहा, "ऐसी कोई सूची तो बनाई नहीं जा सकती, बेटे। अपनी अक्ल से काम लेना होगा।"

टीपू ऐसा कोई काम नहीं करता था जिसमें पहले वह अपनी अक्ल न लगा ले और जिसे करने के लिए उसकी अक्ल मंजूरी न दे दे।

अभी तो टीपू ने घर के बाहर झाँकना ही शुरू किया था कि राजगंज के आँगन में फुसफुसाहटें होने लगीं। और फिर नये-नये किस्सों के बीच टीपू का नाम आने लगा।

घर का चूहा गम्भीरता से सोचने लगा, "अब बेहतरी इसी में है कि अपनी पलटन के साथ चुपचाप यहाँ से खिसक जाऊँ। क्या तो सपना देखा था कि इस अगहन में चार शादियाँ करूँगा, और क्या देख रहा हूँ कि अब एक चुहिया का निर्वाह भी मुश्किल! यहाँ तो दाना-पानी जुटाने की बात दूर, बिल में रहने पर आफत है। हे राम! इतना पानी कहीं बिल में डाला जाता है! इतनी उम्र हो गई, ऐसा शरारती बच्चा किसी घर में नहीं देखा।"

इतनी दूर तक खदेड़े जाने पर जोरों का गुस्सा आया बिल्ली मौसी को। टीपू की जद से बाहर आते ही उसने राहत की साँस ली और फिर गुस्से में बुदबुदा उठी, "छि: नाम की मौसी! सात दिनों से इस लौंडे के घर का एक बूँद दूध गले के नीचे नहीं गया है। और, अपने घर से खदेड़ दे कोई किसी को, मगर यह क्या कि सात घरों तक पीछा करे! तब तो मौसी गाँव छोड़कर ही चली जाए। यह कोई सलूक हुआ! ठीक है, आज से उसके घर जाना ही बन्द। कैसी मौसी और कैसा भतीजा! उस घर से तो अब कोई नाता-रिश्ता ही नहीं।"

कुत्तों की आम सभा हुई और सभा में विचार-विमर्श हुआ, 'ग्राम-सिंहों की आबरू मिट्टी में मिल रही है; क्या किया जाए?' शीघ्र ही निर्णय ले लिया गया, 'करना कुछ नहीं है। भूँक-भाँक का कोई असर नहीं है इस लौंडे पर, तो इससे बचकर ही रहा जाए। और जगह ग्राम-सिंहों की तरह ही रहेंगे, मगर इस लौंडे के पास सुग्गा-मैना की तरह रहना ठीक होगा; इसे देखो और तत्काल उड़ जाओ।'

जब भी कोई घोड़ा उस दरवाजे के आगे किसी खूँटे से बँधता है, तो एक बार हिनहिनाकर अपने सवार से जरूर कहता है, "यहाँ तो मत बाँधिए, मालिक। इस घर में एक भारी शरारती बच्चा है, इसकी खबर आपको है या नहीं?थोड़ी ही देर में वह कहीं से हाथ में छड़ी लिये हुए आएगा, छड़ी चमका-चमकाकर अंट-शंट पूछेगा, और जाने से पहले बेवजह दो-एक छड़ी मार देगा।" अब तो राजगंज आनेवाले ऐसे घोड़ों की तादाद काफी बढ़ गई है जो कहीं आपस में मिलते हैं, तो एक-दूसरे से कुशल-क्षेम पूछने के दौरान सबसे पहले यही पूछते हैं, "उस छड़ीवाले लौंडे से इधर भेंट हुई है या नहीं? राजगंज हाट गए थे, तो कहाँ बँधे थे, किस खूँटे से?"

और फिर हर किस्से के साथ टीपू का नाम जुड़ने लगा। घर से बाहर आते ही राजगंज के विस्तार पर उसकी नजर फैल गई। मगर टीपू ने क्या देखा! किसे देखा! देखा तो सबने टीपू को।

गलतियों की एक संक्षिप्त सूची! संस्कृत के कुछ श्लोक!...और उधर...टीपू का लश्कर! बच्चे की अक्ल!...

उस दिन लोगों ने बाजार की सड़कों पर कई कुत्तों को पूँछों में जलती फुलझड़ियाँ बाँधकर दौड़ लगाते देखा और उन्हें दाद दी जिन्होंने इस तमाशे का आयोजन किया था। इस वाहवाही से बहुत उत्साहित होकर घुटरा अपने बाप को सुनाने गया कि टीपू के इस आयोजन की सफलता में उसका भी हाथ रहा है। मगर यह सुनकर खुश होने की बजाय बाप को दुखग्रस्त होते और कुत्ते के काटने पर बेटे के कष्ट के साथ-साथ फुलझड़ी लिये दौड़ रहे कुत्तों के कष्ट का भी रोना रोते देख घुटरा कुछ चिन्तित हुआ, कुछ डरा। इतने लोगों का मनोरंजन हुआ, और तब भी गलती! घुटरा ने टीपू से सुना था कि कुत्ते की पूँछ का इस दुनिया में और कोई उपयोग नहीं है, और अभी पिता को रोते से हँसाने के लिए प्रश्न पूछ बैठा,"अच्छा, बाबू, कुत्ते को भगवान ने पूँछ दी है किसलिए?"

घुटरा के अज्ञानी बाप के पास बेटे के ऐसे आध्यात्मिक प्रश्नों के उत्तर नहीं थे। उसने जवाब दिया, "अब यह मैं क्या जानूँ कि भगवान ने पूँछ क्यों दी!...हाँ, हाँ, जानता हूँ, मक्खियाँ उड़ाने के लिए पूँछ दी है।"

घुटरा सोच में पड़ गया, शायद टीपू को ही पूँछ का उपयोग मालूम न हो; पर तुरन्त ही कुछ सोचकर उसने बाप से पूछा, "बाबू, नाक पर बैठी मक्खी को कुत्ता पूँछ से कैसे उड़ाएगा? पूँछ तो महज बित्ते-भर की होती है।"

'नाक को पूँछ के करीब ले जाकर' और फिर 'पूँछ बीच पेट या पीठ पर क्यों नहीं हुई?' के जवाब में अंट-शंट बककर वह और भी झंझटों में फँसता चला जाएगा, यह सोचकर घुटरा के बाप ने सौ जवाबों के बदले एक जवाब दे दिया, "बस, मैं इतना जानता हूँ कि भगवान ने कुत्ते को इसलिए पूँछ नहीं दी है कि तुम उसमें फुलझड़ियाँ बाँधो।"

बाप के दुख को जरा भी कम न होते देख घुटरा ने कुछ और हिम्मत की, "मगर बाबू, यह आप कैसे जानते हैं?"

घुटरा का बाप इस बार जोर से बिगड़ उठा, "बहस मत करो, नहीं तो तमाचा लगा दूँगा। अगर फिर ऐसी गलती करते देखा, तो...हाँ, याद आया, पूँछ शोभा के लिए दी जाती है। बस, अब मुँह मत खोलो, और कोई बहस नहीं। फिर ऐसी गलती मत करना।"

बहुत मुश्किल से एक गधा पलटन के क़ब्जे में आया था। गधे का मालिक कभी भी प्रकट हो सकता है, यह सोचकर हर बच्चा, जल्दी-से-जल्दी, कहने-भर के लिए भी, उस पर सवार हो जाना चाहता था। अभी हरिया को चढ़ाकर गधे ने दौड़ लगाई ही थी कि उसका अग्रज प्रकट हुआ और गधे के साथ कुछ दूर खुद भी दौड़कर गधे पर बैठे तीन सवारों में से अपने अनुज का कान उसने काफ़ी फुर्ती और सफाई से पकड़

लिया। कुछ सोचकर गधा रुका और सारे बच्चे को अपने-अपने कान लेकर भागते देख खुद भी अपने कान बचा लेने के इरादे से एक ओर बेतहाशा भाग निकला। अनुज का कान पकड़े हुए ही , ताकि कान छोड़कर अनुज भागने की कोशिश नहीं करेगा, अग्रज अपने घर पहुँचा; माँ के प्रश्नवाचक चेहरे पर नजर दौड़ाए बगैर पिता को ढूँढ़ता रहा; और पिता की अनुपस्थिति पर भुनभुना लेने के बाद माँ के सामने अनुज को हाजिर कर उसके कान रगड़ते-मचोड़ते हुए माँ से बोला, "देख लो अपने लाड़ले की करामात, गधे पर चढ़कर आया है!" माँ को तुरन्त कोई प्रतिक्रिया जाहिर नहीं करते देख अग्रज गुस्से में आ गया, "मैं कोई ऐसा काम करके आता था, तो पिताजी लतिया देते थे। उस वक्त तुम मुझे बचाने नहीं दौड़ती थी। मगर इस बेटे को बचाने तुम जरूर दौड़ जाती हो। खूब दौड़ो, मगर सुन लो कि बेटा तुम्हारा बिगड़ रहा है। मैं तो चुपचाप देखता रहूँगा, मुझे कोई मतलब नहीं है इस बिगड़ैल बच्चे से।"

माँ को चेतावनी देकर अग्रज ने अनुज का कान अन्तिम बार खूब जोर से रगड़ दिया और फिर कान को एक झटके के साथ अपनी ओर खींचकर दूसरे झटके के साथ उसे दूर फेंक देने की कोशिश की।

कान के स्वतंत्र होते ही चेहरे से यह भाव प्रकट करते हुए कि 'काश! मैं अग्रज नहीं हुआ और आप अनुज नहीं हुए', हरिया झटपट माँ से सट गया, और फिर माँ की उपस्थिति और पिता की अनुपस्थिति से उत्साहित होकर बोला, "गधे पर मैं चढ़ता हूँ, आपका कलेजा क्यों जलता है? रघुआ भी तो चढ़ा था गधे पर, उसका बाप-भाई तो दौड़ा नहीं आया आपकी तरह? चुल्हवा भी चढ़ा था, घुटरा भी..."

"चढ़ने दो दुनिया को गधे पर," चीख पड़ा हरिया का अग्रज, "तुम्हें नहीं चढ़ना है।"

"हाँ, बेटे," माँ ने दुलार से कहा, "अच्छे लड़के गधे पर नहीं चढ़ते।"

"दुलार मत करो। मैं कहता हूँ, दुलार मत करो, माँ। इसके कुकर्म पर तुम्हें गुस्साना चाहिए।" हरिया के अग्रज चिल्ला-चिल्लाकर कहा।

"टीपू खराब लड़का है क्या?" हरिया ने भी गुस्साकर और चिल्लाकर पूछा, और फिर गधे की सवारी के पक्ष में अपना तर्क प्रस्तुत किया, "जैसे घोड़ा-हाथी की पीठ वैसी गधा की पीठ! घोड़ा है नहीं, हाथी है नहीं, तो गधे की पीठ पर क्यों नहीं चढ़ूँ? बताइए तो, भगवान ने गधे को किसलिए पीठ दी है?"

माँ हँसने लगी, तो हरिया का अग्रज और भी आगबबूला हो गया, "माँ, तुम इसे शह मत दो; अभी भी कहता हूँ कि इसका मन मत बढ़ाओ। मेरा कुछ नहीं बिगड़ेगा; यह लड़का बरबाद हो जाएगा। आने दो पिताजी को," अग्रज अनुज से मुखातिब हुआ, "फिर पता चलेगा कि गधे की पीठ तुम्हारे चढ़ने के लिए है या लात खाने के लिए।"

माँ के मातृत्वहीन आचरण से हरिया के अग्रज के दिल को और दिनों की तरह आज भी काफी ठेस पहुँची, और वह और दिनों की तरह आज भी गुस्से में पाँव जमीन पर पटककर हरिया के भविष्य से अपनी पूरी लापरवाही जाहिर करते हुए वहाँ से दूर

हो गया। जाते हुए अग्रज को मुँह दूसकर विदा करने के बाद हरिया ने माँ से पूछा, "माँ, गधे पर चढ़ना गलत है?"

कुछ तो अपनी शेखी बघारने और कुछ-कुछ माँ को चिन्तामुक्त रखने के इरादे से घर से बाहर निकलने के पहले रघुआ ने अपनी माँ से कहा, "माँ, मैं आज जरा देर से आऊँगा। अगर कुछ अधिक देर हो जाए, तो तुरन्त मेरी खोज में किसी को दौड़ा मत देना!"

"देर क्यों होगी? कहाँ जा रहे हो?" अनाज फटकना रोककर माँ ने पूछा।

महाबली भीम की हिम्मत और ईसा मसीह की नम्रता का एक साथ प्रदर्शन करते हुए बेटे ने जवाब दिया, "भूत देखने जा रहा हूँ मैं!"

"हाय राम! क्या बोल रहा है!" अनाज फटकना बन्द हो गया माँ का, "कहाँ जाओगे भूत देखने, बोलो तो?"

माँ की घबराहट को बिलकुल दूर कर देने के इरादे से बेटे ने कहा, "तुम बिलकुल नहीं घबराओ, माँ। कारी मड़ड़ के बगीचे में एक भूत है जिसके पास सुँघनी साह का लोटा है। हमलोग लोटा माँगने जा रहे हैं। डर की कोई बात नहीं है; हम पाँच-सात लड़के एक साथ जाएँगे।"

माँ, जो बेटे की बात ध्यानपूर्वक सुन रही थी, बोल उठी, "चुपचाप घर में बैठो; किसी भूत-ऊत के पास नहीं जाना है।"

बेटा पहले खूब हँसा और फिर बोला, "तुम डर क्यों रही हो? मैं अकेले तो नहीं जा रहा हूँ। हम पाँच-सात रहेंगे; साथ में टीपू भी है। भूत हमारा कुछ नहीं बिगाड़ सकेगा। लोटा नहीं देगा, तो हमलोग लड़ाई थोड़े ही करेंगे; चुपचाप वापस लौट आएँगे। भेंट होगी, तो एक तकाजा-भर कर देना है। तुम डरो मत, बेफिक्र रहो।"

"कह तो दिया, कहीं नहीं जाना है।" माँ बेटे की बात मान लेने को बिलकुल तैयार नहीं हुई।

"ठीक है, लोटा नहीं माँगूँगा; भूत तो देख आऊँ। भूत को देखने भी नहीं जाऊँ क्या?"

"तुम्हारे बाप ने देखा है भूत को, जो तुम देखने जाओगे?" बिगड़कर माँ बोली, "भूत क्या तुम्हें दर्शन देने के लिए बैठा रहेगा वहाँ?"

"माँ," बहुत शान्त स्वर में बेटे ने माँ से कहना शुरू किया, "हमें इस बात की पक्की खबर है उस बगीचे में भूत बिलबिलाते रहते हैं दुपहरिया में। पिताजी ने नहीं देखा है भूत मगर राजगंज के सैकड़ों लोगों ने तो उस बगीचे में ही देख लिया है भूत को। राधे मास्टर का चरवाहा भला झूठ क्यों बोलेगा कि एक दिन वहाँ भूत से भेंट हुई थी और भूत ने उससे नकिया-नकियाकर एक जूम खैनी माँगी थी? अगर उस बगीचे में पाखाना करते वक्त सुँघनी साह टहटह दुपहरिया में बबूल गाछ से भूत को उतरते नहीं देखता, तो क्या वह अपना लोटा छोड़कर भागता? फेकू दास को वहाँ किसने उठा-उठाकर पटका था? तुमने भी तो मुझे यह बताया था कि एक बार

अरार घाट पर एक बनिया से भूत रात-भर नदी का पानी तौलाता रहा था। मैं भी भूत देख लूँ, तो क्या हर्ज है, माँ! कोई खतरा नहीं है। हम सब एक ही रस्सी से बँधे रहेंगे, ताकि कोई अकेले भागने न पाए। बहुत मुश्किल से तो भूत देखने का एक आयोजन हुआ है। नहीं जाऊँगा, तो मन में क्या सोचेगा टीपू? मुँह दिखाने लायक भी रहूँगा अपने संगी-साथियों के बीच? सब कहेंगे, 'बड़ा डरपोक है रघुआ।' मुझे जाने दो, माँ।"

"ऐसी गलती मत करो, बेटा। भूत-प्रेत के पास जाना ठीक नहीं; उनकी नजर से दूर ही रहना चाहिए। तुम अपने संगी-साथियों को भी मना कर दो।"

"अच्छा, तो फिर उन्हें मना करके ही आता हूँ।"

टीपू तब उदास होता है जब पिता से अपनी गलतियों का पता चलता है उसे। मगर उसका क्या दोष? वह तो कुछ भी गलत करना नहीं चाहता, अपनी गलतियों के लिए खुद को सजा तक दे देना चाहता है।

बहुत आनन्दित हुआ शशांक उस दिन जब टीपू अपने कई साथियों के साथ एक रोते हुए साथी को लिये हुए पिता के पास पहुँचा और निर्भीक होकर बोला, "पिताजी, मैंने इसे मारा है; लेकिन पहले पूरा किस्सा सुन लीजिए, और तब बताइए कि क्या मैंने कोई गलती की है।"

किस्सा सारे बच्चों ने मिल-जुलकर सुनाया। किस्से का आरम्भ टीपू ने किया, "परसों..."

दो दिन पहले की बात थी कि टीपू घर से मिश्रीकन्द खाते हुए निकला था और खेल में शामिल होने आ गया था। टीपू को मिश्रीकन्द खाते देख चुल्हवा उसकी बगल में आ खड़ा हुआ था और ललचाई नजरों से उसकी ओर निहारने लगा था। जब देर तक उसके इस अभिनय से बिलकुल बेअसर रहा टीपू, तो चुल्हवा को अपना मुँह खोलना पड़ा, "मुझे भी एक कौर दोगे, टीपू?"

एक कौर! एक पूरा कौर! इतना भारी खतरा कैसे उठाता मात्र एक मिश्रीकन्द का मालिक! चुल्हवा के दन्तालय का आकार और उसकी दन्त-पंक्ति की धार बच्चों के बीच बराबर चर्चित होती रही थी। तब भी खतरा उठाया टीपू ने। 'छी छी' की मुद्रा में एक नजर चुल्हवा पर डालकर और महज दो-एक बार उसे जिभला कहकर टीपू ने मिश्रीकन्द पर मात्र एक दन्ताघात के लिए उसे अनुमति दे दी, और हाथ के फल को इस चतुराई से पकड़े रहा कि फल का कोई बड़ा टुकड़ा चुल्हवा के मुँह में जाने न पाए।

उसी चुल्हवा ने, सारे बच्चों ने एक स्वर से कहा, आज टीपू के साथ बड़ा ही बुरा सलूक किया।

आज जब चुल्हवा भी एक गोंद का लड्डू खाते हुए टीपू के करीब आ गया था, तो टीपू को बरबस यह महसूस हो गया कि चुल्हवा ने ऋण से उऋण होने का

मौका निकाला है। बस एक इशारा कर देने के इरादे से टीपू ने पूछा, "क्या खा रहे हो, चुल्हवा?"

चुल्हवा को अचानक अपनी इस भारी गलती का अहसास हुआ कि वह गोंद का लड्डू उस लड़के के सामने खा रहा है जिसके तुच्छ मिश्रीकन्द का एक तुच्छ टुकडा बुद्धि-मोह में पड़कर उसने किसी जमाने में एक बार खा लिया था। वह इतना चिन्तित हो उठा कि टीपू के सवाल का जवाब तक नहीं दे पाया।

चुल्हवा का चिन्तित होना गैरवाजिब नहीं था। न जाने किस मनोरंजक दृश्य की तलाश में कोई मेहमान सात बच्चों के परिवार में गोंद के सिर्फ चार लड्डू लेकर आए थे। अपनी इतनी कम उम्र में ही वह अब तक दो-तीन बार गोंद के लड्डू चख चुका है, माँ के इस कथन पर चुल्हवा ने बेमन से विश्वास तो कर लिया, मगर माँ के इस आदेश को मानने से साफ इनकार कर दिया कि एक लड्डू का आधा टुकड़ा लेकर वह सन्तुष्ट हो जाए और घर में उत्पात मचाने की अपनी धमकी वापस ले ले। छल-बल-कौशल से एक पूरा लड्डू हथिया लेने में कामयाब होते ही तुरन्त घर से बाहर निकल जाना जरूरी हो गया चुल्हवा के लिए, क्योंकि इस बात का कोई भरोसा नहीं था कि क्षण-माशा-क्षण तोला माँ कब किस बच्चे को अचानक सबसे अधिक प्यार करने लगेगी और तब चुल्हवा के हाथ का अधखाया लड्डू भी झपट लेने से बाज नहीं आएगी, और इस बात का पूरा-पूरा विश्वास था कि माँ के आह्वान पर पिताजी दुकान का हर जरूरी काम छोड़कर कोई वजनदार बटखरा लिये अगिया बैताल की मुद्रा में घर के अन्दर दौड़ आएँगे।

जिस वक्त टीपू ने पूछा, "क्या खा रहे हो, चुल्हवा?" उस वक्त चुल्हवा इसी दुर्लभ लड्डू को खा रहा था। उस बेचारे को क्या पता कि घर के बिच्छुओं से बच निकलने के बाद विषधर से सामना हो जाएगा!

चुल्हवा को खाने में ध्यानमग्न देखकर टीपू ने कहा, "तुम लड्डू खा रहे हो; खिलाओ मुझे भी।"

इस बार चुल्हवा ने झटपट जवाब दिया, "मेरे पास सिर्फ एक लड्डू है।"

"मैं सिर्फ एक कौर खाऊँगा," टीपू ने कहा।

कब का खाया मिश्रीकन्द का वह छोटा-सा टुकड़ा जहर हो गया चुल्हवा के लिए। कहाँ मिश्रीकन्द और कहाँ गोंद का लड्डू! इसी राजगंज की हाट में मिश्रीकन्द बोरों में भरकर आता है और 'ले दही' की तरह मन और पसेरी के भाव से बिकता है। मगर, गोंद का लड्डू! माँ बताती है—पता नहीं, सच या झूठ!—कि वह पहले भी चख चुका है। इतनी बड़ी उम्र, और अभी तक बस चखा है कभी एक-आध बार।

चुल्हवा ने हर ओर से अपना ध्यान खींचकर पूरा ध्यान अपने लड्डू पर लगा दिया। टीपू ने देखा कि लड्डू की शक्ल में जो पूर्णमासी का चाँद उगा था वह तेजी से अमावस की ओर बढ़ता जा रहा है। और जब टीपू ने देखा कि उसके हक का आखिरी

हिस्सा भी उससे छीना जा रहा है, तो उसने आव देखा न ताव और नाप-जोखकर एक मुक्का चुल्हवा के गलफड़े पर जमा दिया।

टीपू का कहना था कि चुल्हवा भी 'छी छी' की मुद्रा में एक बार उसकी ओर देख लेता, दो की बजाय दस बार उसे जिभला कह लेता, पर कम-से-कम एक बार तो उसे अपने लड्डू पर दाँत गड़ाने दे देता। टीपू की पुख्ता राय थी कि उसने बहुत ही वक्त पर मुक्के का सही उपयोग किया है और किसी भी मुक्के का इससे बेहतर उपयोग आज तक कभी नहीं हुआ होगा।

टीपू ने यह भी स्पष्ट कर दिया कि अपनी बपराहट-छटपटाहट की मारफत चुल्हवा जिस मार का इजहार करना चाहता है वैसी मार उसे लगी नहीं है। सच तो यह है, टीपू ने पिता के आगे सच उगल दिया, कि उसका इरादा मारने-पीटने का नहीं, बस इतना-भर था कि एक दगाबाज दोस्त को गोंद के लड्डू से गोबर के लड्डू का स्वाद मिले।

बच्चों की अदालत में उस वक्त ही इस मामले को रखा था टीपू ने और किसी भी फैसले को बेहिचक स्वीकार कर लेने की बात जाहिर कर दी थी, पर वहाँ तो हर बच्चे की नजर में चुल्हवा ही दोषी ठहराया जा रहा था।

जब चुल्हवा ने बच्चों का फैसला सुनकर भी आँसू बहाना बन्द नहीं किया और ऊपर से अपने पिता के पास जाकर शिकायत कर देने की भी धमकी दी, तो टीपू ने उसे पकड़ लिया और कहा, "पहले मेरे पिताजी के पास चलो।"

सारे बच्चे चुल्हवा को ठेलते हुए ले आए।

पिता की राय में फिर गलती हो गई टीपू से, उसे मुक्का नहीं चलाना चाहिए था। उदास जरूर हो गया टीपू, मगर पिता के फैसले का जरा भी विरोध नहीं किया उसने। उलटे उसके मन में यह बात आई कि अगर मुक्का चलाना जुर्म था, तो पिताजी के अनुसार महज माफी माँग लेना इसकी सजा नहीं हुई।

शशांक बाद में यह सुनकर थोड़ा विचलित भी हुआ था कि वहाँ से निकलते ही टीपू ने चुल्हवा को फिर अकेले में पकड़ लिया था और कहा था, "मैंने एक मुक्का मारा, तुम मुझे पचास मुक्के मार लो।" चुल्हवा सकपका गया था; और जब देर तक उसका हाथ नहीं उठा था, तो टीपू पचास से घटकर बीस पर आया, बीस से दस पर, और पाँच पर आकर अड़ गया। चुल्हवा को मुक्के लगाने पड़े। पहले मुक्के पर डपट दिया टीपू ने, "जोर से मारो"; दूसरे मुक्के पर भौहें चढ़ा दीं, "और जोर लगाओ"; तीसरे मुक्के पर आँखें दिखाईं, "चोट नहीं लग रही है।" पाँचवें मुक्के के बाद देर तक मुजरिम की तरह खड़ा रह गया था चुल्हवा टीपू के सामने।

कोई बचपन उसे मुजरिम मान ले, यह असह्य होगा शशांक के लिए। और फिर अपना टीपू!...हरदम आँखों के सामने रहनेवाला!...सपनों में भी पिता से गलतियों की सूची माँगता हुआ!...

राधे मास्टर ने हँसते हुए कहा था बदरी दास से, "बदरी भाई, जेब पर इतना ध्यान मत रखना कि दिल्ली घूमने का सारा मजा ही किरकिरा हो जाए। एक-आध बार जेब कट भी जाए, तो कोई हर्ज नहीं। अरे यार, अपनी ही दिल्ली है; जेब काटेगी नहीं, तो कैसे बचाएगी अपनी इज्जत-आबरू! और, जेब कटाकर नहीं आओगे, तो कौन मानेगा कि जनाब दिल्ली से आ रहे हैं!

ऐसे ही हर रोज हर बच्चा अपनी जेब कटाकर बिस्तर में रात गुजारता है, और सुबह होते ही फिर निकल पड़ता है 'डिल्ली' घूमने।

जब याद किया जाता है बचपन, तो केवल शरारतें याद आती हैं। ऐसा न हो कि कभी टीपू याद करे अपना बचपन और कुछ याद ही नहीं आए! ऐसा कोई अपराध नहीं करेगा शशांक! भाग-दौड़, उठा-पटक, धूम-धड़ाके के सिवाय बचपन और है क्या!... नहीं, इस पर कोई अंकुश नहीं...निगरानी! केवल निगरानी!

2

अजीब रिश्ता कायम हो गया है बाप-बेटे में!

बादलों के बीच लुका-छिपी, गुफाओं में अभिसार, नन्दन वन की सैर, मन्दाकिनी के रजत उदकान्त पर प्रतीक्षा, सुरांगनाओं से छेड़-छाड़—टीपू हर कहीं उपस्थित हो जाता है ओर बाँहें फैला देता, "पापा!"

थककर चूर बिस्तर पर लुढ़का हुआ हो, तीव्र भूख की खुशखबरी अभी-अभी पत्नी को दी गई हो, बहुत-बहुत दिलचस्प किताब पढ़ी जा रही हो, प्यास बुझाने के लिए एक पूरी सुराही पानी ले आने का हुक्म दिया गया हो, आलस इस कदर हो कि बगल में रखे एक तिनके को भी खिसकाना नामुमकिन—उस वक्त भी दिव्या कह देती कि टीपू देर से घर नहीं आया है, तो...

भूखा, प्यासा और थकान से चूर घर में घुसकर शशांक बिस्तर पर लुढ़कने ही वाला था कि दिव्या ने सुना दिया, "अपने बगीचे की ओर गया था टीपू। दाई ने उसे गाछ पर चढ़ते भी देखा है। बहुत देर हो गई, अभी तक लौटा नहीं है वह।"

शशांक गुस्से से भर गया, पहले तो इस औरत ने बेटे को बगीचे की ओर खुशी-खुशी विदा कर दिया, और अब गीत गसा रही है कि बेटे को गए बहुत देर हो गई। बेटा गाछ पर चढ़ चुका है, इसलिए बीवी पर बरसने का काम अब लौटकर ही किया जा सकता है, यह सोचकर शशांक उलटे पाँव मुड़ा। गाछ पर चढ़ने का ही फल है कि आज भी उसकी दाईं बाँह पीछे की ओर नहीं मुड़ती और पीठ पर साबुन लगाने का काम केवल उसका बायाँ हाथ कर सकता है।

बगीचे में पहुँचते ही शशांक दो-तीन बच्चों को बगटुट भागते देखा, तो उस गाछ का पता लगा लिया जिस पर टीपू चढ़ा हुआ हो सकता था; मगर गाछ की हर शाखा और हर पत्ता को गौर से निहारने के बाद भी किसी प्राणी का पता नहीं चला। टीपू पूरे बगीचे में कहीं जमीन पर नहीं था, तो अवश्य किसी गाछ पर होगा, और होगा तपो इसी गाछ पर होगा, ऐसा अनुमान किया शशांक ने; और फिर जासूसी अन्दाज में गाछ के नीचे खड़ा होकर जोर से बोला, "टीपू, नीचे उतरो।"

"उतर रहा हूँ, पिताजी," आकाशवाणी हुई। और फिर अचानक ही एक आकृति उगी और नीचे की ओर ससरने लगी।

शशांक चुपचाप बेटे को गाछ से नीचे उतरते देखता रहा, और उसे लगा कि जिस गाछ से टीपू आज, अभी उतर रहा है, उस गाछ से कल ही वह गिरा था; एकदम कल की बात।

टहनी टूट गई थी और उसके साथ ही वह जमीन पर गिरा था। टहनी टूटते ही वह संज्ञाहीन हो गया था, मगर जमीन छूने से पहले अधर में एक बार यह अहसास हुआ था कि वह नीचे की ओर चला जा रहा है।

जमीन पर आँखें खुलते ही सबसे पहले उसने यह पता लगाया कि वह लोक में ही है या परलोक पहुँच चुका है। छोटे ममेरे भाई सुबोध को सामने उपस्थित देखकर वह चिन्तामुक्त तो हुआ, मगर इस बात पर उसे बेहद गुस्सा आया कि उसकी ओर से निश्चिन्त और बेखबर होकर सुबोध जल्दी-जल्दी टूटी टहनी के सारे टिकोरे तोड़ लेने में पूरी लगन से लगा हुआ है।

सुबोध, एक भ्राता, ने उसकी जान की जो कीमत लगाई थी उससे तिलमिलाकर वह एकबारगी चीखा, "क्यों, बे उल्लू! मैं इतनी देर से बेहोश था, मगर तुमसे इतना भी नहीं हुआ कि कहीं से पानी लाकर मेरे चेहरे पर छीटें दो?"

टूटी टहनी में अभी भी कुछ ढूँढ़ते हुए सुबोध ने जवाब दिया, "आप बेहोश हुए कहाँ! तुरन्त तो आँखें खोल दीं!" उसकी आवाज से यह नाराजगी जाहिर हो रही थी कि जब बेहोश ही हुए तो फिर इतनी मोहलत क्यों नहीं दी कि वह ठीक से टहनी के सारे टिकोरे तोड़ ले और आराम से एक-आध चख भी ले।

अपने एक-एक अंग को छूकर-हिलाकर शशांक अभी क्षति का अन्दाजा लगा ही रहा था कि सुबोध ने सारे टिकोरे झोली में भरे और शशांक को अकेला-असेवित छोड़कर घर की ओर रवाना हुआ, शायद घरवालों को यह खबर देने कि गाछ से गिरकर भी शशांक ने प्राण-त्याग नहीं किया है। शशांक को इस बात का गुस्सा हुआ कि उसके गाछ से गिरने की खबर लेकर सुबोध तुरन्त घर की ओर नहीं दौड़ गया, और यह सोचकर मार्मिक वेदना हुई कि वह जान-बूझकर इसलिए रुक गया कि मरने-जीने की पक्की खबर लेकर ही घर की ओर बढ़े।

टूटी टहनी पर निगाह टिकाई शशांक ने, टिकोरा एक भी नहीं था; जाने से पहले सुबोध ने अपना काम पूरा कर लिया था।

अब उसने उस वृक्ष को देखा जिसने उसे अधर के रास्ते से जमीन पर भेजा था। वृक्ष को हँसते देख वह उदास नहीं हुआ। जीवन में पहली बार कोई कामयाबी हासिल हुई थी, ऐसा महसूस हुआ उसे। अगर इस तरह बिना किसी नुकसान के ऐसी घटनाएँ होती रहें, तो जीवन सम्पन्न हो जाता है। टहनी टूटी, टाँग नहीं टूटी! अगर इसी परिणाम के साथ कुछ और ऊँचाई से वह गिरा होता, तो और मजा आता। वह एक-एक कर अपने सारे दोस्तों को किसी-न-किसी बहाने यहाँ ले आकर गाछ की ऊँचाई दिखाता और फिर ढेला मारकर वह जगह बता देता जहाँ से वह गिरा था। मगर अभी भी, वह गाछ से गिरा है, यह दौलत तो उसके हाथ आ ही गई है; और दोस्तों को पन्द्रह-बीस हाथ की ऊँचाई सुनाने की बजाय ठाठ से पचास-साठ हाथ बता सकता है वह! पचास हाथ की ऊँचाई से बेटा गिरा है और तुरन्त हँसते हुए उठकर खड़ा हो गया है, यह जानकर पिता की छाती गर्व से फूल जाएगी या नहीं, इस पर गौर फरमाने लगा वह।

अचानक दाईं बाँह भारी-भारी लगने लगी और अब हिलने-डुलने से नाराज हो रही थी। उसने छूकर देखा, बाँह की जड़ कुछ फूल गई थी। फिर से उसने पूरे बदन को हिलाया-डुलाया; और सब ठीक-ठाक मिला।

इसी समय सुबोध दृष्टिगोचर हुआ। अब जब शशांक भैया मरने से बच गए हैं, तो इन्हें जिन्दा ही रखा जाए, यही सोचकर वह जिस तेजी से गया था उससे दोगुनी तेजी से वापस लौटा था। उसने आते-आते शशांक भैया को खबरदार किया, "रामदास आ रहा है।"

'रामदास आ रहा है,' यह सुनकर काफी रंजिश पैदा हुई शशांक के मन में। उसने मन में सोचा, अभी तो पिताजी दौड़े-दौड़े आते; आते ही उसे गोद में उठा लेते; पूरे बदन को छू-छाकर पूछते, 'कहीं चोट तो नहीं लगी, बेटे?'; समझाते, 'अब फिर कभी ऐसी गलती मत करना, शशांक।'

शशांक भैया को बिलकुल लापरवाह देखकर सुबोध को काफी ताज्जुब हुआ, और उसने कहा, "भागते क्यों नहीं? भागिए न।"

"भागूँ?" शशांक को उससे भी अधिक ताज्जुब हुआ। सुबोध का चेहरा एक क्षण निहार लेने के बाद उसने पूछा, "क्यों?"

"जानते हैं, रामदास को फूफा जी ने क्या कहा?"

"क्या कहा?"

"रामदास यहाँ आकर पहले तो आपकी पीठ पर चार लात जमाएगा और फिर यहाँ से घसीटकर घर तक ले जाएगा।"

शशांक ने यह सुना, तो दंग रह गया।

उस वक्त सामने से कोई साधु-संन्यासी हिमालय की ओर जाता हुआ मिल जाता,

तो शशांक जबरन उसके साथ हो जाता। सबसे अच्छा तो यह होता, उसने भारी गुस्से में सोचा, कि गाछ से गिरते ही वह मर जाता, रामदास उसे उठाकर ले जाता और पिताजी के सामने रखकर कहता, "मालिक, आपकी आज्ञा का पालन नहीं किया जा सका; बच्चा लात खाने से पहले ही ईश्वर को प्यारा हो चुका था।" अब इस संसार में कुछ और देखना उसके लिए बाकी नहीं रह गया है, शशांक ने सोचकर देखा, ऐसे ही घर, गाँव, लोग, पिता, भाई हर जगह मिलेंगे। क्या रखा है अब और जिन्दा रहने में! जब एक बाप का अपने इकलौते बेटे के साथ यह सलूक है, तो फिर इस जहान में और किससे क्या उम्मीद की जा सकती है!

स्थिति की गम्भीरता और आसन्न संकट की ओर इशारा करते हुए सुबोध ने यह भी बता दिया था कि मालिक का आदेश पाते ही रामदास इतना प्रफुल्लित हुआ कि तुरन्त चल पड़ने की तैयारी में अलगनी से अपनी भीगी कमीज ही उतारकर पहनने लग गया था।

अवश्य प्रफुल्लित हुआ होगा रामदास, शशांक ने मन में सोचा, इधर कई महीनों से उसका रवैया बदला हुआ था। पहले तो वह अपनी ओर से भी उसे दुलार-मलार किया करता था, मगर अब तो यह नौकर उसकी किसी बात को जी में धरता ही नहीं है। बिना मालिक की आज्ञा के मालिक के बेटे का एक भी काम नहीं करेगा वह। शायद उसके मन में उस दिन ही दुश्मनी पैदा हो गई थी जिस दिन अपने बेटे के लिए कक्षा सात की किताबें माँगने पर शशांक ने उसे जवाब दे दिया था, "मेरे पास किताबें नहीं हैं"; और आज यह नौकर वैर-शुद्धि कर लेना चाहता है।

"खैर!" शशांक ने मन-ही-मन कुछ निर्णय लिया और इस टकहा नौकर को आशीष दिया, 'कभी तो इस घर का मालिक बनूँगा मैं! भगवान तुम्हें तब तक जिन्दा रखें!'

पर, अभी?...तेजी से आ रहा होगा रामदास। पिता का बताया हुआ काम ऐसे भी वह बहुत मुस्तैदी से पूरा करता है। उस पर किताब नहीं मिलने का गुस्सा! लात जमाएगा! घसीटकर ले जाएगा! टकहा नौकर की यह औकात!

शशांक अपनी चुटीली बाँह को सँभालकर उठा और फिर सुबोध को साथ लिये गमगीन मुद्रा में घर की ओर बढ़ा। उसने तय किया, कि एक माँ बची है, उसकी भी परीक्षा ले ही ली जाए। वह घर के पिछवाड़े में जा खड़ा होगा और माँ को यह खबर भिजवाएगा कि उसका बेटा माँ से अन्तिम मुलाकात करने आया हुआ है और माँ के इरादों को जान लेना चाहता है। पिछवाड़े का रास्ता पकड़कर चलते हुए शशांक माँ को भेजे जानेवाले सन्देश के लिए असरदार वाक्यों को मन-ही-मन चुनने और सजाने लगा। रास्ते में सामने से आ रहे लोगों पर वह दूर से ही अपनी खुफिया निगाह जमाता था, पता नहीं, कौन आदमी उसके पिता से कैसा आदेश पाकर उसकी ओर ही बढ़ा आ रहा हो। पिताजी तो निश्चय ही अब तक, शशांक के मन में अचानक यह खयाल

आ गया था, बीसों आदमियों पर अपना इरादा जाहिर कर चुके होंगे, और अब तो यह खुली छूट दे दी गई होगी कि उसे जो जहाँ पकड़े वहीं चार लात जमा दे।

टीपू गाछ से उतरकर पिता के सामने आ खड़ा हुआ, तो पिता ने पूछा, "अगर गाछ से गिर जाते, तो?"

"नहीं गिरता, पिताजी, मैं बहुत सावधानी से चढ़ता हूँ और ऊपर फुनगी तक जाता भी नहीं हूँ," टीपू ने पिता को धीरज बँधाते हुए कहा, "मैं कभी नहीं गिरूँगा, पिताजी!"

तब भी शशांक ने अपनी दुखिया बाँह का किस्सा सुनाते हुए बेटे को खबरदार कर दिया।

मगर तभी शशांक के मन में एक और ही बात ही आ गई—अगर टीपू गिर जाता और गिरने से टाँगों में मोच आ जाती, महज सोच, तो...तो बड़ा मजा आता!...

अपनी टाँगों को मोच खिलाकर भी बेटा बाप को आनन्दित कर जाता!...टीपू न जाने किस-किस तरह से आनन्दित करता रहेगा अपने पिता को!...

गाछ से गिरने पर शशांक की दाईं बाँह ने मोच खा ली थी। इलाज के लिए उसे सुनरी रंडी के पास ले जाया गया था।

अपने जमाने में राजगंज में सबसे अधिक नाम सुनरी रंडी ने ही कमाया था। अभी भी उसके जिन आशिकों के नाम सुनने में आते हैं, वे सब इलाके और गाँव के धनी-मानी और नामी-गिरामी आदमी रहे हैं। उम्र की ऊँची ढलान पर पहुँचते ही उसका हर नया-पुराना आशिक विदा हो गया। असली दुख भगवान ने दिया था, एक बेटी नहीं दी थी उसे। बुढ़ापे की रोटी के लिए तब सुनरी ने एक नया धन्धा पकड़ लिया। मोच ठीक करने और हड्डियों को जोड़ने-बैठाने में उसने न जाने कहाँ से, कैसे तो, निपुणता हासिल कर ली थी। और इस कारण आज भी इलाके में सुनरी रंडी का नाम है।

सुनरी रंडी के बारे में माँ को रामदास ने ही बताया था, और अगली सुबह ही माँ ने शशांक को रामदास के साथ रंडियों के मोहल्ले में भेज दिया था।

शशांक के साथ रामदास गया था; टीपू के साथ कौन जाएगा?...बाप को खुद ही जाना पड़ेगा बेटे को लेकर। सुनरी में ऐंठ भी तो कम नहीं कि नौकर-चाकर के आने से मान जाए! शशांक की फूली हुई बाँह को देखकर सुनरी ने एकबारगी कह दिया था, "अरे राम! लगता है, हड्डी टूट गई है। इसे ले जाओ पूर्णिया। इस पर प्लास्टर चढ़ेगा। पूरी तरह ठीक होने में, न मालूम, तीन महीने लगेंगे कि छह महीने।

वापस आकर रामदास ने मालकिन से कहा था, "बहुत ऐंठती है सुनरी। मालिक को खुद जाना पड़ेगा, तभी वह शशांक की बाँह में हाथ लगाएगी।"

पिताजी उस महल्ले की ओर जाने में ना-नुकर करने लगे, तो माँ बरस पड़ी, "क्यों नहीं जाएँगे उस महल्ले में? बेटे के लिए लोग किस दर पर भीख नहीं माँगते?

गुण है रंडी के पास, तो जाएँगे राजा के पास?"

वह मुँह लटकाए दिव्या के पास पहुँचेगा, शशांक ने मन-ही-मन एक चित्र खींचा, और कहेगा, "दिव्या, यह लड़का तो पता नहीं मुझे कैसे-कैसे दिन दिखाएगा! एक सुनरी रंडी है यहाँ! अब तो वह काफी बूढ़ी हो चुकी है, मगर हड्डियों को जोड़ने-बैठाने में बहुत निपुण है। उसने ही एक बार मेरी बाँह बैठाई थी। टीपू को उसी के पास ले जाना होगा।"

"आप खुद जाएँगे उधर?" हैरत से दिव्या पूछेगी, और फिर तुरन्त कह बैठेगी, "नहीं-नहीं, उधर नहीं जाना है आपको।"

झुँझलाकर नहीं, उदास होकर कहेगा शशांक, "कोई शौक से तो नहीं जाऊँगा! अब जरूरत ही ऐसी आ पड़ी है, तो क्या किया जा सकता है!"

इस बार दिव्या उदास हो जाएगी, "मगर, वहाँ आपका जाना ठीक रहेगा? बूढ़ी हो या जवान, है तो रंडी ही; रहती तो है रंडियों के महल्ले में ही।"

इस बार झुँझलाएगा शशांक, "गुण है रंडी के पास, तो क्या राजा के पास जाऊँ? बेटे के लिए लोग किस दर पर भीख नहीं माँगते हैं?" पिताजी की हिचकिचाहट पर माँ ने जोर से डाँटा था, "बेटे का हाथ टूट गया है, और आप दस कदम जा नहीं सकते? सुनरी रंडी क्या आँचल में बाँध लेगी आपको? दो-चार कोस आँधी-पानी में जाना होगा, तब कैसे जाएँगे आप?" कुछ ऐसी ही बात वह दिव्या को सुनाएगा, यह सोचकर आह्लादित हो उठा शशांक।

अन्दर से प्रफुल्लित और ऊपर से बेहद उदास वह टीपू के साथ रंडियों के महल्ले की ओर चल पड़ेगा।

बचपन में रंडियों के महल्ले में जाया करता था शशांक, साल में एक बार होली के दिन, होरिहारों के साथ। होरिहारों का झुंड पूरे गाँव में घूमता था, और रंडियों के घरों के पास तो वे हुड़दंग मचा देते थे। वहाँ देर तक 'भैया रे सा रा रा रा' होता रहता था। झुंड के वहाँ पहुँचते ही रंडियाँ बिल के चूहों की तरह घर से निकल-निकलकर बगल के खेतों और बगीचों में छिप जाती थीं। बूढ़ी रंडियाँ भी हमलावरों का कोई भरोसा नहीं करती थीं। जानकर लोग आवाजें लगाते थे, "बुलाओ साली मलतिया को...जुलेखा को पकड़कर लाओ...बीवी समतोला! ले जाओ पैसे...इधर आओ, मेरी सल्लो जान!..."

उस भीड़ में, शशांक को याद आता है, सुखो सिंह भी रहा करते थे। जानकारों का कहना था कि अगर सुखो सिंह सचमुच हाँक लगा दे मलतिया को, तो मलतिया क्या, उसके बाप को भी दौड़कर आना पड़ जाएगा। मगर सुखो सिंह होरिहारों के अनुनय-विनय को हँसते हुए टाल जाते और कहते थे, "अरे भतीजो! रंडियों की भी इज्जत होती है। चल, अब चलें यहाँ से! कोई ठीक नहीं, मुझे देख ले तो मलतिया चली भी न आए यहाँ!"

शशांक जब पहली बार होरिहारों के झुंड में शामिल होकर रंडियों के महल्ले में

आया था और हर मुँह को 'रंडी-रंडी' बोलते सुना था, तो उसने अपने एक साथी, शायद राधेश्याम से ही पूछा था, "रंडी माने?" बहुत मेहनत और धीरज से राधेश्याम ने उसे रंडी का अर्थ बताया था और उस अर्थ में उसका विश्वास कराया था।

जब तक गाँव में रहा शशांक, होरिहारों के इस झुंड में शरीक होता रहा। मगर जब गाँव से शहर चला गया वह पढ़ने, तब फिर कभी वहाँ से होली की छुट्टियों में घर आ जाने पर भी उस झुंड का साथ नहीं दे पाया; संकोच होता रहा उसे। और अब तो उस महल्ले की बगल से गुजरे हुए भी एक जमाना गुजर गया।

तब भी उस महल्ले की उथल-पुथल से परिचित होता रहा है शशांक! किसी-न-किसी बहाने, किसी-न-किसी चाल से, कभी इससे, कभी उससे, और अक्सर राधेश्याम से गाँव की रंडियों का समाचार सुनता आया है वह, उनकी मर्दुमशुमारी करता रहा है...

सुखो सिंह के मरते ही मलतिया लापता हो गई थी। सुनने में आता है कि वह किसी के साथ भागकर मानसी चली गई। उसके नाना एतवारी ने उसका पता लगाने की बहुत कोशिश की, मगर कामयाब नहीं हुआ। भारी नुकसान हुआ था एतवारी को बुढ़ापे में। कई लोगों के पाँव पकड़कर उसने एक हजार रुपये का इन्तजाम किया था और सिलीगुड़ी से एक नई लड़की खरीदकर लाया था। यह लड़की भी उसे नाना ही कहती थी। कड़ी निगरानी रखता था एतवारी इस 'हजार रुपये' पर और बाजार में भी उसके साथ घूमा करता था। इस छोकरी का नाम था जूही...जुलेखा राजगंज में आते ही पूसराज की रखैल बन गई थी। हर महीने तीन सौ रुपये पाती थी, गहने-कपड़े अलग से। ताजिन्दगी यह तनखाह देते रहने का वादा किया था पूसराज ने। उसके वादे पर तब तक तो भरोसा किया ही जा सकता था जब तक जवानी नहीं ढल जाती जुलेखा की, क्योंकि पूसराज रंगीन तबीयत का आदमी था और यह भी सुना जाता था कि कई दूसरे नगरों और कसबों में भी और कई रंडियों के साथ वह अपना वादा निभाता चला जा रहा था। मगर अपनी जवानी के कुछ वर्ष ही पूसराज के साथ गुजारकर जुलेखा, अचरज की बात, उसकी इज्जत में बट्टा लगाकर एक बूचड़ के साथ भाग गई, एक ऐसे मामूली बूचड़ के साथ जो पाठे-बकरे चुराने के अपराध में कई बार, कई गाँवों में बुरी तरह मार खा चुका था। इस अपमान को जो दुख हुआ पूसराज को वह व्यापार में पचीस-पचास हजार के नुकसान से नहीं होता...बीवी समतोला एक दरजी के यहाँ परदे में बैठ गई। दरजी को भी पहली बीवी के साथ भागना ही पड़ा था, मगर कुछ वर्षों के बाद जब बीवी समतोला दो-तीन बच्चों की माँ बन गई, तो वह राजगंज लौट आया था। गाँव ने उन्हें एक किनारे में जगह दे दी और समतोला के पुराने आशिकों ने अब उधर अपनी नजरों को बहकने नहीं दिया...बहुत दिनों तक यह बुझौअल ही बना रह गया था गाँव में कि सल्लो की नथनी किसने उतारी थी, विलास बाबू ने या कन्हैया बाबू ने। इस रहस्य पर से परदा उस दिन उठा जिस दिन होरिहारों का एक झुंड सेठ नथमल के दरवाजे पर पहुँचा और झुंड से बाहर आकर अघोरी बाबा ने हाथ की

खोपड़ी सेठ की गद्दी पर रखते हुए कहा, निकालो, सेठ, पूरे इक्यावन रुपये। जल्दी करो, नहीं तो तेरे सारे कुकर्मों को जगजाहिर कर दूँगा। दरवाजे पर आए हर साधु-भिखारी को नियम से कुछ पैसे देने की बजाय कुछ गालियाँ देकर विदा करनेवाले सेठ ने भुनभुनाकर अपने खजांची से कुछ कहा और खजांची ने पूरे इक्यावन रुपये लाकर खोपड़ी की बगल में रख दिये। वहाँ से सड़क पर आते ही अघोरी बाबा का स्वाँग हटाकर टीपू भैया ने हँसते हुए होरिहारों को बताया था, "जाते हो, सल्लो की नथनी किसने उतारी थी? यह रहस्य अब तक केवल मैं ही जानता था। अगर मैं इक्यावन के बदले एक सौ एक बोल देता, तब भी यह नथनीमल ना नहीं कर सकता था।" और सचमुच जब सल्लो की बेटी कुछ बड़ी होकर बाजार आने-जाने लगी, तो हर देखनेवाले को उसमें सेठ नथमल की सूरत साफ नजर आती थी। सल्लो की बेटी जवान होने से पहले ही राजगंज से लापता हो गई। कहनेवाले इस खबर को गलत कहते हैं कि वह लड़की किसी बड़े शहर में किसी बड़े कोठे पर पहुँच गई है। उनका कहना है कि सेठ ने उसकी हत्या करवा दी, और उस लड़की को रंडी बनकर भी जिन्दगी जी लेने की इजाजत नहीं दी गई...

ऐसा नहीं है कि हर रंडी ने अपना घर बसा ही लिया। इस बीच कई आईं और चली गईं। दो-एक पुराने चेहरे अभी भी राजगंज में नजर आते हैं शशांक को, जो अब बाजार में सौदा-सुलुफ खरीदने निकलती हैं और जिन पर अब मक्खियाँ भी भिनभिनाने से कतराती हैं। घर बसा लेना सुनरी ने भी चाहा था, मगर किस्मत ने उसका साथ नहीं दिया। एक ब्राह्मण ने शादी रचाई तो थी उसके साथ, मगर सुनरी के सारे गहने-जेवर और जमा-जथा लेकर वह चम्पत हो गया।

पर शशांक का यह सौभाग्य कि सुनरी कहीं भागकर नहीं गई, अभी भी राजगंज में है और अब उसके बेटे का इलाज करेगी, और उसे रंडियों के महल्ले में बेखौफ, बेहिचक जाने का मौका मिल जाएगा।

गुदगुदी होने लगी शशांक के बदन में। उसे पता है कि इधर कई अच्छी-अच्छी छोकरियाँ उस महल्ले में आई हैं। एक कोई छमिया आई है, एकदम छैल-छबीली। बाजार आई थी अपने को दिखाने और बहुत दूर से ही देखा था उसे शशांक ने। अब जरा नजदीक से देखने का मौका मिल जाएगा...एक और नई छोकरी भवानीपुर से आई है। रियासत भड़वा ने पन्द्रह सौ रुपये में खरीदकर लाया है इसे, और अभी किसी ऐसे रईस को फँसाने की कोशिश में है जो पन्द्रह सौ चुकाकर उसकी नथनी उतारे। राधेश्याम ने ही बताया था उसे यह सब...पन्द्रह सौ रुपये घर से निकल जाए और दिव्या को पता तक न चले, ऐसा तो सम्भव ही नहीं। किसी दूर के मन्दिर या धर्मशाला में पन्द्रह सौ चन्दा देने की बात कह दे वह दिव्या से। धत। एक नजर नजदीक से देख लेगा इस छोकरी को, इतने पर राम-सलाम...और भी न जाने कितनी छोकरियाँ होंगी उस महल्ले में जो अब पहले से अधिक बड़ा हो गया है। आशिकों की संख्या में भी

तो बढ़ती आई है। बाहर के लोगों का आना-जाना बढ़ा है। सरकारी कर्मचारी दौरे पर आते रहते हैं। कितने ही ठेकेदार इधर आ गए हैं। और, सुनने में आता है कि अब तो राजगंज के छोटे-छोटे छोकरे भी ताड़ी-दारू पीते हैं और रंडीपाड़ा की ओर दौड़ लगाते हैं। यह भी सुनने में आया है कि दुक्खा साह का बेटा पहले बाप को घर में देख लेता है और तभी रंडीपाड़ा की राह पकड़ता है। भड़ुए निगरानी रखते हैं कि वहाँ बाप का बेटे से और बड़े भाई का छोटे भाई से सामना न होने पाए।

कुछ हो, उसे क्या मतलब! उसे तो बस एक बार रंडीपाड़े को अन्दर से देख लेना है। रंडियों के बारे में बहुत कुछ सुना है उसने, बहुत कुछ पढ़ा भी है, मगर बहुत नजदीक से निहारने का, सामने बैठकर उनके साथ बोलने-बतियाने का सुनहरा अवसर, इतनी उमर हो गई, आज तक नहीं मिला है। खिड़की से झाँककर वह उनके कमरों को देख लेगा। वह उन औरतों को इधर-उधर दौड़-भाग करते देखेगा जो आसपास किसी मर्द के होने-न-होने की खाक परवाह न करतीं। यह भी देखेगा वह कि वे किस कदर मुस्काती हैं, किस तरह आँखों से इशारा करती हैं, किन-किन तरीकों से, हाव-भाव से, अंग-भंगी से ग्राहकों को आकर्षित करती हैं और कभी-कभी भूल से उस राह से गुजर रहे भले लोगों को फँसा लेने में कामयाब हो जाती हैं।...वह खुद तो नहीं फँस जाएगा?...नहीं, नहीं, साथ में टीपू भी तो रहेगा, तब कैसे फँस जाएगा वह! बस एक बार उस माहौल को, घर-द्वार को देख लेने की जिज्ञासा है, महज जिज्ञासा।

टीपू के साथ रंडीपाड़ा की तैयारी करते हुए शशांक अन्दर-ही-अन्दर मुस्कराते हुए बार-बार दिव्या के चेहरे को देखकर उसके अन्दर के तूफान को भी देख लेने की कोशिश करेगा, और यह सोच-सोचकर आह्लादित होगा कि अब जब कभी रूठेगा वह, तब यही कहा करेगा, "इस घर से ऊब गया हूँ। जाता हूँ सुनरी रंडी के पास। वहाँ सुकुन मिलता है। जब-जब गया हूँ, वापस आने का जी नहीं हुआ है।" और घर से निकलने के पहले वह दिव्या से कहेगा, "जल्दी ही आ जाऊँगा," जैसे कि दिव्या को डर हो कि क्या पता, अब टीपू अकेले लौटेगा या अपने पापा के साथ; या टीपू तो लौट आएगा जल्दी, मगर आकर यह संवाद सुनाएगा कि 'पिताजी उधर से ही करमनचक चले जाएँगे खेत देखने और आज रात वहीं गुजारकर कल सुबह तक घर लौट आएँगे।'

रंडीपाड़ा की ओर बढ़ेगा शशांक जिधर बढ़ते हुए बड़े-बड़े सूरमा भी दहशत खाते हैं। अँधेरा हुआ तो क्या, अचानक कहीं भी रोशनी भुक् से जल सकती है और चेहरे पर पड़ सकती है। राह में चलते हुए अचानक किनारे के किसी गाछ से दो-चार आकृतियाँ नीचे कूद सकती हैं और बुदबुदा सकती हैं, अहा, आप! किधर? अचानक पास के किसी कुएँ की जगत के पीछे कुछ चेहरे ऊपर-नीचे होते नजर आ सकते हैं और फिर उधर से चलाए दो-चार ढेले खाने पड़ सकते हैं। अचानक पास के किसी गड्ढे से सामूहिक ठहाके का स्वर सुनाई पड़ सकता है। महल्ले के पहले घर के पास

पहुँचते-पहुँचते अचानक दरोगा की तीखी आवाज कानों में पड़ सकती है, "जोगिन्दर सिंह! लगाओ साले की कमर में रस्सी; भागने न पाए।" दरवाजे से घुसते हुए कोई टकराकर अचानक चिहुँक सकता है, "ओह , चाचा आप! इश्श्श्श।" और दरवाजे से बाहर निकलते हुए अचानक कोई गिरेबान थाम सकता है, "निकालो, बेटे, सौ का नोट; नहीं तो अभी मचाता हूँ शोर।"

दिन में तो खतरे-ही-खतरे। उस रास्ते के गाछ-वृक्ष तक को आँखें हो जाती हैं दिन में। सड़क इतनी सिकुड़ती है कि लगता है, पूरी सड़क पर फैलकर आप अकेले चल रहे हैं। सड़क की बगल का कुआँ अपनी जगह छोड़कर आपको देखने-पहचानने दो कदम आगे बढ़ आएगा और फिर अपना मुँह खोलकर आपसे कुछ पूछने-पूछने को हो जाएगा। और अनगिनत भूत-प्रेत आपके पीछे-पीछे चलने लगेंगे नकिया-नकियाकर कुछ-से-कुछ बोलते हुए ताकि आप सुनकर ऐसा डरें कि उधर का रास्ता छोड़ दें, और उनका यह डर दूर हो जाए कि अगर उस रास्ते पर चलकर आप मंजिल तक पहुँच गए, तब तो, रात अँधेरी हो या दुपहरिया टहटह, आप उन्हें जब-तब गाँव के गाछ-वृक्ष या गली-डगर से खदेड़-खदेड़कर मरघट तक पहुँचा देंगे और वहाँ भी एक घड़ी रुककर ललकारते रहेंगे। कोई ऐसा ही आशिक होगा जवाँमर्द जो दिन में भी उधर का रुख पकड़ता होगा।

भला शशांक को क्या डर! उसके साथ तो टीपू रहेगा। खतरा बस इतना-भर कि देखनेवाला सिर्फ उसे देखे और उसके साथ टीपू को न देखे।

पिताजी के मन का हाल चाहे जो भी रहा हो, मगर जब वे घर से निकले तो फिर रंडीपाड़ा के सामने जाकर ही रुके थे। रास्ते में किसी से टोक-नमस्कार भी नहीं हुआ था, यह अच्छी तरह याद है शशांक को। लोग आ-जा रहे थे, पर उन्हें न तो किसी को रोककर उससे कहना पड़ा था कि वे जीवन में पहली बार इस रास्ते से कहाँ जा रहे हैं और न किसी ने उनको टोककर पूछा था कि वे रंडीपाड़े के रास्ते से उधर कहाँ जा रहे हैं। मगर शशांक के लिए तो उस तरह आँखें बन्द कर निकल जाना सम्भव नहीं होगा। उसे तो रास्ते में हर मिलनेवाले, घूरनेवाले और मुस्करानेवाले पर निगाह रखनी पड़ेगी और उसे रोककर कुछ सुनाते हुए आगे बढ़ना पड़ेगा।

पिताजी शशांक को लेकर सुनरी के घर केवल एक दिन गए थे। दूसरे दिन रामदास गया था उसके साथ। और तीसरे दिन से तो शशांक अकेले ही एक शीशी में सरसों तेल और जेब में एक रुपया लेकर जाने लगा था। पूरे दस दिनों तक मालिश की थी सुनरी ने।

तो क्या शशांक भी दूसरे-तीसरे दिन से टीपू को अकेले ही भेज दिया करेगा?

जब दूसरे दिन पिताजी ने खुद जाने से इनकार कर दिया था, तो माँ ने चिरौरी की थी, "आपको खुद ही जाना चाहिए। हाथ-गोड़ का सवाल है, कुछ गड़बड़ रह गई, तो बच्चा जीवन-भर अपाहिज बना रह जाएगा। बच्चे को दर्द होगा मालिश से, तो

वह ठीक से मालिश कराएगा भी नहीं। रामदास तो वहाँ बैठा-बैठा गप लड़ाता रहेगा। रंडी-फंडी का क्या भरोसा, ठीक से मालिश करे न करे।"

पिताजी ने झिड़क दिया था, "औरत जात यों ही हर वक्त शंका करती रहती है। इस तरह दुनिया नहीं चलती। शशांक अब बच्चा नहीं है, अपना भला-बुरा समझता है। और सुनरी कभी नहीं चाहेगी कि उसके हाथ से कोई काम खराब हो।"

जब दूसरे दिन टीपू के जाने की तैयारी होने लगेगी, तो दिव्या अवश्य टोक देगी पति को, "अब तो टीपू अकेले भी जा सकता है। रास्ता देख ही लिया है उसने। मैं सरसों तेल और पैसे उसे दे देती हूँ।"

"हाँ, जा तो सकता है," शशांक सोच की मुद्रा अख्तियार करते हुए बोलेगा, "लेकिन कुछ गड़बड़ी हो सकती है। बच्चे का क्या भरोसा, दर्द के डर से वहाँ जाए ही नहीं, रास्ते में ही खेल-कूद करने लगे और फिर झूठ-मूठ आकर कहे कि मालिश करवाकर आया है। सामने मौजूद रहूँगा, तो सुनरी भी ठीक से हाथ लगाएगी; नहीं तो उस रंडी-फंडी को क्या फिक्र कि बच्चे का हाथ ठीक होता है या नहीं। कोई अपना बच्चा तो है नहीं उसका! और फिर दर्द के डर से टीपू भी तो उसे ठीक से मालिश करने नहीं देगा।"

तीसरे दिन बहुत सोच-विचारकर सहज स्वर में अवश्य कहेगी दिव्या, "टीपू तो बोल रहा था कि अब वह अकेले भी जा सकता है, और यह भी बता रहा था कि अब उसे बिलकुल दर्द नहीं होता। अब वह बच्चा भी तो नहीं रहा कि अपना भला-बुरा नहीं सोच पाए। टीपू को मैं खूब जानती हूँ। मैं तो समझती हूँ कि अब आप बेकार परेशान होते हैं।"

इस बार झुँझला उठेगा शशांक, "तुम तो समझती हो कि इसे मामूली चोट है; बस, जरा-सी मोच आ गई है। सुनरी बता रही थी कि एक हड्डी ही अपनी जगह से छिटक गई है। अब अगर वह हड्डी ठीक से बैठाई नहीं गई, तो बच्चा जीवन-भर अपाहिज बना रह जाएगा। बेटावाली बात है। मर्द के हाथ-पैर ठीक न हों तो जीवन-भर भीख माँगने के सिवाय और कोई चारा नहीं रहेगा।" फिर वह समझाना शुरू कर देगा दिव्या को, "तुम्हें वहाँ का हाल क्या मालूम! सुनरी किसी के आसरे में बैठी नहीं रहती। उसे दस काम रहते हैं। हाट-बाजार जाना होता है उसे। नहाकर घंटों तो रोज पूजा करती है। टीपू को तुम जानती हो, तो मैं भी जानता हूँ। देर तक बैठने का धीरज नहीं है उसके पास। और अगर किसी दिन वह वहाँ गया ही नहीं, तो मैं कोई राजा-महाराजा नहीं हूँ कि सुनरी कोई आदमी भेजकर बुलवा लेगी टीपू को। मैं मौजूद रहूँगा, तो वह भी लगन से काम करेगी, नहीं तो जैसे-तैसे छू-छाकर छोड़ दिया करेगी। अब जो काम दस दिनों का है उसमें महीने लगवा दूँ?"

"हाँ, सामने में तो कुछ अच्छी तरह से जरूर मालिश करेगी," कुछ उदास स्वर में बोलेगी दिव्या, और फिर अचानक पूछ बैठेगी, "मालिश तो आँगन में ही करती होगी?"

"हाँ, आँगन में ही।"

"आप उतनी देर तक खड़े रहते हैं आँगन में?"

"उतनी देर तक तो खड़ा रहा नहीं जा सकता, और उसके घर में कुर्सी है नहीं," शशांक काफी सहज और निर्दोष स्वर में कहेगा, "इसलिए मैं कमरे में चौकी पर बैठ जाता हूँ और वहीं से..."

"कमरे में?" भरसक अचरज के साथ पूछ उठेगी दिव्या, "आप उसके बिस्तर पर बैठते हैं?"

"क्यों, क्या हो गया? मैं अपवित्र हो गया क्या? सुन लो, दिव्या, कि अगर आदमी का अपना मन शुद्ध हो, तो उसे कोई पाप छू भी नहीं सकता। और सुनरी रंडी तो अब पवित्र-ही-पवित्र है। शुरू से धर्मपरायण रही है वह, व्रत-उपवास करती रही है। मैंने तो इस मुसलमान औरत को अपने बचपन में छठ व्रत तक करते देखा है। और अब तो समझो कि उसका सारा दिन ही पूजा-पाठ में व्यतीत होता है।"

"अपने पाप उतार रही होगी," मुँह टेढ़ा कर बोल पड़ेगी दिव्या।

शशांक काफी गम्भीर हो जाएगा और वेदनामय स्वर में कहेगा, "ऐसे वचन बोलकर किसी की देह मत जलाओ, दिव्या।"

दिव्या काफी पैनी निगाहों से पति की ओर देखते हुए उसके चेहरे में किसी कुशल अभिनेता के चेहरे को ढूँढ़ने की कोशिश करेगी, और फिर थोड़ी ही देर बाद पूछ बैठेगी, "आप कमरे में बैठे रहते हैं, तब तो वहाँ की और रंडियों को आपने नहीं देखा होगा?"

ऐसे खड़े सवाल का जवाब चीखकर सुना देने का मन होगा शशांक का, "तो क्या मैं वहाँ हरिभजन करने जाता हूँ?" कोई हर्ज नहीं होगा चीख पड़ने में। अगर उसके पहुँचते ही सारी-की-सारी रंडियाँ अपने-अपने बिलों में दुबक जाएँ, उस पर नजर पड़ते ही छैल-छबीली छमिया 'हाय अल्लाह!' कहकर झटके से पीछे मुड़ जाए, और भवानीपुरवाली छोकरी सामने पड़ते ही नाक तक घूँघट खींचकर तेजी से निकल जाए, जैसे कि उसकी नथनी उतारने के लिए घर-जमीन बेचकर भी शशांक पन्द्रह सौ रुपये का जुगाड़ नहीं बैठा सकता, तो फिर शशांक किस मतलब से जाएगा उधर? दिव्या की बात मानकर दूसरे दिन से ही टीपू को अकेले क्यों नहीं भेज दिया करेगा?

खुदा ने तो ऐसा कमबख्त बनाया है कि पल-पल सताती है अपनी किस्मत। इसी गाँव के जिन छोकरों के साथ उसने अपना बचपन बिताया था, अब उन्हीं जवानों के साथ यहाँ की मनचली, छिछोरी छोकरियाँ छेड़खानी करती हैं, उन्हें साथ लेकर मेले घूमने चली जाती हैं; हँसते हुए उनके हाथ से पान खाती हैं; उनके सामने अपने चोलियों के बटन तक लगाने से नहीं लजातीं; और फुदकती हुई सामने आकर उनसे कहती हैं, "जरा बालों में फूल तो खोंस दो।" इन्हीं छोकरियों को कैसे तो यह भ्रम हो गया है कि 'शशांक बाबू' से आँखें मिलते ही उनकी आँखें फूट जाएँगी; उनके सामने पड़ते ही 'बाघ बाबू' दहाड़कर झपट्टा मारेंगे और दो-एक को मुँह में दबाकर

निकल जाएँगे, उनका खिलखिलाना-गुनगुनाना कभी 'प्रेत बाबू' के कानों में पड़ गया, तो तुरन्त प्रेत-बाधा हो जाएगी; और उनसे सटते ही 'बबूल बाबू' उनकी देह में काँटे चुभाने लगेंगे। निगोड़ियों की नजर में तो 'शशांक बाबू' इनसान हैं ही नहीं। कई बार तो मन हुआ कि एक-एक को पकड़कर उनके सामने अपनी असलियत जाहिर कर दे शशांक, और कई बार इच्छा हुई कि अपने ही ललाट पर थप्पड़ मार-मारकर कहे, "रे अभागे! तुम्हारे भाग्य में यही लिखा है, मुझे दोष मत दे। मेरे मन में तो पाप-ही-पाप है; अब इसके बाद मैं क्या करूँ? भगवान पाप को फलने-फूलने नहीं देते, तो इसमें मेरा क्या दोष! मैं तो उनसे कभी प्रार्थना करने नहीं गया कि मुझे पाप से बचाते रहना।" अब अगर बीवी के आशीर्वाद से रंडियाँ भी परहेज करने लगें 'शशांक बाबू' से, तो 'शशांक बाबू' को अब और लम्बी उम्र की जरूरत नहीं है। टीपू के टाँग में मोच आने से ही क्या!

चीखकर दिव्या के सवाल का कोई ऐसा-वैसा जवाब देने की बजाय शशांक धीमी आवाज में अनमने भाव से कहेगा, "कमरे का दरवाजा बन्द तो नहीं रहता। रंडियाँ इधर-उधर आती-जाती रहती हैं, और किसी को कोई काम पड़ता है तो उस कमरे में भी आती है। मगर, सच कहता हूँ, मैंने किसी एक की भी सूरत ठीक से नहीं देखी है!"

मान लेगी दिव्या? रंडियाँ क्या इस मर्द को देखकर अपना पेशा भी भूल जाती होंगी? वे जरूर इनके इर्द-गिर्द मँडराती होंगी, बार-बार किसी-न-किसी बहाने इनके कमरे में आ जाती होंगी, चटक-मटक के साथ मुस्कराती होंगी, नजर मिलते ही कनखी मार देती होंगी, कुछ गन्दी बातें बोलकर हँसती-खिलखिलाती होंगी, आते-जाते इनसे देह रगड़ लेती होंगी, और सामने खड़ी होकर चोली-साया तक पहनने से बाज नहीं आती होंगी। जरूर झूठ बोल रहा है यह मर्द कि किसी की सूरत तक नहीं देखी है इसने, दिव्या पति के चेहरे पर तीखी निगाह डालकर सोचने लगेगी और फिर अचानक दहशत से भर जाएगी कि कहीं हाथ से निकल तो नहीं गया टीपू के बाबू! रंडियाँ इन्हें पान भी अवश्य खिलाती होंगी, अचानक यह खयाल आते ही काफी रुखाई से वह अपनी ही अक्ल को कोसने लगेगी कि आज तक उसका ध्यान इस बात की ओर क्यों नहीं गया कि सुनरी के पास से लौटने पर वह जरा अपने मर्द के दाँत देख ले। झकझोरी-बरजोरी के चिह्न, काजल-सिन्दूर के दाग इनकी धोती-कमीज पर तो अवश्य रह जाते होंगे, पर, हाय राम! कभी ध्यान गया उसका! और फिर उसे स्पष्ट याद आने लगेगा कि सुनरी के घर जाने की तैयारी पतिदेव कितने उत्साह से करते हैं और वहाँ से लौटने पर कितने आनन्दित-प्रफुल्लित रहते हैं। कल से सारी बातों पर ठीक से ध्यान देने का निर्णय ले लगी वह और मन-ही-मन काँपते हुए बुदबुदा उठेगी, "टीपू के बाबू! ऐसा मत करना। बाप-दादे की नाक मत कटा देना, टीपू के बाबू!"

सिर्फ मन में बुदबुदाने से काम चलेगा? चैन कहाँ दिव्या को! रूप पर कौन नहीं फिसलता? बड़े-बड़े महात्मा मोहित हुए हैं और भ्रष्ट हो गए हैं। पता भी नहीं चलेगा

और जाल में फँस जाएगा मर्द। वह साफ-साफ सुनाने चली आएगी, "सुनिए जी, टीपू की टाँग का दर्द अब नहीं के बराबर है। अब आपको उसके साथ जाने की जरूरत नहीं है। रंडियों के महल्ले में रोज-रोज जाना अच्छा नहीं होता। वे हर मर्द को अपना ग्राहक ही समझती हैं। किसी का भला-बुरा वे बिलकुल नहीं सोचतीं। आदमी के पैर अनजाने में भी फिसल जाते हैं। कुछ नहीं हो, तब भी बदनामी तो हो ही सकती है; दुश्मन कुछ से कुछ उड़ा सकते हैं। कल से आप उस दलदल की ओर नहीं जाएँगे। सुन रहे हैं न?"

शशांक बीवी के बोल को एक आरोप की तरह ग्रहण करेगा और फिर अपनी शेखी बघारने से बाज नहीं आएगा, "सुन लो, दिव्या, मैं चन्दन हूँ, चन्दन; साँप के लिपटे रहने से भी मुझमें विष समा नहीं सकता। मैं पवित्र हूँ गंगाजल की तरह; कोई पाप मुझे छू नहीं सकता। कोई चाहकर भी बदनाम नहीं कर सकता मुझे। पैदा नहीं हुआ है कोई मुझ पर उँगली उठानेवाला। मैं बचपन से ही चाल-चलन का बहुत दुरुस्त रहा हूँ, और आज तक बुरी नजर तो क्या, नजर उठाकर भी नहीं देखा है किसी औरत की ओर। तुमने आज तक देखा है मुझे कभी किसी को घूरते, उस पर नजर गड़ाते? गौरी चाची से तुमने बहुत से किस्से सुने हैं; कभी सुना है एक मेरे बारे में भी? कौन जीजा अपनी साली से मजाक नहीं करता, पर कभी देखा है मुझे शशि से हँसी-मजाक करते? होली के दिन तो देवर को इतनी छूट रहती है कि वह भाभी करमजली कहलाती है जिसके साथ देवर रंग नहीं खेलता, मगर आज तक इस महल्ले की मेरी भाभियाँ मेरे साथ रंग खेलने के लिए तरस कर रह गई हैं। याद करो कि शादी की रात में तुम्हारा घूँघट उठाने नहीं गया था; पहले तुमने मुझे टोका था, तुम सट गई थी मुझसे देह रगड़ने। अब सोच लो कि मैं कैसा आदमी हूँ। यह तो मजबूरी है मेरी कि तुम्हारे बेटे को लेकर रंडी-फंडी के पास जाना पड़ता है।"

दिव्या का चित्त प्रसन्न हो उठेगा।

मगर तब भी मन में खटका। औरतों के मन का सन्देह तो अमरबेल की तरह होता है; नोंच-काट दो, तब भी लहलहा उठेगा। शौहर जवान है, रसिक है, और कोई भारी महात्मा नहीं है, इतना तो पता है ही बीवी को। लगाम ताने नहीं, मगर बिलकुल ढीला कैसे छोड़ दे!

टीपू का लँगड़ाना जरा कम होगा नहीं कि दिव्या पहुँचेगी शशांक के पास और बहुत सन्तोष के साथ कहेगी, "टीपू का लँगड़ाना तो अब बिलकुल बन्द हो गया। कहीं सूजन या दर्द भी नहीं है। भगवान की दया से जल्दी मुक्ति मिल गई। मैं तो समझती हूँ कि अब उस मालिश की बिलकुल जरूरत नहीं है। जाना भी होगा, तो अब अकेले ही चला जाया करेगा वह। कोई मन्दिर तो है नहीं कि लोग वहाँ शौक से जाएँ।"

इस बार खूब गरम हो उठेगा शशांक, "तुम तो बेटे को लूला बनाकर छोड़ोगी। हड्डी टूट गई है, और इसे भी तुम मामूली सर्दी-जुकाम समझ रही हो। यह तो खैरियत

हुई कि घर में इलाज हो गया। अगर कहीं पूर्णिया जाना पड़ जाता, तो कचूमर निकल जाता। बोरिया-बँधना और हंडा-कराही के साथ जाना पड़ता वहाँ, और पूरे छह महीने तक डेरा डालना पड़ जाता किसी गन्दे धर्मशाला या अस्पताल के खुले मैदान में। जो इलाज चल रहा है उसे भी तुम पूरा होने देना नहीं चाहती। पता नहीं, तुम्हें बेटे से क्या वैर है! अगर कोई कोर-कसर रह गई, तो, हड्डी का मामला है, जीवन-भर पछताने और आँसू बहाने के सिवाय और कोई चारा नहीं बचेगा। इशाक मियाँ को देखा है न? बहुत अच्छा गेंद खेलता था। टाँग टूट गई, इलाज ठीक से नहीं हुआ। क्या परिणाम हुआ, सो देख लो।"

ऐसे दस लँगड़ों के झूठे-सच्चे नाम वह तड़ातड़ गिना देगा जो लापरवाही के कारण आज लँगड़ेपन का कष्ट भोग रहे हैं। इतना सुन लेने के बाद तो बेटे की माँ की नानी मरे जो बेटे के इलाज में कोई रुकावट डाले वह। टीपू के साथ रोज उसे भी ठेलकर भेज दिया करेगी, "इतने दिनों तक जाते रहे हैं, तो और दो-चार रोज आप जाइए ही और अपने सामने इसकी मालिश करवाइए।"

और दो-चार रोज! सुनरी को पैसे का ऐसा लोभ नहीं कि मालिश के लिए महीनों बुलाती रहे। शशांक को अच्छी तरह याद है कि दसवें दिन ही सुनरी ने कह दिया था, "अब और मालिश की जरूरत नहीं है; हाथ ठीक हो गया।"

टीपू को भी दस-पन्द्रह दिनों में छुट्टी दे देगी वह।

दस दिनों में कौन पहाड़ तोड़ डालेगा शशांक! उससे तो दस बरस में भी कुछ नहीं होगा! मुँह से बकारी तक नहीं फूटेगी। किसी से आँखें मिलेंगी, तो वह जमीन की ओर देखने लग जाएगा। अगर कोई कुछ बोलकर खिलखिला उठी, तो वह शर्म से लाल हो जाएगा। कोई उसे अपनी ओर आते दिख गई, तो जोर-जोर से धड़कने लगेगा दिल उसका। और अगर कोई छोकरी कमरे के अन्दर आ गई, तो वह तुरन्त कमरे से बाहर हो जाएगा। कोई रंडी भी उसे एक बुरा आदमी मान ले, तो अन्दर से परेशान हो जाएगा वह।

मगर रंडियों के घर जाएगा वह जरूर। और अब रंडी का कर्तव्य है कि वह 'छुई-मुई बाबू' के साथ बलात्कार करे। अगर ऐसा नहीं हो, तो अपनी छाती कूट ले शशांक और दस दिनों तक रोज अपने मुँह पर थप्पड़ मार-मारकर कहे, "तेरे भाग्य में यही लिखा है, रे अभागे! मुझे दोष मत दे; मेरे मन में तो पाप-ही-पाप हैं।"

सुनरी से अभी टीपू को छुट्टी मिली भी नहीं कि शशांक की निगाह साथ चल रहे बेटे पर बँध गई, जैसे कि किसी खोई हुई वस्तु पर निगाह पड़ गई हो। वात्सल्य उमड़ आया। उसने धीरे से अपना हाथ टीपू के कन्धे पर रख दिया। टीपू ने सिर उठाकर पिता की ओर देखा कि वे कुछ कहना तो नहीं चाह रहे हैं। शशांक ने कुछ नहीं कहा; बेटे पर से निगाहें भी हटा लीं, जैसे कि उन निगाहों में मन का चोर दिख जाए। पर मन-ही-मन वह टीपू से कहे बगैर नहीं रह सका, "नहीं, बेटे! भला मैं ऐसा चाहूँगा

कि तुम्हें चोट लग जाए, तुम्हारे पैर-हाथ में मोच आ जाए, ताकि मैं रंडियों के महल्ले में घूमने जाऊँ। तुम्हारे छोटे-से-छोटे दुख को दूर करने के लिए मैं अपने बड़े से बड़े सुख की कुरबानी कर दूँगा, बेटे! हर बाप बेटे के लिए ऐसा ही करेगा। जब तुम भी बाप बनोगे, तब सोचकर देखना कि क्या मैं झूठ बोला हूँ। तब तुम सोचेगे, पिताजी सच कहते थे। जब तक सुरक्षित हो तुम, तभी तक मैं भी सुरक्षित हूँ, बेटे। इसलिए टीपू, मेरे लिए अपना हर कदम सँभालकर रखना!"

और शब्दों को, और वाक्यों को मन में प्रकट होने से रोक दिया शशांक ने, क्योंकि उसे लगा कि अन्दर में कुछ पिघल रहा है, और भय हुआ कि आँखों से आँसू ढुलक न पड़ें। टीपू रह-रहकर पिता के चेहरे पर नजरें गड़ाते हुए चल रहा था।

3

कचहरी मैदान के पास सामने दिख गए कुत्ते के निकट जाकर शायद टीपू ने ही ऐसा कहा हो, "हे ग्राम-सिंह! मुझ पर प्रसन्न होकर कहीं भी पैर-हाथ में काट लो। मेरे पिता आजकल आनन्द की बाँसुरी बजा रहे हैं। उन्हें लगता है कि घर-संसार में सुख-ही-सुख है, और घर-संसार से विमुख होकर सारे वैरागी-संन्यासी किसी नकली सुख की तलाश में भटक रहे हैं। अब ऐसा न हो कि आगे कोई वैरागी बने ही नहीं, और गृह-जंजाल के दुख का मेरे पिता को पता ही नहीं चले, इसलिए तुम्हारे पास आया हूँ। मेरे पिता को भी पिता बनने का कुछ कष्ट प्राप्त हो, कुछ चिन्ता-परेशानी हो, इस हेतु एक हल्की शुरुआत के लिए प्रार्थना कर रहा हूँ मैं। बस, दाँत गड़ा दो मेरे पाँव में या मेरे हाथ में।"

टीपू की प्रार्थना पर तुरन्त ही दाँत नहीं गड़ा दिये होंगे ग्राम-सिंह ने। टीपू को एक क्षण गौर से निरखने-परखने के बाद पहले तो ना-नुकर ही किया होगा उसने, "तुम मेरे पास क्यों आए हो? तुम्हारे महल्ले में जो ग्राम-सिंह हैं, तुम उनके पास जाओ, उनसे कहो। तुम इस महल्ले के तो हो नहीं कि मैं तुम्हारी चिरौरी पर ध्यान दूँ।"

"धत, वे ग्राम-सिंह हैं!" यही जवाब दिया होगा टीपू ने, "वे सबके सब कुकुर हैं, कुकुर; महा दब्बू, महा लतखोड़। मुझे देखते उनकी जान निकलती है। मैं लात मारता हूँ, तो वे पूँछ हिलाते हुए भाग निकलने की राह ढूँढ़ते हैं। वे मुझे नहीं काटेंगे। मेरी मार से अधिक उन्हें इस बात का डर है कि मेरे पिताजी उनके प्राण ले लेंगे।"

"तो फिर ऊखल में अपना सिर मैं क्यों डालूँ! यहाँ भी तो तुम्हारे पिताजी डंडा लेकर आ सकते हैं।" अनायास यह जवाब कुत्ते के मुँह से निकला होगा।

थाना और दरोगा के बारे में जितनी जानकारी बच्चों को हो सकती है उसके आधार पर टीपू अवश्य बोल पड़ा होगा, "तुम्हें क्या डर! तुम्हें तो मैंने दरोगा के डेरे से निकलते हुए देखा है। थाना में रहते हो, तब भी किसी के डंडे का डर सताता है! छि:!"

"अरे, तो मैं दरोगा के भरोसे यह खतरा उठाऊँ? दरोगा का भी कोई भरोसा है क्या! तुम्हारा बाप इसे कुछ चटाकर इसी के हाथ मुझे पिटवा देगा।" थाना के पास रहते-रहते वह कुत्ता भी तो वहाँ के क्रिया-कलापों से परिचित हो ही गया होगा।

"मैं क्या तुम्हारी शिनाख्त करने आऊँगा! घर पहुँचते-पहुँचते मैं तो बिलकुल भूल जाऊँगा कि जिस ग्राम-सिंह ने प्रसन्न होकर मुझ पर कृपा की है उनका रूप-रंग कैसा है। सच कहता हूँ, मुझे तो सारे ग्राम-सिंह एक-से दिखते हैं।"

"मगर मैं किसी निरपराध पर हमला नहीं कर सकता।"

"लो, अपराध करने में समय क्या लगता है! बोलो, पूँछ मरोड़ूँ या ढेले मारूँ?"

एक क्षण असमंजस में रहने के बाद हार मानकर ग्राम-सिंह बोला होगा, "मरोड़ो, पूँछ ही मरोड़ो। उलटकर हल्के से दाँत गड़ा दूँगा।"

पूँछ की ओर हाथ बढ़ाते हुए अचानक रुक गया होगा टीपू और कुत्ते से कहा होगा, "मुझे ढेले ही मारने दो। निशाना लगाने में मजा आता है मुझे।"

"ठीक है; जिसमें तुम्हें मजा आए, वही करो। मगर जख्म गहरा हो जाए, तो मुझे दोष मत देना।"

"मगर ढेले चलाकर मैं खड़ा नहीं रहूँगा; तुम्हें खदेड़ना पड़ेगा। मुझे इसमें और भी मजा आता है। मंजूर?"

"मंजूर!"

पिता के दुख की एक हल्की शुरुआत करने में कामयाब तो रहा टीपू, मगर पिता को उनके इस दुख से अवगत कराना भूल गया। उसे तो यह भी याद नहीं रहा कि किसी कुत्ते ने उसके पाँव में दाँत भी गड़ाए हैं। दुर्घटना के तीसरे दिन बाप को अपने दुख की खबर किसी और के मुँह से सुनने को मिली।

शाम में हवाखोरी के लिए निकला था शशांक। किसी की हाँक सुनकर उसने मुँह फेरा और देखा कि मनिहारी दुकान का गंगादास उसकी ओर ही बढ़ा आ रहा है। गंगादास ने पास आकर कहा, "शशांक भैया, परसों टीपू को कुत्ते ने काट लिया था..."

"कुत्ते ने?" भयमिश्रित आश्चर्य था शशांक के स्वर में।

"हाँ। टीपू ने बताया नहीं था?"

शशांक से कुछ बोला नहीं गया। उसने ना में केवल सिर हिलाया। उसका दिल धक-धक करने लगा था।

गंगादास ने प्रमाण के तौर पर कहा, "मैंने कुत्ते को टीपू के पीछे दौड़ते देखा, फिर टीपू को गिरते देखा, और तब कुत्ते को उस पर लपकते। मेरा खयाल है, कुत्ते ने काटा भी जरूर होगा।"

शशांक ने हल्के स्वर में पूछा, "तुम टीपू को पहचानते हो न?"

"हाँ-हाँ, भला टीपू को नहीं पहचानूँगा मैं! इधर से गुजरा है तो कई बार मैंने उसे

बुलाया है, उसके साथ बातचीत की है!" गंगादास ने अपनी प्रसन्नता जाहिर करते हुए बताया।

"कुत्ता पागल तो नहीं था?"

"यह तो नहीं मालूम!" गंगादास इससे अधिक और कुछ नहीं बोला। अब उसे भी डर हुआ कि कुत्ते के बारे में पूरी जानकारी प्राप्त करने की जिम्मेदारी कहीं शशांक भैया उस पर ही नहीं डाल दें।

"ठीक है, मैं पता लगा लूँगा," कहकर शशांक आगे बढ़ गया। आगे के दस-बीस कदम अपनी पुरानी धीमी चाल में चलकर शशांक ने यह दिखा दिया गंगादास को कि उसके अन्दर कोई घबराहट पैदा नहीं हुई है; मगर जैसे ही उसे लगा कि अब वह गंगादास की नजरों से ओझल हो गया, उसने अपने पिछवाड़े का रास्ता पकड़ा और दुलकी चाल से घर की ओर बढ़ा!

दुलकी चाल से चलते हुए भी उसके सोचने-खीझने में बाधा नहीं पहुँची, 'फँस गया मैं गृहस्थी के भँवर में, बुरी तरह फँस गया। अब दौड़ो बीवी के पास, बेटे के पीछे। नसीब की मार अलग पड़ेगी। कुत्ते ने टीपू को ही क्यों काटा? और भी हजारों लोग थे, सैकड़ों बच्चे थे। न जाने कौन-कौन अशुभ ग्रह इस आसरे में थे कि कब मैं शादी करूँ, कब मैं बाप बनूँ! जरूर शैतान कुत्ते पर सवार हुआ होगा और उकसाया होगा कि किसी दूसरे-तीसरे को छोड़कर खास इसी बच्चे की देह में दाँत गड़ाओ। ईश्वर ने ही क्या मदद की! कुत्ते को किसी विधि से रोक तो सकता ही था वह। फँस गया, अब फँस गया मैं...'

'कुत्ता पागल तो नहीं था!' यह खयाल मन में आते ही देह में झुरझुरी पैदा हो गई। बहुत दिन हुए, एक पागल सियार के काटने से धोबी टोला में एक बच्चे की दर्दनाक मौत हुई थी। हाल की बात है, राधेश्याम के फुफेरे भाई की तीन साल की लड़की पागल कुत्ता के काटने पर चार दिन भी ठहर नहीं सकी। कितना नासमझ है टीपू!; आज तक नहीं बताया। अगर गंगादास ने नहीं बताया होता, तो?

शशांक इतना भयग्रस्त हो गया कि उसे लगा, जैसे ही वह घर पहुँचेगा दिव्या दौड़ आएगी उसके पास और सुनाएगी, "देखिए न, टीपू कैसे-कैसे कर रहा है! पानी देखकर चौंकता है! भागता है!"...जलान्तक!...

तेजी से घर में घुसा शशांक और दिव्या पर नजर पड़ते ही लँगड़ी आवाज में पूछा, "टीपू कहाँ है?"

पति को परेशान देख पत्नी पूछ बैठी, "क्या बात है?"

"सवाल का सीधा जवाब दिया करो," गुस्से में आ गया शशांक, "जवाब में सवाल करने की आदत छोड़ो!"

दिव्या सहम गई और धीरे से कहा, "घर में तो नहीं है।"

"कहाँ गया है, यह भी तो तुम्हें पता नहीं होगा।" कहते हुए शशांक तेजी से अपने

कमरे में जा घुसा और गम्भीर मुद्रा में बिस्तर पर अधलेटा बैठ गया। दिव्या सामने आ खड़ी हुई, पर शौहर ने उसकी ओर देखा तक नहीं। जब बीवी से रहा नहीं गया, तो उसने पूछा, "क्या बात है; बताइए भी तो।"

"बताऊँ खाक!" कमर सीधी कर बैठते हुए शशांक गरजा, "तुम्हें कोई खोज-खबर है बच्चे की! उसे कुत्ते ने काटा है।"

"कुत्ते ने?"

"हाँ, परसों ही।"

"किसने कहा?"

"जिसने देखा," जोर देकर बोला शशांक।

"मुझे तो टीपू ने बताया नहीं," धीमे स्वर में दिव्या ने कहा।

"तब भला आप कैसे जानेंगी!" मुँह बनाते हुए शशांक बोला, "बेटा टाँग तुड़वाकर लँगड़ाते हुए घर आ जाए, मगर जब तक माँ की आँख में उँगली डालकर बताए नहीं कि उसकी टाँग टूट गई है तब तक माँ को भला कैसे मालूम हो!" कहकर तकिये का सहारा लेकर वह बिस्तर पर फिर अधलेटा पड़ गया।

"बेटे को लँगड़ाते देखेगी, तभी तो माँ कुछ जानेगी," दिव्या भी अपने स्वर में कुछ तेजी लाकर बोली, "मैंने तो न कहीं घाव देखा, न कहीं खून बहते, न उसे दर्द से कराहते..."

"तो आप सिद्ध करना चाहती हैं कि कुत्ते ने नहीं काटा है और जिसने ऐसा देखा उसकी आँखें फूटी हुई थीं?" कहते हुए शशांक ने अपनी तेज नजर का प्रहार पत्नी पर किया। दिव्या चुप रह गई, तो फिर उठकर बैठ गया वह और बोलने लगा, "आप लोग माँ होने लायक हैं ही नहीं; समझती हैं कि बच्चा पैदा हो गया, तो बिना हींग-फिटकरी जवान भी हो जाएगा। मैं जब रात में सो जाता था तब मेरी माँ मेरे पूरे बदन की जाँच करती थी हर अंग को छू-टटोलकर कि कहाँ सूजा हुआ है, कहाँ फुंसी हो गई है, किधर मैल जम गई है, साँस कैसी चल रही है, नींद में बच्चा बौआता तो नहीं है, कराहता तो नहीं है। कर सकती हैं आप यह सब? केवल दुलार-मलार और बेटा-बेटा करने से ही काम नहीं चल जाता है।"

पति 'तुम' से 'आप' पर उतर आया था, और इस मर्द के साथ बहस करने का अर्थ है इसके गुस्से को और भी भड़काना, यह सब ध्यान में लाकर दिव्या दब गई और बात बदलते हुए कहा, "टीपू बड़का कुआँ के पास ही खेल रहा होगा। जाकर ले आइए।"

"मैं तो जाऊँगा ही," बिस्तर छोड़ते हुए शशांक ने कहा, "आप घर में पलँग तोड़िए।"

क्रोध तो ऐसा था कि बेटे को पकड़कर बगैर उससे कुछ कहे उसे कचरकूट मारने की

इच्छा मन में हो रही थी, पर घर से बाहर निकलते ही कुछ सोच-विचारकर शशांक ने गुस्से को थूक दिया और अक्ल से काम लिया। मार गलत भी साबित हो सकती है। हो सकता है, गलती सौ प्रतिशत कुत्ते की ही रही हो। मार से आगे की जाँच-पड़ताल में बाधा उपस्थित हो सकती है। गंगादास ने कुत्ते को टीपू पर लपकते देखा था, बिलकुल दात्त गड़ाते नहीं। बेटे को बड़का कुआँ के पास से बुलाकर और रास्ते में उसकी कोई जिज्ञासा शान्त किये बगैर शशांक टीपू का हाथ पकड़े हुए कमरे में दाखिल हुआ। बिस्तर पर सामने बैठाकर पहले तो उसने हक्का-बक्का टीपू को एक नजर घूरा और फिर उसे सुनाने लगा, "देखो, बेटे, मैं तुमसे पहले भी कई बार कह चुका हूँ कि तुम्हारे साथ कहाँ क्या गुजरती है इस बात की जानकारी निश्चित रूप से मुझे या अपनी माँ को दे दिया करो, मगर तुम गलती कर जाते हो। तुम्हें कुत्ते ने काटा, और तुमने हमें बताया नहीं।"

"कुत्ते ने? मुझे काटा?" अचरज से बोला टीपू, "अभी तो मैं घर से बाहर निकला ही हूँ।" टीपू माँ की ओर देखने लगा।

"आज की बात नहीं है; परसों तुम्हें कुत्ते ने काटा था।" सिर हिलाते हुए पिता ने कहा।

"परसों!" टीपू याद करने लगा।

दिव्या ने बेटे को उकसाया, "काटा था, तो बोल दो!"

शशांक ने जलती निगाह से दिव्या को घूरा जिसका मतलब था कि वह अपना बाजा अभी नहीं बजाए, और फिर उसने टीपू से पूछा, "याद आया?"

"आपको किसने बताया, पिताजी?" कुछ याद करने में असमर्थ टीपू ने पूछा।

"एक आदमी ने, जो खुद वहाँ मौजूद था," टीपू को मदद करने के इरादे से पिता ने कहा।

"कहाँ?"

"कचहरी मैदान में," कुछ और मदद की पिता ने।

"परसों?"

"हाँ, परसों।"

दिमाग पर जोर डालकर टीपू ने थोड़ा-सा उगला, "एक कुत्ते ने रगेदा तो था!"

"और काटा भी था," टीपू की ओर से उसके पिता ने उगलने की कोशिश की।

"काटा था, यह याद नहीं आता। हाँ, मैं गिर गया था। घुटने में चोट भी लगी थी। देखिए न यह घाव," टीपू ने घुटने का हल्का जख्म दिखाते हुए कहा, "ईंट के टुकड़े से चोट लगी थी।"

जब तक शशांक घाव को देखे और कुछ बोले, दिव्या घाव पर झुक गई और बगैर उचित-परीक्षण के एकबारगी चीख पड़ी, "अरे बाप! कुत्ते ने ही काटा है। दाँत के निशान साफ दिखाई पड़ रहे हैं।"

शशांक बौखला उठा, "तुम चुप रह सकती हो या नहीं?" और जैसे ही लगा कि वह चुप हो गई और अब चुप ही रहेगी, पति ने पत्नी को जवाब देने के लिए ललकारा, "कैसे कह रही हो कि दाँत के निशान हैं? दाँत जब भी गड़ेंगे, तो उपरले और नीचले दोनों गड़ेंगे। कहाँ है निचले दाँत के निशान?"

"हाँ, पिताजी, कुत्ते ने नहीं काटा है," बेटे ने बाप का पक्ष लेते हुए कहा।

"कैसे नहीं काटा है?" बाप ने बेटे को झिड़क दिया, "जरूरी नहीं है कि दाँत के निशान पड़ ही जाएँ। जब एक आदमी ने अपनी आँखों से कुत्ते को काटते देख लिया, तो अब और क्या देखना है?"

"हाँ, पिताजी, जब एक आदमी ने देख लिया है, तब हो सकता है कि कुत्ते ने काटा हो।" टीपू व्यर्थ के झंझट में फँसना नहीं चाहता था, और पिताजी आम को इमली कहें तो वह भी मान लेने को तैयार हो गया था।

"'हो सकता है' मत बोलो। सही बात तुम बताओगे कि कुत्ते ने तुम्हें काटा या नहीं। देखनेवालों को नजर का धोखा भी हो सकता है।"

"तब नजर का धोखा ही हुआ है, पिताजी; कुत्ते ने नहीं काटा है।"

"नहीं-नहीं," दिव्या बीच में कूद पड़ी, "इसे कुत्ते ने जरूर काटा है; घाव से साफ पता चल रहा है," कहकर दिव्या ने पति पर आँखें तरेरीं, "आप बेकार इससे पूछताछ कर रहे हैं। इसे सूई दिलवा दीजिए।"

शशांक का मन हुआ कि दिव्या का मुँह नोच ले। जाहिल औरत ने सारा मामला बिगाड़ दिया। कुत्ते ने काटा होगा, तब भी सूई के डर से अब तो टीपू अन्त तक कहता रह जाएगा कि कुत्ते ने उसे नहीं काटा है। उसने अपने दोनों हाथ जोड़कर पत्नी से निवेदन किया, "आप कृपया यहाँ से जाइए।"

"ठीक है, जाती हूँ; मगर कुत्ते ने काटा जरूर है।" पति के आदेश को मानते हुए दिव्या दो कदम पीछे हटकर खड़ी हो गई।

टीपू ने गुस्साकर दो कदम दूर हटकर खड़ी माँ से कहा, "तुमने देखा था कुत्ते को काटते हुए?" और फिर बहुत सहज होकर पिता से कहा, "कुत्ते ने नहीं काटा था, पिताजी।"

देह में सूई भोंके जाने का डर बहुत बड़ा डर होता है। शशांक के संस्कृत-शिक्षक श्री विष्णुकान्त मिश्र अक्सर कक्षा में कहा करते थे, "कुत्ते के काटने का उतना भय नहीं जितना उसके काटने पर सूइयाँ लगवाने का।" मोटी सूई, जो पेट में घुसेड़ी जाती है, की कल्पना करते ही वे सिहर उठते थे। और इस मोटी सूई का भय इस कदर उन्हें जकड़े रहता कि घर से कहीं की यात्रा पर जाने के पहले वे अपने इष्ट-देवताओं का स्मरण केवल इसलिए करते थे कि वे उन्हें कटाह कुत्तों से बचाते रहें। पूजा-पाठ के लिए अगर किसी गाँव में जाना होता, तो उस गाँव के कुत्तों का चरित्र, स्वभाव और तादाद के बारे में पूरी जानकारी वे पहले ही हासिल कर लेते।

टीपू के मन में जो सूई का डर समा गया है उसे कैसे भगाया जाए, इस पर विचार करने लगा था शशांक, और कुछ सोच-विचार के बाद उसने बेटे से कहा, "देखो, बेटे, कुत्ते के काटने पर जान जाने का खतरा रहता है। अगर कुत्ते ने काटा है, तो तुम्हें तुरन्त पूर्णिया ले जाना होगा। वहाँ पूर्णिया अस्पताल में सूई दिलवानी पड़ेगी। हजारों बच्चे वहाँ रोज सूई लगवाते हैं। सूई से मत डरो, बेटे। जान बड़ी प्यारी चीज है। जान है तो जहान है।"

"पूर्णिया चलना है, तो चलिए, पिताजी। मुझे लगता है कि कुत्ते ने काटा है।" कहकर टीपू ने ध्यान लगाया और अचानक स्मरण करते हुए बोला, "हाँ, पिताजी, काटा है कुत्ते ने।"

शशांक अन्दर-ही-अन्दर चिढ़ गया। पूर्णिया का नाम सुनते ही लहलहा उठा था लड़का। जिस ढंग से टीपू ने जवाब दिया था उससे तो साफ जाहिर होता था कि कुत्ते ने काटा या नहीं काटा इससे उसे कोई मतलब नहीं, उसे अब किसी तरह पूर्णिया की यात्रा पर निकल जाना है। और अब तो सौ बार पूछने पर भी हर बार जवाब मिलेगा कि कुत्ते ने काटा है। बाप ने बेटे को समझाना शुरू किया, "देखो, टीपू, बच्चे की तरह मत करो। पूर्णिया जाने के बहुत अवसर मिलेंगे। ऐसा तो नहीं है कि जिसे कुत्ता नहीं काटता वह पूर्णिया नहीं जाता। मैं तुम्हें जल्दी ही पूर्णिया से घुमा लाऊँगा। इलाज के लिए पूर्णिया जाने में कोई आनन्द नहीं है। ऐसे में घूमना-फिरना भी नहीं हो सकेगा। दिन-भर अस्पताल के पास चक्कर लगाते रहना पड़ेगा। केवल रोगियों और अपाहिजों को देखते रहना पड़ेगा। मगर कुत्ते ने सचमुच काटा है, तब तो जाना ही पड़ेगा। इसलिए, बेटे, खूब सोचकर बताओ कि कुत्ते ने काटा है या नहीं।"

दिव्या को बरदाश्त नहीं हुआ। वह तुरन्त अपनी जगह से दो कदम आगे बढ़कर पति से कहने लगी, "आपके लिए तो पूर्णिया में बाघ बैठा हुआ है। लड़का बार-बार कह रहा है कि कुत्ते ने काटा है, और आप उससे जबरदस्ती कहलाना चाह रहे हैं कि कुत्ते ने नहीं काटा है।" कहकर दिव्या तुरन्त कमरे से बाहर निकल गई ताकि पति का उल्टा-सीधा आदेश उसे फिर सुनने को न मिले।

आज तक शशांक हर ऐसे मर्द से नफरत करते आया है जो पत्नी पर डंडे चलाता है। मगर अभी-अभी उसने महसूस किया कि दोष हमेशा मर्द का ही नहीं होता, कभी-कभी औरत के दिल में भी शौक जगता है पति के हाथ से डंडे खाने का। अगर दिव्या को अपनी गलती का अहसास नहीं हो गया, तो इस बार कमरे से भाग क्यों गई? दिव्या भाग गई तो उसने राहत की साँस ली, और फिर बेटे से निवेदन किया, "सोचकर बताओ।"

बेटे को लगा कि वह भारी झंझट में फँस गया। माँ-बाप का कोई भी एक निर्णय वह तुरन्त मान लेगा। मगर अब क्या हो! ना कहने से माँ दुखी होगी, और हाँ कहने से पिता परेशान! वह सोच में पड़ गया, और फिर बोला, "सोचकर बताऊँ, पिताजी?"

"हाँ, बेटे।" पिता ने फिर खुशामद की।

"ठीक है, सोचकर बताता हूँ।"

टीपू ने आँखें बन्द कर ध्यानमग्न होने की कोशिश की, और फिर तुरन्त ही आँखें खोलकर बोला, "नहीं काटा है।"

यह सुनकर भी शशांक उदास ही हुआ। एक क्षण तक बेटे के चेहरे पर आँखें गड़ाए रहा और तब कहा, "ठीक से सोच लिया है न?"

"हाँ, पिताजी," बेटे ने झटपट जवाब दिया।

शशांक थोड़ी देर तक गुमसुम रहा और फिर बोला, "अब तुम जानो, टीपू। कुत्ते का विष लगता है, और आदमी कुत्ते की तरह भूँक-भूँककर मरता है। भूँक-भूँककर मरता है; सोच लो, बेटे! मैं तुम्हारी बात मान लूँ न?"

"मगर उस आदमी ने तो कुछ और ही कहा था आपसे?" बेटे ने अपनी शंका जाहिर की।

"हाँ, उसने तो कहा था।" शशांक ने अनमने ढंग से जवाब दिया।

"तो मैं भी सच्ची बात बता ही देता हूँ।"

"बोलो न; सच्ची बात ही तो तब से पूछ रहा हूँ।"

"काटा था।"

"कुत्ते ने?"

"हाँ।"

शशांक बिस्तर पर निढाल पड़ गया। अब सत्य ऐसे घने जंगल में घुस गया था कि उसे ढूँढ़ निकालना मुश्किल था, और मिल जाने पर उसे पहचानना मुश्किल। अब सच जाए भाड़ में, वह बेटे को सूई लगवाकर ही दम लेगा। मगर बेटा आगे भी कभी इस तरह हाँ-ना का झंझट खड़ा नहीं करे, इस पर कुछ समझाने के विचार से पिता ने पूछा, "तुम झूठ क्यों बोल रहे थे पहले कि कुत्ते ने नहीं काटा है?"

"मैं झूठ नहीं बोल रहा था, पिताजी। मुझे अभी भी ऐसा नहीं लगता कि कुत्ते ने काटा है। मगर जिस आदमी ने देखा है वह भी तो सच ही बोल रहा होगा। झूठ क्यों बोलेगा वह आदमी!"

इसी वक्त दरवाजे पर दिव्या आ खड़ी हुई और वहीं से पूछा, "क्या फैसला हुआ?"

शशांक ने पत्नी को क्रुद्ध निगाहों से देखा-भर, उससे बोला कुछ नहीं। टीपू उठकर माँ के पास गया और बोला, "माँ, कुत्ते ने काटा है।"

मैं तो शुरू से कह रही थी कि कुत्ते ने काटा है," कहते हुए दिव्या कमरे के अन्दर चली आई जैसे कि अब अगले विचार-विमर्श के लिए उसका वहाँ मौजूद रहना जरूरी है।

शशांक बीवी पर टूट पड़ा, "काटा है कुत्ते ने, तो अब ले जाओ इसे पूर्णिया। मुझसे नहीं सपरेगा यह सब काम। वहाँ जाकर धर्मशाला में ठहरना और रोज इस सपूत को अस्पताल ले जाकर सूई लगवाना। मैं यों ही बहुत परेशान हूँ। तुमसे यह कभी नहीं हुआ कि बेटे को पास बैठाकर कभी कुछ समझाओ-बुझाओ। कैसे काट लिया उसे

कुत्ते ने? क्या जरूरत थी उस लौंडे को कचहरी मैदान की तरफ जाने की? कुत्ता बिना छेड़छाड़ के तो नहीं काट लेगा? इस बाबत कभी समझाया है तुमने बेटे को? बेटे को पेट भर खिला दिया, बस, तुम्हारा काम पूरा। तो अब भुगतो; जाओ पूर्णिया; मुझसे दौड़-धूप नहीं होगी।" कहते हुए वह मन-ही-मन पूर्णिया जाने की तैयारी करने लगा।

टीपू कुत्ते की सौ गलतियाँ अभी गिना सकता था, पर पिता का रुख देखकर उसने अपना मुँह खोलना उचित नहीं समझा। दिव्या ने भी ललकार कर यह कहना उचित नहीं माना कि वह अपने भाई हरिचन्द को खबर भेजकर बुला लेगी। दिव्या का कोई जवाब नहीं आया, तो शशांक को लगा कि बेचारी औरत अपने को निरीह समझ रही है; और तब उसे पत्नी पर दया आ गई। मगर यह औरत अभी भी बोल क्यों नहीं रही है, "आप नहीं जाइएगा, तो कैसे होगा? आपके रहते मैं, घर की औरत, घर से बाहर कैसे निकलूँगी?"

और जब पूर्णिया से लौटकर आया शशांक, तो वह अत्यन्त प्रसन्न था। पिछले सारे दुख वह पूरी तरह भूला चुका था, यहाँ तक कि उस कटाह कुत्ते के प्रति भी उसके मन में कोई मैल नहीं रह गया था। अगर कुत्ते ने टीपू को न काटा होता, तो बेटे के बहुत-से गुणों से अपरिचित ही रह जाता बाप। इन चौदह दिनों में ही उसे टीपू की बड़ाई के किस्से लोगों को बरसों सुनाते रहने का मसाला मिल गया था। पूर्णिया से लौटने पर केवल एक भूल उसे सताने लगी थी कि वह अस्पताल में चिकित्सकों से यह पूछ नहीं पाया था कि अगर दुबारा कभी यह बच्चा कुत्ते से कटवा ले, तो क्या फिर सूइयाँ लगवानी पड़ेंगी या इसी इलाज से आगे भी काम चलता रहेगा। उसने यह देख लिया था कि पूर्णिया-प्रवास के चौदह दिन टीपू के लिए त्योहार के दिन थे, और अब उसे डर लग रहा था कि अवश्य कुत्ता एक बार बहुत जल्दी ही टीपू को काटेगा।

शशांक को इस बात का पूरा डर था कि पूर्णिया आ पहुँचने पर टीपू को चाहे जितनी खुशियाँ हों, पर अस्पताल चलने के नाम पर उसकी खुशियाँ हवा हो जाएँगी। बहुत सम्भव है कि जैसे ही दवा भरकर मोटी सूई उसके सामने लाई जाए और उससे अपना पेट उघारने को कहा जाए, वह मोटी सूई देखकर ही बिदक जाए, रोना-चिल्लाना शुरू कर दे और हाथ छुड़ाकर भागने की कोशिश भी कर बैठे। तब तो भारी मुसीबत हो जाएगी। एक दिन की बात तो है नहीं कि धर-पकड़कर काम हो जाए, पूरे चौदह दिनों तक पकड़-पकड़कर ले जाना पड़ेगा इस लड़के को। इस स्थिति से उबरने के लिए शशांक ने जोरदार प्रयास शुरू किया।

उसने टीपू को वीर रस की फुटकर कविताएँ सुनाईं। जिन कविताओं की पंक्तियाँ याद नहीं आती थीं उनके भाव बता दिये गए। उपदेश ऐसे बाँचे गए जिनका इस्तेमाल मुरदों में प्राण फूँकने के लिए किया जा सकता है। प्रवचनों का ऐसा ताँता चला कि युद्ध-क्षेत्र से मुँह मोड़कर भाग रहे कायर भी एकबारगी रुके, मुड़े और वीर-शय्या की

ओर दौड़ पड़े। हर एक का सारांश यही था कि बहादुर बच्चा बहादुरी के साथ सूइयाँ लेता है और सूइयाँ लगवाने से बच्चा बहादुर होता है।

मगर दूसरे ही दिन अपने उपदेशों और प्रवचनों को याद कर लजा गया शशांक, जैसे कि कोई किसी को हुक्का पीना सिखा रहा हो और बाद में पता चले कि वह तो अपनी नानी ही थी। दूसरे दिन से ही अस्पताल जाने से पहले ऐसा माहौल रहता जैसे कि कुत्ते ने बाप को ही काटा था और बेटा काफी चौकस था कि बाप सूई के डर से अस्पताल जाने में आनाकानी या इधर-उधर भाग जाने की कोशिश न करे। सुबह आठ बजते-बजते बेटा बाप को तैयार करने लग जाता, "जल्दी से तैयार हो जाइए, पिताजी। नौ बजे तक सूई देनेवाला अस्पताल में हाजिर हो जाता है। जल्दी कीजिए।" और जब-तब बाप को सुनाता रहता, "एक बच्चा तो मोटी सूई देखकर आज रोने लगा था, पिताजी...सूई से तो बड़े-बड़े लोग भी डरते हैं, पिताजी...आपको तो डर नहीं लगता है न?...डरने की कोई बात नहीं है, पिताजी। दर्द बिलकुल नहीं होता है; बस एक बार चींटी के काटने जैसी चुभन होती है..." और जब तक अस्पताल में मौजूद रहता, वहाँ दूसरे बच्चों की हिम्मत बढ़ाता रहता; उन्हें चीखने-चिल्लाने से मना करता; और उनके जरा भी रोने-ठुनकने पर जोर से खिलखिला पड़ता।

शशांक ने पूर्णिया में राधेश्याम से मुलाकात की थी, और राधेश्याम ने उसे धर्मशाला में टिकने की ढेर सारी तकलीफें बताकर अपने पास ठहरने के लिए जिद भी की थी, मगर शशांक ने यह कहकर मित्र का आग्रह टाल दिया कि धर्मशाला अस्पताल के निकट पड़ता है, और जब बेटे का बाप बना है वह तो एक बाप की तकलीफों और परेशानियों से कब तक भागता फिरेगा।

जिस धर्मशाला में बाप-बेटे चौदह दिनों तक रहे, उसमें शशांक भी इसलिए लोकप्रिय हो गया कि वह टीपू का बाप था। कितनी ही नानियों, दादियों और चाचियों से मुलाकातें हुईं टीपू की। दूर-दराज गाँवों से रोगियों के साथ आकर धर्मशाला में टिके हुए सारे बच्चों ने एकमत से उसे अपना राजा मान लिया था। अपने घर का सही पता-ठिकाना बताकर कितने ही नये मित्रों को उसने आमंत्रित कर दिया था राजगंज आने के लिए। शशांक तो अपने कमरे में बैठा अखबार और पत्र-पत्रिकाएँ पढ़ता रहता, मगर टीपू धर्मशाला के एक-एक कमरे में झाँकता रहता। कभी किसी बच्चे के सामने व्याख्यान दे रहा है वह, कभी किसी बूढ़ी के साथ बतिया रहा है, और कभी किसी जवान के साथ पूछताछ कर रहा है। धर्मशाला के व्यवस्थापक के साथ तो वह इतना हिल-मिल गया था कि अक्सर मूँगफली उनके पैसे से ही खाकर आता।

और शशांक को यह अच्छा लग रहा था कि कम-से-कम उसका बेटा तो उसकी तरह अन्तर्मुखी नहीं था। जब पूर्णिया से लौटकर आया शशांक, तो हफ्तों लोगों को अपने बेटे के ही किस्से सुनाता रहा। किसी भी किस्से के बीच टीपू का किस्सा निकल

आता। ऐसे में शशांक को वह दुख भला कैसे याद आ जाता जो उसे कचहरी के कुत्ते ने दे दिया था!

4

उस दिन दिव्या ने शशांक को बुरी तरह झिड़क दिया, "टीपू की बहादुरी का डंका तो आप खूब पीट रहे हैं, मगर उसकी पढ़ाई-लिखाई कैसी चल रही है इस ओर आपका ध्यान क्यों नहीं जाता?"

टीपू की पढ़ाई-लिखाई ठीक से नहीं चल रही है, मगर इसमें सारा दोष शशांक का ही तो नहीं है।

सरकारी विद्यालय में टीपू को दाखिल कराया गया था। सरकार की ओर से एक शिक्षक नियुक्त थे उस विद्यालय में। मगर जब सरकार अपने और बहुत से कर्मचारियों की तरह सरकारी प्राथमिक विद्यालय के शिक्षकों को भी बिना कोई काम-काज किये तनखाह देने को तैयार है, तो फिर इन सरकारी शिक्षकों का भी यह मानवीय कर्तव्य हो जाता है कि ये खानगी विद्यालय चला रहे अपने बाल-बच्चेदार भाई-बन्धु पर कृपा करें। यही वजह थी कि राजगंज के सरकारी प्राथमिक विद्यालय के शिक्षक भी अक्सर विद्यालय से भागे रहते थे। और अगर कभी किसी जरूरत से या किसी अवसर-त्योहार पर पखवारे में दो-एक दिन उन्हें राजगंज में रुकना पड़ जाता, तो इस डर से कि ज्ञान-पिपासु बच्चे पढ़ने-पढ़ाने पर जोर-जबरदस्ती न कर बैठें वे लड़कियों को अपनी रसोई बनवाने और लड़कों को पानी भरने, अपनी देह की मालिश करने या कुछ ऐसे कामों में व्यस्त रखते जिनका इल्म उनके जीवन-संग्राम में पढ़ाई से अधिक उपयोगी सिद्ध हो।

दो-तीन दिनों की कोशिशों के बाद आखिर एक दिन शशांक ने राजगंज प्राथमिक विद्यालय के शिक्षक से मुलाकात कर ही ली। शिक्षक यह जानकर काफी अचम्भित हुआ कि राजगंज में एक ऐसा भी बाप है जो अपने बेटे की पढ़ाई में रुचि रखता है और इस सिलसिले में विद्यालय के अहाते में घुसकर शिक्षक से मुलाकात करने की हिम्मत भी रखता है। राजगंज के आम लोगों का यह खयाल था कि गुरुजी के पढ़ाने-लिखाने से कोई खास फर्क नहीं पड़ता, उम्र के साथ बुद्धि आप-से-आप बढ़ती है। जो बाप कभी-कभार अपने बेटे की हरकतों से तंग आकर उसके गुरु के शरण में जाने को सोचता भी, उसे भी विद्यालय की ओर कदम बढ़ाते यह खौफ हो जाता कि कहीं वहाँ पहुँचते ही गुरुजी कोई अपनी बही न निकाल लें और फिर उसे आँख दिखाना शुरू न कर दें, 'आपके पास पिछले तेईस शनिचरा के पैसे बाकी हैं...आपको इतनी समझ भी नहीं है कि जो आदमी आपके बच्चे को पढ़ाने के लिए आपके गाँव में रुकता है उसे भी भूख लगती है और दोनों वेला भोजन चाहिए। यहाँ बही में देख रहा हूँ कि पिछले तीन महीनों से एक बार भी आपके यहाँ से सीधा नहीं आया है...आप ऐसे कंगाल हैं

कि आपके यहाँ कभी कोई पर्व-त्योहार मनाया नहीं जाता, कभी कोई पकवान नहीं पकता? छोटे-छोटे पर्व को तो जाने दीजिए, होली या दशहरा-दिवाली में भी आपके यहाँ से कभी बैना नहीं आया है...और दो साल से विद्यालय के बच्चे ढेला-चौथ के दिन आपके दरवाजे पर चिचिया-चिचियाकर गाते हैं, 'बबुआ रे बबुआ, लाल-लाल ढबुआ,' घंटों गाते हैं, 'बाबू की कमाई माई की पोगली निकालो रे बबुआ,' मगर अन्दर से आवाज आती रहती है, 'मालिक घर में नहीं है;' और बहुत खींचाखींची के बाद मालकिन पचीस पैसे का एक सिक्का दरवाजे पर फेंक देती है जैसे कि दरवाजे पर उसके बबुआ का गुरुजी नहीं, कोई कंगाल भिखारी खड़ा हो...कोई रुचि लेते हैं आप अपने बच्चे की पढ़ाई-लिखाई में? और अब आप चाहते हैं कि आपका बच्चा बुरी हरकत न करे इसके लिए भी थप्पड़ मैं ही चलाऊँ। आप लूले तो नहीं हैं, खुद चलाइए थप्पड़। थप्पड़ चलाने के लिए नौकर बहाल कर लीजिए। मैं क्या खाकर अपनी बाँहों में जोर लगाऊँ!..."

किसी अभिभावक ने विद्यालय के अहाते में घुसने की हिम्मत की है तो अवश्य उसके पास किसी तरह का बकाया नहीं होगा, यह सोचकर गुरुजी ने शशांक के साथ अच्छा सलूक किया। उन्होंने इस अभिभावक के लिए तुरन्त कोने में पड़ी चरमरी कुर्सी मँगवाई और यह जानकर देर तक उसके साथ बातचीत करते रहे कि यह आदमी भी एक गुरुजी बनने लायक शिक्षा प्राप्त कर चुका है। शशांक की विदाई भी एक खिल्ली पान के साथ की गई, क्योंकि गुरुजी को यह पता चल गया कि राजगंज के जल में यह अभिभावक एक मगर साबित हो सकता है।

चरमरी कुर्सी की मसखरी के कारण बार-बार ध्यान-भंग होने के बावजूद शशांक को गुरुजी की बातचीत से काफी जानकारी प्राप्त हुई।

गुरुजी काफी पश्चात्ताप कर रहे थे कि उन्होंने पढ़-लिखकर अपनी जिन्दगी खराब कर ली और कंगाली के चंगुल में फँस गए, जबकि उनके सगे और चचेरे भाइयों के घरों में इसलिए हुन बरस रहा है कि वे अनपढ़ और गँवार रह गए। जीवन में उनसे दूसरी बड़ी गलती हुई कि उन्होंने गुरुआई का पेशा पकड़ लिया। गुरुआई के पेशे में कितनी दिक्कतें पेश आती हैं इस पर विस्तार से बताया गुरुजी ने, और शशांक को खुशकिस्मत माना कि पढ़-लिखकर भी वे बाल-बाल बच गए। बच्चों को पढ़ाना-लिखाना, गुरुजी ने काफी जोरदार आवाज में कहा ताकि उपस्थित बच्चे घर जाकर अपने माँ-बाप को समझाएँ और उनसे सीधा और शनिचरा के पैसे वसूल कर गुरुजी के पास पहुँचा दें, कोई हँसी-खेल नहीं है। बच्चा देव का हो या दैत्य का, बच्चा ही है; और आचार्य वृहस्पति और शुक्राचार्य को भी अपनी चटशालाओं में बच्चों को पढ़ाते हुए नानी याद आ जाती होगी। गुरुजी ने अपने अनुभव से बताना शुरू किया कि ढेर सारे बच्चे तो पाठशाला में पढ़ने नहीं, मसखरी करने आते हैं। कोई 'र' को ऐसी पूँछ लगाएगा जैसे कि लंका-दहन के बाद हनुमान ने अपनी पूँछ इसी नालायक के पास रख

छोड़ी हो। कोई-कोई 'ह' इस तरह लिखेगा जैसे कि कोई मसखरा सरकस में मेज पर बैठे-बैठे ही दर्शकों को हँसने पर मजबूर करने में लगा हुआ हो। ऐसा कोई भी वर्ण नहीं मिलेगा जो किसी-न-किसी रोग से ग्रसित न हो; किसी को फुंसी, किसी को लकवा, किसी को गठिया, किसी को मिरगी। कोई-कोई तो ऐसे रोग का रोगी भी मिलेगा कि हकीम-लुकमान भी चकरा जाए। ऐसे लिक्खाड़ की कमी नहीं जिसके एक पूरे पृष्ठ की लिखावट पर नजर डाली जाए, तो उस पर सारे-के-सारे अक्षर बदहवाश नजर आएँगे। कोई औंधा पड़ा है, कोई चित; कोई पेट पकड़कर चिल्लानेवाला है, कोई लँगड़े की चाल में चलने की कोशिश करता हुआ। पूरे पृष्ठ पर एक सरसरी निगाह डालने से ही पता चल जाएगा कि अभी-अभी कोई हैजे का मरीज कै-दस्त करते हुए उस पर से गुजरा है। अगर यही पन्ना किसी लिपिविशेषज्ञ के सामने पड़ जाए, तो वह महीनों अध्ययन करता रह जाएगा कि किस युग के लोग ऐसी लिपि का प्रयोग करते थे और किस शिलालेख की यह नकल हो सकती है, और बहुत सम्भव है कि दस विद्वानों में कोई एक उस लेख में छिपे रहस्य को उद्‌घाटित भी कर डाले और अपनी विद्वता से दुनिया को चकाचौंध। अगर पाठशाला जाने से पहले बाल-पोथी की वर्ण-माला को एक बार ठीक से निहार लेने का काम किसी गुरुजी की नित्यक्रिया में शामिल न हो, तो पाठशाला से घर जाते हुए रास्ते-भर उनके मन में यही द्वंद्व छिड़ा रहे कि 'क' के डंडे में किधर लोटा बँधा रहेगा ओर किस तरफ चापाकल का झुका हुआ मुँह।

गाल बजाकर गुरुजी ने शशांक से यह स्वीकार करा लिया कि जन्मजात मसखरों की किसी जमात का उद्धार कोई वृहस्पति भी अकेले नहीं कर सकता। जिस बच्चे पर माँ की कृपा रहती है वही बच्चा ज्ञानार्जन कर सकता है, और एक गुरुजी के नाक रगड़ने से कोई बन्दर आदमी नहीं हो सकता।

शशांक 'बदकिस्मत' गुरुजी की हाँ में हाँ मिलाकर लौट आया था और दूसरे दिन ही टीपू को पोद्‌दार गुरुजी की पाठशाला में भर्ती करा दिया था। खानगी पाठशाला में पोद्‌दार गुरुजी की पाठशाला सबसे मशहूर थी।

धन की तलाश में राजगंज तक आनेवाले लोगों में पोद्‌दार गुरुजी भी एक थे। राजगंज ने अचानक तेजी से फैलना शुरू किया था। दूर-दूर—नौगछिया, छपरा, समस्तीपुर, राजस्थान तक—के लोग यहाँ आ पहुँचे, बस भी गए। हर एक यही सपना देखकर आया था कि राजगंज में उसके छूते ही मिट्टी सोना बन जाएगी। सपना साकार भी होता गया हर एक का। राजगंज की कमाई से इन्होंने राजगंज में अपनी जमीनें खरीदीं, मकान बनवाए और दौलत पैदा की। मगर जो सपना पोद्‌दार गुरुजी ने देखा था वह किसी शैतान का दिया सपना था। कई धन्धों में हाथ डाला इन्होंने, पर हर धन्धे में हाथ जल गया। जो कुछ सोना ये नौगछिया से अपने साथ लाए थे उसे भी मिट्टी होते समय नहीं लगा, और फिर हाथ ऐसा छूछा हुआ कि किसी मामूली धन्धे के लिए भी पूँजी नहीं बचा इनके पास। हारकर इन्होंने गुरुआई का धन्धा पकड़ा। हालाँकि इस धन्धे

में सफलता इनके हाथ आई और इन्होंने एक गुरुजी के रूप में अच्छी ख्याति अर्जित की, मगर तब भी अपनी हार का इन्हें बराबर अहसास होता रहा और किस्मत की मार भुलाए नहीं भूलती थी। इस हार-मार ने इन्हें ऐसा चिड़चिड़ा बना दिया कि पूरे राजगंज पर इन्हें गुस्सा आता रहा और यह गुस्सा आज तक राजगंज के बच्चों पर उतरता रहा है।

मगर यह गुस्सा ही इनकी असली दौलत बन गया; इसी ने इन्हें शोहरत दी, इज्जत दी। राजगंज के अधिकांश अभिभावकों का विश्वास था कि बच्चे की बुद्धि गुरुजी की मार-गाली से ही तीव्र होती है, और ये सब अपने बच्चों को गुरुजी के सुपुर्द कर निश्चिन्त हो जाते थे। बच्चों को मार-मारकर पढ़ाने में असीम आनन्द मिलता था गुरुजी को। मुक्के की मार हर एक को लगती थी। किसी भुसकोल छात्र को गुरुजी के सात मुक्के लगते थे, तो बहुत तेज विद्यार्थी को भी इनके छह मुक्के खाने ही पड़ते थे। मुक्का नहीं, तो अच्छी पढ़ाई नहीं, बच्चों के साथ न्याय नहीं—यह बात उनके मन में जमी हुई थी। बच्चे की खोज-खबर ये उसके घर तक जाकर लेते थे। स्मरण-शक्ति इतनी तेज थी कि बच्चे के नाम के साथ उसके बाप का नाम भी याद रहता। विद्यालय में कोई हाजिरी-बही नहीं रहने के बावजूद ये एक नजर में देख लेते कि किसके बेटे ने गोता लगाया है। पहला पूरा घंटा तो उपस्थित चटियों को भेजकर अनुपस्थित चटियों को पकड़-टाँगकर मँगवाने में गुजर जाता। हर अभिभावक को पता रहता कि गुरुजी के विद्यालय में जिस बच्चे की भर्ती होती है उसके बाप की पोल भी गुरुजी जल्दी खोल देते हैं, मगर तब भी इस फजीहत को बरदाश्त करने को तैयार रहता वह। रविवार पोद्दार गुरुजी के लिए काफी मनहूस दिन साबित होता था, क्योंकि उस दिन की छुट्टी की परम्परा उनकी पाठशाला में भी थी। उस दिन हाथ की खुजली शान्त करने के लिए वे खेल के अड्डों की ओर निकल जाते। कई बार तो उन्होंने ऐसे विद्यार्थियों को भी पकड़ लिया है जो बहुत पहले उनका विद्यालय छोड़ चुके थे, और पकड़कर उन्हें धौल भी जमा दिया है जैसे कि कोई पुराना बकाया वसूलना बाकी रह गया था।

संसार के वे पहले गुरुजी हैं जिन्होंने कभी छड़ी को छुआ तक नहीं, और उनके जोड़ का कोई दूसरा गुरुजी नहीं जिसने उनके जितने मुक्के बरसाए हों। दुबली-पतली काया थी पोद्दार गुरुजी की, मगर हाथ लोहे के बने लगते थे। बायाँ हाथ बच्चे की जुल्फी पकड़कर सिर को आगे-पीछे हिलाता रहता और दायाँ हाथ बीच-बीच में बच्चे की पीठ पर मुक्के का प्रहार करता रहता। सिर हिलाते हुए गुरुजी गीत की तरह गाते रहते, बार-बार दुहराते, "लुच्चा, उल्लू, पाजी; करता है अटकलबाजी...कछुआ-कुल का ही यह दोष, नौ दिन चले अढ़ाई कोस..." धम्म! "...अब क्या होगा रे हरिदास, घोड़ा दाना खाय न घास..." धमाधम! "...हुआ कपूत डुबाया बेड़ा, माँगे हर्रे दे बहेड़ा..." धम धमाधम धम! "...बेटा कितना बाप समान, वही धनुष," धम्म! "वही बान," धमाक! "...माथे में गोबर-ही-गोबर, कहीं न अक्ल मिली भिक्षा में; दाढ़ी-मूँछ उगाकर बबुआ पढ़ता है पहली कक्षा में," धम धम धमाक! "...बाप गँवाया मूलधन, बेटा खोजे

ब्याज; बाप न मारी गिदड़ी, बेटा तीरन्दाज," धम धमाधम धम धमाधम धमाक धमाक!

हफ्ता नहीं गुजरा कि टीपू माँ के पास शिकायत लेकर आ गया, "माँ, मैं इस पाठशाला में नहीं पढ़ूँगा।"

"क्यों बेटे?" माँ ने मुस्कराकर पूछा ताकि बेटे को पाठशाला जाते रहने के लिए मनाया जा सके।

"गुरुजी ने मुझे कपूत कहा है। मैं कपूत हूँ?"

"नहीं तो," माँ ने बेटे को विश्वास दिलाया और बुदबुदाई, "कपूत कह दिया!"

"हाँ, गीत गाते हुए कहा, 'हुआ कपूत डुबाया बेड़ा, माँगे हर्रे दे बहेड़ा।'"

"माँगे हर्रे दे बहेड़ा!" दिव्या बुदबुदाई।

"हाँ, और 'हुआ कपूत डुबाया बेड़ा।'"

"चलो तो अपने पिताजी के पास," कहते हुए दिव्या बेटे को लेकर पतिदेव के कमरे में घुसी और घुसते-घुसते झनझना उठी, "सुनिए जी, मैं टीपू को इस गुरुजी के पास नहीं जाने दूँगी। अपना टीपू कपूत है? माँगे हर्रे दे बहेड़ा! तो इसीलिए मेरा बेटा कपूत हो गया! क्या सोच रहे हैं, जाएगा टीपू कपूत कहलाने?"

शशांक ने बेटे से पूरा किस्सा सुना। गुरुजी का गुस्साना बेवजह नहीं था, टीपू ने सचमुच हर्रे माँगने पर बहेड़ा ही दिया था। गुरुजी का आदेश हुआ था चनमा को टीक पकड़कर लाने का, और टीपू ने टीक पकड़ी चनमा की। यह सम्भव है कि बोलने में गुरुजी की जीभ लटपटाई हो, मगर यह भी सम्भव है कि सुनने में टीपू से ही गलती हुई हो।

शशांक इस गलती पर थोड़ी देर तक हँसता रह गया और फिर दिव्या को, जो लगातार हँसने से इनकार करती रही, समझाना शुरू किया, "ऐसी तुच्छ गलती से दुनिया में कोई कपूत कहलाया है? ऐसा हर्रे-बहेड़ा तो तुम्हारे साथ रोज ही होता है; मेरे साथ भी होता है। मगर गुरुजी का गुस्साना तुम बिलकुल गैरमुनासिब सिद्ध नहीं कर सकती। और जब भी आदमी गुस्साएगा, तो कोई ऐसी-वैसी बात ही बोलेगा, भजन तो नहीं गाएगा! विश्वास करो, गुरुजी का जबान कुछ गड़बड़ है, मन बिलकुल साफ है। तुम्हारा बेटा कपूत नहीं है, मगर गुरुजी तो हर बच्चे को जाहिल और मूर्ख मानकर चलेंगे तभी तो ठीक से पढ़ाएँगे, उस पर कड़ी नजर रखेंगे!"

दिव्या ने एक बार गौर से पति को घूरा और फिर पहली बार गुरुजी को माफ कर दिया।

पखवारे के भीतर गुरुजी का दूसरा अपराध!

दिव्या पति के सामने बच्चे को लेकर उपस्थित हुई, "अब क्या कहते हैं आप? मैंने आज तक नहीं सुना कि किसी पाठशाला में छींकने पर मनाही हो। वाह गुरुजी!...

क्यों, बेटे, कोई गीत इस बार भी गाया था गुरुजी ने?"

टीपू ध्यानमग्न हुआ, मगर पिता ने बाधा पहुँचा दी, "टीपू, सच-सच बताओ, गुरुजी को गुस्सा क्यों आया?"

दिव्या बिगड़ गई, "बेवजह आया गुस्सा! छींक आई होगी, तो नाक का नेटा इधर-उधर उड़ गया होगा। इस पर गुस्साना कैसा! छींक समय देती है पहले से कोई इन्तजाम कर लेने के लिए?"

टीपू ने किस्से का किस्सा सुनाया।

छींकते रहना पोद्दार गुरुजी की प्रिय आदत थी। पढ़ाने के दौरान वे छींकने का समय निकाल लिया करते थे। उनका तरीका था धोती के छोर को उमेठकर बत्ती की शक्ल में लाना और फिर धीरे-धीरे उसे नाक की सुराख में डालना। यह क्रिया अनवरत चलती रहती और गुरुजी छींकने का आनन्द उठाते रहते।

पाठशाला का हर बच्चा प्रवेश पाने के सात दिनों के अन्दर ही गुरुरुजी की तरह छींकना सीख लेता, और अक्सर घर से विद्यालय और विद्यालय से घर छींकते हुए आता-जाता। आपस में ये बच्चे छींककर ही एक-दूसरे का स्वागत करते या विदाई देते। खेल के मैदान में तो पूरी-की-पूरी जमात ही एक साथ बैठकर छींकती नजर आ जाती।

टीपू को यह पता नहीं था कि एक खास तरह से छींकने की जो आदत गुरुजी को इतनी प्रिय थी उस आदत को उनके सामने माँजने-सँवारने की कोशिश करता हुआ उनका कोई छात्र उनके लिए इतना अप्रिय होगा। गुरुजी ने विद्यालय में अपनी नजरों के सामने टीपू को अपनी नाक में बत्ती घुसाते देख लिया और अगिया बैताल हो उठे। टीपू माँ के पास इस भय से पहुँचा था कि अब विद्यालय में उसके लिए साधारण ढंग से छींकना भी सम्भव नहीं हो पाएगा।

शशांक ने दिव्या का भ्रम दूर करने की कोशिश की, "अपनी नकल अपने सामने कोई बरदाश्त नहीं करेगा। नाक में बत्ती डालकर छींकना गुरुजी की खिल्ली उड़ाना हुआ। याद करो वह किस्सा कि जब तुम्हारे पहलवान भाई हरिचन्द ने अपने बारे में दो चरवाहे बच्चों को फुसफुसाते सुना कि 'राम सिंह का सिपाही जा रहा है,' और फिर उन्हें राम सिंह के सिपाही की चाल की हू-ब-हू नकल उतारकर अपना मनोरंजन करते देखा, तो कितना अगिया बैताल हो उठा था कि खदेड़कर उनमें से एक को पकड़ लिया और देर तक उसकी एक टाँग पकड़कर उसे घिरनी की तरह नचाता रह गया। एक बार मैंने ही तुम्हारे भोजन-भट्ट भ्राता की एक मामूली नकल पेश की कि किस तरह वह सुबह-सुबह बड़ी-सी थाली में सेर भर चूड़ा घी में सानता है और फिर पालथी मारकर चटपट पूरा गटक जाता है, तो तुमने मुझे कितनी जली-कटी सुनाई थी कि मैं उसके मोटापे से जलता हूँ, कि मेरे घर में लोग निकती से नाप-नापकर अनाज खाते आए हैं तो मुटाएँगे कैसे, कि तुम्हारे नैहर के लोग अनाज खाते हैं और मेरी देह अनाज चुराती है, कि मुझे कभी कुछ खाने को मिला ही नहीं तो मैं खाना जानूँगा कैसे।

मैं बहनोई होकर साले के साथ मजाक नहीं कर सकता, तब सोचो कि यह कहाँ तक उचित है कि एक शिष्य अपने गुरुजी के साथ दिल्लगी करे!" और फिर उसने टीपू से कहा, "बेटे, इस बात का खयाल रखो कि बच्चा विद्यालय में पढ़ने के लिए जाता है, छींकने के लिए नहीं। नाक में बत्ती डालकर..."

दिव्या मुँह बिचकाकर वहाँ से चल पड़ी। पति के वक्तव्य और मन्तव्य से वह सन्तुष्ट नहीं थी और आगे के बकवास से भी बेअसर रहने का उसका इरादा था। ज्यों ही वह आगे बढ़ी कि टीपू अचानक बोल उठा, "माँ, याद आ गया; गुरुजी ने गीत गाया था, अब क्या..."

"चुप रहो," माँ ने बेटे को भी डाँट दिया, "मुझे मालूम है, क्या गीत गाया होगा गुरुजी ने। 'गधे की दुम' कहा होगा, 'उल्लू का पट्ठा' बोला होगा। जिस मर्द को रोज शहर-बाजार जाना होता है, दस-बीस आदमियों से मिलना-जुलना होता है, उसे ही जब गालियों का गम नहीं, तो मुझे क्या, मैं तो घर के अन्दर रहती हूँ। बेटे को उल्लू का पट्ठा कहा या बाप को उल्लू, मुझे कुछ लेना-देना नहीं है इसमें।" और फिर उसने बेटे को आदेश दिया, "ठीक है, नाक में बत्ती मत डालना; मगर छींक आए, तो रोकना भी नहीं, मन-भर छींकना। छींक का जरा भी अहसास हो, तो जोर लगाकर छींक लेना।" और फिर देर तक बुदबुदाती रही वह, "छींक...पाठशाला...गुरुजी...वाह रे वाह..."

यह गुस्सा अभी उतरने भी नहीं पाया था कि...

उस दिन पाठशाला से आने में जरा देर हुई टीपू को, मगर जब वह घर में घुसा, तो माँ उसके रूप को देखकर स्तब्ध रह गई। माँ को उस तरह सुन्न देख टीपू ने कहा, "नाई मुंडन का एक रुपया लेता है, माँ; मैं उसे सिर्फ साठ पैसे दूँगा। बात तय हो गई है। मेरा बस्ता नाई के पास ही है। तुम जल्दी से पैसे दे दो, तो मैं अपना बस्ता..."

माँ चीख पड़ी, "तुमने सिर मुड़वाया क्यों? पिताजी ने कहा था?"

"पिताजी ने कुछ नहीं कहा था, माँ; मगर सिर मुड़वाना जरूरी था। तुम पैसे दो, फिर मैं बता दूँगा।"

"बताओगे खाक! कोई मर गया था घर में जो सिर मुड़वाने गए? टीपू का मुंडित मस्तक बार-बार दिव्या के शरीर में गुस्से की लहर फैला देता।

टीपू ने एक जमाने के बाद कोई अपना स्वतंत्र निर्णय लिया था। माँ के रवैये को देख दुखी हुआ वह और वह भी गुस्से में आ गया, "सिर नहीं मुड़वाता, तो क्या रोज-रोज गुरुजी से जुल्फी उखड़वाता!"

दिव्या ठक रह गई और बहुत मुश्किल से बोल पाई, "गुरुजी जुल्फी उखाड़ते हैं! कब से कर रहे हैं ऐसा वे?"

"जब से वहाँ पढ़ रहा हूँ।"

"तो पहले क्यों नहीं बताया?" दिव्या एकदम बिफर उठी, "क्या जरूरत है ऐसे

पागल गुरुजी के यहाँ पढ़ने की! कल से बन्द करो वहाँ जाना। अब इसमें अपने पिताजी से भी पूछने की जरूरत नहीं है।"

"सिर मुड़वा लिया, तो अब क्यों बन्द करूँ वहाँ जाना? अब तो मजा है, माँ। अब तो गुरुजी की चुटकी में भी कुछ नहीं आएगा। पैसे दे दो, तो बस्ता ले आऊँ।"

"एक पैसा नहीं दूँगी, और आने दो पिताजी को तो उस नाई की भी खबर लेती हूँ जिसने बच्चे के कहने पर सिर मूड़ दिया और ऐसा मूड़ा कि ठीक से टीक तक दिखाई नहीं पड़ती है।"

टीपू काफी उदास हो गया और एक आईना लेकर कमरे के अन्दर ही पड़ा रह गया। वह मन-ही-मन यह हिसाब भी जोड़ता रहा कि अगर साठ पैसे देकर बस्ता नहीं छुड़ाया गया, तो नाई को कितने का लाभ होगा।

दिव्या पति की प्रतीक्षा में इस तरह रही कि जैसे ही शशांक घर में घुसा, उसने पति का हाथ पकड़ा और लगभग खींचते हुए उस कमरे में ले आई जहाँ मुंडा टीपू गुमसुम बैठा था। बेटे के सिर की ओर उँगली दिखाते हुए उसने पति से कहा, "देखिए बेटे की हालत! बच्चा कहीं पढ़ने जाता है, जुल्फी और कान उखड़वाने नहीं। अगर कोई दूसरी पाठशाला नहीं है यहाँ, तो घर पर ही इसके पढ़ने का इन्तजाम कीजिए। साल-भर घर पर ही पढ़ेगा और फिर सीधे मध्य विद्यालय में नाम लिखा लेगा। इस गुरुजी के पास तो अब नहीं भेजूँगी मैं अपने बच्चे को। क्या सोच रहे हैं? माथा दुखने लगा क्या? आपसे नहीं सपरे, तो एक शिक्षक को बहाल कर लीजिए। यहाँ बहुत लोग घर पर पढ़ाने का धन्धा करते हैं। अगर आपसे एक शिक्षक ढूँढ़ना भी पार नहीं लगे, तो राधेश्याम जी से कहिएगा, और अगर यह भी सम्भव नहीं हो आपके लिए, तो साफ-साफ बोलिए, मैं इन्तजाम कर लूँगी।"

सब सुन लेने के बाद शशांक ने अपना मुँह खोला, "घर पर पढ़ाई के लिए एक शिक्षक का प्रबन्ध मैं करता हूँ, और जब तक यह नहीं हो जाता तब तक मैं ही समय दिया करूँगा। मगर अब टीपू का पाठशाला छुड़ा देना अच्छा नहीं होगा..."

"इस पाठशाला में," दिव्या ने बीच में ही टोक दिया, "बच्चा खाक पढ़ेगा! जहाँ केवल मार-पीट होती है वहाँ बच्चा नहीं पढ़ सकता।"

"ऐसी बात नहीं है। पोद्दार गुरुजी के मुकाबले में कोई गुरुजी नहीं हैं इस इलाके में। आज राजगंज की बड़ी-बड़ी दुकानों और गोलों में जो सेठ-साहुकार बैठे हुए हैं उन सबको इसी गुरुजी ने लायक बनाया है। पहाड़ा की पढ़ाई में जोड़ा नहीं है इनका! सवैया, ड्योढ़ा, अढ़ैया, पौना, हूँठा में हर बच्चा माहिर हो जाता है। और, मार-पीट मामूली होती है। आज तक नहीं सुना कि किसी का अंग-भंग हुआ है। मैं ध्यान रखूँगा, टीपू घर पर भी पढ़ेगा और पाठशाला में भी।"

"मैं इस पर सोचूँगी," दिव्या ने काफी ताव से कहा, "मगर एक शिक्षक का प्रबन्ध आप तुरन्त कीजिए और जब तक यह नहीं हो जाता खुद बच्चे को पढ़ाइए।"

उस दिन ही श्रीगणेश कर दिया शशांक ने, और पढ़ाई के पहले दिन ही राजगंज प्राथमिक विद्यालय के शिक्षक की बुदबुदाहट कानों में फिर से पड़ी, 'बच्चों को पढ़ाना हँसी-खेल नहीं है।' पोद्दार गुरुजी निर्दोष हैं। इस गुरुआई में तरो कोई भी आदमी मुक्के बरसाने पर मजबूर हो जाएगा। जितना उस शिक्षक ने बताया था सब सही निकल रहा था। उस पर टीपू का मामला कुछ और टेढ़ा। पढ़ाई के बीच में ही ऐसे टेढ़े-मेढ़े सवाल कि आचार्य वृहस्पति सिर खुजलाने लगें और शुक्राचार्य का सिर चकरा जाए। और फिर जले पर नमक, "आप भी इसका जवाब नहीं जानते, पिताजी? आप तो बहुत पढ़े-लिखे हैं।" विद्यालय के शिक्षक ने ठीक ही कहा था कि पढ़कर भी वह बाल-बाल बच गया।

बाल-बाल बचने के लिए भोर होते ही शशांक एक शिक्षक की तलाश में निकल गया और ऐसी दौड़-धूप की कि दोपहर होते-होते एक शिक्षक को फँसा लिया।

टीपू के पहले मास्टर जी टीपू की आँच बरदाश्त नहीं कर सके। टीपू ने पहले दिन ही उनसे ढेर सारे सवाल पूछे कि वे कहाँ तक पढ़े-लिखे हैं, आगे कहाँ तक पढ़ने का इरादा है, परीक्षा में चोरी तो नहीं करते, अगर पूर्णिया के धर्मशाला में उनके रहने की व्यवस्था टीपू कर दे तो क्या वे पूर्णिया में पढ़ना चाहेंगे, उनके होंठ पर यह कटने का निशान कैसा है, उनकी लम्बी नाक देखकर लोग हँसते तो नहीं हैं, उन्होंने कभी मूसा मारा है या नहीं, पोद्दार गुरुजी की तरह छींकना और मुक्के चलाना उन्हें आता है या नहीं...

दूसरे दिन टीपू ने मास्टर जी को नेक सलाह दी कि वे आगे की पढ़ाई चालू करें, खूब मन लगाकर पढ़ें और उसके पिताजी की तरह विद्वान हो जाएँ, भूल से भी कभी परीक्षा में चोरी न करें, किसी गुरुजी को गाछ पर चढ़ गए मूसा का पीछा नहीं करना चाहिए, इतिहास को भोर में उठकर रटें...

तीसरे दिन टीपू कुछ और सवाल और सलाह इकट्ठा कर मास्टर जी का आसरा देखता रहा, मगर मास्टर जी टीपू की पिछले दिन की सलाह मानकर ही अपनी आगे की पढ़ाई करने चले गए। दिव्या, जो पिछले दोनों दिन टीपू की सवाल और सलाह सुन-सुनकर गद्गद होती रही और सामने से आते-जाते मास्टर जी की ओर देख-देखकर मुस्कराती रही थी, पति से कहने आ गई कि मास्टर जी के प्रकट होने की कोई आशा नहीं है और अब एक नये मास्टर की तलाश अभी से शुरू कर दी जाए।

एक मास्टर को फिर फुसलाकर लाने में कामयाब हुआ शशांक। इस बार मास्टर जी को बन्द कमरे में बहुत कुछ सीखा-पढ़ाकर बेटे को पढ़ाने पर तैनात किया शशांक ने। पहले मास्टर जी को सिर्फ एक बार आने पर चाय मिलती थी; इस मास्टर जी को दो बार चाय देने की व्यवस्था की गई। टीपू को भी यह सुना दिया गया कि गुरु का दर्जा पिता से थोड़ा ही कम होता है और शिष्य को गुरु का सम्मान करना चाहिए।

मगर यह मास्टर जी भी अपनी मर्जी से भाग गए। मास्टर जी ने पहले दिन टीपू

को क्या-क्या पढ़ाया-सिखाया है, यही सब देख रहा था शशांक। बही में मास्टर जी के हाथ के लिखे कई ऐसे शब्द थे जिनमें हिज्जे की भारी भूलें मिलीं। शशांक मास्टर जी की अयोग्यता से काफी विस्मित हुआ और उसके मुँह से अचानक निकल गया था, "अरे बाप! यह मास्टर तो भारी भुसकोल है!"

दूसरे दिन टीपू ने बहुत मीठे लहजे में मास्टर जी को सुनाया, "पिताजी बोल रहे थे कि आप बहुत भुसकोल हैं।" उसने मुस्कराते हुए बही का वह पन्ना मास्टर जी के आगे खोल दिया जिसमें उनके लिखे शब्दों में हिज्जे की गलतियाँ थीं। रह-रहकर मुस्कराते हुए टीपू मास्टर जी से नजरें मिलाता रहा था।

अब ऐसा मास्टर कहाँ से पकड़कर लाए शशांक जो भगोड़ा नहीं हो! अब क्या होगा आगे का इन्तजाम?

बनिया सुँघनी साह का इन्तजाम भी क्या बुरा है! एक सप्ताह गुजर गया, चार दिनों की पढ़ाई भी हो गई टीपू की, और टेंट से एक पैसा तक निकालने की नौबत नहीं आई।

बनिया सुँघनी साह अपनी दुकान में किसी नये नौकर को बहाल करते वक्त तुरन्त उसका दरमाहा तय नहीं करता, और उसे सुनाता है कि दो-चार दिनों तक यह देखा जाएगा कि वह दुकानदारी के लायक है या नहीं। शशांक भी बेखौफ यह देखना चाह सकता है कि मास्टर टीपू को पढ़ाने लायक है या नहीं। दो-चार दिनों के बाद जब नौकर दरमाहे की बाबत कुछ बोलता है, तो साह जी उसे बताते हैं कि अभी वह काम सीख ही रहा है और कुछ काम सीख लेने के बाद उसका दरमाहा तय कर दिया जाएगा। शशांक भी शिक्षक को जवाब दे सकता है, "अभी तो देख रहा हूँ कि टीपू को पढ़ाते वक्त आप भी जहाँ-तहाँ अटकते रहते हैं। कुछ दिनों तक आपको घर से पढ़कर आना पड़ेगा बच्चे को पढ़ाने के लिए। पढ़ाई ठीक हो जाए, तो फिर दरमाहा भी तय कर दिया जाएगा।" जब दस-पन्द्रह दिन रहकर अपनी लियाकत सिद्ध कर ही देता है नौकर और तनखाह की माँग पेश करता है, तो सुँघनी साह तनखाह की ऐसी दर बोलते हैं कि सुननेवाले को आसमान से जमीन पर गिरने का अहसास हो। शशांक भी शिक्षक का माहवार अपनी मर्जी से तय कर सकता है, "पोद्दार गुरुजी को हर महीने दो रुपये दिये जाते हैं; आपको ढाई मिलेंगे। पर्व-त्योहार पर दस-बीस पैसे की बख्शीश मैं बच्चे की माँ से छिपाकर दे दिया करूँगा।" अगर आसमान से जमीन पर गिरने के बाद भी कोई मरभुक्खा आदमी नौकरी पर टिकता है या महीना पूरा कर जो भी मिले ले लेना चाहता है, उस नौकर को भी महीना पूरा हो जाने पर पैसे के लिए तकाजा करते ही अचानक किसी दिन गद्दी पर अचानक उठ खड़े हुए सुँघनी साह की कड़कदार आवाज सुनाई पड़ती है, "अरे, यह क्या! मैंने अभी उस आदमी को ढाई सेर सरसों तेल देने के लिए कहा था, और देख रहा हूँ कि तराजू पर पसेरी रखी हुई है।" अब नौकर रो-रिरियाकर क्यों न कहे कि उसने तराजू पर पसेरी बाद में रखी थी, सुँघनी साह उसकी एक नहीं मानेंगे। बिना कीमत चुकाए ढाई सेर सरसों तेल लेकर

भाग जानेवाला आदमी को नौकर का कोई अपना आदमी या रिश्तेदार ठहराया जाएगा और ढाई सेर सरसों तेल की कीमत उस 'बेईमान' नौकर के नाम बही में दर्ज कर दी जाएगी जिस रकम को बराबर करने में नौकर को कई महीने लग जाएँगे। शशांक थोड़ी कोशिश कर किसी भी शिक्षक को अपने छिद्रान्वेषण का शिकार बना सकता है, जैसे कि टीपू के दूसरे शिक्षक को, बगैर कोशिश के ही, वह डाँट सकता था, "आपने तो बालक का 'सीस' काट लिया है; और जब से आप आए हैं मेरा बच्चा मेरे 'चरन' 'स्पर्स' करने लगा है। मैं अभी हिसाब करके बताता हूँ कि बच्चे का कितना नुकसान किया है आपने और इसका कितना हरजाना देना होगा आपको।"

मगर समर्थ सुँघनी साह की वणिक-बुद्धि असमर्थ शशांक के किस काम की! और फिर 'बालक' के 'सीस' कटने का भय! उसे तो कोई और ही इन्तजाम करना पड़ेगा।

इस बार शशांक अपने मित्र राधेश्याम की शरण में गया।

राधेश्याम ने हँसते हुए कहा, "एक शिक्षक के लिए बेहाल हो रहे हो! तुम मोहनपुर गए रहते तो ऐसा नहीं कहते कि बच्चे को पढ़ाने के लिए एक शिक्षक नहीं मिला।" और फिर हँसते हुए ही कहा उसने, "तुम बेलाही जाओ और कहो कि वहाँ एक भी काना नहीं मिला, जबकि काने मानुषों का वहाँ इतना बाहुल्य और ऐसा दबदबा है कि लोग एकाक्षी के दर्शन को शुभ यात्रा का संकेत मानने लगे हैं वहाँ; तुम मुरलीचन्दवा का चक्कर लगा आओ और कहो कि वहाँ का हर आदमी दिल और दिमाग से दुरुस्त मिला, जबकि उस गाँव से गुजरकर आनेवालों ने बराबर यह सुनाया है कि 'आज मुरलीचन्दवा में एक आदमी खेत में पैसे रोप रहा था जिसकी फसल वह अगली अगहनी के साथ काट लेगा, 'या' आज वहाँ एक आदमी एक गाछ के खोड़र में राष्ट्रपति के नाम अपने पत्र डाल रहा था और पिछले पत्रों के जवाब अभी तक खोड़र में नहीं मिलने पर काफी कुछ अलाय-बलाय बक रहा था, 'या' आज तो एक वीर महाराणा प्रताप का वेश धारण कर हाथ में कृपाण लिये मुरलीचन्दवा की हर गुहाल और भुसकार में बेसब्री से अकबर की तलाश करता हुआ पाया गया'; तुम टुट्ठा से हो आओ और अपना मंतव्य दो कि ऐसा कोई और गाँव नहीं देखा जहाँ केवल इनसान बसते हों, चोर-उचक्का एक भी नहीं, जबकि राजगंज में किसी के घर सेंध पड़ती है तो वह पूजा-प्रार्थना के लिए थानेदार के पास जाने की बजाय सेंधिया चोर की तलाश में टुट्ठा जा पहुँचता है; तब सुन लो, बाबू शशांक गुप्ता, कि तुम्हारी बातों पर यकीन करनेवाला एक भी नहीं मिलेगा। मोहनपुर में तुम्हारे भी ढेर सारे परिचित होंगे। किसी एक से बात करो। या तो वह खुद एक शिक्षक निकल आएगा, या फिर उसी शाम से तुम्हारे घर शिक्षकों की झड़ी लग जाएगी।"

मोहनपुर ब्राह्मणों का एक छोटा-सा गाँव है, राजगंज से बिलकुल सटा हुआ। हालाँकि वहाँ के पंडित-परोहित आसपास के गाँवों में भी आते-जाते रहे हैं, मगर उनकी

आजीविका और आमदनी का मुख्य स्रोत राजगंज ही रहा है। पूजा-पाठ और दान-दक्षिणा के मद में राजगंज कितना माल देता था वह मोहनपुर को तर रखने के लिए काफी था। मगर समय बदला, ऐसा बदला कि राजगंज बदल गया, मोहनपुर को बदलना पड़ गया अब तो और भी तेजी से बदलता ही जा रहा है यह समय, यह जमाना।

जब से लोग अधर्मी हुए हैं और फकत इहलौकिक होने पर जोर देने लगे हैं, मोहनपुर का रंग बिगड़ने लगा है। कहाँ तो पहले हर शादी में ब्राह्मण अगुआ रहा करते थे, बेटीवाले के घर में धोती पहनते और बेटावाले के घर भी, और फिर शादी में दोनों तरफ से मन-भर दान-दक्षिणा पाते थे; और कहाँ अब यह हाल है कि शादी हो जाती है और मोहनपुर के पंडित-पुरोहित को पता तक नहीं चलता। चुपके-चुपके लोग चले जाते हैं बैद्यनाथ धाम, चले जाते हैं सिंहेश्वरधाम, और वहाँ से बेटा-बेटी की शादी करवाकर चले आते हैं। जो पुरोहित एक शादी करवाने में पाँच-दस गाँवों से भोज खा आता था, उसके लिए अब राजगंज में भी पत्तल नहीं लगता था। पहले एक बूढ़ा मरता था, तो दान का सिलसिला वर्षों चलता था। साल-भर बाद भी पुरोहित आता था और कह बैठता था, "एक बात कहना तो मैं अभी तक भूल ही रहा था। बूढ़े मालिक ने मरने से पहले एक आम का गाछ दान किया था जिसे कटवाकर ले जाने का मुझे कभी मौका ही नहीं मिला।" अब इस बात पर बेटों के बीच बहस नहीं हो सकती थी कि बूढ़े ने सचमुच दान किया था या नहीं। पुरोहित उनके बगीचे से गाछ कटवाकर बैलगाड़ी पर लदवाता था और लदाई-ढुलाई के पैसे भी उनसे वसूल लेता था। आज यह हाल है कि मन्दिर में घुसकर या हाथ में गंगाजल लेकर किरिया-शपथ खाने पर भी बूढ़े का कोई वंशज पुरोहित की बात को पतियाता नहीं है। अगर बूढ़ा अपने जीते-जी ही गाछ कटवाकर पुरोहित के घर भिजवा देना चाहे, तो उसकी अपने बेटों से ही कहा-सुनी हो जाती है; पोते लाठियाँ चमकाने लगते हैं; और पतोहुएँ आँगन में निकलकर सस्वर पाठ शुरू कर देती हैं, "जिसे थैली दे रखी है बूढ़े ने वह करे अपने हिस्से से गाछ-दान, जमीन-दान, सोना-दान, रूपा-दान..." पहले एक बच्चा जन्म लेता था, तो पंडित को यह पता लगाने के लिए तैनात किया जाता था कि जन्म-कुंडली के किस घर में कौन अशुभ ग्रह आ बैठा है और बच्चे पर अपनी कुदृष्टि डाल रहा है, और अशुभ ग्रह के अशुभ प्रभाव को किस विधि-विधान से दूर किया जा सकता है। हफ्तों व्यस्त रहता था पंडित एक जन्म-कुंडली को लेकर। अब तो करमजला बाप बेटे की जन्म-पत्री तक नहीं बनवाता; जन्म-काल के ग्रहों की स्थिति और उनकी दशा-अन्तर्दशा से लापरवाह पहुँचता है अस्पताल और सूई-टीके लगवाकर बेटे को अजर-अमर बना देता है। अब तो वैतरणी के सूख जाने तक की खबर राजगंज में फैल गई है और कोई बूढ़ा अब गोदान तक नहीं करवाता। पहले कोई पंडित घर से सपरकर चलता, तो किसी-न-किसी पूजा-पाठ के लिए यजमान को तैयार कर ही लेता; अब तो कोई कान ही नहीं धरता पंडित-पुरोहित की बातों पर। पहले ब्राह्मण के एक जय-बोल पर बनिया तेल-मसाला

की दो-चार दिनों की खुराक उन्हें मुफ्त में मुहैया कर देता था, अब तो हर बनिया सुँघनी साह बना हुआ है और गरीब ब्राह्मण के जयबोल-जयकार, निवेदन-आवेदन और रिरियाने-घिघिआने का भी कोई असर नहीं लेता।

मोहनपुर के पेट पर लात मारने में बाहर के बाबा-महात्माओं का भी कोई कम हाथ नहीं रहा है। यजमानों से मिलने उनके घर पहुँचते हैं पुरोहित महाराज, तो पता चलता है कि कोई सत्संग करने कुप्पा घाट चला गया है, कोई गायत्री-यज्ञ में शरीक होने हरिद्वार की ओर निकल गया है, कोई आत्मा की शुद्धि हेतु मथुरा के किस महात्मा की शरण में गया हुआ है, कोई देवघर में इस जिद के साथ डेरा डालकर बैठा हुआ है कि जब तक बाबा बैद्यनाथ उसका रोग-शोक हर नहीं लेते तब तक वह उनका दर छोड़कर आनेवाला नहीं। यहाँ के देवता भाड़ में गए, और पंडित-पुजारी अब कौआ हाँकें।

अभी भी एक राशि को छोड़कर दूसरे पर जाता है सूर्य; बारह संक्रान्तियाँ होती ही हैं; मगर अब दान-दक्षिणा के लिए मोहनपुर के किसी ब्राह्मण की बुलाहट नहीं होती। अशोक संक्रान्ति को मारो गोली; सूर्य की स्वर्ण-मूर्ति और कपिला गाय का दान अब भला कौन करेगा! आयु संक्रान्ति में भी तो बरतन चाहिए काँसे का और उसके साथ घी। अब तो दीप-दान में देवताओं तक को घी मयस्सर नहीं हो रहा है; और 'बरतन दिया जाएगा बाबा जी को? खबरदार!' तेज संक्रान्ति में लड्डू से काम चलाया जा सकता है, मगर अब लड्डू उस भाव में नहीं बिकता जिस भाव में बाबूजी खरीदकर लाया करते थे। एक सुपारी पचीस पैसे से कम में नहीं आती और चन्दन में भी आग लगी हुई है, तो, मान लिया, सुँघनी साह की औलादें ताम्बूल संक्रान्ति से भी परहेज करेंगी। मगर लवण संक्रान्ति से क्यों परहेज? दान में थोड़ा-सा लवण, बोरा भरकर नहीं, और थोड़ा-सा गुड़। इससे क्यों बिदकते हैं राजगंजवाले? अधर्म! आश्चर्य!

आदमी तो पाप को धन की तरह बटोरने पर उतारू हो गए हैं, अब। राजगंज में दो बिल्लियों को जान से मार डाला गया; एक पर लोढ़ी चलाकर, तो दूसरे को लाठी मारकर। मारनेवालों को पंडितों ने पाप-निवारण का सस्ता-से-सस्ता उपाय बताया, मगर उनके कानों पर जूँ तक न रेंगी। सवा-सवा रुपये का प्रसाद चढ़ा दिया उन्होंने ठाकुरवाड़ी में और मान लिया पाप फुर्रर्रर्र। कभी लोग सोने की बिल्ली ब्राह्मण को दान कर इस पाप का प्रायश्चित करते थे; और यहाँ कोई काठ की बिल्ली भी मोहनपुर नहीं पहुँची जो जलावन के काम भी आ सके।

सिर्फ बीस वर्ष पहले भी किसी ने सपने में नहीं सोचा होगा कि राजगंज की औरतें भी किसी दिन इस कदर बदल जाएँगी। हाल-हाल तक अपने मरदों को दिखाकर वे पूजा-पाठ, व्रत-उपवास तो करती ही थीं, उनसे छिपाकर भी कम पुण्य नहीं बटोरती थीं। पंडित को वे चोरी-चुपके आँगन में बुला लेतीं; किसी यज्ञ या पूजा की योजना बनातीं, घर में मरदों को जानकारी हो जाएगी, इसलिए यज्ञ-पूजा कहीं बाहर ही सम्पन्न कर देने के लिए पूरा खर्च पंडित के हाथ में दे डालतीं; चोरी-चोरी पसेरी-पसेरी-भर अनाज

पंडित को तौलकर उसे घर के पिछवाड़े की राह से बाहर निकाल देतीं; और पंडित कभी नियत समय पर नहीं आ पाता, तो तुरन्त उसका सीधा किसी नौकर या बच्चे के जरिये उसके घर पर भिजवा देतीं। आज एकदम बदला हुआ नजारा है। आज तो बूढ़ी औरतें तक 'सन्तोषी माँ' और 'रामभक्त हनुमान' फिल्में देख आती हैं और अपने को पुण्य से लदी-फँदी महसूस करने लगती हैं। पहले हर रविवार को सोमवार से शुरू होनेवाले व्रत-उपवासों की सूची पेश करने पंडित निश्चित रूप से पहुँच जाता था; अब तो औरतें पंडित-पुरोहित से मुलाकात तक नहीं करतीं और केवल यह पता लगाने में रहती हैं कि कोई धर्म पुण्यवाली फिल्म आई हुई है या नहीं। करने को तो अभी भी औरतें पुत्रदा एकादशी से लेकर रम्भा एकादशी तक करती हैं, मगर इस तरह चुप-चुप कि पंडित दरवाजे पर आकर भी कुछ सूँघ नहीं पाए और सीधा के लिए धरना न दे दे। इधर तो एक और तमाशा शुरू किया है इन औरतों ने। रविवार को झुंड बाँधकर चली जाती हैं ये जलढरी करने सिंहेश्वर या वरुणेश्वर। बिना टिकअ की रेलयात्रा और बाबा भोले को एक लोटा जल का दान; पंडित की कोई जरूरत नहीं। बड़े-बड़े पर्व-त्योहार बगैर पंडित की मदद के मना लिये जाते हैं।

"इसलिए मोहनपुर के ब्राह्मण-कुमारों ने," राधेश्याम ने शशांक को बताया, "अब गुरुआई का नया धन्धा पकड़ लिया है। थोड़ा-बहुत पढ़कर भी वे बच्चों को पढ़ाने लायक हो ही जाते हैं, और कोई दूसरा कठिन धन्धा उनके वश का नहीं है। वे जहाँ-तहाँ पाठशाला भी खोले रहते हैं और बच्चों को उनके घर पर जाकर भी पढ़ाते हैं। ऐसे तो मोहनपुर में पहले भी कई गुरुजी थे, पर अब तो हर घर में गुरुजी-मास्टर जी मिलेंगे। एक राजगंज में ही कम-से-कम पचीस-तीस गुरुजी रोज मोहनपुर से आते हैं बच्चों को पढ़ाने। अब तो वे पूरे इलाके में फैलते जा रहे हैं और कितने तो इलाके से बाहर भी जा चुके हैं। तुम किसी दिन भी मोहनपुर जाकर एक शिक्षक से बात कर लो, या रुको तो अगले रविवार को मैं खुद तुम्हारे साथ चलूँगा।"

"भीड़ में से किसी एक को पकड़ लाना ठीक नहीं होगा, राधे," शशांक ने अपनी चिन्ता व्यक्त करते हुए कहा, "कोई योग्य शिक्षक खोज दो टीपू के लिए। मुझे तो ऐसे शिक्षक से पाला पड़ चुका है जो मामूली शब्दों के हिज्जे भी नहीं जानता था। ऐसा शिक्षक तो सब मटियामेट कर देगा।"

"हूँ।" राधेश्याम ने हुंकारी भरी, "यह खतरा तो जरूर है। मगर इससे बचना है, तो एक शिक्षक रखने के बावजूद तुम्हें खुद बच्चे पर ध्यान रखना होगा।"

"वह तो मैंने भी सोच लिया है, और अब टीपू को खुद पढ़ाता भी हूँ। मगर एक शिक्षक ढूँढ़कर दो मुझे जो बिलकुल गोबर-गणेश न हो।"

कुछ याद कर राधेश्याम ने कहा, "एक शिक्षक तो बिलकुल तुम्हारे हाथ में है। सरोवर पंडित तो तुम्हारे पुरोहित ही ठहरे। उनका छोटा लड़का गुरुआई करता है। मैं तो उसे उसके बचपन के नाम से बुच्ची झा कहकर पुकारता हूँ, मगर उस लड़के

का पूरा नाम बजरंगी झा कलाकार है। सरोवर झा खुद तो काफी बदनाम हैं कि उन्हें पूजा-पाठ कराने तक का ज्ञान नहीं है, मगर उनका यह लड़का काफी लायक निकला है। अपनी पढ़ाई-लिखाई के सिलसिले में वह जब-तब मेरे पास आता रहता है। तुम टीपू को उसी के हवाले कर दो। वह उसे सँभाल लेगा।"

और फिर सरोवर झा के परिवार की पूरी कहानी सुनाकर राधेश्याम ने इस बात पर जोर दिया कि उस दुखी और लायक बुच्ची झा को प्रश्रय प्रोत्साहन मिलना चाहिए।

देर रात तक दोनों दोस्तों के बीच बातें होती रहीं और गुरुओं और मास्टरों के एक-से-एक किस्से उखड़ते रहे। शशांक को यह मालूम नहीं था कि इस अपने राधेश्याम के पास नये-पुराने गुरुओं के इतने मजेदार किस्सों का भंडार है, नहीं तो अब तक वह एक-एक किस्सा दस-दस बार उसके मुँह से सुन चुका होता।

सरोवर झा के छोटे बेटे को शीघ्र ही ढूँढ़ निकाला गया। मगर टीपू को उसके हवाले करने के पहले शशांक ने बजरंगी झा कलाकार को कुछ जरूरत की बातें बताईं जिन्हें सहमा-सिकुड़ा बुच्ची झा बड़े ध्यान से सुनता रहा, "मैं आपकी बहुत बड़ाई सुन चुका हूँ, कलाकार जी। सब सोच-समझकर टीपू को आपके जिम्मे किया जा रहा है। मगर तब भी कुछ बातें अभी ही आपको बता देना मैं आवश्यक समझता हूँ। टीपू कुछ अधिक बोलता-बकता है; उस पर आप ध्यान नहीं देंगे। कभी-कभार वह अंट-शंट सवाल पूछ बैठता है; आप उसे डाँटते रहेंगे। सावधानी यह रखनी है कि वह कुछ गलत सीखने न पाए। बचपन में सीखी हुई गलत बातें आदमी का जल्दी पीछा नहीं छोड़तीं। अगर आप कहीं शंकाग्रस्त हो जाएँ तो मुझसे पूछ लेंगे। बच्चे की पढ़ाई को मैं बहुत महत्त्व देता हूँ। ऐसे तो उसकी पढ़ाई पर मेरा ध्यान भी रहेगा, पर मुख्य रूप से यह जिम्मेदारी आपकी रहेगी। पैसे की ओर से आप बिलकुल निश्चिन्त रहिएगा; जितना किसी भी शिक्षक को एक बच्चे को पढ़ाने के लिए मिल सकता है, आपको उससे कुछ अधिक ही मिलेगा। बच्चे के सामने..."

टीपू की पढ़ाई शुरू हो गई, और विधाता ने छह दिनों तक बजरंगी झा कलाकार को निर्विघ्न पढ़ाने दिया।

सातवें दिन वज्रपात हो गया बुच्ची झा पर।

शशांक निश्चिन्त अपने कमरे में कोई पुस्तक पढ़ रहा था। दिव्या निश्चिन्त रसोई के ओसारे में मसाला पीस रही थी। बाहर के कमरे में बुच्ची झा मास्टर से पढ़ रहे टीपू की जोरदार आवाज अचानक कानों में पड़ी, "दौड़िए, पिताजी..."

शशांक ने हड़बड़ाकर पुस्तक एक ओर फेंकी और बिस्तर से उठने-उठने को हुआ। दिव्या की साँसें रुक गईं, हाथ की लोढ़ी स्थिर हो गई।

"...मास्टर जी गलत पढ़ा रहे हैं।" टीपू का पूरा वाक्य सुनाई पड़ा।

शशांक झटपट बिस्तर पर लम्बा हुआ और आँखें बन्द कीं। दिव्या भागकर रसोई

में घुसी और जोर-जोर से इधर के बरतन उधर पटकने लगी।

टीपू दौड़कर अन्दर आया, और पिताजी को जोर-जोर से झकझोड़ने लगा, "पिताजी, पिताजी..."

जब आँखें बन्द कर बिस्तर पर और पड़ा रहना मुश्किल हो गया शशांक के लिए, तो वह उठा ओर उठते ही एक जोरदार झापड़ बेटे के गाल पर जड़ दिया।

अकबका गया टीपू, यह क्या! ऐसा लगा जैसे कि सपने में पिता ने किसी दैत्य पर थप्पड़ चलाया हो,और ऐन उसी वक्त टीपू उनके सामने पड़ गया हो। नींद टूट जाने पर अब पिता को तुरन्त अपनी भूल का अहसास हो जाए और कुछ लजाकर वे तुरन्त भूल-सुधार की दिशा में कार्यवाही करने झटपट बाहर निकलें, इसलिए झनझना गए गाल को सहलाते हुए और आँसू को बरबस रोकर उसने कहा, "मास्टर जी गलत पढ़ा रहे हैं।"

आँखों के इशारे से बिलकुल चुप रहने और उँगली के इशारे से पुनः मास्टर जी के पास जा बैठने का आदेश मिला टीपू को पिता से।

किसी रहस्य की बू पाकर टीपू तुरन्त चला गया, मगर तुरन्त लौट भी आया, और कमरे में फुसफुसाते हुए बात कर रहे माता-पिता से बोला, "मास्टर जी तो भाग गए।"

"आँय!" शशांक और दिव्या के मुँह से एक साथ हल्की चीख निकल पड़ी।

शशांक बिस्तर पर लुढ़क गया और छत की ओर देखने लगा। दिव्या ने बेटे को अनदेखा-अनसुना किया और रसोई में चली गई। मन में किसी भारी रहस्य की बात सोचते हुए टीपू धीमी चाल से दरवाजे की ओर बढ़ा।

बाप ने बेटे को हाँक लगाई और पास आने पर पूछा, "क्या गलत पढ़ाया था मास्टर जी ने?"

टीपू ने जरा ऐंठकर कहा, "मास्टर जी ने 'दीन' का अर्थ 'निर्धन' बताया।"

और जब पिताजी ने भी बताया कि 'दीन' का अर्थ 'निर्धन' ही होता है, तो टीपू सकते में आ गया और बोला, "मगर, पिताजी, आपने तो 'दीन' का अर्थ 'गरीब' बताया था।"

उस दिन संध्या में पति ने गम्भीर और चिन्तित मुद्रा में पत्नी से पूछा, ऐसा तो नहीं, दिव्या, कि बुच्ची झा सचमुच भाग गए?"

"मुझे तो ऐसा ही लगता है," दिव्या ने पति की शंका को उचित ठहराते हुए कहा, "'दीन' के अर्थ को लेकर दोनों के बीच गरमागरमी हुई, टीपू यह तो बोला नहीं कि आपने उसे क्या अर्थ बताया था, और केवल मास्टर जी के बताए अर्थ को गलत कहता रह गया। और जब टीपू ने दौड़ आने के लिए आपको हाँक लगा दी, तब, सम्भव है, मास्टर जी के मन में कुछ सन्देह पैदा हो गया हो या टीपू के व्यवहार से भारी पीड़ा पहुँचा हो। टीपू के वहाँ से हटते ही उन्हें मौका मिला और वे भाग गए। कोई लौटकर

आनेवाला तो इस तरह नहीं भागेगा; कुछ कहकर, सुनाकर भागेगा।"

बुच्ची झा भागे नहीं रहते तो दूसरे-तीसरे दिन अवश्य उपस्थित हो जाते। शशांक ने उन्हें बुलाने-खोजने की कोशिश की; पूर्णिया से आने पर राधेश्याम ने भी उनका पता लगाया; मगर कोई टेर-पता नहीं चला बजरंगी झा कलाकार का। उनके घरवालों का सीधा जवाब होता कि उन्हें कुछ नहीं मालूम।

जब हफ्ता लग गया, तो बजरंगी झा के अब कभी लौटकर नहीं आने का पक्का यकीन हो गया शशांक को। वह इतना खिन्न हो उठा कि उसने यह निर्णय ले लिया कि अब और किसी शिक्षक की तलाश में नहीं निकलेगा वह। उसने सोच लिया कि अब टीपू को पढ़ाने का काम अकेले उसे ही करना है। कोई काम तब तक ही मुश्किल बना रहता है जब तक उसकी शुरुआत नहीं हो जाती। बच्चों को पढ़ाने का काम कितना ही मुश्किल क्यों न हो, पढ़ा तो रहे हैं उन्हें आदमी ही, उससे कम पढ़े-लिखे आदमी।

और जैसे ही उसने इस मुश्किल काम का जिम्मा अपने पर ले लिया, सब कुछ आसान हो गया उसके लिए और वह सचमुच चिन्ता-मुक्त हो उठा।

और जैसे ही मन से बोझ उतरा, बाप को बेटे की शरारत में मजा आ गया।

5

जब रात में एक मीठा सपना देखने की बात सुबह-सुबह घर-आँगन में झाड़ू लगा रही बीवी के सामने शशांक ने पाँचवीं बार कही, तो झाड़ू फेंककर दिव्या ओसारे में पति के पास बैठी और बोली, "अब पहले मैं यही सुन लूँ कि कैसा मीठा सपना देखा है आपने।"

दिव्या के पास आते ही शशांक ने मुस्कराते हुए कहना शुरू किया, "मैंने सपने में देखा कि मास्टर बजरंगी झा ने अपनी भौंह मुड़वा ली है।"

"भौंह मुड़वा ली? यह क्यों?"

"ताकि कोई उसे पहचान नहीं पाए।" कहकर शशांक जोर से हँसा।

"यह डर क्यों?"

"डर उसे हमलोगों से हो गया है। यह तो तुम मान लो कि हमारे घर से वह डरकर भागा था; फिर कभी हमसे मिलने नहीं आया। वह गाँव में ही है, पर किसी को उसका टेर-पता नहीं। वह नहीं चाहता कि हमारी पकड़ में वह कभी आने पाए। भौंह मुड़वाकर उसने शक्ल बदली और भयमुक्त हो गया।"

"ठीक, और क्या देखा सपने में?"

"भौंह मुड़वा लेने के बाद," शशांक ने कहना शुरू किया, "बहुत खुश और इस बात से निश्चिन्त कि अब कोई कौआ भी उसे पहचानकर काँव-काँव नहीं कर पाएगा, बजरंगी मास्टर अपने घर की ओर चला। घर की ओर बढ़ते हुए उसके मन में यह

बात आई कि और लोगों का उसे नहीं पहचान पाना जितना जरूरी है उतना ही जरूरी है घर के लोगों का उसे तुरन्त पहचान लेना।

"एक बात," दिव्या ने बाधा पहुँचाई, "सपने में उसके मन की बात भी आप जान गए?"

"तुम अपनी अक्ल की नुमाइश मत करो," शशांक गुस्सा गया, "आदमी भौंह मुड़वाकर ससुराल जाएगा क्या? और रूप बदलकर अपने ही घर में घुस पाने की कठिनाई पर ध्यान नहीं देगा?"

"ठीक, गलती हो गई मुझसे।"

"हाँ, ध्यान से सुनो।" शशांक बोला और आगे बढ़ा, "रास्ते में बजरंगी सोचता है कि अगर घर के दरवाजे पर पिताजी मौजूद मिलते हैं, तो इससे पहले कि वे अजनबी को घूरकर देखें वह बोल उठेगा, 'मैं बजरंगी हूँ, पिताजी, आपका छोटा लड़का। एक मुसीबत के कारण रूप बदलकर आया हूँ। अभी परेशान हूँ, कुछ बोल नहीं पाऊँगा; बाद में सब बता दूँगा।' और अगर गिरिधर भैया मिल जाते हैं, तो उनसे भी आँख मिलते ही कह देगा, 'मैं बजरंगी, आपका छोटा भाई। अपनी जरूरत से मैंने रूप बदला है। इससे आपकी इज्जत में कोई बट्टा नहीं लगेगा। मेरे इस रूप को ठीक से देख लीजिए। बाद में अँधियारे में लाठी चलाकर यह बहाना नहीं बनाइएगा कि आपने मुझे कोई बाहरी आदमी समझ लिया था।' मगर हुआ यह कि जब मास्टर बजरंगी घर पहुँचा, तो वहाँ न उसके पिताजी हाजिर थे न बड़े भैया गिरिधर।"

"सपना बहुत लम्बा है क्या?" नहीं चाहते हुए भी दिव्या ने टोक दिया।

"मीठा सपना लम्बा नहीं होता। ध्यान से सुनो। और यह सपना इसलिए मीठा हो गया कि घर के दरवाजे पर उसे किसी से मुलाकात नहीं हुई। बजरंगी घर में घुसकर सीधे अपने कमरे की ओर बढ़ जाता है और दबे पाँव अन्दर प्रवेश करता है। उसकी बीवी 'सोनबरसावाली' तकिये के गिलाफ पर रंगीन सूतों से 'अमर प्रेम' काढ़ रही है। कोई अन्दर आया है, यह आहट पाते ही वह गिलाफ से ऊपर नजर उठाती है; और बजरंगी अभी बोलना ही चाहता है, 'बुझो तो, मैं कौन हूँ?' तब तक तो एक अजीब चेहरे पर एक अजीब मुस्कराहट देखकर सोनबरसावाली चीख पड़ती है, 'दौड़िए, दीदी जी; घर में गुंडा।'"

"सपने में आप उस कमरे में भी मौजूद थे?" दिव्या फिर पूछ बैठी, "बिलकुल ऐसा ही हुआ था?"

"मेरा सपना तो इससे पहले ही टूट गया था," शशांक ने जवाब दिया, "मगर बाद में हुआ तो होगा ऐसा ही।"

"ऐसा ही हुआ होगा?"

"हाँ, बिलकुल। तुम ध्यान से सुनती जाओ," कहकर शशांक आगे बढ़ गया, "'घर में गुंडा' सुनते ही बड़ी गोतनी जहाँ होगी वहीं गश खाकर गिर पड़ेगी, और

अगर अपने गहने-जेवर और नकदी का खयाल आ गया तो जल्दी-जल्दी आँचल में सब कुछ समेटकर पिछवाड़े के भुसकार की ओर दौड़ पड़ेगी और भूसे के ढेर में समा जाने की कोशिश करेगी। किसी के आ जाने का खतरा महसूस कर बजरंगी बीवी के कन्धे पकड़कर उसे झकझोरते हुए कहेगा, 'चीखो मत, पहचानो मुझे, मैं हूँ...' मगर बीवी क्या अब तक रुकी रहेगी दूसरी चीख मारने के लिए। कुम्भकर्ण की नानी को गहरी नींद में सोई मानकर या घरझँकनी छिनाल को टोले-मोहल्ले में घूमने निकल गई जानकर सोनबरसावाली तुरन्त हँकार लगाएगी, 'दौड़िए, ससुर जी! दौड़िए, भैंसुर जी! घर में गुंडा।' साँड़ की तरह डकरनेवाली बीवी की आवाज पर न जाने कितने लोग अब दौड़ पड़े होंगे, इस डर से बजरंगी जल्दी से किवाड़ भिड़ा देगा। आनेवाला खाली हाथ आने की बजाय हाथ में कोई हथियार लेकर ही आएगा और अचक्के में लाठी-भाला चला भी सकता है, यह सोचकर वह सिटकिनी भी लगा देगा। लोग आते ही किवाड़ पीटने लगेंगे और तब अकेले सिटकिनी देर तक नहीं ठहर पाएगी, मन में यह विचार उठते ही किवाड़ का बिलैया भी चढ़ा देगा बजरंगी मास्टर।

"किवाड़ बन्द होते देख बीवी और भी जोर-जोर से चिचियाने लगेगी। बजरंगी फिर बीवी की ओर मुड़ेगा, 'ओह, चीखो मत; बात तो सुनो; मैं बजरंगी हूँ; ठीक से देखो न।' मगर अब कमरे के दरवाजे पर धूम-धाम! उपद्रव की आहट! और फिर आवाजें, 'अन्दर में ही है; भागने न पाए...बाहर की किवाड़ लगा दो, गिरिधर; किसी को अन्दर नहीं आने देना है...हम यहीं गँड़ासे से दो फाँक काट देंगे, थाना-पुलिस बाद में...किवाड़ नहीं खुले, तो तोड़ दो...आप पीछे हटिए; मैं किवाड़ खुलते ही गँड़ासा चला दूँगा, पिताजी...' पिता की आवाज पहचान लेगा बजरंगी। गिरिधर भैया गँड़ासा के साथ मौजूद! बीवी को छोड़ बाप और भैया से मुखातिब होगा बजरंगी, 'पिताजी! मैं बजरंगी हूँ। मैं बजरंगी हूँ, गिरिधर भैया! अन्दर कोई गुंडा नहीं है। कुछ कारणवश सोनबरसावाली मुझे पहचान नहीं पा रही है। आप पहचानिए, आवाज पहचानने की कोशिश कीजिए! अरेरे, किवाड़ मत तोड़िए, गिरिधर भैया! पिताजी! आप मना कीजिए भैया को किवाड़ तोड़ने से; मैं तुरन्त खोल देता हूँ।' फिर पत्नी से मुखातिब होगा बेचारा, 'तुम पहचान क्यों नहीं रही हो मुझे? एक भौंह नहीं है, और तो कोई फर्क नहीं है! दिल ठंडा करो, गौर से देखो, और पहचान लो।' फिर पिता-भ्राता से, 'हाँ-हाँ-हाँ, यह क्या कर रहे हैं? मत तोड़िए किवाड़; पैसे की बरबादी होगी। पहचान क्यों नहीं रहे हैं? मेरे बाएँ हाथ के अँगूठे पर जो कटने का निशान है, वह मिटा नहीं है, अभी इस वक्त भी ज्यों-का-त्यों है। पहचाना?'"

"अँगूठे पर निशान है और वह कटने से हो गया था, यह भी खबर है आपको?" दिव्या ने बगैर मुस्कराए पूछा।

शशांक गरमा उठा, "तुम अन्धी हो, अगर तुम्हें खबर नहीं है। सात दिनों तक चाय पिलाती रही मगर पीनेवाले के अँगूठे पर का निशान नजर नहीं आया।

मैंने तो पहले दिन ही देख लिया था। और वह कटने का ही निशान है, मियादी बुखार या हैजा का नहीं। सोच-समझकर टोको; यों ही मत दौड़ा दो अपनी अक्ल का घोड़ा। हाँ, तो...'याद कीजिए, मेरी छाती पर एक तिल था,' कहकर अचानक दिव्या पर बमक उठा शशांक, "अब यह मत पूछ बैठना कि मैंने मास्टर की छाती कब देखी थी। आदमी के शरीर में सैकड़ों निशान रहते हैं। कहो, तो तुम्हारी देह में भी दस-बीस ढूँढ़ दूँ। सात तिल हैं तुम्हारे बदन में; है तुम्हें पता? खैर, छोड़ो; अभी सुनो कि बजरंगी क्या कह रहा है, 'मेरी छाती पर एक तिल था; अभी भी है; गंजी खुलवाकर देख लीजिएगा। मैं किवाड़ खोल देता हूँ, मगर पहले आप लोग लाठी-गँड़ासा फेंक दीजिए। उसकी जरूरत नहीं है। क्या सोच रहे हैं, पिताजी? गिरिधर भैया! मैं जो बोल रहा हूँ वह आप सुन रहे हैं या नहीं?' और अब भौचक थरथर काँप रही बीवी की ओर मुँह कर देगा, 'ओह, काँपो मत। मैं तुम्हारा पति हूँ। अब और देर मत करो पहचानने में। मैं अपने हर पत्र में तुम्हें 'हृदयेश्वरी' लिखता था या नहीं, बोलो? तुम लिखा करती थी 'चरणों की दासी।' अभी भी बक्से में चिट्ठियाँ पड़ी होंगी, निकालकर देख लो... अब क्यों पीट रहे हैं किवाड़; खोल तो रहा हूँ। सिटकिनी कड़ी है...तुम्हारा दुलार का नाम फुसकी। तुम्हारी बड़ी बहन का नाम टुसकी...'"

"फुसकी!" हँसी रोक नहीं पाई दिव्या, "बहन का नाम टुसकी!"

"हँस क्यों पड़ी? फुसकी नाम भी हो सकता है, जैसे तुम्हारे बचपन का नाम झलिया था। तुम्हारी शशि का नाम भी जरूर कलिया-मलिया रहा होगा। बजरंगी की सास का भी तो कुछ नाम होगा ही। मुझे भी तो अपनी सास और तुम्हारी नानी तक के नाम मालूम हैं। मगर, छोड़ो; अभी सुनो बजरंगी की बात, 'बहन का नाम टुसकी; माँ का नाम सरधा; नानी का नाम...किसी पक्षी के नाम पर...कौआ नहीं, मैना नहीं, बत्तख भी नहीं...पेट में है, मुँह में नहीं आ रहा है; मगर है किसी पक्षी के नाम पर ही...बोलो, पहचान लिया न अब? तो जरा जोर से बाहरवालों को बता दो कि मैं कौन हूँ। जरा जल्दी करो, जल्दी।'"

"अरेरेरे, मुझे क्यों झकझोर रहे हैं? मैं ही बोल दूँ बाहरवालों को?" दिव्या अपने कन्धे शशांक की पकड़ से छुड़ाते हुए बोल पड़ी।

"धत! मैं तो यह बता रहा था कि बजरंगी झा ने किस तरह बीवी की चिरौरी की होगी।" शशांक ने कुछ लजाते हुए कहा और फिर अपनी रौ में बहने लगा, "फिर किवाड़ पर धड़ाम-धड़ाम और आवाजें, 'अभी भला कहाँ से घर आया होगा बजरंगी! है कोई गुंडा ही और बहू का गला दबा दिया है। पिताजी! सावधान...धड़ाम-धड़ाम...' भैया! मुझे आज सवेरे ही आ जाना पड़ा। तबीयत ठीक नहीं थी। खोल रहा हूँ किवाड़; बिलैया अटक गया है। अभी भी हाथ में हथियार है, तो फेंक दीजिए। मेरे हाथ में कुछ भी नहीं है। आप दो हैं, मैं अकेला। अगर मैं गुंडा भी हूँ, तो आप दो मुझे वश में कर लेंगे।' और फिर फटी-फटी निगाहों से अपनी ओर देख रही बीवी से हल्का गुस्साकर

कहेगा वह, 'मगर तुम मुझे नहीं पहचान सकती? अब कैसे विश्वास कराऊँ? याद करो, सुहाग रात में मैंने कहा था तुमसे, "नाक की बुलाकी उतरवा लेना। इतनी बड़ी बुलाकी पहनोगी, तो नाक का नेटा कैसे पोंछोगी?" याद करो, कहा था न?'

दिव्या के मुँह से अचानक निकल गया, "यह मुझे सुना रहे हैं क्या? मैंने कोई बुलाकी नहीं पहनी थी।"

"लो, तुमने भी खूब सोच लिया। मैं तुम्हारा किस्सा बयान कर रहा हूँ क्या?" अचरज प्रकट करने के बाद शशांक हल्के से मुस्कराया, "हालाँकि तुम्हारे नाक में नकमुन्नी थी जरूर, मगर मुझे याद नहीं कि उस बाबत मैंने तुमसे कुछ कहा था। ऐसा तो नहीं ही कहा होगा कि नाक का नेटा कैसे पोंछोगी। मैं मास्टर बजरंगी का किस्सा सुना रहा हूँ। कुछ-न-कुछ तो बात हुई ही होगी मियाँ-बीवी के बीच सुहाग रात में। ऐसा नहीं हुआ होगा कि दोनों दो कोनों में मुँह लटकाकर बैठ गए होंगे और मौनी बाबा की तरह रात गुजार दी होगी। अब क्या-क्या बातें हुईं, यह तो बजरंगी बोल ही रहा है, 'गौना में मैंने दोनों रातें जागकर गुजारी थीं ससुराल में डकैतों के डर से, और तुमने मुझे अच्छी तरह समझा दिया था कि डकैतों के घर में घुसते ही हम किधर से दीवाल फाँदेंगे और गोबरवाले गड्ढे में कूदकर अपने प्राणों की रक्षा करेंगे। उस रात मेरे प्राण की चिन्ता थी; आज नहीं है? अभी भी तो चिल्लाकर कुछ कहो लाठी-गँड़ासावालों से...तो फिर अभी बस इतना ही कह दो कि घर में जो भी है बहुत दुबला-पतला है, और उसके हाथ में एक छड़ी तक नहीं है...'"

"किस्सा ही सुनती रहूँगी," दिव्या ने फिर टोक दिया, "तो चूल्हा कब जलेगा?"

"मजा खराब मत करो," शशांक ने कुछ रुष्ट होकर कहा, "भोजन की चिन्ता मुझे भी है। अभी चूल्हा जलाने का वक्त नहीं हुआ है। अभी देखो तो, क्या-क्या गुजरता है बजरंगी के साथ। जैसे ही उसे बीवी कुछ सहज होती दिख पड़ेगी, बजरंगी बाहर खड़े भाई-बाप को कुछ डपटकर सुनाएगा, 'अब क्यों किवाड़ थपथपा रहे हैं? जाइए आप लोग। बाईस वर्षों से साथ हूँ; आवाज तक नहीं पहचान सकते!...भौंह की ओर क्यों देख रही हो? मैंने जान-बूझकर मुड़वाई है। मनाओ कि मैं जिन्दा रहूँ; भौंह तो फिर उग जाएगी, उगते देर नहीं लगेगी। इसके लिए गम मत करो; गम असली बात के लिए करो। देख रही हो न, भैया किस तरह गँड़ासा लेकर खड़े हैं?...आप लोग हट जाइए दरवाजे से; सोनबरसावाली बाहर निकलेगी...भैया तो चाहते ही हैं किसी सूरत से मुझे ठीका लगा देना। अभी जमीन-जायदाद के केवल आधे पर हक है उनका; मर जाऊँगा, तो पूरे का मालिक बन बैठेंगे। उन्हें तो बस एक मौका चाहिए, ऐसा मौका कि साँप भी मरे और लाठी भी न टूटे। अभी मौका हाथ आ गया है। तुम चुप रहो और वे मुझे गँड़ासा से काट दें, तो लोग भी यही समझेंगे कि ऐसा धोखे में हुआ है और गलती भी मेरी ही बता देंगे। तब तुम कुछ कहना चाहोगी, तो मेरे खून का इल्जाम तुम पर लगाकर तुम्हारी भी छुट्टी कर देंगे वे। मरे को कौन पूछता है! बाप भी जिन्दा बेटा

का पक्ष ले लेगा। इन दोनों के साथ रहकर जान बचाना मुश्किल है। एक घर में रहकर कोई कितना सावधान रहेगा! अभी का मौका तो भैया के हाथ से गया। तुम किवाड़ खोलकर दरवाजे पर खड़ी तो हो जाओ...डरो मत; देखकर ही हथियार चलाएँगे भैया। ऐसे भी औरतों पर वे हाथ नहीं उठाते हैं। गुबरी की माँ दरवाजे पर चढ़कर गालियाँ दे गई थी; भैया घर से चुपचाप सुनते रह गए थे। ओह! खोलो न किवाड़। किवाड़ खुलते ही वे सटक जाएँगे।'"

"हो गई न कहानी खत्म? अब मुझे जाने दीजिए," उठते हुए दिव्या ने कहा, "चूल्हा जला दूँ।"

"हाँ-हाँ, चूल्हा जला ही दो," कहकर शशांक एक क्षण वहीं बैठा रहा और फिर अलस भाव से उठकर धीरे-धीरे अपने कमरे की ओर बढ़ गया। मगर अभी दिव्या ने चूल्हा जलाकर उसमें ज़लावन झोंकना शुरू ही किया था कि शशांक वहाँ फिर हाजिर हो गया और बोला, "एक बात पर तुम्हारा ध्यान भी नहीं गया। अगर बजरंगी मास्टर का बाप पुरोहिताई में कहीं बाहर गया हुआ हो और उसका भाई भी अपने खेत पर हो, तब क्या होगा?"

"वह भी बाद में सुन लूँगी," दिव्या ने चूल्हे पर ध्यान केन्द्रित करते हुए कहा, "अभी मुझे खाना बना लेने दीजिए।"

शशांक इस पर राजी नहीं हुआ, "खाना तुम कान से तो नहीं बनाओगी! मुझे बोलने में कष्ट नहीं है, मगर तुम्हें सुनने में भी कष्ट हो रहा है। सुनना है, तो अभी ही सुन लो।"

दिव्या हँस पड़ी, "ठीक है, सुन रही हूँ; बोलते जाइए।"

शशांक झटपट बैठकर बोलने लगा, "जब घर के लोग नहीं पहुँचेंगे, तो सोनबरसावाली टोले-मोहल्ले के लोगों को बुलाने के लिए और भी जोर-जोर से हँकार-पुकार मचाएगी। यह जानकर कि दुस्साहसी डाकू दिन-दहाड़े गाँव में घुस गए हैं, लोग अपने-अपने घर में किवाड़-खिड़कियाँ लगाकर आक्रमण और सुरक्षा की दृष्टि से महत्त्वपूर्ण जगहों में तैनात हो जाएँगे ताकि डाकू एक से अधिक घर लूटने न पाएँ।"

"गाँव में ऐसा नहीं होता है।" अपने कान से झूठ सुनना बरदाश्त नहीं हुआ दिव्या को।

"तुम बहुत दिनों से मैके नहीं गई हो, इसलिए ऐसा बोल रही हो; अब तुम्हारे कलासन में भी ऐसा ही होता है। ध्यान से सुनो," कहकर शशांक अपनी लीक पर आगे बढ़ गया, "चीख-पुकार पर किसी को नहीं आते देख सोनबरसावाली लगेगी जोर-जोर से गालियाँ बकने पूरे गाँव को। अब सरोवर झा के पड़ोसी शत्रुघन मिसर नहीं भी दौड़े, क्योंकि एक बार सरोवर झा ने, उनके किसी यजमान से यह झूठ बोलकर कि मिसर जी सपरिवार गंगा-स्नान करने चले गए हैं और एक पखवारा के बाद आएँगे, उस यजवान के घर सत्यनारायण पूजा कराई थी और ग्यारह रुपये की दक्षिणा के अतिरिक्त एक पल्ला धोती ऐंठ लेने में भी कामयाब हो गए थे; मगर गाँव के और लोग गालियाँ बरदाश्त नहीं करेंगे और दौड़ आने को मजबूर हो जाएँगे। गालियाँ सुनकर

भी घरों में दुबके लोग देर होने पर, भूल से यह मानकर कि अब तक डाकू अवश्य चले गए होंगे, दरवाजे पर आ जाएँगे, घर के अन्दर भी घुस जाएँगे। और तब बात का बतंगड़ हो जाएगा।

"बात का बतंगड़ न हो जाए, इसलिए किवाड़ की सिटकिनी और बिलैया लगाते ही जो पहली बात बजरंगी मास्टर के दिमाग में आएगी वह होगी तुरन्त सोनबरसावाली को चीखने-चिल्लाने से रोक देना। पल की देर लगाए बिना वह पत्नी पर झपट्टा मारेगा और तत्काल उपलब्ध कोई भी कपड़ा—गमछा, गंजी, अंगिया, साया—उसके मुँह में कसकर ठूँस देगा। मगर इससे काम नहीं चलेगा बजरंगी कलाकार का। जबान से बेदखल होते ही कोई भी औरत नख और दाँत का सहारा ले लेगी। इन हथियारों के प्रथम प्रदर्शन पर ही बजरंगी बीवी को धोबिया-पाट मारकर जमीन पर गिरा देगा और उसे काबू में रखकर कहना शुरू करेगा, 'पहचानो मुझे, मैं...' मगर अब तक क्या सुध-बुध ठिकाने रहेगी उस औरत की! धोबिया-पछाड़ खाकर गिरते ही बेचारी बेहोशी में चली जाएगी।"

"आदमी इतनी जल्दी बेहोश नहीं हो जाता।" नाक-भौं सिकोड़कर कह दिया दिव्या ने।

"औरत हो जाती है," पत्नी के विरोध को विफल करते हुए शशांक ने जवाब दिया, "एक औरत ने अपने पाँव बिस्तर से नीचे किये ही थे कि बगल में पड़े रस्सी के टुकड़े पर उसकी नज़र पड़ गई और वह चीख पड़ी, 'साँप!' उसकी दूसरी चीख 'साँऽऽ' पर ही समाप्त हो गई और वह मूर्च्छित होकर नीचे ढुलक पड़ी। मूर्छा टूटी, तो लगी रोने-घिघियाने, 'मुझे साँप ने काट लिया; अब मैं नहीं बचूँगी; भैया को बुला दीजिए।' रस्सी का टुकड़ा दिखाने पर भी उसने रोना बन्द नहीं किया था। मेरे इस किस्से को झूठा मान लो, मगर गौरी चाची का किस्सा तो तुम सच मानोगी। रात में खिड़की पर कोई छाँह देख ली और लगी 'चोर-चोर' चिल्लाकर कमरे में नाचने। मेज से टकराई, लालटेन का शीशा फोड़ दिया, तसले का दूध उलट दिया, और फिर अपने बक्से पर धम्म से गिरकर नीम बेहोश हो गई। बक्से को कसकर पकड़े हुई थी और रह-रहकर चिहुँक उठती थी, 'चोर!...चोर!' सोनबरसावाली तो फिर भी एक बहादुर औरत है कि धोबिया-पछाड़ खाने के बाद बेहोश होगी। बीवी के बेहोश होने से थोड़ी राहत मिलेगी मास्टर बजरंगी को, और जब-तक बीवी होश में नहीं आ जाती तब तक वह दिमाग में उन शब्दों और वाक्यों को तरतीब देगा जिन्हें बीवी के होश में आते ही उगलना शुरू कर देना है ताकि बीवी अब और अधिक देर नहीं लगाए शौहर को पहचान लेने में। बीवी के मुँह में ठूँसा कपड़ा निकाल देगा वह। मगर अब जो होश आएगा सोनबरसावाली को, तो क्या उसकी कर्णेन्द्रिय तुरन्त काम करने लगेगी? आँख खुलते ही कुछ सुनने की बजाय घिघियाने लगेगी वह, 'मेरे पास कुछ भी नहीं है, एक तार भी नहीं सोने का। बाप-ससुर दोनों दुश्मन निकले; किसी ने एक थान जेवर नहीं

चढ़ाया...एकदम सच कह रही हूँ...कान में कनफूल है, मगर वह खालिस ताँबा का है...हाथ की चूड़ियाँ काँच की हैं, दो रुपये दर्जन की...एक पीतल की सिकड़ी है; सिर्फ अस्सी पैसे में खरीदी थी वरुणेश्वर मेले में...बक्से में एक हँसुली है लोहा की; उस पर गिलट का पानी चढ़ाया हुआ है...ताखे में जो गणेश जी हैं उनके पेट में सोलह रुपये साठ पैसे हैं...बस, और कुछ नहीं है। ससुर किरिया, एकदम सच कह रही हूँ...सब ले लो, मुझे मारो-पीटो मत...' बजरंगी बार-बार अपनी सुनाने की कोशिश करेगा, 'सुनो रानी...सुनो भी तो...मेरी भी तो सुनो...' मगर अपनी कहते-कहते ही तो सोनबरसावाली दूसरी बार बेहोश हो जाएगी, और बजरंगी मास्टर अपना सिर धुन लेगा, 'हे भगवान'! यह क्या हो रहा है! यह क्या किया, रे टिपुआ; किस जनम का बदला लिया! मैंने ही भौं क्यों मुड़वा ली? क्या कर लेता टिपुआ का बाप?'

"इस बार होश में आते ही अभी भी गुंडे को मौजूद देख सोनबरसावाली दोनों हाथों से अपना मुँह ढाँपकर बुदबुदाने लगेगी, 'हे भगवान! अब क्या होगा! अब कैसे किसी को मुँह दिखाऊँगी मैं! सब लोग थू-थू करेंगे। अब रखेखा मेरा मर्द मुझे अपने साथ?' और तब अचानक ही वह बजरंगी के पैर पकड़ लेगी और शीश नवाते हुए चिरौरी करेगी, 'कहीं शोर मत करना, गुंडा भैया। जो हुआ सो हुआ; अब किसी को यह सब सुनाना नहीं। मेरे मर्द को कहीं से भनक भी मिल गई, तो जिन्दा नहीं छोड़ेगा वह मुझे। मेरी कुटिया बनाकर साहू पोखर में डाल आएगा घसकट्टा; श्राद्ध-बरखी तक नहीं करेगा। अब निकल जाओ; लोग आते ही होंगे। सामने से नहीं, पिछवाड़े से जाना। शत्रुघन मिसर का पूरा खानदान दिन-भर दरवाजे पर ही बैठा रहता है...'

"'मेरी रानी, मेरी बात तो सुनो,' बजरंगी मास्टर बेहद घबरा जाएगा, 'आँखें ठीक से खोलो और मुझे गौर से देखो। पहचानो मुझे। डरो मत। मेरे रहते तुम्हें किस बात का डर? मैं तुम्हारा पति हूँ।'

"'पति!' सुनकर सिहर जाएगी सोनबरसावाली। सोचेगी, कितना दुस्साहसी है यह गुंडा कि जाने का नाम नहीं लेता! कब से पड़ा हुआ है एकदम निर्भीक! बेचैन होकर वह फिर रिरियाएगी, 'बात समझते क्यों नहीं? अब मत रुको। घसकट्टे ने देख लिया, तो जुल्म हो जाएगा। ठीक है, बाद में आना...तुम्हें छिपने-बचने के सौ उपाय हैं, मगर मेरी जिन्दगी तो उसी के साथ कटेगी...कह तो रही हूँ, बाद में आना...अब और क्या कहूँ? कौन-सी किरिया खाऊँ?...मगर अब कभी सामने से मत आना; पिछवाड़े में आना...रात में खाने-पीने के बाद...सीटी मारना; मैं समझ जाऊँगी...सौ काम छोड़कर, सौ बहाने बनाकर चली आऊँगी पिछवाड़े में...अब तो सन्तोष हुआ? अब जाओ... हाँ, रोज नहीं, सिर्फ शनिवार को...क्या हुआ? जाते क्यों नहीं? ठीक है, रोज आऊँगी। अब तो जाओ...मगर सँभलकर आया करना, गुंडा भैया। सौ दिन का चोर एक दिन पकड़ा चला जाता है। मैं पकड़ी जाऊँगी, तो जमीन खोदकर दफन कर देंगे घर के

सारे घसकट्टे। इनकार नहीं कर रही हूँ, मगर सँभलकर आना। अब रहम करो इस प्यारी पर और निकल जाओ यहाँ से।'"

"यह सब सुनकर बेचारे बजरंगी का क्या हाल होगा, दिव्या, बताओ तो?" शशांक ने मुस्कराते हुए दिव्या से पूछा और फिर पत्नी के जवाब के आसरे में अटके रहने की बजाय खुद बोलना शुरू कर दिया, "उसे तो पाताल सूझने लगेगा; सारा शरीर खून से लथपथ मालूम पड़ेगा; जबान बिलकुल खामोश हो जाएगी उसकी। इसके बाद भी वह कह सकेगा, 'मैं तुम्हारा पति हूँ; मुझे पहचानो!' इस पूरे घर में एक औरत थी अपनी; उसने भी उसके सीने में खंजर भोंक दिया। कितने बड़े दुख को सीने में छुपाकर अब उसे जिन्दगी गुजारनी है! पोखर में डूब मरे वह? जहर खा ले? मगर इस बेहया, बेउसूल, बदचलन औरत के चलते वह क्यों अपनी जान गँवाए! इस औरत का ही गला क्यों न दबा दे, टुकड़े-टुकड़े कर साहू पोखर में डाल आए, जमीन के अन्दर दफन कर दे इसे!...ओह! कितना अच्छा हो कि अभी भी यह अपनी बीवी उसे गुंडा मानकर उस पर अचानक प्रहार कर बैठे; सिर के सौ-पचास बाल नोंच उखाड़े; नाखूनों से मुँह भँभोड़ ले उसका; उसके हाथ, कन्धे, गले पर दाँत गड़ा दे; मूसल की तरह मुक्के चलाए उसकी छाती पर; और चीख-चीखकर सुना दे, 'भाग जाओ, रे गुंडे! सपने में भी मैं किसी गैर मर्द को अपना बदन छूने नहीं दूँगी। जिस एक से बँधी हूँ, वह अन्धा हो जाए, लँगड़ा हो जाए, लूला हो जाए, बहरा हो जाए, तब भी जिन्दगी-भर एक उसी की बनकर रहूँगी मैं। उसकी नाक कटने नहीं दूँगी; उसकी इज्जत लुटने नहीं दूँगी।' अगर ऐसा हो, तो अभी-अभी इस औरत ने जो पाप किया है उसे बिलकुल भुलाकर वह खुशी से उछल पड़ेगा और बीवी की पीठ ठोंककर कह पड़ेगा, 'शाबाश, सोनबरसावाली! शाबाश! ऐसी ही बनी रहो तुम; फिर तो मैं सारे जहान से लड़ लूँगा। गिरिधर भैया के छक्के छुड़ाना तो मेरे बाएँ हाथ का खेल होगा।' मगर... मगर यह औरत ऐसा बोले, तब तो!...

"चुप रहिए," देर से उफन रही दिव्या अचानक उखड़ गई, "कैसी अच्छी-भली होगी मास्टर की बीवी, और जबान से क्या-क्या निकाल रहे हैं आप! फतूर उपजता रहता है दिमाग में?"

शशांक गुस्सा गया। एक क्षण चुप रह गया वह और फिर धीरे से बोला, "मेरी कोई गलती नहीं है। मैंने एक सपना देखा, और जिस तरह बजरंगी मास्टर भागा कि सपना लम्बा हो तो आदमी कुछ भी देख सकता है। भागा वह, तो अब भुगतेगा कौन?"

"कोई आदमी सात दिनों तक आपके घर पर नहीं आए, तो इसका मतलब कि वह गाँव-घर छोड़कर भाग गया? उस वक्त भाग गया आपके बेटे की शरारत के कारण। अब आएगा ही नहीं, ऐसा कैसे सोच लिया आपने? उसने सात दिनों तक पढ़ाई की है। चौदह रुपये होते हैं उसके। देख लीजिएगा, पैसे माँगने वह जरूर आएगा।"

"नहीं आएगा, दिव्या। उसे डर है कि मैं हरजाना वसूलूँगा जैसे चौधराइन ने हरिहर

गुरुजी से वसूला था।" बहुत रोबिले स्वर में सिर हिला-हिलाकर कहा शशांक ने।

"क्या किया था चौधराइन ने?" दिव्या ने ऐसे पूछा जैसे कि उसे कुछ सुनाई ही नहीं पड़ा हो या उसकी समझ में कुछ नहीं आया हो।

"इसी राजगंज के शिवरतन चौधरी ने बच्चे को घर पर पढ़ाने के लिए मोहनपुर के ही हरिहर गुरुजी को बहाल किया। चौधराइन को एक आदमी मिल गया दालान के सामने खुले अहाते की चौकीदारी के लिए जिसमें रोज कोई-न-कोई अनाज धूप खाता ही रहता था और दूसरे चन्द सामान बिखरे रहते थे और जिसे चौधरी की अनुपस्थिति में रोज चौधराइन को ही अगोरते रहना पड़ता था। गुरुजी को चौधराइन ने अपने तेज लहजे में हिदायत दे दी कि वे पढ़ाने के साथ-साथ सामने भी नजर दौड़ाते रहें ताकि कोई नुकसान नहीं होने पाए। उस महल्ले में विचरनेवाले सारे जानवर चौधराइन के कड़े तेवर, तीखी गालियाँ, कर्ण-कटु गर्जना और पीड़ादायक डंडा-प्रहार से भली-भाँति परिचित थे और सामने से ललचते हुए निकल जाते थे। मगर जैसे ही हरिहर गुरुजी ने अहाते की चौकीदारी सँभाली, सबके सब ने धावा बोलना शुरू कर दिया। पढ़ाई के दरमियान अक्सर गुरुजी गाय, भैंस, बैल, बकरी, साँड़ वगैरह को खदेड़ बाहर करने के लिए अहाते में दौड़ लगाते रहते थे।

"एक दिन पढ़ाई में हरिहर गुरुजी इतना मशगूल थे कि अहाते के अन्दर घुस आई गाय पर उनकी नजर ही नहीं पड़ी। वहाँ सुखाए जा रहे चने पर गाय को मुँह मारते बच्चे ने देखा जरूर, मगर किसी आन्तरिक प्रेरणा से उसने अपना ध्यान जबरन पढ़ाई में लगा दिया। बच्चे की नटखट नजर जब दूसरी बार उधर चली गई और वही गाय जो प्रवेश के समय मरभुक्खी नजर आई थी अब काफी मस्त दिखाई पड़ी, तो बेकाबू बच्चे के मुँह से तत्काल उद्घोष हुआ, 'गाय!' इस आवाज पर अन्दर से चौधराइन तक दौड़ आई थी। उस दिन हरिहर गुरुजी को सिर्फ धिग्दंड देकर छोड़ दिया चौधराइन ने।

"महीने के अन्त में जब हरिहर गुरुजी को भुगतान किया गया, तो पैसे कम थे। कई बार गिनने के बाद जब गुरुजी ने थोड़ा हिचकिचाते हुए चौधराइन से बताया कि पैसे कम हैं, तो जवाब में चौधराइन के जो थोड़े से शब्द उनके पल्ले पड़े उनमें प्रमुख थे, 'दिन रविवार...महँगा पंजाबी चना...ढोढ़ाय मंगरू की गाय...पक्का वजन एक किलो तीन सौ ग्राम...बाजार भाव छह रुपये प्रति किलो...कीमत सात रुपये अस्सी पैसे...'

"हरिहर गुरुजी पंजाबी चना की कीमत चुकाकर चुपचाप घर चले गए और कई-कई दिनों तक खुशियाँ मनाते रहे कि चौधराइन के बच्चे को पढ़ाने के लिए उन्हें कुछ अपने घर से लगाना नहीं पड़ा। तुम्हारा बजरंगी मास्टर भी अभी खुशियाँ मना रहा होगा कि जान बची और लाखों पाए। अब सात दिन के पैसे माँगने तो नहीं आएगा वह।"

"क्यों नहीं आएगा?" दिव्या ने एक अकुशल गृहिणी की तरह मास्टर बजरंगी के हक में फैसला सुनाते हुए कहा, "शरारत आपके बेटे ने की। मास्टर ने भला क्या नुकसान किया कि वह हरजाना भरेगा?"

"वह तुम्हारी समझ से काम नहीं लेगा। वह जानता है कि पैसे माँगने पर उसे मैं क्या जवाब दूँगा।"

"क्या जवाब देंगे आप? जरा मैं भी सुनूँ।" भौंह चढ़ाकर दिव्या ने पूछा।

"मैं कह सकता हूँ," रोबदार आवाज में शशांक ने कहना शुरू किया, "'मैंने अपना बच्चा आपके सुपुर्द ज्ञान का प्रकाश पाने के लिए किया था; उसे अज्ञान के अन्धकार में धकेल देने के लिए नहीं। आपकी आन्तरिक इच्छा थी मेरे बेटे को पढ़ा-लिखाकर मूर्ख बना देना।' मैं मुँह बनाकर पूछ सकता हूँ, 'क्यों, मास्टर बजरंगी, कोदो देकर पढ़ते थे क्या? नकल मारकर परीक्षाओं में उत्तीर्ण होते थे? अगर मेरे बेटे को सुबुद्धि नहीं आती और वह मुझे खबर नहीं करता, तब तो आपकी पोल नहीं खुलती?' मैं दाँत पीसकर बिगड़ सकता हूँ, 'गलत शिक्षा देना कितना बड़ा अपराध है, यह मैंने आपको बताया नहीं था? यह मालूम नहीं है आपको? उपर से पैसे माँगने आ गए।' मैं आँखें लाल-नीली कर गरज सकता हूँ, 'तुमने मेरी पीठ में छूरा भोंकने की कोशिश की है। मैं सजा दूँगा।' सजा का नाम सुनते ही बजरंगी मास्टर के हाड़ में कँपकँपी समा जाएगी।"

"भला ऐसी कौन-सी सजा होगी कि उसका हाड़ काँप जाएगा?" दिव्या ने भी मुँह बिगाड़ते हुए पूछा।

"गलत पढ़ाने की सजा बजरंगी झा को मालूम है, क्योंकि अपने ही ग्रामीण अनन्दी गुरुजी को गलत पढ़ाने की सजा भुगतते हुए वह देख चुका है।"

"अपनी बात पर जोर देने के लिए अब एक और गुरुजी का किस्सा!"

"हाँ, सच्चा किस्सा, राधेश्याम का सुनाया हुआ। इसे भी सुन लो...जिस दिन बाबू त्रिलोकी सिंह के बेटे को तीस हजार एक रुपये का तिलक चढ़ गया, उस दिन अब तक उन्नीस-बीस का अन्तर माननेवाले गमैलवासियों ने यह फैसला दे दिया कि गाँव में बाबू त्रिलोकी सिंह बाबू गज्जो सिंह से अधिक इज्जतदार हैं। पूरे गमैल में बाबू त्रिलोकी सिंह की दुहाई फिर गई, और बाबू गज्जो सिंह को कहीं मुँह छिपाने की जगह नहीं मिल रही थी। बाबू गज्जो सिंह को भारी अचरज हुआ कि अन्धे लड़कीवाले ने तीस हजार की रकम पानी में क्यों फेंक दी, मगर शीघ्र ही पता चल गया कि यह कमाल त्रिलोकी के बेटे 'दो अच्छर' पढ़ लेने का है; और तब उन्होंने फैसला कर लिया कि जब तक अपने बेटे को 'चार अच्छर' पढ़ाकर उसके तिलक में कम-से-कम तीस हजार इक्यावन रुपये वसूल नहीं लेते तब तक चैन की साँस नहीं लेंगे।

"अनब्याहा बेटा एक ही बचा था जो अभी पहाड़ा ही पढ़ रहा था। उसे 'चार अच्छर' पढ़ाने का भार बाबू साहब ने मोहनपुर के अनन्दी गुरुजी पर लाद दिया। बच्चे की पढ़ाई पर इस तरह पिल पड़े बाबू गज्जो सिंह कि जिस दिन बच्चा गुरुजी से तमाचा खाता, सिसकियाँ भरता, रोते हुए नकियाकर बोलता, उस दिन वे आनन्दित-आह्लादित हो उठते और खैनी लटाकर एक जूम गुरुजी की ओर भी बढ़ा देते; और जिस दिन पढ़ाई के दौरान बच्चा थोड़ा भी प्रसन्नचित्त नजर आ जाता, उस दिन यह मानकर कि

गुरुजी बेगार टाल रहे हैं वे गुस्से से मुँह फुला लेते, खैनी लटाकर अकेले ही होंठ के नीचे दबा लेते और सामने आ गए किसी भी जन-मजदूर पर बरस पड़ते, 'देख रहा हूँ, आजकल तुम मन लगाकर काम नहीं कर रहे हो।'

'पहला महीना पुरा हुआ, तो अनन्दी गुरुजी ने पैसे के लिए निवेदन किया। चूँकि वर्षा ने बाबू गज्जो सिंह से यह नहीं कहा कि 'अभी अनन्दी गुरुजी को ही पैसे दे दीजिए; मैं दस-पन्द्रह दिन के बाद ही बरसूँगी,' इसलिए बाबू गज्जो सिंह ने रोपनी में अपने सारे पैसे खर्च कर दिये और गुरुजी को ही दस-पाँच दिन रुक जाने के लिए कह दिया। दूसरे महीने का अन्त हुआ, तो खेत की फसल ने बाबू गज्जो सिंह से कहा, 'हाँ-हाँ, दे दीजिए पहले गुरुजी को ही पैसे। बढ़ने दीजिए खेत में घास। एक बार घास ही क़ाट लीजिएगा, बाबू गज्जो सिंह।' तीसरा महीना गुजरा, तो बाबू गज्जो सिंह से और किसी ने कुछ कहा या नहीं, मगर अनन्दी गुरुजी ने बहुत जोर देकर कहा कि इस बार उन्हें पैसे की सख्त जरूरत है क्योंकि घर में एक तरफ से सबके सब—बीवी, बच्चे, माँ—बीमार हैं और इलाज के लिए उनके पास एक पैसा नहीं है। बाबू गज्जो सिंह ने गुरुजी को जिदियाते देख यह तो नहीं कहा कि गुरुआई के धन्धे में माँ-बाप और बीवी के इलाज कराने की आदत ठीक नहीं, मगर गुस्से में यह सुना दिया कि दस-पाँच रुपये में ही पूरे मोहनपुर का इलाज सम्भव नहीं हो सकेगा। इतना सुनाकर उनहोंने बुदबुदाते हुए पढ़ा, 'पाँच तिया पन्द्रह;' और फिर जेब से एक दसटकिया निकालकर गुरुजी की ओर बढ़ाते हुए कहा, 'पाँच आपके बाकी रहे; कल ले लीजिएगा।'

"'पन्द्रह रुपये!' अनन्दी गुरुजी के सिर से पानी गुजर गया।

"'नब्बे रुपये?' बाबू गज्जो सिंह के सिर से पैर तक आग लग गई।

"उचित माहवार पर बात तय हुई थी, और उचित माहवार को लेकर अब हुज्जत हुई। बाबू गज्जो सिंह ने अनन्दी गुरुजी को यह साबित करने के लिए ललकारा कि पाँच रुपये माहवर की दर अनुचित है, कि गुरुजी की कमाई को देख अब बड़े-बड़े सेठ-साहूकार गुरुआई का धन्धा पकड़ लेना चाहते हैं, कि गमैल विलायत में है और मोहनपुर से यहाँ तक आने में अनन्दी बाबू को सात समुन्दर लाँघना पड़ता है, कि गली-गली में गुरुजी और मास्टर जी 'ले दही, ले दही' करते हुए नहीं विचरते हैं, कि चटशालाओं में महीने में आधा सेर अनाज सीधा में लेकर पढ़ानेवाले गुरुजी गधे हैं और अनन्दी बाबू के सिर पर फजीलत की पगड़ी बँधी हैं।

"आनन्दी गुरुजी दुम दबा गए। उस दिन दसटकिया ले गए, दूसरे दिन पंचटकिया, और तीसरे दिन काम पर हाजिर होकर बाबू गज्जो सिंह को खुश कर दिया कि एक और डाकू को उन्होंने सेंध लगाने के पहले ही पकड़ लिया और उचित माहवार को लेकर उनका अब और बिगड़ना अनुचित होगा क्योंकि मोल-तोल तो बाजार में चलता ही है।

"अगले एक पखवाड़े तक धुआँधार पढ़ाई हुई। बाहर खुले में पढ़ाई के दौरान ढेर सारी बाधाएँ पहुँचती थीं, अतः गुरुजी के आग्रह पर एक कमरा उन्हें उपलब्ध करा

दिया गया जिसे अन्दर से बन्द किया जा सके। एक पखवारे में बच्चे का नक्शा ही बदल गया। वह अंग्रेजी में बोलने लगा था। बाबू गज्जो सिंह फूलकर कुप्पा हो गए; मन होता था, मूसल से नगाड़ा पीटें।

"सोलहवें दिन अनन्दी गुरुजी ऐसे विदा हुए कि पन्द्रह दिनों के ढाई रुपये माँगने तक नहीं आए। पूरे गमैल को ही उन्होंने अपने भूगोल से खारिज कर दिया

"मगर मोहनपुर को भगाकर कहाँ ले जाते अनन्दी गुरुजी! यहाँ तक तो अभी भी गमैल के लोग झाड़ा फिरने चले आते थे। सात दिनों के अन्दर ही बाबू गज्जो सिंह की फौज ने मोहनपुर पर धावा किया और आनन्दी गुरुजी का घर घेर लिया। उनके लठैतों के साथ उनका बच्चा भी था और एक नये गुरुजी भी।

"घर के सामने जमीन पर तड़ातड़ लाठियाँ पटकने लगे पहलवान और बाबू गज्जो सिंह ने दहाड़ते हुए पुकारा, 'रे अनन्दिया! निकल घर से बाहर।'

"और फिर पहलवान पहाड़ा पढ़ने लगे, 'क्यों, रे भोला! सात दूने?...सात दूने सतरह, सात दूने सतरह...और, सात तिया?...तेईस, बब्लू भाई, तेईस...लाल सिंह! चार चौके?...चार चौके चौदह...चौदह नहीं, लाल चाचा; चौबीस...'

"अब तो मोहनपुर के सारे पंडित जी, मिसर जी, झा जी, चौधरी जी उपस्थित हो गए वहाँ, 'शान्ति! शान्ति!' मगर बेटा पढ़े सात दूने सतरह,' तो बाबू साहब को शान्ति कहाँ! सात दिनों से बेटा चीख-चीखकर अंग्रेजी सुना रहा था। दैवयोग से एक नये गुरुजी जल्दी मिल गए और पहले दिन ही अनन्दी गुरुजी की करतूत जाहिर कर दी, 'बाबू साहब, कहते शर्म आती है; मगर कहना ही होगा। अंगरेजी में क्या-क्या तो बक रहा है आपका बच्चा कि 'मैं एक गधा हूँ। मेरा बाप मुझसे बड़ा गधा है। मेरा दादा संसार का सबसे बड़ा गधा था। मुझे चार पैर और एक मुँह हैं। मेरे पिताजी को तीन पैर और दो मुँह हैं...' तब शान्ति कैसे! बोलिए पंडित जी! झा जी! मिसर जी! चौधरी जी! शान्ति कैसे! खून होगा कि नहीं, बोलिए?

"खून नहीं हुआ। अनन्दी गुरुजी को गाँववालों ने बचा लिया, 'लाओ, जल्दी से एक कुर्सी लाओ बाबू साहब के लिए...जल्दी पान लगाकर लाओ। मेरे आँगन से पान तोड़ लेना और सुपारी चाची से माँग लेना...आज खस्सी कटेगा; बाबू साहब आए हैं, तो अब खाना खाकर ही जाएँगे...अनन्दिया को प्रायश्चित करना होगा। मुरली मिसर से कहिए, आज ही उसे गंगास्नान के लिए भेज दें...हमारे लिए तो बाबू गज्जो सिंह ही राजा और रक्षक; त्रिलोकी सिंह गधे की दुम...'

"मुरली मिसर हाथ जोड़े सामने आए, तो बाबू गज्जो सिंह लजा गए। अनन्दी घर पर रहता, तो बाप बाबू साहब के सामने उसे गिनकर सौ जूते लगाता। बाबू साहब शान्त हुए; मामला रफा-दफा हुआ; और अनन्दी गुरुजी की जान बच गई।

"बजरंगी मास्टर को बिलकुल भरोसा नहीं है कि इस तरह उसकी भी जान बच जाएगी, कहानी समाप्त करते हुए शशांक ने दिव्या से कहा "इसलिए पैसे माँगने के

लिए आना तो दूर, जान बचाने की चिन्ता में वह भागा-भागा फिर रहा होगा। उसके मन में जरूर खटका होगा कि मैं उसे पकड़ने की कोशिश करूँगा। बहुत जरूरत से वह राजगंज आता भी होगा, तो धुर सुबह, टनाका धूप या घुप अँधेरे में। मोहनपुर में भी घर से बाहर निकलता होगा, तो खूब ताक-झाँककर।"

"हाँ-हाँ, उस बेचारे को तो डर होगा कि कहीं आप टीपू के साथ लाठी लेकर पहुँच न जाएँ," दिव्या ने अपने व्यंग्य को जाहिर हो जाने दिया, "फिर तो सारे मोहनपुरवाले सिर पर पाँव रखकर भागते नजर आएँगे।"

"क्यों नहीं डरेगा बजरंगी," शशांक ने भी दिव्या को भँभोड़ा, "अगर उसे पता हो कि हरिचन्द कैसा पहलवान है और किसका साला? और अगर उसके साथ कलासन में एक गीदड़ मारकर नाम कमानेवाला तुम्हारा वह चौधरी भी हो, तो भला सौ-पचास ब्राह्मणों को खदेड़ देना कौन मुश्किल काम होगा उनके लिए! तुम कहोगी कि मास्टर बजरंगी ने इनमें से किसी को नहीं देखा है, इसलिए इनकी बाबत नहीं सोचेगा। मगर उस दिन हथिऔंधा से यदुनन्दन की चिट्ठी लेकर जो भोलू पहलवान आया था उसे तो बजरंगी मास्टर ने भी देखा था और उसने ही हमें बताया था कि यह पहलवान एक बार में चार सेर दूध पी जाता है। अब तो उसे इस बात का डर होगा ही कि जरूरत में मैं अवश्य भोलू पहलवान का उपयोग करूँगा जो काम सुनते ही पूछ बैठेगा, 'मालिक, बजरंगिया को जिन्दा पकड़ लाऊँ या मुरदा?' मास्टर बजरंगी को यह भी पता है कि करमनचक की मेरी जमीन के कारण वहाँ का जब्बार मियाँ मुझसे जुड़ा हुआ है; मेरे आदेश पर वह चटपट एक और खून करने के लिए तैयार हो जाएगा और यह कहकर चलेगा कि 'अभी बजरंगिया की मूँड़ी भाला में गाँथकर दरवाजे पर ले आता हूँ।' उसे तो यह भी डर हो रहा होगा कि जितने बच्चों को वह अब तक पढ़ा चुका है उन सबके अभिभावकों को मैंने अवश्य खबर कर दी होगी अपने-अपने बच्चे की पढ़ाई फिर से जाँच लेने के लिए, और किसी भी समय मेरी अगुआई में सारे अभिभावक दल-बल सहित मोहनपुर में प्रवेश कर सकते हैं। अभी भी तुम्हें विश्वास है कि जिसे मेरी नजर पड़ जाने का डर है वह मुझसे पैसे माँगने आएगा?"

"कब तक छिपे रहने की बात सोचेगा वह?" दिव्या ने पूरे ताव से कहा, "उसने भी कुछ अपनी तैयारी की होगी। उसके गाँव-घर में भी तो लोग हैं।"

"कौन लोग? कैसी तैयारी?" शशांक ने मुँह बिचका दिया, "मुरली मिसर का काम हाथ जोड़ देने से नहीं चलता, तो वे बेटे के लिए मरने-मारने को भी तैयार हो जाते। गाँववाले भी बाबू त्रिलोकी सिंह की जय-जयकार करते हुए मैदान में उतर जाते। मास्टर बजरंगी को किसका आसरा? बाप सरोवर झा खुद इतना बदनाम हो चुका है कि वह बेटे की भूल के लिए हाथ जोड़ने कभी नहीं आएगा। जमाना गुजर गया, मगर अपनी ही एक भूल का असर आज तक नहीं जा रहा है, आज तक कष्ट भोगना पड़ रहा है। हथिऔंधा के खन्तर यादव की लड़की की शादी में सरोवर झा ही पंडित थे।

मंत्र पढ़ा 'ओं अक्षणोर्मे चक्षुरस्तु' और दुलहे से कह दिया दोनों कान छूने के लिए। पुराने जमाने के सरोवर झा को क्या खबर कि नये जमाने के यादव दुलहे भी संस्कृत पढ़कर आने लगे हैं! दुलहा भी बेशर्म कि वहीं टोक दिया, 'पंडित जी कान छूने हैं या आँखें?' अब तो ऐसा हंगामा मचा कि यादवों ने लाठियाँ निकाल लीं। जान तो बच गई सरोवर झा की, मगर खूब छीछालेदर हुई। खूद खन्तर यादव ने उनके हाथ से पोथी छीन ली थी और उन्हें आसन से बाहर खींच लिया था। आनन-फानन में एक दूसरे पंडित को बुलाकर शादी सम्पन्न कराई गई। इस भूल का यह असर है कि अब भी बहुत-से यजमान उनके नाम को रोते हैं। दहोरी साह उन्हें कितनी बार सुना चुके हैं, 'ऐसा कैसे हुआ, पंडित जी? पतोहू कलहिनी कैसे निकल गई? आपने ही तो शादी कराई थी। अवश्य किसी विधि-विधान में गलती हुई है।' दीपू मंडल आज तक इसलिए बिगड़े हुए हैं सरोवर झा पर कि उनके बेटे की सफलता के लिए इस पंडित ने ऐसी पूजा की कि सरस्वती का क्रोध भड़क उठा और इसका परिणाम हुआ कि बेटा दूसरी बार भी परीक्षा में उलट तो गया ही, पढ़ाई को भी तिलांजलि दे दी। त्रिवेणी गुप्ता ने जिस साल इनसे पूजा करवाई उस पूरे साल लक्ष्मी का ऐसा प्रकोप हुआ कि झड़िया में तीन सौ मन लदा हुआ कोयला हर बार राजगंज में पचीस मन कम उतरता, और उसी साल मुंशी पाँच हजार रुपया लेकर चम्पत हो गया। यहाँ तो हर बड़ा हर छोटे को क्रीड़ा-कोप करते हुए धमकाता है, 'जान लो, बच्चू, अगर मेरी बात नहीं मानोगे, तो तुम्हारी शादी में सरोवर झा से मंत्र-पाठ करवा दूँगा।' अगर सरोवर झा हाथ जोड़े हुए आएँगे भी, तो यही कहेंगे, 'शशांक बाबू, कर्मों का फल तो भगवान देगा ही। इसमें बाप-बेटे के बीच क्या लेन-देन! बजरंगी ने गलती की है, तो आप उससे निपट लीजिए।'

"उसके बाद घर में बच जाता है भाई गिरिधर," शशांक मुस्कराते हुए बोला, "तुम सोच सकती हो कि ज्यों ही छोटा भाई बड़े भाई के पास पहुँचकर अपना दुखड़ा रोएगा, बड़ा भाई उसके पीठ ठोंकते हुए कहेगा, 'जरा भी घबराने की जरूरत नहीं है। जब्बार मियाँ आए या भोलू पहलवान, मेरी लाश गिरने के बाद ही कोई तुम्हें हाथ लगा सकेगा! हम ब्राह्मण हैं; जो पढ़ाते हैं सही पढ़ाते हैं। बनिया बक्काल की यह मजाल कि अब ब्राह्मणों को पढ़ना-पढ़ाना सिखाए! 'दीन' का अर्थ 'निर्धन' होकर रहेगा; किसी को ताकत है तो करे दीवानी, करे फौजदारी। जिसे पढ़ना हो पढ़े, नहीं तो जाकर छीले घास, उठाए डंडी।' तुम्हारी तरह बजरंगी यह सब नहीं सोचता। उसे तो पूरा-पूरा सन्देह होगा कि उसका दुखड़ा सुनते ही भाई गिरिधर कुछ उसे सुनाने की बजाय सीधे पिताजी के पास पहुँचेगा सुनाने के लिए, 'मैं कह रहा हूँ, अब इस निर्गुणिया को घर से निकालिए, बाबू। कहिए इससे, अपनी जोरू को लेकर परदेश चला जाए कमाने-खाने। यह हमारा जीना हराम कर देगा यहाँ। खानदान की इज्जत मिट्टी में मिलेगी और किसी दिन इसके कारण ही हमें गाँव-जवार छोड़कर जाना होगा। किस-किस से माफी माँगते फिरेंगे हम इस करमजले के कारण? किस-किस के आगे सिर झुकाएँगे

ब्राह्मण होकर? कुछ से कुछ पढ़ाकर चला आता है। अचरज लगता है कि इस गधे ने 'दीन' का अर्थ 'निर्धन' कैसे बता दिया! ऐसा अक्षरकट्टू है, तो इस विपत्ति को अब और मत पालिए। माया-मोह त्याग दीजिए; इसी में पूरे खानदान की भलाई है।'

"बजरंगी मास्टर के मन में तो यह भी शक होगा कि अगर भोलू पहलवान को दरवाजे पर देखकर उसने घर में छुप जाने की कोशिश की, तो, सम्भव है, गिरिधर भैया पहलवान को सादर घर के अन्दर ले जाएँ, उसे पलँग पर आसन ग्रहण करने को कहें, उसकी सेवा में चार सेर दूध हाजिर करें, और फिर कहें, 'जो जस करे सो तस फल चाखा,' यह तो ईश्वर का विधान है, पहलवान जी। हम भला इसमें कोई विघ्न क्यों उपस्थित करें! ऊपर देखिए, धड़न पर छिपकर बैठा हुआ है बजरंगी। उसे उतारकर ले जाइए और जैसी उसकी गलती है वैसी सजा दे डालिए। इस जुर्म में पुलिसवाले ले जाते तो हाथ-पाँव जरूर तोड़ देते, और अदालत भी कालापानी से कम भला क्या सजा देती! आप जो उचित समझें, करें; हमें कोई पैरवी नहीं करनी है...रुकिए, गाय बाँधने का पगहा दे देता हूँ। बाँधकर ही ले जाना पड़ेगा उसे; नहीं तो रास्ते में बहुत छलमल करेगा, हाथ-गोड़ पटकेगा।'

"अब बचे गाँव के लोग," शशांक अपनी रौ में बोलता चला गया, "बजरंगी यह मामूली-सी बात जानता है कि जब घर के लोग उँगली उठाते हैं, तो बाहर के लोग लात चलाते हैं; जब घरवाले कहते हैं, 'घर से निकलो,' तो गाँववाले कहते हैं, 'गाँव से भी निकलो'; और जब गाँव कहता है, 'जाओ', तब मरघट पुकारता है, 'आओ, इधर आओ।' तुम यह महसूस नहीं कर सकती, मगर बजरंगी मरघट की पुकार सुन रहा होगा।"

"हाँ," दिव्या ने कन्धे उचकाकर कहा, "और मरघट की पुकार पर दौड़ पड़ेगा वह। यह भी नहीं देखे-जाँचेगा कि 'दीन' का अर्थ 'निर्धन' होता है या नहीं, और टीपू ने जिसे गलत कह दिया उसे गलत मान लेगा।"

"देखेगा, जाँचेगा," शशांक ने झटपट कहा, "मगर कोई फायदा नहीं होगा इससे। अब यह भी दिखा देता हूँ कि..."

"वह बाद में," दिव्या ने बाधा पहुँचाई, "पहले आप स्नान करके दिखा दीजिए। कल भी आपने स्नान नहीं किया था। ऐसा जाड़ा नहीं पड़ रहा है कि..."

"तुम कभी नहीं सुधरोगी," शशांक बिगड़ गया दिव्या पर, "भगवान शंकर के सामने हाथ जोड़कर प्रतिज्ञा की थी तुमने किसी भले आदमी को स्नान करने के लिए नहीं कहोगी, मगर अपनी आदत से लाचार हो तुम। सात जनम पहले मैंने स्नान किया था या नहीं, यह सुनाने की क्या जरूरत है! और, आज का सूरज अभी उगा ही है, डूबने नहीं जा रहा है। स्नान करने के लिए ढेर समय है; और जब तक मैं बजरंगी को कहीं स्थिर नहीं कर लेता, मैं स्नान करने नहीं जाऊँगा!"

दिव्या चुप हुई और शशांक चालू हो गया, "एक बार जरूरत पड़ने पर करीब

साल-भर पहले मैंने सरोवर पंडित से पूछा था कि मोहनपुर में किन्हीं के पास कोई संस्कृत या हिन्दी कोश है कि नहीं। पूरे मोहनपुर को छान लेने के बाद उन्हें एक शब्दकोश भी कामेश्वर मिश्र के पास मिला। वही शब्दकोश मैंने भी बाद में पटना से मँगवाया था। बजरंगी मास्टर जरूर इस शब्दकोश को मोहनपुर में ढूँढ़ निकालेगा। शब्दकोश हाथ में आते ही वह जल्दी-जल्दी 'दीन' को ढूँढ़ेगा और धड़कते दिल और काँपते हाथ-पाँव के साथ उसके अर्थ पढ़ेगा, 'गरीब, दुखी, अभागा, भीर, क्षुद्र...' निर्धन? निर्धन? कहीं नहीं!

"सिहर उठेगा बजरंगी और सोचेगा, तब निश्चय ही 'दीन' का अर्थ 'निर्धन' नहीं होता। राजा-महाराजा निर्धन नहीं होते, मगर वे भी भगवान को दीनानाथ, दीनबन्धु और दीनदयालु कहकर उनकी प्रार्थना करते हैं। गरीब का अर्थ निर्धन हो सकता है, मगर गरीबनिवाज का अर्थ तो फिर दीनदयालु ही हुआ। तब तो टीपू ही सही निकल गया। अब अगर जब्बार मियाँ आ धमका, तो कैसे कर पाएगा वह शास्त्रार्थ उसके साथ? और चार सेर दूध पी लेने के बाद भी भोलू पहलवान पसीजेगा जरा भी?

"इस अत्यन्त दारुण अवस्था से मुक्ति के लिए छटपटाता होगा बजरंगी, और तब चतुर्मुख फैले गहन अन्धकार के बीच, आशा की एक किरण, मिश्र कालिकान्त नजर आएगा। इस कालिकान्त को तुमने उस दिन चाय पिलाई थी जिस दिन बजरंगी को ढूँढ़ते हुए वह हमारे घर आया था। इस मिश्र से तुरन्त मिलने की, देर तक उसके गले से लिपटकर रोने की इच्छा हो जाएगी बजरंगी की।

"मिश्र की तलाश में उसके घर होते हुए बहियार चला जाएगा बजरंगी जहाँ अपने खेत में निकौनी कराता हुआ मिल जाएगा कालिकान्त। वह मित्र के पास बैठ जाएगा, और देर तक अंट-शंट बतियाने के बाद अचानक खेत में काम कर रहे मजदूरों की ओर इशारा करते हुए अन्यमनस्क भाव से पूछ बैठेगा, 'ये सब मजदूर तो गरीब हैं न?'

"हाँ, भाई, गरीब तो हैं ही,' अन्यमनस्क भाव से कालिकान्त भी जवाब देगा।

"'मतलब, ये सब निर्धन हैं।'

"'निर्धन कहो, दरिद्र कहो, धनहीन कहो, एक ही बात है।'

"'दीन भी कह सकते हो?' कहते हुए दिल धड़क उठेगा बजरंगी मास्टर का।

"कालिकान्त पूछेगा, 'द में दीर्घ ई?'

"बजरंगी कुछ बोलेगा नहीं, हाँ में जल्दी से सिर हिला देगा।

"'क्यों नहीं कह सकते? दीन भी कह सकते हो।' कालिकान्त तत्क्षण जवाब देगा।

"क्षण-भर चुप रह जाएगा बजरंगी, और तब आहिस्ते से बोलेगा, 'तब तो दीन का अर्थ निर्धन हुआ?'

"इस बार कालिकान्त काफी गौर से निहारेगा अपने मित्र को और फिर मुस्कराते हुए कहेगा, 'हाँ, अवश्य हुआ।'

"'तब ठीक है, मगर तुम्हें दीन का यह अर्थ कुछ लोगों के सामने बोलना पड़ेगा।'

"कालिकान्त की भौंह सिकुड़ जाएगी, 'किन लोगों के सामने?'

"'एक तो राजगंज का शशांक गुप्ता रहेगा,' गद्गद होकर बताना शुरू करेगा बजरंगी, 'उसके साथ, सम्भव है, करमनचक का जब्बार मियाँ रहे और हथिऔंधा के यदुनन्दन बाबू का सिपाही भोलू पहलवान।'

"जब्बार मियाँ और भोलू पहलवान के नाम सुनकर काफी गम्भीर हो उठेगा कालिकान्त। उसे लगेगा कि जरूर कोई गड़बड़झाला है, और जहाँ दो-दो खूनी रहेंगे वहाँ तो उसे तलवार की छाँह में रहना पड़ेगा। मन में यह सोचते हुए कि कहीं कुछ बोलने के लिए उसने कसम नहीं खाई है, कोई लिखा-पढ़ी नहीं की है, उसने पूछा, 'मामला क्या है? पूरी बात बताओ।'

"कालिकान्त पूरी कहानी का बजरंगी-संस्करण सुनेगा और उपसंहार में बजरंगी की उद्घोषणा, 'मैंने देख लिया, काली, कि इस संसार में बाप, भाई, नाना, फूफा, इन सबके रिश्ते झूठे हैं; एक दोस्त का रिश्ता ही सच्चा रिश्ता है। संकट में हमेशा एक मित्र ने ही मित्र की ओर हाथ बढ़ाया है। और आज मैं सिंहेश्वर थान की ओर मुँह करके कह रहा हूँ कि जिस तरह आज इस गाढ़े समय में तुम मेरे काम आ रहे हो उसी तरह कभी तुम्हें संकट में देख मैं भी अपनी जान लेकर हाजिर हो जाऊँगा।'

"बजरंगी का उपसंहार खतरे के अहसास को और भी बढ़ा देगा। फैसले के लिए तो पंचायत बटोरी जाती, रामायण मँगाई जाती, विद्वान बुलाए जाते; मगर बुलाए गए हैं मियाँ जब्बार और पहलवान भोलू। अब महादेव के साथ कोई जूआ खेले तो कैसे! हारो, तो अपना सर्वस्व गँवाओ; और जीतो, तो भभूत-कमंडल पाओ। शशांक गुप्ता भी तो कुछ सोचकर ही इस विवाद में पड़ा है और उसकी नीयत खराब है तभी तो जब्बार और भोलू आ रहे हैं। संसार में रोज नये-नये अचरज प्रकट हो रहे हैं। शहर से पढ़कर आया हुआ आदमी, क्या पता, किसी शहरी तरीके से सिद्ध ही कर दे कि दीन का अर्थ निर्धन नहीं होता है। आदमी के सामने झूठ-सच बका जा सकता है; मगर जब मोटे-मोटे ग्रन्थ खोलने लगेगा शशांक गुप्ता, तब कोई क्या बोल पाएगा! कालिकान्त यह सब सोचता रहेगा, मगर प्रकट रूप से बोलेगा, 'शशांक गुप्ता पढ़-लिखकर बेवकूफी कर रहे हैं। दीन का अर्थ तो निर्धन होना ही चाहिए।'

"'वह मानने को तैयार नहीं,' झटपट बोल पड़ेगा बजरंगी, 'वह सूरज को चाँद कहे, तो हम मान लेंगे क्या!'

"'उसके कहने से तो नहीं हो जाएगा,' कालिकान्त अपने मित्र को समझाना शुरू करेगा, 'हम भी तो इसी धरती के सन्तान हैं, इसी इलाके के रहनेवाले हैं। किसी शब्द का अर्थ आधा कोस पर नहीं बदलता; मोहनपुर में कुछ, राजगंज में कुछ और। मैं पचास कोस से हो आया हूँ; हर जगह लोग गाय को गाय ही कहते हैं। हो सकता है, अपनी बात सिद्ध करने के लिए शशांक गुप्ता कोई किताब हमारे आगे पटक दे। मगर तब भी हम उसकी बात मान लेंगे क्या! हम जो दिन-रात बोलते हैं, उसका कोई

मोल-महत्त्व नहीं है? हम आज तक, अभी तक दीन का अर्थ निर्धन ही जानते हैं। जिस दिन दीन का अर्थ बदलकर धनवान हो जाएगा, उस दिन हम मोहनपुरवाले भी इस नये अर्थ को स्वीकार कर लेंगे! इस गुप्ता को कुत्ते ने काटा है कि तुमसे टकरा गया। उसे मुँह की खानी पड़ेगी। आने तो दो उसे।'

"बजरंगी मास्टर में बल का संचार होगा और वह कह उठेगा, 'अब वह क्या खाक आएगा! वह तो मेरे पैसे पचा लेना चाहता है। अब हम खुद चलें उसके घर। सात दिनों की पढ़ाई के पैसे वसूलकर हम राजगंज में ही जगदीश साह की दुकान में मिष्ठान्न ग्रहण करेंगे।'

"कालिकान्त समझ जाएगा कि दोस्त दमपट्टी पढ़ा रहा है, और सोचेगा कि अपनी जान बचेगी तो बहुत-से लोगों के मरने पर मिष्ठान्न ग्रहण करने का मौका आएगा। भोलू पहलवान लाठी चलाने आएगा कि दीन का अर्थ समझने! अपनी जान बचाने के लिए दाँव पर मेरी जान! ऐसी दोस्ती और ऐसे परोपकार से तौबा, कि बिल में हाथ मैं डालूँ और मंत्र वह पढ़े। मेरी फसल मारी जाती है, तो कहाँ कोई कहने आता है कि 'आओ, भाई काली, पाँच-दस मन धान की मदद मुझसे ले लो!' जब पढ़ाने का धन्धा करता है यह मरदूद, तो इसे दीन का सही अर्थ जान लेना चाहिए था। लोग गाँव-घर में जो बोलते हैं उसे ही तो सही और शुद्ध नहीं मान लिया जाएगा। परिवार के दूसरे लोगों की देखा-देखी बहुत-से बच्चे बाप को भैया कहकर पुकारने लगते हैं। ननिहाल में रहकर मौसियों की देखा-देखी बच्चे माँ को भी दीदी कहने लग जाते हैं। मगर इससे भैया का अर्थ बाप तो नहीं हो गया, माँ को दीदी तो नहीं कहा जा सकता! जहाँ पढ़ाई-लिखाई का सवाल है वहाँ तो भैया का अर्थ भैया ही होगा, और बाप माने बाप।

"मगर कालिकान्त अपने मन के भाव प्रकट नहीं होने देगा और बहुत सहज होकर कहेगा, 'इतनी मामूली-सी बात के लिए भला दो आदमियों के जाने की क्या जरूरत है! वह तो तुम्हें देखते ही झेंप जाएगा, बिना बोले सात दिनों के पैसे तुम्हारे आगे बढ़ा देगा, बच्चे की बदतमीजी और अज्ञान के लिए माफी माँग बैठेगा, और, बहुत सम्भव है, जिद भी करेगा कि आगे भी तुम उसके बच्चे को पढ़ाओ। ऐसे में क्या जरूरत है किसी दूसरे-तीसरे के आगे उसे नीचा दिखाने की! इससे तो उसके मन में बैर पनप जाएगा, एक घाव हो जाएगा जीवन-भर के लिए। और, जान लो, बजरंगी, अब जमाना नहीं रहा किसी से व्यर्थ बैर ठानने का; आजीवन बैरी बनाकर रखने का तो बिलकुल नहीं। तुम अकेले चले जाओ; बात जहाँ की तहाँ दब जाएगी और तुम्हारा काम भी हो जाएगा।'

"'अकेला देखकर, हो सकता है, वह कुछ रे-बे बोले; कोई बखेड़ा खड़ा कर दे,' घिघिआते हुए कहेगा बजरंगी, 'तुम साथ में रहोगे, तो उसे हिम्मत नहीं होगी यह सब करने की। एक से दो भले।'

"'वह कैसे कुछ बोलेगा, यार?' कालिकान्त कुछ खीझ उठेगा, 'वह तो खुद

अपनी गलती पर परदा डालने की कोशिश करेगा। सम्भव है, तुम्हारे सामने बेटे को बुलाकर दो-चार तमाचा लगा बैठे। तुम जाओ तो। कोई दिक्कत पेश आएगी, तो बाद में मैं चलूँगा।'

"'चलते तो अच्छा रहता। कोई हर्ज तो नहीं है।' बहुत उदास स्वर में बोलेगा बजरंगी।

"'हर्ज कुछ नहीं है; मैं चला जाता, मगर देख रहे हो कि अभी मैं काम में व्यस्त हूँ। काम छोड़ कर इस छोटी-सी बात के लिए कैसे जाऊँ? तुम किसी और को साथ ले लो। शशांक गुप्ता को क्या जगहँसाई का डर नहीं है कि वह तकरार करेगा?'

"'और किसी पर मुझे भरोसा नहीं है। राजगंज कोई दूर तो नहीं है; घंटे-भर में तो हम वापस भी चले आएँगे।'

"कालिकान्त के दिमाग में जरूर यह खयाल आ जाएगा कि अगर भोलू पहलवान ने उसे पकड़ लिया और पकड़कर कहा कि 'सात दिनों तक मेरे घर पर रहकर मेरी देह की मालिश करो,' तब कैसे वापसी हो जाएगी घंटे-भर में! और इस खयाल के आते ही वह मित्र से स्पष्ट कह देगा, 'मैं नहीं जा सकूँगा; मुझे फुरसत नहीं है।'

"'तब तो मैं भी नहीं जाऊँ?' रुँधे गले से बोलेगा बजरंगी।

"'यह तुम सोचो,' कालिकान्त अपनी राय जाहिर कर देगा, "मैं तो यही उचित समझता हूँ कि नहीं जाओ। सात दिनों के इतने पैसे तो नहीं मिलेंगे कि तिमंजिले मकान की नींव दे डालोगे। समझ लेना कि सात दिनों तक बुखार पकड़े रहा। समझ लेना कि कहीं जेब कट गई। यही समझ लेना कि उतने पैसे भिखमंगों में बाँट दिये।'

"'सवाल सिर्फ पैसे का नहीं है,' काफी खिन्न स्वर में बोलेगा बजरंगी, 'मोहनपुर की पगड़ी रह जाती; मेरा सिर ऊँचा हो जाता।'

"कालिकान्त मन-ही-मन कुपित हो उठेगा, जान बच रही है, इसकी खुशी नहीं; सिर जरा नीचा हो गया, तो गम सताने लगा यार को। अपना घर तो सँभलता नहीं, और चले हैं मोहनपुर की पगड़ी रखने! इस बार वह काफी रूखे स्वर में कहेगा, 'मैं नहीं जाऊँगा। दीन का अर्थ मैंने बता दिया; अब कोई इसे नहीं माने, तो इसके लिए मैं लाठी नहीं ले सकता। मैं काम-काजी आदमी हूँ।'

"'तो तुम नहीं जाओगे?'

"'नहीं, भाई, मैं नहीं जा सकूँगा।'

"'तब तो मैं यही समझूँ कि तुम मेरे मित्र नहीं हो?'

"'समझ लो।'

"'कपटी हो?'

"'मान लो।'

"'तब तो तुमने दीन का अर्थ भी गलत बताया?'

"'हाँ-हाँ, गलत बताया। क्या कर लोगे? दीन का अर्थ निर्धन होता है? पंडिताई छाँटते हो?'

"अब बताओ, दिव्या, कि बजरंगी झा कलाकार पैसे माँगने आएँगे?" शशांक ने मुस्कराते हुए बीवी से पूछा।

"नहीं आएँगे," थके स्वर में जवाब दिया दिव्या ने, "मगर मैं किसी की मारफत भिजवा दूँगी उसके पैसे।

6

एक टीपू, हजार शिकायतें। अब इन शिकायतों से कैसे निपटे वह? बच्चा बच्चे की तरह नहीं रहे, बच्चे की तरह नहीं करे, तो फिर कैसे रहे, क्या करे? बच्चा कुछ भी करता है, तो बड़े उसमें कोई-न-कोई उत्पात ढूँढ़ ही निकालते हैं। इस तरह कहीं दुनिया चलती है!...

अब इन शिकायतों के कारण मैं अपनी चाल भी बदल दूँ? तो फिर कैसे चलूँ? कैसे चले कोई बच्चा? घुटरूँ चलते हुए ही जवान हो जाए? तब माँ बहुत खुश, पिताजी बहुत खुश। लोग पाँव-पाँव दौड़ नहीं सकते, तो साइकिल पर सवार हो जाते हैं, मोटरगाड़ी में चढ़ते हैं, हवाई जहाज में उड़ते हैं; मगर मुझको दौड़कर चलने की भी मनाही। घर के काम से दिन-भर अन्दर-बाहर करता रहे बेटा, मगर माँ बीच रास्ते में कभी खाली बाल्टी रख देगी, कभी दूध भरा तसला। वह सोचती ही नहीं कि टकराने से बेटे को भी चोट लगती है, और अगर बेटे को दूध गिराने में मजा आता, तो घर घुस आई बिल्ली को मार भगाने की बजाय वह मजा ले-लेकर तसले का दूध पिला देता। यह तो नहीं होता कि घर के अन्दर जितने सड़के हैं उन्हें जाम न होने दिया जाए, उन्हें बराबर खाली रखा जाए।

घर में मेहमान टपके नहीं कि अलादीन का चिराग रगड़ने लगती है माँ, "जरा जल्दी से रसगुल्ले तो ले आओ...नमक लेकर आओ तो तुरन्त...मँगरैला ले आओ तो पचास पैसे का...झटपट जाओ, चटपट आओ।" तुरन्त! जल्दी! मगर आओ-जाओ रेंगते हुए ही। रास्ता पकड़ो साल-भर का, मगर लौटकर आ जाओ छह महीने में ही। और, तीन महीने ही आ जाओ, तब भी सुनो माँ का गर्जन-तर्जन, "कहाँ लगा दी इतनी देर? जहाँ जाते हो वहीं जम जाते हो?"

और फिर मेहमानों के आगे शिकायत, ' एकदम ढलेल है यह लड़का; देखकर तो चलता ही नहीं।" लड़के-बच्चे को चलते क्या मेहमानों ने कभी देखा नहीं है? और, मेहमानों की कोई गलती नहीं? आसन ग्रहण करते ही पाँव सड़क तक फैला देते हैं और जूते-चप्पल सड़क के बीचोबीच। रास्ता खाली नहीं। बातचीत शुरू हुई नहीं कि गरदन एक-एक हाथ लम्बी कर लेंगे, और चाहेंगे कि सामनेवाले की चोंच से अपनी चोंच सटा देना। रास्ता जाम। कोई धीरे भी चले, तो यह तो सम्भव नहीं कि हर कदम उठाने के पहले रास्ता फूँककर साफ कर ले; जूते-चप्पल को ठोकर लगेगी ही। बच्चा

कोई दबे पाँव नहीं आता, दूर से ही डंका बजाते हुए अन्दर घुसता है। उस पर भी चोंच और गरदन रास्ते में मिले, तो वह टकराएगा ही। राह में रोढ़े अटकाएँ आप, और अगर ठोकर लगे तो सारा दोष निर्दोष बच्चे का! कौन देखकर नहीं चलता और कौन देखकर भी अनदेखा करता है, यह तो कोई बच्चा किसी बच्चे को ही बता सकता है; बड़ों को बताए, तो हाथ-गोड़ तुड़वाए।

लाख शिकायत हो, बच्चा चलेगा तो बच्चे की ही तरह। कछुए को शिकायत हो कि खरगोश को चलने का शऊर नहीं, तो खरगोश अपनी चाल बदल लेगा क्या! कैसे बदलेगा?

उस दिन एक दूधवाला टकरा गया मुझसे। मटकी फूट गई; चार सेर दूध जमीन पर बह गया। दूधवाला लपका तो था बहुत तेजी से, मगर मैं पैंतरा भाँजकर निकल आया। और फिर ऐसी सुबुद्धि आई कि घुस गया जागो साह की गली में और पीछे से भागकर निकल गया खतरे से बाहर। दूधवाले ने जागो साह को पकड़ा। मजेदार बखेड़ा हुआ।

दूधवाला बार-बार बढ़ती भीड़ को सुनाता रहा, "आप लोग सोचिए, भाइयो, कि कोई बच्चा अपराध करने के बाद कहाँ जाएगा, अपने घर में अपने माँ-बाप के पास या दूसरे के घर में दूसरे के माँ-बाप के पास? बच्चा भाग गया, मगर गली तो नहीं भाग गई, गलीवाला घर तो नहीं खिसक गया।" वह हर बार भीड़ को दूध की कीमत के साथ मटकी की कीमत भी सुनाता रहा था।

जो दूध घर की बिल्ली को भी मुँह लगाने को नहीं मिला, उसके पैसे कैसे दे दे जागो साह! उसने अपने बबुआ से पूछताछ की, दो-एक थप्पड़ भी चलाया सच उगलवाने के लिए। बेटे ने दूध नहीं उगला; दूधवाले को देने के लिए पैसे उगल देने पड़े जागो साह को। शुभेच्छुओं ने साह जी को समझा दिया, "दूधवाला हथिऔंधा का यादव है; कल ही पचास लाठियों के साथ पहुँच जाएगा। गम खाइए; मामला सस्ते में फरिया रहा है।" भीड़ के आग्रह पर दूधवाले ने पुरानी मटकी की कीमत छोड़ दी, केवल दूध का दाम लेकर गया।

दो-तीन दिनों के बाद जब रहस्य खुला, तो जहाँ और लोगों ने उसकी पीठ ठोंकी वहाँ पिताजी ने उसकी खबर ली, "ऐसी गलती क्यों की? रुककर माफी क्यों नहीं माँग ली? दूधवाले को साथ लिये घर क्यों नहीं चले आए? अगर पहचान लेता और कभी बाद में पकड़ता, तो क्या भाव पड़ता?" अगर पकड़ लेता!...मगर भागना नहीं था! अगर-मगर का भला ऐसे मामले में ध्यान किया जाता है! बच्चे ने अपनी अक्ल भिड़ाई, कामयाब हुआ, तो यह अपराध हो गया? माँ-बाप बेटे की मुक्ति पर खुश तो क्या होंगे, अक्लमन्दी की दाद तो खाक देंगे, लगे सुनाने, "यह गलत हुआ, वह गलत हुआ।" यह सही होता कि दूधवाला चार सेर दूध की कीमत वसूलकर ले जाता!

यहाँ से तो मटकी की कीमत भी लेकर जाता वह। बला टली, मगर बेटा बेवकूफ!

माँ के सौ काम पूरे कर दो, मगर अपना एक काम करो तो दुश्मन की तरह हाथ में हथियार उठा लेगी। इस जोर से चीखेगी कि हाथ का शीशा जमीन पर गिरकर चनाक से फूट पड़े; इस जोर से दौड़ेगी कि दस बरतनों और पाँच असबाबों से टकराकर भाग निकलने का रास्ता ढूँढ़ना पड़े। माँ के काम के सिवाय घर में और किसी को कोई काम ही नहीं; बेटे का हर काम माँ के लिए एक शरारत! माँ के काम में बेटा थक-मर जाए, उसके कहने पर चिराग के जिन्न की तरह लम्बे-चिकने बाँस पर चढ़े-उतरे, उतरे-चढ़े; मगर जब वह गपड़चौथ में रमी हुई हो, दोपहर की नींद का मजा ले रही हो, बच्चे से कराने के लिए कोई और काम ढूँढ़ निकालने में असफल हो गई हो, तब भी बच्चे को आजाद छोड़ना उससे सहा नहीं जाता, भले ही बच्चा नाकारा, सुस्त और ढिल्लड़ बन जाए। बच्चे को भी सौ काम हैं; शिकायतें तो बगैर कुछ किये भी होती रहेंगी।

पचास पैसे के लिए नंगा-झोरी! और उस पर पापा से शिकायत भी, "सुनिए जी, अब बेटे को जेब-खर्च दिया कीजिए।" जेब-खर्च कैसे हो गया यह? भालू क्या रोज-रोज आता है राजगंज? यहाँ के सारे बच्चे भालू पर चढ़कर मुटा जाएँ; एक मैं नहीं मुटाऊँ? बार-बार कहे जा रहा हूँ कि भालू पर चढ़ने में पैसे खर्च हो गए, मगर माँ को विश्वास ही नहीं, "खोल तो मुँह अपना; देखूँ, क्या खाया है।" मुँह खोलकर दिखा दिया, तब भी विश्वास नहीं, "तूँ भालू पर नहीं चढ़ा है; जरूर कुछ अनाप-शनाप खरीदकर खाया है। कहाँ आया है कोई भालूवाला? कोई आवाज तक नहीं आई है।" माँ को तो घर में बैठे-बैठे ही पूरा राजगंज दिखाई पड़ जाता है, और भालूवाला आए कि बन्दरवाला, माँ को आवाज देकर अपने आने की खबर जरूर दे देता है। बेटे के साथ अपनी माँ का यह सलूक! पचास पैसे के लिए नंगा-झोरी! छी:!

पिताजी शाम में घूमने निकलते हैं कोई काम लेकर और लौटने पर अक्सर सुनाते हैं, "लो यह तो भूल ही गया...ओह, इस बात की तो याद ही नहीं रही।" हाट जाते हैं, तो पुरजा बना लेते साग-सब्जियों का; और अगर तब भी कुछ लाना भूल गए, तब माँ मुस्कराकर बस इतना कहती है, "ओह, आप भी अच्छे भुलक्कड़ हैं।" यही भूल अगर बेटे से हो जाए, तो लगती है गरजने, "क्यों, रे छोकरे! एक सुबह तुम्हें भेजा था दियासलाई खरीदकर लाने। तूँ गया, तो उधर ही बिला गया। बोल तो, कहाँ था अभी तक? दोपहर बीतने को है।" मैं बिला गया था; राजगंज से बाहर चला गया था; तो मेरे सही-सलामत लौट आने पर तुम्हें कोई खुशी नहीं? उल्टे गरज-बरस रही हो, कान रगड़े जा रही हो। अगर यही फल मिले लौट आने का, तब तो बिला जाने या कहीं जाने पर घर लौटकर आऊँ ही नहीं! शाम हो जाती, तब क्या होता! पूछो भी तो, "क्यों देर हुई,

बेटे? दियासलाई कहीं नहीं मिली क्या?" जो नाच देख रहा था मैं, उसके ढोलकिया को ढोलक बजाते अगर तुम देख लेती, तो फिर तुम्हें पता चल जाता कि कैसे मुझे तुम्हारी दियासलाई लाने का होश नहीं रहा। पूरा दिन लगाकर पिताजी कुछ लाना भूल सकते हैं, मगर तुम उन्हें यह सुनाने चली गई कि टीपू दियासलाई लाने में आधा दिन लगा देता है। अगर एक दिन की भूल भी माफ नहीं कर सकती, तो फिर मुझे किसी काम से भेजो ही नहीं। मैं जिन्न तो नहीं हूँ कि कहने आता हूँ, "मुझे काम बताओ।"

तुमने एक रुपया का पत्ता थमाया और कहा, "बेटा, एक कद्दू हाट से ले आओ। पूरी हाट में ऐसा एक भी मूर्ख कुँजड़ा नहीं था जो एक रुपया में कद्दू बेच रहा हो। तब क्या करता, लौटकर बैरंग चला आता मैं? कद्दू नहीं मिलने पर एक रुपया का कुछ और ले लेना है, यह तुमने नहीं कहा था। मैंने पैसे का सदुपयोग किया और नारंगी खरीद ली। नारंगी से बल बढ़ता है और नारंगी तेरे बेटे ने खाई। मगर तुमने कुहराम मचा दिया। उस दिन के बाद कभी कद्दू बाजार में बिकने नहीं आएगा, ऐसी कोई हड़ताल कुँजड़ों ने नहीं की थी। न यह ढोल पिटा गया था कि आज-भर जिसे कद्दू खाना है खा ले, कल से कद्दू खानेवाले को आजीवन कारावास की सजा दी जाएगी। कद्दू नहीं खा पाने के कारण उस दिन तुम्हें कराहते भी नहीं देखा मैंने। घर में वह आखिरी रुपया नहीं था जो तुमने मुझे कद्दू खरीद लाने के लिए दिया था। दौड़-धूप में कष्ट भी होता है, माँ। इतनी दूर हाट जाओ और फिर वहाँ से लौटकर भी आओ। बिकने को तो वहाँ जीभ ललचानेवाली सौ चीजें बिकती थीं, मगर मैंने पिताजी की इस हिदायत का खयाल रखा कि फल-मूल के अलावा हाट-बाजार में बिकनेवाली सारी चीजें सड़ी-गली, बासी-तिबासी होती हैं और उनके खाने से हैजा हो जाता है। तुम्हें यह रास नहीं आया कि तुम कद्दू नहीं खा सको और मैं नारंगी खा लूँ। तुम अपनी मर्जी से रोज खाओ, मैं अपनी मर्जी से एक दिन भी नहीं; झट पहुँचा दी शिकायत पिताजी के पास। मगर पिताजी क्या करते, किस मुँह से कहते कि नारंगी खाने से भी हैजा हो जाता है!

"पूछिए तो बेटे से, दिन-भर भूखा-प्यासा कहाँ गायब रहा, "यह कोई शिकायत हुई! एक बार तुम्हें बता दिया कि बड़का कुआँ के पास था; अब पिताजी के पूछने पर यह तो नहीं बोलूँगा कि कचहरी मैदान में था। भगवान तो नहीं हूँ कि एक समय में दस जगह विराजमान रहूँगा! मैं कहाँ गायब रहा, यह दस बार पूछो, दस बार बता दूँ; मगर मैं भूखा-प्यासा रहा, इस शिकायत में क्या दम है? प्यासा कैसे मान लिया? पानी बड़का कुआँ के पास नहीं मिलता है कि कचहरी मैदान के पास नहीं? उधर बसनेवाले लोग पानी पीने के लिए पोखर पर जाते हैं क्या? और ऐसा एक दिन भी नहीं गुजरा है कि मैं भूखा रह गया होऊँ? अब तुम यह चाहोगी कि तुम्हारी भूख से मैं खाना खाऊँ, तो यह सम्भव नहीं है। भूख लगने पर दौड़ता हुआ मैं घर आता हूँ या नहीं? कहता हूँ या

नहीं कि जल्दी से खाना परोसो, जोरों की भूख लगी है? और खाना खाकर मैं जो फिर तुरन्त भागता हूँ उससे तुम्हें पता नहीं चलता कि भूख लगने पर दौड़ता हुआ मैं खाना खाने के लिए ही घर आया था, यह देखने के लिए नहीं कि घर अपनी पुरानी जगह पर ही है या खिसककर इधर-उधर चली गई है? झूठ-मूठ की शिकायत मत किया करो पिताजी से। अगर बेटे के रोने और आँसू बहाने से तुम्हें आराम और आनन्द मिलता है, तो खुद ही मार लिया करो बेटे को।

मगर मुझे भी यह बता ही दो कि मैं किसके पास यह शिकायत करने जाऊँ कि जब मुझे जोरों की भूख लगती है, तब खाना नहीं मिलता। बर्फवाला आवाज लगा जाता है, हवाई मिठाईवाला डमरू बजाते हुए गुजर जाता है, गुलाबछड़ीवाला चीख-चीखकर थक जाता है, भूँजावाला अपने भूँजे के बारह स्वाद का बखान करता रह जाता है; और इधर मैं माँ से चिरौरी करते रह जाता हूँ, गोड़-हाथ पकड़ता हूँ, विलाप करने लग जाता हूँ, मगर उसके कानों पर जूँ तक नहीं रेंगती, जरा भी नहीं पसीजती यह माँ। माँ! खुद तो खाने के वक्त सोलह अदद मिरचाई लेकर बैठ जाती हो, मगर मेरे खाने के लिए एक अदद गुलाबजामुन के पैसे भी निकालना पहाड़ हो जाता है तुम्हारे लिए! मेरे इतने दोस्त खाते रहते हैं इतनी चीजें, तो उन्हें अपनी माँ से ही पैसे मिलते हैं या रात में सेंध मारने निकलते हैं वे!

घर में भोजन मौजूद हो, तो उसमें भी रोक-टोक करती हो तुम। उस रात जादू के जोर से मैंने अपनी नींद नहीं तोड़ी थी। आँख खुली, तो सामने रसगुल्ला भरा मटिया देखा। अगर तुम्हारी बोली में मैं रसगुल्लों पर टूट पड़ा, तो क्या तीव्र भूख के बिना ही? भोर-भोर तुमने हल्ला मच्चा दिया घर में और मुझे अपराधी करार दिया। सिर्फ तीन दिन पहले ही मैंने सोने से पहले रात में मटिया के गुलाबजामुन की गिनती कर ली थी, पूरे आठ। सुबह उठकर गिनता हूँ, केवल तीन। उस सुबह हल्ला क्यों नहीं मचाया, माँ? मुँह क्यों सी लिया अपना? उस दिन तो तुम्हारे मुँह से बकार तक नहीं फूटा कि पाँच गुलाबजामुन क्या हो गए। उस दिन मुझसे क्यों नहीं पूछा, माँ? पूछोगी कैसे! उस दिन तो मुझे पूछना था। रात में नींद तोड़कर किसने हाथ साफ किया था उस दिन? आप लोगों की भूख, भूख; और मेरी भूख टाँय-टाँय फिस।

पिताजी के सामने पेशी होती है, "इस चोर से पूछिए कि यह चीनी चुरा-चुराकर क्यों खाता है।" मोहल्ले की औरतों तक के पास यह खबर चली गई है कि मैं चीनी चुराकर खाता हूँ। चुराकर रखती हो, तो चुराकर खाता हूँ। भात-दाल तो चुराने नहीं जाता। मगर यह कैसा हिसाब कि पिताजी अपने मन से खाएँ, तुम अपने मन से खाओ, तो वह चोरी नहीं; और अगर मैं अपने मन से खा लूँ, तो वह चोरी हो गई! महीने में कोई मन-दो मन चीनी तो नहीं आती घर में कि उसमें से मैं दस-पाँच पसेरी चुरा लेता हूँ। बेटे ने सेर-दो सेर चीनी खा ली, तो वह चोर हो गया! तुम क्या जानो कि चुराकर खाने में

क्या मजा मिलता है! पिताजी थोड़ा-थोड़ा जानते हैं, इसीलिए तो तुम्हारी शिकायत पर कान नहीं देते हैं और मुझ पर हँसकर गुस्साते हैं या गुस्साकर हँसने लगते हैं। भगवान श्रीकृष्ण भी तो माखन चुराते थे, मगर यशोदा मैया तुम्हारी तरह चखचख नहीं करती थी।

और तुम्हारा यही रवैया आगे भी रहा, तो फिर निपटना महल्ले की औरतों से। किसी दिन किसी से झगड़ा होगा, तो तुरन्त इलजाम लगा बैठेगी वह, "मेरे घर से लोटा तुम्हारे बेटे ने ही चुराया है। तुम तो खुद कहनेवाली हो कि वह घर में चीनी और क्या-क्या तो चुराता रहता है।" दस-पाँच बरस बाद तो कोई बाहर का आदमी भी अपना बैल ढूँढ़ने तुम्हारे ही घर आएगा और घर के अन्दर ताक-झाँक करेगा। इसीलिए, माँ, मैं बार-बार कहता हूँ कि चीनी की चोरी का मामला मन में दबाकर रखो। मन नहीं माने, तो दो-चार गालियाँ ही मुझे अधिक दे दिया करो। मैरे लिए क्या अन्तर! मुरदा की देह पर जैसे दस मन मिट्टी वैसे बीस मन।

उस दिन पिताजी के साथ राधे चाचा के यहाँ गया था। चाची ने शरबत पिलाया एक-एक गिलास। शरबत कुछ और बचा रह गया, तो चाची ने पूछा, "एक गिलास शरबत और लोगे, टीपू?" मैं असमंजस में पड़ गया। ना कैसे कह दूँ! और हाँ कहूँ, तो घर पर पिताजी की लथाड़ खाऊँ। मैं बोला कुछ नहीं; एक बार कनखी से पिताजी की ओर देख लिया और उधर से निश्चिन्त होकर हाँ में सिर हिला दिया। तब चाची ने मुस्कराकर गिलास मेरी ओर बढ़ा दिया था। अब मुझे क्या पता था कि पिताजी भी कनखियों से मेरे ओर ही देख रहे थे। घर पर लथाड़ पड़ गई। मगर मैंने क्या बुरा किया था? शरबत फेंक तो नहीं दिया जाता? कोई-न-कोई तो पीता ही? मैंने अपने मुँह से तो नहीं कहा था कि "चाची, मुझे और एक गिलास शरबत पिलाओ।" और अगर चाची ने मुस्कराकर गिलास बढ़ाया, तो यह आप लोगों के इसी हल्ले के कारण कि मैं चटोरा हूँ, कि मैं चीनी चुरा-चुराकर खाता हूँ।

अचरज की बात है कि दूसरों के घर में तो बच्चों की कितनी-कितनी इज्जत होती है, और अपने घर में उन पर चौबीसों घंटे तीर-तलवार। साल-भर तो पढ़ाएँगे घरवाले, "सदा सत्य बोलो, कभी झूठ मत बोलो;" और ऐन उस वक्त, जब किसी के घर जाना हुआ, सिखाने लगेंगे, "ललच मत जाना कुछ देखकर। बोल देना, पेट में जगह नहीं है या मन बिलकुल भरा हुआ है।" फटकारिए या तमाचा मारिए, मुझसे झूठ बोला नहीं जाता। और फिर, बच्चा कहीं माँ-बाप के साथ जाता है उन्हें उनकी बातचीत में मदद पहुँचाने के लिए?

मेहमान आ गए, तो फिर लगाम। जिन मीठी या तीखी नजरों से संसार का कोई भी आदमी रसगुल्लों की ओर निहारता है, उससे अधिक मीठी या तीखी नजरों से तो मैं मेहमानों की तश्तरियों में पड़े रसगुल्लों को नहीं निहारता। मैं कहने तो नहीं जाता, "जनाब! मेरे घर में मेरे सामने मेरे ही रसगुल्लों को अकेले भकोस जाने का इरादा है क्या? मुझे भी

पूछिए।" अब अगर मेरी नजरों के कारण किसी भूखे और अकेले भकोसनेवाले मेहमान को एक-आध रसगुल्ला मेरी सेवा में पेश करने की मजबूरी या ख्वाहिश हो जाए, तो इसमें मेरा दोष? उस पर भी मैं उनके आग्रह पर शरमाता हूँ, नाह-नूँह करता हूँ, और तभी हाथ बढ़ाता जब समझ जाता हूँ कि इस बार उनका अन्तिम आग्रह हो रहा है। मैं रसगुल्ले से बैर नहीं कर सकता। किसने किया है? बड़े-बड़े वीर और तपस्वी हो गए हैं, बड़ी-बड़ी प्रतिज्ञाएँ की हैं, मगर आज तक किसी ने ऐसी प्रतिज्ञा नहीं की कि "जब तक मैं अपना प्रण पूरा नहीं कर लेता, तब तक रसगुल्ले नहीं खाऊँगा।" पिताजी चाहते हैं कि मैं ऐसी प्रतिज्ञा कर बैठूँ। नहीं होगा, ऐसा नहीं होगा।

कितनी ही बार उदाहरण के साथ समझा चुका हूँ कि मैं किसी से नहीं झगड़ता; दूसरे मुझसे झगड़ते हैं, खुद झगड़ने की कोशिश करते हैं और मुझे झगड़ने को मजबूर। मगर पिताजी को मेरी बातों का विश्वास ही नहीं। तब यह जान लीजिए, पिताजी, कि मेरा किसी से झगड़ा नहीं हो इसके लिए जरूरी है कि मैं घर से बाहर नहीं निकलूँ, किसी से बोलूँ नहीं, हँसूँ नहीं, छींकूँ तक नहीं, और अपने दरवाजे पर खड़ा रहकर ही दुनिया का नजारा देखूँ। सम्भव है यह? मेरी सुनिए, पिताजी। जो बाप अपने बच्चे को लेकर मेरी शिकायत करने आपके पास आता है, उससे पूछिए कि मैंने उसके सुपुत्र को घर के अन्दर से बाहर खींच लाया था और तब मैंने उसे सड़क पर या मैदान में धोबी-पाट दे मारा था? कोई झगड़ा करने आए, तो आप भी झगड़िए, पिताजी। मैं आपकी पीठ पर तैयार हूँ। एक बार आजमाइए तो कि आनेवाला दुम दबाकर भागता है या नहीं।

सुनो, माँ; ध्यान से सुन लो। तुम शिकायत पर शिकायत करती रहो, पिताजी बात-बात पर मुझे डाँटते-फटकारते रहें, मगर मैं अन्याय सहनेवाला और किसी की धौंस बरदाश्त करनेवाला नहीं हूँ। मैं ईंट का जवाब पत्थर से देना जानता हूँ। पिताजी की तरह दबकर नहीं रहूँगा मैं।

उस दिन मैंने रावण पर हाथ छोड़ा, तो क्या बुरा किया? कौन नहीं गलियाता-दुरदुराता उस रावण को? युद्ध में धनुष की डोरी टूट जाने पर अगर राम ने दो-चार मुक्के चलाकर ही रावण को मार गिराने की कोशिश की, तो इसमें क्या बुरा हो गया! क्या रावण का यह फर्ज होता था कि उलटकर वह भी मुक्के चलाए? तब क्यों रघुआ ने चुल्हवा पर तड़ातड़ लात चलाना शुरू कर दिया? चुल्हवा ने तो बिगड़ी बनाई थी, कोई जोर से मुक्के भी नहीं मारे थे उसने। रावण की कोई गलती नहीं, और राम की मदद में हनुमान दौड़ गया, तो पूरी गलती हनुमान की हो गई। अपना ऐब किसी को नहीं सूझता। रघुआ की माँ ने बेटे को घर पर यह कहकर तो डाँटा कि "रे करमजला! तू रावण क्यों बना?" मगर बेटे से यह नहीं पूछा कि "रे दुश्मन! तुमसे भगवान पर लात कैसे चलाई गई?" जो रो दे, वह बेकसूर; और मुझे आँसू बहाना नहीं आता, तो मैं कसूरवार!

अब यह कोई बात हुई कि मार-पीट का कोई खेल ही नहीं खेलें हम! क्या खेलें, 'घोघो रानी, कितना पानी?' लड़कियों की तरह बोलें, 'इतना पानी, इतना पानी?' और फिर लड़कियों की तरह चार कदम चलकर लड़कियों की चाल से चार कदम आगे बढ़ गई किसी लड़की को छू लें? बस, खेल खत्म! फिर घोघो रानी। इससे तो बेहतर है कि मैं भी पिताजी की तरह घर में रोटी बेलना सीखूँ।

हमारा झगड़ा भी कोई झगड़ा है! पानी का बुलबुला! बड़ों की तरह हुक्का-पानी बन्द करने का षड्यंत्र नहीं चलता है यहाँ, दुश्मनों के वध की योजनाएँ नहीं बनाई जातीं, कोई बात गिरह में कसकर बाँध नहीं ली जाती। जहाँ दस हाँड़ियाँ रहती हैं वहाँ थोड़ा ढनमन होता ही है, यह बात तो आप दोनों, माताजी और पिताजी, सैकड़ों बार बोल चुके हैं। तब अगर हम बच्चों में थोड़ा झगड़ा, थोड़ी मार-पीट ही हो जाती है, तो कौन-सा अजूबा घट जाता है! जो बड़े-बुजुर्ग इसके लिए हमें डाँट बताते हैं, पटाका लगाते हैं, उनकी अक्ल पर उस वक्त क्या पत्थर पड़ जाता है जब हल्के-फुल्के झगड़े में ही घर से डंडे लेकर बाहर निकल पड़ते हैं वे!

"देखो तो, टीपू की माँ! कितना रो रहा है मेरा बेटा! न जाने कितना मारा है मुए कारी मड़ड़ के बेटे ने! उसे टीपू लेकर चला गया उसके बगीचे में। खुद तो बचकर भाग आया और मेरे बेटे को मार खिलवा दी।" यह कहने तो चली आई घुटरा की माँ, मगर आने से पहले बेटे से यह नहीं पूछा कि "टीपू क्या तुम्हें जबरदस्ती कन्धे पर लादकर ले गया था? और बच्चे जब भाग रहे थे, तो तुम्हें भागने में बाधा पहुँचाई थी टीपू ने? तू जितने अमरूद तोड़ता था सब टीपू को ही दे देता था क्या? क्या भागने के लिए तुम्हें टीपू से पाँव उधार लेने थे? क्या सारे बच्चों ने ऐसी कसम खाई थी कि तुम्हारे पकड़े जाने पर वे सब मिलकर तुम्हारी मार बाँट लेंगे?" यह तो नहीं हुआ कि अपने बेटे को ही दो-चार चाँटे लगाए और कहे "तू उस भुतहा बगीचे में गया ही क्यों जहाँ एक लोटा गँवाने के बाद सुँघनी साह आज तक दुबारा पाखाना करने नहीं गया?" बेटा रो रहा है घुटरा की माँ का, तो भला मेरी माँ मेरा पक्ष क्यों लेने लगी! उसे तो एक और मौका मिल गया पिताजी के आगे फुलझड़ी छोड़ने की।

खेल निशानेबाजी का चल रहा था। यमुना ने मुझ पर तीन ढेले चलाए, मगर उसका हर निशाना खाली गया। मेरा पहला ढेला ही उसके सिर से टकरा गया और वहाँ गुमटा निकल गया, तो इसमें मेरा दोष? अभी तो मेरे दो दाँव बाकी थे। ले बलैया! मुझे और निशाने तो क्या लगाने देगा, उलटे चला गया माताराम के पास आँसू बहाने। राजगंज के मेले में मैंने भी बहुत कुश्तियाँ देखी हैं। ऐसा नहीं देखा कि हारा हुआ पहलवान अपनी माँ के पास गया हो रोने और उसे उकसाकर भेजा हो जीते हुए पहलवान की माँ के पास शिकायत करने। मेरी माँ तो ऐसी नकलोल है कि कोई भी लुतरी जैसे चाहे उसकी नाक घुमा दे। और बेटा टीपू ऐसा दुलारा है अपनी माँ का कि लुतरी

उसे बिलार बताए, तो माँ मान ले बनबिलार; लुतरी बोले बिच्छू, माँ समझे गेहुँअन। “क्यों, रे छोकरे! तूने ढेलेबाजी क्यों की?” यह कह सकती है माँ, मगर उसी जबान से अकेले में भी यह नहीं कह सकती, “मैं नहीं जानती थी, बेटा, कि तेरा निशाना इतना पक्का है। आज तो मैं तुम्हें रसगुल्ले खिलाऊँगी।” अब ऐसे में क्या करूँ मैं! टीपू दूबे हाय-हाय, टीपू छब्बे मारा जाए!

माँ ने कितनी हाय मचाई उस दिन पिताजी के सामने, “जरा देखिए तो, अब मैं पूजा कैसे करूँ? क्या कर दिया आपके लाड़ले ने? देवी-देवता से भी मजाक किया जाता है?” नहीं किया जाता है मजाक, मैं भी जानता हूँ; मगर क्या किया मैंने? अधूरे चित्रों को पूरा कर दिया। महाभारत युद्ध में उतरे हुए सारे योद्धा मुच्छल हैं; एक भगवान कृष्ण की मूँछें गायब! भगवान शंकर की जटाएँ बड़ी-बड़ी हैं, मूँछों का पता नहीं। इतना ही तो किया मैंने कि इन सबको मूँछें दे दीं। यह भी अपराध हो गया? जो भगवान बड़े-बड़े मूँछवालों को मार गिरा सकते हैं वे ही बिना मूँछों के! अधूरे चित्र अच्छे लगते थे क्या? कहीं कोई भूल हो, तो उधर ध्यान देना भी अपराध? तब ठीक है, कल से घर में बिल्ली दूध पीती रहेगी और मैं उसे चुपचाप टुकुर-टुकुर निहारता रहूँगा।

इस बेटी की माँ को दुख-ही-दुख। इस तरह कब तक वह चीखती-चिल्लाती रहेगी, गरजती-भूँकती रहेगी, दैवा को दोष देती रहेगी जो अभी तक उसके बेटे को सुमति नहीं दे रहा है, उस व्यतिपात योग को कोसती रहेगी जिसमें टीपू पैदा हुआ, पुरैनी के महादेव को गलियाती रहेगी जिसने अगर बेटी दी होती तो इतना दुख उठाना नहीं पड़ता!...

अब मैं किस देवता के पास जाऊँ अपना दुखड़ा सुनाने! बाप-बेटे ने तो आपस में साँठ-गाँठ कर ली है मुझे तंग करने के लिए। बच्चा कहीं इतना चिबिल्ला हो कि पूरे महल्ले में हड़कम्प मचाए रहे, सारा गाँव सिर पर उठाए रहे! लोगों के उलाहने और गालियाँ तो मुझे सुननी पड़ती हैं। ढोढ़ाय-मंगरू कोई भी आकर दो बात सुना जाता है। सबके सामने सिर झुकाना पड़ता है मुझे। दरवाजे पर कोई कुछ बककर चला जाए, तो फिर आदमी की इज्जत कहाँ बचती है! एक मेरा भाई हरिचन्द है कि दरवाजे पर चढ़ना तो दूर, कहीं बाहर भी कोई आँख दिखा दे, तो आँख निकाल लेगा उसकी। मगर इनका तो भाषण शुरू हो जाता है, “दिव्या, किसी के दो-चार बात सुना जाने से इज्जत बनती-बिगड़ती नहीं है। मेरी इज्जत-आबरू को इन लोगों की गाली-बात से कोई खतरा नहीं है।” तब क्या कपार फोड़ देने से इज्जत बनती-बिगड़ती है? खुद किसी के यहाँ जाकर रिरियाने से इज्जत बनती-बिगड़ती है? किसी को भी चोट लगे, नाम टीपू का लगा दिया जाता है। और आप हैं कि असली बात का पता तक नहीं लगाते और दौड़ पड़ते हैं माफी माँगने। इससे आपकी इज्जत बन गई!

टीपू बदमाश तो क्या होगा, बदनाम जरूर हो गगा है; और बदनाम हुआ है दब्बू बाप के कारण। मेरा बेटा किसी को छूकर भी आए, तो तुरन्त गरज उठेंगे उस पर,

"क्यों मारा तुमने उसे? बिना चोट लगे ही रो रहा है वह?" मगर टीपू किसी से मार खाकर आए, तो उन्हें कोई परवाह नहीं, "तुम वहाँ गए ही क्यों? क्यों खेलते हो वैसे लड़कों के साथ?" अपने साथ खेलने के लिए आसमान से पकड़कर लाए वह लड़कों को! और, जहाँ और बच्चे खेलेंगे वहीं तो खेलेगा मेरा बच्चा। जैसे और बच्चों के बाप चले आते हैं शिकायत करने, खदेड़ते हैं टीपू को और पकड़कर एक-आध चपत भी जमा देते हैं, इस तरह आप नहीं कर सकते क्या? इसमें किरकिरी हो जाएगी आपकी? और, आपका बच्चा मार खाकर आ गया, तो इसमें आपकी हेठी नहीं?

उस दिन बच्चे को ताकीद कर दी, "जहाँ मार-पीट हो वहाँ से दूर हट जाओ; तुरन्त घर चले आओ।" टीपू भी गुस्साकर पूछ बैठा था, "मार खाकर घर आ जाया करूँ?" और उसे बाप का जवाब हाँ में मिल गया। उस दिन टीपू बार-बार मुझसे पूछता रहा था, "तुम भी यही कहती हो, माँ; मैं मार खाकर घर आया करूँ?" कितना उदास होकर पूछ रहा था टीपू! ऐसे में तो कोई भी बच्चा दबड़ू-घुसड़ू बन जाएगा। वे तो बेटे को भी अपनी ही तरह दब्बू बनाकर रखना चाहते हैं। मैं तो नहीं होने दूँगी ऐसा; बेटे को दब्बू नहीं बनने दूँगी। अपनी मामा की तरह बाघ बनकर रहेगा, इनकी तरह भीगी बिल्ली बनकर नहीं।

इन्हें चिन्ता नहीं कि बेटा बाहर में किस-किस की मार-बात सहता है, पर मुझे तो चिन्ता है। एक दिन घर लँगड़ाते हुए आया था। उस दिन नींद में भी कराह रहा था वह। इसकी चिन्ता मैं नहीं करूँ? यह तो बच्चा ही ऐसा है कि ठीक से यह भी नहीं बताता कि किसने मारा, कहाँ मारा; नहीं तो मैं ही क्या परचारने नहीं जा सकती हूँ! आज इसकी दादी रहती, तो किसी की मजाल कि इसे आँख भी दिखा देता! तब तो बुढ़िया बिफर उठती और टीपू का हाथ पकड़कर निकल जाती घर से बाहर, "चल तो; बता तो, तुम्हें किसने मारा है;" और फिर महल्ले में लड़-झगड़ आती; किसी की दादी पर टूट पड़ती, "क्यों गे, सिर्फ तुम्हारी ही पतोहू को दर्द हुआ था बच्चा बियाने में?"...किसी की माँ पर बरस पड़ती, "अपने बेटे को सँभाल ले, बोल देती हूँ। सींग पैदा हो गए हैं, तो तोड़कर रख दूँगी। मेरा पोता बाढ़ में बहकर नहीं आया है।"... खुद उसे ही भँभोड़कर रख देती, "क्यों गे कलासनवाली, यह क्या हिसका है तुम्हारा रोज-रोज बच्चे की शिकायत करने का? माँ है या कसाई? बेटे को मार खिलाने में मजा मिलता है क्या? ऐसा ही पत्थर का दिल था, तो बाँझ ही क्यों न रह गई, भतार के साथ सोने क्यों जाती थी?" अब जब बुढ़िया नहीं है, तो क्या मैं बच्चे को मार खाने दूँ? ऊपर से ही शरापेगी नहीं बुढ़िया?

दिन-दिन-भर टीपू घर से बाहर रहता है, यह क्या इन्हें नहीं मालूम? लड़के को जरा बाँधकर रखें, तो कैसे लड़का हर समय घर से गैरहाजिर रहेगा? मगर इन्हें तो बच्चे को सँभालने का ध्यान ही नहीं। खेती के काम में समय ही कितना जाता है इनका! और, ढेर पढ़नेवालों को देखा है; ऐसा नहीं देखा कि इसके पीछे आदमी बीवी-बच्चे

को भी भूल जाए। घर में बैठे रहेंगे, मगर जरा टीपू को खोज लाने के लिए कहूँगी, तो जवाब मिलेगा, "अब कहाँ जाऊँ मैं उसे खोजने? न जाने किस जंगल-मैदान में होगा।" इतना बड़ा नहीं है राजगंज कि एक बच्चे को ढूँढ़ा नहीं जा सके। और फिर, बच्चा तो कहीं मैदान में बच्चों के गोल में ही होगा। मगर इन्हें बच्चों के गोल से अपने बच्चे को निकाल लाने में भी लाज लगती है कि दूसरे बच्चे क्या सोचने लगेंगे इनके बारे में। बुरा न मान लें; इन्हें बुरा न समझ लें। कभी झोंक चढ़ेगी, तो दिन-भर गिरफ्तार किये रहेंगे टीपू को, सुबह से रात तक। मगर दूसरे ही दिन सारा जोश गायब; फिर वही मस्तराम।

बरसते हैं मुझ पर कि मैं क्यों नहीं बेटे को घर में बैठाकर रखती हूँ, बैठाकर पढ़ाती हूँ। यह लड़का भला मेरे शासन में रहनेवाला है! वह तो मुझे ही किसी बात में डाँट बैठता है, "तुम चुप रहो; मैंने पिताजी से पूछ लिया है...पिताजी को मालूम है; तुम आग लगाने अब नहीं जाओ..." हर बात में 'पिताजी-पिताजी', माताजी गई चूल्हे में। और, इस लड़के को भला मैं पढ़ा पाऊँगी जिसने चुटकी बजाते तीन-तीन मास्टरों को विदा कर दिया! बेटी रहती, तो चूल्हा-चौका से बाँधकर भी रखती मैं; इस बेटे को बाँधकर नहीं रख सकती।

मुझसे बच्चे पर थप्पड़ नहीं उठाया जाता। इस बच्चे का कोई ठीक है कि किस दिन मुझ पर ही गुस्सा कर बैठे। उस दिन तो मेरा हाथ पकड़ ही लिया इसने, "रुको; रुको, माँ; नहले मेरी बात सुन लो;" और तब तक हाथ पकड़े रहा जब तक मैं बिलकुल शान्त नहीं हो गई। और एक दिन तो बोल ही गया, "तुम तो बेकार मुक्के चलाती हो, माँ। थक जाती हो, हाँपने लगती हो, और तुम्हारे हाथ की मुझे चोट भी नहीं लगती।" अब क्या असर होगा उस पर मेरे मुक्का-थप्पड़ का! जब वह मुझे कुछ लगाता ही नहीं, तो मैं खाक शासन करूँ इस लड़के पर।

कितनी बार तो कहा कि न हो तो टीपू को किसी पंडित या ज्योतिषी से ही दिखाइए। मगर मेरी कौन सुनता है! इनका एक जवाब, "तुम परेशान मत हो, दिव्या। मेरा यह बेटा हीरा बेटा है, हीरे की तरह चमकेगा।" ठीक है, चमकाइए आप हीरे की तरह।

तिल का ताड़ करती रहती है दिव्या, नहीं तो भला क्या परेशानी है टीपू को लेकर! और अगर कुछ परेशान होती है वह, तो सिर्फ अपने कारण। माँ है वह बच्चे की, मगर बेटे की ओर से बिलकुल आँख बन्द कर ली है। समझती है वह कि बच्चे का गुह-मूत कर दिया तो उसकी जिम्मेदारी समाप्त हो गई, और अब बेटे की देख-रेख का सारा भार बाप के कन्धे पर चला गया। मुझे तो दस काम से घर के बाहर समय गुजारना पड़ता है। मैं काम छोड़कर बच्चे के पीछे पड़ा तो नहीं रहूँगा। और घर में भी रहूँ तो एक बच्चे को पकड़कर रहूँ, यह तो मुझसे नहीं होगा।

कितनी ही बार सुना चुका हूँ दिव्या को कि बचपन में मैं पूरी तरह माँ की देख-रेख में था। पिताजी तो खेतीबारी में व्यस्त रहते थे और बस हाल-चाल मालूम रखते

थे मेरा। रोज शाम में हाथ में छड़ी लेकर माँ मुझे पढ़ने बैठाती थी। मैं भाँग-धतूरा कुछ भी पढ़ूँ, मगर दो घंटे पढ़कर माँ को सन्तुष्ट कर देना पड़ता था। माँ महल्ले के मेरे साथियों से इतना तक पता लगाती रहती थी कि मैं रोज विद्यालय जाता हूँ या नहीं, कहीं इधर-उधर बाग-बगीचे में जाने के लिए परच तो नहीं गया हूँ। माँ तो कभी-कभी बड़का कुआँ तक पहुँच जाती थी मेरी तलाश में। कहीं भीड़-भाड़ में रहता था मैं, तो किसी को भेजकर वहाँ से भी बुलवा लिया करती थी मुझे। अगर उसे मालूम हो जाता कि मैं कौड़ी खेल रहा था, तो वह मेरी उँगलियों पर छड़ी से चोट करती और पूछती, "बोल, अब तो कौड़ी नहीं खेलेगा?" एक बार तो चैले से खबर ली थी उसने। मुझे माँ से जितना डर लगता था उतना डर कभी पिताजी से नहीं लगा। ऐसी थी मेरी माँ।

और एक माँ यह दिव्या है, मिट्टी का पुतला। चीख-चिल्लाकर चाहती है बच्चे का काबू में रख लेना। बच्चे को भला उस माँ से क्या डर जो केवल गा-बजाकर रह जाती है! कान पकड़कर बेटे को पढ़ने बैठाए, छड़ी लेकर उसके साथ बैठी रही, एक-आध छड़ी कभी जमा भी दे, तब तो शासन में रहेगा बेटा। हर घड़ी चीखने-चिल्लाने और डाँट-फटकार करने से ही तो नहीं होता। आज तक पास में बैठाकर बच्चे को कोई बात समझाते नहीं देखा है, कभी उसके साथ मीठा बोलते-बतियाते नहीं सुना है। इस बच्चे में यह तो सिफत है कि समझाकर कुछ कहने से वह बात नहीं काटता, अपनी गलती महसूस कर लेता है सुझाने पर, और इस पर तुरन्त तैयार हो जाता है कि आगे से ऐसी गलती नहीं करेगा। तब भला बच्चे का क्या दोष! क्या होगा पंडित और ज्योतिषी को बुलाकर!

यह सही है कि टीपू शरारत करता है, मगर सारा दोष अकेले उस बालक का ही नहीं है। उस दिन ठाकुरवाड़ी में बाहर से आए किसी पंडित जी की उसने टीक काट ली, मगर यह तो उसके अपने स्तर से एक विरोध भी था। टीपू अपने साथी पिरथिया के साथ ठाकुरवाड़ी के कुएँ पर पानी पीने गया और ओसारे पर पड़े उसी पंडित जी के लोटा का उपयोग कर लिया। पंडित जी, जो लघुशंका के लिए पिछवाड़े गए हुए थे, उस वक्त वहाँ पहुँच गए जब पानी पी लेने के बाद लोटा अपनी जगह पर रखा जा रहा था। यह देखना था कि पंडित जी बिगड़ पड़े, "क्यों रे, मेरे लोटे को हाथ क्यों लगाया?" जवाब टीपू ने ही दिया था, "पानी पीना था, पंडित जी। लोटे को ठीक से धो दिया है।" इस जवाब से सन्तुष्ट नहीं हुए पंडित जी। उन्होंने फटेहाल पिरथिया से उसकी जाति पूछी। पिरथिया का जवाब सुनना था कि वे अगिया बैताल हो गए और लगे गालियाँ बकने। टीपू ने कहा, "पंडित जी, गाली मत दीजिए।" इस पर तो वे आपे से बाहर हो गए और दौड़े टीपू की ओर अपने जूते लेकर। दोनों बच्चों ने भागकर जान बचाई। मगर टीपू के मन में तो काँटा चुभ गया। अपने राजगंज में तो और भी पंडित आते-जाते रहते हैं, मगर ऐसा आचरण तो किसी का नहीं होता। और तभी उसने अपने मन में यह बात टिका ली कि इस पंडित का हिसाब कर देना है। फिर तो, भगवान

जाने, कब पंडित जी ओसारे पर पड़ी चौकी पर गहरी नींद में चले गए, कहाँ से तो इस शरारती ने एक कैंची ऊपर कर ली, और कैसे तो पंडित जी की टीक काटकर बेदाग निकल गया।

नींद टूट जाने पर पंडित जी को अपना माथा कुछ हल्का-हल्का लगा होगा जरूर, मगर उस ओर उनका ध्यान नहीं गया। शाम में जब पुजारी जी आए, और पंडित जी की शिखा को उनके माथे पर पूरे गौर से देखने पर भी कहीं नहीं पाया, तो एकबारगी बोल पड़े, "पंडित जी, आपकी शिखा?" "शिखा!" उच्चारित करते हुए पंडित जी ने अपना हाथ अपने माथे पर दौड़ा दिया और शिखा को समूल उच्छेदित पाते ही वे बदहवास हो गए। तलवों से लगी आग सिर में जाकर बुझी। भीषण कांड उपस्थित हुआ। आदमियों का पुल टूट पड़ा था शिखाविहीन पंडित को देखने। लोगों की इच्छा थी कि जिसने भी पंडित जी को श्री-हीन किया था वह उनके चरणों में गिरकर माफी माँगे, मगर उस फटेहाल अछूत के बच्चे और उसके एक साथी को ढूँढ़कर नहीं निकाला जा सका जिन पर पंडित जी का सन्देह गया था। पंडित जी पूरे गाँव को श्राप देकर उसी घड़ी राजगंज से विदा हो गए।

हालाँकि राज खुलने पर टीपू को दाद देनेवाले बहुत लोग थे राजगंज में; मगर शिखा को नष्ट करते हुए अगर पकड़ लिया जाता टीपू, तो भीषण संकट उपस्थित हो जाता मेरे लिए। तब भी मैंने उस पर हाथ नहीं उठाया; डाँट दी, समझा दिया और यह वादा करवा लिया कि आगे से ऐसी गलती नहीं करेगा वह। इससे अधिक और क्या कर सकता था मैं! इस लड़के को मारकर तो रास्ते पर लाया नहीं जा सकता। तब तो भीषण विस्फोट होगा। और इसमें भला ऐसी कौन-सी बात है कि किसी ज्योतिषी से उसकी जन्म-पतरी दिखाई जाए! दिव्या की जिद है, तो ठीक है, किसी दिन खोज लाऊँगा किसी ज्योतिषी को और सौ-पचास रुपये इसमें भी कटा दूँगा।

हरिचन्द ने अपने मन में भले ही यह सोचा हो कि बच्चा बिगड़ गया है और मैंने ही उसे बिगाड़ दिया है, मगर टीपू दोषी है कहाँ! बड़ी-बड़ी और कड़ी मूँछें टीपू ने बहुत देखी होंगी, मगर उसके मामा के पास भी यह दौलत है इसका उसे विश्वास नहीं हो रहा होगा। तभी तो हरिचन्द जब सोया हुआ था, तो मामा की मूँछें खींच-खींचकर टीपू ने यही जानने की कोशिश की कि वे असली हैं या नकली। मूँछों में हलचल होते ही हरिचन्द की नींद टूट गई थी और टीपू भाग गया था। अगर अपना भांजा नहीं रहता, तो 'रामसिंह का सिपाही' कुछ वही सलूक करता उस भागते हुए प्राणी के साथ जो कभी उसने एक बच्चा चरवाहा के साथ किया था। इतना खुश हुआ था टीपू कि मामा की नाराजगी का उसे कोई खयाल ही नहीं रहा। वह दौड़कर कहने गया माँ से, "माँ, गे माँ, मामाजी की मूँछें असली हैं,एकदम असली।" दिव्या को बेटे की हरकत का पता चला, तो उसे पीट बैठी। मगर टीपू की क्या शैतानी हुई भला! वह कितना खुश था कि बड़ी-बड़ी मूँछोंवाला वह आदमी उसका मामा है। वह तो आज पूरे राजगंज में

मामा के साथ घूम आना चाहता था और हर मिलनेवाले को फुसफुसाकर कह देना चाहता था, "ये मेरे मामा हैं।"

बच्चे तो शरारती होते ही हैं। टीपू कुछ अधिक शरारती है। मगर इसका इलाज मार तो नहीं है। और यह मार-पीट मुझसे नहीं होगी। टीपू को दो-एक थप्पड़ लगाने के बाद जब भी उसे रोते हुए पाया है, भारी पश्चाताप हुआ है मुझे। मैं अथाह में पड़ गया हूँ और दिव्या पर टूट पड़ा हूँ, "खबरदार! आगे से कभी शिकायत लेकर मत आया करो बेटे की। मार-पीट करनी हो, खुद कर लिया करो; मेरे पास मत आओ उसे सजा दिलाने के लिए। क्या चाहती हो कि वह मुझे कसाई समझे?"

एक कसाई बाप की ही तसवीर तो खिंच रही है उसके सामने! उस दिन टीपू ने माँ से कह डाला, "माँ, पिताजी आजकल कमजोर हो गए हैं।" और जब दिव्या ने पूछा, "क्यों रे, पिताजी कमजोर कैसे दिख रहे हैं तुम्हें?" तो उसने तत्काल उत्तर दिया, "कल पिताजी के थप्पड़ से जरा भी चोट नहीं लगी। पहले तो खूब चोट लगती थी। लगता है, तुम सारा दूध मुझे ही पिला देती हो।" दिव्या के लिए इस बात का कोई महत्त्व नहीं, मगर मेरे लिए तो है। पिता की हर मार को महसूस कर रहा है वह, गिन रहा है, ध्यान रख रहा है उस पर। ऐसे में पिता के किस रूप को याद करेगा वह!

हालाँकि टीपू दूर नहीं गया है अभी; कितनी बार तो रूठने की बजाय माँ के आदेश के विरुद्ध सट गया है मुझसे; कई बार मुझसे मार खाकर भी लिपट गया है मेरी देह से; मगर तब भी उसके अचेतन में कोई प्रतिकूल प्रतिक्रिया नहीं हो रही है, यह कैसे कहा जा सकता है! ऐसा भी तो हुआ है कभी-कभी कि बहुत मनाने पर भी नहीं माना है वह, और पिता से आजीवन कुट्टी की सूचना उसने माँ तक पहुँचा दी है।

हल्की डाँट भी बरदाश्त नहीं कर सकता यह लड़का, और डाँट-फटकार सुनकर बहुत ही मायूस हो उठता है। उस दिन तो अनर्थ ही हो गया जब गुस्से में मैंने लगातार दो-तीन तमाचे जड़ दिये थे उसकी गाल पर। आँसू निकल आए थे उसकी आँखों से। तब भारी वेदना हुई थी मुझे ओर मैं टीपू को मनाने की कोशिश करने लगा था। दूर चले गए टीपू को मैंने हाँक लगाई थी, "टीपू!"

"क्या?" टीपू ने दूर से ही जवाब दिया था।

"इधर आओ।"

मुझे उम्मीद नहीं थी कि इतनी आसानी से आ जाएगा वह। उसके पास आते ही मैंने पूछा था, "मेरी एक बात मानोगे?"

"नहीं।"

"मेरी बात नहीं मानोगे?"

"नहीं मानूँगा।"

"पिता हूँ न?"

कोई जवाब नहीं दिया टीपू ने। नजरें उठाईं और मेरे चेहरे पर टिका दीं। कुछ

रुककर मैं ही बोला, "तुम्हें गुस्सा आ गया है, मगर इतना तो सोचो कि मैंने मारा क्यों। गलती पर ही तो?"

"डकैत की तरह?"

मेरे मुँह की बोली छिन गई थी और मैं अचानक लम्बी चुप्पी में चला गया था। बाप को अत्यधिक मायूस देख खुद ही चिन्तित हो उठा टीपू और बोल पड़ा, "क्या काम है, बोलिए जल्दी। मुझे पढ़ने के लिए बैठना है।"

टीपू शरारती है और इस कारण परेशानियाँ होती हैं; मगर धीरे-धीरे ये सब दूर होती चली जाएँगी और टीपू बिलकुल शरीफ-सुशील हो जाएगा। मुझे भी तो माँ शैतान कहा करती थी, मगर आज तो लोग अल्लाह मियाँ की गाय मानते हैं मुझे। टीपू ज्यों-ज्यों बड़ा होगा, समझदार होता चला जाएगा।

मगर दिव्या को कौन समझाए, कैसे समझाए; उसे तो एक अच्छे ज्योतिषी की तलाश है।

7

जलावन और खेती-गृहस्थी के अंट-शंट सामान से भड़े पिछवाड़े के खपरैल घर को बड़बड़ाते सुना दिव्या ने, तो उसके अन्दर झाँककर देखा और फिर आँख चढ़ाकर बोली, "क्यों रे, तू यहाँ साँप-कीड़े में क्या कर रहा है?"

"घर साफ कर रहा हूँ," एक बार सीधा खड़ा होकर टीपू ने मुस्कराते हुए कहा, और फिर उस छोटे-से घर की सफाई में जुट गया।

"पिताजी ने कहा है?"

"अभी पिताजी से पूछा नहीं है," चक्की के एक पाट को बीच से उठाकर एक कोने में रखते हुए बेटे ने जवाब दिया।

"तो फिर अपने मन से क्यों यह सब कर रहा है?"

"मैं दिन में यहीं पढ़ूँगा।"

"यहाँ क्यों पढ़ेगा?" दिव्या ने अचरज से पूछा, "घर में जगह नहीं है पढ़ने की?"

हाथ की धूल झाड़ते हुए टीपू इस बार माँ के सामने आ खड़ा हुआ, "यहीं पढ़ूँगा, माँ। मेरे और भी साथी रहेंगे। आज रविवार है और मुझे घर में ही पढ़ना है। मुझसे अकेले पढ़ा नहीं जाता और तुम मेरे साथियों को घर के अन्दर घुसने नहीं दोगी। तुम विश्वास करो कि हमलोग पढ़ेंगे। नहीं पढ़ेंगे, तब बोलना, तब गुस्साना!"

और बकबक करने की बजाय दिव्या सीधे शशांक के पास पहुँच गई, "यह आपके बेटे को क्या सूझी कि अब घर-आँगन छोड़कर पिछवाड़े के खपरैल में पढ़ेगा; वह भी अकेले नहीं, संगी-साथियों के साथ! पढ़ेगा कि खेलेगा? घर की सफाई में लगा हुआ है।"

शशांक ने एक क्षण कुछ सोचा और फिर बोला, "छोड़ दो उसे; करने दो घर साफ। अब उसका ध्यान पढ़ने की ओर गया है, तो कोई बाधा मत दो उसे। कल भी बड़ी लगन से उसने अपना कमरा तैयार किया है और इस शर्त पर कि यह उसकी पढ़ाई का कमरा होगा और वह मन लगाकर पढ़ेगा। आज यों भी रविवार है। कम-से-कम घर में तो रहेगा और इधर-उधर भागेगा तो नहीं। नजर पर रहेगा, तो कुछ तो पढ़ेगा ही। और कहीं से कोई शिकायत तो नहीं आएगी कि टीपू ने इसका सिर फोड़ दिया और उसका पैर तोड़ दिया।"

शशांक का वक्तव्य दिव्या को भी दमदार लगा, और जब टीपू खपरैल में घर-वास की अनुमति लेने पिताजी के पास आया, तो माताजी झटपट बोल पड़ीं, "अच्छा, जाओ, पढ़ना वहीं; मगर आपस में लड़ना-झगड़ना मत।"

दो घंटे के अन्दर-अन्दर पाठशाला की पहली घंटी बज गई। दिव्या दौड़ी-दौड़ी शशांक को कहने आई, "टीपू ने तो पाठशाला ही खोल दी है। आठ-आठ बच्चे बोरा-बस्ता लेकर आ पहुँचे हैं। ऐसे में पढ़ाई होगी या खेल?"

"बोरा-बस्ता लेकर कसोई खेलने नहीं आता," शशांक ने इतना-भर ही कहा। मन में इच्छा हुई कि एक बार वह भी जाकर नजारा देख आए, मगर बच्चों के बीच जाना उसे अच्छा नहीं लगा।

जिज्ञासा से ओत-प्रोत दिव्या को चैन कहाँ! वह रह-रहकर पिछवाड़े की ओर भागती थी खपरैल में हो रहे खेल को देखने। एक बार टीपू ने सुना दिया, "माँ, तुम अपना काम करो। यहाँ आओगी, तो हमलोग पढ़ नहीं सकेंगे; बाधा पहुँचती है।"

अब दिव्या छिप-छिपकर जाने लगी और खपरैल घर की दीवार से कान लगा देती थी।

पढ़ाई का प्रारम्भ प्रार्थना से हुआ :

जो भी पढ़ते
सो भी मरते,
जो ना पढ़ते
सो भी मरते।
फिर क्यों दाँत
कटाकट करते?
फिर क्यों दाँत
कटाकट करते?

इस प्रार्थना से आतंकित होकर दिव्या फिर दौड़ी हुई आई शशांक के पास, "मैंने कहा था न कि यह लड़का खेल करेगा, पढ़ाई नहीं।" और फिर उसने

बगैर किसी भूमिका के उन बच्चों की प्रार्थना को उनसे भी बेहतर गाकर पति को सुना दिया।

पत्नी की गायन-कला पर मुग्ध तो हुआ शशांक, पर अपनी हँसी को रोककर पूछा, "और क्या कर रहा था?"

"करेगा क्या! कोई एक बेटा बनकर जाड़े के भोर में दाँत से दाँत बजाकर पढ़ेगा, और कोई पिता बनकर उसे अक्ल सिखाएगा, 'जो भी पढ़ते सो भी मरते, तुम क्यों दाँत कटाकट करते?'

शशांक चुप हो पड़ा रहा; मगर थोड़ी देर बाद वह भी चोर कदमों से पिछवाड़े की ओर बढ़ा, विद्यालय-भवन की ट्टटी में एक फाँक खोलकर उससे अपनी आँख सटा दीं और अन्दर के दृश्य का अवलोकन करने लगा।

टीपू पूरा-का-पूरा गुरुजी बना हुआ था। उसके हाथ में एक छड़ी थी और उसे वह बच्चों पर चमका रहा था।

"क्यों रे कमुआ," छड़ी नचाते हुए गुरुजी कह रहे थे, "तू पढ़ेगा या जिन्दगी-भर सौतेली माँ के अरदली में रहेगा? वह तो शनिचरा के पैसे तक देने को तैयार नहीं और तेरे बाप से झगड़ती है कि वह गुरुजी के पिछले किसी जनम का कर्ज इस जनम में क्यों उतार रहा है। तो सोच लो, बबुआ, इस माँ के साथ तुम्हारी गुजर होगी नहीं और तुम्हारी अपनी माँ अब लौटकर आनेवाली नहीं। अब इस पढ़ाई को ही अपनी माँ मानो और मन लगाकर पढ़ो। पढ़ोगे न?"

कमुआ कुछ बोला नहीं, मगर सिर हिलाकर जता दिया कि अब वह मन लगा कर पढ़ेगा।

शशांक तब तक कमुआ के चेहरे पर निगाह जमाए रहा जब तक टीपू गुरुजी हरिया की आँख में अपनी छड़ी घुसेड़ देने के अभिनय के साथ बोल नहीं पड़े, "क्यों रे उल्लू, तू समझता है कि पढ़ाई भी गधे की सवारी है; उछलकर चढ़ गए और लगे हाँकने। आँख फोड़नी पड़ती है इस पढ़ाई में; चूतड़ दाबकर बैठना पड़ता है। माँ के दुलार में बरबाद हो जाओगे, जान लो। तुम्हारा अग्रज कान उमेठता है, तो बुरा लगता है तुम्हें; पर किसी दिन सारी दुनिया कान उमठेगी। समय चूक जाओगे तो बहुत पछताओगे, बच्चू। तब अपने बाप को गालियाँ दोगे कि उसने मार-मारकर भी तुम्हें क्यों नहीं पढ़ाया और मुझे भी कोसोगे कि छड़ी चलाने में मैंने क्यों कोताही की। मगर तब तक तो चिड़िया खेत चुग गई रहेगी। अभी उमर है पढ़ने की; पढ़ लो, पढ़ लो, रे उल्लू।"

शशांक सोचने लगा, ओपू किसकी नकल में बोल रहा है; किसी गुरुजी की या अपने पापा की।

छड़ी उड़ी रघुआ पर और गुरुजी बोल पड़े, "क्यों रे चिबिल्ले, पढ़ते तुम्हारी नानी मरती है क्या? पड़ोसी को देख-देखकर भी तो पढ़ो। पड़ोस में ही बच्चों को मन लगाकर पढ़ते देख तुम्हारे बाप का जी जल-जल जाता है; तुम्हें मार-मारकर थक जाता है वह

आदमी; मगर तुम्हारा ध्यान उस लालटेन की ओर नहीं जाता जो पड़ोसी के घर में रात के दूसरे पहर में बुझता है और फिर एक पहर रात रहते ही जल जाता है। उलटे तुम अन्दर-ही-अन्दर बाप पर गुर्राता है, यह नहीं सोचता कि तुम्हारी भलाई के लिए ही वह तुम्हें धौल जमाता है। नहीं पढ़ोगे, तो किसी का कुछ नहीं बिगड़ेगा, रे रघुआ! लायक बनोगे, तभी पड़ोसी भी बैठने के लिए आसन देगा; नहीं तो माँगने से कहीं भीख नहीं मिलेगी। बुद्धू रह गया, तो अपना पेट चलाना भी भारी पड़ेगा; तब क्या खिलाएगा बूढ़े बाप को? अभी समय है, रे चिबिल्ले; मन लगाकर पढ़ो।"

शशांक की आँखें तरल होने लगीं, टीपू भी तो सोचता ही होगा कि उसे भी एक बाप है जो कभी बूढ़ा होगा और उससे खाने के लिए रोटियाँ माँगेगा। ऐसी चिन्ता अभी ही क्यों, रे टीपू!

"और, तू बोल, रे पिरथिया, तेरे मन में क्या है?" छड़ी हिलाते हुए गुरुजी ने बोलना शुरू किया था, "बाप का सपना पूरा करेगा? बनेगा बाबू पिरथीचन्न? या जिन्दगी-भर पिरथिया ही बने रहने का मन है? जब से तेरा बाप पूर्णिया से एक मुसहर हाकिम को देखकर आया है, तभी से उसने तुम्हें भी हाकिम बनाने का पक्का इरादा मन में कर लिया है। मगर तू हाकिम बनना चाहे तभी तो। वह बेचारा तो जिन्दगी-भर कलेसरा ही बना रहा; किसी ने कभी दुलार से भी कालेसर नहीं कहा होगा; मगर तुम्हें तो मोका है बाबू पिरथीचन्न बनने का। अपने बाप पर तो दया कर, रे मूढ़! तुम्हारी उमर का बच्चा तो यहाँ लकड़ी बीनकर और घास छीलकर दो पैसे कमा लाता है। तेरा बाप तो तुम्हें यह भी करने नहीं देता। अकेले दिन-भर पीठ पर बोरे लादकर वह पैसे कमाता है; तुम्हें अच्छा खिलाता-पिलाता, अच्छा पहनाता-ओढ़ाता है; मगर तब भी तेरा दिल नहीं पसीजता है, रे चांडाल! बाप कैसी मौत मरेगा, सोच लो, जब तुम्हें भी वह दिन-भर पीठ पर बोरे लादते देखेगा...रे ढिल्लड़ घुटरा, एक छोटा-सा काम सौंपा है तुम्हें; वह भी तुम मुस्तैदी से नहीं कर सकते! आँगन का दरवाजा खुला हुआ है; जरा देख लो, पिताजी तो नहीं आ रहे हैं इधर।"

दुलकते हुए भागा था पिछवाड़े से शशांक और अपनी बन्द साँस को आँगन में घुसने पर ही छोड़ा था। दिव्या, जो आँगन के दरवाजे पर शुरू से खड़ी शशांक की चोरी देख रही थी, उसे अन्दर आने का रास्ता जल्दी से देकर उसके पीछे-पीछे कमरे तक यह पूछते हुए आ गई कि इस घुड़दौड़ का क्या कारण है। कमरे में स्थिर होकर शशांक ने पूछा, "मुझे किसी ने देखा तो नहीं?"

"नहीं देखा; मगर वहाँ हो क्या रहा है?"

"पढ़ाई ही हो रही है।"

"अच्छा!" अचरज प्रकट किया दिव्या ने। अचरज प्रकट कर जब वह कमरे से बाहर निकलने लगी, तो शशांक ने उसे बुलाकर पास में बैठने को कहा।

एक क्षण चुप रहकर शशांक ने वातावरण को थोड़ा गम्भीर बनाया और तब बोला,

"बच्चों में भी काफी समझदारी होती है, और अपना टीपू तो अब काफी समझदार हो गया है।"

दिव्या कुछ नहीं बोली।

"तुम उससे अनाप-शनाप मत बोला करो; वह हमारी बातों पर बहुत ध्यान देता है। अब तो वह हमारे हँसने-बोलने की भी नकल करेगा। तुम्हारा बेटा अच्छा नकलची है। तुम जो समझती हो कि वह अभी भी बच्चा ही है, यह तुम्हारा भारी भ्रम है।"

दिव्या चुप ही रही और ध्यानपूर्वक पति के चेहरे को निहारती रही।

"इसकी उम्र में मैं इतना होशियार नहीं था, ऐसा मैं महसूस करता हूँ। अब तो इसके सामने बहुत सँभलकर, सोचकर कुछ करना-बोलना होगा।"

दिव्या ने अभी भी अपनी ओर से कुछ नहीं कहा।

"अब तुम्हारा बुढ़ापा आराम से कट जाएगा। तुम पूछ सकती हो, 'कैसे?'"

"'कैसे?' न पूछकर दिव्या बोल पड़ी, "यह क्या! पिछवाड़े से लगातार छींकने की आवाजें आ रही हैं!"

दोपहर से शाम तक मटरगश्ती का आनन्द उठाने के बाद जब शशांक लौटकर घर में घुसा, तो दिव्या उस पर छौंकी, "मालूम हुई छोकरे की करतूत?"

"कैसी करतूत? क्या हुआ?" शशांक ने खिन्न होकर पूछा।

"लाड़ले की पाठशाला! और कौन-सी करतूत!" कहकर दिव्या इस तरह जमकर बैठी कि शशांक ने भी अपने को एक लम्बी बैठक के लिए तैयार कर लिया।

उस दिन कमुआ के दरवाजे पर जब 'कमुआ-कमुआ' का शोर हुआ, तो कमुआ की बजाय, 'कौन है, रे मुँहझड़का?' के साथ स्वागत में कमुआ की नई माँ बाहर निकली और चार ढीठ बच्चों को ऊपर से नीचे तक निहारकर पूछा, "क्या है?"

"कमुआ कहाँ है?" चार में से एक ने पूछने की हिम्मत की।

"कमुआ घर में है, मगर क्या काम है कमुआ से?"

"गुरुजी ने भेजा है। आज भी पाठशाला खुली हुई है।"

"आज इतवार को?"

"हाँ," सबने एक साथ जवाब दिया।

"अरे, तो आज कैसे भेज दूँ? रोज तो जाता ही है; आज भी चला जाएगा तो घर में जो इतने गन्दे कपड़े पड़े हैं इन्हें कौन साफ करेगा? तेरा गुरुजी आएगा साफ करने? आज नहीं जाएगा कमुआ।"

"गुरुजी के भी सारे कपड़े गन्दे हो गए हैं," एक अक्लमन्द ने कहा, "कमुआ नहीं जाएगा, तो गुरुजी चले आएँगे यहाँ। उन्होंने कमुआ को टाँगकर लेते आने के लिए कहा है।"

"तो फिर ले जाओ," गुस्से में बकती हुई अन्दर चली गई कमुआ की माँ, पढ़ाई के दिन यह सब कराना नहीं होता है गुरुजी को! इतवार ही सूझता है! ठीक है, घर का कपड़ा तो रात तक भी साफ करवा ही लूँगी मैं इससे।"

अन्दर कुछ दुर्वचनों का उच्चारण हुआ; कुछ लताड़ और लप्पड़ की आवाजें आईं अन्दर से; और फिर बोरा-बस्ता के साथ कमुआ बाहर निकला। चारों चटियों ने उसे टाँग लिया और आगे बढ़ गए।

हरिया के अग्रज ने कलेसर से पूछा, "बेटा पिरथिया कहाँ है?"

"पाठशाला गया है," कलेसर ने जवाब दिया।

"हाकिम बनने?"

"किस्मत में लिखा होगा," कलेसर ने तनकर जवाब दिया, "तो कौन रोक लेगा! अब तो कोई भी हाकिम बन सकता है।"

"मगर गया है किस पाठशाला में? पोद्दार गुरुजी की पाठशाला तो आज बन्द है, और गुरुजी वहाँ हैं भी नहीं।"

"आँय!" आश्चर्यित हुआ कलेसर और बोला, "चार चटिये तो आए थे उसे ले जाने?"

"तब पता लगाओ, कहाँ है बेटा पिरथीचन्न।"

कलेसर सोच में पड़ गया और बुदबुदाने लगा, "तभी तो...और दिन बगैर धकियाए-मुकियाए रुख नहीं पकड़ता था पाठशाला का, और आज देखा कि बड़ा हँस-हँसकर बोरा-बस्ता सँभाल रहा है...और फिर बाहर निकलते ही आप-से-आप जमीन पर लेट गया था और चटियों से कहा था, 'टाँगो।'...मगर किधर परक गया है खेलने के लिए।" और फिर हरिया के अग्रज से ही पूछ लिया, "कहाँ है पिरथिया?"

गुरुजी को बाजार में टहलते देख काफी गुस्सा आया घुटरा के बाप को गुरुजी की गैरजिम्मेदाराना हरकत पर और उसने जरा आगे बढ़कर उन्हें टोक दिया, "आप यहाँ और बच्चे पाठशाला में?"

"किसके बच्चे?" गुरुजी ने अचरज से गरदन आगे लचका दी।

एक क्षण तो चुप रह गया घुटरा का बाप और फिर बोला, "आपकी पाठशाला तो खुली हुई है न आज?"

"नहीं तो।"

"सुबह में आपने घुटरा को बुलाने के लिए चटिये नहीं भेजे थे?"

"मैंने चटिये भेजे थे! बिलकुल नहीं।"

"तो फिर...तो फिर...वे चटिये...तो फिर घुटरा गया कहाँ..."

हरिया की खोज में निकले हरिया के अग्रज ने आन-की-आन में सब पता लगा लिया कि पिरथिया कहाँ है, घुटरा कहाँ है, वे चटिये किस गुरुजी के थे, और एक नई पाठशाला कहाँ खुली है।

और फिर तो टीपू की माँ को बधाई देने के लिए लुगाइयों का ताँता लग गया। बधाई देनेवालों में ऐसी नानियाँ भी थीं जो सुना रही थीं कि हुक्का पीना तो उन्होंने अपने नातियों से सीखा है। ऐसी औरतें भी पहुँच गई थीं जिनके बच्चों से अभी तक टीपू की जान-पहचान कायम नहीं हुई है, और कुछ ऐसी ओरतें भी जो एक टीपू के कारण अभी तक बच्चा पैदा करने से बाज आ रही थीं। दिव्या ने हर एक का सुपारी से स्वागत और बीड़ी से विदाई की।

बेटे की करतूत का किस्सा सुनकर शशांक अथाह में पड़ गया। कल ही टीपू ने पढ़ने के नाम पर एक अलग कमरा माँगा था, और आज यह हाल! कल ही उसने दिव्या को खुशी-खुशी यह सूचित किया था कि अब टीपू राह पकड़ रहा है, और आज ही टीपू ने बता दिया कि कैसी राह पकड़ी है उसने। वह बहुत असहाय-सा महसूस करने लगा।

टीपू घर में दाखिल हुआ, तो उसने उसे देखा-भर, कहा उससे कुछ भी नहीं; और देर तक सोचता रहा कि इस लड़के के साथ क्या किया जाए। टीपू के कमरे से जोर-जोर से पढ़ने की आवाजें आने लगीं, मगर उसे लगा कि टीपू आज उसे खुश करने की नहीं, बाप को बेवकूफ बनाने की कोशिश कर रहा है। एकबारगी उसे टीपू को कसकर पीट देने की इच्छा हुई। मगर उसे मालूम था कि उसके बाद क्या होगा। उसने दिव्या से एक प्याला चाय के लिए फरमाइश की।

चाय पीते हुए उसने टीपू को बुलाया। टीपू हाजिर हुआ, तो उसे बैठने को कह दिया शशांक ने और खुद चाय पीता रहा। जब चाय खत्म हो गई, तो प्याला एक ओर रखकर उसने बड़े हताश स्वर में टीपू से पूछा, "तुम पढ़ोगे नहीं, बेटे?" कहकर उसने एक लम्बी साँस खींची।

पिता के उग्र रूप से टीपू उतना नहीं घबराता जितना उनके उदास चेहरे से। पिता के प्रश्न का उत्तर मालूम था उसे, मगर तब भी उससे कोई जवाब देते नहीं बना, और वह चुपचाप पिता के चेहरे को देखता रह गया।

"नहीं पढ़ोगे?" देर तक कोई जवाब नहीं पाकर पिता ने अपना प्रश्न फिर दुहराया, और इस बार बेटे ने सहमकर जवाब दिया, "पढ़ूँगा, पिताजी।"

"तो पढ़ते क्यों नहीं? कब पढ़ोगे?" वेदनाविह्वल हो उठा था शशांक।

फिर देर तक चुप रह गया था टीपू, और उसकी इच्छा हुई कि पिता के गले से लिपट जाए वह और कह दे कि बस आज से, अभी से पढ़ना शुरू कर देगा वह। मगर अभी वह खुद भयग्रस्त हो उठा था। बहुत सहमते हुए उसने कहा, "मैं क्यों नहीं पढ़ता हूँ, बताऊँ, पिताजी?"

"क्यों?" एकबारगी शशांक के मुँह से निकला। यह प्रश्न आज तक उसने टीपू से कभी पूछा था या नहीं, सोचने लगा वह। क्यों नहीं पढ़ता है टीपू, यह तो उसे बहुत पहले जान लेना चाहिए था। 'क्यों' कहकर वह काफी गम्भीर हो गया और टीपू के चेहरे पर दृष्टि गड़ा दी। उसका दिल जोर-जोर से धड़कने लगा था, कोई ऐसा कारण नहीं निकल आए जो दूर नहीं हो सकता। वह जवाब सुनने के लिए आतुर हो रहा था।

टीपू ने कारण बता दिया, "आप भी तो जानते हैं, पिताजी, कि अगले साल प्रलय होनेवाला है। जब प्रलय ही हो जाएगा, और सारे लोग डूब-मर जाएँगे, तो फिर पढ़कर क्या होगा? क्या फायदा? इसीलिए तो मैं खूब खेलता हूँ, पिताजी; बस, एक साल और।"

हक्का-बक्का रह गया शशांक बेटे की बात सुनकर। तीखी निगाहों से बेटे को घूरते हुए उसने पूछा, "तुम्हें कैसे मालूम?"

"आपको नहीं मालूम?"

"नहीं तो।"

"आपको मालूम है, पिताजी। उस दिन आपने माँ से कहा था कि अब खेत-पतार पर जाने से कोई फायदा नहीं; एक साल का अनाज जमा कर लो; फिर तो प्रलय आने ही वाला है।"

"मैंने कहा था?"

"हाँ, पिताजी।"

"ऐसे हँसी में बोल गया होऊँगा। मैंने खेत की ओर जाना बन्द तो नहीं कर दिया।"

"मगर प्रलय सचमुच आनेवाला है, पिताजी। अगले साल बहुत-से ग्रह एक जगह जमा हो रहे हैं। बड़े-बड़े पंडितों और ज्योतिषियों ने बताया है कि प्रलय निश्चित है। अखबार में भी यह बात छपी है। पूरे राजगंज में तो हल्ला है; आपको कैसे नहीं मालूम? आप किसी से भी पूछ लीजिए, पूरा पता चल जाएगा।"

आनेवाले प्रलय की चर्चा सचमुच बहुत जोर-शोर से चल रही थी। बच्चे तक की जबान पर थी इस प्रलय की चर्चा। हर आदमी प्रलय की बाबत सोच रहा था, दूसरे से बतियाता रहता था। पत्र-पत्रिकाओं में ढेर सारे लेख छप रहे थे ओर पंडित-ज्योतिषी लगातार इस प्रलय की सूचना दिये जा रहे थे। हर एक के मन में हुदहुदी थी, 'क्या ठिकाना प्रलय होकर ही रहे; पाप भी तो बहुत बढ़ गया है।' इहलोक से अधिक परलोक की चिन्ता करने लगे लोग। पूजा-पाठ की आकबत में दीया दिखाएगा, इसलिए हर आदमी राम को भजने लगा। जगह-जगह यज्ञों-महायज्ञों का आयोजन किया जा रहा था।

राजगंज में तो ऐसी हलचल थी कि लगता था, प्रलय का पहला पानी इधर से ही गुजरेगा, पानी की पहली बौछार यहीं पड़ेगी। खुशकिस्मती थी कि बगल में बसा मोहनपुर पंडितों और पुजारियों की खान था। बेड़ा पार लगाने के लिए राजगंजवालों को प्रयाग और काशी के पंडितों को बुलाने या उनके पास जाने की जरूरत नहीं थी। दूर के यज्ञों-महायज्ञों में शरीक न हो पाने का भी मलाल उन्हें नहीं रहा। राजगंज का

ऐसा भाग्य निकला कि दूर-दूर के साधु-संन्यासी खुद-ब-खुद उन्हें दर्शन देने राजगंज पहुँचने लगे थे। चंडीथान में अखंड कीर्तन का आयोजन हुआ था जो पूरे बारह दिनों तक चला। भागवत और रामायण के नवाह पाठ कई जगह सम्पन्न हुए, और एकाह पाठ तो लगभग हर घर में हुआ। बनारस का एक दल रामलीला खेलकर जा चुका था, और कानपुर से रामलीला खेलने के लिए एक नये दल के आने की सूचना प्राप्त हो गई थी। हालाँकि 'जब तक साँस तब तक आस' के कारण अभी भी पैसेवाले गरीबों पर पैसे नहीं लुटा रहे थे और भगवान को चटाने के लिए भी अपनी लाख की दौलत से पाँच या दस का एक पत्ता निकालना ही मुनासिब मानते थे, मगर तब भी प्रलय की धोषणा ने उन्हें काफी झकझोर दिया था। भिखारियों को दुत्कारनेवाला अब पूरे राजगंज में अकेला सुघनी साह बच रहा था। हनुमान सिंह तक अब गालियाँ बकने में पिछड़ते जा रहे थे और अच्छा-अच्छा मौका हाथ से निकल जाने देते थे। गौरी चाची ने मुनिया बेटी के पास पठावनी भेज दी कि प्रलय से पहले एक बार आकर वह माँ से मिल ले। फेकू दास को अब निपुत्तर रह जाने का कोई दुख नहीं रहा और साहू पोखर की मछलियों को आटे की गोलियाँ खिलाना उसने बिलकुल बन्द कर दिया।

देर तक मौन रह गया था शशांक, जैसे कि उसकी आवाज ही बैठ गई हो। फिर कुछ सहज होकर उसने बेटे को कई-कई किस्से सुनाकर पंडितों और ज्योतिषियों की खिल्ली उड़ाई; प्रलय की अफ़वाहों पर कान नहीं देने के लिए समझाया; बेटे को इस बात के लिए राज़ी किया कि उसे अपना कर्म करते चले जाना है और फल की चिन्ता नहीं करनी है; और उसके दिमाग में यह बात घुसेड़ी कि आदमी को केवल वादा करना ही नहीं, वादा निभाना भी चाहिए।

टीपू तो अभी कुछ भी करने के लिए तैयार हो जाता। पिता को कृतार्थ करने में कितना आनन्द आता है उसे! वह पिता के गले से लिपट गया था, "ठीक है, पिताजी, आज से मैं मन लगाकर पढ़ूँगा, खूब मन लगाकर।" देर तक बतियाता रहा था टीपू पिता के साथ।

बेटे से फ़ुरसत मिलते ही शशांक बीवी को खबर करने गया, "जानती हो, टीपू पढ़ने में मन क्यों नहीं लगाता था?"

"जानती हूँ," दिव्या ने चटपट पति का मुँह अपने जवाब से बन्द कर दिया।

शशांक को लगा कि बीवी ने बाप-बेटे की बातचीत सुन ली है। अपने उत्साह को मन्द नहीं पड़ने दिया उसने और बीवी को सुना दिया, "मुझे तो पक्का विश्वास है कि धीरे-धीरे टीपू ढर्रे पर आ जाएगा।"

"बहुत अच्छी बात है," कहकर दिव्या ने मुँह बिचका दिया।

अपने कमरे में घुसते ही टीपू ने खूब जोर-जोर से पढ़ना शुरू कर दिया था। थोड़ी ही देर के बाद दिव्या की आवाज हवा में लहराई, "भूख लगी है, तो आ जाओ, टीपू।"

उधर से टीपू ने जवाब हवा में फेंक दिया, "ठहरकर खाऊँगा; भूख अभी नहीं लगी है।" शशांक खुश हो गया, अब बेटा कभी बाप को बेवकूफ नहीं बनाएगा।

खुश हुआ शशांक और रसोई में दिव्या के पास आ गया। थोड़ी देर तक बैठे रहने के बाद बोला, "मैं रोटी बेल दूँ?"

"नहीं," काफी संक्षिप्त उत्तर दिया दिव्या ने और रोटियाँ बेलती रही। शशांक मुँह दूसकर कुछ देर और बैठा रहा और फिर बोला, "आज टीपू का ध्यान पढ़ाई पर है।"

"और कल वह डॉक्टर भी बन जाएगा।" दिव्या ने मुँह चमकाकर सुना दिया।

"हाँ, अब बनेगा," शशांक ने ललकार की मुद्रा में कहा, "अब प्रलय आ भी जाए, तो कोई खतरा नहीं है; टीपू ने पढ़ने में मन लगा दिया है।"

दिव्या को अपनी बात का विश्वास दिलाने के लिए शशांक वहीं अकड़कर बैठा रहा।

टीपू का जोर-जोर से पढ़ना एक क्षण के लिए रुका, तो शशांक ने अनुमान किया कि वह अब लिखना लिख रहा होगा या फिर हिसाब बना रहा होगा। मगर थोड़ी ही देर बाद उसके कमरे से कठोर हँसी की ध्वनि बाहर आई, तो शशांक अनुमान नहीं कर पाया कि टीपू कौन-सी किताब पढ़ रहा है। दिव्या का ध्यान उधर नहीं गया है, यह सोचकर उससे कुछ कहे बगैर शशांक वहाँ से धीरे से उठ गया और टीपू के कमरे के पास आ गया। दरवाजा अन्दर से बन्द था, मगर खिड़की से झाँककर अन्दर देख लेने की व्यवस्था उसने रख छोड़ी थी। शशांक ने अपनी दृष्टि अन्दर फेंकी।

लगता था, किसी द्वंद्व युद्ध की अवतारणा हुई थी वहाँ। बीच कमरे में खड़ा था टीपू। बाएँ हाथ में एक किताब लिये अपना दायाँ हाथ हवा में रह-रहकर लहरा रहा था वह और प्रतियोद्धा को ललकार भी रहा था, "अब बचकर कहाँ जाओगे, बच्चू? अब आ गए तुम मेरी पकड़ में। तुम बाबर बनकर खुश हो गए; तुम्हें पता ही नहीं था इस टीपू सरदार का! सुन लो, अगर तुम उमरशेख मिर्जा के बेटे हो, तो मैं भी बाबू शशांक गुप्ता का बेटा हूँ। तुम किसके भांजे हो? मैं तो मुछियल मामा हरिचन्द गुप्ता का भांजा हूँ। तुम फरगना के रहनेवाले थे। कभी दिल्ली जाऊँगा, तो देख आऊँगा तेरे फरगना को भी। 1526...1526...1526 ईसवी सन में तुमने इब्राहीम लोदी को हराया था। होगा इब्राहीम लोदी कोई पिद्दी। तुम्हारी किस्मत अच्छी थी, मैं नहीं था। अगर मैं रहता तो, हा...हा...हा...पानीपत में लड़ाई क्यों लड़ी रे डरपोक? आ जाते जरा राजगंज।...कमुआ! रे बहरा! कैद करो इस बाबर को और ले चलो मेरे घर, हा...हा... हा...हा माँ! देखो, मैं किसे लेकर आया हूँ! अब तुम्हें रोटी बेलने की जरूरत नहीं है; यह काम बाबर किया करेगा। और यह दूसरा आदमी चौका-बरतन के लिए है। इसका पूरा नाम तो है इब्राहीम लोदी, मगर तुम सिर्फ लोदी या लोदिया कहकर पुकार सकती हो। अब तुम्हें एक और नौकर चाहिए पानी भरने के लिए। अगले खेप में ला दूँगा पानी भरनेवाला भी। एक पिताजी के लिए भी चाहिए देह की मालिश करनेवाला। तुम बता

दो कि तुम्हारे मौसा जी के घर में कितने नौकर-चाकर थे; मैं उनसे दो-चार अधिक ही रखूँगा...अब बोलो, माँ, अभी भी तुम मुझे अपने मौसा जैसा इंजीनियर बनाने के लिए पिताजी से झगड़ोगी? क्या चाहिए तुम्हें? अगर तुम्हारे मौसा जी के घर में कंचन बरसता है, तो मैं तुम्हारे घर में भी कंचन बरसा दूँगा। मैं तुम्हारे मौसा जी की तरह घूस नहीं खा सकता, उनका छूआ अनाज भी नहीं खाऊँगा। मैं मामा की तरह बड़ी-बड़ी मूँछें रखूँगा, तो फिर घूस किस मुँह से लूँगा!...मैं तो पहलवान बनना चाहता हूँ; मगर पिताजी ही तैयार नहीं होते। उन्हें पहलवानी का मजा मालूम ही नहीं है। पहलवान बन जाऊँ, तो हर मेले में कुश्ती लड़ूँगा, और किसी भी पहलवान को उट्ठी बुलवा दूँगा। कितने बच्चे गाँव-गाँव से देखने आएँगे मुझे! लोग आपस में खुसुर-पुसुर करेंगे, "यह टीपू पहलवान है...राजगंज का रहनेवाला...भगिना मामा से भी बड़ा पहलवान निकल गया है...," ओह! कितना मजा आएगा! मगर पिताजी की जिद है, तो डॉक्टर ही बनूँगा, करूँगा राजगंज में गरीबों का मुफ्त इलाज। माँ तो उस वक्त भी पिताजी से झगड़ेगी कि इतनी मेहनत से पढ़-लिखकर बेटा डॉक्टर बना है, तो किसी का इलाज मुफ्त क्यों होगा; रह-रहकर कलासन के उस डॉक्टर का किस्सा जरूर सुनाएगी जो अपने बाप से भी यह कहकर पैसे वसूल लेता था कि पढ़ा-लिखा देने के एवज में सही नुसखा तैयार कर देगा वह, मगर दवा तो उसे भी कीमत चुकाने पर मिलती है। मगर माँ को खुश होने में भी समय नहीं लगेगा। जैसे ही मेरा नाम फैलेगा और लोगों से मुँह से अपना गुणगान सुनेगी, फूलकर कुप्पा हो जाएगी वह; पिताजी को सुनाने चली जाएगी, "हाँ जी, आप ठीक ही कह रहे थे, धन-दौलत के पीछे दौड़ने से क्या होता है! इतने लोगों की दुआएँ लगेंगी, तब भी मेरा बेटा कभी दुख में रहेगा क्या! भगवान उसका हर मनोरथ पूरा करेगा। मौसा जी के घर में तो चोरी का धन आता है; मेरा बेटा तो पुण्य-कर्म कर रहा है।" ...मगर, अभी यह बाबर...सुनो, बाबर! मैं अभी तुम्हें छोड़ रहा हूँ। बिनमा का बाप खबर दे गया है कि बिनमा पंजाब से लौट आया है और वह फिर से मेरे घर बहाल हो जाएगा। मगर मैं तुम्हें इसलिए छोड़ रहा हूँ कि तुम्हारा दिल भी मेरे पिताजी के दिल जैसा ही है। मेरे पिताजी को भी मुझसे उतना ही मोह है जितना तुम्हें अपने बेटे हुमायूँ से। बेटे की बीमारी तुम्हें सताने लगती है, तो पैर या कमर में हल्के दर्द की शिकायत कर देने पर ही मेरे पिताजी भी सरसों तेल से मेरी मालिश शुरू कर देते हैं और रह-रहकर पूछते हैं, "अब तो दर्द नहीं है, बेटा? अब कैसी तबीयत है, टीपू?" तो जाओ बाबर, कल मैं तेरे बेटे से निबटूँगा। मगर, सुन लो, बेटे से कह देना कि मेरे साथ तकरार करने की कोशिश नहीं करे वह। उसके बाद बचेगा तुम्हारा पोता अकबर। अब तुम उससे कुछ कहो या मत कहो, मेरे वश के बाहर वह भी नहीं है...भूख तो लग गई है, मगर जरा लिखना लिख लूँ। पिताजी को कुछ लिखकर न दिखाऊँ, तो उन्हें विश्वास ही नहीं होता कि मैं मेहनत करता हूँ। अक्षरो! सावधान! कुरूप बनने की कोशिश मत करना, नहीं तो...नहीं तो..."

टीपू इस 'नहीं तो' के साथ बहुत तरह के गीतों की पंक्तियाँ जोड़ने लगा, और शशांक वहाँ से चुपचाप अपने कमरे में चला गया, और फिर वहीं से रसोई में।

"खाना खाएँगे क्या?" दिव्या पूछ बैठी।

"हाँ, यहीं खा लूँगा," शशांक बोला, "टीपू को भी बुला लेता हूँ।"

टीपू को हाँक लगाई शशांक ने और उसके आ जाने के पहले ही दिव्या को सुना दिया, "अब मैं निश्चिन्त हूँ; टीपू आ गया है रास्ते पर।"

दिव्या ने इस बार अपना मौन तोड़ दिया, जब तक मैं दस-पाँच दिन देख नहीं लेती हूँ उसे, तब तक मैं कुछ नहीं बोलूँगी।"

8

टोले-महल्ले में जब अपनी औलाद को असहाय छोड़कर कोई माँ मरती है, तो उस बच्चे की अंशकालिक माँ के पद पर ढेर सारी औरतें बहाल हो जाती हैं। रघुआ के घर गपड़चौथ में जब औरतों के बीच इस बात की चर्चा चली कि कल अष्टमी को चंडीथान में किस-किस घर से बकरे-पाठे की बलि चढ़ाई जा रही है और किस-किस की क्या मन्नत-मनौती है, तब वहाँ उपस्थित कमुआ की सारी अंशकालिक माँ, जिन्हें किसी और की मानता-मनौती से कोई लेना-देना नहीं था, कमुआ की सौतेली माँ की मनौती से काफी उत्तेजित हो गई थीं और तनतना रही थीं। हालाँकि उसके पेट में घुसकर एक अंशकालिक माँ ने यह खबर ली थी कि पिछली बार जब कमुआ की नई माँ ने कमुआ को भूखा रखकर देख लिया, वह नहीं मरा; टनाका सर्दी में कमरे से बाहर एक बोरे पर सुलाकर देख लिया, उसे जाड़ा-बुखार तक नहीं हुआ; देह-तोड़ काम लेकर देख लिया, उसकी मौत नहीं आई; अँधेरे में झाड़-जंगल में दौड़ाकर देख लिया, किसी साँप-बिच्छू ने नहीं काटा उसे; तब थाना-पुलिस के डर से जहर देकर मारने की बजाय उसने ऐसा उपाय किया है कि साँप भी मरे और लाठी भी नहीं टूटे।

इस गपड़चौथ का सारांश लेकर रघुआ कचहरी मैदान की ओर बढ़ा। बच्चों के गोल से टीपू को बाहर कर चार डेग दूर खींच ले गया और फिर बोला, "कमुआ की जान बचाओ; कल वह मरनेवाला है।"

शैतान के लश्कर की सभा तुरन्त बैठ गई। तुमुल नाद के साथ हर टकरानेवाले को चूर-चूर कर देने का उद्घोष हुआ और हर्ष-ध्वनि के साथ कोई उत्पात खड़ा कर कमुआ की जान बचा लेने का निर्णय ले लिया गया।

तय हुआ कि कमुआ के घर से बलि का पाठा चुरा लिया जाए। हर मौके पर अपनी नाक पर दीया बालकर चलनेवाले और चौकन्ने अग्रज की नाक पर भी सुपारी फोड़नेवाले उस्ताद हरिया ने पाठा चुराने का बीड़ा उठाया। माँ भगवती को कोई नुकसान

न हो और उसका गुस्सा बच्चों पर न उतर जाए, इसलिए बच्चों की ओर से पाठे की बलि देने का मत स्थिर किया गया। पकड़े जाने के भय से चंडीथान न जाकर कारी मड़ड़ के बगीचे में भुतहा बबूल के नीचे यह कार्य सम्पन्न करने की योजना बनी। कहाँ से तो कृपाण आएगा और कौन तो एक बार में धड़ से सिर अलग करने के लिए कृपाण चलाएगा, यह सोचकर बलि का विधि-विधान यह निश्चित किया गया कि गले में फँसरी लगाकर पाठे को बबूल से टाँग दिया जाए और यह हो माँ भगवती के एक चित्र के सामने।

तय करने के लिए सिर्फ इतना बचा कि बलि चढ़ाकर माँ भगवती से क्या माँगा जाए।

"खून का बदला खून!" रघुआ ने हवा में मुक्के मारकर बोला, "कमुआ की जान के बदले उसकी नई माँ की जान! बोलिए, भगवती माता की जय।"

अब तक चुपचाप बैठा कमुआ अचानक बोल पड़ा, "नहीं-नहीं, यह ठीक नहीं।"

"क्यों ठीक नहीं?" रघुआ गुस्साया, "वह तुम्हारी जान लेना चाहती है, तो तुम्हें उसकी जान की परवाह क्यों?"

कमुआ की नई माँ की जान की परवाह वहाँ किसी को नहीं थी, मगर कमुआ को थी। उसने धीरे से कहा, "पिताजी फिर बहुत रोएँगे। मेरी अपनी माँ तो लौटकर आएगी नहीं; फिर कोई नई माँ ही आएगी।"

"आएगी, तो हम आपस में बेहरी करके पाठा खरीदेंगे और बलि देंगे," रघुआ ने समझाया, "तुम डरो मत; हम तुम्हें मरने नहीं देंगे।"

तब भी कमुआ तैयार नहीं हुआ; उसे लगा था, पिताजी को भारी दुख होगा।

तब क्या हो, कुछ नहीं माँगा जाए माँ भगवती से? बलि चढ़ा दी जाए, बस? यह कोई सवा या ढाई रुपये का प्रसाद तो नहीं है कि किसी भी पर्व-त्योहार पर देवता को चढ़ा दिया और बिना कुछ माँगे घर वापस लौट आए! पूरा-का-पूरा पाठा चढ़ाया जा रहा है माँ चंडी को। माँ प्रसन्न होंगी और कुछ देना चाहेंगी उन्हें; मगर जब देखेंगी कि सारे छोकरे ऐंठू और अकड़बाज हैं, और कोई एक भी कुछ माँग नहीं रहा है, तो कितना दुख पहुँचेगा माँ को!

टीपू ने लश्कर को सुनाया, "कमुआ की तकदीर में दुख ही लिखा है, तो हम कुछ नहीं कर सकते; उसकी जान-भर बचा सकते हैं। मगर तुम लोग जल्दी से सोचकर बताओ कि माँ चंडी से क्या माँगना है।"

माँगने के लिए तो हर बच्चे के पास कुछ-न-कुछ था। माँ भगवती तो कुछ भी दे सकती थीं।

"हे माँ दुर्गे! मुझे ऐसा वर दो कि हथिऔंधा की डाइन बुढ़िया की तरह मैं भी गाछ पर बैठकर उसे उड़ाना जान जाऊँ। तब कितना मजा होगा! रोज उड़कर कभी दिल्ली, कभी कलकत्ता, कभी बम्बई चला जाऊँगा। सिंहेश्वर और वरुणेश्वर मेले में तो रोज

जाऊँगा। और, अभी जो माँ पिताजी के सामने एक बार काशी दिया लाने के लिए भूँकती रहती है, तब भी भूँकेगी क्या! जाकर रोब से पूछूँगा, "कहाँ जाना है, माँ?' वह बोलेगी, 'जाना तो काशी है, बेटा; मगर तुम्हारे पिताजी को तो रुपयों का जुगाड़ ही नहीं हो रहा है।' तब और भी रोब से बोलूँगा, "पिताजी को तो कभी रुपये नहीं होंगे तुम्हें काशी ले जाने के लिए। उनका भरोसा छोड़ दो। चलो, जल्दी से तैयार हो जाओ; मैं अभी ले चलता हूँ तुम्हें काशी। और, सुनो, ओढ़ना-बिछौना लेकर चलने की जरूरत नहीं है; जल चढ़ाने के लिए बस एक लोटा ले लो। हम शाम तक लौट भी आएँगे।" माँ की आँखें तो अचरज से फैल जाएँगी, 'आँय! अभी ले जाएगा और शाम तक लौटा लाएगा! कैसे, रे बेटा?' 'देखो तो, कैसे,' कहकर मैं तुरन्त माँ को साथ लूँगा, पिछवाड़े के गाछ पर बैठूँगा और गाछ उड़ा दूँगा काशी के लिए। फिर तो वह जब-तब कहती रहेगी, 'रे रघुवीर, आज प्रयाग ले चलो मुझे; आज हरिद्वार जाने का मन हो रहा है; आज अपने मामा के घर ले चलो; तुम्हारे मौसी की बीमारी की खबर आई है; चलो, रघुवीर, उससे भेंट करा दो।'

"मगर...मगर ये सब मानेंगे मेरी बात! ये मानेंगे कि गाछ उड़ाने का जादू मैं जानूँ और गाछ पर उड़ने के लिए वे मेरे तलवे धो-धोकर पीएँ! अब मैं कैसे विश्वास कराऊँ कि मैं उनसे बिलकुल खुशामद नहीं कराऊँगा, उनकी माँ को भी काशी-हरिद्वार से घुमा लाऊँगा, बारह बजे रात में भी उनके लिए गाछ पर चढ़ने के लिए तैयार रहूँगा! कहने-सुनने से और लोग मान भी जाएँ, मगर हरिया तो हरगिज नहीं मानेगा। वह तो जवाब दे देगा कि वह भी सबको गाछ पर उड़ने देगा, किसी से खुशामद नहीं कराएगा, और सब लोग उसके लिए ही वरदान माँगें। मगर इस हरिया की बात का विश्वास किया जा सकता है क्या! और लोगों को वह गाछ पर चढ़ने भी दे, मुझे तो बिलकुल दुत्कार देगा। अभी बात मनवा लेगा और बाद में ठेंगा दिखाएगा। जैसा दिल मेरा है वैसा दिल हर किसी का थोड़े ही है!"

"माँ भगवती! मुझे एक ऐसी गोली दो जिसे मुँह में रखते ही मैं किसी को दिखाई न दूँ, मगर मैं सबको देखूँ। अगर दे दो, तो निहाल हो जाऊँ मैं। अभी जो पाँच-दस पैसे के लिए भी माँ के आगे रिरियाना पड़ता है मुझे, वह तो नहीं करना पड़ेगा। मुँह में गोली रखूँगा और सीधे पहुँच जाऊँगा सुँघनी साह के तिजोरी-घर में। जैसे ही सुँघनी साह तिजोरी खोलेगा, पूरा एक लाख निकाल लूँगा मैं उससे। सीधे माँ के पास जाऊँगा और कहूँगा, 'देखो, माँ, अब मैं कमाने लगा हूँ, इसलिए अब तुम पिताजी को तंग मत करना। तुम्हें जितना कपड़ा-लत्ता चाहिए, मुझसे बोलना। अभी एक सौ साड़ियाँ ला देता हूँ। और जरूरत होगी, तो बताना; बाद में ला दूँगा।' और पिताजी से भी कहूँगा, 'पिताजी, इस टुटियल घर में अब मैं नहीं रहूँगा। पैसे मैं देता हूँ, आप तुरन्त एक सतमहला मकान बनाने का सरंजाम कीजिए। और आज से मुझे गालियाँ देना

और नालायक कहना बिलकुल बन्द कर दीजिए।' पैसे की कमी तो मुझे कभी होगी नहीं। सुँघनी साह का दिवाला निकल जाएगा, तो पत्तर भगत के यहाँ हाथ लगाऊँगा, उसके बाद जगरनाथ सेठ के यहाँ। मन तो अघाया हुआ रहेगा मेरा खाते-पीते। मुँह में गोली डालकर जगदीश हलवाई के भंडार में घुसूँगा और जी-भर रसगुल्ले, गुलाब जामुन, घेवर, कलाकन्द, जलेबी, रसमलाई वगैरह-वगैरह खाऊँगा। और अगर काजू, किशमिश, छुहारा, मुनक्का वगैरह खाने का मन होगा, तो मुँह में गोली दबाकर कमलू चौधरी की दुकान में घुस जाऊँगा। हर दम मजा-ही-मजा।

"मगर...मगर इनमें से कोई एक भी राजी होगा इस बात पर कि गोली मेरे जिम्मे रहे! उन सबको रोज पेट-भर, मन-भर खिला देने की कसमें खा लूँ, तब भी कोई राजी नहीं होगा। हर एक चाहेगा, गोली उसके पास ही रहे। कभी खाने का मन हो, तो अब खोजो पहले उस गोलीवाले को; खोजने पर पता चले कि वह गोली के साथ ननिहाल चला गया है और अब महीने-भर नहीं आएगा; हमेशा उससे दबकर रहो, नहीं तो किसी भी दिन भी सुना देगा, 'नहीं दूँगा गोली, क्या कर लोगे?' नहीं कुछ कर लूँगा, तो भोगो जो भोग रहे हो, खाओ खूब रसगुल्ले और गुलाब जामुन। जब चूल्हाय पर किसी को विश्वास नहीं, तो चूल्हाय भी किसी पर क्यों विश्वास करेगा! माँगो, जो माँगना हो; जँचेगा तो मैं भी हाँ कर दूँगा।"

"माँ दुर्गे! माँ चंडी! माँ भगवती! मुझे मेरे अग्रज से बचाओ। कुछ ऐसा करो, माँ कि वह मुझे सता नहीं पाए। क्या करोगी इसके लिए?...मुझे ऐसी शक्ति दे दो कि मैं जब चाहूँ बाघ बन जाऊँ। इतने से मेरा उपकार हो जाएगा। जैसे ही वह पीछे से आकर मेरा कान पकड़ेगा, मैं मुड़कर उसकी ओर देखूँगा; 'बाऽऽऽऽ' चीखकर वहीं वह चित गिर पड़ेगा। मैं शान से कौड़ी खेलने घर से निकलूँगा। अगर वह मेरा पीछा करते हुए हाँक लगाएगा, 'कहाँ चला, रे हरिया?' मैं उलटकर उसकी ओर बढ़ने लगूँगा। हरिया की बजाय एक बाघ को अपनी ओर आते देख वह उलटे पाँव भाग खड़ा होगा। जिस दिन वह मुझे मारे-पीटेगा, मैं रात में बाघ बनकर उसके बिस्तर में घुस जाऊँगा। रात में नींद टूटने पर पहले तो वह छूकर देखेगा कि कौन सोया हुआ है, और जब अँधेरे में कोई अन्दाजा नहीं मिलेगा, तो लालटेन उठाकर ले आएगा। मगर लालटेन की रोशनी में ज्यों ही वह 'बाघ' को देखेगा, लालटेन हाथ से छूटकर एक ओर गिरेगी, और वह 'बाबू! बाघ। बाबू! बाघ' चिल्लाते हुए गिरते-पड़ते दौड़ेगा बाबू के कमरे की ओर। बाबू आकर देखेंगे कि उसके बिस्तर पर तो मैं सोया हुआ हूँ। इसके बाद भी मेरा अग्रज कभी बाघ के कान उमेठेगा या गाल पर थप्पड़ चलाएगा क्या!

मगर...यहाँ कौन कहेगा माँ दुर्गे से कि 'मुझे जैसा का तैसा ही रहने दो, मगर हरिया को जब-तब बाघ बन जाने का वर दे दो, माँ।' अगर मैं सबको समझाने-बुझाने की कोशिश भी करूँ, तो सब एक ही जवाब देंगे, 'तू तो ऐसे ही अग्रज से बीस पड़ता

है, फिर क्या जरूरत है तुम्हें बाघ बनने की! क्यों मामूली काम के लिए पूरे पाठे को बरबाद करने पर तुले हुए हो! हम तुम्हारी बात मानेंगे, मगर कुछ और सोचो।'"

"हे माँ दुर्गे! मैं अपने लिए कुछ नहीं माँग रहा हूँ; अपने पिताजी के लिए एक जिन माँग रहा हूँ। मेरे पिताजी का हाल बड़ा खस्ता है। दुकान में हर साल घाटा लगता चला जा रहा है। पिताजी ने सावधान कर दिया है माँ को पूरा साल एक साड़ी में काट लेने के लिए, और उन्होंने मुझे भी कहा है, 'बेटा यमुना, बाप का दुख देखो। इस साल तीन उधारी ग्राहक उधार खाकर मर गए, सैकड़ों रुपये डूब गए। ऐसे में जूते कैसे पहनोगे, बेटे! यह साल बिना जूतों के काट दो।' पिताजी को और भी कई कष्ट हैं। अगर एक जिन मेरे हवाले कर दो तो मैं आज ही विश्वनाथ मिसर को जिन से पकड़वा मँगवाऊँ और कहूँ उनसे, 'क्यों, मिसर जी, क्या समझते हैं आप अपने-आपको कि पिताजी की टोक-टाक का जवाब तक नहीं देते? उधार माँगते वक्त तो पिताजी की जय-जयकार कर रहे थे, और अब हँकार लगाने पर रुकते तक नहीं, चलते-चलते बोल जाते हैं, 'अभी दम धरिए। पैसे होंगे, तो पहुँचा दूँगा।' मगर कब पैसे होंगे आपके पास, कब पहुँचाएँगे पैसे? महाजन कब तक दम धरेगा? सूद खाक देंगे आप! यहाँ तो लोटा भी गायब, बधना भी गायब। तो अब निपटिए इस जिन से।' और फिर जिन को बोल दूँगा, 'जब तक यह मिसर पैसे नहीं दे देता तब तक तुम इसके कन्धे पर सवार रहो।' तब तो मिसर घर के लोटे-थाली बेचकर भी जिन के हाथ पैसे तुरन्त भेज देगा। और फिर आज ही शत्रुघन सिंह को गमैल से टीक पकड़वाकर मँगवाऊँगा और पूछूँगा, 'जब मेरा नौकर पैसे माँगने गया, तो तुमने उसे गाली क्यों दी? याद करो, क्या कहा था। तुमने कहा था, 'बनिया का नौकर राजपूत के दरवाजे पर तकाजा करने आएगा! मारो साले को।' क्यों कहा ऐसा? बाप का श्राद्ध करना था, तो तलवे चाट रहे थे, 'महाजन मदद कर दीजिए; पन्द्रह दिनों के अन्दर पैसे दे दूँगा।' पन्द्रह दिन अभी नहीं बीते हैं क्या? राजगंज आना छोड़ दिया और गमैल में शेर बनते हो? तो ठीक है, यह जिन तुम्हारे साथ जाएगा। अब मारो इस साले को; यह भी मेरा ही नौकर है, बनिया का।' और फिर जिन से कह दूँगा, 'इसकी मूँछें कतर दो जड़ से, और जब तक यह पैसे नहीं चुका देता इसे मूँछें उगाने मत देना फिर से।' घर पहुँचते ही तब तो यह दो-चार कट्ठा जमीन औने-पौने दाम में बेचकर भी जिन के हाथ में पैसे रख देगा। माँ दुर्गे! मेरी सुना और दे दो मुझे एक जिन। उधार खानेवाले मरते रहें, भागते रहें, पैसे चुकाने से इनकार करते रहें, तो फिर पिताजी तो मुझसे यही कहेंगे न, 'बेटा यमुना, दुख देखो मेरा। भगई पहनकर रहो, बेटा। अब कैसे पहनोगे कमीज या पाजामा!'

"मगर...मगर मेरे पिता का दुख ये सब थोड़े ही देखेंगे! सब अपने-अपने पिता के लिए जिन की जरूरत बताने लग जाएँगे। जो एक बार जिन को ले जाएगा, वह उसे अपने काम से ही फुरसत नहीं देगा। कहूँगा, 'जिन मुझे दो,' तो जवाब देगा,

'काम बता दो; जब फुरसत होगी जिन को तब तुम्हारा काम भी कर देगा।'"

टीपू के दिमाग में था खून का बदला खून। हालाँकि उसने खुद दुश्मनों की जाँच-पड़ताल पूरी नहीं की थी और यह नहीं सुझाया था कि कमुआ की नई माँ की जगह अब किससे बदला लिया जाए, मगर उसे यह अच्छा नहीं लग रहा था कि और लोग कुछ बोलें ही नहीं और मुँह सीकर बैठे रहें। यह कोई ऐसा भारी-भरकम काम तो नहीं है कि यहाँ भी टीपू ही कुछ बोले। टीपू ने निस्तब्धता भंग की, तो हर बच्चा चौंका जैसेकि सचमुच सबके सब कुछ सोचने में मगन थे। टीपू बोला, "दुश्मनों की कमी किसी बच्चे को नहीं होगी। मगर हमें एक ऐसा दुश्मन ढूँढ़ निकालना है जो कमुआ की माँ से बीस नहीं हो, तो कुछ ही उन्नीस हो। इस औरत की मौत तो बहुत ही वाजिब थी, मगर वह बच गई। अब उसके बदले में जो भी मरे उसकी मौत भी वाजिब होनी चाहिए। अब तुम लोग देर मत लगाओ और जल्दी से दुश्मनों के नाम सुझाओ ताकि हम सोच-समझकर उनमें से एक सुपात्र चुन लें।"

दुश्मन! भारी दुश्मन!

स्मृति-रोमन्थन शुरू हुआ बच्चों का।

भारी दुश्मन की तलाश में रघुआ को छह महीने पीछे खिसकना पड़ा। गाँव में नाटक हो रहा था और रघुआ यह देखने-जानने को बेचैन कि अन्दर में कैसे कौन अभिमन्यु बन रहा है, कौन भीम, कौन कृष्ण, और पड़ोस का विमल चाचा मर्द से औरत कैसे बन जाता है; कि गदा कितना भारी होता है और उससे उठेगा या नहीं; कि तलवार असली है या नकली; कि और क्या कुछ होता है अन्दर में। हालाँकि बाहरी बच्चों को अन्दर जाने की मनाही थी, मगर जब उत्कट जिज्ञासा से ओत-प्रोत हो गया वह, तो चाय की प्यालियाँ लेकर अन्दर जा रहे एक छोकरे के साथ वह भी घुस गया। अभी वह अर्जुन के मुरदासंख-पुते चेहरे पर मूँछों का बनना देख ही रहा था कि किसी ने पीछे से उसका कान पकड़ लिया। उसने उलटकर देखा, भुजंगीलाल! 'अब क्या एक आदमी बहाल होगा इन चोट्टों को बाहर निकालने के लिए!' यह बुदबुदाते हुए रघुआ का कान पकड़ा था भुजंगीलाल ने, और ज्यों ही उसे ठीक से देखा तो जोर-जोर से बोल पड़ा, "तू हीरालाल का बेटा है न! जरा बाप से जाकर पूछना कि चन्दा भी दिया था नाटक के लिए। खड़ा जवाब, 'नहीं है पैसा।' मगर बेटा देखेगा नाटक।" और इतना कहकर उस गधालाल-घोड़ालाल ने उसकी गरदन पर हाथ लगाकर उसे जोर से बाहर की ओर धकिया दिया था।

खून खौल उठा था उस दिन रघुआ का। नाटक देखने जितने लोग आए थे, सबके बाप ने तो चन्दा नहीं दिया था। क्यों नहीं उन्हें भी सुनाया गया कि जिसके बाप ने चन्दा नहीं दिया है नाटक के लिए वह नाटक देखे बगैर घर चला जाए! कान

ऐंठकर रह जाता, बाहर भी निकाल देता, मगर वैसी बोली क्यों बोली उस चंडाल ने! उस दुख से रघुआ आज तक नहीं उबर पाया था। जब कभी कहीं भी उसकी निगाह भुजंगीलाल पर पड़ती थी, तो उसे लाज से छिप जाना पड़ता था। उसे अभी भी डर था कि कहीं भी किसी के सामने यह भुजंगीलाल उस पुरानी बात को कुरेद सकता है और उसके पिताजी के खड़े जवाब की चर्चा कर सकता है। और यह डर तब तक बरकरार रहेगा जब तक वह शख्स बिलकुल मर नहीं जाता। उसके बाद ही रघुआ राहत की साँस ले सकेगा।

और यह भुजंगीलाल जब बिना चेहरा देखे रघुआ का कान ऐंठ सकता है, तो वह क्या हरिया-चुल्हवा और टीपू-यमुना को छोड़ देगा! गरदन पर हाथ लगाकर बाहर धकिया देने की बजाय क्या दुलार से अन्दर में बैठा लेगा! पिरथिया का बाप कहाँ से चन्दा देगा! अभी तो यह भुजंगी बहुत दिनों तक जयद्रथ बनता रहेगा। इस आदमी की मौत से किसी को इनकार नहीं होगा।

खेत गदहे ने खाया और मार जुलाहे को लगी। कुछ ऐसा ही हुआ था बेचारे हरिया के साथ। शरीफे का मजा लिया था ललचनमा ने और भूमि मड़ड़ ने झोंटा पकड़ा हरिया का। दुख इतना ही छोटा रहता, तब भला क्या हर्ज था! झोंटा पकड़ने के साथ कान भी ऐंठ देता भूमि मड़ड़, तब भी हर्ज नहीं; गरदनियाँ मारकर कहता, "फिर कभी इधर पैर मत रखना," तब भी दुख छोटा का छोटा ही; मगर उस पापी ने तो कहा, "थूककर चाटो कि फिर कभी इधर पैर नहीं रखोगे।" किरिया खा-खाकर बार-बार कहा हरिया ने कि वह शरीफे तोड़ने नहीं आया था; माँ ने उसे धतूरा लाने के लिए यहाँ का पता बताया था, उसने भाग निकलनेवाले लड़के का नाम बता दिया, उसके बाप का नाम बता दिया, उसके घर का पता बता दिया; मगर पापी मड़ड़ की एक ही जिद, "थूको और उस थूक को चाटो।" जरा-सा कनमनाया नहीं हरिया कि मड़ड़ ने तुरन्त अपने नौकर को हाँक लगा दी, "लाओ तो रस्सा; बाँधों तो इसे गाछ के धड़ से।" यह दुख क्या भुलाए भूल सकता है! कभी आँख से आँख मिलाकर भूमि मड़ड़ के सामने खड़ा रह सकेगा हरिया! सीना तानकर उसके घर के आगे से गुजर भी सकेगा कभी वह! जब तक भूमि मड़ड़ मर नहीं जाता, चैन कहाँ हरिया को!

और यहाँ इस बात से कौन इनकार करेगा कि भूमि मड़ड़ की मौत सबके हक में अच्छी है। शरीफे का गाछ तो हर साल फलों से लद जाता है। और किस फल का गाछ नहीं है उसके बगीचे में! एक भूमि मड़ड़ मर जाए, सब आजाद हो जाएँगे। अब दुश्मन का नाम बोल ही दे वह; सब खुशी से झूम उठेंगे।

जब भी कचहरी मैदान की ओर चुल्हवा निकलता है, तो वह मनिहारी दुकान के गंगादास को बिलकुल अपनी ओर घूरते हुए पाता है, जैसे कि वह रास्ता काटकर निकल रही

कोई बिल्ली है जिसे घूर-घूरकर देख लेने से अशुभ शकुन अशुभ परिणाम नहीं होगा और ग्राहक उसकी दुकान से बगैर कुछ खरीदे भागने नहीं पाएँगे, या वह गौ या पानी का घड़ा है जिसके दर्शन कर लेने से शुभ शकुन का शुभ फल मिलेगा और बाजार के सारे ग्राहक उसकी दुकान की ओर ही दौड़ पड़ेंगे। यह गंगादास बिलकुल तैयार नहीं है यह भूल जाने के लिए कि उस दिन क्या उसने कहा था और क्या चुल्हवा ने। चुल्हवा ने कुछ कहा नहीं था, केवल गंगादास की बात का जवाब दिया था। एक दुकानदार होकर गंगादास ग्राहक से इस तरह क्यों बोला, "क्यों, रे छोकरे, तू बाप के पैसे चुराकर आता है बिस्कूट खरीदने?" चुल्हवा अभी हाँ-ना कहने के लिए सँभल भी नहीं पाया था कि लगा वह उपस्थित लोगों को सुनाने, "देखिए इस छोकरे को। यह अभी से बाप के पैसे चुराता है। ऐसा ही लड़का तो आगे चलकर किसी दूसरे के घर में सेंध भी लगाएगा?" चुल्हवा की जगह कोई और रहता तो वह भी यही जवाब देता, "अपने बाप का चुराता हूँ, आपका तो नहीं।" बहरे दुकानदार ने 'आपका' की बजाय 'आपके बाप का' सुन लिया, तो चुल्हवा क्या करे! अपना कान उसे उधार तो नहीं दे देता चुल्हवा सुनने के लिए! और कान उधार नहीं दिया बहरे को, तो उसने चपत लगा दी, "एक बित्ता का लौंडा जबान लड़ाता है।" अब तो किसी के लिए भी यही उचित था कि वह गाली देकर भागे। चुल्हवा की किस्मत अच्छी थी कि पहले वह भागा और तब गाली दी। अगर पहले वह गाली सुनाता और तब भागता, तो पगला दुकानदार जिस तरह बाँस लेकर दौड़ा था कि बिना सिर फोड़े मानता नहीं। और उस दिन से ही वह घूरने लगा था चुल्हवा को, और पता नहीं कि किस उम्र तक वह ऐसा करता रहेगा। अब तक तो उसकी यही कोशिश रही कि एक बच्चा चोर को पूरा राजगंज पहचान ले और उसके बाप का नाम भी मालूम कर ले। मर जाता यह दुश्मन, तो रास्ते का काँटा साफ हो जाता, और कचहरी मैदान की तरफ बगैर किसी नुकसान के आता-जाता चुल्हवा।

जिसने चुल्हवा को सन्देह की नजर से देखा वह क्या और बच्चों पर वैसी नजर पड़ने नहीं देगा! जो ऊँचा सुनकर चुल्हवा पर हाथ छोड़ सकता है उससे क्या और किसी बच्चे को खतरा नहीं है! बच्चों के घर आज तक जितनी शिकायतें पहुँची हैं, जरूर इन सब में इसी शख्स का हाथ रहा होगा। वह मैदान में खेलते हर बच्चे पर निगाह रखता होगा, हर एक का ऐब निकालता रहता होगा, और फिर घर-घर शिकायतें पहुँचाता होगा। यह आदमी सारे बच्चों का दुश्मन। तो फिर इसकी मौत कौन नहीं चाहेगा! अभी बोल दे चुल्हवा उसका नाम, तो सबके सब डाँटने लगेंगे उसे, "इतनी देर क्यों कर दी, रे चुल्हवा? दुश्मन हमारे पास में, हम ढूँढ़ें आकाश में! इस तरह तू चुप रह जाता और भूल-चूक से किसी और की मौत हो जाती, तो कितना बुरा हो जाता! ऐसा घाती, इससे अच्छा दुश्मन हमें मिलेगा भला!"

दुश्मनों की तलाशी यमुना ने पहले ही पूरी कर ली थी, मगर यह निश्चित नहीं कर पा रहा था कि मौत के घाट किसे उतारा जाए, विश्वनाथ मिसर को या शत्रुघन सिंह को। मिसर की मौत का निर्णय लेता वह, तो कानों से सिंह का कुबोल टकराता, "बनिया की क्या मजाल कि राजपूत का बैरी बने!" और जब शत्रुघन सिंह को मौत की ओर धकियाने लगता, तो विश्वनाथ मिसर उसके बाप से कहता सुनाई पड़ जाता, "कभी होंगे पैसे, तो कभी दूँगा पैसे। अभी पैसे नहीं हैं, तो देह की चमड़ी छील लेंगे क्या?" इसी कशमकश में पड़ा समय बरबाद कर रहा था यमुना। एक बार इच्छा भी हुई कि एक सिक्का उछालकर चित-पट कर ले, मगर जहाँ सोच-विचार कर निर्णय लेना था वहाँ सिक्का उछालना उचित नहीं लगा उसे। तो फिर क्या करे वह, बोल दे दोनों दुश्मनों के नाम सबके सामने और उनसे ही कहे, "दो में कोई एक तुम लोग ही चुन लो।"

एक को अवश्य चुन लेंगे वे। हर बच्चे का बाप मेहनत करता है, पसीने बहाकर पैसे कमाता है। कौन तैयार होगा अपने बाप की कमाई मुफ्त में बाँट देने पर? कौन चाहेगा कि दूसरा लूटकर ले जाए इस कमाई को? विश्वनाथ मिसर हो या शत्रुघन सिंह, कोई बरदाश्त नहीं करेगा कि बाहर का आदमी राजगंजवालों को आँख दिखाए। मिसर ठग है, बेईमान है। कोई कैसे कहेगा कि "मैं तो, भाई, बेईमान का पक्ष लूँगा।" मिसर ने उसे कोई लड्डू तो नहीं खिलाया है। अगर और दुश्मनों के नाम कोई बोलता है, तो यमुना यह सिद्ध कर दिखा सकता है कि उसके दोनों दुश्मन और किसी भी दुश्मन से अधिक अच्छे हैं।

घुटरा ऐसी किसी खींचातानी या उधेड़बुन में नहीं था। उसके सामने दुश्मन की बड़ी साफ-सुथरी तसवीर थी। और यह ऐसा दुश्मन था जिसके वार से कोई नहीं बचा था और जो आगे भी हमला बोलता रहेगा।

जो दर्द कुछ देर पहले ही बिलकुल दूर हो गया था, पीठ का वही दर्द इस दुश्मन को याद करते ही अचानक उखड़ गया। आज मुक्कों की धुआँधार वर्षा कर दी थी गुरुजी ने। उसने खुद तो गिनती नहीं कि थी, मगर हरिया पन्द्रह बता रहा था और रघुआ की गिनती सत्तरह तक पहुँची थी। एक-एक मुक्का मन-मन-भर का, सेर-भर का भी पासंग नहीं किसी में। देह में गोश्त तो एक चिड़िया के बराबर नहीं है। अगर कोई राक्षस पकड़ ले इस गुरुजी को, तो देह का मुआयना कर कह बैठे राक्षसी से, "इस जीव का अचार ही बना लो मिर्च-मसाला डालकर। इससे तो एक वक्त का नाश्ता भी नहीं निकलेगा।" मगर इसी जीव का एक मुक्का पड़ जाए राक्षस की पीठ पर, तो कराहकर बोल पड़े, "गे राक्षसी, यह किसे पकड़ लाया! यह तो संघर्ष कर रहा है। काँटे का मुकाबला होगा, ऐसा लगता है मुझे।"

आज जितने मुक्के गुरुजी ने घुटरा को मारे थे, उन मुक्कों का असर कितना भी कम कूता जाए, तब भी उनसे पाँच-छह कच्चे कटहल जरूर पक जाते। इन मुक्कों की

बरसात आज ही खत्म हो जाती, तब भी घुटरा अपने दर्द को भुला सकता था, गुरुजी की ओर से आँखें फेर सकता था। मगर यह बरसात तो लगी ही रहती है, सालों-भर, बारहों महीने, तीसों दिन। इससे निजात तो तभी मिलेगी जब...

और कौन है ऐसा जो इस प्रस्ताव का विरोध कर अपने पाँव में आप कुल्हाड़ी मारेगा! मरने को तो किसी दिन यह गुरुजी मरेगा ही, मगर इसका इरादा तो सबको मारकर मरने का है। फिर इसके साथ मुरौअत क्यों? गीदड़ शहर पहुँच गया; अब इसे कोई नहीं बचा सकता।

घुटरा सीना तानकर खड़ा हो गया और बोला, "मैं बताऊँ दुश्मन का नाम?"

"हाँ," टीपू ने इजाजत दी, "बताओ।"

"पोद्दार गुरुजी।"

जिस क्षण घुटरा ने अपने खयाल से सबसे बड़े दुश्मन का नाम उच्चारित किया था, उस क्षण तक, उस आखिरी क्षण तक हर बच्चा अपने-अपने दुश्मन के साथ कुछ वैसा ही मजाक कर रहा था जैसा चंगुल में फँसे किसी चूहे के साथ कोई बिल्ली कर सकती है।

कोई दोनों हाथों से दुश्मन के दोनों कान पकड़े ऊपर-नीचे, आगे-पीछे खींचते हुए बार-बार एक ही सवाल पूछ रहा था, "बोल, रे जयद्रथ, चन्दा लेगा? मिल रहा है न चन्दा? कैसा लग रहा है? क्या समझा था उस दिन, अभिमन्यु का कान था? बोल, कर दूँ जयद्रथ-वध? क्या सोचा था, केवल नाव पर गाड़ी, गाड़ी पर नाव कभी नहीं? बोल, कर दूँ वध?"

कोई दुश्मन के गले में गमछा लगाए धाराप्रवाह बोले जा रहा था, "बोल, रे दुष्ट, चोर कौन? मैं चोर या तू चोर? तू चोर, तू चोर, तू चोर। तू चोर; बोल 'हाँ'...तेरा बाप चोर; बोलते चलो 'हाँ'...तेरा दादा चोर...परदादा चोर...लकड़दादा चोर...बोल, अब तो कभी जबान नहीं लड़ाएगा मुझसे? घूर-घूरकर मुझे नहीं देखेगा कभी?"

भूमि मड़ड़ की कमर में बँधे रस्से का एक छोर पकड़े कोई बड़ी ही मीठी आवाज में उनसे कह रहा था, "मड़ड़ जी, ललचनमा आपका चाचा लगता है न जिसे आपने भाग जाने दिया था? और आपसे गलती हो गई कि हरिया को पकड़ लिया था? आपकी कोई गलती नहीं है, मड़ड़ जी; कमजोर काठ को ही तो कीड़ा खाता है। अब भूल से पाप हो गया, तो प्रायश्चित कर लीजिए; थूककर चाट लीजिए। क्या सोच रहे हैं? बोलिए, मैं मदद कर दूँगा। यह भी अच्छा ही रहेगा कि आप अल्लाह मियाँ के पास चले जाइए। पाप की गठरी बहुत मोटी हो जाएगी, तो गठरी ढोकर जाने में बहुत कष्ट होगा आपको। क्यों, मड़ड़ जी, जँच रही है न मेरी बात?"

दो उधारीलाल महाजन के आदेशानुसार एक-दूसरे के कान पकड़कर हाथों में हरकत रखते हुए एक-दूसरे को मौत का फन्दा गले में डाल लेने के लिए तैयार कर

रहे थे। "मिसर जी," एक बोल रहा था, "आपके मर जाने से आपके परिवार का कोई नुकसान नहीं होने जा रहा है। ब्राह्मण-कुमार भूखे नहीं मरेंगे; वे भी श्लोक बाँचकर और आशीष बाँटकर पेट पाल ही लेंगे। कसम खाता हूँ कि हर साल दो-चार मन धान मैं भी भिजवा दिया करूँगा। मेरे मरने पर तो मेरे बच्चे भीख माँगेंगे, बिलख-बिलखकर मर जाएँगे। खेत का एक छटाँग धान भी मेरे गोतिया-दियाद उनके हाथ नहीं लगने देंगे।" दूसरा उधारीलाल जवाब दे रहा था, "ऐसा जुल्म मत कीजिए, सिंह जी। मेरे बच्चों के तो अभी कंठ भी नहीं फूटे हैं। क्या तो वे अभी श्लोक पढ़ेंगे और कौन तो उन्हें आशीष के पैसे देगा! कुछ जवान भी हो गए होते वे, तो मैं आपको चाहते हुए भी मरने नहीं देता और खुद मर जाता। मगर अभी की हालत में आप मान जाइए। आप जमीनवाले हैं; आपके बच्चों को कोई कष्ट नहीं होगा। मैं जिन्दा रहूँगा, तो आपकी दौलत पर नजर गड़ाने की मजाल नहीं है आपके गोतिया-दियाद की। आप निश्चिन्त होकर मरिए। मैं तो अपने बाल-बच्चों के दुख को भी अनदेखा कर जाता, मगर मेरे मरने से तो यमुना मालिक को ब्रह्म-हत्या का भारी पाप लग जाएगा। आप हाँ बोल दीजिए, सिंह जी।"

"पोद्‌दार गुरुजी।" जैसे ही घुटरा ने अपने आसन से उठकर उच्चारित किया, खलबली मच गई शैतान के लश्कर में। बच्चों ने मुक्कों की वर्षा देखी; सिर पर पाप की मोटी गठरी लादे गुरुजी को देखा। अपने-अपने दुश्मनों पर बच्चों की पकड़ ढीली पड़ गई।

"उचित भी नहीं था भुजंगीलाल की जान लेना। आज तक कितने ही लोगों ने मेरे कान ऐंठे हैं, कितने ही लोगों ने तमाचे लगाए हैं, वह सब तो याद नहीं किया मैंने; और, किसी जमाने में उस बेचारे ने एक क्षण के लिए मेरा कान पकड़ लिया, तो इस बात की मैंने गिरह बाँध ली! उस बेचारे को यह भी तो पता नहीं था कि कान पकड़ने की सजा मौत भी हो सकती है। आज भी यह पता चल जाए, तो खुद अपने कान पकड़े सामने हाजिर हो जाए और लगे उठ-बैठ करने, सौ तक, हजार तक, जब तक मैं मना नहीं कर दूँ तब तक। और फिर, कल क्या हुआ, इसकी खोज करूँ मैं; या, कल कौन विपदा आनेवाली है, उस पर ध्यान जमाऊँ! भुजंगीलाल को तो मैं अपने लिए मरा हुआ भी मान सकता हूँ, मगर पोद्‌दार गुरुजी तो अभी न जाने कब तक जिन्दा रहेंगे मेरे लिए। शाबाश घुटरा! तुम्हें भी अक्ल है, पता चल गया आज।"

"ठीक है, मैंने थूककर चाटा; मगर, देखा किसने? भूमि मड़ड़ ने ढिंढोरा पिटवाकर सारे राजगंज को बुलवा तो नहीं लिया अपने बगीचे में एक थुकचट्टा को दिखाने के लिए? कहीं इस बात की सुन-गुन तक नहीं हुई। खुद ललचनवा को भी मेरे कहे का विश्वास हो गया था कि भूमि मड़ड़ ने मारना-पीटना तो दूर, बड़े स्नेह से मुझे बैठाया, मन-भर शरीफे खाने को दिये और ऊपर से यह कहा भी, "जब भी तुम्हारी इच्छा हो, यहाँ आकर शरीफे खा लिया करो; मगर, हाँ, अपने साथ किसी और छोकरे को मत

लाना।" मेरा दोष नहीं था क्या? मैं क्या वहाँ धतूरा ढूँढ़ने गया था? मड़ड़ के मन में पाप रहता, तो क्या वह चुप बैठ जाता? भला आदमी है, तभी तो बात आई-गई कर दी। अब मैं उस आदमी को मौत के कुएँ में धकेलूँ जिसने मेरी इज्जत पर आँच नहीं आने दी, या उस आदमी को जो मुझे मुक्के मारता है, गालियाँ सुनाता है, थोड़ी भी इज्जत बाकी नहीं रखता और खुल्लम-खुल्ला मेरी इज्जत उतारता है! आज घुटरा ने बाजी मार ली। अगर यह नाम मेरे मुँह से निकलता, तो कितना अच्छा होता!"

"बेकसूर है बेचारा गंगादास। पैसे चुराना अपराध है, तभी तो पिताजी से भी मार खाता रहा हूँ। गंगादास ने मेरे भले के लिए ही तो मुझे धिक्कारा। जो आज सेंध मारते हैं वे बचपन में पैसे चुराते रहे होंगे, यह अन्दाजा तो कोई भी लगा सकता है। मेरे ललाट पर यह लिखा हुआ तो नहीं है कि 'यह लड़का जो अभी बाप के पैसे चुराता है, आगे चलकर बहुत ही भला और लायक आदमी बनेगा।' गंगादास ने चपत लगाई, मगर तब भी वह बेकसूर था। कसूर उसके कान का था जिसने 'आपका' सुनने की बजाय 'आपके बाप का' सुन लिया। वह बाँस लेकर दौड़ा, यहाँ भी उसका कोई कसूर नहीं। एक बच्चा उतने लोगों के बीच गाली पढ़े, तो बाँस तो क्या, सामने तलवार रहे तो आदमी तलवार लेकर भी दौड़ पड़ेगा। मगर, कौन दिन गुजरता है ऐसा जिस दिन गुरुजी भी बेकसूर! दो मुक्के मारकर कहेंगे, 'तू तो सतमासा है; तुम्हें क्या मारूँ!' मगर इसके बाद भी तीन-चार मुक्के, "और लगाऊँ, तो मर ही जाएगा तू।" और यह बोलकर तड़ातड़ कई मुक्के। वाह गुरुजी! सतमासा को भी वही मार जो नौमासा को! तो ठीक है, गुरुजी, सुनार की ठुक-ठुक सौ चोटें पूरी हो गईं; अब जरा लुहार की एक चोट पड़ जाने दीजिए।"

"जाइए, विश्वनाथ मिसर; और, शत्रुघन सिंह, आप भी जाइए। माँ ने जिताष्टमी की होगी, इसलिए जान बच गई। इतनी समझ तो आपको अब आ ही गई होगी, मिसर जी, कि श्लोक सुनाने-भर से अब कोई उधार नहीं देगा। अपने बाल-बच्चों को कमाने-खाने लायक बना दीजिए, इसलिए आपकी जान बकस रहा हूँ। मेरा कर्ज नहीं डूबेगा। इस जनम में नहीं चुकाएँगे आप, तो अगले जनम में कहाँ जाएँगे! और, सिंह जी, आपको इसलिए छोड़ रहा हूँ कि आपने मेरे दरवाजे पर चढ़कर गाली नहीं दी थी। अपने घर में तो लोग राजा की माँ को भी डाइन बोलते हैं। आप कहाँ क्या बोलते हैं, उसकी फिक्र मैं क्यों करूँ! यही क्या कम हैं कि डर और लाज से आपने राजगंज आना-जाना छोड़ दिया था! अगर आपने मुझे पहले सूचित कर दिया होता कि जिस वक्त मेरा नौकर आपके दरवाजे पर जाकर पैसे का तकाजा कर रहा था उस वक्त आपके कई मेहमान मौजूद थे वहाँ और आपकी तौहीनी हो रही थी, तो यह जानकर कि गुस्से में आपके मुँह से कुछ से कुछ निकल गया, मैं आपको पकड़वाकर यहाँ मँगाता भी नहीं। मगर इस अगहन में पैसे चुका देने की कोशिश कीजिए। एक माघ गुजर जाता है, तो जाड़ा अगले माघ में फिर आता है, यह क्यों भूल रहे हैं आप और यह भूल जाइए कि आगे भी

कोई पोद्दार गुरुजी रहेंगे जो आपसे बीस पड़ेंगे और मुसीबत में काम आएँगे आपके।"

हर्ष-ध्वनि के साथ घुटरा का प्रस्ताव स्वीकार कर लिया गया; और न जाने कितनी खुशियाँ उन्हें एकबारगी मिल गईं कि वे लगे उछलने-कूदने और नाचने-गाने। मुँह चमकाकर हरिया बोला, "कछुआ-कुल का है क्या दोष?" जवाब रघुआ ने मुँह चमकाकर दिया, "नौ दिन चले अढ़ाई कोस।" रुआँसे स्वर में घुटरा ने गाया, "अब क्या होगा, रे हरिदास?" हरिया सिसकियाँ भरकर रोया, "घोड़ा दाना खाय न घास।" गोल-गोल घूमकर नाचने लगा चुल्हवा, "माथे में गोबर-ही-गोबर...धम धम धम धम... कहीं न अक्ल मिली भिक्षा में...लगे धमाधम...दाढ़ी-मूँछ उगाकर बबुआ...धम धमाक धम धम धमाक...पढ़ता है पहली कक्षा में...बोल कबिरा सा रा रा रा..."

और फिर कल के उत्पात की तैयारी पूरी कर ली गई। छोटी-छोटी बातों पर भी ध्यान रखा गया, ताकि खतरे की कोई गुंजाइश न रहे। और सबने बात गुप्त रखने की ऐसी कसम खाई कि वहाँ से विदा होते वक्त जब रघुआ ने आँखें तरेरकर चुल्हवा से पूछा, "क्यों रे, कल तुम लोग कोई उत्पात करने जा रहे हो?" तो चुल्हवा ने अचरज से आँखें फैलाकर जवाब दिया, "उत्पात! कैसा उत्पात? किसने कहा? मुझे तो कुछ मालूम नहीं, भाई। न जाने कौन साला ऐसी अफवाह फैलाता है!"

9

कमुआ की नई माँ को रात में जरा सवेरे सोने और सुबह में जरा देर से उठने की आदत है। घर के काम की वजह से कमुआ की सुबह सूरज उगने और शाम सूरज डूबने के जरा पहले ही शुरू हो जाती है। उस दिन भी 'शाम हो गई' कहकर कमुआ शाम उतरने के बहुत पहले ही बच्चों के गोल से निकलकर घर की ओर चल पड़ा। उस दिन उसने घर का सारा काम काफी मुस्तैदी से निपटाया। कमुआ की नई माँ इस बात से काफी नाराज भी हुई कि आज बहरा सब कुछ सही सुन रहा था, कुम्भकर्ण को आज उँघाई तक नहीं आ रही थी, और करमजले की मरी माँ को आज वह कोई गाली नहीं दे पाई; और उसे इस बात से घबराहट हो गई कि अगर सौत का बेटा भी इस तरह पलने लगे, तब तो औरत का कोई मोल ही नहीं रहे।

अपने हिस्से का खाना खाकर जब कमुआ सोने गया, तो तुरन्त ही नींद नहीं आ गई उसे। उस मातृ-विहीन बच्चे के मन में बहुत-सी बातें आने लगीं।

मैदान में टीपू ने उसे कई बार टोक दिया था, "क्यों रे कमुआ, तू क्यों चुप्पी लगाए हुआ है? कुछ बोलता क्यों नहीं? अब क्या डर है तुम्हें? मेरे रहते कोई तुम्हारा बाल बाँका नहीं कर सकता।" मगर तब भी वह चुप ही रहा था। उसके उदास और निष्प्रभ चेहरे ने उसके हर एक संगी को आहत किया था, मगर एक क्षीण मुस्कराहट

के सिवाय और कुछ कहना-सुनाना सम्भव नहीं हुआ उसके लिए।

वही क्षीण मुस्कराहट अभी फिर उसके होंठों पर आ ठहरी थी। एक मन हो रहा था, अकेले में पूछे वह पिता से, "बाबू, आप भी चाहते हैं कि मैं मर जाऊँ?" पर आज उसे यह पूछने की हिम्मत नहीं हो रही थी। वे दिन बीत गए जब उसे भी बाप का दुलार मिला था। माँ मरी थी, तो बहुत रोया था उसका बाबू; कमुआ को छाती से लगाकर रोया था। महीनों अपने हाथ से खाना बनाकर खिलाया था; सो गए बेटे को उठाया था और खुशामद करता था खाना खा लेने के लिए। अब तो बाबू उसे रोते हुए देखकर भी चुपचाप निकल जाता है; एक बार यह भी नहीं पूछता कि वह क्यों रो रहा है। उलटे कई बार उस पर डाँट ही पड़ी है, "माँ की बात क्यों नहीं मानते? यह भी तो तुम्हारी माँ ही है।" कमुआ कैसे जवाब दे दे, "झूठ है यह; यह मेरी माँ नहीं है!" उसके पास तो अभी भी उसी पिता की याद है जो उसकी माँ के मरने पर बहुत रोए थे। तभी तो आज भी नहीं चाहा था उसने कि माँ भगवती से अपनी नई माँ की मौत माँग ली जाए। इस बार तो पिताजी और भी बिलख-बिलखकर रोएँगे, ऐसा लग रहा था कमुआ को। मगर जैसे-जैसे वह पिता से दूर होता चला गया, उसके अन्दर का भय बढ़ता ही गया; और अब पिता का सामना करने, उनके सामने जाकर यह पूछने की हिम्मत नहीं होती, "बाबू, आप भी चाहते हैं कि मैं मर जाऊँ?"

कमुआ को अपनी माँ की याद आई। वह बहुतों के मुख से सुनता रहता है कि आज भी उसकी माँ उसकी रक्षा के लिए आती रहती है। अभी भी माँ कहीं आसपास मँडरा रही होगी, ऐसा विचार आ गया उसके मन में। वह क्यों माँ को रोज-रोज दौड़ाए, क्यों तंग-परेशान करे! क्यों नहीं वह खुद माँ के पास चला जाए! अगर जानता कि माँ के मरते ही पिता भी उसके लिए मर ही जाएँगे, तो जिस वक्त माँ मर रही थी उसी वक्त उसका हाथ पकड़कर जिद कर बैठता, "माँ, मुझे भी ले चलो।" तब क्या माँ बेटे की जिद नहीं मान लेती! अभागा था बेटा, तभी तो माँ अकेली मर गई। तब क्या होगा यहाँ और जीकर! आज उसे जिद पकड़ लेनी चाहिए थी, "नहीं, टीपू; नहीं, रघुआ; चढ़ाने दो नई माँ को बलि। मैं अपनी माँ के पास ही चला जाना चाहता हूँ।"

गुरुजी मर जाएँ, यह अच्छा नहीं लग रहा था उसे। उसे विरोध करना चाहिए था, बार-बार यह खयाल आने लगा उसके मन में। मगर अब तो वह कुछ नहीं कर सकता था; केवल मना सकता था ईश्वर से कि बच्चे पाठे को चुरा नहीं पाएँ। पहली बार टीपू की असफलता की कामना की उसने। और अगर टीपू सफल हो गया, तो? सोने से पहले एक प्रार्थना उसके होंठों पर आ गई, "हे ईश्वर, गुरुजी मर जाएँ, तो उन्हें स्वर्ग में जगह देना।"

हरिया मानता है कि उसके अग्रज हजार आँखों से देखते हैं, हजार कानों से सुनते हैं। इस हजार-हजार को वे हमेशा साथ नहीं रखते; सुबह होते-होते इन्हें अनाज की तरह

पूरे राजगंज में बिखेर देते हैं और शाम में हरिया के घर आते ही सबको समेट ले आते हैं। हर एक से पूछताछ होती है, "तुमने क्या देखा?...तुमने क्या सुना?" और फिर हरिया की घेराबन्दी शुरू हो जाती है। क्या पता, आज भी मैदान में अग्रज की एक आँख और एक कान मौजूद हों! आज की रात वह अग्रज के साथ बिना कोई बकझक किये काफी होशियारी से काटना चाहता था। इसलिए आज जब अग्रज से घर पर मुलाकात हुई और रोज की तरह अग्रज ने उसे तीखी निगाहों से घूरा, तो और दिनों की तरह आज उसने न तो अग्रज को दिखाकर अपना सीना ताना और न मुँह बिचकाकर अपनी ऐंठ की नुमाइश ही की। उलटे जब अग्रज ने कहा, "हरिया, एक गिलास पानी लाओ;" तो रक्षा के लिए हर पल-हर क्षण तैयार माँ को सामने पाकर भी उसने अग्रज से यह नहीं कहा, "पहले आईने में अपना मुँह निहार लीजिए" अथवा "कुआँ खोदा जा रहा है, रुक जाइए;" बल्कि एक शिष्ट और आज्ञाकारी अनुज की तरह बोला, "ला देता हूँ, भैया;" और सचमुच दौड़कर पानी लाने चला गया। बहुत देर तक अग्रज की सेवा-टहल करने के बाद जब वह पूरी तरह आश्वस्त हो गया कि मैदान में अग्रज की कोई आँख या कान मौजूद नहीं था, तभी अग्रज के दसवें आदेश, जो अग्रज के पैरों की मालिश से ताल्लुक रखता था, के जवाब में हरिया ने मुँह बिचकाकर कहा था, "जरा अपना मुँह गंगाजल से धो आइए।"

उस दिन शाम में ज्यों ही रघुआ घर के अन्दर घुसा, माँ ने बिगड़कर अपना फर्ज पूरा किया, "क्यों रे, तू रोज-रोज देर से घर आने की आदत छोड़ेगा या नहीं? बोल, कहाँ था अभी तक?" पहले से ही अपनी गुस्साने की तैयारी पूरी कर घर आया हरिया माँ पर जोर से गुस्सा पड़ा, "नरक में था; और कहाँ था! दिन-भर घर में बन्द रहोगी, तो जानोगी कैसे कि कहाँ था मैं। आज पूरी शाम मैं दरवाजे पर बैठा रह गया।"

माँ कुछ नरम पड़ गई, "दरवाजे पर पहरा देने के लिए तो किसी ने नहीं कहा था तुमसे। एक घड़ी खेल आता।"

"किसके साथ खेलता?" गुस्से को बरकरार रखते हुए बेटे ने सुनाया, "कहीं कोई मिला ही नहीं। सच कहता हूँ, माँ, आज मेरा मन बिलकुल नहीं लगा। जब कोई नहीं मिला, तो मन में आया कि बैठकर रोऊँ।"

माँ को दया आ गई, "रोएगा क्यों, रे! कहीं चले गए होंगे सबके सब। तू आज की कसर भी कल पूरी कर लेना। अब चल, खा ले, और थोड़ी देर पढ़।"

"हाँ, माँ, आज पढ़ना बहुत जरूरी है," बेटे ने काफी गम्भीरता से कहा, "कल भूगोल का पाठ याद कर सुनाना है गुरुजी को। खाना खिला ही दो।"

खाना खाते हुए बेटे ने पूछा, "शाम में जब मैं दरवाजे पर बैठा हुआ था, तो एक बहुत ही सुन्दर घोड़े को सड़क से गुजरते देखा। उस पर जो सवार बैठा था वह भी बहुत अमीर लगता था। घोड़ा एकदम काला था। इतना सुन्दर घोड़ा मैंने आज तक नहीं देखा

था। पता नहीं, किस गाँव का घोड़ा था। तुम्हें मालूम है, माँ, वह किसका घोड़ा था?"

माँ ने यह तो विश्वास कर लिया कि शाम में जब बेटा दरवाजे पर बैठा हुआ था तब सड़क से एक घोड़ा, बिलकुल काला और बहुत ही सुन्दर, एक अमीर घुड़सवार को पीठ पर बैठाए हुए गुजरा था; मगर माँ बेटे को यह नहीं बता सकी कि वह घोड़ा किसका था, "मैं क्या जानूँ, बेटा! मैं तो घर में बन्द रहती हूँ दिन-भर। और फिर, इलाके में कौन घोड़ा किसका है, यह मुझे कैसे पता चलेगा! तू पिताजी से पूछ लेना; उन्हें मालूम होगा।"

अपनी हर विजय की चर्चा घुटरा अपने बाप से जरूर करता था, चाहे कबड्डी में उसे जीत मिली हो या कुत्ते की पूँछ में फुलझड़ी बाँधने में वह कामयाब हुआ हो। मगर आज उसे विश्व-विजय के उल्लास को दबाना पड़ गया। कहने को तो वह कह सकता था कि आज उसने हरिया को हरा दिया, रघुआ को मात दे दी, चुल्हवा से भी बाजी जीत गया, और तो और, टीपू के भी कान काट लिये। मगर पिता तो पूछ ही बैठेंगे, "किस खेल में, रे घुटरा?" तब वह क्या जवाब देगा! लजाकर-मुस्कराकर बोलना पड़ जाएगा उसे, "पिताजी, खेल का नाम मत पूछिए।" खेल का नाम बताना सम्भव नहीं होगा उसके लिए। आज के हर्षोल्लास को वह प्रकट नहीं कर सकता।

मगर उसके मन में कैसे तो यह बात घर कर गई कि किसी भी क्षण गुरुजी हाँक लगा सकते हैं, "घुटरा! बेटा घुटरा!" और सचमुच एक बार जब माँ ने रसोई से आवाज दी, "घुटरा!" तो वह रसोई की बजाय जोर से दरवाजे की ओर दौड़ गया था।

उसके मन में आज गुरुजी को भी मात देने की इच्छा थी। अगर अभी भी गुरुजी उसके पास आ जाएँ और उसकी आरजू-मिन्नत करें, तो अभी भी वह गुरुजी के साथ एक शिष्य-सा बरताव कर सकता है और आगे से ढर्रे पर आ जाने की हिदायत देकर उन्हें माफ कर सकता है। माफ करने का अधिकार उसे है, क्योंकि गुरुजी का नाम उसने ही सुझाया था। वह नाम वापस ले सकता है, और इसमें किसी को अड़चन डालने का अधिकार नहीं है। मगर गुरुजी को आना हो तो उसके सोने से पहले आ जाएँ। रात में बारह या दो बजे उसे नींद से उठाया गया, तो उससे कोई जवाब देते नहीं बनेगा। उँघाई में वह बेहोश रहता है, और किसी की बात सुनना-समझना तो दूर, किसी को पहचानना तक मुश्किल हो जाता है उसके लिए।

जितनी देर वह जगा रहा, उसके कान दरवाजे की ओर ही लगे रहे। कई बार आहट होने पर उसे उठ-उठकर बाहर जाना पड़ा कि गुरुजी किसी ओर से आ तो नहीं रहे हैं। जब एक बार माँ ने डाँटकर पूछा, "तू दौड़-दौड़कर दरवाजे पर क्या करने जाता है? अभी भी कोई खेल बाकी ही रह गया है क्या?" तब उसे मन मारकर बिस्तर में कैद हो जाना पड़ा।

चुल्हवा ने रात में एक भयंकर सपना देखा। सपने में उसे देखना चाहिए था कि किस तरह पाठे के गले में फँसरी डालकर गाछ की डाल से लटकाते ही गुरुजी छटपटाने लगते हैं, उनकी जीभ बाहर निकल जाती है, और उनके प्राण मुँह से निकलकर ऊपर की ओर जाने लगते हैं, क्योंकि सोने के वक्त गुरुजी की मरणावस्था का एक ऐसा ही चित्र उसकी नजरों के आगे उभरकर आया था। मगर चुल्हवा ने एक दूसरा ही सपना देखा, इससे काफी भयंकर। उसने देखा कि गुरुजी परलोक पहुँच गए हैं और वहाँ भी बच्चों को पढ़ा रहे हैं। बच्चों के बीच कैसे-कैसे तो वह भी पहुँच गया है, और गुरुजी की मुक्कामारी वहाँ भी उसी तरह चालू है जैसे धरती पर राजगंज में थी। चुल्हवा ने अपनी आँखों से देखा कि दो-तीन परियाँ उड़ती हुई आईं और अपने-अपने बच्चों को गुरुजी को सुपुर्द कर चली गईं। अपनी जानकारी के आधार पर उसने अन्दाजा लगाया कि वह स्वर्ग में है, और उसे कुछ-कुछ तसल्ली हुई। वह सोचने लगा कि कैसे इन परियों के बच्चों के साथ वह दोस्ती गाँठे और फिर उनसे उड़ना सीख ले। उसे अपने माँ-बाप का बिलकुल खयाल नहीं आ रहा था। अभी वह परि-पुत्रों के साथ दोस्ती गाँठने की कोई विधि ढूँढ़ ही रहा था कि अचानक उसे सामने से एक दैत्य अपने बेटे के साथ गुरुजी के पास आता दिखाई दिया। वह डर गया। दैत्य का मुँह बैल की तरह था। उसके सिर पर बड़े-बड़े नुकीले सींग थे और लम्बे-नुकीले दाँत मुँह से बाहर निकले हुए थे। दैत्य अपने बच्चे को गुरुजी के पास छोड़ वापस जाना ही चाहता था कि वह अचानक पलटा और 'मानुष गंध मानुष गंध' चिल्लाता हुआ बच्चों की भीड़ की ओर देखने लगा। उसकी नजर चुल्हवा की नजर से टकराई और अपना मुँह बाए हुए वह चुल्हवा की ओर दौड़ पड़ा। तभी चुल्हवा के मुँह से एक जोरदार चीख निकल गई...

राम जाने, आगे क्या होता, अगर ठीक समय पर चुल्हवा की माँ ने बेटे को जगा दिया नहीं होता, "चुल्हवा! चुल्हवा! क्या हुआ, रे? डर गया है? सपना देख रहा था क्या?"

चुल्हवा उठकर बैठ गया; सपने को याद किया; फिर कुछ समय लगाकर सहज हुआ; और तब अन्त में बोला, "हाँ, माँ, सपना ही देख रहा था। मैं तेरे साथ ही सोऊँगा, माँ।"

और जब माँ ने पूछा, "क्या देखा सपने में?" तो बेटा चतुराई से टाल गया, "अब याद नहीं आ रहा है, माँ।"

घर जाते हुए यमुना को अचक्के में याद आया कि गुरुजी तो उसकी दुकान से उधार खाते हैं और सौ-पचास की रकम तो हमेशा उनके पास लटकी रहती है। यह याद आते ही वह बेकल हो गया और अपने कदम तेज कर दिये।

जिस दिन अशर्फी चौधरी के मरने की खबर उसके पिताजी को मिली थी उस दिन यमुना घर पर ही था; और किसी उधारी ग्राहक के मरने से पिता को कितना सदमा पहुँचता है इसको नजदीक से देखने का उसे मौका मिला था।

मौत का दुखद समाचार मिलते ही उन्होंने वह बही निकाली जिसमें उधार टाँके जाते थे और फिर वह पन्ना निकाला जिस पर अशर्फी चौधरी का हिसाब था। एक सौ छियालीस रुपये सत्तर पैसे का मूलधन गायब हुआ था। देर तक पिता उस पन्ने पर निगाह टिकाए सुन्न बैठे रह गए थे।

नौकर भोला पर बेतरह डाँट पड़ी थी, "चौधरी मरनेवाला है, यह खबर तुमने मुझे क्यों नहीं दी थी, रे पाजी? पैसे मेरे थे, और उस पर दया तू दिखा रहा था, रे नमकहराम! तुम तो बराबर उसके पास तकाजा के लिए जाते रहते थे। अगर पहले खबर मिल जाती, तो पूरी-की-पूरी रकम तो नहीं डूबने पाती। मेरा ही सौदा बेच-बेचकर तो दवा-दारू के पैसे निकालता होगा वह। कड़ा तकाजा होने से कुछ तो पैसे निकल आते।"

उस दिन पिताजी को ठीक से खाना भी खाया नहीं गया था, न दिन में न रात में। और दिन-भर दुकान में आनेवाले परिचित-अपरिचित लोगों से बहुत दुखी मन से वे अपने इसी दान की चर्चा करते रहे थे। इस दुख से उबरने में उन्हें काफी समय लग गया था। माँ को बाद में भी कई बार उन्होंने कहा था, "अशर्फी चौधरी ने जो नुकसान पहुँचाया है, पहले उसे पूरा कर लो; उसके बाद ही अपनी कोई फरमाइश सुनाना मुझे।"

गुरुजी के मरने का डर पीड़ा पहुँचाने लगा यमुना को।

घर में माँ मौजूद थी; दुकान में पिताजी। मगर इन दोनों में से किसी को भी कहने से मैदान में दिया गया वचन भंग होता था। ये लोग तुरन्त हो-हल्ला शुरू कर देंगे, ऐसा महसूस किया यमुना ने। तकाजे का काम भोला ही करता है, इसलिए उसे कह देने-भर से काम पूरा हो जाता था। और जो नौकर पहले भी एक ठोकर खा चुका है, वह इस बार तो गुरुजी के मरने के पहले पैसे जरूर वसूल लाएगा। यमुना सीधे भोला के पास पहुँचा।

उसने भोला से आहिस्ते से पूछा, "पोद्दार गुरुजी के यहाँ अपने कितने पैसे हैं?"

"क्यों, क्या बात है?" इस उधार में यमुना की रुचि को पनपते देख भोला को थोड़ा अचरज हुआ, क्योंकि आज तक जब कभी भोला ने उससे पाठशाला से आते वक्त गुरुजी को तकाजा करते आने के लिए कहा था, तो यमुना ने हर बार इस काम को करने से इनकार कर दिया था।

"है एक बात; पहले बताइए, कितनी रकम है?"

"होंगे पचास-साठ रुपये।"

"हूँ," सिर ऊपर-नीचे हिला-हिलाकर यमुना ने मन-ही-मन कुछ गुनने जैसा भाव प्रकट किया और फिर बोला, "कल सुबह होते-होते उनसे पैसे माँग लाइए। आप उधर पाखाना जाते ही हैं; लौटती में वहीं मुँह-हाथ धोइएगा और पैसे माँग लीजिएगा। नाह-नूँह करे, तो हरगिज नहीं मानिएगा। पैसे लेकर ही उन्हें छोड़ना है।"

"गुरुजी ने आज बहुत मारा है क्या?" नौकर मुस्कराया।

"नहीं, एक दूसरी बात है," फुसफुसाया यमुना।

"क्या?" भोला ने अपना सिर उसकी ओर झुकाया।

"एक गुप्त बात है; किसी से बोलिएगा तो नहीं?"

"नहीं बोलूँगा।"

और फिर यमुना ने पूरी कहानी सुना दी, भोला को उसके खतरे से आगाह कर दिया, एक वफादार नौकर का फर्ज बतलाया, और फिर से यह कसम दे दी कि बात बिलकुल गुप्त रहे।

"लो! मेरा लोटा? यहीं लोटा छोड़कर अभी तुरन्त दतवन तोड़ने गया था, और अभी देख रहा हूँ कि लोटा गायब।"

सुननेवालों में से किसी एक ने कहा, "यहाँ तो बहुत लोग पाखाना करने इस आसरे पर आते हैं कि लोटा किसी-न-किसी का मिल ही जाएगा। बड़ी गन्दी आदत है। रुक जाइए थोड़ी देर। कोई ले गया होगा, तो अब आ ही रहा होगा।"

जिसका लोटा गायब हुआ था वह सचमुच तब तक कुएँ के पास बैठा रहा जब तक उसे विश्वास नहीं हो गया कि उस मैदान में झाड़ा फिड़नेवाले सारे लोग चले गए। चोर की बुद्धि नहीं थी उसके पास, नहीं तो कहीं छिप जाता वह ताकि लोटे का चोर लोटे के मालिक को लोटे से हाथ धोकर गया हुआ मानकर कुएँ के पास प्रकट हो जाए। अगर होशियार रहता लोटावाला, तो खेत और झाड़ी में साँड़ की हिम्मत के साथ घुसकर सरसरी निगाह फेंकते हुए यह जरूर देख लेता कि किसी खेत या किसी झाड़ी में मुँह लटकाए कोई उसका लोटा हथियाकर बैठा हुआ तो नहीं है। लोटावाला जब वहाँ से चला, तो लोटे के गुम हो जाने का गम कम और लोगों पर गुस्सा अधिक था कि दुख में तो कोई शरीक नहीं हुआ, मगर मुस्कराने से बाज नहीं आया कोई।

"हाय राम! मेरी कमीज? हाँ, भाई, इसी अलगनी पर कमीज टाँगी थी मैंने। कहाँ उड़ गई? उड़ कैसे जाएगी!"

हँसी लहराई एक तरफ और उधर से आवाज आई, "इस गाय ने तो नाकों दम कर रखा है। न जाने कैसे तो इसे कपड़े खाने की आदत लग गई है। पता नहीं, खाती भी है या अपनी किसी मालकिन को दे आती है। परक गई है; रोज आती है एक दफे इधर।"

सुन लो बात! अब गाय कमीज खाने लगी! किसी दिन कुछ और अजूबा सुनने को मिलेगा। बिल्ली को भगाने के लिए अब लोग चूहे पोसेंगे। आ गया कलियुग। अब जीव-जन्तु भी अपना धर्म बदलने लगे...मगर गाय ने कमीज नहीं खाई होगी, तब तो अपने बथान पर ही पहुँची होगी कमीज लेकर...किसकी गाय थी?...पूछे किससे? जिन्होंने देखा गाय को कमीज ले जाते वे तो त्योहार मना रहे हैं...किसी की नई कमीज चली गई और किसी को मिली खुशियाँ!...

"यह क्या! मेरे जूते?"

"गुम हो गए क्या?"

"हाँ, भैया।"

"याद है, पहनकर आए थे?"

"हाँ भैया, पहनकर आया था, और यहीं उतारकर अन्दर गया था।"

"क्या दुनिया है, पुराने जूतों पर भी चोरों की नजर रहती है!"

"पुराने नहीं, बिलकुल नये थे।"

"अन्दर देर लगाई होगी आपने।"

"बिलकुल नहीं; गया और आया।"

"मतलब, आँख बन्द और डिब्बा गायब?"

"हाँ, यह किसी शातिर चोर का काम है।"

"चोर को तो मैं जानता हूँ, भाई।"

"कौन है?"

"बता दूँ, तो फौजदारी करेंगे?"

"अवश्य करूँगा।"

"तो थोड़ी देर रुकिए। वह कहीं आसपास ही होगा। है तो बड़ा कमीना; जूते-चप्पल ले भागने की आदत पड़ गई है उसे; मगर एक कुत्ते पर फौजदारी चलेगी? हा-हा-हा-हा..."

बलि का पाठा चुरा लिया गया, यह सुनकर भी कोई मुस्करा देता क्या? हिम्मत होती किसी की त्योहार मनाने की? ही-ही-हा-हा तो दूर, जिसने सुना उसी के चेहरे का रंग उड़ गया; मुरदनी छा गई चेहरे पर। बलि में बाधा पड़ी, तो गाँव की दुर्गा अप्रसन्न हो जाएँगी; और माँ अप्रसन्न हुईं, तो पूरे गाँव का अनिष्ट होकर रहेगा। देवी-देवता के पूजा-पाठ में विघ्न-बाधा कौन पसन्द करेगा!

इस बार जब कमुआ की नई माँ, चनरहीवाली, चीखी-चिल्लाई, तो हर एक ने अपना मंतव्य दिया कि इस बार यह औरत सही समय पर सही ढंग से चिचिया रही है। लोग जमा होने लगे चमकलाल के घर में।

चमकलाल की घरवाली गुम हो गई रहती, तो रोते-बिसूरते चमकलाल को बड़े-बूढ़े समझा-बुझाकर चुप कर देते, "मत रोओ, चमकलाल; चुप हो जाओ। भगवान की यही मर्जी थी, और जो भगवान करते हैं अच्छा ही करते हैं। तुम्हें रोना नहीं चाहिए।" चमकलाल की गुम हो गई बीवी को झाड़-झंखाड़ या कुआँ-तालाब में ढूँढ़ने कोई नहीं जाता।

मगर बलि के पाठे की चोरी बरदाश्त नहीं हो रही थी किसी से। किसने की यह चोरी दिन-दहाड़े? सब लोग तो घर में ही थे। बेटा गया था फूल लाने। चमकलाल

बाजार की ओर निकला था बताशे खरीदने। चनरहीवाली पास-पड़ोस की औरतों को आमंत्रित करने गई थी चंडीथान चलने के लिए। अधिक समय किसी ने नहीं लगाया था। आँख बन्द और डिब्बा गायब। जरूर कोई पहले से ही ताक लगाए बैठा होगा। इस पाठे को ढूँढ़ निकालना है, भीड़ ने निर्णय लिया। अगर पाठा अभी-अभी गायब हुआ है, तो चोर भी अभी गाँव से बहुत दूर निकल नहीं पाया होगा।

ढेर सारे लोग पाठे की तलाश में दौड़ गए, पूरब, पच्छिम, उत्तर, दक्खिन, गाँव से निकलनेवाली हर राह पर।

उत्पातियों की सभा कचहरी-गाछी में लगी थी। यहाँ से सौ-सवा सौ गज की दूरी पर सन्तोखिया गड्ढा था जिसमें सन्तोखी डोम गाँव-भर का पाखाना फेंकता था और जहाँ एक उसके सिवाय और किसी की जाने की हिम्मत नहीं पड़ती थी। पाठे को वहीं छिपाकर बाँध दिया गया था। घुटरा को जासूसी पर रख छोड़ा गया था जो घड़ी-घड़ी का हाल सभा को पहुँचा रहा था। गाँव का हो-हल्ला समाप्त हो जाए, तब आगे का कार्यक्रम शुरू हो, ऐसा निर्णय सभा में लिया गया था। अभी सारे उत्पाती गाँव के ठंडाने का आसरा देख रहे थे।

शैतान के लश्कर में हर एक के ताज्जुब का ठिकाना नहीं था कि एक पाठा के गुम हो जाने पर गाँववाले इस तरह हंगामा क्यों मचा रहे हैं। उनकी दुर्बुद्धि पर लानतें भेजी जा रही थीं। किसी पाठे को लेकर सियार भागा नहीं है क्या इस गाँव से कभी? इस गाँव में बकरा-पाठा की कभी चोरी नहीं हुई है, तो फिर राजगंज के बूचड़ किस करनी के लिए बदनाम रहे हैं? रस्सी खुल जाने से पाठा ही इधर-उधर नहीं जा सकता है क्या? शाम तक उसे ढूँढ़ निकालने का समय है; तब अचानक अभी हो ऐसी बेकली क्यों? गाँव में तो पहले भी बहुत से माल-मवेशी गायब हुए हैं, मगर ऐसा तो कभी नहीं हुआ कि जिसने सुना उसी के सिर में आग लग गई!

दूर से ही घुटरा दौड़ता हुआ आता दिखाई पड़ गया। सारी नजरें उस पर टिक गईं, और उसके पास आते ही एक साथ सब पूछ बैठे, "क्या हुआ?"

हाँफी के बीच-बीच जोर लगाकर एक-एक शब्द निकालना पड़ रहा था घुटरा को, "भागो...अब...कुछ नहीं...हो सकेगा।"

सबके सब भौंचक रह गए, मुँह निहारने लगे एक-दूसरे का।"

दम लेकर घुटरा ने आगे सुनाया, "चारों तरफ लोग निकल गए हैं...इधर भी आ रहे हैं...भागो।"

'भागो' के साथ घुटरा पलटा और सबसे आगे भाग निकलने के इरादे से तुरन्त धावक की मुद्रा अख्तियार कर दस कदम आगे दौड़ भी गया। मगर जब उसने उलटकर

पीछे देखा और सारे बच्चों को यथावत बैठा पाया, तो लौट आया और अचरज से पूछा, "क्या सोच रहे हो? नहीं भागोगे?"

भागना ही पड़ेगा, हर एक की आँखें बोलने लगी थीं।

कमुआ का क्या होगा, यह किसी ने नहीं पूछा, टीपू ने भी नहीं। कमुआ रहता, तो शायद उदास स्वर में वह भी यही कहता, "हाँ, अब भाग जाओ। मेरा क्या होगा, यह अब बाद में सोचना। पाठे का क्या होगा, यही पूछना बाकी था अभी; और, टीपू को जवाब देते हुए घुटरा ने कहा, "उसे जहाँ का तहाँ छोड़ दो।"

"नहीं," टीपू ने कुछ सोचकर कहा, "पाठा को यहाँ बँधा देखकर लोग चोरी का सन्देह करेंगे और चोर का भी पता लगा लेना चाहेंगे। रस्सी खोल देने से लोग समझ बैठेंगे कि रस्सी खुल जाने से पाठा खुद भागकर इधर आ गया होगा।" और टीपू सबको भागने की इजाजत देकर खुद सन्तोखिया गड्ढे की ओर बढ़ गया।

दौड़ता हुआ पहुँचा था टीपू। पाठा उसे देखकर जोर-जोर से मिमियाने लगा, तो गुस्सा आ गया उसे। जल्दी-जल्दी पाठे के गले और झाड़ी से बँधी रस्सी खोलकर उसने पाठे को एक मीठी चपत लगाई और कहा, "भागो।" 'भागो' के जवाब में पाठे को किंकर्तव्यविमूढ़ अपनी ओर ताकते देख वह काफी गरम हो गया, और दुलार-मलार करने या नखरे सहने की फुरसत नहीं होने के कारण उसने पाठे को एक जोरदार लात जमाई ताकि अपनी जगह से बेदखल होकर पाठा हरकत में आ जाए। लात लगाकर लताड़ का असर देखने के लिए रुका नहीं टीपू, सरपट भागा।

पाठा तब भी रुका रहा, तुरन्त नहीं भागा। बहुत चतुराई से उसने दो-तीन पटकनियाँ खाईं, और फिर उस कुंड के किनारे में एक डुबकी भी लगा ली। कुंड से बाहर आकर उसने बदन को ठीक से झाड़ा ताकि मालकिन उसे पहचानने से बिलकुल इनकार न कर बैठे, और फिर काफी तेजी से अपने आश्रम की ओर दौड़ चला।

महल्ले में आने तक कहाँ किसने किन नजरों से उसे घूरा, मालूम नहीं; मगर महल्ले में घुसते ही लोगों ने पहचान लिया कि चनरहीवाली का पाठा वापस घर लौट आया है। स्वागत में जो जितना तेजी से उसकी ओर बढ़ा, विदा होकर वह झटपट दुगुनी तेजी से वापस लौट गया। मगर इस पाठे का आकर्षण उन्हें बहुत दूर भागने नहीं दे रहा था। एक जरूरी दूरी रखते हुए वे सब पाठे के पीछे-पीछे चलने लगे थे 'छिः राम छिः राम' उच्चारित करते हुए।

इस रामधुन के साथ अपने पीछे एक भीड़ लिये पाठा अपने आश्रम के द्वार पर पहुँचा और जोर से मिमियाकर मालकिन को अपने आगमन की सूचना दी।

पाठा के गुम होते ही चनरहीवाली ततैया की तरह नाचने लगी थी, कभी घर के अन्दर, कभी घर के बाहर। नाच के साथ-साथ वह बहुत बुलन्द आवाज में नक्कारा भी बजा रही थी। जिस वक्त पाठा पहुँचा, वह घर के अन्दर थी; और उस वक्त अगर दरवाजे पर बाघ भी दहाड़ा होता, तो वह दहाड़ नक्कारखाने में तूती की आवाज हो

जाती। मगर जिस तरह चिड़िया-चुनमुन कूड़े-कचरे के ढेर में से भी अनाज के दाने चुग लेते हैं उसी तरह चनरहीवाली ने अपने पाठा का मिमियाना सुन लिया।

द्वार पर मालकिन के प्रकट होते ही पाठे ने मुँह उठाकर उसकी ओर देखा, ताकि मालकिन अपने लाड़ले को पहचान ले; और धीरे से अपना एक कदम आगे बढ़ाया, ताकि मालकिन दो कदम आगे आकर उसे गले लगा ले। मगर मालकिन चीख पड़ी, चीखकर दो कदम पीछे हटी, और पीछे हटकर चिल्लाते हुए लाड़ले को आगे बढ़ने से मना किया।

भीड़ को हँसते-मुस्कराते और पाठा को उससे बल और उत्साह पाते देख चनरहीवाली घर के अन्दर घुसी। भीड़ की शह पर पाठा ने हल्के से कदम बढ़ाया।

मगर घर में एक कदम रखते-रखते ही पाठा अचानक पलटकर मिमियाता हुआ बाहर की ओर भागा। उसके पीछे जो स्त्री-मूर्ति इस बार प्रकट हुई उसके हाथ में एक चेला भी था। भीड़ फैली, मगर टिकी रह गई। पाठा अकबक में था, अब क्या करे वह; चनरहीवाली असमंजस में पड़ गई, न घर घुसाते बनता है और न दुत्कार देते।

एक ओर से चमकलाल और दूसरी ओर से कमुआ आया। पति को मोरचा पर आते देख चनरहीवाली चैला लिये घर के अन्दर चली गई। कमुआ ने अपनी बुद्धि का उपयोग करते हुए बाल्टी-बाल्टी पानी लाकर पाठे को नहलाना शुरू किया।

पाठा को साफ-सुथरा होते देख भीड़ ने महसूस किया कि तमाशा खतम हो गया। मगर मरदों की भीड़ छँटते ही लुक-छिपकर जहाँ-तहाँ से झाँक रही औरतें अपनी उपस्थिति आवश्यक मानकर वहाँ प्रकट होने लगीं...

"हे भौजी, अब इस पाठा को कैसे चढ़ाओगी! यह तो..."

"राम राम! यह तो सोचना भी पाप है। सीधे पाखाना के झुंड से निकलकर आया है पाठा। इसे तो जितनी जल्दी हो बेच डालो..."

'पाठा अशुद्ध हो गया, तो अब मल-मल कर नहलाओ या फूल की माला पहनाओ, यह शुद्ध होनेवाला नहीं है..."

"इसे तो माँ चंडी कभी कबूल नहीं करेगी। देख लेना, एक वार में इसका सिर धड़ से अलग नहीं होगा..."

"खबरदार, चनरहीवाली! पाठा अगले साल भी चढ़ाया जा सकता है। इस साल इस पाठे को चढ़ाओगी, तो नैहर-ससुराल दोनों को ले डूबोगी। इस पाठे को अब जल्दी नजर से दूर करो।"

"मैं तो कहती हूँ, चाची, कि कुछ अशुभ हो गया है। अब इस साल पाठा चढ़ाना ठीक नहीं होगा। जरा सोचो, देह में पाखाना लपेटकर क्यों आया पाठा?"

जब लुगाइयाँ अपना-अपना कर्तव्य पूरा कर चली गईं, तो चनरहीवाली उठकर अपने पति के पास आई। चमकलाल कमरे में अपनी खाट पर बैठा हुआ था और दोनों हाथों से अपना सिर थामे गम्भीर मुद्रा में नीचे जमीन को एकटक देख रहा था।

किसी के आने की आहट पाकर भी उसने अपनी नजर नहीं उठाई। एक क्षण पति को निहार लेने के बाद पत्नी बोली, "क्या सोच रहे हैं? अब बलि कैसे होगी? दूसरा पाठा लाना पड़ेगा।"

मुँह जरा-सा ऊपर उठाकर चमकलाल ने कहा, "अब कुछ नहीं होगा। जाओ, चुपचाप बैठो। अशुभ हो गया है, तो अब पंडित जी से पूछकर ही कुछ करूँगा।"

"मगर...कब पूछेंगे पंडित जी से?"

इस बार सिर को ऊँचा कर जोर से चिचिया उठा चमकलाल, "अगले साल।"

खल्क की जबान, खुदा का नक्कारा!

पाठा की बलि की खबर जैसे ही पोद्दार गुरुजी को मिली, वे गुस्से से उछल पड़े। तुरन्त अपने मुक्के लेकर शैतानों की खोज में निकल जाने का मन हुआ उनका। निकलने की तैयारी भी करने लगे वे, मगर फिर क्या तो मन में आया कि वे ढीले पड़ गए। वे धीरे-धीरे बहुत ही उदास और गमगीन हो गए। कोई पीड़ा उन्हें सालने लग गई थी।

बहुत आहिस्ते-आहिस्ते और सुस्ती के साथ उन्होंने सुबह का सारा काम निपटाया। पूजा-पाठ में भी ध्यान स्थिर नहीं रहा उनका। सब कुछ बदला-बदला नजर आया। ऐसा लगा जैसे कि आज किसी अपरिचित जगह में अपरिचित लोगों के बीच आ गए हैं। उन्हें जोर लगाकर याद करना पड़ रहा था कि आज से पहले वे क्या थे, क्या करते आ रहे थे, पुराने लोग कहाँ छूट गए, नये लोगों में कोई एक भी अपना है या नहीं। भुलक्कड़ीपन के ऐसे शिकार हुए कि च्यवनप्राश तक खाना भूल गए। छींकना तक याद नहीं रहा। एक बार मन में विचार आया कि चलकर चंडीथान में ही बैठें और देखें वहाँ तमाशा, मगर दूसरे ही क्षण यह भी दिमाग से उतर गया, और केवल इतना याद रहा कि एक क्षण पहले कोई विचार उपजा था उनके मन में।

जब डेरे पर ऐसा कोई काम नहीं बचा जिसे कर लेने की उन्हें जरूरत महसूस हुई, तो आज बहुत सवेरे ही उन्होंने पाठशाला का रुख किया और वहाँ पहुँचकर अपनी जगह ले ली। कुर्सी पर बैठते ही उन्होंने हथेली पर ठोढ़ी टिकाई और कहीं खो गए; सोचने लगे, 'खल्क की जबान, खुदा का नक्कारा।'

कल तक जितने मुक्के बरसाए थे उन्होंने, आज वे सब वापस आकर उनकी ही पीठ पर बरस रहे थे, ऐसा महसूस होने लगा उन्हें।

सोना की तलाश में नौगछिया से राजगंज आए थे वे। पूँजी हाथ से निकल गई, तो पेट चलाने के लिए गुरुआई का धन्धा थामा उन्होंने। तब यह धन्धा बुरा नहीं लगा था। कल तक अच्छा ही था यह धन्धा, मगर आज ऐसा मोह टूटा कि पछताने लगे इस धन्धे को धरे रहने पर। इससे तो अच्छा था कि भीख माँगकर पेट पाटा जाता। इतनी फजीहत तो नहीं होती कि उनकी मौत के लिए पाठे की बलि चढ़ाई जाती। अगर यह गुरुआई का धन्धा ही कबूल था, तो मुक्के चलाने की क्या जरूरत पड़ गई थी!

मुक्के चलाकर दूसरे की बुद्धि दुरुस्त करते रहे, मगर अपनी बुद्धि भ्रष्ट ही रह गई! कितना अच्छा होता, अगर पहला मुक्का चलाने के साथ ही आकाशवाणी हो जाती, "रे पोद्दार! मुक्के मत चला। यह रास्ता काँटों से भरा है। तुम्हारे मुक्के कल वापस आकर तुम्हारी ही पीठ पर बरसेंगे।" ओह, कितना अच्छा होता अगर पहला मुक्का चलाते ही उनका ज्ञान-कपाट खुल जाता!

बच्चों के मन में इतना बड़ा पाप! मन में पाप लिये हुए ही राजगंज के इतने बच्चे उनकी पाठशाला से निकले हैं! अब तो राम का बुलावा आ ही रहा होगा, मगर कोई पीछे से धकियाए-मुकियाए, 'जल्दी करो; जल्दी करो, देर हो रही है;' तो मन कैसे दुखी नहीं होगा! और वे सब जो सामने में बोलते हैं, 'दंडवत, गुरुजी;' यह क्या है? बिलैया दंडवत! आज तक बिलैया दंडवत ही करते आए हैं सबके सब! अब और नहीं चलाएँगे वे मुक्के। मुक्के चलाने से मनोरंजन तो नहीं होता उनका।

तो ठीक, आज से मुक्का बन्द। अब ज्ञान का सूरज बिना मुकियाए उगे, तब ठीक; नहीं उगे, तब भी ठीक। अज्ञान का अन्धकार बिना मुकियाए भागे, तब वाह-वाह; नहीं भागे, तब भी वाह-वाह।

पहली घंटी का पूरा समय गुजर जाने के बाद भी जब कोई चटिया नहीं आया, तो गुरुजी अचानक बुदबुदा पड़े, 'कम्बख्तों की पूरी जमात ही चंडीथान चली गई क्या!' बुदबुदाकर वे फिर ध्यानमग्न हो गए। जब तीसरी घंटी का समय पास आ गया, तो वे फिर कुछ बुदबुदाने को हुए; मगर तभी अचानक याद आया कि आज तो छुट्टी है। दशहरे की चार दिनों की छुट्टी आज से ही शुरू हुई थी।

ये चार दिन लगभग अज्ञात-वास में ही गुजरे, मगर इस तरह भी नहीं कि लोग समझें, गुरुजी राजगंज छोड़कर भाग गए। इन चार दिनों में गुरुजी जिस किसी को देखते उसे देर तक कनखियों से देखते ही रह जाते और निश्चय करते कि यह आदमी वही है न जिसे उन्होंने दो दिन या दस दिन या छह महीने पहले देखा था; और अन्त में अपने चेहरे की एक झलक उसे भी दिखा देते, 'मैं पोद्दार गुरुजी हूँ; पहचान रहे हो न?' अगर आँख मिलते ही या अगल-बगल से कोई 'दंडवत' उच्चारित करता, तो गुरुजी उसे इशारे से पास बुलाते, देर तक उसके घर-परिवार का हाल-चाल पूछते रहते, और उन पर आशीषों को बरसा कर उसे विदा करते। कोई अपना चटिया दिख जाता, तो कन्नी काट लेते वे। बच्चों का क्या ठिकाना! खुशियाँ मना रहे होंगे कि बलि चढ़ा दी गई, गुरुजी का इन्तकाल हो गया होगा...यह?...यह भूऊऊऊत...

पाँचवें दिन वे समय से बहुत पहले ही पाठशाला जा पहुँचे, अपनी जगह पर बैठ गए और उन बच्चों की प्रतीक्षा करने लगे जिनका सामना करने में उन्हें भय लगता रहा था। इन चार दिनों में उन्होंने अपने-आपको सँभालने की काफी कोशिशें की थीं। दोहे, साखी और कुंडलियाँ गुनगुनाकर उन्होंने अपने अधीर मन को स्थिर किया; नई-पुरानी कहावतें स्मरण कर अपने दिल को मजबूत बनाया; और खुदा पर फैसले का बोझ

डालकर अपने कलेजे पर पड़े बोझ को उतार फेंकने की कोशिश की। मगर एक निर्णय अटल रहा, मुक्के नहीं चलाएँगे वे। खल्क की आवाज बुलन्द हो गई थी और खुदा का नक्कारा बज उठा था।

बच्चों का आना आरम्भ हो गया था। हर बच्चे को वे गौर से देखते थे और उनकी बन्दगी और दंडवत का जवाब भी देते रहे। पढ़ाई प्रारम्भ करने के पहले ही उन्होंने एलान कर दिया, "कान खोलकर सुनो; मैंने यह व्रत ले लिया है कि अब किसी पर हाथ नहीं उठाऊँगा। अब मेरे भरोसे मत रहना। मैं अब मार-मारकर किसी को घुट्टी पिलाने नहीं जा रहा हूँ। अब तुम अपनी किस्मत और अपनी मेहनत से पढ़ोगे। बाप-दादे का नाम चमकाओ या डुबाओ, मेरी बला से।" इसके बाद ही उन्होंने पढ़ाई शुरू कर दी। हर वर्ग के बच्चों को सवाल दे दिये गए; और सबसे ऊँची कक्षा के बच्चों को श्रुतलेख लिखाने लगे वे।

एक बच्चे पर गुरुजी की नजर अचानक टिक गई। उनकी घोषणा का लाभ उठाकर एक बच्चा काफी अभद्र तरीके से हँस रहा था। उनका मुक्का बँध गया, मगर वे तत्काल सँभल गए और मुक्के की मार को जबान के जरिये बाहर निकाल दिया, "हँसो; हँसो बेटे; खूब हँसो। बाप की मौत पर भी इसी तरह हँसना। मगर जब बाप की कमाई दौलत खा-पकाकर खत्म कर दोगे, तब क्या करोगे? अभी हँसी सूझ रही है, मगर जब काँटों में फँसोगे और कड़ाका गुजरेगा, तब कहाँ जाएगी यह हँसी? खाक चाटने पर भी कोई भीख नहीं देगा इसी राजगंज में। तब जाना भीख माँगने चंडीथान..." 'चंडीथान' अचानक ही उनके होंठों पर आ गया और वे तुरन्त चुप होकर सब तरफ से अपना ध्यान हटाते हुए फिर से श्रुतलेख लिखाने में लग गए।

कनखियों से देखा गुरुजी ने। पहली बार देखा, और चुप रह गए; दूसरी बार देखकर जल-भुन गए वे; और तीसरी बार देखा, तो बेचैन हो गए। एक एकाग्रचित्त बालक हर तरफ से बेखबर अपनी पुस्तक पर निगाह जमाए अपने मुँह, नाक, आँखें, भौं, जिह्वा और होंठों के संचालन से कुछ ऐसे-ऐसे मुखड़ों की प्रदर्शनी कर रहा था जैसे मुखड़े आज तक किसी जीव-जन्तु को ब्रह्मा ने प्रदान नहीं किये थे और इन्हें देखकर ऐसे रूपों की सृष्टि इस विचार से भी कर सकते थे कि धरती के बुरे-से-बुरे रूपवाले इनसान भी इन्हें देखकर अपने रूप पर इतराएँ-इठलाएँ।

तीसरी बार देखने पर बेचैनी ऐसी बढ़ी कि गुरुजी चीख पड़े, "उल्लू की औलाद, अपने पुरखों को मुँह दिखा रहा है अपना? यही मुँह लेकर भटकते रहोगे राजगंज में ओर कोई थूकेगा भी नहीं इस मुँह पर। करते रहो खेल; भालू बनो, बन्दर बनो, सियार बनो, बिलाड़ बनो। रोओगे तुम, रोएगा तुम्हारा बाप, रोएँगे तुम्हारे पुरखे; पोद्दार गुरुजी का कुछ नहीं बिगड़ेगा। लीक चलो, कुलीक चलो, मुझे क्या! सपूत बनोगे अपने बाप के लिए; कपूत बनोगे अपने बाप के लिए; मेरे लिए सब बराबर। यह भूल जाओ कि अब मैं मुक्के मारकर तुम्हें राह पर लाऊँगा। गया वह जमाना। जितना बकना है मुझे,

बक दूँगा; जितना समझना हो तुम्हें, समझ लेना। इससे अधिक कुछ नहीं। अक्ल माँगने चला जाना चंडीथान।"...चंडीथान!...

गुरुजी ने अपना ध्यान श्रुतलेख लिखाने की ओर खींचा। जब पूरा हो गया लिखाना, तो सबको अपनी-अपनी बही लेकर आने को कहा और लगे उनमें अशुद्धियों को ढूँढ़ने।

पहली बही जाँचने में ही उन्हें तलवों से आग लग गई, "यह क्या लिखा है , रे हरिदास?" उन्होंने नजर उठाकर सामने देखा; चंडीथान के सारे यात्री अपनी-अपनी बही हाथ में लिये खड़े थे। गुस्से को रोककर गुरुजी आगे बढ़े। मगर दूसरी-तीसरी पंक्ति तक जाते-जाते वे अपने को रोक नहीं पाए, "नहीं, ऐसे नहीं मानोगे तुम। बिना मार के नहीं मानोगे। मैं बदनाम हो जाऊँगा। अब मैं नहीं मानूँगा। मगर...मगर...चुल्हवा! तुम लगाओ इसे एक मुक्का। पीठ झुकाओ, रे उल्लू। चुल्हवा, लगाओ मुक्का। बिना मार के ज्ञान कहाँ!"

चुल्हवा ने तुरन्त आदेश-पालन किया।

"नहीं-नहीं, इतना हल्का मुक्का नहीं।" चुल्हवा के मुक्के से असन्तुष्ट होकर गुरुजी ने फिर से मुक्का लगाने का आदेश दिया, "जोर से, जरा जोर से।"

चुल्हवा ने दूसरा मुकका जरा जोर से लगाया और अपनी बही में आसन जमाकर बैठी अशुद्धियों को याद करने लगा।

गुरुजी ने क्रुद्ध निगाहों से चुल्हवा की ओर देखा, "मैं ऐसे ही मुक्के लगाता हूँ क्या? मेरे मुक्के को इतनी जल्दी भूल गए? कह रहा हूँ, जोर से लगाओ, जोर से।" गुरुजी को सन्देह हुआ कि चुल्हवा जान-बूझकर मुक्के में जोर नहीं लगाता है, और इस सन्देह से गुस्से की आग और भी भड़क गई, "जोर से मारो, रे चुल्हवा, जोर से। ऊँट के मुँह में जीरा का फोड़न मत दो। याद तो रहे कि गलती पर मुक्का लगा था।"

अब तक अपने लेख की कई-कई गलतियाँ चुल्हवा के ध्यान में आ गई थीं, फिर भी उसने मुक्का मारने में इस बार अपनी ताकत का इस्तेमाल किया।

"ऊँहूँ," गुरुजी उस मुक्के को भी नकारते हुए सिर हिलाने लगे और कुर्सी से उठ खड़े हुए, "वैसे नहीं, वैसे नहीं"...धम्म!..."ऐसे, रे चुल्हवा, ऐसे।" चुल्हवा की पीठ झुकाकर गुरुजी ने उस पर एक अपना मुक्का जमाया और देर तक बोलते रहे, "ऐसे, रे चुल्हवा, ऐसे। ऐसा ही मुक्का मारने को बोल रहा था मैं।"

मुक्का लगते ही 'बाप रे' चिल्लाते हुए चुल्हवा जमीन पर बैठ गया और देर तक दाँत मींचे पीठ को हिला-हिलाकर दर्द सोखने में लगा रहा। मुक्का जमाकर गुरुजी धुआँधार बकने लगे थे, "क्या सोचा था, अब मैं मुक्के नहीं चला सकता? कसम खा ली है मैंने क्या? डर गया हूँ? नहीं, रे, नहीं। चंडीथान जाओ, दुर्गाथान जाओ, कालीथान जाओ, भगवतीथान जाओ; मैं डरनेवाला नहीं हूँ। सौ पाठे की बलि चढ़ाओ, तब भी नहीं। मैं वह गुड़ नहीं जो चींटी खाए। पढ़ने आए हो यहाँ, तो पढ़ो। मुक्का से पढ़ो, थप्पड़ से पढ़ो..."

बोलकर सुस्ताने लगे गुरुजी। सुस्ताते हुए उन्होंने एक नजर अपने सामने आखिरी दीवाल तक दौड़ाई और फिर सारे छात्रों को पास आ जाने का आदेश दिया। भीड़ के पास आते ही उन्होंने गुरु-गम्भीर स्वर में कहा, "तुम लोग पढ़ोगे या नहीं?"

"पढ़ेंगे, गुरुजी; पढ़ेंगे।" सारे बच्चों ने एक स्वर से जवाब दिया।

"मुक्का खाने को तैयार हो?"

"तैयार हैं, गुरुजी; तैयार हैं।"

बच्चों की आवाज में सामने खड़े चंडीथान के यात्रियों की आवाज सबसे बुलन्द थी।

10

अब टीपू लिपटकर नहीं कहता, "गलती हो गई, पिताजी।" कब से हो रहा है ऐसा, सोचने लगा शशांक।

पाठे की बलि का किस्सा जिसने भी सुना था, दाँतों तले उँगली दबाई थी। किस्सा आमफहम हो चुका था कि टीपू की सरदारी में ही बलि का आयोजन हुआ था। कमुआ की माँ खुद शिकायत करने चली आई थी टीपू की माँ के पास, हालाँकि उसने इस बात की खुशी जाहिर की कि बच्चे उस पर मेहरबान थे और मौत का परवाना पोद्दार गुरुजी के लिए जारी किया। बेहद शर्मिंदा हुआ था शशांक अपने बेटे की करतूत से। पोद्दार गुरुजी के पास जाकर उसने उनसे क्षमा माँगी थी और यह विश्वास दिलाकर आया था कि आगे से टीपू के विरुद्ध उन्हें कोई शिकायत सुनने को नहीं मिलेगी। और फिर, टीपू को बुलाकर उसने बुरी तरह डाँटा था, अपनी घोर नाराजगी प्रकट की थी।

टीपू सिर झुकाए खामोश पिता की फटकार सुनता रहा था। शशांक सोच रहा था कि किसी भी क्षण टीपू उसके गले से लिपट जाएगा और कहेगा, "गलती हो गई, पिताजी।" मगर ऐसा नहीं हुआ। टीपू ने बहुत सहमते हुए कहा था, "कमुआ की माँ पाठे की बलि चढ़ा देती, पिताजी।"

"हाँ, चढ़ा देती; तुम कौन हो रोकनेवाले?" बिगड़कर कहा था शशांक ने।

टीपू ने पिता की ओर इस तरह देखा जैसे कि उसकी बात पिता की समझ में नहीं आई। उसने पिता को समझाने की गरज से कहा, "कमुआ मर जाता, पिताजी।"

"तो क्या हो जाता?" अत्यन्त क्रोधित हो उठा था शशांक, "कोई मरता-जीता है, तुम्हें क्या? कमुआ के मरने की फिक्र तुम्हें क्यों? बहुत-से लोग मर रहे हैं; तुम बचाओगे उन्हें, बचा सकोगे? खबरदार! आगे से कभी ऐसी कोई हरकत नहीं करना।"

टीपू ने पिता की ओर कुछ इस तरह देखा जैसे कि किसी अपरिचित को गौर से पहचानने की कोशिश कर रहा हो, और वहाँ से इस तरह चला गया जैसे कि वह

अपरिचित पहचान में बिलकुल नहीं आया हो। उस वक्त ही कहीं कुछ टूट रहा था, टूट गया था...

उस दिन टीपू ने माँ से बहुत अकेले में पूछा था, "गे माँ, कमुआ मरे-जिए, मुझे कोई मतलब नहीं? उसके मरने-जीने की मैं जरा भी फिक्र न करूँ?"

माँ बेटे के इस प्रश्न को समझने की कोशिश कर ही रही थी कि बेटे ने आगे कहा, "देखो न, माँ, पिताजी कहते हैं कि कमुआ मरे या जिए, मुझे इसकी फिक्र नहीं करनी है। भला ऐसा हो सकता है, माँ?"

"'अच्छा, करना फिक्र' कहकर माँ ने बेटे को शान्त कर दिया था, मगर जब शशांक को माँ के साथ बेटे की इस गुफ्तगू का पता चला, तो वह काफी अशान्त हो गया। तब ऐसा लगा शशांक को कि बेटा उसकी गोद से उतरकर दूर जा रहा है। काफी डर गया शशांक...कहीं ऐसा नहीं हो कि वह जब-तब अपनी बाँहें फैलाकर रह जाए, और कोई दौड़कर उन बाँहों में समाए नहीं, समाकर कहे नहीं, "पिताजी..."

"नहीं; नहीं, रे टीपू; मैंने ऐसा नहीं कहा था; झूठ मत बोलो, बेटे। कब कहा था मैंने ऐसा?" बड़बड़ा उठा शशांक, "भला क्यों नहीं करोगे फिक्र कमुआ की! जरूर करो; वह तुम्हारा दोस्त है न! मैं भी उसके लिए फिक्र करता हूँ; विश्वास करो, बेटे। आओ इधर; बहुत बरस बीत गए, मैंने तुम्हें अपने कन्धे पर नहीं बैठाया है। आज बैठो तो मेरे कन्धे पर।"

दूसरे दिन शशांक ने टीपू को पास बैठाकर अपने मन की बात कही थी; कमुआ के लिए अपनी फिक्र जताई थी; मगर तब भी टीपू ने पिता से लिपटकर पूछा नहीं, "सच, पिताजी?"...और तब शशांक बहुत उदास हो गया था।

जब से टीपू पोद्दार गुरुजी की पाठशाला की पढ़ाई पूरी कर गाँव के मध्य विद्यालय का छात्र बन गया है, उसके विरुद्ध कोई शिकायत सुनने को नहीं मिली है; मगर इन चार महीनों में ही कभी-कभी काफी व्यग्र हो उठा है शशांक। टीपू अब शरारतें नहीं करता; पहले की तरह अब कोई मुलाकाती शशांक से टीपू के बारे में हँस-हँसकर कुछ नहीं कहता या पूछता; कोई औरत अब दिव्या के पास उलाहना देने नहीं आती; मगर तब भी शशांक को लगता है कि इसके समानान्तर कहीं कुछ गलत होता जा रहा है और टीपू उससे अपनी उँगली छुड़ाकर भागने की कोशिश कर रहा है। शायद कोई कलमी शाख अपनी जड़ें फेंक-फैलाकर अपना स्वतंत्र अस्तित्व कायम कर लेना चाहता है...'मगर पिता को खोकर या पिता से खोकर ऐसा क्यों करेगा टीपू, मेरा टीपू!'

गाँव में रामलीला पूरा महीना-भर होती रही। रोज-रोज रामलीला देखने जाने की आदत पकड़ ली थी टीपू ने, और इससे काफी परेशान हो रहा था शशांक। रामलीला आधी रात के बाद तक चलती रहती, और टीपू तब तक आने का नाम नहीं लेता जब तक

लीला समाप्त नहीं हो जाती। दो-एक दिन दिव्या गई थी रामलीला देखने, मगर उसके लिए भीड़ में से बेटे को ढूँढ़कर साथ ले आना सम्भव नहीं होता था। शशांक को खुद जाना पड़ता था बेटे को बुला लाने। एक दिन तो ऐसा हुआ कि जब शशांक वहाँ पहुँचा, तो देखा कि लीला खत्म हो चुकी थी, सारे लोग जा चुके थे, और टीपू वहीं एक बोरे पर सिकुड़ा सोया पड़ा था। उसके दूसरे दिन तो और भी गजब हो गया है। उस दिन शशांक को नींद लग गई थी, और जब अचानक उसकी नींद टूटी, तो देखा कि भोर होने को है और टीपू अपने बिस्तर पर नहीं है। हड़बड़ाकर बाहर निकलने के लिए उसने दरवाजा खोला। दरवाजा खुलते ही बाहर बोरे पर सोया टीपू दिख गया। ठक रह गया शशांक। देर तक बोरे पर सोए बेटे को देखता रह गया वह; सोचता रह गया, यहाँ क्यों सो गया टीपू? किवाड़ थपथपाकर जगाया क्यों नहीं?

शशांक ने बेटे को जगाया। टीपू ने आँखें खोलीं, एक नजर पिता को देखा, और फिर बोरा उठाकर अन्दर चला गया। पिता ने दुलार भरे शब्दों में कुछ पूछा था उससे, मगर वह कुछ नहीं बोला, कोई जवाब नहीं दिया।

बहुत असन्तुलित हो उठा था शशांक और उसने दिव्या से कहा था, "दिव्या, जरा पूछना टीपू से कि उसने रात में हमें जगाया क्यों नहीं, बाहर में ही क्यों सो गया। कल मैंने उसे रोज-रोज रामलीला देखने जाने से मना किया था, इसलिए तो ऐसा नहीं किया उसने?"

उस दिन बकता रह गया था टीपू, "ठीक है, नहीं जाऊँगा रामलीला देखने। रामलीला बहुत बुरी चीज है। है न, माँ?"

शशांक को लगा कि किसी आदमी ने किसी बच्चे को अपनी गोद और अपने पलँग से नीचे उतारकर कहा हो, "सुनो, रे छोकरे, आज तुम अपनी हैसियत जान लो। कोई अभागिनी तुम्हें पैदा होते ही हमारे दरवाजे पर छोड़कर चली गई थी। हमने उसे ईश्वर की इच्छा मान तुम्हें अपने बेटे की तरह पाला-पोसा, प्यार किया। मगर अब तुम अपना इन्तजाम खुद करो जैसे तुम्हारी उम्र के और बहुत दूसरे बच्चे कर रहे हैं। ऐसे अभी भी हमें तुमसे मोह है, और हम चाहेंगे कि इस घर से तुम्हें दो रोटियाँ मिलती रहें, मगर तब तुम्हें इस घर में एक नौकर की तरह रहना पड़ेगा। इस गोद में और इस पलँग पर अब तुम्हारे लिए जगह नहीं है।" और, न जाने क्या-क्या सोचते हुए बहुत देर के बाद उस मासूम बच्चे ने अपनी डबडबाई आँखों से उस आदमी को देखा हो जिसे अब वह पिता नहीं कह सकता, और फिर कहा हो, "ठीक है, मालिक, मैं नौकर की तरह रह लूँगा। जैसा आप कहेंगे, वैसा ही करूँगा।"

अन्धड़-तूफान उठ गया शशांक के अन्तस्तल में। वह आर्तनाद कर उठा, "नहीं, रे टीपू! नहीं...नहीं...आओ, बैठो मेरी गोद में। मैं तो जिन्दगी-भर तुमसे भीख माँगता रहूँगा, बेटे। फिर तू मुझसे दूर कैसे चला!"

उस दिन टीपू दौड़ता-हाँफता माँ के पास आया था, और कहने लगा था, "जानती हो, माँ, आज लच्छू चाचा की पुरानी बहू ने नई बहू की बाँह दाग दी?"

तेज नजरों से बेटे को घूरकर दिव्या ने कहा था, "तू क्या करने गया था वहाँ? मैंने तो तुम्हें मना किया था उनके घर जाने से।"

टीपू ने लगभग झिड़कते हुए माँ को जवाब दिया था, "मैं क्या अकेले गया था वहाँ! इतनी जोर से चीख उठी थी कि बहुत-से लोग दौड़कर आए और घर के अन्दर घुस गए। पाँच-सात औरतें भी थीं। उस गन्दी औरत ने गालियाँ देकर सबको भगा दिया। मैं नहीं भागा।"

"हाय राम! तो तू वहाँ क्या करने गया था? जब जानते हो कि वह औरत गन्दी है, तो फिर क्यों गया उसके घर और क्यों टिका रह गया वहाँ अकेले?"

क्षण-भर टीपू माँ को घूरता रहा, और तब बोला, "तो क्या मैं उसे मारने देता उस बेचारी नई बहू को?"

"तो तू बचाने गया था? अब तू मुझे जिन्दा नहीं रहने देगा। अब वह आ ही रही होगी मुझसे लड़ने।" दिव्या ने सिर पीट लिया और बहुत दिनों के बाद आज फिर बेटे के कारण परेशान हो गई।

"तू इस तरह चीख क्यों रही है?" टीपू ने माँ को डाँट दिया, "वह लड़ने आएगी, तो मुझे क्या लड़ने नहीं आता है! उस बेचारी नई बहू को असहाय समझकर दाग दिया, तो क्या वह सबसे बीस हो गई? मैं कह देता हूँ, माँ, कि इस पुरानी बहू को मैं जीना हराम कर दूँगा। मैं तो उसके मुँह पर नई बहू को कह भी दिया कि "चाची, तुम्हें मारे, तो तुम भी मारो।"

दिव्या अवाक् रह गई, और फिर टीपू को समझाने लगी, "ऐसी हरकत मत कर, बेटे। नई बहू को लच्छू बचाएगा कि तू? तू कौन होता है उसका? अब कभी मत जाना उनके घर।"

"अच्छा-अच्छा, चुप रहो; तुम बहुत डरती हो," कहकर टीपू बाहर निकल गया था।

शशांक ने सुना, तो दिव्या से कहा, "तुम फिर एक बार टीपू को पास बैठाकर ठीक से समझा देना। अब हर बात के लिए उसे डाँटना मैं ठीक नहीं समझता। समझा देना कि दूसरे के घर का झगड़ा वह अपने घर नहीं लाए। दो बीवियों का दुख लच्छू भोग रहा है, तो वह भी तो कुछ सोच ही रहा होगा इस मामले में। मगर, तुम प्यार से समझाना टीपू को, डाँटने की जरूरत नहीं है।"

गलतियों को अब सहज ही स्वीकार नहीं कर लेता टीपू। शशांक डर गया था, कहीं बेटा मुँह पर जवाब न दे बैठे, "मैं नहीं मानूँगा अब आपकी बात। वह असहाय औरत मर जाए और कोई उस तक झाँकने भी नहीं जाए! आप बहुत डरते हैं, पिताजी; मैं क्यों डरूँ?"

शशांक को बेटे से टकराने की हिम्मत नहीं हो रही थी। मगर...मगर टीपू टकराएगा क्यों? इतने दिनों में क्या वह अपने पिता को पहचान नहीं पाया है?

उस दिन टीपू शाम में घर आया, तो माँ के पास आकर बहुत ही धीमे स्वर में पूछा, "माँ, तुम्हारे पास एक कम्बल है, कोई फटा-पुराना?"

"कम्बल! क्या करेगा कम्बल?"

"है एक काम," मुस्कराते हुए कहा टीपू ने।

"पहले काम बताओ।"

"शिवालय के सामने जो पीपल का गाछ है न, माँ, उसके नीचे रात में एक बूढ़ा रहता है। उसके पास ओढ़ने के लिए कोई कम्बल या चादर नहीं है। अब सोचो, माँ, कि जाड़े की रात वह कैसे काटता है। दिन-भर कहीं मजदूरी करता है, और उससे किसी तरह केवल अपना खाना जुटा पाता है। कपड़े खरीदने के पैसे उसे नहीं हैं, माँ। उसे कोई बाल-बच्चा नहीं है। बेटा रहता, तो इतना दुख नहीं उठाना पड़ता उसे। तुम अगर उसे देखोगी, माँ, तो तुम्हें इतनी दया आएगी कि अपनी रजाई दे डालोगी उसे। मगर नहीं, रजाई दे दोगी, तो तुम क्या ओढ़ोगी! बस एक कोई पुराना कम्बल निकाल दो, तो मैं दे आऊँ उसे।"

"उस आदमी ने तुमसे माँगा है कम्बल?"

"नहीं-नहीं, उस बेचारे ने कुछ नहीं माँगा। मगर उसे देखकर तो किसी को भी दया आ जाएगी। पता नहीं, रात की ठंड वह कैसे बरदाश्त कर लेता है! ओह, माँ, मुझे तो रोना आ गया। किसी दूर गाँव से आया हुआ है वह यहाँ कमाने।"

"अच्छा, चुप रहो अब; हमारे पास कोई कम्बल नहीं है।"

चुप हो गया था टीपू।

जब टीपू खाना खाने बैठा, तो उसने फिर माँ का निहोरा किया, "माँ, तुम्हारे पास इतने फटे-पुराने कम्बल होंगे; एक दो न मुझे।"

"कहाँ से दे दूँ? रहेगा, तब न दे दूँगी," थाली परोसते हुए माँ ने जवाब दिया।

"बक्सा में कम्बल नहीं है क्या? बेटा माँग रहा है, तो बेटे को एक कम्बल भी नहीं दे सकती? झूठ क्यों बोलती हो कि कम्बल है ही नहीं; सीधे कहो न कि नहीं दोगी।"

माँ चुप लगा गई।

एक कौर निगलकर टीपू फिर बोला, "कोई नया कम्बल तो नहीं माँग रहा हूँ। जो तुम्हारे पास बिलकुल फटा-चिथड़ा हो, फेंक देने लायक, वही दे दो।"

"मेरे पास कम्बल नहीं है," एक-एक शब्द पर जोर देकर गुस्साते हुए माँ ने कहा।

टीपू चुप हो गया।

अगला कौर उठाने के पहले बेटे ने फिर माँ से कहा, "ऐसा करो, माँ; कम्बल

नहीं देना चाहती हो, तो एक चादर ही दे दो। अब यह मत कह देना कि कोई चादर भी नहीं है तुम्हारे पास।"

"मेरे पास दान करने के लिए कम्बल-चादर नहीं है। तंग मत करो।"

"दान करने के लिए कोई फटी-पुरानी, सड़ी-गली चादर भी नहीं है? छि:, एक चादर भी नहीं दे सकती हो! एक गरीब भिखमंगे के लिए ही तो माँग रहा हूँ।"

"तुम खाना खाकर जाओ पढ़ने। दुनिया में बहुत गरीब और भिखमंगे हैं। एक चादर दान कर देने से दुनिया का दुख दूर नहीं हो जाएगा। किस-किस को चादर और कम्बल बाँटोगे तुम!"

"सबके लिए तो नहीं माँग रहा हूँ। एक गरीब के लिए एक चादर माँग रहा हूँ। वह आदमी भारी कष्ट में है, इसलिए माँग रहा हूँ।"

माँ ने कोई जवाब नहीं दिया।

टीपू बड़बड़ाया, "बाप रे! एक चादर नहीं निकाल सकती! ऐसी कंजूस... मक्खीचूस माँ!"

"हाँ-हाँ, कंजूस, मक्खीचूस। जब खुद कमाना, तो करना दान। तब मैं नहीं रोकूँगी। बाप की कमाई पर दानी बनने की जरूरत नहीं है।"

रोषपूर्ण निगाहों से टीपू ने माँ को घूरा, हाथ में उठाया कौर वापस थाली में डाल उठ खड़ा हुआ, और मुँह-हाथ धोने नाली की ओर बढ़ गया।

"खाना क्यों छोड़ दिया?"

"जितनी भूख थी उतना खा लिया," कहते हुए टीपू कमरे में चला गया और पढ़ने के लिए बैठने की बजाय विस्तर पर लुढ़क गया। सिर तक रजाई तान ली उसने।

माँ बड़बड़ाकर चुप हो गई और फिर बेटे को पढ़ने के लिए भी नहीं कहा।

टीपू सोया नहीं था। जब माँ किसी काम से उस कमरे में गई, तो टीपू मुँह उघारकर बुदबुदाया, "कंजूस।" माँ ने इसका कोई असर नहीं लिया। मगर जब वह कमरे से बाहर निकलने लगी, तो बौछार पड़ गई, "कंजूस, मक्खीचूस, कंजूस, मक्खीचूस, कंजूस, मक्खीचूस।" माँ रुक गई और पलटकर बेटे से कहा, "बहुत दुलारा मत बनो। लगा दूँगी दो-चार थप्पड़ तो रोते हुए सोओगे।" कहकर माँ बाहर निकल गई।

अब बेटे के कमरे में जाने में भी भय लगा माँ को, पर अपनी रजाई लाने के लिए उसे फिर जाना पड़ा उस कमरे में। वह जब घुसी, तो बेटे को अपनी ओर टुकुर-टुकुर निहारते देखा; और जब निकलने लगी, तो देखा कि हाथ-पैर झटकारकर बेटे ने देह पर की रजाई बगल में फेंक दी। माँ को बरबस उधर ध्यान देना पड़ा, "रजाई क्यों फेंक दी?"

"गर्मी लगती है।"

"नहीं लगती है गर्मी," कहते हुए माँ ने फिर से फिर से रजाई देह पर डाल दी।

बेटे ने रजाई फिर फेंक दी।

अब माँ के लिए कुछ और कहना बाकी नहीं रह गया था। उसने एक थप्पड़ लगाया बेटे को, रजाई फिर से उसकी देह पर डाली, और, बगैर देखे कि इस बार उसने रजाई फेंकी या नहीं, वह बाहर निकल गई।

रसोई में घुसने के पहले माँ को एक बार पीछे मुड़कर देखना पड़ गया। टीपू फनफनाता हुआ कमरे से बाहर निकला था और आँगन में आकर खड़ा हो गया था। कुछ देर खड़ा रहने के बाद वह वहीं जमीन पर बैठ गया।

कड़ाके की सर्दी थी। माँ घबरा गई और हतप्रभ देखने लगी बेटे की ओर।

बेटे ने माँ को देख लिया और देह की कमीज उतारकर फेंक दी।

माँ तेजी से बेटे के आगे आ खड़ी हुई और बोली, "तुम अन्दर चलते हो या नहीं?"

बेटे को जवाब देने की पाबन्दी नहीं थी।

माँ बेटे की देह झकझोरकर चिल्लाई, "यहाँ से उठते हो या नहीं?"

"नहीं।"

"नहीं! क्यों नहीं? नहीं क्यों?" बेटे की देह झकझोरती रही माँ और फिर 'तुम ऐसे नहीं मानोगे' बुदबुदाती हुई रसोई में जा घुसी। अन्दर से हाथ में एक चैला लिये प्रकट हुई वह और बेटे के आगे चैला चमकाते हुए बोली, "बोलो, अब तुम अन्दर चलते हो या नहीं?" दुबारा बोली, "यहाँ से उठते हो या नहीं?"

बेटे ने निगाह तक ऊपर नहीं उठाई; नीचे की जमीन देखता रह गया।

माँ को भ्रम हुआ कि बेटे की नजर चैला पर नहीं पड़ी है। उसने एक हाथ से बेटे के झुके हुए सिर को ऊपर उठाया और फिर हाथ के चैले को उसके मुँह के आगे चमकाते हुए कहा, "बोलो, अन्दर चलते हो या लगाऊँ चैला?"

"चैला ही लगाओ।"

अब क्या करे माँ! उसने हाथ का चैला आँगन के एक कोने में जोर से फेंक दिया और भुनभुना उठी, "मरो ठंड में। मुझे क्या! तुम्हारे पीछे मैं तो नहीं मरूँगी।"

दो-चार मिनटों में ही माँ ने रसोई का बचा-खुचा काम निबटाया और फिर अपने कमरे में पलँग पर आ विराजी। आँगन पार करते हुए उसने एक बार बेटे की ओर ताका तक नहीं।

पलँग पर बैठकर उसने बेटे की ओर ताकना शुरू किया। मन-ही-मन कुढ़ रही थी वह। आँखें भीगने लगीं। तभी उसे ठंड से बेटे के दाँत कटकटाने और थर-थर काँपते हुए सी-सी करने की आवाज सुनाई पड़ी। अनायास पलँग छोड़कर तेजी से बाहर आ गई वह और बेटे का एक हाथ पकड़कर अन्दर की ओर घसीटते हुए बोली, "सर्दी-बुखार लगेगा, तो मुझे करना पड़ेगा; तुम्हें क्या लगता है!"

माँ का गलत अन्दाजा था कि वह बेटे को घसीटकर अन्दर ले जा सकती है।

दो बार की कोशिशों में ही उसका दम फूल गया। हारकर उसने धम्म से एक मुक्का बेटे की पीठ पर जमाया और धमकी दी, "आने दो बाप को; आज तुम्हारी

चमड़ी न उधेड़वा दूँ, तो कहना कि किसी ने कहा था।"

बाप इतनी रात तक मटरगश्ती कर रहा है! इस आदमी को भगवान ने क्यों बाप बना दिया!

इस टनाका सर्दी में बेटा आँगन में नंगा बदन था। माँ थर-थर काँपने लगी। वह पलँग से उठती, बैठती, फिर उठती, फिर बैठती। अचानक सुना, टीपू के दाँत जोर-जोर से बजने लगे थे। इस बार उठी तो आँगन तक बेटे के पास चली आई और रोते हुए बेटे को मनाने लगी, "चलो, उठो, तबीयत खराब हो जाएगी। चलो, माँ को मत सताओ।"

माँ मन में सोचने लगी, कौन-सा कम्बल दे दे वह। मन में निर्णय लिया, कम्बल नहीं देकर एक चादर दे देगी। बेटे का बाप अभी तक नहीं आया था। माँ का अन्दाजा था, उसकी टाँग टूट गई होगी।

"अच्छा, उठो, दूँगी कम्बल," माँ ने कहा, "अब मान जाओ..."

तभी किवाड़ पर थपथपाहट हुई।

हाथ में शीशे का कोई बरतन रहता, तब भी दिव्या उसके गिरने-फूटने से लापरवाह दौड़कर किवाड़ खोलने चली जाती। टूटी टाँग लेकर अब पहुँचा है बेटे का बाप!

दरवाजा खोलकर पहले तो पति का 'स्वागत' किया दिव्या ने, और आँगन तक आते-आते उतना सुना दिया जितने से, उसका अनुमान था, बाप बेटे के विरुद्ध एकदम भड़क उठेगा। आज बाप आपे से बाहर हो सकता है, इसके लिए उसने अपनी स्पष्ट अनुमति बार-बार यह कहकर दे दी कि आज वह बेटे को बचाने-छुड़ाने नहीं आएगी। बेटे ने माँ को जितना और जिस तरह सताया था उसकी सजा के सम्बन्ध में माँ ने अपना मन्तव्य दिया कि लड़के को कम-से-कम उसकी सजा जरूर मिले कि कभी सपने में भी कम्बल दान करने या माँ को सताने का खयाल उसके मन में नहीं आए।

पूरे आँगन को नजरों से बुहारकर शशांक ने पूछा, "कहाँ है टीपू?"

आँगन में जितना अँधेरा था उसमें कोई आँखवाला चूहे के बच्चे को भी एक नजर में देख सकता था। तब क्या इस मर्द को रतौंधी ने पकड़ा है कि आदमी का बच्चा भी उसे दिखाई नहीं देता! दिव्या ने दूर से ही जवाब दिया, "जरा आँख गड़ाकर देखिए; आँगन में ही बैठा हुआ है।"

आँख गड़ाकर देखा शशांक ने, मगर टीपू तब भी दिखाई नहीं पड़ा।

'कैसे नहीं है!' कहते हुए दिव्या उछलती हुई आँगन में आ गई। उसने भी आँख गड़ाकर आँगन में हर तरफ देखा; पति की रतौंधी उसे भी छू गई है, ऐसा खयाल मन में आने नहीं दिया; और केवल बुदबुदाई, "तब गया किधर?"

दिव्या कमरों में झाँक आई, पलँग के ऊपर-नीचे देख लिया, रजाई उलट-पलटकर देख लिया, और फिर पति के पास आकर घबराई आवाज में बोली, "अब कहाँ ढूँढ़ूँ? सच कहती हूँ, यहीं था आँगन में।"

तभी ओसारे की छत से दाँत-किटकिट और सीत्कार की ध्वनि उनके कानों में पड़ी। एक साथ पति-पत्नी ने छत की ओर निगाह फेंकी। टीपू किनारे पर ही चुकुमुकु बैठा नजर आया। दिव्या चिहुँक पड़ी, "हाय राम, वहाँ कैसे पहुँच गया!" और फिर दहाड़ उठी, "उतरो नीचे।"

टीपू में कोई हरकत नहीं हुई। दाँतों का किटकिटाना और सीत्कार भी बन्द हो गया।

पिता ने कहा, "टीपू, नीचे उतरो।"

बेटा सुगबुगाया।

"ऐसे नहीं मानेगा," दिव्या उतावली हो गई, "ऐसे नहीं मानेगा यह लड़का। निहोरा करते-करते मैं थक गई; मुँह दुख गया मेरा। आप चढ़िए ऊपर और पकड़कर लाइए इस शैतान को नीचे।" और फिर बड़बड़ाने लगी, "हुँह, दानी बनने चला है! कम्बल दान करेगा बेटा! दुनिया में और कोई बच्चा ही नहीं है!" फिर पति को उकसाया, "देख क्या रहे हैं? चढ़िए ऊपर।

दीवार से सटी खड़ी खाट पर चढ़ गया होगा टीपू। एक पैर खाट की पाटी पर रखा होगा और दूसरा पैर दीवार में ऊपर ठुँकी कील पर, और फिर बन्दर की तरह उछलकर छत पर पहुँच गया होगा। शशांक ने अपने-आपको कूता और उसे विश्वास हो गया कि वह भी इस तरह छत पर चढ़ सकता है।

मगर वह छत पर नहीं चढ़ा। पहले की तरह फिर उसने शान्त स्वर में कहा, "टीपू, बोल रहा हूँ न मैं, नीचे उतरो।"

दिव्या को बुरा लगा कि उसकी ललकार का कोई असर नहीं लिया गया। बाप के कहने पर टीपू उतरने को उठ खड़ा हुआ, तो यह और भी बुरा लगा उसे। वह क्रोध से दाँत पीसने लगी, ताकि अब अगर टीपू का इरादा नीचे उतरने का हो गया हो, तो वह इरादा रूई के फाहे की तरह उड़ जाए।

टीपू को सरककर ओलती के पास आते देख उसे बोलने का मन हुआ, "जल्दी उतरो, शैतान। आज हाथ-गोड़ तोड़कर रख दूँगी; फिर करना कल से शैतानी।" मगर जैसे ही लगा कि कहीं टीपू सीधे जमीन पर न कूद पड़े, वह अचानक गड़बड़ा गई, "अरेरेरे, रुको; कूद मत जाना। एक मिनट रुको।"

दौड़कर वह एक कुर्सी ले आई; ओलती के नीचे कुर्सी रखी और पति से कहा, "आप इस पर चढ़कर उसे बाँहों में ले लीजिए।" पति को कुर्सी पर चढ़ाकर उसने बेटे को उतरने का सही तरीका बताया; और फिर बगल में एक विशेष मुद्रा में खड़ी होकर यह विचारने लगी कि बाप के हाथ से फिसलकर बेटा या कुर्सी के डगमगाने से बाप गिरा, तो वह कैसे लोक लेगी, और अगर दोनों एक साथ गिरे, तो कैसे वह दोनों को थाम लेगी।

दोनों हाथों से बेटे को थामकर ज्यों ही बाप ने उसे जमीन पर खड़ा किया और खुद कुर्सी से नीचे उतरने लगे, त्यों ही माँ ने बेटे का हाथ थाम लिया; खींचते हुए उसे

अन्दर कमरे में ले गई; धक्का देकर बिस्तर पर गिरा दिया; रजाई ऊपर से ओढ़ा दी; और बोली, "अब चुपचाप सो जाओ, नहीं तो गत बना दूँगी।" और वहाँ से निकलने के पहले ठसकदार आवाज में पूछा, "खाना ले आऊँ? भूख तो लगी ही होगी।"

टीपू ने करवट लेकर मुँह दूसरी ओर कर लिया।

रजाई को मुँह दूसकर दिव्या बाहर निकल गई।

खाना खाते हुए शशांक ने आवाज लगाई, "टीपू!"

दिव्या झल्ला पड़ी, "खाइए चुपचाप और उसे सोने दीजिए। अब रजाई में गरमा रहा है, तो उसे मत बुलाइए। बहुत ठंड खा चुका है बाहर में। एक नाटक उसने खत्म किया, तो अब दूसरा नाटक आप शुरू करने चले।"

टीपू को जैसे इस हँकार का ही इन्तजार था।

उसे बिस्तर से उठते देख जल-भुन गई दिव्या और झँकारते स्वर में उसे सुनाया, सो जाओ चुपचाप। अब बतियाना सुबह में, करना बाप के साथ कानाफूसी।"

इस आदेश को टीपू ने नहीं माना, तो माँ ने दूसरा आदेश दिया, "तब मरो।"

टीपू चुपचाप पिता के सामने आ खड़ा हुआ। अपने अस्तित्व को नकारे जाते देख दिव्या ने दाँत पीसकर और बुदबुदाते हुए मुख की दो-तीन मुद्राएँ प्रकट कर बेटे को अपने अलुप्त अस्तित्व का अहसास करा दिया।

पिता ने बेटे से पूछा, "किसके लिए कम्बल माँग रहे थे?"

"चोर के लिए," बीच में कूद पड़ी दिव्या, "ऐसे ही बच्चों को फुसलाते हैं लोग।"

बेटे ने बाप के चेहरे को ठीक से घूरने की कोशिश की, मगर नजर मिलते ही आँखें नीचे कर लीं। दिव्या को लगा कि अगर अभी बाप बेटे से सवाल कर बैठे कि इस घर में अभी कुल कितने प्राणी हैं, तो बेटा झटपट जवाब देगा, "दो, सिर्फ दो, पिताजी;" और बाप भी सिर हिलाते हुए खुशी जाहिर करेगा, "शाबाश।"

"कुछ बोल नहीं रहे हो?" एक क्षण के बाद फिर बाप ने बेटे से पूछा।

इस बार भी पिता से सिर्फ नजरें मिलकर रह गईं।

"कौन आदमी है?" पिता ने प्रश्न किया, "बहुत गरीब है? बूढ़ा है क्या?"

"बूढ़ा हो, गरीब हो," दिव्या फिर बीच में आ गई, "यह उसे कम्बल दान करने के लिए क्यों उत्पात मचाने लगा? बहुत बूढ़े और गरीब हैं दुनिया में। माँ करे कुटाई-पिसाई, बेटे का नाम दुर्गादास!"

दिव्या को अपने बारे में कोई भी मन्तव्य देने का अधिकार था, इसलिए शशांक ने कोई एतराज नहीं किया। जब उसे भी किसी कहावत में लपेटा जाएगा, तो वह अपना मन्तव्य प्रकट करेगा, ऐसा मन में निर्णय लिया शशांक ने।

इस बार उसने बेटे से पूछा, "कम्बल की बजाय एक चादर देने से काम चलेगा?"

दिव्या फुफकारने की मुद्रा में उठ खड़ी हुई और तेजी से कमरे से बाहर हो गई।

माँ का पीछा करती हुई बेटे की नजर जब लौटी, तो बेटे ने आहिस्ते से कहा, "हाँ।"

"मेरे आने तक तुम रुक तो सकते थे? क्या जरूरत थी हंगामा करने की?" पिता ने कहा और फिर उसमें जोड़ दिया, "ठीक है, जाओ।"

टीपू तेजी से अपने कमरे में चला गया और रजाई में घुस गया। इस बार भी उसने सिर तक रजाई से ढक लिया।

खाना खाकर शशांक दिव्या के पास जा बैठा। दिव्या को मुँह फुलाए देख एक क्षण चुप रहा वह और फिर बोला, "एक बात कहूँ?"

"कहने की जरूरत नहीं है कुछ," आवाज में खट्टापन लाते हुए दिव्या ने जवाब दिया, "बक्से में दो कम्बल हैं; एक रजाई बोरे में बाँधकर धरन से लटकाया हुआ है; बिनमावाली रजाई भंडार में है; बिस्तर पर जो रजाई-कम्बल हैं उन्हें आप देख ही रहे हैं; सबको उठाइए और बाँट आइए। मैं बिना रजाई-कम्बल के भी रह लूँगी। गरीबों को दान करना बुरी बात थोड़े ही है!"

दिव्या के चुप हो जाने के एक क्षण बाद शशांक ने कहा, "मैं रजाई-कम्बल दान करने की बात तो नहीं कह रहा हूँ।"

"तो फिर क्या कह रहे हैं?"

"मैं कह रहा था कि हम लोगों को कुछ सोचना चाहिए; टीपू कुछ जिद्दी हो गया है।"

"कुछ नहीं, बहुत; बहुत जिद्दी हो गया है।"

"मगर..."

"क्या मगर? मगर क्या?"

"मैं सोच रहा हूँ कि टीपू तो रोज ही बूढ़ों और गरीबों को देखता होगा, जाड़े का कष्ट भोगते बहुतों को देखा होगा, मगर ऐसा क्या कारण है कि आज वह किसी के लिए एक चादर माँगने आ गया, जिद करने लगा इसके लिए।"

"चादर के लिए नहीं, कम्बल के लिए। जब उसने देख लिया कि कम्बल मिलने को नहीं है, तब चादर की बात कर रहा था। जिद कर रहा था, भारी जिद।"

"मुझे तो याद नहीं है कि पहले कभी कोई चीज दान करने के लिए इसने जिद की थी। तुम्हें कुछ याद आ रहा है?"

"पहले नहीं की थी, मगर आगे भी नहीं करे, इसके लिए हमें अभी ही कड़ा हो जाना पड़ेगा। हम कड़े नहीं होंगे, तो आज यह पूछने भी आया था, कल से बगैर पूछे लोगों में चीजें बाँट आया करेगा।"

दिव्या ने तकिये से उठँगकर लेटे पति को अचानक काफी गम्भीर होकर ऊपर छत की ओर टकटकी बाँधते देखा, और अभी वह सोच ही रही थी कि इस मर्द का

इरादा एक कड़ा बाप बनने का है या नहीं कि शशांक ने अपना मुँह उसकी ओर किया और धीरे से पूछा, "तुम्हें छेदी दास का किस्सा याद है?"

"कौन छेदी दास?"

तकिये का सहारा हटाकर शशांक बैठ गया और कहा, "वही छेदी दास जो महीनों हमारे घर गाय दूहता रहा, मगर कभी दुहाई नहीं ली। क्यों दुहाई नहीं ली, यह तो उसने तुम्हें ही पहले बताया था।

उस समय यह भी पता नहीं था शशांक को कि दूध उठौना देनेवाले का नाम छेदी दास है और वह बगल के रामगंज गाँव का रहनेवाला है। शशांक उस वक्त शहर में पढ़ता था। राजगंज की पढ़ाई पूरी कर उसी साल बाहर गया था।

उस दिन छेदी की बेटी की विदाई थी और उसके पास एक पैसा नहीं था। पहले से जो दिन तय किया गया था उसके अनुसार बेटी को दो महीने बाद जाना था। मगर उसकी सास गम्भीर रूप से बीमार पड़ी थी और पतोहू का बुलावा आ गया था। ऐसे में विदाई रोकी नहीं जा सकती थी। मगर विदाई हो तो कैसे; बाप के हाथ में एक भी पैसा नहीं था।

पूरे राजगंज में किसी ने पाँच रुपये नहीं दिये छेदी को, अपने गोतिया-दियाद ने भी नहीं। राजगंज बाजार में भी किसी से पैसे मिलने की उम्मीद उसे नहीं थी। एक शशांक के घर में दूध उठौना देता था वह, मगर यहाँ से वह अगती में इतनी रकम ले चुका था कि उसके पिताजी ने पूरी बात सुनने के पहले ही ना कर दिया। अगर वह अपनी जरूरत ठीक से बताता, रोता-गिड़गिड़ाता, तो शायद पिताजी से पैसे मिल जाते; मगर काफी मुँहचोर था वह और दुबारा उनके आगे मुँह खोलने की हिम्मत नहीं हुई उसे।

सस्ती का जमाना था। पाँच रुपये में ही बेटी की विदाई हो जाती। मगर इतने पैसे भी उसे कहीं से मिल नहीं रहे थे।

शशांक की माँ से भी उसने पैसे माँगे। मगर माँ के पास पैसे नहीं थे और उसने कह दिया, "मेरे पास तो पैसे नहीं हैं, छेदी; कहीं और उपाय करो।"

छेदी अब काफी उदास और हतप्रभ हो गया था।

शशांक ने छेदी को माँ के सामने पैसे के लिए घिघिआते सुना था और अपने कमरे से ही उसका उतरा हुआ चेहरा भी देखा था। उसके मन में पाँच रुपये दे देने की बात आ गई।

शशांक हाँ-ना में थोड़ी देर सोचता रहा, और जब छेदी को वहाँ से उठते देखा, तो पास बुलाकर अपने बक्से से पाँच रुपये का एक पत्ता निकाला और उसे थमा दिया।

मुँह का ऐसा चोर था छेदी कि मुँह खोलकर कोई आशीर्वचन भी बोलते नहीं बना उससे। पैसे हाथ में आए नहीं कि उलटे पाँव घर की ओर भागा।

पाँच रुपये का कर्ज भुला देने के लिए पन्द्रह वर्ष का समय काफी था शशांक के

लिए। यह उपकार यादों के जंगल में बिलकुल गुम हो गया था। छेदी का चेहरा तक उसे याद नहीं रह गया था।

उस दिन शशांक दरवाजे पर कुर्सी डाले बैठा था। टीपू अन्दर से दौड़ता हुआ आया था,"पिताजी, दूध दूहनेवाला अभी तक नहीं आया है। माँ कह रही है किसी और दूध दूहनेवाले को बुला लाने के लिए।"

मुसीबत छोटी हो या बड़ी, पहाड़ की तरह टूट पड़ती है शशांक के सिर पर। चीख उठा वह, "अब अभी मैं किसको बुलाने जाऊँ!"

अजगर के दिन भी बिना चाकरी किये कटते जाते हैं। दुख के हजार रूप, तो उससे छुटकारे के भी हजार रूप। एक रूप वहीं दरवाजे की सीढ़ियों पर बैठा हुआ था। उस बूढ़े रूप ने कहा, "मैं गाय दूह देता हूँ, मालिक।"

शशांक चौंका और चौंककर देखा कि बूढ़ा अनुमति पाए बगैर ही गलियारे में घुस गया और पिछवाड़े की ओर जा रहा था, जैसे कि घर पहले से ही उसका देखा-जाना हो। वह उठकर उस बूढ़े के पीछे-पीछे चला आया पिछवाड़े गाय के पास।

जब तक बूढ़ा दूध दूहता रहा, शशांक मन-ही-मन मनाता रहा कि वह बूढ़ा काफी दरिद्र हो और दाने के लाले पड़े हों उसे; पेट भरने लायक कोई काम नहीं हो उसके हाथ में; बेटे नालायक निकल गए हों और बाप को कमाकर खिलाने से इनकार कर बैठे हों; बूढ़ा काम की तलाश में निकला हो और आसपास के ही किसी गाँव का हो; और शशांक के इस प्रस्ताव पर कि वाजिब दुहाई लेकर वह गाय दूह दिया करे वह सहर्ष तैयार हो जाए।

दूध की बाल्टी टीपू को थमाते हुए बूढ़े ने ही पूछ लिया, "कल भी आ जाऊँगा, मालिक?"

"आप रोज आते हैं क्या?" शशांक आशान्वित हुआ था।

"रोज तो नहीं आता हूँ," रुककर कहा बूढ़े ने, "मगर आप कहेंगे, तो रोज आ जाया करूँगा।"

इस बूढ़े की मदद की जानी चाहिए, शशांक ने मन में सोचा और फिर बूढ़े से खुलासा कहा, "अभी जो आदमी इस काम पर बहाल है उसे मैं दस रुपये महीना देता हूँ। उससे मैं तंग आ गया हूँ। वह जब-तब नागा हो जाता है और हमें काफी परेशानी हो जाती है। अब उसे नहीं रखना है मुझे। आप कितने पैसे लेंगे, खोलकर बता दीजिए।"

"आपसे पैसे लूँगा, मालिक!" बूढ़े ने झेंपते हुए कहा, "ऐसा भला हो सकता है!"

शशांक को भारी विस्मय हुआ। थोड़ी देर तक तो वह निहारता ही रह गया बूढ़े को, और फिर लड़खड़ाती आवाज में पूछा, "क्यों, पैसे क्यों नहीं लेंगे?"

बूढ़े ने कोई जवाब नहीं दिया और वहाँ से धीरे-धीरे टहलते हुए निकल गया। शशांक जहाँ का तहाँ खड़ा बूढ़े को जाते हुए देखता रहा और सोचता रहा कि पैसे नहीं लेने का क्या कारण हो सकता है।

कल भी बूढ़ा आ जाएगा, ऐसा भरोसा करना बेकार है, शशांक ने मन में सोचा।

मगर दूसरे दिन नियत समय से पहले ही बूढ़ा आ गया था। शशांक ने दिव्या को बूढ़े के साथ माहवार तय कर लेने के लिए कह दिया। कल के 'क्यों' का चाहे जो भी जवाब हो, मगर पैसे का लोभ नहीं होगा तो बूढ़ा कभी पाबन्दी महसूस नहीं करेगा, और तब यह भी डुबकी मारना शुरू कर सकता है या बिलकुल आना बन्द कर दे।

उस दिन बूढ़े ने शशांक के 'क्यों' का जवाब दिव्या को दे ही दिया, "...उस पाँच रुपये से ही मैंने बेटी को नई साड़ी पहनाकर विदा किया था, मालकिन। फटी-पुरानी साड़ी में कैसे विदा कर देता बिटिया को! उस कर्ज के बोझ को आज तक ढोता आ रहा हूँ। राजगंज तो बराबर आता रहा, मगर इस कर्ज को कभी चुका नहीं पाया। आपके दरवाजे पर घंटों बैठा रहता था, मगर मालिक ने कभी पहचाना नहीं। और, मैं सोचता था कि जब लौटाने के लिए पैसे लेकर नहीं आया हूँ, तो किस मुँह से मालिक को टोकूँ!...और पैसे चुका देने-भर से तो यह कर्ज उतर नहीं जाता। यह ऋण तो शरीर के रोएँ-रोएँ पर छाया हुआ है। अब जिन्दा ही कितने दिन रहूँगा! मालिक के ऐसे ही छोटे-मोटे काम करता रहूँ, तो शायद बोझ कुछ हल्का हो जाए। अब आप ही बताइए, मालकिन, कि मालिक से मैं पैसे कैसे लूँ!"

शशांक ने सुना, तो स्तब्ध रह गया; और केवल इतना ही कह पाया दिव्या से, "अभी भी ऐसे लोग हैं इस जमाने में;" और बहुत देर तक मन मसोसता रह गया कि उस दिन उसने केवल पाँच रुपये क्यों दिये, दस...पचीस...पचास क्यों नहीं दे दिये थे छेदी को!

ऐसे ही उपकार का एक मौका आज उसके बेटे टीपू को भी तो नहीं मिल रहा है!

छेदी दास के इस किस्से की ओर ही इशारा किया था शशांक ने। उसने दिव्या से कहा, "यह मेरा छोटा-सा उपकार आज मुझे कितना सुख देता है, यह तुम्हें कैसे बताऊँ! ऐसे ही एक उपकार का अवसर टीपू ने अपने लिए ढूँढ़ निकाला है, तो हम उसे इसके सुख से वंचित क्यों रखें! आज तक वह कभी कुछ माँगने नहीं आया था किसी के लिए; आज पहली बार माँग रहा है। मेरा कहा मानो; दे दो एक चादर।"

दिव्या सहमी हुई थी।

"बड़ा होकर कभी टीपू इस घटना को याद करेगा, तो क्या सोचेगा तुम्हारे बारे में, मेरे बारे में!" पत्नी पर टकटकी बाँधे कह गया शशांक।

"ठीक है, दे दीजिए।" दिव्या ने अपनी सहमति जताई।

"सिर्फ मेरी बात पर मत जाओ; तुम भी विचार कर लो।" एक क्षण रुककर शशांक ने कहा।

इस बार दिव्या ने उत्साहित होकर कहा, "एक पुरानी रजाई है मेरे पास। किसी को दान में देने के लिए ही रखी थी। वही रजाई निकाल देती हूँ।"

"हाँ, दिव्या, निकाल ही दो। टीपू का यह आग्रह जरूर मान लो।"

जब दिव्या रजाई ले आई, तो शशांक बोला, "टीपू तो सो गया होगा। तुम खुद जाकर उठा लाओ उसे।"

दिव्या टीपू के कमरे की ओर बढ़ी, तो सामने ही टीपू नजर आ गया। माँ पूछ बैठी, "क्या हुआ, रे टीपू? कहाँ चला?"

"पेशाब करूँगा, माँ," कहकर टीपू पेशाब करने नाली की ओर बढ़ गया।

11

दिव्या ख़ुशी-ख़ुशी रजाई देकर भी बहुत खुश नहीं थी। उसे लग रहा था कि टीपू बराबर कोई-न-कोई जिद ठानता रहेगा। शशांक एक की बजाय चार रजाई दान कर देने की टीपू की जिद से भी दुखी नहीं होता, मगर उसे डर लगने लगा था कि टीपू की कोई जिद कभी उसे किसी खतरे की ओर नहीं धकेल दे। 'कहाँ जाना है; क्या करना है,' कुछ बताए बेटा, तब तो बाप कहे, "चलो, तुम्हें पहुँचा दूँ; आओ, मैं तुम्हारी मदद कर दूँ।" अब तो टीपू पिता की ओर भी खुफिया निगाहों से देखता है कि पिताजी उसे फुसला-बहला तो नहीं रहे हैं। पता नहीं, अब पिता की हिदायतों पर भी वह ध्यान देता है या नहीं। पहले पिता की किसी मनाही पर उसकी आँखें भय से, अचरज से फैल जाती थीं, "ऐसा है, पिताजी? अब तो कभी मैं यह काम नहीं करूँगा।" अब किंचित भ्रूर-विक्षेप के साथ बोलता है वह, "ऐसा है? मुझे तो विश्वास नहीं होता, पिताजी।"

उसका यह अविश्वास कभी घात तो नहीं कर बैठेगा उसके साथ!

हे भगवान! रक्षा करना मेरे बेटे की!

बड़े-बड़े शहरों की बड़ी-बड़ी बातें बोलते हुए टीपू ने अपनी माँ से कहा, "माँ, मैं इस बार दिल्ली जाऊँगा। अगर पिताजी नहीं जाने देंगे, तो भागकर चला जाऊँगा।"

"भागकर चला जाएगा? क्यों?

"घूमने; और क्यों!"

"खबरदार! ऐसी गलती भूलकर भी नहीं करना।"

"क्यों?"

शशांक ने अपने कमरे से आवाज लगाई थी, "टीपू! इधर आओ। मैं तुम्हारे 'क्यों' का जवाब देता हूँ।"

अपने क्यों का जवाब सुनने के लिए बेटा दौड़कर बाप के पास पहुँचा।

टीपू को पास बैठाकर शशांक ने कहा, "तुम्हारी तरह ही एक बच्चे के मन में भाग जाने का खयाल आया था, और वह सचमुच घर से भाग गया। मगर उसके बाद क्या हुआ, जानते हो?"

"क्या हुआ, पिताजी?"

"बताता हूँ," कहकर शशांक ने दिव्या को हाँक लगाई, "दिव्या! जरा इधर आना।"

दिव्या ने अपनी जगह से ही जवाब दिया, "आना जरूरी है क्या?"

"हाँ, माँ," टीपू ने जोर से जवाब दिया, "जल्दी आओ।"

दिव्या आ गई, तो शशांक ने कहा, "मैं इसे सुना रहा हूँ कि घर से भाग जानेवाले लड़कों पर क्या गुजरता है। भाग जाना आसान है; मगर उसके बाद? तुम भी सुन लो। तीन-चार दिन पहले मैंने अखबार में पढ़ा था यह किस्सा।...एक बच्चा घर से भागा। दो दिनों तक बच्चे की तलाश होती रही। तीसरे दिन तो माँ को सँभालना मुश्किल हो गया। रह-रहकर मूर्च्छित हो जाती थी वह। होश आने पर दौड़ती थी कुएँ की ओर डूब मरने के लिए।

"कैसे नहीं दौड़ेगी!" उस माँ की हरकत को जायज ठहराते हुए दिव्या ने अपना वक्तव्य दिया, "जो माँ बेटे को नौ महीने पेट में रखती है वह तो जानती है कि बेटा क्या दौलत है।"

"चौथे दिन बाप पागल हो गया," दिव्या को छोड़ टीपू पर निगाह जमाते हुए शशांक ने कहा।

"हाँ जी, पागल कैसे नहीं होगा!" इस बार भी वक्तव्य देना जरूरी लगा दिव्या को, "यह ठीक है कि माँ नौ महीने पेट में रखती है, मगर बेटे का मोह तो बाप को भी होगा ही। जरूर हो गया होगा वह पागल।"

"इकलौता बेटा था क्या, पिताजी?"

"इकलौता ही होगा," शशांक ने कहा।

"इकलौता हो या दस बेटे हों, माँ में अन्तर नहीं आता," मुँह चमकाकर कहा दिव्या ने।

"अन्त में बेटा मिल गया न?" टीपू ने पूछा।

"सुनते जाओ, क्या-क्या हुआ," शशांक ने कहानी को आगे बढ़ाते हुए कहा, "माँ-बाप दोनों घर-बार त्याग कर बेटे की तलाश में निकले। महीनों दोनों भटकते रहे; घूमते रहे एक शहर से दूसरे शहर, एक तीर्थ-स्थान से दूसरे तीर्थ-स्थान। अन्त में वे हरिद्वार पहुँचे और वहाँ अपने बेटे को देखा..."

"मिल गया न बेटा!" टीपू लगभग चीखते हुए बोला, और फिर अपनी माँ को खबर दी, "बेटा उन्हें मिल गया, माँ।"

"पेट का जनमा पूत मिलेगा कैसे नहीं! भगवान इतने निर्दय थोड़े ही हैं!" दिव्या ने ऐसी राय जाहिर की कि खोया हुआ बच्चा अगर पेट का जनमा पूत है, तो उसे खोजने की भी जरूरत नहीं, और भगवान देर-सवेर उसे घर वापस भेज ही देंगे।

"बीच में ही टप-टप मत करो; पहले सुन लो," शशांक दोनों श्रोताओं को

झिड़ककर आगे बढ़ा, "हरिद्वार में एक जगह उन्होंने भिखमंगों की कतार में अपने बेटे को बैठा हुआ देखा..."

"किसने देखा, माँ ने या बाप ने?" अनायास बोल पड़ा टीपू।

"माँ ने ही देखा होगा। लाख बच्चों की भीड़ में अपना बच्चा पहचान लेती वह," शशांक की ओर से दिव्या ने जवाब देते हुए कहा।

"नहीं, बेटे को पहचाना बाप ने," दिव्या की उपस्थिति को नकारते हुए शशांक अब अपने एकमात्र श्रोता टीपू को सुनाने लगा, "उसने अपनी पत्नी से कहा,'उस बच्चे को ठीक से देखो; वह अपने मुन्ना जैसा लगता है।'"

"'अपने मुन्ना जैसा!' उसकी माँ ने अचरज से कहा, 'इसके तो पूरे चेहरे में दाग और घाव हैं; यह कहाँ से अपना मुन्ना होगा!' मगर यह कहते हुए वह बच्चे के सामने जा पहुँची। बच्चे ने पहचान लिया और चीख पड़ा, 'माँ!'"

दोनों श्रोताओं के चेहरे चमक उठे; माँ-श्रोता ने कहा, "चीख पड़ा, 'माँ!'"

"हाँ," शशांक ने स्वीकार करते हुए कहा, "और चीख मारकर बेटा अपने बाप के गले से लिपट गया।"

टीपू खुश होकर ताली बजाने लगा।

शशांक ने नकार में सिर हिलाते हुए कहा, "नहीं, बाप बेटे को ले नहीं जा सका।"

"क्यों?" भय, अचरज और गुस्से से बेटे ने पूछा।

"पिता के गले से जैसे ही वह बच्चा लिपटा, भिखमंगों की कतार से पाँच-सात भिखमंगे बाहर निकल आए और उस बच्चे को बाप से छुड़ाकर अपने बीच ले गए। खूब चीख-पुकार मची। मगर थोड़ी ही देर में न जाने कहाँ से कुछ गुंडे वहाँ आ धमके और बच्चे को एक मोटरगाड़ी में बिठाकर ले भागे। माँ-बाप को उनका बेटा नहीं मिला।"

टीपू का चेहरा फक पड़ गया था। दिव्या उठने लगी, तो बेटे ने माँ का आँचल पकड़ लिया, "रुको न, माँ।"

"ये वही गुंडे थे जो बच्चों को गायब कर उन्हें भिखमंगे बना देते हैं, और भीख में मिले सारे पैसे उन बच्चों से तहसील लेते हैं। बच्चों को भीख में मिली रोटियों पर ही गुजारा करना पड़ता है और जाड़े की रात ठिठुरकर बितानी पड़ती है। सोचो, कितना कष्ट होता होगा...वह बच्चा घर से भागकर दिल्ली ही पहुँचा था। दिल्ली में ज्यों ही वह गाड़ी से उतरा, गुंडों ने भाँप लिया कि वह अकेला है, और फिर उसे फुसलाकर गायब कर दिया। तेजाब डालकर उसका चेहरा खराब कर दिया और हरिद्वार में उससे भीख मँगवाने लगा। ऐसे ढेर सारे बच्चे उनके कब्जे में रहते हैं, सबके सब घर से भागे हुए बच्चे..."

टीपू की आँखें भीग गईं।

"इसलिए कहता हूँ, टीपू, कि कभी भूल से भी घर से भागने की बात मन में नहीं लाना," बाप ने बेटे से कहा।

चिरंजीव

"वह बच्चा," टीपू ने अवरुद्ध कंठ से पूछा, "फिर कभी नहीं मिला माँ-बाप को?"

"कभी नहीं," शशांक ने बार-बार सिर हिलाकर कहा, "कभी नहीं..."

टीपू की आँखों से आँसू बहने लगे।

दिव्या उठ खड़ी हुई और बेटे को उठाते हुए कहा, "चल, उठ, यों ही रुलाते रहते हैं तुम्हें।" टीपू ने माँ से अपना हाथ छुड़ा लिया, "जाओ तुम।"

मन-ही-मन हर्षित शशांक ने बेटे को आँसू बहाते छोड़ दिया कि घर से कभी नहीं भागने की कड़ी कसम वह खा ले। घर से भागकर कहीं नहीं जाएगा, यह तो उसकी आँखें बता ही रही थीं।

मगर थोड़ी देर बाद ही टीपू पिता के पास जा पहुँचा, "पिताजी, मुझे कोई भी गुंडा अपने कब्जे में नहीं कर सकता। जैसे ही गुंडा सामने आएगा, मैं उसे एक घूँसा मारूँगा," हवा में घूँसा मारते हुए टीपू ने कहा।

"तुम अकेले रहोगे, गुंडे एक से अधिक; वे तुम्हें उठाकर ले भागेंगे।"

"मैं शोर मचा दूँगा; गुंडों को पुलिस से पकड़वा दूँगा; और खुद वहाँ से निकल भागूँगा।"

"जब गुंडे तुम्हारे पीछे पड़ जाएँगे, तो अनजान जगह में भागकर कहाँ जाओगे?"

"गुजाय चाचा के पास। वे दिल्ली में ही रहते हैं, लाल किला के पास; पानी पिलाने का काम करते हैं।"

"तो सुन लो," बाप ने फिर सबक देना शुरू किया, "ऐसे ही भरोसे पर बच्चे मारे जाते हैं। घर से एक लाख योजनाएँ बनाकर निकलते हैं, और वहाँ सिर मुड़ाते ही ओले पड़ने लगते हैं। गुजाय तुम्हारी तरह कोई बच्चा नहीं है, मगर दिल्ली में एक के बाद एक मुसीबत में फँसता चला जा रहा है।"

"नहीं, पिताजी, वे वहाँ पानी बेचकर खूब पैसे कमा रहे हैं।"

"गुजाय के बारे में तुम मुझसे ज्यादा जानते हो क्या?" शशांक ने गुस्साने की कोशिश की और बोला, "मालूम है तुम्हें, क्या-क्या गुजरा है उसके साथ?"

टीपू चुप लगा गया, और शशांक आगे बढ़ा, "वह बदरी दास के साथ गया था दिल्ली, मगर बदरी दास भी उसके काम नहीं आया। दिल्ली स्टेशन से जैसे ही वह बाहर आया, एक पुलिसवाले ने उसका हाथ थाम लिया, 'क्यों जी, कहाँ आए हो?' जवाब में गुजाय ने उलटकर देखा, बदरी भैया गायब! अब तो वह जोर-जोर से चिल्लाने लगा, 'बदरी भैया! बदरी भैया!' बदरी भैया कहीं हों, तब तो जवाब दें।

"बदरी भैया ने साथ तो नहीं छोड़ा था, मगर छिपे-छिपे चल रहे थे। गुजाय को लेकर थाना जा पहुँचा पुलिसवाला, और थाने के बाहर बदरी दास सोचता रहा कि वहाँ थोड़ी देर या तुरन्त भागकर जोखिम से बाहर निकल जाए। जल्दी ही थाने से

बाहर आ गया गुजाय, और जैसे ही बदरी भैया पर नजर पड़ी वह भोंकार फाड़कर रोने लगा।

"'क्या हुआ गुजाय?' बदरी भैया ने पूछा।

"रोते हुए ही गुजाय ने जवाब दिया, 'पुलिसवाला मुझे यहाँ पकड़कर ले आया, मेरी नंगा झोली ली, और ब..ब..बटुआ ले लिया...'

"'अच्छा, रो मत।' बदरी बोला।

"'और सत्..सत्..सत्तू की गठरी भी ले ली...' गुजाय सिसकियाँ भरने लगा।"

टीपू के चेहरे पर हँसी तो आई, मगर तुरन्त गायब हो गई।

शशांक आगे बढ़ा, "बदरी दास ने उसे दिलासा दिलाया, 'घबराओ नहीं, गुजाय। उस पुलिसवाले का चेहरा याद रखो। मैं आज ही राजो बाबू को पूरी बात बताता हूँ। हम दिल्ली हिलाने आए हैं; एक पुलिसवाले को हिलाने में कितना समय लगेगा!'

"गुलाय का यह हाल था कि उस पुलिसवाले का क्या, हर किसी का चेहरा धुँधला नलर आने लगा था उसे।

"और फिर जानते हो, क्या हुआ?" बेटे को ध्यानमग्न सुनते देख बाप आगे बढ़ा, "वे लोग एक जुलूस में शामिल हुए। जुलूस में भगदड़ मची। उस भगदड़ में चप्पल, गमछा और काँख में दबी कपड़ों की एक छोटी गठरी गँवाकर किसी तरह लतमर्दन की हुई धोती, एक बाँह की कमीज और पीठ पर दो-तीन डंडों की मार का दर्द लेकर गुजाय भीड़ से निकल भागने में सफल हुआ।"

टीपू इस तरह खो गया था कि उसे हँसने की फुरसत नहीं मिल रही थी। महज एक क्षीण मुस्कराहट होंठों पर आकर ठहर जाती थी।

"कैसी दिल्ली है, यह सोच लो, टीपू," शशांक ने नाक-भौं सिकोड़ते हुए कहा, "इसके बाद भी यह दिल्ली अपनी करतूतों से बाज नहीं आ रही थी...जुलूस से अपनी लाख टके की जान लेकर जब भागा था गुजाय, तो अकेला हो गया था। बदरी दास बिछड़ चुके थे, और घंटे-भर 'बदरी भैया! बदरी भैया!' चिचियाने के बाद ही इस भैया के दर्शन हुए थे। भैया ने गुजाय के आँसू पोंछकर कहा, "घबराओ नहीं, गुजाय; इस बार चुनाव में हम राजो मिसर से एक के दस वसूल लेंगे। जो सामान तुम्हें यहाँ गँवाने पड़े हैं उनकी एक सूची बना लो तुम। उसमें अपने मन से भी और पाँच-दस चीजें जोड़ दो। हर एक चीज की कीमत बढ़ा-चढ़ाकर लिखना। रोओ मत, सूद के साथ तुम्हारा मूलधन वापस होगा। दल की बैठक में मैं खुद तुम्हारे नुकसान का सवाल उठाऊँगा। विश्वास नहीं हो, तो चन्दे की एक रसीद बही तुम मुझसे ले लेना। अब तो चुप हो जाओ। भूख तो नहीं लगी है न?"

"'हाँ लगी है,' रोते हुए ही गुजाय ने जवाब दिया।

"'मगर मेरी सत्तू की पोटली तो तम्बू में ही है। और, वहाँ तक पहुँचने में तो कम-से-कम एक घंटा लग जाएगा। तब तक भूख को मारने की कोशिश करो। पीठ

के दर्द पर अपना ध्यान लगा दो। यहाँ होटल में खिलाने लायक पैसे तो मेरे पास नहीं हैं, गुजाय। चलो धीरे-धीरे।'

"'ठीक है,' आहत स्वर में गुजाय ने कहा, 'रास्ते में कहीं पानी मिले, तो पिला दीजिएगा, बदरी भैया।'

"'अपने खेमे तक पहुँचने के लिए वे लोगों से पूछ-पूछकर लाल किला की ओर बढ़े।

"फिर, जानते हो, क्या हुआ?" शशांक पूछकर चुप हुआ जैसे कि जवाब की प्रतीक्षा हो उसे। टीपू कुछ नहीं जानता था; उसने ना में सिर हिला दिया।

"तब ध्यान से सुनो कि अब दिल्ली क्या दिखाती है गुजाय को," कहते हुए शशांक आगे बढ़ा, "कुछ-कुछ लँगड़ाते हुए गुजाय रास्ते पर बढ़ा और उसे दमबुत्ता देते हुए उसके साथ बदरी दास। कुछ दूर आगे जाने पर गुजाय ने कहा, 'बदरी भैया, मेरी जेब बिलकुल खाली है। एक रुपया मेरी जेब में भी डाल दीजिए।'

"'मैं तो चल ही रहा हूँ तुम्हारे साथ,' बदरी ने जवाब दिया, मगर जब गुजाय बिलकुल नहीं माना, तो एक रुपया उसकी जेब में डाल दिया बदरी दास ने।

"थोड़ी दूर चलने के बाद गुजाय की नजर पानी के एक नल पर पड़ी, और उसने मरी हुई आवाज में कहा, 'बदरी भैया, पानी!' बदरी दास ने अंजली भर-भरकर गुजाय को पानी दिया और गुजाय ने अगले सात दिनों का खरचा अपने गोदाम में जमा कर लिया।

"रास्ते में बदरी दास को बार-बार कहना पड़ रहा था, 'गुजाय, हिम्मत से काम लो। मुझ पर भार कम दो और अपने पैरों से चलने की कोशिश करो। लोग बहुत बुरी नजरों से घूरते हैं मुझे कि हाथ-पैर से दुरुस्त होने पर भी लँगड़े के साथ भीख माँगने निकला हूँ मैं! ठीक से चलो, भैया, अपने पैरों से।'

थोड़ी दूर आगे बढ़ने पर उन दोनों को एक आवाज ने एकबारगी आकर्षित किया। एक ढाबे के सामने खड़ा एक आदमी लगातार आवाज लगा रहा था, "रोटी पाँच-पाँच पैसे, रोटी पाँच-पाँच पैसे; आइए, खाना खाइए..." गुजाय रुका, नजर ऊपर उठाई, और मरियल आवाज में घिघिआया, "बदरी भैया!"

"हाँ, रे गुजाय, यहाँ तो काफी सस्ता खाना है," बदरी दास भी खुश होकर बोला, "चलो, रोटी खा लें। आगे कहीं भात सस्ता मिलेगा, तो भात भी खा लेंगे।"

आवाज लगानेवाले से बदरी दास ने फिर एक बार पूछा, "रोटी के साथ सब्जी भी?"

"हाँ।"

"सब्जी मुफ्त?"

"हाँ।"

"रोटी की दर?"

"पाँच-पाँच पैसे।"

भोजन से मिलनेवाली तृप्ति ने जिह्वा से अधिक गुजाय की टाँगों पर असर किया। उसका लँगड़ापन लगभग दूर हो गया।

आसन ग्रहण करते हुए बदरी ने गुजाय से कहा था, "बोलो, दिल्ली हिली या नहीं? इतना सस्ता खाना, पूर्णिया-सहरसा तो छोड़ो, अपने राजगंज में भी किसी भोजनालय में मिलेगा? मातादीन भोजनालय में भी एक रोटी पचीस पैसे की होती है। दिल्ली हिल गई है, तभी तो इतने सस्ते भोजन का प्रबन्ध सरकार ने हमारे लिए कर दिया है। आदमी बहाल हो गया है चीख-चीखकर बुलाने के लिए। सरकार ने खोज-खोजकर लोगों को खिलाने का आदेश दिया होगा। सरकार हिल गई है, तो अब जान लो कि पूर्णिया-सहरसा में भी ऐसे ढाबे खुल जाएँगे।"

दोनों भोजन पर टूट पड़े थे। भोजन की पहली किस्त समाप्त करते हुए बदरी ने गुजाय से कहा, "अभी ही इतना खा लो कि रात में खाने का झंझट नहीं रहे। क्या पता, लाल किला के पास ऐसा ढाबा खुला है या नहीं! अगर खुला भी है, तो हमें पता नहीं कि किधर है। रात में एक कोस चलकर यहाँ आना और फिर एक कोस वापस जाना काफी झंझटिया काम होगा।"

दूसरी किस्त शुरू करने से पहले ही बदरी ने गुजाय के कान में फुसफुसा दिया, "सब्जी पर जोर देना। उसकी कीमत नहीं लगती है। रोटी भी एक-एक पैसा नहीं है; एक के पाँच पैसे लगते हैं। रुपये में सिर्फ बीस, पचीस-पचास नहीं।"

दूसरी किस्त समाप्त करते हुए बदरी ने गुजाय से पूछा, "गिन रहे हो या नहीं?"

"हाँ।"

"अब तक कितनी?"

"बीस।"

"और पाँच डाल ही लो पेट में। पचीस पैसे और। अब तो सत्तू भी इतना महँगा हो गया है कि खाओ तो लगेगा कि पैसे खा रहे हो।"

खाना समाप्त कर बदरी ने अच्छी तरह हिसाब जोड़ लिया। गुजाय की पचीस और उसके बीस, कुल पैंतालीस रोटियाँ। बीस और बीस, दो रुपये; पाँच के पचीस पैसे। कुल दो रुपये पचीस पैसे। ओह, बहुत सस्ता, दोनों शाम का भोजन! राजगंज पहुँचकर लाल किला से भी पहले वह लोगों के बीच इस भोजनालय की ही चर्चा करेगा, बदरी ने अपने मन में सोचा, और फिर भोजनालय के मालिक से पूछा, "हाँ, भाई, कितने पैसे हुए?"

मालिक ने नौकर से पूछा, "कितनी रोटियाँ?"

"सत्तर," नौकर ने चिल्लाकर जवाब दिया।

"सत्तर!" हल्की चीख निकल गई बदरी के मुँह से, मगर उसने सँभलकर कहा, "नहीं-नहीं, पैंतालीस हुए। क्यों, गुजाय तुमने कितनी रोटियाँ खाईं?"

"पचीस," गुजाय ने झटपट कहा।

"और मैंने बीस," जोर से बुदबुदाया बदरी, और फिर मालिक से कहा, "नहीं,

भैया, आपके आदमी से गिनती में भूल हुई है। हमने..."

"किससे भूल हुई है?" ढाबे के नौकर ने तेज-तर्रार आवाज में बदरी को खूँखार निगाहों से घूरते हुए पूछा।

"हमने गिन-गिनकर रोटियाँ खाई हैं, भैया; कुल पैंतालीस। क्यों, रे गुजाय, तुमने पचीस खाईं न?"

"हाँ, पचीस," गुजाय ने फिर झटपट जवाब दिया।

"और मैंने बीस," बदरी ने मालिक की ओर देखते हुए कहा।

"पचीस-पचास की गिनती तक नहीं जानते, और चले आते हैं साले सब दिल्ली घूमने," मुँह बिगाड़कर नौकर ने कहा था।

बदरी जल्दी-जल्दी सत्तर को पाँच से गुणा करने लगा था; सफल हुआ, तीन रुपये पचास पैसे।

"अड़तीस रुपये पचास पैसे," मालिक ने नौकर या ग्राहक से कुछ और पूछे बगैर अपना हिसाब बताया।

बदरी के बदन में झुरझुरी हुई। फिर उसे लगा कि मालिक ने किसी और से कुछ कहा है। उसने अगल-बगल देखा, कोई और जीवधारी नहीं था वहाँ। बदरी को अगल-बगल झाँकते देख मालिक ने समझा कि आदमी बहरा है, और इसलिए उसने इस बार जरा ताकत का इस्तेमाल करते हुए सीधे बदरी के चेहरे पर निगाह जमाकर कहा, "अड़तीस रुपये पचास पैसे।"

"अड़तीस रुपये की तो केवल सब्जी हड़प गए हैं दोनों," नौकर, जो आँख सेओझल हो गया था, बोलने के लिए प्रकट हुआ और बोलकर पुनः आँख से ओझल हो गया।

बदरी को लगा कि नौकर कहने आया था, 'सत्तर नहीं, एक सौ सत्तर।' उसने हिम्मत बटोरकर कहा, "सत्तर रोटियों की कीमत तो तीन रुपये पचास पैसे..."

"कैसे?" गुर्राकर मालिक से पूछा।

"एक रोटी की कीमत पाँच पैसे, तो..."

"पाँच नहीं, पाँच-पाँच," मालिक तिरस्कारपूर्ण मुस्कराहट के साथ बोला।

"मतलब?"

"मतलब क्या! पाँच पर पाँच, पचपन। चलो, जल्दी करो। दिन-भर तुम्हारा हिसाब करता नहीं रहूँगा मैं।"

"यह कैसे होगा?" लड़खड़ाती आवाज में बदरी बुदबुदाया।

"बता दूँ, कैसे होगा?" मालिक तमतमाया और फिर नौकर को आवाज लगाई, बुटा सिंह! रस्सा और कृपाण लेते आओ तो। साले सब भाषा सीखते-समझते नहीं, और चले आते हैं दिल्ली मौज उड़ाने।"

दो कदम बगल चलकर गुजाय ने गुप्त रूप से जाँच की कि पैरों का लँगड़ापन बिलकुल दूर हो गया या अभी भी कुछ बाकी है।

"हमारे पास..." बदरी कुछ कहना चाह रहा था।

"बोलो, बोलो," मालिक ने बदरी को बोलने के लिए उत्साहित किया।

"हमारे पास पैसे नहीं हैं," भरसक बेबसी प्रकट करते हुए बदरी ने कहा।

"हमारे पास जितने पैसे हैं सब लेकर हमें छोड़ दीजिए," अपनी राय गुजाय ने जाहिर की और अपनी जेब से एक रुपया निकालकर मालिक के आगे रखते हुए बोला, 'मेरे पास तो बस इतना ही है।"

"बूटा सिंह!" मालिक ने नौकर को आवाज दी और कहा, "जरा देखो, इन लोगों के पास कितने पैसे हैं।"

बूटा सिंह ज्यों ही बदरी के सामने आ खड़ा हुआ, बदरी ने कमीज की दोनों जेबें उलट दीं। एक कलम, कागज के दो-तीन टुकड़े, खैनी की एक पुड़िया और चार रुपये सत्तर पैसे बाहर निकल आए।

मालिक ने गुस्से से मुँह फेर लिया।

"और पैसे?" बूटा सिंह ने बदरी का बदन झकझोरा।

गुजाय ने बदरी दास के कान में कुछ फुसफुसाया जिसे बूटा सिंह ने सुन लिया और बोला, "ठगने की कोशिश मत करो, नहीं तो कचूमर निकाल दूँगा। किधर है और जेब? दिखाओ।"

"हाँ-हाँ, दिखा रहा हूँ। जितने पैसे हैं मेरे पास, सब दे दूँगा।" कहते हुए बदरी ने गंजी की चोर जेब से कागज में लपेटा एक दसटकिया निकालकर बूटा सिंह के हाथ में दे दिया।

बूटा सिंह हिसाब जोड़ने लगा कि और कितने पैसे कम रहे हैं।

गुजाय ने अपनी कमीज उतारी, गंजी उतारी, और उन दोनों की जेबें उलट-उलटकर दिखा देने के बाद जोर-जोर से मालिक के सामने धोती झाड़ते हुए सुना दिया, "मेरे पास अब कुछ नहीं है...एक पैसा नहीं है मेरे पास।"

बूटा सिंह ने हिसाब लगाकर कहा, "अभी चौबीस रुपये और चाहिए।"

किस सांसत में जान है, इसका बदरी भैया को जरा भी खयाल नहीं, ऐसा महसूस किया गुजाय ने और जोर से झिड़कते हुए बदरी दास से कहा, "अब झंझट मत बढ़ाइए, बदरी भैया। लँगोटी में जो बटुआ है उसे भी निकालिए और बाकी पैसे भी चुका दीजिए।"

"नहीं, रे गुजाय, अब नहीं है पैसे। बटुआ तो...बटुआ तो खेमे में ही छूट गया।"

"जरा ठीक से देख लीजिए," गुजाय बोला, और फिर उसने नौकर से कहा, "बूटा भाई, आप जरा खुद लँगोटी टटोलकर देख लीजिए न।"

"ऐसा करो," मालिक बोल उठा, "एक आदमी जाकर बटुआ ले आओ। तब तक दूसरा आदमी यहाँ बन्धक रहेगा। एक की जमानत पर दूसरे को छोड़ूँगा।"

"यह भी ठीक है," गुजाय बड़बड़ाया और फिर बदरी से बोला, "मैं बटुआ ले आता हूँ, भैया। कहाँ है बटुआ, सत्तू की पोटली में?"

"तुम्हें नहीं मिलेगा; मैं जाकर ले आता हूँ।"

"आप बताइए न, कहाँ है। आप तो रास्ता भी भूल गए होंगे; मुझे याद है।"

"रास्ता मुझे अच्छी तरह याद है। तुम लँगड़ाते हो; जल्दी आना-जाना नहीं हो सकेगा।"

बदरी जाने लगा, तो गुजाय ने मालिक से कहा, "सेठ जी, हमलोग ईमानदार आदमी हैं। हम दोनों को जाने दीजिए। सिंहेश्वर किरिया, हमलोग बटुआ लेकर तुरन्त वापस आ जाएँगे। हम दो रहेंगे, तो रास्ता भूलेंगे नहीं; एक भटकेगा, तो दूसरा याद करा देगा।"

"बैठो चुपचाप," मालिक ने डाँट दिया और फिर नौकर से कहा, "अपना काम करो।"

नौकर फिर अपने काम पर बहाल हो गया, "रोटी पाँच-पाँच पैसे, पाँच-पाँच पैसे..."

'मैं तुरन्त आता हूँ' कहकर बदरी तुरन्त वहाँ से ढुलकते हुए चला गया। गुजाय अपने देव-पितर को स्मरण करते हुए वहीं जमीन पर बैठ गया।

"बदरी चाचा लौटकर आए थे या नहीं, पापा?" टीपू ने जिज्ञासा प्रकट की।

"सुना रहा हूँ पूरा किस्सा," शशांक ने जवाब दिया, "जब दिल्ली जाने का इरादा रखते हो, तो सुन ही लो कि वहाँ कितने खतरे हैं और वहाँ जानेवाला कितना नुकसान उठाकर वहाँ से वापस आता है। यह तो तुम्हें मालूम ही है कि किस्मत का मारा गुजाय आज तक घर नहीं लौटा है; और, पता नहीं, अभी भी कैसी-कैसी मुसीबतें झेल रहा है।"

बेटे को अच्छी खुराक मिल रही है, इससे आश्वस्त होकर शशांक आगे बढ़ा, "गुजाय को बेकार बैठा देख ढाबे के मालिक ने उससे अपनी देह की खूब अच्छी मालिश करवाई और फिर अपने नौकर से कहा, 'यह आदमी बैठा-बैठा क्या करेगा यहाँ! जब तक इसका साथी पैसे लेकर नहीं आ जाता तब तक तुम इससे जलावन की लकड़ियाँ चिरवा लो।'"

"नहीं, सेठ जी," घबराकर बोला गुजाय, "मेरी टाँगों में दर्द है। बदरी भैया ठीक ही कह रहे थे कि मैं लँगड़ाता हूँ। कुल्हाड़ी इधर-उधर बहक गई, तो...जान भी जा सकती है।"

मालिक जोर से हँसा और बोला, "दिल्ली आए हो, और मरने से डरते हो? अभी-अभी जुलूस में दस-बीस आदमी मर गए; तुम अपने को उनमें से ही एक मान लो। यहाँ निठल्ला नहीं बैठने दूँगा। लँगड़े को भी यहाँ दस काम हैं। लँगड़े नहीं रहते, तब भी इस एक बाँह की कमीज पर तुम्हें भीख मिल जाती। कोई भजन आता है?"

"नहीं आता है, सेठ जी," गुजाय को लगा कि हाँ कह देने से किसी और बड़ी आफत की मार लग जाएगी। जमीन पर बैठे-बैठे ही उसने अपने दोनों पैर फैलाए, एक पैर को लँगड़ा मानकर उसे सहलाना शुरू किया, और फिर कुछ-कुछ कराहने की भी कोशिश की।

"बूटा सिंह!" मालिक ने नौकर को आवाज लगाई, "यह आदमी लकड़ी नहीं चीर सकता। इसे कोई भजन भी नहीं आता है। कोई और काम लो इससे।"

बूटा सिंह गुजाय के सामने आ खड़ा हुआ और फिर गुस्साकर बोला, "गाँव से आए हो, साले, और एक भजन तक नहीं आता। चलो बाहर।"

बूटा सिंह के पैर की एक ठोकर खाकर गुजाय किसी तरह अपनी जगह पर खड़ा हुआ और फिर लँगड़ाते हुए बाहर निकला। बाहर ले जाकर बूटा सिंह ने उसे अपनी जगह पकड़ाई और कहा, "जैसे अब तक मैं ग्राहकों को बुला रहा था वैसे ही तुम भी बुलाओ।"

गुजाय ने अपनी कातर दृष्टि बूटा सिंह की कठोर दृष्टि से मिलाई और फिर चालू हो गया, "रोटी पाँच-पाँच पैसे, पाँच-पाँच पैसे..."

ग्राहकों को आकर्षित करने के दौरान गुजाय को लगा कि उसे धोखा-फरेब के धन्धे में लगाया गया है और वह बुरी तरह डर गया। भयभीत होते ही एक भजन याद आ गया उसे, और वह 'रोटी पाँच-पाँच पैसे' चिल्लाना बन्द कर मालिक के पास अभी भी लँगड़ाते हुए ही पहुँचा, "सेठ जी, एक भजन तो याद आ रहा है मुझे।"

"गाओ तो," मालिक ने कहा।

मन में भगवान का ध्यान कर गुजाय ने भजन सुनाया—

विनती सुनो हमारी, प्रभुजी,
विनती सुनो हमारी।
दीन, अनाथ, नराधम हैं हम,
पापी और भिखारी।
अब उद्धार हमारा कर दो;
आए शरण तुम्हारी।
प्रभुजी, विनती सुनो हमारी...

भजनानन्दी के भजन का सुनवैया पर चाहे जो असर हो, मगर गवैया के चेहरे का असर इतना जरूर होगा कि किसी भी दिखवैया का दिल पसीज जाएगा, ऐसा अनुमान किया ढाबे के मालिक ने; मगर तब भी उसने गुजाय को 'पापी' और 'भिखारी' के साथ 'लँगड़ा' जोड़ देने की सलाह दी। तुरन्त ही मालिक ने बूटा सिंह को बुलाकर कहा, "इसे सड़क के किनारे बैठा दो। कुछ तो भीख मिलेगी ही। और, यह भी देख लो कि इसके भजन में कुछ जोड़ना-घटाना तो नहीं है।"

बूटा सिंह ने फिर से भजन सुना और भिखारी को यह आदेश दिया कि भजन गाने के साथ-साथ वह हर गुजरनेवाले को चिचियाकर यह भी सुनाए, 'जो लँगड़े को देगा दान, उसका भला करे भगवान।'

और फिर ढाबे के सामने ही सड़क के किनारे गुजाय को भजनानन्द के लिए

बैठाकर उससे आँखें तरेरते हुए बूटा सिंह ने कहा, "भागने की कोशिश मत करना। हर भागनेवाला पकड़ लिया गया है, और हमने उसकी पीठ और चेहरे को गर्म लोहे से दाग दिया है। तुम्हारी पीठ पर भी हम गर्म लोहे से लिख देंगे, 'चौबीस रुपये।'"

ढाबे के सामने आवाजें टकराने लगीं, "पाँच-पाँच पैसे...जो लँगड़े को देगा दान... पाँच-पाँच पैसे...विनती सुनो हमारी..."

गुजाय की एक आँख ढाबे पर ही टिकी हुई थी।

दिल्ली के देवता ने दो और भोजनार्थियों को ढाबे की राह पकड़ा दी। पाँच-पाँच पैसे की रोटी ने उन्हें भी गुदगुदा दिया। भोजन हुआ। फिर हिसाब-किताब। कहा-सुनी। चीख-पुकार। हाथ में कृपाण और रस्सा लिये बूटा सिंह का प्रवेश। धर-पकड़। भारी हो-हल्ला।

सड़क के किनारे बैठे लँगड़े भजनानन्दी की ओर अब किसी का ध्यान नहीं था।

गुजाय अपनी जगह से दो कदम खिसका और फिर सरपट भागा।

दौड़ते हुए गुजाय ने देखा कि सड़क के दूसरे किनारे से कोई आदमी उसके साथ ही दौड़ रहा है। जान के डर से गुजाय जी-जान से दौड़ा।

"गुजाय! गुजाय!" उस दौड़ते हुए आदमी की तरफ से आवाज आई। आवाज परिचित लगी। गुजाय ने दृष्टि स्थिर की, "अरे, बदरी भैया!"

"चले आओ, इस ओर चले आओ," बदरी भैया ने आवाज दी।

गुजाय रुक गया और बिना सुस्ताए जल्दी से सड़क पार करने की कोशिश की।

मगर तभी तेजी से आती हुई एक मोटरगाड़ी ने गुजाय को सड़क पर एक जोरदार धक्का दिया और तेजी से भाग गई।

सड़क पर गुजाय बेहोश था और उसके बदन से खून बह रहा था।

"और तब क्या हुआ, जानते हो?" शशांक ने बेटे से पूछा।

टीपू ने ना में सिर हिला दिया।

"जैसे ही गुजाय जख्मी होकर सड़ पर गिरा, आसपास के लोग वहाँ से भागने लगे। सड़क से गुजरनेवाले आगे-पीछे झाँकते हुए तेजी से गुजर जाते थे।

"सारे लोगों को वहाँ से भागते देख बदरी भी खिसक गया।"

"खिसक गया?" टीपू ने हैरत और दुख से पूछा।

"शहरों में ऐसा ही होता है, बेटे। उस जख्मी को जो उठाता, सँभालता, अस्पताल ले जाता, उसे ही भारी मुसीबतों से गुजरना पड़ता। किसे फुरसत है अपना काम-धाम छोड़कर उपकार करने और पुलिसवालों के उलटे-सीधे सवालों के जवाब देने की! एक उपकार करो और हफ्तों-पन्द्रहियों अपनी नींद हराम करो। बेचारा बदरी क्यों नहीं भागता? पुलिसवालों को यह सिद्ध करने में कितना समय लगता कि चलती गाड़ी के सामने गुजाय को बदरी ने ही धकेला था! खेमे में बदरी का कोई बटुआ नहीं था, तो किस पैसे से बदरी अपने को निरपराध साबित करने में सफल हो पाता!"

“बदरी चाचा ने गलत काम किया है, पिताजी,” टीपू तमतमा गया।

“उस वक्त बदरी को इसी में भलाई दिखी,” शशांक ने कहा, “शहरों में इन्हीं गलत कामों के चलते तो भागे हुए बच्चे वहाँ जाकर मुसीबत में फँसते हैं, जख्मी होते हैं, दुख भोगते हैं, और सारी जिन्दगी रोते रह जाते हैं। गुजाय बेचारा...”

“गुजाय मरा तो नहीं न, पिताजी?”

“गुजाय देर तक सड़क पर पड़ा रह गया था। काफी देर बाद पुलिसवाले वहाँ पहुँचे और उसे अस्पताल ले गए। शाम में खेमे में किसी ‘राजगंज’ के किसी ‘बदरी दास’ की खोज हुई थी, मगर लाखों की भीड़ में एक अपरिचित आदमी को ढूँढ़ निकालना पुलिसवालों के लिए सम्भव नहीं था और लाखों की भीड़ में अपने को छिपा लेना बदरी दास के लिए मुश्किल नहीं था। उसी रात बदरी दास ने दिल्ली छोड़ दी थी।”

“और तब से ही बेचारा गुजाय मुसीबतों के बीच भटक रहा है। बहुत दिनों तक अस्पताल में रहा वह। वहाँ से निकलने पर कुछ दिनों तक भीख माँगता रहा। फिर उसने कुली का काम पकड़ा था। उसके बाद ही वह लाल किला के पास पानी बेचने लगा था। फिर वह पंजाब चला गया कमाने! और तब से आज तक उसकी कोई खबर नहीं मिली है।”

शशांक ने गौर से बेटे को देखा और अन्दर-ही-अन्दर खूब खुश हो गया।

और जब दिव्या ने पति से कहा, “टीपू पर नजर रखनी पड़ेगी। न जाने हर दूसरे-तीसरे साल क्या होता है दिल्ली में कि गाँव से लोगों के ठठ्ठ वहाँ दौड़ते हैं। इस बार भी बहुत लोग जा रहे हैं! टीपू भी जाने के लिए मचल रहा है। कोई ठीक नहीं है, किसी का साथ पकड़ ले;” तब ठठाकर हँसा था शशांक, “हुँह, टीपू कैसे भागकर चला जाएगा! भागते हैं वे बच्चे जिन्हें घर में प्यार-दुलार नहीं मिलता। मेरा टीपू मुझसे एक दिन भी अलग रह सकता है क्या! और फिर दिल्ली से तो वह इतना डर गया है कि मेरे सामने साफ बोल गया कि भागकर तो वह कहीं नहीं जाएगा और कहीं भी बाहर सिर्फ मेरे साथ जाएगा। और सुन लो, दिव्या, कि अगर टीपू के भागने का मन भी हुआ, तो वह जरूर मेरे पास आकर कहेगा, ‘पिताजी, मुझे एक बार भागने की इजाजत दीजिए न।’”

और फिर शशांक ने सीना तानकर कहा था, “मेरा बेटा मुझे छोड़कर कहीं नहीं भाग सकता। भाग जाएगा! हुँह!”

‘हे ईश्वर! रक्षा करना मेरे बेटे की।’ शशांक ने ईश्वर से प्रार्थना की, और अपने बेटे को हाँक लगाई, “टीपू, यहाँ आओ।”

बेटा अपनी माँ के पास पहुँचा था कि वह पिता के निरन्तर ‘ना’ की आग को कभी-कभार, एक-आध बार अपनी ‘हाँ’ के पानी से बुझा दे। ‘माँ’ को द्रवित कर देनेवाले दयनीय स्वर में उसने अपनी माँ से कहा, “माँ, मैं भी पोखर में नहाने जाऊँ?”

"पोखर में? किस पोखर में?" माँ ने इस तरह पूछा कि टीपू को लगा, पहले ही कौर में मक्खी गिर गई।

"साहू पोखर में। और कौन पोखर है यहाँ! किसी दूसरे गाँव थोड़े ही जा रहा हूँ।" बेटे ने कुछ इस अन्दाज से कहा कि अनुमति नहीं मिलने पर वह रूठेगा।

माँ गुर्रा उठी, "खबरदार! पोखर की तरफ जाना भी नहीं, नहीं तो ठीक नहीं होगा।"

"क्या ठीक नहीं होगा?" बेटे ने जवाब माँगा।

"मैं तुम्हारे साथ बकबक नहीं करूँगी; कह दिया, जाना नहीं है।"

"क्यों जाना नहीं है, बताओ।"

माँ ने कुछ नहीं बताया, तो बेटे ने जोर से जमीन पर लात मारकर कहा, "बताओ, क्यों नहीं जाना है।"

माँ वहाँ से खिसकी, मगर बेटा उसके पीछे-पीछे चलते हुए बड़बड़ाने लगा, "बताएगी कुछ नहीं; बस, जाना नहीं है। कुछ भी कहो, तुरन्त नहींईंईंईं...दुनिया में होगी किसी की माँ ऐसी! किसी की नहीं होगी।"

मातृत्व पर इस धिक्कार से भी जब माँ नहीं बदली, तो बेटा माँ के निकट खड़ा होकर अंग-संचालन के साथ स्वगत-कथन पर उतर आया, "इस तरह कोई माँ अपने बेटे को नहीं सताती होगी। मुझे तो बेटा नहीं, दुश्मन समझती है। यह तो चाहती है कि मैं घर में चुपचाप बैठकर मक्खी मारता रहूँ। इतने बच्चे जाते हैं या नहीं पोखर में नहाने! किसी की माँ मना तो नहीं करती। एक दिन मैं भी चला जाऊँगा, तो भारी जुल्म हो जाएगा क्या?"

माँ तब भी विचलित नहीं हुई, तो बेटे ने उसकी ओर भृकुटी तानकर देखा, और एक क्षण की शान्ति के बाद घोषणा कर दी, "ठीक है, आज मैं जाऊँगा; जरूर जाऊँगा पोखर में नहाने। पिताजी की मार खा लूँगा, मगर जाऊँगा जरूर। सुनती हो या नहीं, मैं क्या कह रहा हूँ? मैं कह रहा हूँ, आज पोखर में नहाने जाऊँगा।"

माँ ने छुट्टी ले ली, "मुझसे बकबक मत करो। जो पूछना हो अपने पिताजी से पूछो।"

बेटे ने छुट्टी नहीं दी, "सब कुछ पिताजी से ही पूछूँ? तुम नहीं कह सकती हो जाने के लिए?"

"मैं कुछ नहीं कह सकती।"

"कुछ नहीं कह सकती, सिर्फ पिताजी से शिकायत कर सकती हो। तुरन्त दौड़कर सुनाने चली जाओगी, 'टीपू पोखर जा रहा है।'"

"बिना पूछे जाओगी, तो क्यों नहीं कहूँगी?"

"ठीक है, कह देना। मैं जाता हूँ।" टीपू ने धमकी दी।

बेटे के बाहर निकलते ही दौड़कर बेटे के बाप को खबर करेगी, ऐसा मन में विचार कर दिव्या ने बेटे पर निगाह जमा दी। मगर दौड़ने और खबर करने की नौबत

नहीं आई। कमरे से शशांक की आवाज आई थी, "टीपू! यहाँ आओ।"

टीपू ने इस आवाज पर ऐसा मुँह बनाया जैसे कि देह में कहीं काँटा चुभ गया हो। और वह फिर पिता की बोली बोलकर माँ को सुनाने लगा, "टीपू, यहाँ आओ। बेटे, कहीं नहीं जाना है। मेरे साथ चलना, बेटे। मैं तुम्हें तैरना सिखा दूँगा, बेटे। जरूर सिखा दूँगा। हाँ, बेटे, बिलकुल नहीं जाना है पोखर की ओर।"

पिता की बोली माँ को सुनाकर टीपू पिता के सामने हाजिर हो गया था।

और सालों की तरह इस साल भी साहू पोखर पर छठ पर्व मनाया गया था। टीपू ने पोखर में नहाने और तैरनेवालों को बड़ी ललचाई नजरों से देखा था। उसकी उम्र के बच्चे न केवल नहा रहे थे पोखर में, बल्कि तैर भी रहे थे, तैरकर जाठ तक जा पहुँचते थे, जाठ के ऊपर जा चढ़ते थे, और फिर ऊपर से पानी में कूद लगाते थे। टीपू को किनारे में नहाने तक की अनुमति नहीं मिली थी। टीपू ने जिद की थी, तो पिता ने उसे समझाना शुरू कर दिया था, "इस पोखर में वही नहाते हैं जिन्हें तैरना आता है। किनारे में ही बहुत पानी है; एक कदम बाद आदमी-भर का डुबाव है; जाठ के पास हाथी का डुबाव। ऐसे में तुम्हारा पोखर में उतरना उचित नहीं होगा। मैं तैरना नहीं जानता हूँ, इसीलिए मैं भी नहीं नहाता हूँ इस पोखर में। तुम तैरना सीख लो, मैं इसका प्रबन्ध कर रहा हूँ। उसके बाद पोखर में, नदी में, समुद्र में, जहाँ जी चाहे नहाना-तैरना।"

टीपू मान तो गया था, मगर बेहद उदास हो गया था।

शशांक आज भी उदास हो जाता है कि उसे तैरना नहीं आता। बचपन में पहली बार जब इसी साहू पोखर से वह अपने कुछ साथियों के साथ नहाकर आया था, तो माँ ने सिर पर आसमान उठा लिया था। पिताजी तैरना जानते थे। माँ की शिकायत पर उन्होंने हँसते हुए कहा था, "क्या बुरा है, अगर शशांक तैरना सीख लेता है!" इस जवाब पर तो माँ और भी आग बबूला भी हो गई थी पिताजी पर, "आप तो और शह दे रहे हैं बच्चे को। भला वह पोखर ऐसा है कि लोग उसमें नहाएँ। इस मारक पोखर में कितने ही लोग डूब गए हैं। आपकी मति मारी गई है। मैं तो बच्चे को इसमें नहाने नहीं दूँगी।" और फिर माँ ने शशांक को सुना दिया था, "उधर कभी गए, तो टाँग तोड़कर रख दूँगी।"

टाँगें बच गईं, मगर तैरना सीख नहीं पाया शशांक।

एक मौका मिला था उसे मीना दीदी की ससुराल में। कुछ दिनों के लिए वह बड़ी बहन के पास गया हुआ था। वहाँ गाँव से सटकर एक नदी बहती थी जिसमें बच्चे औरतें भी नहाती थीं। ऐसा एक भी बच्चा नहीं था जिसे तैरना नहीं आता था। शशांक घर के कुछ और बच्चों के साथ जाने को तैयार हुआ, तो दीदी ने रोक दिया था। दीदी को डर हो गया कि कुछ अशुभ घट जाए, तो वह माँ-बाप को मुँह दिखाने लायक भी नहीं रहेगी। शशांक को केवल नदी के किनारे बैठकर दूसरे बच्चों को नहाते-तैरते

देखने-भर की इजाजत मिली थी।

फिर कभी मौका ही नहीं आया कि वह तैरना सीख ले। और, यह गम उसे आज तक सालता रहा। किसी नदी में नाव पर चढ़ते हुए उसकी रूह काँप उठती है और वह एक तरफ से सारे देवी-देवताओं को सुमिरते हुए नाव की यात्रा समाप्त करता है। जहाँ दूसरे यात्री राकुशल किनारे पहुँच जाने के लिए नदी में दसपैसी-बीसपैसी फेंकते हैं, वह कम-से-कम पचास पैसे का सिक्का जरूर पानी में डाल देता है। और, ज्यों ही आवाज उठती है, "बोलिए गंगा मैया की...कोशी मैया की..., शशांक भी अपने गले से जोरदार आवाज निकालता है, "जय...जय।" इसके बाद भी दिल में धुकधुकी। अगर तैरना आता, तो किनारे में डुबकी लगाते हुए भी बह जाने का, फिसलकर डुबाव पानी में चले जाने का भय तो नहीं जकड़ता।

पिताजी ने ध्यान दिया होता, तो राजगंज के साहू पोखर में ही तैरना सीख लेता वह। वह जरूर ध्यान देगा, जरूर सिखाएगा अपने बेटे को तैरना। खुद तैरना आता, तो साहू पोखर में ही सिखाता वह बेटे को, मगर अब उसे समय निकालकर मीना दीदी की ससुराल ही जाना पड़ेगा टीपू के साथ; और वहाँ से टीपू एक तैराक बनकर आएगा।

टीपू को इस यात्रा और सुख का आश्वासन तो मिल चुका है, मगर टीपू कब तक रहे आसरे में! वह फिर मचलने लगा था।

माँ के सामने पिता की बोली बोलकर जैसे ही टीपू पिता के सामने हाजिर हुआ, पिता ने रोबदार आवाज में पूछा, "क्या बात है? क्या कह रहे थे माँ से?"

"मैं नहाने जाऊँगा," टीपू ने सिर झुकाते हुए जवाब दिया।

"कहाँ?"

"पोखर में।"

"तुम्हें तैरना तो नहीं आता है?"

"कैसे सीखूँगा तैरना? घर में बैठे-बैठे सीख जाऊँगा?"

बाप ने देखा कि बेटे की आवाज में गर्मी है, इसलिए उसने जरा ठंडे स्वर में कहा, "मगर, बेटे, इस पोखर में तैराकी सीखना बहुत ही खतरनाक है।"

"इतने बच्चों ने तो यहीं सीखा है तैरना, इसी पोखर में।"

"तो किसी दिन सुन लेना कि कोई डूब गया।"

"कहाँ कोई डूब रहा है! रोज तो वहाँ नहानेवालों की भीड़ लगी रहती है।"

"तुम्हें कुछ मालूम नहीं, मगर मुझे मालूम है कि इस पोखर में बहुत लोग डूबकर मर चुके हैं। इस गन्दे पोखर में इतना सेवार है कि तैरनेवालों को भी इसमें टाँगों के फँस जाने का खतरा रहता है।"

"तो फिर छठ में इतने लोग कैसे तैरते हैं?"

"उस वक्त पोखर की हल्की-फुल्की सफाई कर दी जाती है, हालाँकि डूबने का

खतरा तब भी मौजूद रहता है। नासमझ लोग ही यह खतरा उठाते हैं, तैरते हैं, और मरते भी हैं।"

"इतने बच्चे डूब नहीं रहे हैं; बस, एक मैं डूब जाऊँगा!" कहते हुए इस बार हाथ चमकाया टीपू ने।

"तुम और लोगों से भी पूछ डालो इस पोखर के बारे में। इधर दो-चार साल से लोग वहाँ नहाने लगे हैं। इस पोखर की ओर तो पहले कोई जाता तक नहीं था। जिस साल इस पोखर की खुदाई हुई थी उसके दूसरे साल ही साहू परिवार का एक आदमी इसमें डूब गया था। उसके हर दूसरे-तीसरे साल इसमें मौत होती रही। मैं तो भूत या पनडुब्बा में विश्वास नहीं करता, मगर लोग तो कहते हैं कि जो पहला आदमी इसमें डूब गया था वह पनडुब्बा बनकर पोखर में रहता है। तुम्हारी माँ को भी मालूम है यह; पूछ लो।"

इतना सुनाकर शशांक ने दिव्या को हाँक लगाई और उसके आते ही पूछा, "दिव्या, तुमने भी तो सुना होगा कि साहू पोखर में एक पनडुब्बा रहता है।"

"मैंने क्या अकेले सुना है!" दिव्या ने जोर देकर कहा, सारा राजगंज जानता है।"

"मैंने तो सुना है कि जब कोई उस पोखर में घुसता है, तो पनडुब्बा उसकी टाँग खींचने की कोशिश करता है। मुझे भूत-प्रेत में विश्वास नहीं, मगर लोग जब सुनाते हैं तो मानना पड़ता है कि पानी में कहीं कुछ रहता जरूर है। एक दिन गिरधारी ने अपनी बात सुनाई कि एक बार जब वह पोखर में तैर रहा था तो उसे लगा कि कोई उसकी टाँग को बार-बार छू-पकड़ रहा है। जान बचाकर पोखर से निकला था वह, और उस दिन से फिर कभी वहाँ नहाने नहीं गया।"

"हल्ला तो यही है," दिव्या बोल पड़ी, "कि उसमें एक नहीं, तीन पनडुब्बे हैं। कोई परदेशी भी उसमें डूब मरा था। बेचारे को पता नहीं था उस पोखर के बारे में! उफ!"

"पनडुब्बा कैसा होता है, पिताजी?" टीपू ने कुछ डरी हुई आवाज में पूछा।

"मैंने देखा नहीं है, बेटे; पानी का भूत समझ लो।"

"यह भूत तो गाछ के भूत से भी अधिक बदमाश होता है," दिव्या ने अपनी जानकारी जाहिर की, "यह तो पानी के नीचे जमीन पर मुँह रगड़-रगड़कर जान ले लेता है।"

"उफ्!" आँखें बन्द कर लीं शशांक ने और बोला, "मैंने इसी पोखर में डूबनेवाले एक आदमी की लाश देखी थी। भयंकर! भयंकर! पेट तो हाँड़ी की तरह फूल गया था। राजगंज का ही एक भूँजा बेचनेवाला था वह। लाश तो ऐसी विकृत हो गई थी कि पहचान में नहीं आ रही थी।"

"मेरे कलासन में एक बार एक गाय एक मटकुएँ में गिर गई," दिव्या ने बोलना शुरू किया, "लोगों ने बहुत मुश्किल से उसे कुएँ से बाहर निकाला था। गाय का पेट भी खूब फूल गया था। लाश पहचान में नहीं आ रही थी। ओह, भयंकर! मुझसे तो देखा नहीं जा रहा था। भाग आई थी मैं वहाँ से। उफ!" बोलकर दिव्या सिहर उठी।

टीपू ने भी सिहरकर माँ की बात पर अपना विश्वास प्रकट किया।

शशांक ने बात और आगे बढ़ाई, "और, यह जानती हो, दिव्या, कि आग और पानी की मौत कितनी तकलीफदेह होती है? तड़प-तड़प कर, घुट-घुट कर मरता है आदमी।"

"कुत्ते की मौत," दिव्या बोली।

"एक झटका लगे और आदमी मर जाए, इसमें कष्ट तो नहीं है," शशांक ने अपना विचार प्रकट किया, "मगर आग-पानी में घुट-घुटकर, तड़प-तड़पकर...उफ! आह!..."

"भगवान ऐसी मौत किसी को न दे," दिव्या बड़बड़ाई।

"हमारे दुश्मन को भी नहीं," शशांक ने जोड़ा।

"इस पोखर को लोग तोप क्यों नहीं देते?" दिव्या ने गुस्सा प्रकट किया।

"पोखर साहू परिवार का है; लोग कैसे तोप देंगे!" शशांक ने लोगों की मजबूरी बताई।

"साहू परिवार को क्या पड़ी है पोखर तोपने की!" दिव्या तमतमा गई, उनके घर से एक खून तो पोखर ने ले ही लिया है। वे तो चाहेंगे कि अब हर घर से एक-एक आदमी की उस पोखर में बलि पड़े।"

"और, वैसा हो भी रहा है। साल-दो साल में तो एक जान जाती ही है।"

"इतने बच्चे जाते हैं वहाँ; पता नहीं, कब क्या हो जाए!"

"दूसरों की फिक्र छोड़ो; हम अपनी फिक्र करें। घर से सोचकर तो कोई नहीं जाता कि वह डूबने जा रहा है, मगर अपनी नासमझी का फल उसे मिल जाता है।"

"मैं तो उस पोखर के नाम से काँपती हूँ। छठ में भी जाती हूँ, तो बिलकुल किनारे में खड़ी होकर अर्घ देती हूँ।"

"हमें कोई डर नहीं है, हम उधर जाएँगे ही नहीं।"

"हाँ, पिताजी," टीपू ने अपना निर्णय सुनाया, "मैं भी कभी नहीं जाऊँगा उस पोखर में नहाने।" और फिर, "मगर, पिताजी, तैरना नहीं सिखाएँगे..."

"हाँ, तैरना तुम्हें अवश्य सिखाऊँगा। इस बार मीना दीदी के यहाँ जाना है। तुम्हें साथ लेकर जाऊँगा।"

"यह तो आप बहुत दिनों से कह रहे हैं," टीपू ने मचलते हुए कहा, "जाइएगा कब?"

"छह महीने के अन्दर जाऊँगा। जाना निश्चित है। मगर यह प्रतिज्ञा करो कि इस पोखर की ओर नहीं जाओगे।"

"अब तो आप मीना फुआ के यहाँ नहीं ले जाएँगे, तब भी मैं इस पोखर में नहाने नहीं जाऊँगा। कोई ठीक है, पनडुब्बा मेरी ही टाँग पकड़ ले! लेकिन आप ले जाएँगे न मुझे मीना फुआ के पास?"

"हाँ रे हाँ, अवश्य ले जाऊँगा।"

टीपू खुशी से नाचते हुए माँ के पास दौड़ गया था।

और, जब एक दिन दिव्या ने अपना यह सन्देह प्रकट किया कि आजकल टीपू तौलिया-पाजामा लेकर पोखर में नहाने तो नहीं जाता है, तो ठठाकर हँस पड़ा था शशांक, "तुम्हें तो सन्देह की बीमारी हो गई है। टीपू भला उस पोखर में नहाने जाएगा! जाता होगा अपने संगी-साथी के पास किसी कुएँ पर नहाने। तुम बेफिक्र रहो; वह भूल से भी साहू पोखर में नहीं नहाएगा; उसमें पनडुब्बा रहता है। और, अभी छह महीने पूरे कहाँ हुए हैं!"

बाहर में बहादुरी का डंका पीटकर आया था टीपू। घर में भी पीटना जरूरी था, नहीं तो माँ को पता कैसे चलता कि उसका बेटा कितना बहादुर है।

टीपू ने झाँककर देख लिया कि माँ ओसारे में बैठी सब्जी काट रही है और पिताजी कहीं आसपास नहीं हैं। माँ को अपनी पैनी निगाहों का इस्तेमाल नहीं करना पड़े, इसलिए वह काफी लँगड़ाते हुए घर में घुसा।

माँ ने पहले तो देखा कि कोई लँगड़ा घर में घुसा आ रहा है, मगर ज्यों ही लँगड़े के चेहरे पर उसकी नजर पड़ी, वह चीख पड़ी, "हाय राम! यह क्या हुआ, रे?"

बेटे ने इशारे से माँ को चीखने-चिल्लाने से मना किया।

बेटे के इशारे को महज उसकी विनय मानकर माँ ओसारे से नीचे कूद पड़ी, बेटे को थाम लिया, और उसे सहारा देकर ओसारे पर ले आई। ओसारे पर चढ़ते ही उसने बेटे से पूछा, "क्या हुआ, रे? लँगड़ा क्यों रहा है?"

"आह!" ओसारे पर बैठकर टीपू ने अपनी टाँगें फैलाईं और कराहते हुए बोला, "लगता है, टाँग टूट गई है।"

"टाँग टूट गई! कौन-सी?" घबराकर दिव्या ने पूछा।

"छूना मत; दर्द होता है," कहकर टीपू ने अपनी वह टाँग दिखाई जो टूटी थी, और उस जगह को दोनों हथेलियों से घेर लिया जहाँ से टाँग टूटी थी और ऊपर की चमड़ी की वजह से नीचे का टुकड़ा अभी तक गिरकर अलग नहीं हो गया था।

"जरा इधर...," माँ पिताजी को आवाज लगाने की कोशिश में कामयाब नहीं हुई। बेटे ने जल्दी से माँ के मुँह पर हाथ रख दिया और धीरे से बोला, "पिताजी को क्यों बुला रही हो?"

"नहीं बुलाऊँ, तो फिर टाँगकर अन्दर कौन ले जाएगा! मैं तुम्हें उठा नहीं सकूँगी।"

"रुको; थोड़ी देर सुस्ताने दो," कहकर टीपू टूटी हुई टाँग को फूँकने लगा।

माँ ने कहा, "तुम्हें अन्दर ले जाना जरूरी है। वहाँ आराम से बिस्तर पर लेट जाना।"

"नहीं, माँ, पिताजी गुस्साएँगे। उन्हें कुछ मत कहो।"

"गुस्साएँगे क्यों! चोट-खोट तो बच्चों को लगती ही है। और गुस्साने के डर से क्या दर्द पोसोगे?"

"रुको न; जल्दी क्या है!"

बेटे की बात नहीं मानी दिव्या ने, और उससे हाथ छुड़ाकर अन्दर चली गई।

शशांक पत्नी के साथ बाहर आया, तो उसके चेहरे पर काफी घबराहट थी। बाहर आकर उसने देखा कि टीपू ओसारे पर पड़ी बाल्टी से एक लोटे में पानी ढाल रहा है। उसने पूछा, "क्या बात है, टीपू? चोट लगी है तुम्हें?"

"नहीं तो!" टीपू ने अचरज का भाव प्रकट किया।

"हाँ-हाँ, लगी है। अभी तो लँगड़ा रहा था। बाईं टाँग टूट गई है," कहकर दिव्या ने बेटे को समझाया, "डर क्यों रहा है? सही-सही बोल दो। नहीं गुस्साएँगे। इलाज कराएँगे कि गुस्साएँगे! अभी तो दर्द से कराह रहा था।"

"हाँ रे, दर्द हो रहा है?" बाप ने बेटे से फिर पूछा।

"नहीं तो; कहाँ टाँग टूटी है! ठीक तो है," कहकर टीपू ने तेजी से आँगन में चलकर दिखाया।

शशांक ने दिव्या की ओर देखा; दिव्या बेटे की ओर देखती रही।

"दौड़कर भी दिखा दूँ, पिताजी?" बेटे ने बाप से कहा।

"नहीं," कहकर शशांक वापस अपने कमरे में चला गया।

जब शशांक अपने कमरे में बन्द हो गया, तो टीपू आँगन से लँगड़ाते हुए ओसारे पर आ बैठा। माँ उसके पास आकर बोली, "क्यों रे, तू मुझे चिढ़ा रहा है?"

"नहीं, माँ, नहीं चिढ़ा रहा हूँ। मेरा दुख कैसे समझोगी!" टीपू ने काफी उदास स्वर में कहा, "तू तो तुरन्त चली गई पिताजी को बुलाने। मना किया था न मैंने!"

"मगर उनके सामने तुम्हारी टाँग ठीक कैसे हो गई?"

"ठीक कहाँ हुई! मैं तो पूरी ताकत लगाकर दर्द को सहते हुए चल रहा था उनके सामने। अगर दौड़ने को कह देते, तो भला दौड़ पाता मैं!"

"मगर, बेटे, टाँग टूट गई है, तो अब उनसे कहे बगैर कैसे काम चलेगा! टाँग का इलाज कराना पड़ेगा, टीपू।"

"मुझे लगता है, माँ, कि टाँग टूटी नहीं है; सिर्फ मोच पड़ गई है इसमें। टाँग टूटती, तो मैं अवश्य बेहोश हो गया रहता।"

"मोच आई है, तब भी तो कुछ इलाज कराना ही पड़ेगा। इलाज न हो, तो मोच आए या टाँग टूटे, दोनों बराबर; दोनों का दुख जीवन-भर बना रहता है।"

"मोच भी कैसे मान लूँ! मोच रहने पर भी मैं चल-फिर तो नहीं सकता था। हाँ, दर्द जरूर है। लगता है, केवल चोट जोर से लगी है।"

"मुझे देखने तो दो। चोट लगी है, तो कम-से-कम हल्दी-चूना तो लगा दूँ।"

"कहीं सूजा हुआ तो है नहीं कि हल्दी-चूना लगाओगी। और, चोट भला खाक लगेगी! मैं तो छत से भुरभुरी जमीन पर कूदा था। चोट बिलकुल नहीं लगी थी, माँ; मेरे मन में डर समा गया है कि..."

कुछ और सुनना अनावश्यक मानकर माँ ने अन्दर से काँपते हुए पूछा, "किसकी छत से कूदा था, रे?"

"गिरधारी चाचा की छत से।"

"बाप रे!" कहते हुए दिव्या पति के पास दौड़ गई और चीख-चीखकर उसे गिरिधारी की छत की ऊँचाई और नीचे की पथरीली जमीन के बारे में बयान देने लगी।

बेटा बाप के सामने हाजिर किया गया।

"क्यों रे, तू छत से कूदा था?" बाप ने आँखें तरेरकर पूछा।

झुके हुए सिर को बेटे ने एक बार ऊपर उठाकर बाप की ओर देखा और पुनः नतमस्तक हो गया।

"क्या पूछ रहा हूँ मैं?" बाप फिर बोला।

बेटे ने फिर सिर ऊपर उठाया।

"छत से कूदा था तू?"

"हाँ," इस बार बेटे ने जवाब दिया।

"किसकी छत से?"

"गिरिधारी चाचा की छत से।"

"मालूम है, उसकी कितनी ऊँचाई है?"

"बीस हाथ से कम नहीं होगी," छत कितनी भी ऊँची हो सकती है, इस आधार पर दिव्या बोल गई।

"बीस नहीं हो, दस ही हो, आठ ही हो, तब भी क्या इतनी ऊँचाई से कूदना चाहिए था! मैं तो एक बच्चे को जानता हूँ जिसका एक हाथ खटिया से जमीन पर गिरने में ही टूट गया।"

"खटिया मुश्किल से बित्ता-डेढ़ बित्ता ऊँची होती है," एक हाथ से कम ऊँचाई की कोई खटिया नहीं देखी थी दिव्या ने, इसलिए बित्ता से नीचे नहीं आई।

"नीचे की जमीन एकदम भुरभुरी थी, पिताजी," टीपू ने मुँह खोला।

माँ ने टीपू का मुँह बन्द कर देना चाहा, "भुरभुरी कैसे होगी! घर के सामने की जमीन है; कोई खेत की जमीन नहीं है कि भुरभुरी या बलुई होगी।"

टीपू ने पिता से कहा, "चोट बिलकुल नहीं लगी, पिताजी।"

"हाँ-हाँ, चोट भला तुम्हें कैसे लगती! तू तो रूई के ढेर पर गिरा था न!" दिव्या ने मुँह चमकाकर कहा, "नसीब अच्छा था कि हाथ-गोड़ नहीं टूटा, नहीं तो कूदने का मजा मिल जाता।"

मुँह चमकाकर और बोलकर दिव्या अपने धन्धे पर चली गई।

दिव्या के जाने के बाद शशांक थोड़ी देर तक नतमस्तक टीपू को चुपचाप निहारता रहा और मन में सोचता रहा, एक अजीब लड़के से पाला पड़ा है। यह सोचकर वह रोमांचित हुआ कि सामने खड़े लड़के का बाप है वह। यह लड़का पूरे राजगंज में विचरता है, खेलता है, ऊधम मचाता है, लोगों की निगाह में आता है, और हर जगह, हर वक्त, वह, शशांक गुप्ता, उसका बाप बना रहता है। सामने खड़े बेटे को देखकर

वह अपने आप पर रीझ गया। जिस वक्त यह लड़का छत से कूद रहा होगा उस वक्त भी उस पर बहुत-सी निगाहें जमी होंगी, 'यह शशांक का बेटा है।' आज फिर कुछ मिला है उसे, ऐसी ही गुदगुदी मन में हो रही थी। 'मगर यह छत से कूदा क्यों?' शशांक की भौंह सिकुड़ गईं। 'यदि कूदने में टाँग टूट जाती, तो?' इस 'तो' से शशांक सिहर गया और ईश्वर को धन्यवाद देते हुए बेटे से पूछा, "क्यों रे, तू छत से कूदा क्यों?"

जवाब में बेटा और झुक गया, तो बाप ने पूछा, "क्या कर रहे थे छत पर?"

"वहाँ कई लड़के गुड्डी उड़ा रहे थे," बेटे ने सिर उठाया और भरसक सिर को सीधा रखने की कोशिश करता रहा।

"उन लड़कों में तू भी था?"

"हाँ।"

"कोई और भी कूदा था?"

"नहीं।"

"तो तू क्यों कूद पड़ा?" शशांक गरजा।

बेटे ने फिर सिर झुका लिया। पति की गर्जना सुनकर दिव्या दौड़ी आई, बाप-बेटा दोनों को गौर से निहारा, और फिर आँखों के इशारे से पति से पूछा, "क्या हुआ?"

दिव्या की उपस्थिति को बिलकुल नजरअन्दाज करते हुए बाप बेटे पर फिर गरजा, "जब कोई नहीं कूदा, तो तू क्यों कूद गया?"

"किसी ने धकेल दिया होगा," दिव्या बोली, और चुप होने से पहले जोड़ दिया, "हँसी-हँसी में ही।"

"नहीं, धकेला किसी ने नहीं," बेटे ने माँ को जवाब दिया।

"तब क्या भूत ने धकेल दिया?" गुस्साकर दिव्या बाहर निकल गई। गुस्सा उसका अपने पति पर भी था जिसके गरजने का अब कोई उपयुक्त कारण नहीं था। अब तो बाप-बेटा नौटंकी करेंगे, उसे देखने की फुरसत नहीं थी उसके पास।

शशांक दृढ़तापूर्वक बोला, "बताओ, तुम क्यों कूदे?"

"लड़कों ने जोश दिला दिया," टीपू ने जवाब दिया, और एक हल्की मुस्कराहट उसके होंठों से झाँककर चली गई।

"हँस रहे हो?" बाप गरजा।

"नहीं," कहकर टीपू एकदम सावधान की मुद्रा में अतिशय गम्भीर हो गया।

"मगर मुझे हँसी आती है तुम पर," बेटे पर तिर्यक दृष्टि डालते हुए बाप ने कहा, "पागल हो गए हो क्या? किसी ने चढ़ा दिया और तुम उस ऊँचाई से कूद गए! क्या जोश दिलाया था लड़कों ने?"

"उन्होंने कहा, 'है कोई माई का लाल जो इस छत से कूदकर दिखा दे?' टीपू ने भरसक उसी तरह कहा जिस तरह उसे सुनाया गया था।

"और तू माई का लाल निकल गया?"

टीपू लजा गया, मगर लज्जा से जल्दी ही फुरसत लेकर वह बोला, "कोई खतरा नहीं था, पिताजी।"

"और लड़कों के लिए खतरा था? वहाँ और कोई माई का लाल नहीं था?"

टीपू कैसे कहता, 'नहीं था।' वह मन-ही-मन इस बात का बेहद दुख मनाने लगा कि पिताजी की ओर से उसे कभी बहादुरी का तमगा नहीं मिलेगा। जब बाप ही बेटे की बहादुरी से खुश नहीं हो, तो...बेहद दुख होने लगा टीपू को।

"इस तरह तो," शशांक आगे बढ़ा, "किसी साँप को मारने के लिए लोग माई के लाल को ललकारें, तो तुम उस साँप को मारने निकल जाओगे?"

"गेहुँअन साँप को?" टीपू ने धीरे से पूछा।

शशांक गरजकर बोला, "किसी भी साँप को।"

पिता की गर्जना के कारण टीपू ने बिना सोचे-समझे जवाब दे दिया, "नहीं जाऊँगा।"

"हाँ, नहीं जाना है, किसी हालत में नहीं जाना है। कहनेवाले से कह दो, 'तुम खुद जाओ न। मुझे बेवकूफ समझते हो क्या?'" शशांक ने तेज आवाज में कहा और फिर बिस्तर पर अपना आसन बदलकर तकिये का सहारा लेते हुए बोला, "मान लो कोई साँड़ हो, शान्त मुद्रा में ही खड़ा हो, और मैं तुमसे कहूँ उस पर डंडे लेकर पिल पड़ने के लिए; क्या करोगे तुम?"

इस बार टीपू को पता ही नहीं चला कि पिताजी को इसका जवाब हाँ में चाहिए या ना में। पिता की आज्ञा माननी चाहिए, इसी को आधार बनाकर उसने जवाब दिया, "पिल पड़ूँगा।"

"क्या करोगे?" गरजा शशांक।

तुरन्त जवाब बदल दिया टीपू ने, "पिल कैसे पड़ूँगा! अगर साँड़ ने हमला बोल दिया, तो?"

"हाँ, साँड़ से बिलकुल अलग रहना है; उस पर डंडे लेकर दौड़ने का तो सवाल ही पैदा नहीं होता।"

"मगर, पिताजी," टीपू ने सहमते हुए कहा, "आपकी बात भी नहीं मानूँगा?"

"मैं तुम्हें कुएँ में कूदने को कहूँगा, तो कूद जाओगे?"

"नहीं कूदूँगा," आँख झपकते हुए टीपू ने जवाब दिया, "माँ कहेगी, तब तो बिलकुल नहीं।"

जवाब देकर टीपू ने मन में सोचा, 'आप अभी जो कह लें, कहवा लें, पिताजी; मगर जब आपके कहने पर नहीं कूदूँगा, तो लगेंगे आप उछल-कूद करने।'

शशांक अपनी मुस्कराहट रोककर चुपचाप बेटे को देखता रहा। और फिर यह सोचकर कि आज की नसीहत यहीं अधूरी समाप्त न हो जाए, उसने अपनी चुप्पी तोड़ी, "किसी के कहने, फुसलाने, जोश दिलाने और चढ़ाने से कोई भी खतरनाक काम मत किया करो। हमेशा अपनी बुद्धि का इस्तेमाल करो। दूसरों के चढ़ाने में आकर कितने

ही लोगों ने अपनी जानें गँवा दी हैं। एक आदमी ने तो एक दूसरे आदमी का खून कर दिया और फिर खुद उसका सर्वनाश हो गया।"

"किस आदमी ने खून कर दिया था, पिताजी?"

"सुनो, कैसे सर्वनाश हुआ था उसका..."

बगल के ही गमैल में एक थे बाबू अनन्दी सिंह। गमैल से एक बरात खुरहान गई थी। उस बरात में बाबू अनन्दी सिंह भी थे। उनके साथ उनका मुँहलगुआ भी था। पता नहीं, क्या शरारत उसके मन में आई कि उसने बाबू अनन्दी सिंह को चढ़ाया, "बाबू साहब, आपको लगता है कि आप किसी राजपूत की बरात में आए हैं?"

"तुम्हें कैसा लगता है?" बाबू अनन्दी सिंह ने पूछा।

"छिः, मुझे तो लगता है कि किसी बनिया की बरात में आया हूँ।"

"सो क्यों?"

"कहीं कोई स्वागत-सत्कार है क्या?"

"हाँ, यह तो ठीक कह रहे हो।"

"चार वेले के भोज में एक वेला भी मांस का भोज नहीं हुआ है, इस ओर आपका ध्यान गया या नहीं?"

"अभी एक वेला तो और बाकी है।"

"मैंने पता कर लिया है, मांस नहीं परोसा जाएगा।"

"यह तो अन्याय है। है न?"

"इससे भी भारी अन्याय हुआ है हमारे साथ।"

"क्या?"

"मैं बताना नहीं चाहता हूँ।"

"मुझे तो बता दो।"

"मैं जरा अकेले टहलने निकल गया था, तो वधू-पक्ष के कुछ लोगों को आपस में बतियाते सुना।"

"क्या?"

"एक बोल रहा था, 'गमैलवालों का आदर-सत्कार करना जरूरी नहीं है। ये लोग असली राजपूत थोड़े ही हैं!' दूसरे सारे लोग उसकी हाँ में हाँ मिला रहे थे।"

"ऐसा बोल रहा था?"

"मैंने अपने कानों सुना। एक ने तो यह भी बक दिया कि पूरी बरात में बस एक किसी अनन्दी सिंह के पास बन्दूक है, वह भी फुसफुसी।"

"फुसफुसी! तब तो इन सालों को दिखाना ही पड़ेगा कि बन्दूक असली है या फुसफुसी।"

"सच कहता हूँ, बाबू साहब, कि अगर उस वक्त मेरे हाथ में भाला होता, तो मैं

दो-एक को अवश्य भोंक देता। आपके बारे में साले ने ऐसी बात क्यों कही?"

"तो आज कोई फैसला हो ही जाएगा। हमलोग भी तो लाठी-भाले के साथ आए ही हैं। जरा देखना है, कैसे मांस नहीं खिलाते हैं खुरहानवाले। अब तो एक वेला मांस खिलाना ही पड़ेगा सालों को।"

थोड़ी ही देर बाद जब वधू-पक्ष का एक आदमी कई नौकरों के साथ चाय लिये हाजिर हुआ, तो बरातियों के बीच अनन्दी सिंह की गर्जना सुनाई पड़ी, "खबरदार! किसी को चाय नहीं पीनी है।"

बिगुल बज गया। बरातियों ने हाथ में हथियार ले लिये।

वधू-पक्ष के कई लोग दौड़े हुए आए। उनमें से एक को अनन्दी सिंह के मुँहलगुआ ने पहचान लिया और बाबू साहब के कान में अपराधी की उपस्थिति की सूचना डाल दी।

"क्या नाम है आपका?" उस आदमी से अनन्दी सिंह ने कड़ककर पूछा।

उस आदमी ने भी कड़ककर जवाब दिया, "बाबू चकरधर सिंह।"

"तो सुनिए, बाबू चकरधर सिंह, हम गमैल के राजपूत हैं, केवल चाय पीकर नहीं रहते। अपनी चाय ले जाइए वापस।"

"आप हैं बाबू अनन्दी सिंह। अब आप भी सुनिए, बाबू अनन्दी सिंह, कि अगर गमैल के राजपूतों ने कभी चाय नहीं पी है, तो हम चाय वापस ले जाते हैं।"

"और, बाबू चकरधर सिंह, हमलोग आज मांस खाएँगे, चाहे जिस तरह हो।"

"इस ऐंठ पर तो मांस नहीं मिलेगा, बाबू अनन्दी सिंह। हम खुरहान के राजपूत हैं, ऐरे-गैरे का ताव बरदाश्त नहीं करते।"

"हम भी गमैल के राजपूत हैं, बाबू चकरधर सिंह; जो बोलते हैं वह कर दिखाते हैं। आज फैसला ही हो जाए कि कौन असली है और कौन नकली।"

"यह फैसला तो बहुत पहले हो चुका है, बाबू अनन्दी सिंह। गमैल के राजपूत कब से असली हो गए!"

"जबान सँभालो, चकरधर सिंह।"

"मैं जबान सँभालूँ! लाओ तो लाठियाँ," अपने पीछे खड़ी भीड़ से चकरधर सिंह ने चिल्लाकर कहा, "एक भी भागने न पाए।"

"लाओ बन्दूक," बाबू अनन्दी सिंह उछल पड़े, "पूरे खुरहान को भूँज दूँगा।

हाथ में बन्दूक लेकर बाबू अनन्दी सिंह गरजने लगे, "बरदाश्त नहीं होगा। मैं गोली मार दूँगा।"

"तभी तो पता चलेगा," मुँहलगुए ने फुसफुसाकर कहा, "कि बाबू अनन्दी सिंह की बन्दूक असली है या फुसफुसी।"

"मार दूँ गोली?"

"असली-नकली का फैसला तो अब इसी से होना है।"

और तब बगैर सोचे-समझे, बिना विचारे कि आगे क्या होगा, बाबू अनन्दी सिंह ने गोली दाग दी। बाबू चकरधर सिंह वहीं ढेर हो गए," शशांक ने मुस्कराते हुए अपने बेटे से कहा।

"उसके बाद क्या हुआ, पिताजी?" टीपू ने अन्त जानने की इच्छा जाहिर की।

"उसके बाद अनन्दी सिंह का सर्वनाश हो गया। उसे फाँसी की सजा हो गई। उसका घर बरबाद हो गया। उसके बच्चे अनाथ हो गए।"

और फिर अन्त में बाप ने बेटे से कहा, "इसीलिए कहता हूँ, बेटे, कि किसी के चढ़ाने, ताव देने या जोश दिलाने पर कोई काम मत करना। जो भी ऐसी गलती करता है उसकी हालत इसी अनन्दी सिंह की तरह हो जाती है। भगवान ने तुम्हें इस बार बचा लिया, नहीं तो तुम्हारी टाँग अवश्य टूट गई रहती।"

"पिताजी, अब मैं ऐसी गलती कभी नहीं करूँगा। एक दिन और मैं बच गया था। उस दिन लड़कों के कहने पर मैंने एक गड्ढे को छलाँग लगाकर पार किया था। भगवान ने उस दिन भी मुझे बचा लिया था, नहीं तो मैं गड्ढे में अवश्य गिर जाता। जिसे बनना हो माई का लाल, वह बने; मैं अब ऐसी गलती नहीं कर सकता।"

बेटे ने बहुत पुख्ता आश्वासन दिया था बाप को। शशांक काफी खुश हो गया।

और एक दिन आजिज आकर दिव्या ने पति से कहा, "यह क्या पढ़ा दिया है आपने टीपू को कि अब वह मेरा कोई बाहर का काम नहीं करता है। शाम में कहता है, 'नहीं जाऊँगा; साँप-कीड़ा निकलने का समय हो गया है; और दिन में कहता है, 'नहीं जाऊँगा; सड़क पर एक साँड़ घूम रहा है।' हर समय, हर जगह उसे खतरा ही महसूस होता है मेरे काम से बाहर जाने में। कुछ कह तो नहीं दिया है उसे?"

शशांक जोर से हँस पड़ा था। दिव्या का यह अनुमान गलत था कि उस पर हँसा गया है। शशांक की वह हँसी उस खुशी से निकली थी जो बेटे को सुरक्षित देखकर उसके हृदय में उपजी थी।

इस बार पाँच-दस पैसे की कोई गुलाबछड़ी नहीं खरीदनी थी कि टीपू माँ के पास जाता और माँ उसके प्रस्ताव पर गम्भीरता से विचार करती; और न कोई साड़ी-शॉल या देगची-बटलोई के फेरीवाले के सम्बन्ध में कोई सूचना माँ को देनी थी कि माँ खुश होकर फेरीवाले को बुला लाने के लिए कहती और खरीद के दौरान बेटे को भी अपने बटुए से एक-आध रुपया कुतरने का मौका दे देती। जिस प्रस्ताव को साथ लेकर वह घर आया था उस पर विचार करना माँ के वश की बात नहीं थी। इसलिए घर में घुसते ही टीपू सीधे पिताजी के पास पहुँचा। पिता के सामने अपनी गुदगुदी जाहिर करते हुए 'एक बात मानिएगा, पिताजी?' की धुन पर उसने अपना एक विशिष्ट छोटा-सा नाच

प्रस्तुत किया और अन्त में स्थिर होकर बोला, "एक घोड़ा खरीद दीजिए न, पिताजी।"

"घोड़ा!" भारी अचरज हुआ शशांक को। उसे लगा कि कहीं ऐसा तो नहीं है कि टीपू बोलना चाहता था कुछ और बोल गया कुछ, जैसा कि एक बार खुद उसके मुँह से 'बत्ती कम करो' की बजाय कत्ती बम करो' निकल गया था, और उस रात सोने से पहले टीपू ने अपनी माँ से दसों बार पूछा था, "माँ, लालटेन की कत्ती बम कर दूँ?"

मगर जिस तरह उसने उस दिन तुरन्त सुधारकर 'बत्ती कम करो' कहा था उस तरह आज टीपू तो सुधारकर कुछ नहीं बोल रहा था। टीपू दुबारा बोला, "हाँ, पिताजी, घोड़ा।"

एक बार बचपन में शशांक से माँ ने कहा था, "जाकर पिताजी से कहो कि दाई का दरमाहा अभी दे दें। बेचारी तीन दिनों से भूखी है; कपड़ा-लत्ता भी खरीदना है उसे।"

माँ का सन्देश लेकर शशांक पिताजी के पास गया था और कई लोगों से घिरे पिताजी से कहा था, "माँ दरमाहा माँग रही है। बेचारी तीन दिनों से भूखी है; कपड़ा-लत्ता भी खरीदना है उसे।"

पिताजी उस सन्देश को अनसुना कर जाते या फिर सुनने के बाद आहिस्ते से उठकर घर के अन्दर आते, मगर उन्होंने तो उपस्थित लोगों की हँसी के बीच तेजी से उठकर बेटे पर झपट्टा मारा था। शशांक बाप की पकड़ में नहीं आ पाया था, मगर पिता की इस बेमौसम शरारत ने उसे बिलकुल अकबका दिया था। बोलने में उससे क्या गलती हुई, यह तो उसे तब पता चला जब पिताजी अन्दर आकर माँ को डाँटने लगे थे। टीपू पर झपट्टा मारने की जरूरत तो उसे अभी नहीं पड़ी, पर उसे लगा कि बेटा अपने बाप की उसी पुरानी गलती को दुहरा रहा है। उसने स्पष्ट पूछा, "घोड़ा तुम्हें चाहिए?"

टीपू ने बोलने में कोई गलती नहीं की थी। वह फिर बोला, "हाँ, पिताजी, मुझे खरीद दीजिए एक घोड़ा।"

"क्यों खरीद दूँ घोड़ा?" शशांक ने इस तरह पूछा जैसे कि सवारी के अलावा घोड़े के सौ-पचास उपयोग वह उँगलियों पर गिना सकता है।

टीपू को घोड़े के किसी और उपयोग की जानकारी नहीं थी, इसलिए उसने जवाब दिया, "मैं चढ़ूँगा घोड़े पर, पिताजी।"

"तू चढ़ेगा घोड़े पर!" आँखें फैलाकर शशांक ने इस तरह भय और अचरज जाहिर किया कि कोई भी कच्चे दिल का लड़का तुरन्त जवाब दे दे, 'नहीं-नहीं, मैं भला क्यों चढ़ूँगा घोड़े पर! आदमी भी कहीं घोड़े पर चढ़ता है! ओह, पिताजी, मेरी अक्ल कभी-कभी घास चरने चली जाती है और कुछ-से-कुछ बक देता हूँ मैं।' मगर टीपू ने कुछ और ही जवाब दिया, "हाँ, पिताजी, अब मुझे घोड़े पर चढ़ना आ गया है। मैं घोड़े पर चढ़ा हूँ; उछलकर चढ़ जाता हूँ।"

"तू घोड़े पर चढ़ा है?" शशांक ने ऐसे पूछा जैसे कि बेटा अब जल्दी से 'हाँ' कहे, तो वह रोना शुरू करे।

जो काम हो चुका था उसे अब अकृत नहीं किया जा सकता। मगर पिता के दुःख में हिस्सा बँटाते हुए टीपू ने आहिस्ते से सिर झुकाकर कहा, "हाँ।"

घोड़े पर दुलहा भी चढ़ता है, इसलिए इतने पर ही रो देना अनुचित होता शशांक के लिए। बेटे के अगले जवाब तक के लिए वह रुक जाना चाहा। और टीपू के अगले जवाब के लिए उसने प्रश्न किया, "केवल चढ़ा ही था न? सवारी तो नहीं की थी?"

नहीं रोए, तो क्या करे शशांक? एक बार उसने भी घोड़े की सवारी की थी, यह भूल जाए क्या?

बचपन की बात है। शशांक भी टीपू की उम्र का ही रहा होगा। एक राजा, जिनकी जमींदारी ईश्वर की अकृपा से छिन चुकी थी और जो जनता की कृपा से अब राजनेता बन जाने का जुगाड़ बैठा रहे थे, जनता की भलाई के लिए अपना हवाई जहाज लेकर उस इलाके में उतर रहे थे। यह खबर जंगल की आग की तरह इलाके में फैली थी। जो सुनता वही मोहित हो जाता और हवाई जहाज के दर्शन के लिए उत्कंठित। हवाई जहाज उतरने की जगह राजगंज से मुश्किल से कोस-भर होगी। अब क्या राजा साहब राजगंजवालों के सिर पर हवाई जहाज उतारते!

जिस वक्त यह खबर शशांक के विद्यालय में पहुँची, पहली घंटी की पढ़ाई चल रही थी। तीन-चार घंटे के अन्दर हवाई जहाज उतरनेवाला था। विद्यालय में खलबली मच गई। जो विद्यार्थी जोर से पेशाब लगने पर 'महाशय, पाँच मिनट' और जोर से पाखाना लगने पर 'महाशय, दस मिनट' बोलकर कक्ष से बाहर जाने की अनुमति वर्ग-शिक्षक से माँगते थे, और तब तक अपने को काबू में रखकर रुके रहते थे जब तक मुखाकृति-विज्ञान में निष्णात वर्ग-शिक्षक उन्हें अच्छी तरह जाँच-परखकर और उनकी आवश्यकता महसूस कर उन्हें बाहर जाने की अनुमति नहीं दे देते थे, वही विद्यार्थी इस तरह शोर मचाने लगे कि वर्ग-शिक्षक को लगा कि अगर उन्हें तुरन्त पिंजरे से निकाल नहीं दिया गया, तो वे पिंजरा तोड़कर निकल जाएँगे। यह शोर, जो धमकी का असर पैदा कर रहा था, उन्हें काफी पसन्द आया। जो शिक्षक भूकम्प और विद्यालय-भवन के डगमगाने पर भी बच्चों को बाहर भाग निकलने की इजाजत नहीं देते और खुद भी बाहर निकल आने के लिए खैनी का थूक या पान की पीक फेंकने का बहाना बनाते, वही अब सीधे प्रधानाध्यापक के पास जाकर पूछना चाहते थे, "एक कोस पर हवाई जहाज उतर रहा है; क्या किया जाए?" प्रधानाध्यापक अपने एकान्त कक्ष में बैठे-बैठे इस बात पर शर्मिन्दगी महसूस कर रहे थे कि उनके विद्यालय में पढ़नेवाले बच्चे कितने बुजदिल और बलहीन हैं कि उनके पास सिर झुकाकर भी एक दिन की छुट्टी के लिए सामूहिक निवेदन नहीं कर सकते; और उन शिक्षकों के विरुद्ध अन्दर-ही-अन्दर खौल रहे थे जो मामूली सर्दी-जुकाम हो जाने पर ही आधे और पौने दिन की छुट्टी फोकट में ले लेने के लिए मुँह लटकाए चले आते हैं, मगर आज जब छिनाल की तरह छाती

तानकर आने का मौका मिला है, तो मुँह में ताला लगाकर न जाने किस कोहवर में नवोढ़ा की तरह घूँघट काढ़े बैठे हुए हैं।

अधिक खीझने-खौलने या शरमाने-शोर मचाने का मौका किसी को नहीं मिला। घंटी इतनी जोर से इतनी देर तक बजती रही कि विद्यालय के मैदान में चर रहे शिक्षकों और विद्यार्थियों के घोड़ों ने भी समझ लिया कि घंटी छुट्टी की बजी है और वापस चलने का समय हो गया।

संस्कृत-शिक्षक श्री विष्णुकान्त मिश्र झटपट मैदान से अपने घोड़े को ले आए और उस पर पलान कस दिया। प्रधानाध्यापक ने अपने परम भक्त छात्र यदुनन्दन को उसकी वही सवारी बैलगाड़ी ले आने को दौड़ा दिया जिस पर चढ़कर दो-तीन बार पहले भी वे भोज खाने बगल के गाँवों में जा चुके थे। बैलगाड़ी के आसरे में बैठे रहने और उससे समय पर पहुँच पाने को बहुत अनिश्चित मानकर अध्यापकवृन्द निश्चित समय से पहले निश्चित जगह पर पहुँच जाने की तैयारी में लग गए। प्रिय छात्रों और परिचित अभिभावकों के घर से साइकिलें मँगाई जाने लगीं। भागमभाग मची हुई थी।

घर जाकर माँ-बाप को सूचित किये बगैर विद्यालय से सीधे हवाई जहाज देखने जानेवाले बच्चों की भीड़ में उस दिन शशांक भी शामिल हो गया था।

उस दिन अगर कोई बच्चा विद्यालय से घर आता, घर में माँ से पिता का पता पूछता, फिर पिता को ढूँढ़ निकालता, और पिता से 'बोले या नहीं बोले' की मुद्रा में कुछ देर तक उनके सामने खड़ा रह जाता, और तब अन्त में हिम्मत बटोरकर उनसे हवाई जहाज देख आने की अनुमति माँगता; तो बाप बेटे की अक्ल पर तरस बाद में खाता, पहले तो उसका मुँह उस जगह की दिशा में कर देता जहाँ हवाई जहाज उतरनेवाला था और फिर पीठ पर एक धौल जमाकर कहता, "नाक की सीध में एक कोस दौड़ जाओ।"

उस दिन कौन पिता अपने पूत-कपूत को इस दुर्लभ सुख कसे वंचित रखता!

राजगंज के बाप-दादाओं में किसे सुख नसीब हुआ था हवाई जहाज को नजदीक से देखने का! हर एक ने आसमान में उड़ते हुए एक विचित्र चिड़िया को देखा था जो इतने जोर से गरजते हुए गुजरती थी कि लोग उसे हवाई जहाज कहकर पुकारने लगे थे। उस चिड़िया का न तो कभी ठीक से मुँह दिखाई पड़ता था और न कभी उसके पैर-पूँछ का ठीक से पता चलता था। उस चिड़िया को देखने के लिए राजगंज की सड़कों-गलियों, अगवाड़ों-पिछवाड़ों और छतों-आँगनों में कम-से-कम उतने लोग तो जरूर आँखें आसमान की ओर दौड़ा देते जितने इस खबर पर कि शिव-पार्वती बैल पर सवार होकर आकाश-मार्ग से गुजर रहे हैं, या हंस पर सवार होकर सरस्वती निकली हुई हैं, या लक्ष्मी को पीठ पर चढ़ाकर उल्लू आकाश में उड़ा है। तब राजा साहब के हवाई जहाज को देखने लोग कैसे नहीं दौड़ पड़ते! अब क्या भगवान रामचन्द्र पुष्पक विमान लेकर आते उनके लिए! राजगंज के सारे समर्थ लोग कोस-भर की यात्रा पर

इस आन्तरिक इच्छा और प्रार्थना के साथ निकले थे कि राजा साहब सर्दी-जुकाम की वजह से न भी आएँ, मगर हवाई जहाज जरूर भेज दें।

विद्यालय आनेवाले छात्रों में चार-पाँच ऐसे थे जो दूर के गाँवों से घोड़े पर चढ़कर आया करते थे। उनमें एक था रमाकान्त जिसके साथ शशांक की अच्छी दोस्ती थी। शशांक ने उसके घोड़े पर चढ़ने की अपनी इच्छा कई बार उस पर जाहिर की थी। हालाँकि वह कभी घोड़े पर चढ़ा नहीं था, मगर उसे घोड़ा आनन्द का भंडार लगता था। चढ़ो और तुरन्त यहाँ से वहाँ, जहाँ से तहाँ चले जाओ; खुद बैठे हुए हैं और घोड़ा दौड़ रहा है, मजा-ही-मजा, घोड़ा दौड़ रहा है, लो सामने का रास्ता छोड़-छोड़कर भाग रहे हैं और फिर आगे बढ़ गए घोड़े को उलट-उलटकर देख रहे हैं; शान से सीना फूल जाए।

हवाई जहाज देखने के लिए भी रमाकान्त को अपने घोड़े पर सवार होकर जाना पड़ रहा था, हालाँकि उस दिन वह अपना घोड़ा दौड़ाते हुए नहीं जाकर छात्रों की भीड़ के साथ धीरे-धीरे चल रहा था। घोड़े पर चढ़ने का जो मौका अब तक शशांक को नहीं मिला था वह उस दिन उसके हाथ आ गया। शशांक को घोड़ा उधार देने का इससे बेहतर समय रमाकान्त को भी कोई और नहीं मिलता।

उछलकर ही घोड़े पर चढ़ने की कोशिश शशांक ने भी की थी। पहली कोशिश में वह कामयाब नहीं हुआ था, पर दूसरी कोशिश में उसे कामयाबी हासिल हो गई और वह घोड़े की पीठ पर आसीन हो गया। लगाम उसने अपने हाथों में थाम ली।

अब घोड़े का काम था शशांक को आनन्द प्रदान करना।

शशांक को अब यह याद नहीं कि उसने घोड़े को एड़ लगाई थी या नहीं; हाँ, यह अभी भी याद है कि घोड़े ने चाल तुरन्त पकड़ ली थी।

जैसे ही घोड़े ने चाल पकड़ी, शशांक बड़बड़ाया, 'अरेरे, घोड़ा इस तरह क्यों कर रहा है!'

घोड़े की हरकत उसे काफी शरारत भरी लगी। वह घोड़े पर जमकर बैठना चाहता था, और घोड़ा था कि अपनी पीठ उचका-उचकाकर उसे जमकर बैठने नहीं दे रहा था।

घोड़े को सवार शरारती मालूम पड़ा। वह सोचने लगा, 'अगर शरारती नहीं है यह सवार, तो जमकर बैठता क्यों नहीं? मेरी हर उछाल पर यह क्यों उछल जाता है?'

जब बार-बार दोनों जाँघों को कसकर दबाने और स्थिर होकर बैठने की उसकी कोशिश को घोड़े ने विफल कर दिया, तो शशांक को पूरा विश्वास हो गया कि घोड़े की नीयत खोटी है और यह बदमाशी पर तुला हुआ है।

घोड़े ने सोचा, 'घुड़चढ़ा सनकी है। सनकी नहीं है, तो मेरी पीठ पर अपने चूतड़ से थाप क्यों दे रहा है? कोई नचनियाँ या तबलची है क्या?...अब इसकी मर्जी; जब तक चढ़ा है, दे दे ताल।'

जब शशांक को लगा कि अब वह गिर जाएगा, तो वह आगे झुककर लगभग लेट गया घोड़े की पीठ पर, और शायद घोड़े से कहा भी, "कसम खाता हूँ, अब कभी

तुम्हारी पीठ पर नहीं चढ़ूँगा...कसम खाता हूँ, आजीवन किसी घोड़े की सवारी का नाम नहीं लूँगा...और भी कोई कसम खिलानी हो, तो खिला लो, मगर माफ कर दो। यह पहला अपराध है। लोगों के सात खून तक माफ हुए हैं। तीन तो हर किसी के होते हैं। भारी-से-भारी अपराध करने पर भी जान बकस दी जाती है। फिर कसम खाकर कहता हूँ, मेरा यह पहला अपराध भी जान-बूझकर नहीं, नादानी में हो गया है..."

घोड़े ने शायद यह सुना, "मैं सरकस का आदमी हूँ। देखो, अब कौन-सा खेल दिखाने जा रहा हूँ।"

शशांक ने घोड़े का अयाल मुट्ठियों में कसकर पकड़ा और घोड़े को यह संकेत दिया कि अभी भी वह जरा धीमा हो जाए, तो गिरने पर सवार को कम चोट लगेगी।

घोड़े ने समझा कि घुड़चढ़ा दौड़ते घोड़े से कूद पड़ने का खेल दिखाएगा। उसे गर्व हुआ कि अब वह कोई मामूली टट्टू-टाँगन नहीं, सरकस का घोड़ा है।

शशांक ने कहा, "ऐ घोड़ा! अब मैं गिर रहा हूँ...लो, मैं गिर गया..."

घोड़े ने सोचा कि जब और लोगों ने पीछे से तालियाँ बजाई हैं और वाह-वाह का शोर किया है, तो जरा मैं भी रुककर हिनहिना दूँ।

प्रार्थना घोड़े से की गई थी, इसलिए माना तो यही जाएगा कि जान घोड़े ने ही बकसी थी। और इस भले आदमी को दाद देनी पड़ेगी कि रमाकान्त के घोड़े को दिये गए वचन को इसने कभी भंग करने की कोशिश नहीं की। कभी यह विचार भी मन में नहीं आया कि वैर-शुद्धि के इरादे से ही जब कभी किसी घोड़े को देखे, तो मौका पाकर दो-चार डंडे लगा दे।

उस दिन कसमें खाते हुए बेचारे ने अपने लिए इतनी छूट भी तो नहीं रखी थी कि वह खुद तो कभी घोड़े पर नहीं चढ़ेगा, मगर किसी और को घोड़े पर चढ़ने की सलाह दे सकता है।

तो फिर आज वह किसी को, अपने बेटे को ही, घोड़े पर चढ़ने की सलाह कैसे दे दे!

पिता अपना सन्तुलन न खो बैठें, इसलिए टीपू झूठ बोल गया, "नहीं, पिताजी, सवारी तो नहीं की है।"

"तो सुन लो, बेटे, तुम्हारी यह उम्र घोड़े पर चढ़ने की नहीं है," बाप ने बेटे को हिदायत देते हुए कहा, "भूल से भी कभी किसी घोड़े पर नहीं चढ़ना।"

"क्यों पिताजी?"

"उसमें खतरा है, भारी खतरा है," शशांक ने गम्भीर मुद्रा में कहा।

"नहीं, पिताजी," बेटे ने पिता के सन्देह को दूर कर देना चाहा, "मेरे विद्यालय के बहुत-से लड़के घोड़े पर चढ़कर आते हैं। कोई खतरा नहीं है।"

"बेटे," बाप ने दुलार से कहा, "जहाँ तुम्हें सही जानकारी नहीं हो वहाँ मेरी बात मान लिया करो। जब मैं यहाँ विद्यालय में पढ़ता था, उस वक्त भी चार-पाँच लड़के

घोड़े पर ही आते थे। उन पाँचों में एक भी ऐसा नहीं था जो घोड़े से गिरा न हो।"

"घोड़े से गिरने पर भला क्या होगा!" टीपू बोल पड़ा, "आदमी ताड़ के गाछ से गिर जाए, हाथी से गिर जाए, तो खतरा हो सकता है; मगर घोड़े से गिरने पर..." टीपू वाक्य अधूरा छोड़कर हँस पड़ा।

"हँसो मत," टीपू की हँसी किरकिरी की तरह महसूस हुई शशांक को, "जब जानते नहीं हो, तो हँसो मत। घोड़े से गिरने पर हाथ-पैर नहीं टूट सकते हैं क्या?"

बेटे को पिता की बात मान लेनी थी; मगर उसे अपनी बात भी कहनी थी, इसलिए उसने कहा, "हाँ, पिताजी, मामूली चोट लग सकती है। मगर घुड़सवारी में मजा कितना है, पिताजी! घोड़े पर चढ़कर मैं दिल्ली तक जा सकता हूँ। जाऊँगा और फिर लौट आऊँगा। कोई गुंडा भी मेरा कुछ बिगाड़ नहीं सकेगा।"

"दिल्ली जाने के दूसरे बेहतर तरीके हैं। घोड़े पर चढ़कर जाने का सपना मत देखो," बाप ने बेटे को समझाया और फिर ललकारने की मुद्रा अख्तियार करते हुए कहा, "और यह भी सुन लो कि घोड़े से गिरने पर मामूली चोट ही नहीं, मौत तक हो सकती है।"

"मौत! अचरज प्रकट करते हुए टीपू बोला, "मुझे तो विश्वास नहीं होता, पिताजी। मेरे विद्यालय का तो एक भी छात्र आज तक घोड़े से गिरकर नहीं मरा है।"

"अभी तुम्हारी उम्र ही कितनी हुई है! कितनी दुनिया देखी है तुमने!" बाप ने कुछ गुस्सा प्रकट करते हुए बेटे से कहा, "मैंने देखी है दुनिया और ढेर सारे लोगों को घोड़े से गिरकर मरते सुना है, देखा है। आज तक दुनिया में करोड़ों आदमी घोड़े से गिरकर मरे होंगे।"

"करोड़ों?" किसी धक्के से टीपू के मुँह से आवाज निकल गई।

"हाँ रे, हाँ, करोड़ों," शशांक ने काफी जोर देकर कहा, और फिर सहज होकर बताया, "सैकड़ों आदमी तो केवल इस इलाके में मरे हैं; सौ के आसपास, पाँच कम या पाँच अधिक।"

पिता की व्यापक और गहन जानकारी से कुछ-कुछ परास्त हुआ टीपू और पूछा, "अपने राजगंज में भी कोई मरा है, पिताजी?"

"यह जरूरी तो नहीं है कि हर काम अपने गाँव में भी हो...और, हाँ," कुछ सोचकर बताया शशांक ने, "आसपास के गाँवों में बहुत मौतें हुई हैं।"

"उनमें से किसी को आप जानते थे, पिताजी? कोई...कोई दोस्त भी था आपका?" टीपू ने इस तरह पूछा जैसे कि मृतक की आत्मा की शान्ति के लिए वह प्रार्थना करना चाहता है।

शशांक को लगा कि बेटा इस तरह खोद-खोदकर पूछ रहा है, तो निश्चय ही उसका इरादा नेक नहीं है; चाहता है, पिता को किसी तरह गप्पी और झूठा साबित कर दे। बेटे पर भारी बोझ डाल देने के इरादे से उसने कुछ मृतकों के नाम गिना देना चाहा। कौन-कौन नाम बताए, यह सोचने लगा शशांक, और नाम गिनाने के पहले यह

सोच लिया कि मरे हुए लोगों में कोई भी उसका दोस्त नहीं था; हाँ, कुछ मृतकों से हल्का-फुल्का परिचय था उसका।

उस जमाने में, जब शशांक बच्चा था, संध्या के आसमान में नजर दौड़ाने पर अगर केवल एक तारा दिखाई पड़ता था, तो देखनेवाले के लिए यह अशुभ माना जाता था; और इस अशुभ से छुटकारा पाने के लिए उसे तुरन्त पाँच ब्राह्मणों के नाम लेने पड़ते थे। पाँच नाम याद करने में शशांक को हर बार मुश्किल पेश आती थी। दो नाम तो उसे तुरन्त याद आ जाते थे, संस्कृत-शिक्षक श्री विष्णुकान्त मिश्र और दोस्त रमाकान्त झा। अपने पुरोहित सरोवर झा को उस समय तक वह केवल पंडित जी के नाम से जानता था, इसलिए यह ब्राह्मण उसके किसी काम का नहीं था। तीन और नाम जुटाने के लिए वह परेशान हो जाता था। तब तक तो सैकड़ों तारे आसमान में उग आते थे।

आज उसे कुछ मृतकों के नाम लेने थे; एक भी नाम सच्चा नहीं। तब भला क्या मुश्किल पेश आती आज उसके सामने! हालाँकि झूठ पैदा करने में श्रम और समय लग जाता है, झूठे नाम गिनाते हुए आवाज में लड़खड़ाहट पैदा होती है, और ऐसे ही में कभी-कभी झूठ बकनेवाले पकड़ लिये जाते हैं, मगर शशांक के पास ऐसा हथियार था कि बिना श्रम, समय और लड़खड़ाहट के वह लगातार सैकड़ों नाम गिन सकता था। इस हथियार का इस्तेमाल करते हुए उसने मुँह खोला, "किशुनगंज के चन्द्रमा सिंह घोड़े से गिरकर ही मरे थे...फत्तेपुर के सुधाकर यादव की मौत भी घुड़सवारी में ही हुई थी...रामगंज का निशाकर मंडल इसी तरह मरा था...फिर, लक्ष्मीपुर में हिमांशु मेहता...बेलाही में सुधांशु झा...गमैल में रजनीपति सिंह...मधुकरचक में हिमकर ओझा..."

अबाध गति से इतने मृतकों के नाम, हर एक का साकिन मौजा बताते हुए, उच्चारित करने के बाद बाप ने बेटे से कहा, "और भी बहुत लोग घोड़े से गिरकर मरे हैं। बता दूँ उनके भी नाम?"

बेटे ने न हाँ कही, न ना; वह पिता के चेहरे को देखने में ही खोया हुआ था।

पिता के खजाने में ढेर सारे नाम थे; वह क्यों रुकता! शशांक ने बोलना शुरू किया, "सिरसिया में एक सूरज सिंह सुबह-सुबह हवाखोरी के लिए घोड़े पर चढ़कर निकलता था; एक सुबह घोड़े से गिरकर मर गया...ठुठ्ठा का एक चोर घोड़े पर चढ़कर चोरी करने जाता था। उस चोर की जान उसके घोड़े ने ही ले ली। चोर का नाम था दिनेश शर्मा...मुरलीचन्दवा के एक पागल ने गाँव के और पागलों को इस तरह परेशान किया था कि सबने मिलकर उसे घोड़े पर चढ़ने को उकसाया। एक सप्ताह भी नहीं बीता कि वह घोड़े से गिरकर मर गया। उस पागल का नाम था दिवाकर मिश्र...ग्वालपाड़ा का एक दिनकर मेहता मर गया था...वरुणेश्वर के आदित्य ओझा...सिंहेश्वर के दिनराज मंडल..."

कुछ और भी नाम बक देने के पहले बाप ने बेटे से पूछा, "सुन लिया न, कितने लोग मरे हैं घोड़े से गिरकर? और भी लोग मरे हैं; बताऊँ उनके भी नाम?"

अगर बेटे ने हाँ कह दी, तो इस बार वह महादेव सिंह से शुरू करेगा, शशांक ने मन में सोचा, और उसके बाद उमाकान्त झा, महेश मंडल, शंकर साह, कैलाशनाथ यादव, गंगाधर ओझा, गौरीपति मेहता, चन्द्रशेखर मिश्र...

इलाके के इतने मृतक घुड़चढ़ों के नाम शशांक को जिह्वाग्र हैं, यह जानकर तो कोई भी आदमी दंग रह जाता और सहज ही सोच लेता कि शशांक बचपन से ही घोड़े से गिरकर मरनेवालों में विशेष दिलचस्पी लेता रहा है और उनका लेखा भी तैयार करता रहा है। और फिर अनायास ही वह आदमी इस निष्कर्ष पर पहुँच जाता कि इलाके में अगर घोड़े से गिरकर किसी की मौत होती होगी, तो मृतक के गाँववाले उसके घरवालों से निश्चय ही पहला सवाल यह करते होंगे कि इस मौत की खबर राजगंज भेजी गई या नहीं; और फिर घरवालों में से एक को ठेलकर राजगंज भेजते होंगे, "यहाँ से सीधे राजगंज चले जाओ। वहाँ किसी बच्चे से भी पूछोगे कि घोड़े से गिरकर मरनेवालों के नाम कौन लिखता है, तो वह तुम्हें सही आदमी के पास पहुँचा देगा। ऐसे तो उसका नाम है शशांक गुप्ता, मगर तुम्हें नाम याद रखने की भी जरूरत नहीं है। तुम बेफिक्र जाओ; ठिकाने पर पहुँचने में जरा भी दिक्कत नहीं होगी।"

महादेव सिंह से मुलाकात कर जैसे ही शशांक चन्द्रशेखर मिश्र से मिला कि अचानक उसे खयाल आया कि अगर अब बेटे ने पूछ लिया कि लक्ष्मीपुर का कौन आदमी मरा था, तब भला अब क्या नाम बताएगा वह? किसका दामन पकड़ेगा, चन्द्रमा सिंह का या सूरज सिंह का? वह हकलाते हुए जवाब दे सकता है, "हाँ, लक्ष्मीपुर के...एक मेहता जी मरे थे। उनका नाम तो...मैंने तुम्हें...अभी-अभी बताया है। मेहता जी का नाम था...मगर क्या होगा मरे लोगों के नाम बार-बार बोलकर! जो मर गए सो मर गए। अब नाम लेने से वे जिन्दा होनेवाले तो हैं नहीं। जान लो कि अब बार-बार नाम लेने से उन्हें, जहाँ भी हों वे, कष्ट ही पहुँचेगा। और, इससे क्या फर्क पड़ता है कि लक्ष्मीपुर के उस मेहता का नाम सुधांशु-हिमांशु था या ऊधो-माधो!"

मगर शशांक इस कष्ट में पड़े ही क्यों जहाँ उसे हकलाने की नौबत आए! क्यों नहीं वह जल्दी से टीपू का ध्यान दूसरी ओर मोड़ दे! यह विचार आते ही शशांक तुरन्त बोल पड़ा, "हाँ, एक आदमी इस राजगंज में भी मरा था, मगर वह राजगंज का आदमी नहीं था। इस गाँव होकर वह घोड़े से कहीं जा रहा था। सौभाग्य से उसका नाम मुझे मालूम नहीं। अगर मालूम भी होता, तो मैं अब तुम्हें उसका नाम नहीं बताता। बहुत पुरानी घटना है; अब तो शायद किसी को याद भी नहीं हो यहाँ इस घटना के बारे में। कैसे-कैसे तो उसके घरवालों को इस दुर्घटना का पता चला था और वे लोग लाश ले गए थे। बहुत पुरानी बात है। कैसे तो अभी तक याद है मुझे!"

टीपू ने पिता को किसी कष्ट में नहीं डाला। उसका ध्यान अब इस ओर नहीं था

कि किस गाँव में किस नाम का आदमी घोड़े से गिरकर मरा। उसके खाते में उतने लोग सचमुच मरे हुए थे। अब तो वह उनके लिए केवल अपना दुख और सहानुभूति प्रदर्शित करना चाहता था। उसे आन्तरिक दुख हुआ था, और तभी उसने पिता से पूछा, "ये लोग मरकर तो स्वर्ग गए होंगे न, पिताजी?"

शशांक चौंका। बेटे का यह प्रश्न बड़ा अटपटा लगा उसे। कुछ सोचकर वह ऐसे बोला जैसे कि सोचने के क्रम में कुछ याद आ गया हो, "ना-ना-ना-ना, स्वर्ग कहाँ से मिलेगा! कोई आग में जलकर मरे, पानी में डूबकर मरे, घोड़े से गिरकर मर जाए, या किसी के उकसाने-चढ़ाने या जोश दिलाने पर अपनी जान गँवा दे, तो ऐसे मृतकों को स्वर्ग नहीं, नरक मिलता है, बेटे। भगवान ऐसी मौतें कभी पसन्द नहीं करते।"

शशांक ने अपना विचार कुछ इस तरह महाज्ञानी और शास्त्रज्ञ के लहजे में प्रकट किया कि अगर उसकी आवाज स्वर्ग के अधिकारियों के पास पहुँच गई होगी जैसे कि धरती पर बुदबुदाई गई बहुत-सी प्रार्थनाएँ आसमान के देवताओं तक पहुँच जाती हैं, तो निश्चय ही उस वक्त स्वर्ग में अफरा-तफरी मच गई होगी। उस वक्त मन्दाकिनी के जल में नौका-विहार कर रहे बहुत-से लोगों को इशारे से तट पर बुलाया गया होगा और फिर कान-पकड़कर उन्हें स्वर्ण-तरी से नीचे उतार लिया गया होगा। कल्प-वृक्ष में झूला डालकर पेंग मार रहे बहुत-से लोगों को झोंटा पकड़कर नीचे खींच लिया गया होगा। कामधेनु के दूध से भरे छोटी कलसी के आकार के बड़े-बड़े लोटे मुँह में लगाए बहुत-से लोगों के मुँह पर थप्पड़ मारकर हाथ से लोटे छीन लिये गए होंगे। अप्सराओं की नाच-गान की महफिलों से बहुतों को लात मार-मारकर निकाला गया होगा। और फिर ऐसे सारे लोगों को गरदनियाँ देते हुए ठेल-ठेलकर नरक के अहाते में पहुँचा दिया गया होगा।

टीपू के उदास मुखड़े को देखकर शशांक को विश्वास हो गया कि बेटे को आखिरी धक्का लग चुका है, और वह ऐसे मुँह के बल गिरा है कि अब कभी उठ नहीं पाएगा। मगर टीपू ने फिर एक बार उठने की कोशिश की, "जो भी हो, पिताजी, मगर घुड़सवारी में मजा बहुत है।"

"मजा है," बाप ने तत्काल जवाब दिया, "मगर मौत भी तो है। और, जहाँ मौत है, वहाँ मजा क्या! अब तुम खुद बताओ कि जहाँ मौत का खतरा है, वहाँ क्या तुम कभी घोड़े पर चढ़ना चाहोगे? सोचो, मौत का खतरा है।"

"नहीं, पिताजी," टीपू ने सिर हिलाते हुए कहा, "मैं तो कभी घोड़े पर नहीं चढ़ूँगा। वे अभागे हैं जो घोड़ों पर चढ़ते हैं। जिन्दा रहूँगा, तो हाथी पर चढ़ूँगा, हवाई जहाज में चढ़ूँगा। मैं क्या बेवकूफ हूँ कि घोड़े पर चढ़कर जान दे दूँ अपनी! क्यों, पिताजी, मैं गलत बोल रहा हूँ क्या?"

"नहीं, बेटा, बिलकुल सही बोल रहे हो, बिलकुल सही," बाप ने बेटे की पीठ ठोंकते हुए कहा।

12

गाँव की औरतें अक्सर अपने बच्चों को सावधान करती रहती हैं, "बेटे, उधर मत जाना, उत्तर की ओर; उधर एक लकड़बग्घा रहता है...रे मुन्ना, हर तरफ जाना, मगर दक्षिण दिशा में मत जाना। उधर एक फुलवाड़ी है और उस फुलवाड़ी में एक नाग रहता है... रे नुनु, पूरब की ओर मत जाना। उधर एक हुँड़ार है जो बच्चों को लेकर भाग जाता है...पच्छिम की ओर मत जाना, बबुआ।"

दूसरा कोई नहीं था राजगंज में ऐसा पंक्ति-च्युत, इतना परिपीड़ित, एक हनुमान सिंह के सिवाय। पूरा राजगंज बैरी बना हुआ था; बैरी भी ऐसा कि अपनी नाक कटे तो कटे, मगर दुश्मन का सगुन जरूर बिगड़े। दुखिया था बेचारा हनुमान सिंह; उसकी कोई नहीं सुनता था।

बिना नागा हर सुबह काना हरिलाल हाथ में लोटा लटकाए सामने से जरूर गुजर जाएगा। लगता है, इस काने को चिकित्सकों ने अन्तिम इलाज बता दिया है कि रोज एक बार अपनी कानी आँख हनुमान सिंह को दिखाते रहने से एक दिन जरूर उसमें रोशनी आ जाएगी। हनुमान सिंह खूब समझता है कि हरिलाल ऐसी हरकत क्यों कर रहा है। हाथ में लोटा लेकर हगने के लिए नहीं जाता है वह इस रास्ते से; वह तो आता है हनुमान सिंह को अपनी कानी आँख दिखाने, उसकी यात्रा खराब करने, उसका सगुन बिगाड़ने। दिशा-मैदान के लिए जाना होता, तो कारी मड़ड़ के बगीचे में जाता वह, जो उसके बिलकुल करीब है। उधर के सारे लोग पूरब के बहियार में जाते हैं पाखाना के लिए; एक अकेला यह काना छिटककर इधर चला आता है। मगर, इस काने की यह हिम्मत! इसमें जो राज है उसे भी खूब समझता है हनुमान सिंह। जरूर गाँववालों की शह है इसके पीछे। उन्होंने ही तैनात किया है काने को इस काम के लिए। सम्भव है, वे लोग मिलकर कुछ अनाज-पानी भी देते हों उसे इस काम के लिए। सब समझता है हनुमान सिंह, खूब समझता है।

इस रहस्य का पता मामूली अक्ल से भी लगाया जा सकता है कि जिस घर में अनाज की बड़ी-बड़ी कोठियाँ न हों, कोठियाँ अनाज से भरी न हों, उस घर में इतने चूहे क्यों! गाँव के सारे चूहे एक घर में! यह बात सूरज के दिन में ही उगने की तरह सच है कि हर घर के लोग अपने घर में चूहे पकड़ते हैं और हनुमान सिंह के घर में घुसा देते हैं। हनुमान सिंह आठों याम यह पहरा तो नहीं दे सकता कि कौन किस वक्त किस तरफ से उनके घर के अगवाड़े-पिछवाड़े आ जाता है और चूहे छोड़कर चला जाता है। रूप-गुण से भी ऐसा नहीं लगता कि सारे-के-सारे चूहें एक घर या एक वंश की औलाद हैं। और घरों में चूहे क्यों नहीं हैं? किसी साले ने आज तक कभी अपने घर में होनेवाले चूहों के उत्पात की चर्चा नहीं की है। यह सब हनुमान सिंह खूब समझता है।

सब्जीबाड़ी का सत्यानाश इन्हीं गाँववालों ने कर दिया। एक भी पौधे को ठीक से पनपने-फलने नहीं दिया इन दुष्टों ने। खाद-पानी दे-देकर थक गए हनुमान सिंह; बाड़ी को बकरियों से बचाने के लिए उनकी बच्चियाँ हर वक्त तैनात रहीं; मगर बुरी नजरों का क्या इलाज! जो भी गुजरता, लहलहाती बाड़ी पर एक बुरी नजर डाल ही देता, "अहा! कद्दू की लत कितनी अच्छी निकली है! खूब फलेगी!...अहा! रामतरोई का पौधा कैसा लहलहाया हुआ है! खा-पीकर भी सब्जी बेचेगा..." अब ऐसे में कोई लत फले, किसी पौधे में फल लगे! सूखेंगे ही वे। खीरा फला भी, तो तीता निकल गया। लोग तो कह देंगे कि कुत्ते ने पेशाब कर दिया होगा लत पर, मगर असली तीतापन तो बुरी नजरों का घुस गया खीरे की लत में। कितनी बार तो ऐसा भी हुआ कि बीच जमीन के अन्दर ही सड़ गए। खाली जमीन पर ही ऐसी बुरी नजर डाली होगी कि कुछ उगने ही नहीं पाए। मजबूर होकर ही तो हनुमान सिंह को सब्जीबाड़ी उजाड़कर फुलबाड़ी बनानी पड़ी।

जब तक उसके पास सब्जीबाड़ी थी, गाँव-भर की बकरियाँ मुँह मारने दौड़ती थीं, बार-बार आती थीं, तो एक आध-बार कुछ भकोसकर ही जाती होंगी। मगर इसका अहसान किसी ने भी नहीं माना। आज जब बच्चियों की जिद पर उसने भी बकरियाँ पोस ली हैं। तो पूरे गाँव की आँख में काँटा गड़ रहा है। किसी साले ने अपनी जमीन में इन बकरियों को दो गाल घास भी खाने नहीं दिया होगा। सुबह की निकली बकरियाँ चरकर शाम में घर आएँ, तब भी उदास! पेट भरा रहे, तो उदासी क्यों? लोग तो इन बकरियों को पहचानकर बिना किसी अपराध के भी डंडे जमा देते होंगे इन पर। जब भी शाम में कोई बकरी वापस आई है, तो घर में लँगड़ाते हुए ही घुसी है। आज तक ऐसा नहीं हुआ कि कोई बकरी पोसे और उस बकरी के कुलच्छन-कुचाल की शिकायत उस तक नहीं पहुँचे। मगर आज तक किसी साले ने हनुमान सिंह की बकरियों के विरुद्ध उसके पास शिकायत नहीं की। करेंगे कैसे? बाड़ी में घुसने के पहले ही तड़ातड़ डंडे। अगर शिकायत करने पर हनुमान सिंह कह दे, "सच बोल रहे हो, तो खाओ बाप किरिया;" तब?

उसके दरवाजे के सामने भी उसकी ढेर सारी चीजें बिखरी पड़ी रहती हैं। ऐसा हो सकता है भला कि कभी किसी चोर-उचक्के की उधर नजर ही नहीं पड़ी हो! एक बाल्टी तो वहीं से गुम हुई थी। और भी न जाने कितनी चीजें चोरी गई होंगी। बकरियों को सब्जीबाड़ी की ओर बढ़ते देखने पर भी आज तक किसी अड़ोसी-पड़ोसी साले ने चिल्लाकर नहीं कहा, "बाहर निकलिए, हनुमान जी; भगाइए बकरियों को।" गाय को सब्जीबाड़ी में मौजूद देखकर वे गौ-माता की सेवा-पूजा का लाभ उठाने लग जाते होंगे; हनुमान सिंह जाए भाड़ में। चोर-उचक्कों को उसके दरवाजे पर देखकर वे हल्ला खाक मचाएँगे; उलटे जल्दी से अपने-अपने घर में घुस जाते होंगे कि कहीं चोर बिना कुछ चुराए वापस न चला जाए। साले कौए तक काँव-काँव करने उसके पास ही

पहुँचेंगे। और घरों से आदेश मिलता होगा, "जाओ, हनुमान सिंह के घर पर जाओ; उन्हें काँव-रस बहुत पसन्द है।"

ऐसे लोग आगे क्या करेंगे, यह भी खूब समझता है हनुमान सिंह। अगर रात-बिरात उसके घर में आग लग जाए, तो सोए हुए लोग खाक जगेंगे! यह जानते ही कि आग हनुमान सिंह के घर में लगी हुई है, जगे हुए लोग भी सोने चले जाएँगे। गाँव के मर्द अपनी-अपनी औरत को डाँट देंगे, "चीखो मत। देख नहीं रही हो कि आग किसके घर में लगी हुई है! सुबह के नाश्ते में हलुआ-कचौरी बना लेना।" अगर गाँव में बाढ़ आ जाए, तो सबके सब चुपचाप घर से बाहर निकलेंगे, और दरवाजे की कुंडी खटखटाकर हनुमान सिंह को जगा देने की बजाय बाहर से भी कुंडी लगाकर बाढ़ के दुख को भूलते हुए निकल भागेंगे। भगवान बचाए इन बैरियों से।

गाँव के लोग तो दिल के इतने काले हैं कि हनुमान सिंह को आदमी तक नहीं मानते; केवल पागल कहकर भी चुप नहीं रहते, पागल कुत्ता कहते हैं। कई लोगों ने लक्खी चौधरी को अपनी अर्द्धांगिनी से फुसफुसाकर कहते सुना है, "मुन्ने की माँ, इस आदमी को तुम आदमी मत मानो। यह पागल कुत्ता है। इस आदमी से बचकर रहने में ही फायदा है।" अब किसी को आदमी मानो या नहीं मानो, उससे बचकर रहो या नहीं रहो, मगर उसके बारे में ऐसी बातें बोलो, जो दूसरे लोग भी क्या समझ बैठेंगे उस आदमी को! एक घर की फुसफुसाहट दस घरों में सुनाई पड़ती है। गाँव की फुसफुसाहट नगाड़े की तरह दस-दस गाँवों में बजने लगती है। गाँव का एक आदमी पागल हो जाए, पागल कुत्ता बन जाए, तब भी दस गाँवों में हल्ला मचाने का सबब? जहाँ सारा गाँव दुश्मन, वहाँ तो कदम-कदम पर विपत्ति।

राजगंज के किसी कंगाल के घर में सोना बरस जाए, तब भले ही किसी के मन में डाह न हो; मगर आज हनुमान सिंह माल-पत्तरवाला आदमी बन जाए, तो हर एक के कलेजे पर सौ-सौ साँप लोटने लगेंगे। उसे कभी दो पैसे न हों, इसके लिए तो लोग गुप्त मंत्रणाएँ करते हैं, लम्बी-लम्बी योजनाएँ तैयार कर लेते हैं। यहाँ तो हर एक आदमी कन्हैया सिंह की तरह सोचता है, और कन्हैया सिंह क्या सोचता है यह वह जाहिर कर चुका है अपनी बड़बोली बीवी पर, "यह माना कि तुम्हारा भाई पहलवान है और हनुमान सिंह को कान पकड़कर चाँद दिखा सकता है; मगर कितने दिनों तक तुम्हारा भाई पड़ा रहेगा यहाँ! पहलवान है वह, तो उसकी खुराक भी एक पहलवान की ही होगी। रोज सेर-भर दूध ही माँगेगा वह पीने के लिए। बदन में मालिश के लिए कटोरी-भर सरसों तेल चाहिए। जोड़कर देखो सारा खर्च। हनुमान सिंह भी तो चुप बैठा नहीं रहेगा; वह भी तो अपने मामा को बुला लेगा। उसका मामा डकैत है। वह तो अपना गाँव छोड़कर दौड़ा हुआ आ जाएगा, ताकि राजगंज को ही मुखयालय बनाकर अपना काम-धाम करे और यहाँ बेफिक्री की नींद सोए। हनुमान सिंह की टेंट से कानी कौड़ी खर्च नहीं होगी; उलटे डकैती के माल से वह भी मालामाल हो जाएगा। पार पाओगी

उससे, बोलो? चाहती हो कि वह धनवान हो जाए; जेवर, कपड़े, नकदी से घर भर जाए उसका? तुम्हारा भाई केवल पहलवान है; खर्च-ही-खर्च। अगर वह भी डकैत होता; डकैत न होकर चोर भी होता; चोर न सही, उठाईगीर ही होता, तब हम हनुमान सिंह से मुकाबले की बात सोच सकते थे। यह बात तो मन में ठान लो कि हम सौ दुख, हजार दुख, लाख दुख बरदाश्त कर लें, मगर इस दुश्मन को पैसेवाला नहीं बनने दें।"

लोगों को मजा मिलता है हनुमान सिंह को जलाने में, उनके बच्चों को तरसाने में, उनके घर में कुहराम मचवाने में। यह जरूरी तो नहीं है कि पूआ-पकवान शोर मचा-मचाकर पकाया जाए, दिखा-दिखाकर खाया जाए! मगर सियाराम गुप्ता की घरवाली के लिए यह जरूरी है कि जब भी कराही में शुद्ध घी डाला जाए, तो हनुमान सिंह के घर की ओर खुलनेवाली रसोई की खिड़की अवश्य खोल दी जाए; और फिर बच्चों के हाथ में पूआ-पकवान थमाकर उनसे कहा जाए कि वे बाहर में नाच-नाचकर खाएँ। अब अगर शुद्ध घी की महक हनुमान सिंह के पूरे घर में फैल जाती है, उसकी बच्चियाँ गुप्ता-गुप्ताइन के बच्चों को पूआ-पकवान खाते देख ललच उठती हैं और घर में चीख-पुकार मचाती हैं, और इसके लिए हनुमान सिंह के मुँह से गालियाँ कतारबद्ध होकर निकलने लगती है, तो क्या दोषी हनुमान सिंह? इस पर भी गुप्ताइन सुधरने का नाम नहीं लेती; पूआ-पकवान बना लेने के बाद भी रह-रहकर कराही में शुद्ध घी बेमतलब डालती रहेगी और एक खास खिड़की को बार-बार जोर-जोर से खोलेगी और बन्द करेगी।

दुनिया में है कोई ऐसी जगह जहाँ के लोग गालियों का असर नहीं लेते? हाँ, है। राजगंज है एक ऐसी जगह जहाँ हनुमान सिंह की गालियों का किसी पर असर नहीं पड़ता। ऐसी फजीहत कर रखी है लोगों ने उसकी कि वह गालियाँ देते हुए थक जाता है, मगर लोग गालियाँ सुनते हुए नहीं थकते। किसी के कानों पर जूँ तक नहीं रेंगती। ऐसी और कोई जगह नहीं है दुनिया में। ऐसा गाँव! ऐसे लोग! छि:!

रामबहादुर सिंह अक्सर अपनी पत्नी से हनुमान सिंह के लिए दया की भीख माँगते हैं, "धवौलीवाली, दया करो उस बेचारे पर। तुम्हें उसकी गालियाँ सुनाई पड़ जाती हैं, मगर उसकी कराह सुनाई नहीं पड़ती, उसके दिल का दर्द दिखाई नहीं पड़ता। अगर उसकी तरह हमें भी पहाड़ जैसी छह-छह बेटियाँ होतीं, तो सोचो, धवौलीवाली, कि क्या गुजरता तुम पर और क्या हाल होता मेरा। दया करो उस पर। उसकी गालियों के बदले उसे गालियाँ देकर उसके दुख को और मत बढ़ाओ। देने दो हनुमान सिंह को गालियाँ; भगवान ने बेटियाँ तो नहीं दीं हमें। बेटीवालों पर कौन दया नहीं करता कि तुम दया नहीं करोगी! भगवान ने हमें इसलिए तो चार-चार बेटे दे दिये कि हम किसी बेटीवाले की गालियों का जवाब नहीं दें। किस दुख से देंगे हम गालियाँ?"

पत्नी की ललकार के जवाब में पृथ्वीचन्द भगत अक्ल की बात बताते हैं बीवी को, "जरा ठंडे दिल से सोचो कि हमें गालियाँ देने के पीछे इस मरदूद का असली

मकसद क्या है। उसकी दुम कट गई है, और वह चाहता है कि मैं भी अपनी दुम कटवा दूँ। वह तो चाहता ही है कि मैं भी उसकी गालियों का जवाब गालियों से दूँ, उससे लड़ूँ-झगड़ूँ, ताकि लोग मुझे भी उसकी तरह पतित मान लें। मगर मैं तो उसके जाल में फँसनेवाला नहीं हूँ। क्या बिगड़ता है हमारा इन गालियों से! अड़ोस-पड़ोस के लोगों से पूछकर देख लो कि हनुमान सिंह की गालियों से किसी की इज्जत बिगड़ती है क्या! जब तक उसकी गालियों से हमारा पेट-पीठ में दर्द नहीं होता, हमें सर्दी-बुखार नहीं पकड़ता, हम हैजा-फौती की चपेट में नहीं आते, तब तक क्या जरूरत है हमें अपनी जबान खराब करने की! तुम यह बात मन से बिलकुल निकाल दो कि मैं दबड़ूँ-घुसड़ूँ हूँ और हनुमान से टकराने का कलेजा नहीं है मेरे पास। असली बात तो यह है कि मुझे अपनी इज्जत बहुत प्यारी है, और पतित की तरह इज्जत गँवाकर मैं समाज में जिन्दा रहना नहीं चाहता। तुम्हें भले हनुमान सिंह प्यारा लगे, मगर मैं तो हनुमान सिंह हरगिज नहीं हो सकता।

खून के घूँट पी-पीकर रहनेवाली पत्नी को पते की बात बताते हैं देबू साह, "हनुमान सिंह को हम अपना दोस्त मानें, दुश्मन नहीं। मैं अगर चाहूँ, तो सौ-पचास खर्च कर चौबीस घंटे के अन्दर उसका मुँह बन्द करवा दूँ, गुंडों से पिटवाकर बिस्तर पकड़वा दूँ; मगर उससे भला किसका होगा, यह कभी सोचा है? भला होगा लक्खी चौधरी का, हमारा नहीं। जब तक हनुमान सिंह लक्खी चौधरी को बीस से अधिक और हमें दस से भी कम गालियाँ देना जारी रखता है, तब तक वह हमारा दोस्त हुआ। हमारा दुश्मन तो है लक्खी चौधरी। और उसे सतानेवाला एक हनुमान सिंह के सिवाय और भी कोई है क्या! भगवान से कुछ माँगना हो, तो यह माँग लो कि किसी दिन दोनों एक-दूसरे की गरदन नापने सड़क पर आ जाएँ। तब भी हम यही चाहेंगे कि जख्मी होकर पहले लक्खी चौधरी ही गिरे।

दुनिया के जिस कोने में गालियों तक का असर नहीं होता, उसी कोने में बड़े बुरे दिन काट रहा था दुखिया हनुमान सिंह।

और अब इस दुनिया को और दुख देने दुश्मनों का एक नया दल दाखिल हो गया। बच्चे भी उसके बैरी बनकर त्योहार मनाने निकले हैं, कैसे विश्वास कर लेता हनुमान सिंह! वह तो बच्चों की पहली करतूत को अपने पुराने परिचित दुश्मनों की करतूत मान बैठा था।

उस दिन सुबह-सुबह ज्यों ही हनुमान सिंह ने बाहर का दरवाजा खोला, उनकी नजर बरबस घर के सामने सड़क पर पड़े कुत्ते पर पड़ गई। काना हरिलाल पर नजर पड़ी होती, तो वह कुछ बुदबुदाकर जोर से दरवाजा भिड़ा देता और फिर तुरन्त ही खोलकर जोर-जोर से गालियाँ पढ़ने लग जाता। मगर उसने देखा कुत्ते को, और देर तक देखता ही रह गया। जब कुत्ता उसकी ओर से बेखबर रहा और उसे देखकर भी बेअसर रह गया, तो उसने पाँव आगे बढ़ाए और काफी गौर से कुत्ते को देखा। देखा

कि कुत्ता मरा पड़ा है। आग बबूला हो उठा वह कुत्ते के इस उत्पात को देखकर। कोई कुत्ता इतनी निश्चिन्तता के साथ आज तक उसकी नजरों के सामने ठहर नहीं पाया था। मुरदे को मारकर जिलाना आता, तो अवश्य हनुमान सिंह उस कुत्ते को जिलाकर मारता।

दरवाजे पर आकर कुत्ता मरे, इसका कारण? इस घर से कभी एक रोटी भी तो नहीं मिली थी उस कुत्ते को। इसके सिवाय और कोई कारण नहीं कि कुत्ते को मजबूर किया गया था वहाँ मरने के लिए।

गालियों की बौछार शुरू हो गई।

अवश्य गाँववालों ने प्रार्थना की होगी, "हे कुकुर! आपने महाप्रस्थान की तैयारी पूरी कर ली है, तो हमारी एक बात मान लीजिए; कूच करने से पहले अपना चोला हनुमान सिंह के घर के आगे ही छोड़िए। हमने जो कुछ भी किया है आपके लिए, रोटियाँ जुटाई हैं या हनुमान सिंह से रक्षा की है आपकी, उस कर्ज का चुकता हम बस इतने में ही मान लेंगे। ऊपर से हम आपकी आत्मा की शान्ति के लिए प्रार्थना भी करेंगे। कहीं-न-कहीं तो आपको चोला छोड़ना ही है, तो फिर हमारी प्रार्थना स्वीकार कर लीजिए। थोड़ा भी कष्ट हो जाए उस आदमी को, तो हम निहाल हो जाएँगे और आजीवन आपका उपकार याद रखेंगे।"

ऐसी प्रार्थना नहीं की होगी दुष्टों ने, यह कैसे मान ले हनुमान सिंह? पूरे राजगंज में एक घर बस उसी का है क्या? किसी की प्रार्थना पर कुत्ता यहीं आकर नहीं मरा है, तो अवश्य इस मरे हुए कुत्ते को घसीटकर किसी ने यहाँ रख छोड़ा है। मगर अब गाँववाले देखें तमाशा। उन्हें यह भूल जाना पड़ेगा कि कोई मरा हुआ कुत्ता हनुमान सिंह के घर के आगे पड़ा है, और मजबूर होकर यह सोचना पड़ेगा कि कोई कुत्ता राजगंज में कई दिनों से मरा पड़ा है। जिसकी जूती उसी के सिर, इस कहावत को चरितार्थ कर देगा वह, ऐसा निर्णय ले लिया हनुमान सिंह ने।

उस दिन सुबह से आधी रात तक वह पल्लेदार आवाज में रह-रहकर घोषणा करता रहा कि जिस किसी ने कुत्ते को मारकर उसके घर के आगे फेंकने का दुःसाहस किया है वह अभी ही अपने सिर से कफन बाँध ले, और अब से अनन्त काल तक ऐन उसी-उसी दिन उसके घर के आगे एक की बजाय दस-दस कुत्ते मरे पड़े रहेंगे जिस-जिस दिन उसके घर कोई मेहमान आए हुए होंगे।

पूरे गाँव में सनसनी फैल गई। एक मरा हुआ कुत्ता हर एक के दिमाग में भूँकने लगा, भूँक-भूँककर हर एक को डराने लगा।

लक्खी चौधरी के घर के अन्दर की फुसफुसाहटें बिलकुल बन्द हो गईं। अब कैसे बचा जाए, पागल कुत्ता तो बिलकुल दरवाजे पर आकर बैठ गया है! "बाहर का दरवाजा मत खोलो," चौधरी ने घरवालों को सलाह दे दी, "पिछवाड़े से ही आया-जाया करो।" यह कुत्ता जब तक किसी दूसरे को काट नहीं लेता, तब तक सावधान होकर रहना पड़ेगा, यह बात घरवालों को अच्छी तरह समझा दी उन्होंने। ऐसा लग रहा था

कि हनुमान सिंह की उद्घोषणा के तुरन्त बाद ही घर में ताला लगाकर लक्खी चौधरी सपरिवार गंगा-स्नान करने मानसी या काढ़ागोला घाट चले गए हों।

कन्हैया सिंह ने अपनी बीवी से कहा, "अब आग सुलग गई है, तो किसी-न-किसी घर को जलाकर ही बुझेगी। हम इस कुत्ते के बारे में कुछ नहीं जानते, अब यह बात किरिया खाकर कहने से भी काम चलने को नहीं है। अब कुछ वही प्रबन्ध करना पड़ेगा जिसके लिए तुम बराबर जिद करती आई हो। मैं फिर सेर-भर दूध का उठौना कर देता हूँ और कम-से-कम सात दिनों के लिए सात कटोरी सरसों तेल भी घर में लाकर रख देता हूँ। सात दिनों में कुत्ते का मामला साफ हो जाएगा, ऐसा मेरा अनुमान है। मैं आज ही तुम्हारे पहलवान भाई को बुला लाने के लिए चला जाता हूँ।" और फिर दोपहर में ही ससुराल जाने के लिए तैयार होकर उन्होंने अपनी पत्नी से पूछा, "अब कोई ऐसा अच्छा-सा बहाना बता दो कि तुम्हारा भाई सुनते ही अपनी सौ जरूरी काम छोड़कर मेरे साथ चला आए। यह कह दूँगा कि आपकी बहन का दम दुगदुगी में है और मरने के पहले वह आपसे मिल लेना चाहती है?"

भंडार घर से घी भरा कटोरा लेकर जैसे ही गुप्ताइन रसोई घर की ओर रुख करती है, सियाराम गुप्ता बीवी के पीछे हो लेते और अलापना शुरू कर देते हैं, "ठीक है, शुद्ध घी के पकवान ही बनाओ; मगर रसोई की खिड़की बन्द रखना। बच्चों को जो खिलाना-पिलाना हो, घर के अन्दर ही खिला-पीला देना। रेशमी-बनारसी पहनकर घर के बरतन माँजो, मुझे कोई एतराज नहीं, मगर बाहर निकलना हो, तो कोई फटी-पुरानी साड़ी ही पहन लेना। बस कुछ दिनों की बात है। यह कुकुर-प्रकरण समाप्त हो जाए, फिर रसोई की खिड़की भी खोलना, साड़ी चमकाकर बाहर भी निकलना, और बच्चों को भी कैद से मुक्त कर देना। अभी उस जले को जलाना ठीक नहीं होगा। क्या पता, कुत्ते के मामले में गुस्साकर हमें ही घसीट ले! लाठी तानने से बेहतर है इसे घुला-घुलाकर मारना।"

पहले से कुछ और अधिक दया की भीख माँगते हैं रामबहादुर सिंह हनुमान सिंह के लिए, "जिस समाज में कुत्ता मारकर घर के सामने फेंक दिया जाता है, उस समाज में उस घर के अन्दर पल रही पहाड़ जैसी छह-छह बेटियों का उद्धार कैसे होगा, कब होगा, और कभी होगा भी या नहीं, यह सब सोचते हुए घरवाले का कलेजा मुँह को आता होगा; यह सब जानकर भी क्या तुम इस दुनिया को क्षमा नहीं कर दोगी, धवौलीवाली? मरे को क्या मारना! ऐसा दुखिया आदमी अगर दुख से गालियाँ बके, गन्दी-से-गन्दी गालियाँ बके, तब भी क्या उसे कसूरवार माना जाएगा? नहीं, धवौलीवाली, हरगिज नहीं। इसी कुत्ते को मारकर कोई हमारे घर के आगे फेंक जाता, तो हम पूँछ ऐंठकर गालियाँ दे सकते थे, 'हमें कौन साला सता सकेगा; हम तो बेटेवाले हैं। साँड़ की तरह छोड़ देंगे इन बेटों को खेत-बहियार में। बेटे हुए तो बल हो गया, इज्जत हो गई; अब कुत्ता-गीदड़ मारकर फेंकने से क्या बिगड़ेगा बाबू रामबहादुर सिंह का!' मगर,

धवौलीवाली, हनुमान सिंह तो ऐसी बोली बोल नहीं सकता। दया करो उस पर; क्षमा कर दो उसे। गालियाँ भी न बके, तो फिर और क्या बचता है उसके लिए करने को!"

पृथ्वीचन्द भगत बच्चे की तरह दौड़कर पिछवाड़े पहुँच जाते हैं पत्नी को कुत्ते के बारे में सूचना देने और सीना फुलाकर उससे कहते हैं, "अब बोलो कि मेरी इज्जत है या नहीं। अगर मैं भी गालियों का रोजगार करता, तो आज एक मरा कुत्ता हमारे दरवाजे पर भी पड़ा रहता। अब देख तो रही हो कि गालियों के कारण किसके पेट-पीठ में दर्द हो रहा है, किसे बुखार ने पकड़ा है, किसके घर मातम छाया हुआ है। अभी तो इस बात के लिए भी तैयार रहो कि हनुमान सिंह हमारे दरवाजे पर भी आकर गालियाँ पढ़ सकता है। मगर हमें आपे से बाहर बिलकुल नहीं होना है। मैं तो उस वक्त भी हँसते हुए कहूँगा, "शान्त होइए, भाई हनुमान; शान्त होइए। मैं आपकी तकलीफ समझ रहा हूँ। भगवान पर भरोसा रखिए; वह जरूर अपराधी को सजा देगा। इस हरकत से गुस्सा कर मेरी पत्नी तो इस गाँव को छोड़कर कहीं और जा बसने के लिए जिद कर रही है।" इसके बाद भी वह गालियाँ देता है, तो दे; गालियों से हमारे पेट-पीठ में आगे भी कोई दर्द होनेवाला नहीं है।

हनुमान सिंह की पहली घोषणा जैसे ही समाप्त हुई। देबू साह घर से बाहर निकल आए। उन्होंने आगे बढ़कर एक नजर मरे हुए कुत्ते पर डाली और फिर लगे जोर-जोर से गालियाँ पढ़ने, "जरूर कुत्ते को मारकर फेंका गया है। पता नहीं, किस साले, चोट्टे, बेहूदे, पाजी, कुकर्मी गुंडे ने यह शरारत की है। उस साले, चोट्टे, बेहूदे, पाजी, कुकर्मी गुंडे की देह में कीड़े पड़ें, घुन लग जाए। इतना बाँचकर उन्होंने एक नजर हनुमान सिंह के दरवाजे पर डाली और फिर अपने घर के अन्दर चले गए। अपनी एक खिड़की की झिरी से वे नजर दौड़ाते रहे, कभी हनुमान सिंह के घर की ओर और कभी लक्खी चौधरी के दरवाजे-खिड़कियों पर। जब हनुमान सिंह तीसरी बार गालियाँ पढ़कर चुप हुए, तो फिर वे तुरन्त घर से बाहर आकर लगे सुनाने, "उस साले, चोट्टे, बेहूदे, पाजी, कुकर्मी गुंडे को तो पकड़कर सरेआम उसके सिर पर सौ जूते बरसाना चाहिए। मगर यह कुकर्म कर जरूर वह साला कहीं भाग गया होगा। भागकर जाएगा कहाँ! आज न कल तो साले को लौटकर आना ही है। जरूर पता लगाना चाहिए उस साले का जिसने यह कुकर्म किया। घर में वे लगातार सोचते रहे, लक्खी चौधरी को फँसाने के लिए इस वक्त और क्या-क्या किया जा सकता है।

कुत्ता मारकर फेंकनेवाले को जरूर अफसोस हो रहा होगा कि उसने सोचा था कुछ, और हो गया कुछ। एक हनुमान सिंह के घर को छोड़कर मातम पूरे टोले में छा गया। और, ज्यों-ज्यों हनुमान सिंह की उद्घोषणा और मरे कुत्ते की गंध गाँव में फैलती गई, पूरा गाँव उनके असर में आ गया। असर ऐसा हुआ कि उधर से आने-जानेवाले अब उस रास्ते को छोड़कर इधर-उधर के टेढ़े-मेढ़े रास्ते से आने-जाने लगे। काने हरिलाल

तक ने हनुमान सिंह के दर्शन से अपनी कानी आँख में रोशनी पैदा कर लेने का इरादा छोड़ दिया। केवल टोले-महल्ले के बच्चे मरे कुत्ते के दर्शनार्थ वहाँ ताना-पाई करते रहे।

हनुमान सिंह का बाल-बाँका न हुआ। गुलाब, बेला और चमेली की गंध ने कुत्ते की गंध को बिलकुल दबा दिया था। उस रास्ते से कभी-कभार गुजरते हुए कोई कुत्ते पर नजर पड़ते ही चमककर अपनी चाल तेज कर देता, तो घर की सारी बच्चियाँ ताली पीट देतीं। बच्चियों की इस खुशी पर हनुमान सिंह हो-हो हँसने लगते। कहीं दूर-पास में भी कोई अपनी नाक पर गमछा, रूमाल या हथेली रख लेता, तो इस दृश्य का आनन्द उठाने के लिए बच्चियाँ दौड़-दौड़कर एक-दूसरे को बुला लातीं। खुद हनुमान सिंह यह आनन्द लूटने झटपट हाजिर हो जाते और फिर खुशी में हर बार कुछ बुदबुदा पड़ते।

बाल बाँका न हुआ हनुमान सिंह का, और वे बड़े आराम से मियाँ की जूती मियाँ के सिर पड़ते देखते रहे। सन्तोखी डोम दो बार उनसे नजर मिलाते हुए सामने से गुजर गया। गुजर गया सन्तोखी; जाना होगा उसे कहीं उस रास्ते से। काशी में कौआ मरा, तो हनुमान सिंह का क्या! काशीवाले करें क्रिया-कर्म, श्राद्ध-बरखी, पिंडदान, ब्राह्मण भोजन।

तेजी से घर के अन्दर दाखिल होकर टीपू सीधे माँ के सामने जा खड़ा हुआ और कुछ सूँघने की मुद्रा में चुलबुलाहट के साथ दो-तीन बार गहरी साँस खींचकर अपना मुँह बिगाड़ते हुए बोला, "राम राम! यहाँ भी गंध आ रही है।"

"गंध! कैसी गंध?" बोलकर दिव्या भी वातावरण में कुछ सूँघ लेने की कोशिश करने लगी।

गंध पकड़ पाने में माँ को नाकामयाब देखकर बेटे ने कहा, "तुम्हें कोई दुर्गंध नहीं लग रही है?"

दिव्या ने अपनी नमकहराम नाक के साथ फिर जबरदस्ती की, मगर फिर नाकामयाबी ही मिली। वह हारकर बोली, "किस तरह की दुर्गंध आ रही है?"

"लो, कैसी है तुम्हारी नाक! पूरे गाँव की नाक में दुर्गंध घुस गई, मगर तुम्हारी नाक अभी तक बेखबर है! तुम्हें सर्दी तो नहीं है, माँ?"

तुनक उठी माँ, "बुझौअल मत बुझाओ। जो बोलना हो, सीधे बोलो।"

"सीधे बोलूँ?" मुस्कराकर बोला टीपू, "तो सुनो; गाँव में एक कुत्ता मर गया है, और यह दुर्गंध उस मरे कुत्ते की है।"

"यहाँ कोई दुर्गंध नहीं है...कहाँ मर गया है कुत्ता?"

"सियाराम चाचा के महल्ले में।"

"और उतनी दूर से दुर्गंध यहाँ आ रही है!" दिव्या बेटे की दिल्लगी पर गुस्सा गई।

"दो दिनों से कुत्ता मरा पड़ा है, तो दुर्गंध नहीं आएगी यहाँ तक! पूरे गाँव में लोग इस दुर्गंध से परेशान हैं।"

"तो लोग कुत्ते को फेंकवा क्यों नहीं देते?"

"कैसे फेंकवा देंगे कुत्ते को! यह जानती हो कि कुत्ता किसके घर के आगे मरा है?"

दिव्या को बेटे का प्रश्न समझ में नहीं आया। वह बेटे का मुँह निहारने लगी। तब टीपू को बोलना पड़ा, "कुत्ता हनुमान सिंह के घर के आगे मरा पड़ा है।"

"हनुमान सिंह के घर के आगे? अरे बाप! किसका कुत्ता था, रे?" कुत्ते के मालिक के प्रति दया उपज गई दिव्या के दिल में।

"तुम जानती हो हनुमान सिंह को?"

"जानूँगी कैसे नहीं! जब भी उस महल्ले में दीदी जी के यहाँ जाती हूँ, तो बस उसी के किस्से सुनती हूँ। दीदी जी के पास तो कोई कुत्ता नहीं था। पता चला, किसका कुत्ता था?"

"कुत्ता पूरे गाँव का था, या, समझो, किसी का नहीं। मगर जब कुत्ता उनके घर के आगे जा मरा है, तो अब फेंकवाना तो उन्हें ही चाहिए।"

"मरा कुत्ता दो दिन से पड़ा हुआ है?"

"पड़ा हुआ है, और, लगता है, पड़ा रह जाएगा। हनुमान सिंह पूरे गाँव को गालियाँ दे रहे हैं। गाँववालों को क्या पड़ी है कि गालियाँ भी सुनें और उस मरे कुत्ते की फिक्र भी करें!"

"कुत्ता मरा, तो गाँववालों को क्यों गालियाँ दे रहे हैं? सचमुच पागल है यह आदमी।" और कोई काम नहीं रहने के कारण दिव्या बेटे के साथ समय काटने लगी।

"उसे शक है, माँ, कि उसके दुश्मनों ने ही कुत्ते को मारकर उसके घर के आगे फेंक दिया है, और उसकी नजर में पूरा गाँव उसका दुश्मन है।"

दिव्या जोर-जोर से हँसने लगी, और फिर हँसते-हँसते अचानक गम्भीर होकर बोली, "तुम तो उधर नहीं जाते हो न? उधर मत जाना। कोई ठीक है उसका कि कहीं तुम्हें ही पकड़ ले और कहे कि तुमने ही कुत्ता मारकर वहाँ फेंक दिया है। कुत्ता उठाने को कहे, गाली दे दे, थप्पड़ लगा दे। उधर बिलकुल मत जाना, टीपू। उधर से कोई गुजरता भी है, तो उसे लगता है कि वह आदमी उसका कुछ अनिष्ट करने आया था।"

"मुझे क्या पड़ी है उधर जाने की! मैं तो कभी-कभार सियाराम चाचा के घर जाता हूँ। वहीं मुझे इस कुत्ते के बारे में पता चला। मैंने हनुमान सिंह को गालियाँ देते भी सुना," कहते हुए टीपू इस तरह नाच उठा जैसे कि इन गालियों से उसे काफी आनन्द प्राप्त हुआ हो।

"देने दो गालियाँ। गालियों से उसका पेट भरता है," कहकर दिव्या चुप हो गई और फिर उठकर अपने कमरे में आ गई।

टीपू माँ के पीछे-पीछे चला आया। उसे लगा कि अब माँ बतियाने के मिजाज में नहीं है। उसने माँ से बहुत धीमे स्वर में कहा, "जानती हो, माँ, मरा कुत्ता उसके घर के सामने फेंका गया है।"

"तुम्हें कैसे मालूम?" माँ ने बेटे पर तीखी निगाह डालकर पूछा।

माँ की उस निगाह से टीपू थोड़ा अकबका गया और जरा सँभलकर बोला, "मुझे मालूम नहीं है, माँ, मगर ऐसा लगता है मुझे।"

"लगता है, तो यह लगना मन में ही रहने दो," माँ ने डाँटकर कहा, "कहीं बोलना मत कि तुम्हें ऐसा लगता है। लोग पूछने लगेंगे कि क्यों ऐसा लगता है, तब क्या जवाब दोगे!"

टीपू चुप हो गया। दिव्या एक क्षण वहाँ रुककर जब बाहर जाने को हुई, तो बेटे ने फिर बात शुरू की, "माँ, मुझे मालूम है।"

"क्या?"

"मरे कुत्ते को वहाँ जान-बूझकर फेंका गया है।"

दिव्या बेटे के बिलकुल करीब आ गई, "किसने फेंका है?"

टीपू ने तुरन्त जवाब नहीं दिया; एक क्षण माँ को देखता रहा और तब बोला, "नहीं बताऊँगा; तुम हल्ला कर दोगी।"

"डरती तो मैं हूँ कि कहीं तुम हल्ला मत कर बैठो," दिव्या ने दाँत पीसते हुए कहा।

दाँत पीसकर कहने के बाद दिव्या बिस्तर पर जमकर बैठ गई, बेटे का हाथ पकड़कर उसे अपने सामने बैठाया, और फिर फुसफुसाकर बोली, "कौन आदमी है? तुम जानते हो उसे?"

माँ की फुसफुसाहट के जवाब में टीपू ने भी पहले खिड़की-दरवाजे की ओर चौकन्नी आँखों से देख लिया और फिर एक लम्बी 'हूँ' के साथ 'हाँ' की मुद्रा में देर तक ऊपर-नीचे सिर हिलाता रहा।

'हूँ' की समाप्ति के बाद भी जब 'हाँ' की मुद्रा में सिर हिलता रहा, तो माँ ने बेटे के सिर को अपनी हथेली पर स्थिर किया और बोली, "कौन है?"

"बोल तो दूँ, माँ," बेटे ने अपनी निगाहों से माँ को तौलते हुए बोला, "मगर मैं देख चुका हूँ, तुम्हारे पेट में बात पचती नहीं है।"

"मेरे पेट में बात खूब पचती है।" दिव्या की झुँझलाहट में गुस्से की गंध नहीं थी। टीपू के पेट में ही बात नहीं पचती है, इस पर कोई विवाद नहीं छेड़ा माँ ने।

"तो बोल ही दूँ?"

"हाँ, बेटे, माँ से कैसे नहीं बोलेगा! माँ से कुछ नहीं छिपाया जाता; हर बात बोली जाती है।"

"तो सुनो; यह काम कुछ बच्चों ने किया है।"

"बच्चों ने!" दिव्या सँभाल नहीं पाई अपने को, और स्वर इतना ऊँचा हो गया कि खिड़की-दरवाजा तक सुन ले।

"बस, लगी न चीखने, कोई भरोसा नहीं है तुम्हारा।" कुपित हो उठा टीपू।

"मैं चीखी थोड़े ही हूँ!" टीपू के आरोप को झाँपते हुए माँ ने कहा, "मगर बच्चों ने ऐसा क्यों किया? इतनी हिम्मत उन्हें कैसे हुई? कौन बच्चे थे?"

"होंगे वही बच्चे जिन्हें हनुमान सिंह ने गालियाँ दी होंगी।"

"तब तो उसी महल्ले के बच्चे होंगे?"

"हुँह, उस महल्ले के बच्चे!" मुँह बना लिया टीपू ने और कहा, "उस महल्ले के बच्चों में इतनी हिम्मत कहाँ! वे तो हनुमान सिंह के सामने जाने से भी डरते हैं। सबके सब गीदड़ हैं, गीदड़।"

"तो क्या वे लड़ाई करेंगे हनुमान सिंह से? अपने माँ-बाप को गालियाँ सुनाएँगे? वे समझदार बच्चे हैं...मगर यह काम किस टोले के बच्चों ने किया है?"

"टोला-फोला मैं नहीं जानता हूँ। कुछ बहादुर बच्चों ने ऐसा किया है।"

"मरे कुत्ते को किसी के घर के आगे फेंक आना, इसमें क्या बहादुरी है! छिः ...मगर कौन थे बहादुर बच्चे? उनमें तुम भी तो नहीं थे?"

"मैं?" टीपू ने आग बबूला होने की कोशिश की, और रुआँसा होकर बोला, "हाँ-हाँ, मैं भी था।" बोलकर वह फुर्ती के साथ बिस्तर पर पसर गया और बिस्तर पर पड़ी चादर पैर से सिर तक तान ली। चादर के अन्दर से वह बोलने लगा, "हाँ-हाँ, मैं भी था; जाओ, हल्ला कर दो।"

माँ ने बेटे के मुँह पर से चादर खींची और कहा, "मैं हल्ला करने तो नहीं जा रही हूँ। मैंने तो पूछा भर था।"

टीपू उठकर बैठ गया, "मैं रहता, तो क्या कहने आता तुमसे! तुमने मुझ पर शक क्यों किया?"

शक जाहिर करने के एवज में माँ कुछ लज्जित हुई और फिर बोली, "मैंने शक नहीं किया, टीपू। मैं जानती थी कि उन बच्चों के साथ तुम नहीं होगे; मगर तुमने अपने मुँह से कह दिया, तो मुझे चैन मिल गया। हनुमान सिंह बुरा आदमी है; उसकी नजर में आना ठीक नहीं है। बच्चे जरूर बहादुर हैं जिन्होंने यह काम किया है। इस आदमी को सताने से तो भगवान भी खुश होंगे। ये बच्चे हैं कौन; तुम्हारा दोस्त हैं क्या?"

टीपू माँ के कान के पास फुसफुसाया, "हरिया था।"

"हरिया था!" माँ के तेवर बदल गए, तब तू भी जरूर रहा होगा। तुम्हारे बगैर हरिया कोई काम नहीं कर सकता।"

"तब मान लो, मैं भी था।" तमतमा गया टीपू।

"जरूर होगा तू भी, अगर हरिया था तो।"

"तब मुझसे भी सुन लो कि न हरिया था, न मैं था, न कोई कुत्ता मरा है, और न कोई गंध आ रही है।"

दिव्या भौचक बेटे को देखने लगी, और फिर कुछ थमकर बोली, "तो तू सारी बातें झूठ ही बोल रहा था?"

"नहीं, मैं सच बोल रहा था," बेटे ने जवाब दिया, "मगर मैं यह भी तो बोल रहा था कि हरिया के साथ मैं नहीं था।"

चिरंजीव

"तो क्या हरिया ने तुम्हारी मदद नहीं ली थी?" भृकुटि तानकर माँ ने पूछा, "तुम्हें जानने तक नहीं दिया?"

"उसने सलाह माँगी थी," कुछ ढीला पड़ते हुए बेटे ने कहा, "मगर मैं किसी काम में शरीक नहीं हुआ था।"

"क्या सलाह माँगी थी?"

"एक दिन हरिया हनुमान सिंह के घर के आगे से जा रहा था, तो उसकी नजर हनुमान सिंह की फुलवाड़ी की ओर चली गई। बस इतने पर ही हनुमान सिंह ने समझ लिया कि वह फूल चुराने आया था, और लगा उसे गालियाँ बकने। हरिया बदला लेना चाहता था।"

"बदला!" बीच में ही टोक दिया दिव्या ने और बेटे पर तीखी निगाह डालकर पूछा, "तुमने क्या कहा?"

"मैंने?"...हूँ...मैंने कह दिया," नाटकीय मुद्रा अपनाते हुए बोला टीपू, "मैंने कह दिया कि...कि मैं कुछ नहीं बोलूँगा।"

"बस-बस, बिलकुल यही बोलना था," माँ ने खुश होकर कहा, "साफ कह देना था कि जिसे गालियाँ दी गईं वह बदला ले। तुम्हें उन बातों से कोई मतलब नहीं।... बहुत अच्छा जवाब दिया तुमने...उससे साफ कह देना था कि अब तुम बच्चे नहीं हो और अब कोई गलत काम, गलत हरकत नहीं कर सकते...ऐसे लड़कों के साथ तो अब कोई खेल भी मत खेला करो। कभी खेलने को कहें भी, तो साफ कह दो कि माँ ने मना किया है...तुम्हारा जवाब सुनकर तो उसका मुँह कौआ की तरह हो गया होगा?"

"हाँ," टीपू ने मुँह बिचकाकर कहा।

"फिर?"

"फिर!...फिर कुछ नहीं।"

"हाँ, कुत्ते के बारे में..."

"हाँ," टीपू ने फिर अपना बयान चालू किया, "कुत्ते के बारे में भी उसने सलाह माँगी थी। परसों सुबह वह मुझसे मिला और बोला, 'एक कुत्ता कचहरी मैदान के पास मरा पड़ा है। मैं उसे हनुमान सिंह के दरवाजे पर डाल देना चाहता हूँ। तुम मेरी मदद करो।'"

"मदद माँग रहा था? शैतान!...तुमने कह दिया न कि तुम कोई मदद नहीं कर सकते?"

"हाँ,' टीपू ने गम्भीरता से जवाब दिया, "मैंने कह दिया कि...कि मैं अब बच्चा नहीं हूँ। अब मैं कोई गलत काम, कोई गलत हरकत नहीं कर सकता।"

"शाबाश!" माँ खुशी से चीख पड़ी और फिर तुरन्त बोली, "कोई मदद माँगे, तो तुरन्त कह दिया करो कि माँ ने ऐसा करने से मना किया है। बस, एक जवाब, 'माँ

ने मना किया है।' ठीक ही तो जवाब दिया कि अब तुम बच्चे नहीं हो। यह जवाब सुनकर तो उसका मुँह..."

"एकदम कौआ की तरह हो गया, माँ," बोलकर जोर-जोर से हँसने लगा टीपू। माँ को बहुत खुश देखकर वह दुबारा खिलखिलाया, "एकदम कौआ की तरह..."

माँ भी दुबारा हँसी और पूछा, "तब क्या किया उसने।"

"बहुत उदास हो गया।"

"होने दो। कुत्ते को क्या वह अकेले ही घसीट लाया था?"

"हुँह, अकेले घसीट लाया था!" मुँह बनाकर बोला टीपू, "इतना बहादुर वह नहीं है, माँ।"

"तब कौन था साथ में?"

टीपू सोचने लगा और कुछ यादकर बोला, "मुझे लगता है, रघुआ होगा। मुझे बताया था हरिया ने कि मेरे नहीं होने पर वह रघुआ को साथ में ले लेगा।"

"तुमसे राय माँगी थी हरिया ने?"

"हाँ, मगर मैंने इस बार भी साफ-साफ कह दिया कि मैं कोई राय भी नहीं दे सकता; माँ ने मुझे ऐसा करने से भी मना किया है।"

"ऐसा कहा तुमने!" आह्लादित हो उठी माँ और बोली, "आज मैं तुम्हें रसगुल्ले खिलाऊँगी। तुमने बहुत बड़ा काम किया है। जरूर लोगों ने हरिया-रघुआ को कुत्ता घसीटकर लाते देख लिया होगा। जरूर उन दोनों की खोज हो रही होगी। तुम उनके साथ रहे होते, तो आज हम भी मुसीबत में फँस गए रहते।"

"उन दोनों को किसी ने नहीं देखा है, माँ; किसी को कुछ नहीं मालूम। बस, तुम किसी से कुछ मत कहना," टीपू ने माँ को हिदायत दी।

"मैं नहीं कहूँगी, मगर किसी-न-किसी ने जरूर देखा होगा कुत्ते को घसीटकर लाते।"

"कुत्ते को घसीटकर नहीं लाया होगा उन्होंने, जरूर किसी बोरे में बन्द कर लाया होगा। जासूसी के काम में जरूर घुटरा बहाल हुआ होगा।"

"घुटरा होगा, तब तो चुल्हवा भी जरूर होगा," माँ ने अनुमान किया।

"चुल्हवा के साथ," टीपू ने भी अपना अनुमान पेश किया, "कमुआ और पिरथिया को भी जरूर इस काम में शरीक कर लिया होगा हरिया ने। यह काम मामूली नहीं था, माँ; पूरा बन्दोबस्त कर लेने के बाद ही हरिया ने इस काम में हाथ लगाया होगा।"

"इस काम में तुम्हारे सभी पुराने साथी शरीक थे, ऐसा लगता है मुझे; बस, एक तू नहीं था।" कहकर दिव्या ने एक लम्बी साँस खींची, और उसे छोड़ते हुए बेटे की पीठ ठोंककर बोली, "बहुत अक्लमन्दी का काम तुमने किया है, बेटा। जाओ, रसगुल्ले ले ही आओ; बाद में मैं बिसर जाऊँगी।"

शशांक घर आया, तो बहुत मस्ती में कुछ गुनगुनाते पाया बीवी को। ऐसी क्या मस्ती

कि घर के अन्दर कोई घुस आए और घरवाली को होश नहीं! पति ने पत्नी का ध्यान तोड़ा, "टीपू नहीं आया है अभी तक?"

आलू काटना बन्द कर दिव्या ने मुँह ऊपर उठाया और बोली, "नहीं आया है तो आ जाएगा; "अब उसके पीछे पड़ने की जरूरत नहीं है।"

शशांक जब घर से निकला था तब तक उसे यही मालूम था कि दिव्या के मुताबिक अभी भी टीपू पर कड़ी निगरानी की जरूरत थी।

जब और कुछ बोलने की बजाय दिव्या ने फिर गुनगुनाना शुरू कर दिया, तो शशांक पूछ बैठा, "आज जरूर कोई बात है।"

"हाँ, है," दिव्या ने कहा, "सब्जी काट लेती हूँ; फिर चाय बनाऊँगी; और तब बताऊँगी कि बात क्या है।" मुस्कराते हुए फिर दिव्या ने जोड़ा, "है एक खुशी की बात।"

शशांक वहीं पत्नी के पास बैठ गया, मगर सब्जी काट लेने तक कुछ भी बताने से इनकार किया दिव्या ने और चाय बनाकर ले आने के बाद ही अपनी खुशी की बात बताई।

पूरा किस्सा रस ले-लेकर सुनाया दिव्या ने शशांक को और बार-बार यह सुनाती रही कि टीपू इतना होशियार हो गया है कि अब कोई भी गलत काम करने से साफ इनकार करता है और अपने संगी-साथियों को खड़ा जवाब दे देता है कि माँ ने ऐसा करने से मना किया है।

'माँ ने ऐसा करने से मना किया है' का असर लेकर शशांक ने बीवी से उन्नीस होकर दुखी होने की बजाय बीवी से बीस होने की खुशी जाहिर कर दी, "दिव्या, आज मैं बहुत खुश हूँ। अब जाकर मेरे भाषणों, उपदेशों और प्रवचनों का असर पड़ा है मेरे टीपू पर। मुझे हमेशा विश्वास था कि किसी-न-किसी दिन मेरी बात का असर जरूर पड़ेगा मेरे बेटे पर। मैं बहुत-बहुत खुश हूँ, दिव्या..."

13

"कौन, टीपू?" विश्वास नहीं कर पाया शशांक, "नहीं, ननकेसर भाई, टीपू नहीं होगा।"

"हाँ-हाँ, टीपू, आपका बेटा," ननकेसर साह ने जोर देकर कहा, "पहले तो मुझे भी विश्वास नहीं हुआ था कि आपका बेटा भी उत्पात कर सकता है, मगर विश्वास करना पड़ा। इन सारे बच्चों ने देखा है," साथ आए बच्चों की ओर इशारा करते हुए ननकेसर साह ने कहा।

एक साथ कई बच्चे बोल पड़े कि टीपू ही साह जी के घोड़े पर चढ़कर उड़ा है।

अब अविश्वास ने नहीं, भय ने जकड़ लिया शशांक को।

'हे भगवान!' उच्चारित कर शशांक हड़बड़ाकर अपनी जगह से उठ खड़ा हुआ। इतना भी नहीं हो सका कि अन्दर जाकर दिव्या से कह दे और तब घर से बाहर

निकले। तेजी से बाहर निकलते हुए एक बार रुककर उसने पूछा, "गया है किस ओर?" और, सारे बच्चों से एक ही जवाब पाकर वह मैदान की ओर चला जहाँ से गमैल का रास्ता पकड़ा जाए।

ननकेसर साह भी शशांक की तेजी के साथ उसके बराबर चलने लगा और सुनाता रहा, "बिना लगाम का, बिना पलान का घोड़ा मैदान में चर रहा था। मैं तो यह सोच भी नहीं सकता था कि कोई बच्चा ऐसे घोड़े पर भी सवारी कर सकता है। बच्चे बताते हैं कि टीपू कई दिनों से इस घोड़े पर चढ़कर इधर-उधर जाता रहा है..."

'हाँ," एक बच्चे ने कहना शुरू किया, "कल वह बेलाही की तरफ गया था। एक दिन वह मोहनपुर भी जा चुका है। टीपू बोल रहा था कि किसी दिन वह अपने मामा के घर कलासन भी जाएगा।"

"घोड़े से वह," एक दूसरे बच्चे ने अपनी जानकारी दी, "फत्तेपुर, रामगंज, किशुनगंज और लक्ष्मीपुर भी गया है।"

यह सब सुनकर शशांक को जैसा क्रोध हुआ वैसा अवसर भी मिलता, तो वह हर बच्चे को अलग-अलग एक-एक तमाचा मारकर पूछता कि आज सुबह तक उसे इसे बात की जानकारी क्यों नहीं दी गई।

शशांक के साथ चलते हुए ननकेसर साह ने बच्चों की बात समाप्त होते ही अपनी सुनाने लगा, "इस तरह तो किसी भी दिन मेरा घोड़ा गायब हो सकता था। पूरे सात सौ में खरीदा था मैंने इसे। यही घोड़ा अब खरीदने जाऊँ, तो हजार से कम में नहीं मिलेगा। और फिर क्या पता, इतनी अच्छी चाल का घोड़ा मिले न मिले।"

ननकेसर साह को शक हुआ कि शशांक का ध्यान शायद उसकी बातों की ओर नहीं है, इसलिए उसने जरा जोर से सुनाया, "पूरे सात सौ का घोड़ा है। अभी हजार से कम में नहीं मिलेगा। ऐसा घोड़ा मिलेगा ही नहीं। इस घोड़े पर किसी की भी नजर लग सकती है। कोई भी इस घोड़े को लेकर भाग जाना चाहेगा।"

शशांक को सुनाई पड़ा कि टीपू पर घोड़े की नजर लग गई है और टीपू को लेकर उसने भागने की कोशिश की है...और शायद आज उसे कामयाबी...घबरा उठा शशांक।

ननकेसर साह भी बेहद घबराया हुआ था, कहीं घोड़ा गुम न हो जाए। अपनी घबराहट को दूर करने के इरादे से वह बार-बार बुदबुदाते हुए शशांक को सुना रहा था, "पाँच रुपये कम करने से भी इनकार कर गया था घोड़ा बेचनेवाला; पूरे सात सौ।"

"हाँ, भाई," एक बार चिढ़कर बोल ही पड़ा शशांक, "सुन लिया कि घोड़ा सात सौ का था।"

चिढ़कर बोला शशांक, मगर ननकेसर साह खुश हो गया।

सौदा इतना महँगा बिक रहा हो, तो कैसे खुश नहीं हो ननकेसर साह। पूरे दो सौ का मुनाफा! इतने दिनों तक घोड़े को जोता, वह अलग! बनमनखी मवेशी हाट में इस घोड़े की कीमत किसी ने पाँच सौ से अधिक नहीं लगाई थी। मगर जितने में घोड़ा

खरीदकर लाया था उतने में ही उसे बेच डाले, ऐसा बनिया तो ननकेसर साह नहीं है। हाँ, सात सौ में इस घोड़े को बेचा जा सकता है, अब सहर्ष बेचा जा सकता है।

आज घोड़ा सात सौ में बिक ही जाए, यह उपकार कर देने के लिए ननकेसर साह मन-ही-मन भगवान को मनाने लगा।

घोड़े की कीमत रटने-बुदबुदाने के दौरान एक बार उसे भ्रम हुआ कि घोड़ा उसने सात सौ में तो नहीं खरीदा था, और तब इस बात का अफसोस हुआ कि कीमत उसने नौ सौ क्यों नहीं बताई। मगर जब उसने दिमाग पर जोर देकर याद किया, तो उसे इतना तक याद आ गया कि बेचनेवाले को उसने सौ के कितने पत्ते दिये थे और कितने दस टकिये, पंचटकिये, दुटकिये और एकटकिये।

सात सौ की वसूली कैसे की जाएगी, इस पर विचार करने लगा ननकेसर साह।

अब शशांक इस बात से इनकार नहीं कर सकता कि घोड़े को लेकर टीपू ही भागा है। इतने चश्मदीद गवाहों की गवाही को वह नकार नहीं सकता। ननकेसर साह ने उन बच्चों से उनके और उनके पिता के नाम पहले ही पूछ लिए थे और अब उन्हें जिह्वाग्र करने के प्रयास में लग गया था।

ऐसा सुपात्र है शशांक कि घोड़े की कीमत उसी तरह चुका देगा जिस तरह कोई आदमी मंगनी के बैल को बिना उसके दाँत गिने ग्रहण कर लेता है। शशांक की जगह इस राजगंज का ही कोई और आदमी होता, तो बच्चों की चश्मदीद गवाही में भी सौ पेंच निकाल डालता और पूरा-का-पूरा घोड़ा निगल जाने की कोशिश करता। और, अगर उसके चिचियाने और चिल्लाने से कुछ दहशत भी खाता, तब भी घोड़े में सौ ऐब निकालकर कीमत की चौथाई को पकड़कर बैठ जाता। और, अगर कहीं पंचायत में पंच बनकर उसका चाचा आ जाता और भतीजे के पक्ष में अपनी आवाज बुलन्द कर बैठता, तो घोड़े की कीमत पचास से सौ के बीच में लगा दी जाती। तब किस-किस से झगड़ता वह, कहाँ-कहाँ चिचियाता-चिल्लाता! भला हो बेचारे शशांक गुप्ता का! अब अगर वह यहाँ से सीधे घर भी चला जाए, तो कल सुबह होते-होते शशांक उसके दरवाजे पर आकर सात सौ रुपये गिन देगा और रिरियाकर कहेगा भी, "ननकेसर भाई, अब घोड़े पर कोई मुनाफा मत लीजिए। बच्चे से गलती हो गई। समझिएगा, अपना ही बच्चा था।"

किसी से पैंचा-उधार माँगे बिना अगर कोई आदमी हजार-पाँच सौ रुपये अपनी टेंट या अपने घर से तुरन्त निकाल देता, तो जल-भुन जाता ननकेसर साह और उस भगवान को पानी पी-पीकर कोसता जो दूसरों के घर में तो हुन बरसाता रहा है, और उससे ऐसा बैर ठाना है कि कुछ देना तो दूर, उलटे पिछले पाँच वर्षों में उसके दो घोड़ों की जान ले ली है। मगर आज वह बेहद खुश था कि शशांक झटपट सात सौ रुपये एकमुश्त निकाल देगा, और आज इस बात के लिए कोई नाराजगी जाहिर करने की बजाय उसने भगवान को धन्यवाद ही दिया।

इस बार भगवान जरूर दयावान निकले, नहीं तो शशांक गुप्ता की जगह लच्छू साह को भेज देते; और लच्छू साह पंचायत के निर्णय के बावजूद पहले की तरह इस बार भी ऐसे एकमुश्त रकम दे देने की बजाय कभी एक दुटकिया हाथ में थमाता, कभी एक एकटकिया उसके आगे बढ़ा देता, और कभी कह बैठता, "आज तो जेब में कुल पचास पैसे हैं, साह जी।"

अगर दया नहीं की है भगवान ने, ननकेसर साह मन-ही-मन खुश होता हुआ सोचने लगा, तो शशांक गुप्ता का बेटा ही घोड़ा लेकर क्यों भागा; राजकुमार भगत का बेटा भी तो घोड़ा भगा सकता था! डेढ़ सौ की एक रकम फँसी हुई है उसके यहाँ जो अगले पूस में ही दे देने की बात पंचों के आगे स्वीकार कर ली थी उसने। तब से आज तक चार पूस निकल गए, चार माघ निकल गए, मगर आज तक उस भगत का अपना पूस नहीं आया है, और, पता नहीं, अपने उस पूस को देखने के लिए वह जिन्दा भी रह सकेगा या नहीं। अगर शशांक ने पूस-माघ की बात की, तब भी कोई हर्ज नहीं। ऐसा कभी नहीं होगा कि पूस बीतने पर पैसे का तकाजा होगा, तो वह भी राजकुमार भगत की तरह नाचना शुरू कर देगा और नाचते हुए गीत भी गाएगा, "पैसे अभी नहीं हैं... पूरब मुँह का घर है...इसको पच्छिम मुँह का कर दो...बोलो...और करोगे क्या?..."

भगवान की यह दया दिखौआ नहीं है, ननकेसर ने जाँचकर देखा और आह्लादित हो उठा, एक शशांक के भोला-भाला होने से क्या होता, अगर उसकी बीवी भी नेकनीयत नहीं होती! भोला-भाला तो कामेसर भी है, मगर जब भी तकाजे पर गया है ननकेसर, कामेसर की घरवाली काली माई की तरह हाथों में खप्पर-कृपाण लिये प्रकट हो गई है। अगर उस औरत की तरह शशांक की घरवाली भी सुनाने लग जाए, "झाड़ू मारो इस कलमुँहे के मुँह पर। इसका घोड़ा क्या भागा, हमारे घर की लक्ष्मी को लेकर भाग गया। ऊपर से तकाजा करने आया है। फिर कभी आए, तो काली हंडिया उसके मुँह पर फोड़ूँगी;" तब क्या होगा! भगवान की दया है कि जैसा घरवाला है वैसी ही घरवाली भी। अगर आज शाम में ही वह पैसे का तकाजा करने नहीं पहुँचता है, तो, सम्भव है, शशांक की घरवाली सुबह होते-होते अपने मर्द को दिक करना शुरू कर दे, "सबसे पहले साह जी को पैसे दे आइए। यह तो नहीं सोचा कि बिना घोड़ा के रात कैसे गुजारी होगी साह जी ने! हमारा बेटा सही-सलामत वापस आ गया, यह क्या कम है! हमें तो कल शाम में ही पैसे पहुँचा देना चाहिए था। जाइए और उन्हें ढूँढ़कर पैसे दे आइए। जब तक पैसे देकर नहीं आ जाते, मैं अन्न-जल ग्रहण नहीं करूँगी।"

आज जिन्दगी में पहली बार ननकेसर साह अपनी किसी चीज के खो जाने के भय से विचलित नहीं हो रहा था। एक बार, अच्छी तरह याद है उसे, पत्नी ने एक सूई खो दी थी और डाँट पड़ने पर जवाब दिया था कि दो पैसे की चीज के लिए वह रोने नहीं बैठेगी, तो पत्नी के वक्तव्य के विरोध में ननकेसर साह ने सात दिनों का अनशन करने का निर्णय ले लिया था। मगर आज एक पूरा घोड़ा गायब हो रहा था, तब भी वह

लापरवाह था और अभी इस वक्त ही सीधे घर जाकर लम्बी तान सकता था। 'दुनिया में है कोई ऐसा आदमी जिसका घोड़ा गायब हो रहा हो और वह मेरी तरह लापरवाह हो!' यह खयाल आते ही गर्व से सीना फूल गया ननकेसर साह का।

टीपू घोड़ा लेकर भागा है, इस खबर पर जब शशांक के मुँह से हल्की-सी चीख निकल गई, तो ननकेसर साह को लगा कि शशांक को इस बात का बेहद दुख है कि एक भले आदमी का बेटा एक भले आदमी के घोड़े को लेकर भाग गया; और जब शशांक ने एक बार चिढ़कर कहा, "हाँ, भाई, सुन लिया कि घोड़ा सात सौ का था," तो ननकेसर साह ने उस आदमी का चिढ़कर बोलना वाजिब माना, क्योंकि पैसे की चोट राजा को भी महसूस होती है और सात सौ की चोट कोई मामूली चोट नहीं है। चोट तो एक पैसे की भी होती है, क्योंकि एक, दो और पाँच पैसे के सिक्के भी सड़कों पर पड़े नहीं मिलते; और पैसे का गम आदमी को नहीं सताता, तो खुद वह भी दो पैसे की सूई के लिए बीवी को नहीं फटकारता और लम्बे उपवास का निर्णय नहीं लेता, और एक रोज शिवालय के आगे रात के अँधेरे में उसके हाथ से गिर गए दस पैसे के सिक्के को और लोगों की नजर पड़ने के पहले ही ढूँढ़कर ले आने के लिए वह भिनसार में मुँह अँधेरे उस जगह पर नहीं पहुँच जाता।

शशांक गुप्ता सिर्फ चीखकर रह गया; कोई और होता, तो चीत्कार कर उठता; ऐसा अनुमान लगाया ननकेसर साह ने। खुद उसी का घोड़ा, सोचकर सिहर उठा वह, अगर आज गुम होने की बजाय कल ही मर गया होता, तो?...उसे, न जाने क्यों, यह अहसास हुआ कि वह बाल-बाल बच गया।

फूलों के बाग में विचरते हुए अचानक नागफनी का एक काँटा चुभ गया। यह क्या, शशांक गुप्ता तो किसी और ही दुख से दुखी हो रहा था! एक भले आदमी का बेटा एक भले आदमी का घोड़ा लेकर भाग गया, इसका कोई दुख नहीं! सात सौ की चोट पड़ेगी, इसका भी दुख नहीं! उसने गुस्से में ननकेसर साह से कह दिया था, "आप तो सात सौ की रट लगाए जा रहे हैं, ननकेसर भाई, मगर अपनी गलती आपको नहीं सूझती। इतने दिनों से बच्चे आपके घोड़े की सवारी करते आ रहे हैं, मगर आपको कोई खबर नहीं; बेफिक्र दिन-दिन-भर घोड़े को विद्यालय के मैदान में चरने के लिए छोड़ देते हैं। किसी दिन किसी बच्चे की जान चली जाएगी, तो जान के लाले पड़ जाएँगे। अगर टीपू आपके बदमाश घोड़े से गिरकर चोट खाता है, पटकान खाकर घर आता है, हाथ-गोड़ तुड़वा लेता है, तो कौन जिम्मेदार होगा इसके लिए? तब क्या होगा, यह सोचा है?"

तब क्या होगा, अभी तक नहीं सोचा था ननकेसर साह ने; अब सोचने लगा। सोचते ही पूरी देह में झुरझुरी पैदा हुई और पैरों तले की जमीन खिसकने लगी। तब क्या होगा, यह तो मालूम ही है ननकेसर साह को। राजगंज में किसे नहीं मालूम!

उस बार भी तो घोड़े ने ही कहर ढाया था। तब कौन जानता था और आज ही कौन जानता है कि किसी घोड़े के दिल में क्या है!

सुँघनी साह जैसा माहिर बनिया भी उस दिन मात खा गया था।

आयकर अधिकारी हों या बिक्री-कर अधिकारी, स्वास्थ्य निरीक्षक हों या बटखरा पदाधिकारी, सुँघनी साह ने कभी गच्चा नहीं खाया था। हर एक के हमले की खबर उसे पहले ही मिल जाती और अधिकारियों की आँखों में झोंकने के लिए वह धूल लेकर तैयार रहता। जब भी आया है कोई आयकर अधिकारी उसकी दुकान पर, हर बार गद्दी पर एक फटी हुई जाजिम बिछी देखी है और उस पर फटी-पुरानी धोती और पैबन्द लगी कमीज पहनकर बैठे एक दरिद्र दिखनेवाले व्यक्ति के मुँह से यह सुनकर अचम्भित हो गया है, "हुजूर, मेरा ही नाम सुँघनी साह है। अपनी जिन्दगी तो दुख-सुख से कट गई, मगर बाल-बच्चों की जिन्दगी कैसे कटेगी, इसी चिन्ता से परेशान हूँ, हुजूर। रोजगार में कोई कमाई नहीं है। एक जून का भोजन भी नसीब नहीं हो रहा है। किसी तरह पुराने कपड़े सी-सीकर काम चला रहा हूँ। मगर इस तरह कब तक चलेगा! मेरे लायक कोई और धन्धा बताइए न, हुजूर।" जब कभी किसी बिक्री-कर अधिकारी का आगमन हुआ है, सुँघनी साह ने गल्ला खोलकर उन्हें दिखाते हुए अपना रोना रोया है, "अपनी आँखों से देख लीजिए, हुजूर, बिक्री-बट्टा का हाल। दोपहर हो गई और अभी तक बिक्री हुई है दो रुपये तीस पैसे की। इससे तो परिवार का पेट चलेगा नहीं। हम तो सोच रहे हैं, हुजूर, कि अब दुकान उठाकर बाल-बच्चे समेत कहीं मजदूरी ही करें।" स्वास्थ्य निरीक्षक जब कभी उसकी दुकान में आया है, उसकी भेंट सुँघनी साह के साथ-साथ एक और 'भाई' से भी हो गई है जिससे सुँघनी साह ऐन उसी वक्त कह रहा होता है, "सुन लीजिए, तेली भाई, आप तो जानते ही हैं कि हमारी दुकान में शुद्ध सरसों का तेल मिलता है। आज तक कोई शिकायत नहीं आई है। आगे भी कोई शिकायत नहीं आए, इसलिए आप अपने कोल्हू का तेल ही हमें दिया कीजिए। हम सिर्फ कोल्हू का तेल ही बेचते हैं। हम ऐसे तो नहीं हैं तेली भाई, कि खराब चीजें बेचकर अपने ग्राहकों के स्वास्थ्य खराब कर दें।" बटखरा पदाधिकारी ने जब कभी उसकी दुकान पर धावा बोला है, परास्त होकर लौट आया है। बटखरे की जगह इस्तेमान किया जानेवाला कोई लोहा-पत्थर नहीं मिला, और बटखरे ऐसे कि अभी-अभी कारखाने से सीधे दुकान में लाए गए हों। मजाल है किसी की कि उस वक्त उस दुकान के किसी तराजू में जरा भी पासंग निकाल दे!

मगर उस दिन ऐसे गुणी सुँघनी साह को भी सामने खूँटों में बँधे दो घोड़ों ने उल्लू बना दिया। कितनी ही बार उसकी नजर पड़ी होगी उन घोड़ों पर, लेकिन एक बार भी यह भाँप नहीं पाया कि उनके मन में क्या पक रहा है। घोड़े सारे अधिकारियों से बीस निकले और सुँघनी साह को अचक्के में डाल दिया।

दुकान के आगे दूर के गाँव-बाजारों से आए बनियों के लद्दू घोड़ों को बाँधने के

लिए जो खूँटे गड़े हुए थे उनमें से एक खूँटे से पुरैनी बाजार के एक बनिये ने अपना घोड़ा बाँध रखा था। पास के एक दूसरे खूँटे से अपना घोड़ा बाँधनेवाले ग्वालपाड़ा के बनिये को यह मालूम नहीं था कि पुरैनी के घोड़े से उसके घोड़े की कोई पुरानी रार है, और अपनी किसी पिछली मुलाकात में उसका घोड़ा पुरैनी के घोड़े से कह चुका है, "अच्छा, साले, कभी होगी भेंट सुँघनी साह की दुकान पर। वहीं हम अपना झगड़ा फरिया लेंगे। आना तुम भी तैयार होकर।" और, न तो पुरैनी के घोड़े ने अपने मालिक को बताया था कि आज वह किसी मुकाबले के लिए जा रहा है।

दुर्भाग्य का ऐसा जोर हुआ कि इन दोनों बनियों को यात्रा में कोई अपशकुन नजर नहीं आया, कोई बाधा सामने नजर नहीं आई। न तो घर से निकलते वक्त किसी की छींक सुनाई पड़ी, न रास्ते को काटकर कहीं कोई बिल्ली-सियार ही सामने से गुजरा; न तो ग्वालपाड़ा के बनिए को बेलाही में ही कोई काना नजर आया कि उसके कान किसी आशंका से खड़े हो जाएँ, और न पुरैनी बाजार के बनिए को मुरलीचन्दवा का कोई पागल ही मिला जो रास्ता रोककर हंगामा खड़ा करता, "ऐ घुड़चढ़े! कहाँ चला मेरे चेतक को लेकर? उतरो नीचे।"

जागो नाई का दोष नहीं, उसके भाग्य का दोष। वह तो पिछले आठ वर्षों से सुँघनी साह की दुकान के आगे अपनी ईंट लगाकर उस पर बैठता था और सामने ईंट पर ग्राहकों को बैठाकर उसके बाल-दाढ़ी बनाता था। उस गरीब बेचारे को क्या पता कि पुरैनी और ग्वालपाड़ा के दो घोड़े द्वंद्व-युद्ध के लिए राजगंज में प्रवेश कर गए हैं; और जिस अखाड़े में उसका मुकाबला होनेवाला है, ठीक उसके मध्य में वह खुद अपना आसन जमाकर तड़ातड़ लोगों के बाल-दाढ़ी बनाता जा रहा है। उस दिन वर्षा-बुखार, आँधी-तूफान किसी ने नहीं रोका जागो नाई को। मौसम सुहावना था; जागो स्वस्थ और प्रसन्नचित्त। एक कंठहार के लिए अपने मर्द के पीछे पड़ी जागो की घरवाली पिछले तीस दिनों में तीन बार जागो की अस्तुरा-कैंची की पेटी साथ लेकर मैके भाग चुकी थी और हर बार जागो को खुद उस पेटी के लिए ससुराल जाकर बीवी को मनाना पड़ा था। ऐसा नहीं है कि बिलकुल थककर अब और आगे अस्तुरा-कैंची लेकर भागने का इरादा बीवी ने त्याग दिया था; मगर चौथी बार भागने के लिए उसने किसी और दिन को चुना था, खास उस दिन को नहीं जिस दिन पुरैनी और ग्वालपाड़ा के घोड़े मुकाबले के लिए पधार रहे थे। काश, उस दिन जागो पेशाब करने ही चला गया होता जिस वक्त घोड़े ने बिगुल बजाए थे!

एक अकेली बदकिस्मती होती जागो की, तो उसके दुख का अन्त बहुत शीघ्र हो जाता; मगर वहाँ तो हर एक का दुर्भाग्य अन्त में उसी के सिर पर ऐसा सवार हुआ कि आज तक लोग राजगंज में चिहुँक पड़ते हैं, "किससे दाढ़ी बनवाओगे, जागो नाई से? बचो, बचो, उस साले को तो अस्तुरा पकड़ने का भी शऊर नहीं है। दाढ़ी बढ़ जाने से नहीं मरोगे, मगर उसके हाथ में अस्तुरा हो, तो...अरे बाप!"

सरौनी के उस अभागे को भी क्या पता कि राजगंज का कोई जागो नाम का नाई पिछले आठ वर्षों से सड़क के किनारे ईंट पर बैठकर हाथ में अस्तुरा लिये उसी की प्रतीक्षा करता आ रहा है और उसी की दाढ़ी बनाकर उसे प्रसिद्ध होना है। घोड़ा भी बैरी हो सकता है, ऐसा तो कभी उसने सोचा ही नहीं था। अगर कभी किसी पंडित-ज्योतिषी ने घोड़े से थोड़ा परहेज रखने को भी कहा होता, तो वह घोड़ा तो दूर, घोड़े के किसी चित्र के आसपास भी खड़ा या बैठा नहीं रहता कि, क्या ठिकाना, चित्रार्पित घोड़ा ही अपनी कोई टाँग बाहर निकालकर एक लताड़ जमा दे और वही उसकी मौत का कारण बन जाए।

और अगर ऐसी ही खबर रहती कि उसकी मौत दाढ़ी बनाते वक्त हो सकती है, तो वह अपनी दाढ़ी को पूरी उद्दंडता के साथ लम्बी और घनी होने की छूट दे देता, और किसी की मौत पर भी, किसी की भी मौत पर, केश-दाढ़ी नहीं बनवाता। जब असली मौत आती और घरवाले उसे बिस्तर से उतारकर जमीन पर रख देते, तब जाकर वह घरवाली को आदेश देता, "अब बुला लाओ किसी नाई को और मेरे बाल-दाढ़ी बनवा दो। मरने के पहले मैं शुद्ध हो जाना चाहता हूँ।"

दीनानाथ की दया से इस बार वह बाल-बाल बच गया, इसके लिए बार-बार प्रभु को धन्यवाद देता रहा सरौनी का वह अभागा; और यह सोच-सोचकर सिहरता रहा कि अगर प्रभु की कृपा नहीं होती और जागो नाई का अस्तुरा भुथरा नहीं होता, या जिस वक्त घोड़े ने दुलत्ती चलाई थी ऐन उसी वक्त वह अस्तुरा उसके गाल पर न होकर गले के पास होता, तब क्या होता?...क्या होता तब?...उसका नटुआ खप से कट जाता...खून बलबलाकर बाहर निकलने लगता...जागो नाई अपनी पेटी समेटकर उड़न छू हो जाता...घोड़ेवाले अपना-अपना घोड़ा लेकर हवा हो जाते...सुँघनी साह झटपट अपनी दुकान बन्द करता और दुकान के किवाड़ पर लिखवा देता, 'दुकान हाट के दिन बन्द रहती है'...पुलिसवाले आते, एक नजर डालते, पहचान लेते उसको, और फिर सीधे उसके घर सरौनी जाकर उसके बेटों को पकड़ लेते, "क्यों, रे कपूतो! तुम लोगों ने अपने बाप का गला काटकर राजगंज की सड़क पर क्यों फेंक दिया?"

अपने 'अगर' और 'यदि' के साथ सरौनी के इस अभागे ने थाने में भी दारोगा के सामने आँसू बहाए थे, और घर जाकर बेटों को गले लगाकर रोया था, "यमराज से बाँह छुड़ाकर आया हूँ, बेटे, सीधे यमपुरी से। यमराज का नाम है...जागो नाई...राजगंज का वासी है; दिन में सुँघनी साह की दुकान के सामने बैठा रहता है।"

ननकेसर साह को अच्छी तरह याद है कि दारोगा ने हर एक को थाने में पकड़वा मँगवाया था; घोड़ों तक की हाजिरी हुई थी..."घोड़ा, पुरैनी?"..."हाजिर हुजूर," पुरैनी के बनिए ने कहा...घोड़ा, ग्वालपाड़ा?"..."हाजिर, हुजूर," ग्वालपाड़ा के बनिये ने चिल्लाकर जवाब दिया।

हर एक को कसूरवार ठहराया गया था। अपनी बोली में घोड़ों की ओर से उनके

मालिकों ने काफी अच्छे बयान दिये थे, मगर घोड़ों की एक न सुनी गई। भारी जुर्माना चुकाना पड़ गया था हर एक अपराधी को। कहने को तो लोग कहते हैं कि सुँघनी साह ने इस मामले में भी मुनाफा कमा लिया था, मगर इतना तो सच है कि जुरमाने की रकम उसे भी दारोगा के यहाँ पहुँचा देनी पड़ी थी। बस, एक सरौनी का वह अभागा ही इस बार भाग्यवान निकला कि उसकी जेब में सिर्फ तीस पैसे थे और हड़बड़ी में दारोगा उस पर कोई तीस पैसे का जुर्म थोप नहीं पाया।

शशांक के पीछे चलते हुए ननकेसर साह मन-ही-मन ईश्वर को सुमरने और अपने घोड़े को गालियाँ देने लगा। शशांक रास्ते में जब भी किसी पुछवैया से कहता, "साह जी के घोड़े पर चढ़कर टीपू कहीं निकल गया है," तो ननकेसर साह को सुनाई पड़ता, "टीपू को पीठ पर बैठाकर साह जी का घोड़ा कहीं निकल भागा है।"

अब क्या होगा?...अब तक तो थाने में भी दारोगा को उसके घोड़े के कारनामे का पता चल गया होगा। अब तो वह धड़-पकड़ के लिए चल भी चुका होगा। ननकेसर साह के चेहरे को उस वक्त देखकर कोई भी कह सकता था कि जरूर उसे आजीवन कारावास के आसपास की कोई सजा सुनाई जा चुकी है।

एक विचार कौंधा ननकेसर साह के दिमाग में। क्यों न वह अचानक सामने से आते हुए किसी परिचित को रोककर कहना शुरू कर दे, "मेरे घोड़े को उधर देखा है क्या?" कुछ बच्चे बता रहे हैं कि टीपू मेरे घोड़े पर चढ़कर गमैल की ओर गया है। मगर मुझे इन बच्चों की बातों पर विश्वास नहीं। मेरा घोड़ा तो ऐसा नहीं है कि किसी अजनबी सवार को पीठ पर बैठाकर एक डेग भी आगे बढ़े। बच्चों को घोड़ा पहचानने में भूल हुई है। और, जहाँ तक मुझे...हाँ, शशांक भाई," वह शशांक को आवाज लगा दे, "जहाँ तक मुझे याद आ रहा है, मैंने आज इस मैदान में अपना घोड़ा नहीं छोड़ा है...ऐसे भी मैं कभी-कभार ही अपना घोड़ा यहाँ बाँधता था...जरूर किसी और का घोड़ा होगा...बच्चों को भला क्या पता कि मेरा घोड़ा कौन-सा है...हाँ, अब बिलकुल याद आ गया, आज मेरा घोड़ा इधर नहीं आया है..."

ननकेसर साह सोचने लगा कि इतने से काम चलेगा या नहीं।

काम चलेगा, एक कदम और आगे बढ़ जाने का लोभ हुआ साह जी को, "अगर ठीक इसी वक्त उसका कोई बेटा आकर उसे जोर-जोर से सुनाना शुरू कर दे, "यहाँ क्या कर रहे हैं आप? किसने कह दिया कि अपना घोड़ा गुम हो गया है? मुझे अभी-अभी एक आदमी ने बताया कि 'तुम्हारा बाप घोड़ा ढूँढ़ रहा है।' अपना घोड़ा तो घर पर है।" वह बिलकुल बुरा नहीं मानेगा, ननकेसर साह ने मन में निर्णय ले लिया, अगर बेटा गुस्सा दिखाकर उसे बुरी तरह डाँट भी दे, "आपको तो अब अपने दिमाग से कोई सरोकार ही नहीं रह गया है। कोई कह दे कि कौआ कान लेकर उड़ा और आप तुरन्त कौए की तरफ दौड़ पड़ेंगे। अब आप सठिया गए हैं;

बुद्धि नाम की कोई चीज अब आपके पास नहीं बची है।"

यह सब सुनकर मान जाएगा थानेदार? मन में गुनने लगा ननकेसर साह और अन्त में निराश हो गया, नहीं मानेगा थानेदार और कहेगा, "चलो, दिखाओ कहाँ है घर पर घोड़ा।"

थानेदार के साथ घर की ओर बढ़ तो जाएगा वह, मगर किस आशा पर?

हाँ, एक आशा है, मन के लड्डू खाने लगा ननकेसर साह, घर के दरवाजे पर पैर रखते ही 'घोड़ा-घोड़ा' सुनकर उसकी पत्नी किवाड़ की ओट से सुनाने लग जाए, "किसका घोड़ा? अपना घोड़ा तो अभी तुरन्त सुनन्दी भैया लेकर गए हैं। बहुत हड़बड़ी में कहीं से आए थे और उन्हें तुरन्त घर पहुँचना जरूरी था। घोड़ा कल-परसों तक किसी नौकर के हाथ भिजवा देंगे। मैंने उनसे कहा भी कि मुसवा के बाबू से भेंट कर लीजिए, पर वे जल्दबाजी में थे। कहकर गए हैं कि दस दिनों के बाद फिर आएँगे। उन्हें परेशानी में देखकर मैंने अधिक जिद नहीं की।"

ननकेसर साह ने मन-ही-मन दारोगा से पूछा, "क्यों, हुजूर, इतना सुनकर आप ठंडा हो जाएँगे?"

दारोगा एक क्षण कुछ सोचता रहा और फिर कड़ककर जवाब दे दिया, "नहीं, नहीं होऊँगा ठंडा।"

सचमुच ठंडा नहीं होगा दारोगा, ननकेसर ने अपनी याद से निष्कर्ष निकाला, सुँघनी साह ने भी दारोगा को ठंडा करने की काफी कोशिश की थी, मगर कामयाब नहीं हुआ था। ठंडा होने की बजाय दारोगा यम की तरह पीछे पड़ जाएगा, "मान लिया कि आपका कोई साला, जिसका नाम सुनन्दी है, आपका घोड़ा लेकर चला गया है। अब जरा बताइए कि आपकी ससुराल कहाँ है। चलिए मेरे साथ, आपकी ससुराल से भी हो आऊँ।"

ससुराल की यात्रा किस भरोसे करेगा वह, सोच-सोचकर बेचैन होने लगा ननकेसर साह। क्या प्रभु की माया ऐसी नहीं हो सकती, प्रभु के चरणों में गिरकर प्रभु को मनाने लगा वह, कि घोड़ा पीठ पर बैठे सवार को कहीं भी जमीन पर पटक देने के बाद राजगंज वापस आने की बजाय उधर से ही सीधे उसकी ससुराल पहुँच जाए! बिरौली जाने के दो-तीन अवसर मिले हैं इस घोड़े को; रास्ता उसका देखा हुआ है। और, जिस वक्त वह दारोगा के साथ ससुराल पहुँचे, उसके साला-साली और घर के नौकर-चाकर घोड़े को सानी-पानी दे रहे हों और घोड़े को घेरकर उसकी सेवा-शुश्रूषा में लगे हुए मिलें।

यह देखकर तो दारोगा का मुँह सकरकन्द की तरह हो जाएगा, दारोगा के सकरकन्द जैसे मुँह पर दृष्टि डालकर आह्लादित होने का प्रयास किया ननकेसर साह ने। मगर अचानक बहुत उदास हो गया वह, मगर...

मगर घोड़े को इतना ज्ञान, इतनी समझ कहाँ कि अपने मालिक की मदद में वह दौड़कर बिरौली चला जाए। खुद भगवान तो उस पर सवार होकर उसकी ससुराल

तक नहीं ले जाएँगे घोड़े को। घोड़ा तो सवार को पटककर हाथ-गोड़ तोड़ देने के बाद वापस राजगंज ही आएगा; भगवान के किसी इशारे पर ध्यान ही नहीं जाएगा उसका। उसे इस बात का गम थोड़े ही रहेगा कि राजगंज वापस जापे पर थाना-कचहरी का झंझट होगा। उस साले को तो हाजत में भी घास मिलेगी ही। और, उसकी पीठ पर ननकेसर साह चढ़े या थाने का दारोगा-सिपाही, उसे क्या फर्क पड़ता है!

घोड़ा बिरौली नहीं जाए, तो कहीं और ही चला जाए, घोड़े पर बुरी तरह गुस्सा गया ननकेसर साह; मगर उस गुस्से के बावजूद घोड़ा लौटकर राजगंज ही आ रहा था।

अब तो सकरकन्द की तरह मुँह नहीं होगा दारोगा का। "क्यों, साह जी," मुस्करा पड़ेगा वह, "यह घोड़ा तो..."

"यह घोड़ा?" एकदम बदल जाएगा ननकेसर साह, "यह घोड़ा मेरा नहीं है, हुजूर। इतने लम्बे-लम्बे कान मेरे घोड़े के? नहीं, हुजूर, मेरे घोड़े की इतनी झबरी पूँछ नहीं है...और, देख लीजिए, इसकी पीठ पर कोई लम्बा काला दाग है?...कहाँ है कोई दाग? मेरे घोड़े की पीठ पर तो है, हुजूर...मेरे घोड़े से इसका कुछ भी मिलता-जुलता हो, तो बोलिए...यह बिलकुल दूसरा घोड़ा है...किसका है, यह मैं क्या जानूँ!"

"'मैं' क्या जानूँ! अरेरे, यह आप क्या बोल रहे हैं, बाबूजी?" कहीं बीच में ही बेटा टपक नहीं पड़े, "अपना घोड़ा नहीं है, तो फिर किसका घोड़ा है यह? मोतियाबिन्द तो नहीं हो गया है आपको! छोटे कान...ठूँठी पूँछ...पीठ पर दाग...यह सब तो आप अपने उस घोड़े के बारे में बता रहे हैं जो दो साल पहले मर गया। किन आँखों से देख रहे हैं आप? यह बिलकुल अपना घोड़ा है, बाबूजी।"

और ज्यों ही बाप की आँखें बेटे की आँखों से मिलेंगी, बेटा इशारे से बाप को कुछ अलग ले जाकर कानों में फुसफुसाना शुरू कर देगा, "पाँच सौ के धन के साथ ऐसा बरताव क्यों कर रहे हैं आप? घोड़ा एक बार हाथ से निकला, तो हमेशा के लिए निकल जाएगा, मगर आप तो साल-छह महीनों में लौट ही आएँगे। जेल में भी खाना मिलता है, और खाने को अनाज ही मिलता। और फिर, वहाँ भी साल-भर से अधिक नहीं रहना होगा; किसी से भी पूछ लीजिए।"

तब क्या होगा?

तब किसका मुँह सकरकन्द की तरह हो जाएगा?

शशांक गुप्ता उसे उलटकर भागते हुए देख न ले और भागते देख 'पकड़ो-पकड़ो' की आवाज लगाना शुरू न कर दे, इसलिए ननकेसर साह पेशाब करने के बहाने सड़क के किनारे नाली की ओर मुँह करके बैठ गया, और तब तक बैठा रह गया जब तक शशांक गुप्ता की पकड़ और नजर से बिलकुल बाहर नहीं हो गया। नाली को निहारते हुए वह बैठे-बैठे यही सोचता रहा कि तुरन्त घर जाकर बाल-बच्चों से क्या-क्या बतिया लेना है।

और जब वह खड़ा हुआ, तो अचानक एक कसक कचोट गई कलेजे को, 'पाँच

सौ एक!...पाँच सौ एक रुपये मिल रहे थे बनमनखी मवेशी हाट में!...सहर्ष बेचा जा सकता था इस अमंगल को!...पाँच सौ एक!...'

विद्यालय के मैदान तक पहुँचकर शशांक रुका नहीं। यह सम्भव नहीं हो पाया उसके लिए कि वहाँ रुककर वह टीपू के लौट आने की प्रतीक्षा करे। बच्चों की भीड़ मैदान में बिखर गई और वह गमैल की राह पर बढ़ गया।

हर कदम के साथ दिल की धुकधुकी बढ़ती जा रही थी। विश्वास ही नहीं हो रहा था कि अभी तक टीपू घोड़े की पीठ पर मौजूद होगा। और ज्यों ही घोड़ा अलग और टीपू अलग का खयाल उसे आता, वह ईश्वर को स्मरण करने लग जाता।

और फिर एकबारगी वह खीझ पड़ता, 'नहीं', आज ईश्वर उसे सजा दे, जरूर कुछ सजा दे। चोट मामूली ही हो, मगर गिरे वह जरूर घोड़े से...चोट चाहे जितनी कम हो, मगर रहे बिस्तर पर पन्द्रहियों...हल्दी-चूना में दस-बीस खर्च हो जाए, वह मंजूर। पन्द्रह दिनों तक माँ-बाप को लाड़ले की सेवा में लगा रह जाना पड़े, वह मंजूर...इस बार कुछ कष्ट हो जाए, तभी मानेगा; तभी बाप की बातों पर ध्यान देगा...जब तक कुछ कष्ट, कुछ दर्द भोगेगा नहीं यह लड़का तब तक नहीं सुधरेगा...आज का कुछ कष्ट कल इसका कल्याण करेगा...मगर, हल्की चोट देना, भगवान; हाथ-गोड़ मत तोड़ देना...हल्की चोट से भी यह लड़का सबक ले लेगा, सुधर जाएगा, कोई गलत हरकत नहीं करेगा आगे...

'नहीं-नहीं', इस बार टीपू सकुशल लौट आए। घोड़े से गिरेगा, तो चोट मामूली नहीं लगेगी। रमाकान्त के घोड़े से गिरने पर मुझे चोट इसलिए कम लगी थी कि मैं बहुत सावधानी से गिरा था। टीपू तो एक सवार की तरह पटकान खाएगा, और तब चोट मामूली नहीं होगी। नहीं, प्रभु, इस बार टीपू को सकुशल लौटा दो। आज मैं ठीक से समझाऊँगा उसे, अपनी बातों पर विश्वास कराने की कोशिश करूँगा। टीपू को आज तक यही लगता रहा कि पिताजी ठगते-फुसलाते हैं, मगर मैं आज काफी गम्भीरतापूर्वक बातें करूँगा। और अन्त में मैं उसे अपने सिर पर हाथ रखवाकर कसम खिलाऊँगा कि अब वह कोई ऐसी गलती नहीं करे, पिता की कोई बात नहीं काटे। जरूर इसका असर होगा उस पर, और पिता का अहित हो जाने के भय से पिता की इच्छा के विरुद्ध अपने मन से कोई खतरनाक काम नहीं कर बैठेगा वह।

'नहीं, इस बार उपदेशों और कसमों से काम नहीं चलेगा। इस बार कोई और उपाय करना होगा। हाँ, कोई नया उपाय...

'मुझे देखते ही टीपू घोड़ा रोकेगा, घोड़े से उतरकर अपराधी की भाँति खड़ा हो जाएगा मेरे सामने, और मेरी डाँट-फटकार या एक-आध तमाचे की ही प्रतीक्षा करने लगेगा। नहीं, न तो मैं तमाचा लगाऊँगा और न डाँट-फटकार ही करूँगा। केवल गहरी निगाहों से उसे घूरकर कहूँगा, "घर चलो।"

'टीपू के चल देने के थोड़ी देर बाद ही मैं घर की ओर बढ़ूँगा। घर में दाखिल होने पर टीपू को देखकर भी अनदेखा करते हुए चुपचाप अपने कमरे में घुस जाऊँगा। टीपू को जरूर इस बात का अचरज होगा कि पिताजी ने न तो उससे कुछ कहा और न उसकी माँ से ही कुछ बोला। तब वह एक बार झाँककर मुझे देखने की कोशिश जरूर करेगा। झाँककर वह देखेगा कि घुटनों में सिर दिये बैठे पिताजी बहुत ही उदास और गम्भीर नजर आ रहे हैं। नहीं, उसे यह भी देखना है कि पिताजी रो रहे हैं और उनकी आँखों से आँसू ढलक रहे हैं। झाँककर देखने से आँसू का पता चले न चले, इसलिए बेहतर होगा कि हाँक लगाकर मैं दिव्या को बुला लूँगा और उससे बोलूँगा, "तुम खुद जरा टीपू से कहो कि 'पिताजी को रुलाना तुम्हें अच्छा लगता है क्या? आज तक इस आदमी को कभी आँसू बहाते मैंने नहीं देखा था, मगर आज तुम्हारे आचरण से उन्हें इतनी तकलीफ पहुँचाई है कि अकेले में बैठे आँसू बहा रहे हैं। पिता को इस तरह मत कलपाओ, बेटा। तुम्हें वे कितना मानते हैं, कितना प्यार करते हैं! हर वक्त तुम्हारी खुशी के लिए सब कुछ करने को तैयार रहते हैं। जरा-सा बुखार भी लगता है तुम्हें, तो बेचैन हो उठते हैं वे; उनकी आँखों की नींद उड़ जाती है। और, तुम हो कि ऐसे पिता को दुख दे रहे हो; उनकी आत्मा को क्लेश पहुँचा रहे हो। छि:, ऐसा मत करो, बेटा। जाओ, पिताजी से क्षमा माँग लो। पिताजी से क्या लजाना! वे तुम्हें माफ कर देंगे। मगर फिर कभी ऐसी हरकत मत करना। ऐसा बाप किसी भाग्यवान बेटे को ही मिलता है, लाख में किसी एक को...'"

तभी घोड़ा गमैल की तरफ से आता हुआ दिख गया। हाँ, पीठ पर सवार मौजूद था।

रमाकान्त ने अचानक देखा था, पीठ पर सवार नदारद। चीखकर दौड़ पड़ा था रमाकान्त और उसके साथ विद्यालय के सारे छात्र दौड़ पड़े थे।

दौड़ने-चीखने की जरूरत नहीं पड़ी शशांक को! घोड़े की पीठ पर सवार को मौजूद पाकर वह बुदबुदा पड़ा, "शाबाश बहादुर!"

मगर डर इस बात का हुआ शशांक को कि बहादुर कहीं अब गिर न जाए। पिता पर नजर पड़ते ही छिप जाने की कोशिश में घोड़े से कूदकर भागने का प्रयास न कर बैठे वह, ताकि बाद में सच को साफ निगल जाए, "नहीं, पिताजी, मैं तो किसी घोड़े पर नहीं चढ़ा था। मैं तो विद्यालय से सीधे घर आया हूँ।" इस प्रयास में ही, सम्भव है, वह चोट खा जाए, गहरी चोट। घोड़े से कूदने का प्रयास नहीं करें, तब भी तो ध्यान भंग हो सकता है, एकाग्रता समाप्त हो सकती है, घोड़े ही पीठ पर जाँघों का कसाव ढीला पड़ सकता है; और तब निश्चय ही ननकेसर साह का घोड़ा टीपू को उसी तरह पटक देगा जिस तरह रमाकान्त के घोड़े ने उसे पटकनिया दी थी।

शशांक का सोचना निराधार नहीं था।

हमेशा घास-दाना का तकाजा करनेवाले घोड़े को बेचकर संस्कृत-शिक्षक श्री विष्णुकान्त मिश्र ने एक साइकिल खरीदी थी और उसी से विद्यालय आना-जाना

शुरू किया था। शुरू-शुरू में वे प्राय: ध्यान-भंग के शिकार हो जाते थे। साइकिल पर सवार होते ही उनका ध्यान सड़क पर सामने से आ रहे उन प्राणियों पर चला जाता था जो तेजी से या धीरे-धीरे, आँखें मूँदकर या खोलकर, ललकारने की मुद्रा में या धोखे से धक्का मार देने के इरादे से आ रहे होते थे। ध्यानावस्था और एकाग्रता के इन क्षणों में अगर कोई विद्यार्थी उन्हें देखकर 'प्रणाम, पंडित जी' उच्चारित करते हुए अपनी श्रद्धा और भक्ति प्रकट कर बैठता था, तो जवाब में पंडित जी साइकिल के साथ भू-लुंठित हो जाते थे। उनका ध्यान भंग हो जाता, हाथों की पकड़ ढीली हो जाती, पैरों की लय में बाधा पहुँचती, और सामने का रास्ता धुँधला नजर आने लगता।

टीपू भी कोई पुराना सवार नहीं है और यह सब उसके साथ भी हो सकता है, ऐसा सोचकर शशांक ने अपने को एक वृक्ष की ओट में छिपा लिया।

कोई और ही आदमी सवार था घोड़े पर। शशांक को भय हुआ कि वृक्ष की ओट में छिपे आदमी को देखकर कहीं घड़सवार ललकार न पड़े, "कौन है, बे? क्या कर रहा है यहाँ?"...यहाँ नहीं ललकारे, मगर आगे जाकर हल्ला करे कि पीछे एक चोर है...कहीं कभी दुबारा मुलाकात हो जाए और वह अपने बगलवाले से फुसफुसाकर कहे, "यही है; यही है वह आदमी..."

टीपू का घोड़ा सड़क से तब गुजरा जब तीसरी बार तीसरे वृक्ष की ओट में अपने को छिपाया था शशांक ने।

जहाँ से घोड़ा को उठाया था वहीं जाकर घोड़ा को रोका टीपू ने। विद्यालय के मैदान में अभी भी कुछ बच्चे मौजूद थे जिन्होंने दूर से ही टीपू को देखकर हर्षध्वनि की। घोड़े से उतरकर टीपू ने घोड़े की पीठ थपथपा दी और बच्चों के सामने उस घोड़े की प्रशंसा करने लगा। तुरन्त ही उसे खबर मिली कि उसके पिताजी उसकी तलाश में आए हुए हैं। "कितनी देर पहले? किधर गए हैं? क्या बोल रहे थे?" ऐसे ही ढेर सारे प्रश्न वह उपस्थित बच्चों से पूछने लगा।

"भागो, टीपू, तुम्हारे पिताजी आ रहे हैं," बोलकर एक बच्चा वहाँ से भागा, और उसकी देखादेखी शेष सारे बच्चे भी बिखर गए और दूर खड़े होकर वहाँ का नजारा देखने लगे। टीपू नहीं भागा, भाग नहीं सका; वह जहाँ का तहाँ मूर्तिवतत खड़ा रह गया।

पिता उसके पास आए और कहा, "चलो घर।"

ठीक उसी वक्त आसमान से टपककर ननकेसर साह अपने घोड़े तक जा पहुँचा और उसका अयाल मुट्ठी से पकड़कर उसे तेजी से हाँकते हुए मैदान से बाहर निकल गया।

पिता ने घर चलने को कहा, और टीपू मैदान से सीधे घर चला आया। रास्ते में उसने उलटकर एक बार भी यह नहीं देखा कि पीछे से पिताजी आ रहे हैं या नहीं; वह केवल

यह सोचता रहा कि घर पर पिताजी क्या कहेंगे, क्या करेंगे। यह सोच-सोचकर परेशान होता रहा टीपू कि अब वह पिताजी से सामना कैसे करे। अगर सम्भव होता, तो वह पिताजी से मुँह छिपाकर घर में दिन गुजार लेता, तब तक जब तक पिताजी का क्रोध दूर नहीं हो जाता और पिताजी उसे किसी दिन बुलाकर फिर से पूछ नहीं लेते,, "अब तो ऐसी गलती नहीं करोगे, बेटे?"

"नहीं करूँगा, पिताजी," अचानक टीपू बुदबुदा उठा, और फिर उसके मन में आया कि इन्हीं शब्दों के साथ वह पिता के सामने सिर झुकाकर खड़ा हो जाए और तब तक खड़ा रह जाए जब तक उसे क्षमा नहीं मिल जाती। इस दौरान वह पिता की डाँट-फटकार सुन लेगा, दो-चार तमाचे सह लेगा, और मन में जरा भी दुख नहीं लाएगा।

माँ चापाकल से पानी भर रही थी। टीपू वहीं जा पहुँचा और बोला, "तुम हटो, माँ; मैं पानी भर देता हूँ।"

"जाओ, अपना करो," एक बार माँ ने कहा, मगर बेटे के हिंसात्मक आग्रह से डरकर उसे भी एक बाल्टी पानी भर देने का मौका दे दिया। बाल्टी उठाकर टीपू रसोई तक ले आया। और फिर यह सोचकर कि अब माँ खुश हो गई होगी, उसने कहा, "माँ, मेरा एक काम कर दोगी?"

"इसलिए पानी भर रहा था?" माँ ने झटपट जवाब दे दिया, "ले जा अपना पानी, फेंक दे आँगन में। मुझे तुम्हारे किसी काम से मतलब नहीं है।"

"मतलब कैसे नहीं है!" जोर देकर बोला टीपू, "माँ हो, तो मतलब रखना ही पड़ेगा। बोलो कर दोगी या नहीं?"

"नहीं।"

"हाँआँआँआँ," टीपू ने चिल्लाकर कहा और फिर अपना निर्णय माँ पर थोप दिया, "तुम्हें करना पड़ेगा।"

"अधिक जिद करोगे, तो थप्पड़ लगा दूँ। जाओ यहाँ से।"

"सुन भी तो लो, क्या काम है।"

"कुछ नहीं सुनूँगी।"

कुछ हतप्रभ हो गया टीपू। अब पिता किसी भी क्षण अन्दर आ सकते थे, और माँ उसे लगातार दुरदुराए जा रही है। उसने माँ के दोनों हाथ पकड़ लिये और कहा, "थप्पड़ मार दो, माँ, मगर मेरा काम कर दो।"

बेटे के इस अहिंसात्मक आग्रह से काफी प्रभावित हुई माँ और अब बेटे के लिए कुछ भी करने को तन-ही-मन तैयार होकर बोली, "क्या काम है? कोई होने लायक काम होगा, तो कर दूँगी।"

"माँ, पिताजी आज बहुत गुस्से में हैं।"

"तो मैं क्या करूँ?"

"आज मैं गलती से एक घोड़े पर चढ़ गया था, माँ। तुम कुछ करो।"

"इसमें मैं क्या करूँ?"

"पिताजी ने अपनी आँखों से मुझे घोड़े पर सवार देख लिया है। क्या करोगी, बोलो न?"

"भला मैं क्या करूँगी!"

"कुछ नहीं कर सकती?"

"मुझे बता दो कि क्या करना है, तो मैं वह कर दूँ।"

"तुम पिताजी का गुस्सा शान्त कर दो," बेटे ने मुस्कराते हुए कहा।

"गुस्सा शान्त कर दूँ!" अटक-अटककर बोली दिव्या, "मैं कैसे शान्त कर दूँ गुस्सा?" जब उन्होंने मना कर दिया था, तो तुम्हें घोड़े पर चढ़ना ही नहीं था।"

"आदमी से गलती नहीं होती है क्या?" बेटा झुँझलाकर बोला।

"यही बात तुम अपने पिताजी से कहना," माँ ने राह सुझाई।

"मैं नहीं, तुम कहना," बेटे ने माँ को राह पर आगे चलने को कहा।

"ठीक है, कह दूँगी। इसके बाद भी उनका गुस्सा शान्त होगा या नहीं, यह तुम जानो।"

"मैं तो जानता हूँ कि नहीं होगा, मगर तुम कुछ करना ही नहीं चाहती।"

"अब और मैं क्या करूँ?"

"तुम भी तो सोचो कि और क्या किया जा सकता है। यह तो मैंने तुमसे कह ही दिया कि अब ऐसी गलती नहीं करूँगा।"

"अच्छा, सोचूँगी।"

"सोचोगी कब? अब तो पिताजी आ ही रहे होंगे।"

"मुझसे इतनी जल्दी नहीं सोचा जाएगा।"

"मेरा कोई काम तुमसे नहीं होगा। होगा कैसे! करना चाहोगी, तभी तो होगा।" बोलकर टीपू खुद सोचने लगा कि पिताजी के गुस्से को कैसे शान्त किया जाए।"

काफी शीघ्रता में एक उपाय ढूँढ़ा टीपू ने और माँ से कहा, "माँ, पिताजी जैसे ही घर में आएँगे, तुम उनसे जाकर कहना, 'क्या बात है, आज टीपू बहुत उदास घर लौटा है? घर आकर अपने कमरे में चला गया और एक कोने में बैठकर तब से रो रहा है। मैं पूछती हूँ, तो कुछ साफ-साफ बोलता नहीं, और केवल 'गलती हो गई, माँ, गलती हो गई, माँ' रटे जा रहा है।"

दिव्या हँसने लगी और कहा, "अच्छा, कह दूँगी।"

टीपू को माँ की हँसी पसन्द नहीं आई। उसने पूरी गम्भीरता से आगे कहा, "पिताजी से तुम यह भी कहना, माँ, कि 'आज तक कभी मैंने उसे फफककर रोते नहीं देखा था इस तरह। जरूर उसे कोई गहरा दुख पहुँचा है; तभी तो इस तरह आँसू बहा रहा है। इस तरह पछता रहा है अपनी गलती पर कि, मुझे पूरा विश्वास है, अब दुबारा कोई गलती नहीं करेगा।' इतनी बात कहोगी न?"

"कह दूँगी, कह दूँगी," दिव्या ने जवाब दिया, "मगर फिर कभी घोड़े पर मत चढ़ना।"

"यह भी कहना, माँ," टीपू ने अपनी बात जारी रखी, "कि 'इस बच्चे को और रुलाना ठीक नहीं होगा। आप नहीं रहते हैं तो दिन-रात 'पिताजी-पिताजी' की रट लगाए रहता है; घंटे-भर के लिए भी कहीं बाहर जाते हैं तो चार दफे आकर पूछता है, 'पिताजी कहाँ गए? पिताजी आए या नहीं?' ऐसे बेटे को रोता हुआ छोड़ देंगे, तो क्या गुजरेगा उस पर...' यह सब कहना है तुम्हें। सुन रही हो या नहीं?"

"हाँ-हाँ, सुन रही हूँ; सब कह दूँगी।"

"और अन्त में यह भी कहना, माँ," बेटे ने चिरौरी की, "कि 'उसे बुलाकर डाँट दीजिए; या बहुत गुस्सा हो, तो दो-एक तमाचे लगा दीजिए, मगर यह जरूर कह दीजिए उससे कि माफ कर दिया।'"

शशांक घर में घुसा, रसोई के ओसारे पर आपस में बतियाते माँ-बेटे को देखा, और उधर एक क्रुद्ध निगाह फेंककर अपने कमरे में घुस गया।

बेटे ने माँ को आँख मारी।

बेटे की चिरौरी ने ऐसी स्फूर्ति और आत्म-विश्वास भर दिया माँ में कि वह झटपट उठ खड़ी हुई और मुस्कराते हुए पति के सामने हाजिर होकर बोली, "बहुत देर कर दी? कहाँ थे अभी तक?"

"जहन्नुम में," पतिदेव ने चिल्लाकर जवाब दिया।

सामने न होती दिव्या, तो सचमुच अनुमान लगा बैठती कि आवाज भी जहन्नुम से ही आ रही है, तेज, धारदार, क्रोधभरी, दुखभरी। उल्टे पाँव बाहर निकल आई दिव्या, "वाह रे गुस्सा!"

बाहर फिर बेटे से मुलाकात हो गई, तो वह गुस्साकर पूछ बैठी, "क्यों रे, सिर्फ चढ़ा ही था घोड़े पर या और भी कुछ किया था? किसी को चोट तो नहीं लगाई? घोड़ेवाले को घोड़ा मिल गया न?"

"और सब ठीक है, माँ। घोड़ेवाले को घोड़ा मिल गया और किसी को चोट नहीं लगी है। घोड़े पर चढ़ने के अलावा और कुछ नहीं किया है मैंने। बिलकुल सच बोल रहा हूँ, माँ, तुम्हारी कसम।"

कुछ सोचकर फिर मुड़ी दिव्या और सीधे पति के सामने जाकर पूछा, "चाय बनाऊँ या नहीं?"

"नहीं।"

यह धीमी आवाज जहन्नुम से भी कुछ दूर से आई थी, ऐसा विश्वास करना पड़ा दिव्या को। और इस बार कमरे में उसने हल्ला मचाया, "लगता है जैसे मैं ही घोड़े पर चढ़कर आई हूँ। कहीं का गुस्सा कहीं बरसा दिया! मैंने ही कह दिया था बेटे को

घोड़ा पर चढ़ने के लिए? हमेशा कहती रहती थी कि बेटे को बहुत लाड़-दुलार में मत रखिए, पर उस वक्त मेरी बात अच्छी नहीं लगती थी। अब जब बेटा सिर चढ़ गया है, तो गुस्सा मुझ पर! यह तो नहीं हुआ कि मैदान में ही कान पकड़कर चार तमाचे लगा देते। अब घर आए हैं, तो घर में चाय नहीं पीएँगे। 'कहाँ गए थे' का जवाब 'जहन्नुम में!' मैं तो पीऊँगी चाय। आसरे में थी, अब अकेली ही पी लूँगी।"

हल्ला मचाकर दिव्या बाहर निकल आई, तो बेटे ने इशारे से पूछा कि क्या हुआ। माँ चिल्ला पड़ी, "मुझे कोई मतलब नहीं है तुम लोगों के नाटक से। जो कहना हो, जाकर कहो अपने बाप से। घोड़े पर चढ़ो तुम और बातें सुनूँ मैं! नहीं होगा यह सब मुझसे।"

चिल्लाकर दिव्या अपनी चाल से भी गुस्सा प्रकट करते हुए रसोई में घुसी, ताकि टीपू को और पीछा करने की हिम्मत न हो।

हतप्रभ रह गया टीपू, किसी और की माँ बोल रही है क्या! एक क्षण रुककर वह रसोई के सामने पहुँचा और आहिस्ते से कहा, "चाय तो बना दो पापा के लिए।"

पूर्व निर्धारित कार्यक्रम के अनुसार अभी शशांक को घुटनों में सिर डालकर बैठना था और बहुत ही उदास और गम्भीर नजर आना था, और फिर धीरे-धीरे आँसू बहाना शुरू कर देना था। मगर अपने नये कार्यक्रम से उसने इस लीला-रुदन को बाद कर दिया। उसे इस बात की खुशी जरूर थी कि मैदान में उस पर नजर पड़ते ही बेटे ने और बच्चों की तरह भागने की कोशिश नहीं की और जहाँ का तहाँ लज्जावनत खड़ा रह गया, और फिर घर चलने का आदेश मिलते ही घर की ओर चल पड़ा; मगर इतनी खुशी से ही अब फूलकर कुप्पा नहीं हो जाना है, शशांक ने बहुत सोच-विचारकर ऐसा निर्णय ले लिया। इस तरह तो बराबर खुश करता रहा टीपू, मगर शरारतों से बाज नहीं आ रहा है। घोड़े पर नहीं चढ़ने की तो उसने लगभग कसम खा ली थी, मगर फिर भी घोड़े की सवारी करता रहा। किसी भी खुशी को नेस्तनाबूद कर देने के लिए यह दुख काफी है। अब अत्यन्त क्रुद्ध हो जाने के सिवाय और कोई चारा नहीं था उसके लिए, ऐसा महसूस किया शशांक ने; और जब वह घर में घुसा, तो सचमुच काफी गुस्से में था।

वह नाराज है, इतना तो उसने घर में घुसते ही जाहिर कर दिया था, मगर उसे तो जाहिर यह करना था कि वह सिर से पाँव तक गुस्से में है और यह गुस्सा जल्दी उतरनेवाला नहीं।

मौके से दिव्या तुरन्त आ गई थी और सवाल भी बहुत अच्छा पूछ डाला था, 'कहाँ थे?' देर से आती दिव्या, तो, पता नहीं, उसका गुस्सा अपनी तेजी के साथ बरकरार रहता या नहीं। अच्छा-अच्छा गुस्सा समय के साथ पानी की तरह बह जाता है। और अगर अपनी कोशिश से वह गुस्से को बरकरार रख भी लेता, तब भी वह आनन्द तो नहीं मिलता जो अभी गुस्से की बदौलत उसे मिल रहा है। तिलमिला रही है दिव्या, फड़फड़ा रहा है टीपू, और तब खुद टीपू की शरारत के दुख के बावजूद अभी अच्छी स्थिति में है और उन दोनों की हालत देख-देखकर निश्चय ही मौज मना

रहा है। 'जहन्नुम में था' कहकर कितना आनन्द मिला उसे!

अब ऐसी स्थिति में यह सम्भव नहीं था कि पूर्व-निर्धारित कार्यक्रम के अनुसार वह घुटनों में सिर डालकर बैठे, उदास और गम्भीर नजर आए, और फिर आँसू बहाना भी शुरू कर दे। गुस्से में आक्रमण है, रुदन में आत्म-समर्पण। और, आत्म-समर्पण की बात उसे कतई पसन्द नहीं। इससे तो टीपू और भी ढीठ हो जाएगा, और दिव्या भी जब-तब मखौल उड़ाती रहेगी, "आपको मर्द नहीं, औरत होना चाहिए था।"

आज दिव्या को भी मेरे मर्द होने का अहसास हो गया होगा, यह सोचकर मन-ही-मन आह्लादित हो उठा शशांक, और फिर उसने महसूस किया कि दिव्या की चाय की पेशकश ठुकराकर उसने गलती कर दी। उसे 'हाँ' कहना जरूरी नहीं था, महज चुप रह जाना था। और जब दिव्या चाय लेकर आती, तो प्याला उसके हाथ से लेकर चाय सहित प्याले को द्रुत गति से दरवाजे के बाहर फेंक देना था। हक्का-बक्का रह जाती दिव्या और फिर गुस्सा और अपमान से कुछ उछलती-कूदती भी। मगर वह चुपचाप बिस्तर पर पड़ा रह जाता जैसे कि कुछ हुआ ही नहीं, और कुछ हुआ भी तो ऐसा जैसा रोज हुआ करता था।

तब और भी मजा आता, शशांक पछताते हुए सोचने लगा, तब यहाँ से निकलती दिव्या और ढूँढ़कर बेटे को तमाचे लगाती।

मगर, नहीं, दिव्या को सताना उचित नहीं होगा। अभी जिस मामले में वह फँसा हुआ है उसमें तो उसे पत्नी का सहयोग ही चाहिए। 'चाय बनाऊँ?' के जवाब में उसने आहिस्ते से 'नहीं' कहकर अपना दुख प्रकट कर दिया, यही बेहतर हुआ। अगर दिव्या 'कहाँ थे?' पूछने की बजाय कह बैठती 'मेरे सिर में बहुत दर्द हो रहा है,' जो क्या उसे जवाब में यह कह देना उचित था, 'जहन्नुम में जाओ!' यह कहकर भारी गुस्सा प्रकट किया जा सकता था, मगर मुनासिब नहीं होता यह। नहीं, शशांक ने जाँचकर देख लिया, यह घोर अन्याय होता।

शशांक की नजर अनायास दरवाजे से बाहर चली गई और उसने देखा कि टीपू हाथ में चाय का प्याला थामे उसकी ओर ही बढ़ा चला आ रहा है। उसने कनखियों से देख लिया, टीपू के होंठ पर मुस्कराहट थी, एक उद्दंड मुस्कराहट। उसे थोड़ी घबराहट हुई और उसने उधर से नजरें फेर लीं। टीपू आया, चाय का प्याला सामने मेज पर रख दिया, और धीरे से बोला, "पापा, चाय।" शशांक ने कोई जवाब नहीं दिया और तब तक सामने दीवार की ओर एकटक देखता रह गया जब तक टीपू वहाँ से दूर नहीं हो गया।

शशांक को डर हुआ, कहीं नजर मिलते ही टीपू मखौल उड़ाते हुए बोलना शुरू न कर दे, "बस, यह आखिरी गलती थी, पिताजी। वे अभागे हैं जो घोड़ों पर चढ़ते हैं। जिन्दा रहूँगा, तो हाथी पर चढ़ूँगा, जहाज पर चढ़ूँगा। आप मुझे हाथी खरीद देंगे, जहाज खरीद देंगे। खरीद देंगे न, पिताजी?...तब क्या मैं इतना बेवकूफ हूँ कि अभी ही घोड़े

पर चढ़कर जान दे दूँ? क्यों, पिताजी, मैं गलत बोल रहा हूँ? बेवकूफ हूँ मैं? बस, यह आखिरी गलती थी; विश्वास कीजिए मेरी बातों का। कसम खिला लीजिए, पिताजी।"

चाय के प्याल पर नजर गड़ गई शशांक की।

एक अहम सवाल उपस्थित हो गया, पी ले या छोड़ दे!

चाय तेजी से ठंडी हो रही थी।

क्या कह रहा है टीपू अपनी माँ से? कहीं यह तो नहीं कह रहा है!—"माँ, एक बात बताऊँ तुम्हें; पिताजी बहुत झूठे हैं और बहुत झूठ बोलते हैं। एक बार उन्होंने मुझे एक किस्सा सुनाया था कि गमैल के एक अनन्दी सिंह एक बारात में खुरहान गए थे और वहाँ किसी के जोश दिलाने पर उन्होंने एक आदमी को गोली मार दी थी। एकदम झूठ, माँ, एकदम झूठ। आज मैं घोड़े से गमैल गया था और अनन्दी सिंह का पूरा पता लगाया। वहाँ के किसी आदमी ने खुरहान के किसी आदमी को कभी गोली नहीं मारी है। किसी अनन्दी सिंह को फाँसी या जेल की सजा भी नहीं हुई है।...और यह भी सुन लो, माँ, कान खोलकर सुन लो कि दुनिया में करोड़ों आदमी घोड़े से गिरकर मर चुके हैं...इस इलाके के सैकड़ों आदमी...सब दूसरों गाँवों के, राजगंज का एक भी नहीं... उन सारे मरनेवालों के नाम और पते पिताजी के पास हैं। अगर तुम्हें किसी घोड़े से गिरकर मरनेवाले के बारे में कुछ जानना हो, तो पिताजी से पूरी जानकारी मिल जाएगी। उन्हें जवानी याद है कि किस गाँव का कौन यादव घोड़े से गिरकर मरा है, और किस गाँव का कौन मेहता।...माँ, ऐसा झूठ तुमने पहले कभी नहीं सुना होगा...मैंने सब पता लगा लिया है। न तो कहीं का कोई चन्द्रमा सिंह मरा है, न कोई सूरज सिंह...रामगंज मैं गया था, माँ, और पता लगा-लगाकर हार गया कि वहाँ के कोई मंडल जी घोड़े से गिरकर मरे हैं या नहीं। मंडल तो क्या, कोई यादव या मेहता भी नहीं मरे हैं वहाँ। फत्तेपुर में भी कोई यादव जी घोड़े से गिरकर नहीं मरे हैं, और न बेलाही में कोई झा जी या मिश्र जी। अब सोचो कि पिताजी कितना झूठ बोलते हैं। तुम्हें विश्वास होता है कि पिताजी कभी गाछ से गिरे होंगे? चढ़े भी होंगे कभी गाछ पर, ऐसा लगता है तुम्हें? मुझे तो जरा भी विश्वास नहीं होता। बहुत झूठ बोलते हैं पिताजी...छिः ...मुझे तो लगता है, माँ, कि आज तक पिताजी केवल झूठ बोलते आए हैं, सच नहीं बोला है कभी..."

'बको, जो बकना हो,' खीझ उठता है शशांक, 'मैं कान लगाने नहीं जाऊँगा। और, मैं झूठ क्यों बोला, यह कभी स्पष्ट कर दूँगा और अपना दोष छुड़ा लूँगा। हर बाप के लिए जरूरी है समय-समय पर कुछ झूठ बोलना। मुझे क्या पता था कि तुम्हारे जैसा बेटा मेरे पीछे पड़ा हुआ है।' शशांक जल्दी-जल्दी अपने झूठ के समर्थन में तर्क जुटाने लगा, ताकि अगर अभी तुरन्त दिव्या हँसती हुई सामने आ जाए और सुना दे, "क्यों जी, क्या बात है? क्या कह रहा है बेटा?" तो वह धाराप्रवाह बोलकर बीवी को कुछ अक्ल दे दे।

सामने चाय का प्याला!...जब इधर कोई देख नहीं रहा है, तो दो घूँट गर्म चाय

पी जा सकती है। दो घूँट से प्याला खाली नहीं हो जाएगा, और किसी के लिए भी यह सन्देह करना मुमकिन नहीं होगा कि उसने चाय पी है...सिर्फ दो घूँट...दो घूँट चाय तो भाप बनकर भी उड़ सकती है...

इस लौंडे को अभी बुलाकर तमाचा मारा जाए?...नहीं, यह काम तो मुझे मैदान में ही करना था; दिव्या ठीक बोल रही थी। हाँ, अगर अभी कोई मौका निकल जाए, तो अवश्य तमाचे लगा बैठूँगा...कल से जोंक की तरह इसके पीछे लग जाया जाए। मगर यही तो सम्भव नहीं हो पाता। और फिर इस तरह कौन बाप अपने बेटे के पीछे पड़ा रह सकता है! यह तो बहुत ही हास्यास्पद होगा; जो सुनेगा वही हँसेगा। तो फिर?... विद्यालय जाने से पहले और विद्यालय से आने के बाद कमरे में बन्द रखूँ इसे?...तब तो अपने अन्दर आग सुलगा लेगा यह लड़का; और जितनी देर बाहर रहेगा उतनी देर तो और भी जोर-शोर से खुराफातें करेगा। निश्चय ही तब प्रतिशोध पर उतर आएगा यह, मुझसे ही बैर मोल ले लेगा। नहीं, यह ठीक नहीं रहेगा। मगर तब ठीक क्या रहेगा?' अन्धड़-झक्कड़ उठ रहा था शशांक के भीतर; बादल गरज जाते थे; बिजली चमक जाती थी; और फिर ठंडी बूँदों की वर्षा भी हो जाती थी...

चाय से क्या बैर! चाय दिव्या ने बनाई है; बेचारी दिव्या से क्या बैर! चाय नहीं पीने से टीपू रास्ते पर आ जाएगा और पी लेने से बिगड़ जाएगा, ऐसी बात तो नहीं! और फिर, चाय नहीं पीए, तब तो खाना भी नहीं खाए वह? वह क्यों भूखा रहे? कितने दिनों तक भूखा रहे? नहीं, अब वह बुजुर्ग हुआ; बचकानी हरकतों से बाज आएगा वह। अब जो बोलेगा वह, जो करेगा वह, उन सबका असर पड़ेगा पूरे घर पर, घर के हर सदस्य पर। लोग भी जानेंगे, तो क्या सोचेंगे! यह टीपू ही हर जगह शोर मचा आएगा, "आज पिताजी रूठे हुए हैं।"

शशांक ने चाय का प्याला खाली कर दिया।

मगर टीपू पर जो गुस्सा था उसे बरकरार रखने का निर्णय ले लिया शशांक ने; और फिर सोचने लगा वह, अब आगे क्या करना है। सोचने के लिए समय था उसके पास; आराम से सोचने लगा वह।

टीपू माँ को खुशखबरी देने गया, "माँ, पिताजी ने चाय पी ली।"

"तो मैं क्या करूँ," माँ ने झुँझलाकर कहा, "नाचूँ?"

"मैं क्या करूँ, नाचूँ," बेटे ने मुँह बनाकर दुहराया, और फिर रुककर कहा, "हाँ, नाचो," और कहकर फनफनाते हुए अपने कमरे में चला गया।

माँ रसोई में खाना बनाती रही, और बेटा सोचता रहा, अब आगे क्या किया जाए; कैसे जोड़ा जाए पिता से पुराना रिश्ता।

शशांक घूमने के लिए घर से बाहर अपने गुस्से के साथ निकला था और जब लौटकर आया, तो अपने गुस्से के साथ आया था। इस बार घर में घुसते हुए उसका कुछ और

भारी-भारी लग रहा था। मगर इस बार उसे एक साथ ही बहुत कोमल और बहुत कठोर होने का अभिनय करना था। कमरे में जाकर वह थोड़ी देर कुछ खोज-ढूँढ़ करता रहा, और फिर दिव्या को हाँक लगाकर बुलाने की बजाय खुद अपने कमरे से चलकर और ओसारे पर बैठकर पढ़ रहे टीपू से आँख बचाकर दिव्या के पास जा पहुँचा और अत्यन्त कोमल स्वर में पूछा, "आज अखबारवाले ने अखबार दिया था या नहीं?"

"हाँ, दिया तो था," दिव्या ने झटपट जवाब दिया, "मैंने मेज पर रख दिया था।"

"मेज पर तो नहीं है।"

"नहीं है!" दिव्या उठने लगी, "खोजकर देती हूँ।"

शशांक ने रोक दिया, "तुम अपना काम करो; मैं ढूँढ़ लूँगा।"

शशांक फिर से ढूँढ़ने लगा अखबार, मगर पहले की तरह टीपू से पूछा नहीं, "अखबार देखा है तुमने?"

जब टीपू ने देख लिया कि पिताजी थककर बिस्तर पर बैठ गए हैं और अन्य दिनों की तरह अखबार के लिए कोई व्याकुलता जाहिर नहीं कर रहे हैं, तो उसने ऊँची आवाज में माँ से पूछा, "माँ, पिताजी अखबार ढूँढ़ रहे थे क्या?" और फिर माँ के जवाब पर कि 'अगर देखा है, तो पिताजी को दे आओ,' वह तेजी से अपने कमरे में गया और वहाँ से अखबार लेकर धीरे से पिता के सामने रखते हुए बोला, "मैं पढ़ने ले गया था।"

जब तक टीपू खड़ा रहा वहाँ, शशांक ने अखबार की तरफ देखा तक नहीं।

टीपू कुछ इस तरह बाहर निकला जैसे कि कह रहा हो, "आप नहीं बोलेंगे मुझसे, तो मेरा कुछ बिगड़नेवाला नहीं है।"

मगर शशांक को स्पष्ट लगा, टीपू घायल हो चुका है; और इस बात से उसे काफी तसल्ली मिली।

अचानक बाल्टी से किसी के टकराने की आवाज आई, तो शशांक का ध्यान उस ओर खिंच गया और वह जल्दी से कमरे से बाहर देखने आ गया। दिव्या टकराई होगी, ऐसा लगा था उसे। मगर वहाँ टीपू था और अन्दर रसोई से आवाज आई, "टीपू है क्या रे? देखकर नहीं चलता?"

इस बार टीपू देखकर चला था, तभी तो टकराया था बाल्टी से। टीपू ने माँ को कोई जवाब देने की बजाय अपनी निगाह पिताजी की ओर फेंकी। वह जानता था कि माँ जब भी जोर से चिल्लाकर बिगड़ती है, तो यह उसके सुनने के लिए नहीं, उसके पिताजी के सुनने के लिए होता है ताकि वे बच्चे को वश में रखें। कई बार तो टीपू माँ से कह भी चुका है, "कह रही हो मुझे, मगर इस तरह चिल्ला रही हो जैसे कि मैं बाहर सड़क पर हूँ।" आज तो वह चाहता ही था कि माँ अपनी पूरी ताकत लगाकर चिल्लाए, "रे अन्धा! तुझे सूझता नहीं है? बुलाऊँ तेरे पिताजी को?" मगर जितना भर माँ बोली उतना ही पिताजी को उसकी हरकत की ओर आकर्षित करने के लिए काफी

था। पिताजी कमरे से बाहर आए जरूर, मगर फिर बगैर कुछ बोले अन्दर चले गए। टीपू उदास हो गया। वह जानता था, अभी क्या होता। अभी पिताजी बुलाते उसे, अपने पास बैठाते, और फिर बोलना शुरू कर देते, "देखकर क्यों नहीं चलते? जिन्दगी-भर इसी तरह चलते रहोगे क्या? भगवान ने सिर में सामने देखने के लिए आँखें दी हैं। दी हैं या नहीं? पीठ पर क्यों नहीं दीं? बोलो, बोलो बेटे...सुन रहे हो या नहीं?...अरे उल्लू, बोलते क्यों नहीं?" और तब वह धीरे से कहता, "गलती हो गई; अब ठीक से चलूँगा, पिताजी।" बस, इतने पर छुट्टी मिल जाती। मगर आज पिताजी ने कुछ नहीं कहा, कुछ कहे बगैर कमरे में वापस चले गए।

टीपू सचमुच काफी उदास हो गया। पिताजी अब उससे नहीं बोलेंगे, कभी नहीं बोलेंगे; यह डर, यह प्रश्न उसके मन में घुमड़ने लगा।

"टीपू, एक गिलास पानी लाओ," अक्सर यह आदेश पिता के कमरे से टीपू को मिलता रहता। घर के किसी भी कोने में रहता टीपू, अपने किसी भी काम में व्यस्त रहता, वह तुरन्त पिता को पानी पहुँचाने के लिए दौड़ पड़ता। पिता के इस काम से बिलकुल बँधा हुआ था टीपू। कितनी बार तो ऐसा हुआ कि पिता के आते ही टीपू दौड़कर उनके कमरे में गया और पूछ बैठा, "पिताजी, पानी ले आऊँ?" और पिताजी ने हँसकर जवाब दिया, "हाँ-हाँ, ले आओ।" कभी-कभी ऐसा भी हुआ कि बगैर पिताजी के पूछे ही वह मुस्कराता हुआ एक गिलास पानी लेकर पिता के सामने हाजिर हो गया और धीरे से बोला, "पिताजी पानी।" पिताजी पूछ बैठे, "पानी? किसने माँगा?" अचरज से बोला टीपू, "पानी...नहीं चाहिए?" तब शशांक नहीं बोल पाया, "नहीं चाहिए पानी;" हर बार उसने सिर हिलाते हुए कहा, "हाँ, चाहिए पानी।"

आज पिताजी ने एक बार भी उससे पानी नहीं माँगा। अपने मन से ही वह एक गिलास पानी लेकर हाजिर हो जाए और फिर देखे कि पिताजी क्या करते हैं, इस खयाल के आने से पहले ही उसने देखा कि पिताजी खुद एक गिलास लिये ओसारे पर प्रकट हुए हैं और किसी से कुछ बोले बगैर बाल्टी से पानी भरकर वापस अपने कमरे में लौट गए हैं। उसने कोशिश की पिता से आँखें मिलाने की, मगर कामयाब नहीं हुआ।

जितनी बार पानी भरने आया शशांक—बेटे की गिनती पाँच तक पहुँची—हर बार बेटे को चिढ़ाकर चला गया; और बेटे की उपस्थिति और अस्तित्व को पूरी तरह नकारते हुए—कभी उस पर अपनी नजर भी पड़ने नहीं दी—अपनी हरकत से यह बताता रहा, 'देख लो, टीपू, तुम्हारे बगैर भी मेरा काम चल सकता है; अब मैंने यह सोच लिया है कि तुमसे मेरा कोई रिश्ता नहीं। जो जी में आए, करो अब; अब मैं तुम्हारे लिए कुछ नहीं सोचता, तुम्हारी परवाह नहीं करता।'

क्या सचमुच परवाह नहीं करता वह? शशांक अपने मन में सोचने लगा।

अगर बाल्टी से टकराकर टीपू गिर पड़ता और कोई जखम खाकर किसी भारी दर्द से चीख पड़ता, तब भी क्या वह बाहर झाँकने तक नहीं निकलता? दिव्या दौड़कर आती उसके पास या चीखकर उसे बुलाती, तब भी अपने कदम उधर जाने से रोक लेता वह? अगर टीपू कहता, "माँ, पिताजी को बुला दो;" तब भी क्या बेटे के पास जाने से इनकार कर बैठता वह? और अगर जाता भी, तो सिर्फ इतना सुनाने, "अब कोई जरूरत नहीं है मुझे कभी बुलाने की। अब कोई नाता नहीं रहा मेरा तुमसे। तुम जिन्दा रहो या मरो, मैं फिक्र नहीं करता। अब मैंने भुला दिया है कि तुम मेरे बेटे हो?"

कह पाता ऐसा वह? नहीं, नहीं...क्यों नहीं?...मगर,...क्रोध में...फिर भी...आदमी हूँ मैं; मेरा भी दिल दुखता है...नासमझ है...मगर कब तक...ऐसा नहीं कहता...कह भी सकता था...नहीं, नहीं, नहीं, ऐसा मैं नहीं कह सकता था...हे भगवान!...

मगर इस बार भी शशांक ने बेटे को दुत्कार दिया। बाप-बेटे के बीच की रस्सा-कशी से बिलकुल बेखबर दिव्या ने रसोई से आवाज लगाई, "टीपू, पूछो पिताजी से कि खाना खाएँगे।" टीपू उठकर पूछने जाए पिताजी से, इससे पहले ही शशांक की आवाज दिव्या के कानों से टकराई, "अभी नहीं खाऊँगा।"

टीपू देर तक किताब से ध्यान हटाकर पिता के कमरे की ओर देखता रह गया।

कोई और दिन होता, तो माँ की आवाज सुन लेने के बाद भी पिताजी उसके आने का इन्तजार करते। उसके पास पहुँच आने पर भी पिताजी अखबार पढ़ने में ही व्यस्त रहते, जैसे कि धमाधम के साथ हाजिर हुए बेटे की उन्हें कोई खबर ही नहीं। उसे ही बोलना पड़ता, "पिताजी, खाना?" पिताजी अपना ध्यान इस तरह तोड़ते जैसे कि अचक्के में उनसे कुछ कहा गया हो, "हाँ, क्या कहा?" तब एक-एक शब्द स्पष्ट बोलकर सुनाता वह, "माँ ने पूछा है कि आप खाना अभी खाएँगे।" "खाना! हूँ..." पिताजी एक विशेष मुद्रा में यह पता लगाते कि उन्हें भूख लगी है या नहीं, और भी कहते, "खाना! हूँ...भूख तो अब लग ही गई होगी। ले आ सकते हो। हाँ, ले आओ खाना।" और ज्यों ही वह थाली ले आने के लिए मुड़ता, पिताजी बोल पड़ते, "रुको; अगर रोटियाँ पतली हों, तो चार ले आना; और अगर मोटी हों, तो तीन ही लाना... तीन या दो?...ले आना तीन।" अब वह धीरे-धीरे तीन-चार लम्बे डग भरता, ताकि पिताजी अगर फिर रुकने को कहें, तो वह तेजी से मुड़कर खड़ा हो जाए और उनका अगला आदेश सुन ले।

आज यह सब कुछ नहीं हुआ। तब इतनी देर तक उसे जगने की क्या जरूरत थी, मन के किसी कोने में यह बात उभर आई, क्या सिर्फ पढ़ने के लिए?

टीपू अपनी जगह से ही चिल्ला उठा, "गे माँ! एक हिसाब नहीं बन रहा है; बता देगी?" रसोई से कोई जवाब नहीं आया, तो वह उठकर माँ के पास चला गया, "एक हिसाब नहीं बन रहा है मुझसे; तू बता देगी?"

"मुझे हिसाब आता है जो मुझसे पूछ रहे हो?" रसोई का काम निबटाकर बाहर

निकलती हुई माँ बोली, "जाओ, पिताजी से पूछो।"

"पिताजी नहीं बताएँगे मुझे," नकियाते हुए कुछ ऐसी शीघ्रता से बोला टीपू कि कोई बाहर का आदमी सुनकर भी नहीं समझ पाता कि लड़का किस भाषा में क्या बोल गया। मगर माँ ने बेटे की बोली स्पष्ट सुन ली और जवाब दिया, "बताएँगे क्यों नहीं! जाकर पूछो तो।"

"नहीं; तुम ही पूछकर बता दो," टीपू ने फिर अपनी नक्की बोली में कहा।

"तुम क्यों नहीं पूछोगे?" माँ बिगड़ गई, "कोई बाघ तो नहीं हैं कि खा जाएँगे। लाओ किताब; चलो मेरे साथ।"

किताब और बेटे के साथ अभी दिव्या पति के कमरे में दाखिल हुई ही थी कि शशांक बोल पड़ा, "अभी मुझे फुरसत नहीं है। जाओ, तंग मत करो।"

किससे कहा शशांक ने, दिव्या से या टीपू से?"

टीपू से ही कहा होगा, दिव्या ने सोचा, अगर उससे कहा होता, तो फिर चाय क्यों पी? ऐसे मर्द को कतई मर्द नहीं माना जा सकता जो अभी चाय पीए और अभी ऐसी बात सुना दे। दिव्या ने काफी होशियारी से बेटे से कहा, "हाँ, अब खाने-पीने का समय हो गया; सुबह में पूछ लेना।"

और जब बेटा बाहर चला गया, तो टोह लेने के इरादे से कि चाय पीकर रूठन-पर्व निस्तार करने के बाद फिर तो नहीं रूठ बैठा है यह मर्द, दिव्या ने बड़े ही कोमल स्वर में इस 'गिरगिट' मर्द से पूछा, "आपका खाना ले आऊँ?"

"हाँ, ले आओ।"

शशांक के इस जवाब से खुश हो गई दिव्या और छलाँग मारती हुई रसोई घर तक पहुँच गई।

दिव्या खाना लाने चली गई, मगर शशांक को लगा कि उसने दिव्या को खाना लाने के लिए नहीं, टीपू को बुला लाने के लिए कहा है। बार-बार उसके ध्यान में यह बात आ रही थी कि उसका जवाब सुनकर टीपू कितनी तेजी से कमरे से बाहर निकला था...कितनी तेजी से...कितनी तेजी...

इतनी तेजी...उस तेजी से अगर कोई कमरे से निकलेगा, तो क्या वह बाहर ओसारे में रुकेगा? आँगन में जा खड़ा होगा? किसी और कोने में बैठकर कुछ भुनभुनाएगा और चुप हो जाएगा? या, रूठकर अपने बिस्तर पर लम्बी तान लेगा?

ऐसा तो नहीं कि घर का दरवाजा खोलकर बाहर निकल जाएगा वह?

इस तेजी से निकला था टीपू कि शशांक सहम गया था। दिव्या जब कमरे से बाहर निकली, तो वह सरककर किवाड़ के पास आ गया और वहीं से टीपू को देखने लगा। हालाँकि टीपू फिर से अपनी जगह पर जा बैठा था, मगर शशांक डर रहा था कि अब निश्चय ही टीपू सोच रहा होगा कि वह उठे और अपनी माँ से जाकर कहे, "माँ, इतना तिरस्कृत होकर इस घर में अब और मैं नहीं रह सकता। किसी की आँख

का काँटा बनकर रहना नहीं चाहता मैं। अब और पिताजी को तंग नहीं करूँ, इसलिए यह घर छोड़ रहा हूँ मैं। तुम चिन्ता नहीं करना, माँ; मैं जानता हूँ, भिखमंगे जिन्दगी के दिन किस तरह पूरे करते हैं।"

और, दिव्या कुछ बोले इससे पहले ही टीपू तनतनाते हुए उसके सामने आ जाएगा और बोलेगा, "इस घर से कुछ लेकर नहीं जा रहा हूँ, तन पर दो वस्त्र हैं; कहिए, तो उन्हें भी उतार दूँ।"

"हाँ-हाँ, जाओ," कह सकेगा शशांक ऐसा!—"अब मैं भी तुम्हें ढूँढ़ने-मनाने नहीं जाऊँगा। मैंने भी सोच लिया है, अब कोई रिश्ता-नाता नहीं रहा तुमसे।" इससे आगे भी कह देगा!—"जाओ, और यह सोचकर जाओ कि अब इस घर का दरवाजा तुम्हारे लिए हमेशा बन्द रहेगा। अब फिर लौटकर नहीं आना।" यह भी!—"हाँ, बस एक पैंट में निकलो तुम इस घर से; कमीज उतारकर रख दो।"

टीपू को बाँहों में जकड़ लेने के लिए चीखकर दौड़ पड़ी दिव्या को वह पकड़कर पीछे खींच लेगा!

यह सब हो जाएगा क्या!

मगर टीपू, जानता है शशांक, जाने से पहले तनतनाता हुआ नहीं आएगा उसके पास; आएगा और सिर झुकाए हुए काँपती आवाज में कहेगा, "जाता हूँ, पिताजी," और फिर...जरूर...जरूर उसके चरणों में झुक जाएगा चरण-स्पर्श के लिए...

"नहीं, नहीं जाने दूँगा, नहीं जाने दूँगा," अचानक ही बुदबुदा उठा शशांक। उसकी आँखें भीग गईं।

कमरे के अन्दर नहीं रह पाया वह; आँखें पोंछीं और बाहर निकल आया, जैसे कि टीपू अब घर का दरवाजा खोलकर निकलने ही वाला हो।

खाना टीपू के लिए भी परोसा गया था, मगर आज वह बिलकुल अकेले खा रहा था। आज खा भी नहीं रहा था वह; महज थाली के अनाज को मुँह तक पहुँचा देने की कोशिश कर रहा था। "कौन-सी सब्जी बनी है?" एक बार भी नहीं पूछा था उसने। "माँ, पापड़ सेंक देना," ऐसी कोई फरमाइश नहीं की थी बेटे ने। बगैर चीनी के आज तक दही नहीं खाया था उसने मगर रोज की तरह आज वह चीनी का डिब्बा लेकर नहीं बैठा था।

आसपास बैठे हुए ही खाना खा रहे थे बाप-बेटे, मगर दोनों चुप थे। खाना खाने के पहले बाप-बेटे में शास्त्रार्थ शुरू हो जाया करता था। "पिताजी, अगर आदमी भी बैल की तरह भूसा खाना शुरू कर दे, तो क्या वह भी बैल की तरह मजबूत हो जाएगा?" बेटा पूछता। "मुझे नहीं मालूम," कहकर बाप गुस्से में एकटक सामने जमीन पर निगाहें टिका देता। "नहीं मालूम! आपको भी नहीं मालूम!" बेटा अचरज

का भाव प्रकट करता। बाप को हार स्वीकार कर लेने में ही खैरियत दिखती, "नहीं।" "मगर, पिताजी," बेटा कहता, "इतने दिनों से लोग बैलों को भूसा खाकर बलवान होते देखते आए हैं, तो जरूर उन्होंने आजमाया होगा कि वे भी भूसा खाकर बैलों की तरह बलवान हो सकते हैं या नहीं। नहीं आजमाया होगा?" "हो सकता है, आजमाया हो," बाप संक्षिप्त जवाब देता। "आपको इसके बारे में कोई जानकारी नहीं है?" बेटा फिर पूछता। "नहीं," बाप का फिर वही जवाब। "सिर्फ आपको जानकारी नहीं है, या किसी को भी नहीं होगी?" बेटे का प्रश्न। बाप का उत्तर, "मुझे दूसरों के बारे में नहीं मालूम।" "अच्छा, पिताजी," बेटा नया सवाल करता, "अगर बैलों को काजू-किशमिश खिलाया जाए, तो क्या वे आदमियों की तरह कमजोर हो जाएँगे?" "मुझे नहीं मालूम, नहीं मालूम," तेज आवाज में बोल पड़ता बाप और फिर मुक्ति की इच्छा से कह देता, "बकबक मत करो ज्यादा।" अपनी बकबक एक-आध कौर के बाद फिर शुरू किये बिना नहीं रह पाता टीपू, "मुझे तो लगता है, पिताजी, कि..." "चुप हो जाओ," बाप चीख पड़ता, "बिलकुल चुप हो जाओ। कह चुका हूँ कि खाना खाते वक्त भूँका मत करो।"

तब अत्यप्त सन्तुष्ट होकर चुप हो जाता टीपू; खाना खाने में मन लग जाता उसका।

ऐसे ही अटपटे सवाल पूछा करता था टीपू, ऐन खाने के वक्त। शशांक बहादुरी से जूझना शुरू करता, होशियारी से पीछे हटता, और पैर उखड़ते ही चीख पड़ता, "खबरदार! अब और..."

भूँकने की मनाही होते ही टीपू भोजन पर पिल पड़ता और भरपेट भोजन करता।

आज दोनों चुप थे। पूछने के लिए कोई सवाल नहीं था आज बेटे के पास। बाप कनखियों से बार-बार बेटे को देखता रहा, मगर एक बार भी बेटे को अपनी ओर देखते नहीं देखा।

खाना खाने के बाद टीपू अपने कमरे में जाने की बजाय माँ के बिस्तर पर बैठ गया। 'क्या ऐसा नहीं सकता कि टीपू आए और चुपचाप मेरे बिस्तर में घुस जाए?'—अखबार पढ़ते हुए शशांक देर तक यही सोचता रहा। टीपू भी सोया नहीं था; माँ के आने की राह देख रहा था।

"क्यों रे टीपू, आज नींद नहीं आ रही है क्या?" सारा काम निबटाकर जब माँ आई तो टीपू को अपने बिस्तर पर देखकर पूछा। अब तक वह भूल चुकी थी कि आज टीपू ने किसी ननकेसर साह के घोड़े की सवारी की थी और इस बात के लिए उसके पिताजी अभी तक मुँह फुलाए बैठे थे।

"मैं आज अपने कमरे में नहीं सोऊँगा, माँ," प्रार्थना के स्वर में टीपू बोला।

"अपने कमरे में नहीं सोएगा! क्यों? क्या हुआ उस कमरे में?"

"मुझे डर लग रहा है, माँ; मैं आज जरूर कोई बुरा सपना देखूँगा।"

"बुरा सपना देखेगा! क्यों, डर क्यों लग रहा है?"

शशांक पंजों के बल चलकर टीपू के बहुत समीप सरक आया, ताकि छिपकर उसकी बातें साफ-साफ सुन सके।

"आज एक भूत ने मुझे घेरा था, माँ।"

"भूत ने!" दिव्या घबरा गई, "कहाँ?"

"गमैल के रास्ते में एक भुतहा गाछ है, माँ। जब मैं घोड़े से वापस लौट रहा था, तो घोड़ा उस भुतहा गाछ के पास आकर भड़क गया; और मेरे काबू से बिलकुल बाहर होकर इस तरह उछल-कूद करने लगा कि मुझे पूरा विश्वास हो गया कि घोड़ा मुझे पटक देगा। किसी तरह घोड़े को भगा लाया मैं। यह भूत का ही करतब था, माँ; विश्वास करो।"

"जब उस भुतहा गाछ के बारे में जानते थे, तो फिर घोड़े पर चढ़कर उधर गए ही क्यों? अब फिर कभी उधर मत जाना।"

टीपू ने कोई जवाब नहीं दिया और सिर को घुटनों में देकर बैठ गया। बेटे को चिन्ताग्रस्त देखकर माँ ने कहा, "भगवान का नाम लेकर सो जाओ; नहीं आएगा कोई सपना।"

"मुझे तो लगता है, माँ," बेटे ने सिर उठाकर जवाब दिया, "कि भूत मेरे पीछे-पीछे घर तक आ गया है। आज जरूर मैं कोई बुरा सपना देखूँगा।"

शशांक की साँस तेज चलने लगी। वह पंजों के बल चलकर वापस अपने बिस्तर पर लौट आया।

माँ ने बेटे का ढाढस बँधाया, "सो जाओ; कुछ नहीं होगा; मैं हूँ न।"

"तुम मेरे साथ ही सोना, माँ," बिस्तर पर फैलते हुए बेटे ने कहा।

"हाँ-हाँ, मैं तेरे साथ ही सोऊँगी।"

सोने से पहले दिव्या पति के कमरे में पानी का गिलास रखने गई, तो शशांक ने उसे रोक लिया और पास में बैठने का इशारा किया। दिव्या अनायास पति की तरह ही गम्भीर हो गई और बैठते ही बोली, "क्या बात है?"

"टीपू क्या बोल रहा था?" पत्नी के चेहरे पर नजर टिकाते हुए शशांक बोला।

"कुछ तो नहीं," दिव्या बोल गई और फिर हँसते हुए कहा, "हाँ, बोल रहा था कि आज वह कोई सपना देखेगा।"

शशांक नहीं हँसा; बोला, "सपना क्यों देखेगा?"

दिव्या ने फिर हँसते हुए कहा, "आज किसी भुतहा गाछ के पास एक भूत ने उसे घेरा था। उसका कहना है कि भूत उसे पीछे-पीछे यहाँ तक आ गया है, और अब डर रहा है कि आज कोई भूत का सपना देखेगा। मैंने उसे अपने पास ही सुला लिया है।"

"पहले तो वह भूत के साथ लड़ने के लिए भी तैयार रहता था; आज क्यों डर रहा है?"

"बोलने को जो बोले, मगर भूत का डर तो बच्चे को लगेगा ही।

"भूत से डरेगा, मगर भुतहा गाछ की ओर जाना बन्द नहीं करेगा?"

"मुझसे तो कह रहा था कि अब कभी वह उधर नहीं जाएगा।"

"झूठ बोलता है; मुझसे भी कहा था कि वह कभी घोड़े पर नहीं चढ़ेगा, गगर उसके बाद भी तह बराबर घोड़े पर चढ़ता रहा है।"

"बच्चा है," दिव्या ने बेटे की गलती को नजरअन्दाज कर देने के इरादे से कहा।

"नहीं, दिव्या, अब हमें टीपू के बारे में कुछ सोचना पड़ेगा।"

"क्या?"

"मुझे तो लगता है कि टीपू हमारे लाड़-प्यार में खराब हो रहा है," कहकर शशांक पत्नी का मुँह ताकने लगा।

दिव्या कुछ बोल नहीं सकी।

"हमारी किसी बात का असर नहीं लेता," शशांक बुदबुदाया।

दिव्या चुप ही रही।

"कुछ बोल नहीं रही हो?" शशांक ने पत्नी को मजबूर कर दिया कुछ बोलने के लिए।

"थोड़ी-बहुत शरारत तो हर बच्चा करेगा," दिव्या बोलने लगी, "और फिर जैसे लड़कों की संगति होगी वैसा असर तो होगा ही उस पर।"

"एक बार पहले भी राधेश्याम के साथ इस सम्बन्ध में मैंने बात की थी। उसकी राय तो है कि टीपू को यहाँ से बाहर कहीं छात्रावास में डाल दूँ।"

"ठीक ही राय है उनकी," दिव्या ने राधेश्याम की राय के साथ सहमति जता दी, "वहाँ शिक्षकों की देख-रेख में रहेगा।"

शशांक को विश्वास था कि दिव्या राधेश्याम की राय हरगिज नहीं मानेगी। तो अब क्या राधेश्याम की बात मान ली जाए? रह लेगी दिव्या टीपू के बगैर? तो फिर...मगर...

टीपू को दूर कर दिया जाए?...यहाँ से दूर...अपने से अलग?...तब बिलकुल शान्ति रहेगी...न कोई शरारत...न किसी की शिकायत...न किसी को मनाना, न बहलाना-फुसलाना...दौड़ो किसी के पीछे, पता लगाओ किसी का...यह सब कुछ नहीं...पूर्ण शान्ति...पूर्ण विश्वास...

तब भगा ही दे टीपू को यहाँ से दूर, अपने से अलग?"

देर तक चुप बैठा रह गया शशांक। दिव्या उठकर अपने बिस्तर पर चली गई।

अकेले में देर तक सोचता रहा शशांक। जब देर तक नींद नहीं आई, तो वह उठकर दिव्या के पास आ गया और सिरहाने में खड़ा हो गया। दिव्या जगी हुई थी, पूछ बैठी, "क्या बात है? नींद नहीं आई?"

शशांक ने कोई जवाब नहीं दिया। एक क्षण बेटे के मुखड़े को देखता रहा और

फिर उसके सिर पर हाथ फेरने लगा।

बहुत परिचित स्पर्श नहीं होता, तब क्या टीपू की आँखें खुल जातीं?

"पापा!" टीपू की आँखें खुल गईं; पिता के चेहरे पर नजर पड़ी और बरबस उसके मुँह से निकल आया, "पापा!"

बाप हाथ फेरता रहा बेटे के सिर पर और कहा, "उठो, चलो मेरे बिस्तर पर।"

बेटा उठ बैठा और बाप उसे थामे हुए अपने बिस्तर पर ले गया। सो गया टीपू अपने पापा के साथ। अब वह कोई दूसरा सपना नहीं देखेगा, आश्वस्त हो गया शशांक।

मगर, तब, शशांक को लगा, आज वह खुद कोई बुरा सपना देखेगा, जरूर देखेगा।

रोज की तरह आज उसने लालटेन की बत्ती कम नहीं की।

15

बेचारा हरिया फूल तोड़ नहीं रहा था, घेरे से बाहर खड़ा वह फूलों को देख-देखकर मुग्ध हो रहा था। अभी पूरी तरह मुग्ध भी नहीं हुआ था वह कि अचानक पीछे से किसी ने उसकी गरदन नापी। ऐसा लगा कि कोई बहुत सँकड़ी लोहे की हँसली गले में पीछे से डाल दी गई हो। अकबका गया वह। उसने पलटकर देखना चाहा कि पीछे क्या है, मगर हँसली ने गरदन को पीछे मुड़ने नहीं दिया। तभी ठीक कान के पास गर्जना हुई, "बोल, बेटे, बोल, क्या कर रहा था?"

यह तो हनु!...हरिया के पैरों तले से जमीन खिसक गई। हँसली और भी कसने लगी, और वह आँ-आँ-आँ करने लगा।

"बोल, बोल, क्या कर रहा था?" इस बार आवाज काफी मधुर थी।

"कुछ नहीं, चाचा, कुछ नहीं।"

"फूल तोड़ने नहीं आया था?"

"नहीं, चाचा, माँ किरिया, भगवान किरिया।"

"केवल देखने आया था?"

"हाँ, चाचा।"

"देख लिया?"

"हाँ, चाचा।"

"और दिखा दूँ?"

"आँ-आँ, नहीं चाचा।"

गरदन छोड़कर हनुमान सिंह ने हरिया के दोनों कान पकड़ लिये और उन्हें पीछे की ओर इस तरह मोड़ा कि हरिया का मुँह आसमान की तरफ हो गया। हरिया की आँखें मुँद गईं। हनुमान सिंह ने डाँटकर कहा, "आँखें खोलो और देखो, कोई फूल दिखाई पड़ रहा है?"

"नहीं, चाचा," घिघिआकर जवाब दिया हरिया ने।

कानों को जल्दी-जल्दी दूहते हुए हनुमान सिंह ने पूछा, "अब दिखाई पड़ा?"

हरिया की बुद्धि अचानक बहुत तीव्र हो उठी और उसने नकियाते हुए सुना दिया, "हाँ।"

फिर तो कर्ण-मूल पर लगातार हो रहे प्रहार ने उसकी तीसरी आँख भी खोल दी और उसने उत्तर की बँसवाड़ी में, सामने दूर बहियार में, दक्षिण की बाजारवाली सड़क पर और हनुमान सिंह के सारे अड़ोसी-पड़ोसी के दरवाजे और छतों पर फूल-ही-फूल देखे; बस एक हनुमान सिंह की फुलवाड़ी में कोई फूल दिखाई नहीं पड़ा..."हाँ, चाचा...हाँ, चाचा...नहीं-नहीं, कोई फूल नहीं है..."

हनुमान सिंह के एक दिन के गुस्से की उपज थी यह फुलवाड़ी।

उस दिन लक्खी चौधरी ने काफी अचरज से देखा कि हनुमान सिंह अपने दरवाजे पर काफी उदास मुद्रा में बैठे हुए हैं। उन्होंने दौड़कर मुन्ने की माँ को यह खबर दी। मुन्ने की माँ खुशी से लथ-पथ दरवाजे तक दौड़ती यह देखने चली आई कि उदास होने पर हनुमान सिंह देखने में कैसा लगता है। देर तक देखती रह गई वह हनुमान सिंह को, और देर तक इस अचरज में डूबी रही कि हनुमान सिंह उदास तो है, मगर किसी को गालियाँ नहीं दे रहा है।

मुन्ने की माँ के चेहरे पर जब मुस्कराहट के फैलने की और कसेई जगह नहीं बची, तो मुन्ने का बाप बोला, "हमें इस उदासी का कारण जानना चाहिए।"

"कैसे?" चौधराइन ने इस तरह पूछा जैसे कि यह कोई बहुत बड़ा काम हो और कारण का पता लगा लेने में अगर मुन्ने का बाप कामयाब हो जाए, तो उसे एक लायक पति होने का प्रमाण-पत्र दिया जा सकता है।

"थोड़ी देर बैठ जाता हूँ उसके पास," मुन्ने के बाप ने तरकीब बताई, "पता चल जाएगा।"

"बैठने के लिए कहेगा वह?" मुन्ने की माँ ने आशंका व्यक्त की।

"सुख में नहीं पूछेगा; दुख में तो पूछेगा ही," मुन्ने के बाप ने पते की बात बताई।

"उसके दुख से हमें क्या!"

"मैं तो मजा लूटने जाऊँगा," मटकी मारकर बोला लक्खी चौधरी।

"रंग में भंग न हो; अपना भला-बुरा सोचकर जाइए।"

"अपना बुरा होना होता, तो अब तक हो गया होता। अब कुछ भला ही होगा। हो सकता है, हनुमान सिंह के उदासी के मूल में देबू साह की ही कोई हरकत हो, और इस अभागे को इसका पता नहीं चल रहा हो। मैं देबू साह का नाम न भी लूँ, मगर कुछ संकेत तो इसे दे ही सकता हूँ।"

चौधराइन ने चौधरी को सहर्ष विदा कर दिया।

चौधरी की यात्रा शुभ रही कि उनके नमस्कार के जवाब में हनुमान सिंह ने उन्हें दुत्कार देने के लिए अपनी चोंच नहीं खोली, और उदासी का कारण पूछे जाने पर अपनी भौंहों से बगीचे की ओर इशारा कर दिया।

घर के आगे की थोड़ी-सी जमीन में हनुमान सिंह का बगीचा था जिसमें सब्जियाँ उगाई जाती थीं। इस बगीचे का हनुमान सिंह के लिए सबसे बड़ा फायदा यह था कि वे गाँव के किसी भी बकरीवाले को कभी भी बेशुमार गालियाँ पढ़ सकते थे, और गाँव का कोई भी गायवाला उनके साथ बहुत ऐंठकर बतिया नहीं सकता था। सब्जियाँ ऊपर से मुफ्त में मिल जाती थीं।

हनुमान सिंह के इशारे पर चौधरी ने बगीचे पर नजर डाली और उसे बुरी तरह रौंदा हुआ देखकर चौंक गए। गाय या बकरी नहीं थी उनके पास, मगर तब भी उन्हें अपनी इस भयंकर भूल का डर हुआ कि घेरे में घुसते ही उनकी नजर उजड़े हुए बगीचे पर क्यों नहीं पड़ी। अगर उदासी का कारण पूछे जाने पर हनुमान सिंह चीख पड़ता, "आँख में क्या ठूँसा हुआ है?" या "आँख क्या भुसकार में रखकर आए हैं?" तब इस स्वागत पर हनुमान सिंह को कोई दोषी नहीं कहता। हर कोई यही कहता कि चौधरी जले पर नमक छिड़कने गया था और जान-बूझकर पूछ रहा था, "क्या बात है, हनुमान बाबू, बहुत उदास देख रहा हूँ?"

लक्खी चौधरी ने तुरन्त भूल-सुधार कर लिया, "अरेरेरे, यह क्या देख रहा हूँ! यह दुष्टता किसने की? इतना बड़ा जुल्म!"

भूल सुधारकर उन्होंने हनुमान सिंह की ओर देखा जो अभी भी शून्य में आँखें स्थिर किये हुए थे। भारी दुख में कभी-कभी आदमी के कान ठीक से काम नहीं करते, यह सोचकर लक्खी चौधरी ने फिर आह भरी, "अरे बाप! यह जुल्म!"

इस बार हनुमान सिंह ने चौधरी के 'अरे बाप!' की इज्जत की और आसन बदलते हुए कहा, "गाय घुस गई थी। उसी का उत्पात है।" कहकर फिर वे शून्य में खो गए।

गाय उत्पात कर चली गई और हनुमान सिंह मुँह लटकाए बैठे हैं, यह जरा भी रास नहीं आया लक्खी चौधरी को। आज जब उनके घर में गाय या गोमाता का चित्र तक नहीं है, तो दुर्बुद्धि ने हनुमान सिंह को घेर लिया है...मगर, यह गाय का मालिक है कौन? किसका चन्द्रमा इतना बलवान हो उठा है कि हनुमान सिंह की चोंच अभी तक बन्द है?...शायद ध्यान लगाकर हनुमान सिंह चोर का पता लगाने की कोशिश कर रहे हैं...

एक टीस उठी कलेजे में, देबू साह ने तीन महीने पहले ही अपनी गाय बेच दी थी।

किसी की गाय तो होगी ही! यहाँ देबू साह से कम कौन है! यह खयाल मन में आते ही लक्खी चौधरी ने आँखें लाल कीं और हनुमान सिंह का ध्यान भंग कर देनेवाली आवाज में बोला, "ऐसे लोगों को तो खूँटे से बाँधकर पीटना चाहिए। गाय रखेंगे, मगर गाय को सँभालकर नहीं रखेंगे। जरा भी लाज-शर्म नहीं। सर्वनाश कर दिया बगीचे का।

पता नहीं, इतना ऐंठते हैं क्यों ये लोग! सर्वनाश..."

अभी देर तक बोलते लक्खी चौधरी, मगर बीच में ही हनुमान सिंह ने बत्ती गुल कर दी, "गाय तो अपनी ही थी।"

बिजली का झटका लगा चौधरी को। गायवाले के विरुद्ध क्या-क्या बका था उन्होंने, याद करने लगे चौधरी।

गायवाले को खूँटे से बाँधकर मारने की बात कही थी उन्होंने, यह याद आते ही पसीना आ गया। यह देखकर कि हनुमान सिंह उनकी ओर से बेखबर हैं, उन्होंने मौके का लाभ उठा लेना चाहा और वहाँ से खिसक जाने की कोशिश की। बस, एक डर था कि ज्यों ही वह आगे बढ़ें, पीछे से हनुमान सिंह लपककर उनकी गरदन न पकड़ ले।

उन्होंने हिम्मत जुटाई। धीमे कदमों से टहलते हुए वे बगीचे के चरे और उखड़े हुए पौधों को इस तरह निहारने लगे जैसे कि यह काम उन्हें काफी देर तक करना है। टहलते हुए वे घेरे के फाटक के पास पहुँचे, तिरछी नजर से एक बार पीछे की ओर देखा, और फिर फाटक पार कर गए। तभी हनुमान सिंह की एक जोरदार चीख सुनाई पड़ी। वे ठिठक गए, उलटकर देखा, जब आश्वस्त हो गए कि उन्हें रोका-टोका नहीं गया था, तो तेजी से अपने घर की ओर बढ़ गए।

हनुमान सिंह ने अपनी बड़ी बेटी लक्ष्मी को बुलाने के लिए चीख मारी थी। मगर लक्ष्मी के प्रकट होने के पहले ही उन्होंने अपने को उछाला, बगीचे में दाखिल हुए और सारे पेड़-पौधों को जड़ से उखाड़-उखाड़कर फेंकना शुरू कर दिया।

उस दिन से ही बगीचे में साग-सब्जी की जगह फूल उगाए जाने लगे। और, फूल के हर गाछ में, गाछ के हर फूल में हनुमान सिंह के प्राण बसने लगे। किसी डाली से एक फूल गुम हो जाए, तो कुहराम मच जाता...

"लक्ष्मी!" चीख पड़े हनुमान सिंह। फुलवाड़ी पर नजर पड़ी और एक काँटा चुभ गया उनकी आँख में।

बिगड़ैल बाप के पास तूफानी चाल से घर के किसी कोने से दौड़ आई लक्ष्मी, "क्या, बाबू?"

"फुलवाड़ी से एक फूल किसने तोड़ा?"

"मैंने नहीं, बाबू; सरस्वती गई थी उधर।"

"उधर गई थी, तो बुलाओ इधर; लगाऊँ चार लात। चोर-चोट्टों पर नजर तो क्या रखेगी, खुद भी तोड़ लेगी फूल।"

बिना बुलाए कहीं से आ उपस्थित हुई सरस्वती, "नहीं, बाबू, मैं उधर नहीं गई थी। मैं तो बहुत देर से पिछवाड़े में हूँ। उधर तो पार्वती गई थी।"

"गई कहाँ परवतिया? बुलाओ उसे। आज भाला भोंक दूँगा उसके पेट में।"

पार्वती, जो बाप के पीछे आ खड़ी हुई थी, सामने आ गई और रुआँसे स्वर में

बोली, "मैं तो गई थी कन्हैया चाचा के यहाँ से सूप लाने। वहाँ तो..."

"खबरदार!" गरज पड़े हनुमान सिंह, "किसी चाचा-चाची और नाना-नानी के घर से गुह-मूतवाला सूप-डगरा नहीं लाना है। हर वक्त दरवाजे पर रहो, हर वक्त फुलवाड़ी पर नजर रखो।"

"वहाँ तो दुर्गा खेल रही थी," पार्वती ने स्पष्ट कर दिया कि फुलवाड़ी पर दुर्गा की नजर थी।

"क्यों, गे दुर्गा!" सामने खड़ी दुर्गा से बाप ने आँखें लाल किये पूछा, "तुम फुलवाड़ी में खेल रही थी?"

दुर्गा रोने लगा; रोते-रोते कहा, "मैं तो केवल..."

"चुप; रोना बन्द करो," अगिया बैताल हो गए हनुमान सिंह, रोना बन्द करो, नहीं तो उठाकर पटक दूँगा। बोलो, किसने फूल तोड़ा? आँख बन्द कर तो नहीं खेल रही थी।"

रोना बिलकुल बन्द कर दुर्गा ने कहा, "मैं तो केवल खेल रही थी वहाँ। फूल के गाछ को तो भगवतिया हिला रही थी।"

"गाछ हिला रही थी!" कहते हुए हनुमान सिंह ने भगवती की गरदन पकड़ ली, "तुम गाछ हिला रही थी? बोलो, कैसे फूल टूटा? कहाँ गया फूल?"

भगवती तुतलाती थी। तुतलाकर उसने बताया कि गाछ पर बैठे एक कीड़े को उड़ाने के लिए उसने गाछ को हिलाया था और कीड़ा उड़ाकर वह घर के भीतर चली आई थी। इसके पहले और बाद में क्या हुआ, इसकी उसे कोई जानकारी नहीं।

और तब हनुमान सिंह एकबारगी गालियाँ देते हुए पूरी जमात पर गरजने-बरसने लगे, "आखिर फूल गया कहाँ? क्या करती रहती हो तुम सब? कुत्ता आता है, चला जाता है, और तुम सब बैठी ढोल बजाती हो? अब एक भी फूल गायब हुआ, तो एक-एक को जमीन में गाड़ दूँगा।"

बाप की इस उद्‌घोषणा को सुनकर गोद की छठी बेटी काली उर्फ कलिया भी काँप गई।

इस हनुमान सिंह ने टीपू का मन लुभा लिया।

जिस दिन हरिया को हनुमान सिंह ने गलियाया, उस दिन से ही सियाराम चाचा के घर टीपू का आना-जाना कुछ अधिक हो गया। पहले कभी-कभार ही वह माँ के साथ वहाँ जाता था। एक छोर पर था इस चाचा का घर, और उस घर में कोई हमउम्र नहीं था जिसे वह अपना साथी बनाए। अब अचानक इस चाचा का घर आकर्षित करने लगा था उसे।

चाचा के घर आना-जाना बढ़ा, तो उस महल्ले के और घरों में भी घुसने लगा टीपू। पूरे महल्ले में एक ओर हनुमान सिंह था, और दूसरी ओर थीं कबीर की साखियाँ, रहीम के दोहे, गिरिधर की कुंडलियाँ, तुकाराम के अभंग, तुलसी की चौपाइयाँ, बुद्ध की

सूक्तियाँ और महावीर के उपदेश। हमउम्र बच्चे थे जरूर, मगर ऐसा एक भी नहीं जो टीपू का यार बन सके। यहाँ हरिया-घुटरा तो क्या, कोई उनकी दुम तक नजर नहीं आया।

उसके किसी एक सवाल का भी किसी बच्चे ने सही उत्तर नहीं दिया था।

एक ने जवाब दिया उसे, "नहीं, बिलकुल नहीं। बोलो तो, क्या माँगोगे तुम वरदान?...नहीं जानते हो, तो सुनो...क्या माँगोगे तुम वरदान? सहनशील हम हों भगवान।"

"नहीं, टीपू" एक-दूसरे ने टीपू से कहा, "गुस्साता है हनुमान सिंह तो गुस्साए, हमारी बला से। गुस्सा एक आग है जिसमें जल रहा है वह, भोग रहा है कष्ट। जानते हो, कौन सुखी जीवन जीता है?" और फिर उसने गाकर सुनाया, "कौन सुखी जीवन जीता है? वह नर जो गुस्सा पीता है।"

एक ने साफ-साफ सुना दिया टीपू को, "नहीं ऐसा नहीं हो सकता; हम ऐसा नहीं कर सकते...हम चाहे जीवन-भर रो लें, मुँह से कभी कुबोल न बोलें...मुँह से कभी कुबोल न बोलें, मुँह से कभी कुबोल न बोलें..."

एक ने पैनी निगाहों से टीपू को घूरा और कुछ देर तक घूरते रहने के बाद बोला, "तुम हिंसक हो क्या? अहिंसा पर विश्वास नहीं करते?...अगर कोई तुम्हारे एक गाल पर थप्पड़ मारे, तो क्या करोगे तुम?...हे राम, इसका भी जवाब नहीं जानते?...एक गसाल पर अगर किसी ने मारा थप्पड़, तुरन्त दूसरा गाल बढ़ा दो आगे बढ़कर...इतना भी तुम्हें नहीं मालूम?"

और, एक ने तो घृणा से मुँह फेर लिया, "छिः छिः छिः, कैसी बातें कर रहे हो! पाप से घृणा करोगे या पापी से? क्या तुम्हारे पिताजी तुम्हें कुछ नहीं सिखाते? मेरे पिताजी ने मुझे सिखाया है—

घृणा पाप से करो, न पापी का मन कभी दुखाओ।
बुरा न सोचो बैरी का, उसको भी सुख पहुँचाओ।'

टीपू ने माँ से कहा, "माँ, मैं आज तुम्हें कुछ भजन सुनाऊँ?"

माँ कपड़े धो रही थी; जवाब दिया, "नहीं, यह जगह और यह समय भजन सुनने- सुनाने का नहीं है। सुबह में सवेरे उठो, पाखाना जाओ, दतवन करो, स्नान करो, और तब भजन गाओ।"

"वह सब तो सियाराम चाचा के महल्ले के बच्चे करते हैं, माँ; मुझे यह सब करने की जरूरत नहीं है।"

"उन्हें जरूरत है और तुम्हें जरूरत नहीं," माँ चौंकी, "क्यों?"

"क्योंकि उनके पड़ोस में हनुमान सिंह बसते हैं।" कहकर जोर-जोर से हँसने लगा टीपू।

"जरा सुनाओ तो भजन।"

टीपू ने उस महल्ले में बच्चों से जितने भजन सीखे थे सब तड़ातड़ माँ को सुना

दिये। भजन सुनने के लिए माँ थम गई थी। भजन समाप्त होते ही वह जोर-जोर से कपड़े पटकने लगी और टीपू पर आए गुस्से को कपड़ों पर जाहिर कर देने के बाद बोली, "भजन बुरे तो नहीं हैं?"

"मुझे पसन्द नहीं, माँ; मैं तो उस महल्ले में हनुमान चालीसा का पाठ करूँगा।"

माँ ने बेटे को जलती निगाहों से घूरा और बोली, "बहुत शेर बनने की कोशिश मत करो।"

दिव्या को यह खबर थी कि हनुमान सिंह के महल्ले में हनुमान चालीसा का पाठ तक वर्जित था। सियाराम गुप्ता की पत्नी, जिसे दिव्या दीदी जी कहा करती थी, ने बताया था कि अगर हनुमान सिंह को किसी मुँह या किसी घर से 'हनुमान' सुनाई पड़ जाए, तो वह मान बैठेगा कि अवश्य उसके बारे में कोई कुचर्चा हो रही है। लोग महल्ले में हनुमान-पताका न बोलकर महावीर-पताका भी दबी जबान से बोलते हैं, और पवन-सुत या पवन-कुमार बोलते हुए भी डरते हैं कि हनुमान सिंह यह न समझ ले कि उसकी कुचर्चा के लिए अब लोगों ने भेदिया-भाषा का इस्तेमाल शुरू कर दिया है। सारा टोला-महल्ला उसका दुश्मन है और सबके सब अपना काम-धाम छोड़कर उसके विरुद्ध गुप्त मंत्रणा किया करते हैं, ऐसा सोचता है वह और कनसुइयाँ लेता रहता है कि कनफुसकियों में भी कोई 'हनुमान' बोल तो नहीं रहा है।

दिव्या की इस दीदी जी ने हँसते हुए बताया था कि बेटे का नाम हनुमान रखकर उनके माता-पिता ने हनुमान गुसाईं का इतना नुकसान किया है कि इस हनुमान सिंह की हरकतों के कारण रामभक्त हनुमान अब बहुत से लोगों के चित्त से उतर गए हैं। महल्ले के लोग घर से भूत-प्रेत भगाने के लिए अब हनुमान चालीसा का पाठ नहीं करते, दुर्गा चालीसा या गायत्री चालीसा पढ़ा करते हैं।

जहाँ पड़ोसियों की छींकते नाक कटती है वहाँ बेटा हनुमान चालीसा का पाठ करेगा, यह सुनते ही माँ ने आँखों से गुस्सा बरसाया, और रोबदार आवाज में बोली, "मैंने तुम्हें कई बार उस महल्ले में जाने से मना किया है; तब तुम उधर क्यों जाते हो?"

"तो क्या सियाराम चाचा के घर भी नहीं जाऊँ?" टीपू ने भी अपना रोष प्रकट किया।

"जैसे पहले कभी-कभार जाते थे वैसे जाओ," माँ ने गुस्से को थूककर कहा, "जहाँ तक हो सके कम जाओ। मैं भी कभी-कभी जाती हूँ; बस, मेरे साथ जाओ। वहाँ बिना गए भी काम चल सकता है तुम्हारा, इसलिए बिलकुल मत जाओ।"

"ठीक है, नहीं जाऊँगा," कहते हुए टीपू उठ गया।

माँ ने उसे रोककर फिर एक बार बहुत ही मीठी आवाज में कहा, "मैं इसलिए कह रही हूँ, बेटे, कि हनुमान सिंह अच्छा आदमी नहीं है। उससे भरसक दूर रहो। तुम्हारा कोई दोष नहीं हो, तब भी किसी बात के लिए कभी भी वह तुम्हें दोषी ठहरा सकता है। दीदी जी के परिवार से भी उसकी पटती नहीं है। वहाँ तुम्हारा आना-जाना अधिक होगा, तो उसकी नजर तुम पर भी पड़ेगी और वह तुम्हें भी बुरी नजर से देखेगा। और,

अब तक उसके कान में जरूर यह बात चली गई होगी कि कुछ बच्चों ने ही मरे कुत्ते को उसके घर के आगे फेंक दिया था। वह तुम्हें भी इन बच्चों में से एक मान सकता है। अगर यह शक हो गया उसे, तो सोचो कि उसका क्या सलूक तुम्हारे साथ होगा, हमारे साथ होगा।"

"नहीं जाऊँगा, नहीं जाऊँगा," कहकर टीपू वहाँ से हट गया।

पति से यह जानकारी मिलते ही कि नहीं जाने की बजाय टीपू अब काफी अधिक जाने लगा है उस महल्ले की ओर और उसकी नजर हनुमान सिंह की फुलवाड़ी पर पड़ गई है, दिव्या अत्यधिक घबरा गई कि अब कभी भी टीपू पर हनुमान सिंह की नजर पड़ सकती है। उसने बेटे को पास बैठाकर बड़ी मीठी आवाज में समझाना शुरू किया, "तुम्हें फूलों से बहुत प्यार है, यह बहुत ही अच्छी बात है। मैं तुम्हारे लिए फूलों का इन्तजाम कर देती हूँ। अपना इतना बड़ा पिछवाड़ा खाली पड़ा है; उसे फुलवाड़ी बना दूँगी। ढेर सारे और तरह-तरह के फूल उगाएँगे हम। तुम्हारे लिए फूलों की कमी नहीं रहेगी। तुम्हारी फुलवाड़ी हनुमान सिंह की फुलवाड़ी से अधिक सुन्दर होगी। उसकी फुलवाड़ी तो फीकी पड़ जाएगी। तुम कभी उसकी फुलवाड़ी की ओर नजर भी मत डालना। बोलो, बेटे, मैं ठीक कह रही हूँ न?"

"हाँ, माँ, तुम ठीक कह रही हो। मैं तो हनुमान सिंह की फुलवाड़ी पर थूकने भी नहीं जाऊँगा।" टीपू ने अपना हर्ष प्रकट किया।

और, सचमुच, दूसरे ही दिन से फुलवाड़ी की योजना पर जोर-शोर से काम शुरू हुआ। मुँह अँधेरे पति-पत्नी पिछवाड़े में दाखिल होकर वहाँ की जमीन की जरूरी नाप-तौल करने लगे थे। फुलवाड़ी की पूरी योजना फटाफट तैयार कर ली गई। वहाँ की सफाई के लिए मजदूर रख लिया गया। दूसरे दिन मजदूर के साथ वे दोनों भी काम करते रहे। टीपू भी काफी उत्साह से खटता रहा। उसकी हर राय उसके माँ-बाप को बेहद पसन्द आ रही थी।

फूलों के लिए क्यारियाँ बनीं और फूल के पौधे जहाँ-तहाँ से लाए और लगाए जाने लगे। गुलाब, बेला और चमेली के कुछ गाछ ऐसे भी आए जिनमें खिले फूल मौजूद थे। राजू से इस काम में भरपूर मदद मिली। चरित्तर को बुलाकर यह आदेश दे दिया गया कि अब खेत-पतार की देख-भाल के अतिरिक्त उसे टीपू की फुलवाड़ी का भी खयाल रखना है। उससे जोर देकर कहा गया कि अगर इलाके में कहीं किसी नये फूल पर उसकी नजर पड़ती है, तो उसका गाछ या गाछ की रोपी जाने लायक टहनी कुछ पैसे देकर भी ले आनी है। खुद शशांक ने निकट भविष्य में ही कहीं बाहर से कुछ विदेशी फूलों के गाछ ले आने का अपना मनसूबा बेटे पर जाहिर कर दिया। बहुत शीघ्र ही एक सम्पन्न और सुशोभित फुलवाड़ी के निर्माण की पक्की योजना तैयार हो गई।

बहुत शीघ्र ही उस फुलवाड़ी में फूल उगने भी लगे, मगर...

मगर इन फूलों में वह सुवास, वह सौन्दर्य, वह रस, वह आनन्द कहाँ जो हनुमान सिंह के उगाए फूलों में था! यहाँ फूल के गाछ में केवल फूल खिलते थे। वहाँ तो हर पत्ती पर हनुमान सिंह का गुर्राता हुआ चेहरा दिखता था। वहाँ फूलों की रंगत के बीच किसी की आग उगलती लाल-लाल आँखें दिखाई पड़ती थीं। वहाँ तो वातावरण गुलजार रहता था, "कौन है रे?...कौन हरामखोर खड़ा है वहाँ?...क्या कर रहा है वहाँ, कौआ का बच्चा?...इधर क्यों झाँक रहा है, ऐ कुकुर की औलाद?..." यहाँ तो कोई कान उमेठनेवाला भी नहीं; न किसी के अरे-अबे का डर। कहाँ कोई आकर्षण था अपनी फुलवाड़ी के फूलों में! अब क्या करे टीपू!

कोई ऊबता रहे किसी बात से, तब क्या करे वह? लगातार बेचैनी से ऊबकर शशांक ने मन में सोच लिया कि अब वह बेचैन नहीं होगा। हालाँकि यह बेचैनी ही थी जो आज उसे फिर सियाराम भैया के पास खींच ले गई थी, वहाँ उसे पता लगाना था कि टीपू अपनी करतूतों से बाज आया है या नहीं, मगर वहाँ से लौटने के बाद उसने और भी पोख्ता निर्णय ले लिया कि अब वह बिलकुल बेचैन नहीं होगा। एक टीपू पर ही तो सारा दोष मढ़ा नहीं जा सकता; बहुत-से बच्चे पीछे पड़े हुए हैं हनुमान सिंह के। और इतना तो बिलकुल सच है कि इन बच्चों को उसके फूलों से कुछ लेना-देना नहीं है; उन्हें चिढ़ तो हनुमान सिंह के स्वभाव और व्यवहार से है।

कैसा आदमी है यह हनुमान सिंह जो बच्चों से भी रार ठानता है, रास्ते-भर यही सोचता आया शशांक। अगर बच्चों ने कभी दो-चार फूल तोड़ ही लिये, तो क्या बिगड़ जाता है इस आदमी का! फूल झड़कर गिरते ही होंगे, रोज नये फूल उगते ही होंगे; तब भी उसने कसम खा ली है कि किसी को फूल छूने नहीं देगा, एक भी फूल लेने नहीं देगा।

अनायास गुस्से में सोच बैठा शशांक कि अगर हनुमान सिंह के कोई एक बेटा होता और वह शशांक की फुलवाड़ी से फूल चुराने आता, तो वह भी उस बालक के कान पकड़कर उसके बाप के पास ले जाता और खूब गुस्से में कहता, "सँभालिए अपने बेटे को। मेरी फुलवाड़ी उजाड़कर रख दी है इसने। तंग आ गया हूँ इसकी शरारतों से..."

नहीं, ऐसा सोचते काँटा चुभ गया शशांक को, ऐसा वह नहीं करेगा। वह तो उस बालक को बुलाकर एक गुलाब थमाएगा और उससे बहुत प्यार से कहेगा, "अपने पिताजी से कहना कि शशांक चाचा ने यह गुलाब दिया है और हर रोज एक गुलाब ले आने के लिए बुलाया है..." यह अच्छा रहेगा, यही अच्छा होगा, शशांक ने अपने मन में सोचा।

मगर, अभी...अभी यह सब सोचकर क्या होगा!...

अभी तो हनुमान सिंह जान खाए हुए है...अभी क्या किया जाए! टीपू मानता नहीं है...इसे तो किसी पुराने जनम का बैर ही मानना चाहिए, नहीं तो क्या पड़ी है टीपू

को उस महल्ले में छलाँग मारने की!...ऐसा तो नहीं होगा कि पूरे झुंड में एक टीपू ही नजर आएगा हनुमान सिंह को!...क्या करे वह, कैसे रोके टीपू को? ठीक है, अभी भी रोकने की कोशिश करेगा वह...मगर...मगर अब बेचैन नहीं होगा वह, सोचते हुए शशांक घर आ गया।

और जब दिव्या ने, यह मालूम होते ही कि पति महाशय दीदी जी के घर से आए हैं, पूछा कि क्या खबर है, तो शशांक ने जवाब दिया, "खबर बाद में बताऊँगा; पहले यह बता दूँ कि सियाराम भैया घर में नहीं थे और भाभी ने वहाँ मुझे एक नाटक दिखाया।"

"नाटक! कैसा नाटक?"

"बच्चों का नाटक," कहकर चुप हो गया शशांक, तो दिव्या ने झल्लाकर बोला, "बोलिए भी तो, क्या नाटक देखकर आए हैं?"

"हाँ, तुम भी सुन लो, क्या नाटक देखकर आया हूँ," शशांक ने मुस्कराते हुए कहा, "मैं भाभी से हनुमान सिंह की बाबत ही बातें कर रहा था। बातें हो रही थीं कि अचानक सामने सड़क पर जा रहे दो बच्चों को देखकर भाभी मुस्करा उठी और श्यामा को उन दोनों बच्चों को बुला लाने के लिए भेजकर मुझसे बोलीं, "कल हमलोगों ने एक नाटक देखा था; आज आपको दिखाती हूँ।"

जब दोनों बच्चे श्यामा के पीछे-पीछे अन्दर आए, तो भाभी ने उनसे कहा, "देखो, बेटे, ये टीपू के पिताजी हैं और कलवाला नाटक देखना चाहते हैं।"

"पहले तो दोनों बच्चे बिलकुल शरमा गए और देर तक ना-नुकर करते रहे, मगर भाभी के बहुत कहने-सुनने पर राजी हो गए। उनमें से एक बना हनुमान सिंह और दूसरा उसके फुलवाड़ी के एक फूल का आकांक्षी। और फिर नाटक शुरू हो गया..."

"बाबू हनुमान सिंह का यही घर है?"

"और किसी से पूछा नहीं या किसी ने बताया नहीं?...हाँ, यही घर है। बोलो, क्या बात है?"

"मुझे बाबू साहब से काम है।"

"काम बताओ अपना। मुझे फुलाओ मत। बाबू-भैया कहलाने के लिए इस गाँव में बहुत चोर-चोट्टे हैं।"

"एक जरूरी बात है, मालिक।"

"गुलाब नहीं दूँगा; अब बताओ अपनी जरूरी बात।"

"दस कोस पूरब से धावा मारकर आया हूँ, मालिक।"

"मेरे गुलाबों के दुश्मन बीस कोस पूरब और बीस कोस पश्चिम तक बसते हैं।"

"सरकार!"

"जान मत खाओ; वापस जाओ।"

"बिटिया बीमार है, सरकार।"

"वैद्य के पास जाओ।"

"वैद्यराज ने बताया है आपकी फुलवाड़ी का एक गुलाब लाने के लिए।"

"ठीक से देखा था, आदमी ही था तुम्हारा वैद्यराज?"

"हाँ, सरकार, वे नामी वैद्य हैं।"

"नामी हैं, तो कोई भी एक गुलाब ले जाओ। शैतान वैद्य को शैतान की फुलवाड़ी का गुलाब चाहिए। इस गाँव में बहुत से दुष्टों ने देखादेखी गुलाब उगाना शुरू किया है; उनके पास जाओ।"

दिव्या चिहुँकी, तो शशांक ने अभी खामोश रहने का इशारा किया।

"वैद्य जी भले आदमी हैं, हुजुर; आपका गुण-गाण कर रहे थे।"

"मैं नहीं मानूँगा।"

"मुसीबत में हूँ, मालिक।"

"तो उस वैद्य को डंडे लगाओ। मैं उसके लिए गुलाब नहीं उगाता हूँ, उसके लिए इतनी जमीन नहीं फँसा रखी है।"

"बिटिया बहुत बीमार है, सरकार।"

"मेरे गुलाब से तुम्हारी बिटिया अच्छी हो जाएगी, मगर वैद्य तो नहीं मरेगा। फिर हर बीमार के लिए गुलाब बाँटता रहूँगा मैं! यह चरक मुनि की फुलवाड़ी है क्या! उजाड़ दूँ अपनी फुलवाड़ी को? बाबा जी की दाढ़ी, तावीज के लिए उखाड़ी!"

"बहुत गुण गाऊँगा, मालिक।"

"नहीं मानोगे?"

"सरकार!"

"लक्ष्मी! लाठी ले आओ तो।"

"हुजूर!"

"सरस्वती! भाला लेकर आओ।"

"भाला!" भूल गई दिव्या कि कोई नाटक हो रहा था और चमककर बोली, "फिर?"

"तुम सही समय पर चीखी," शशांक ने हँसकर कहा, "बच्चों ने यहीं नाटक समाप्त कर दिया और भाग गए।

कुछ थमकर दिव्या ने पूछा, "टीपू की क्या खबर लेकर आए हैं?"

"भाभी जी ने उन बच्चों को मेरा परिचय टीपू के पिताजी के रूप में दिया था; तब यह तो मान ही लो कि उस महल्ले की उथल-पुथल में तुम्हारा बेटा भी हाथ बँटा रहा होगा। और, भाभी ने यह भी सुना कि हनुमान सिंह उन बच्चों की तलाश में है जो उसकी फुलवाड़ी को नेस्त-नाबूद करना चाह रहे हैं।"

"जब हनुमान सिंह कहता है कि देखादेखी और भी लोगों ने गुलाब उगाना शुरू किया है तब उसे हमारे फुलवाड़ी की खबर अवश्य होगी। और, तब वह जरूर टीपू को पहचानता होगा।"

"ओह," खीझकर शशांक बोला, "यह सब तो नाटक में बच्चे अपनी ओर से बोल रहे थे। अब तो तुम उस वैद्यराज का भी पता पूछोगी ताकि उससे ही अपनी पेट का इलाज कराओ।"

दिव्या ने पति की दिल्लगी पर बिलकुल ध्यान नहीं दिया, "अगर वह बच्चों की तलाश में है, तो आज ने कल टीपू उसकी नजर में पड़ ही जाएगा। मैं गालियाँ सुनना नहीं चाहती, झगड़ा-रगड़ा नहीं चाहती।"

"एक टीपू ही तो नहीं है; और भी बच्चे हैं," शशांक ने धीरे से कहा।

"और किसी बच्चे का ठेका नहीं लिया है हमने, मगर टीपू को तो हम राह से कुराह नहीं जाने देंगे। दूसरे बच्चों के साथ यहाँ टीपू खराब हो रहा है। मैं राजगंज में नहीं रखूँगी अब अपने बेटे को।"

"तो फिर क्या करोगी?"

"राधेश्याम जी ने कहा था न किसी छात्रावास में डाल देने के लिए; वही कीजिए।"

शशांक चुप हो गया। वह कुछ देर सोच में डूबा रहा और फिर अन्यमनस्क भाव से बोला, "ठीक है।"

फिर सोच में डूब गया शशांक। क्या वह अपने हर प्रयास में असफल हो गया?—देर तक यह प्रश्न घुमड़ता रहा उसके मस्तिष्क में। अचानक वह बुदबुदा उठो, "यह हनुमान ही चंडाल है।"

"नहीं," दिव्या ने तत्काल जवाब दे दिया, "मैं नहीं मानती। उसकी अपनी फुलवाड़ी है; वह क्यों नहीं उसकी रक्षा करेगा?...और फिर, महल्लेवालों को उससे लाख बैर हो, टीपू को क्या लेना-देना है उससे।"

"ठीक है, मैं कल से टीपू का उधर जाना बिलकुल रोक देता हूँ।"

"उससे भी काम नहीं चलेगा," दिव्या ने कहा, "टीपू अब हाथ से बाहर हो गया है। और भी न जाने वह कहाँ-कहाँ क्या-क्या करता है! जिद करता है; झूठ बोलता है; हमारा कहना नहीं मानता। यहाँ के बुरे लड़कों की संगत का यह फल है। मैं अब उसके किसी दोस्त को दरवाजे पर चढ़ने नहीं दूँगी। मेरी बात मानिए और उसे कुछ दिनों के लिए अवश्य दूर कर दीजिए।"

"तुम बिलकुल सही बोल रही हो, मगर यह भी हो सकता है कि कल से मैं बिलकुल जोंक की तरह उसके साथ लग जाऊँ और अपना पूरा समय इसके पीछे ही लगाऊँ। मैंने सोच लिया है कि इस बच्चे को सँभालने के सिवाय मुझे और कोई काम नहीं है।"

"आपसे नहीं होगा," दिव्या की आवाज तेज हो गई, "सौ बार कहती हूँ, आपसे नहीं होगा। आपको न फिक्र है, न फुरसत। आपसे कुछ नहीं होगा।"

"तो किससे होगा?" गरम हो उठा शशांक, "छात्रावास में क्या देवता रहते हैं कि उसके साथ रहकर तुम्हारा बेटा पारस हो जाएगा? बाप एक बेटे को नहीं सँभाल सकता, ऐसा मैं नहीं मानता। अब तक मैंने सुस्ती से काम लिया है," कहते हुए मुस्कराया

शशांक, “अब मैं चुस्ती से काम लूँगा। तुम देखो भी तो, अब मैं कैसे उसे सँभालता हूँ। मैं उसके सारे दोस्तों को भी सँभाल लूँगा।”

“कुछ दिनों के लिए भी आप उसे बाहर नहीं रख सकते? कुछ दिनों के लिए भी नहीं?” चीख-चीखकर बोली दिव्या। उसके चेहरे पर एक साथ क्रोध, याचना, चिड़चिड़ाहट और यंत्रणा के भाव उभर आए।

शशांक ने अब और कुछ नहीं कहा और टुकुर-टुकुर पत्नी के चेहरे को निहारता रहा, जैसे कि पता लगा रहा हो कि ये लक्षण पेट की किसी बीमारी के तो नहीं हैं। उससे और एक बार यह भी नहीं कहा गया, “दिव्या, इस निर्णय पर एक बार और सोचो। मुझे मौका और...” नहीं कहा गया शशांक से।

भाग 3

दिव्या ने और एक बार सोचा या नहीं, पति को एक और मौका देने पर मन में राजी हुई या नहीं, यह जानने की कोशिश शशांक ने नहीं की। उसने तय कर लिया कि वह टीपू को अपने साथ रखेगा, उसे उज्ज्वल भविष्य की ओर ले जाने में अपनी ओर से कोई भी चूक नहीं होने देगा, और हर तरह के त्याग-तपस्या के लिए बिलकुल तैयार रहेगा वह। एक बाप एक बेटे का निर्माण तो कर ही सकता है, यह दृढ़ विश्वास था उसका। टीपू को बाहर भेजना या किसी छात्रावास में रख देना कतई गवारा नहीं था उसे। यह उसकी पराजय होगी, ऐसा सोचने लगा था वह, और इस पराजय को कतई स्वीकार नहीं कर सकता था। हो सकता है, कोई मोह हो रहा हो उसके मन में, कोई कमजोरी रही हो उसके साथ कि टीपू से जुदा होने में असमर्थ हो रहा हो वह, मगर अपने मन को उसने इस तर्क से बहलाया कि अगर कोई शख्स छात्रावास में एक साथ ढेर सारे बच्चों को काबिल बना सकता है, तो फिर वह एक अदद बच्चे को क्यों लायक नहीं बना सकता! हर घड़ी का साथ हो, हर समय की निगरानी हो, तब कोई बच्चा कैसे बिगड़ सकता है! और, अगर तब भी कोई बच्चा बिगड़ता है, तो उस बच्चे का भविष्य आचार्य वृहस्पति के आश्रम में भी अन्धकारमय ही रहेगा।

टीपू कुछ जिद्दी हो गया है, कुछ झूठ बोलने लगा है, आज्ञा-भंग भी किया करता है, मगर इन सबके लिए एक टीपू को ही दोषी ठहराया नहीं जा सकता। बालक भी कोई काठ का पुतला नहीं है; वह भी लाचार हुआ करता है। और शशांक गिना सकता है उन कारणों को कि क्यों टीपू कभी जिद कर बैठता है, कभी झूठ बोल जाता है, और कभी-कभी आज्ञा-भंग करने से भी बाज नहीं आता। अब उसने सेच लिया है कि वह उन कारणों को दूर करने के पीछे पड़ जाएगा, अपना पूरा समय देगा इसके लिए, पूरी मेहनत करेगा...मगर टीपू को अपने से दूर नहीं जाने देगा वह, एक कुबेर को कंगाल नहीं बनाएगा।

दिव्या ने पहले भी कई बार पति से कहा था किसी अच्छे फकीर से एक तावीज ले आने के लिए जिसे पहनने से टीपू के दुर्गुण दूर हो जाएँ; किसी ज्योतिषी से टीपू का हाथ दिखाने के लिए ताकि उसे सपूत बनाने के लिए आवश्यक टोना-टोटका किया जा सके; टीपू की जन्म-पत्री बनारस या दरभंगा के किसी अच्छे पंडित से पढ़वाने और उनकी राय पर पूजा-पाठ करने के लिए जिससे टीपू दुराग्रहों के प्रभाव से मुक्त हो

जाए। मगर हर बार शशांक ने कभी तो पत्नी को झिड़क दिया था और कभी उसकी बात हँसी में उड़ा दी थी। खुद शशांक भी कई बार कभी तो टीपू की शरारतों से तंग आकर और कभी उसकी कुछ करतूतों से आतंकित होकर यह सोचने को मजबूर हो गया था कि अब उसे टीपू के लिए कुछ करना होगा। इस सिलसिले में उसने कई बार राधेश्याम से बातचीत भी की। राधेश्याम ने हर बार टीपू को किसी छात्रावास में डालकर निश्चिन्त हो जाने की राय दी थी, मगर इस राय पर वह कभी राजी नहीं हो पाया था। तब अन्त में राधेश्याम ने पूर्णिया के एक बच्चे और उसके पिता की चर्चा की थी।

वह बच्चा राधेश्याम की नजर में एक आदर्श बच्चा था और उसके पिताजी एक आदर्श पिता। उसने उस पिता की खूबियों की चर्चा की थी, और संक्षेप में बताया था कि किस तरह वह अपने पुत्र का लालन-पालन कर रहे हैं, किस तरह उन्होंने अपने बेटे को कपूत होने से बचाया है और किस तरह वे उस बेटे के भविष्य को बनाने में लगे हुए हैं। राधेश्याम ने यह राय दी थी कि अगर शशांक भी उस आदर्श पिता के पद-चिह्नों पर चले, तो उसकी सारी मुसीबतें दूर हो जाएँगी और बेटे का स्वर्णिम भविष्य उसकी पकड़ में आ जाएगा। शशांक ने यह राय सुनकर मुँह बिचका दिया था।

मुँह बिचका दिया था शशांक ने। शशांक कैसे मान ले कि वह एक आदर्श पिता नहीं है। अपने बच्चे के लिए वह किसी आदर्श बच्चे की तलाश करे, इसमें तो उसकी किरकिरी होती थी। ऐसा वह मानने को कदापि तैयार नहीं था कि वह अपने टीपू को एक आदर्श बच्चे के रूप में स्वयं ढाल नहीं सकता, उसे अपने मन के मुताबिक एक होनहार युवक नहीं बना सकता। अगर अभी तक कहीं कोई गड़बड़ी हुई भी है, तो उसे वह बहुत महत्त्व नहीं देता और इस मामूली गड़बड़ी को कभी भी दूर कर देने का अपने ऊपर भरोसा रखता है।

मुँह बिचका दिया था शशांक ने, क्योंकि अपने जीवन में उसने खुद किसी को अपने लिए आदर्श पुरुष नहीं माना था। महापुरुषों की जीवनियाँ उसने पढ़ी थीं, उनसे प्रेरणाएँ भी ग्रहण करता रहा था, मगर तब भी अपने अध्ययन और अनुभवों से उसने यही निष्कर्ष निकाला था कि महापुरुषों की सूक्तियों और उपदेशों के सहारे यह जीवन गुजारा नहीं जा सकता। वह अपनी दलील में अक्सर कहा करता था कि एक ही महापुरुष कभी तो संगत से गुण-दुर्गुण आने की बात करते हैं तो कभी चन्दन की चर्चा करते हैं जो लिपटे हुए भुजंग का विष ग्रहण नहीं करता। उसे बराबर लगा है कि ये सारे महापुरुष सुरक्षित किले से अपने उपदेश प्रसारित करते हैं और ये उपदेश उनको दिये जाते हैं जो हिंस्र पशुओं के जंगलों में भटकते हुए अपनी जान की रक्षा करना चाह रहे हैं। आज तक कभी उसकी यह इच्छा नहीं हुई कि वह किसी नेता के दर्शन करने जाए। छात्र-जीवन में भी जब कभी किसी के दर्शन करने के लिए छात्रों की भीड़ उमड़कर जाती थी, तो वह मन-ही-मन हँसता था कि सबके सब उस व्यक्ति के कान-नाक देखने जा रहे हैं या हाथ-पैर। कितनी ही बार जब उसका सामना धार्मिक

नेताओं या प्रचारकों से हुआ है, तो उसने उन्हें खड़ा जवाब दे दिया है, किसी दीक्षा-गुरु के पास जाने की मुझे कोई जरूरत नहीं है। मैं कोशिश करता हूँ कि किसी का बुरा नहीं करूँ, झूठ नहीं बोलूँ, सबसे प्रेम भाव रखूँ, दयावान बनूँ, अहिंसा में आस्था रखूँ। इतना ही कर लूँ, तो काफी है। और इसके लिए किसी गुरु के पास जाऊँ, किसी सम्प्रदाय में शरीक होऊँ, इसकी भला क्या जरूरत।

शायद शशांक के मन में उस समय यही भाव रहा हो जब, राधेश्याम के इस आग्रह पर कि वह एक बार उस आदर्श बच्चे और उसके पिता को देख आए, शशांक ने मुँह बिचका दिया था। मगर आज वह सचमुच कहीं से कमजोर हो गया था और उसके मन में यह बात आ रही थी कि एक बार उस आदर्श बच्चे और उसके पिता को देख आने में कोई हर्ज नहीं है। कोई चूक, कोई गलती उससे हो रही हो, यह शंका उपज गई थी उसके मन में।

राधेश्याम पूर्णिया से शनिवार की शाम तक आएगा, और अभी इसमें दो दिनों की देर थी। इन दो दिनों में शशांक अपना सन्तुलन खो बैठा था, और हर क्षण अपनी अस्थिरता और असन्तुलन को महसूस भी करता रहा था वह।

इन दो दिनों में...

टीपू बाहर से दौड़ते हुए घर के अन्दर घुसा था जैसा कि अक्सर वह किया करता था, और माँ से कुछ बतियाने के लिए उसे ढूँढ़ रहा था। माँ को ढूढ़ने के लिए वह पिछवाड़े की ओर दौड़े, इससे पहले ही शशांक ने अपने कमरे से तेजी से निकलकर आँगन में बेटे का कान पकड़ लिया जैसे कि आज इस काम के लिए वह पहले से ही तैयार बैठा हो। हक्का-बक्का हो गए बेटे ने जैसे ही 'यह क्या!' के भाव से पिता की ओर देखा कि शशांक गरज पड़ा, "मैंने तुम्हें सौ बार मना किया है, हजार बार समझाया है कि इस तरह दौड़ते हुए घर के अन्दर मत घुसा करो, मगर तुम मानते क्यों नहीं?" खूब जोर से कान मरोड़ते हुए बाप ने आगे कहा, "अब अगर आइन्दा इस तरह घर में दौड़ते-भागते देखूँगा, तो समझ लो, तुम्हारी खैर नहीं।"

बेटे को धमकी सुना देने के बाद बाप ने उसका कान छोड़ा और झटपट अपने कमरे में वापस आ गया। कमरे के अन्दर आ जाने पर भी बाप की निगाह आँगन में खड़े बेटे पर टिकी रही। जब शशांक ने कुछ देर तक बेटे को यों ही जमीन पर निगाह जमाए आँगन में खड़ा देखा, तो उसके मन में छटपटाहट हुई कि क्या सोच रहा है टीपू, कोई बड़ी बात तो नहीं सोच रहा है। मगर जब टीपू वहाँ से धीरे-धीरे टहलते हुए पिछवाड़े की ओर चला गया, तो उसकी छटपटाहट दूर हो गई, और उसे बेटे पर गुस्साना, बेटे का कान मरोड़ना और बेटे को धमकी दे देना बिलकुल जायज लगा। घर में चलने का यह बिलकुल गलत तरीका है कि बेवजह कोई दौड़कर चले, इस

बात पर उसका विश्वास और अधिक बढ़ गया। बाप किताब पढ़ रहा हो और बेटा दौड़-दौड़कर उस पढ़ाई में खलल पैदा करे, तो ऐसे बेटे को कसकर पीटा जा सकता है, ऐसा विचार आया उसके मन में। मगर अभी अपनी मामूली सजा से सन्तुष्ट होकर वह पुन: अपनी पढ़ाई में मशगूल हो गया।

दिव्या तुरन्त ही दाखिल हुई और झमकती हुई बोली, "क्यों जी, आपने बेकसूर बच्चे को क्यों पीट दिया?"

शशांक ने यह कहना भी जरूरी नहीं समझा कि उसने बेकसूर बच्चे की पिटाई नहीं की है, सिर्फ जरा-सा कान मरोड़ा है। वह तुरन्त गरम हो उठा और बोला, "चुपचाप चली जाओ यहाँ से। बच्चे को बिलकुल बिगाड़ दिया है तुमने।"

दिव्या तुरन्त नहीं गई, अपना विरोध प्रकट करने के लिए पति के आदेश के विरुद्ध उन्हें तीखी निगाहों से घूरते हुए वहाँ कुछ देर खड़ी रह गई; और वह चुपचाप भी नहीं गई, अपना घोर विरोध प्रकट करने के इरादे से वहाँ से बुदबुदाते हुए गई।

थोड़ी ही देर में अचानक शशांक को दिव्या की चीख सुनाई पड़ी। उसने नजर दौड़ाकर देखा कि आँगन में टीपू पिट्टा मुँह लिये खड़ा था और दिव्या थप्पड़ चलाने की मुद्रा में खड़ी बोल रही थी, "अब मुझे तंग करोगे, तो मैं भी लगाऊँगी थप्पड़। तू हो ही गया है पिट्टू। जो पूछना है, जाकर पूछो अपने बाप से।"

शशांक को लगा कि टीपू किसी बात के लिए जिद कर रहा है और दिव्या गुस्से में आ रही है। उसे अच्छा नहीं लगा कि टीपू एक जगह से पीटकर जाए और फिर दूसरी जगह भी मार खाए। वह कमरे से बाहर निकल आया और हँसते हुए दिव्या से पूछा, "क्या बात है?"

दिव्या ने कोई जवाब नहीं दिया और पति पर गुस्सा प्रकट करने के लिए बेटे पर थप्पड़ उठाया, "जाते हो या नहीं यहाँ से?"

दिव्या को छोड़कर शशांक ने बेटे से कहा, "टीपू, इधर आओ।"

"नहीं जाएगा टीपू," दिव्या बिफर उठी, "मार खाने जाएगा क्या?"

टीपू सचमुच जहाँ का तहाँ स्थिर रहा, नहीं गया पिता के पास।

शशांक जोर-जोर से हँसने लगा और फिर अपनी सफाई में बोला, "मैंने मारा तो नहीं था इसे; हल्के से कान पकड़ा था।"

माँ के बदले टीपू बोला, "कान मरोड़ा नहीं था क्या? दर्द नहीं हो रहा है?"

जिस हँसी से खाई पाटी जा सकती है वैसी ही हँसी के साथ बाप ने कहा, "अच्छा, अब तुम्हारे कान भी नहीं पकड़ूँगा कभी, मगर तुम चलने का शऊर तो सीखो।" और फिर अपने कमरे की ओर मुड़ते हुए उसने बेटे को आवाज दी, "टीपू, तुम जरा इधर आना।"

टीपू ने माँ की ओर देखा और उसे चुप पाकर बोला, "जाऊँ, माँ?"

जिस गुस्से को महज क्रीड़ा-कोप कहा जा सकता है कुछ उसी गुस्से में माँ ने

बेटे को जवाब दिया, "जाओ, मरो। बहुत दिनों से देख रही हूँ बाप-बेटे का नाटक।"

रात में ही बाप ने सोच लिया था कि सुबह में उठकर बेटे के साथ क्या सलूक करना है। अपनी योजना के अनुसार सुबह में निश्चित समय पर उठ गया वह, और यह देखकर बेतरह खुश हुआ कि बेटा अभी भी सोया हुआ है। बाप-बेटा मिलकर कोई दिनचर्या बनाते, तो शशांक अवश्य खुशी-खुशी टीपू को कुछ और समय तक सुबह की मीठी नींद की छूट देने पर राजी हो जाता, मगर रात में काफी सोच-विचारकर तैयार की गई योजना के अनुसार इस समय बाप को जग जाना था और बेटे को अभी तक सोया रहना था। और अब इस योजना में जग गए बाप का काम था सोए हुए बेटे को जगाना।

बेटे के सिर को झकझोरते हुए बाप चिल्लाया, "उठो, तोड़ो नींद।"

आँगन में मुँह धो रही दिव्या के कानों में आवाज गई, तो पति को इतना सवेरे जगते देख उसे लगा कि आज उगने के लिए जरूर सूरज पश्चिम दिशा में पहुँच चुका होगा। अभी वह खुश होना ही चाह रही थी कि चिन्तित हो उठी, कोई रहस्य तो नहीं है सूरज से पहले पति के उग जाने में!

जहाँ रोज प्रभाती सुनने को मिलती थी वहाँ आज कानों में रणसिंहा की आवाज पहुँची, तो घबराकर टीपू बिस्तर पर उठ बैठा। प्रभाती गानेवाले पिता को सामने रणोद्यत देखकर हैरत में आ गया वह और उसने अपने खुफिया निगाह पिता के चेहरे पर डाली। बेटा अपनी खुफिया निगाहों से बाप के मन की बात भाँप जाए और फिर अपने लिए बच निकलने की कोई राह ढूँढ़कर बाप की योजना को विफल कर दे, इससे पहले ही अपने गुस्से और गति को बरकरार रखते हुए बाप ने बेटे की गरदन में हाथ लगा दिया और बोला, "बैठो नहीं, उठो; उठने के लिए कह रहा हूँ।" 'उठो, उठो' बोलते हुए बाप ने बेटे को धकेल-धकेलकर ओसारे में ला खड़ा किया। ओसारे में बेटे की निगाह माँ की निगाह से टकराई, मगर जब तक बेटा माँ से पूछे, "माँ, पिताजी कुशल से तो हैं?" तब तक बाप ने बेटे को ओसारे पर ही एक अतिरिक्त धक्का देकर नीचे आँगन में उतार दिया और चिल्लाया, "जाओ, पाखाना जाओ।"

दिव्या का मन खीझ उठा होगा कि अब किस-किस के लिए तावीज मँगवाए वह और किस-किस की जन्म-पत्री बनारस और दरभंगा के पंडित से दिखलाए।

टीपू तीर की तरह माँ के पास पहुँचा, उसके हाथ का लोटा छीना, और तीर की तरह पिछवाड़े की ओर चला गया।

तीर ऐसा छूटा है कि पिछवाड़े के बाहर चला जाएगा, यह महसूस कर दिव्या भी पति की निगाहों से छिपते हुए पिछवाड़े की ओर निकल गई। पिछवाड़े में टीपू चापाकल से पानी भर रहा था, मगर दिव्या को ऐसा लगा कि बेटा कुश्ती लड़ रहा है चापाकल के साथ और उसके हाथ-गोड़ तोड़कर कोई पुराना बैर चुकाने का इरादा रखता है। माँ को देखते ही बेटा उससे मुखातिब हुआ और आँखें तरेरते हुए बोला, "मैं पाखाने

जा रहा हूँ। दोपहर तक पाखाने में रहूँगा। मुझे हाँक मत लगाना।"

माँ को हिदायत देकर टीपू अपनी मुहिम पर चला गया। बेटे की इनकलाब की खबर अतिशीघ्र बाप तक पहुँचा देने के विचार से माँ घर के अन्दर आ गई और पति से कहा, "बेटा पाखाने में दोपहर तक रहेगा; कहकर गया है कि इस बीच उसे कोई हाँक नहीं लगाए।"

"तो मुझे क्या सुनाने आई हो?" उबल गया शशांक, "मत हाँक लगाना शाम तक। चढ़ा दो बाहर से भी जंजीर।"

कहकर शशांक जल्दी-जल्दी हाथ की किताब पढ़ने लगा। मगर इस जल्दी में वह पूरे पन्ने पर इतना ही पढ़ पाया कि अभी दोपहर होने में बहुत देर है। उसने हाथ की किताब एक ओर फेंकी और उठकर दिव्या के पास चला आया। गला साफ कर उसने बीवी से कहा, "मैंने उसे डाँटकर पाखाने भेजा है; तुम उसे दुलार से बुला लाओ। सब काम मैं ही तो नहीं करूँगा।"

"मुझसे कुछ नहीं होगा," दिव्या ने खड़ा जवाब दे दिया और वहाँ से हट गई।

शशांक दाँत पीसकर रह गया और फिर धीरे-धीरे पिछवाड़े की ओर बढ़ गया। पाखाने से कुछ दूर रहकर ही उसने चापाकल से कहा, "दिव्या, जरा टीपू को कहना जल्दी करने के लिए। आज घूमने जाना है, इसीलिए सुबह-सुबह उठाया है उसे।"

और क्या कुछ बोले, यह तय नहीं कर पाया शशांक और वहाँ से लौटा; मगर तभी पाखाने के किवाड़ की जंजीर झनझनाई और टीपू बाहर निकलता दिखाई पड़ा। जब तक टीपू चापाकल पर हाथ-मुँह धोता, शशांक आँगन से एक दतवन लेकर बेटे के पास पहुँच गया; और ज्यों ही टीपू ने चापाकल का हत्था छोड़ा, बाप ने दतवन बेटे की ओर बढ़ा दिया। चेहरे पर क्षीण मुस्कराहट लिये बेटे ने पूछा, "किधर घूमने जाएँगे, पिताजी?"

"माँ, खेलने जा रहा हूँ," बेटे ने माँ से कहा। बाप बमक उठा, "खबरदार! कहीं नहीं जाना है खेलने के लिए।"

सुबह का गुस्सा बाप के पास अभी भी बरकरार था। सुबह में टहलकर आने के बाद बेटे ने बाप को एक बार भी टोका-बजाया नहीं था। विद्यालय जाने के बाद टीपू ने आज नहीं कहा, "जा रहा हूँ, पापा।" विद्यालय से लौटने के बाद वह अंट-शंट पूछने रोज दस बार अवश्य पिता के पास पहुँचता था; आज एक बार भी नहीं आया। खेलने के लिए जाने की इजाजत आज तक कभी उसने माँ से नहीं ली थी; आज माँ के पास गया था। बेटे की ओर से यह सब हो रहा था बाप को जलाने-चिढ़ाने के लिए। बदला ले लिया शशांक ने बेटे से और उसे सुना दिया, "खबरदार! कहीं नहीं जाना है खेलने के लिए।"

बेटा का मतलब बेटा होता है, कोई कीड़ा-मकोड़ा या कुत्ता-बिल्ली नहीं कि बाप

जब चाहे फटकार दे, जब चाहे दुत्कार दे। सुबह में घर से निकलते हुए जब बेटे ने दुबारा पूछा, "किधर घूमने जाएँगे, पिताजी?" तो पिता ने कोई जवाब तक नहीं दिया। जब थोड़ी दूर चलने के बाद बेटे ने तीसरी बार बाप से सवाल किया, तो बाप ने बड़े ही मीठे स्वर में झूठा जवाब दे दिया, "जा रहा हूँ, बेटे, कारी मड़ड़ के बगीचे में आम का गाछ देखने।" बाप से बोलने में गलती हुई है या उन्हें गलत खबर है कि भूत आम के गाछ पर रहता है, यह सोचकर बेटे ने बाप की गलती को सुधार देने के इरादे से पूछा, "आम का गाछ या बबूल का?" जरूरी नहीं था बाप का चिल्लाकर जवाब देना, "आम का।" भुतहा गाछ के बारे में बाप की जानकारी बिलकुल गलत है और बाप इस मिजाज में नहीं है कि बेटा उसे सही बात बता पाए, यह सोचकर बेटे ने स्वगत-कथन चालू किया, "भूत बबूल के गाछ पर है...उसी भूत के पास सुँघनी साह का लोटा अभी तक पड़ा हुआ है...आम के गाछ पर तो..." बाप को यह भी बरदाश्त नहीं हुआ और वह चीख पड़ा, "चुपचाप चलो।" बेटा उसके बाद बिलकुल चुप ही रहा, मगर बाप कारी मड़ड़ के बगीचे तक भी नहीं गया और बीच रास्ते से ही लौट आया।

कैसे नहीं उपजे गुस्सा बेटे के मन में बाप की ऐसी फटकार-दुत्कार पर! बेटा कोई कीड़ा-मकोड़ा, कोई कुत्ता-बिल्ली तो नहीं है!

'कहीं नहीं जाना है खेलने के लिए' सुनकर टीपू काफी गुस्से में आ गया। दिन-भर बेटे को टोकना भी जरूरी नहीं समझा पिताजी ने, और अभी शाम में मुँह खोला भी तो 'खबरदार!' के साथ टीपू ने पिता की ओर तिरछी निगाह से देखा; भौंहें तन गईं उसकी। पिता की मनाही के जवाब में वह माँ के सामने धम्म से जमीन पर बैठ गया और माँ को सुनाते हुए बड़बड़ाने लगा, "ठीक है, कहीं नहीं जाऊँगा। दिन-भर घर में मक्खी मारूँगा। नहीं जाना है खबरदार, तो नहीं जाऊँगा खबरदार..."

माँ ने उसकी बड़बड़ाहट का कोई असर नहीं लिया। अभी दो पाटों के बीच में पिसाने की उसे जरा भी इच्छा नहीं थी। मगर बेटा पिता के आदेश से उबलकर कोई उछल-कूछ करने न लग जाए, उस पर निगरानी रखने के इरादे से माँ आलू-परवल ले आई और टीपू के सामने बैठकर ही सब्जी काटने लगी।

टीपू अचानक चमककर उठा, देह की कमीज-गंजी खोलकर एक ओर फेंकी, बैठकी शुरू कर दी, और तड़ातड़ उठते-बैठते हुए गिनती करने लगा, "एक...दो...तीन..."

माँ डर गई और गुस्साकर पूछा, "यह क्या खेल है? यही खेल खेलने जा रहे थे बाहर?"

गिनती रोककर बेटे ने जवाब दिया, "घर में और कौन खेल खेलूँगा? बताओ, और कौन खेल खेलूँगा यहाँ?...चार...पाँच..."

माँ ने कुछ नहीं बताया; मुँह फेरकर फिर सब्जी बनाने में व्यस्त हो गई।

अपनी बैठकी का माँ पर कोई जोर नहीं चलते देख बेटे ने बैठकी बन्द कर दी और जमीन पर पेट के बल झुककर डंड पेलने लगा। इस बार गिनती करने की बजाय

बेटा काफी कसी हुई आवाज में माँ को सुनाने लगा, "ऊँह...ऊँह..."

दिव्या ने अपने पहलवान भाई को भी कभी ऐसी कसरत करते नहीं देखा था जिसमें 'ऊँह' और ऊँह पर जान निकलती हो। टीपू को कुछ कहने की बजाय वह उठकर सीधे पति के पास आ गई और उससे बोली, "यह कौन-सा खेल खेलने कह दिया है आपने बेटे को? उससे कहिए, बाहर जाकर खेले।"

"कौन-सा खेल खेल रहा है?" सोच की मुद्रा में शशांक ने पत्नी से सवाल किया।

"डंड पेल रहा है घर में," खीझ भरे स्वर में दिव्या ने जवाब दिया।

"कह दो, बाहर चला जाए," शशांक ने करवट लेते हुए कहा, "उस वक्त धूप थी, इसलिए मैंने बाहर जाने से मना किया था।"

दिव्या बेटे के पास आई और आदेश सुनाया, "जाओ बाहर।"

"कैसे जाऊँ बाहर," कसरत में व्यवधान बरदाश्त करते हुए बेटे ने कहा, "पिताजी ने बाहर जाने से रोक दिया है।"

"पिताजी ने रोक दिया है, मगर मैं तो कह रही हूँ जाने को, जाओ।"

"पिताजी कहेंगे, तब जाऊँगा।"

यह सुनकर खुश हो गया शशांक और कमरे से बाहर निकल आया। बेचारी दिव्या का दिल भी नहीं दुखे, इसलिए उसने बेटे को तेज आवाज में सुनाया, "माँ कह रही है है जाने को, तो जाते क्यों नहीं हो? जाओ।"

कहकर शशांक फिर कमरे में घुस गया। अब क्या करे वह, यह सोच ही रहा था टीपू कि माँ फिर गरज उठी, "जा क्यों नहीं रहे हो?"

"कैसे जाऊँ?" असमर्थता प्रकट की बेटे ने, "पिताजी ने तो गुस्सा कर कहा जाने के लिए।"

"तो अब क्या है वे शहद चाटकर आएँगे तुमसे कहने?" दिव्या बोली, और फिर मामला जल्दी खत्म करने के इरादे से कहा, "फिर से पूछ लो पिताजी से; अब वे ठंडा गए होंगे।"

माँ के इस सुझाव को मान लिया टीपू ने। उसने गंजी पहनी, कमीज पहनी, और फिर धीरे-धीरे पिता के कमरे की ओर बढ़ा। पिताजी के आगे मुँह लटकाकर बहुत धीमी आवाज में बोला टीपू, "जाऊँ, पिताजी?"

टीपू धीरे से कमरे में घुसा। शशांक को अफसोस हुआ कि टीपू कमरे में दौड़ता हुआ नहीं आया और मार-फटकार से बच गया। कमरे में कुछ ढूँढ़ने लगा था टीपू। शशांक चौकस हो गया कि जैसे ही करीने से रखी हुई चीजें उलट-पुलटकर बिखेरने के बाद टीपू कमरे से बाहर निकलना चाहेगा, वह उछलकर उसकी गरदन पकड़ लेगा और फिर बेटे को एक झन्नाटेदार थप्पड़ लगाएगा ताकि भविष्य में अपनी इस गन्दी आदत से बाज आए वह। निराशा ही हाथ लगी उसके। टीपू ने ताखा, दराज और आलमारी

की सारी चीजें उलटने-पुलटने के बाद ज्यों-की-त्यों करीने से रख दीं। अब शशांक इस बात से खुश हो गया कि बेटे को बाप के कड़े रुख का पता चल गया है और वह सँभलने-सुधरने की कोशिश कर रहा है। टीपू कमरे से बाहर निकला और शशांक ने खुशी से करवट बदली।

पिता के कमरे से बाहर आकर टीपू ने दूसरे-तीसरे कमरे में ढूँढ़-खोज शुरू की। उसे इस बात का गुस्सा आया कि पिता ने तो कम-से-कम कनखियों से उसकी ओर देखा भी था, मगर माँ तो जैसे आँख फोड़कर बैठी हुई है। जब देर तक माँ ने इस ओर बिलकुल ध्यान नहीं दिया कि बेटा किसी परेशानी में है और जी-जान से कोई जरूरी चीज ढूँढ़ रहा है, तो उसने बड़बड़ाना शुरू किया ताकि अन्धी माँ के कानों को कुछ सुनाई पड़े, "हे भगवान! कुछ नहीं मिलेगा; कुछ नहीं मिलेगा इस घर में...नहीं खोजो, तो सब कुछ मिलेगा; मगर खोजने पर...खोजने पर नहीं मिलेगा...मिल ही नहीं सकता...मिलेगा भी कैसे! छिपाकर रख देने पर तो कुछ मिलने से रहा!...अब कहाँ खोजूँ?...अब क्या छत पर चढ़कर खोजूँ!...कि पिछवाड़े में खोजूँ...कहीं खोजूँ, नहीं मिलेगा...जानता हूँ, नहीं मिलेगा..."

माँ से नहीं रहा गया, तो बोली, "क्या खोज रहे हो?"

अब तक तो टीपू काफी गुस्से में आ गया था। इस बात की तकलीफ उसे पहले ही हो गई थी कि पिता के कमरे में वह देर तक उलट-पुलट करता रहा, मगर पिता ने एक बार भी नहीं पूछा कि वह क्या ढूँढ़ रहा है। गुस्सा तब भड़क उठा जब माँ भी आँख फोड़कर बैठ गई और यह नहीं देखा कि बेटा किसी चीज की खोज-ढूँढ़ में लगा हुआ है। पूरे बदन में आग लग गई जब माँ ने बेटे के देर तक बड़बड़ाते रहने का भी कोई असर नहीं लिया। जब माँ के कानों को तकलीफ हुई और उसने बेटे से पूछा कि वह क्या खोज रहा है, तो बेटे ने भारी गुस्से में जवाब दिया, "कुछ नहीं खोज रहा हूँ। अब घर में कुछ खोजूँ भी नहीं क्या?"

माँ ने भी गुस्से का जवाब गुस्से से दिया और कुछ और नहीं बोलकर अपने काम में व्यस्त हो गई। मगर तुरन्त ही उसके कानों में तेज बड़बड़ गई और इस बार काफी खीझकर उसने बेटे से कहा, "बताओ भी तो, क्या खोज रहे हो? केवल बड़बड़ करने से तो नहीं होगा।"

कहकर माँ फिर चली गई, और इस बार इस तरह गई जैसे कि अब बहुत दिनों तक उसका इधर आना नहीं होगा।"

कब तक बड़बड़ाता टीपू! अब ढूँढ़ने के लिए भी कोई जगह बच नहीं रही थी। अब माँ ही उसकी सहायता कर सकती थी; मगर माँ कोई लाल बुझक्कड़ तो नहीं है कि बिना बताए उसके मन की बात बूझ जाएगी! वह माँ के पास दौड़कर गया और उसका रास्ता रोककर बोला, "बार-बार पूछ तो रही हो कि क्या ढूँढ़ रहा हूँ मैं, मगर बताने पर खोजकर दोगी तो नहीं। फिर बताकर ही क्या होगा! एक बार छिपाकर रख

दोगी कुछ, तो फिर निकालकर दोगी? बोलो।"

"क्या नहीं दूँगी निकालकर?" बेटे को परेशान देख माँ मुस्कराई।

"मलहम...घाव का मलहम," बेटे ने जोर देकर कहा।

"घाव का मलहम! क्या करोगे?" माँ के स्वर में चिन्ता प्रकट हो गई।

"है एक काम।"

"क्या काम है? किसे काम है?"

"मुझे ही काम है; तुम बताओ तो, कहाँ है।"

"क्या हुआ है तुम्हें?"

"नहीं देना है, तो मत दो...घाव हो गया है।"

"कहाँ हो गया है घाव? मुझे दिखाओ।"

"घाव दिखाऊँगा, तब तुम मलहम दोगी?...ठीक है, मत दो...मैं जानता था, तुम नहीं दोगी...नहीं दोगी?...ठीक है, बोल दो एक बार कि नहीं देना है।"

"ठीक-ठीक बताओगे, तब दूँगी।"

आँखें तरेरकर, भृकुटी तानकर, दाँत पीसकर और लम्बी-लम्बी साँसें खींच और छोड़कर बेटा कई क्षणों तक माँ को घूरता रहा, और फिर अचानक ही बहुत नम्र और नमित होकर बोला, "माँ, कमुआ को एक घाव हो गया है। बहुत बड़ा घाव हो गया है। उसी के लिए..."

माँ ने पूरी बात भी नहीं सुनी; हाथ से टीपू को एक ओर ठेलते हुए कहा, "नहीं है मलहम घर में," और रसोई में चली गई।

एक क्षण हतप्रभ-सा खड़ा रह गया टीपू, और फिर उसमें गुस्सा उबलने लगा, "सता लो; जितना सताना हो, सता लो। आज मैं कमाता नहीं हूँ, तभी तो यह हालत है मेरी। ठीक है, सता लो..."

माँ के किसी जवाब की बजाय रसोई से केवल बरतनों के खड़खड़ाने और खनखनाने की आवाज आई।

ओसारे में बैठ गया टीपू, और इस बार इस तरह बड़बड़ाने लगा कि माँ के साथ पिताजी भी सुनें।

जोर से बड़बड़ाकर पिता को सुनाने की बजाय अगर टीपू केवल फुसफुसाता, ताकि कोई नहीं सुन सके, तब भी शशांक अच्छी तरह सुन लेता कि बेटा क्या बक-बोल रहा है। जब से टीपू पिता के कमरे से बाहर आया था, शशांक ने अपने कान उसके पीछे ही रख छोड़े थे। मगर उसने मन में ठान लिया था कि वह केवल सुनेगा, बेटे के बकने-बोलने पर कोई जवाब नहीं देगा। मौका मिलते ही एक झन्नाटेदार थप्पड़ चलाने की बात अभी भी वह भूला नहीं था।

ओसारे पर बैठकर बड़बड़ा रहा था टीपू, "तब तो कमुआ मरेगा ही...हाँ, मर जाए; मुझे क्या!...आज नहीं मरेगा, तो कल सुबह तक जरूर मर जाएगा...मरना तो

उसे है ही। अब तो उसे कोई बचा नहीं सकता...कैसे नहीं मरेगा! जरूर मरेगा...उसकी सौतेली माँ तो चाहती ही है कि वह मर जाए। अब और लोग भी यही चाहते हैं। और लोग भी भगवान से मनाते होंगे कि कमुआ मर जाए......हे भगवान! उसे जरूर मार देना...मर जाएगा वह, तो बहुत लोगों के कलेजे ठंढे हो जाएँगे; जरूर हो जाएँगे ठंढे, यह तो मैं जानता हूँ..."

बरदाश्त नहीं हुआ माँ को, तो बोल उठी, "क्या अंट-शंट बक रहे हो? चुप नहीं रहा जाता?"

"तुम्हें तो कुछ नहीं कह रहा हूँ," बेटे ने माँ को झिड़क दिया, "मैं मना रहा हूँ कि कोई मर जाए; इससे तुम्हारा तो कुछ नहीं बिगड़ता है।"

"तुम्हारे मनाने से कोई नहीं मर जाएगा," माँ ने ऐंठकर जवाब दिया, और टीपू बड़बड़ाना बन्द करे इसलिए जोड़ दिया, "मामूली घाव हो जाने से ही कोई मर नहीं जाता।"

"तुम्हें क्या पता कि घाव कैसा है," इस बार टीपू ने माँ को झिड़कने की बजाय समझाना शुरू किया, "बहुत बड़ा घाव है, माँ। बेचारे का हाथ जल गया था। काफी तकलीफ है उसे। सच कहता हूँ, माँ, वह मर जाएगा।"

"तुम्हें फिक्र करने की जरूरत नहीं है। यह फिक्र उसके माँ-बाप को होगी," कहकर माँ जाने लगी कि बेटे ने बढ़कर फिर माँ का रास्ता रोक लिया, "कमुआ के पिताजी यहाँ नहीं हैं; वे दो-तीन दिनों के बाद आएँगे। कमुआ की माँ उसे दवा के लिए पैसे नहीं दे रही है; कहती है, 'ऐसे ही ठीक हो जाएगा।' मगर मैं जानता हूँ, माँ, बिना दवा के घाव ठीक नहीं होगा।"

"मलहम घर में नहीं है," रूखे स्वर में कहा माँ ने और आगे बढ़ गई। टीपू ने रास्ता छोड़ दिया।

"अब क्या करे वह! कुछ नहीं किया उसने। आँगन में खड़ी खाट बिछा ली, अन्दर से एक तकिया ले आया, और फिर खाट पर लेट गया। कुछ देर यों ही खाट पर लेटा रहा और फिर माँ को सुना-सुनाकर भगवान को स्मरण करने लगा, "हे भोलानाथ! मुझको भी एक घाव हो जाए...हे विष्णु भगवान! एक घाव मुझे भी दे दीजिए...हे ब्रह्मा जी! आपसे भी प्रार्थना करता हूँ। मेरी प्रार्थना पर ध्यान दीजिए और एक बड़ा-सा घाव मुझे भी दीजिए, कमुआ के घाव से भी बड़ा...सवा रुपये का प्रसाद चढ़ाऊँगा...अभी पैसे नहीं हैं; बाद में जब पैसे होंगे तब अवश्य चढ़ा दूँगा। प्रसाद...अभी पैसे होंगे भी, तो नहीं चढ़ा सकूँगा। पहले कमुआ के लिए मलहम खरीदूँगा कि पहले प्रसाद ही चढ़ा दूँगा!...बेईमानी नहीं करूँगा...एक घाव देकर देखिए तो...बम शंकर बम शंकर... हरे राम हरे राम...हरे कृष्ण हरे कृष्ण...जय विष्णु भगवान...एक घाव एक घाव..."

देवी-देवताओं के कानों में पड़ने से पहले बेटे की प्रार्थना बाप के कानों में पड़ी। शशांक कमरे से बाहर आया और जोरदार आवाज में बेटे को आदेश दिया, "टीपू,

शोर मत मचाओ। सोना हो तो कमरे के अन्दर जाकर सोओ।"

आदेश देकर पिता अपने कमरे में लौट गए। बेटे की प्रार्थना को पिता ने शोर का दरजा दिया, इससे बेटा काफी आहत हुआ। उसने तो चाहा भी नहीं था कि पिता को उसकी प्रार्थनाओं की खबर मिले। वह तो केवल माँ को सुनाना चाहता था अपनी प्रार्थना, और यह मजबूरी थी उसकी कि माँ के साथ देवताओं को भी यह प्रार्थना सुननी पड़ रही थी। पिता ने सुन ली, यह तो बुरा हुआ ही; मगर उससे भी बुरा हुआ कि पिता ने इसे शोर कह दिया और इस शोर को बिलकुल बन्द कर देने का आदेश भी सुना दिया।

टीपू काफी उदास और सुस्त हो गया। वह आँगन की खाट से उठा, खाट खड़ी कर दी, और अपने कमरे में आकर बिस्तर पर लेट गया। इस बार वह सचमुच सोने की तैयारी कर रहा था।

टीपू की प्रार्थना एक अकेला शशांक ही सुन पाया था। भोला, विष्णु और ब्रह्मा को छोड़कर एक उसे ही मथने लगी थी टीपू की प्रार्थना। अगर कमुआ मर गया तो?...एक मामूली घाव से तो नहीं मर जाएगा वह, शशांक ने सोचा, मगर बेटा जवान होने पर कभी सुना न दे बाप को, "पिताजी, एक बार मैंने अपने एक दोस्त के लिए मलहम माँगा था आपसे। बुरी तरह जल गया था मेरे दोस्त का हाथ। मलहम देना तो दूर, उलटे आपने मुझे डाँट दिया था। आप जो भी कहें, पापा, मगर...मगर आपमें दया-माया नहीं है..." और अगर मर गया कमुआ, तो...तो?...

शशांक अपने कमरे से निकलकर टीपू के पास आ गया। टीपू सो रहा था, या फिर जान-बूझकर आहट पाते ही उसने आँखें मूँद ली थीं। पिता ने उसे झकझोरकर जगा दिया, "उठो, यह सोने का वक्त नहीं है।" टीपू उठकर बैठा और शशांक अपने कमरे में वापस आ गया।

कमरे में पहुँचकर उसने आवाज लगाई, "टीपू! इधर आओ।"

टीपू पिता के पास आ गया था, मगर अभी भी उसके चेहरे पर उदासी पुती हुई थी, और वह बहुत ही सुस्त और गमगीन लग रहा था। पिता ने पूछा था, "“कैसा घाव है कमुआ का?"

"मामूली घाव है; हाथ जल गया था," बहुत ही अन्यमनस्क भाव से टीपू ने जवाब दिया।

"हाथ जल गया था!" शशांक इस तरह बोला जैसे कि जलने का घाव मामूली हो ही नहीं सकता, "कैसे?"

टीपू ने इस बार भी पिता के प्रश्न में कोई रुचि नहीं दिखाई, "मुझे ठीक से नहीं मालूम; शायद माँड़ पसा रहा था।"

"उसे तो तुरन्त दवा चाहिए?" पिता ने बेटे से पूछा, मगर टीपू ने पिता के इस प्रश्न को उसकी राय मान ली जैसे पिता ने उसकी प्रार्थना को एक शोर मान लिया था। पिता को कोई जवाब देने की बजाय उसने उनके चेहरे से अपनी आँखें हटा लीं

और नीचे जमीन की ओर देखने लगा।

"चल-फिर सकता है या नहीं वह?" पिता ने प्रश्न किया, तो टीपू को इस बार जवाब देना पड़ा, "हाँ, किसी तरह चलता है; हाथ में दर्द कुछ अधिक है।"

"यहाँ तक आ सकता है?" पिता ने पूछा, तो टीपू ने सीधे उनके चेहरे पर आँखें गड़ाईं, और फिर नजरें झुकाकर बोला, "हाँ, आ सकता है।"

"उसे आज बुलाओ तो यहाँ।" कहकर पिता चुप हो गए। टीपू ने भी कुछ कहा नहीं; थोड़ी देर रुका रहा पिता के सामने, और फिर धीरे-धीरे कमरे से बाहर निकल गया।

कमरे से बाहर निकलते ही टीपू माँ के पास दौड़ गया, "माँ, पिताजी ने कहा है कमुआ को यहाँ बुला लाने।" और फिर माँ से कुछ और कहे बगैर ही वह रसोई से बाहर आ गया। बाहर आकर एक क्षण वह कुछ सोचता रहा, और फिर धीरे-धीरे पिता के पास आकर बोला, "अभी बुला लाऊँ, पिताजी?"

टीपू अचानक एक ताजा गुलाब की तरह खिल उठा था।

गलत हो गया, एकदम गलत हो गया—शशांक सोचने लगा था अपने मन में : एक बच्चे की तरह घबरा गया वह और अपनी घबराहट भी प्रकट कर दी, 'हाथ जल गया!' तुरन्त कमुआ को बुला लाने के लिए कहकर तो उसने और भी बुरा किया। टीपू तो मन में यही सोचेगा कि वह बाप को उँगलियों पर नचाता है। यहाँ तो दिव्या ही उससे आगे निकल गई कि बेटा चीख-चीखकर भगवान को पुकारता रह गया और माँ ने बेटे की ओर एक नजर झाँका तक नहीं। कैसे उसने सोच लिया, शशांक ने खुद को ही डाँटा, कि दो-चार घंटे के अन्दर ही एक मामूली घाव से कमुआ-फमुआ मर जाएगा? मगर जो हो गया सो हो गया, शशांक ने अपने-आपको और अधिक डाँटना उचित नहीं समझा, क्योंकि अपने व्यवहार पर दुख और अफसोस तो उसे हो ही रहा था। हाँ, अब यह जरूरी था कि आइंदा वह काफी सावधान रहे और काफी निर्ममता से काम ले। इसके लिए उसे कोई लम्बी प्रतीक्षा नहीं करनी थी; शाम होने ही जा रही थी। इस शाम से ही उसकी निर्ममता प्रकट होने लगेगी...

आज वह बेटे को बुलाकर कहेगा नहीं, "बेटे, शाम हो गई; अब पढ़ने बैठ जाओ;" शशांक ने मन में निर्णय लिया, आज शाम होते ही वह टीपू को पकड़ेगा, कान पकड़कर थप्पड़ लगाएगा, और तब कहेगा, "बोलो, अभी भी पढ़ने का समय हुआ है या नहीं?"

आज भी पिता को कुछ कहना पड़े, इससे बढ़कर ग्लानि की बात तो टीपू के लिए और कुछ हो ही नहीं सकती थी। आज तो वह बहुत-बहुत खुश था, और पिता को भी खुश कर देने के इरादे से समय से बहुत पहले ही किताब खोलकर बैठ गया था। जोर-जोर से पढ़ते हुए वह यह भी सोचता रहा कि कब पिताजी उसे शाबाशी देने कमरे से बाहर निकलते हैं। उस बेचारे को क्या पता कि किस ताक में बैठे हुए

हैं उसके पिताजी! और अगर पता रहता, तब भी तो वह यही करता, समय से बहुत पहले बैठ जाता पढ़ने के लिए।

एक दाँव हाथ से निकल जाने का भारी दुख हुआ शशांक को। दूसरा दाँव कब आता है, आता भी है या नहीं, इसका भरोसा छोड़कर उसने हाँक लगाकर बेटे को बुलाया और एक अजनबी आवाज में, जिस आवाज में पिता-पुत्र के सम्बन्ध की बू तक नहीं थी, उसने कहा, "तुम्हें अभी से दस बजे रात तक पढ़ना है। दस बजे रात तक; सोच लो; इस बीच कुछ भी नहीं।"

"दस बजे तक?" टीपू ने पिता को महज यह अहसास कराना चाहा कि यह उसके कूवत से कुछ बाहर की बात होगी और बोला, "नौ बजे तक पढ़ूँ, पापा?"

"बकबक मत करो; कह दिया न, दस बजे तक," पूरी कोशिश कर अपने चेहरे को भयानक बनाते हुए शशांक ने कहा।

बेटा एकबारगी मुड़कर कमरे से बाहर निकल गया। वह चाहता, तो पिता को साढ़े नौ पर पटा सकता था; मगर पिता का रुख उसे अच्छा नहीं लगा, और उसने मन में सोच लिया कि दस बजे तक पढ़ने के बाद वह पिता से कुट्टी कर लेगा। मगर, सोचने लगा टीपू, पिताजी का यह गुस्सा अभी किस बात पर?

कुट्टी करने का निर्णय तब बिलकुल पक्का हो गया जब शशांक ने दिव्या को भी बुलाकर कह दिया कि दस बजे से पहले टीपू को खाना नहीं देना है, जिसका मतलब होता था भूख लगने पर भी नहीं। और, शशांक मन-ही-मन भगवान से मनाने लगा कि आज टीपू को जल्दी ही जोर की भूख लग जाए।

इसी समय चरित्तर आ गया। करमनचक से सारा धान आ चुका था, और उसे धान का हिसाब देना था। शशांक चरित्तर के साथ हिसाब-किताब में व्यस्त हो गया। मगर इतना व्यस्त नहीं हुआ वह कि बिलकुल ही भूल जाए कि टीपू को किस काम पर तैनात किया गया है।

बार-बार और हर बार एक झटके के साथ वह याद करता था टीपू को। पहला झटका बहुत जल्दी ही लग गया था, और उसने टीपू को हाँक लगा दी थी, "टीपू! ऊँघ रहे हो?"

टीपू लगभग दौड़ता हुआ पहुँचा था पिता के पास, "ऊँघ कहाँ रहा हूँ! पढ़ तो रहा हूँ।"

"ठीक है, जाओ, पढ़ो," शशांक ने फिर कागज पर आँख गड़ाते हुए कहा, "आवाज सुनाई नहीं पड़ रही थी।"

टीपू इस बार चिल्ला-चिल्लाकर पढ़ने लगा था। शशांक को चिल्लाकर कहना पड़ा, "टीपू! उतना चिल्लाओ मत।"

दूसरी बार ध्यान टूटा शशांक का, तो उसने चरित्तर से कहा, "जरा चुपके से जाकर देखो तो, टीपू पढ़ रहा है या नहीं।"

चरित्तर टीपू को देखने गया और देखने में इतनी देर लगा दी कि उसे हाँक लगाकर बुलाना पड़ गया शशांक को। दिव्या भी अपना काम-धाम पूरा कर अब उन लोगों के पास आ गई।

दिव्या अभी थोड़ी ही देर बैठ पाई थी कि बेटे ने आवाज लगाई, "माँ, जरा इधर आना।"

बगैर पति की अनुमति के दिव्या दस बजे तक बेटे के साथ कोई गुफ्तगू करना नहीं चाहती थी, मगर जब बेटा तड़ातड़ हाँक लगाने लगा, तो तंग आकर उसे टीपू के पास जाना पड़ा, "बोलो, क्या कहना है?"

टीपू ने जबरदस्ती माँ को अपने पास बैठा लिया और फिर फुसफुसाकर उसे बताने लगा, "इस बार करमनचक से एक सौ दस मन धान आया है। राजगंज का धान तुम घर के खर्च के लिए रख लो। करमनचक के धान को बेचने से जो पैसा मिलेगा वह मेरे मन से खर्च होगा, यह जान लो। एक घोड़ा मैं जरूर खरीदूँगा इस बार। और यह भी सुन लो कि इस बार मुझे पिताजी के साथ दिल्ली भी जाना है! तुम भी साथ में चलना। और...और..."

"और जो खरीदना होगा वह अपने पिताजी को बता देना," कहते हुए दिव्या उठ खड़ी हुई और बेटे की रोक लेने की जिद को व्यर्थ करती हुई वापस लौट गई। शशांक के पूछने पर कि टीपू क्या कह रहा था, उसने मुँह बिचकाकर जवाब दिया, "कुछ नहीं।"

दूसरी बार बेटे के बुलावे पर मजबूर होकर फिर जाना पड़ा दिव्या को, मगर इस बार जब वह लौटी, तो शशांक ने उसकी ओर नजर भी नहीं उठाई और दिव्या को ही कहना पड़ गया, "टीपू खाना माँग रहा है।"

दिव्या को कुछ कहने की बजाय शशांक ने गरजदार आवाज लगाई, "टीपू! इधर आओ।"

टीपू हाजिर हुआ, तो पिता ने पूछा, "अभी ही भूख लग गई?"

"नहीं तो!" काफी अचम्भा प्रकट किया बेटे ने पिता के प्रश्न पर।

शशांक ने एक नजर दिव्या की ओर देखा और फिर बेटे से पूछा, "तुम माँ से खाना नहीं माँग रहे थे?"

"मैं? नहीं तो!" जवाब देते हुए काफी चंचल हो उठा था टीपू।

अपने को झूठा साबित होते देख दिव्या बमक उठी, "अभी तू नहीं कह रहा था कि बहुत जोर से भूख लगी है?"

माँ को झाड़ते हुए बेटे ने जवाब दिया, "नहीं-नहीं, मैंने खाना नहीं माँगा है। ऐसा कहा होऊँगा कि भूख लगी है, मगर खाना तो मैं दस बजे खाऊँगा।"

"ठीक है, जाओ।" बाप ने बेटे को वापस भेज दिया।

दिव्या कुछ नहीं बोली। धान का हिसाब-किताब पूरा हो चुका था। चरित्तर पर

यह जिम्मेदारी डाल दी गई थी कि तीन-चार दिनों के अन्दर ही वह खेत-खलिहान में पड़ा पुआल राजगंज पहुँचा दे। इसके बाद चरित्तर चला गया।

चरित्तर के जाते ही दिव्या ने पति से पूछा, "आपका खाना ले आऊँ?"

"थोड़ी देर बाद...मैं खुद खाना माँग लूँगा," कहकर शशांक ने करवट ले ली। पति का मुँह दूसरी ओर होते ही दिव्या उठ गई और अपने कमरे में विश्राम करने चली गई। बिस्तर पर पड़ी वह सोचती रही कि बाप-बेटे की इस खींचा-तानी में आज जरूर आधी रात को खाना-पीना होगा।

अकेला पड़ते ही शशांक का ध्यान पूरी तरह टीपू की ओर चला गया। टीपू को भूख अवश्य लग गई होगी, ऐसा उसने अनुमान किया। इस समय तक टीपू खा लिया करता था। जाड़े की रात में यों भी खाना-पीना सवेरे हो जाया करता है। छह बजे के करीब ही टीपू पढ़ने बैठ गया था, और अभी, शशांक ने फिर से कलाई में बँधी घड़ी देखी, आठ बज रहा था। उसे लगा कि यह अत्याचार हो रहा है टीपू पर और गुस्से में एक बच्चे पर अत्याचार कर बैठना उचित नहीं है। अगर दस बजे रात तक पढ़ाना भी था टीपू को, तो वह पढ़ने का समय धीरे-धीरे बढ़ाता; पहले आठ-साढ़े आठ तक, फिर नौ, फिर साढ़े नौ, और तब दस। अनायास ही उसके मुँह से आवाज निकली, "टीपू! इधर आओ।"

तुरन्त हाजिर होकर टीपू ने दिखा दिया कि वह ऊँघ नहीं रहा था।

"जाओ, खाना खा लो।" टीपू को कहकर शशांक ने दिव्या को बुलाया।

"अभी पढ़ रहा हूँ, पिताजी," टीपू ने सहज स्वर में कहा।

"खा लो, फिर पढ़ना," टीपू को अनुमति देकर उपस्थित हो गई दिव्या से उसने कहा, "हमलोगों का खाना लगा दो।"

टीपू ने सिर झुकाकर कहा, "मुझे भूख नहीं है।"

"भूख नहीं है!" गुस्से में आ गया शशांक, "ठीक है, जाओ, पढ़ो।" उसकी इच्छा हुई, बेटे को फिर से याद दिला दे कि अभी दस बजे तक पढ़ना है, मगर वह चुप रह गया और रूखी आवाज में दिव्या से बोला, "मेरा खाना लगा दो।"

खाना खाते हुए बाप ने कई बार बेटे की ओर कनखियों से देखा। टीपू को देखकर कोई भी कह सकता है कि लड़का बहुत दुखी और उदास है, ऐसा महसूस किया शशांक ने। उसे यह अच्छा नहीं लगा। मन दुखी हो, तो खाक पढ़ेगा कोई! पढ़ेगा, तो समझेगा खाक! दुख से ही कह रहा है वह कि भूख नहीं लगी है। इस समय तक भूख तो अवश्य लग गई होगी। रूठ गया है टीपू। मगर दस बजे तक पढ़ने के लिए तैयार बैठा हुआ है; एक बार भी चीं-चपड़ नहीं की। दस बजे तक तो वह जगा रह नहीं सकेगा, ऊँघेगा ही। तब ऐसे में क्या यह उचित होगा कि उसे डाँटा-डपटा या मारा-पीटा जाए! नहीं, यह घोर अनुचित होगा। और तब टीपू भूखा सो जाएगा। उचित तो यह होगा कि वह बेटे को अभी खिला दे, शशांक ने मन में सोचा, और फिर बेटे

से कहे कि जब तक नींद नहीं आती है तब तक वह पढ़े और इसी तरह जगकर और मन लगाकर रोज पढ़ने की आदत डाले। बस, इतने से काम चल जाएगा। उसका बेटा कोई भोंदू नहीं है, मीठी नजरों से बेटे को निहारते हुए शशांक ने सोचा और आनन्दित हो गया। और तब अतिरिक्त स्नेह से उसने बेटे को पास बुला लिया और बोला, "खाना खा लो, टीपू, फिर पढ़ना।"

"भूख नहीं लगी है, पिताजी," टीपू ने फिर अपना पुराना जवाब दुहरा दिया।

शशांक ने मुस्कराने की कोशिश की और तब बोला, "बेटे, समय हो गया है, इसलिए भूख तुम्हें अवश्य लग गई होगी। मैं जो भी कहता-करता हूँ यह तुम्हारे लिए ही तो। खाना नहीं खाओगे, तो पढ़ने की शक्ति कहाँ से आएगी! रूठो मत, टीपू। पिता के साथ रूठोगे, बताओ तो? रूठोगे, तब तो तंग ही करोगे पिताजी को। अब बताओ कि कोई भी अच्छा लड़का पिता को तंग करना चाहेगा, पिता को दुख पहुँचाने की कोशिश करेगा? खाना खा लो, फिर पढ़ना; और जब नींद आए, तो सो जाना।"

टीपू काफी पैनी निगाहों से पिता को घूरता रहा था, और फिर एकबारगी वह माँ के पास पहुँच गया था, "माँ, मुझे खाना दो।"

मगर...मगर जब सोने लगा शशांक, तो बार-बार मन में यही सोचता रहा, 'कोई जरूरत नहीं थी...कोई जरूरत नहीं थी मोम होने की। एक शाम नहीं खाता इस उम्र का बच्चा, तो मर नहीं जाता...फिर गलती हो गई...'

2

गुजर गए दोनों दिन। शनिवार की रात में राधेश्याम पूर्णिया से आ गया और उस रात में ही शशांक ने अपने बेटे के सम्बन्ध में अपने दोस्त के साथ बातचीत कर ली। पूर्णिया की यात्रा तय हो गई। सोमवार की सुबह शशांक भी राधेश्याम के साथ पूर्णिया जाएगा, वहाँ एक आदर्श बच्चा और उसके पिता के दर्शन करेगा, और उसके बारे में पूरी जानकारी प्राप्त कर वापस लाटेगा। कभी-कभी होतसा है, ऐसा भी होता है कि कोई चीज पास पड़ी होती है और लोग उसी की तलाश में पूरी दुनिया का चक्कर लगा आते हैं। भगवान को ढूँढ़ने के लिए ही लोग कहाँ-कहाँ चले जाते हैं! भगवान करे, उसकी यह पूर्णिया की यात्रा शुभ और फलदायक सिद्ध हो, शशांक ने मन-ही-मन मनाया।

रात में ही दिव्या को इस यात्रा की सूचना दे दी गई। सुबह होते-होते शशांक हंगामा की तरह उठा जैसे कि आज अभी एक-आध घंटा के अन्दर उसे प्रस्थान कर जाना है। उसने दिव्या को जगाकर बिस्तर पर बैठा दिया। इल्ला-गुल्ला में टीपू की नींद खुली, तो कुछ और सोचकर वह भी पाखाने की ओर भागा। दिव्या ने बिस्तर छोड़ने में देर की, तो शशांक उखड़ गया, "उठोगी नहीं क्या? कल सुबह ही जाना है। यात्रा की तैयारी भी तो करनी है।"

उठ बैठी दिव्या और नित्य-क्रिया से निवृत्त होने चली गई। दिव्या के लौटने तक शशांक निठल्ला बैठा रहा, क्योंकि उसे लगा कि दिव्या के मदद के बिना वह यात्रा की कोई तैयारी नहीं कर सकता, या कि यात्रा करना उसका काम है और यात्रा की तैयारी पूरी कर देना उसकी बीवी का काम।

बहुत दिनों से कहीं बाहर नहीं गया था शशांक।

जब दिव्या पिछवाड़े से निबटकर घर में आई, तो घर के काम में हाथ लगाने से पहले पति के सामने ही हाजिर हुई और पूछा, "कहिए, क्या कह रहे थे?"

"कह कुछ नहीं रहा हूँ," बहुत ही संयत स्वर में पति ने कहा, "मगर कल सुबह बाहर जाना है, इसके लिए कुछ तैयारी तो कर लेनी पड़ेगी।"

"पूर्णिया जाने के लिए तैयारी!" काफी विस्मय से बोली दिव्या, "कैसी तैयारी?"

"कोई तैयारी नहीं?" कुछ गुस्से में आ गया शशांक, "पूर्णिया क्या घर के पिछवाड़े में है?"

"इससे बहुत दूर भी नहीं है," दिव्या भी कहे बगैर नहीं रह सकी, "लोग सुबह की गाड़ी से जाते हैं और रात की गाड़ी से लौट आते हैं।"

"मैं क्या कचहरी में हाजिरी देने जा रहा हूँ?"

"तो क्या अस्पताल में भर्ती होने जा रहे हैं?"

"तुम बहुत बकबक करती हो," खिन्न होकर बोला शशांक, "यह तो नहीं होता कि काम की बातें करो; लगती हो बहस करने। जिस काम से जा रहा हूँ उसे करके ही आऊँगा या बस पूर्णिया को छूकर लौट आऊँगा? मैं स्टेशन पर उतरूँगा, तो क्या आदर्श बेटे के साथ उसका बाप स्टेशन पर मेरी अगवानी में खड़ा मिल जाएगा और मैं खड़ा-खड़ा ही उनसे बातें कर लौटती गाड़ी पकड़ लूँगा? हो सकता है, एक दिन रुकना पड़ जाए; छात्रावास का भी तो पता लगाकर आना होगा।"

"तो फिर अलग से एक कमीज रख लीजिए।" इतने से दिव्या के अनुसार तैयारी पूरी हो जाती थी।

"और जो धोती पहनकर जाऊँगा उसे ही दूसरे दिन भी पहनूँ?"

हँसी छूट गई दिव्या को, "एक धोती भी रख लीजिए।"

"अगर किसी ने धोती पर पीक फेंक दी, तब क्या होगा?"

खिलखिला पड़ी दिव्या, "तब तो धोती-कमीज से भरकर एक मोटी गठरी साथ ले जाने से भी काम नहीं चलेगा। आप धोती बदलते रहेंगे और लोग पीक फेंकते रहेंगे।" कहकर फिर एक बार ठहाका मारकर हँसी दिव्या।

"तुम्हें तो केवल बात-बात में हँसी छूटती है," शशांक ने रोष प्रकट किया, "कोई जान-बूझकर तो पीक नहीं फेंकता रहेगा। एक-आध बार भूल से पीक पड़ सकती है, इसके लिए तो तैयार रहना पड़ेगा। दो दिन रहना पड़ सकता है, इसलिए अलग से पहनने के दो-दो कपड़े मैं अवश्य ले लूँगा।

"ठीक है, ले लीजिए।"

"ले कब लूँगा! अभी से सामान रखना शुरू कर देता हूँ...मगर किस चीज में ले जाऊँगा सामान?"

"झोले में रख लीजिए।"

"किस झोले में?"

"अभी तो सही हाल में एक वही झोला है जिसमें बाजार से सब्जी आती है।"

"मैं सब्जी का झोला लेकर पूर्णिया जाऊँ?"

"क्यों, क्या दोष है इसमें?"

"तुम पागल तो नहीं हो गई हो?" शशांक बिगड़ उठा, "तुम्हें यह तो पता है कि मैं किन लोगों के बीच जा रहा हूँ। सब्जी का झोला लटकाए हुए चला जाएगा उन सबके सामने? रास्ते में ही ढेर सारे परिचित मिल सकते हैं; उनकी नजर झोले पर पड़ेगी या नहीं?"

"तो फिर क्या ले जाएँगे?"

"मैं चमड़े का बक्सा ले जाऊँगा।"

"ले जाइए।"

"'ले जाइए' नहीं, बक्सा खाली कर अभी दे ही दो मुझे।"

दिव्या ने चमड़े का बक्सा खाली कर पति के सामने रख दिया। धूल झाड़ते हुए शशांक बोला, "कपड़े भी ले आओ; रख ही दूँ।"

"मैं बाद में रख दूँगी।"

"नहीं, मैं खुद रखूँगा; तुम ले आओ।"

शशांक अब ऐसी भूल नहीं कर सकता कि कपड़ों की खुद जाँच किये बिना ही उन्हें बक्से में डाल ले। एक बार मीना दीदी के घर जाना हुआ था उसका। दिव्या ने बड़ी सावधानी से सारे कपड़े बक्से में डाल दिये थे। वहाँ नहाकर आने के बाद जब पहनने के लिए उसने बक्सा खोलकर गंजी निकाली और उसमें हाथ घुसाने के लिए उसे फैलाया, तो...हे राम! यह तो टीपू की गंजी थी, पाँच वर्ष के बच्चे की गंजी!... जब तक वह गंजी को मोड़कर छिपाने की कोशिश करता तब तक तो एक भानजे की नजर उस पर पड़ गई और वह किलकारी मारकर हँस पड़ा। शशांक तो पानी-पानी हो गया। शैतान भानजा केवल हँसा ही नहीं, गंजी लेकर वह पूरे घर में नाच-नाचकर सबको दिखाता रहा। रह-रहकर क्रोध उमड़ता था दिव्या पर, मगर अब तो घर लौटकर ही गुस्सा झाड़ना था फूहड़ और बेशऊर बीवी पर; गुस्सा-भर झाड़ना था।

उसने गंजियों को फैलाकर और नापकर देख लिया। धोतियों की जाँच करते हुए उसे इस बात की खुशी हुई कि इसमें पतलून की तरह बटन लगाने नहीं पड़ते हैं। बटनों के गुम हो जाने का खेल वह देख चुका है। कभी तो धोबी बटन नोचकर रख लेगा, और कभी बटन खुद ही धागे को ढीला कर निकल जाएँगे। अब अगर आप भले लोगों

के बीच बैठे हुए हैं और अचानक आपको किसी तरह यह अहसास होता है कि पतलून के बटन खुले हुए हैं, तो आप चोरी-चोरी उन बटनों को लगाने की कोशिश करेंगे। अगर आप से पहले वहाँ उपस्थित किसी दुर्जन का ध्यान उधर चला जाता है, तो वह काफी सज्जनता से कहेगा, "भाई साहब, आपके पतलून के बटन खुले हुए हैं।" तब वहाँ उपस्थित सारे दुर्जन बाहर से इस खबर को सुनकर अनसुना करते हुए भी अन्दर से हो-हो कर हँस पड़ेंगे। अगर बटन मौजूद हैं, तब तो भगवान से मनाते हुए कि तिरछी निगाहों से देख रहे सारे दर्शकों की आँखें फूट जाएँ, आप फिस-फिस मुस्कराते हुए बटन लगा लेंगे। और, अगर बटन नदारद हुए, तो...?...एक साथ सौ-सौ साँप आपकी देह पर रेंगने लगेंगे। भाग निकलने को जी चाहेगा आपका। महफिल टूटने के इन्तजार में आपको हर पल एक-एक साल जैसा लगेगा। लगेगा, पाखाने का कनस्तर उड़ेला जा रहा है आप पर, लगातार उड़ेला जा रहा है। जाँघों को मोड़-सटाकर कब तक बैठे रहेंगे आप अन्दर से जलते हुए!

शशांक को अब भगवान बचाए उन पतलूनों से। हर बार कैसे याद रखे वह कि पेशाब करने के बाद बटनों को फिर से लगा लेना है। और, इस बीमारी का क्या करे वह कि जब भी पतलून पहने रहता है, रह-रहकर यह खयाल आता है उसे कि कहीं पतलून के बटन खुले हुए तो नहीं हैं; और यह खयाल आते ही हर बार, बार-बार काफी चतुराई से छू-टटोलकर देखता है वह कि पतलून के बटन कोई शरारत तो नहीं कर रहे हैं।

धोती पहनने का आनन्द वह मना ही रहा था कि टीपू टपक पड़ा, "कहाँ जा रहे हैं, पिताजी?"

"जहन्नुम में," पिता ने काफी रुखाई से बेटे को जवाब दिया और फिर आनन्द मनाने लगा।

कुछ देर से देख रहा था टीपू पिता को धोती-कमीज सरियाते हुए, और उसने अपनी अक्ल भी भिड़ाई थी कि आखिर पिता किस मुल्क की यात्रा पर निकलने वाले हैं। जब मुल्क का कोई पता उसे नहीं चला, तब लाचार होकर उसने पिता से प्रश्न किया था। जवाब देने में पिता ने जो निष्ठुरता बरती उससे काफी घायल हो गया वह। मगर घायल होकर इस बार रूठेगा नहीं वह, टीपू ने मन में निर्णय कर लिया; उसे छोड़कर पिता चुपके-चुपके कहीं की यात्रा पर निकल जाएँ, यह नहीं हो सकेगा। अभी तक दिल्ली और कलकत्ता की बातें ही करते आए हैं वे; और अब जाने की बारी है, तो अकेले निकल जाना चाहते हैं।

टीपू मँडराने लगा पिता के आसपास।

सोच की मुद्रा में बक्से की झाँप रह-रहकर लगाते और बन्द करते हुए अचानक शशांक चिचियाया, "दिव्या!"

हाथ में झाड़ू लिये हुए दिव्या दाखिल हुई, "और कुछ चाहिए क्या?"

"चाहिए कैसे नहीं?" दिव्या के प्रश्न से रुष्ट होकर शशांक ने जवाब दिया, "बिछाने की एक चादर दो।"

"रुक जाइए थोड़ी देर; मैं झाड़ू-बुहार कर लेती हूँ, फिर दे दूँगी चादर।" कहकर दिव्या जाने लगी, तो शशांक ने उसे रोक लिया, "अभी ही दे दो। तुम्हें याद रहेगा नहीं, और मैं भी भुला सकता हूँ।"

"तो फिर एक बार ही बता दीजिए कि क्या-क्या चाहिए," हाथ का झाड़ू फेंककर दिव्या बोली, "मैं दौड़-दौड़कर नहीं आऊँगी।"

"तुम विघ्न मत डालो यात्रा में," शशांक ने मीठे स्वर में कहना शुरू किया, "एक बार में ही सब कुछ बता देना मेरे लिए सम्भव नहीं है। जैसे-जैसे मुझे याद आता जाएगा, मैं बताता जाऊँगा। कुछ तुम भी सोचो कि यात्रा में किन-किन चीजों की जरूरत पड़ सकती है।"

टीपू ने सोचा, अवश्य कोई लम्बी यात्रा है।

बिछावन की चादर देते हुए दिव्या ने कहा, "सिर्फ एक रात तो गुजारनी है आपको वहाँ। फिर क्या जरूरत है भला इस चादर की! एक रात तो राधेश्याम जी के साथ भी सोकर गुजार सकते हैं।"

चादर बक्से में डालकर शशांक ने कहा, "अगर मजबूरी नहीं हो, तो मैं बीवी को भी अपने साथ नहीं सुलाऊँ। हो सकता है, राधेश्याम को भी किसी गैर के साथ सोने में एतराज हो। बीवी की देह की बदबू भी शौहर को बरदाश्त करनी पड़ती है; मगर सम्भव है, उसे मेरे देह की और मुझे उसकी देह की बू पसन्द नहीं आए। मैं तो खैर खर्राटे नहीं मारता, मगर उसके खर्राटे ने मेरी नींद हराम कर दी, तब? और, अगर नींद में बीवी समझकर उसने मुझे धर दबाया, तब क्या करूँगा मैं? बीवी को छोड़कर और किसी के साथ सोने की हिम्मत मुझमें नहीं है; कहीं अकेले चादर बिछाकर सो रहूँगा।"

"फिर तो इस जाड़े में आपको बिछाने के लिए भी एक कम्बल चाहिए और ओढ़ने के लिए भी एक कम्बल। बदबू तो दूसरों की रजाई और कम्बल से भी आएगी," दिव्या ने मुस्कराते हुए कहा।

शशांक गम्भीर हो गया, "ठीक कह रही हो, दो कम्बल चाहिए।"

"इतनी चीजें ले जाएँगे, तो जरूर कुछ-न-कुछ खोकर आएँगे आप।"

"राधेश्याम चुरा लेगा क्या?" पत्नी के आरोप से चिढ़कर बोला शशांक।

"ठीक है, ले जाइए।"

"हाँ, दे ही दो; मगर उसकी एक अलग गठरी बनानी होगी...एक कुली करना पड़ जाएगा।"

टीपू ने माँ से एकान्त में पूछा, "सच-सच बोलो, माँ, पिताजी कहाँ जा रहे हैं?"

"पूर्णिया।"

"झूठ मत बोलो। सच नहीं बोल सकती हो, तो चुप रहो, मगर झूठ मत बोलो। छि: माँ होकर झूठ बोलती है।"

"मैं झूठ बोलती हूँ, तो अपने पिताजी से ही पूछ लो।"

"दिव्या!"

"अब क्या चाहिए?...आज खाना-पीना नहीं हो सकेगा, बोल देती हूँ।"

"आज खाना मैं बना दूँगा। गुस्साओ मत। तुम्हारी एक भी चीज नहीं खोएगी। मैं बाहर में कोई कष्ट बेवजह सहना नहीं चाहता हूँ। कम्बल अगर नहीं ले जाऊँ, तो किससे मागूँगा कम्बल? जाड़े में कौन कम्बल उधार देगा? मैं राधेश्याम से कैसे कहूँगा कि तुम एक रात किसी तरह काट लो, मुझसे तो जाड़ा बरदाश्त नहीं होता! अगर उसने कहने पर कम्बल दे भी दिया, तो हफ्तों गालियाँ भी जरूर देता रह जाएगा।"

"यह बताइए कि और कुछ चाहिए?"

"हाँ, चाहिए; इसलिए तो बुलाया था तुम्हें। मगर तुम तो इस तरह उछलकर आई कि मैं...हाँ, याद आया, मच्छरदानी लाओ। सबसे जरूरी चीज है यह, और इसे ही भूल रहा था।"

"एक रात के लिए मच्छरदानी!"

"मच्छरों से सिर्फ एक रात की मुलाकात कराने मैं तुम्हें एक बार पूर्णिया अवश्य ले जाऊँगा। पिछली बार मैं टीपू के साथ गया था, तो पहली रात धर्मशाला में रात भर ताली बजाते गुजरी थी। सुबह में टीपू को अस्पताल में सूई दिलवाकर मैं सीधे मच्छरदानी खरीदने गया था। अगर इस बार भी भूल जाता, तो एक मच्छरदानी वहाँ इस बार भी खरीदनी पड़ जाती। राधेश्याम से मच्छरदानी माँगकर मैं इतने दिनों की दोस्ती में दरार पैदा नहीं कर सकता। पूर्णिया में मेहमानों को भगाने का सरल उपाय है रात में उन्हें बिना मच्छरदानी के सुला देना, ऐसा कई बार राधेश्याम मुझसे कह चुका है।"

"खटमल की एक पुड़िया भी मँगवा दूँ क्या?"

"दिल्लगी मत करो। जरूरत समझूँगा, तो वह भी ले लूँगा। अब जाओ, अपना काम करो।"

माँ को सुनाते हुए टीपू बड़बड़ा रहा था, "हुँह, सब झूठ बोल रहे हैं; सब मुझे ठगने की कोशिश कर रहे हैं। मैं बच्चा नहीं हूँ कि कुछ समझता ही नहीं। सब समझता हूँ। पूर्णिया में एक दिन रहने के लिए चादर चाहिए, दो-दो कम्बल चाहिए, मसहरी चाहिए, बक्सा भरकर कपड़ा चाहिए! मूर्ख नहीं हूँ मैं; पता तो लगा ही लूँगा कि कहाँ जा रहे हैं पिताजी...कि, माँ होकर बेटे को ठगती है, बेटे से झूठ बोलती है..."

"दिव्या!"

"अब और क्या चाहिए?"

"चोरबत्ती तो भूला ही जा रहा था।"

"चोरबत्ती की भी जरूरत पड़ ही जाएगी? देखना है, वापस भी आती है या नहीं।"

"वापस आए या नहीं आए, मैं लेकर तो जरूर जाऊँगा।"

"ले जाइए; पूरा घर उठाकर ले जाइए।"

"रुको; अब पहले सुन लो कि मैं चोरबत्ती क्यों ले जाना चाहता हूँ। यह उसी महल्ले का किस्सा है जिस महल्ले में अभी राधेश्याम पूर्णिया में रह रहा है। इसे तुम झूठ नहीं मान सकती, क्योंकि खुद राधेश्याम ने मुझे यह किस्सा सुनाया था।"

"मेरे पास किस्सा सुनने का समय नहीं है।"

"किस्सा सुनाने का मेरे पास तुमसे भी कम समय है। चोरबत्ती ले जाना कितना जरूरी है, यह बताने के लिए ही तुम्हें किस्सा सुना रहा हूँ। मेरी ही तरह कोई मेहमान उस महल्ले के किसी घर में पहुँचा हुआ था। रात में पेशाब करने के लिए वह घर से बाहर निकला और अँधेरे में ही तीन-चार घर पारकर आगे निकल गया। लौटती में सही घर में घुसने की बजाय वह बगल के घर में घुस गया। दरवाजा खुला हुआ था और उसे जरा भी सन्देह नहीं हुआ कि किसी और घर में घुस रहा है वह। किसी और घर का दरवाजा रात में खुला रहे, यह उसे सम्भव नहीं लगा। अन्दर जाकर उसने किवाड़ की सिटकिनी लगाई, हू-ब-हू वही सिटकिनी जो उसने खोली थी। मगर जब उसने अपनी खाट टटोली, तो असमंजस में पड़ गया कि यह कौन औरत आकर उसकी खाट पर सो गई है। क्या करे वह, यह तय ही कर रहा था वह कि खाट की औरत चीख मारकर खाट से उछल पड़ी। वह मेहमान इतना घबरा गया कि जल्दी में उसे दरवाजा और दरवाजे की सिटकिनी भी नहीं मिल रही थी। किसी तरह सिटकिनी खोलकर वह बाहर सड़क पर तो आ गया, मगर अब अँधेरे में क्या करे वह! भागकर फिर किसी गैर के घर में ही घुसने की कोशिश करे? अपरिचित जगह और अँधेरे में इधर-उधर किधर भागकर जाए वह? औरत लगातार अपने कमरे से चिल्ला रही थी। कई घरों के लोग घर से बाहर निकल आए। ढेर सारी चोरबत्तियों के प्रकाश में मेहमान बीच सड़क पर ही पकड़ लिया गया। दोनों हाथ उठाकर वह चिल्लाया, "रुकिए, रुक जाइए; लाठी-भाला मत चलाइएगा। मैं 'फलाँ बाबू' का मेहमान हूँ।" लोग रुक गए; 'फलाँ बाबू' ने लोगों को समझा-बुझाकर अपने मेहमान को बचा लिया। मगर यह सोचो, दिव्या, कि उस बेचारे की कैसी गत बन गई थी। वह औरत एक बुढ़िया थी जो गर्मी के कारण खाली कमरे के दरवाजे को खोलकर सो रही थी। अगर बुढ़िया की जगह कोई जवान औरत होती, तो कहना मुश्किल है कि 'फलाँ बाबू' अपने मेहमान को सुरक्षित ले जाने में समर्थ हो पाते या नहीं। पता नहीं, क्या गुल खिलता तब! और, यह घटना हुई महज एक चोरबत्ती नहीं रखने के कारण। मैं बगैर चोरबत्ती के रात में किसी अपरिचित जगह में बाहर निकल ही नहीं सकता। साँप-बिच्छू, कुत्ता-बिल्ली,

गड्ढा-नाला, गुह-मूत, किसी पर भी पाँव पड़ सकते हैं अँधेरे में। अब बोलो, चोरबत्ती ले जाऊँ या नहीं? रात में मुझे भी पेशाब लग सकता है और इसके लिए बाहर निकलना पड़ सकता है। मुझे तो दिन में भी आदमी, सड़क, मकान या महल्ला को पहचान कर याद रखने में मुश्किल होती है; रात में तो...हे भगवान!...मैं चोरबत्ती लेकर जाऊँगा।"

शशांक सिर को उँगली से ठोंक-ठोंककर बड़बड़ाते हुए न जाने किससे पूछ रहा था, "दतवन ले जाऊँ या बुरुश और मंजन...बुरुश ले लूँ?...नहीं, दतवन ही ठीक रहेगा..."

इस ऊहापोह से छुटकारा पाने में मदद के लिए दिव्या को हाँक लगाए, इससे पहले ही वहाँ टीपू हाजिर हो गया और बोला, "दतवन ला दूँ, पिताजी?"

बेटे के चेहरे पर नजर चली गई पिताजी की और पिताजी ने मुँह ऐंठकर कहा, "ले आओ।"

"सात-आठ ले लूँगा?"

"हूँ," बेटे की ओर मुँह किये बिना ही पिता ने उपेक्षापूर्ण 'हूँ' कह दी।

"आठ?"

"कह तो दिया, 'हाँ'," इस बार पिता गुस्से में गरज पड़े।

इस गुस्से को बिलकुल बुरा नहीं माना बेटे ने।

"दिव्या!"

"मैं नहीं जा सकूँगा।"

"बस, एक बार आओ; फिर नहीं बुलाऊँगा।"

"आ गई; बोलिए, क्या चाहिए?"

"तौलिया नहीं ले जाऊँ क्या?"

"तौलिया ढूँढ़कर नहीं ले सकते क्या?"

"ले सकता हूँ; मगर तुम ही ढूँढ़कर दे दो, तो कुछ बिगड़ तो नहीं जाएगा।"

"कुछ नहीं बिगड़ेगा। आप माँड़ पसाइए, मैं तौलिया ढूँढ़कर देती हूँ।"

"ठीक है, पसा देता हूँ मैं माँड़।"

"माँ, तुम तो कह रही थी कि पिताजी पूर्णिया जा रहे हैं।"

"झूठ तो नहीं कह रही थी।"

"और यह भी कह रही थी कि सिर्फ एक दिन के लिए जा रहे हैं।"

"मैं तो यही जानती हूँ।"

"खूब पढ़ाती हो मुझे। एक दिन के लिए जा रहे हैं, मगर आठ दतवन लेकर! दिन में आठ बार दतवन करेंगे! ऐसा झूठ मत बोलो कि तुरन्त पकड़ी जाओ। मुझे मालूम हो गया है, कहाँ जा रहे हैं वे।"

"कहाँ जा रहे हैं?"

"पटना जा रहे हैं। एक बार बोल रहे थे वे कि कुछ किताबें खरीदने उन्हें पटना जाना है। जा रहे हैं न पटना? बोलो, अब तो सच-सच बोलो।"

"मैं नहीं जानती।"

"तो फिर अपने झूठ को अपने पास ही रखो। मैं जान गया हूँ, और मैं भी पटना जाऊँगा। आठ दतवन मैं अपने लिए भी ले आया हूँ।"

हाँ, एक कलम भी लेनी है, अचानक याद किया शशांक ने, और फिर यह भी याद किया कि बेवकूफ की तरह कलम उठाकर जेब में नहीं रख लेनी है, यह भी देख लेना है कि उसमें रोशनाई है या नहीं। राजनीतिशास्त्र के वर्मा जी जब कक्षा में आते थे, तो हाजिरी बही खोलने के बाद एक-एक कर जेब में खुँसी अपनी चारों कलमें निकालते थे, हर एक से लिखना शुरू करते थे, हर एक को झाड़ते थे, फिर-फिर झाड़ते थे, और अन्त में हारकर किसी छात्र से कलम माँगते थे। उनकी किसी एक कलम में भी रोशनाई नहीं रहती थी। यह गफलत और बेसुधी उनकी महानता और विद्वता में चार चाँद लगा देती थी। मगर अपने राम को तो कलम झाड़-झाड़कर लिखते देख देखनेवाले फिस-फिस हँसने लगेंगे।

जरूरत में टीपू को भी बुलाया जा सकता है, यह सोचकर उसने हल्के से टीपू को हाँक लगाई।

टीपू दौड़कर हाजिर हुआ, "क्या कह रहे हैं, पिताजी।"

"जरा स्याही की दावात लाओ।"

"लाइए न कलम; मैं स्याही भरकर ले आऊँ।"

"नहीं, दावात ले आओ यहीं। मेरे सामने स्याही भरो कलम में।"

कलम में स्याही भरते हुए बेटे ने कहा, "दिल्ली में जाड़ा बहुत पड़ता है, पिताजी। आप तीन कम्बल ले लीजिए।"

पिता ने कोई जवाब नहीं दिया। बेवजह बेटे से बतियाना उसे शह देना और मुँह लगाने के बराबर होगा, यह सोचकर सोंठ मार गया वह।

"दिव्या!"

"ओह, आप रसोई में भी आ गए मेरा मगज चाटने।"

"मगज चाटने नहीं आया हूँ; यह पूछने आया हूँ कि साथ में एक लोटा भी रख लूँ?"

"आपको हंडा-कड़ाही, तसला-देगची, बटला-बाल्टी जिस-जिस चीज की जरूरत महसूस हो सब साथ में रख लीजिए।"

"कैसे नहीं रख लूँ एक लोटा? रास्ते में कहीं गाड़ी में पाखाना लग गया, जोर से

लग गया, तो फिर क्या करूँगा? लोटे में पानी भी रख लूँगा। रेलगाड़ी के डिब्बों में, तुम क्या जानो, पानी नहीं रहता है पाखाने में।"

पत्नी पर गुस्सा आ जाने से शशांक रसोई से कोई लोटा लिये बिना ही वापस आ गया। कमरे में आते ही उसने देखा कि वहाँ टीपू खड़ा है और बक्से के पास एक लोटा पोंछ-साफ कर रखा हुआ है। केवल लोटे पर निगाह जमाए हुए वह बिस्तर पर बैठा ही था कि टीपू ने पूछा, "एक गिलास भी रख दूँ, पिताजी?"

फिर पिता ने कोई जवाब नहीं दिया, बेवजह...

"माँ, मैं अपने टीन के बक्से में अपना सामान रख रहा हूँ। उसमें तुम्हारा जो सामान था उसे मैंने आलमारी में रख दिया है।"

"कहाँ रख दिया मेरा सामान? क्या रख रहे हो टीन के बक्से में?"

"दो कमीज और दो पैंट मैंने रख लिये हैं। गंजी एक मिली है; एक और चाहिए। एक स्वेटर..."

"किसलिए रख रहे हो यह सब?"

"स्वेटर एक ही रखूँगा। चादर और कम्बल मैं अपने लिए अलग से नहीं ले जाऊँगा; पिताजी के साथ ही सो रहूँगा। और क्या ले जाऊँ, माँ?"

"अब तुम मार खाओगे। कपड़ा-लत्ता उलट-पुलटकर रख दिया होगा तुमने। बार-बार कह रही हूँ कि वे पूर्णिया जा रहे हैं।"

"मुझे मालूम है कि वे पूर्णिया जा रहे हैं या दिल्ली। और अब तुमसे मैं पूछ तो नहीं रहा हूँ कि वे कहाँ जा रहे हैं। मैं तो अपना सामान सरिया रहा हूँ।"

"अब बिस्तर पर बगुला की तरह ध्यान लगाए क्या सोच रहे हैं? आपको तो लगता होगा कि अभी भी कोई जरूरी सामान छूटा जा रहा है।"

"हाँ, दिव्या, मैं कुछ सोच ही रहा था...सोच रहा था कि साथ में कुछ दवा भी रख लूँ।"

"दवा किसलिए? तबीयत तो ठीक है न?"

"अभी तो ठीक है, मगर यात्रा में..."

"रेलगाड़ी में बैठते ही कोई रोग पकड़ लेगा क्या?"

"रोग नहीं पकड़ लेगा, मगर तबीयत तो खराब हो ही सकती है। पेट खराब नहीं हो सकता है क्या? मान लो, पतला दस्त शुरू हो गया; तब तो चार-पाँच घंटे में शरीर का सारा पानी निकल जाएगा। यात्रा में तबीयत अक्सर खराब हो जाया करती है। मैंने पत्रिकाओं में बहुत बार पढ़ा है कि यात्रा में लोगों को दवा लेकर चलना चाहिए। कम-से-कम सिर-दर्द, पेट-दर्द, चोट और पतला दस्त रोकने की दवाएँ तो मैं अपने साथ ले ही लूँ।"

“पत्रिकाओं में यह नहीं लिखा था कि आप जैसे आदमी को साथ में एक वैद्य लेकर कहीं की यात्रा करनी चाहिए?”

“नहीं, यह नहीं लिखा था।”

“दवाओं के लिए एक और बक्सा खाली कर दूँ?”

“तुम जाओ; तुमसे कुछ पूछना ही बेवकूफी है।”

“दिव्या!”

“सुन रही हूँ; लेती आऊँ बक्सा?”

“धत, सुनो तो...हाँ, झोला लेती आओ।”

“कौन झोला?”

“वही सब्जीवाला।”

“लीजिए झोला। मैं जानती थी, इसकी भी जरूरत आपको हो ही जाएगी। मेरी राय तो है, और एक बक्सा आप ले ही लीजिए।”

“अरे, झोला तो इसलिए ले रहा हूँ कि छोटा-मोटा सामान—साबुन, दतवन, लोटा, दवा, तौलिया, वगैरह—इसमें डाल दूँगा। बार-बार बक्से को तो नहीं खोलता रहूँगा। मगर अभी मैं कुछ और कहने के लिए तुम्हें बुला रहा था।”

“कह ही दीजिए; बाद में भूल भी सकते हैं।”

“मैं नहीं रहूँगा, तब घर में कोई दिक्कत तो नहीं होगी?”

“कैसी दिक्कत?...कोई दिक्कत नहीं होगी।”

“चरित्तर आज आएगा। मैं उसे कह दूँगा यहीं एक दिन रह जाने के लिए। रात में भी यहीं सो जाएगा वह।”

“ठीक है, कह दीजिएगा।”

“अगर किसी कारणवश वह नहीं आ सका?”

“तब भी कोई दिक्कत नहीं होगी।”

“कैसे नहीं होगी दिक्कत? भंडार-घर की जंजीर इतनी कड़ी है कि तुम लगा ही नहीं सकती। तीन-चार दिनों के सामान निकाल दूँ बाहर और ताला लगाकर जाऊँ मैं?”

“जंजीर लगाने के लिए यहाँ आदमी नहीं मिलेंगे क्या? टीपू लगा लेता है जंजीर।”

खिड़की के पास छिपकर खड़ा टीपू दरवाजे के सामने चला आया और बोला, “घर में मैं भी तो नहीं रहूँगा।”

बाप ने हैरत से पूछा, “तुम कहाँ जाओगे?”

दिव्या से यह सुनकर कि टीपू को ऐसा विश्वास हो गया है कि पिताजी उसे धोखे में रखकर खुद पटना या दिल्ली जा रहे हैं और यह जानकर कि इस यात्रा में पिता के साथ जाने के लिए टीपू ने भी अपनी तैयारी पूरी कर ली है, शशांक पहले खूब हँसा, फिर बेटे के आज के क्रिया-कलापों को याद कर सोच में पड़ गया, और फिर काफी

गम्भीर हो गया वह। टीपू का रुआँसा चेहरा तैरने लगा उसकी आँखों के सामने।

टीपू हाजिर हुआ। बहुत बुझा-बुझा था वह, किसी कुचले-मसले फूल की तरह, एक और ठोकर पर अपने आँसू रोक पाने में असमर्थ। पिता ने बेटे को पास में बैठाया और बोला, "मैं पूर्णिया जा रहा हूँ, सिर्फ एक दिन के लिए। तीन-चार महीनों के अन्दर ही मैं दिल्ली जाऊँगा, इस बार अवश्य जाऊँगा। तुम्हें भी साथ ले जाऊँगा। इस बार जरूर दिल्ली दिखा दूँगा तुम्हें।"

बेटे ने सिर उठाकर पिता के चेहरे पर नजर टिकाई, जैसे कि अन्तिम बार झूठ-सच का पता लगाना चाह रहा हो।

टीपू के चेहरे पर छाए उदासी के बादल धीरे-धीरे छँटने लगे।

देर तक चुप्पी छाई रही। फिर बेटे ने ही कहा, "तीन-चार महीने तो तुरन्त कट जाएँगे। पूर्णिया तो मैं घूम ही आया हूँ; वहाँ दुबारा जाकर क्या करूँगा!"

"हाँ, पूर्णिया में अब क्या देखना है भला," शशांक ने कहा, "हमलोग दिल्ली चलेंगे, तो वहाँ खूब घूमेंगे। तुम्हारी माँ भी साथ रहेगी।"

"पूर्णिया किस काम से जा रहे हैं, पिताजी?"

"कोई खास काम नहीं है; बस, कुछ लोगों से भेंट-मुलाकाम करनी है।"

इसके बाद कुछ नहीं बोला टीपू। वहाँ से धीरे से उठ गया वह और दौड़कर माँ के पास पहुँचा उसे सुनाने, "माँ, दिल्ली जाने की तैयारी करो। तीन-चार महीने के अन्दर हमलोग दिल्ली जाएँगे। साथ में तुम्हें भी चलना है। अब देर नहीं है; बस, तीन-चार महीने की बात है।"

इसके बाद तो जब-तब टीपू दौड़-दौड़कर आता रहा पिताजी के पास, "आप तो राधे चाचा के पास ठहरिएगा, पिताजी?...एक बार धर्मशाला जरूर जाइएगा। वहाँ जो धर्मशाला के व्यवस्थापक चौधरी चाचा हैं, उनसे जरूर मिलिएगा...अगर वे मेरे लिए मूँगफली दें, तो ले लीजिएगा...उनसे कह दीजिएगा कि...कि अब मैं बदमाशी नहीं करता हूँ...धर्मशाला के बगल में वैष्णव भोजनालय है। उसका एक गिलास मैंने फोड़ दिया था। तो भोजनालय का तोंदवाला मालिक मुझ पर बहुत बिगड़ा था। वह दिन-भर किसी-न-किसी पर गुस्साता ही रहता था। एक बार देखिएगा तो, पिताजी, कि वह अभी भी उसी तरह गुस्साता है...अस्पताल के सामने एक भिखमंगा बैठता था, पिताजी। याद है आपको, उसे सिर्फ एक आँख थी? उस एक आँख से ही मटकी मार-मारकर वह गाता रहता था, 'दे दे राम, दिला दे राम।' मैं तो देर-देर तक उसे देखता रह जाता था। अगर वह मिले, तो उसे दस पैसे जरूर दे दीजिएगा, पिताजी; दस नहीं, बीस पैसे दे दीजिएगा...याद है, पिताजी, धर्मशाला में एक लड़का बराबर मेरे साथ रहता था? उसका नाम था अभय। अगर वह मिले...मगर वह कैसे मिलेगा, वह तो अपने घर रानीगंज चला गया होगा...अगर वह संयोग से कहीं मिल जाए, तो उससे कहिएगा कि टीपू खोज रहा था। उसने मुझसे कहा था कि वह मेला देखने राजगंज आएगा। वह

बता रहा था कि यहाँ उसकी कोई फुआ रहती है, मगर उसे फुआ का पता ठीक से मालूम नहीं था...एक बुढ़िया थी धर्मशाला में, पिताजी। वह अकेली थी; कोई आदमी नहीं था उसके साथ। अब याद नहीं है, किस गाँव की थी वह। उसे मैं रोज बाजार से दूध ला दिया करता था। उसने कई बार मुझे दस-बीस पैसे देना चाहा, मगर मैंने कभी पैसे नहीं लिये थे, पिताजी। अगर वह मिले, तो उसे मेरी याद करा दीजिएगा। हो सकता है, अब वह मर भी गई हो; मगर एक बार उसे ढूँढ़िएगा जरूर, पिताजी। वह मुझे टीपू नहीं कह पाती थी, कहती थी, 'टीटू'..."

और जब 'पिछवाड़े' की एक दिन की यात्रा पर शशांक निकला, तो दिव्या जल-भुन गई। सिर पर बक्सा और बिस्तर की गठरी उठाए आगे-आगे एक कुली चल रहा था। टनाका सर्दी को पछाड़ देने लायक कपड़े देह पर लादकर खुद बाबू शशांक चल रहे थे; और कन्धे से झोला लटकाए पिता को स्टेशन तक पहुँचाने साथ-साथ तेज कदमों से चलते हुए बोलते-बतियाते टीपू चल रहा था।

दिव्या जल-भुन गई, इतनी सज-धज और तैयारी के साथ तो इनकी सवारी कभी कलासन के लिए भी निकली थी; लगता है, जैसे पूर्णिया में ही ससुराल हो इनकी।

रेलगाड़ी के चलते ही अचानक शशांक का मन भारी हो गया, कहाँ जा रहा है वह? क्यों जा रहा है? फिर से अपने-आपको बहुत छोटा महसूस करने लगा वह यह सोचकर कि एक आदर्श बच्चे की तलाश में घर से बाहर निकला है वह। ईश्वर से शुभ और फलदायक यात्रा की प्रार्थना करने के बावजूद उसे लग रहा था कि यात्रा निष्फल होगी, कुछ हाथ नहीं आएगा उसके।

उसे बार-बार एक और दर्शनीय बच्चे की याद आने लगी जिसे देखने कभी छात्र-जीवन में अपने दो-तीन मित्रों के साथ गया था वह। उस दर्शनीय बच्चे की सूरत कभी भुला नहीं सका वह।

सुनने को मिला था कि उस बच्चे को देखने अक्सर लोग आते रहते हैं, परिचित, अपरिचित।

बच्चा मार खाकर आम बच्चों की तरह ही रोता था, मगर उसके रोने का तौर-तरीका काफी भिन्न था। मार मामूली हो या भीषण, उस बच्चे की रुलाई एक-सी होती थी। मार खाने पर वह आम बच्चों की तरह भरभराकर रोने नहीं लगता था; तुरन्त उसकी आँखों से आँसू नहीं निकलते थे। मार लगने पर वह कमरे के चारों कोनों को निहारता था कि कोई कोना खाली है या नहीं। अगर उस कमरे में कोई कोना खाली नहीं मिलता, तो वह दूसरे-तीसरे कमरे में खाली कोने की तलाश में चला जाता। किसी खाली कोने में पालथी मारकर बैठ जाता था वह और तब अपनी रुलाई शुरू करता था; और जब भी रोता था, खूब जोर-जोर से चिल्लाता रोता था।

यही दर्शनीय था उस बच्चे में जिसे देखने अच्छे-अच्छे लोग, परिचित-अपरिचित, आते रहते थे। बच्चे का पिता काफी गर्व और शान से बच्चे का यह तमाशा शुरू करता था।

जो मित्र शशांक को उस बच्चे को दिखाने ले गया था वह उस बच्चे के पड़ोस में ही रहता था। उसने बच्चे के पिता से अपने मित्रों का परिचय कराया और उसके आने का उद्देश्य बताया। उद्देश्य जानकर बच्चे का पिता खिल उठा और हँसते हुए कहा था, "सुबह से अभी तक तीन खेप मेहमान आ चुके हैं और सब इस बच्चे को ही देखने आए थे। किसी को निराश लौटा भी तो नहीं सकता। अच्छे-भले लोग पहुँचते हैं यहाँ, दूर-दूर से आते हैं।" कहकर वे फिर एक बार जोर से हँसे थे।

बच्चे का पिता किसी को निराश नहीं करता, यह सुनकर शशांक के साथ आए दोनों मित्र काफी खुश हुए थे।

उन्हें अतिथि-कक्ष में सादर बैठाया गया था। एक कुर्सी पर बच्चे का पिता भी अकड़कर बैठ गया और फिर अपने को कुछ गरमाकर उसने गरजदार आवाज में कहा, "मुन्ना! इधर आओ।"

बच्चे का पिता प्यार से बच्चे को मुन्ना कहकर पुकारता था।

मुन्ना अन्दर के कमरे से आया। भीड़ पर नजर पड़ते ही वह दहशत खा गया; रंग उड़ गया उसके चेहरे का। एक बार फिर...सहज ही जान लिया होगा उसने।

"क्या कर रहे थे?" पिता ने कड़कदार आवाज में पूछा।

"गणित के सवाल बना रहा था," अन्दर से काँपते हुए बेटे ने जवाब दिया।

"कितने सवाल बनाए?"

"पाँच।"

"सिर्फ पाँच?"

बेटे से कोई जवाब देते नहीं बना।

"सिर्फ पाँच!" कहकर पिता ने बेटे को एक हल्की चपत लगा दी।

सबकी निगाहें मुन्ने पर टिकी हुई थीं। मुन्ने ने पूरी भीड़ को अपनी भयभीत और सहमी निगाहों से देखा, और सचमुच वह कमरे के कोनों को निहारने लगा।

तमाशा में कुछ अधिक रंग और मजा लाने के लिए पिता ने उस कमरे के चारों कोनों को भर रखा था।

मुन्ना अन्दर चला गया। पिता के चेहरे पर मुस्कराहट फैल गई, और उपस्थित मेहमान भी उनकी देखादेखी मुस्कराने लगे। एक क्षण मुस्कराहटों में बीता, और फिर...

जोर से मुन्ना के रोने की आवाज आई। बच्चे के पिता के साथ ही सारे मेहमान ठहाका मारकर हँस पड़े।

पिता ने कुर्सी से उठकर कहा, "अब चलिए, आप लोगों को यह भी दिखा दूँ कि मुन्ना कहाँ बैठा हुआ है।"

बच्चे को भीतर के कमरे में एक कोने में बैठकर रोते हुए देख फिर ठहाकों का

एक शोर हुआ। इस हँसी से बेअसर मुन्ना अपने सुर में रोता रहा।

बच्चे की रुलाई के दौरान सब चाय पीते रहे थे। चाय पीकर नमस्ते के साथ मेहमानों ने विदा ली थी।

उन मेहमानों में वह भी एक था, इस बात से आज तक दुखी होता रहा है शशांक।

उस दृश्य का कष्ट बहुत बार झेल चुका है शशांक। आज पूर्णिया जाते हुए फिर वह दृश्य उसे कष्ट देने लगा था। बच्चे के प्रति पहले दिन ही उसके मन में ममता जगी थी, पर उस दिन उस बच्चे के पिता से वह कुछ कह नहीं पाया था। आज अगर उस पिता से उसकी भेंट हो, तो वह अवश्य पूछेगा, "आपके घर में भगवान के बहुत-से चित्र टँगे होंगे। कभी आपने यह गौर किया है कि उनके गाल पर नीले-नीले दाग कैसे उभर आए हैं?"

3

हाँक लगाने की जरूरत नहीं पड़ी राधेश्याम को। उन दोनों के दरवाजे पर पहुँचते ही दरवाजा खुल गया। सामने प्रकट हुए भजनलाल जी और मुस्कराकर उनका स्वागत करते हुए राधेश्याम से कहा, "आप भी समय के पाबन्द हो गए हैं, राधे बाबू।"

"यह आपकी सोहबत का फल है," कहते हुए राधेश्याम मुस्कराया और फिर एक जोरदार ठहाका लगाया। भजनलाल जी की नजर शशांक की ओर चली गई, तो जरूरत-भर शशांक भी मुस्कराया।

बहुत ही शान्त महल्ला था।

तीनों कमरे में दाखिल हुए और कुर्सियों पर बैठे। कमरे को ठीक से निहारा शशांक ने, और मन-ही-मन इस बात से शर्मिन्दा हुआ कि इस सजे-सजाए कमरे को देख लेने के बाद अगर कोई राजगंज में उसका कमरा देखेगा, तो क्या सोचेगा उसके बारे में। राधेश्याम ने जब-जब देखा होगा, मन-ही-मन उसे काफी असभ्य और गँवार समझता रहा होगा। शायद कभी-कभी यह भी सोच बैठा हो इस आदमी के साथ दोस्ती बहुत उचित नहीं है। नहीं, शशांक ने मन में निर्णय लिया, इस बार जाते-जाते ही वह अपने सारे कमरों को सजा लेगा, और अब से इधर-उधर फेंककर नहीं रखेगा कोई चीज। दिव्या ने इस घर में आते-आते ही यह काम शुरू किया था, मगर खुद उसने ही चीख-चिल्लाकर, उछल-कूछकर तंग कर दिया था उसे और उस बेचारी की हिम्मत तोड़ डाली थी। इस बार राधेश्याम पहुँचे राजगंज, इससे पहले ही यह काम पूरा कर लेगा वह; और शनिवार की रात में उससे भेंटकर रविवार को ही अपने यहाँ भोजन के लिए आमंत्रित भी कर देगा।

इसी तरह आँखें खुलती हैं। शशांक को याद आया कि एक जमाना था जब उसके घर में एक कुर्सी नहीं थी, एक मेज नहीं थी। कहीं मेहमानी में गए हुए थे

उसके पिताजी। वहाँ से आते ही उन्होंने उस घर का बखान शुरू कर दिया था, और फिर एक सप्ताह भी नहीं गुजरा कि घर में कुर्सियाँ और मेजें आ गईं। दरवाजे पर कोई हल्का-फुल्का मेहमान या मुलाकाती भी आता, तो पिताजी तुरन्त आवाज लगाते, "रामदास! कुर्सी ले आओ।"

भजनलाल जी के घर में पूर्ण शान्ति थी। लगता था, उन्हें घर की पहरेदारी पर छोड़कर शेष सारे लोग कहीं बाहर गए हुए हैं। भजनलाल जी को देख लेने के बाद उनके बेटे को भी शीघ्र ही देखने की इच्छा जोर मारने लगी शशांक के मन में। भजनलाल जी तो मोटे-मोटे हैं; उनका बेटा कैसा होगा, सोचने लगा शशांक।

सोचने का बहुत वक्त नहीं दिया भजनलाल जी ने। कुर्सी पर बैठते ही उन्होंने अपनी नजर शशांक की ओर घुमाई और कहा, "आप शशांक बाबू हैं। आपकी चर्चा जब-तब राधे बाबू किया करते थे। सुना है कि आप बहुत पढ़ते हैं। मेरे बेटे को भी पढ़ने की जबरदस्त आदत है।"

भजनलाल जी बेटे की बड़ाई हाँकने लगे। बड़ाई की पहली किस्त समाप्त कर लेने के बाद उन्होंने हाँक लगाई, "चुनचुन! इधर आओ।"

तो घर में कोई है!—शशांक ने मन में सोचा।

एक बारह-तेरह वर्ष का चश्माधारी बालक प्रकट हुआ। शशांक ने बच्चे को गौर से देखा; शायद आदर्श बालक यही है, उसने अनुमान लगाया।

यह बालक घर के अन्दर ही था? यह प्रश्न बेवजह कोंचने लगा शशांक को।

अपना टीपू घर में रहता है, तो...तो मेहमानों को बाहर से ही अन्दाजा मिल जाता है कि घर बच्चों से भरा हुआ है...उछल-कूद...धूम-धड़ाका...सा रे गा मा...ताक् धिन ताक् धिन...पहली ही हाँक या दस्तक पर किसी के दौड़कर दरवाजे की ओर आने की आहट मिल जाती उन्हें और दरवाजे के खुलते ही उनके कानों में पड़ता, "पिताजी से मिलना है क्या?"

घर में कौन मेहमान आए हुए हैं, इससे बच्चों का क्या वास्ता?

मगर टीपू तो जानकर ही दम लेगा कि मेहमान हैं कौन। पिता के पीछे-पीछे वह भी दाखिल हो जाएगा मेहमानों के कमरे में, और फिर उनकी बातचीत से उनके बारे में पूरी जानकारी ले लेगा। मेहमानों के आते ही व्यस्त हो उठेगा टीपू। कभी तो वह फुसफुसाकर पिता से पूछेगा, "ये कौन हैं, पापा?" और कभी दौड़कर पहुँचेगा माँ के पास, "माँ, देखो तो कौन आए हैं?...देखो न उठकर; एक मिनट के लिए उठ नहीं सकती?... गे माँ, एक आदमी आए हैं, बहुत मोटे-मोटे, हरिचन्द मामा को भी पटक देंगे। तुम जानती हो, कौन हैं ये?...ओह, माँ, एक अजीब आदमी आए हैं। उनकी नाक देखोगी, तो देखती ही रह जाओगी। लगता है, नाक पर एक बहुत बड़ा सुपारी है...तुम जल्दी से देख लो; वे चले जाएँगे..."

मेहमान घर में हों और बच्चा घर में उछल-कूद मचाकर यह सब पूछ-बोल रहा

हो, यह कितनी बुरी बात है! सचमुच टीपू की यह आदत बहुत गन्दी है।

मेज पर अखबार और कुछ पत्रिकाएँ पड़ी थीं जिन्हें उठाकर देखने की इच्छा हुई शशांक की, मगर तभी उसे एक अपनी बुरी आदत का भी खयाल आ गया।

किताबों और पत्रिकाओं पर झपटने की उसकी आदत भी काफी बुरी है। आप किन्हीं के घर उनसे मुलाकात और बातचीत करने जाते हैं, मुलाकात के बहाने उनके घर की किताबों और पत्रिकाओं को पढ़ने नहीं जाते। किताबों से सजी आलमारियों में झाँकने, किताबें निकालकर उनके पन्ने पलटने, और पन्ने पलटते-पलटते उन्हें पढ़ने में व्यस्त हो जाने की आदत एक बहुत गन्दी आदत ही मानी जाएगी। आपको किताबें और पत्र-पत्रिकाएँ दिखाकर मेहमान ने अपनी सुरुचि-सम्पन्नता का परिचय दे दिया, इसका मतलब यह तो नहीं कि आप भी तुरन्त उन्हें अपनी गन्दी आदत का परिचय दे ही दें। नेताजी को पता है कि अपना भाषण सुनाने के लिए उन्होंने जिन गरीब और गन्दी औरतों को इकट्ठा किया है उन सबके सिर में जूँ हैं, मगर यह तो अच्छी बात नहीं है कि भीड़ की आधी औरतें शेष आधी औरतों से अपने सिर से जूँ निकलवाएँ और क्रान्ति की बातें सुनने की बजाय चुहलबाजी में व्यस्त हो जाएँ। सिर में जूँ नहीं हों, तब भी शिष्टाचार नहीं! धर्मोपदेशक की बातें सुनकर भी भगवान को पा लेने की चिन्ता छोड़कर अगर औरतें अपने स्वेटर बुनने की जल्दबाजी में हों और कनखियों-कनफुसकियों से उपदेशक के भूत-भविष्य और रूप-गुण को केन्द्र बनाकर हँस-मुस्करा रही हों, तो कैसा लगेगा प्रवचनकर्ता को! अब अगर शशांक बाबू भजनलाल जी की बातें ध्यान से सुनने की बजाय किसी पत्रिका को उठाकर उसके पन्नों में रम जाएँ, तो कितना बुरा लगेगा भजनलाल जी को! हो सकता है, खिन्न होकर वे आगे कुछ बोलना ही बन्द कर दें। अगर यह आदमी सचमुच बड़ा है, जैसा कि राधेश्याम बता रहा था, तो सिर्फ खिन्न होकर ही तो नहीं रह जाएगा; गुस्सा सकता है और गुस्से में यह भी कह सकता है, "लगता है, आप पूर्णिया घूमने के खयाल से आए हैं। तो फिर मैं ही क्यों बकबक करूँ! आप अपना सुनहला समय घूमने-फिरने में ही लगाइए।" अगर इस आदमी को कहीं शशांक के व्यवहार से अपनी बेइज्जती का अहसास हो गया, तो दुत्कार भी सकता है, "हाँ, तो अब आप जा सकते हैं, महाशय; इससे अधिक समय मुलाकातियों को मैं नहीं दे सकता।" और फिर धीरे से या चिल्लाकर राधेश्याम को भी कह सकता है, "आप भी, राधे बाबू, कैसे-कैसे जाहिल को पकड़ लाते हैं। यह शख्स सौ जन्मों में भी अपने बेटे को आदमी नहीं बना सकता।" और विद्रूप भरी हँसी हँसते हुए बड़बड़ा सकता है, "हुँह, पत्रिका पढ़ने आया है यहाँ!"

शशांक को मेज पर से अखबार तक उठाकर पढ़ने की हिम्मत नहीं हुई।

प्रकट होकर बालक ने बड़ी नम्रता से कहा, "नमस्ते, श्रीमान।"

'नमस्ते, श्रीमान,' यह तो टीपू को भी सिखाया जा सकता है। उसके लिए एक बड़ा संकट ही समाप्त हो जाएगा।

अक्सर टीपू को मेहमानों की उम्र का अन्दाजा लगाने का झंझट उठाना पड़ता है, क्योंकि तभी तो वह 'नमस्ते, चाचाजी' या 'प्रणाम, दादाजी' कहकर उनका अभिवादन कर सकता है। कभी-कभी तो शशांक को झेंप जाना पड़ा है, "अरेरे, ये तुम्हारे चाचाजी नहीं, मामाजी हुए।" टीपू को कोई झेंप नहीं; मामाजी हों या चाचाजी, हैं तो कोई रिश्ते के आदमी ही। और रिश्ता भी क्या टीपू का! एक दिन करमनचक से एक बटाईदार आया था। टीपू उससे बातें कर रहा था, "आप मेरा कितना खेत जोतते हैं, दादाजी?....दादाजी, इस बार आपके खेत में कितना धान हुआ?...अच्छा, दादाजी, यह बताइए कि..." दिव्या ने सुना, तो हाँक लगाकर बुला लिया बेटे को और लगी डाँटने, "टीपू, जिस-तिस को दादा-चाचा क्यों कहने लगते हो? वह बूढ़ा हमारा खेत जोतता है; वह तुम्हारा दादा कैसे हो गया?" टीपू को इस बात से क्या लेना-देना कि कौन क्या करता है! उम्र का पता चल जाए, फिर तो वह खुद अपना रिश्ता तय कर लेता है। और अगर कहीं गड़बड़ी हो गई उम्र में, तो...दिव्या ने दरवाजे से बेटे को बुलाकर बताया, "रे टीपू, तुम उन्हें मामा मत कहो; वे मेरे चाचा लगते हैं और तुम्हारे नाना लगेंगे।" 'नाना!' चिहुँक पड़ा टीपू, "मैं उन्हें नाना कैसे कहूँ, माँ! वे तो उम्र में तुमसे भी बहुत छोटे लगते हैं। मैं मामा ही कहूँगा।" और तब टीपू माँ की बहुत मिन्नत करने पर 'ना...ना' कहने को तैयार हुआ।

और अगर कोई परिचित रिश्तेदार आ गया टीपू का, तब तो वह निहाल हो जाता है। मेहमान पर नजर पड़ी नहीं कि पूरे घर में डंका बजाने लगता है कि कौन आए हुए हैं। माँ घर में न हुई, तो पिछवाड़े तक तुरन्त दौड़ लगाता है वह। एक बार जब उसके हरिचन्द मामा आए हुए थे, तो अपने सारे दोस्तों को बुला-बुलाकर उसने मामा को दिखाया था और हर एक से यह कबूल भी करवा लिया था कि और किसी के मामा की मूँछें उसके मामा मूँछों की तरह कड़ी और बड़ी नहीं हैं।

पूर्णिया धर्मशाला में एक विकट प्रश्न रख दिया था बेटे ने बाप के सामने, "पिताजी, उस कोनेवाले कमरे में एक बुढ़िया रहती है। वह बहुत मानती है मुझे। उसे मैं क्या कहूँ, नानी या दादी?" डाकघर के डाकिया को भी डाकिया चाचा कहकर पुकारता है वह।

शायद बहुत दिनों तक टीपू के साथ रहने का ही फल था कि 'नमस्ते, श्रीमान' सुनकर जब शशांक ने चुनचुन पर निगाह जमाई, तो ऐसा लगा उसे कि किसी ने उससे विदाई माँगी हो और फिर धीरे-धीरे दूर होता जा रहा हो उससे। टीपू भी तो 'नमस्ते, श्रीमान' पर अपना परिचय समाप्त कर सकता है और चाचा-दादा के पचड़े से मुक्त हो सकता है। मगर उसे तो मजा आता है इस पचड़े में पड़ने का, झंझट मोल लेने का। वह पास से दूर कभी नहीं जाता, हमेशा दूर से पास आ जाया करता है, इतना पास कि अन्त में बिलकुल चिपक जाता है वह।

प्राय: हर शनिवार की रात में शशांक के साथ देर रात तक बातचीत होने के बावजूद हर रविवार को राधेश्याम उसके घर पहुँचता है, और पहुँचते ही पूछता है, "कहाँ है तुम्हारा बन्दर?" ढेर सारी बातें, जो टीपू पिता को नहीं कह पाता, कभी राधे चाचा के कानों में फुसफुसाकर कहता है और कभी उन्हें अकेले पाकर रस ले लेकर सुनाता है। टीपू की बातों से कभी राधेश्याम भी नहीं अघाता; खोद-खोदकर पूछता है उससे और ठहाके पर ठहाके लगाता है। अचानक हाजिर होकर अगर पूछ बैठता है शशांक अपने दोस्त से, "क्या बातें हो रही हैं? बहुत हँस रहे हो?" तो टीपू के इशारे पर राधेश्याम साफ नकार जाता है, "नहीं, बताऊँगा; कभी नहीं बताऊँगा।" तब शशांक को यही लगता है कि यह राधे अब उसका मित्र कुछ कम ओर उसके बेटे का चाचा कुछ अधिक हो गया है।

इस बेटे के साथ तो मनिहारी दुकान के गंगादास ने भी दोस्ती गाँठ ली है। अभी भी वह टीपू को बुलाकर अपनी दुकान में देर-देर तक बैठाए रखता है ओर उससे बातें करता रहता है। गंगादास को तो शशांक महज इतना-भर पहचानता था कि वह भी राजगंज का ही रहनेवाला है। टीपू के कारण अब उसकी यह पहचान काफी गहरी हो गई है। अब तो कहीं राह-बाजार में मिल जाता है गंगादास, तो नजर मिलते ही मुस्करा पड़ता है, और उस मुस्कराहट में बस एक टीपू बसा करता है।

चरित्तर तो अक्सर आता ही रहता है; मगर कभी-कभी आते ही वह मालिक या मालकिन से पूछ बैठता है, "कुछ कह रहे थे क्या? टीपू ने हाट में बताया कि मेरी बुलाहट है।" तब टीपू मचलते हुए उसे सुना देता, "आप नहीं आ रहे थे, तो क्या करता मैं!" फिर तो चरित्तर को काफी समय गुजारना पड़ जाता वहाँ, कभी टीपू के किसी खेल को देखने में, कभी उसकी बड़ी-बड़ी बातें सुनने में, और कभी दस गाँवों के समाचार सुनाने में। बहुत मुश्किल से छुटकारा मिल पाता उसे टीपू से। जब भी आता है चरित्तर उस घर में, तो अपने 'टीपू मालिक' की खोज अवश्य करता है; और अगर दो-चार दिन नागा कर जाता है चरित्तर, तो टीपू की फिक्र शुरू हो जाती है, "माँ, चरित्तर चाचा आज भी नहीं आए थे क्या?"

शिवालय के सामने पीपल गाछ के नीचे जाड़े की रात बिना कम्बल-रजाई के काट रहे बूढ़े से 'नमस्ते, श्रीमान' कहकर दूर नहीं खिसक गया टीपू, बहुत करीब चला गया उसके। पिछले साल भी उस पीपल के नीचे टीपू की रजाई ओढ़कर रातें गुजारी हैं उस बूढ़े ने। हर साल टीपू को ढूँढ़ता हुआ चला आता है वह बूढ़ा; हर साल टीपू के लिए अपने गाँव से सिंघाड़ा लेकर आता है वह गरीब। यह सब क्या इसलिए कि टीपू ने एक रजाई दी थी उसे? नहीं, इसलिए नहीं। निर्वंश है न वह बूढ़ा। अपने किसी शून्य को भरने चला आता है वह यहाँ। टीपू की दी हुई वह रजाई फट जाएगी, सड़ जाएगी, तब भी वह जिन्दगी-भर ओढ़ता रहेगा उसे और भयानक जाड़े की रात में भी उसे ओढ़कर गर्मी महसूस करेगा।

कितना सम्मोहन है मेरे टीपू में!—सोचकर बहुम खुश हुआ शशांक। पूर्णिया धर्मशाला के व्यवस्थापक चौधरी जी उसके कमरे में चले आते थे और फिर अनुमति माँगते थे उससे, "आज टीपू को मेरे साथ छोड़ दीजिए। आज वह मेरे साथ घूमेगा। आप कोई चिन्ता नहीं कीजिएगा। शाम में मैं उसे वापस कर दूँगा।" टीपू भी तैयार हो जाता था तुरन्त अपने इस नये चाचा के साथ दिन बिताने के लिए, पूरे पूर्णिया का चक्कर लगाने के लिए।

किसी काने से कोई पूछकर दिखा तो दे, "आप काना कैसे हो गए?" मगर अस्पताल के सामने बैठनेवाले भिखमंगे से यह भी पूछकर चला आया था टीपू। आज भी वह टीपू को अवश्य पहचान लेगा; और अगर पहचानने में उसने जरा भी देर की, तो टीपू उसे याद दिलाना शुरू कर देगा, "अरे, आप मुझे भूल रहे हैं! मैंने आपसे पूछा था न कि आप काना कैसे हो गए, और आपने मुझे बता भी दिया था...आपके गाँव में अकाल पड़ा था, तो आपकी माँ आपको लेकर यहाँ आई थी, और फिर एक दिन यहीं मर गई थी...आपको अपने गाँव का नाम मालूम है, मगर आप लौटकर कभी वहाँ नहीं गए...याद कीजिए, मैंने आपसे कहा था कि आप मेरे गाँव राजगंज चलिए; वहाँ मैं आपको खूब भीख दिलवाऊँगा...बोलिए, अब याद आया?" और तब सचमुच उस भिखमंगे की साबुत आँख में चमक आ जाएगी।

लच्छू चौधरी की नई बीवी को पूरे राजगंज में एक टीपू ही हमदर्द मिला। सौत से गालियाँ सुनती रही, मार खाती रही, मगर अड़ोस-पड़ोस का कोई आदमी उसकी मदद में नहीं आया। एक टीपू ने ही उसे उसकी सौत के सामने कहा, "तुम्हें मारे, चाची, तो तुम भी मारो।" और फिर एक दिन अपने ही पिछवाड़े में दिव्या ने टीपू को लच्छू की इस नई बहू के साथ बतियाते देखा। माँ ने जब जोर दे-देकर पूछा कि वह क्या कहने आई थी, तो टीपू ने माँ के इस आश्वासन पर कि वह किसी को कुछ नहीं बताएगी यह राज खोला था, "सुबह में यह चाची भागकर अपने मैके चली जाएगी। मुझसे एक बार अपने गाँव आने को कह रही थी। उसने अपने नैहर का पूरा पता बता दिया है मुझे।" और फिर टीपू ने माँ पर अपना गुस्सा भी प्रकट कर दिया था, "मगर मैं जानता हूँ, तू तो मुझे कहीं जाने नहीं देगी।"

धर्मशाला की वह बुढ़िया अगर इस गाँव में होती, तो वहाँ की तरह यहाँ भी जब-तब झाँकने चली आती और टीपू को नहीं देखकर पूछ बैठती, "टीटू कहाँ है?" उस असहाय और गरीब बुढ़िया को और कौन मिलता बेगारी करनेवाला! और बेगारी करते हुए भी बिलकुल अपने पोते या नाती की तरह कौन मीठी आवाज में पुकारता रहता, "गे नानी...गे दादी!"

और भी न जाने कितने ही लोग इसी राजगंज में टीपू के करीब आने की, टीपू को अपने करीब लाने की कोशिश करते रहते हैं। 'नमस्ते, श्रीमान' कहकर टीपू उनसे कभी दूर नहीं जाता, पास खिसक आता है, सट जाता है। भजनलाल जी का चुनचुन

तो नमस्ते कहकर दूर खिसक रहा है। और शशांक को लगता रहा कि न तो उसके 'नमस्ते' में कोई नमस्कार है और न उसके 'श्रीमान' में कोई आकर्षण।

तब तो टीपू ही ठीक है, शशांक अपने निष्कर्ष पर पहुँचा।

पिता की हँकार पर फिर प्रकट हुए चुनचुन जी। पिता का आदेश हुआ था, "जलपान ले आओ।" जलपान की तश्तरियाँ लिये प्रकट हुए चुनचुन जी और मेज पर तश्तरियाँ छोड़ देने के बाद फिर खिसक गए।

ऐसा नहीं लगा कि इस जलपान की तैयारी में टीपू की तरह चुनचुन जी का भी हाथ रहा हो। ऐसा लगा, जैसे किसी अल्पाहार-गृह में कोई छोकरा नाश्ता परोस गया हो, और परोसकर किसी और काम पर चला गया हो।

टीपू तो मेहमान आए नहीं कि दौड़ता-उछलता जा पहुँचता है माँ के पास, माँ, मेहमान आए हैं; जल्दी नाश्ता तैयार करो...अरे, सिर्फ चाय! राम राम! तुम भी गजब हो, माँ। ये भी क्या रोज-रोज आते हैं! सिर्फ चाय की प्याली लेकर मैं तो नहीं जाऊँगा। मैं तो लाज से मर जाऊँगा...ऐसा करो, माँ, तुम थोड़ा हलुआ बना दो...मुझे लालची मत समझो; मैं नहीं खाऊँगा हलुआ...ठीक है, मेरा हिस्सा मत बनाना...गे माँ, अब चूल्हा मत जलाओ। जगदीश चाचा की दुकान में अभी-अभी ताजा गुलाब जामुन बना है; वही मँगा लो। ये लोग खाएँगे, तो याद रखेंगे; दस जगह बड़ाई करेंगे कि कहीं खाया था गुजाब जामुन। सोचो, गुण जगदीश चाचा का, मगर नाम तुम्हारा।...माँ, जरा पिताजी की इज्जत का भी खयाल रखा करो। क्या सोचेंगे मन में ये लोग कि शशांक बाबू के यहाँ नाश्ते में भूँजा मिला था खाने को...ठीक है, माँ, रसगुल्ले ही ले आता हूँ...गिनती से मँगाओगी रसगुल्ले? अच्छा, गिन लेता हूँ मेहमानों को...हाँ, माँ, मैं अपने को भी गिनूँ?..."

और फिर बगल में या सामने खड़ा होकर टीपू बड़े गौर से देखता है मेहमानों को नाश्ता करते हुए...कि क्या उसकी ही तरह गुलाब जामुन पर नजर पड़ते ही उनकी भी बाछें खिल जाती हैं?...बहुत गौर से देखता है टीपू कि उनके मुँह में भी पानी भर आता है या नहीं...रसगुल्लों के मुखस्थ होने के पहले और उदरस्थ होने के बाद की जितनी भाव-भंगिमाएँ होती हैं उसकी अपनी, उनमें से कितनों का प्रदर्शन कर रहे हैं मेहमान...मिठाइयों के खाने के जिन बीस-बाईस तरीकों को वह खुद जानता है, उनसे अलग भी किसी तरीके की जानकारी तो नहीं है मेहमानों को...मेहमानों को यह भय तो नहीं हो रहा है कि सामने खड़े बालक की निगाह उनकी तश्तरियों में परोसी मिठाइयों पर टिकी हुई हैं...उनकी खाने-चबाने और गटकने-निगलने की क्रियाओं में कहीं थोड़ा-बहुत भी मनोरंजन है या नहीं...

बहुत गौर से प्रसन्न मुख देखता खड़ा रहता है टीपू!

चुनचुन जी को पिता का आदेश हुआ, "तौलिया ले आओ।"

ऐसा लगा कि जैसे इस आदेश की प्रतीक्षा में चुनचुन जी हाथ में तौलिया लिये अन्दर में खड़े रहे हों। यह भी लगा कि तौलिया अकेले आया; उसे लेकर चुनचुन जी नहीं आए।

मेहमानों के लिए तौलिया लाने टीपू भी तो जाया करता था अन्दर। हाँ, लगता था कि सचमुच कोई वीर ढूँढ़ने निकला हो दुर्लभ तौलिया को किसी दुर्गम स्थान में। उसके अन्दर जाते ही गीत के बोल सुनाई पड़ने लगते, "मिल जाओ रे, मिल जाओ, कहाँ छुपे हो तौलिया।" प्रार्थना सुनने के बाद ही तौलिया प्रकट होता टीपू के सामने। और तब सुनने को मिलता, "मिल गया, भाई, मिल गया; मुझको तौलिया मिल गया।" उछल-कूद न हो, गायन-वादन न हो, तो किसी चीज को ढूँढ़ने में मन ही नहीं लगता टीपू का।

चश्माधारी चुनचुन जी बहुत उछल-कूद कर भी तो नहीं सकते; बार-बार चश्मा जमीन पर गिर जाएगा।

टीपू उछल सकता है, तो उछले; कोई हर्ज नहीं है इसमें, मन में सोचता रहा शशांक।

स्वागत-सत्कार में कोई कमी नहीं की थी भजनलाल जी ने! कमी हो भी भला कैसे! बेटा दुलहा बना हुआ था, बाप दुलहे का बाप; और, बालक के गुणों की चर्चा सुनकर दूर-दूर से लोग देखने पहुँच रहे थे। बेटा लायक हो गया, बाप की कोशिशें कामयाब हो गईं, तो क्यों न बजाए बाप मूसल से नगाड़ा! दस-पाँच खर्च भी हो जाते हैं दर्शकों के मुँह मीठा करने में, तो घाटा कैसे! कितनी खुशी, कितना आनन्द है कि लोग उनके बेटे को देखने आए हैं, एक आदर्श बालक और आदर्श पिता की तलाश में उनके दर हाजिर हुए हैं।

और, अब समय आ गया था कि भजनलाल जी अपने बेटे को ठीक से नुमाइश कर डालें। पिता की हँकार पर फिर हाजिर हुआ चुनचुन। इस बार पिता का आदेश हुआ, "आजकल क्या पढ़-लिख रहे हो, यह सब मेहमानों को बताओ। पूछो, कुछ सवाल ही पूछो।"

सवाल! हाय राम! राधेश्याम यह तो नहीं बताया था कि आदर्श बालक कुछ सवाल भी पूछेगा! शशांक चिहुँक पड़ा। पूछनेवाला कोई बच्चा ही है, तब भी बच्चा यह तो नहीं पूछेगा, "दो गुणा दो, कितना हुआ, श्रीमान?" कुछ ऐसा भी नहीं पूछेगा जिस पर अपना मंतव्य-भर देना हो। किसी ऐसे प्रश्न की भी उम्मीद नहीं की जा सकती जो उसके अपने बाल्य-काल में काफी लोकप्रिय और चालू था। क्या पूछेगा भजनलाल का यह सुपुत्र? जरूर कुछ ऐसा ही पूछेगा जिसके जवाब की उसे मेहमानों से कतई उम्मीद नहीं हो।

राधेश्याम ने ऐसी सम्भावना तक व्यक्त नहीं की थी कि बालक कुछ सवाल भी

पूछ सकता है। यह तो किसी को खिला-पिलाकर डंडे लगाना हुआ। नहीं, वह सवालों के जवाब देने नहीं आया है यहाँ। जितना खिलाया है भजनलाल ने, उगलवा ले उससे और मुक्त कर दे उसे, यह मंजूर; सवाल-जवाब के पचड़े में पड़ना बिलकुल मंजूर नहीं।

इस जाल में एक बार पहले भी फँसा था वह। त्रिवेणी गुप्ता के बेटे की शादी थी। बारात में चलने के लिए उसको भी आमंत्रित किया गया था। गाँव का सबसे अधिक पढ़ा-लिखा आदमी केवल निमंत्रण-पत्र पाकर ही तो बारात में नहीं चला जाएगा, इसलिए खुद त्रिवेणी गुप्ता कई बार आरजू-मिन्नत कर गए थे बारात में चलने के लिए। और भी कई आदमियों से उसकी खुशामद करवाई गई थी। बहुत दिनों से किसी बारात में गया भी नहीं था वह और भोज खाने का अचानक ही उसके मन में लोभ भी हुआ। वह बारात में शामिल हो गया था।

चलते वक्त तक उसे पता नहीं था कि गाँव के सबसे अधिक पढ़े-लिखे आदमी की इतनी खुशामद क्यों की जा रही है, नहीं तो वह अपने लोभ-लालच को डंडे मारकर भगा देता और हैजे का मरीज बनकर बिस्तर पकड़ लेता।

जनवासा में पहुँचने के आधा-घंटा के अन्दर ही खुशामद का रहस्य खुल गया। त्रिवेणी गुप्ता का मुंशी कुछ युवक बरातियों को सुना रहा था, "मैं सब पता लगाकर चला आया हूँ। पूरे गाँव में सिर्फ एक आदमी बी.ए. है। और दो-चार लौंडे हैं जो बकबक तो बहुत करते हैं, मगर हैं मामूली पढ़े-लिखे। एक से अभी-अभी मेरा पाला पड़ गया था। मैंने उसे सुना दिया कि हमारी बारात में एम.ए. आए हुए हैं। तैयार होकर आइए आप लोग; रात में भिड़ंत होगी। यह सुनते ही कि हमारी बारात में एम.ए. भी हैं, उन लोगों के चेहरे का रंग उड़ गया।" कहकर खूब जोर से हँसा त्रिवेणी गुप्ता का मुंशी।

भिड़ंत होगी, इस खयाल से ही घबड़ा उठा शशांक और उसके हाथ-पाँव फूलने लगे। बराती और घराती के बीच कैसी भिड़ंत होती है, इसके बहुत-से किस्से सुन चुका था शशांक और बचपन में कई बार इन भिड़ंतों को देखने के अवसर भी पा चुका था। इन भिड़ंतों में मनगढ़न्त सवाल पूछे जाते हैं और सवालों के मनगढ़न्त जवाब दिये जाते हैं। जीत-हार इस बात पर निर्भर करती है कि किसके पक्ष में कितनी तालियाँ बज उठती हैं, कितनी सीटियाँ सुनाई पड़ जाती हैं, कितनी टिटकारियाँ दी जाती हैं, और किस पक्ष से उठनेवाला शोर दूसरे पक्ष के शोर को दबा देता है। यहाँ ऐसे शास्त्रों का हवाला दिया जाता है जो आज उपलब्ध नहीं हैं, मगर जिनमें वर्णित विषय-वस्तु की जानकारी प्रश्नकर्ता के गुरु महाराज को उनके अपने गुरु महाराज से मिली थी। ऐसे-ऐसे ऋषि-मुनियों के नाम लिये जाते हैं जिन्हें आप पहली बार सुन रहे हैं; मगर आप उन्हें नकार नहीं सकते, क्योंकि जब आपको तैंतीस करोड़ देवताओं के नाम भी याद नहीं हैं, तो फिर आप कैसे कह सकते हैं कि फलाँ नाम का कोई ऋषि या कोई मुनि पैदा ही नहीं हुआ है; और जिस ऋषि या मुनि का नाम भी आपको नहीं मालूम, उसने आज से हजार-लाख वर्ष पहले क्या कहा और क्या नहीं कहा, यह आप कैसे

बोल सकते हैं? धरती के एक-एक कोने के बारे में आप अपनी जानकारी का दम भर सकते हैं, मगर आप कैसे कह सकते हैं कि रसातल या महातल में फलाँ नाम का गाँव या फलाँ नाम का टोला है ही नहीं?

देने को आप कुछ भी जवाब दे सकते हैं, मगर उलटकर यह देख लेना होगा कि आपकी पीठ पर शोर करनेवाले और आपके जवाब पर मुग्ध होकर आपको कन्धे पर उठाकर नाचनेवाले कितने लोग हैं।

शशांक को गाँव के पगला सत्तो की याद आ गई। बड़ा काम का आदमी था वह पगला। राजगंज में बरातियों से अक्सर वही टक्कर लिया करता था और भिड़ंत में दिग्गज पंडितों को भी धूल चटाया करता था। अपने जवाब में इतने जोर से डाँटता था वह कि प्रतिद्वंद्वी की अक्ल गुम हो जाती थी और वह आग को पानी कह देने की भूल भी कर बैठता था। यह उस आदमी की खूबी थी कि बरातियों की समझ में नहीं आनेवाली बहुत-सी भाषाएँ वह फर्राटे से बोल सकता था और अक्सर भिड़ंत में इन्हीं भाषाओं का इस्तेमाल किया करता था। वह कहावतों की खान था, और इन कहावतों के इस्तेमाल-भर से किसी भी पंडित को पसेरी की जगह छटंकी साबित कर देना उसके बाएँ हाथ का खेल था।

पागल था वह, मगर उस पागल का बहुत उपयोग था राजगंज में। गाँव की नाक कटने से बच जाती थी। काश! आज यहाँ इस बारात में भी होता पागल सत्तो! वह मर गया या बिला गया, पता नहीं शशांक को; बस इतना पता है कि उसकी जगह आज तक खाली है; उस शून्य को गाँव में भरा नहीं जा सका है। शशांक एम.ए. के वश की बात नहीं कि वह उस शून्य को भर दे।

शशांक को तो ऐसा लग रहा था कि अगर कोई यह भी पूछेगा कि दो गुणा दो कितना होता है, तो जवाब देते हुए उसके पाँव थरथरा जाएँगे और 'चार' बोलते हुए वह हकला पड़ेगा। डर यह भी था कि चार की बजाय वह चौदह-चौबीस न बोल दे, या चार बोलने के लिए वह अपना मुँह खोले ही कि तालियों की गड़गड़ाहट और सीटियों की आवाज से उसका खुला मुँह बगैर कुछ बोले बन्द हो जाए।

उस बार नाक बचाकर चला आया था शशांक। जनवासे में घुसा, तो फिर रात में भोजन करने ही निकला। इस बीच पेशाब करने भी सँभलकर निकलता रहा था वह। क्या पता, कब कौन घराती घेर ले और पूछ बैठे, "आप एम.ए. हैं; जरा बताइए तो, दो गुणा दो कितना होता है?" भोजन करने के बाद वह चुपचाप जनवासे में आकर सो गया था। नींद तो उड़ी हुई थी, मगर समय का सदुपयोग ईश्वर की प्रार्थनाओं में होता रहा। आधी रात के करीब अचानक दो-तीन बराती दौड़े हुए आए और जनवासे में हल्ला मचाया, "शशांक बाबू कहाँ हैं? भिड़ंत शुरू हो गई है।" झकझोरकर उठाया गया था शशांक बाबू को, मुँह-हाथ धोने के लिए लोटे में पानी लाया गया शशांक बाबू के लिए, कपड़े पहनाए गए शशांक बाबू को। मगर शशांक बाबू को तैयार होने में

इतनी देर लग गई कि तब तक खबर आ गई, "चले गए लोग। जैसे ही मालूम हुआ कि एम. ए. साहब आ रहे हैं, सबके सब खिसक गए।"

अगर कोई एक भी टिक जाता, और एम. ए. साहब को जाना पड़ जाता, तब?... लौटकर आते ही गाँव में चर्चा शुरू हो जाती, "आज तक तो लोग घास छीलकर एम. ए. कर जाते हैं। एक है न अपने गाँव में, बाबू शशांक गुप्ता..."

आज एक बच्चा उसकी नाक काटने पर आमादा है : सोचने लगा शशांक—और यह छोकरा मानेगा भी नहीं, नाक काटकर ही दम लेगा।

चूड़ियों के खनकने की आवाज आई। घर में एक औरत भी है, यह सोचकर और भी घबरा गया शशांक। औरत बिलकुल परदे के पास चली आई थी। पता नहीं, एक ही औरत थी या साथ में ढेर सारी औरतें। सम्भव था, बेटे की माँ ने इस उत्सव पर टोले-महल्ले की औरतों को भी भुला रखा हो। गाल गरमाने लगे शशांक के।

घर का बच्चा हो, तो आदमी दुत्कार भी दे, "जाओ अभी; बाद में आना। अभी मैं जरूरी बातें सोच रहा हूँ।" अब अगर ऐसा लगता है कि बच्चा बाद में भी जरूर आएगा, तो आपको समय मिल जाता है जवाब तैयार कर लेने के लिए। उस बच्चे से छिपाकर आप घर में मौजूद सारी किताबें उलटकर जवाब ढूँढ़ सकते हैं। अगर घर में किताबें नहीं हैं, तो पुस्तकालय और पुस्तक विक्रेता की दुकान तक धावा मार सकते हैं। अगर वहाँ भी कुछ हाथ नहीं लगा, तो आप गाँव के शिक्षकों से मुलाकात कर सकते हैं और अपनी बेकरारी जाहिर किये बगैर बातों-ही-बातों में उनसे अपना जवाब निकाल सकते हैं। और फिर अगर बच्चा बाद में नहीं आता, तो आप खुद उसे बुला सकते हैं और बहुत अनमने भाव से पूछ सकते हैं, "हाँ जी, तुमने क्या तो सवाल पूछा था? क्या सवाल था तुम्हारा?"

शशांक के भूगोल-शिक्षक लक्ष्मी बाबू कक्षा में पूछे गए विकट प्रश्नों का बस एक जवाब प्रश्नकर्ताओं को दिया करते थे, "थोथा चना बाजे घना। जितना पढ़ा रहा हूँ उतने से ही सरोकार रखो; इसी में तुम्हारा कल्याण है। तुम्हारे लोटे में अगर आधा सेर पानी अँटता है, तो मैं उसमें एक सेर कैसे अँटा दूँगा?"

मगर कितनी ही बार उन्होंने उस लोटे में एक सेर पानी अँटाने की कोशिश की थी। कभी-कभी वे प्रश्नकर्ताओं को बुला लिया करते थे और कहते थे, "देखो जी, उस वक्त मैंने तुम्हें इसलिए डाँट दिया था कि तुम अपनी पढ़ाई में मन नहीं लगाते हो और कक्षा में भी तुम्हारा ध्यान इधर-उधर रहता है। मगर अब मैं तुम्हारे प्रश्न का जवाब दे ही दूँ, नहीं तो, हो सकता है, यह प्रश्न हमेशा तुम्हारे दिमाग में घुमड़ता रहे। हाँ, तो क्या था तुम्हारा प्रश्न?"

बच्चा अगर अपने घर का बच्चा हो, तब तो उसे आँख दिखाकर भी भगाया जा सकता है, चुप रहने का आदेश दिया जा सकता है।

पर, अगर बच्चा अपना न होकर किसी गैर का बच्चा हो जिस पर आपकी आँखों

से छूट रही चिनगारियों का रत्ती-भर असर पड़नेवाला न हो; अगर बच्चा अपने माँ-बाप के घर में हो, किसी सड़क-बाजार में नहीं जहाँ आप चलते-चलते अगली मुलाकात का खौफ दिल से हटकार दो दूना पाँच बोलते हुए हमेशा के लिए बिला सकते हैं; अगर बच्चे की पीठ पर उसका बाप मौजूद हो जो बेटे को कुत्ते की तरह मेहमान पर हुला रहा हो, और आपके भाग निकलने की गुंजाइश बिलकुल नहीं हो; अगर परदे के पास से चूड़ियों की खनक भी सुनाई पड़ रही हो जो आपके लिए अत्यन्त कर्ण-कटु और बच्चे के लिए अत्यन्त कर्ण-प्रिय हो; अगर दुर्भिक्ष में साथ रहनेवाला और श्मशान तक साथ देनेवाला आपका मित्र पास में रहते हुए भी आपके मझधार में फँसते ही चुपचाप सामने की मेज से अखबार उठाकर पढ़ने में रम गया हो और आपके लिए पानी में तिनका बनने का भी इरादा नहीं रखता हो, तब क्या होगा?

अचानक शशांक के कानों में बम फूटने की आवाज गई, "ग्यारहवीं शताब्दी के किसी वैज्ञानिक का नाम बता सकते हैं, श्रीमान?"

शशांक ने नजर उठाई, किसी गैर का बच्चा अपने घर में उसके सामने खड़ा होकर उसकी ओर ही एक कुटिल मुस्कान फेंक रहा था। बच्चे का एक सवाल था जो उससे ही पूछा गया था। शशांक चकरा गया...ग्यारहवीं शताब्दी?...उस शताब्दी के सौ वर्ष?...उन सौ वर्षों में पैदा हुआ एक वैज्ञानिक?...उसका नाम?...हे राम!... राधेश्याम तो अखबार पढ़ रहा है!...ग्यारहवीं शताब्दी?...कोई एक वैज्ञानिक?... उसका...राधेश्याम ने तो बताया था कि लड़का काफी शरीफ है...ग्यारहवीं शताब्दी?...

"दर्द!...पेट में दर्द!..."

"दर्द?...सीधे अस्पताल चलना होगा...भजनलाल जी, जल्दी एक रिक्शा मँगवाइए... जल्दी भजनलाल जी...पेट का दर्द..."

दर्द? किसे दर्द? किधर से क्या सुन लिया शशांक ने? पेट में दर्द होता, तो छटपटाता राधेश्याम। वह तो आराम से कुर्सी पर बैठा अखबार पढ़ रहा है। यह तो अच्छा हुआ कि मन में सोचकर रह गया वह, मुँह से बोला कुछ भी नहीं। आज सुबह-सुबह किसका मुँह देखा था?...घर से जब निकला था, तो सामने...

गाछ से सेव गिरा था; न्यूटन ने देखा था...कब देखा था?...भाप का इंजन... बेतार का तार...छापाखाना...ग्यारहवीं शताब्दी?...हाथी को किसने तौला था नाव पर चढ़ाकर?...कब तौला था?...ग्यारहवीं शताब्दी?...खटिया का आविष्कार कब हुआ था?...लालटेन?...

अटकल पचे डेढ़ सौ। कुछ बोल दे वह?...किन शब्दों को कैसे बोले?...

खिड़की से दूर में जो झोंपड़ियाँ दिखाई पड़ रही हैं, अगर उनमें अभी आग लग जाए तो कितना अच्छा हो! दो-चार घर जल भी जाएँ, तब भी बुरा नहीं। दूर में हैं वे, तो क्या हुआ! आग के यहाँ पहुँचने में समय ही कितना लगेगा! डर तो इस घरवाले को भी हो ही जाएगा...

लो! लग गई आग; लहलहा गई..."भजनलाल जी, वह देखिए; वहाँ देखिए, भजनलाल जी..."

ऊँहूँ, कहीं कुछ नहीं। इस तरह भला आग लगती है! सब झोंपड़ियाँ सही-सलामत हैं...

"उट्ठी," शशांक बोलने-बोलने को हुआ होगा, मगर मुँह से यह भी नहीं निकला।

"एक और सवाल पूछूँ, श्रीमान?"

"हाँ-हाँ, पूछो, जरूर पूछो; पूछने में कोई हर्ज नहीं है।" बस, इतना कहने-भर के लिए मित्र राधेश्याम ने अपने चेहरे से अखबार हटाया था। अभी तो अखबार का पहला पन्ना भी पूरा नहीं पढ़ पाया था वह।

इच्छा जरूर हुई थी, मगर चीख नहीं सका था शशांक, फुसफुसा भी नहीं सका। और, दूसरी गलती हुई कि एकदम दाएँ या बाएँ किसी चीज पर नजर गड़ा देने की बजाय इस बार भी वह सामने ही देखता रह गया था।

"लृट् लकार में उत्तम पुरुष के द्विवचन में हस् धातु का क्या रूप होगा?"

घना अँधेरा! उस अँधेरे में एक गुफा! उस गुफा में और भी अँधेरा! गुफा के उस अँधेरे में जिधर-तिधर बिखरे हुए लृट लकार, उत्तम पुरुष, द्विवचन, हस् धातु...

किसी ने गरदनियाँ दे दी थी उसे, मगर उस अँधेरे में घुसने की बजाय शशांक ने इस बार एकबारगी मुँह घुमाया और बोला, "क्यों जी राधेश्याम, तुम्हें संस्कृत आती हो, तो दो जवाब।"

अपनी विद्वता से शशांक को आतंकित कर देने के बाद आदर्श बालक को अन्दर चले जाने का आदेश हुआ। बालक ने वहाँ से जाने के पहले अपनी कुटिल मुस्कराहट शशांक की आँखों के आगे रख छोड़ी।

और यही कुटिल मुस्कराहट अब श्मशान तक साथ जानेवाले मित्र और आदर्श बालक के आदर्श बाप के होंठों पर खेल रही थी।

यही राधेश्याम जो सैकड़ों लोगों के किस्से हँस-हँसकर उसे सुना चुका है, अब खुद उसका किस्सा सैकड़ों लोगों को हँस-हँसकर सुनाएगा, और हर एक से अलग-अलग कहेगा, "मगर, भैया, किस्सा सुनकर यहीं भूल जाओ। अगर शशांक ने सुन लिया कि मैंने उसका यह किस्सा तुम्हें सुनाया है, तो दोस्त से दुश्मन बन जाएगा वह। तुम अपने आदमी हो, इसलिए सुना दिया तुम्हें यह किस्सा। राम कसम, किसी और को न सुनाया है न सुनाऊँगा।"

और यह भजनलाल! कैसा खिल गया है मुख-कमल! तृप्ति से सराबोर! जब-तब चहक उठेगा विद्यालय में अपने सहकर्मियों के बीच, "कहिए, राधेश्याम बाबू, आपके वे मित्र...हा-हा-हा-हा...शशांक बाबू...हा-हा-हा-हा...क्या हाल-चाल है उनका?...

आप मजाक तो नहीं कर रहे थे कि बहुत पढ़ने-लिखनेवाला आदमी है?...सुनिए, भाइयो, एक पढ़वैया का किस्सा...हा-हा-हा-हा...एक बार और लाइए उनको हमारे घर...इधर पूर्णिया आए हैं या नहीं?...हा-हा-हा-हा..."

पूर्णिया में क्या अमृत बँटता है कि उसे आना जरूरी हो, शशांक गुस्से से भर गया। राधेश्याम सौ आदमियों को किस्सा सुनाएगा और भजनलाल जब-तब चहक उठेगा, इतना ही तो! अब जान-बूझकर इससे आगे तो वह अपनी फजीहत नहीं करवाएगा। फिर से वह इस महल्ले में आए और यहाँ बच्चों तक को फुसफुसाते सुने, "इस आदमी को जानते हो? यही वह आदमी है जिसे चुनचुन ने चित कर दिया था;" पास-पड़ोस के लोगों को बतियाते सुने, "पहचानो इस आदमी को; वही है न जिसे भजनलाल के बेटे ने पटका था? और सुन लो कि यह आदमी एम. ए. है। हम सुनते थे कि आदमी कोदो देकर भी पढ़ता है; एक ऐसा आदमी आज देखने को भी मिल गया...आजकल शायद भजनलाल जी के बेटे के पास कुछ सीखने-पढ़ने आया करता है..."

शशांक ने धैर्यपूर्वक सब कुछ झेल लिया। बुरी-से-बुरी स्थिति के लिए भी अपने को तैयार रखने की उसकी शुरू से आदत रही है। अपना भला-बुरा सोचकर एक श्रद्धालु श्रोता की तरह वह बहुत ध्यानपूर्वक भजनलाल की बातें सुनता रहा। अच्छे मिजाज में थे भजनलाल जी। बेटे के निर्माण की गाथा उन्होंने शुरू से अन्त तक कह सुनाई। ऐसा एक भी किस्सा नहीं छोड़ा जिससे आगन्तुक को अपने बेटे को सुधारने-सँवारने में मदद मिले। और आगे भी परामर्श के लिए उन्होंने अपना दरवाजा आगन्तुक के लिए हमेशा खुला रखने का आश्वासन दिया।

देर तक बातें होती रही थीं।

भजनलाल जी से विदा होकर जब दोनों अपने डेरे की ओर चले, तो रास्ते-भर शशांक काफी गम्भीर रहा। रात में भी जब तक जगे रहे दोनों, सिर्फ राधेश्याम बोलता रहा और सिर्फ सुनता रहा शशांक। राधे को लगा कि शशांक पूरी तरह सम्मोहित हो चुका है।

रात में ही शशांक ने बता दिया, "मेरा काम तो हो गया, राधे; मैं कल दोपहर की गाड़ी से लौट जाऊँगा।"

'हाँ, अब एक दिन की देर भी उचित नहीं,' राधेश्याम ने सोचा होगा, नहीं तो वह अवश्य बोलता, "दो-चार दिन रह लो...तुम इतना सामान लेकर चले हो, तो क्यों नहीं गंगा-स्नान के लिए इधर से चले जाते?"

सुबह जलपान करने के बाद ही राधेश्याम ने कहा, "बेंत की एक छड़ी तुम यहीं खरीद लो। एक अच्छी दुकान है यहाँ। चलो, मैं भी साथ चलता हूँ।"

4

पूर्णिया से वापसी में ऐसा महसूस हुआ शशांक को कि एक अदद छड़ी के अतिरिक्त उसके पास और कोई सामान नहीं है। एक अदद छड़ी का बोझ ही इतना हो गया था कि और सामानों की ठरो सुध नहीं रही। अगर यह छड़ी नहीं रहती, तो इतनी लापरवाही नहीं बरत सकता था वह। तब रह-रहकर उसकी नजर कभी बक्से पर, कभी बिस्तर की गठरी पर और कभी झोले पर पड़ती रहती। और, अगर कभी नजर उठते ही बक्सा अपनी जगह से गायब मिलता, तो?...शीतज्वर की कँपकँपी पूरे बदन में फैल जाती, होश दंग हो जाते, और आँखें मूँदकर सिर को झटकारते हुए वह मन-ही-मन आर्तनाद कर उठता, "आखिर हो ही गया; हो ही गया वह जिसका डर था।" होगा कैसे नहीं? उस बेवकूफ औरत ने तो पहले ही शाप दे दिया था, 'जरूर कुछ-न-कुछ खोकर आएँगे आप।' यह उसी का फल है..."खबरदार! यदि अब कभी घर से निकलते वक्त ऐसी अशुभ बात मुँह से निकाली," जरूर डाँटेगा वह दिव्या को इस बार, "तो..." मगर... बक्सा तो अब मिलेगा नहीं। फिर से वह आँखें खोलता, और इस बार बक्सा उसकी नजरों में आ जाता, अपनी पुरानी जगह से कुछ हटकर। हे राम, वह ईश्वर को याद करता, बाल-बाल बच गया वह। मगर तब भी वह अपने को डाँटने से नहीं चूकता, 'यह गफलत तो ठीक नहीं। इस तरह तो यात्रा नहीं की जाती। जब साथ में सामान है, तो उस पर नजर रखनी चाहिए थी। जिसने बक्सा खिसकाकर अपना सामान रख दिया है वहाँ, वह कुछ गड़बड़ भी तो कर ही सकता था। आराम से बक्सा गायब कर देता। नजर तो अपनी चूक ही गई थी। कितनी रोती-छटपटाती दिव्या! एक-एक सामान जुटाकर रखती है बेचारी, और यहाँ पूरा-का-पूरा बक्सा गायब हो रहा है। और उसके बाद तो वह अपनी नजर बक्से से बाँध देता।

अचानक उसे याद आता, दिव्या ने दो कम्बल दिये थे। दोनों हैं या नहीं गठरी में? गठरी की मोटाई वह जाँचने-परखने लगता, मगर उसे अब यह कहाँ याद कि घर से निकलते वक्त कितनी मोटी थी गठरी। तो फिर खोलकर देख ले वह गठरी? मगर अब तो जो होना होगा, हो गया होगा। अगर एक भी कम्बल गायब हो गया, तब तो दिव्या आगबबूला हो जाएगी। मगर तब वह भी गुस्साने से बाज नहीं आएगा, "यह सम्भव ही नहीं है कि कम्बल गायब हो जाए। राधेश्याम ने तो चुरा नहीं लिया होगा कम्बल, और रास्ते में कहीं भी मैंने गठरी नहीं खोली है। मुझे लगता है, तुमने एक ही कम्बल दिया था। जरा घर में ही ठीक से ढूँढ़ो।" और अगर घर में ही वह कम्बल नहीं मिला और दिव्या बड़बड़ाती रही, तब?...तब वह दिव्या को सीख देगा, "क्या हंगामा मचा रखा है एक कम्बल के लिए! गायब तो जरूर घर से ही हुआ है, मगर हो गया तो अब क्या करना है! उसके लिए जान तो नहीं दे दोगी? किसी दिन डाकू आएँगे और सारा घर समेटकर ले जाएँगे; उस दिन क्या करोगी? बहुत घरों में डकैतियाँ हो

जाती हैं, तो क्या घर के लोग रो-रोकर जान दे देते हैं? अब चुप हो जाओ; मैं सबसे पहले एक कम्बल ही खरीदकर ला दूँगा, तब कुछ और करूँगा।" मगर तभी उसके मन में खयाल आता कि एक बार गठरी खोलकर देख ही ली जाए। गठरी खोलने पर दोनों कम्बल मिल जाते और वह चैन की साँस लेता। मगर तभी यह खयाल आता कि अभी भी यह सम्भावना तो है ही कि घर पहुँचने के पहले ही गठरी गायब हो जाए। उसे अचानक एक बात सताने लगती कि अगर दो-चार गठरियों के बीच उसकी गठरी रख दी जिए, तो वह अपनी गठरी नहीं निकाल पाएगा। ऐसा कोई निशान तो था नहीं गठरी पर जिसे देखकर वह अपनी गठरी पहचान ले। घर से चलते वक्त ही उसे कोई निशान लगा देना चाहिए था। और तब वह गठरी में उसी वक्त एक निशान लगाता, गठरी में बँधी रस्सी का एक छोर एक बित्ता लम्बा और दूसरा छोर करीब चार अंगुल। अब अगर किसी ने भीड़-भाड़ में उसकी गठरी उठाकर बाहर निकालने की कोशिश की, तो वह तुरन्त टोक देगा, "भाई जी, कितनी हड़बड़ी में हैं आप कि अपनी गठरी छोड़कर मेरी गठरी..."

लोटा! अचानक हाथ झोले पर चला जाता यह टटोलने के लिए कि बनमनखी प्लेटफार्म पर जो एक आदमी पाखाने जाने के लिए लोटा माँगकर ले गया था, उसने लोटा लौटाया था या नहीं। झोले में लोटा जैसी कोई चीज ऊपर से महसूस होने पर भी झोले में झाँककर लोटे को देखता, और फिर अचानक ही माथे में बल पड़ जाते, यह लोटा तो नहीं है मेरा। यह तो बदला हुआ लगता है। यही लोटा था क्या? नहीं है, तब भी क्या हर्ज! मेरा लोटा भी तो पुराना ही था। अब अगर दिव्या कुछ बोलेगी, तो जवाब दे दूँगा, "लोटा के बदले लोटा लेकर ही आया हूँ, लुटिया लेकर तो नहीं आया हूँ? लोटा खोकर तो नहीं आ गया हूँ? जो आ गया उसे चुपचाप रख लो; अब यह सब सोचने-बकने की जरूरत नहीं है कि लोटा किसका होगा और इस लोटे से कैसे-कैसे आदमी पानी पीते होंगे। कड़ाही रहती, तो सोचा जा सकता था कि कहीं पाखाना-पेशाब की कड़ाही न हो।"...अचानक सिहरन होती बदन में, कहीं कोई षड्यंत्र तो नहीं रचा गया है!...ऐसा न हो कि अभी दो-चार आदमी डब्बे में एक लोटा ढूँढ़ते हुए घुसें और इधर-उधर निगाह दौड़ाते हुए उसके पास तक चले आएँ, और फिर उनमें से एक अचानक कह बैठे, "जरा आप अपना झोला खोलिए तो..." और फिर...इस जमाने में कुछ भी हो सकता है!..."यह झोला मेरा नहीं है, भाई; पता नहीं, कौन रखकर चला गया है।"

छड़ी में उसका ध्यान इस कदर उलझा रहा कि पूरी यात्रा के दौरान यह विश्वास करना मुश्किल था कि इस आदमी को कहीं आते-जाते अक्सर थोड़ी-थोड़ी देर पर चमककर हाथ से झपट्टा मारते हुए अपनी जेबें टटोलने की आदत है; टेंट में पड़े पैसे को भीड़ में भी जेबकतरों की आँखों में धूल झोंकते हुए चुपके-चुपके केहुनी से टटोलकर या हाथ से छूकर देख लेने की कुशलता का उपयोग उसने नहीं किया; और अपनी

पैनी निगाह डालकर आसपास बैठे अपरिचित लोगों में चोर-उचक्कों का पता लगा लेने का जो एक नियम-सा बना हुआ था उसके साथ, उस यात्रा में वह भी भंग हो गया।

और तो और, जब एक बार प्लेटफार्म पर चाय पीने के लिए उतरा वह, तो बेखौफ, लापरवाह सिर्फ छड़ी लेकर उतरा।

क्या करता वह! और कुछ सोचने-करने के लिए फुरसत भी मिलती, तब तो! पूरी यात्रा तो वह उस छड़ी की बाबत ही सोचता रह गया। उस यात्रा में ही अपनी इस छड़ी के साथ ढेर सारी यात्राएँ कर आया वह।

ऐसी-वैसी छड़ी थी भी तो नहीं वह। नये महाराजा भजनलाल ने अपने राज्य में एक ऊँचा ओहदा दे दिया था अपनी इस रैयत को और हाथ में छड़ी थमाते हुए कहा था, "जाओ, आज से तुम भी हाकिम बन जाओ।"

हाथ में छड़ी लेकर नया हाकिम आनन-फानन अपने इलाके में जा पहुँचा...

दिव्या ने घर का दरवाजा खोलकर मुस्कराते हुए पूछा, "बहुत जल्दी आ गए?" न मुस्कराहट का कोई जवाब, न पूछने का ही। दौड़कर सामने आ गए टीपू ने कहा, "पापा!" पापा अनसुना कर गए। काफी गम्भीर मुद्रा में हाकिम तनतनाता हुआ सीधे ओसारे पर आ गया और वहाँ एक खाली कुर्सी देखकर उस पर बैठ गया। अचानक यह याद आते ही कि वह कुर्सी पर बहुत ढीले-ढाले ढंग से बैठा हुआ है, उसने भूल सुधारी और अकड़कर बैठा। अभी बैठे हुए एक क्षण भी नहीं गुजरा कि उसने सामने निगाह दौड़ाई और फिर अचानक चीख पड़ा, "चुनचुन!"

दिव्या ने अभी यह सोचना शुरू ही किया था कि ऐसी कौन-सी चीज पूर्णिया में खोकर आए हैं पतिदेव जिसके लिए उन्हें यह नाटक करना पड़ रहा है और टीपू ने यह देखने के लिए कि दरवाजे पर कोई चुनचुन नाम का प्राणी खड़ा तो नहीं है, अपने कदम बढ़ाए ही थे कि एक बार फिर जोर से चीख पड़ा हाकिम, "चुनचुन!"

अकबकाकर टीपू ने माँ की ओर कुछ इस तरह देखा जैसे कि पूछ रहा हो, "माँ, ऐसा कभी पहले भी हुआ था पिताजी के साथ?...वैद्य को बुलाऊँ क्या?" और, दिव्या सरककर पतिदेव के बिलकुल पास चली आई और लम्बी साँसें खींचकर यह पता लगाने लगी कि मुए राधेश्याम ने पूर्णिया में दारू तो नहीं पिला दी है। "दूर हटो तुम, चुनचुन की माँ," और फिर जोर से हाकिम चीखा, "चुनचुन, इधर आओ।"

इस बार बेटे ने हिम्मत की और हाकिम से पूछा, "किसे बुला रहे हैं, पिताजी?"

"तुम्हें पुकार रहा हूँ। बहरे हो क्या? सुन नहीं रहे हो?" लाल-लाल आँखें दिखाते हुए हाकिम बोला।

"आप तो...चुनचुन को..." बेटे ने हकलाते हुए कहा।

"तुम भी तो चुनचुन ही हो।"

"नहीं, पिताजी, मैं तो टीपू..."

"तो क्या हो गया! टीपू या चुनचुन, क्या फर्क पड़ता है!" कहकर कुर्सी से उठ खड़ा हुआ हाकिम और अपने कमरे की ओर बढ़ते हुए बेटे को आदेश दिया, चलो मेरे कमरे में।" साथ में बछड़े की माँ की तरह बच्चे की माँ भी न चली आए, इसलिए हाकिम ने मुड़कर उससे कह दिया, "खबरदार! तुम आने की कोशिश मत करना।"

टीपू पिता के पीछे डगमगाते कदमों से चला और बार-बार मुड़कर माँ की ओर देखते हुए इशारों में कह भी रहा था, "माँ, तुम यहीं आसपास रहना...चीखूँ, तो तुरन्त दौड़ जाना..."

कमरे में पलँग पर पालथी मारकर बैठ गया हाकिम और बेटे को सामने खड़ा रहने का आदेश देकर बोला, "अब बताओ, मैं कौन हूँ?"

बेटे ने डरते-डरते जवाब दिया, श्री शशांक गुप्ता, ग्राम राजगंज, थाना..."

"नाम-ग्राम नहीं पूछ रहा हूँ मैं," बिफरते हुए हाकिम चिल्लाया, "मैं तुम्हारा कौन लगता हूँ?"

"पिता।" कहकर टीपू ने पिताजी से नजरें मिलाईं यह जानने के लिए कि उसका जवाब सही माना गया या नहीं।

"और मैं तुम्हें बहुत दुलार करता हूँ?"

खुश होकर कि उसका पहला जवाब सही मान लिया गया, बेटे ने इस बार शरमाते हुए धीरे से कहा, "हाँ।"

"नहीं, नहीं, नहीं," गरज उठा शशांक, "भूल जाओ कि मैं तुम्हें बहुत दुलार करता हूँ...यह भी भूल जाओ कि अब मैं तुम्हारा पिता हूँ। अब मैं दुश्मन हूँ, दुश्मन हूँ तुम्हारा...सोच लो, अब क्या सलूक होगा मेरा तुम्हारे साथ...सुनकर बहुत दुख हुआ?"

"दुख हुआ, तो हुआ करे। अब मैं तुम्हारे सुख-दुख की परवाह नहीं करता।

मुझे भी बहुत दुख है; मेरी किसे परवाह है? हाँ, मुझे यह परवाह है कि तुम आदमी बन जाओ। और आदमी बन जाओ, इसके लिए जरूरी है कि अब इस घर में तुम एक बेटे की तरह नहीं, एक नौकर की तरह रहो, एक नौकर की तरह...

"हाँ-हाँ, एक नौकर की तरह...और इस नौकर का बस एक काम रहेगा, दिन-रात पढ़ना। दिन-रात पढ़ना और नौकर की तरह रहना। 'पापा' कहते हुए जो देह से सट जाते हो, गले से लटक जाते हो, कन्धे पर झुक जाते हो, और सामने में हँसते हो, खिलखिलाते हो, मुँह दूसते हो और लापरवाही से पेश आते हो—वह सब अब बिलकुल बन्द। इस तरह कोई बेटा ही कर सकता है, इसलिए अब तुम ऐसा नहीं कर सकते...क्या सोच रहे हो?

"सोच रहे होंगे कि कहाँ पैदा हो गए...जो सोचना हो, सोचो; अब मैं अपने इरादे से टस से मस नहीं हो सकता। यह तुम्हारा सौभाग्य हो या दुर्भाग्य, मगर इस घर में तुम्हें अब एक नौकर का ही दरजा मिलेगा। अब तुम्हारी माँ भी इस घर में तुम्हें अपना बेटा बनाकर नहीं रख सकती। दो सूखी रोटियों से अधिक का लालच मत दिखाना अब।

अब पहले की तरह अपनी मनपसन्द चीजों के लिए तुम मचल नहीं सकते, फरमाइश नहीं कर सकते, ऐंठ नहीं दिखा सकते। तुम्हारी मर्जी से तुम्हें कुछ नहीं मिलेगा। मेरी मर्जी होगी, तो कभी रसगुल्ले खिला दूँगा; और कभी तुम्हारे सामने बैठकर रसगुल्ले खाऊँगा, मगर तुम्हें नहीं दूँगा...क्या सोच रहे हो, रूठ जाओगे?

"रूठ जाओगे, तो मैं मनाने आऊँगा? तुम्हारी माँ आएगी मनाने? गलत सोच रहे हो; कोई मनाने नहीं आएगा। जब जोरों की भूख लगेगी और भूख से तड़पने लगोगे, तो खुद जाकर रोटियाँ माँग ले जाओगे तुम। हाँ, तुम्हारी पढ़ाई-लिखाई ठीक से चलती रहेगी, तो मैं भी तुम पर दया करता रहूँगा। मैं काफी दयालु आदमी हूँ, मगर अब तुम मुझे ठगकर मेरी दयालुता से फायदा नहीं उठा सकते...कुछ सोच रहे हो, तो सोच लो; मुझे जो कुछ सोचना था, सोच लिया मैंने...

"कुछ भी सोचो, अब कुछ नहीं होगा सोचने से। भूल जाओ कि अब कभी मैं तुम्हारी जिद के आगे झुकूँगा, तुम्हारी चिरौरी करूँगा। अब तो बात-बात में छड़ी चलाऊँगा मैं, बात-बात पर चमड़ी उधेड़ दूँगा। जितना भजनलाल जी ने किया है उतना तो मैं कर ही सकता हूँ, और करूँगा...

"खेल-कूद बन्द! बिलकुल बन्द! अब तक जितना खेल लिया वही बहुत हो गया। अब तो बाहर निकलना-भर है, घर से विद्यालय और विद्यालय से घर। बहुत खेलने का मन हो, तो घर में ही रस्सी-कूद कर लिया करना। उससे अधिक कुछ भी नहीं। चुनचुन का खेल-कूद भी बन्द कर दिया गया, तो क्या हो गया? वह जिन्दा है या नहीं? बहुत उदास और कातर मत बनो; मैं इससे पिघलनेवाला नहीं हूँ। उदास होने की कोई जरूरत भी नहीं है; हिम्मत से काम लो, चुनचुन की तरह।

"अब तुम्हारी किसी से कोई दोस्ती नहीं। दोस्तों की जरूरत ही नहीं है तुम्हें। बहुत-सी सूक्तियाँ पढ़ी हैं मैंने दोस्ती पर। बेकार है किसी को दोस्त समझना; नादानी है किसी को दोस्त मानना। जब जरूरत होगी दोस्तों की, ढूँढ़ लेना उन्हें। एक ढूँढ़ोगे, हजार मिलेंगे। मगर अभी जैसे चुनचुन बिना दोस्तों के गुजारा कर रहा है वैसे ही तुम्हें भी गुजारा करना है...क्या सोच रहे हो?

"यह बात तुम्हें मंजूर नहीं?...तो क्या घर से भाग जाओगे?...कहाँ जाओगे भागकर? कौन दोस्त तुम्हें शरण देगा? जो भागते हैं वे जिन्दगी-भर भटकते-रोते हैं या फिर लौटकर वापस घर ही आते हैं। और, यह कोई ऐसा बन्धन नहीं डाल रहा हूँ मैं कि तुम्हें बहुत तकलीफ हो। सोच लो, भागोगे तो जिन्दगी-भर रोते रह जाओगे, बिलख-बिलखकर रोओगे। भागोगे, तो इस घर के लिए रोओगे, मेरे लिए रोओगे। कहाँ पाओगे अपनी माँ को? इस माँ के लिए भी रोओगे...मगर मैं जानता हूँ, तुम भागोगे नहीं; इतनी अक्ल हो गई है तुम्हें कि अब भाग नहीं सकोगे।

भाग्यवान हो तुम...बहुत भाग्यवान हो कि तुम्हारे दादा-दादी बहुत पहले मर गए...तुम्हारा मुँह देखकर मरते, यह बुरा नहीं हुआ; मगर यह बहुत ही अच्छा हुआ

कि तुम्हारे जन्म से पहले ही वे परलोक चले गए और तुम्हारे पास उनकी कोई धुँधली स्मृति भी नहीं है...आज वे जिन्दा रहते, तो परेशान हो जाता मैं, बरबाद हो जाते तुम... बूढ़ों पर तो सनक सवार होती है बच्चों को बरबाद करने की...ऐन पढ़ने के वक्त तुम उनकी गोद में निश्चिन्त पड़े मिलते...ऐन विद्यालय जाने के वक्त कभी तुम्हारे पेट में दर्द हो जाता, कभी सिर में। सूरज डूबते ही तुम नींद से झूमने लगते; और सूरज आसमान में चढ़ जाता, मगर तुम्हारी भोर की नींद खराब करने से मुझे मना कर दिया जाता। मूँछ-दाढ़ी क्यों न निकल आए, मगर पोतों की उम्र तो दादा-दादी की नजर में हमेशा खेलने-खाने की ही होती है। ऐसे में तुम पढ़ते खाक!...इसलिए तो कह रहा हूँ कि अच्छा हुआ, तुम्हारे दादा-दादी मर गए...मुझे नहीं मालूम, चुनचुन के दादा-दादी जीवित हैं या नहीं। अगर हैं भी, तो उसके लिए मरे हुए ही हैं। अगर जिन्दा रहते वे, तो भजनलाल जी के घर में वैसी शान्ति तो नहीं विराजती; और चुनचुन वह नहीं बन पाता जो आज वह बन गया है...सोच रहे हो कि मैं बहुत पतित हूँ, अपने माँ-बाप के मरने की खुशियाँ मना रहा हूँ?...

"मैं पतित हूँ, ऐसा मत सोचो। माँ-बाप की बहुत याद आती है मुझे, आँखें भीग जाती हैं। पतित की तरह सोच-बोल रहा हूँ तुम्हारे लिए, सिर्फ तुम्हारे लिए। चाहता हूँ, किसी तरह तुम आदमी बन जाओ। जितना बुरा समझना हो, समझ लो मुझे; मगर लायक तो बन जाओ, टीपू।

"निष्ठुर भी नहीं हूँ मैं, मगर अब निष्ठुर भी बनना होगा। भजनलाल से बीस बनूँगा—उन्नीस नहीं। अब तुम्हारे विरुद्ध कोई शिकायत मैं बरदाश्त नहीं कर सकता। अब तो मैं यह भी पूछताछ नहीं करूँगा कि तुमने क्या कसूर किया है, कितना कसूर किया है, जान-बूझकर किया है या अनजाने। छड़ी की मार खाओगे तुम। उनके बीच जाओगे, तभी तो शिकायतें आएँगी। कुछ कसूर नहीं रहेगा तुम्हारा, तो सबको छोड़कर एक तुम्हारे विरुद्ध ही क्यों शिकायतें लाएँगे लोग?...सोच रहे हो कि यह अन्याय है... अन्दर-ही-अन्दर उबल रहे हो कि इस अन्याय का बदला कभी-न-कभी अपने बाप से तुम अवश्य ले लोगे?...

"ले लेना बदला; मैं नहीं डरता...मगर जब बड़े होकर बदला लेने लायक बनोगे, तो उस वक्त महसूस करोगे कि तुम्हारे पिता ने तुम्हारे साथ कोई अन्याय नहीं किया था; जो भी किया था, तुम्हारे भलाई के लिए किया था...और इस भलाई के लिए अब मैं हल्के से छूकर छोड़ नहीं दूँगा तुम्हें; अब तुम्हें ऐसी मार लगेगी कि चोट लगे, पीड़ा हो, ताकि तुम सही रास्ते पर चलो...भूल जाओ कि अब मैं पहले की तरह हल्का थप्पड़-मुक्का लगा दूँगा ओर तुम अपनी माँ को बाद में हँस-हँसकर सुनाओगे, 'माँ, पिताजी बहुत कमजोर हो गए हैं; इन्हें ठीक से दूध पिलाओ। पिताजी ने आज थप्पड़ मारा, तो चोट बिलकुल नहीं लगी।'...अब लगेगी चोट...देख लो यह छड़ी...एक दिन तो तुम तीन-चार तमाचे पर ही उबल पड़े थे कि मैंने तुम्हें डकैत की तरह क्यों मारा,

मगर अब तो हर बार डकैत की तरह ही मारूँगा...इस छड़ी से कैसी चोट लगेगी, इसका अन्दाजा लगा लो...कहीं तुम यह तो नहीं सोच रहे हो कि...

"ऐसे में कभी-कभी लोग आत्म-हत्या की बात सोचते हैं। भारी बेवकूफ होते हैं ऐसे लोग। यह जीवन तुम्हें ईश्वर ने दिया है; क्या अधिकार है तुम्हें इसे नष्ट कर देने का? इससे बड़ा पाप तो इस धरती पर दूसरा है ही नहीं। और, यह भी जान लो कि हर महान आदमी को भारी-भारी तकलीफें सहनी पड़ी हैं अपने जीवन में। तकलीफें सहकर ही वे महान हो पाए हैं। अगर बेवकूफों की तरह वे भी आत्म-हत्या की बातें सोचते, तो...बन पाते महान?...हर दुख के लिए तैयार रहो; हर दुख के लिए तैयार रहो, बेटे।

"मैं जानता हूँ, बिगड़ी आदतें जल्दी नहीं सुधरतीं। मैंने तय किया है कि आज से एक महीने तक तुम्हें यों ही छड़ी लगा दिया करूँगा। मुझे तुम्हारी हर गलती का रोज पता तो नहीं चलेगा। छड़ी खाने के बाद तुम्हें खुद याद कर लेना होगा कि उस दिन तुमसे क्या गलती हुई। इस तरह तुम्हें अपनी गलतियाँ सुधारने में एक पखवारा भी नहीं लगेगा। सुनने में यह तरीका भले ही बुरा लगे, मगर भजनलाल जी ने तो इस्तेमाल किया था और बड़ा ही अच्छा परिणाम निकला था इसका।...बस, और कुछ नहीं...अभी बस इतना ही...शेष आवश्यक हिदायतें मैं समय-समय पर देता रहूँगा...अब जाओ, और आज से, अभी से अपनी पढ़ाई में लग जाओ...हाँ, अपनी माँ को भेजो, तुरन्त..."

बेटा कमरे से बाहर जाए; माँ को इस-उस कमरे में ढूँढ़े; फिर उससे कहे कि पिताजी ने तुरन्त बुलाया है; दिव्या 'वही कृष्ण और वही वृन्दावन' समझे, और इस नये 'तुरन्त' को पुराना 'तुरन्त' ही मानकर अपना काम निबटाने में लगी रहे और हर तरफ से फुरसत पा लेने के बाद ही इधर आने की तकलीफ उठाए—इतनी प्रतीक्षा तो अब नया हाकिम नहीं कर सकता। टीपू के कमरे से बाहर निकलते-निकलते ही उसने जोरदार चीख लगाई, "दिव्या!"

"क्या बात है? चीख क्यों रहे हैं?" दरवाजे के सामने प्रकट होकर दिव्या कड़े तेवर में बोली।

"खबरदार! चिल्लाओ मत; नरमी से बातें करो। यह तेवर मैं बरदाश्त नहीं कर सकता। भूल जाओ कि मैं अभी भी वही हूँ जो पहले था। कभी देखी थी तुमने मेरे हाथ में एक छड़ी? यह कभी भी किसी के सिर पर चोट कर सकती है।"

"बहकिए मत; सँभलकर बोलिए।"

"क्या कहा, मैं बहक रहा हूँ? मैं सँभलकर बातें करूँ?...ऐ औरत! मैं बार-बार कह रहा हूँ कि मैं वह नहीं हूँ जो तुम मुझे समझ रही हो। अब मेरे सामने अपनी हैसियत का खयाल रखा करो। 'मेरी दिव्या' और 'प्यारी दिव्या' का जमाना लद गया। अब मैं वह मर्द हूँ कि मेरी मर्जी के विरुद्ध तुम्हारा एक भी कदम उठा, तो पैरों तले रौंदकर रख दूँगा। मैं वह नहीं हूँ, वह नहीं हूँ जो कभी था।"

"आप दारू पीकर तो नहीं आए हैं?"

"क्या कहा, दारू पीकर?...हाँ, दारू पीकर आया हूँ; मेरी मर्जी। मगर तुम जबान सँभाल कर बातें करो, नहीं तो जबान खींच लूँगा।"

"क्यों खींच लेंगे जबान? मैं किसी के साथ भाग गई हूँ क्या?"

"मेरे पास बहस के लिए समय नहीं है। अब मैं समय बरबाद नहीं कर सकता। अन्दर आओ, कुछ बातें करनी हैं।"

"क्या बातें करनी हैं?...मैंने सुन लिया, आप टीपू से क्या कह रहे थे।"

"जो तुमने सुन लिया वह सिर्फ टीपू को सुनना था। जो तुम्हें सुनना है वह अन्दर आकर सुनो। जल्दी आओ, फालतू वक्त बिलकुल नहीं है मेरे पास।...सुन रही हो या नहीं?"

"बोलिए, क्या कहना है? आ गई अन्दर।"

"फिर कह रहा हूँ, ऐंठकर बातें मत करो; और जो कह रहा हूँ उसे ध्यान से सुनो...

"हाँ, आज से टीपू की पढ़ाई पर तुम्हें पूरी निगरानी रखनी है, शाम में विशेष रूप से। रसोई घर में भी अगर तुम्हारी एक आँख चूल्हे पर रहती है, तो दूसरी आँख ओसारे पर पढ़ रहे टीपू पर रखो। अगर उस वक्त ऊँघता है तुम्हारा बेटा, तो उसे तुरन्त जगा देना है, मगर धूप-दीप दिखाकर नहीं, झकझोरकर भी नहीं, ठुनका और थप्पड़ मारकर...इस काम में मैं तुम्हारी जरा भी गफलत बरदाश्त नहीं कर सकता। तब मैं भी यह नहीं सोचूँगा कि किसी औरत पर हाथ उठाना निषिद्ध है, पाप है। तब तुम रो-रोकर भी माफी माँगोगी, पैर पकड़कर रोओगी...मुस्कराओ मत; कह तो दिया कि अब मैं बदल गया हूँ...दिल्लगी की कोई बात सूझ रही हो, तो उसे मन में ही रखो; गुस्सा मत भड़काओ मेरा..."

"और कुछ कहना है?"

"हाँ, कहना है, बहुत कुछ कहना है; सुनती जाओ...अब टीपू को खाने-पीने की कोई आजादी नहीं रहेगी। जिसका ध्यान खाने-पीने पर ही रहेगा, वह पढ़ेगा खाक। अब उसकी फरमाइश पर कोई चीज नहीं बन सकती है इस घर में; और न तुम उसे पैसे दे सकती हो बाहर की अंट-शंट चीजें खाने के लिए। अब टीपू को मिठाइयाँ देखकर ललच जाने की छूट नहीं दी जा सकती...हाँ, कभी-कभी घर में मिठाई भी आएगी, मगर हर एक का हिस्सा अलग कर दिया जाएगा...और अगर कभी मेरे हिस्से का एक टुकड़ा भी गायब हो गया, तो आफत खड़ी कर दूँगा मैं, आँख मूँदकर जिस-तिस पर छड़ी चलाऊँगा...और, हाँ, तुम भी अपनी जीभ समेटो। टीपू को मैं यह कहने का मौका नहीं देना चाहता कि अगर उसकी माँ रोज एक वक्त के भोजन में सोलह अदद मिरचे खा सकती है, तो फिर वह दिन-भर में दो-चार रसगुल्ले क्यों नहीं खा सकता। आज तक मेरी मनाही के बावजूद तुम चुरा-चुराकर मिरचे खाती रही और मैं देख-देखकर अनदेखा करता रहा, मगर अब मैं चुप नहीं रह सकता, और अधिक बरदाश्त नहीं

कर सकता। और, तुम इस भरोसे मत रहना कि बेटे के साथ किसी गुप्त समझौता के अन्तर्गत तुम उसे रसगुल्ले खिलाती रहोगी और वह तुम्हें मिरचे खाने में मदद पहुँचाता रहेगा। मैं अब स्थिर होकर नहीं बैठूँगा इस घर में; बहुत आजादी भोग ली तुम लोगों ने।...मत मुस्कराओ; कह रहा हूँ, मुस्कराना बन्द करो। भारी धोखे में हो तुम, अगर सोचती हो कि मैं अभी भी वही हूँ...मैं अब भजनलाल हूँ, भजनलाल...

"अब मैं तुम्हें निठल्ला नहीं बैठने दूँगा इस घर में। खा-पीकर जो दिन-भर अँगड़ाई और उबासी लेती रहती हो उससे अब गुजारा नहीं होगा तुम्हारा, यह जान लो, 'मेरी दिव्या, प्यारी दिव्या।' अब इस बेटे पर पूरा दिन खर्च करना पड़ेगा तुम्हें, पिलकर पड़ना होगा इस लाड़ले के पीछे। तुम्हें तो मेरी माँ से भी अधिक मेहनत करनी पड़ेगी, अधिक सावधान रहना पड़ेगा। मेरे मामले में तो माँ को मदद मिल जाती थी मेरी साबो दीदी से; तुम्हें तो ऐसा कोई मददगार भी नहीं है। तुम्हें मेरी साबो दीदी से भी बड़ा भेदिया बनना है, मेरी माँ से भी अधिक सख्त। पूछने पर महल्ले की औरतें तुम्हें टीपू के बारे में बता सकती हैं; एक पूछोगी, दस बताएँगी। अचक्के में बच्चों से पूछ बैठोगी, तो असावधानी में बहुत-सी गुप्त बातें वे भी उगल देंगे। टीपू को पकड़ लाने के लिए घर से दस कदम बाहर निकलने में भी कोई हर्ज नहीं है। मगर इतनी मेहनत के बाद फिर वही टाँय-टाँय फिस नहीं। माँ का गुस्सा कितनी देर ठहरता है, यह मुझे मालूम है। इसलिए तुम्हारे हाथ में हर वक्त एक छड़ी रहेगी; चैला भी चला सकती हो। कभी किसी काम में व्यस्त भी रहो, तो इतना जरूर देख लो कि हाथ-दो हाथ पर कोई ऐसी चीज है जिसे तुरन्त हाथ में लेकर बेटे पर जंगली भालू की तरह दौड़ा जा सकता है, या बैठे-बैठे ही एक अच्छे निशानेबाज की तरह बेटे पर फेंककर उसे चोट पहुँचाई जा सकती है। मैं तो वह दिन देखने का सपना देखता हूँ जब टीपू कोई गलती करने पर तुम्हारे भय से सीधे मेरे पास आएगा और चिरौरी करेगा—'पिताजी, माँ को नहीं बताइएगा यह सब; वह मुझे बहुत मारेगी। माँ बहुत बेरहमी से मारती है; यह भी ध्यान नहीं रखती कि मैं मरूँगा या जिन्दा रहूँगा...'"

"और कुछ?"

"मुस्करा क्यों रही हो? क्या चाहती हो, घर को नरक बनाना? देख नहीं रही हो, मैं कितना गम्भीर हूँ?...हाँ, अभी और कहना बाकी है...हाँ, कहना है यह है कि अब मुझे यह कभी गवारा नहीं होगा कि मैं तुम्हारे बेटे को एक चपत लगाऊँ और तुम दौड़ी चली आओ मेरे पास, 'हाय हाय! यह क्या कर रहे हैं आप? हाय हाय! मारकर भुरता बना दीजिएगा क्या बच्चे को?' खबरदार! अब कभी बेटे के आँसू नहीं पोंछ सकती हो तुम। मुझसे छुड़ाकर बेटे को अलग ले जाती थी; घंटों सिर सहलाती थी; गोद में सुलाती थी; दुलार-मलार करती थी; और न जाने मेरे ही विरुद्ध क्या-क्या बकती थी, क्या-क्या सुनाती थी बेटे को। यह सब अब नहीं चलेगा, 'मेरी दिव्या, प्यारी दिव्या।' अब तो इस मामले में मैं भगवान की दखल भी बरदाश्त नहीं कर सकता। औरत तो

तुम्हें मैं तब मानूँगा जब मुझसे मार खाने के बाद भी उस लौंडे को यह डर बना रहे कि कहीं तुम भी तो उसे नहीं चुटियाओगी। बाघ की माँद से निकलने के बाद उसे यह हिम्मत नहीं हो कि वह नागिन के बिल में जाए। अगर कभी ऐसा देख लिया मैंने, तो...तो...फिर मैं यह नहीं देखूँगा कि खेत किसने खाया था, गधहे ने या जुलहे ने। गुस्सा तो कहीं-न-कहीं बरसकर ही रहेगा...और दो डाँग गदहे को लगाऊँ या दो-चार डाँग जुलहे को भी, इस पर बहुत सोचना नहीं पड़ेगा मुझे...रुको, चली कहाँ?..."

"अभी भी कुछ बाकी ही रह गया है कहना?"

"हाँ, बाकी है...नहीं, नहीं अब कुछ नहीं कहना है...आज बस इतना ही...मगर जाने से पहले यह बताती जाओ कि मैंने जो कहा वह तुमने सुना?"

"हाँ, सुना।"

"समझ भी लिया?"

"हाँ, समझ भी लिया।"

"तब ठीक है, जाओ। मुस्कराओ मत; मत गुस्कराओ...मैं वह नहीं हूँ; वह नहीं हूँ मैं..."

घर से राजगंज विद्यालय...सीधे गणित-शिक्षक के पास, "आप गणित-शिक्षक हैं...हाँ, आपसे ही मुलाकात करने आया हूँ...बहुत बदनामी हो गई है आपकी; सोचा, सावधान कर दूँ...मैं इतिहास और भूगोल पढ़ानेवालों के पास भी जा सकता था; वे भी कम बदनाम नहीं हैं। मगर जो रुतबा एक गणित-शिक्षक का है, वह उनका नहीं। इसलिए सीधे आपके पास आया हूँ। ऐसे तो बच्चा पढ़ाई के हर विषय को वाहियात बताता है, मगर गणित का दरजा सबसे ऊपर है। बाबर वश में आ जाएगा; अकबर अरदली में चलना स्वीकार कर लेगा; पृथ्वी एक बार गोल हो गई, तो अब नाक रगड़ने पर भी कुछ और नहीं हो सकती; साली बंगाल की खाड़ी ऐसे खूँटे से बँधी है कि लाख उछल-कूद करने पर भी इधर-उधर खिसक नहीं सकती; मगर यह सुख गणित में कहाँ! जोड़-घटाव और गुणा-भाग में अंकों की ऐसी लड़ाई छिड़ती है; इस तरह टकराते हैं वे एक-दूसरे से; इस तरह कभी मूर्च्छित होते हैं और कभी होश में आते हैं; इस तरह झाँसा देते हैं कि जिसे मरा समझो वह साला जिन्दा है और जिसे जिन्दा समझ रहे हो वह कब से तो मरा पड़ा है, कि, बच्चा तो बच्चा ठहरा, किसी की अक्ल भी चकरा सकती है। वाहियात तो ऐसा है यह गणित कि पढ़-लिखकर बूढ़े हो जाओ, मगर तब भी याद रखो कि पहली कक्षा में गुरुजी ने क्या पढ़ाया था—तेरह ड्योढ़े? सात अढ़ैया? पाँच पौने? तीन हूँठे?...सवाल है कि दस आदमियों के लिए तीस दिनों का भोजन है; अगर पन्द्रह दिनों के बाद और पाँच आदमी आ जाते हैं, तो वह भोजन और कितने दिनों तक चलेगा?...अब बेटे को यह सवाल ही गलत लगता है। जब तक आनेवाले पाँच आदमियों में से हर एक की खुराक का अलग-अलग पता नहीं चल जाता, तब

तक कैसे बने यह सवाल? टीपू तो बिलकुल मानने को तैयार नहीं कि इस सवाल का भी जवाब हो सकता है। उसे ऐसे खवैया का भी पता है जो अकेले पाँच आदमियों का भोजन बड़े मजे से उदरस्थ कर सकता है।...जिसमें न लम्बाई है, न चौड़ाई और न मोटाई, मगर तब भी उसका स्थान निश्चित है और आप उसे बिन्दु कहते हैं। मगर टीपू क्या कहे जबकि यह बिन्दु उसके दिमाग में कोई स्थान ग्रहण कर ही नहीं पा रहा है?...तो, जनाब, यह विषय है ही वाहियात। एक परीक्षा में इसने मुझे भी चित कर दिया था...मगर इसकी वाहियाती ही तो इसका गुण है जिसके कारण इसे पढ़ाई में सबसे ऊँचा स्थान मिला है और गणित-शिक्षक प्रणम्य हो गए हैं। एक यही विषय तो है जो बच्चों को बचपन में ही अहसास करा देता है कि छात्र-जीवन त्याग-तपस्या का जीवन है और आगे बढ़ने के लिए भीषण तैयारी की जरूरत है...मगर आपने अपनी चाल से इसकी गरिमा समाप्त कर दी है, और खुद भी एक नकलोल मास्टर बने हुए हैं।

सुना है कि आप पढ़ाते तो गणित हैं, मगर आपके हाथ में कोई छड़ी नहीं होती! ऐसा अजूबा कभी देखा है, कभी सुना है? किस इलाके से आते हैं आप? किस विद्यालय में आपकी अपनी पढ़ाई हुई थी? गणित क्या घर पर ही दादी या नानी से पढ़ लिया करते थे? मैं तो अपने जमाने में इस इलाके के गणित-शिक्षकों की अच्छी जानकारी रखता था। उनका रुतबा था, रोब-दाब था, और बच्चों की रूहें काँपती थीं उन्हें देखकर! हर एक के पास अपनी एक छड़ी होती थी और कोई प्रिय-सा नाम हुआ करता था उस छड़ी का। सिरसिया विद्यालय के गणित-शिक्षक की छड़ी का नाम ऐसा चमका था कि वे खुद भी छात्रों के बीच 'हड़तोड़न सिंह' के नाम से ही जाने जाते थे। ग्वालपाड़ा विद्यालय में 'जोरावर खाँ' का ऐसा जोर था कि गणित के कई शिक्षक बदल गए, मगर 'जोरावर खाँ' नहीं बदला। पुरैनी के एक लड़के ने बताया था कि उसके गणित-शिक्षक तो दिशा-मैदान के लिए भी निकलते हैं तो अपने 'हवलदार साहब' को साथ लिये जाते हैं। इसी राजगंज विद्यालय के 'सेवक जी' को हम आज भी याद करते हैं...आपको क्या हो गया है? इतने ढिल्लड़ और लापरवाह क्यों हैं आप? किसी रोग से पीड़ित तो नहीं हैं?...आज से ही पकड़िए आप भी एक छड़ी; एक प्रिय-सा नाम मैं बता दूँगा... और अगर छड़ी नहीं उठा सकते आप, तो फिर छोड़िए पढ़ाई का धन्धा; गणित पढ़ाने का धन्धा तो अभी इसी वक्त छोड़ दीजिए। बेहतर हो, संगीत सिखाइए, खेल खेलाइए, बागवानी कराइए, विद्यालय का घंटा टनटनाइए; इसी विद्यालय में ढेर सारे काम मिल जाएँगे जिसमें बिना छड़ी के भी काम चला सकते हैं।

"सुनने में यह भी आया है कि आप कक्षा में हँसते-मुस्कराते भी हैं। हे भगवान! हँसेंगे कक्षा में और पढ़ाएँगे गणित! खाक पढ़ाते होंगे आप! कैसे हँस लेते हैं विद्यार्थी गणित की घंटी में? अंकों की गलफाँसी उन्हें नहीं सताती? रेखा डंडा की तरह नहीं दिखती? आप बच्चों के भविष्य से खिलवाड़ कर रहे हैं, जनाब!...आपको गुस्साना नहीं आता? आप क्रोध में दाँत नहीं पीस सकते? भृकुटी तान नहीं सकते? लाल-लाल आँखों

से घूर नहीं सकते? चीख-चिल्ला भी नहीं सकते?...केवल मुस्करा सकते हैं! छि:... मेरी बात मानिए; मैं सब सीखकर आया हूँ; सब सिखा दूँगा...आज ही मैं आपको एक किताब दूँगा, 'लंका-दहन' नाटक। आप इसके सारे संवाद कंठस्थ कर जाइए, और आज से, अभी से बोलना बन्द कर चीखना शुरू कीजिए...कक्षा में रावण के रूप में अवतरित होकर हर बच्चे को हनुमान मानिए, या फिर अपने को हनुमान मानकर हर छात्र को रावण जानिए...सामने पड़ गए कुत्ता-बिल्ली और साँड़-गाय को भी आप इन संवादों से आहत कर सकते हैं...बहुत शीघ्र आपको गुस्साना आ जाएगा...यह मानकर चलिए, जनाब, कि जिस ज्ञान को बच्चा रो-रोकर प्राप्त करता है वही टिक पाता है उसके पास। हँस-हँसकर कहीं विद्या हासिल की जाती है! जिसे पाने में अपनी कोई पूँजी ही न लगे, वह क्या खाक टिकेगी!...अब मैं चलता हूँ; बहुत वक्त नहीं है मेरे पास। ठीक एक हफ्ता बाद मैं फिर आऊँगा। इस अन्तराल में, मैं उम्मीद करता हूँ, आप अपने सहकर्मियों के साथ इस विषय पर चर्चा करेंगे...आप भी गुस्सा सकते हैं, इस बात का विश्वास कीजिए आप। जो भजनलाल कर सकता है वह आप क्यों नहीं कर सकते, कोई क्यों नहीं कर सकता?...अच्छा, विदा; फिर मिलेंगे..."

अब टीपू के दोस्तों की खबर ली जाए, नये हाकिम ने सोचा, और उनकी ताक में अपने दरवाजे पर ही यह सोचकर बैठ गया कि अभी, या थोड़ी देर बाद, या बहुत देर बाद ही कोई-न-कोई सामने से गुजरता हुआ मिल ही जाएगा।

देर नहीं लगी और हरिया दिख गया। शायद वह इधर ही आ रहा था, मगर दरवाजे पर दोस्त की जगह उसके बाप को देखकर सड़क पर नाक की सीध में चलने लगा था। हाकिम ने झटपट हाथ की छड़ी घर के अन्दर किवाड़ की ओट में छिपाई और बाहर आकर हरिया को पुकारा।

अभी हरिया पास पहुँचा भी नहीं था कि हाकिम उसके स्वागत में बोल उठा, "आओ, आओ बेटे, सुबह से मैं तुम्हें ढूँढ़ रहा हूँ। तुम ही तो टीपू के पक्के दोस्त हो, और मेरे लिए तो जैसा टीपू वैसा तुम...चलो, चलो अन्दर; टीपू से भेंट कर लो...ठीक है, काम से जा रहे हो, तो मैं रोकूँगा नहीं; चला जाना। मगर एक बार टीपू से भेंट तो कर लो। वह बोल रहा था कि किसी जरूरी काम से हरिया के पास जाना है...जाओ, एक बार मिल आओ...बैठो, बैठो, अभी इसी कमरे बैठो...टीपू अभी खाना खा रहा होगा; खाकर इसी कमरे में आएगा। तब तक मुझसे बातें करो...हाँ, यह बताओ कि आजकल लश्कर का क्या हाल-चाल है? कोई शैतानी हो रही है या नहीं?...अरेरे, मुझसे लजा रहे हो! लजाने की कोई जरूरत नहीं है। बच्चे शैतानी नहीं करेंगे, तो फिर करेंगे कौन! अभी तो यही सब करने की उम्र है, बेटे।...आज एक खुशखबरी है तुम्हारे लिए...बहुत दिनों से तुम लोगों ने गधे की सवारी नहीं की है। आज सुबह ही एक गधा मैंने पकड़वाकर मँगवाया है; पिछवाड़े में बँधा है गधा। आज तुम और टीपू आनन्द

मनाओ...हाँ-हाँ, ठीक कह रहा हूँ मैं; गधा भला होता है किसलिए! मेरे पिछवाड़े में ही दौड़ाओ गधे को; तुम्हारे अग्रज को बिलकुल पता नहीं चलेगा...धत, शरमाते क्यों हो, बेटे? यह उम्र भला शरमाने-लजाने की है!...अच्छा, छोड़ो; लगता है, तुम्हें गधे की सवारी अब पसन्द नहीं। आज का कार्यक्रम रखो कुत्तों की पूँछों में फुलझड़ियाँ बाँधने का। कितना मजा मिलता है इसमें, यह तो तुम जानते ही हो...अरे, यह भी पसन्द नहीं!...फुलझड़ियाँ मैं बहुत ले आया हूँ, बेटे...एक काम करो, आज शरीफे ही तोड़ लाओ। मेरा मन भी आज शरीफा खाने को कर रहा है। भूमि मड़ड़ के बगीचे में तो तुम बहुत बार जा चुके हो। हाँ, इस बार ललचनमा को मत ले जाना, नहीं तो फिर शरीफे का मजा ललचनमा ले लेगा और भूमि मड़ड़ झोंटा तुम्हारा पकड़ेगा। जैसे हर जगह टीपू के साथ जाते हो वैसे ही वहाँ भी इसी के साथ जाना। हाँ, अगर भूमि मड़ड़ पकड़ ले, तो इस बार कहना कि धतूरा के लिए शशांक चाचा ने भेजा है। तो तैयार हो? बुला दूँ टीपू को? बोलो, बोलो, लज्जा त्यागो। बुला दूँ टीपू को?...मुझसे लजा रहे हो, तो टीपू से ही बात कर लो। बोलो, कर लोगे बात?...बोलो, बोलो...अच्छा, नहीं बोलोगे, नहीं बात करोगे, तो कम-से-कम मुलाकात तो कर ही लो टीपू से...खबरदार! जहाँ के तहाँ खड़े रहो...आज तुम्हारी मुलाकात इस छड़ी से कराऊँगा। अगर तुम्हें ठीक से चुटिया दूँ, तो तुम्हारे जैसे टीपू के सारे दोस्त आपसे-आप दूर भाग जाएँगे। बोलो, अब क्या सलूक किया जाए तुम्हारे साथ?...खबरदार! रोने की कोशिश मत करो। बहुत सताया है तुम लोगों ने; आज बिना खबर लिये नहीं छोड़ूँगा...तुम लोगों ने मेरे टीपू को बरबाद करने की कोशिश की है; आज मजा चखाकर ही मानूँगा...तो किसने बरबाद किया, अगर तुमने और तुम्हारे दोस्तों ने नहीं किया? बहुत दिनों से सुनता आ रहा हूँ; बहुत दिनों से देखता आ रहा हूँ; अब और नहीं देखना-सुनना है...क्या देख रहे हो इधर-उधर? भाग निकलने के सारे रास्ते बन्द हैं। इस छड़ी से तुम्हारी देह की चमड़ी उधेड़ दूँगा, और तब किसी के कन्धे पर लदवाकर तुम्हें तुम्हारे घर भिजवा दूँगा। चुप, रोओ मत। रोने से काम नहीं चलेगा; आज नहीं पिघलूँगा मैं...बोलो, आज से टीपू को साथ तो नहीं ले जाओगे?...नकियाकर जवाब मत दो; साफ-साफ बोलो...ठीक है... और...टीपू के पास मुझे देखकर तुम बोलते तो नहीं थे कुछ, मगर तेजी से चलते हुए कनखियों से जो इशारा कर दिया करते थे उसे, वैसा तो नहीं करोगे?...हाँ, बिलकुल नहीं करना है...और अभी तक जो चीख-चीख कर तुम गाना गाते हुए घर के सामने से गुजर जाते थे: जिस गाना का अर्थ होता था, "अरे निठल्ले! निकलो घर से बाहर। कोई बहाना बनाकर बनाओ अपने बाप को बेवकूफ। जल्दी करो; हमलोग शैतानी करने जा रहे हैं।" वैसा तो नहीं करोगे?...एक बार भी पकड़ लिया, तो टाँगें तोड़ दूँगा...और, हाँ, मेरे घर के आसपास सीटी भी नहीं बजा सकते, क्योंकि जब-जब सीटी बजी है, टीपू को घर से उड़कर जाते देखा है। बोलो, बजाओगे सीटी?...अगर बजाओगे, तो अपनी जान से हाथ धो बैठोगे...और, यह भी सुन लो कि यह सब एक तुम्हारे करने

से काम नहीं चलेगा, तुम्हारे सारे दोस्तों को इसी राह से चलना है। मेरे पास इतना वक्त नहीं कि मैं एक-एक को ढूँढ़ूँ। यह अब तुम्हारा काम है कि उन्हें भी तुम सारी बातों से अवगत करा दो। और यह जिम्मेदारी भी तुम्हारी है कि वे सब तुम्हारी बात मानकर टीपू से दूर रहें। अगर उनमें से किसी को भी मैंने कुछ गलत करते पकड़ लिया, सीटी बजाते या गाना गाते, तो उनकी टाँगें तोड़ने के पहले मैं तुम्हें ढूँढ़कर, तुम्हें पकड़कर तुम्हारी टँगड़ी तोड़ूँगा...समझ गए?

सब समझ गया हरिया, और वहाँ से इस खुशी के साथ निकला कि इस नये शशांक चाचा ने उसे अपने साथियों सहित राजगंज छोड़ देने को बाध्य नहीं किया। उसे बस इतना-भर खयाल रखना था कि टँगड़ियाँ खतरे में न पड़ें। घर से जिस काम से निकला था वह, उसे भूलकर टीपू के दोस्तों को ढूँढ़ने निकल गया वह।

और अब नया हाकिम चला महल्लेवालों से भेंट करने...सब सोच-विचारकर इस निष्कर्ष पर पहुँच गया वह कि महल्लेवालों से लड़-झगड़कर रहने में ही फायदे हैं। इन लोगों से मिलकर रहो, तो अपना बेटा बरबाद होता है। ऐसा नहीं होने देगा वह..."हाँ, भाई, आपको ही कह रहा हूँ। जरूरी बातें हैं; सुन लीजिए...आप अपने बच्चे को सँभालिए। आपका बच्चा भाड़ में जाए, मुझे मतलब नहीं; मगर आपका बच्चा मेरे बच्चे को खराब कर रहा है, इस बात से तो मैं मतलब रखूँगा...क्या मतलब? अपने बच्चे को मैं तिजोरी में बन्द रखूँ और आपका बच्चा पूरे महल्ले में चकफेरी देता रहेगा, हड़कम्प मचाता रहेगा? यह सब चलने को नहीं है। मैं टाँग तोड़कर रख दूँगा, अगर कभी उस छोकरे को अपने दरवाजे पर देख लिया। आपसे क्या नाता-रिश्ता है, इसे ताक पर रख दूँगा मैं। जितनी निभ सकती थी निभ गई; अब और आगे नहीं निभ सकती। खबरदार! अब आगे कभी तुम भी मेरे दरवाजे पर मत आना। दुग्गी-तिग्गी की मैं परवाह नहीं करता...

हाँ, भाई साहब, आप भी सुन लीजिए। सुनने में बुरा लग सकता है आपको, मगर मेरा काम है आपकी आँखें खोल देना। यह पता है आपको कि आपका बेटा चोर है?...उखड़िए मत; मैंने उसे अपनी आँखों से देखा है चोरी करते। मेरी आँखों के सामने एक दिन एक आम बेचनेवाली की टोकरी से दो आम चुराकर भागा था वह... क्या कहा, मैं झूठ बोल रहा हूँ? मुझे झूठ बोलने से कुछ मिलेगा क्या? देखिए, मुझे और कुछ बोलने पर मजबूर मत कीजिए। मत कीजिए बेटे की बड़ाई; फिर कह रहा हूँ, मत कीजिए बड़ाई...आपका बच्चा चोर बने, डाकू बने, गुंडा बने, लुच्चा बने, मेरी बला से! मगर महल्ले के ऐसे बच्चों का असर मेरे बच्चे पर भी तो पड़ सकता है... करना क्या है, समेटकर रखिए अपने बच्चे को...नहीं समेटेंगे, तो फिर मैं लोगों को यह सुनाने से भी बाज नहीं आऊँगा कि आपकी बीवी भी चोर है...हाँ-हाँ, चोर है। मैंने उसे भी देखा है अपने पिछवाड़े से कद्दू चुराते हुए। मेरी नजर पड़ी, तो मैं खुद लजाकर भाग गया था वहाँ से...हाँ, मैंने उस वक्त हल्ला इसलिए नहीं किया कि आपकी इज्जत

खराब होती; मगर अब करूँगा हल्ला। और, इस बार पकड़ा, तो हल्ला मचाकर पूरे महल्ले को बुला लूँगा...अगर अभी भी आप अपना भला चाहते हैं, तो बच्चे को बुरी आदतों से बचाइए; कम-से-कम मेरे बच्चे को बचे रहने दीजिए...हाँ, मैं तो उसे किसी दिन अपने बच्चे के साथ देखूँगा, तो अपने बेटे को सजा देने के पहले आपके बेटे की अच्छी मरम्मत कर दूँगा। इसके लिए आपको जो करना होगा कर लीजिएगा; अब मैं किसी से डरकर नहीं रहूँगा। हे भगवान! इस तरह तो मेरा बेटा बिलकुल बरबाद हो जाएगा इन शोहदों के साथ रहकर। इनकी तो छाया भी बुरी...

"हाँ, भाई, एक काम तुम्हें भी करना पड़ेगा। तुम उम्र में मुझसे छोटे हो, मगर लजाने और चुप रहने से मेरा नुकसान होगा, इसलिए कह देता हूँ। तुम्हारे घर के लड़ाई-झगड़े से सारा महल्ला परेशान रहता है। इस तरह लड़ती-झगड़ती हैं तुम्हारी दोनों बीवियाँ कि आधी-आधी रात में लोगों की नींद टूट जाती है, ध्यान उधर चला जाता है, और अक्सर घर से बाहर निकलना पड़ जाता है। दो बीवियाँ रखते तो हो, मगर इतनी-सी मामूली बात नहीं जानते कि अगर दोनों बीवियाँ आराम से एक साथ रह लें, तो फिर औरत कैसे कहलाएँ वे। अब अगर दोनों बीवियों को पालना जरूरी हो, तो दोनों को एक साथ मत रखो; यह सोच लो कि जाड़ा भर किसे रखना है और गर्मी में किसे बुला लेना है। अगर यह सम्भव नहीं लगता, तो फिर उनमें जो कुछ दब्बू और सीधी-सादी हो उसे मार भगाओ हमेशा के लिए। कुछ करो, भाई, नहीं तो मुझे ही कुछ करना पड़ेगा। फिर अगर तुम्हारी दोनों बीवियाँ आपस में सलाह कर मुझसे बखेड़ा करने आएँगी, तो मैं पीठ दिखाकर भागनेवाला नहीं हूँ अब। अपने बच्चे के लिए अब मैं औरतों से भी नहीं डरूँगा। जो करना हो शीघ्र कर डालो; मुझे इतना वक्त नहीं मिलेगा कि मैं दुबारा तुम्हारे पास दौड़ूँ...

"हाँ, जनाब, आपसे भी एक शिकायत है। जब आपने बच्चे पैदा किये हैं, तो उनकी कुछ खोज-खबर भी रखिए। ऐसा तो नहीं कि आपकी जिम्मेदारी केवल बच्चे पैदा कर देने की थी!...नहीं, यह गाली नहीं है; मैंने गाली नहीं दी है आपको। और अगर आप इसे गाली ही मानते हैं, तो मानिए; मैं ऐसी गाली देने से तब तक बाज भी नहीं आऊँगा जब तक आपका ध्यान अपने बच्चे की ओर नहीं जाता है...कभी ध्यान गया है आपका इस ओर कि आपका बेटा भारी बस्ता लेकर घर से विद्यालय के लिए निकलता है, तो किधर जाता है और कहाँ रामभजन के बदले कपास ओंटता है?... आपको यह फिक्र करने की जरूरत भी क्या कि बेटा विद्यालय जाता है या कहीं और! आपके लिए तो बेटे ने डंडी मारना सीख लिया, तो सारी विद्या सीख ली...हाँ-हाँ, आप डंडी नहीं मारते हैं तो क्या करते हैं? कुछ नहीं छिपा है मुझसे। मेरा तो घर ही डंडीमारों के महल्ले में है...हाँ-हाँ, कह दीजिए महल्लेवालों से। मुझे किसी का डर नहीं। क्या कर लेंगे महल्ले के लोग? बहुत करेंगे, तो हुक्का-पानी बन्द कर देंगे। मैं इससे डरता हूँ क्या? डरकर बच्चे को बरबाद हो जाने दूँ?...अरे, मत आना मेरे दरवाजे पर। मैं

भी तुम्हारे दरवाजे पर नहीं जाऊँगा। जिस किसी दिन सुबह-सुबह तुम्हारा मुँह देखा है, मेरा पूरा दिन खराब गुजरा है...झाड़ू मारूँ ऐसे महल्ले पर...भजनलाल का गुजारा हो रहा है, तो मेरा गुजारा भी हो जाएगा। मैं क्यों परवाह करूँ ढोढ़ाय-मंगरू की?..."

अभी नया हाकिम महल्लेवालों को झाड़ू मार ही रहा था कि डमरू की डमडम सुनाई पड़ी। चौंककर देखा, तो नजर गुलाबछड़ीवाले पर पड़ी। तेज कदमों से वह गुलाबछड़ीवाले के पास पहुँचा और बोला, "आओ मेरे साथ; आज मैं भी तुम्हारी गुलाबछड़ी खाऊँगा।"

मन-ही-मन डमरू बजाता हुआ डमरूवाला अपने नये ग्राहक के पीछे हो लिया।

"हाँ, भाई, जरा खिलाओ तो मुझे भी दस पैसे की गुलाबछड़ी...थू थू थू, छिः, यही है गुलाबछड़ी! इसी पर बच्चे मक्खियों की तरह दौड़ते हैं! इसमें जहर डालते हो क्या, भाई?...कैसे नहीं डालते हो जहर? मैंने क्या कभी गुलाबछड़ी नहीं खाई है? मेरे जमाने में भी आता था एक गुलाबछड़ीवाला। वह स्वाद।...वह मजा!...जरूर तुम उसमें जहर डालते हो; जहर का स्वाद है इसमें...यह कहने से काम नहीं चलेगा कि तुम जहर बेचकर बच्चों की जान नहीं ले सकते। तुम लोग कुछ भी कर सकते हो। अगर फिर कभी देख लिया यह जहर बेचते, तो जेल की हवा खिलवा दूँगा...हाँ-हाँ, जेल जाना पड़ेगा। करूँ स्वास्थ्य-निरीक्षक को खबर? कहीं के नहीं रहोगे, सोच लो...नहीं, तुम अब इस महल्ले में कुछ भी नहीं बेच सकते...क्या समझते हो, बाप की सड़क है? डमरू बजाते हुए निकल गए; चीख-चीखकर सब की शान्ति भंग कर दी...अब यह शैतानी नहीं चलेगी...हाँ-हाँ, महल्ले में घुसने नहीं दूँगा...मैं जानता हूँ, तुम किसलिए इस महल्ले में आते हो...ये सारे फेरीवाले चोर हैं। बच्चों को फुसला-फुसलाकर उनसे महल्ले की खबरें लेते हैं कि किस घर में कितने आदमी हैं और किस दिन किस घर में कोई मर्द नहीं रहेगा। गुलाबछड़ी और हवाई मिठाई बेचना तो एक बहाना है। दिन में घर-घर झाँकते हो और रात में सेंध लगाते हो। तुम अवश्य चोरों के सरदार हो। चोर नहीं हो, तो चोरों के लिए जासूसी जरूर करते हो...बच्चों को चोरी करना नहीं सिखाते? मुफ्त में खिलाते हो उन्हें गुलाबछड़ी? उन्हें अवश्य शिक्षा देते होगे बाप की जेब से पैसे चुराने की...यह दुराचार यहाँ नहीं कर सकते...और यह तुम्हारा काम होगा अपने सारे साथियों को सूचित कर देना कि अब कोई फेरीवाला इस महल्ले में उत्पात नहीं कर सकता, चीख-चिल्ला नहीं सकता, घंटी-डमरू नहीं बजा सकता, महल्ले में घुस भी नहीं सकता...अगर किसी ने मेरे आदेश का उल्लंघन किया, जरा भी चीं-चपड़ की, तो जेल की खिचड़ी खिलाकर दम लूँगा...एक-एक को मुकदमे में फँसा दूँगा...जरूरत समझूँगा, तो अपने लठैतों से टाँग-गोड़ भी तुड़वा दूँगा...हाँ, मैं जो बोल रहा हूँ वह करके दिखा दूँगा...अब जाओ; तुम्हें क्या करना है, यह अपने संगी-साथियों के साथ अच्छी तरह सोच-विचार लो। यह मत समझना कि मैं कमजोर

हूँ। मैं क्या भजनलाल से भी कमजोर हूँ? मेरे पास तो लठैत भी हैं। बस एक बार चरित्तर को खबर करने-भर की देर है...भागो, भागो यहाँ से..."

डमरूवाले को भगाकर नया हाकिम उन हिदायतों को लिखने बैठ गया जो घर आनेवाले मेहमानों के लिए आदेश-निर्देश के रूप में रहेंगी। ऐसे तो ये आनेवाले मेहमान कहलाते हैं, आदरणीय अतिथि; मगर घर के बच्चों को खराब करने में ये मजे ले-लेकर हाथ बँटाते हैं। ये मेहमान, जैसे ही किसी पुरानी दुश्मनी की याद आती है, तुरन्त धावा मारते हैं दुश्मन के घर। हालाँकि शशांक के घर मेहमानों का बहुत कम आना-जाना होता है, मगर एक बच्चे को बरबाद करने के लिए सैकड़ों मेहमानों की जरूरत नहीं होती, एक काफी होता है। अपने बच्चे को बिलकुल सुरक्षित रखने के लिए शशांक ने भजनलाल की हिदायतों की सूची से भी अपनी बड़ी और बेहतर सूची तैयार की!

और अब इच्छा हुई शशांक की कि वह तुरन्त एक चिट्ठी भजनलाल को लिख भेजे कि उसने अपने बच्चे के लिए पूरी तैयारी कर ली है और उनके मार्गदर्शन के लिए वह उनका जीवन-भर कृतज्ञ रहेगा...उसने पत्र लिखना शुरू किया...

"परम आदरणीय भजनलाल जी,

चरण-कमलों में प्रणाम!..."

5

वह एक महीना, जिसमें बेटे की गन्दी आदतों में शीघ्रातिशीघ्र सुधार लाने के लिए बाप नित्य-प्रति बेटे को यों ही छड़ी लगा दिया करेगा और यह जिम्मेदारी बेटे की रहेगी कि वह अपनी उस गलती को ढूँढ़ निकाले जिसके लिए उस पर मार पड़ी, उस वक्त ही शुरू हो गया था जिस वक्त पूर्णिया से वापस आकर शशांक ने अपने घर में अपने पाँव रखे। मगर बाप ने बेटे को एक दिन की मोहलत दे दी। भजनलाल जी ने तो अपने अनुभवों के जोर पर शशांक को चिल्लाकर सुनाया था कि कोई सुस्त, अड़ियल और काहिल बच्चा भी इस महीने का पहला पखवारा समाप्त होते-होते ही सुधरकर बिलकुल दुरुस्त हो जाएगा और तपे सोने की तरह चमकने लगेगा। मगर शशांक ने इस जल्दबाजी को बहुत अच्छा नहीं माना कि पन्द्रह दिन का काम किसी भी तरह फिसलकर सोलहवें दिन तक पहुँचने नहीं पाए। इसलिए पूर्णिया से लौटने पर उसने खुद भी एक दिन आराम किया और बेटे को भी एक दिन का आराम करने दिया।

दूसरे दिन सुबह-सुबह ही उसने भजनलाल जी का महीना शुरू कर दिया और हाथ में छड़ी चमकाते हुए बेटे को हाँक लगा दी।

वजह बताने की कोई जरूरत नहीं थी कि सजा किस गलती के लिए मिली, मगर बाप को बेटे पर फिर दया आ गई और उसने बेटे को सामने खड़ाकर कहा, "आज

सुबह-सुबह तुम्हें मार लगेगी, मगर तुम इसे एक उत्सव की तरह स्वीकार करो। तुम्हें दुखी नहीं होना चाहिए, क्योंकि यह सब तुम्हारी भलाई के लिए किया जा रहा है। और यह भी सुन लो कि वजह बताने की कोई पाबन्दी नहीं है मुझ पर; अपनी गलतियों का तुम्हें खुद पता लगा लेना है। आज तुम्हें किसी पुरानी गलती के लिए मार लगेगी, और कल से तुम्हें अपनी दिन-भर की गलतियों की सजा शाम में भुगतनी पड़ेगी। और, हाँ, अभी तुम्हें इसलिए मार लगेगी कि...”

शशांक बेटे की कोई अच्छी-सी गलती, अच्छी-सी शरारत याद करने लगा।

वाह! कमाल हो गया! चुनचुन पर भी एक दिन मार पड़ी थी मिठाई खा जाने के कारण। टीपू तो ऐसा जिभला है कि हर दिन उसे आसानी से अपराधी घोषित किया जा सकता है।

और, यह अपराध? भयंकर अपराध! शशांक ने तो लज्जावश टीपू के अपराध का यह किस्सा भजनलाल जी को नहीं सुनाया था। वे तो इसे सुनकर एकबारगी चीख पड़ते, “अरे बाप! इतना बड़ा अपराध! ऐसा भयंकर! इस अपराध की बराबरी तो किसी हत्या के अपराध से की जा सकती है; खून का मुकदमा चल सकता है...”

और इस अपराध पर सजा का मजा तो अब यह है कि इस किस्से को सुनकर और सुनाकर टीपू आज तक आनन्द उठाता रहा है। उस दिन भी बहुत हँसकर, खिलखिलाकर टीपू ने माँ को आठ गुलाबजामुनों की दास्तान सुनाई थी और उसे खूब चिढ़ा दिया था। आज ही तो पता चल जाएगा उसे कि उस दिन का आनन्द आज कितना पीड़ादायक है।

“हाँ,” बाप ने बेटे से कहा, “अभी तुम्हें इसलिए मार लगेगी कि तुमने कभी एक भयंकर अपराध किया है।”

“अपराध?” मुँह बाए खड़ा रह गया बेटा।

“हाँ-हाँ, अपराध। याद करो आठ गुलाबजामुनों की दास्तान को।”

टीपू खड़ा-खड़ा याद करने लगा।

बाईं आँख दबाकर भरसक मुस्कान को कुटिल बनाते हुए बाप ने पूछा, “कुछ आया याद?”

“हाँ,” बेटे ने स्पष्ट कहा।

“कितने गुलाबजामुन थे?” बाप ने अकड़कर पूछा।

“आठ,” बेटे ने जवाब दिया, तो बाप को ऐसा लगा कि बेटे में और भी अधिक अकड़ है।

बाप ने कुछ ढीला होकर कहा, “सारे-के-सारे गायब हो गए थे?”

“हाँ,” बेटे ने नतमस्तक होकर जवाब दिया, “मैंने खा लिये थे।”

“आठों?” बाप के प्रश्न से लगा कि यह दास्तान उसे अच्छी तरह याद नहीं है।”

हाँ,” बेटे ने संक्षिप्त उत्तर दिया, क्योंकि अब उसे फिर से दास्तान सुनाने में रुचि नहीं थी।

"क्यों?" बाप गरज उठा, "क्यों खा गए आठों गुलाबजामुन? बताओ, क्यों खा गए?"

अपने ही रसोई घर की भूलभुलैया में जब-तब भटक जाती है दिव्या। एक टीपू कभी नहीं गड़बड़ाता; रसोई घर के भूगोल और वर्तमान की अच्छी और अद्यावत जानकारी रखता है वह। कभी-कभी कोई चीज खुद दिव्या ही ऐसी जगह रख देती है कि बाद में ढूँढ़कर थक जाती है और हारकर बेटे को मदद के लिए हाँक लगाती है। ऐसे भी अवसर आए हैं जब दिव्या राजगंज में नहीं रही है और रसोई घर में टीपू ने उसकी मदद की है, "इस डब्बे में चीनी है, पिताजी; उस डब्बे में हल्दी; इस बोतल में जीरा है; उसमें मेथी; चाय की पत्ती एक नीले डब्बे में है; मिरचे और तेजपत्ते उस कोने में; इसमें धनिया; उसमें मरीच..."

और अगर घर में कहीं उसका कोई खाद्य पदार्थ हो, तो उसकी गंध टीपू की नाक तक दौड़-दौड़कर चली आती है। अचानक लम्बी साँस खींचता है टीपू और मुँह चमकाकर मुस्कराते हुए बोल पड़ता है, "माँ, लगता है, आज घर में कुछ आया है।" दिव्या झिड़क देती है, "कुछ नहीं आया है; जाओ, अपना काम करो।" माँ नहीं बताती, तब भी कुछ फर्क नहीं पड़ता टीपू के लिए। मगर इतना जरूर कह देता है वह माँ से, "मत बताओ, मगर कुछ आया है जरूर। बड़ी अच्छी गंध आ रही है!" माँ के इधर-उधर जाते ही उसे पता लगाते देर नहीं लगती कि माँ ने; लड्डू किधर छुपाकर रख दिये हैं; शहद को किस नये बरतन में डालकर कहाँ रखा है माँ ने चीनी जमीन पर किसी डब्बे में नहीं है, तो अवश्य छींके में रख दिया होगा माँ ने; मुरब्बे दो दिनों में समाप्त होनेवाले नहीं थे और मर्तबान निश्चय ही पिताजी की किताबों की ओट में रखा हुआ होगा।

बहुत चालाकी से काम करती है दिव्या; मिठाइयों की मटकी और पकवानों के बरतन कभी चोर की निगाहों में पड़ने नहीं देती। चिरौरी करता है चोर, तो माँ साफ-साफ सुनाती है, "ठीक है, देती हूँ मिठाई; पहले तुम कमरे से बाहर निकलो!" तुरन्त बाहर चला जाता है टीपू और अन्दर के ढनमन से बाहर खड़े-खड़े ही पता लगा लेता है कि किस कोने से आवाज आ रही है, कौन-से बरतन का मुँह खोला जा रहा है, और सबसे बड़ा कमाल कि बरतन में अभी और कितना माल बचा हुआ लग रहा है। चोर की निगाहों से चीजों को बहुत बचाती है मालकिन, मगर चोर ऐसा उस्ताद है कि हर बार सेंध मार ले जाता है।

उस दिन भी दिव्या ने आठों गुलाबजामुन कुछ अतिरिक्त चालाकी के साथ छिपाकर रख दिये थे और बिलकुल आश्वस्त होकर कि गुलाबजामुन की गंध बेटे तक नहीं पहुँची है उससे कहा, "देखो, बेटे, मैं एक जरूरी काम से रमली की माँ के घर जा रही हूँ। मैं जल्द ही लौटूँगी। घर में कोई नहीं है। तुम्हें यहाँ तब तक रहना होगा जब

तक मैं लौटकर नहीं आ जाती। बोलो, रहोगे न? आज भी घर खुला छोड़कर भाग तो नहीं जाओगे खेलने?"

"नहीं, माँ," बेटे ने आहिस्ते से जवाब दिया, "मुझे भी एक जरूरी काम से बाहर जाना है।" बेटे को शक हुआ कि अगर वह तुरन्त घर की पहरेदारी के लिए अपनी स्वीकृति दे देता है, तो माँ कुछ सोच-विचारकर, सम्भव है, घर से बाहर निकलने का अपना कार्यक्रम स्थगित कर डाले।

माँ के बहुत चिरौरी करने पर घर से बाहर जाने के सबब और घर लौटकर आने के समय को लेकर एक हजार एक प्रश्नों के जवाब पा लेने के बाद बेटे ने माँ को रमली की माँ के घर जाने की अनुमति दे दी और घर अगोरने का भीषण भार अपने कन्धों पर उठा लिया।

हजार बिल्लियों के बीच एक अकेली घरनी जिस मुस्तैदी और चौकसी के साथ घर की पहरेदारी कर सकती है उससे अधिक लगन और तत्परता के साथ टीपू रसोई घर की रक्षा में जुट गया।

घुटरा आ गया, तो टीपू ने उसे रोक लिया और अपने दरवाजे पर ही लगा उसके साथ गुल्ली-डंडा खेलने।

टीपू के उत्साह और तत्परता का प्रमुख कारण यह था कि घर में मौजूद मिठाइयों की गंध उसे मिल चुकी थी। अपनी नजरों से उसने मिठाई के दोने को गृह-प्रवेश करते देखा था। दिव्या ने राजू की मारफत मिठाई मँगवाई थी और राजू को टीपू से दोना छिपाकर लाने को कह दिया था। राजू ने भरसक सावधानी बरती थी, मगर ऐन दोने के हस्तान्तरण के वक्त टीपू ने अपनी नजरों से उस दोने को तौल लिया था। वह चीखा-चिल्लाया नहीं, माँ पर भरोसा रखकर तरह-तरह की मिठाइयों का स्मरण करने लगा।

ईश्वर ने ऐसी नजर की कि माँ दोने को भूलकर घर से बाहर निकल गई।

जब ऐसा लगा टीपू को कि रमली की माँ के घर की यात्रा पर गई अपनी माँ अब ऐसे पड़ाव पर पहुँच गई होगी कि सोच-विचार करने के बाद भी निर्णय बदलकर उसका पलट आना सम्भव नहीं है, तब वह बाहर का दरवाजा बन्द कर मिठाई-घर में दाखिल हो गया। उसके होंठों पर मुस्कराहट फैल गई; उसे गुदगुदी होने लगी। मगर तब भी उसने दोने को उस वक्त छूआ तक नहीं, और पुनः दरवाजे पर आकर इस सोच-विचार में पड़ गया कि दोने में पड़ी दौलत के साथ क्या सलूक किया जाए, माँ पर किस हद तक भरोसा रखा जाए, माँ के आने का कब तक इन्तजार हो, जिह्वा को कब तक डाँट-डपटकर रखना मुनासिब होगा...गुस्सा अचानक आया, "माँ ने चुराकर गुलाबजामुन क्यों मँगवाए? छिपाकर क्यों रखे?"

टीपू के अन्दर से आवाज आई, "तुम गुलाबजामुन पर हाथ साफ कर सकते हो, प्यारे।"

हाथ साफ करने के बाद माँ-बाप को क्या जवाब देना होगा, इस पर दिमाग खर्च करने लगा टीपू।

अब तक एक बिल्ली चार बार आ चुकी थी और टीपू ने हर बार डाँट-खदेड़ कर उसे भगा दिया था। बिल्ली ने खिसियाकर कोई खम्भा नहीं नोंचा था और इस बात से आश्वस्त नहीं हुआ जा सकता था कि अब वह अपनी हरकतों से बाज आ जाएगी। इतनी मेहनत पर एक बिल्ली बिल के अन्दर से चूहे को निकालकर ले जा सकी है; रसोई-घर में मिठाई का दोना ढूँढ़ लेना उसके लिए भारी काम नहीं होगा। बिल्ली तो चोरी के धन्धे से ही पलती-पुसती है। यह बिलकुल सम्भव है कि अपनी पाँचवीं कोशिश में रखवाले को झाँसा देकर वह अन्दर दाखिल हो जाए और घर के बच्चे की बजाय बाहर की बिल्ली दोने पर हाथ साफ कर दे।

इतना सोचना था कि टीपू ने आव देखा न ताव, खेल रोककर सीधे दोने के पास पहुँच गया, और तत्काल एक गुलाबजामुन को अपने मुख-द्वार तक पहुँचा दिया।

बगैर इजाजत के बच्चे ने मिठाई खा ली थी। भयंकर अपराध। शशांक को भजनलाल जी का रौद्र रूप दिखाई पड़ गया। भरसक उसी मुद्रा को अख्तियार करते हुए बाप ने बेटे से कहा, “यह अपराध है, भारी अपराध। बोलो, अपराध है या नहीं?”

“हाँ, पिताजी,” टीपू ने सिर झुकाए जवाब दिया।

“तो फिर इसकी सजा मिलेगी। बोलो, सजा मिलनी चाहिए या नहीं?”

टीपू ने हाँ में धीरे से सिर हिला दिया।

“भजनलाल जी रहते, तो तुम्हारी पीठ की चमड़ी उधेड़ देते। मैं तुम्हें इसलिए क्षमा कर रहा हूँ कि तुमने अपने ऊपर अंकुश रखा है; सात गुलाबजामुन अभी भी बचे हुए हैं। बोलो, क्षमा कर दूँ न?” बाप ने इतना सुनाकर बेटे को तीखी निगाहों से घूरा। वह संशयग्रस्त हो उठा था कि कहीं लौंडा उसके क्षमा-दान को अस्वीकार न कर दे। मगर जैसे ही बेटे ने नजर ऊपर उठाई, बाप बमक उठा, “मुस्कराओ मत। क्षमा इसलिए कर रहा हूँ कि सिर्फ एक अदद मिठाई का मामला है। सौभाग्य है तुम्हारा कि भजनलाल जी यहाँ नहीं हैं। उन्होंने तो अपने बेटे को गुड़ छूने-भर पर भारी सजा दे दी थी उसे। अगर एक की बजाय दो अदद खा जाते तुम, तो...तब तो मेरे लिए भी रहम करना मुश्किल हो जाता...”

गुल्ली-डंडा के खेल में टीपू अपनी पहली विजय को पचास मुक्कों में बदल रहा था। घुटरा को मुक्के लगाते हुए वह सोचने लगा कि जिस बिल्ली से परास्त होने पर खुद माँ को कई बार रुलाई छूट गई है वह धूर्त बिल्ली जब घर में घुस जाएगी, तो क्या एक अदद गुलाबजामुन लेकर लौट जाएगी! एक अदद तो वह जाते-जाते गटक जाएगी, और निकल भागने के पहले जरूर एक अदद और मुँह में दबा लेगी। अब अगर बाहर

की बिल्ली घर में घुसकर दो अदद गुलाबजामुन हजम कर सकती है, तो क्या घर का लाड़ला एक अदद पाकर सन्तोष कर ले! अपने निष्कर्ष पर पहुँचते ही टीपू का चेहरा विजय की दोहरी खुशी से चमक उठा, और जल्दी-जल्दी जैसे-तैसे पिछले दस-पन्द्रह मुक्के घुटरा को लगाकर वह दौड़ता हुआ मिठाई-घर में दाखिल हुआ और एक और अदद गुलाबजामुन को मुखस्थ कर लिया।

अब भी रहम किया जा सकता है क्या? सम्भव है क्षमा-दान? नहीं, बिलकुल नहीं। झेंपकर, सकुचाकर और मौन रहकर टीपू भी तो यह स्वीकार कर ही रहा है कि अब रहम के लिए कोई जगह नहीं है, क्षमा-दान की कोई गुंजाइश नहीं है...मगर यह भी तो उचित नहीं कि जो इनसान कुछ बोलता नहीं, कोई विरोध नहीं करता, लजा-शरमाकर चुप रह जाता है, उसे अपराधी घोषित कर दंडित कर दिया जाए। टीपू यह तो कह ही सकता है कि तीन प्राणियों के घर में आठ अदद वस्तु का बँटवारा हो, तो हर हालत में दो से कम किसी को नहीं मिलेगा। जरूर यह विचार आया होगा उसके मन में। दिव्या ने घर से जाते हुए, यह सच है, टीपू से नहीं कहा था कि अपने हिस्से के दो गुलाबजामुन खा लेना, मगर घर से जाते हुए उसने टीपू से यह भी तो नहीं कहा था कि घर में गुलाबजामुन हैं और उसे उसमें हाथ नहीं लगाना है। अगर तीन खा लेता टीपू, तब बात बढ़ जाती, तब उसे अपने को दंड से बचा पाना मुश्किल होता...हाँ, क्षमा-दान किया जा सकता है। टीपू ने केवल अपना हिस्सा उठाया है। भजनलाल तो रक्तचाप के मरीज मालूम पड़ते हैं, तुरन्त बमक उठते हैं, मगर वह तो किसी चाप का मरीज नहीं है। वह तो ठंडे दिल से विचार करेगा और हर बात को गौर से जाँचे-परखेगा।

दूसरी बाजी समाप्त करते-करते टीपू ने तीव्रता से महसूस किया कि घर को अगोरने-सँभालने का काम काफी त्याग-तपस्या और मेहनत-मशक्कत का काम है, और उसके ललाट पर जो पसीने की बूँदें उभर आई हैं वे गुल्ली-डंडा खेलने से नहीं, बल्कि सौंपी गई जिम्मेदारी को निष्ठापूर्वक निभाने से उभर आई हैं। क्या इस लगन, निष्ठा और मेहनत का कोई मोल नहीं?...टीपू ने तीसरा गुलाबजामुन खा लिया।

अब क्या होगा, टीपू ने तो तीन अदद खा लिये? झंझट तो यह है कि बात हिस्सा-बखरा पर चली गई है। टीपू के हिस्से में तीन से कम, मगर दो से ज्यादा आता है। वह कह तो सकता है, "मैं क्या गुलाबजामुन तोड़कर और नापकर लेता?" ठीक ही तो कहना है उसका...कोई मार-पीट चौथी अदद पर ही की जा सकती है, यह सोचकर बाप ने फिर क्षमा-दान किया!

माँ के आने में देर होने लगी, तो टीपू खिसियाने लगा। उसे अब अपने को काबू में रख पाना सम्भव नहीं हो रहा था। सारे लड़के खेल के अड्डों और मैदानों में खेल रहे होंगे,

और वह बेचारे घुटरा को पकड़कर मुक्के लगाने में समय खराब कर रहा है। अब और आनन्द नहीं आ रहा था उसे बाजी जीतने और मुक्के चलाने में। वह झींकने लगा...एक जरूरी काम से माँ गई रमली की माँ के घर; वहाँ से चली गई होगी विमली की चाची के घर, क्योंकि एक जरूरी काम वहाँ भी रहा होगा; वहाँ से निकलते हुए अचानक याद आया होगा कि असली काम तो कमली की मौसी से है; और कमली की मौसी के घर से बाहर होते ही मन में विचार कौंधा होगा कि जब आ गई है तो झमली की फूफी के साथ भी एक काम की बात करके ही घर लौटे। यह फिक्र तो होगी नहीं कि उस बच्चे पर क्या गुजरता होगा जो अकेले पूरे घर की रखवाली कर रहा है। अगर मैं थोड़ी देर बाहर रह जाऊँ, बुदबुदाने लगा टीपू, तब तो माँ दौड़-दौड़कर पिताजी को हाँकने जाएगी, "टीपू अभी तक नहीं आया है; टीपू बहुत देर से निकला हुआ है; टीपू को जल्दी ढूँढ़कर लाइए; पकड़कर लाइए टीपू को; डाँटिए, मारिए।" यही माँ जब खुद महल्ले की चकफेरी करके लौटेगी, तो पिताजी के पूछने पर जवाब देगी, "अभी-अभी तो मैं गई थी।" आधा दिन गुजारकर लौटेगी, मगर बोलेगी, "अभी-अभी तो गई थी।" अगर इसी पर बेटा बक दे सच्ची बात, तो बेटे पर ही चोट, "एकदम झूठ बोल रहा है यह लड़का। मैं तो गई और आई। ठीक से तो बात भी नहीं कर पाई किसी के साथ।" आधा दिन गुजर गया और बेचारी किसी के साथ बात तक नहीं कर पाई! वाह री माँ!

घुटरा को फिर बाहर में ही छोड़कर मिठाई-घर में जा घुसा वह। गुस्सा इतना तेज हो गया कि उसने जोर से डाँट लगाई, "क्यों इतनी देर लगाई?" कोई जवाब न मिला, तो उसने जोर से जमीन पर लात मारी और हवा में एक जोरदार घूँसा चलाया, "देर क्यों की, इतनी देर? बोलो।"

जब गुस्सा बिलकुल असह्य हो उठा, तो उसने सारा गुस्सा गुलाबजामुन की चौथी अदद पर उतार दिया।

अब अगर और क्षमा-दान करे बाप, तब तो वह खुद अपनी ही नजरों में गिर जाए। यह कोई बात हुई कि जिस बेटे को मिठाई छूनी तक नहीं थी वह चौथी अदद तक की यात्रा पूरी कर ले! और बाप को क्षमा-दान से ही फुरसत नहीं! मगर, भारी झंझट तो यह है कि जिस कपूत को सजा देने के लिए एक बाप तैनात है उस लाड़ले को बिलकुल अन्धा समर्थन और सहायता देने के लिए एक माँ भी बैठी हुई है, हरदम बेटे की पीठ पर तैयार। सीधे, सहज ढंग से न बोलकर चीखकर बोलने लगेगी बेटे की माँ, "खा लिया, तो क्या हो गया?...हाँ, खा लिया, मेरा हिस्सा खा लिया। आपका हिस्सा तो सुरक्षित है। इस तरह मत लगिए बच्चे से। हे भगवान, बेटे से ऐसी दुश्मनी! एक ही तो बेटा है मेरा; उस पर यह शासन!"

"तो, ठीक है," खीझ उठा शशांक, "खिलाओ बेटे को ही अपना सारा हिस्सा। बेटे को खिला सकती हो, मुझे नहीं। खूब खिलाओ; खुद गुलाबजामुन का रस चाटना।

मगर, हाँ, जरा लगाए तो तुम्हारा बेटा मेरे हिस्से को हाथ। मैं तो चाहता हूँ कि वह हाथ लगाए और तब मैं लूँ उसकी खबर। हाथ-गोड़ तोड़कर रख दूँगा। आज ही तो मुझे गुस्सा आया है।"

घुटरा ने अपनी तिरछी चितवन से इतना तो देख-समझ ही लिया था कि टीपू बार-बार अन्दर क्या करने जाता है और चुप-चोरी क्या चाभते हुए बाहर आता है। देर तक वह इसी भरोसे मुक्के खाता रहा कि कभी तो टीपू का ध्यान उसकी ओर भी जाएगा, कभी तो वह पिघलेगा, और पूरा लड्डू नहीं तो आधा, आधा नहीं तो चौथाई ही उसकी ओर भी जरूर बढ़ा देगा। मगर अब वह खिन्न हो रहा था। आखिर कब तक कोई तो मिठाई खाए और कोई केवल मुक्के! और फिर ज्यों ही उसकी नजर सामने से आते हुए टीपू के पिताजी पर पड़ी, वह भीषण गुस्से में टीपू को कुछ बताए बगैर और कुछ सोचकर बगैर टीपू के पिता के कानों में कुछ फुसफुसाए वहाँ से तेजी से भाग गया।

पिताजी पर नजर पड़ते ही टीपू ने आगे बढ़कर उनका स्वागत किया, और फिर उन प्रश्नों की बौछार लगा दी जो उसने माँ से पूछे जाने के लिए सुरक्षित रखे थे। पिता ने हँस-हँसकर उसके प्रश्नों के जवाब दिये और वह आश्वस्त हो गया कि चोरी-चुपके जो उसने चार गुलाबजामुन चट किये हैं उसके लिए राज खुल जाने पर भी माँ अब कोई सजा बहाल नहीं कर सकती। मगर, पिता के साथ बतियाते हुए यह जरूर भूल गया वह कि अभी भी चार गुलाबजामुन शेष पड़े हैं।

'अभी-अभी-गई' माँ हाजिर हुई, तो बाप-बेटे की बातचीत भंग हो गई। गुस्से की बात टीपू के लिए यह हुई कि उसे हटाकर माँ खुद पिताजी से बातें करने लगी। जब टीपू को चिढ़ाने के लिए माँ ने अपनी आवाज को फुसफुसाहटों में बदल दिया, तो गुस्से का ऐसा जोर हुआ कि टीपू को तुरन्त शेष गुलाबजामुनों की याद आ गई।

माँ का यह दुर्व्यवहार कौन बेटा बरदाश्त करेगा? इतनी देर बाद लौटकर आई, मगर बेटे से यह पूछने तक का होश नहीं रहा कि वह कुछ खाया-पीया है या नहीं। बेटा इतनी देर से भूखा-प्यासा है, और माँ को कोई चिन्ता-फिक्र ही नहीं। गुस्से की आग ऐसी भड़की कि बेटा सीधे रसोई में घुसा और इस बार टपाटप दो गुलाबजामुनों को उदरस्थ कर लिया। लो, देखो अब बेटे का गुस्सा।

बस, एक क्षमा-दान और। अभी भी दो अदद शेष हैं। इस लड़के को भकोस लेने दूँ मैं अपना भी हिस्सा। तभी बात बनेगी। इतनी अक्ल तो है नहीं इस शोहदे में कि सजा से बचने के लिए वह मेरा हिस्सा मेरे लिए छोड़ दे। तो खाए यह मेरा भी हिस्सा; तभी तो मैं गरजकर दिव्या को जवाब दे सकूँगा, "उसे मिठाई खाने का मुँह है; मुझे मुँह नहीं है क्या?" तब क्या बोलकर बचाएगी वह अपने लाड़ले को!...ठीक है, बरखुरदार, बढ़ो आगे।

बरखुरदार कैसे आगे नहीं बढ़ता? माँ बतियाने में ऐसी मशगूल हो गई थी और पिताजी इस तरह कान लगाकर सुन रहे थे जैसे कि उनके विशेष आग्रह पर ही माँ महल्ले की खोज-खबर लेने अपने भ्रमण पर निकली हो, और अगले भ्रमण और जानकारी तक विचार और व्यवहार में क्या परिवर्तन लाना है और महल्ले में किसके साथ क्या सलूक करना है इस पर अतिशीघ्र निर्णय लेना हो। मगर क्या बरखुरदार को इन खबरों की कोई जरूरत नहीं? उसे भी तो जानकारी होनी चाहिए कि महल्ले में कौन बुढ़िया नई-नई डाइन हुई है, ताकि उसके मंत्र और बाण से बचकर रहने की कोशिश करता रहे वह। अगर उस सास का उसे पता ही नहीं हो जो पल-पल अपनी पतोहू को सताने पर तुली हुई है, तो फिर कैसे टीपू उस सास को मुँह चिढ़ाकर और अपने मुँह से उसके कुबोल उसे ही सुनाकर तंग-परेशान करे? अगर टीपू को यह खबर ही नहीं हो कि कौन पतोहू जब-तब अपनी हँसी-खुशी के लिए सास के साथ झोंटा-झोंटी करती है और फिर अपनी कामयाबी का डंका शेरनी की तरह गरजते हुए पीटती है, तब तो उस बेचारी पतोहू को टीपू के मुँह से अपनी विरुदावली सुनने से वंचित ही रह जाना पड़े। महल्ले की एक खबर पर टीपू को भी तो ढेर सारे तोड़-जोड़ करने की जरूरत पड़ जाती है। तो फिर महल्ले की खबरों को वह क्यों नहीं सुने?

मगर जैसे ही उसने उस बातचीत में शरीक होने की कोशिश की, माँ ने धक्का मार दिया; और जब वह उस धक्के से दुखित और पीड़ित होकर माँ के विरोध में तनतनाया, तो पिता ने आँखें तरेरीं। इस मर्माघात से अत्यन्त व्यथित हो उठा टीपू। व्यथा और क्रोध में उसे कुछ नहीं सूझा, ले-देकर गुलाबजामुन, शेष दो अदद।

लो! बेटे ने बाप का हिस्सा भी भकोस लिया! अब कौन बचाएगा उसे, दिव्या या कोई देव? मगर अपराधी को उसका अपराध सुना दिया जाए। अपने अपराध को कबूल तो करे वह।

छड़ीदार ने अपराधी से पूछा, "याद है न गुलाबजामुनों की दास्तान?"

"हाँ," स्पष्ट स्वर में अपराधी ने सिर झुकाए कहा।

हाथ की छड़ी अचानक बहुत भारी लगने लगी। कितना बेवकूफ है यह लड़का! बाप के हाथ में छड़ी है और बेटा 'हाँ' को पकड़कर अकड़ा हुआ है।

इससे तो अधिक चालाक चुनचुन था; पिता के आरोपों को भरसक स्वीकार नहीं करता था। जब भी कोई आरोप लगाता बाप, तो बेटा जवाब देने से पहले यह मान लेता था कि पिताजी अँधेरे में ढेला चला रहे हैं। वह अपना जवाब 'बिलकुल नहीं' से शुरू करता; और अगर कभी उसे 'हाँ' तक पहुँचने की नौबत भी आती, तो पिता के लिए इस 'हाँ' तक की यात्रा काफी लम्बी, उबाऊ और तकलीफदेह होती। पिता आँखें लाल कर, भृकुटी तानकर, गुर्राकर पूछते, "चुनचुन, आज मैंने तुम्हें गन्दे बच्चों के साथ कौड़ी खेलते हुए देखा है...क्यों, रे चुनचुन, आज तुम भुतहा बगीचे में लुच्चे लड़कों

के साथ क्या कर रहे थे?...क्यों, रे नालायक, गुलाबछड़ीवाले के पास खड़ा-खड़ा क्या कर रहा था आज?..." जरा भी चेहरा विवर्ण नहीं होता था चुनचुन का। रोष और दुख की मुद्रा में वह उलटकर पूछ बैठता था, "मैं खड़ा था वहाँ?...कहाँ देखा था आपने मुझे?...आपने देखा था या किसी ने झूठ-मूठ शिकायत की है आपके पास?..."

शुरू-शुरू में अक्सर भजनलाल जी को भी परास्त होना पड़ता था, "तब, हो सकता है, मुझसे ही देखने में भूल हुई हो...तुम्हारी जैसी कमीज ही उसने भी पहन रखी थी...वह लड़का बिलकुल तुम्हारी तरह दिख रहा था..."

यह टीपू है कि बाप को ही भगवान समझता है; झूठ बोल ही नहीं सकता। और अगर भगवान भी कभी कोई गलत आरोप लगा दे उस पर, तो, सम्भव है, टीपू कह बैठे, "मुझे याद तो नहीं है, प्रभु, मगर आप बोल रहे हैं, तो सच ही बोल रहे होंगे।"

'हाँ' की जगह 'नहीं' भी तो बोल सकता था; कह सकता था, "मुझे याद नहीं है, बिलकुल याद नहीं है।" लोग तो घंटे-भर पहले की बात भूल जाते हैं; इसे क्या पड़ी है कि साल-साल-भर पहले की बात याद रखे! मैं गवाही के लिए दिव्या को तो नहीं बुलाता! और अगर दिव्या आ भी जाती, तो मेरे हाथ में छड़ी देखकर ही कह उठती, "कब का किस्सा लेकर बैठे हैं आप! मेरे बेटे ने तो कभी ऐसा नहीं किया है।" और तब, खुद मुझे भी भजनलाल जी की तरह ही कहना पड़ता, "लो, मुझसे ही गलती हो रही थी। यह किस्सा किसी और का है, और मुझे लग रहा था कि टीपू ने ही ऐसा किया था।" और फिर रस ले-लेकर मैं टीपू को ही उस नटखट और शोख बच्चे का किस्सा सुनाता जो आठ गुलाबजामुनों की दास्तान में टीपू की जगह लेकर बैठा हुआ था।

मगर जब इस लड़के की जिद है कि 'हाँ' को पकड़कर अड़ा हुआ है, तब तो कुछ-न-कुछ सजा इसे भोगनी ही पड़ेगी।...मगर यह पूछा तो जा सकता है कि इसने ऐसा काम किया क्यों, पूरा दोना ही साफ क्यों कर दिया?

"जीभ ललच गई, पिताजी," नतमस्तक टीपू ने जवाब दिया, बहुत ही सहज ढंग से, बड़ी ही मीठी आवाज में।

यह कोई जवाब हुआ, जीभ ललच गई! नहीं, ऐसे जवाब पर अवश्य पिटाई होगी। ऐसे में तो लोग जगदीश साह हलवाई की दुकान पर जाएँ, पूरी दुकान चट कर जाएँ, और पैसे माँगने पर हर एक का बस एक जवाब हो, "भाई जगदीश, पैसे तो नहीं हैं; जीभ ललच गई थी, इसीलिए..." तब भाई जगदीश क्या जवाब देंगे, "ठीक है, जाओ; जब जीभ ललच गई, तो मैं भी क्या कर सकता हूँ।"

"क्यों ललच गई जीभ?" बाप गरज उठा, "बोलो, क्यों जीभ ललच गई?" गुस्से से भर गया बाप। इस लौंडे को एक साधारण-सा झूठ बोल देना चाहिए, "मैंने नहीं खाई है मिठाई।" पेट चीरकर तो पता नहीं लगाया जाएगा कि लौंडा झूठ बोल रहा है या सच! ऐसे झूठ से बच्चों पर पाप नहीं चढ़ता, बच्चे पापी नहीं कहला सकते। सवाल तो बाप को पूछना था, "जरूर तुमने खाए थे गुलाबज़ामुन; तुम्हारी जीभ ललच गई होगी।"

इस पर बेटे का जवाब होता, "मेरी जीभ मिठाई देखकर कभी नहीं ललचती; आपकी ललचती होगी।" इस जवाब से तो बाप खुश ही हो जाता और बेटे की बेअदबी और बदजबानी को नजरअन्दाज कर उसे माफ कर देता। मगर अब तो उस लड़के को माफ करना मुश्किल ही है जो पूरी ढिठाई के साथ बोल रहा है, "जीभ ललच गई, पिताजी।"

मगर...जीभ तो सचमुच ललच गई होगी! भूखा बच्चा, सूना घर, और बच्चे की आँखों के आगे दोनो में गुलाबजामुन! किसकी जीभ नहीं ललच जाएगी! वह तो अब बच्चा भी नहीं है, सोचता है शशांक, मगर खुद उसकी जीभ किस तरह ललच उठती है! रात में पेट-भर खाकर सोता है वह, मगर कभी नींद टूट जाती है और याद आता है कि घर में मिठाई है, तो वह किस तरह दौड़ता है मिठाई की मटकी या दोने की ओर, और दो-एक गटककर ही सोने जाता है। जीभ का ललचना कोई अपराध नहीं है।

मगर माँ के साथ मजाक? यह तो अपराध है। सारे गुलाबजामुन भकोस जाने के बाद उसे क्या सूझा कि माँ को चिढ़ाने गया? यह मजाक नहीं, तो और क्या था?

पति को भोजन की थाली परोसकर जब दिव्या गुलाबजामुन का दोना निकालने गई, तो यह देखकर हैरत में आ गई कि दोना तो सही-सलामत है, मगर उसमें गुलाबजामुन एक भी नहीं है। ऐसा तो नहीं, उसने याद करने की कोशिश की, कि दोने से निकालकर मिठाई उसने कहीं और रख दी थी। उसने घर के एक-एक कटोरा को देख लिया। मन नहीं माना, तो लोहिया, बटलोहिया, खाँखर, तसला, बाल्टी और कनस्तर तक में झाँककर देख लिया। सोच में पड़ गई वह, कहाँ गया गुलाबजामुन? बक्से, आलमारी, सन्दूक वगैरह खोलकर देखने का धैर्य उसमें अब नहीं बचा था। माल गायब हो गया, विश्वास हो गया उसे; मगर माल गया कहाँ, बार-बार सोचने लगी घरनी।

टीपू की पहरेदारी ही कैसी! बिल्ली आ गई होगी घर में। हो सकता है, चूहे ही उठा ले गए हों बिल में आठों अदद। खिड़की से कौए तो नहीं आ गए थे अन्दर? पति से पूछने की हिम्मत नहीं हुई; वह हँसोड़ा तो खिलखिलाकर हँस पड़ेगा और फिर हँस-हँसकर कहेगा, "बिल्ली कब से गुलाबजामुन खाने लगी, दिव्या रानी?...आज मान लिया, हो तुम अक्लवाली; जरूर कौए ही आए होंगे और आठों अदद पीठ पर लादकर ले गए होंगे। कलासन के ही होंगे सबके सब; ऐसे कौए उधर ही पाए जाते हैं, गुदाम से अनाज के बोरे तक पीठ पर लादकर उड़ जाते हैं...धीरे बोलो, धीरे बोलो; लोग सुनेंगे, तो हँसेंगे मुझ पर कि कैसी गुणवती-ज्ञानवती से पाला पड़ा है मेरा। चूहे भी ले जा सकते हैं गुलाबजामुन, यह तो पहली बार तुम्हारे मुँह से ही सुन रहा हूँ..." इस हँसी का कोई जवाब भी वह कैसे दे जबकि उसे मालूम ही नहीं कि बिल्लियाँ गुलाबजामुन खाती हैं या नहीं, या चूहे मिठाई उठा ले जा सकते हैं या नहीं!

वह एकदम चुप रह गई, पति तक को जानने नहीं दिया कि घर में गुलाबजामुन भी आया था।

आठवीं अदद गटककर टीपू थोड़ी देर के लिए घर से बाहर निकल गया था और जब तक लौटकर आया तब तक माँ खोज-ढूँढ़ पूरी कर चुकी थी। टीपू के घर में घुसते ही माँ ने उसकी आँखों से अपनी आँखें मिलाईं और देर तक उस पर आँखें टिकाए रहीं ताकि टीपू की कोई कारगुजारी हो तो उसका तुरन्त पता चल जाए। ऐसे में टीपू मुस्कराते हुए पूछ सकता था, "क्या हुआ, माँ? इस तरह मुझे क्यों घूर रही हो?" या फिर जोर से खिलखिलाकर हँस पड़ता और बोलता, "और छिपाकर रखो मुझसे। तुम मुझे चोर समझती हो, इसलिए मैंने भी चोरी कर ली।" मगर टीपू ने तो अपने चेहरे पर ऐसा कोई भाव तक आने नहीं दिया और बड़े ही थके स्वर में कहा, "माँ, भूख लगी है; कुछ खाने को दो।" दिव्या ने बेटे को कोई जवाब नहीं दिया और धीरे से बुदबुदाई, "गु...लाब...जा...मुन..."

"कहाँ है, माँ?" दौड़कर माँ के सामने आ खड़ा हुआ बेटा।

"तुम्हारे पेट में," कहकर माँ ने मुस्कराने की कोशिश की ताकि बेटा अभी भी खिलाखिला पड़े।

बेटा चिरौरी पर उतर आया, "ठीक से बोलो न, माँ, कहाँ है गुलाबजामुन? मुझे भी दो न।"

अब माँ सावधान हो गई, "कहाँ है गुलाबजामुन? मँगवाऊँगी, तब दूँगी।"

बेटा नहीं माना, "तुम अभी बुदबुदाई गुलाबजामुन।" जरूर घर में मिठाई आई है। मुझे नहीं दोगी न? मुझसे झूठ मत बोलो, माँ।"

"नहीं, बेटे," माँ ने बेटे को मनाने की कोशिश की, "मैं भला तुमसे झूठ बोलूँगी। मँगाती हूँ मिठाई, तो नहीं देती हूँ क्या? गुलाबजामुन ही मँगवा दूँगी, मगर आज नहीं।"

बेटा मान गया, बहुत जल्दी मान गया। दिव्या खुश हुई कि बच्चा अब धीरे-धीरे शरीफ और समझदार होता जा रहा है।

रात में बिस्तर में घुसकर सोने से पहले टीपू ने हँसकर, खिलखिलाकर और ठहाके मारकर माँ को आठ गुलाबजामुनों की दास्तान कह सुनाई, और फिर माँ को ऊपर से मुँह भी चिढ़ाया, "नहीं, बेटे, मैं भला तुमसे झूठ बोलूँगी! मँगाती हूँ मिठाई, तो नहीं देती हूँ क्या? मँगवा दूँगी, गुलाबजामुन ही मँगवा दूँगी।"

यह अपराध नहीं, तो क्या है? माँ के मुक्के से बचने के लिए टीपू उस वक्त भी चादर में मेढक की तरह सिमटकर सो गया था। आज तो वह छड़ी की मार से नहीं बचेगा! मगर पहले दिव्या बेटे को अपराधी तो घोषित करे।

"सुनो, दिव्या," शशांक ने पत्नी को फुलाते हुए कहा, "मैं बेटे का हर अपराध क्षमा कर सकता हूँ, मगर यह बरदाश्त नहीं कर सकता कि बेटा माँ को मुँह चिढ़ाए। क्या तुम्हारी नजर में यह अपराध नहीं है?"

"हाँ, अपराध है," गौरवान्वित और आनन्दित होते हुए माँ ने जवाब दिया,

"सरासर अपराध है। जीभ ललच गई, दोना साफ कर दिया, इसे तो मैं अपराध नहीं मानती; मगर, हाँ, माँ को क्यों चिढ़ाया? क्या समझता है यह माँ को! बाप के आगे तो माँ को कुछ लगाता ही नहीं। इसे जरूर कुछ सजा दीजिए। केवल छड़ी चमकाने से कुछ नहीं होगा।"

एक क्षण पत्नी के चेहरे पर आँख गड़ाकर देखता रहा पति और फिर अचानक बमक उठा, "मगर यहाँ क्या अपराध किया उसने? बताओ तो, क्या अपराध किया? तुम कहकर जाती कि दोने में मिठाई है और उसे हाथ नहीं लगाना है दोने में; तब अगर एक अदद भी गायब हो जाती, तो मैं उसका भुरकस निकाल देता; मगर अब तो मैं मजबूर हूँ, चाहकर भी..."

"तो फिर मुझे बुलाया क्यों?" झनकती हुई वापस हो गई दिव्या, "मैं तो जानती ही हूँ कि बाप-बेटे का एक गुट है। यह छड़ी तो कौआ उड़ाने के लिए आई है।"

शशांक बुदबुदाकर अपने-आपको सुनाने लगा, "नहीं, छड़ी कौआ उड़ाने के लिए नहीं आई है। मगर मैं भजनलाल की तरह बेटे की अन्धाधुन्ध पिटाई नहीं कर सकता। छड़ी चलाने में कोई ऐसा आनन्द नहीं है कि पुरानी गलतियों को ढूँढ़-ढूँढ़कर बेटे को थूरा जाए। हाँ, अगर आज से, अभी से कोई अपराध करता है वह, तो सजा से मुक्त नहीं किया जा सकता है उसे...हाँ, आज से, अभी से..."

पिटाई का पहला दिन था, और शशांक शुरू से ही कुछ ढीला था। मगर तब भी काफी सन्तोष हुआ था उसे। छड़ी चमकाकर दिखा दी, यही क्या कम है! मन में सोचा शशांक ने और खुश हो गया।

6

आदमी भला इस तरह बदलता है, शशांक से सीधे भजनलाल! पहले दिन तो छड़ी बस चमककर रह गई थी, मगर फिर तो रोज-रोज बरसने लगी। चौकन्ने कान, चौकन्नी आँखें; स्वभाव बदल गया, सूरत तक बदल गई। अब तो चुनचुन की तरह टीपू को देखने भी दूर-दूर से लोग आने लगे और आदर्श पिता से प्रार्थनाएँ करने लगे, "एक बच्चा मेरा भी, शशांक बाबू।" और अब शशांक बाबू भी नुसखे बाँटने लगे, शरणागतों को गले लगाने लगे।

टीपू भी एकदम चुनचुन हो गया। एक पूरा बच्चा महल्ले से गुम हो गया, टोली से बिछड़ गया। मगर एक टीपू गुम हो गया, तो पूरे राजगंज का बचपन ही गुम हो गया क्या?

पिता की नजरों से बचकर और ऊँघती माँ की बगल से बहुत आहिस्ते से खिसककर चिलचिलाती धूप में शशांक घर से बाहर निकल पड़ता था, और अपने संगी-साथियों के साथ कभी कचहरी गाछी में और कभी कारी मड़ड़ के भुतहा बगीचे में टिकोले चुनने

जाया करता था। भूखा-प्यासा बच्चा को ढूँढ़ने रामदास निकला करता था; पिता आँखें तरेरकर गरजते-बरसते थे; घर में घुसते ही माँ मुक्का ताने तेज रफ्तार में उसकी ओर लपकती थी; मगर, घर का दरवाजा कभी बन्द नहीं होता था। वही दरवाजा शशांक ने अपने बेटे के लिए बन्द कर दिया है अब!

घर में घुसते ही माँ फुफकारते हुए पूछती थी, "तुम्हारी जेब में क्या भरे हैं, रे?"

पूरी ऐंठ और शान के साथ बेटा एक नजर माँ को देखता था और फिर अपनी भरी जेब खाली करने लगता था, "देखो, क्या लाया हूँ!"

देखकर और भी गरम हो जाती थी माँ, और बेटे की पीठ पर धमाधम मुक्के बरसाती हुई बोलती थी," दिन-भर भूखा-प्यासा यही कर रहा था? और ऊपर से इस तरह बोल रहा है जैसे कि कमाई करके आया है। बोल, अब तो कभी नहीं जाएगा?"

माँ के मुक्के से आनन्द उठाकर बेटा फरमाइश करता था, "मेरे लिए चटनी बना देना, माँ। मारो मत; जरा देखो, कितने अच्छे हैं!" बेटा बिलकुल वचन नहीं देता कि इस कमाई के लिए अब वह फिर कभी नहीं जाएगा।

माँ खाने में चटनी परोसती, तो बेटे की आँखों में चमक आ जाती, मुँह में पानी भर आता। माँ को तो नहीं, पर बेटे को पता था कि इससे बेहतर कमाई कोई मर्द नहीं कर सकता।

अब शायद टीपू को भी पता नहीं हो पाएगा कि यह कमाई कैसी होती है!

आम के मौसम में अन्धड़-झक्कड़ के बाद बच्चे दौड़ ही पड़ते थे बगीचे की ओर। उस दिन कोई आँधी नहीं आई थी, मगर शशांक का मन नहीं माना था और वह अकेले ही कचहरी गाछी में चला गया था। चारों ओर नजर दौड़ाई उसने, मगर गाछ से गिरा एक भी टिकोला जमीन पर कहीं नजर नहीं आया। अचानक खुशी से उसकी आँखें चमक उठीं, ठीक सामने ही हीरे का एक टुकड़ा पड़ा था। झटपट उठा लिया था उसे शशांक ने, और लगभग दौड़ता हुआ घर तक पहुँच गया था। घर जाकर उसने बेधड़क माँ से कहा, "माँ, यह देखो।"

माँ गुस्सा नहीं पाई और अचरज से बोली, "अरे, टिकोले इतने बड़े-बड़े हो गए!"

"नहीं, माँ," गर्वित बेटे ने कहा, "बाजार में ऐसे टिकोले कहाँ! बहुत छोटे-छोटे मिलते हैं। मगर, देखो न, मुझे कितना बड़ा मिल गया बगीचे में, कितना सुन्दर! पिताजी को भी दिखा देना। इसकी चटनी बनाओगी या रहने दोगी इसे अभी ऐसे ही?"

अमराई के पास से गुजरते हुए शशांक अक्सर उस टिकोले को याद कर बैठता है, कितना बड़ा कितना सुन्दर!...आज भी कितना सुख! कितना आनन्द!

बेचारा टीपू इस सुख, इस आनन्द से वंचित रह जाएगा!

भजनलाल जी कहते थे," समझ में नहीं आता, बिलकुल समझ में नहीं आता कि गुड्डी के पीछे बच्चे बेहाल क्यों रहते हैं इस कदर! क्या रस है भला गुड्डी उड़ाने में! और, अब

शशांक को अपने-आप पर भी हँसी आती है कि बचपन में वह क्यों दीवाना बना रहता था गुड्डी के पीछे। मैदान में पहुँचते ही बस एक अरमान हुआ करता था उसका, वह भी राजगंज के ठाकुर चाचा की तरह पतंगबाज निकल जाए। अगर कहीं वह अरमान पूरा हो गया रहता, तो आज उसकी भी हालत ठाकुर चाचा की तरह ही होती कि पूरी जिन्दगी तो भाप बनकर उड़ गई, मगर पतंग उड़ाने का शौक अभी तक नहीं गया। यह तो निरा पागलपन है, नहीं तो क्या रस है भला इसमें! इस खेल से, इस शौक से तौबा! बच गया टीपू बाल-बाल, नहीं तो ठाकुर चाचा बनने की नौबत आ जाती उसे।

हाँ-हाँ, अब याद आ गया उसे; कोई रस नहीं मिलता था बचपन में भी उसे इस बेकार के खेल में। वह तो महज साबो दीदी को चिढ़ाने के लिए गुड्डी उड़ाने जाता था।

साबो दीदी दौड़-दौड़कर पिताजी के पास जाती थी, "बाबू, शशांक गुड्डी लेकर सुबह में जो निकला है, तो अभी तक नहीं आया है घर। रामदास को भेजिए बुला लाने!"

कभी-कभी रामदास जाता था बुला लाने।

अगर पिताजी बेअसर रह जाते, तो दौड़कर माँ के पास पहुँचती थी साबो दीदी, "माँ, मालूम है तुम्हें, शशांक कहाँ गया है? गया है गुड्डी लूटने। तुम्हें तो मालूम भी नहीं होगा कि कितना खतरनाक है यह काम। कटी पतंग को लूटने एक साथ, तीस-तीस, चालीस-चालीस बच्चे हाथ में लग्गा लेकर दौड़ते हैं। राजगंज में गुड्डी कटेगी, तो उसे लूटने मोहनपुर और गमैल तक दौड़ जाएँगे ये बच्चे। दो पैसे की गुड्डी! छि:! अगर कभी भीड़ में दौड़ते हुए गिरकर दब-पिचक गया या कभी किसी गड्ढे-नाली में पैर फिसला, तो, सुन लो, या तो सिर फुड़वाकर आएगा या हाथ-गोड़ तुड़वाकर।"

माँ कभी-कभी डाँटकर पूछा करती थी, "तू गुड्डी लूटने गया था, दो पैसे की गुड्डी?"

झनककर जा खड़ी होती थी साबो दीदी रामदास के सामने, "रामदास, आपके लिए घर में कोई और काम नहीं है क्या? दिन-भर शीशा बूकने और माँझा लगाने में ही क्यों लगे रहते हैं? मैं पिताजी से शिकायत कर दूँगी। यह लड़का तो शोहदा निकल गया है; आप इसे और बरबाद करने पर पड़े हुए हैं।"

साबो दीदी के साथ शशांक ऐसी लड़ाई लड़ने लगता कि डरकर रामदास माँझा चढ़ाने का काम पूरा करके ही विदा होता।

उस दिन गुड्डी फाड़ दी थी साबो दीदी ने, तो कैसा वावैला मचाया था शशांक ने! रोने-चीखने के बाद बुरी तरह रूठ गया था वह। साबो दीदी ने मुँह बिचकाकर कहा था, "हुँह, दो पैसे की गुड्डी और उसके लिए इतना नखरा-तिल्ला!" पिता आए थे और चार-चार गुड्डियों की कीमत उसके आगे रख दी थी, मगर वह नहीं माना। माँ ने बार-बार कहा, "तू चुप हो जा और खाना खा ले। आज मैं साबो को खूब मारूँगी; और अगर कभी फिर उसने तुम्हारी गुड्डी फाड़ी, तो उसे घर से निकाल भगाऊँगी।" इस आश्वासन से भी सन्तुष्ट नहीं हुआ था वह। रामदास ने कई गुड्डियाँ घर में बनाकर

उसे दीं, मगर वह गुड्डी भला कहाँ से आए जिसे शशांक लूटकर लाया था! तब सबके कहने-सुनने पर खुद साबो दीदी मनाने आई थी उसे, "मान जाओ, दुलरुआ भैया, राजा भैया..." जब हँसी नहीं रोक पाया, तो मान गया शशांक। साबो दीदी को यह वचन देना पड़ा कि आगे से फिर कभी राजा भैया से वह राड़ नहीं करेगी; और उस दिन उसे अपने हाथ से खिलाना पड़ा था दुलरुआ भैया को। खाना खिलाकर उठते-उठते साबो दीदी ने दुलरुआ भैया का कान हल्के से ऐंठ दिया और सुना भी दिया, "मैं अपने मन से थोड़े ही आई थी! माँ चिरौरी करने लगी कि जरा बहला-फुसलाकर खिला दो इस बदमाश को। तुम भूखे रहो या खाओ, मुझे क्या! जान लो, फिर गुड्डी उड़ाओगे, तो फिर फाड़ूँगी गुड्डी!"...तब गुड्डी उड़ाना कैसे रुकता?

हाँ-हाँ, साबो दीदी को चिढ़ाने-सताने के लिए ही वह गुड्डी उड़ाने जाया करता था, दिन-दिन-भर गुड्डी उड़ाता था...

मगर...दिन-दिन-भर...भूखा-प्यासा...एक साबो दीदी के कारण?...

"क्यों रे टीपू, गुड्डी उड़ाना तुम्हें अच्छा लगता है क्या?" बाप बेटे से पूछता है। हड़बड़ा जाता है टीपू और काफी असंयत स्वर में जवाब देता है, "नहीं, पिताजी, बिलकुल अच्छा नहीं लगता...यह तो बेकार खेल है...एकदम बेकार...बिलकुल बेकार...मुझे तो जरा भी अच्छा नहीं लगता..."

चेहरा विवर्ण हो उठता है बाप का; बेटे से आँख मिलाते हुए डरता है वह, और फिर अचानक बोल पड़ता है, "बेकार है! क्या बेकार है? क्या बेकार है, रे टीपू?"

टीपू सकपका जाता है; उसके मुँह की बोली छिन जाती है। वह बाप को टुकुर-टुकुर निहारने लगता है। शशांक की आँखें गड़ जाती हैं बेटे के चेहरे पर, और उसे लगता है कि अब कोई बाप बेटे को झकझोरते हुए ऊँची आवाज में चीख पड़ेगा, "टीपू!...टीपू!...रे टीपू!..."

क्या बतियाता रहता है बेटा अपनी माँ से, शशांक सुनना चाहता है, सब कुछ सुन लेना चाहता है। फुसफुसाहटों पर भी वह अपने कान लगा देता है; ओट लेकर खड़ा हो जाता है; किवाड़ की झिरी से देखता है अपने बेटे को।

अब टीपू लुक-छिपकर बोलता भी तो नहीं। अब फुसफुसाकर क्यों बोले वह! पूरी ऐंठ और शान के साथ बेटा माँ को सुनाता है, "जानती हो, माँ, आज सिरसिया से मेरे लिए हाथी आया था?"

"तुम्हारे लिए हाथी?" माँ को अचरज होता है, "तुम्हारे लिए क्यों आया था हाथी?"

"तुम जानती नहीं हो न कि मैं गेंद का कितना अच्छा खिलाड़ी हूँ।" बेटा अपनी रौ में चालू रहता है।

"मगर हाथी क्यों आया था?"

"मुझे ले जाने," हाथी की तरह झूमते हुए जवाब दिया बेटे ने।

माँ की समझ में कुछ नहीं आया और वह मुँह बाए खड़ी रही, तो बेटे ने आगे कहा, "सिरसियावालों की गेंद खेलने आलमनगर जाना है। वे अपनी ओर से मुझे भी ले जाना चाहते थे।"

"तू उतनी दूर गेंद खेलने जाता?"

"क्यों नहीं जा सकता था? पिताजी के जमाने में राजगंज का बहुत नाम था गेंद के खेल में। यहाँ के राजकिशोर चाचा, विश्वनाथ चाचा और झाबर चाचा बहुत दूर-दूर तक गेंद खेलने जाते थे। उन लोगों के लिए भी हाथी आया करता था, माँ! बहुत आदर-सत्कार मिलता था उन लोगों को।"

माँ को बेटे पर काफी गर्व हुआ और वह बोली, "तो फिर तू गया क्यों नहीं? पिताजी से पूछकर चला जाता।"

ठठाकर हँसा टीपू, "पिताजी मुझे कहते कि चले जाओ?"

"क्यों नहीं कहते?" माँ ने जोर देकर कहा, "तुम्हारे पिताजी का भी तो नाम होता। मैदान में दस गाँवों के लोग जुटते और उनके बीच चर्चा होती कि राजगंज का एक खिलाड़ी आया है। राजगंज का भी यश होता। इतनी-सी बात क्या तुम्हारे पिताजी नहीं समझते हैं? जब पहले भी यहाँ से खिलाड़ी जाते थे, तो तू भी जा सकता है। बस, एक दिन की तो बात थी। दूसरे दिन ही तू वहाँ से चल पड़ता और अपने मामा से मिलते हुए लौटता। अगर सिरसियावालों से कहता कि तुम्हें कलासन अपनी ननिहाल जाना है, तो अवश्य वे तुम्हें हाथी से वहाँ पहुँचा देते। पिताजी तुम्हें कभी नहीं रोकते!"

"नहीं रोकते, तब भी मैं नहीं जाता, माँ," अचानक सुस्त आवाज में बेटे ने कहना शुरू किया, "मैं कोई बुरबक तो नहीं हूँ कि खेल-कूद में अपना समय गँवाऊँ! खेल-कूद से कुछ नहीं होगा। मैं पढ़ूँगा, पढ़ने में अपना मन लगाऊँगा; तभी मेरा नाम होगा और पिताजी को भी यश मिलेगा। देह-हाथ से जरूर कुछ कमजोर हो जाऊँगा, मगर पढ़-लिख तो लूँगा। तुम तो मामूली बात भी नहीं समझती हो। बोल दूँ पिताजी से कि माँ खेल-कूद करने के लिए कहती है? अभी डाँट पड़ जाएगी।"

किवाड़ की ओट से दूका लगाकर इतना सुनते ही शशांक धम्म से अपने बिस्तर पर जा पड़ता है, जैसे कि और कुछ सुनना बाकी नहीं रहा हो। मगर इसके बाद भी बेटे की आवाज उसके कानों में पड़ती है, सुन लो, माँ, खेलने के लिए तो कभी-कभी मेरा जी भी छटपटाता है, मगर जी छटपटाने से तो नहीं होगा, मन पर अंकुश रखना पड़ता है। भजनलाल जी का बेटा कैसे मन पर अंकुश रखता है! तुम्हें याद है न, घर में एक गेंद पड़ा था। कभी-कभी उस गेंद पर मेरी नजर पड़ जाती थी और मन तड़पने लगता था कि गेंद लेकर मैदान की ओर उड़ जाऊँ। ऐसा गुस्सा मुझे अपने-आप पर आया कि एक दिन मैंने उस गेंद को उठाया और यहाँ से सीधे जाकर सन्तोखिया गड्ढा में फेंक दिया। अब आराम है मुझे..."

कोई अबूझ ताकत ठेलकर बिस्तर से उठा देती है शशांक को और बेटे के सामने तक ले जाती है। काफी रोबदार आवाज में वह बेटे से कहता है, " गेंद भला क्यों फेंक दिया? तेरा जी छटपटाता है, तो तुम जानो। एक गेंद घर में रहेगा, हर वक्त रहेगा; मैं आज ही एक नया गेंद खरीदकर ले आता हूँ।"

शशांक को खुद सन्देह हुआ, उसकी रोबदार आवाज कहीं काँप तो नहीं रही थी।

"माँ, एक बुझौअल पूछूँ?"

"बुझौअल! कैसा बुझौअल, रे?"

"बोलो तो, आज कौन पर्व है?"

"आज होली है...यह कोई बुझौअल हुआ! किसे पता नहीं होगा इस पर्व के बारे में! लोग कब से इसका आसरा लगाए रहते हैं।"

"तब तो तुम्हारी नजर में यह बहुत अच्छा पर्व है?"

"किसकी नजर में यह अच्छा पर्व नहीं है?"

"पिताजी की नजर में; और अब मेरी नजर में भी।"

"यह अच्छा पर्व नहीं है! कैसे?"

"महीने-भर से देख रहा हूँ कि लोग अपना काम-धाम छोड़कर अलाय-बलाय गीत गाने और नाचने में लगे हुए हैं। यह कोई पर्व हुआ कि आदमी का एक पूरा महीना खराब कर दे! समय की कीमत है या नहीं? बड़े लोगों के साथ बच्चे भी बरबाद हो रहे हैं, माँ, गाँव के बच्चे। क्या होगा गाकर-नाचकर? इससे आदमी के भविष्य का निर्माण नहीं हो सकता।"

"जैसा पागल तेरा बाप, वैसा पागल तू।"

"लो, पिताजी पागल हैं! पागल तो वे लोग हैं जो सुबह से धूल-धक्कड़ उड़ाते हुए गली-गली दौड़ रहे हैं। मैं खिड़की पर बैठकर सब देख रहा हूँ, माँ। चुनचुन तो घर की खिड़की भी नहीं खोलता होगा, मगर मैं...कभी-कभी खोलकर देख लेता हूँ, कुछ देर बैठकर देखता भी रहता हूँ। पर्व यह घिनौना है, धूल उड़ाओ और खुशी मनाओ। वाह रे पर्व! वाह-वाह!..."

"ठीक है, धूल मत उड़ाओ, मगर रंग खेलने तो जाओगे? यहाँ भी बहुत लोग आएँगे रंग लेकर।"

"न मैं कहीं रंग खेलने जाऊँगा और न किसी को यहाँ आने दूँगा रंग खेलने। जरा पूछो तो पिताजी से, खेलेंगे वे रंग? मैं तो सुबह से खिड़की पर बैठा हुआ देख रहा हूँ कि बच्चे पिचकारियों में रंग भर-भरकर आते-जाते लोगों पर डाल रहे हैं, पर मेरा मन तो बिलकुल नहीं होता इस रंग के खेल में शरीक होने का। किसी पर रंग डालकर क्या होगा भला! रंग में नहाओ और फिर बीमार पड़ो।"

"रंग से इतना डर लगता है, तो फिर अबीर-गुलाल से खेल लेना होली। जो आदमी

मनहूस होता है वही नहीं खेलता है होली।"

"पिताजी मनहूस हैं क्या? तुमसे कम बुद्धिमान हैं? क्यों पैसे खर्च करूँ अबीर-गुलाल पर? मुँह रँगने-रँगवाने से क्या हो जाता है! मुँह रँगाओ और फिर रंग छुड़ाओ; यह कोई धन्धा हुआ! इस पर्व का तो कोई मोल ही नहीं है, कोई मतलब ही नहीं।"

"तू क्या जानेगा इस पर्व का मोल! साल-भर में यही एक दिन है कि लोग दुश्मन के घर भी जाते हैं, गले मिलते हैं जाकर।"

"ठठाकर हँस पड़ा टीपू," तो तू चाहती है कि मैं भी कमुआ-पिरथिया के घर जाऊँ, उनके साथ रंग खेलूँ, फिर से गन्दे लड़कों का साथ पकड़ लूँ, छोटे लोगों के बीच जाऊँ? चुप-चुप, पिताजी सुनेंगे, तो बहुत बिगड़ेंगे तुम पर भी। खेलने दो दुनिया को रंग-अबीर, मैं कहीं नहीं जाऊँगा।"

गिरिधारी यों भी नक्कू बना हुआ था उन दिनों अपने संगी-साथियों के बीच, शशांक को अचानक उसकी याद आ जाती है। उस बार होली में न तो किसी ने उसे रंग में नहलाया और न ठीक से अबीर-गुलाल ही मला उसे। शाम में वह लगभग सादा-सादा घर वापस आ रहा था। घर में घुसने से पहले...ऐन उसी वक्त शशांक आ पहुँचा उसके पास हाल ही के इस दर्द को भुलाकर कि जिस गिरिधारी ने पैसे का लोभ देकर भी शशांक का बन्दर झटक लेना चाहा था और उसके कन्धे पर बैठे बन्दर को अपने कन्धे पर बैठाकर गौरवान्वित और सुशोभित होने की इच्छा मन में छुपा रखी थी उसी गिरिधारी ने यह जानकर कि बन्दर तो इस तरह शशांक के कन्धे से चिपका है कि अब उसके बुढ़ापे तक भार बनकर उसके कन्धे पर बैठा रह जाएगा अब मुफ्त में भी बन्दर को उतार ले जाने से साफ इनकार कर दिया था। शशांक ने देखा कि घर में घुसने से पहले गिरिधारी अपने हाथ से अपने ही मुँह में तड़ातड़ अबीर मले जा रहा था, ताकि माँ-बाप यह नहीं समझें कि बेटा नक्कू है और किसी ने इसके साथ रंग-अबीर भी नहीं खेला है। "अरेरे, यह क्या कर रहे हो, गिरिधारी?" शशांक के मुँह से अचरज में लिपटा यह प्रश्न बरबस निकल आया था। मुस्कराकर कुछ बुदबुदाया था उस दिन गिरिधारी, मगर आज...आज तो उलटकर चीख पड़ा है टीपू, "तो क्या करूँ? क्या करूँ अब? घर में भी मनाही है क्या? अपने-आप से भी नहीं खेलूँ रंग-अबीर? एक चुनचुन ही है इस संसार में? बन्द कमरे में कभी देखा है उसे?"

किवाड़ पर थपथपाहट सुनकर माँ के आदेश से टीपू दौड़कर दरवाजा खोलने गया और दरवाजा खोलकर उलटे पाँव माँ के पास दौड़ आया, "माँ, कोई पहलवान आए हैं। पहलवान! कौन पहलवान?"

"मैं क्या जानूँ? मुझ पर नजर पड़ी, तो मुस्करा पड़े वे। मैं भाग आया, माँ; न जाने कौन कहाँ के आदमी हैं!"

"कह तो आओ कि पिताजी घर में नहीं हैं।"

"वे जानेवाले नहीं हैं; उनके हाथ में एक अटैची है। मेरे कहने से नहीं जाएँगे वे; तुम खुद जाकर कह दो उनसे।"

दिव्या ने दरवाजे पर जाकर पहलवान को देखा, तो हँसने लगी और टीपू को हाँक लगाई, "रे टीपू! मामा आए हैं, हरिचन्द मामा।"

माँ के पीछे-पीछे ही चला आया था टीपू। वह निरपेक्ष भाव से उस पहलवान को देखता रहा जो कभी असली मूँछोंवाला उसका मामा था।

"जाओ, बेटे," माँ ने बेटे को आदेश दिया, "एक बाल्टी पानी ले आओ और मामा के हाथ-पैर धुलाओ।"

टीपू अन्दर तो चला गया, मगर वहाँ से आवाज लगाई, "माँ! इधर आओ।"

माँ से सामना होते ही बेटे ने फुसफुसाकर कहा, "हाथ-पैर क्यों धुलाओगी? हाल-चाल पूछकर पिताजी के आने से पहले ही इन्हें भगा दो, नहीं तो वे बहुत बिगड़ेंगे तुम पर।"

"रे टीपू, तुम्हें जरा भी समझ नहीं है? तुम्हारे मामा हैं न ये। ऐसी बातें क्यों कर रहे हो?"

"मामा हैं, मगर उन्हें अपना घर तो है। यहाँ आने की क्या जरूरत पड़ गई उन्हें? यहाँ आए ही क्यों?"

"आए हैं अपने भानजे को देखने, उसका हाल-चाल जानने।"

"ठीक है, मुझे उन्होंने देख लिया; अब हाल-चाल सुनाकर भगाओ इन्हें।"

"इस तरह मत बोलो, टीपू; मेरे भैया हैं न!"

"तब भी भगा दो, माँ। मामा हों या भैया, हैं तो मेहमान ही। जिस घर में मेहमान टिकेगा उस घर का बच्चा बरबाद होकर रहेगा, यह बात तो पिताजी तुम्हारे सामने भी सौ बार बोल चुके हैं।"

"चुप रहो; तुम्हारे या तुम्हारे पिताजी के कहने से मैं अपने भाई को भगा नहीं दूँगी। पानी लेकर जाओ चुपचाप।"

"तुम्हें संकोच हो रहा है, माँ, तो मुझे बोलो न; मैं भगा देता हूँ। ऐसे तो मामा मुझे बहुत प्यार करते हैं, मगर...मगर मैं तो लाचार हो गया हूँ। और, जो चुनचुन कर सकता है, वह तो मैं भी कर ही सकता हूँ।"

"तू भगा देगा अपने मामा को? कैसे भगा देगा?"

"तुम देखती जाओ। सबसे पहले मैं उनके जूते में पानी डाल देता हूँ; फिर स्याही छिड़क दूँगा उनके कपड़ों पर; और फिर उनकी मूँछों को जो उन्हें बहुत प्रिय हैं..."

"खबरदार, टीपू! तुम ऐसी कोई हरकत मत करना, नहीं तो बहुत बुरा होगा हम सब के लिए।"

"बुरा कैसे होगा! पिताजी यह मानने को तो तैयार नहीं होंगे कि जो मेहमान आए

हैं वे मेरे मामा हैं, तुम्हारे भाई हैं, और कुछ उनके भी लगते हैं।

"धीरे बोलो, धीरे; कहीं सुन लेंगे, तो भारी जुल्म हो जाएगा। तुम्हारे पिताजी को जो करना होगा वे करेंगे; तुम कोई चिन्ता मत करो। तुम्हारे मामा आए हैं; तुम चहकते हुए उनके सामने जाओ और खूब आदर से उनके साथ बातें करो, नाना-नानी का हाल-चाल पूछो।"

"मामा मुस्करा रहे थे, तो नाना-नानी का हाल-चाल भी ठीक ही होगा। मेरी बात मानो; कम-से-कम इतना तो जरूर कर लो पिताजी के आने से पहले कि मेहमानों के लिए पिताजी ने जो हिदायतों की सूची बना रखी है उसे पढ़कर मामा को सुना दो। अगर इसके बाद भी वे कोई गड़बड़ी करते हैं, तो वे जानें; फिर मेरा या तुम्हारा कोई दोष नहीं होगा।"

"मुझे जो करना होगा, करूँगी; तुम जल्दी से पानी-लोटा तो दे आओ। देर हो रही है; कुछ और न समझ बैठें वे।"

"पानी तो मैं दे ही आऊँगा, मगर एक काम और कर देता हूँ।"

"क्या?"

"मामाजी ने आते-आते ही पिताजी का बिस्तर दखल कर लिया है। कुर्सी सामने थी, मगर वे बिस्तर पर पसर गए। कहीं ऐसा न हो कि वे रात में भी उस बिस्तर से चिपककर रहने की कोशिश करें। मैं अपने कमरे में तो जगह दे ही नहीं सकता। ऐसा करता हूँ कि भूसाघर में जो एक झिलँगी खाट पड़ी है उसे ही झाड़-पोंछकर मामा के लिए लगा देता हूँ। तुम उस पर कोई गन्दी-पुरानी चादर डाल दो। साँप भी मरे और लाठी भी नहीं टूटे। मामा एक रात से अधिक नहीं गुजार सकेंगे। कर दूँ, माँ, ऐसा?"

"नहीं-नहीं, ऐसा नहीं करना है।"

"तो फिर सुलाओ तोशक-तकिया पर। मुझ पर क्यों चीख रही हो? ऐसा ही स्वागत-सत्कार हुआ, तो जो मेहमान एक दिन के लिए टिकनेवाला होगा वह भी हफ्ता-भर जाने का नाम नहीं लेगा।"

"ये ऐसे-वैसे मेहमान तो नहीं हैं, बेटे। रोज-रोज आनेवाले हैं क्या? पूरे साल-भर बाद आए हैं। किसी अपने काम से नहीं आए हैं, मेरी-तुम्हारी खोज-खबर लेने आए हैं।"

"तब तो, लगता है, इन्हें रात में मच्छरदानी भी मिलेगी।"

"हाँ-हाँ, मिलेगी; क्यों नहीं मिलेगी!"

"माँ, तुम्हारा दिमाग फिर गया है क्या? जान लो, आराम की नींद सोने को मिलेगी, तो एक पखवारे से पहले तुम्हारी जान नहीं छोड़ेंगे ये। जरूरी तो नहीं है कि घर में मेहमान के लिए भी मसहरी हो ही। मानसी से जो एक चाचाजी आए थे, उन्हें भी तो झिलँगी खाट ही मिली थी। अगर मसहरी मिल गई रहती उन्हें, तो क्या वे रात-भर बिस्तर पर बैठे-बैठे 'हरे राम हरे राम' जपते और ताली बजा-बजाकर मच्छरों को मारते-भगाते रहते? याद है न, पौ भी नहीं फटी थी कि उन्होंने पिताजी को जगाकर विदा माँग ली

थी? मसहरी मिली रहती, तो इस तरह भागते वे? राजगंज में मच्छर बहुत हैं, तो इसमें हमारा क्या दोष! मामाजी नाराज भी नहीं होंगे और भाग भी जाएँगे। बस, यही एक तरीका बचा है, माँ; हम बिलकुल बेदाग निकल जाएँगे।"

"ऐसी बातें मन में न लाओ, टीपू; होशियार बनो।"

"मुझे पिताजी ने काफी होशियार बना दिया है; तुम मेरी राय तो मानो।"

"तुम्हारी कोई राय नहीं मानूँगी। पानी दे आते हो या मैं खुद जाऊँ?"

"पानी तो मैं दे ही आऊँगा, मगर मेरी कम-से-कम एक राय तो माननी ही पड़ेगी तुम्हें। तुम इनके लिए तोशक-तकिया लगा दो, इन्हें मसहरी भी दे दो; मगर यह वचन दो कि तुम इन्हें बासी भात और बासी रोटी खिलाओगी। यह वचन दो; माँ।"

"बासी भात-रोटी मैं तुम्हारे मामा को खिलाऊँ?"

"हाँ, माँ, नहीं तो खूँटा गाड़कर ये महीना गुजार देंगे यहाँ। एक महीने में, सोच लो, मैं कितना बरबाद हो जाऊँगा। मेरे भविष्य के बारे में भी कुछ सोचो, माँ। घर में पिताजी के साथ भी तुम्हारी कचकच होगी। यह सब करने पर क्यों तुली हुई हो? इससे बेहतर है मच्छरों से कटवाकर मेहमान को भगा देना। दूर की बात सोचो।"

"तुम बैठकर सोचो; मैं जा रही हूँ पानी देने।"

"रुको, पानी मैं दे आता हूँ; तुम निपटना पिताजी से; मुझे क्या है!"

"पिताजी कुछ नहीं कहेंगे, बेटे। तुम्हारे मामा की इज्जत होगी घर में। तुम पानी दे आओ, तब तक मैं नाश्ते के लिए हलुआ बना लेती हूँ।"

हलुआ! अचरज से मुँह खुल गया टीपू का, आँखें फैल गईं। पानी के लिए जाते-जाते वह अचानक रुक गया और फिर माँ से सटकर खड़ा होते हुए बोला, "एक पूरा कमरा ही मामा के लिए ठीक कर लो, माँ। किसी-न-किसी बहाने साल-भर तक तो वे जरूर रुक जाएँगे। किसी को कुत्ते ने काटा है कि हलुआ छोड़कर जाएगा! अपने सौ काम छोड़कर भी पड़ा रहेगा...मगर यह सुन लो, माँ, कि अगर मामाजी मुझे कलासन ले जाने के लिए जिद भी करेंगे, तो मैं नहीं जाऊँगा, नहीं जा सकूँगा। मैं जानता हूँ, नाना-नानी मुझे खूब दुलार करेंगे, रोज-रोज हलुआ-कचौरी खिलाएँगे, मगर मैं अपने को बरबाद तो नहीं कर सकता, पिताजी को उदास कर बरबाद होने के लिए ननिहाल तो नहीं जा सकता। जा सकता हूँ, बताओ तो?"

माँ की बुदबुदाहट को अनसुना कर टीपू पानी लाने पिछवाड़े चला गया। एक हाथ में पानी की पूरी बाल्टी और दूसरे हाथ में एक लोटा लेकर टीपू दरवाजे पर गया और तुरन्त वहाँ से खाली हाथ दौड़ता हुआ माँ के पास पहुँचा, "माँ! गे माँ! मामाजी तो भाग गए। न उनकी अटैची का पता है न खुद उनका। भाग गए मामाजी।"

"किसने भगाया हरिचन्द को?"...अपने ही प्रश्न के जवाब में बोल पड़ा शशांक, "मैंने नहीं, मैंने नहीं भगाया है; भगाया है भजनलाल ने।"

अपना यह महल्ला इतना बुरा है, इसका पता आज तक नहीं चल पाया था शशांक को। महल्ला भजनलाल जी का भी कोई अच्छा नहीं है, मगर इतना बुरा नहीं है। बुरे लोग वहाँ भी हैं, मगर इतने बुरे नहीं। भगवान भी कैसे हैं कि ऐसे लोगों के लिए भी दाना-पानी जुटाते हैं! गाँव में बुरे-से-बुरे लोगों के घर को भी घर कहा जा रहा है, मगर एक उसके घर को अब बथान कहा जाता है। बथान बोलकर ही तो बस नहीं करते होंगे, जरूर बोलते होंगे 'कानी गाय का बथान।' भजनलाल जी को भी बहुत कुछ कहा महल्लेवालों ने, मगर अपने महल्ले के किसी घर को बथान नहीं कहा। कानी गाय का मतलब?

पूरा गाँव ही अब इस बथान के आसपास सिमट आया है। हर पैमाइश बथान से शुरू होती है। गाँव का हर रास्ता ही अब बथान के आगे या पीछे से होकर जाता है। गाँव के इस छोर से उस छोर तक हर मकान में निवास करनेवालों ने यह नाप-जोख पूरी कर ली है कि उनका मकान बथान से कितने कदम पर है। बोलनेवाले केवल पूरब-पच्छिम ही नहीं बोलते, ईशान और नैऋत्य कोण तक बताते हैं। बथान से दस घर इधर या दस घर उधर जाना होता है, तो लोग सही जगह या घर का नाम न बोलकर छोटा-सा उत्तर दे देते हैं, "बथान की तरफ जा रहा हूँ।" गपड़चौथ के लिए अब औरतें भी कहीं जाती हैं, तो वह जगह बथान के इस बगल या उस बगल होती है। डाकिया सही पते पर चिट्ठी पहुँचा दे, इसलिए बहुत-सी चिट्ठियों पर भी पते के साथ जोड़ दिया जाता है, "बथान से तीन घर पूरब या सात घर पच्छिम।" अगर कोई परदेशी किसी घर का पता पूछता है, तो उससे यह नहीं बताया जाता कि सीधे चलते जाने पर जिस घर के आगे पीपल का गाछ है उसी घर में जाइए; इसकी बजाय यह बोला जाता है कि बथान से तीसरे घर में प्रवेश कर जाइए। और जब परदेशी बथान का पता पूछ बैठता है, तो उसे सुनाया जाता कि जिस घर के आगे पीपल का गाछ है उस घर से तीन घर पीछे बथान है। अब तो दूसरे गाँवों में भी राजगंज की ओर आनेवाला कोई आदमी पूछे जाने पर यह नहीं कहता कि 'राजगंज जा रहा हूँ;' कहता है, "बथान जा रहा हूँ।"

भजनलाल जी तो अपने महल्ले में अभी भी 'देशी' ही बने हुए हैं, मगर शशांक अपने पूरे गाँव में बन गया है 'विलायती बाबू।' कोई था शशांक जो अब गाँव छोड़कर चला गया है, और कोई आ गया है एक नया आदमी जो बिलकुल विलायती बाबू है। लोग भी तो बोलते वक्त कभी नाक-भौं सिकोड़कर, कभी मुँह चमकाकर कभी तो आँखें मटकाकर, और कभी हाथ नचाकर उच्चारित करते होंगे, "विलायती बाबू; 'उर्फ' तक को बाद कर देते होंगे।

राजगंज में अब यह खबर कोई खबर नहीं कि गाँव की कोई छिनाल औरत छुप-छुपकर रास रचाने की बजाय किसी मर्द के साथ भाग गई। इस खबर में भी अब क्या रस कि गाँव में किसी ने किसी पर मुक्का ताना या डंडे बरसा दिये! अगर किसी

की पतोहू ने शादी के तीसरे महीने में ही बच्चा पैदा कर दिया, तो यह चिन्ता उसके घरवाले करें कि बहू आइन्दा नौ महीने का हिसाब रखा करे। इससे गाँववालों को क्या लेना-देना! अब तो असली और मजेदार खबर केवल विलायती बाबू के बारे में मिलती है। अर्जुन मोदी की पान-दुकान पर और कुछ सुनने को मिले न मिले, विलायती बाबू की कोई अच्छी खबर अवश्य मिल जाती है।

अर्जुन मोदी हँसकर जवाब देता है, "सुनाता हूँ; खबर भी सुनाता हूँ। पहले पान तो मुँह में डालिए।" मगर अर्जुन मोदी क्या सुनाएँगे खबर! खबर बाँचनेवाले तो वहाँ एक-से-एक मौजूद हैं, दौड़-दौड़कर चले आते हैं खबर सुनाने। और, सबके सब घटनाओं के चश्मदीद गवाह!

एक कौआ ठीक खिड़की के पास बैठकर पूरी ताकत के साथ चीख पड़ता है, 'काँव!' चीखकर कौआ दो कदम पीछे हटता है और फिर मुस्कराते हुए झाँकने लगता है खिड़की के अन्दर। ध्यान भंग हो जाता है टीपू महाशय का, और कौए पर नजर पड़ते ही वह भी पूरी ताकत से चीख पड़ता है, "दौड़िए, पिताजी, दुश्मन...दुश्मन..." पूरे घर में हड़कम्प मच जाता है। चीख-चिल्लाकर कौए को सामने से उड़ाया जाता है; ढेले मारकर मुँडेर पर बैठे कौए को बेदखल किया जाता है। उड़कर तीन घर आगे पीपल पर जा बैठा कौए पर बाप-बेटे तीर चलाते हैं। पीपल से कौओं का एक झुंड उड़ता है; बाप-बेटे उन्हें उड़ाते हुए शिवालय तक दौड़ जाते हैं। जब सारे-के-सारे कौए आसमान में अन्तर्धान हो जाते हैं, तब कहीं चीखते-चिल्लाते और आपस में बहस करते लौट आते हैं दोनों। विजय की मुद्रा में घर आकर बेटा कन्धे से ढेले की झोली उतारता है और हाथ का लग्गा नियत जगह पर सँभालकर रख देता है। बाप एक ओर तरकश रखता है और दीवाल में गड़ी कील से धनुष लटकाता है, और फिर राहत की साँस लेते हुए बिस्तर पर बैठकर पसीना पोंछने लगता है।

"मगर, तभी क्या होता है, जानते हैं?" खबर सुनानेवाला मुस्कराते हुए बोलता है।

कोई सुननेवाला आवाज नहीं भरता, 'क्या?' सब एक साथ जवाब में मुस्करा पड़ते हैं, और कहनेवाला चालू हो जाता है, "तभी अचानक अगवाड़े से, पिछवाड़े से, अगल से, बगल से घोर निनाद सुनाई पड़ता है, "काँव-काँव-काँव-काँव..."

सिर पीटकर खड़ा हो जाता है विलायती बाबू और दोनों कानों पर हथेलियाँ रखकर चीखने लगता है, "हे भगवान! बचाओ इन कौओं से...दिव्या!...दिव्या!... भगाओ इन कौओं को..."

हर तरफ झाँक आता है टीपू और बाप के सामने अचरज से कहता है, "कहाँ है कोई कौआ, पिताजी? मैं कहाँ किसी कौए को देख रहा हूँ? किसी कौए की आवाज भी नहीं सुन रहा हूँ।

"मैं सुन रहा हूँ, अच्छी तरह सुन रहा हूँ, काँव-काँव-काँव-काँव...नहीं रहूँगा,

इन कौओं के गाँव में नहीं रहूँगा, हरगिज नहीं रहूँगा...बरबाद हो जाएगा मेरा बेटा..."

"हम सब कौए हैं," एक सुननेवाला आँखें मटकाकर कहता है और सारे सुननेवाले ठठाकर हँस पड़ते हैं। अर्जुन मोदी दनादन पान लगाने लगता है।

दिव्या पूछ बैठती है, "यह पान की आदत कैसे लग गई? कहाँ जाते हैं पान खाने?"

शशांक मुस्कराते हुए जवाब देता है, "अर्जुन मोदी की दुकान पर जाता हूँ," और फिर बिगड़कर बोलता है, "कोई बुरी आदत तो नहीं है यह! अब एक पान भी नहीं खाऊँ? बोलो, नहीं खाऊँ, नहीं खाऊँ?...हाँ, खाऊँगा; अर्जुन मोदी बड़े प्रेम से पान खिलाता है।"

"क्यों भैया, आज क्या खबर है?"

"खबर बुरी है; पान खाओ और खिसको।"

"बताओ तो, मामला क्या है?"

"मामला थाने में दर्ज हुआ है।"

"क्या?"

"कोई कुत्ता है जो विलायती बाबू के पीछे पड़ा हुआ है; उन्हें कहीं भी देखकर भूँकता है, और जब कहीं नहीं देखता, तो उनके दरवाजे पर जाकर भूँक आता है। थाने में रपट लिखाई गई है और दारोगा बाबू कुत्ते की तलाश में हैं।"

"तलाश कुत्ते की है; मैं क्यों खिसकूँ?"

"लो, तुम्हें पता कहाँ है कि कुत्ते की क्या शिनाख्त दी गई है! अब कुत्ते दो टाँग के भी होने लगे हैं। अगर कुत्ता चार पैरवाला ही हुआ, तब भी दो पैरवाला उसका कोई मालिक तो होगा ही। जब दारोगा बाबू को ठीक से चटा दिया है विलायती बाबू ने, तो शिनाख्त के अनुसार कोई मेज-कुर्सी भी हिरासत में ले ली जा सकती है।"

"अब तो मैं पूरा किस्सा सुनकर ही जाऊँगा। अर्जुन भाई, दूसरी खिल्ली लगाओ पान की।"

खिलखिलाकर हँसता है अर्जुन मोदी, "हाँ-हाँ, सुनकर ही जाओ। तीसरी खिल्ली खाकर जाना। हिरासत में पान पहुँचाने जाऊँगा, तो बीस पैसे की खिल्ली अन्दर पहुँचाने के लिए एक रुपये से कम नहीं माँगेगा वहाँ का सिपाही।"

"टीपू की माँ, तुम घर से बाहर निकलती हो, तो कोई कुत्ता भी तुम पर भूँकता है?"

"नहीं, टीपू के बाबू, मैंने तो किसी कुत्ते को अपने ऊपर भूँकते नहीं देखा है।"

"क्यों रे टीपू, तुम्हारा किसी कुत्ते से सामना हुआ है जो तुम्हें देखकर भूँकता हो?"

"नहीं, बाबू, मुझे देखते ही कुत्ते पूँछ डुलाने लगते हैं।"

"पूँछ डुलाते हैं? मुझे तो विश्वास नहीं होता।"

"सच कह रहा हूँ, पिताजी, मैं बिलकुल सच कह रहा हूँ।"

'मगर...' सिर खुजलाने लगता है विलायती बाबू, "कोई कुत्ता है जो मुझ पर भूँकता है; जब-तब भूँकता रहता है। घर से बाहर निकलता हूँ, तो भूँकते हुए पीछे लग जाता है; और घर के अन्दर रहता हूँ, तो दरवाजे पर आकर भूँकता है। मैं उस कुत्ते को जान से मरवा दूँगा और उसके मालिक पर भी मुकदमा करूँगा।"

"मैंने तो किसी कुत्ते को आप पर कभी भूँकते नहीं पाया है, पिताजी। आपको भ्रम तो नहीं हो गया है?"

"भ्रम? नहीं-नहीं...नहीं..."

"हाँ, पिताजी, आपको भ्रम ही हो गया है। एक दिन आपके कहने पर मैं जब पिछवाड़े गया, तो वहाँ कोई कुत्ता भूँक नहीं रहा था; बस दो औरतें आपस में बतिया रही थीं। एक दिन और मैं आपके कहने पर डंडे लेकर दरवाजे से बाहर निकला था, मगर वहाँ भी कोई कुत्ता नहीं था; कुछ लोग आपस में फुसफुसा रहे थे। आपको जरूर भ्रम हो गया है, पिताजी।"

"चुप रहो। उस कुत्ते की शक्ल तक मैं पहचानता हूँ। मैं जरूर उसे मरवाऊँगा। आज ही चरित्तर को कहकर दो-चार लठैतों को उस पर लगा देता हूँ।"

"कैसी शक्ल है कुत्ते की?"

"एकदम काला है; तन भी काला, मन भी काला।"

"और?"

"कान काफी लम्बे-लम्बे हैं।"

"पूँछ भी लम्बी होगी, पिताजी?"

"हाँ...हाँ-हाँ..."

"बस-बस, मैं जानता हूँ उस कुत्ते को। वह कुत्ता मर गया।"

"झूठ...तुम इसलिए झूठ बोल रहे हो कि तुम्हें देखकर कुत्ते पूँछ डुलाते हैं। मैं अब किसी एक कुत्ते को नहीं पहचानता हूँ; मैं सारे कुत्तों को मरवा दूँगा। हर कुत्ते के मालिक को कचहरी तक ले जाऊँगा मैं।"

मुँह से पान की पीक फेंककर कोई सुननेवाला कह पड़ता है, "तब तो, भैया, खसकन्त में ही भलाई है। बहुत कहने-सुनने से दारोगा शशांक गुप्ता की इस बात का विश्वास नहीं भी करे कि हम कुत्ते हैं, मगर लाख कसम खाने से भी वह यह तो नहीं मानेगा कि हम कुत्ते के मालिक भी नहीं हैं।"

क्या तो कुत्तों को मरवाएँगे विलायती बाबू और क्या तो करेंगे किसी पर मुकदमा! शशांक को तो लगता है कि कभी खिड़की से और कभी दरवाजा खोलकर हाथ में रोटी का टुकड़ा लिये विलायती बाबू कुत्ते को पुचकारते मिल जाएँगे, "देखो, कुकुर

मुझे पराया क्यों समझते हो? क्यों भूँकते हो मुझ पर? मैं कोई गैर थोड़े ही हूँ! जैसे टीपू को देखकर पूँछ डुलाते हो वैसे ही उसके बाप को देखकर डुलाओ न। बोलो, अब तो नहीं भूँकोगे? नहीं भूँकोगे न? मैं अब कहाँ गरजता-चीखता हूँ टीपू पर...किसी पर भी! टोले-महल्ले के लोग तो तिल का ताड़ बना देते हैं।"

शशांक अपने बेटे को ठहाके मारकर किस्सा सुनाना शुरू करता है, "सुनो, टीपू, आज एक विलायती बाबू का किस्सा सुनो..."

"बड़ों से झगड़कर या हाथा-पाई करके रह लेना जितना आसान है, शशांक बाबू," भजनलाल जी ने बताया था, "उतना आसान नहीं है बच्चों की आँखों का काँटा बनकर अपने घर में भी अपना जीवन गुजार लेना। बड़ा जीवट का काम है बच्चों से झगड़कर रहना। आपको दिखा-दिखाकर ऐसी-ऐसी हरकतें करेंगे वे, आपको सुना-सुनाकर ऐसी-ऐसी बोलियाँ बोलेंगे कि आपका घर से बाहर निकलना मुश्किल हो जाएगा।" भजनलाल जी ने हँसते हुए कहा था कि पहले तो वे घर से निकलने के पहले खिड़की से झाँककर देख लिया करते थे कि रास्ते में कहीं कोई बालक तो नहीं है। एक का होना भी यह संकेत दे देता था कि कहीं दूर-पास में और दो-चार जरूर होंगे; और, अगर होंगे, तो फिर वे सब उनके लिए ही तैयार बैठे होंगे। एक-एक किस्सा सुनाकर भजनलाल जी ने बताया था कि अगर वे अपने रास्ते पर जा रहे होते थे और पीछे से शैतान का लश्कर आता दिख जाता था, तो वे सड़क के किनारे पेशाब के बहाने बैठ जाते थे और तब तक पेशाब करते रहते थे जब तक वह दल सड़क से गुजरकर काफी दूर नहीं चला जाता था। उस पर भी यह डर बना रहता था कि कहीं बेहोशी में तेज कदमों से चलकर वे उनके बराबर न आ जाएँ; इसीलिए अगर वे गुंडे बच्चे खरगोश की चाल से चल रहे होते, तब भी काफी सावधानीपूर्वक और दूर तक अपनी निगाह दौड़ाते हुए वे कछुए की चाल पकड़कर चलते थे। और, भजनलाल जी ने हँसते हुए यह भी कह दिया कि अगर ये बदमाश सामने से आते हुए दूर से दिख जाते थे, तो फिर भजनलाल जी अगल-बगल ऐसी झाड़ियों को तलाशते थे जिनमें घुसकर इतना समय काट लिया जाए कि वे बदमाश काफी दूर निकल जाएँ; और, अगर लोगों की भीड़-भाड़ हुई, तो तुरन्त उलटकर घरमुँहा बैल की तरह इस तेज़ी से कोई और गली पकड़कर जाने या सीधे घर लौट जाने के इरादे से वापस होते थे कि देखनेवाले यही समझें कि किसी अत्यावश्यक काम से भजनलाल जी को लौटना पड़ा है। अगर कभी वे उन शैतानों के आमने-सामने हो जाते थे, तब तो वे भगवान से यही बुदबुदाने लगते थे कि उन शैतानों की आँखों में उस वक्त कोई ऐसा दोष आ जाए कि उन्हें भजनलाल जी की शक्ल किसी आदमी की शक्ल जैसी दिखे ही नहीं; साँप-बिच्छू की तरह दिखने लगें भजनलाल जी।

लम्बी साँस छोड़कर भजनलाल जी ने कहा था, "टोले के इन लौंडों के साथ

बिगाड़ के कारण मैंने तो आँसू तक बहाए हैं। आँसू बहाए हैं, मगर हिम्मत नहीं हारी। यह भी तो सोचिए कि आखिर भगवान ने हमें आँसू दिये क्यों हैं, बहाने के लिए ही तो! आप भी हिम्मत से काम लीजिएगा। घर में भी महल्ले के लौंडे आपको चैन की साँस नहीं लेने देंगे; नाटक करेंगे, नाटक...मगर जो मैं कर सकता हूँ वह आप क्यों नहीं कर सकते? हिम्मत चाहिए, धीरज चाहिए..."

नाटक करने तो गौरी चाची चली आती है आँगन में। नाटक नहीं, उत्पात करने आती है। 'टीपू की माँ!' हँकार लगाते हुए आँगन में घुस आती है; आते ही जोर-जोर से हँसते हुए महल्ले के बच्चों के नाटक की चर्चा करने लगती है; और फिर कहते-कहते हँसी से लोट-पोट हो जाती है। जोर-जोर से बोलती है गौरी चाची, "जानती हो, टीपू की माँ, आज महल्ले में एक नाटक किया था बच्चों ने, बड़ा ही मजेदार नाटक। उसमें एक बना टीपू, एक टीपू का बाप, और एक टीपू की माँ भी बना। तुम अगर देखती, तो हँसते-हँसते पेट में दर्द हो जाता।"

"नाटक में टीपू!...कैसा नाटक था यह?" दिव्या का मुँह अचरज से खुला रह गया।

मरदों की तरह खिलखिलाकर हँस पड़ी गौरी चाची और बोली, "किसी दिन तुम्हें दिखाऊँगी; आज कुछ सुना देती हूँ। मगर जान लो, देखने में जो मजा है वह सुनने में नहीं।"

भोर होने में अभी देर है। गाँव का पहरेदार अभी भी पहरा दे रहा है। अचानक हड़कम्प मचता है घर में। अचानक बिस्तर से नीचे कूद पड़ता है शशांक; मेज से टकरा जाता है, और उसके एक पैर में काफी चोट भी लग जाती है। 'उफ-आह' करते हुए वह जल्दी-जल्दी तकिये के नीचे से अपनी घड़ी निकालता है और घड़ी पर नजर डालते ही चीख पड़ता है, "अरे बाप! पाँच मिनट देर हो गई।" सिर पीटने लगता है वह, "हे भगवान! इस तरह राज-रोज देर होगी, तो क्या भविष्य होगा इस बच्चे का!" लँगड़ाते हुए दीवाल में टँगी छड़ी उतारने बढ़ता है और फिर बेटे के बिस्तर के पास जाकर सोए बच्चे की पीठ पर सटाक् छड़ी जमाता है। हड़बड़ाकर टीपू बिस्तर से कूदता है और फिर मेज पर रखी अपनी किताब पर झपटता है। शशांक तेजी से पत्नी के पास पहुँचता है और पहले से रखे लोटे का पूरा पानी उस पर उलटकर बोलता है, "उठो, जल्दी उठो; पाँच मिनट देर हो गई। तुम तैयार हो जाओ जल्दी से; तब तक मैं टीपू को तैयार कर देता हूँ।" पत्नी झटपट तैयार होने दूसरे कमरे की ओर भागती है।

टीपू तैयार होकर बैठता है। उसकी टीक से एक डोरी बँधी है जिसका दूसरा छोर दीवाल में गड़ी खूँटी से फँसा दिया गया है। बार-बार ऊँघता है टीपू और हर बार टीक के खिंच जाने से उसकी उँघाई टूट जाती है। आँखें मलकर वह इधर-उधर देख लेता है और फिर किताब पर आँखें गड़ा देता है। बाप विजय की मुद्रा में सिर हिलाते हुए अपनी खुशी प्रकट करता है।

इस बीच कपड़े बदलकर और हाथ में बेलन लेकर टीपू की माँ आती है और

टीपू के पास सँभलकर बैठ जाती है। आँखें मलकर जब बिलकुल दुरुस्त हो जाती है वह, तब पति से पूछती है, "हाँ, यह तो मैं भूल ही गई कि मुझे क्या करना है। कल आपने बताया तो था, मगर अभी मुझे कुछ याद नहीं आ रहा है। एक बार फिर बताइए तो, कब चलाना है मुझे बेलन? टीपू पर ही चलाना है न?"

"झूठ, झूठ, एकदम झूठ, चाची। ऐसा तो कभी नहीं हुआ है हमारे घर में," दिव्या चिचियाकर कहती है। गौरी चाची और भी खिलखिलाकर हँस पड़ती है," अब झूठ हो या सच, मैं क्या कहूँ; मगर बच्चे जब नाटक कर रहे हैं, तो देखनेवाले को सब सच ही लग रहा है। कैसे बताऊँ कि नाटक देखनेवाले लोग किस तरह ठहाके मार-मारकर हँस रहे थे!"

दिव्या भुनभुनाने लगी, तो गौरी चाची ने बात सँभाल ली और जरा गम्भीर होकर कहा, "मुझे भी तो इस पर विश्वास नहीं हुआ था; मगर नाटक में बच्चे शशांक की चाल-ढाल की जो नकल कर रहे थे, उसे देखकर तो कई लोग चीख पड़े थे, "हाँ, बिलकुल सही, बिलकुल ऐसा ही।"

"कैसी चाल-ढाल, चाची," दिव्या ने मरे हुए स्वर में पूछा।

कहने के पहले गौरी चाची एक बार फिर जोर से हँस पड़ी।

इस बार कहा कुछ नहीं गौरी चाची ने; झटपट उठ खड़ी हुई; जरा आगे बढ़कर ओसारे में पड़ा एक पतला चैला हाथ में लिया, और आँगन में ठुमकते हुए चलने लगी। बीच-बीच में कन्धे उचका देती चाची और चीख पड़ती, "टीपू, सावधान!... टीपू, होशियार!...टीपू, खबरदार!..."

दिव्या हैरत में आ गई और बोली, "यह होशियार-खबरदार क्यों, चाची?"

चाची ने स्पष्ट किया, "बाप के साथ बेटा भी चल रहा है, और उसकी नजर रास्ते में कभी किसी मदारी के खेल पर पड़ जाती है, कभी नजर गुलाबछड़ी पर चली जाती है, और कभी किसी पुराने दोस्त पर निगाह जम जाती है। टीपू को खबरदार-होशियार किया जाता है कि वह उधर से आँखें हटा ले।...और, हाँ, यह तो मैं भूल ही गई थी कि रास्ते में चलते हुए शशांक हमेशा हाथ की छड़ी चमकाता रहता है। यह चैला भारी है न; मुझसे नहीं हो रहा है।"

दिव्या तो ठक रह गई। इतने वर्ष साथ रहते गुजर गए और आज तक उसके ध्यान में यह नहीं आया कि उसका मर्द सड़क-बाजार में कन्धे उचका-उचकाकर ठुमक चाल से चलता है! पैर पटक-पटककर बाजार में कोई मर्द चले, तो उसकी बीवी उसके साथ किस मुँह से चले! दिव्या कुछ देर तक तो सुन्न रही और फिर लजाते-शरमाते चाची से पूछा, "सच कह रही हो, चाची; इस चाल से चलते हैं टीपू के बाबू?"

"लो, मुझे झूठ बोलने से कुछ मिलेगा क्या! विश्वास तो पहले मुझे भी नहीं हो रहा था, मगर जब देखा कि देखनेवाले लगातार बच्चों को दाद दिये चले जा रहे हैं कि उन्होंने शशांक की चाल की बिलकुल सही नकल उतारी है, तब तो मुझे भी विश्वास

करना पड़ गया। जरा सोचो, इन लोगों को ही झूठ बोलने से क्या मिलेगा?"

"मेरा तो कभी ध्यान ही नहीं गया था, चाची, उनकी इस चाल पर। आँगन-घर में चलने-फिरने का मौका ही कहाँ मिलता है जो मैं देखूँ। आज ही तो मैं उन्हें अपनी इस चाल से छुट्टी दिला देती हूँ। ठुमक चाल से कन्धे उचका-उचकाकर सड़क-बाजार में चलना कोई अच्छी बात है, चाची? आज ही मैं उन्हें पिछवाड़े में कुछ दूर तक चलवाकर देखती हूँ और तब सिखाती हूँ उन्हें सही चाल।"

"हाँ, एक काम करना; हाथ में एक छड़ी अवश्य थमा देना।"

"है एक छड़ी उनके पास। उस छड़ी में तो मैं आज ही आग लगा दूँगी।"

"ऐसी चिन्ता लग गई है तुम्हें, तो एक काम और करो, टीपू की माँ; जिस-तिस के पास अलाय-बलाय बकने से मना कर दो शशांक को।"

"अलाय-बलाय! क्या अलाय-बलाय बकते हैं ये?"

"मैंने अपने कान से तो कुछ नहीं सुना है, टीपू की माँ; मगर जो देखा है वह नाटक में ही देखा है, और वह तुम्हें बता देती हूँ। बच्चों ने अवश्य सुना है, तभी तो वे नाटक में यह सब दिखा रहे थे।"

"क्या?" दिल धक-धक करने लगा बेचारी दिव्या का, अब इस उम्र में कौन-कौन रोग लग गया है उसके शशांक को!

"एक लड़का देह में साड़ी लपेटकर औरत बन जाता है और नाटक का शशांक उससे कहता है, "क्यों, चनरहीवाली, सौत का बेटा अब आँखों का तारा बन गया है क्या? लगता है, उसे हाकिम बनाकर ही दम लोगी। याद रखो, सौत का बेटा पढ़-लिख कर सचमुच हाकिम बन गया, तो सता-सताकर जान ले लेगा तुम्हारी। अपना भला चाहो, तो ठिकाने लगा दो उसे। ऐसी कोशिश करो कि वह जल्दी मर-खप जाए, नहीं तो बहुत दुख भोगोगी, चनरहीवाली। मुझे तो अक्ल आई और मैंने टीपू को उसका साथ छुड़ा दिया। कुछ नहीं सूझता है, तो एक चुटकी जहर ही दे दो। साँप को दूध मत पिलाओ, चनरहीवाली।"

"हाय राम!" दिव्या चीख पड़ी, "यह सब जाकर कहा है उन्होंने कमुआ की सौतेली माँ से?"

"जरूर कहा होगा," टीपू की माँ, नहीं तो बच्चों में भला इतनी हिम्मत होती कि उतने लोगों के सामने झूठ बाँचते!"

"रुको, चाची, मैं अभी इनसे पूछती हूँ; लगता है, मति मारी चली गई इनकी।"

"क्या-क्या पूछोगी, टीपू की माँ; पहले सब सुन तो लो। यह भी सुन लो कि शशांक पिरथिया के बाप से क्या कह रहा था।"

"कौन पिरथिया चाची? क्या कहने गए थे उसके बाप से?"

"टीपू का साथी था पिरथिया। उसका बाप बाजार में कुली-मजदूर का काम करता है। शशांक उसके घर जाकर उससे कह रहा था, "क्यों रे मुसहर, तुम तो कभी कलेसरा

से कलेसर तक नहीं बन पाए, मगर बेटे को चाहते हो पिरथिया से बाबू पिरथीचन्न बना देना? पूर्णिया से एक मुसहर हाकिम को देखकर आ गए और लगे सपना देखने कि अब पिरथिया भी हाकिम बनकर रहेगा। तेरा बेटा भी हाकिम हो जाएगा, तब मेरा बेटा क्या होगा, रे मुसहर? सपने देखना छोड़ दो, कलेसरा। ठेल-ठालकर कहाँ तक पहुँचाएगा बेटे को? गाड़ी बीच में ही रुक जाएगी। और तब तुम्हारा बेटा धोबी का कुत्ता बन जाएगा। अरे मुसहर, बेटे को भी काम पर ले जाओ अभी से, अभी से पीठ पर बोरे लादना सिखाओ, नहीं तो बड़ी बुरी मौत मरोगे, बेटा कमाकर नहीं, भीख माँगकर खाएगा।"

"छि:-छि:-छि:, भला ऐसी बद्दुआ की जाती है किसी के लिए! कोई कुछ करे, कुछ बने, इनका क्या बिगड़ता है! पिरथिया के बाप ने मुँह क्यों नोच नहीं लिया इनका? तब अक्ल खुल जाती इनकी। इतने बेवकूफ हैं ये, यह मैं नहीं जानती थी, चाची। मैं अभी आपके सामने भेजती हूँ कलेसर के घर माफी माँगने के लिए; अभी जाना होगा इन्हें।"

"यमुना के बाप का घर भी तो उधर ही है; उसके घर भी तो भेजना पड़ेगा," गौरी चाची ने मुँह हिलाते हुए कहा।

"वहाँ भी कुछ कह आए हैं क्या?"

"हाँ, वहाँ जाकर समझा रहा था उस बनिया को कि 'बेटे की पढ़ाई-लिखाई बन्द कर उसे भी दुकान से ही चिपका दो। गोबर में घी डालने से क्या फायदा! पढ़ाई में जो खर्च होगा उस नुकसान का खयाल करो; पढ़ाई बन्द कर बेटा जो कमाई करेगा उस नफा को जोड़कर देखो। तुम्हारा बेटा तो हाकिम बनेगा नहीं, मेरे बेटे को बिगाड़कर उसे भी नहीं बनने देगा। अपने बेटे को हिदायत कर दो मेरे बेटे से अलग रहने के लिए। मैं जानता हूँ, एक मेरे टीपू के सिवाय इस गाँव में और कोई बच्चा हाकिम बनने के काबिल नहीं है। और, अगर टीपू हाकिम बन गया, तो अपने दोस्त यमुना के बाप का तो खयाल रखेगा ही।"

"हे भगवान! यह आदमी क्या क्या बकता चलता है गाँव में! गाँजा-दारू तो नहीं पीता है आजकल, चाची? जाति-बिरादरी से हमें अलग करवा देगा यह करमजला। और किसी को तो कुछ नहीं कह रहा था?"

"नाटक से तो पता चलता है कि वह हरिया के घर भी गया था। हरिया भी तो टीपू का पुराना साथी है। वहाँ हरिया का बड़ा भाई मिल गया, तो लगा उसे समझाने, 'सुनो, हरिया के अग्रज, तुम क्या सोचकर पड़े हुए हो हरिया के पीछे? क्या सोचते हो, पढ़-लिखकर हाकिम बन जाएगा वह और तुम्हें बैठाकर खिलाएगा? अपनी कमाई में हिस्सा बाँट देगा हाकिम? भूल जाओ, इस जमाने में यह सब कोई नहीं करता है। जमीन-जायदाद में आधा हिस्सा लेकर अलग हो जाएगा वह और तुम्हें ठेंगा दिखा देगा। तो फिर साझे की जायदाद का एक पैसा भी क्यों खर्च होने देते हो उस पर? बाप को भी समझा दो, और वह नहीं समझे तो अलग हो जाओ अपना हिस्सा लेकर। तुम्हें

तो मार-मारकर नहीं पढ़ाया था तुम्हारे माँ-बाप ने? तो फिर तुम्हें क्या पड़ी है कि छोटे भाई को मार-मारकर पढ़ाओ? यह कभी सोचा है कि तुम्हारा भाई हाकिम बन गया, तो माँगने पर पानी का गिलास लेकर वह तुम्हारे पास आएगा या हाथ में गिलास लेकर तुम्हें उसके आगे खड़ा रहना पड़ेगा? इस पर कभी सोचा है, रे मूरख? लात मारकर घर में बैठा दो इस भाई को।'"

"बस-बस, चाची, अब और नहीं सुनूँगी; अब माथा फट रहा है मेरा। एक काम तुरन्त कीजिए; जरा राजू को बुला दीजिए। मैं समझ गई, क्या लक्ष्ण प्रकट हुए हैं इनमें। मैं राजू को अभी कलासन भेजती हूँ हरिचन्द भैया को बुला लाने। माँ-बाप ने तो कुएँ में धकेल दिया मुझे। अब तो हरिचन्द भैया को ही पकड़ूँगी कि कहीं बाहर ले जाकर इनका इलाज कराए। इस हालत में अब राजगंज में तो नहीं रहने दूँगी इन्हें; कहीं बाहर भेजकर ही दम लूँगी। जरा बुलाइए राजू को, चाची।"

"लो, तुम भी तो वही बक रही हो जो शशांक हर जगह बकता फिरता है।"

"क्या?"

"वह भी तो हर जगह यही कह रहा है कि अब वह इस गाँव में नहीं रहेगा, यहाँ के सारे लोग भुच्च गँवार हैं, यहाँ उसके बेटे का भविष्य खराब हो जाएगा।

"चुप रहिए, चाची; क्या बोलेगा वह कलमुँहा। वह खुद किस शहर का अनाज-पानी खाकर इतना बड़ा हुआ है! उसके कहने से तो मैं गाँव नहीं छोड़ दूँगी। इतनी जायदाद है बाप-दादे की, इसे छोड़कर चले जाएँगे हम! बाप-दादे का भविष्य कहाँ बना था, शहर में? मैं सब समझ रही हूँ, ऐसी बोली क्यों निकल रही है इसके मुँह से। करम फूटा था मेरा।"

गौरी चाची चली जाती है; और शशांक को लगता है कि दिव्या के पास आने के पहले ही 'कलमुँहा' मर्द दरवाजे की ओर लपककर जाता है और वहीं से चिल्लाता है, "टीपू! गुलाबछड़ीवाला आया है; जरा ले आओ हम सबके लिए गुलाबछड़ी..." फिर वह दिव्या की बगल से तेजी से गुजरते हुए पिछवाड़े की ओर भाग जाता है और वहाँ टीपू के नहीं रहने के बावजूद चिचिया-चिचियाकर कहता है, "सुनो, टीपू, कमुआ कोई किताब माँगने आया था; जाओ, उससे पूछकर किताब दे दो उसे...और, पिरथिया को बुला लाना; उसके हिस्से की मिठाई अभी तक पड़ी हुई है...अब जाओ बाहर; खेलने का समय हो गया है। सारे बच्चे खेल रहे होंगे और तुम घर में घुसे हुए हो..."

और फिर सीधे आँगन में चला जाता है; खाट बिछाकर बैठता है, और एकटक निहार रही दिव्या से पास-पड़ोस तक के लोगों को सुना देनेवाली आवाज में कहता है, "अपना राजगंज बड़ा प्यारा है। मुझे तो यहाँ से बाहर एक दिन भी टिकना मुश्किल हो जाता है। और, सुनो, मैं चाहता हूँ कि एक घर पिछवाड़े में बना दूँ। जब जिन्दगी गुजारनी है यहाँ, तो ठीक से रहें हम। बाप-दादे ने अच्छी जायदाद छोड़ दी है हमारे लिए; तुम्हारे बेटे का भविष्य उज्ज्वल है यहाँ। मैं जानता हूँ, टीपू भी इस गाँव को कभी

नहीं छोड़ेगा। मैं तो चाहता हूँ, दिव्या, कि तुम्हारा बेटा आदमी बने, हाकिम नहीं..."

शशांक देखता है, इसके बाद भी दिव्या एकटक उस मर्द को निहार रही है जिसने उसके माँ-बाप को धोखा देकर उसे ब्याह लाया है; और शशांक सोचता है, कलासन की इस बेटी को अब तो कोई भ्रम नहीं कि माँ-बाप ने उसे कुएँ में न धकेलकर महल में रानी बनाकर बिठा दिया है।

भजनलाल जी ने काफी ऊँची आवाज में शशांक को समझाया था, "किसी नाटक-नौटंकी से घबराने की जरूरत नहीं है, शशांक बाबू। परीक्षा की घड़ी में विचलित नहीं होना है इनसान को। इससे बड़े-बड़े दुख आएँगे आपके ऊपर। अगर एक मामूली दुख से घबरा जाएँगे आप, तो फिर अपने और अपने बच्चे के लिए क्या कर पाएँगे इस जीवन में! नाटक-नौटंकी का दुख तो मामूली दुख है, बहुत मामूली; बच्चे किया करते हैं लुक-छिपकर। मुझे तो मुँह दूसा गया है, गालियाँ सुनाई गई हैं। मगर मैंने देखकर भी अनदेखा किया है, सुनकर भी अनसुना कर गया हूँ। खून के घूँट पी-पीकर मैंने चुनचुन के भविष्य का निर्माण किया है। परीक्षा की घड़ी में खड़ा उतरा मैं, तभी तो आज मूँछें ऐंठ रहा हूँ अपनी, खुशियाँ मना रहा हूँ। जीवन युद्ध है, विकट युद्ध; यह तो मानते हैं आप? और इस युद्ध के दौरान ही नाटक-नौटंकी खेले जा रहे हैं, गालियाँ सुनाई जा रही हैं।

जीवन में किसी के दुर्वचन और कटूक्तियाँ सुनने को मिलेंगी, यह तो कभी सपने में भी नहीं सोचा था शशांक ने। बचपन से ही उसने अपनी एक अलग तसवीर बना रखी थी; वह एक अकेला आदमी होगा जो किसी का दुश्मन नहीं होगा, जिसका कोई दुश्मन नहीं होगा। सबसे मीठा बोलेगा यह और सबका भला चाहेगा, ऐसा ही सोचता आया था अब तक शशांक। बुरा तो अभी भी वह किसी का नहीं करता, नहीं चाहता, मगर तब भी उसे दुर्वचनों और कटूक्तियों का सामना करना पड़ रहा है। यह कैसा रास्ता सुझाया भजनलाल ने जिसमें काँटे-ही-काँटे हैं।

अब तो गाँव की औरतों के मुँह भी खुल गए हैं। इनसे कोई कैसे निपटे! ऐसी औरतों से भजनलाल का पाला पड़ा है क्या? इनके दुर्वचन सुनने को मिले हैं उन्हें? इनकी एक-एक बोली, एक-एक बात गेहुँअन साँप की तरह सूँघ जाती है, चींटी की तरह चिकोटी काट लेती है, और कभी तो जोंक की तरह चिपककर खून चूसना शुरू कर देती है। उपदेश तो बड़ा ही अच्छा दिया था भजनलाल ने कि हिम्मत से काम लो, क्योंकि इससे बड़े दुख और इससे बुरे दिन आएँगे; मगर इससे बड़ा दुख और इससे बुरा दिन और क्या हो सकता है कि हर क्षण, हर पल कलेज़े पर कोई गरम लोहा फेरता रहे। मामूली बोली-ठोली सुनते रहे होंगे भजनलाल जी; यहाँ तो कालीचंडी का सामना करना पड़ रहा है, हर क्षण, हर पल...

बच्चा घर में घुसता है और माँ की पैनी निगाह उसके चेहरे पर जम जाती है, "क्यों रे, तेरा मुँह सूखा हुआ क्यों है? कपरफुट्टा के बथान की तरफ गया था क्या?" बेटे के 'ना' कहने पर भी माँ को विश्वास नहीं होता, "तो फिर मुँह क्यों सूखा हुआ है? जरूर गया होगा तू उधर! सच-सच बता, गया था या नहीं? तुम्हें तो सौ बार कह चुकी हूँ कि हनुमान सिंह की फुलवाड़ी की ओर जाओ तो जाओ, मगर उस दईमारा के घर की ओर मत जाओ। हे भगवान! मुँहझौंसा मरता-खपता भी नहीं है; हैजा-फौती भी नहीं होती है इस विलायती को।"

कोई लड़कोरी रुआँसी हो उठती है, "गे माँ, मुन्ना तो चुप हो ही नहीं रहा है। बाप इसे गोद में लेकर बाहर निकल गया था; तब से ही रो रहा है मुन्ना। उस नसकटे की नजर तो नहीं लग गई इसे। उसे तो किसी दूसरे का बच्चा सुहाता ही नहीं। खूँटी भी नहीं गड़ती उसकी आँख में। आँख फूट जाए, तो चैन मिले।"

बेटा बार-बार कह रहा है कि उसे बाप ने मारा है, मगर उसकी माँ को विश्वास ही नहीं होता, "बाप ने खाक मारा होगा! आग तो लगाई होगी उस कलमुँहे ने। बच्चे की चुगली खाते जीभ भी नहीं गलती इस निगोड़े की। अब गाँव में कोई रहे ही नहीं; एक इसी का ललन कूदे-फाँदे! नाक में दम कर रखा है उत्पाती ने। मैं तो बोल देती हूँ कि ले यह मेरी आह, मगर जब मरेगा, तो पिल्लू पड़ेंगे इसकी देह में। हे राम! हे राम!..."

बेटे का क्रन्दन कर्ण-कुहरों में पड़ा नहीं कि माँ का कर्कश स्वर वायुमंडल में गूँज उठा, "उसी नसकटे ने आज फिर खदेड़ा होगा। इधर आओ तो, मुन्ना। चलो आज मेरे साथ। मैं उस मुँहजले के मुँह पर झाड़ू मारूँगी। इस छछूँदर ने जीना हराम कर दिया है। अब जब तक इसे झाड़ू नहीं मारूँगी, मुझे शान्ति नहीं मिलेगी। तुम्हारे बाबू को कह-कहकर थक गई; अब मैं खुद जाऊँगी उसके बथान पर। यह जूँमुँहा समझता क्या है मुझे! क्या समझकर मेरे बेटे को खदेड़ता है!...मुन्ना, तू अन्दर आता क्यों नहीं?"

बहुत व्यस्त हो गई है दिव्या इन दिनों; जरा भी आराम नहीं।

कहीं बाहर से घर आता है शशांक और बेटे से पूछता है, "क्यों रे टीपू, तुम्हारी माँ कहाँ है?"

"माँ झगड़ने गई है।"

"किससे?"

"घुटरा की माँ से।"

"क्या बात हुई है?"

"सुबह में माँ रघुआ की माँ से झगड़ रही थी, तो उस झगड़े में माँ को पता चला कि घुटरा की माँ ने भी आपको गाली दी है।"

"कब गई थी वह?"

"बहुत देर हो गई, पिताजी। और भी देर लग सकती है, क्योंकि माँ ने जाते वक्त

यह घोषणा कर दी थी कि जब तक वह उस कलमुँही घुटरा की माँ का झोंटा नहीं नोच लेती है तब तक उसे चैन नहीं है और तब तक वह वापस घर नहीं आएगी।"

दिव्या के घर में घुसते ही शशांक पूछ बैठता है, "इस रात में कहाँ चली गई थी, दिव्या?"

"एक काम से गई थी।"

"कैसा काम?"

"था एक जरूरी काम।"

"मैं भी तो जानूँ, क्या जरूरी काम पड़ गया था इस रात में।"

"गई थी एक मुँहछुट मौगी का मुँह बन्द करने।"

"किस मुँहछुट का?"

"हरिया की माँ का।"

"इस वक्त जाना जरूरी था क्या?"

"हाँ, जरूरी था। उसने आपको गाली दी थी, यह मैंने किसी तरह मालूम कर लिया। सात दिनों से ढूँढ़ रही थी उसे। भागकर मैके चली गई थी वह। आज दिन में ही मुझे खबर मिली कि रात की गाड़ी से वह आनेवाली है। रेलगाड़ी की सीटी सुनते ही मैं दौड़ गई उसके घर की ओर और उसे दरवाजे पर ही पकड़ लिया, घर में घुसने तक नहीं दिया।"

"सुबह तक रुक तो सकती थी?"

"नहीं रुक सकती थी। सात दिनों से मुझसे अनाज निगला नहीं जा रहा था। उसके आ जाने के बाद भी मैं रात-भर रुकी रहूँ, इतना धीरज नहीं था मेरे पास।"

"झगड़ा हुआ होगा?"

"खाक झगड़ा हुआ! चिचियाने लगी कि उसने गाली नहीं दी है।"

"फिर?"

"मैंने कहा कि तब यह कहकर माफी माँगो कि 'अगर मैंने गाली दी है, तो मैं माफी माँगती हूँ..."

"फिर?"

"फिर क्या! उसने माफी माँग ली और मैं लौट आई। और क्या करती मैं? मुझे शान्ति मिल गई, बस।"

शशांक उदास नजरों से घूरता है बीवी को और फिर टोक देता है, "क्यों, दिव्या, इस दोपहर में दतवन कर रही हो?"

"हाँ, सुबह में समय नहीं मिला।"

"टीपू कल भी बासी रोटी खाकर विद्यालय गया था।"

"तो मैं क्या करूँ? बाप-बेटा मिलकर भात-दाल भी नहीं बना सकते? क्या-क्या

करूँ मैं; कहाँ-कहाँ मरूँ? आधा काम छोड़कर तो नहीं चली आती? मैं भी तो अभी तक भूखी-प्यासी हूँ। बाप-बेटे को तो बासी रोटी मिल भी गई, मेरे कंठ में तो एक चम्मच पानी भी नहीं गया है।"

"बाहर ऐसा कौन काम था जिसे मैं नहीं कर सकता था?"

"आप खाक काम करेंगे, हाथों में चूड़ियाँ पहनकर घर में पड़े रहिए और बात-गाली सुनते जाइए। मैं आपकी तरह दबड़ू-घुसड़ू नहीं हूँ। झगड़ने गई थी मैं।"

"किसके साथ?"

"चुल्हवा की माँ के साथ।"

"सुबह से दोपहर तक झगड़ती रह गई?"

"क्या करती! उस घर की सारी औरतें एक साथ पिल पड़ीं मुझ पर।"

"तब तुम्हें झगड़ा बन्द कर लौट आना चाहिए था।"

"छिः, कायर! मैं पीठ दिखाकर लौट आती? आज उन्हें भी पता चल गया कि मैं किसी ऐरे-गैरे गाँव की नहीं, कलासन की बेटी हूँ। लड़ने के लिए बाहर निकली तो थीं बड़े बाजे-गाजे के साथ, मगर एक-एक की बोलती बन्द कर दी मैंने। जब एक-एक कर पाँचों घर में जा घुसीं, तब मैं लौटी हूँ। सोचिए, अगर बीच में ही हारकर चली आती मैं, तब क्या होता? जो कल तक लुक-छिपकर, फुसफुसाकर गालियाँ देती थीं, कल से दरवाजे पर चढ़कर गालियाँ दे जातीं। यह सब नहीं सूझता है आपको, मगर बासी रोटी का दुख सताने लगता है।"

कैसे समझाए दिव्या को शशांक कि बासी रोटी का दुख उसे बिलकुल नहीं सताता। मगर क्या होगा कीचड़ में ढेले मारकर या आग में घी डालकर! अपना कोई भला नहीं होगा। तभी तो वह ताड़ बराबर गाली को तिल बराबर मानता है। दिव्या तो ताड़ को बबूल तक मानने को तैयार नहीं, तिल को ताड़ मान सकती है। तरह-तरह से समझाया है उसने बीवी को, मगर कलासन की यह बेटी कुछ समझ ही नहीं पाती। उस दिन भी कुछ डरते-सकपकाते उसने दिव्या से कहा था, "यह तो बताओ, दिव्या, कि कठफोड़ा में भी कोई दुर्गुण होता है?"

दिव्या का जवाब मिला था, "कठफोड़ा में कोई दुर्गुण नहीं होता। बहुत छोटी काया होती है इस बेचारे की और यह गाछ-वृक्ष में चोंच मारता है।

इस जवाब से खिल उठा था शशांक और मुस्कराते हुए बीवी से कहा था, "तो फिर आज मैं तुम्हारा भ्रम दूर कर दूँ। महल्ले की कोई औरत मेरा बुरा नहीं चाहती। एक औरत ने कल मुझे कठफोड़ा कहा था। गिद्ध-कौआ भी तो कह सकती थी, मगर, नहीं, कठफोड़ा पर ही रुक गई। बोलो, है कोई पाप उसके मन में?"

बस, बमक उठी दिव्या, "कैसे नहीं है पाप उसके मन में? आपको आदमी से चिड़िया-चुनमुन बना दिया और आप कह रहे हैं कि कोई पाप ही नहीं है उसके मन

में। किस औरत ने कठफोड़ा कहा है, अभी नाम बताइए उसका। मालूम है, कठफोड़ा कीड़े-मकोड़े खाता है?"

शशांक वहाँ से खिसकने को हुआ, तो दिव्या ने रास्ता रोक लिया, "नाम तो बताते जाइए उस कुलच्छनी का।"

कठफोड़ा उसने मुझे कहा, तुम्हें तो नहीं। तुम जाओ, अपना काम करो। मुझे किसी ने क्या कहा, इससे तुम्हें कोई मतलब नहीं।" शशांक ने जवाब देकर चुप कर देना चाहा बीवी को।

बीवी चुप नहीं हुई; उछल पड़ी, "मतलब, कैसे नहीं है? आप कठफोड़ा हुए, तब मैं तो कठफोड़ा की बीवी हो गई। टीपू कठफोड़ा का बेटा नहीं हुआ क्या? आप नाम बताइए उस निगोड़ी का।"

शशांक मुक्ति चाह रहा था; उसने कहा, "नाम-पता मुझे नहीं मालूम। मैंने तो एक औरत की आवाज-भर सुनी थी।"

"ठीक है, मत बताइए नाम। मुझे पता लगाते देर नहीं लगेगी; घंटे-भर में सब मालूम हो जाएगा। मुँह नोंच लूँगी उस हरामजादी का। जरा देखूँ, कितनी लम्बी जबान है उसकी। अब तो इस गाँव में वह रहेगी या मैं रहूँगी।"

इस गाँव में रहने का तो अब शशांक का जी ही नहीं चाहता, मगर अपने गाँव-घर को छोड़कर वह कैसे जाए, कहाँ जाए! भजनलाल तो न जाने कहाँ से उपटकर पूर्णिया में रह रहा है। उसे गाँव-समाज से क्या मतलब! मगर शशांक तो ऐसा नहीं कर सकता। गाँव-समाज छोड़कर भला दिव्या ही जाना चाहेगी क्या! लड़-झगड़ आती है, तो शान्ति मिल जाती है उसे, अनाज ठीक से पच जाता है। मगर बेचारे शशांक का क्या हाल होता जा रहा है! मामूली बोली-ठोली से तो घबराना उसने छोड़ ही दिया था, और विश्वास हो गया था उसे कि भजनलाल की तरह वह भी सुख-शान्ति से अपना समय गुजार लेगा। मगर जो आग फैल रही है उसका क्या होगा! अब तो बच्चों को डराने-धमकाने और चुप कराने के लिए भी उसका नाम लिया जाता है। बच्चा-बच्चा उसकी ओर तिरछी निगाहों से देखता है, उसे देखकर थरथरा जाता है, और फिर भागने की राह ढूँढ़ता है। गीत गाए जाते हैं उसके नाम पर, लोरियाँ सुनाई जाती हैं। हे राम! हे राम...

छह बरस की बच्ची जब अपने छोटे भाई को गोद में पुचकारते-दुलारते थक जाती है, तो गुस्से में माँ के आगे पटक देती है मुन्ने को और कहती है, "यह नहीं सोएगा मेरी गोद में; लगातार रोए जा रहा है। तुम खुद सुलाओ इसे।"

माँ गुस्से में जवाब देती है, "सोएगा कैसे नहीं! तुम इसे वही लोरी सुना दो जो यहाँ सब घरों में गाई जाती है। तब देखूँ, कैसे नहीं सोता है यह!"

फिर से भाई को गोद में लेकर छह बरस की वह बच्ची चुप कराने और सुलाने लगती है उस मुन्ने को...

मत रो मुन्ना अब इस वेला,
आ जाएगा यम का चेला।
बीस कोस तक इसका नाम,
बन्दर-भालू करे सलाम।
बाघ इसे देखे जिस ठाँव,
भागे सिर पर रखकर पाँव।
चीखे-रोए जो भी बच्चा,
उसे चबा जाए यह कच्चा।
सबसे जाबिर यह शैतान,
टुनटुन पर भी इसका ध्यान।
सो जा, राजदुलारे, सो जा,
अब, मुन्ना, बिलकुल चुप हो जा।

'कच्चा चबा जाता हूँ मैं!' बुदबुदाते हुए शशांक दिव्या के पास पहुँच जाता है और कहता है, "दिव्या, एक खयाल आया है मेरे मन में। इस बार हम बरस-गाँठ मनाएँगे।

"बरस-गाँठ! किसकी?"

अचानक ही जैसे किसी ने मुँह बन्द कर दिया शशांक का; मगर एक क्षण चुप रहकर उसने मुँह खोला, "तुम्हारी बरस-गाँट हम कभी बाद में मनाएँगे; पहले टीपू की मना लें। तुम्हारा भी तो बेटा है वह!"

खुशी जाहिर की दिव्या ने, "वही तो मैं भी कहनेवाली थी। अब एक बात बराबर याद रखिए, पहले टीपू, फिर आप।"

अपना मन दुखी न हो, इसलिए शशांक ने पत्नी की बात पर ध्यान नहीं दिया और बोला, "तो फिर करो तैयारी। खूब धूमधाम से मनाएँगे हम टीपू की बरस-गाँठ; सारी कसर इस बार ही पूरी कर लेंगे।"

"अभी से क्या तैयारी करूँ?...टीपू का जन्म तो..."

"हाँ-हाँ, जन्म हुआ था आठ मार्च को, मगर अब और दो महीने रुकना ठीक नहीं होगा। इसी तरह कल-परसों करते मेरे बहुत काम बिगड़ जाते हैं। और फिर, मेरे तुम्हारे सिवाय किसी को क्या पता है कि कब जन्म हुआ था टीपू का! टीपू को पता है, मगर उसे मैं तैयार कर लूँगा; वह आनाकानी नहीं करेगा।"

"ठीक है, दिन निश्चित कर लिया जाए।"

"तैयारी तो घंटे-दो घंटे में पूरी की जा सकती है, मगर आज मनाना सम्भव नहीं हो सकेगा। हो सकेगा क्या?"

"नहीं, बिलकुल नहीं; इस तरह कैसी बरस-गाँठ मनाएँगे आप!"

"तो फिर कल का दिन तय करो; मैं अभी से इन्तजाम शुरू करता हूँ।"

"कल भी नहीं हो सकेगा; धूमधाम से मनानी हो, तो..."

"तो फिर छोड़ो इस खयाल को ही; अब सोचूँगा छह महीने बाद। तुम हर शुभ काम में अड़चन डाल देती हो। बोलो, परसों हो सकेगा या नहीं? परसों, या फिर कभी नहीं।"

दिव्या ढीली पड़ गई, "ठीक है, परसों का दिन तय रहा। अब टीपू से पूछकर उसके सारे नये-पुराने दोस्तों के नाम लिख लीजिए और तब मुझे बताइए कि कितना पकवान बनेगा।"

"सिर्फ टीपू के दोस्तों को बुलाओगी, तो खाक धूमधाम से मनाओगी उसकी बरस-गाँठ! टोले-महल्ले के सारे बच्चों को आमंत्रित करो।"

"इतने बच्चों को हम सँभाल सकेंगे भला! फुलवाड़ी का एक भी फूल नहीं बचेगा। कोई खिलौना अपनी जगह पर नहीं रहेगा। तोड़-फोड़ हो जाएगा घर में। कोई रेडियो ऐंठेगा, तो कोई आपकी किताबों से सचित्र पन्ने फाड़ेगा। किस-किस को रोकेंगे आप, किस-किस को डाँटेंगे? मेला लग जाएगा घर में।"

"मेला लगेगा, तभी तो धूमधाम होगी। तोड़-फोड़ से मत घबराओ; मामूली तोड़-फोड़ होगी। इस नुकसान को भी हम खर्च में शामिल कर लेंगे; समझेंगे, और दस बच्चों ने खाना खाया।"

"आपको नुकसान की चिन्ता नहीं, तो शुभ कार्य में मैं भी अड़चन नहीं डालूँगी। ठीक है, बुला लीजिए सारे बच्चों को।"

"मगर, दिव्या, सिर्फ बच्चे आएँगे, तो कुछ फीका-फीका लगेगा। अगर बच्चों के साथ उनकी माँ भी आ जाती हैं, तब सचमुच मेला लग जाएगा, तब असली धूमधाम होगी।"

"ऐसा खयाल मन से निकाल दीजिए। बच्चों के साथ उनकी माँ को भी बुलाना ठीक नहीं होगा; भारी लफड़ा हो जाएगा।"

"कोई लफड़ा नहीं होगा, दिव्या। बच्चों के साथ उनकी माँ भी आ जाएँ, तो यह एक महोत्सव हो जाएगा। कम-से-कम महीने-भर जरूर इसकी चर्चा होती रहेगी गाँव में। छह महीने के बाद से ही लुगाइयाँ तुमसे पूछना शुरू करेंगी कि टीपू का जन्म-दिन फिर कब आनेवाला है। किसी की हिम्मत होगी कभी कि कहीं तुम्हारी शिकायत कर दे, तुम्हारे बारे में कुछ अनाप-शनाप बोल दे? मान जाओ मेरा कहना।"

"आप औरतों को नहीं जानते, इसीलिए ऐसा कह रहे हैं। एक की जगह दस का खर्च हो जाएगा। खुद तो दो जून का भोजन वे एक बार में भकोसेंगी ही, अपने-अपने बच्चों को भी पेट से ऊपर खिलाएँगी। जहाँ बच्चा दो लड्डू खानेवाला होगा, वहाँ उसकी पत्तल पर दस डलवा देंगी वे; मार-मारकर खिलाएँगी अपने-अपने बच्चे को। हर पत्तल में जूठा बचेगा। इतना ही तो नहीं होता। जाने से पहले आँख बचाकर कोई आँचल में लड्डू बाँध लेगी, कोई कमर में पूड़ियाँ खोंस लेगी। हम उन्हें टोककर यह तो नहीं कह सकेंगे कि आँचल खोलकर दिखाओ या हम तुम्हारी नंगा-झोली लेंगे!"

"कितना खाएँगी-खिलाएँगी या आँचल में बाँधकर ले जाएँगी वे सब! हम समझ लेंगे कि बीस अधिक औरतों को खिला दिया। भोज-भात में इतना नहीं सोचा जाता। आखिर शादी-ब्याह के भोज-भात में ये औरतें शरीक होती हैं या नहीं? हम यही समझ लें कि एक ब्याह के भोज का खर्च उठाया है हमने।"

"ठीक है, मैं कोई अड़चन डालना नहीं चाहती; मगर जब बच्चों की माँ भी आएँगी, तो घर की सारी बिखरी चीजों को समेट लेना पड़ेगा। और मेरे साथ आपको भी हर चीज पर नजर रखनी पड़ेगी, हर औरत पर ध्यान देना पड़ेगा। घर में किसी भी औरत को क्षण-भर के लिए भी अकेली छोड़ देने का खतरा हम नहीं उठा सकते।"

"उधर से तुम निश्चिन्त रहो। मैं ऐसी निगरानी रखूँगा कि किसी की चालाकी नहीं चलेगी। बस, मेरी एक और बात मान जाओ।"

"कौन-सी बात?"

"बच्चों की माँ आ ही रही हैं, तो बच्चों की दादियों को भी क्यों नहीं बुला लिया जाए?"

"आप घर में हंगामा कराना चाहते हैं क्या?"

"क्या हंगामा होगा, जरा सुनूँ तो? दो-चार-दस बुढ़िया आ जाएँगी, तो क्या अन्तर पड़ जाएगा?"

"मैं नहीं सँभाल पाऊँगी बुढ़ियों को। हुक्का-गड़गड़ा मँगाकर रखना पड़ेगा घर में। आते-आते बीड़ी-तम्बाकू की फरमाइश करने लगेंगी वे। किसी की खाँसी शुरू हो जाएगी, किसी का दमा उखड़ जाएगा। तब दौड़-दौड़कर लाइए खाँसी की टिकिया और दमा की पुड़िया। और, अगर कोई ढोंगी बुढ़िया पीठ-पेट में दर्द बताकर लगी छटपटाने, तो उस वक्त डॉक्टर-वैद्य तक को बुलाने की नौबत आ सकती है। अब अगर कोई बुढ़िया यहाँ भर पेट खा लेती है और घर पहुँचने के दो दिन बाद भी टें बोल जाती है, तो कहनेवाले तो यही कहेंगे कि बुढ़िया को हमने ही कुछ ऐसा जहर-माहुर खिला दिया कि वह हैजे की शिकार हो गई। आदमी को कुछ करने के पहले आगे-पीछे सोच लेना चाहिए। आप दादा-दादी के चक्कर में मत पड़िए; सब बंटाधार हो जाएगा।"

"लोग इतना सोचें, तब तो कोई यज्ञ-प्रयोजन ही न करें। ईश्वर दुश्मनी पर उतरेंगे, तो बिना कुछ किये भी झंझट में फँसा देंगे। आदमी जबरदस्ती तुम्हारे घर में घुसकर मर जाएगा और हत्या का आरोप तुम पर थोप दिया जाएगा। दादियों को अपने पोतों से कितना स्नेह होता है, यह बताने की मुझे जरूरत नहीं है। तुम खुद याद करो अपनी दादी को; कितना मानती थी वह तुम्हें! मैंने तो अब तक यही देखा है; एक-दो बार नहीं, सैकड़ों बार देखा है कि जब भी किसी बच्चे की बरस-गाँठ मनाई जाती है, तो बाहर के बच्चों के साथ-साथ उनकी दादियों को भी अवश्य बुलाया जाता है। दादियों को बुलाने से कुछ अतिरिक्त परेशानी होगी, यह मैं मानता हूँ; मगर करूँ क्या! बच्चों के दादे बुलाए जाएँ या नहीं, इस पर मैं तुम्हारा फैसला मानूँगा। दादा के बारे में मैंने

कुछ नहीं कहा था; तुम ही बोल गई 'दादा-दादी।'"

"जो उचित हो वह कीजिए आप; मैं कोई अड़चन डालना नहीं चाहती। मगर अब यह सोचिए कि भोजन कितने प्रकार के बनेंगे; दाँतवाले के लिए अलग, बिना दाँतवाले के लिए अलग।"

"हो जाएगा; सब हो जाएगा। एक जरूरी काम है; उसे अभी ही निबटा लेता हूँ। इस अवसर पर जो गीत गाया जाएगा उसकी रचना मैंने स्वयं की है। मैं नहीं चाहता कि कोई पुराना घिसा-पिटा गीत गाया जाए। तुम सुनकर बताओ कि इसमें कहीं कोई त्रुटि तो नहीं रह गई है।"

"सुनाइए।"

गला खखारकर सुनाता है शशांक—

टीपू तेरी बरस-गाँठ पर
लाख-लाख है तुम्हें बधाई।
जिओ करोड़ों बरसों तक तुम,

जग में तेरी फिरे दुहाई।
पापा तेरे कितने अच्छे!
हम सबके ये चाचा सच्चे।
कोई अगर सताए हमको,
उसे चबा जाएँ ये कच्चे।
ऐसे चाचा मिले भाग्य से,
इनको देंगे सदा बड़ाई।
टीपू तेरी बरस-गाँठ पर
लाख-लाख है तुम्हें बधाई।

साठ कोस तक हमें देखकर
बन्दर-भालू करे सलाम।
बाघ-सिंह हो नौ दो ग्यारह,
यदि चाचा का ले लें नाम।
बच्चे का रोना सुन दौड़े,
हर बच्चे की करे भलाई।
टीपू तेरी बरस-गाँठ पर
लाख-लाख है तुम्हें बधाई।

ऐसा कहाँ मिले इनसान
टुनटुन पर भी जिसका ध्यान!
एक इशारे पर चाचा के
हम हो जाएँगे कुरबान।
सदा प्यार से हमें बुलाते,
खूब खिलाते दूध-मलाई।
टीपू तेरी बरस-गाँठ पर
लाख-लाख है तुम्हें बधाई, लाख-लाख है...

"बस, इतना ही?"

"हाँ; कहीं कोई त्रुटि तो नहीं है?"

"एक त्रुटि तो है। जितने बच्चे आएँगे उन सबके चाचा तो नहीं लगेंगे आप रिश्ते में?"

"यह कोई त्रुटि नहीं है। बिल्ली सबकी मौसी लगती है; चाँद सबका मामा होता है। हाँ, एक कमी है कि मैंने तुम्हारे बारे में इस गीत में कुछ नहीं डाला है। हड़बड़ी में लिखा गया है यह; इसे एक नमूना समझो। अब आराम से बैठकर लिखूँगा, तो कुछ तुम्हारे बारे में भी लिख दूँगा। और हाँ, दूध न हो, तो कोई हर्ज नहीं, मगर मलाई का इन्तजाम जरूर रखना; गीत में मैंने मलाई की चर्चा कर दी है।"

गीत की कोई और लड़ी-कड़ी रचने-जोड़ने की जरूरत ही नहीं पड़ी शशांक को; बीच में ही भजनलाल जी याद आ गए उसे। उन्होंने बताया था कि कुत्तों के भूँकने से हाथी बाजार में चलना नहीं छोड़ देता; आदमी गोली खाकर मर सकता है, गाली खाकर मरते नहीं देखा गया है। भजनलाल जी को तो कोई टस से मस नहीं कर पाया। जब सारे रास्ते सुझा दिये उन्होंने, तब भला क्या जरूरत है अब किसी के आगे घुटने टेकने की! जो भोगना-भुगतना था, वह तो हो ही गया। आधी से अधिक यात्रा तो पूरी हो चुकी है। भजनलाल जी ने अनुभव की यह बात भी तो बताई थी कि गालियों का भय शुरू-शुरू में ही होता है, बाद में वे बेअसर हो जाती हैं। और फिर, एक ऐसा समय भी आता है जब गालियाँ सुनने को न मिले, तो पेट का खाना न पचे। भजनलाल जी का तो अब यह हाल है कि जिस दिन वे गाली नहीं सुनते, बेकरार हो जाते हैं वे उस दिन; उन्हें सन्देह होने लगता है कि कहीं कोई भूल तो नहीं हो रही है उनसे, अनुशासन ढीला तो नहीं पड़ रहा है, कोई नियम भंग तो नहीं हो गया, कोई कु-राह तो नहीं पकड़ ली है चुनचुन ने!

भटक गया था वह, शशांक ने अपने मन में सोचा, और उसने तुरन्त अपनी भूल सुधार ली। जिस पन्ने पर बरस-गाँठ का गीत लिखा था उसने उसे चिन्दी-चिन्दी कर दिया गुस्से में और दिव्या को सोए से उठाकर तेज और तीखी आवाज में कहा, "सुन

लो, दिव्या, मैं कोई बरस-गाँठ मनाने नहीं जा रहा हूँ। बरस-गाँठ नहीं मनाई गई चुनचुन की, तो भजनलाल जी का कुछ बिगड़ गया क्या? मैं आन-तानवाला आदमी हूँ, किसी के आगे झुक नहीं सकता, पूँछ नहीं डुला सकता। जमाना गुजर गया, कभी बरस-गाँठ नहीं मनाई गई; आज मैं जाऊँ बरस-गाँठ मनाने? किसी के डर से? किसी के उत्पात से? नहीं होगा ऐसा...ऊँह..."

मगर, अब क्या होगा? हाय राम! अब क्या होगा? यह तो गाली की नहीं, गोली की मार हो गई...

'राम नाम सत्त है' की आवाज पर चौंकता है शशांक, 'कौन मर गया!' और दरवाजे तक जाकर झाँकता है वह, "किसकी अरथी सामने सड़क से गुजर रही है!

किसकी लाश ढोए जा रहे हैं ये बच्चे! भौचक हो नजर गड़ा देता है शशांक। लगभग सारे चेहरे जाने-पहचाने हैं। एक सुलगा हुआ गोयठा कमुआ के हाथ में है। पिरथिया ने अपने कन्धे पर एक घड़ा ले रखा है जो शायद पानी से भरा है। रघुआ ने अपनी काँख में कुछ जलावन की लकड़ियाँ दबा ली हैं। यमुना, चुल्हवा, घुटरा और हरिया टिकठी को कन्धे पर उठाए चल रहे हैं। और ढेर सारे बच्चे शोर-गुल करते हुए साथ-साथ चल रहे हैं।

यह कोई बच्चों का खेल तो नहीं हो रहा है, उस भीड़ को देखकर सोचने लगता है शशांक। बाजा-गाजा के बदले एक बच्चा लगातार जोर-शोर से कनस्तर पीट रहा है। पैसे भी लुटाए जा रहे हैं; मगर इन पैसों पर कोई दौड़ता नहीं, सब हो-हो कर हँस रहे हैं। जरूर कोई खेल ही हो रहा है, इस निष्कर्ष पर पहुँचता है शशांक।...कनस्तर पीटनेवाला सैनी चमार का पोता है क्या!...लो, पैसे नहीं, खपड़ों के टुकड़े फेंके जा रहे हैं हवा में!...अरे! पैसे लुटानेवाला तो हरिया का अग्रज मालूम पड़ रहा है!...

यह सरजुग नाई का भतीजा सेलून छोड़कर यहाँ क्या करने आया है?...और अब वह रघुआ से कुछ कहते हुए उसकी काँख में दबी लकड़ियाँ अपने हवाले कर रहा है...वह भी श्मशान तक जाएगा, ऐसा लगता है...तब तो यह बच्चों का खेल नहीं लगता!...मगर, मरा है कौन?...

कोई चिल्ला उठता है, "आ गए, पंडित जी आ गए।"

शशांक की नजर दौड़ जाती है उधर जिधर अब सारे बच्चे देख रहे होते हैं। सिर पर मोटी शिखा और काँख में शायद 'प्रेतमंजरी' की पोथी दबाए एक आदमी लपझप चाल से भीड़ की ओर ही बढ़ा आ रहा है। यह तो...यह कहाँ से उग गया राजगंज में!...यह तो बजरंगी झा कलाकार है। गुरुजी के धन्धे को तिलांजलि देकर, लगता है, अब यह अपने पुश्तैनी धन्धे में जम गया है।

'राम नाम सत्त है' की एक जोरदार गूँज के साथ टिकठी नीचे जमीन पर रख दी जाती है। पंडित जी के पास पहुँचते ही हरिया का अग्रज उसे सम्बोधित करता है,

"पंडित जी, लाश के मुँह में आग कौन देगा?"

"सब बताता हूँ," पंडित जवाब देता है, और फिर बताने लगता है, "इसके तीन कुलों में कोई भी आग देनेवाला नहीं है। इसे राजा आग देगा। दाह से लेकर त्रयोदशाह तक की क्रिया का अधिकारी राजा है।"

"कौन राजा? राजा कौन है?" एक बच्चा बोल उठता है और सारे बच्चे पंडित जी का मुँह ताकने लगते हैं।

पंडित बजरंगी झा कलाकार कनखियों से शायद शशांक के घर की ओर ही देखते हैं, फिर मुस्कराकर तीन लम्बे डेग भरते हैं, और कमुआ के पास आकर उसके कान से अपना मुँह सटा देते हैं। बीसों कान सट जाते हैं पंडित जी के मुँह से। पंडित जी कुछ फुसफुसाते हैं और एक शोर उभर जाता है। "सुन लीजिए, सुन लीजिए, मुँह में आग कमुआ देगा। पंडित जी ने उसे ही राजा माना है।"

जोर से एक नारा लगा, "भजनलाल जी अमर रहें।"

चिहुँक उठा शशांक, यह कौन भजनलाल मर गया! उसे धुकधुकी लग गई; कोई तेज बदबू उसकी नाक में घुस गई।

बच्चों की चें-चें पंडित जी के आदेश पर तुरन्त खत्म हो गई। यही मास्टर बजरंगी कभी राजगंज से जान बचाकर भागा था और लाखों पा गया था। आज इसके तेवर ही कुछ अलग हैं; आज यह आदेश सुना रहा है राजगंज में।

"अग्नि-संस्कार कहाँ होगा?" पूछा इस पंडित ने, और फिर खुद ही जगह भी बता दी," सन्तोखिया गड्ढे के पास ही होगा अग्नि-संस्कार। इसे मरने के बाद भी दुर्गंध चाहिए और यह दुर्गंध वहाँ इसे बराबर मिलती रहेगी।"

बच्चों ने अभी-अभी ठहाके लगाना सीखा।

कपाल-क्रिया की विधि और उद्देश्य पर प्रकाश डालने लगे बजरंगी मास्टर। गुस्से से भर गया शशांक। जिस अक्षरकट्ट को 'दीन' का अर्थ जानने-समझने के लिए किस-किस ठौर जाना पड़ा था वही अभी बच्चों को आत्मा-परमात्मा का पाठ पढ़ा रहा था और बता रहा था कि आत्मा को शरीर से सम्बद्ध रखनेवाला बन्धन कब टूटता है!

बोलते-बोलते संस्कृत बोल गया बजरंगी, "दरिद्रोपि न दग्धव्यो नग्नः कस्यांचिदापदि," और फिर इसका अथ भी बताने लगा बच्चों को, "किसी भी दुख की अवस्था में बिना वस्त्र के किसी को न जलाओ।" कुढ़ गया शशांक। इसी बजरंगी का बाप था सरोवर झा जिसने संस्कृत पढ़ी और ऐसा अर्थ बताया एक यादव दुलहे को कि खुद खन्तर यादव ने इसके हाथ से पोथी छीन ली थी; अब बेटे के भाग्य में भी कुछ गड़बड़ लिखा हुआ है कि वह संस्कृत पढ़ रहा है और उसका अर्थ भी बता रहा है।

शशांक के कुढ़ने-खीझने से अब बेअसर था बजरंगी मास्टर। उसने बच्चों को बताना शुरू किया था, "कपाल-क्रिया के बाद चिता-स्थान को जल से ठंडा कर देना। फिर जल-भरे घट को कन्धे पर लेकर चिता-भूमि की प्रदक्षिणा करना और तब घट

को पीछे की तरफ से ही फोड़कर चल देना। उलटकर पीछे नहीं देखना है और वहाँ से स्नान के लिए चल देना है।"

सरजुग नाई का भतीजा आगे बढ़ आया, "मैं तो साथ में जा ही रहा हूँ, पंडित जी; मैं सब कुछ बताता रहूँगा।"

पंडित बजरंगी ने नाई को डाँट दिया, "तुम देखी-सुनी बात बताओगे; मैं वह बता रहा हूँ जो शास्त्रों में लिखा है।"

एक बच्चा पूछ बैठा, "हमलोग स्नान कहाँ करेंगे, पंडित जी?"

"साहू पोखर में; और कहाँ!" एक दूसरे बच्चे ने ही जवाब दे दिया।

कुछ बच्चों ने टिकठी को उठाने में हाथ लगाया। एक शोर हुआ, "विलायती बाबू हाय-हाय।"

एक धक्का लगा कि शशांक दरवाजे के भीतर हो गया; एक झटका लगा कि उसने दरवाजा भिड़ा दिया। जमीन नीचे से खिसकी तो नहीं, मगर पैरों में कँपकँपी डाल दी। दिल की धड़कन बढ़ी, मगर उस दृश्य और उस आवाज से दूर भागते नहीं बना। शशांक ने किवाड़ से अपने कान लगा दिये, झिरी से अपनी आँखें सटा दीं।

अरथी उठानेवाले बच्चों को सरजुग नाई के भतीजे ने इशारे से रोका और फिर पंडित से पूछा, "पंडित जी, आपने शुद्धि के बारे में कुछ नहीं कहा?"

"हाँ, बच्चों, शुद्ध भी होना है तुम लोगों को," पंडित जी बच्चों से मुखातिब हुए थे," घर आकर मुँह में दो बूँद सरसों तेल डाल लेना; एक दाना मरीच और दो-एक तुलसी का पत्ता चबा लेना।"

"नींबू का पत्ता भी चबाया जाता है, पंडित जी," नाई ने जरा मुस्कराते हुए कहा। एक बच्चे ने उसे डाँट दिया, "पंडित जी बोल रहे हैं, तो तुम्हें बकबक करने की जरूरत नहीं है।"

नाई इस बार खिलखिलाकर पूछता है, "मुंडन होगा या नहीं?"

"क्यों, बच्चों," हँसकर पूछता है बजरंगी मास्टर, "मुंडन भी कराओगे?"

आगे बढ़ आता है कमुआ और बोलता है, "हाँ, हम मुंडन भी कराएँगे। हम हर तरह से शुद्ध हो जाना चाहते हैं।"

अचानक कुछ याद आ जाता है पंडित को और वह पूछता है, "तुम लोगों ने किसी ओझा को बुलवा लिया है या नहीं?"

"किसलिए?" एक साथ कई आवाजें आती हैं।

पंडित जी काफी गम्भीर हो जाते हैं, "इसका भूत बहुत उत्पात करेगा गाँव में। ओझा को बुलवाकर किसी गाछ में कील मारकर ठुकवा देना है इसे।"

हरिया के अग्रज की आवाज सुनाई पड़ती है," आज ही हम सात गाँवों से ओझा-गुणी बुलवा लेते हैं; यह भूत जल्दी वश में आएगा भी तो नहीं। इसे हम कारी मड़ड़ के बगीचे में ही रखेंगे; किसी और गाछ या बगीचे को क्यों खराब किया जाए!"

जोर से आँखें बन्द कर दाँत पीसता है शशांक।

बच्चे पंडित से अरथी उठाने की इजाजत माँगते हैं, तो पंडित बजरंगी हँस पड़ता है और हँसते हुए कहता है, "पंडित को कुछ दान-दक्षिणा दे रहे हो या नहीं?"

"हाँ, पंडित जी, हम दान-दक्षिण्ण भी देंगे" चिल्लाकर बोलता है घुटरा।

पंडित जी जोर से ठहाके लगाते हैं और फिर बोलते हैं, "दिखाओ भी तो, क्या-क्या सामान हैं।"

भीड़ में हलचल हुई; एक-दूसरे से आगे बढ़-बढ़कर आने लगा।

सबसे आगे कमुआ आया, "मेरे घर से यह पाठा दिया गया है, पंडित जी। एक बार यह सन्तोखिया गड्ढे में गिर गया था। इसे स्वीकार करेंगे न आप?"

एक शशांक को छोड़कर सारे सुननेवाले हँस पड़े। मिट्टी के खिलौने जैसे पाठे को हाथ में लेकर पंडित नाक-भौं सिकोड़ने लगा। सबसे अधिक कमुआ हँस रहा था।

"यह गाय है वैतरणी पार करने के लिए," मिट्टी की गाय को हाथ में लिये पिरथिया आगे आया, "यह दान मेरे बाबू की ओर से है।"

नाइ ने झटपट गाय पिरथिया के हाथ से ले ली और बोला, "जो वैतरणी पार करेगा वह तो इस गाय को ठीक से देख ले ताकि वहाँ पहचानने में दिक्कत नहीं हो।"

"यह घोड़ा ननकेसर साह का है, पंडित जी," एक छोकरे ने आँखें मटकाते हुए कहा, "यह बिना लगाम और पलान के भी सवारी करने लायक है।"

"नरक में दौड़ सकेगा यह घोड़ा?" इस बार हरिया बोला।

"हाँ, बाजी लगा सकता हूँ," छोकरे का जवाब आया, "ननकेसर साह अपना कीमती घोड़ा दान ही क्यों करते किसी दूसरे के लिए!"

"पंडित जी," हाथ जोड़कर एक और लौंडे ने कहा, "मुझे भी दान करना है। मैं अपना लोटा दान करना चाहता हूँ।"

"तुम्हारे हाथ तो खाली हैं। लोटा है कहाँ?" पंडित ने हँसकर पूछा।

"लोटा तो अभी एक भूत के कब्जे में है," लौंडे ने जवाब दिया," मगर मैं उस लोटे को हस्तान्तरित कर देना चाहता हूँ।

"आप सुँघनी साह हैं क्या?" बोलकर दुष्ट बजरंगी फिर हँसा।

"हाँ-हाँ, सुँघनी साह, सुँघनी साह," सारे लौंडे उछल-उछलकर बोलने लगे।

कारी मड़ड़ प्रकट हुआ और हाथ उठाकर सबको शान्त करने के बाद बोला, जिस भूत ने साह जी का लोटा लिया है वह मेरे ही बगीचे के एक गाछ पर निवास करता है। मैं उस गाछ का दान करता हूँ। अब यह नया भूत साह जी के लोटे के साथ मेरे उस गाछ पर निवास करे।"

शशांक की आँखों में खून उतर आया था। उसने देखा, हाथी दान हो रहा है, पोखर दान हो रहा है। अपनी बुदबुदाहट रोक नहीं पाया वह, "सात दिनों की मेहनत की कमाई के तेरह रुपये अस्सी पैसे की वसूली के लिए जिस शख्स को अपने दोस्त

कालीकान्त की चिरौरी करनी पड़ी थी वह आज दान में हाथी-घोड़ा और पोखर-गाछ पाने का सपना देख रहा है! ठीक है, अब लठैतों को बुला ही लेता हूँ। चरित्तर को खबर-भर देने की देर है; फिर तो मोहनपुर में होगा बलवा।"

अरथी उठते ही 'राम नाम सत्त है' का गुजार हुआ और शशांक इस तरह झटपट किवाड़ की सिटकिनी लगाकर पीछे लौटा जैसे कि सारे गुंडे टिकठी लिये उसके घर में ही घुस जाने की कोशिश करेंगे। वह अब बिलकुल अकेला हो जाना चाहता था, कुछ देर अकेले में गुजारना चाहता था। पीछे मुड़ते ही दिव्या से टकरा गया वह। चोंधर बीवी ने इतना तक नहीं देखा कि पति के चेहरे पर उदासी पुती हुई है और आँखों में कटकर निकल जाने का भाव है; उसने बच्चे की तरह चोंच खोल दी, "कोई मर गया है?"

"हूँ।"

"कौन है?"

"तुम्हारे कलासन का कोई नहीं है...और कुछ पूछना है?"

मुँहलगी औरत ने तब भी पूछा, "राजगंज का तो कोई जरूर है?"

"मैं क्या राजगंज के कौआ-मैना का हिसाब रखता हूँ?"

बाज नहीं आई यह जनाना, "कौआ-मैना नहीं, कोई बड़ा आदमी है; धूमधाम से अरथी जा रही है।"

"श्मशान तक जाने का इरादा है क्या? बकबक किये जा रही हो।"

ऐसे ही नहीं चली गई वहाँ से कलासनवाली; मुँह दूसकर, बिचकाकर गई।

शशांक को अचानक खयाल आया कि घर के किसी कोने में बैठा टीपू भी यह जानने की कोशिश कर रहा होगा कि कौन मर गया, किसकी अरथी जा रही है, किसके लिए हाथी-घोड़ा दान किये गए। वह टीपू के कमरे में जा घुसा, और वहाँ देखा कि टीपू अभी भी खिड़की खोलकर उस ओर देख रहा है जिधर अरथी गई है। कमरे में पिता के घुस आने पर भी ध्यान भंग नहीं हुआ था टीपू का। पीछे खड़ा हो गया शशांक और बेटे को निहारने लगा।

'राम नाम सत्त है' की गूँज अभी भी सुनाई पड़ रही थी।

बड़े ध्यान से देख रहा है टीपू, बड़े ध्यान से सुन रहा है...

टीपू के होंठ क्यों हिल रहे हैं?...वह भी कुछ बुदबुदा रहा है क्या?...क्या बुदबुदा रहा है वह?...क्या?...क्या?...

जोर से झकझोर दिया शशांक ने अपने बेटे को, "टीपू...टीपू...क्या देख रहे हो?"

हड़बड़ा गया टीपू, "कुछ तो नहीं; कुछ नहीं, पिताजी। कोई मर गया है, शायद; उसकी अरथी निकली है।"

"तुम उधर ही देख रहे थे?"

"देख नहीं रहा था, पिताजी; नजर चली गई थी उधर," काँपने लगा टीपू।

"मगर...मगर तुम कुछ बुदबुदा भी तो रहे थे?"

"मैं?...नहीं तो...नहीं तो...मैं बिलकुल चुप था, पिताजी।"

"तुम्हारे होंठ हिल रहे थे, टीपू।"

"नहीं, पिताजी; 'राम नाम सत्त है' की आवाज उधर से आ रही थी; मैंने तो राम तक का नाम नहीं लिया है। मैं अब झूठ नहीं बोलता हूँ, पिताजी; कसम खाकर कहता हूँ, सच बोल रहा हूँ मैं; बिलकुल सच, पिताजी," गिड़गिड़ाने लगा टीपू, चीखने लगा।

आँखें मुँद गई थीं शशांक की। विस्तृत गहन अँधेरे में उसे कुछ सूझ नहीं रहा था। एक टीले पर खड़ा था वह और वह टीला धीरे-धीरे ऊपर की ओर उठता चला जा रहा था। टीपू की एक-एक चीख सौ-सौ चीखों में बदलकर उसके कर्ण-कुहरों में प्रवेश कर रही थी।

और अब शशांक चीख रहा था उस अँधेरे में, "नहीं, रे टीपू, हिलने दो होंठों को; बुदबुदाओ, चीखो, जोर से चीखो, 'राम नाम सत्त है...राम नाम सत्त है...'"

थककर अपने बिस्तर पर लुढ़क गया शशांक।

शीघ्र ही प्रकट हो गए भजनलाल जी, "उस दिन मुख्य मंत्री का पुतला जलाया गया था पूर्णिया में। नेताओं के पुतले तो अक्सर जलाए ही जाते थे, मगर उस दिन देखादेखी महल्ले के बच्चों ने मेरा भी पुतला जलाया। अग्नि-संस्कार हुआ; स्नान किया छोकरों ने; उनकी शुद्धि भी हुई; भोज-भात भी हुआ। भोज में खोमचेवालों ने बच्चों को गुलाबछड़ी, हवाई मिठाई, मूँगफली और खाजा खिलाया। मगर मैं जरा भी विचलित नहीं हुआ। पुतला जलाने से कहाँ कोई नेता गद्दी छोड़कर नीचे उतर रहा है! पूरे देश की जनता नाक रगड़ रही है, खिसियाकर बिल्ली की तरह खम्भा नोचती है; इससे क्या बिगड़ रहा है किसी नेता का! मैं एक छोटे-से महल्ले और छोटे-से टोले से डर जाऊँ? लेकिन, शशांक बाबू, इसके लिए कलेजे को पत्थर करना पड़ता है। ऐसे मौके पर घबराने से काम नहीं चलता। परीक्षा की घड़ी में जरा भी डगमगाए कि सारा किया-कराया बेकार हुआ। जीवन युद्ध है; लड़िए, अखाड़े में घुसकर लड़िए।"

7

बेवक्त भजनलाल का आना अच्छा नहीं लगा शशांक को। इस वक्त वह थककर बिस्तर पर पड़ा हुआ था और इच्छा नहीं थी उसकी किसी की नसीहत सुनने की। वह कहीं और खोया हुआ था; अभी भी किसी गहरे अँधेरे में फँसा हुआ था वह।

अपनी ही चीखों की गूँज-अनुगूँज अभी भी उसके कानों से टकरा रही थी, "हिलने दो होंठों को; बुदबुदाओ, चीखो, जोर से चीखो, "राम नाम सत्त है'...'राम नाम सत्त है'..."

उठकर बैठ गया शशांक बिस्तर पर; घुटनों पर ठोढ़ी टिका दी; कुछ देर शून्य को चुपचाप निहारता रहा; और फिर उस शून्य से ही पूछ डाला, "क्यों रे टीपू, अरथी ले जानेवालों में तू भी शरीक होना चाहता था? तू भी बुदबुदा रहा था, "राम नाम सत्त है?"

और फिर खुद ही जवाब दे बैठा वह अपने-आपको, "नहीं, ऐसा नहीं हो सकता। मेरा टीपू ऐसा नहीं कर सकता। वह सच बोल रहा था कि उसने राम का नाम तक नहीं लिया था। मेरा बेटा...मेरा टीपू..."

आँखें गीली होने लगीं शशांक की।

सम्भव है, कभी बच्चों ने 'भजनलाल-मुरदाबाद' का नारा लगाया हो, मगर आज हर तरफ लोग उनका जिन्दाबाद कर रहे हैं। आज महाराजा बने बैठे हैं भजनलाल और उनके नाम की गूँज पूरे प्रदेश में है। उनके सिपाही और अमला-फैला हर जगह तैनात हैं, दौड़-धूप कर रहे हैं, अपराधियों को पकड़ रहे हैं, और उन्हें सजा दिला रहे हैं। अब किसी बच्चे को कोई बरबाद नहीं कर सकेगा; हर बच्चे का भविष्य सुरक्षित है अब।

अब हर घर में भजनलाल की तसवीर टँगी रहेगी, और हर घर में एक छड़ी होगी। पूरे प्रदेश में डुगडुगी फेर दी गई है कि...

राजा भजनलाल के विरोध में कहीं से एक आवाज तक उभर नहीं रही है। हर किसी की हेकड़ी गुम है। बच्चे घरों में बन्द रहते हैं; घर से विद्यालय, विद्यालय से घर। अगर उन्हें किसी काम से बाहर निकलना भी होता है, तो वे हाथ में एक किताब जरूर रख लेते हैं, ताकि उन्हें इस सन्देह पर पकड़ नहीं लिया जाए कि वे खेलने जा रहे हैं। घर में भी लोग चौकन्ने रहते हैं। अर्जुन मोदी की पान-दुकान से तीन आदमियों को इसलिए गिरफ्तार कर लिया गया कि वे मुस्करा रहे थे और दारोगा को पक्का यकीन हो गया था कि ये सरकार-विरोधी मुस्कराहटें थीं। घर-घर जाती बिल्लियों को कितने ही घरों में दबी जबान से सुनने को मिल गया," अब दूध पीने की आदत छोड़ दे, मौसी। राजा का फरमान जारी होनेवाला है कि कोई बिल्ली अब दूध की ओर आँख उठाकर भी नहीं देख सकती।" इस हुक्मनामा के तहत तो अब चींटियों को भी नमक खाकर रहना पड़ेगा...

चोरी-चुपके नहीं, सरे आम जुर्म करते पकड़ लिये गए हैं ठाकुर दादा। इस बूढ़े को जरा भी डर-भय नहीं! किसी सन्देह में नहीं, रँगे हाथों पकड़े गए हैं ये। जिन्दगी-भर गुड्डी उड़ाई और अब उसी के चलते जान देंगे।

और भी तो लोग हैं जो इस आपत्काल में भी अपना दिल बहला ही रहे हैं चोरी-चुपके। इस ठाकुर दादा को क्या सूझा था कि खुले आम गुड्डी और चकरी लेकर मैदान में आ डटे!

भिनसार में नहीं, आधी रात में जवान बीवी अपने दुलहे को झकझोरकर जगाती है। हड़बड़ाकर उठता है दुलहा, "क्या हुआ?...क्या हुआ, दुलारी?"

मुस्कराकर पूछती है दुलारी, "बिस्तर पर कबड्डी खेल रहे थे?"

'धत' कहकर हँस पड़ता है दुलहा और मुँह दूसरी ओर करके लेटता है बिस्तर पर।

"उठिए तो, दिल्लगी नहीं कर रही हूँ," इस बार जरा भी नहीं हँसती दुलारी और गम्भीर होकर पूछती है, "कोई सपना देख रहे थे क्या?"

"सपना!" उठ बैठता है दुलहा, कुछ याद करता है और फिर मुस्करा पड़ता है, "हाँ, सपना ही देख रहा था। आज भादों की पूर्णिमा है न! आज की रात तो जमकर कबड्डी खेली जाती थी कचहरी मैदान में। गाँव के बच्चे-बूढ़े तक पहुँच जाते थे वहाँ। मैं तो बारहों मास कबड्डी खेलनेवाला जवान हूँ, पर इस बार तो भादों की पूर्णिमा भी बेकार गई। सपने में मैं कबड्डी ही खेल रहा था, दुलारी। वही मजमा, वही समाँ! मगर, यह तुमने कैसे जान लिया कि मैं कबड्डी खेल रहा था?"

"कैसे नहीं जानती! आप धुआँधार पढ़ने लगे 'कबड्डी कबड्डी चेत कबड्डी..."

"धीरे बोलो, धीरे बोलो। कोई ठिकाना नहीं कि चोरी के इरादे से आया हुआ चोर सेंध लगाना भूलकर इसी वक्त शिकायत लेकर थाना चला जाए कि एक जवान सपने में कबड्डी खेल रहा था। हो सकता है, नये राजा ने सपनों में कबड्डी खेलने पर भी पाबन्दी लगा रखी हो।"

"यह तो अन्याय है।"

"राजा ने तो कुछ सोचकर ही नियम-कानून बनाया होगा। अन्याय तो तुमने किया, भारी अन्याय कर दिया कि मेरी नींद तोड़ दी। भोर तक तो मैं कबड्डी खेल ही लेता। दिल की ललक तो पूरी हो जाती।"

"हाय राम, कैसे नहीं जगाती! बोलते-बोलते कहीं आप हाथ-पैर चलाना शुरू कर देते, तो?...और फिर वह चोर भी तो सुन सकता था।"

साहू पोखर की मछलियों को आटा की एक लाख गोलियाँ आठ बरसों में खिला देने का यह असर तो नहीं हुआ कि फेकू दास के घर में भी एक बच्चा जन्म ले ले और फेकू दास बाप बन जाए, मगर इतना असर जरूर हुआ कि राजगंज के बहुत सारे बच्चे उसके बेटे-पोते बन गए। अब उसे यह चिन्ता बिलकुल नहीं सताती कि उसे अपना कोई बच्चा नहीं है, और वह अपनी घरवाली को भी चिन्तामुक्त रखने की कोशिश करता, "वह तो अभागी औरत है जो केवल अपने बच्चे को छाती से चिपकाकर रखती है; भागवन्त तो तू है कि इतने सारे बच्चे तेरे बेटे-पोते बने हुए हैं। ये सारे बच्चे ईश्वर की सन्तान हैं, इतना तो मानती हो तुम। फिर यह तेरा-मेरा का क्या हिसाब रहा?"

एक दिन टहलते हुए बढ़ गए फेकू दास बड़का कुआँ की ओर और जा खड़े

हुए बच्चों के गोल के सामने। इनके पहुँचते ही बच्चे झटपट खेल छोड़कर खड़े हो गए और इनकी नीयत पर सन्देह कर जरूरत के अनुसार दो-चार कदम पीछे भी हो गए, ताकि इनके झपट्टा मारते ही वे उड़न छू हो जाएँ। दास जी ने अपना गला खखारा और फिर जरा रोब-दाब से कहा, "मैं भी खेलूँगा।"

बच्चों ने इनकी ओर हैरत से देखा और फिर आपस में नजरें मिलाकर मुस्कराने लगे। दास जी ने दुहराया, "हाँ, मैं भी खेलूँगा।"

एक बच्चे ने हिम्मत की और पूछा, "गुल्ली-डंडा?"

"हाँ, गुल्ली-डंडा।" कहकर दास जी मुस्कराने लगे।

हिम्मती बच्चे ने प्रार्थी के निवेदन को ठुकरा दिया, "हम आपको अपने साथ कैसे खेलने देंगे; आप इतने बड़े हैं?"

"तुम सब भी तो छोटे-बड़े हो; सब एक दिन ही तो पैदा नहीं हुए थे। मैं कुछ अधिक बड़ा हूँ। मैं खेलूँगा जरूर।" दास जी अपना जवाब सोचकर आए थे।

एक दूसरे बच्चे ने अपने साथियों को सलाह दी, "खेलने दो; एक-आध दाँव खेलकर भाग जाएँगे ये।"

"मगर, सुन लीजिए," एक तीसरा बच्चा दास जी के सामने आकर बोला, "खेलिएगा, तो दाँव भी पूरना पड़ेगा; एक टाँग पर दौड़ना पड़ेगा। हारकर भागने नहीं देंगे हम। हम यह नहीं सुनेंगे कि एक टाँग पर आपको दौड़ना नहीं आता है। खेल आता है न? हम खूब पदाएँगे; सोच लीजिए।"

हर शर्त मंजूर था उसे। खेल में शरीक हो गया फेकू दास और फिर अक्सर बड़का कुआँ की ओर आने लगा।

मगर अब क्या होगा? कोई नया राजा गद्दीनशीन हुआ है, और अब बड़का कुआँ के पास एक भी बच्चा नजर नहीं आता। क्या होगा अब?

घर लौटकर आया फेकू दास और लपझप चाल से पत्नी के पास आकर बोला, "आज एक बड़ा ही शुभ समाचार दे रहा हूँ तुम्हें।"

"क्या?" घरवाली ने पूछा।

"भगवान की दया से अब तुम्हारा दमा जल्दी ही जड़ से उखड़ जाएगा।"

"कैसे?"

"सेठ नथमल के यहाँ काशी से एक वैद्य आए हुए हैं। मुझे पता चला, तो मैं दौड़ा हुआ गया उनके पास। पहले तो उन्होंने एकदम दुरदुरा दिया। मगर मैंने उनकी जान नहीं छोड़ी, खूब निहोरा किया, और फिर उनके पाँव पकड़ लिये। तब कहीं जाकर उनका मन डोला और उन्होंने मुझे एक नुसखा बताया।"

"क्या बताया उन्होंने? कोई दवा दी?"

"कोई दवा नहीं; एक पैसे का खर्च नहीं। उन्होंने बताया कि "अगर तुम्हारी घरवाली नियम से रोज एक घंटा गुल्ली-डंडा खेले, तो रोग जड़ से चला जाएगा।"

"ऐसा कहा?...मुझे तो विश्वास नहीं होता।"

"विश्वास करो, दासिन। बड़ा नामी वैद्य है, काशी का रहनेवाला। सिर्फ राजा-महाराजा के यहाँ इलाज करने जाता है; उस पर भी चिरौरी करो, सिर पटको, तब।"

"मैं गुल्ली-डंडा खेलूँगी कहाँ, किसके साथ? मैं तो अब खेल भी भूल चुकी हूँ; कभी बचपन में खेलती थी। उसमें, मुझे याद आ रहा है, एक टाँग पर दौड़ना भी पड़ता है। मैं दौड़ सकूँगी?"

"मैंने सब सोच लिया है। हम किवाड़ बन्द कर आँगन में ही खेलेंगे। वैद्य जी ने हिदायत दी है कि कोई गैर आदमी देखे नहीं, नहीं तो इलाज का कोई फल नहीं निकलेगा। हाँ, हारने पर एक टाँग पर दौड़कर दाँव पूरना है। तुम दौड़ नहीं सकोगी, इसलिए बस तेज चाल से चलकर दाँव पूर देना। साथ में मैं खेलूँगा; किसी गैर को तो देखना भी नहीं है। अब यह सोच लो कि इलाज किस दिन से शुरू करना है।"

"अब इसके लिए भी किसी पंडित को बुलाना पड़ेगा क्या! मैं आज से ही अपना इलाज शुरू कर दूँगी।"

"ठीक है, मगर याद रखो, भूल-चूक से भी किसी के कान में यह बात पड़ने नहीं पाए।"

दासिन पूजा-घर की ओर दौड़ जाती है और जाते-जाते दास जी से कह जाती है, "आप जल्दी से गुल्ली-डंडा बना लाइए।"

एक और बूढ़ा घर से निकलकर बच्चों के साथ लुका-छिपी खेलने जाया करता था... अब क्या होगा? इस नये राज्य में घर से निकलकर अब कहाँ जाएगा वह बूढ़ा?...

बूढ़ा अपने पोते को पास बुलाता है और आहिस्ते से कहता है, "देखो, मुन्ना, मुझे अभी से दस मिनट बाद एक दवा खानी है। तुम मुझे याद करा देना।"

"मुझसे नहीं होगा यह सब काम। आप अभी ही दवा खा लीजिए," पोता कड़ा रुख अपनाते हुए जवाब देता है।

"अभी कैसे खा लूँ!" बूढ़ा गुस्सा प्रकट करता है, "डॉक्टर ने अभी से दस मिनट बाद खाने को कहा है। अभी खाकर रोग और बढ़ा लूँ क्या? बोलो, याद दिला दोगे न?"

"मुझसे नहीं होगा, दादा।"

"तो मैं मर जाऊँ? इतना भी नहीं कर सकते अपने दादा के लिए?"

"तो अब दस मिनट मैं यहाँ बैठा रहूँ आपके पास?"

"बैठने के लिए तो मैं नहीं कर रहा हूँ। जाओ, पिछवाड़े से घूम आओ।"

"पिछवाड़े में मुझे कोई काम ही नहीं है।"

"कोई काम कहीं तो होगा अभी; जाओ, वही करो।"

"अगर मैं भूल गया, दादा, तब?"

"तब तो लौटने पर तुम्हारा दादा तुम्हें यहाँ मरा हुआ ही मिलेगा।"

चिरंजीव

"तब मैं यहीं बैठता हूँ।"

"अब मेरे सिर पर सवार मत हो जाओ। घूम-फिरकर आओ। मगर मुझे ढूँढ़कर याद जरूर दिला देना।"

"ढूँढ़ना पड़ेगा? कहीं बाहर जा रहे हैं क्या? मैं ढूँढ़ने नहीं जाऊँगा कहीं।"

"मैं कहीं बाहर नहीं जाऊँगा; रहूँगा अपने अहाते में ही; मगर कोई काम पड़ गया, तो इस घर या उस घर में जा ही सकता हूँ। अहाते से बाहर तो बिलकुल नहीं जाऊँगा; मुझे अपनी जान प्यारी नहीं है क्या!"

"ठीक है, मैं आता हूँ घूम-फिरकर। दो-एक मिनट की देर होने से तो नहीं मरिएगा?"

"नहीं-नहीं, मरने में भी कुछ समय लग ही जाता है।"

और जब कुछ समय बाद घूम-फिरकर आता है मुन्ना, तो दादा को अपनी जगह से गायब पाता है। इस घर में, उस घर में ढूँढ़ता है वह दादा को, मगर दादा तो बिलकुल लापता हैं। वह बुदबुदा पड़ता है, "अब मैं क्या करूँ! दादा को आज मरना ही लिखा है!" वह डर जाता है, इस मौत का कारण तो अब वही कहलाएगा। पिछवाड़े का हर कोना ढूँढ़ आता है वह; जलावन घर में भी केवल जलावन पाता है। 'अब मरना ही लिखा है उनकी किस्मत में, तो मरें दादा,' सोचते हुए वह खीझ जाता है और अपना पाप छुड़ाने-भर के लिए बस आखिरी बार भूसाघर में झाँकता है। नजर टकराती है, मगर पोते की चीख दादा की खिलखिलाहट में दब जाती है। दादा अपनी देह से भूसा झाड़ते हुए निकलते हैं, तो पोते को एक बार यह सोचकर खुशी होती है कि दादा भूसे के नीचे दबे नहीं पड़े थे। दादा के भूसाघर से बाहर निकलते ही अभी भी भूसे से भरी उनकी देह को झाड़ते हुए पोता कहता है, "भूसाघर में जाने की क्या जरूरत थी? कितना परेशान हुआ हूँ मैं!"

"जरूरी काम से आया था भूसाघर में। करीब तीन साल पहले मेरा पैसे का बटुआ गिर गया था यहाँ।"

"मिला?"

"अभी तो कुछ नहीं मिला।"

"आप जाइए अब; बटुआ होगा, तो मैं ढूँढ़कर दे आऊँगा।"

"अब बटुआ नहीं होगा। मुझे याद आ रहा है कि एक साल पहले ही इस बटुए को मैंने ढूँढ़ निकाला था।"

"कोई काम किया कीजिए, दादा, तो पहले सब कुछ याद कर लीजिए। मेरी जान लेने पर क्यों तुले हुए हैं?"

"यह भी तो देखना था कि तुम दादा को कितना प्यार करते हो, उन्हें ढूँढ़कर निकाल लाते हो या नहीं।"

"कोई आपको भूसाघर में ढूँढ़ने कैसे जाएगा?"

"तुम कहीं छिपो और देखो, मैं ढूँढ़ लेता हूँ या नहीं।"

"ललकारिए मत, दादा। मैं छिप जाऊँ, तो मजाल नहीं है आपकी ढूँढ़कर निकाल लेने की।"

"अगर मैं नहीं ढूँढ़ पाऊँगा, तो एक जलेबी के पैसे दे दूँगा तुम्हें; और अगर ढूँढ़ लिया, तो आज दिन-भर जब भी मुझे प्यास लगेगी मैं तुमसे ही पानी मँगवाऊँगा। बोलो, तैयार हो?"

"तैयार हूँ," पोते ने ताल ठोंककर जवाब दिया।

एक ही सवाल बार-बार पूछा जा रहा था, "क्यों रे टीपू, अरथी ले जानेवालों में तू भी शरीक होना चाहता था? तू भी बुदबुदा रहा था, 'राम नाम सत्त है?'" और, हर बार शशांक अपने-आपको जवाब दे बैठता था, "नहीं, ऐसा नहीं हो सकता। मेरा टीपू ऐसा नहीं कर सकता..."

"मगर, क्यों? क्यों टीपू ऐसा नहीं कर सकता?...

ठाकुर दादा पूरी ढिठाई के साथ कचहरी मैदान में गुड्डी उड़ा रहे थे। वहीं गिरफ्तार कर लिये गए गुड्डी और चकरी के साथ।

सारा गाँव घरों में बन्द हो गया, मगर एक बच्चा सबसे नजर बचाकर दौड़ पड़ा...

सीधे अदालत में पेशी हुई। आरोप-पत्र पढ़कर न्यायाधीश तमतमा उठे, और एक बूढ़े ने दूसरे बूढ़े से कहा, "क्यों रे बुड्ढा, तुम्हें अपनी मौत का भी डर नहीं?"

बुड्ढा कुछ बोले इससे पहले ही वह बच्चा तीर की तरह कमरे में घुस आया और हाँफता हुआ दोनों हाथ उठाकर बोला, "हुजूर, इस शख्स को मैं पहचानता हूँ। यह मौत से बहुत डरता है। इसके घरवालों ने इसे ठेलकर यहाँ तक पहुँचा दिया है।"

सब हैरत से उस बच्चे की ओर देखने लगे। न्यायाधीश ने उसे घूरते हुए कहा, "मगर इसे तो गुड्डी उड़ाते पकड़ा गया है। इसे कानून का जरा भी डर-भय नहीं। यह तो बच्चों को बिगाड़कर रख देगा। इस उम्र में गुड्डी उड़ाता है! भला घरवाले क्या करेंगे!"

"हुजूर, इस शख्स को तो गुड्डी उड़ाना भी नहीं आता। इसके हाथ में जबरदस्ती गुड्डी-चकरी थमा दी गई और घर से बाहर ठेल दिया गया।"

"जबरदस्ती?"

"हाँ, हुजूर।"

"क्यों?"

"घरवालों के हिसाब से अब इन्हें मर जाना चाहिए था। चार-चार पतोहुएँ घर में आ गईं, मगर ये तब भी जिन्दा हैं, मौत को पास फटकने नहीं दे रहे हैं। इस बात का गम पूरे घर को सता रहा है। इनकी मौत के लिए बहुत-से देवी-देवता जगाए गए, उनसे चिरौरी की गई, उन्हें प्रसाद का प्रलोभन भी दिया गया; मगर सब बेअसर रहा। नये राजा ने नया कानून बनाया, तो इनके घरवाले बल्लियों उछल पड़े कि अब

किसी-न-किसी विधि से काम बन जाएगा, कि अब साँप भी मरेगा और लाठी भी नहीं टूटेगी। और तब, सबने मिलकर यह षड्यंत्र रचा।"

"यह बुड्ढा तब भी अपराधी है," न्यायाधीश ने अपनी बात दुहराई, "इसे गुड्डी दी गई, चकरी दी गई, मगर यह इनकार तो कर सकता था बाहर जाने से।"

"इसे मजबूर किया गया, हुजूर।"

"कैसे मजबूर किया गया, खुलासा बताओ।"

"इसके चारों बेटों ने इसे घेर लिया, हुजूर, और फुसलाना-बहलाना शुरू किया। सबसे बड़े बेटे ने कहा, "सुन लीजिए, बाबू, यह नया कानून क्या बना कि आपको सोने की हाँड़ी मिल गई। घर का हाल खस्ता है, यह तो आप देख ही रहे हैं। इस कच्ची गृहस्थी में आपको ठीक से खाना-पीना भी मयस्सर नहीं हो रहा है। ऐसा लगता है कि आगे घर का और भी बुरा हाल होगा।"

"दाल कल ही समाप्त हो गई; आज दाल नहीं बनी है," दरवाजे के बाहर से बड़ी बहू की आवाज आई।

मझली बहू ने भी अपने हिस्से की बात कह दी, "आज तो सब्जी भी नहीं बची है; थोड़ी-सी बनी थी, बच्चों ने लूट-खसोट मचा दी।"

"रोटी-नमक खाकर आप कब तक रहेंगे, बाबू!" बड़े बेटे ने फिर कहना शुरू किया, "और अब तो वह भी रोज मिलेगा, ऐसी उम्मीद नहीं है। दानों के लाले पड़ेंगे। आप जेल में भर्ती हो जाइए। एक मौका मिला है, उसे हाथ से जाने मत दीजिए। वहाँ आराम की जिन्दगी है; खाने-पीने को मिलता है।"

"वहाँ नाश्ते में नारंगी भी मिलती है, मैंने पता लगाया है," मझले बेटे ने बताया।

"दतवन किया नहीं कि कटोरी-भर दूध सामने आ जाता है," संझले ने जानकारी दी।

"दोनों वेला खाना मिलता है, यही क्या कम है!" बड़े बेटे ने आवाज तेज कर दी, "वहाँ रहेंगे, तो थोड़े ही दिनों में हृष्ट-पुष्ट हो जाएँगे।"

दरवाजे के पास मझली बहू दूसरी बहुओं को सुनाने लगी, "मैं अपने नैहर की बात बताती हूँ। एक चोर को मैंने जेल जाते देखा था जो बिलकुल गिरगिट की तरह लग रहा था। वही चोर जब तीन महीने बाद गाँव लौटकर आया तो लगता था कि भादों का भैंसा है।"

न्यायाधीश हँस पड़े, "तो क्या यह बुड्ढा यहाँ भादों का भैंसा बनने आया है?"

"नहीं, हुजूर," बच्चे ने बगैर हँसे-मुस्कराए जवाब दिया, "इतना सब सुनकर भी यह शख्स जेल में भर्ती होने पर राजी नहीं हुआ। इसने घिघिआते हुए अपने बेटों से कहा, "जेल जाऊँगा, तो इज्जत जाएगी; सिर्फ मेरी ही नहीं, तुम्हारी भी।

"किसी की इज्जत नहीं जाएगी," बड़ा बेटा पिता की गलतफहमी दूर कर देने के इरादे से बोला, "आपने किसी का खून नहीं किया है, किसी के घर में सेंध नहीं मारा है, किसी का बटुआ नहीं उड़ाया है; तो फिर भला इज्जत कैसे चली जाएगी जेल जाने

से! इज्जत बढ़ेगी, बाबूजी। लोग कहेंगे कि बुढ़ापे में एक शौक जगा, तो उसे भी पूरा कर लिया इस बूढ़े ने; कानून और पुलिस के डर से एक अरमान मन में दबाए ही नहीं मर गया। विश्वास कीजिए, बाबू, मरने के बाद भी लोग बहुत दिनों तक आपको याद करेंगे, आपकी हिम्मत की दाद देंगे।"

"तो यह बुड्ढा," न्यायाधीश ने आँखें मटकाकर मुस्कराते हुए कहा, "अपनी इज्जत बढ़ाने यहाँ आ गया है! आ बला, गले पड़ जा!"

"नहीं, हुजूर," बच्चे ने कहा, "बूढ़े ने तो इज्जत जाने का एक बहाना-भर ढूँढ़ा था। गरीब बूढ़े को इज्जत जाने या बढ़ने की चिन्ता भला क्या सताती! उसे तो और-और बातें सुना-सुनाकर डराया जा रहा था।"

"क्या कहा गया और?" न्यायाधीश ने जाँच के सिलसिले में पूछा।

बड़े बेटे ने सुनाया, "इस बार आपके लिए इस घर में जाड़ा काटना भी मुश्किल हो जाएगा। आपकी कथरी तो पिछले जाड़े में ही बेकार हो गई थी। अब आपको जाड़ा से बचा लेना उस कथरी के वश की बात नहीं है।"

"हाय राम, वह कथरी है कहाँ!" मझली बहू की फुसफुसाहट सबके कानों में पड़ी, "उस कथरी को फाड़-फाड़कर मैंने बच्चे का गंड़तड़ा बना लिया था।"

"कपड़े की किल्लत है घर में, तो कोई क्या करे! पहले बच्चा कि पहले बूढ़ा?" बड़े बेटे ने मझली बहू की सूझ की दाद दी।

मझले बेटे ने अपनी जानकारी से सबको अवगत कराते हुए कहा, "मेरी तो जिस किसी पंडित या ज्योतिषी से मुलाकात हो रही है उससे यही सुनने को मिल रहा है कि इस साल घोर पाला पड़ेगा।"

"और यह अभी ही आप लोग सुन लीजिए," संझले बेटे ने कड़कदार आवाज में सबको सुनाया, "कि पिछले जाड़े में मैं बहुत ठिठुर चुका हूँ और तब से आज तक सर्दी-जुकाम से परेशान होता रहा हूँ। इस बार जो एक कम्बल किसी तरह खरीदने की बात है वह कम्बल मैं लूँगा, हर हालत में वह कम्बल मैं लूँगा।"

"हाँ-हाँ, हर हालत में कम्बल तुम्हें ही मिलेगा," बड़े ने संझले से कहा, "सर्दी सौ बीमारियों को बुला लाती है। तुम्हें कुछ हो गया, तो घर का चक्का ही जाम हो जाएगा; रोटी पर नमक भी नहीं मिलेगी किसी को। हम पूरे घर को देखेंगे कि एक बाबूजी को!"

"बाबूजी को भी तो हम देख ही रहे हैं," संझले ने अपनी बात जोड़ी, "जेल में तो इन्हें कम्बल मिलेगा ही। वैसा कम्बल ओढ़ना तो हमारे नसीब में नहीं लिखा है। जाड़ा का बाप भी आ जाए, तो मजाल है कि ओढ़नेवाले की देह छू ले! मगर ये जेल जाने को तैयार हों, तब तो।"

"जाएँगे कैसे नहीं?," मझले बेटे ने झुँझलाकर कहा, "जाएँगे नहीं, तो क्या यहाँ रात-रात-भर खाँसने के लिए रहेंगे?"

"ठीक ही तो कह रहे हो," बड़े बेटे ने बात पकड़ी, "जेल में तो इनकी खाँसी का

भी अच्छा इलाज हो जाएगा। बन्दियों के इलाज के लिए जेल में डॉक्टर की व्यवस्था है, दवा-दारू का अच्छा इन्तजाम है। खाँसी तो वहाँ जाते-जाते बिला जाएगी। और भी कोई रोग अगर जड़ पकड़ रहा होगा, तो वह भी जड़ से दूर हो जाएगा।"

"एक रोग का इलाज तो हो नहीं पा रहा है; अब किसी दूसरे रोग ने पकड़ लिया, तो कहाँ से होगा इलाज!" संझले ने कहा, "एक खाँसी भी तो अब वश में नहीं आ रही है। सोंठ और सेंधा नमक से अब यह दबनेवाली नहीं है। डॉक्टरों से इलाज कराना सम्भव हो सकेगा क्या? कहाँ से आएगा पैसा?"

"पैसे तो अब सोंठ और सेंधा नमक के भी नहीं जुड़ेंगे। आग लगी हुई है इनमें। सोंठ की कीमत बत्तीस रुपये किलो; और, एक रुपया भेजती हूँ, तो—पिल्लू पड़े इस सुँघनी साह की देह में—पुड़िया में बन्द चुटकी-भर नमक मिलता है। कहाँ से होगा इतना खर्च!' तुनककर बड़ी बहू बोली।

"हाँ-हाँ, अब एक पैसा खर्च नहीं होगा सोंठ और सेंधा नमक पर। जब जेल में दवा-दारू का इन्तजाम है, तो हम फजूलखर्ची नहीं कर सकते। हम कोई रईस नहीं हैं कि रोग को घर में रखकर उस पर पैसे बहाएँ।" मझले ने अपना निर्णय सुना दिया।

"समझ गया, समझ गया," न्यायाधीश लगभग चीख पड़े, "यह बुड्ढा यहाँ इलाज कराने आया है।"

"नहीं, हुजूर, बिलकुल नहीं," बच्चा बोला, "बूढ़ा तो गरम पानी और साधारण नमक पर भी रहने को तैयार था, मगर बेटे इस पर भी तैयार नहीं हुए।"

"गरम पानी पर भी रखने को तैयार नहीं हुए! ऐसा क्यों?" न्यायाधीश ने अचरज प्रकट करते हुए पूछा।

"बाप के ना पर इस बार संझला बमक उठा और बोला, "तो फिर आप लोग भी अभी ही सुन लीजिए। मुझे आप सब नालायक कह लीजिएगा, पापी कह लीजिएगा, हत्यारा कह लीजिएगा; सब बरदाश्त कर लूँगा मैं। मगर अब जो बाबू रात में बेवक्त खाँसना शुरू करेंगे और खाँस-खाँसकर मेरी नींद हराम करेंगे, तो, ईश्वर की कसम खाकर कहता हूँ, मैं इन्हें खटिया समेत बाहर फेंक दूँगा। अब इस गलीज को मैं और बरदाश्त नहीं कर सकता।"

"इस भय से भागा, यह तो ठीक," न्यायाधीश ने सख्ती से कहा, "मगर यह गुड्डी उड़ाने क्यों गया?"

"खटिया समेत फेंके जाने से भी यह नहीं डरा, हुजूर," बच्चे ने कहा, "असली डर इसे अपनी मौत का हुआ।"

"मौत कहाँ हो रही थी!" न्यायाधीश ने कहा, "फेंके जाने के बाद यह किसी शिवालय या ठाकुरवाड़ी में शरण ले लेता।"

"मौत की धमकी पतोहुओं की ओर से आ गई। सबसे अन्त में छोटी बहू की फुसफुसाहट सुनाई पड़ी, 'इतनी चिरौरी की भला क्या जरूरत है! मैं तो जब चाहूँ इनसे

मुक्ति दिला दूँ। ऐसा कड़ा जहर तैयार कर दूँगी और खाने में मिला दूँगी कि पहला कौर खाते-खाते ही खून की उलटी हो जाएगी और पाँच मिनट में देह बर्फ हो जाएगी। अगर बुड्ढा गुड्डी उड़ाने नहीं जाता है, तो फिर मैं किसी-न-किसी उपाय से बुड्ढे को मारकर ही दम लूँगी। यह काम रहा मेरे जिम्मे।' अब आप ही बताइए, हुजूर, कि यह बूढ़ा बेकसूर है या नहीं?"

न्यायाधीश एक क्षण तक कुछ सोचते रहे और फिर मुस्करा पड़े, "हाँ, यह बूढ़ा बिलकुल बेकसूर है। अब यह बूढ़ा जो जी में आए करे, चाहे तो दिन-रात गुड्डी उड़ा सकता है। और मुझे यह भी देखना है कि इसके घरवाले इसे कैसे तंग करते हैं...अब यह तो बताओ कि तुम्हारा नाम क्या है?"

"मेरा नाम टीपू है, हुजूर।"

"ठीक है, टीपू, तुम मुझे खबर देते रहना कि इसके घरवाले इसके साथ कैसा सलूक कर रहे हैं।"

"ठीक है, हुजूर।"

जब सारा गाँव घरों में बन्द हो गया, तो सबसे नजर बचाकर दौड़ पड़ा था टीपू गाँव के ठाकुर दादा को बचाने। टीपू ने कभी नहीं बुदबुदाया होगा, 'राम नाम सत्त है'; राम का नाम तक नहीं लिया होगा उसने...

बूढ़ी नानी-दादियों में ऐसा भय समाया कि बन्द घरों में भी उनकी आवाज तभी सुनाई पड़ती थी जब वे चीख-चीखकर अपने नाती-पोतों को डाँट रही होती थीं, भला-बुरा सुनाती रहती थीं। मगर एक बुढ़िया का कलेजा ऐसा बढ़ा हुआ था कि वह खुले खजाने अपने पोते को पुचकारती-दुलारती पाई गई।

पकड़ ली गई वह बुढ़िया। अदालत में आज उसी की पेशी थी।

बुढ़िया को कठघरे में घुसाया गया, तो पलकें झपका-झपकाकर न्यायाधीश ने उस ढीठ बुढ़िया को देखा और फिर मुस्करा पड़े। मुस्कराते हुए जब उन्होंने अपने मुंशी की ओर निगाह फेंकी, तो मुंशी के साथ उनका अरदली भी ठहाके मारकर हँस पड़ा।

इस ठहाके के साथ ही टीपू कमरे में जा घुसा और अभिवादन में सिर झुकाकर न्यायाधीश के सामने खड़ा हो गया। नजरें मिलीं और न्यायाधीश ने पूछा, "तुम टीपू हो न?"

"हाँ, हुजूर," मुस्कराकर टीपू ने जवाब दिया।

"इस बुढ़िया को देखने आए हो क्या?"

"एक किस्सा सुनाने आया हूँ, हुजूर।"

"किस्सा! यह वक्त किस्सा सुनने-सुनाने का नहीं है। अभी मैं एक मुकदमे की सुनवाई करूँगा।"

"मैं सही वक्त पर यह किस्सा सुनाने आया हूँ, हुजूर, अभी, इसी वक्त।"

न्यायाधीश ने सवालिया निगाहों से मुंशी की ओर देखा, तो मुंशी जल्दी से बोल गया, "सुन लीजिए, हुजूर; समय ही कितना लगेगा! जब यहाँ बन्दी बारह बरस की उम्र में जेल में घुसता है और बासठवें बरस में उसकी सुनवाई शुरू होती है, तो फिर इस बुढ़िया के लिए हमें क्या हड़बड़ी है! सही समय पर आज कुछ सुनने को मिल रहा है; सुन लीजिए, हुजूर।"

"अच्छा, टीपू, सुनाओ क्या सुनाना है," न्यायाधीश ने अनुमति दे दी।

बगैर किसी भूमिका के टीपू ने किस्सा शुरू किया, "किसी गाँव में एक बुढ़िया रहती थी..."

"गाँव का नाम बताओ," न्यायाधीश ने अपने अदालती अन्दाज से यह प्रश्न कर दिया।

बेटे को किस्सा सुनाते हुए जब कभी शशांक 'किसी नगर में एक राजा रहता था' से शुरुआत करता था, तो टीपू तुरन्त टोक देता था, "उस नगर का नाम क्या था, पापा?" शशांक सोचकर बोलता था, "हाँ, नगर का नाम था..."

टीपू को सोचने की जरूरत नहीं पड़ी, "गाँव का नाम था राजगंज। बुढ़िया बस एक पोते के सहारे अपनी जिन्दगी गुजार रही थी..."

"और कोई नहीं था बुढ़िया के?"

"और कोई नहीं था, हुजूर।"

"पोता कमाऊ था?"

"नहीं, हुजूर, वह बच्चा था।"

"किसी गाँव में एक बुढ़िया रहती थी," मुंशी बुदबुदाया और फिर हुजूर से बोला, "हुजूर, यह तो कोई नानी की कहानी सुना रहा है टीपू।"

"हाँ-हाँ, बिलकुल ठीक कह रहे हो तुम; मैंने भी ऐसी कहानियाँ अपनी दादी से सुनी हैं," कहकर न्यायाधीश भी बुदबुदाए, "किसी गाँव में एक बुढ़िया रहती थी... और वह डाइन थी..."

"यह बुढ़िया डाइन नहीं थी, हुजूर; बहुत नेक बुढ़िया थी," टीपू ने काफी गम्भीर होकर कहा।

"लो, मैंने इस बुढ़िया के बारे में तो कुछ नहीं कहा!" जल्दी से बोल पड़े न्यायाधीश, "जरूर यह नेक बुढ़िया रही होगी; बच्चे के माँ-बाप परदेश गए होंगे; बहुत दिनों से लौटकर आए नहीं होंगे। परदेश में मर-खप तो नहीं गए वे?"

ऐसे ही बीच कहानी में टोक दिया करता था टीपू, "जंगल में राजा के साथ उनका

मंत्री भी रहा होगा? बहुत-से सिपाही भी होंगे उनके साथ? जंगल में खाने के लिए फल-मूल मिल गए होंगे?"

"बताता हूँ, बताता हूँ," शशांक का जवाब हुआ करता था, "ध्यान से सुनो; बीच में टोको मत। न खाने को कन्द-मूल मिला, न प्यास बुझाने को पानी। राजा बिलकुल अकेला था जंगल में।"

टीपू आहत होने लगता था, "फिर क्या हुआ, पापा? राजा मरा नहीं न? किसी तरह बच तो गया?"

"बताता हूँ, हुजूर; ध्यान से सुनिए। बड़ा दर्दनाक किस्सा है," बहुत ही शिथिल स्वर में टीपू ने कहा और फिर आगे बढ़ा, "बच्चे के जन्म के छह महीने बाद ही उसका पिता मर गया, और पति की मौत के छह महीने के अन्दर ही उस बच्चे की माँ अपने बेटे को छोड़कर चली गई एक दूसरे मर्द के साथ अपना नया घर बसाने।"

"बेटे को छोड़कर?" न्यायाधीश ने अचरज से कहा।

"हाँ, हुजूर, बेटे को छोड़कर।"

"किस्सा दर्दनाक है," करुणा-विगलित स्वर में मुंशी बोला।

"ईश्वर ने उस बच्चे को बचा लिया। बचा लिया था न, टीपू?" कहकर न्यायाधीश ने अपनी निगाह टीपू पर जमा दी।

"हाँ, हुजूर, बुढ़िया उसी बच्चे के सहारे अपनी जिन्दगी गुजार रही थी।"

"बुढ़िया के पास काफी दौलत थी? मुस्कराते हुए पूछा न्यायाधीश ने।

"नहीं, हुजूर, दौलत के नाम पर बस वही एक पोता था।"

"मैंने कहा न, हुजूर, किस्सा काफी दर्दनाक है," मुंशी ने तेज आवाज में सुनाया।

"उन दोनों का गुजारा कैसे होता था?" धड़कते दिल से न्यायाधीश ने पूछा।

"जैसे-तैसे, हुजूर।"

"बुढ़िया को चाहिए था उस बच्चे को उसके ननिहाल भेज देना।"

"ऐसा नहीं किया बुढ़िया ने; उसने पोते को कलेजे से लगा लिया। बच्चे के ननिहाल से आए थे लोग उसे ले जाने, मगर बुढ़िया ने साफ कह दिया, 'यह मेरा पोता है; इसे मैं पालूँगी।'

"बुढ़िया थी हिम्मतवाली, मगर भीख ही तो माँगनी पड़ती होगी उसे।"

"नहीं, हुजूर, बुढ़िया अपनी देह से खटती थी। घास छीलती थी बुढ़िया, लकड़ियाँ बीनती थी, बकरियाँ पालती थी, और दो-चार घरों में कुटाई-पिसाई भी कर आती थी!"

"तब भी तो खाने-पीने का कष्ट होता ही होगा।"

"कष्ट होता था, हुजूर, जब बच्चा कुछ बड़ा हो गया तब। और बच्चों को कुछ खाते-पीते देखता था वह बच्चा, तो दौड़कर दादी के पास चला आता था और फरमाइश कर बैठता था दूध की, फल की, मिठाई की। तब पोते को रोते-ठुनकते देखकर सचमुच

कष्ट होता था बुढ़िया को। मगर वह कष्ट भी जल्दी ही दूर हो गया।"

"दूर हो गया? कैसे?"

"बच्चे को जल्दी ही समझ आ गई, हुजूर, और उसे अपनी औकात का पता चल गया। अब जब वह खाने को बैठता था, तो सूखी रोटी की ओर इशारा करके दादी से पूछ बैठता था, "यह पूआ है न, दादी?" और दादी से हाँ कहवा ही लेता था; साग देखकर चहक उठता था, "ओह, आज तो तुमने हलुआ भी बनाया है;" गिलास का पानी पूरा पीकर बोलता था, "एक गिलास दूध और दो, दादी।" तब बुढ़िया की आँखें भीगने लगती थीं। मगर वह अपने आँसू रोक लेती थी और कभी अकेले में दो-चार बूँद आँसू गिरा देती थी आँखों से। वह डरती थी, पोता उसके कष्ट को जानने न पाए। मगर पोता समझता था, खूब समझता था दादी के कष्ट को।"

"हाँ, रे टीपू, जरूर समझता था, तभी तो सूखी रोटी को पूआ बोलता था," न्यायाधीश बुझे-बुझे स्वर में बोल पड़े।

"जाड़ा काटने के लिए बुढ़िया के पास सिर्फ दो बोरे थे, एक बिछाने के लिए और दूसरा ओढ़ने के लिए। जब तक सम्भव हुआ, बुढ़िया पोते को कलेजे से सटाकर सोती रही। मगर बच्चा जब कुछ बड़ा हुआ, तो...एक ओढ़ना कौन ओढ़े, दादी या पोता?"

"हे भगवान!" अचानक न्यायाधीश के होंठ बुदबुदा उठे।

ऐसी आहें टीपू भी भरा करता था कहानी सुनने के दौरान। वह तो कभी-कभी आँखें बन्द कर मन-ही-मन बुदबुदाने भी लगता था, "हे भगवान! तुम इस राजा को बचा लेना, छुटकारा दिला देना दैत्य के कब्जे से। हाथ जोड़ता हूँ, भगवान, जरूर उसकी मदद करना।"

न्यायाधीश की पलकें भी गिरी थीं, बन्द हुई थीं। टीपू आगे बढ़ा, "दादी-पोता में तर्क-वितर्क होता था, कौन ओढ़े उस ओढ़ना को। पोते को हार माननी पड़ती थी। जरूर पोता जगा रह जाता होगा कि कब दादी सोती है, क्योंकि जैसे ही बुढ़िया को जरा नींद आती थी, पोता उठता था और अपनी देह पर पड़ा बोरा खूब आहिस्ते से दादी की देह पर डाल देता था। बुढ़ापे की नीद ही कैसी! बुढ़िया उठ-उठकर पोते की देह पर बोरा डालती रहती थी। मगर भिनसार में जब नींद टूटती उसकी, तो बोरे को अपनी देह पर पड़ा देख वह हाय-हाय कर उठती थी और बोरे को फिर से पोते के ऊपर डालकर देर तक उससे लिपटकर सोई रह जाती थी। बकुची बाँधे सिकुड़कर सोया पोता और भी सिकुड़ जाता था।"

टीपू ने देखा, न्यायाधीश बाँहों से अपनी आँखें पोंछ रहे हैं। टीपू ने देखा, मुंशी जी कुर्सी की पीठ से देह टिकाए मूर्तिवत बैठे हुए हैं उस पर और उनकी आँखों से आँसू

की झड़ी लगी हुई है। टीपू ने साहब के अरदली को भी देखा, वह अपनी जगह से खिसककर एक कोने में घुटनों में मुँह छिपाकर बैठा हुआ था और उसकी देह रह-रहकर काँप उठती थी।

पापा से कहानियाँ सुनते हुए ऐसे ही टीपू कभी आँसू पोंछता था, कभी घुटनों में चेहरा छिपा लेता था।

"बुढ़िया का कष्ट तो दूर नहीं हुआ, टीपू," सहज आवाज में बोलने की कोशिश करते हुए न्यायाधीश ने कहा, "कैसे कहते हो, उसका कष्ट दूर हो गया?"

"बुढ़िया अपने कष्ट को कष्ट मानती कहाँ थी, हुजूर!" आर्द्र स्वर में टीपू ने सुनाया, "एक दिन उस बच्चे ने कहा, 'गे दादी, अब और कष्ट मैं तुम्हें उठाने नहीं दूँगा। अब मैं ही जाऊँगा घास छीलने और लकड़ियाँ बीनने। मैं बकरियों को भी चरा ला सकता हूँ..."

"हाँ-हाँ, यह काम तो वह कर ही सकता था," राहत का एक टुकड़ा मिला न्यायाधीश को, "गाँव की दस-पाँच गाय-भैंसों का चराने का काम कर वह दो पैसे चरवाही से भी कमा सकता था और दादी के कष्टों को कम कर सकता था।"

कुर्सी पर बैठी मूर्ति अपने आँसू पोंछने के लिए हिली; घुटनों में छिपा मुँह बाहर निकला।

"मगर, हुजूर, बुढ़िया अपने पोते को कुछ करने दे, तब तो!" टप से जवाब दिया टीपू ने, "बुढ़िया ने पोते से कहा, "मुझे कोई कष्ट नहीं है, बेटा। और, जो कष्ट है वह तभी दूर होगा जब तू पढ़-लिख लेगा।"

"जरूर वह पढ़-लिखकर बड़ा आदमी बनेगा," न्यायाधीश बुदबुदाए और फिर टीपू से पूछा, "बन जाएगा न, टीपू?"

जब कहानी का राजकुमार अपने पिता को ढूँढ़ने निकल पड़ता था, तो टीपू बुदबुदाता था, "यह राजकुमार अवश्य अपने पिता को ढूँढ़ लेगा; "और फिर अपने पिता से पूछ बैठता था, "ढूँढ़ लेगा न, पापा?"

शशांक जवाब देता था, "पूरी कहानी तो सुना ही रहा हूँ; बस, सुनते जाओ।"

"बड़ा आदमी!" उदास और फीकी हँसी हँसकर कहा टीपू ने," सुनते जाइए हुजूर।"

कुसी पर फिर से मूर्तिवत बैठने के पहले मुंशी बोला, "वह बड़ा आदमी नहीं बन सकेगा, कभी नहीं बन सकेगा। मैंने तो पहले ही कह दिया था, किस्सा दर्दनाक है।"

अरदली ने अपना चेहरा फिर से घुटनों में छिपा लिया।

टीपू आगे बढ़ा," एक मुसीबत में फँसी बुढ़िया; बच्चा बीमार पड़ गया।"

"ओह, बीमार..." न्यायाधीश अपने को रोक नहीं पाया, "बच्चा...बच्चा मरा तो नहीं, टीपू?"

कहानी का दैत्य अपनी बीवी से बोला, "इस मानुष को हम सीधे नहीं खाएँगे। इसका अचार बना डालो। हम छह महीने तक खाते रहेंगे यह अचार।" यह सुनकर टीपू भी अपने को रोक नहीं पाया था, और पिता के हाथ झकझोरकर बार-बार पूछने लगा था, "राजा बच तो जाएगा? बच जाएगा न, पापा?"

किसी दुख या विश्वास से घुटनों के बीच मुँह छिपाया अरदली उठ खड़ा हुआ और तेजी से आगे बढ़कर न्यायाधीश से मुखातिब हुआ, "बच्चा बच जाएगा, हुजूर; जरूर बच जाएगा। ऐसे ही एक बार मैं भी बीमार पड़ा था, हुजूर। मेरी दादी जिन्दा थी। बुखार से मेरी देह गरम तवे की तरह जलने लगी थी और किसी को मेरे बच जाने की आशा नहीं थी। मेरी दादी पूजा घर में घुसी और गोसाईं के आगे सिर टेककर कहा, 'जब तक मेरा पोता अच्छा नहीं हो जाता, मैं अन्न-जल ग्रहण नहीं करूँगी।'"

"तुम बच गए?" न्यायाधीश ने जिज्ञासा की।

"हाँ, हुजूर, मैं बच गया। तीन दिनों तक निराहार रह गई दादी। जब चौथे दिन मेरा बुखार उतरा, तब जाकर दादी ने अन्न-जल ग्रहण किया। भूखी-प्यासी बेसुध पड़ी रही वह तीन दिनों तक पूजा-घर में।"

"हाँ, हुजूर, बच्चा बच गया," टीपू ने अपनी रौ में कहना शुरू किया, "मगर इस बीमारी के दौरान बहुत व्याकुल रही बुढ़िया। पोते के प्राण की भीख उसने किस-किस से नहीं माँगी होगी! कौआ-मैना तक से पूछ बैठती थी, 'बोल, मेरा पोता अच्छा हो जाएगा न?' गाय-भैंस तक को अपना दुखड़ा सुनाने लग जाती थी, 'भगवान इस बुढ़ापे में मेरी परीक्षा ले रहे हैं।' दिन में कई-कई बार गाँव के हर देवी-देवता को हाथ जोड़ आती थी।"

दवा-दारू करती थी या नहीं?" न्यायाधीश ने सहमते हुए पूछा जैसे कि अभी भी बच्चा बीमार ही पड़ा हो।

"करती थी, हुजूर; दवा-दारू भी करती थी।"

"पैसे थे उसके पास?"

"पैसे नहीं थे, हुजूर। वह वैद्य जी के पास जाकर रिरियाती थी; उधार माँगती थी उनसे और अगले जन्मों में चुकाने का वादा करती थी। कहती थी बुढ़िया, 'बच्चे की दवा के साथ एक चुटकी नमक भी दे दीजिए मुझे। आपके सामने नमक चाट लूँगी, तब तो विश्वास हो जाएगा कि बुढ़िया किसी-न-किसी जन्म में जरूर कर्ज उतार देगी।'"

"अगर यह बुढ़िया मुझे मिल जाती, टीपू, तो मैं उसे इतनी फजीहत उठाने नहीं देता; उसके पोते के इलाज का पूरा खर्च उठा लेता।"

"मैं भी कुछ-न-कुछ जरूर करता, हुजूर," मुंशी ने टूटती आवाज में कहा।

"मैं तो अपनी गाय बेच लेता," अरदली बुदबुदाया, "जरूर बेच लेता गाय।"

"बच्चा के बच जाने-भर से क्या होता है, हुजूर!" चेहरे पर घोर चिन्ता का भाव लाते हुए टीपू ने कहा, "बच्चे के सामने तो अभी भी दुख का पहाड़ था। ईश्वर भी कम निष्ठुर तो नहीं है, हुजूर!"

"अब क्या हुआ? अब कौन-सा दुख भगवान ने दे दिया उसे?" काँपती आवाज में न्यायाधीश ने पूछा।

"ईश्वर जब दयालु नहीं होता है, हुजूर, तो बहुत निष्ठर हो जाता है," भर्राए स्वर में मुंशी बोला, "कुछ बुरा जरूर होगा उस बच्चे का। मैं जानता था, पहले ही जान गया था, किस्सा दर्दनाक है।"

घुटनों में मुँह छिपाए अरदली की देह पूरी तरह काँप गई।

"न जाने कब उस मासूम बच्चे को दुख-कष्ट से मुक्ति मिलेगी!" कहकर आह भरी टीपू ने, और फिर आगे बढ़ा, "जिस बुढ़िया के सिवाय उस बच्चे का और कोई सहारा नहीं था इस दुनिया में—न कोई दो मीठे बोल बोलनेवाला, न कोई एक कौर अनाज खिलानेवाला—वह बुढ़िया बीमार पड़ गई।"

"बीमार पड़ गई!" चीख उठे न्यायाधीश, और फिर बहुत ही आहत स्वर में रुक-रुककर कहा, "बुढ़ापे में...बीमार पड़ने का...मतलब..."

जबरदस्त हरकत हुई कुर्सी पर मूर्तिवत बैठे मुंशी की देह में। देह मेज पर झुक गई; सिर मेज पर टिक गया; और मुंशी जी फफककर रो पड़े। न्यायाधीश ने उनकी ओर देखा और गीली आवाज में कहा, "मत रोइए, पेशकार साहब, भगवान इस बुढ़िया को भी बचा लेंगे; कोई जुल्म नहीं करेंगे उस बच्चे पर।"

"नहीं; नहीं, हुजूर," जोर-जोर से मेज पर मुँह रगड़ते हुए थर्राती आवाज में मुंशी बोलने लगा, "बुढ़िया नहीं बचेगी; बुढ़िया मर जाएगी, हुजूर।"

"मर जाएगी, तो हम-आप क्या कर सकते हैं, पेशकार साहब! जीवन-मरण तो संसार का चक्र है, चलता ही रहेगा। मैं भी तो रो सकता हूँ, मगर अपने आँसू रोक रखे हैं मैंने," अपनी आँखों से आँसू पोंछते हुए न्यायाधीश बोले, "रोकर क्या होगा! हम उस बुढ़िया की आत्मा की शान्ति के लिए ईश्वर से प्रार्थना करेंगे। अब चुप हो जाइए। भगवान उस बच्चे का भला करे!"

फफककर टीपू भी रो पड़ता था।

दैत्य की बीवी ने अपने पति से आकर कहा, "अचार का मसाला मैं तैयार कर चुकी हूँ। अब आप जरा मानुष के टुकड़े तो बना दीजिए।"

टीपू का दिल धकधक करने लगता था और वह अपने पिता से व्याकुल कंठ से पूछता था," अब क्या होगा, पिताजी?"

शशांक का जवाब होता था, "जीवन-मरण का चक्र तो चलता ही रहेगा, बेटे; इसे भला कौन रोक सकता है! हम-तुम कुछ कर भी तो नहीं सकते। ऐसी मुसीबतें भी आती हैं और लोगों को असमय जान से हाथ धोना पड़ता है। पहले भी कितने ही मानुष के अचार बनवा चुका था वह दैत्य और खूब चटकारे भरकर खाया करता था वह मानुष का अचार। पत्नी के कहने पर दैत्य तुरन्त अपना कृपाण लेकर आ गया।"

फफककर रो पड़ा था टीपू और पिता की गोद में सिर डालकर बिलखने लगा था। बेटे के सिर पर हाथ फेरते हुए शशांक ने कहा था, "मत रोओ, बेटे; रोने से तो कुछ नहीं होगा। अब तो भगवान से मनाओ कि किसी तरह राजकुमार उस तोते को पकड़ ले जिसमें दैत्य के प्राण बसते थे, और उस तोते को मारकर अपने पिता को मरने से बचा ले।"

"मैं मनाता हूँ, पापा; भगवान से मनाता हूँ," कहते हुए टीपू अपनी आँखें बन्द कर लेता था और मन-ही-मन एक प्रार्थना बुदबुदाने लगता था भगवान के लिए।

टीपू की कहानी आगे बढ़ी, "बीमार बुढ़िया से उस बच्चे ने कहा, "दादी, तू मरेगी तो नहीं?"

दादी बोली, "नहीं, बेटे, अभी मैं कैसे मरूँगी! मैं तुम्हारी दुलहन का मुँह देखकर मरूँगी, बेटे; जब यह घर तेरे बाल-बच्चों से भर जाएगा, तब मरूँगी; जब तुम्हारे घर में हुन बरसने लगेगा, बेटे, तब मरेगी तुम्हारी यह दादी। अभी मैं मर जाऊँ, तो मुझे नरक में भी जगह मिलेगी क्या! नहीं, बेटे, अभी मैं नहीं मरूँगी।"

न्यायाधीश ने मुंशी की ओर मुँह किया, "अब क्यों रो रहे हैं, पेशकार साहब! बुढ़िया बच जाएगी। रोना बन्द कीजिए।"

"मुझे अपनी दादी की याद आ गई है, हुजूर," पेशकार ने जरा आगे झुककर कहा, "मेरी दादी बीमार पड़ी थी, हुजूर, और मैं नौकरी पर घर से बाहर था। ऐसी बीमार पड़ी दादी कि उसकी याददाश्त तक गायब हो गई। मरने के वक्त उसे मेरा नाम तक याद नहीं रहा। मर रही थी और बार-बार मुझे याद कर रही थी। जो भी सामने आता, उससे कहती, 'मेरा कचहरीवाला पोता कहाँ है? मेरे पेशकार पोते को बुला दो।' मगर मैं नहीं जा सका, हुजूर," सुबकते हुए मुंशी ने किसी तरह कहा, "वह मर गई; मैं मरा मुख तक नहीं देख सका अपनी दादी का..."

"उस दादी को अब भूल जाइए, पेशकार साहब; वह दादी तो मर गई। यह दादी अपने पोते की खातिर मरने को तैयार नहीं है; तब जरूर यह बच जाएगी। क्यों, टीपू, बच जाएगी न?"

"बुढ़िया की तबीयत बिगड़ती ही गई, हुजूर," अपनी रौ में बढ़ा टीपू, "और एक दिन..."

"मर गई बुढ़िया," मुंशी से बगैर बोले रहा नहीं गया, "किस्सा दर्दनाक है और

इस किस्से में बुढ़िया को मरना ही था; मरना ही था बुढ़िया को।"

एकटक शून्य को देखता हुआ टीपू कहने लगा, "एक दिन पोता गुस्से से भरा दादी के सामने आ खड़ा हुआ और उसे धमकी दे डाली, "सुन लो, दादी, अब अगर मैं जिन्दा रहूँगा, तो सिर्फ तुम्हारे लिए रहूँगा जिन्दा। अगर तुम मर गई, तो सोच लो, दादी, सोच लो..." कहते-कहते रो पड़ा वह बच्चा और खाट की पाटी पर सिर रखकर बिलख-बिलखकर रोने लगा।"

न्यायाधीश ने जोर से अपनी आँखें मीच लीं, सिर झुका लिया।

टीपू भी चुप रह गया एक क्षण; फिर बोला, "बुढ़िया बच गई, हुजूर।"

"बच गई!" झटके से सिर उठाकर चीख पड़े न्यायाधीश; कुर्सी से उठ खड़े हुए; मुंशी को जोर से सुनाया, 'पेशकार साहब, सुन लिया न, बुढ़िया बच गई;' अरदली से मुखातिब हुए, 'जनक दास, तुम उस समय से रोए जा रहे हो। देखो, बुढ़िया बच गई;' और फिर आप से आप बकने लगा, 'मेरा दिल कहता था, बुढ़िया बच जाएगी, जरूर बच जाएगी।'"

"उस बार बच तो गई, हुजूर, मगर फिर आफत में आ फँसी है बुढ़िया। अब क्या होगा? कहकर एकटक निहारने लगा टीपू न्यायाधीश को।"

"अब बुढ़िया नहीं बचेगी, हुजूर," मुंशी बोला, "उस बार बच गई; इस बार नहीं बच पाएगी। दर्दनाक किस्सा है और उसे अपने पोते से जुदा होना ही है।"

"नहीं, भगवान इस बार भी उसे बचाएँगे, जरूर बचा लेंगे। क्यों, टीपू, बुढ़िया बच जाती है न?" कहकर न्यायाधीश टीपू का मुँह ताकने लगे।

"बुढ़िया अभी तक बची हुई है, मगर अब इस आफत से बच पाए, तब तो!" कहकर टीपू न्यायाधीश को घूरने लगा।

"क्या बोल रहे हो!" उत्तेजित हो उठे न्यायाधीश, "बुढ़िया अभी जिन्दा है?"

"हाँ, हुजूर, जिन्दा है।"

"तो मैं उसे बचाऊँगा," फिर कुर्सी से उठ खड़े हुए न्यायाधीश, "मैं उसकी मदद करूँगा; उसकी हर आफत दूर कर दूँगा। ले चलो मुझे उस बुढ़िया के पास। बताओ, कहाँ है वह?"

अरदली जनक दास कोना छोड़कर हाकिम के पास आ खड़ा हुआ। कुर्सी छोड़कर उठते हुए मुंशी बुदबुदाया," अब आज की सुनवाई कल होगी; आज कुछ नहीं हो सकेगा।"

टीपू ने आहिस्ते से कहा, "आपके सामने कठघरे में खड़ी यह वही बुढ़िया है; वही बुढ़िया है, हुजूर।"

ठकमुर्री लग गई न्यायाधीश को, और वे अपलक देर तक कठघरे में खड़ी उस बुढ़िया को निहारते रह गए। फिर अचानक उनकी आँखें बन्द हो गईं और वे बुदबुदा पड़े, "हे ईश्वर! तुमने मुझे बचा लिया; मैं तो इस बूढ़ी माँ को सजा सुनाने जा रहा था...

चिरंजीव

मुंशी बिलकुल बुढ़िया के सामने आ खड़ा हुआ और उसके चेहरे पर निगाह जमाकर बुदबुदाया, "बिलकुल ऐसी ही थी मेरी दादी।"

अरदली जनक दास ने हाकिम का ध्यान तोड़ा, "हुजूर, बहुत देर से बूढ़ी माँ चुपचाप खड़ी है। मेरी दादी तो बिना हुक्का के इतनी देर नहीं रह सकती थी। कचहरी के सामने ही भद्दर मियाँ का घर है और हर वक्त मैं उन्हें हुक्का गुड़गुड़ाते देखता हूँ। थोड़ी देर के लिए उनसे हुक्का माँगकर ले आऊँ? बूढ़ी माँ को तलब हो रही होगी।"

दिव्या गुस्सा भरकर बोलती थी पति से, "अलाय-बलाय किस्सा सुनाकर क्यों बच्चे को रुला रहे हैं? कोई काम-धन्धा नहीं है आपके पास?"

जवाब शशांक नहीं, टीपू दिया करता था, "तुम जाओ न; तुम्हारा क्या जाता है! मैं रो रहा हूँ; तुम तो नहीं।" और फिर बेटा बाप से कहता था, "फिर क्या हुआ, पापा?"

पिता से किस्से सुनकर बहुत आँसू बहाए थे टीपू ने; आज एक किस्सा राजगंज की एक दादी को बचाने के काम आ गया। अपनी एक दादी को बचा लिया टीपू ने।

अरथी की ओर निगाह गई होगी टीपू की; मगर टीपू ने, शशांक को पूरा-पूरा विश्वास है, राम का नाम तक नहीं लिया होगा।

दिल्ली को हिलाने गुजाय भी गया था बदरी दास के साथ। बदरी तो लौट आया, मगर गुजाय वहीं टिक गया। खूब हिलाता रहा था दिल्ली को; इस बार खुद गुंजाय हिल गया।

उसकी एक लम्बी चिट्ठी आई है राधे मास्टर के नाम।

बहुत दिनों बाद लापता गुजाय की चिट्ठी मिली, तो बड़े ध्यान से पढ़ने लगा राधे मास्टर...

> "श्री भगवत्यै नमः
>
> स्वस्ति श्री राधे मास्टर, बी ए, मौजा राजगंज को दिल्ली जेल से गुजाय का जयराम जी की। आपका कुशल-मंगल श्री सच्चिदानन्द से मनाता रहता हूँ। बाद समाचार यह कि अब तक तो मैं बड़े आराम से गुजर-बसर करता आ रहा था..."

घर से चला था गुजाय तो साथ में इलाके के नेता राजो बाबू भी थे। हाथ में अपने नेता का झंडा लेकर दिल्ली में प्रवेश किया था उसने। यहाँ दो दिनों में ही उसे पता चल गया कि दिल्ली में नेता-ही-नेता और झंडे-ही-झंडे हैं। दिल्ली ने ऐसा दिल फेरा कि गुजाय अपनी उस प्रार्थना को ही भूल गया जो घर से निकलते वक्त ईश्वर से की गई थी कि दिल्ली में नेताजी और बदरी भैया का साथ छूटने न पाए। यहाँ आकर वह अपने राजो बाबू को भुला बैठा और बदरी भैया का साथ भी छोड़ दिया। दिल्ली

ने एक नया धन्धा दे दिया था उसे। दिल्ली हिलाने का कार्यक्रम बारहों महीने, तीसों दिन चालू रहता है। दूर-दूर से नेता आते रहते हैं यहाँ। किसी भी नेता के पीछे चल पड़ो, पेट चलता रहेगा इस दिल्ली में। झंडा उठाओ, नारे लगाओ, हिलाओ दिल्ली को दिन-भर, और शाम में चोखी मजूरी ले लो। वाह री दिल्ली!

पत्र में आगे लिखा था—

> ...आपकी मदद से तैयार कर गलतियों की जो सूची मैं यहाँ लेते आया था, उसे बराबर अपने पास रखा करता था। थूकने छींकने के पहले भी एक बार उसे देख लिया करता था। मगर तब भी एक मुसीबत में फँस गया हूँ। अब मैं क्या जानता था कि...

कोई नया बादशाह भजनलाल गद्दीनशीन हुआ और उसके नये-नये हुक्मनामे जारी होने लगे। गुजाय अब कोई बुरबक गँवार तो था नहीं कि कोई नया कानून चालू हो जाता और वह पता नहीं रखता इस नये कानून का। उसने जान लिया कि बच्चों को हवाई मिठाई नहीं खानी है, गुलाबछड़ी से परहेज करना है, मूँगफली और खाजा के स्वाद को भूल जाना है, किसी चाट-फाट की दुकान पर नजर तक नहीं डालनी है। मगर, मनाही बच्चों को थी, बड़ों को नहीं। अब यह तो जोर-जुल्म हुआ कि गुजाय को—वह भला बच्चा था क्या! —गिरफ्तार कर लिया गया। और, यह क्या तमाशा किया दारोगा ने? वहाँ कई बच्चे भी तो आराम से चाट खा रहे थे। दारोगा की आँखें फूटी हुई तो नहीं थीं कि उन बच्चों की ओर आँख उठाकर भी नहीं देखा और एक उसकी कमर में सिपाही से कहकर रस्सी लगवा दी!

"हुजूर, यह क्या कर रहे हैं, हुजूर!" घबरा उठा था गुजाय और दारोगा से कहा, "इन बच्चों को पकड़िए न।"

"चुप, साले," चटपट डाँटा दारोगा ने, "इन बच्चों को पकड़ लूँ! तू इन्हें पहचानता भी नहीं है?" हर बच्चे की पीठ थपथपाते हुए दारोगा बोल गया, "आप मंत्री जी के साले के सुपुत्र हैं...आप राजवैद्य के नाती हैं...आप सेनापति के ममेरे भाई के भानजे हैं...सबके सब लाड़ले-दुलारे हैं। सारा शहर पहचानता है इन्हें। इन्हें कैसे पकड़ लूँ।"

बोलकर दारोगा उन बच्चों के साथ बतियाने लगा। हवलदार ने गुजाय की कमर में बँधी रस्सी टानी, तो गुजाय चिचिया उठा, "मगर, हुजूर, मुझे क्यों ले जा रहे हैं? मैं तो बच्चा नहीं हूँ?"

बच्चों से बतियाना बन्द कर दारोगा ने उसकी तरफ एक नजर देखा और हो-हो हँसते हुए हवलदार से कहा, "क्यों, हवलदार साहब, यह अपने को बच्चा नहीं बताता है; जरा इसकी उम्र का अन्दाजा तो लगाइए।"

हवलदार ने इस बार बड़े गौर से देखा गुजाय को और फिर बोला, "यह किसी भी हालत में नौ से कम का नहीं होगा और किसी भी हालत में दस से अधिक का भी नहीं।"

दारोगा ने कुटिल हँसी हँसते हुए गुजाय से पूछा, "क्यों रे लौंडे, तू मुझे पट्टी पढ़ा रहा है? उम्र है दस साल और बनने को चला है बूढ़ा?"

"मेरी दाढ़ी-मूँछ तो देखिए, हुजूर," फिर रिरियाया गुजाय।

"वह सब अदालत देखेगा," दारोगा वहाँ से चलने को हुआ, "तू दाढ़ी लिये पैदा हो गया, तो मैं क्या करूँ!"

"मैं एक-से-एक सबूत पेश कर सकता हूँ, हुजूर; मैं बच्चा नहीं हूँ; बाल-बच्चेदार हूँ। मेरी शादी हुए जमाना हो गया," गुजाय बकने लगा।

सिपाही ने जोर से रस्सी टानी। दारोगा ने चलते-चलते कहा, "सबूत पेश करने का मौका दिया जाएगा; अभी चलकर जेल में चक्की पीसो।"

पत्र में आगे पढ़ा राधे मास्टर ने—

> ...इतने नेताओं के झंडे उठाए, उनका जयकार किया, मगर मेरे हाल का पता लगाने, मुझे छुड़ाने न कोई नेता आया न कोई उनका गुरगा। चक्की पीसने की नौबत तो अभी नहीं आई है, मगर हाल उससे भी बुरा है। मेरा तो चीरहरण हो गया, राधे मास्टर। भगई राम बनाकर छोड़ा है मुझे इन लोगों ने। आप कभी मिलने आ जाएँ, तो मैं आपके सामने आने में भी शरमा जाऊँ...

थाने में आकर दारोगा ने अपनी कुर्सी पकड़ी, एक गिलास पानी मँगाकर अपना गला तर किया, और फिर सिपाही को आदेश दिया, "मछन्दर सिंह, जरा इस साले की तलाशी तो लो।"

हवालात के फाटक से बँधे गुजाय की रस्सी खोलते हुए मछन्दर सिंह ने दारोगा से कहा, "हुजूर, इसे पेशाब करा ले आता हूँ। नंगा-झोरी के वक्त सब साले पेशाब कर दिया करते हैं।"

कैदी पेशाब करने बैठा, तो बगल में सिपाही भी पेशाब करने की मुद्रा में बैठ गया और गुजाय से बोला, "देख, बे साले, तेरी अंटी में कुछ है, तो अभी ही मेरे सुपुर्द कर दे। डंडे मैं ही लगाऊँगा। अगर बाद में कुछ निकला, तो लगाऊँगा दस और गिनूँगा चार। सौ डंडे लगाने का आदेश तो दारोगा जी देंगे ही। इससे कम मार तो आज तक किसी को नहीं पड़ी है।"

पेशाब नहीं उतरा गुजाय का। वह उठ खड़ा हुआ; एक पँचटकिया सिपाही के हाथ में दिया; और फिर एक सिक्का उसकी ओर बढ़ाते हुए बोला, "यह सिक्का खोटा है, सिपाही जी। आप जाँच-परखकर देख लीजिए; यह सिक्का आपके काम नहीं आएगा। मेरी विनती है कि यहाँ से छूटने पर यह खोटा सिक्का मुझे वापस कर दीजिएगा।"

उसकी विनती को अनसुना करते हुए सिपाही ने पूछा, "और कुछ है?"

"और कुछ नहीं है, सिपाही जी।"

"खाओ बाप किरिया।"

"बाप किरिया, सिपाही जी।"

जब दारोगा के सामने गुजाय की नंगा-झोरी ली गई, तो मछन्दर सिंह ने अपने माथे का पसीना पोंछते हुए कहा, "यह साला तो बिलकुल कंगाल निकल गया, सरकार। कुछ भी नहीं है साले के पास।"

"है कैसे नहीं?" मुस्कराते हुए हवलदार ने कहा, "देह पर कितनी अच्छी तो कमीज है।"

"चाहिए क्या?" मुस्कराते हुए दारोगा ने पूछा।

"नौकर कई दिनों से एक कमीज के लिए कह रहा था।"

"तो दे दीजिए बेचारे को," कहकर दारोगा ने मछन्दर सिंह को आदेश दिया, "इसकी कमीज उतार लो; किसी वक्त हवलदार साहब के यहाँ दे आना।"

गुजाय की देह से कमीज उतारते हुए मछन्दर सिंह ने खीसें निपोरकर कहा, "इसकी धोती भी बुरी नहीं है, सरकार।"

"तुम्हारे पास भी कोई नौकर है क्या?" दारोगा हँस पड़े, "या खुद अपने लिए लेना चाहते हो?"

"मेरा सरबेटा आया हुआ है, सरकार," सिपाही ने बताया, "उसकी धोती साबुत नहीं है। विदाई में यही धोती दे दूँगा उसे; वह पहन लेगा, सरकार।"

"तो फिर खोल लो धोती भी," दारोगा ने अन्यमनस्क भाव से कहा।

गुजाय हक्का-बक्का मुँह देखता रहा उन सबका। जब कमीज उतार लेने के बाद सिपाही ने उसकी धोती में हाथ लगाया, तो दोनों हाथों से धोती की कोंछी पकड़कर वह चिचिया उठा, "हाय राम; मैं पहनूँगा क्या! अन्दर लँगोटी नहीं है।"

सिपाही ने तनकर एक थप्पड़ दिया और बोला, "यह गमछा किसलिए रखा है कन्धे पर? यही पहन लेना। जल्दी करो।"

शशांक चुपचाप राधेश्याम को पत्र पढ़ते सुनता रहा, मगर वहाँ मौजूद टीपू बीच में ही बोल पड़ा, "यह तो जुल्म है, चाचाजी। पुलिसवाले इतना अन्याय करते हैं!"

राधेश्याम ने एक नजर टीपू को देखा और फिर आगे पढ़ने लगा।

घंटे-भर बाद दारोगा के पीछे-पीछे सिपाही गुजाय को उनके डेरे पर पहुँचा आया। आँगन में पहले से ही ऊखल और मूसल रखे हुए थे। ओसारे की चौकी पर बैठ गए दारोगा जी और आँगन की ओर इशारा करते हुए गुजाय से कहा, "थोड़ा मसाला कूट दो।"

"कूट देता हूँ, हुजूर," गुजाय ने दोनों हाथ जोड़कर कहा। उसकी इच्छा दंडवत प्रणाम करने की हुई थी, मगर गमछा के खुल जाने के डर से वह नहीं झुका।

"मसाला कूटने-भर से छुटकारा नहीं मिलेगा," दारोगा गुजाय की औकात कूतने की कोशिश करते हुए बोला, "तुम्हें एक हजार रुपये का बन्दोबस्त करना पड़ेगा।"

"एक हजार!" चीख निकल गई गुजाय के मुँह से।

"हाँ, उससे कम में काम नहीं होगा।"

"उतने पैसे..."

"मैं पाँच-दस कम कर सकता हूँ; बस।"

इस बार गमछे को ठीक से सँभालकर गुजाय दंडवत् हुआ और दारोगा के पाँव पकड़ लिये, "गरीब आदमी हूँ, सरकार।"

दारोगा ने पाँव खींच लिये, "मैं कौन-सा अमीर हूँ! मैं भी तो परदेश में कमाने आया हूँ; बाल-बच्चेदार हूँ। कोई और कमाई तो नहीं है मुझे। क्या खाएँगे मेरे बाल-बच्चे! तुम्हारे गिड़गिड़ाने से पिघलूँगा नहीं मैं।"

"आप बादशाह हैं, हुजूर। मेरे बच्चे तो किसी तरह जिन्दा हैं।"

"मुझे दमपट्टी मत पढ़ाओ। मैं दिन-रात यही काम करता हूँ। दया-माया से काम नहीं चलेगा मेरा। तुम गाँव से आए हो; तुम्हारी तो खेती-गृहस्थी भी होगी। मुझे तो वह सब कुछ नहीं है; बस, यहाँ जितना कमा लूँ। बोलो, नौ सौ देते हो?"

"एक धूर जमीन नहीं है मेरे पास, हुजूर। बाप किरिया खाता हूँ, सरकार; सच बोल रहा हूँ।"

"कुछ नहीं सुनूँगा; कुछ भी नहीं सुनूँगा। बाघ को कितना भी सुनाओगे, मुँह से बकरी नहीं जाने देगा वह। बाप किरिया खाते हो, तो बाप को ही खबर करो; वह पैसे लेकर आए।"

बाप के पास एक पैसा नहीं है, हुजूर; वह तो बड़े भैया के साथ आधा पेट खाकर रह रहे हैं।"

"तो फिर अपने बड़े भैया को ही खबर करो पैसे लेकर आने के लिए।"

"भाई दुश्मन बना हुआ है, सरकार।"

"दुश्मन है, तब भी भाई ही है; वह जरूर आएगा।"

"भाभी उन्हें नहीं आने देगी सरकार; हरगिज नहीं आने देगी।"

"तुम यह मत समझो कि कोई मामूली आरोप है तुम पर। मैं तुम्हें डकैती के मामले में फँसा दूँगा।"

"नहीं, हुजूर, ऐसा मत कीजिए। मैं दिल्ली में ही रहूँगा, और जो कुछ कमाऊँगा आपके पास पहुँचा दिया करूँगा।"

"फेरफार की बातें मत करो; मैं तुम्हारे झाँसे में आनेवाला नहीं हूँ। तुम यहाँ से निकलोगे, तो सीधे घर का रुख पकड़ोगे। मान लिया कि भाई दुश्मन है; मगर तुम्हारी बीवी तो तुम्हारा दुश्मन नहीं है। उसे खबर करो, अपने गहने-जेवर बेचकर पैसे पहुँचा दे यहाँ।"

"एक तार जेवर नहीं है उसकी देह पर, सरकार। एक चाँदी की करधनी थी; पिछले अकाल में वह भी बिक गई थी, हुजूर।"

"झूठ मत बको, रे बेईमान। कैसे मान लूँ कि एक तार भी जेवर नहीं रखा होगा तुम्हारी बीवी ने! जरूर कहीं छिपा-दबाकर रखा होगा; नहीं पहनती होगी तुम्हारे सामने; तुम्हारे जूआ-शराब से डरती होगी वह।"

"मुझमें कोई दुर्गुण नहीं है, हुजूर। मुझसे छिपाकर रख लेती, मगर अपने बच्चों को भूख से बिलखते देखकर तो गहना छिपाए नहीं रखती। एक खोटा सिक्का तक नहीं है उसके पास।"

"डीह-बास की जमीन तो होगी? बीवी गाछ के नीचे तो नहीं सोती होगी बच्चों के साथ? जो है वही बेचकर पैसे जुटाओ। पैसे मँगवाओ, नहीं तो मुक्ति नहीं मिलेगी। ऐसी दफा लगा दूँगा कि जेल में ही सड़ जाओगे।"

"बास की जमीन तो बहुत पहले ही बड़े भैया ने हथिया ली, हुजूर। इधर मैं दिल्ली आया और उधर भाभी ने धकिया-मुकियाकर मेरी घरवाली को घर से बाहर निकाल दिया। नैहर में भी उसे जगह नहीं मिली। बच्चे बेलाला हो गए हैं, सरकार; बीवी भीख माँगकर गुजारा कर रही होगी। कभी-कभार मैं कुछ पैसे भेज देता था, मगर उतने से भला क्या होता होगा! मुझ पर दया कीजिए, सरकार।"

"एक चाल नहीं चलेगी, साले," काफी गरम हो उठा दारोगा, "ऐसे नहीं मानोगे, तो खून करने के आरोप में चलान कर दूँगा।"

"नहीं, हुजूर, बाल-बच्चे भूख से तड़प-तड़पकर मर जाएँगे; बीवी कुएँ में डूबकर जान दे देगी।"

"तो फिर लाओ पैसे," दारोगा चौकी से उठ गया और गुजाय की पीठ पर एक जोरदार लात जमाते हुए बोला, "कहो बीवी से, इज्जत बेचकर पैसे लाए। लिखो चिट्ठी।"

"लिखता हूँ, हुजूर, भैया को ही लिखता हूँ। गाँव-घर के लोग उनसे कहेंगे, तो सौ-पचास रुपये का बन्दोबस्त वे जरूर कर देंगे।"

"सौ रुपये! भिखमंगा समझ रखा है क्या?"

"दो सौ लिख देता हूँ, हुजूर। इसके लिए भी तो उन्हें बकरियाँ बेचनी पड़ेंगी। भाभी टंटा खड़ा कर सकती है।"

"दो सौ से काम नहीं चलेगा। आठ सौ लिखो।"

"इतना लिखूँगा, तो भैया हरगिज नहीं आएँगे; भाभी उन्हें हरगिज नहीं आने देगी।"

"आखिरी बार बोल रहा हूँ, पाँच सौ से कम पर काम नहीं करूँगा। तुम लिख दो चिट्ठी।"

"बथान पर एक ही बैल है, हुजूर। भाभी बथान को बिलकुल सूना रखने पर तैयार नहीं होगी।"

"जो कह रहा हूँ वह करो। चिट्ठी किसी गाँववाले के नाम ही लिखो। गाँव-समाज के डर से भी तुम्हारा भाई पैसे लेकर जरूर आ जाएगा।"

"ठीक है, हुजूर, लिख देता हूँ।"

"जब तक पैसे नहीं आ जाते हैं, तुम हवालात में ही रहोगे।"

पत्र का तीसरा पन्ना उलटता है राधेश्याम और आगे पढ़ता है, "...जब तक पैसे नहीं मिल जाते हैं दारोगा को, मैं हवालात के अन्दर ही बन्द रहूँगा। अगर पैसे नहीं मिलते हैं, तो कोई ठीक नहीं कि दारोगा मुझे खून के मामले में ही चलान कर दे। यहाँ तो सड़कों पर दो-चार लाशें रोज ही मिलती हैं। बस-ट्रक का नाम नहीं लिखकर किसी एक की हत्या में मेरा ही नाम लिख देंगे। चश्मदीद गवाहों की कमी नहीं है इनके पास। भैया को तुरन्त पैसे के साथ भेज दीजिए। मेरे हाल का पता मेरी भाभी को लगने न पाए, नहीं तो एक तरफ तो वह भैया को यहाँ आने से रोक लेगी और दूसरी तरफ मेरी घरवाली को भी घर से बाहर करने की कोशिश करेगी। अगर पैसा हाथ में नहीं हो, तो भैया से कहिएगा एक बीघा जमीन बेच देने के लिए। जमीन दोनों भाइयों के हिस्से की बिकेगी, क्योंकि अभी हम शामिल-हाल हैं। भाभी जान जाएगी, तो सिर्फ मेरा हिस्सा बेचने पर जोर देगी। ऐसा नहीं होना चाहिए।

"दारोगा खूँखार है, मगर नेताजी के इस काम में भिड़ जाने से मैं उसे बिना कुछ चटाए भी हवालात से बाहर आ सकता हूँ। झंडा उठाने और दिल्ली हिलाने के कारण मैं पहले भी बहुत लोगों के साथ जेल जा चुका हूँ, मगर हम हर बार बाहर निकल आए हैं। आप बदरी भैया को राजो बाबू के पास बात करने के लिए भेजिएगा। अगर राजो बाबू आने को तैयार हों, तो उनके साथ मेरी जन्म-पत्री भेज दीजिएगा। यहाँ मेरी उम्र दस साल लिखी गई है, और इसी कारण मैं गिरफ्तार हो गया हूँ। जन्म-पत्री यहाँ काम आएगी। भाभी को पता नहीं चले, नहीं तो जन्म-पत्री आग के सुपुर्द कर देगी वह।

"अब चिट्ठी खत्म करता हूँ। थोड़ा लिखा, बहुत समझिएगा। रामजी आपको यश दें।"

चिट्ठी समाप्त कर राधेश्याम ने शशांक से पूछा, "अब क्या करना है?" अपनी भी कोई राय दे देने की बजाय टीपू वहाँ से खिसक गया। शशांक ने कहा, "अब तो सबसे पहले गुजाय के भाई से ही बात करनी पड़ेगी। उसके बाद हम बदरी दास को पकड़ेंगे।"

शाम का वक्त नियत किया गया गुजाय के भाई से मिलने के लिए।

शाम से पहले ही टीपू जा पहुँचा गुजाय के घर और सीधे उसकी भाभी से मिला, "चाची, दिल्ली से गुजाय चाचा की चिट्ठी आई है।"

झपटकर टीपू के हाथ से चिट्ठी ले ली गुजाय की भाभी ने। टीपू ने कहा, "चिट्ठी छोटी चाची के नाम है; लिफाफे पर लिखा हुआ है, 'चिट्ठी मिले गुजाय की घरवाली को।'"

"तो क्या हुआ, मैं भी तो इसी घर की हूँ! वह अभी नहीं है घर में; आएगी, तो दे दूँगी। मगर वह पढ़ना तो नहीं जानती है। तुम्हें आता है पढ़ना?"

"हाँ, आता है।"

"तो जरा पढ़कर सुना दो मुझे," कहकर गुजाय की भाभी टीपू को अपने कमरे में ले आई, और, यह मानकर कि टीपू बिलकुल बच्चा और नासमझ है, कमरे को अन्दर से बन्द कर दिया। फिर उसने चिट्ठी टीपू को थमाई और कहा, "जरा धीमी आवाज में पढ़ना। कोई दुख की बात होगी, तो सुखासनवाली को नहीं बताऊँगी; बताऊँगी तब, जब दुख दूर हो जाएगा। वह आकर कहीं कान न लगा दे किवाड़ से! अब जरा पढ़ो तो, क्या लिखा है चिट्ठी में।"

बन्द लिफाफे को फाड़कर अन्दर से टीपू ने चिट्ठी निकाली और उस पर निगाह चिपका दी। गुजाय की भाभी कभी चिट्ठी और कभी टीपू के चेहरे पर अपनी नजर दौड़ाती रही। जब देर तक टीपू पत्र पर निगाह जमाए रह गया, तो वह फुसफुसा उठी, "क्या लिखा है?"

टीपू ने बहुत ही धीमी आवाज में जवाब दिया, "गुजाय चाचा को रुपये चाहिए पाँ..."

"रुपये!" चमककर चीख पड़ी गुजाय की भाभी और उलटे पाँव चार कदम पीछे दौड़ गई, "यहाँ क्या थैली रखकर गया है! बीवी तो ऐसी मरभुक्खी है उस करमजले की कि पूरे घर का दाना-पानी अकेले ही चट कर जाती है। उस पर अलग से तीन पिल्ले मुँह बाए रहते हैं। कभी घर में किसी चीज की बरकत होगी भला! अपनी कमाई का तो एक पैसा कभी हमारे हाथ में आने नहीं दिया; ऊपर से इस गुहचटे को रुपये चाहिए...कितने रुपये लिखा है?"

"पाँच सौ।"

"पाँच सौ! हाय-हाय, पाँच सौ! गंगाजल से अपना मुँह धोकर तो आए।"

"चिट्ठी पढ़कर सुनाऊँ न?"

"तुम्हें कौन रोक रहा है; सुनाओ न।"

पत्र पढ़ने लगता है टीपू :

"जय माँ दुर्गा। जय माँ काली।

सुखासनवाली को दिल्ली के लाल किला से गुजाय का जयराम जी की। आप लोगों का कुशल-मंगल श्री सच्चिदानन्द से मनाता रहता हूँ..."

"ऊँह, कुशल-मंगल! आप लोगों का!" मुँह ऐंठकर बोली गुजाय की भाभी, "कुशल-मंगल मनाता होगा अपनी जोरू का; हमारी फिक्र किसी को नहीं है। कमाई का पैसा छूने नहीं दिया; मनाने चला है कुशल-मंगल। भाँड़ कहीं का।"

"आगे पढ़ूँ?"

"पढ़ो न; तुम क्यों रुक-रुक जाते हो?"

आगे पढ़ता है टीपू, "बाद समाचार यह कि मैं यहाँ बहुत आराम से गुजर-बसर कर रहा हूँ..."

"कर रहे हो, तो करो," बुदबुदाई गुजाय की भाभी, "पतिया क्यों लिख भेजते हो पैसे के लिए? मुँह झुलस नहीं दूँगी लुआठी से!

एक नजर देखता है टीपू सुलगती जा रही आग को और फिर आगे बढ़ता है, "तुम्हारी बहुत याद आती है, मगर सबसे अधिक याद तो मुझे अपनी भाभी की आती है..."

"धत, क्या लिखेगा वह नसकटा!" फिर टोक देती है गुजाय की भाभी, "बातें बना रहा है। भाभी की याद आती भी होगी, तो केवल इसलिए कि गड्ढे भरने का काम देकर गया है भाभी को। पढ़ो न, अटक क्यों गए?"

"भगवान ऐसी भाभी सबको दे..."

"हूँ-हूँ," नाक से आवाज आती है।

"बचपन से मुझे भाभी ने अपने बेटे की तरह पाला है..."

मुँह खुलता है, "यह झूठ थोड़े ही है!"

"रोज मुझे दूध-भात खिलाती थी भाभी..."

"खिलाती नहीं थी, तो ऐसे ही मुसटंडा बन गया!"

"बहुत संगी-साथी हैं मेरे यहाँ, मगर ऐसी भाभी किसी को नहीं है..."

"अब जाकर आँख खुली है।"

"मैंने पाँच थान साड़ियाँ खरीदी हैं; चार थान भाभी के लिए, एक थान तुम्हारे लिए..."

"यह तो झूठ है। एक बित्ता कपड़ा तो कभी उसके हाथ से मुझे नहीं मिला; चार थान साड़ियाँ कहाँ से देगा वह!"

"चाची को गुजाय चाचा झूठ लिखेंगे क्या?" टीपू अपनी ओर से बोल पड़ा।

"तब हो सकता है," टीपू को जवाब दिया गुजाय की भाभी ने, "संगी-साथियों के बीच रहने का असर पड़ा हो। यह तो देखता ही होगा कि कौन अपनी भाभी के लिए क्या ले जा रहा है। कोई-कोई देवर तो भाभी के चरण छूकर प्रणाम करता है। और कुछ खरीदा है? इतने दिनों की कमाई से बस पाँच साड़ियाँ! पढ़ो न जल्दी से।"

"पाँच थान गहने भी बनवाए हैं मैंने।"

"पाँच थान!" आँखें फैल गईं गुजाय की भाभी की। स्थिर होने की कोशिश करते हुए बोली, "यह भी लिखा है, किसके लिए कितना?"

"ये सारे गहने भाभी के लिए हैं..."

"पाँच थान! जरा ठीक से पढ़ो तो।"

"ये सारे गहने भाभी के लिए हैं।"

"ऐसा लिख दिया है कि पाँचों थान भाभी के लिए हैं?"

"हाँ, लिखा हुआ तो है।"

"'भाभी' साफ-साफ लिखा हुआ है?"

"हाँ।"

"तब तो इस आदमी का नक्शा ही बदल गया है। मगर मैं जानती थी, एक-न-एक दिन जरूर यह मेरा गुण गाएगा। भगवान के घर में देर है अन्धेर नहीं है। मगर ऐसा कैसे लिख दिया कि पाँचों थान भाभी के लिए ही है! पढ़ो तो, आगे क्या लिखा है?"

"तुम्हारे लिए भी दो थान गहने फागुन तक बनवा लूँगा। अभी पाँचों थान भाभी को देना ही ठीक है। तुम इसके लिए बखेड़ा मत खड़ा करना।"

"मुझे तो लग रहा है कि यह औरत बखेड़ा करेगी। मगर अब कैसे करेगी! भतार की बात काटकर कैसे करेगी बखेड़ा! फागुन तक तो इसे भी दो थान मिल ही जाएँगे। और, गुजाय भी तो मेरा स्वभाव जानता ही है। देवरानी कहीं बाहर मेला-ठेला जाएगी, तो मैं ही क्या उसे ये गहने पहनाकर नहीं भेजूँगी! अभी नासमझ है यह औरत, मगर जैसे गुजाय बदल गया है वैसे ही धीरे-धीरे यह भी बदल जाएगी। इसके खाने-पीने में ही मैं क्या कोई कमी होने देती हूँ! चार-चार मुँह को खाना जुटाकर दे रही हूँ या नहीं, दुख से या सुख से? कौन-कौन गहने हैं, यह भी तो लिखा होगा?"

"हाँ, लिखा है," कहकर आगे बढ़ता है टीपू "भाभी को मैंने कई बार भैया से बाजूबन्द की माँग करते सुना था। यहाँ सबसे पहले मैंने बाजूबन्द ही खरीदा। भाभी इस बाजूबन्द को देखकर बहुत ही खुश होगी..."

"सोने का है या चाँदी का, यह नहीं लिखा है?"

"लिखा तो नहीं है, मगर यह लिखा है कि भाभी खुश हो जाएगी।"

"चाँदी का होगा, तब भी बुरा नहीं," कहते हुए गुजाय की भाभी ने एक लम्बी अँगड़ाई ली, दोनों हाथ फैलाकर उँगलियों को आपस में फँसाया और तोड़मोड़ की, और कनखियों से उन दोनों बाँहों को निहारा जिन पर अब बाजूबन्द खिलेंगे।

"लाल किला में मुझे जब-तब छम-छम की आवाज सुनाई पड़ती थी। बड़ी ही मीठी आवाज थी। पूछने पर मेरे एक संगी ने बताया कि यह पाजेब की आवाज है। मेरे मन में यह बात जम गई कि अब अगर कभी मैं घर जाऊँ, तो वहाँ भी यह आवाज सुनूँ। तुरन्त सोच लिया कि भाभी के लिए मैं पाजेब खरीदूँगा।"

गुजाय की भाभी ने अपने दोनों पैर आगे फैला दिये और उन्हें एकटक निहारने लगी। टीपू ने भी एक बार उन पैरों की ओर देखा और फिर पत्र पढ़ने लगा, "एक दिन एक औरत पर निगाह गई जो झुमका पहने हुई थी..."

"झुमका तो जरूर सोने का होगा," पैर समेटकर अचानक बोल पड़ी गुजाय की भाभी और फिर टीपू से बेवजह निवेदन किया, "पढ़ो, पढ़ो, आगे क्या लिखा है।"

झुमके में बहुत सुन्दर लग रही थी वह औरत और बिलकुल भाभी की शक्ल-सूरत की थी। मेरे मन में आया कि अगर भाभी भी झुमका पहने, तो इससे भी अधिक सुन्दर दिखेगी..."

गुजाय की भाभी के मुँह में अपने पति के लिए एक जोरदार गाली आई, मगर खुशी से मुँह नहीं खुला उसका। टीपू से नजरें मिलीं, तो वह लजा गई। टीपू बच्चा या

नासमझ है, इससे क्या होता है!

टीपू ने पत्र पर नजर गड़ाई, "एक पान दुकान में एक तसवीर देखी मैंने। तसवीर में एक औरत बुलाकी पहने हुई थी। अचानक खयाल आया कि ऐसी बुलाकी भाभी पर खूब फबेगी। मैं बाजार से बिलकुल वैसी ही एक बुलाकी खरीद लाया..."

"फबेगी कैसे नहीं!" गर्वित स्वर में बोल उठी गुजाय की भाभी, "घर-गृहस्थी में जुते रहने के कारण अब न थोड़ी छाँह पड़ गई है चेहरे पर और देह भी कुछ भरुआ गई है। मैं तो ऐसी गोरी-चिट्टी और सोने की छड़ी थी कि सात जगहों से लड़केवाले देखने आए मुझे और किसी एक को भी यह कहने की हिम्मत नहीं हुई कि लड़की पसन्द नहीं है।"

बुलाकी पहने अपना चेहरा आईना में देख लेने का मन हुआ गुजाय की भाभी का, मगर जरा सुन लेने का मन हुआ कि पाँचवाँ गहना क्या है।

चाची चुप हुई, तो टीपू आगे बढ़ा, "सबसे अनमोल तो वह हार है जिसे मैंने यहाँ के एक नामी सुनार से बनवाया है। पूरे दो हजार का है यह कंठ-हार; जो देखेगा, देखता ही रह जाएगा।"

इस बार अपने को रोक नहीं पाई गुजाय की भाभी; उठते हुए बोली, "जरा देखूँ, दाँत में क्या फँस गया है; रह-रहकर दर्द हो रहा है।"

उठकर वह दूसरे कमरे में गई, आईना ढूँढ़कर निकाला, और देर तक आईना में अपने गले में झूल रहे उस कंठ-हार को देखती रह गई जो दिल्ली में बनकर तैयार थी। वहाँ से लौटकर फिर टीपू के सामने जा बैठी और बैठते ही कहा, "खालिस सोने का होगा। आगे पढ़कर बताओ, वह आ कब रहा है?"

"सारे गहने-कपड़े लेकर मैं अभी तक घर पहुँच गया रहता, मगर एक परेशानी हो गई है। मैं सुनार को इस हार की पेशगी पन्द्रह सौ रुपये दे आया था। आज जब बाकी पाँच सौ रुपये लेकर माल छुड़ाने जा रहा था, तो बस में मेरी जेब कट गई। माल छुड़ाने के लिए एक पखवारा की मोहलत दी है सुनार ने। मेरा हाथ अभी खाली हो गया है और मेरे पास पैसे अब महीने-दो महीने बाद ही आएँगे। महीने-भर बाद तो फिर हाथ में पैसा-ही-पैसा। मगर अभी तुरन्त तो मैं किसी से पैसे माँग नहीं सकता। तुम भैया से कहना कि वे तुरन्त पाँच सौ रुपये के साथ यहाँ आ जाएँ। मैं दिन में बारह से दो बजे तक लाल किला के फाटक के पास रहता हूँ।"

"मैं अभी बन्दोबस्त कर देती हूँ," उठते-उठते कहा गुजाय की भाभी ने, "और कुछ तो नहीं लिखा है?"

"हाँ, लिखा है," कहकर फिर पत्र पढ़ने लगा टीपू, "यदि भैया आने में अगर-मगर करें, या..."

"अगर-मगर क्यों! मैं कल सुबह की गाड़ी से ही उन्हें भेजती हूँ।"

"या उनके हाथ में पैसा नहीं हो, या..."

"पैसा नहीं होगा, तब भी कोई-न-कोई प्रबन्ध तो हम करेंगे ही। भाई को भाई नहीं देखेगा, तो कौन देखेगा! मुझे ही क्या दस-पाँच देवर हैं! जमाजथा एक तो देवर है; उसके लिए सब कुछ करूँगी मैं। उसके लिए भीख भी माँगनी पड़ेगी, तो माँगूँगी। पाँच सौ तो क्या, जरूरत पर पाँच लाख का भी इन्तजाम होगा।"

"या वे अपने हिस्से की जमीन अलग कर मेरे हिस्से की जमीन बेचें और पैसे जुटाएँ..."

"लो, यह क्या लिख दिया उसने! अभी कोई बाँट-बखरा हुआ है जो इसके या उसके हिस्से की जमीन बिकेगी! अभी तो हम शामिल-हाल हैं। ऐसा लिख कैसे दिया उसने! बड़ा शरारती है यह गुज्जो! इस बार आता है, तो मैं उससे कान पकड़कर उठ-बैठ करवाऊँगी।"

"...तो कोई हर्ज नहीं है..."

"हर्ज कैसे नहीं है? भाई-भाई को अलग होने दूँगी मैं? देवर परदेश गया है, तो मैं क्या उसके लिए काँटे बोऊँ? ऐसा न करूँगी, न होने दूँगी...बस, बस, और कुछ नहीं सुनना है मुझे। लाओ चिट्ठी।"

गुजाय की भाभी के हाथ चिट्ठी देकर टीपू बोला, "लिफाफा मैं फाड़कर फेंक देता हूँ, चाची। लिफाफे पर चिट्ठी पानेवाले का नाम लिखा हुआ है। छोटी चाची को दुख तो हो सकता है कि उसके नाम की चिट्ठी किसी और ने क्यों पढ़ी।"

"ठीक कह रहे हो," कहते हुए गुजाय की भाभी ने लिफाफा चिन्दी-चिन्दी कर दिया और मुट्ठी में टुकड़ियों को बन्द कर कहा, "अब तुम जाओ। गहने आ जाएँगे, तो तुम्हें बुलाकर मिठाई खिलाऊँगी।"

सचमुच सुबह की गाड़ी से ही गुजाय की भाभी गुजाय के भैया को दिल्ली भेज देने की तैयारी पूरी कर लेती है। साथ में बदरी दास भी जा रहे हैं। राजो बाबू ने दो-तीन चिट्ठियाँ, दिल्ली में अपने परिचितों के नाम दी हैं और मुफ्त में ही काम हो जाने का आश्वासन भी दिया है। यह भी अच्छा ही हुआ कि उन्हें एक पखवारे तक दम मारने की फुरसत नहीं है और वे जाने में असमर्थ हो गए हैं। अगर कहीं तैयार हो जाते, तो, जैसा कि बदरी दास नेताजी के मुर्ग-मुसल्लम और भाँग-दारू का हिसाब बता रहा था, अलग से हजार-पाँच सौ रुपये का चूरा हो जाता। असली जन्म-पत्री तो नहीं मिली, मगर एक नकली जन्म-पत्री तैयार करवा ली गई जो वक्त-जरूरत काम आए। सुँघनी साह ने बीस वर्ष पुरानी खाता-बही से एक पन्ना पाँच रुपये में दे दिया और सरोवर झा ने पाँच रुपये में चालीस वर्ष पहले पैदा हुए एक बालक की जन्म-पत्री बना दी।

टीपू ने भी एक पत्र लिखा दिल्ली के एक अपरिचित के नाम। अपने पिता या गुजाय के भाई को पत्र देने की बजाय वह सीधे राधे चाचा के पास पहुँचा और उन्हें पत्र सौंपते हुए कहा, "चाचाजी, मेरा यह पत्र भी बदरी चाचा के साथ जाने दीजिए और जिसे

मैंने यह पत्र लिखा है उसके हाथ में दिल्ली पहुँचते ही यह पत्र पहुँच जाना चाहिए।"

"जिज्ञासावश पत्र खोलने लगा राधेश्याम, तो टीपू लजाकर वहाँ से भाग गया। पत्र पढ़कर राधेश्याम सीधे शशांक के पास आया और उससे हँसते हुए कहा, "शशांक, अब दिल्ली का काम हो जाएगा।"

"कैसे?" शशांक ने खुशी जाहिर करते हुए पूछा।

"एक पत्र मिल गया है वहाँ के लिए।"

"किसका पत्र?"

"टीपू का।"

शशांक से कुछ बोला नहीं गया और राधेश्याम जेब से पत्र निकालकर पढ़ने लगा—

आदरणीया दारोगाइन जी,

प्रणाम।

हम मौजा राजगंज के निवासी ईश्वर से आपकी और आपके पूरे परिवार की प्रसन्नता के लिए प्रार्थना करने के साथ-साथ अपने कुशल-मंगल के लिए आपसे भी एक प्रार्थना कर रहे हैं।

हमने गुजाय नाम के एक बहुत ही खतरनाक आदमी को फुसला-बहलाकर अपने गाँव से भगाया है। हमें पता चला है कि वह दिल्ली में है और अभी आपके कब्जे में ही है। हमारी प्रार्थना है कि वहाँ से भागकर वह फिर वापस राजगंज लौटने न पाए और वहीं मर-खप जाए।

यह आदमी कामरूप-कामाख्या का काला जादू जानता है। बचपन में ही वह घर से भागकर जादू के उस देश में पहुँच गया था। वहाँ एक बुढ़िया ने उसे बकरा बनाकर दस वर्षों तक अपने पास रखा। फिर बुढ़िया उस पर खुश हो गई और उसे आदमी में बदलकर दस वर्षों तक अपना गुण सिखाती रही। बुढ़िया से सारे गुण सीखकर वह किसी तरह वहाँ से भाग निकला और राजगंज वापस आ गया। यहाँ आते ही उसने उत्पात मचाना शुरू कर दिया।

राजगंज में दो डाइनें थीं जो बहुत दिनों से गाँव में अपना सिक्का जमाए हुई थीं! गुजाय ने सबसे पहले इन दोनों बुढ़िया डाइनों का काम तमाम किया और फिर गाँववालों पर टूट पड़ा।

शुरू में उसने गाँव के माल-मवेशी पर हाथ साफ करना शुरू किया। पाठे-बकरे के लिए तो दूब-घास जहर हो गई। कोई घर पहुँचते-पहुँचते मर जाता, कोई खेत-मैदान में मरा मिलता। कितने तो बथान सूने हो गए। जब गाँववाले आजिज हो गए, तो उन्होंने आपस में सलाह-मशवरा किया और अपराधी को हर हालत में दंड देने का फैसला किया।

इस फैसले के बाद जो पहली गाय मरी उसकी कीमत गुजाय से

माँगी गई। गुजाय ने कीमत तो चुका दी, मगर उसके तीसरे दिन ही गायवाला इस संसार से गुजर गया। अब तो गाँववाले बहुत ही डर गए। उन्होंने इस दुश्मन की हत्या की योजना बनाई, मगर जो इस दल का अगुआ था उसके बेटे को साँप ने काट लिया। अब गाँववालों को सूझ नहीं रहा था कि इस आफत से कैसे उबरा जाए।

उन्होंने दारोगा की शरण ली और उन्हें एक अच्छी रकम देकर इस काँटे को दूर कर देने की विनती की। माल-मवेशी के बाद अब गुजाय ने गाँव के बच्चों को खाना शुरू कर दिया था और जब-तब किसी जवान पर भी बाण चला दिया करता था। दारोगा ने उसे थाने में लाकर पचास कोड़े लगवाए और घूस में तीन सौ रुपये लेकर यह हिदायत देते हुए छोड़ा कि अब वह गाँव में कोई ऐसी-वैसी हरकत नहीं करेगा। गाँव में तुरन्त तो कुछ नहीं हुआ, मगर दारोगा के गाँव में उसके ही घर में डकैती हो गई। डकैती इतनी भयंकर हुई कि जल्दबाजी में गहने नहीं उतरवा पाने के कारण डकैत झुमके और बुलाकी सहित दारोगा की बीवी के कान-नाक काटकर भाग निकले। उस दारोगा ने एक पखवारे के भीतर राजगंज से अपनी बदली करा ली और ऐसे थाने में चला गया कि गुजाय की छाँह भी कभी उस पर पड़ने नहीं पाए।

राजगंज में जो दूसरा दारोगा आया वह जादू-टोना और भूत-प्रेत में बिलकुल विश्वास नहीं करता था। उसने गुजाय को सबक सिखाने की ठानी। हजार रुपये पर गाँववालों से मामला तय हुआ। गाँव से बाहर भगाने के लिए गुजाय पर रोज मार पड़ने लगी। मगर, हफ्ता नहीं गुजरा कि गुजाय के बाणों का असर शुरू हुआ। गाँव में ऐसा हैजा चमका कि दारोगा के पाँचों बेटे पटापट कै-दस्त कर मर गए।

अब कोई दारोगा इस गुजाय को छूने को तैयार नहीं है, और हम अपने बाल-बच्चों को रो रहे हैं। हमारे जान-माल की रक्षा अब आप ही कीजिए। दारोगा जी से कहकर किसी तरह उसे वहीं हवालात में रखे रहिए या फिर फाँसी दिलवा दीजिए उसे। भगवान ने हमारी रक्षा नहीं की; आप हमारी रक्षा जरूर करेंगे। अगर यह गुजाय ओझा फिर गाँव लौट आया, तो, जो थोड़े-से बाल-बच्चे बचे हैं यहाँ, उन्हें भी वह खा जाएगा। हम हाथ जोड़कर विनती करते हैं कि आप हमारी रक्षा कीजिए; आपके बाल-बच्चों की रक्षा के लिए हम सब ईश्वर से प्रार्थना करेंगे।

टीपू का पत्र यहीं समाप्त हो जाता है। जब दिल्ली की दारोगाइन इसे पढ़ती है, तो उसका दम दुगदुगी में आ जाता है। पत्र समाप्त होते-होते वह एक सिपाही को भेजकर

उस हवालाती को बुलवा लेती है जो रोज मसाला पीसने आया करता था।

शाम में दारोगा जी घर आते हैं और बीवी से मुस्कराते हुए पूछते हैं, "आज दोपहर में ही उस कैदी को बुलवा लिया; कोई और भी काम था क्या?"

दारोगाइन ने झटपट जवाब दिया, "मैंने उसे भगा दिया।"

"भगा दिया!" हैरत में आ गए दारोगा जी, "क्यों? भगा क्यों दिया?"

"मैं उसे जानती थी।"

"जानती थी? कौन है वह?"

"महामारी...महामारी..." पत्नी ने फुसफुसाते हुए जवाब दिया।

गाँव के गुजाय चाचा को दिल्ली से बचाकर ले आता है टीपू। पिता के पुतले को जलाए जाते देख लेता वह चुपचाप? सह लेता चुपचाप? टीपू ने भला राम का नाम भी क्या लिया होगा! अगर दरवाजा बन्द नहीं होता, खिड़कियों में शलाकें नहीं होतीं, तो उछलकर बाहर चला जाता टीपू और हाथ में डंडा लिये उस भीड़ के आगे खड़ा होकर बोलता, "हाँ, अब जरा बोलो तो, राम नाम सत्त है...जरा बोलकर सुनाओ, क्या सत्त है..."

टीपू! मेरा बेटा! मेरी किस्मत...दौलत...ताकत...!

टीपू! खुदा की रहमत! मेरा बेटा!

जो सुख-दुख के क्षणों में दौड़कर अचानक सामने आ जाता है और फिर अपने आँसू पोंछते हुए या होंठों पर मुस्कान बिखेरकर अपनी बाँहें फैला देता है, "पापा!" वह बेटा—किस्मत, दौलत, ताकत—कैसे पिता को अपने से दूर हो जाने देगा! वह बेटा पिता के आँसू पोंछने दुर्गम पर्वतों को लाँघकर, उफनती नदियों को पारकर, भयंकर जंगलों से गुजरकर दौड़ आएगा अपने पिता के पास, "पापा, मैं आ गया हूँ, पापा।"

कठघरे में खड़े पिता के पास पहुँच तो गया था टीपू, मगर आज बुढ़िया की सुनवाई के दिन का वह अरदली नहीं था जो बुढ़िया की खातिर भद्दर मियाँ से हुक्का माँग लाया था, न वह मुंशी था जिसे बुढ़िया की शक्ल में अपनी दादी दिखाई पड़ गई थी, और न वह न्यायाधीश था जो ईश्वर की दया से उस बुढ़िया को सजा सुनाने से बच गया था।

आज न्यायाधीश की कुर्सी पर स्वयं भजनलाल, बैठे हुए थे और रह-रहकर जलती निगाहों से कठघरे में खडे शशांक गुप्ता को घूरते रहते थे।

अचानक बुदबुदा उठते हैं न्यायाधीश, "यह आदमी धोखेबाज है। इसने खुद मुझे धोखा दिया है; यह अपने बेटे को धोखा दे रहा है।"

अपनी सारी कुटिलता के साथ पेशकार बोलता है, "इसने फजीलत की पगड़ी अपने सिर बाँध रखी है, हुजूर। पत्थर पर दूब जमाने की कोशिश में यह बेटे को दोहे-कुंडलियाँ सुनाता है और बाघ को शाकाहारी बनाने के इरादे से बेटे के आगे सूक्तियाँ और अमृत-वाणी बाँचता है।"

सिर हिलाते हुए न्यायाधीश बुदबुदाता है, "यह दुष्ट है, भारी दुष्ट; मुझे भी धोखा दिया।"

पेशकार आगे बोलता है, "बेटे को बरबाद हो जाने के लिए इसने खुली छूट दे रखी है, हुजूर। इसका बेटा बाग-बगीचे में खेलता रहता है, खेत मैदान में घूमता रहता है, गाँव में चकफेरी दिया करता है, और गन्दे बच्चों की संगत में समय गुजारता है।"

"बेटे की ओर से बिलकुल लापरवाह है यह बाप," बोलते-बोलते चीख पड़ता है न्यायाधीश, "यह बाप है या दुश्मन?"

पेशकार और भी उत्साहित होता है, "और तो और, यह खुद बेटे को पोखर-तालाब में ले जाता है तैराकी सिखाने..."

"बेटा पानी में डूब जाए तो डूब जाए..."

"बेटे के साथ यह खुद भी गुल्ली-डंडा खेलता है, हुजूर..."

"हे राम! यह बेटे को गुंडा बनाकर छोड़ेगा क्या!"

"इसे बेटे की देह की अधिक चिन्ता है।"

"पहलवान बनाएगा क्या बेटे को?"

"जिस घर में एक छड़ी तक नहीं हो, हुजूर, उस घर का बच्चा तो कुछ भी बन सकता है।"

"इस शख्स को मैंने खुद एक छड़ी खरीदवा दी थी। इसने मेरे साथ धोखा किया है। बेटे का भविष्य ही खा जाना चाहता है यह तो! क्या करेगा यह जिन्दा रहकर!"

"हाँ, हुजूर," पेशकार बोलता है, "खुद इसका बेटा मेरे कानों में कई बार फुसफुसा चुका है कि इस बाप को मौत की सजा होनी चाहिए; मुझसे चिरौरी की है मौत की सजा दिलवाने के लिए।"

"इसके बेटे ने सिफारिश की है!" हैरत से बोलता है न्यायाधीश, और फिर पेशकार से पूछता है, "कहाँ है इसका बेटा?"

पेशकार की बगल से दो कदम आगे आ जाता है टीपू, "मैं ही इनका बेटा, हूँ, हुजूर।"

भजनलाल गौर से टीपू को निहारता है, एक क्षण किसी खयाल में डूबता है, और फिर भौंहें सिकोड़कर पूछता है टीपू से, "क्यों दुलारेलाल, बहुत आराम से कट रहा है बचपन?"

टीपू दोनों हाथ जोड़ देता है, "मैं भारी कष्ट में हूँ, सरकार।"

"क्या कष्ट है तुम्हारा?" तिरछी निगाहों से टीपू को घूरता है न्यायाधीश।

"कष्ट तो मौत से भी बढ़कर है, हुजूर।"

"तो फिर मर क्यों नहीं जाते?" गुस्से में बोल उठता है भजनलाल।

"बाप मरने भी तो नहीं देता।"

"तुम मरना चाहते हो और बाप मरने से रोक लेता है?" कुटिल मुस्कराहट के साथ पूछता है न्यायाधीश।

"हाँ, हुजूर," काफी दरदीली आवाज में टीपू कहना शुरू करता है, "गाँव में एक पोखर है, हुजूर; कई बार इच्छा हुई, उसमें डूब मरूँ। मगर मेरे पिता इस तरह पकड़े हुए हैं मुझे कि डूबकर मरने की मेरी इच्छा पूरी नहीं हो रही है। पिताजी जब-तब मुझे चुल्लू-भर पानी में डूब मरने के लिए कहते रहते हैं। मैं बच्चा हूँ, हुजूर; चुल्लू-भर पानी में डूब मरने का इल्म ही नहीं मालूम है मुझे। अब आपकी शरण में आया हूँ; मुझे मेरी मौत दे दीजिए या मेरे पिता को ही मौत के घाट उतार दीजिए।"

"अगर अपने भविष्य का इतना ही खयाल था, तो क्यों नहीं बहुत पहले ही तुम पिता से दूर हो गए या उन्हें अपने से दूर कर दिया?" बाप के कारण बरबाद होने की पूरी जिम्मेदारी भजनलाल बेटे पर मढ़ देता है।

"मैं देह-हाथ से इतना मजबूत तो था नहीं, हुजूर, कि बाप पर लाठी-भाला चलाऊँ, मगर उनकी मौत की कामना तो करता ही था। गाँव के हर देवी-देवता को मैं अपने मन की बात सुना आया। कचहरी मैदान में कितनी ही बार मेरे संगी-साथियों ने सामूहिक प्रार्थना की। मगर, पता नहीं कौन देवता इन पर सहाय हैं! इनका बाल भी बाँका नहीं हुआ।"

"तुम्हारे दिन तो मौज-मस्ती में कट रहे हैं; बाप के लाड़ले बने हुए हो तुम; फिर तुमने भला क्यों चाहा मर जाना?" कुछ हैरत से पूछता है भजनलाल।

"यह भला मौज-मस्ती की जिन्दगी है, हूजूर!" बेहद उदास स्वर में कहना शुरू करता है टीपू, "मैं तो बेटा और छोटा होने का दुख भोग रहा हूँ, हूजूर। जब मेरे पिता की आँखों में नींद झमकने लगती है, तभी उन्हें खयाल आता है कि अब उनके बेटे को भी उँघाई आ रही होगी। जब उनके पेट में चूहे कूदने लगते हैं, तभी उन्हें महसूस होता है कि अब बेटे को भी भूख लग गई होगी। इन्हें जरूरत न पड़े, तो मुझे कभी हाथ-पैर हिलाने की भी इजाजत नहीं मिले। जहाँ हर वक्त कोई हाथ में मोटा डंडा लिये कन्धे पर सवार हो, वहाँ भला मौज-मस्ती की कैसी जिन्दगी गुजरेगी, हुजूर!"

"मोटा डंडा!" भौंहें सिकुड़ जाती हैं न्यायाधीश की, "किसके हाथ में रहता है मोटा डंडा?"

"मेरे पिता के हाथ में," आर्द्र स्वर में जवाब देता है टीपू, "हर वक्त रहता है; केवल सुबह या केवल शाम में नहीं।"

कुछ सोच में पड़ जाता है न्यायाधीश और फिर पेशकर से पूछता है, "यह क्या सुन रहा हूँ, पेशकार साहब?"

"हो सकता है, हूजूर," पेशकर रुक-रुककर जवाब देता है, "हो सकता है; मोटा डंडा नहीं, हाथी के दाँत। जो जुर्म करेगा वह तो अपना आगा-पीछा सोच लेगा।"

"अच्छा, लड़के!" भजनलाल टीपू से मुखातिब होता है, "यह तो बताओ कि

तुम्हारे साथ क्या-क्या होता है? कैसे कटते हैं तुम्हारे दिन?"

"हो सकता है, हुजूर," फिर एक बार बोल पड़ता है पेशकार," डंडा दिखाकर बाप बेटे को गुल्ली-डंडा खेलने पर मजबूर करता हो; हो सकता है, डंडे लगाकर बाप बेटे को पोखर-मैदान की ओर ले जाता हो।"

"हाँ, हो सकता है," न्यायाधीश बुदबुदाता है।

"नहीं, हुजूर, यह सब कहाँ होता है!" टीपू ना में सिर हिलाते हुए कहता है, और फिर अपना दुखड़ा रोना शुरू करता है, "मैं तो खेल के नाम तक भूल गया हूँ, बहुत याद करने पर याद आता है कि गुल्ली किसे कहते हैं और डंडा कैसा होता है। मगर उस डंडा को याद करते ही आँखों के आगे पिताजी के हाथ का डंडा नाचने लगता है। लुका-छिपी का तो बस यही मतलब होता है मेरे लिए कि पिता का डंडा मुझे छूने की कोशिश करे और मैं उससे छिपने की कोशिश करूँ।"

"सच बोल रहे हो, दुलारेलाल?"

अदालत में झूठी-सच्ची गवाही दी जाती है, हुजूर, मगर मैं तो अपना दुखड़ा सुनाने आया हूँ; आपकी मदद लेने आया हूँ। मैं सच ही बोलूँगा, सच के सिवाय और कुछ नहीं बोलूँगा, हुजूर।"

"मामला उलझा हुआ लगता है, हुजूर," पेशकार बीच में टपकता है।

"अच्छा, यह तो बताओ, दुलारेलाल," न्यायाधीश गम्भीर हो उठता है, "कि तुम्हारे पिता तुम्हारी इतनी खोज-खबर रखते हैं, तब तुम्हें उनसे शिकायत क्यों है? किस बात का कष्ट है तुम्हें?"

"बड़े मीठे सपने कभी देखा करता था, हुजूर। इन सपनों में कितनी ही बार मैं आकाश में उड़ चुका हूँ। धरती के ऊपर उड़ने में बड़ा आनन्द आता है, हुजूर। एक बार मैं उड़कर दिल्ली भी गया था लाल किला देखने। इन सपनों में घोड़े पर चढ़कर मैं परियों के देश तक जा चुका हूँ। एक सुन्दर घोड़ा मेरे आगे आकर हिनहिनाता था। मैं दौड़कर उस पर चढ़ जाता था। घोड़ा मुझे लेकर उड़ता था और दूर, बहुत दूर, परियों के देश में चला जाता था। मैं दूर से परियों को नाचते-गाते देखता था। ज्यों ही मैं उनके समीप पहुँचता, वे सबकी सब बिला जातीं। मैं तब भी परियों के देश जाता रहा कि किसी-न-किसी दिन जरूर परियाँ रुकी रह जाएँगे और कहेंगी, 'आओ, टीपू; बैठो; आज जी-भर देख लो हमारा नाच।' मैं कभी-कभी सपने में अपने को किसी ऊँचे पहाड़ की चोटी पर पाता और वहाँ से चारों ओर निहारता। मैं बुलन्द आवाज में बोलता, 'टीईईपूऊऊ,' और फिर चारों ओर से आती आवाजें सुनता, 'टीईईईईपूऊऊऊऊ...' कितना आनन्दित, आह्लादित, हो उठता था मैं! लगता था, पूरी धरती पर यह आवाज फैल गई है, पूरी दुनिया यह आवाज सुन रही है। एक बार सपने में एक काला गुलाब तोड़कर भागा मैं। मेरे पीछे एक दानव दौड़ पड़ा। मैं भागता-भागता एक नदी के किनारे पहुँच गया। कोई और रास्ता नहीं पाकर मैं नदी में कूद पड़ा। मेरे पीछे वह दानव भी

नदी में कूदा। मैं तैरकर नदी के दूसरे किनारे जा पहुँचा। वह दानव भी अच्छा तैराक था; वह भी आ पहुँचा उस किनारे। अब क्या हो, मैं सोचने लगा। काला गुलाब लिये ही मैं फिर नदी में कूदा। तैरकर मैं फिर किनारे लग गया, मगर वह दानव बीच में ही डूब गया। तैरने में बहुत आनन्द आता है, हुजूर; मगर पिताजी के कारण गाँव में पोखर होते हुए भी मैं अभी तक तैरना नहीं सीख पाया हूँ। इन सपनों ने मुझे बहुत सुख दिया है, हुजूर...अब ये सपने नहीं आते; किसी रात नहीं आते; बिलकुल नहीं आते, हुजूर।"

"अब वे सपने क्यों नहीं आते, दुलारेलाल?" न्यायाधीश हल्के-से मुस्कराकर पूछता है।

"उन सपनों को पिताजी ने भगा दिया है; दिन में ही ऐसा दुत्कारा है कि वे रात में नहीं आए और ऐसा पहरा बिठाया है कि आकर भी दूर हो जाएँ।"

"यह कैसे?"

"हर वक्त किताब खोलकर मैं उस पर आँखें गड़ाए रहूँ, यह तो कर लेता हूँ, हुजूर; मगर मेरा मन भी किताब से बँधा रहे, ऐसा नहीं हो पाता। पढ़ते-पढ़ते अचानक मेरा मन अमराइयों में पहुँच जाता है और मैं मीठे आम से लदे किसी वृक्ष को झकझोरकर ढेर सारे फल नीचे गिरा देता हूँ। मगर वृक्ष से उतरकर ज्यों ही मैं अपना हाथ एक आम को उठा खाने के लिए बढ़ाता हूँ कि शेर की दहाड़ कानों में पड़ती है और जब तक मैं सँभलता हूँ तब तक तो उसका भरपूर पंजा मेरे गाल पर पड़ता है। यह पंजा किसी शेर का नहीं, मेरे पिताजी का हुआ करता है, हुजूर। मन ऐसे ही पहुँच जाता है कभी किसी नदी के किनारे, और फिर इच्छा होती है कि जरा डुबकी लगा लूँ। मगर ज्यों ही जल में घुसता हूँ, घात में बैठा घड़ियाल मेरी टाँग धर दबाता है अपने मुँह में। होश में आता हूँ, तो देखता हूँ कि पिताजी मेरी गरदन दबोचे हुए हैं और चीख-चीखकर बोल रहे हैं, 'भोर होने को है और अभी भी ऊँघ रहे हो! जाओ, आँखों में पानी के छींटें मारकर आओ।'

उड़ने के लिए हवा में ऊँचा उठता ही हूँ कि कोई पेट में नीचे से लग्गा की खोंचन देता है। उस वक्त अपनी उँगलियों से पिताजी मेरे पेट की चमड़ी मसलते होते हैं। मेरा जीना हराम हो गया है, हुजूर। कैसे पढ़ूँ, हर वक्त कैसे पढ़ूँ? इस मन का क्या करूँ, हुजूर?"

कहते-कहते आँखें भीग जाती हैं टीपू की। वह चुप हो जाता है। कुछ देर तक मुस्कराता है भजनलाल, एक नजर पेशकार की ओर देखता है, और फिर टीपू से पूछता है, "अभी भी तो सपने आते ही होंगे। अब क्या देखते हो सपनों में?"

"सपने देखता तो अभी भी हूँ, हुजूर, मगर अब हकीकत और सपने में कोई फर्क नहीं रह गया है। अब नींद में भी चैन नहीं है। अब तो कोई सरल या वक्र रेखा अचानक छाती में घुसने को होती है और मैं नींद में ही चीख पड़ता हूँ। कभी किसी वृत्त में गला फँसता है मेरा और वृत्त सिकुड़ने लगता है। मेरी घिग्घी बँध जाती है,

हुजूर; मुँह से आवाज तक नहीं निकलती। कभी त्रिभुज के तीनों कोण नाच-नाचकर अपनी नोंक मेरे जिस्म में गड़ाने लगते हैं। मैं छटपटाता रह जाता हूँ, हुजूर। कहीं से कोई राहत नहीं। नींद में कितनी ही बार चीखकर जग गया हूँ; कोई पूछनेवाला भी नहीं कि क्या हुआ मुझे, क्यों चीख पड़ा मैं।"

"माँ दौड़कर नहीं आती?" कुटिल हँसी न्यायाधीश के होंठों पर बिखर जाती है।

माँ भी नहीं आती, हुजूर; वह भी नहीं आती। पता नहीं, क्यों? शायद पिताजी ने उसे कोई हिदायत दे दी है।"

"पिताजी बिलकुल नहीं आते?" आह्लादित हो उठता है भजनलाल।

"आते हैं, सपनों में, दुश्मनों को शह देने। सपनों में भी वह अपनी करतूतों से बाज नहीं आते।"

"वह कैसे? वह कैसे, दुलारेलाल?" खुशी से ओत-प्रोत हो जाता है भजनलाल।

"बाबर और उसके बेटे-पोतों ने अभी तक मेरा पीछा नहीं छोड़ा है, हुजूर।"

"एक बार अपनी पूरी फौज के साथ बाबर ने हमारे घर को घेर लिया। खुद बाबर घर के अन्दर घुस आया और चिचियाने लगा, "टीपू कहाँ है? कहाँ है टीपू?" मेरे पिताजी बाहर निकले और उससे पूछा, 'कौन हैं आप?' उसने जवाब दिया, 'मैं बाबर हूँ।' पिताजी ने पूछा, 'टीपू से क्या काम है?' बाबर ने जवाब दिया, 'टीपू विद्रोही है; मैं उसे सजा दूँगा। उसे फरगना ले जाऊँगा मैं।' इतना सुनना था कि मैं चारपाई के नीचे दुबक गया। मगर नीचे से ही देखता हूँ कि मेरे कमरे में चार टाँगें घुसीं। गुस्से से काँप रही दो टाँगों के ऊपर से आवाज आई, 'कहाँ है वह नालायक?' दूसरी दो टाँगें मुड़ीं और जवाब सुनने को मिला, 'चारपाई के नीचे।' मैं हाथ जोड़ता हुआ बाहर निकल आया और पिताजी से लिपट गया। पिताजी ने धक्का मारकर मुझे अलग कर दिया और कहा, 'तुम्हें अकेले ही जाना है फरगना। अब भोगो अपने कुकर्मों का फल। बाबर ने बाहर ले जाने के लिए मुझे खींचा, तो मैंने दरवाजा पकड़ लिया। मैं इस तरह चिपक गया दरवाजे से कि ज्यों ही बाबर ने जोर लगाया, मेरी नींद टूट गई। अगर नींद नहीं टूटती, तब, क्या होता, हुजूर? अकेले ही जाता मैं फरगना? कितना भारी जुल्म हो जाता मेरे साथ!'"

"भारी जुल्म हो जाता?" मुस्कराते हुए पूछता है भजनलाल।

"हाँ, हुजूर," घिघिआकर बोलता है टीपू, "भारी जुल्म हो जाता मेरे साथ।"

"अब तो खुश हो, फरगना जाने से बच गए?"

"चैन कहाँ है, हुजूर!" आह भरकर कहता है टीपू, "चैन तो नहीं है। एक-एक पल काटना मुश्किल हो रहा है। ऐसा बैर तो किसी भी बाप ने अपने बेटे के साथ नहीं ठाना होगा। आप सुनेंगे, तो हैरान हो जाएँगे। एक बार एक दैत्य अचानक कहीं से कूदता-फाँदता हाथ में एक बाँस लिये मेरे पास आ गया। जल्दी-जल्दी उसने वहीं जमीन में बाँस गाड़ा और उस पर चढ़ने-उतरने लगा; और फिर मुझसे बोला, 'जल्दी

बताओ, मैं घंटे में कितनी बार इस बाँस पर चढ़ता-उतरता हूँ; और यह भी बताओ कि हर दस सेकेंड में कितने हाथ चढ़ता हूँ और कितने बित्ते फिसलता हूँ।' उसने फिर बहुत कड़ककर आवाज में कहा, 'जल्दी जवाब दो, नहीं तो तेरी खाल उधेड़कर उसमें भूसा भरूँगा।' तब, सुनेंगे आप, पिताजी ने क्या पूछा उससे?"

"क्या?"

"पिताजी उसके पास आकर धीरे से बोले, 'चार पसेरी भूसा से काम चल जाएगा न, दैत्य जी? मैं अभी भुसकार से भूसा लाकर देता हूँ।' मैं तो कसाई के खूँटे से बँधा हुआ हूँ, हुजूर; हर वक्त हलाल होने का डर सताता रहता है। रोज-रोज की इस मौत से एक रोज ही मर जाना बेहतर है। आप मेरे प्राण हर लीजिए; मुझ पर रहम कीजिए, सरकार।"

अदालत की मर्यादा को ताक पर रखकर जोर से ताली बजाते हुए किलक पड़ता है भजनलाल और अपने दोनों हाथ उठाकर जोर-जोर से बोलता है, "शशांक बाबू को बाइज्जत रिहा किया जाता है।"

अदालत से दस कदम आगे चलकर रुक जाता है शशांक और मुड़कर भीगे पलकों से टीपू को अदालत से बाहर आते हुए देखने लगता है। टीपू एक क्षण ठिठकता है, और फिर पिता से नजरें मिलते ही दौड़कर सामने चला आता है। अपनी दोनों बाँहें फैला देता है टीपू और फिर उछलकर उन्हें पिता के गले में डाल देता है, "पापा!" पिता उसे छाती से लगाकर कन्धे पर बैठा लेते हैं और घर का रास्ता पकड़ते हैं। टीपू जरा झुककर पिता के कान के पास अपना मुँह ले जाता है और फिर धीरे से फुसफुसाता है, "आज तो मैं गुलाबजामुन खाऊँगा, पापा।" मुँह उठाकर जोर से हँस पड़ता है शशांक और घर की बजाय सीधे जगदीश साह हलवाई की दुकान की ओर अपने डेग बढ़ा देता है।

जाते हुए मन-ही-मन बुदबुदाता है शशांक, "टीपू...मेरा बेटा...मेरी किस्मत... भाड़ में जाए भजनलाल..."

8

भाड़ में जाए भजनलाल; अपनी किस्मत शशांक खुद ही सँवार लेगा। दिव्या के कहने पर वह टीपू को बनारस के किसी पंडित-ज्योतिषी के पास ले जाए, ऐसा भला क्या दोष है टीपू में!

बहुत दयालु है टीपू, यह भी एक दोष है क्या?

खाने पर बैठता है टीपू और माँ को सुनाता है, "माँ, आज कमुआ भूखा ही सोएगा।"

"तो मैं क्या करूँ! सोने दो।"

"उसकी सौतेली माँ आज खाना नहीं देगी, ऐसा बोल रहा था कमुआ। एक कटोरी गायब हो गई है उसके घर से और कमुआ पर कटोरी बेच देने का इलजाम लगा है।"

"चोरी का फल मिलना ही चाहिए।"

"उसने चोरी नहीं की है, माँ। कमुआ मुझसे झूठ नहीं बोल सकता। कहाँ कटोरी बेचेगा वह गाँव में? उसे मार भी लगी है और आज खाना भी नहीं मिलेगा। उसका बाप घर में नहीं है आज।"

"यह सब मुझे मत सुनाओ; अपना खाना खाओ चुपचाप।"

"कैसे खाऊँ, माँ! मैं खाकर सो जाऊँगा और वह भूख से जगा रहेगा रात-भर! मुझसे खाया जाएगा, बोलो तो? उसकी अपनी माँ रहती, तो क्या आज वह भूखा सोता?"

"मगर इस तरह हम रोज उसे खाना तो नहीं दे सकते।"

"रोज के लिए तो नहीं कह रहा हूँ; बस, आज एक रोज के लिए कहता हूँ।"

"मगर अभी रात में खाना खिलाओगे कैसे?"

"तुम थोड़ी-सी रोटी-सब्जी कागज में बाँधकर दे दो; मैं उसे पहुँचा दूँगा। कोई जानेगा भी नहीं।"

"ठीक है, दे दूँगी; पहले अपना खाना खा लो।"

भूखे दोस्त को खिलाकर टीपू आराम की नींद सोता है उस रात।

इतना दयावान है टीपू, यह तो भारी दोष है उसमें। है न? "...सब अपने पूर्व जन्म के कर्मों का फल भोग रहे हैं। किसी पर दया क्यों?" बुजुर्गों ने ऐसा कहा है। कहा है न?...अगर किसी भले आदमी को अपने आगे की भरी थाली से कौर उठाते हुए उन चेहरों की याद आने लगे जिन्हें उस वेला दाना मयस्सर नहीं हुआ, तो भला क्या हश्र होगा उस भले आदमी का! बोलिए, क्या हश्र होगा?...यह तो भारी रोग पाल रहा है टीपू। इससे बड़ा दोष और क्या हो सकता है किसी बच्चे में! बचपन में भला इस बात की चिन्ता कि कौन भूखा है, कौन प्यासा!

साले भिखमंगे गाछ-वृक्ष के नीचे काटते रहते हैं साल-पर-साल और लतियाते जाते हैं पूस-माघ को। जाड़ा-पाला का कोई असर होता है क्या इन पर! लोगों की निगाह पड़ती ही रहती है; किसी में दर्द तो नहीं उभरता! मगर एक बूढ़े ने जाड़ा-पाला को लतियाने-मुकियाने की पूरी कूवत के साथ राजगंज में शिवालय के सामने पीपल गाछ के नीचे अपना मुकाम डाला, तो टीपू को उसकी कूवत का भरोसा नहीं रहा और वह दया-द्रवित हो उठा। उस बूढ़े को वह घर का कम्बल दे आएगा, इस निर्णय पर पहुँचने में पल-भर की देर नहीं लगाई उसने।

बूढ़े ने न तो अपना दुखड़ा रोया था और न मुँह ही खोला था टीपू के सामने किसी चीज के लिए। टीपू ही खोद-खोदकर पूछता रहा उससे भुँकाता रहा उसे। और फिर कम्बल-दान का भूत सवार हो गया उस पर। किसी भरी गृहस्थी में ऐसा बच्चा

पैदा हो, तो बाप के बुढ़ाने के पहले ही उस घर में झाड़ू फिरेगा और खुद घरवालों को किसी गाछ के नीचे शरण लेनी पड़ेगी। दुनियादारी का तो यह बड़ा साधारण-सा उसूल है कि गरीब-दुखिया से बचकर रहो; और अगर उसका भला चाहो, तो मदद माँगने पर मुरौवत बरतने की बजाय पीठ पर ऐसी लात जमाओ कि वह साला वहीं मरकर ढेर हो जाए और इस दुख-ग्राम से मुक्ति पा ले। साधारण-सा उसूल है दुनियादारी का यह; मगर यहाँ तो बाप के पास कारूँ का खजाना है, फिर बेटा क्यों न बने दरियादिल!... तो फिर हमलोग यह मान लें कि और बच्चों में यह दया-ममता भले ही दोष हो, मगर, टीपू का यह दोष कोई दोष नहीं है?

उमर पचपन के पार चली गई, मगर गुड्डी उड़ाने का शौक अभी तक नहीं गया, बेटे तो अभी लम्बा इन्तजार कर रहे हैं, मगर दोनों बहुएँ बारी-बारी से घर में दस बार ससुर के मुँह में आग देने चली आती हैं। बूढ़े ठाकुर को इसकी कोई फिक्र नहीं। वह तो टीपू का यार बना हुआ है, और मस्त है। किसी को बुढ़ाने-भर की देर है; उसके बाद टीपू के दादा बन जाने में कोई देर नहीं। टीपू का दादा बनकर बूढ़े ठाकुर ने साँप छोड़ दिये हैं बहुओं की छाती पर लोटने के लिए।

राजगंज के आकाश में पहली गुड्डी ठाकुर दादा की पहुँचती है, और तब पतंगबाजों को लगता है कि गुड्डी उड़ाने के दिन आ गए। आकाश से उतरनेवाली आखिरी गुड्डी भी ठाकुर दादा की ही होती है। उसके बाद ही धूप और हवा का ऐसा मौसम आता है कि गुड्डी उड़ाने का शौक काम नहीं करता।

ये दिन बहुओं के लिए त्योहार के दिन होते हैं; वे पति के सामने भी बेखौफ ससुर को गलिया सकती हैं। ठाकुर दादा को याद नहीं कि ये दिन बहुओं ने कभी अपने मैके में बिताए हों।

कानोकान पूरे गाँव को यह खबर मिल गई कि जो भी आदमी ठाकुर दादा को पतंग उड़ाने से रोकने की कोशिश नहीं करेगा, उसे उनकी बहुओं के श्राप से हैजा हो जाएगा। एक-आध कोशिश कर हर परिचित ने अपना पाप छुड़ा लिया; एक टीपू ही बाँका वीर बना रहा।

टीपू तो ठाकुर दादा के घर तक धावा बोल आता था। अब माँझा तैयार करने कोई सन्तोखिया गड्ढे के पास तो नहीं जाएगा! बहुओं से छुड़ाकर ठाकुर दादा को बाहर भी तो लाना पड़ता था। टीपू के पहुँचते ही ससुर भी बहुओं के गर्जन-तर्जन से अविजित रहकर उन्हें तुर्की-बतुर्की जवाब देता और फिर ताल ठोंककर टीपू के साथ निकल पड़ता। जब से चाय घर में बनने लगी ताकि चाय के पैसे का दुरुपयोग बूढ़ा ससुर गुड्डी खरीदने में न कर पाए, तब से गुड्डियों का इन्तजाम भी टीपू को अपने पैसों से ही करना पड़ता। डोरी-माँझा की जिम्मेदारी भी टीपू के ही ऊपर। टीपू अकेले गुड्डी उड़ा नहीं सकता; जब भी उड़ाएगा, ठाकुर दादा के साथ ही।

माँ ने एक बार बेटे से कहा; "तू क्यों जाता है बूढ़ा ठाकुर के साथ गुड्डी उड़ाने? उसके घरवालों को इस बात की रंजिश है।"

बेटे ने जवाब दिया, "जिस साल ठाकुर दादा गुड्डी नहीं उड़ाएँगे उसी साल वे परलोक सिधार जाएँगे। अगर तुम चाहती हो कि इस साल वे राम को प्यारे हो जाएँ, तो ठीक है; नहीं जाऊँगा कल से मैं गुड्डी उड़ाने। साफ-साफ बोलो, क्या कहती हो?"

एक बच्चा एक बूढ़े को खराब करने पर तुला हुआ हो, और लोग कहें कि "अहा! बच्चा कितना दयालु है! जरा भी दोष नहीं है बच्चे में।" लोग ऐसा नहीं कहें, मगर बाप क्या कहे?

रंग चढ़ा लच्छू चौधरी पर और ब्याहता के रहते वह एक और दुलहन उठा लाया। ब्याहता ने सौतन का स्वागत मुस्कराकर किया। नये सास-ससुर को पता था कि अखाड़े में पहले से ही एक जबरजंग औरत विराजमान है। सुखी दाम्पत्य जीवन की शुभ कामनाओं के साथ गाँववाले दोनों शादियों के भोज खा आए; मगर जब सौतियाडाह का डमरू बजा, खेल देखने कोई नहीं आया। कुश्ती काँटे की होती, तो शायद दूर-पास की औरतें ताक-झाँक करने आ भी जातीं; मगर जब जोड़ी बेमेल साबित हुई, तो सारा मजा किरकिरा हो गया।

नई बहू की चीख पर एक टीपू दौड़कर आया था। लच्छू की पुरानी बीवी ने नई बीवी की बाँह को लुआठी से दाग दिया था। गाँव के किसी मर्द के दिल में दर्द नहीं हुआ; एक टीपू के मन में ममता उमड़ आई। यह कोई निर्दोष ममता है जो आग में पानी डालने की बजाय घी डाले! टीपू ने नई बहू को ललकारा था, "कोई तुम्हें मारे, तो उसे तुम भी मारो।" अगर इस ललकार पर गाँववाले बिगड़ जाते, तब क्या होता टीपू का? जब बीवियों का मालिक घर में मौजूद है, तो बाहर का कोई लौंडा उस घर के मामले में क्यों टाँग अड़ा रहा है?

तो फिर आप लोग भी अपने-अपने बच्चों को भेदिया बनाकर पास-पड़ोस के घरों में घुसाइए और जहाँ-जहाँ आग सुलग रही हो वहाँ बैठाइए उसे पंखा झलने। दया-ममता के नाम पर न कोई देवता उसका बुरा करेगा, न गाँव में कोई उसके विरुद्ध मुँह खोलेगा। कितना निश्चिन्त है शशांक अपने दयालु बेटे की ओर से!

एक बार घर से निकला, तो बाहर भी टीपू का वही रंग-ढंग। पूर्णिया में अस्पताल के सामने मुकाम डाले काने भिखमंगे को न्यौता देकर आया वह, "आप मेरे राजगंज चलिए; वहाँ मैं आपको खूब भीख दिलवाऊँगा।"

न्यौता देकर भूल नहीं गया टीपू उस काने को। मन्दिर-देवालय में घुसते ही उसे अपने उस काने दोस्त की याद आ जाती और वह प्रार्थना कर लिया करता, "हे भगवान! उस भिखमंगे की एक आँख बचाए रखना।"

यह सुनते ही कि पिताजी पूर्णिया जा रहे हैं, टीपू दौड़कर आया था और बोला था, "उस भिखमंगे को मेरी याद दिला दीजिएगा, पिताजी, और उसे मेरी ओर से बीस पैसे दे दीजिएगा।"

अब शायद वह राधेश्याम के पास हर रविवार को पहुँच जाया करेगा और उससे बोलेगा, "चाचाजी, अस्पताल के सामने बैठे काने भिखमंगे को ये बीस पैसे आप दे दीजिएगा और कहिएगा कि राजगंज के टीपू ने दिया है।"

यह लड़का तो देश-दुनिया दिखाने के काबिल भी नहीं है। जहाँ जाएगा वहीं अन्धे-काने और लूले-लँगड़े को ढूँढ़ निकालेगा, और फिर गाँव वापस आकर उन सबके लिए प्रार्थनाएँ करेगा गाँव के देवताओं से। जीना दुशवार हो जाएगा इस लड़के का। ऐसी दया, ऐसी ममता किस काम की?

गाँव में जब भी किसी बुढ़िया पर नजर पड़ती है टीपू की, याद आ जाती है धर्मशाला की वह बुढ़िया जो उसे 'टीटू' कहकर पुकारा करती थी, यह याद देर तक सताती रहती है उसे। अकारण वह बेचैन हो जाया करता है। और तब पिता से पूछता है वह, "पापा, वह बुढ़िया तो अब जरूर मर गई होगी?"

पिता खुफिया निगाहों से बेटे को घूरते हैं और जवाब देते हैं, "हाँ, अब तो जरूर मर गई होगी।"

बेटा बाप का जवाब अनसुना कर जाता है और बोलता है, "मैं रोज उसे बाजार से दूध ला दिया करता था, पिताजी। मेरे आने के बाद तो उसे दिक्कत हुई होगी, और अब...अब तक तो वह अपने गाँव चली गई होगी।"

"अब तक वह जरूर मर गई होगी," पिता फिर सुनाते हैं।

टीपू अपनी रौ में बोलता चला जाता है, "वह बुढ़िया बिलकुल अकेली थी, पिताजी; कोई आदमी नहीं था उसके साथ। गाँव में भी कोई नहीं होगा उसका। कोई होता, तो क्या उसके साथ नहीं आता? बुढ़िया अकेली आती पूर्णिया?"

"कष्ट भोगना था उसे, भोग लिया; अब तो उसे मुक्ति मिल ही गई होगी। हाँ-हाँ, अब जरूर मर गई होगी वह बुढ़िया।" बोलकर पिता फिर ताकने लगते हैं पैनी निगाहों से टीपू की ओर।

टीपू खामोश हो जाता है; अब और कुछ नहीं बोलता। मगर शशांक को लगता है कि टीपू को उस बुढ़िया की मौत का जरा भी विश्वास नहीं। बुढ़िया टीपू के साथ लग गई है और अब कभी उसका साथ नहीं छोड़ेगी; अगले हजार वर्षों तक नहीं मरेगी बुढ़िया।

टीपू न जाने कब तक अकारण बेचैन होता रहेगा!

मगर क्या टीपू अकारण बेचैन हो रहा है?

सुन लो, दिव्या, यह खुदा की रहमत है कि अपना बेटा इतना रहमदिल है। पोथियाँ

पढ़कर पंडित नहीं बनेगा वह, तब भी कोई हर्ज नहीं। कोई हर्ज नहीं है, दिव्या। उसका दर्द, बेचैनी, छटपटी, तिलमिलाहट—ये सब हमारी दौलत हैं, दिव्या। दिव्या! तुम्हें मेरी बातों का विश्वास हो रहा है न?

दिव्या बात-बात पर दौड़कर कहने चली आती थी पति से, "आप मेरी कुछ सुनते क्यों नहीं? ज्यों-ज्यों इस लड़के की उम्र बढ़ती जा रही है, इसका मगज खराब होता जा रहा है। ऐसी-ऐसी हरकतें करता है कि कोई भी कह देगा, लड़का पागल है। दिमाग का यही हाल रहा तो किसी दिन मेरी गोद में आकर माँ का दूध पीने के लिए मचलने लगेगा। पता नहीं, क्या लिखा हुआ है इसकी जन्म-पत्री में! मैं अभी भी कहती हूँ कि इसे किसी पंडित-ज्योतिषी से दिखाइए, नहीं तो बाद में पछताना पड़ेगा। किसी होम-जाप से ही इसका दिमाग अब रास्ते पर आएगा।

"उस दिन गौरी चाची के यहाँ से बाहर जाते ही टीपू गौरी चाची बनकर आँगन में बैठ गया और उनकी नकल में मुँह हाथ चमका-चमकाकर हाय-हाय करते हुए लगा उन्हीं की तरह बतियाने। कोई देखे नहीं, तो समझे कि चाची ही बोल रही है। मुझे तो हँसी आने लगी, मगर यह हँसने की बात थोड़े ही थी! अगर गौरी चाची उलटकर फिर चली आतीं और इस लड़के को देखतीं करतब करते हुए, तो अवश्य उनके मुँह से कुबोल निकल जाते; कुछ-न-कुछ श्राप देकर ही जातीं वे। हम आपस में गौरी चाची के बारे में कुछ भी बोलें-बतियाएँ, इस लड़के को उससे क्या मतलब! बच्चा जानकर तो अब कोई माफ नहीं कर देगा इसे।

"एक दिन आँगन में आ खड़ा हुआ हाथ में गुलाब का एक फूल लिये और फिर अचानक जोर-जोर से चिल्लाने लगा, 'लाठी लाओ; लाओ लाठी।'"

मैं हड़बड़ाकर बाहर निकली और भौचक उसे देखने लगी। मेरी ओर उसने नजर तक नहीं डाली और फिर चिल्लाया, "लाओ लाठी; आज मैं फैसला कर ही लूँ।"

मैंने पास जाकर उसे झकझोरा, "टीपू...टीपू, क्या हुआ रे?"

उसने मुझे अनदेखा-अनसुना कर दिया और एक कदम पीछे हटकर फिर गरजा, "लाओ भाला; आज मैं किसी को भोंककर ही दम लूँगा। सरसतिया! सुनती क्यों नहीं है?"

मैंने पहले तो दौड़कर आँगन का किवाड़ लगाया कि गुस्से में यह बाहर नहीं जाने पाए और फिर उसके पास जाकर चिचियाई, "बोल न, टीपू, किससे झगड़ा हुआ है? किसे भाला भोंकेगा?"

अबकी बार वह ठठाकर हँसा और बोला, "मैं किसी को भाला नहीं भोंकूँगा, माँ। भाला भोंकने के लिए हनुमान सिंह तैयार है। मैं अभी हनुमान सिंह बना हुआ हूँ।"

मैं तो इतनी डर गई थी कि मुझसे इस लड़के को थप्पड़ मारते भी नहीं बना। अगर हनुमान सिंह इसे इस तरह नकल उतारते देख-सुन ले, तब तो महाभारत मचेगा।

वह गुलाब का फूल भी उसकी फुलवाड़ी का ही रहा होगा। इस बच्चे को इतनी समझ भी नहीं है कि वह जो कर रहा है उसका क्या परिणाम हो सकता है।

एक दिन तो बाहर से मार खाकर ही आता यह लड़का। राजू बता रहा था कि दो आदमी रास्ते से जा रहे थे और टीपू उनके पीछे-पीछे चल रहा था। वे दोनों कुछ बतियाते और हँसते हुए जा रहे थे। एक आदमी की हँसी ऐसी थी कि वह देर तक हें-हें करता रह जाता था। अपनी-अपनी हँसी होती है हर किसी की; हजार लोग हजार तरह से हँसते हैं। कोई हँसी किसी को बुरी क्यों लगे! मगर आपके बेटे को वह हँसी बुरी लग गई। एक बार उस आदमी ने अपनी हँसी पूरी की, तो पीछे से टीपू हें-हें कर बैठा। उस आदमी ने सुनकर भी अनसुना कर दिया। भरसक उसने कोशिश भी की आगे किसी बात पर नहीं हँसने की। मगर हँसनेवाली बात हो, तो हँसी रोकी जा सकती है क्या! जब दूसरी बार टीपू को मौका मिला और उसने हें-हें की अपनी नकल पेश की, तो हें हें हँसीवाले के संगी ने उलटकर उसकी ओर देखा। हें-हें हँसीवाले को शर्म हुई होगी। टीपू पर टूट पड़ने की बजाय उसने संगी से इतना-भर कहा, "यह लौंडा पागल मालूम पड़ता है।" यह तो खैरियत समझिए कि उन लोगों ने पागल समझकर इसे छोड़ दिया, नहीं तो आपके बेटे की अच्छी पिटाई हो जाती उस दिन। जो सुनता वही दो-चार तमाचे जमाकर जाता...अब पहले यह बताइए कि आप सोच क्या रहे हैं? अभी भी आप होश में आएँगे या नहीं? अब क्या सारा गाँव बेटे को पागल कहने लगेगा तब आप चेतेंगे? तब तक तो बेटा सचमुच पागल हो चुका रहेगा।

और अब तो, दिव्या को लगता है, रोग बढ़ता ही जा रहा है बेटे का। जो बच्चा पहले आदमी की बोली बोलता था, अब वह...

घर के काम-काज से फुरसत पाकर घरनी जरा सुस्ताने के इरादे से पलँग पर पसरी ही थी कि कानों में म्याऊँ की आवाज पड़ी। बिल्ली की याद आते ही दूध भरा तसला याद आया; और ज्यों ही याद आया कि रसोई की कुंडी चढ़ाना तो वह भूल ही गई थी, हड़बड़ाकर दौड़ गई वह रसोई की ओर।

माँ को इस तरह दौड़ते देख ओसारे की खाट पर लेटकर छत को निहार रहे बेटे ने अचरज से पूछा, "क्या हुआ, माँ?"

बेटे को अचरज में पड़ा छोड़कर माँ रसोई में घुसी, कुछ बरतनों को ढनमनाया, और फिर रसोई की कुंडी चढ़ाकर बेटे को झाड़ा, "जगे रहते हो, तब भी आँखें बन्द रहती हैं क्या? सामने से क्या आता-जाता है, कुछ दिखाई नहीं पड़ता? अभी तो बिल्ली दूध पी गई रहती!"

"बिल्ली!" बेटे के अचरज में और भी वृद्धि हो गई, "यहाँ तो कोई बिल्ली नहीं आई है!"

बेटे के साथ कोई सवाल-जवाब करने की बजाय माँ कुछ भुनभुनाते हुए फिर से

पलँग पर पसरने अन्दर कमरे में चली गई। कुंडी लग गई थी, इसलिए बेटे ने बिल्ली को अब और आने से मना कर दिया।

आँगन में गेहूँ पसारकर सुखाया जा रहा था। गेहूँ ओसारे पर बैठे बेटे की निगरानी में है, यह सोचकर माँ उधर से बेखबर हो गई और घर के दूसरे कामों में लग गई। मगर बकरी के अन्दर आ जाने की सूचना ज्यों ही माँ के कानों में पड़ी, बेटे को बकरी भगा देने का आदेश सुनाने की बजाय, जो न जाने कब तक दुलारी बकरी को दाना खिलाता रह जाए, माँ खुद 'हाय राम, बकरी' बोलकर बाहर निकल आई। इधर-उधर उसने बेटे पर निगाह फेंकी, तो बेटा बुदबुदाया, "बकरी! कहाँ है बकरी?"

बेटे को कुछ कहे बगैर माँ अपने काम पर वापस लौट गई।

बकरी फिर मिमियायी, तो इस बार दौड़कर बाहर नहीं गई माँ और किवाड़ की झिरी से यह देखने लगी कि बकरी किधर है। तीसरी बार उसने बकरी को मिमियाते ही पकड़ लिया और माथा ठोंककर थोड़ी देर तक खाट पर बगैर हिले-डुले बैठी रह गई।

पति के घर आते ही वह तीर की तरह उसके पास पहुँची और बहुत तैश में कहा, "अब आपके भरोसे नहीं रहूँगी मैं; अब किसी पंडित से उसे दिखाकर ही दम लूँगी। अब यह लड़का घर में कुत्ता-बिल्ली की बोलियाँ बोलता है। ज्यों-ज्यों बढ़ता जा रहा है त्यों-त्यों बिगड़ता जा रहा है यह। बेटा जैसा धन मैं हाथ से जाने नहीं दूँगी, कह देती हूँ। आप मेरी बात सुनते क्यों नहीं?"

शशांक ने दिव्या की बात सुनी; कुत्ता-बिल्ली-बकरी की बोलियाँ भी सुनीं उसके मुँह से। सुन-सुनकर जोर-जोर से ठहाके लगाए उसने और फिर बीवी को अपनी ओर से सुनाने बैठ गया...

"सुनो, दिव्या, तुम्हारा बेटा अपनी इस उम्र में जितना होशियार हो चुका है उतना होशियार इस उम्र में मैं नहीं था। बिल्ली-बकरी की बोलियाँ भी वह बोल सकता है, इसे अवगुण नहीं मानकर उसका गुण ही मानो। और यह भी सुन ही लो कि इस छोटी-सी उम्र में ही वह कितना समझदार निकल गया है। माँ-बाप के साथ भी वह खेल खेल लिया करता है, मगर पढ़ाई को अपने चित्त से कभी उतरने नहीं देता। पढ़ाई का मोल जानता है वह। अपनी पाठशाला में गुरुजी बनकर टीपू ने कमुआ से कहा था, 'इस पढ़ाई को ही अपनी माँ मान लो, और पढ़ो, ध्यान लगाकर पढ़ो, रे पाजी।' क्या समझती हो कि टीपू किसी गुरुजी की नकल में यह बोल रहा था? नहीं, दिव्या, यह टीपू की अपनी आवाज थी, अपने अन्दर की आवाज। उसके खेल-कूद और शरारतों से तुम बिलकुल नहीं घबराओ; अपना टीपू पढ़ेगा, जरूर पढ़ेगा। ऐसा तुम्हें लगता है कि उसने पढ़ाई से मुख मोड़ लिया है? नहीं, यह तो मैं साफ देख रहा हूँ कि अब वह पढ़ाई में पहले से कुछ अधिक मन लगा रहा है। और, वह क्यों अधिक मन लगा रहा

है, यह भी मैं समझता हूँ। हाथ में छड़ी चमकाते हुए टीपू गुरुजी ने हरिया से कहा था, 'पढ़ाई भी क्या गधे की सवारी है, उछलकर चढ़ गए और लगे हाँकने! आँखें फोड़नी पड़ती हैं इस पढ़ाई में, चूतड़ दाबकर बैठना पड़ता है; तब कहीं जाकर विद्या होती है। टीपू समझ गया है कि उसे भी आँखें फोड़नी पड़ेंगी और चूतड़ दाबकर बैठना पड़ेगा। और अब वह इस ओर प्रयास भी कर रहा है। मगर बच्चा बच्चा है, खेल तो खेलेगा ही, थोड़ी-बहुत शरारत तो करेगा ही। बिल्ली की बोली बोलने लगा, तो तुम गलत समझ गई कि वह बिल्ली ही बन गया। तुम यह भी समझती हो कि मैं उसे बहुत दुलार करता हूँ और इस दुलार में बरबाद हो जाएगा यह लड़का। मगर जान लो, दिव्या, कि यह लड़का अब किसी के दुलार में बरबाद होनेवाला नहीं है। उस दिन टीपू ने हरिया से नहीं, अपने-आप से कहा था, 'दुलार-प्यार में बरबाद हो जाओगे, जान लो।' टीपू जानता है कि यही उम्र उसके पढ़ने की है। अभी पढ़ाई से भागकर एक हरिया ही नहीं, वह भी पछताएगा, यह बात टीपू के मन में आ गई है। कैसे कहती हो, दिव्या, कि टीपू समझदार नहीं है? टीपू इतना तक समझता है कि अगर पढ़-लिखकर वह लायक नहीं बना, तो कोई पूछेगा भी नहीं, पास में बैठने तक नहीं देगा और माँगने से भीख तक नहीं मिलेगी।

"जो टीपू पिरथिया को सीख दे रहा था बाप का सपना पूरा करने के लिए, वही टीपू क्या अपने पिता के सपने को पूरा करने की बात मन में नहीं सोच रहा होगा? कितनी ही बार उसने इस सपने की चर्चा की है और इसे पूरा करने का प्रण किया है। यह सपना टीपू को आगे की ओर ठेल रहा है और बराबर ठेलता रहेगा। उसे एक डॉक्टर बनना है और गरीब-दुखिया का मुफ्त इलाज करना है, यह बात उसके मन में बैठ चुकी है। इस उम्र का बालक सोचता है इतनी दूर तक, बताओ तो?"

"यह जानती हो कि उसे अपने माता-पिता की कितनी चिन्ता है? उसने रघुआ से कहा था, 'बुद्धू बना रहेगा, तब तो अपना पेट चलाना ही भारी पड़ेगा, रे रघुआ। तब क्या खुद खाएगा, क्या अपने बूढ़े बाप को खिलाएगा?' रघुआ से अधिक टीपू को अपने बूढ़े बाप की चिन्ता हो गई है। बुढ़ापे में माँ-बाप को खिलाना है, अभी से यह चिन्ता समा गई है उसके मन में; और, बुद्धू रहकर वह ऐसा नहीं कर सकेगा, यह अच्छी तरह जान गया है वह। छोटी-छोटी बातों पर भी ध्यान देता है वह, यह तुम्हें नहीं मालूम, मगर मैं जानता हूँ। याद करो, एक दिन उसने तुमसे कहा था, "माँ, पिताजी बहुत कमजोर हो गए हैं। उन्होंने आज मुझे एक थप्पड़ मारा, तो चोट बिलकुल नहीं लगी। तुम उन्हें दूध पीने को देती हो या नहीं?" पिता कमजोर तो नहीं हो रहे हैं, इस हद तक खयाल रखता है वह अपने पिता का। कैसे कहती हो, लड़के में समझ नहीं है?

"और, तुम्हारी ही उसे क्या कम चिन्ता है! उस दिन अपने कमरे में पढ़ते-पढ़ते ही खेल सूझ गया उसे और उस खेल में अकेले ही वह बकने लगा था, 'माँ, देखो, मैं

किसे पकड़कर लाया हूँ। अब तुम्हें रोटी बेलने की जरूरत नहीं है। यह काम बराबर किया करेगा। और यह दूसरा आदमी है चौका बरतन के लिए। अब तुम्हें एक और नौकर पानी-भरने के लिए चाहिए। अगले खेप में उसे भी ला दूँगा। तुम्हारे मौसा जी के घर में किस-किस काम के लिए कितने नौकर थे, बता देना; अगली बार पाँच-सात नौकर पकड़ लाऊँगा।' लड़का समझ रहा है कि माँ को तकलीफें हैं, और वह अभी से माँ को उन तकलीफों से मुक्त करने की चिन्ता में फँसा हुआ है। बोलो, लड़का समझदार है या नहीं? अभी भी लगता है तुम्हें कि लड़का पागल होता जा रहा है?"

"अपना टीपू बहुत लायक, बहुत समझदार है, दिव्या। अभी से ही उसे अपनी जिम्मेदारियाँ समझ में आ रही हैं। किसी पंडित या ज्योतिषी को बुलाने की जरूरत नहीं है। होम-जाप हमें ही करना है, हम दोनों को। मैं उसे रास्ते से भटकने नहीं दूँगा; विश्वास करो इस बात का।"

"मैं आज ही कह देता हूँ, दिव्या, कि इस बेटे के कारण जरूर किसी दिन तुम्हारा सिर गर्व से ऊँचा होगा। वह जरूर बड़ा बनकर दिखाएगा, पूरा-पूरा विश्वास है मुझे। यह तो जन्म से ही संस्कारी पैदा हुआ है। सद्गुणों के बीज पड़ गए हैं उसके दिल-दिमाग में; वे जरूर फूले-फलेंगे।

"मन में ठान लिया है टीपू ने कि वह एक डॉक्टर बनेगा और गरीबों का इलाज मुफ्त में करेगा। टीपू को पता है कि उसकी माँ अपने मौसा की तरह घर में धन-दौलत का अम्बार देखना चाहती है, मगर उसे यह भी पता है कि ऐसा नहीं होने पर भी माँ कब खुश हो जाएगी। टीपू सपना देखता है कि जैसे ही उसका नाम फैलेगा और दस लोगों के मुँह से माँ अपना गुणगान सुनेगी, फूलकर कुप्पा हो जाएगी माँ और पिताजी को सुनाने जाएगी, 'हाँ जी, आप तो ठीक ही कह रहे थे; धन-दौलत के पीछे दौड़ने से क्या होता है! इतने लोगों की दुआएँ लगेंगी, तब भी मेरा बेटा कभी दुख में रहेगा क्या! भगवान उसका हर मनोरथ पूरा करेगा। मौसा जी के घर में तो चोरी का धन आता है; मेरा बेटा तो पुण्य का काम कर रहा है।'"

"पुण्य का काम यह हमेशा करता रहेगा, दिव्या। कुरीतियों और कुप्रथाओं पर अभी से इसकी नजर पड़ने लगी है। रोक पाए या नहीं, मगर एक दिन टीपू ने मुझसे कहा था, 'मैं गाँव में बलि-प्रथा को रोक दूँगा, पिताजी।'"

बचपन में एक बार शशांक पाठे की बलि देखने चंडीथान गया था। एक बार ही जा पाया था वह; दुबारा नहीं जा सका था। माँ से वह सुन चुका था कि किसी जमाने में आदमियों की भी बलि दी जाती थी और आज भी देवी-देवताओं को प्रसन्न करने के लिए चोरी-चुपके बच्चों की बलि दी जाती है ताकि देवी-देवता खुश होकर मनोकामना की पूर्ति करें या किसी बड़े काम में कोई विघ्न उपस्थित न होने दें। माँ ने बताया था

कि इसके लिए बच्चे चुराए जाते हैं या कभी-कभी, न जाने कहाँ से, खरीदकर भी ले आए जाते हैं। शशांक यह सब सुनकर बहुत भयभीत हो गया था। और, बहुत वर्षों तक यह खयाल उसे पीड़ित-प्रकम्पित करता रहा कि उसे चुरा लिया गया है। और फिर उसे घसीटकर किसी देवी के सामने बलि के लिए खड़ा कर दिया गया है, और हाथ में बड़ा-सा कृपाण लिये कोई दैत्य-सा भयंकर आदमी 'जय दुर्गा-जय काली' के उच्चारण के साथ उस पर...हर बार वह जोर से आँखें मीच लिया करता था ताकि आगे कुछ देख नहीं सके। आज तक वह अपने को बिलकुल मुक्त नहीं कर पाया था इस खयाल से।

बलि के दिन चंडीथान जाना उसका बचपन में ही छूट गया था। जिज्ञासावश ही एक बार चला गया था वह। उसके बाद भी जब कभी चंडीथान में वह घुसा था या माँ के कहने पर कभी दीप जलाने वहाँ गया था, तो उसकी निगाह रह-रहकर बलिवेदी पर चली जाती थी और वह अन्दर तक सिहर उठता था। इसी बलिवेदी से उसने एक भैंसे को वेदी पर गड़े काठ, जिसमें उसका सिर फँसाया गया था, को तोड़कर अपना अधकटा सिर लिये भागते देखा था। कृपाण के एक वार में सिर नहीं कट पाया था उसका, और फिर उसने इतना जोर लगाया था कि काठ को तोड़कर चंडीथान से बाहर निकल भागा था। खून का फुहारा उस भैंसे के सिर से छूटते देखा था उसने। उसने आँखें जोर से बन्द कर ली थीं।

आज टीपू ने फिर उस याद को ताजा कर दिया था। वह चंडीथान जा रहा है, यह कहने टीपू पापा के पास चला आया था। महल्ले से कई औरतें और बच्चे जा रहे थे। पहले तो शशांक ने बेटे को उनके साथ जाने की अनुमति दे दी, मगर फिर उसने स्वयं टीपू के साथ जाने का निश्चय किया। उसे लगा कि टीपू के साथ उसका जाना जरूरी है।

एक-एक कर कई पाठे काटे गए उनके सामने। टीपू हर पाठे को फूल-माला पहनते, मिमियाते और फिर कटते गौर से देखता रहा। शशांक सिर्फ टीपू को देखता रहा था। बाप ने अपने बचपन को बेटे के पास देखा। टीपू को सिहरते और आँखें मीचते भी देखा उसने। याद करने लगा था शशांक कि उसने नर-बलि की बाबत बेटे को कभी कुछ बताया तो नहीं था, उस भैंसे का जिक्र तो नहीं किया था जो वेदी के काठ को तोड़कर अपना अधकटा सिर लिये चंडीथान से बाहर निकल भागा था।

वापसी में रास्ते-भर कुछ नहीं बोला टीपू, और जब घर में घुसने को हुआ तो अचानक पिता से पूछ बैठा, "आदमियों की बलि भी इसी तरह की जाती है, पिताजी?"

"आदमियों की बलि!" अनमने भाव से शशांक बोला, "आदमियों की बलि नहीं दी जाती।"

"हाँ, पिताजी," पिता की बात काटते हुए बेटे ने कहा, "पहले जमाने में आदमियों की भी बलि दी जाती थी। इस जमाने में भी बच्चों की बलि दी जाती है। आज भी लोग कार्य-सिद्धि के लिए बलि देते हैं। इसके लिए बच्चे चुराए जाते हैं, खरीदे जाते हैं।"

“हाँ, बच्चों की चोरियाँ होती हैं...बच्चों को सावधान रहना चाहिए।” कहकर चुप हो गया शशांक।

“क्या बलि से मनोकामना पूरी हो जाती है, पिताजी?”

“नहीं; बिलकुल नहीं।”

“तो फिर लोग पाठा क्यों चढ़ाते हैं?”

“यह अन्धविश्वास है; एक गलत प्रथा चल रही है।” कहकर शशांक टीपू को छोड़कर अपने कमरे में घुस गया। टीपू पीछे-पीछे कमरे में आ गया, तो पिता ने उससे कहा, “अब जाओ; मुझे थोड़ा आराम करने दो।”

दोपहर में खाना खाने के बाद शशांक विश्राम कर रहा था, तो टीपू फिर सामने आ खड़ा हुआ और बोला, “यह प्रथा बन्द नहीं हो सकती है, पिताजी?”

शशांक ने बेटे को एक बार तेज निगाहों से घूरा और फिर जवाब दिया,” हो सकती है...हो जाएगी।”

“कैसे?”

“अपने-आप।”

“अपने-आप?” बेटे ने शंका जाहिर की।

“हाँ, अपने आप बहुत-सी प्रथाएँ लुप्त हो गई हैं।”

“हम तुरन्त बन्द नहीं कर सकते?”

गुस्से में आ गया शशांक और बोला, “हाँ, अगर पाठा चढ़ानेवाले हर आदमी के पीछे हम लाठी लेकर दौड़ें, तो बन्द कर सकते हैं।”

टीपू सिर झुकाकर चला गया था।

मगर शाम में फिर हाजिर हुआ टीपू और पिता से कहा, “मैं इस प्रथा को बन्द कर दूँगा, पिताजी।”

“कैसे?” पिता ने अचरज से पूछा।

टीपू मुस्करा उठा, “वही तो ठीक से सोच नहीं पा रहा हूँ।”

बाप को रंग बदलते देख बेटा सामने से खिसक गया।

“यह बेटा दूसरों के लिए जिएगा, दिव्या। तुम अपनी कोख पर गर्व करोगी। इस बेटे के कारण मैं खुद खूब बूढ़ा होकर मरना चाहूँगा। इसे भला क्यों ले जाऊँ किसी पंडित-ओझा के पास!”

“टीपू कुछ जिद्दी हो गया है,” एक दिन खुद शशांक ने ही दिव्या से कहा था।

कुछ नहीं, बहुत; बहुत जिद्दी हो गया है,” दिव्या ने जवाब दिया था।

शशांक नहीं मानता कि टीपू बहुत जिद्दी हो गया है। अगर कुछ जिद्दी वह है भी, तो यह उसकी नहीं, उसकी उम्र की जिद है। याद करता है शशांक, बचपन में वह भी तो जिद्दी था; माँ उसे किसी-न-किसी तरह मना ही लिया करती थी। कोई

बच्चा ऐसी जिद तो नहीं करता कि किसी समझौता के लिए जगह ही नहीं हो! दिव्या को मनाना ही नहीं आता; तुरन्त उबल जाती है। लाख गुस्से में हो टीपू, जिद किये बैठा हो, माँ-बाप से कुट्टी कर ली हो, मगर अपना दरवाजा बिलकुल बन्द कभी नहीं करता वह। टीपू की जिद!...धत, दिव्या को मनाना ही नहीं आता...

ऐसे ही एक दिन काफी गुस्से में था टीपू। बाप ने तीन-चार तमाचे जड़ दिये थे गाल पर, और उसकी आँखों से आँसू निकल आए थे। बेटा रूठ गया। बाप ने मनाने की कोशिश की और टीपू को हाँक लगाई।

"क्या है?" टीपू ने दूर से ही आवाज दी थी।

इधर आओ," शशांक ने कहा था, मगर उसे बिलकुल आशा नहीं थी कि टीपू बुलाने से आ जाएगा। टीपू आकर सामने खड़ा हो गया था।

"मेरा एक काम करोगे?" बेटे पर आँख गड़ाकर बाप ने पूछा था।

"नहीं," बेटे ने तुरन्त जवाब दिया था।

"मेरी बात नहीं मानोगे?"

"नहीं मानूँगा।"

"पिता हूँ न!"

"नहीं हैं," टीपू ने जवाब दे दिया था।

शशांक थोड़ा सहम गया था बेटे के जवाब पर, मगर उसने देखा कि बेटा अभी भी खड़ा है उसके सामने। उसने फिर अपना मुँह खोला, "तुम्हें गुस्सा आ गया है, मगर इतना तो सोचो कि मैंने क्यों मारा।"

"डकैत की तरह?" झपट्टा मारने की मुद्रा में बेटे ने जवाब दिया था।

शशांक के मुँह की बोली छिन गई थी और वह अचानक गुमसुम हो गया था। तब बेटा बाप को अत्यधिक मायूस देख खुद ही चिन्तित हो उठा और बोला, "क्या काम है; बोलिए जल्दी!" मुझे पढ़ने जाना है।"

बहुत जल्दी मान गया टीपू। पिता पर अपना गुस्सा प्रकट कर वह खुद ही पापा के पास चला आया था। बेटे ने ऐसी जिद कभी नहीं की कि उसे बाप से दूर जाना पड़े। खाक जिद्दी है टीपू! असली बात तो यह है कि इस फूहड़ औरत को कभी आया ही नहीं किसी रूठे को मनाना।

जिस दिन बूढ़े को कम्बल देने के लिए जिद कर रहा था टीपू उस दिन भी शशांक की अनुपस्थिति में बेटे को बहला-फुसलाकर रखना नहीं आया दिव्या को। चीख-चिल्ला सकती है, जल-भुनकर रो सकती है, मगर बेटे को समझा-बुझा नहीं सकती। उस दिन शशांक के आने पर और भी उछलने-कूदने लगी थी वह, "ऐसे नहीं मानेगा यह लड़का। आप छत पर चढ़िए और पकड़कर लाइए उसे नीचे।" पत्नी के कहने पर छत पर नहीं चढ़ा था शशांक और धीरे से आवाज लगाई थी, "टीपू, नीचे उतरो। दूसरी हाँक पर नीचे उतर आया था टीपू।

कहाँ कोई जिद कर रहा था वह!"

जिद तो खुद दिव्या कर रही थी; बार-बार टीपू की गत बनाने पर जोर दे रही थी। अगर दिव्या की जिद पर वह सचमुच छत पर चढ़कर 'शैतान' को पकड़ लाने की कोशिश करता, तो शायद वह गाँव का दूसरा 'मुसमार मंडल' बन जाता...

चूहों की फौज ने विशुद्ध वैर भाव से बैजनाथ मंडल के घर पर हमला बोला। घरवाली के अनुसार किसी भी तरह गिनती करने से चूहे सौ से दो-चार अधिक होंगे, एक भी कम नहीं।

हल्के-फुलके उत्पात से असन्तुष्ट होकर चूहों ने जरा जोर मारा और एक रात घरवाली का कलेजा, एक ऊनी शाल, पा लिया जिसे मंडल जी ने घरवाली के कई सालों तक रिरियाते रहने के बाद एक साल गुलाबबाग मेले से खरीद कर ला दिया था।

सारे चूहों ने मिलकर उस शाल के माध्यम से अपनी कुतरन-कला का एक बेमिसाल नमूना पेश किया।

एक या दो रातों में ऐसा भारी काम नहीं किया गया होगा।

घरवाली ने अपनी शाल की नई शक्ल देखी, तो छाती पीट ली और खटपाटी लेते हुए शौहर को सुनाया, "इस घर में अब मैं रहूँगी या चूहे-मूसे।"

मंडल जी अगर उस वक्त यह शर्त रख देते कि चूहों के बहिष्कार के बदले में वह अगले लगन में एक और ब्याह करेगा, तो घरवाली ताबड़तोड़ जवाब देती, "मंजूर, मंजूर, मंजूर।"

मंडल ने मूसों के सर्वनाश का बीड़ा उठाया और उसी रोज भिनसार में, जब दुनिया- भर के चूहे बाहर से आ-आकर उनके घर में रात-भर उत्सव मनाने और गुलछर्रे उड़ाने बाद रुखसत होते हैं, उन पर छापा मारने की योजना बना डाली।

सही समय पर मंडल जी बीवी-बच्चे सहित चूहों पर पिल पड़े। घर में डंडे बरसने लगे।

डंडे की मार से एक अचार भरा मर्तबान फूट गया; एक बोतल का गला उतर गया; एक तसला पिचक गया, फूटा नहीं।

लुका-छिपी से जब जी-भर गया चूहों का, तो वे खेल छोड़कर पैंतरा भाँजते हुए बाहर भागने लगे। चूहों के पीछे मंडल जी भी बीवी-बच्चे समेत घर से बाहर आ गए।

बड़े अचरज से देखा उन्होंने कई चूहों को सामने जलेबी गाछ पर चढ़ते हुए। झटपट एक नई योजना तैयार की उन्होंने। बच्चों को कुछ पढ़ाया गया, उनके हाथों में लाठियाँ थमाई गईं, और खुद मंडल जी गाछ पर चढ़ गए। हाथ में एक लग्गा लेकर वे गाछ में चूहों के खोंतों को ढूँढ़ने लगे।

जमीन पर लाठियाँ पटक-पटककर बच्चों ने गुबार उड़ा दिया।

अचानक उस गुबार के बीच गाछ से मंडल जी गिरे। ईश्वर की दया से बच्चों ने

सही समय पर देख लिया कि ऊपर से क्या टपका।

हल्का बदन था मंडल जी का; केवल एक टाँग टूटकर रह गई।

हालाँकि पूरी कार्रवाई के दौरान एक भी मूसा हताहत नहीं हुआ, मगर गाँववालों ने मंडल जी का नाम रख दिया 'मुसमार मंडल।"

शशांक का भी कोई नाम रखना पड़ जाता गाँववालों को, अगर उस दिन दिव्या की जिद पर वह 'शैतान' को पकड़ लाने के लिए छत पर चढ़ जाता...

पत्नी के 'मगर चढ़िएगा कैसे?' सुनकर अगर वह ताव में आ जाता, तो छत पर चढ़ जाना कौन बड़ी बात थी उसके लिए! वह भी टीपू की तरह एक पैर खाट की पाटी पर रखता और दूसरा दीवार में ठुँकी कील पर, और फिर उछलकर छत पर पहुँच जाता।

मगर टीपू क्या इस आसरे में बैठा रह जाता कि पिताजी आएँ और उसे गोद में उठाकर ले जाएँ? जिदियाया बच्चा बहुत खतरनाक होता है। सम्भव था, टीपू अपनी छत से नारायण गुप्ता की छत पर चला जाता।

अब तो उसे भी ताव चढ़ता और वह दौड़ पड़ता नारायण गुप्ता की छत पर... धम्म-धम्म-धम्म...

छत के नीचे हो-हल्ला शुरू हो जाता, और फिर नारायण गुप्ता की मोटी आवाज उसके कानों में पड़ती, "कौन है, रे साला?"

घर के लोग आँगन में निकलने लगते।

नारायण गुप्ता और शीतल चौधरी के मकानों के बीच एक गली है। टीपू छलाँग लगाकर शीतल चौधरी की छत पर चला जाता। जिदियाया बच्चा भला गिरने-मरने की बात सोचे!

तब क्या बेटे के पीछे वह भी जिद में छलाँग लगा नहीं बैठता? बेटा ताव दिखा रहा है; बाप क्या करेगा?

राहगीर तक मूत्रोत्सर्ग के लिए उसी गली में घुसते हैं। रात-बिरात लोग उस गली में मल-विसर्जन तक करने से बाज नहीं आते। महल्ले-भर के लोग शीशे के टुकड़े उसी गली में फेंकते हैं।

एक बार एक गेहुँअन उसी गली से निकलते हुए मारा गया था। लोग बताते हैं, उसमें साँप का जोड़ा होगा। दूसरे साँप का आज तक कोई अता-पता नहीं है।

गलत छलाँग लग जाने के सौ कारणों में से अगर एक भी उपस्थित हो जाता, तब क्या होता?...शीतल चौधरी की छत पर जा पहुँचने की बजाय वह बीच गली में गिरता...धमाक...आह!...हे राम!...

"गली में कोई कूदा है। धमाक की आवाज आई है," कोई स्त्री बोल रही होती, "जरा देखिए, कोई चोर तो नहीं है।"

मर्द की फुसफुसाहट सुनाई पड़ती, “रुको, हल्ला मत करो। भाला कहाँ है? चोर ही होगा।”

भाला लेकर शीतल चौधरी गली का मुँह घेर लेता और तब शोर मचाता। खास-खास मौके पर फरसा लेकर निकल जानेवाला नारायण गुप्ता इस मौके पर भी फरसा लेकर बाहर दौड़ आता। फिर भयानक शोर मचता...लोगों के दौड़ने-भागने का शोर, किवाड़ों के खुलने-बन्द होने का शोर...” भागने न पाए...कोई अन्दर मत जाइए; हथियार चला देगा...आप भाला लेकर यहाँ रहिए; जैसे ही निकले, भाला चला दीजिए...नहीं-नहीं, रग्घु को बुलाओ; वह तीर से मारेगा; उसका निशाना ठीक बैठता है...पिस्तौल जरूर होगा साले के पास; पीछे हट...मगर साला गली में गिरा है, तो जख्मी जरूर हो गया होगा...गली में रोशनी दीजिए...”

यह भूलकर कि नारायण गुप्ता की छत पर से छलाँग लगाने के बाद बाप का क्या हुआ, टीपू और दो-चार छतें छलाँगकर किसी छत से नीचे कूद जाता और फिर शोर को सुनकर वह भी भीड़ में शरीक हो जाता और यह देखने गली के मुँह पर चला आता कि चोर कैसा होता है।

गली में रोशनी फेंके जाने के पहले ही गली से एक चिचियाहट भरा निवेदन आता, ‘रुकिए, रुकिए...तितितितितीर मत चलाइए...मैं हूँ...मैं शशशशशशशांक गुप्ता...’

अगर उस दिन बीवी के ताव चढ़ाने पर वह सचमुच गुप्ता की छत से छलाँग लगा देता, तो आज गाँववाले मुसमार मंडल की तरह उसे भी कोई तीसमार गुप्ता ही कहकर पुकारते।

कितना अच्छा हुआ कि उसने टीपू को हाँक लगाई और टीपू चुपचाप नीचे उतर आया!

फूल चाहिए टीपू को हनुमान सिंह की फुलवाड़ी का ही, यह तो टीपू की जिद ही हुई।

अपने पिछवाड़े में भी एक फुलवाड़ी है। उसमें भी फूल ही खिलते हैं। फूलों में वही रंग, वही सुवास, वही सौन्दर्य...मगर वह आनन्द नहीं जो हनुमान सिंह की फुलवाड़ी के फूलों से प्राप्त होता है। यह तो खालिस जिद है बेटे की।

नहीं, यह खालिस जिद नहीं है। बच्चा आनन्दित क्यों हो उठता है? इन फूलों में वह रंग नहीं होता जो हनुमान सिंह के काँटे उग आए चेहरे में होता है, वह सुवास नहीं होता जो हनुमान सिंह की गालियों के जरिये फैलने लगता है। फूल बहुत सुन्दर तब दिखने लगते हैं जब हनुमान सिंह चिल्लाता है, “यहाँ क्या कर रहा है, रे कौआ का बच्चा?...इधर क्यों झाँक रहा है, ऐ कुकुर की औलाद?...लछमिनिया! लाओ तो भाला...किस हरामखोर ने तोड़ लिया गुलाब?...”

एक टीपू ही तो नहीं, सारे बच्चों को उसी फुलवाड़ी के फूल चाहिए, सबके लिए एक वहीं आनन्द की झड़ी।

चिरंजीव

दोष हनुमान सिंह का भी कम नहीं। और अब तो उसके दोष को ही दूर करना पड़ेगा। गाँव में न फूलों की कमी है न फुलवाड़ियों की, मगर किसी और की फुलवाड़ी की ओर तो बच्चे बढ़ते ही नहीं।

पंक्ति-च्युत हनुमान सिंह को अब बिरादरी में लाना होगा...कैसे? यह सोचने लगा शशांक।

सबसे पहले वह टीपू के दोस्तों को एक जगह इकट्ठा करेगा और फिर उनके बीच एक असरदार भाषण देगा, शशांक ने मन में विचारा और फिर बुदबुदाकर भाषण देने लगा, "प्यारे बच्चो! इस हनुमान सिंह के चलते अपने राजगंज की बहुत बदनामी हो रही है। पिछले पखवारे में मैं इलाके के बीस-पचीस गाँव घूमकर आया हूँ। ऐसा एक भी गाँव नहीं मिला जहाँ किसी एक ने काफी कुटिलतापूर्वक मुस्कराते हुए पूछ नहीं लिया, "सुना है, आपके गाँव में कोई हनुमान सिंह हैं जो बड़ी अच्छी गालियाँ देते हैं?" मेरा सिर तो लज्जा से झुक जाया करता था और फिर तुरन्त वहाँ से रुखसत हो जाने का जी करता था। अब तुम लोग भी अपने मामा-मौसा के घर किस मुँह से जाओगे, अपने ममेरे-मौसेरे भाइयों के साथ कैसे अकड़कर बतियाओगे! मेरी एक राय मानो, अब इस हनुमान सिंह का मुँह बन्द कर दो; ऐसा करो कि वह गालियाँ दे ही नहीं पाए।"

हर बच्चे के मन में यही प्रश्न उठेगा कि हनुमान सिंह के मुँह को कैसे बन्द किया जा सकता है, शशांक ने ऐसा अनुमान किया और फिर उसने अपनी ओर से समाधान पेश किया, "प्यारे बच्चो! अगर तुम उसकी फुलवाड़ी से फूल तोड़ना छोड़ दो, उसकी फुलवाड़ी पर निगाह फेंकना तक छोड़ दो, तो फिर इस हनुमान का मुँह आप से आप बन्द हो जाएगा। तुम्हें पता नहीं है, प्यारे बच्चो, कि इस हनुमान सिंह ने फुलवाड़ी ही इस इरादे से लगाई है कि वह बच्चों को लुभाकर अपनी ओर खींचे और उन्हें गालियाँ सुनाने का अवसर पा जाए। उसके इस षड्यंत्र को बेकार कर दो। उसके बाद क्या होगा, जानते हो?"

क्या होगा, यह बताने के पहले वह खूब जोरदार ठहाके लगाएगा और देर तक हँसता रहेगा जैसे कि गुदगुदी लगाई जा रही हो उसे, शशांक ने मन में निर्णय लिया, और उसके बाद चेहरे को हँसमुख बरकरार रखते हुए बताना शुरू करेगा, "प्यारे बच्चो! तुम सब भी यह जान लो कि जिस दिन हनुमान सिंह के मुँह से गालियाँ नहीं निकलतीं उस दिन उसके पेट का अनाज नहीं पचता। सोचो, कितनी बड़ी सजा मिलेगी उसे। दिन-भर वह भुनभुनाता और अपने क्रोध में आप ही जलता रहेगा। एक पखवारे में ही उसे दिन को तारे दिखाई देने लगेंगे। लेकिन, प्यारे बच्चो, तुम तब तक उस फुलवाड़ी पर नजर भी नहीं डालना जब तक खुद हनुमान सिंह तुम्हें हाँक लगाकर नहीं बुलाता और गिड़गिड़ाकर नहीं कहता, "क्यों रे घुटरा...कमुआ...हरिया! मेरी फुलवाड़ी के

फूल क्या देवता को नहीं चढ़ाए जाते? बेखौफ तोड़कर ले जाओ, बेटे। मैंने कभी मना तो नहीं किया है..."

बच्चों से वचन लेकर वह उन्हें विदा कर देगा और फिर टीपू को अपने पास बैठाकर अपनी योजना बताने लगेगा, "सुन लो, टीपू, सर्वत्र हनुमान सिंह की फुलवाड़ी की ही चर्चा होती है। यह अब मुझसे बरदाश्त नहीं होता। जब हमारे पास भी फुलवाड़ी है, तो हम यहाँ भी दूसरों से बढ़-चढ़कर रहेंगे। मैंने सोच लिया है कि अपनी फुलवाड़ी ऐसी बना दूँ कि लोग हनुमान सिंह की फुलवाड़ी का नाम तक भूल जाएँ। दूर-दूर से लोग बस हमारी फुलवाड़ी को देखने आएँ। हम ऐसे-ऐसे फूल उगाएँगे जिन्हें इलाके के लोगों ने कभी देखा भी नहीं होगा। मैं दूर-दूर से फूल के गाछ मँगाकर यहाँ रोपूँगा। बस तुम्हें इस फुलवाड़ी की वैसी ही देखभाल करनी है जैसी हनुमान सिंह अपनी फुलवाड़ी की करता है। एक फूल तक कोई तोड़कर ले जाने न पाए। बोलो, हो सकेगा ऐसा?"

"जरूर होगा," बेटे का उत्तर बाप के मुँह से ही निकल गया, और शशांक बेटे के इस उत्तर से निश्चिन्त हो गया।

बच्चों से निबटकर वह सीधे हनुमान सिंह के महल्ले में घुसेगा, शशांक ने सोचा। उस महल्ले में वह सबसे पहले सियाराम भैया के घर जाएगा। भैया से दो-चार बातें कर लेने के बाद वह भाभी के पास बैठ जाएगा। भाभी पर अपना मनसूबा जाहिर करेगा वह और उनसे वचन लेगा कि अब कभी भी कराही में शुद्ध घी डालते वक्त वे एक खास खिड़की को खुली नहीं छोड़ेंगी, बच्चों के हाथ में पूआ-पकवान थमाकर उनसे बाहर में नाच-नाचकर खाने के लिए नहीं कहेंगी, और जब तब हनुमान सिंह की लक्ष्मी-सरस्वती को अपने घर पर सिलाई-बुनाई सीखने के लिए आमंत्रित करती रहेंगी।

वहाँ से छूटते ही वह रामबहादुर सिंह के पास जाएगा और उनसे बोलेगा, "आप बेटेवाले हैं, बड़े सुखी हैं, मगर यह तो बताइए कि कन्या-दान के बिना आपकी आत्मा को सद्गति कैसे प्राप्त होगी? अब तो कन्या-दान का थोड़ा-बहुत पुण्य टोले-महल्ले की बेटियों के विवाह करवाकर ही आप अर्जित कर सकते हैं। हनुमान सिंह की बेटियों पर आपकी निगाह क्यों नहीं जाती? एक गोली में दो शिकार होंगे, हनुमान सिंह का मुँह भी बन्द हो जाएगा और आपका पुण्यार्जन भी होगा।" इतना सुना देने के बाद, शशांक को पक्का यकीन हो गया, एक पखवारे के अन्दर ही रामबहादुर सिंह हनुमान सिंह के पास पहुँच जाएँगे और उन्हें सुनाएँगे, "सुन लीजिए, भाई हनुमान सिंह, मेरे साथ आपकी दोस्ती-दुश्मनी अपनी जगह पर, मगर आपकी बेटी मेरी भी बेटी ही हुई। अब लक्ष्मी विवाह के योग्य हो गई है और मैं भी उसके वर की तलाश में लगा हुआ हूँ। मैं खुरहान में एक लड़का देखकर आया हूँ; एक लड़का मैंने गमैल में भी देखा है। दो-चार दिनों में धबौली जानेवाला हूँ; वहाँ भी मैं पता लगाऊँगा। रिश्ता तय करने में भी समय लगेगा। अभी से हमें इस काम में लग जाना चाहिए। मैं अपने सौ काम छोड़कर इस काम में आपका साथ दूँगा।"

रामबहादुर सिंह को छोड़कर अब वह देबू साह को पकड़ेगा और उन्हें समझाना शुरू करेगा, "एक पते की बात बताता हूँ, साह जी; लक्खी चौधरी की दुश्मनी से अधिक जरूरी है हनुमान सिंह की दोस्ती। आप खुद सोचकर देखिए, लक्खी चौधरी की दुश्मनी से जितना चैन मिलता है आपको उससे कहीं अधिक हनुमान सिंह के साथ आपकी अपनी दुश्मनी से बेचैनी होती है। फिर क्यों नहीं हमदर्द बन जाते हैं उसका और दोस्ती का हाथ बढ़ा देते हैं उसकी ओर? जिस दिन हनुमान सिंह के दरवाजे पर कुत्ता मरा पड़ा था, आप केवल लक्खी चौधरी को फँसाने की बात सोचते रहे। बार-बार घर से बाहर निकलकर आपने उस साले, चोट्टे, बेहूदे, पाजी, कुकर्मी गुंडे को गालियाँ दीं जो कुत्ता मारकर वहाँ फेंक गया था और यह भी चिल्लाकर सुनाया कि वह कुकर्मी गुंडा जरूर कहीं भाग गया होगा। मरे कुत्ते को वहाँ से हटाने के लिए आपने कोई प्रयत्न नहीं किया। आपको तो तुरन्त एक मेहतर बुलाकर और दो-चार पैसे अपनी टेंट से लगाकर भी कुत्ते को फिंकवा देना चाहिए था। मैं रहता तो कुत्ते की एक टाँग में रस्सी बाँधता और उसे घसीटते हुए सन्तोखिया गड्डे में डाल आता। बोलिए, साह जी, अब आगे से ऐसा ही करेंगे न?"

शशांक के दिल ने हाँ में जवाब दे दिया, तो भला देबू साह कैसे हामी नहीं भरते!

देबू साह के दुरुस्त होते ही वह घर से बाहर निकल रहे लक्खी चौधरी को रोकेगा और भूमिका बाँध लेने के बाद कहना शुरू करेगा, "हनुमान सिंह की गालियाँ चुपचाप सुन लेने में कोई अक्लमन्दी नहीं है; अक्लमन्दी है उसका मुँह बन्द कर देने में। आप सामने का दरवाजा बन्द कर दें या घर छोड़कर ही कहीं भाग जाएँ, गालियों का असर कम नहीं होगा। मेरी राय मानिए, तो आप अपने दरवाजे पर रहिए और अपनी निगाह हनुमान सिंह के दरवाजे पर भी रखिए। कभी अचानक दौड़ पड़िए उसके दरवाजे की ओर और लक्ष्मी-सरस्वती को हाँक लगाकर बुलाने के बाद बोलिए, 'सुनो, बेटी, अभी तीन बार आकर मैं बकरियों को तुम्हारे दरवाजे से भगा चुका हूँ; अब तुम लोग रखवाली करो अपने दरवाजे की।' कभी कोई गाय सामने से गुजरती निकले, तो उसके साथ हनुमान सिंह के दरवाजे तक चले जाइए और फिर हनुमान सिंह को बुलाकर सावधान कर दीजिए, 'यह गाय रोज एक-आध बार आपके दरवाजे पर आकर रुक जाती है। मैं सात दिनों से इसे भगाता आ रहा हूँ। जरा आप भी अपने बच्चों से कह दीजिए इस पर ध्यान रखने के लिए; मैं बराबर रहता तो नहीं हूँ घर में।' कभी उसके पास जाकर कान में फुसफुसाइए, 'आज गाँव में डकैतों के आने की सुन-गुन हो रही है। सावधान रहिएगा; मैं भी जगा रहूँगा।' अमुक चोर या फलाँ डकैत को आपने गाँव में देख लिया, इस बात का तो बुरा नहीं मानेगा हनुमान सिंह। बस, आप इतना करते रहिए; फिर एक की बजाय सौ कुत्ते मारकर क्यों न फेंक दिये गए हों हनुमान सिंह के दरवाजे पर, उसके कारण घर बन्द करने या घर से बाहर होने की जरूरत नहीं पड़ेगी आपको।"

लक्खी चौधरी को अपने नये काम पर तैनात कर देने के बाद वह कन्हैया सिंह

को घेरेगा और बातों के जाल में उन्हें फँसाकर मतलब की बात पर आ जाएगा, "जरूरत पड़ने पर अपने पहलवान साले को बुला सकते हैं आप, मगर एक पहलवान की खुराक भी तो जुटानी पड़ेगी; रोज कम-से-कम सेर-भर दूध और कटोरी-भर सरसों का तेल। मैं बहुत सस्ता उपाय बताता हूँ। हनुमान सिंह को वहम है कि महल्लेवाले अपने-अपने घर के चूहे उसके घर में पहुँचा दिया करते हैं। आज से आप अपने घर में होनेवाले चूहों के उत्पात की चर्चा हर किसी से करें, और फिर किसी दिन एक चूहेदानी लेकर हनुमान सिंह के पास जाएँ और उससे कहें, 'हनुमान भाई, चूहों के उत्पात से तंग आकर मैंने यह चूहेदानी खरीदी थी। अपने घर के चूहों का तो मैंने सफाया कर दिया; अब आपके घर के चूहों का नाश करूँगा। रोज शाम में मैं यह चूहेदानी यहाँ रख जाऊँगा और रोज सुबह फँसे चूहों को मोहनपुर में या जिस गाँव का नाम आप बताएँगे वहाँ छोड़ आया करूँगा। एक पखवारे के बाद तो किसी चूहे को देखने के लिए भीड़ लग जाया करेगी।'"

कन्हैया सिंह की आँखों में चमक पैदा होते देख वह मुस्कराते हुए वहाँ से विदा होगा और महल्ले को छोड़ने के पहले जरा पृथ्वीचन्द भगत से मुलाकात कर उन्हें भी एक नुसखा बता देगा, "यह मान लिया कि हनुमान सिंह की गालियों से आपका कुछ नहीं बिगड़ता; हनुमान सिंह गालियाँ न दे, तो इससे कुछ बिगड़ जाएगा क्या? वह आपको अपना समझने लगे, तो फिर देगा कभी गालियाँ? कभी-कभार जाइए उसके पास, उसका हाल-चाल पूछिए, उसका हमदर्द बनिए; और मौका पाकर यह सब कहने से भी नहीं चूकिए, 'मैं तो, हनुमान भाई, अब आपकी राय लिये बिना कोई काम नहीं करूँगा। जब भी आपकी राय पर चला हूँ, मुझे सफलता मिली है...इस बार खेत में मकई बोऊँ या धान? पत्नी गेहूँ के लिए जिद कर रही है, मगर मैंने उसे कह दिया है कि पहले हनुमान भाई की राय जान लूँ...लक्ष्मी-पूजावाले चन्दा के लिए आए थे। मैंने उनसे कह दिया कि हनुमान भाई से पूछकर बेहरी दूँगा...चुनाव में किसका समर्थन किया जाए, हनुमान भाई? आप जिसे कहेंगे मैं उसे ही अपना मत दूँगा। जो आपके लिए भला, वही मेरे लिए भी भला...' आप खेत में हनुमान सिंह की राय पर मकई बोएँ या पत्नी की जिद पर गेहूँ, चुनाव में अपना मत ढोढ़ाय को दें या मँगरू को; एक बार हनुमान सिंह से पूछ लेने पर पेट में दर्द नहीं हो जाएगा, सर्दी-बुखार नहीं पकड़ लेगा, और न हैजा-फौती की चपेट में ही आ जाएँगे आप। रोज-रोज हनुमान सिंह से चोट खाने के बाद बीवी को ठंडे दिल से सोचने के लिए कहना तो नहीं पड़ेगा आपको। किसी दिन हनुमान सिंह भी आपके दरवाजे पर आपकी राय माँगने चला आएगा, और उस दिन आप अपनी बीवी से कह सकेंगे, 'देख लो मेरी इज्जत...'"

महल्ले की ओर से इतमीनान पाकर वह वहाँ से रुखसत होगा, तो काने हरिलाल की याद आ जाएगी। हरिलाल तो उस वक्त मिलने से रहा; उससे मिलने के लिए तो अब कल...

तारों की छाँह में ही वह लोटा लेकर झाड़ा फिरने निकल जाएगा और काने हरिलाल की प्रतीक्षा में हनुमान सिंह के घर आगे निगाह जमाए आसपास मँडराता रहेगा। जैसे ही हरिलाल पर निगाह पड़ेगी, वह लपककर उसके सामने आ खड़ा होगा और उसे रोककर कहना शुरू करेगा, "सुनिए, भाई हरिलाल, मैं तो हरगिज नहीं मानता कि किसी काने को देख लेने से यात्रा बिगड़ती है या दिन खराब गुजरता है, मगर हनुमान सिंह को ऐसा वहम हो गया है और मैंने मन में ठान लिया है कि उसका यह वहम दूर कर ही दम लूँ। एक गाँवाँ के नाते आप मेरी मदद कीजिए। पहले कभी कुछ नहीं माँगा है आपसे; आज माँग रहा हूँ दिशा मैदान के लिए हनुमान सिंह के टोले की ओर आने की बजाय कारी मड़ड़ के बगीचे में ही जाया कीजिए। वह जगह आपके बिलकुल करीब पड़ेगी। तब अगर हनुमान सिंह के घर में हुन बरसने लगेगा और उसकी छहों बेटियाँ छह बेटों में बदल जाएँगी, तो हम समझ लेंगे कि उसका वहम सही था। आप जरा पूरब के बहियार की ओर जाना तो शुरू कर दीजिए। मैं इस कोशिश में हूँ कि आप पत्थर की आँख लगवा लें। दो-तीन सौ रुपये में ही आँख बन जाएगी। पैसे की कुछ मदद मैं भी कर दूँगा। तो, रही बात पक्की?"

और अब वह अपना रुख करेगा हनुमान सिंह के घर की ओर। उसके दरवाजे पर पहुँचते-पहुँचते हनुमान सिंह के सिकुड़ आए चेहरे के जवाब में वह अपने चेहरे पर मुस्कान बिखेर देगा और फिर तड़ातड़ कहना शुरू करेगा, "हनुमान भैया, रात-भर यही सोचता रहा कि कब भोर हो और मैं आपको बधाई देने जाऊँ। रात में जब-जब नींद टूटी, बाहर आकर देखता था कि भोर हुआ या नहीं। पिछले पखवारे में पन्द्रह-बीस गाँव घूमकर आया हूँ मैं। जहाँ भी गया आपकी फुलवाड़ी की प्रशंसा सुनने को मिली। लोग तो कहते हैं कि राजगंज में बस एक चीज देखने लायक है और वह है हनुमान बाबू की फुलवाड़ी। अब मुझे याद आ रहा है कि इतनी सुन्दर फुलवाड़ी मैंने पूर्णिया और पटना में भी नहीं देखी थी। गाँव में तो चारों ओर खुशी की लहर फैली हुई है कि अपने राजगंज में कोई ऐसी चीज है जो इलाके के किसी और गाँव में नहीं है...और, जानते हैं, हनुमान भैया, परसों बच्चों ने गाँव में एक सभा की और उसमें यह निर्णय लिया कि हनुमान चाचा की फुलवाड़ी की निगरानी सब मिलकर करेंगे ताकि वहाँ का एक फूल भी कोई तोड़ने न पाए। उस सभा का सभापति था," हँसकर कहेगा वह, "मेरा बेटा टीपू...टीपू बता रहा था कि सभा में इस महल्ले के बच्चे भी उपस्थित थे... फूलों से मुझे भी बहुत प्यार है। और अब तो मैं हर रोज यहाँ फूलों के दर्शन करने आऊँगा...आप मना करेंगे, तब भी आऊँगा, हनुमान भैया..."

और फिर एक दिन, तीसरा या चौथा दिन तय करते हुए उसने सोचा, वह फूल की एक टहनी लेकर दाखिल होगा हनुमान सिंह के दरवाजे पर और उससे कहेगा, "यह टहनी मेरे एक दोस्त ने पूर्णिया में दी है, हनुमान भाई। दी तो थी उसने मुझे अपनी फुलवाड़ी में लगाने के लिए, मगर, मैं जानता हूँ, इसकी असली जगह आपकी

फुलवाड़ी है। दोस्त ने बताया कि इसमें बड़े ही सुन्दर छोटे-छोटे पीले फूल लगते हैं..." खुद फुलवाड़ी में जाकर वह उस टहनी को रोप देगा...

और फिर एक दिन, एक हफ्ते के बाद का कोई दिन तय किया उसने, वह हनुमान सिंह को सूचित करेगा कि वह माघ में दिल्ली जाने को सोच रहा है। जा तो रहा है वह वहाँ घूमने, मगर दिल्ली में वह केवल फूलों की खोज करेगा और वहाँ से ढेर सारे देशी-विदेशी फूलों के गाछ लाकर हनुमान सिंह की फुलवाड़ी को और भी चमका देगा।

अगर सस्ते में कहीं गमले मिल गए, तो दो-चार गमले खरीदकर वह टीपू के जरिये हनुमान सिंह के घर भिजवा देगा और मुलाकात होने पर उससे कहेगा कि गमले मुफ्त में मिल गए थे...कभी यह भी सुना देगा हनुमान सिंह को कि उसकी फुलवाड़ी को सजाने में अगर जेब से दो-चार पैसे लग भी गए तब भी इसका मलाल होगा क्या!

किसी दिन उसकी राय लेने के लिए वह अपनी फुलवाड़ी दिखाने हनुमान सिंह को साथ लेते चला आएगा और घर पर उसे भरपेट पूए-पकवान खिलाएगा। इसके लिए, उसने मन में सोचा, वह हाथ जोड़कर दिव्या को तैयार कर लेगा।

इतना सब करने के बाद भी हनुमान सिंह बिदका रहेगा क्या? भरपेट पूए खाने के बाद भी? नहीं, ऐसा नहीं हो सकता। हनुमान सिंह भी जरूर बिरादरी में शामिल हो जाएगा। आदमी की तरह तो वह जरूर दिखता है।

शशांक ने मन-ही-मन एक और किला फतह कर लिया; हनुमान सिंह का दोष दूर कर दिया उसने और टीपू की जिद तोड़ दी।

टीपू की जिद तोड़ दी उसने; टीपू को जिद्दी नहीं बनने देगा वह; मगर, टीपू को कमजोर भी तो नहीं बनने देगा। बेटे को बुजदिल बना देगा क्या? नहीं-नहीं, ऐसा नहीं करेगा वह, ऐसा नहीं होने देगा।

टीपू ने एक दिन कह दिया था माँ से, "सुन लो, माँ; ध्यान से सुन लो। तुम शिकायत-पर-शिकायत करती रहो, और पिताजी मुझे डाँटते-फटकारते रहें, मगर मैं अन्याय सहनेवाला नहीं हूँ। किसी की धौंस बरदाश्त करनेवाला नहीं हूँ मैं। मैं ईंट का जवाब पत्थर से दूँगा; पिताजी की तरह सबसे दबकर नहीं रहूँगा मैं।"

"क्यों रे टीपू, तू मुझे दब्बू समझता है?" मन में उठे इस प्रश्न पर खिसिया उठा शशांक और फिर बेटे को सुनाने के लिए अपना उत्तर भी तैयार कर लिया, "खबरदार! इस गलतफहमी में मत रहना। मैं हरगिज दब्बू नहीं हूँ। किसी की धौंस मैं भी बरदाश्त नहीं कर सकता। अन्याय के विरुद्ध लड़ने में अगर कोई तुम पर ईंट चलाएगा, तो तुम्हारे साथ मैं भी उस पर पत्थर फेंकूँगा। तुम देख लेना...देख लेना, मैं क्या करता हूँ..."

अब अगर कभी लच्छू चौधरी की नई बहू टीपू को ढूँढ़ते हुए पिछवाड़े में आ खड़ी हुई या टीपू उस दुखिया के किसी दुख से चिन्तित हुआ, तो इस बार टीपू की बजाय

वह खुद उस औरत की मदद में खड़ा हो जाएगा। वह सीधे जाएगा लच्छू चौधरी के पास और उनसे कहेगा, "लच्छू भाई, अगर आपकी दोनों बीवियों को एक साथ रहना मंजूर नहीं, तो क्यों नहीं एक को दूसरे से अलग कर देते? आपकी पुरानी बीवी यों भी पुरानी पड़ गई है; और जब आप नई बीवी ले ही आए हैं, तो फिर पुरानी को रखने का कोई खास मतलब नहीं होता। पुरानी बहुत दिनों तक रह गई है यहाँ; अब उसे आप भेज दीजिए उसके मैके, कम-से-कम दस साल के लिए ही। भगवान की दया से इस बीच वह मर गई, तो आपका दो बीवियोंवाला झंझट ही सदा के लिए समाप्त हो जाएगा। घर की शान्ति के लिए तो यह करना ही पड़ेगा।" लच्छू चौधरी के सामने मुँह से यह सब निकालते हुए वह काफी चौकस-चौकन्ना रहेगा और ज्यों ही देखेगा कि जलती लुआठी हाथ में लेकर चौधरी की चुड़ैल बीवी उसकी ओर लपझप चाल से बढ़ी आ रही है, दूर से ही हाथ उठाकर वह चिल्ला पड़ेगा, "खबरदार! जहाँ की तहाँ खड़ी हो जाओ। अगर और आगे बढ़ी, तो पिस्तौल चला दूँगा।" मन में आज ही बाजार से एक फुसफुसी पिस्तौल खरीद लाने का निर्णय लेकर सोचने लगा शशांक कि पिस्तौल तान देने का चौधरी की चुड़ैल बीवी पर क्या असर होगा। उसे लगा कि वह चुड़ैल जहाँ की तहाँ रुक तो जाएगी, मगर मैदान छोड़कर भाग जाने या पीछे हट जाने की बजाय वह वहीं से अपनी आवाज जरूर बुलन्द करेगी, "तू कौन होता है, रे कलमुँहा, हमारे मामले में टाँग अड़ानेवाला?" तब, शशांक ने मन में सोच लिया, इस बार वह अपने मरियल कंठ को ऊँची आवाज निकालने के लिए मजबूर कर देगा और सामने खड़ी औरत से कहेगा, "मैं होता हूँ यहाँ की बिरादरी का एक सदस्य, यहाँ के समाज का एक अंग, इस गाँव का एक निवासी। मैंने जिस औरत की शादी का भोज खाया है उस औरत की रक्षा के लिए अपने प्राण भी दे देने में कसर नहीं करूँगा। फिर कह रहा हूँ कि हाथ की लुआठी फेंककर चुपचाप वापस हो जाओ और घर में शान्ति बनाए रखो।"

हाथ की लुआठी वह अभी फेंकेगी तो नहीं, मगर उसे चमकाने से तो वह रही। उसे इतना तो जरूर लगेगा कि आज सेर को सवा सेर मिल गया। और अब तो वह सचमुच उस औरत को अपने जाल में फँसा लेगा। ऊँची आवाज में उसकी घोषणा पर पास-पड़ोस और टोले-महल्ले के ढेर सारे लोग वहाँ एकत्रित हो जाएँगे। उन सारे लोगों को अचम्भा में डालते हुए वह एक बिलकुल बदले हुए शशांक गुप्ता के रूप में प्रकट होगा और उछल-कूद करते हुए हो-हल्ला करेगा, "हाँ-हाँ, मैं उस औरत की रक्षा जरूर करूँगा। ये सारे लोग उसकी रक्षा करेंगे। हमारे गाँव में इस तरह का जुल्म नहीं चलेगा। हम किसी गाँव की बेटी लाते हैं, तो उसकी रक्षा की जिम्मेवारी भी उठाते हैं। अगर लच्छू भाई इस गाँव की इज्जत से खिलवाड़ करते हैं, तो हम उन्हें बिरादरी से बाहर कर देंगे, गाँव में हुक्का-पानी बन्द कर देंगे उनका। अगर हमें गुस्सा आ गया, तो जुल्मी की देह में भाला भोंक देंगे, तलवार से मुंड काट लेंगे उसका।

तुम अपनी लुआठी से क्या यहाँ उपस्थित सारे लोगों को दाग दोगी? है ऐसी हिम्मत? जरा बढ़ो तो आगे।"

और फिर लोगों को ऐसी-ऐसी बातें सुनाएगा वह कि सबके सब आगबबूले हो जाएँगे और इस हद तक जिद कर बैठेंगे कि उस चुड़ैल औरत पर अब भाला चला ही दिया जाए। उसके बाद भी वह चुड़ैल हाथ में लुआठी लेकर खड़ी रहेगी क्या? अभी भी नहीं भागेगी? शशांक के चेहरे पर चमक आ गई और मुस्कराते होंठ बुदबुदा उठे, "धत, अब तो वह दुम दबाकर भाग जाएगी, एक पखवारे तक तो इस घर से उसकी आवाज तक सुनाई नहीं पड़ेगी।"

इसके बाद भी क्या टीपू कहेगा, "आप दब्बू हैं, पिताजी, अन्याय सह लेते हैं?"

"सुन लो, टीपू," इस बार शशांक अपने बेटे से कहेगा, "अब मैं यह सुनने के लिए तैयार नहीं हूँ कि आज कमुआ की सौतेली माँ ने कमुआ को खाना नहीं दिया या आज उसे खूब मार लगी है। अब कोई ऐसा बन्दोबस्त करना है कि उस बच्चे को रोज-रोज के झंझट-तकरार से मुक्ति मिल जाए।"

"यह कैसे होगा, पिताजी?" टीपू पूछ बैठेगा।

शशांक जवाब देगा," होगा; यह अब तक तुमसे नहीं हुआ, अब मुझसे होगा। तुमने कभी इस दिशा में सोचा ही नहीं; मगर मुझे तो सोचना पड़ता है। कल मैं कमुआ के घर में नाग का खेल खेलूँगा।"

"नाग का खेल?" कहकर बेटा अचरज से मुँह बाए खड़ा रह जाएगा।

"हाँ-हाँ, नाग का खेल; तुम तैयार हो जाओ..."

उस दिन घर में कोई नहीं था। चमकलाल अपने काम-धाम के सिलसिले में घर से बाहर गया हुआ था। घरझंकनी औरतों की तरह कमुआ की सौतेली माँ औरों के घर झाँकने निकली थी। कमुआ घर के ही किसी काम से बाजार गया हुआ था।

चनरहीवाली, कमुआ की सौतेली माँ, घर को देर तक सूना नहीं छोड़ती है, इसलिए कुछ घरों में झाँककर वह जल्दी ही लौट आई।

यह सोचते हुए कि अगर कमुआ से बाजार में कुछ देर हो जाए, तो आज भी उसे वजह बताकर सजा दी जा सकती है, चनरहीवाली लपकते हुए अपने आँगन में घुसी और यह देखकर कि कमुआ को आने में देर हो रही है वह काफी खुश हो गई। इस खुशी में आराम करने के इरादे से वह कमरे में पलँग पर पसरने चली गई। मगर कमरे में ज्यों ही वह घुसी कि उसकी नजर पलँग के सिरहाने फण काढ़कर बैठे..."साँ ाँ ाँ"...चीखते हुए झटपट पीछे मुड़ गई चनरहीवाली।

साँप से बच निकलने की कोशिश कर रही चनरहीवाली को नाकाम कर देने के इरादे से किवाड़ की चौखट ने उसे लँगी मार दी, आँगन ने भी एक पटकनिया दी, मगर चनरहीवाली अपनी जान के साथ घर से बाहर निकल आने में कामयाब हो गई और

रुकी हुई साँस को पुन: चालू करते हुए उसने शोर मचाया, "नाग...नाग...काला नाग..."

मुहल्ले के सारे वीर अपने-अपने शस्त्रास्त्र के साथ काला नाग को मार गिराने चनरहीवाली के घर की ओर दौड़ पड़े, और फिर सबके सब उसके आँगन में इकट्ठे हो गए। आँगन में वीरों के बीच बहस छिडी कि साँप को किस तरह मरने के लिए कमरे से बाहर बुला लिया जाए।

इसी वक्त टीपू सरसराता हुआ वहाँ पहुँचा और भीड़ से आगे बढ़कर पूछा, "कहाँ है काला नाग?"

टीपू के हाथ में हाथ-भर का डंडा देखकर सारे वीर गुस्से से चुप रह गए और चनरहीवाली को ही साँप का ठिकाना बताना पड़ा।

आगे बढ़कर हाथ के डंडे से टीपू ने चौखट को जोर-जोर से खटखटाया और फिर चौकन्नी आँखों से अन्दर झाँकते हुए एक पैर कमरे के अन्दर डाल दिया। दूसरा पैर अन्दर डालते ही तेजी से चीखा वह, "अरे बाप!" और पीछे की ओर गिर गया। वीरों की भीड़ ऐसी भड़भड़ाई कि पीछे हटने में कुछ वहीं गिर पड़े और कुछ गिरते-पड़ते आँगन के बाहर आ गए।

टीपू दरवाजे के सामने खड़ा होकर एक क्षण कुछ सोचता रहा और फिर हिम्मत जुटाकर पुन: आगे बढ़ा। इस बार चौखट लाँघकर वह उछला और उछलकर पलँग पर जा खड़ा हुआ। भागे हुए वीर पुन: मैदान में आ डटे।

"किधर है, किधर है साँप?" सारे कंठ एक साथ पूछ बैठे।

"पलँग के सिरहाने के नीचे," टीपू ने धीरे से जवाब दिया।

चनरहीवाली किसी भ्रम का शिकार नहीं हुई है और घर में सचमुच एक साँप है; साँप अब बुरी तरह घिर गया है; और सिर्फ एक साँप है जिसके प्राण हरने हैं—यह सब देख-सुनकर बहुत-से वीर उदास और खिन्न होकर वापस लौट गए। जो वीर अभी भी साँप को मारने का सेहरा अपने सिर बाँधना चाहते थे वे आँगन में जमे रहे और पुन: इस बात पर बहस करने लगे कि साँप को किस तरह मरने के लिए कमरे से बाहर बुला लिया जाए।

आँगन में जमे वीर टीपू को अन्दर में सावधानी बरतने के लिए बारी-बारी से हिदायत करने लगे और आँगन में खुद भी सावधान हो गए कि किसी साँप का कोई ठिकाना नहीं कि वह साला कब किधर से रेंगकर किधर आ जाए। टीपू उछलकर अन्दर से बाहर आए अथवा देहरी पर साँप का मुँह दिख जाए, तो ऐसी हालत में किसको किधर से भागना है यह सब हर एक वीर ने मन में तय कर लिया।

एक माहिर पैंतरेबाज की तरह टीपू ने बिस्तर पर पड़े तकिया को सरकाया और फिर उसे नीचे गिरा दिया। तकिया देहरी के पास गिरा जिसे एक वीर ने दूर से ही भाला भोंककर बाहर खींच लिया। जब बिस्तर नीचे गिराया गया, तो दो-तीन वीर आगे आ गए और लाठी-भाला के सहारे उसे भी बाहर खींच लिया। लाठी फँसाकर टीपू ने एक

बाल्टी को बाहर किया, एक बटलोई को बाहर उड़ाया। वीर चौकस थे कि बाल्टी या बटलोई के भीतर से कोई साँप धोखा देकर बाहर न निकल जाए।

टीपू ने कुछ अधिक हिम्मत की और पलँग से नीचे उतर आया। काफी सावधानी बरतते हुए उसने कमरे की एक-एक चीज डंडे से ठोंककर और फिर उसे खिसका-हटाकर देख लिया कि साँप कहीं छुपा तो नहीं बैठा है। फिर वह कमरे से बाहर आ गया और घोषणा कर दी कि साँप बिला गया।

घोषणा करने के बाद टीपू ने तुरन्त अपने घर का रास्ता पकड़ा। चनरहीवाली ने कमुआ को कमरे में घुसाकर, घुमाकर कमरे की जाँच पूरी की और जब पक्का विश्वास हो गया कि साँप वहाँ से निकल गया है तब खुद उस कमरे के अन्दर गई।

शाम में महल्ले के कई घरों से मिठाइयाँ खाकर टीपू कमुआ के घर पहुँचा और कमुआ की सौतेली माँ से पूछा, "चाची, साँप फिर कहीं दिखाई पड़ा था घर में?"

"नहीं तो," टीपू को काफी इज्जत के साथ पलँग पर बैठाते हुए चनरहीवाली ने जवाब दिया, "साँप तो भाग गया। अब क्यों निकलेगा साँप यहाँ?"

"नहीं, चाची, साँप भागा नहीं है," काफी गम्भीरता से बोला टीपू, "साँप फिर निकलेगा।"

"फिर निकलेगा साँप!" घबराहट भरी आवाज में चनरहीवाली बोली, "क्यों, बेटा, ऐसा क्यों बोल रहे हो?"

कमुआ वहाँ उपस्थित हो गया था। टीपू ने कमुआ को वहाँ से खिसकाने के लिए चाची को इशारा किया। चाची ने कमुआ को डाँटकर घर से बाहर किया और फिर अपने प्रश्न का जवाब पाने के लिए टीपू के मुँह की ओर देखने लगी।

टीपू ने फुसफुसाकर कहा, "यहाँ सब लोग बोल रहे हैं कि वह कोई मामूली साँप नहीं था; नागिन के रूप में कमुआ की माँ आई थी।"

"कमुआ की माँ!...फिर आएगी?...क्यों?"

"लोग कहते हैं कि वह अपने बेटे को देखने आई थी और जिस दिन वह अपने बेटे को दुख में देखेगी उसी दिन तुम्हें डँस लेगी। इस बार वह केवल धमकाने आई थी और अपना रूप दिखाकर चली गई।"

"हे भगवान!" अन्दर से काँप रही चनरहीवाली के मुँह से निकला, "अब मैं क्या करूँ?"

"मेरे पिताजी से आज एक ओझा बोल रहा था कि इस नागिन को बाँधा-रोका नहीं जा सकता। जब-जब कोई दुख पड़ेगा उसके बेटे पर, वह प्रकट हो जाएगी घर में; और जो कोई दुख देगा उस बच्चे को उसे वह जरूर कभी-न-कभी डँस लेगी।"

देर तक मुँह बाए चनरहीवाली टीपू का मुँह देखती रह गई और फिर बोली, "मैं तो कभी कमुआ को दुख नहीं देती हूँ। नहीं देती हूँ न?"

"इसके बाद भी अगर कमुआ की सौतेली माँ कमुआ को सताने से बाज नहीं आती, तो उसके घर में भूत का खेल खेला जाएगा," अपना निर्णय बेटे को सुनाते हुए शशांक ने राय दी कि जहाँ भी कमुआ की सौतेली माँ अकेली पड़ जाए उसकी मुलाकात कमुआ की मरी माँ से करा दी जाए।

भूत-खेल के एक पूर्वाभ्यास में शशांक ने बेटे से कहा, "ठीक है, चनरहीवाली के सामने भूत प्रकट हो गया है और चनरहीवाली आधी बेहोश होकर जमीन पर गिर गई है। अब सुनाओ तो, भूत क्या कहेगा उसके कान में?"

टीपू जरा झुककर अभिनय करते हुए बोलने लगा, "सुंन लें गं चनरंहींवांलीं, अंगर कंभीं मेरे बेटें कों दुंख हुंआँ, तों खून पीं जाऊँगीं तुम्हांरां। मैं हंरदम अंपनें बेंटें कें पांस रंहूँगीं। अंगर तुमनें उंसें औंर संतांयां, तों जिन्दां नहीं रहने दूँगीं। कंल सें कमुआं कों लड्डू-पेंड़ां खिंलांनां, बोंल देंतीं हूँ..."

बन्द कमरे में भूत के लिए सफेद चोगा सीते हुए बाप ने बेटे को हिदायत दी, "अपनी माँ से यह सब बिलकुल नहीं बताना। औरत किसी बात को पचा ले, इसका रत्ती-भर भरोसा नहीं। अगर इस खेल का पता कमुआ की सौतेली माँ को चल गया, तो फिर समझ लो कि कमुआ पर आफत का पहाड़ ही टूट पड़ेगा।"

ठाकुरवाड़ी में बाहर से आए एक पंडित की शिखा टीपू ने पिरथिया की मदद से काट ली थी। राज खुलने पर गाँव के बहुत-से लोग टीपू को दाद देने आए थे, मगर खुद शशांक को लगा कि वह एक आपदा से बच गया। बेटे को उसने डाँटा था और समझा दिया था कि आइन्दा ऐसी कोई गलती नहीं करे वह। यह सोच-सोचकर देर तक उसका दिल धड़कता रह गया था कि अगर वह शिखाविहीन पंडित एक भीड़ को लेकर दरवाजे पर उपस्थित हो जाता और उससे टीपू को अपने सुपुर्द करने को कहता, तब क्या करता वह! दिव्या ने तो फिर से जिद पकड़ ली कि टीपू की जन्म-पत्री किसी ज्योतिषी से दिखाई ही जाए।

ज्योतिषी से जन्म-पत्री दिखाना तो दूर, अब अगर शिखाविहीन पंडित भीड़ के साथ दरवाजे पर उपस्थित भी हो गया, तो वह पूरी भीड़ के सामने पंडित से कहेगा, "आपकी टीक काटकर मेरे बेटे ने एक बड़ा ही अच्छा काम किया है। आज मैं उसे भरपेट रसगुल्ले खिलाऊँगा।"

भीड़ भौचक रह जाएगी और पंडित जी आग-बबूला होकर चीखने लगेंगे। पंडित की चीख का जवाब वह भी चिचियाकर देगा, "हाँ-हाँ, बिलकुल ठीक काम किया है...बहुत अच्छा काम किया है...मैं अभी रसगुल्ले मँगाता हूँ उसके लिए...शाबाश बेटा, शाबाश!..."

नक्कार को इस तरह बजते देख तूती अपनी आवाज बन्द कर देगी। एकाएक चुप हो जाएँगे पंडित जी और अपना गुस्सा उतारकर अचरज से उसकी ओर देखेंगे।

उलटकर एक नजर वे वहाँ की भीड़ पर डालेंगे और फिर बहुत ही मुलायम आवाज में उससे प्रश्न करेंगे, "आप कह रहे हैं कि बच्चे ने मेरी टीक काटकर बड़ा ही अच्छा काम किया है?"

"हाँ-हाँ, मैंने कहा है ऐसा और आगे भी एक हजार एक बार कहने को तैयार हूँ," शशांक हाथ-मुँह चमकाते हुए गरजकर सुना देगा।

शशांक की उछल-कूद और चिचियाहट से पंडित जी कुछ और सिकुड़ जाएँगे। एक बार फिर वे भीड़ से निवेदन करेंगे इस झंझटिया आदमी की उल्टी-सीधी बातों पर ध्यान देने के लिए और फिर उससे पूछेंगे, "किसी की टीक काट लेना अच्छा काम कैसे हुआ? क्यों भाइयो!" पंडित जी भीड़ से मुखातिब हो जाएँगे, "यह अच्छा काम हुआ?"

"नहीं, यह अच्छा काम नहीं हुआ," इस आशय की फुसफुसाहट भीड़ में उभरेगी।

भीड़ को कुछ कहने की बजाय शशांक पंडित जी से कहेगा, "कसूर आपका है; अपराध आपने किया है।"

क्या अपराध किया है इस पंडित ने, यह जानने के लिए भीड़ बेताब हो जाएगी; और ज्यों ही पंडित जी की निगाह भीड़ के चेहरे पर पड़ेगी, बहुत सारे होंठों पर खेल रही मुस्कानों के अन्दर छुपी हुई वह कुटिलता उन्हें साफ नजर आ जाएगी जिसका मतलब होता है कि अगर पंडित ने अपराध किया है, तो केवल टीक काटकर उसे रिहा नहीं किया जा सकता, अब उसकी गरदन भी काट ली जाए। टीक काटकर दुनिया में किस अपराध की सजा दी जाती है। बच्चों से जितना सपरा उन्होंने किया, अब बाकी काम उनके बाप-चाचा नक्की करें।

पंडित जी को डर हो जाएगा और वे अकबकाकर बोलेंगे, "मैंने?...मैंने भला क्या कसूर किया है?...मेरी टीक कटी और मेरा ही कसूर!"

"आपने एक निरपराध बच्चे को गाली दी है," ऐंठकर सुनाएगा शशांक, "उस पर जूते से वार किया है। अगर गालियाँ पिरथिया के बाप के कानों में पड़ जातीं, तो आपकी अच्छी मरम्मत हो गई रहती। खुद तो आपने अन्याय किया है, और चले आए हैं यहाँ न्याय की दुहाई देने। बुलाऊँ पिरथिया के बाप को?"

न्याय अगर किसी की मरम्मत माँगती है, तो इसमें देर होना अनुचित होगा। न्याय की इस माँग को भीड़ का एक व्यक्ति तीव्रता से महसूस करेगा और भीड़ से छिटककर वह व्यक्ति पिरथिया के बाप को बुलाने चला जाएगा। दोष चाहे जिस किसी का हो, मगर इसका फैसला तो भीड़ के सामने हो ही जाए, और अगर सजा में कोई कसर बाकी हो, तो भीड़ को वह कसर पूरी करने का मौका भी अवश्य मिलना चाहिए। भीड़ के हित में यह सब सोचते हुए वह व्यक्ति अपनी चाल तेज करेगा।

उस व्यक्ति को तेजी से भीड़ से बाहर जाते हुए पंडित जी देख लेंगे। वे और भी हक्का-बक्का होकर शशांक से बोलेंगे, "उस बच्चे का कोई अपराध नहीं?"

"बिलकुल नहीं, बिलकुल नहीं," चीखकर जवाब देगा शशांक और फिर मधुर

लय में गाकर सुनाएगा, "प्यासा बच्चा...अपने गाँव के कुएँ पर...देखा एक लोटा...पी लिया पानी...क्या हुआ अपराध?...बोलिए, क्या हुआ अपराध?"

शशांक को छोड़कर पंडित जी भीड़ को निहारना शुरू करेंगे। उन्हें लगेगा कि भीड़ की तिरछी आँखें उन्हें रोषपूर्वक घूर रही हैं और उनसे पूछ भी रही हैं, "हाँ-हाँ, जबाब दीजिए; क्या अपराध हुआ उस बच्चे का?"

पंडित जी आर्तनाद कर बैठेंगे, "लोटे में मुँह लगाकर उसे जूठा किया या नहीं उस लौंडे ने?

इस आर्तनाद में वे अपने दोनों हाथ उठाकर पूरी ताकत लगा देंगे ताकि दस-बीस गाँवों के लोग यह जान लें कि आसपास के किसी गाँव में कोई दुखिया कष्ट और काँटे में फँस गया है और फिर उसी वक्त उस दुखिया को दुख से उबार लेने के लिए दौड़ पड़ें।

पंडित जी के आर्तनाद से भीड़ घबरा जाएगी और घबराहट में यह मान लेगी कि बच्चे ने लोटे को जुठारकर सचमुच एक कसूर किया है।

पंडित के आर्तनाद का जवाब शशांक अपने सिंहनाद से देगा, "पानी पीकर लोटे को धो दिया या नहीं?"

शशांक का सिंहनाद सुनते ही भीड़ दुखी हो जाएगी कि उसने व्यर्थ ही एक निर्दोष बच्चे को कसूरवार मान लिया था, और मन में निर्णय लेगी कि आगे से काफी सोच-समझकर ही कोई निर्णय लेना है।

"मेरा धर्म नष्ट हुआ या नहीं?" पंडित जी बादल की तरह गरजने लगेंगे, "हुआ या नहीं? नष्ट हुआ या नहीं?"

भीड़ सहम जाएगी, अगर धर्म नष्ट हो चुका है तब तो भारी जुर्म हो गया बच्चे से। वह शशांक को निहारने लगेगी कि अभी भी सम्भव हो तो वह पंडित जी के धर्म को नष्ट होने से बचा ले।

"कैसे हुआ? कैसे हुआ धर्म नष्ट आपका?" दोनों हाथ कमर पर रखकर तिरछी नजरों से घूरते हुए शशांक अकड़कर पूछेगा।

शशांक की इस मुद्रा और तेवर से भीड़ को विश्वास हो जाएगा कि पंडित का धर्म नष्ट नहीं हुआ है, और अगर हुआ भी है तो शशांक उसका उद्धार कर चुका है।

"कैसे नहीं हुआ?" पंडित जी फूट पड़ेंगे, "एक पंडित के लोटे में एक अछूत ने मुँह लगा दिया, तो कैसे धर्म नष्ट नहीं हुआ?"

भीड़ लज्जा से झुक जाएगी और वहाँ से खिसकने को सोचने लगेगी। तभी शशांक एक कदम बढ़ जाएगा और गम्भीर गर्जना करेगा, "यह गाँव राजगंज है, पंडित जी, जहाँ का कोई लोटा किसी पंडित का लोटा नहीं है। कोई अछूत नहीं है इस गाँव में। यहाँ हर घर का हर दूसरे घर से रिश्ता है। आप पंडित हैं तो अपने गाँव में पंडित बने रहिए। यह गाँव राजगंज है।"

पंडित को सुनाकर शशांक अपनी निगाह भीड़ पर दौड़ाएगा और पाएगा कि भीड़ की बाछें खिल गई हैं जिसका मुख्य कारण शायद यह है कि बहुत दिनों से इस गाँव में गुजर करते रहने के बावजूद आज अभी-अभी उन्हें पता चला है कि यह गाँव राजगंज है और यहाँ किसी के लोटे में किसी भी दूसरे को मुँह लगाने की पूरी-पूरी छूट है। शशांक महसूस करेगा कि भीड़ उसके मुँह से कुछ और भी सुनने के लिए आकुल-व्याकुल हो रही है।

शशांक भीड़ को कृतार्थ करेगा पंडित से पूछकर, "आपने गाँव के एक बच्चे को गाली देकर पूरे गाँव की इज्जत पर प्रहार किया है। क्यों किया आपने ऐसा? क्या समझ रखा है इस गाँव के लोगों को? हम सब को हिजड़े मान बैठे हैं क्या?"

भीड़ की क्रोधाग्नि भड़क जाएगी, गाँव की इज्जत पर प्रहार किया है इस पंडित ने और गाँव के लोगों को यह पंडित...हे भगवान!...भीड़ की मूँछें फड़क उठेंगी, बाँहें फड़फड़ाने लगेंगी। सोचने लगेगी भीड़, हिजड़ा कहनेवाले को क्या सजा दी जाए।

अचानक शशांक में ऐसी तेजी और फुर्ती आ जाएगी कि वह पंडित को आदेश दे बैठेगा, "अब और कुछ बकबक करने से बेहतर है कि आप तुरन्त हमारी नजरों से दूर हो जाइए। इस गाँव में अब और एक पल भी आपका गुजर नहीं हो सकता। आप एक तुच्छ जीव हैं।"

"मैं तुच्छ हूँ? तुच्छ जीव हूँ मैं?" अपनी तुच्छता को भरसक अप्रमाणित करने के लिए पंडित जी अपने बदन को हर तरफ से तान देंगे।

"हाँ-हाँ, तुच्छ हैं, अधम हैं आप," शशांक गरज-गरजकर बोलेगा।

"आप लोग नहीं सुन रहे हैं यह सब," भीड़ से मुखातिब होकर बोलेंगे पंडित जी और फिर दोनों हाथ उठाकर ऊपर की ओर मुँह करते हुए चिल्लाएँगे, "मगर ईश्वर सुन रहा है। वह जरूर विधर्मियों को सजा देगा।"

इस बात का पूरा भरोसा रखते हुए कि ईश्वर की ओर से किसी भी सजा से शशांक अपने साथ पूरी भीड़ को भी बचा लेगा, भीड़ खिलखिलाकर हँस पड़ेगी। ईश्वर की ओर से बेफिक्र रहने के लिए भीड़ को संकेत देगा शशांक और पंडित से कहेगा, "ईश्वर सब सुन रहा है। वह देखिए, ईश्वर के आदेश पर कितनी तेजी से पिरथिया का बाप हाथ में लाठी लिये इधर ही चला आ रहा है।"

"वह देखिए" सुनते ही पंडित जी पीछे मुड़कर दूर तक अपनी नजर दौड़ा देंगे और देखेंगे कि सचमुच एक पाप-पुरुष अत्यन्त बुरे इरादे से बढ़ा आ रहा है। वे एकाएक अत्यन्त शिथिल हो जाएँगे और किसी तरह जान बचाकर भाग जाने की युक्ति ढूँढ़ने लगेंगे।

पिरथिया के बाप पर नजर पड़ते ही भीड़ को एकाएक याद आ जाएगा कि पंडित उसे विधर्मी बताया था। इस बार भीड़ की क्रोधाग्नि भयंकर रूप से भड़क उठेगी। अगर कलेसर पंडित पर लाठी चला दे, गाँव की इज्जत का खयाल करते हुए भीड़ त्याग

और दया की बात सोच बैठेगी, तो मुकदमे में जो भी खर्च होगा उसे भीड़ बेहरी करके वहन कर लेगी और अगर कलेसर को कुछ दिनों तक जेल में भी रहना पड़ गया तो इस अवधि में उसके बाल-बच्चों को भीड़ भूख से मरने नहीं देगी।

अब भीड़ पंडित जी के चारों ओर इस तरह फैल जाएगी कि उनके द्वारा अन्तर्धान होने की हर कोशिश विफल हो जाए। मगर पंडित जी को शिखा गँवाकर सहर्ष भाग निकलने की कोशिश करते देख शशांक उन्हें निकल भागने में मदद कर देगा। जिस शिखा में अपने गाँव की इज्जत है वह गाँव में सुरक्षित है, यह जानते ही भीड़ पंडित जी को हताहत करने के इरादे से उनका पीछा करने का विचार त्याग देगी और बस एक बार उस कटी शिखा को एक नजर देख लेने की माँग कर बैठेगी जिसे शशांक टीपू से कहकर तत्काल पूरी करेगा।

भीड़ को विदा कर ज्यों ही वह घर में प्रवेश करेगा-भविष्य का एक दृश्य उपस्थित हो जाता है शशांक की आँखों के सामने—उसका टीपू दौड़कर उसके पास आ जाएगा और मुस्कराते हुए कहेगा, "एक सेर गुलाबजामुन ले आऊँ, पिताजी...आपके लिए..."

"हाँ, ले आओ," सीना फुलाते हुए बाप जवाब देगा।

पिता को इस बदले हुए रूप में देखकर अब और कभी टीपू कहेगा क्या! "आप दब्बू हैं, पिताजी, अन्याय सह लेते हैं।"

अपने इस बदले हुए रूप पर सोचते-सोचते शशांक बुदबुदा पड़ता है, "हरगिज नहीं, हरगिज नहीं कहेगा टीपू ऐसा..."

बेटे को बहादुर-गुणवान बनाएगा वह, शशांक अपने निर्णय पर जोर देता है मन-ही-मन। बेटे की हिफाजत इसमें तो नहीं है कि उसे पंगु बनाकर घर में बन्द रखा जाए! किसी दिन तो घर से बाहर पाँव रखेगा टीपू; जिन्दगी की दौड़ में शरीक होना पड़ेगा उसे। बचपन को छोड़कर जब आगे बढ़ेगा, तो हर जगह, हर समय अपने को अशक्त-असमर्थ तो नहीं पाएगा अपना टीपू।

बहुत दिनों से रट लगाए हुए है टीपू, "पिताजी, मैं तैरना सीखूँगा।"

पानी में तैरने के सुख ने बहुत ललचाया था शशांक को अपने बचपन में। उसके साथियों में बिकुआ और दुक्खन बेधड़क कूद पड़ते थे साहू पोखर में और देर तक पानी के साथ खेलते रहते थे। रश्क भरी निगाहों से देखता था शशांक उनकी ओर। बिकुआ तो पोखर के जाठ के ऊपर जा बैठता था, गला फाड़कर कोई राग अलापता था, और फिर छलाँग लगाकर पानी में कूदता था। बिकुआ कोई खेल नहीं खेलता था, वह तो चिढ़ाता था शशांक को, उसका दिल जलाता था। मन मसोसकर-कुढ़कर रह जाता था शशांक। क्या ऐसा कभी हो सकता है कि वह भी बिकुआ की तरह पानी में नाच करना

सीख जाए!—एक सुनहला सपना देखा करता था शशांक उन दिनों। वह अपनी आधी दौलत...नहीं, पूरी दौलत निछावर कर देने को तैयार था इस सुख के लिए उन दिनों।

टीपू बहुत दिनों से रट लगाए हुए है, "पिताजी, मैं तैरना सीखूँगा।"

हाँ-हाँ, टीपू को वह तैरना सिखाएगा। वह खुद जाएगा साहू पोखर टीपू के साथ। छाती-भर पानी में खड़ा होकर वह खुद भी टीपू को पानी में हाथ-पैर मारना सिखा सकता है। अगर जरूरत हुई, तो वह चरित्तर को भी यह काम सौंप सकता है। किसी अच्छे तैराक को पैसे देकर भी वह इस काम के लिए नियुक्त कर लेगा। बेटे को इस बार तैरना सिखाकर ही दम लेगा वह, शशांक अन्तिम निर्णय ले लेता है।

तुरन्त हाँक लगा बैठता है वह टीपू को और उससे कहता है, "कल से चलोगे पोखर में नहाने?"

"पोखर में?" अचरज से पूछता है टीपू।

"हाँ-हाँ, पोखर में।"

"पोखर में क्यों? नहाने का पानी क्या घर में नहीं है?"

"पोखर में नहाने का मजा कुछ और है, बेटे।"

"वह मजा तो पोखर के किनारे बैठकर बच्चों को नहाते-तैरते देखने से भी मिल जाता है। मीना फुआ की ससुराल में आप नदी किनारे बैठकर ही तो यह मजा लिया करते थे।"

कब अपना यह किस्सा बेटे को भी सुना दिया, यह याद करता है शशांक और फिर बेटे से कहता है," तभी तो यह बोल रहा हूँ कि किनारे में बैठकर देखने में कोई मजा नहीं है; पानी में घुसकर नहाने का मजा असली मजा है।"

"तो फिर ऐसा करूँगा, पिताजी, कि जैसे आपने एक-आध बार साहू पोखर में किनारे में जाँघ-भर पानी में ही डुबकी लगाई थी वैसे ही मैं भी कभी-कभी वहाँ जाकर डुबकी लगा लिया करूँगा। यह भी तो नहाना ही कहलाएगा।"

यह किस्सा भी बेटे को सुना दिया था, इस पर मन-ही-मन अफसोस करता है बाप और फिर बोल पड़ता है, "धत, इसमें खाक मजा है! मजा है पानी में तैरने में।"

"मजा है, मगर खतरा भी तो है पानी में," बेटा बाप को समझाना चाहता है।

"उसी खतरे से बचने के लिए तो कह रहा हूँ कि तैरना सीख लो। तैरना नहीं जानोगे, तो कहीं किसी मामूली नाले को भी पार करने से घबराओगे। पानी में पाँव डालते भी डर लगेगा। बताओ तो, कैसे काम चलेगा तुम्हारा?"

"जैसे आपका काम चल रहा है, पिताजी। करमनचक जाने में भी तो कई नाले पार करने पड़ते हैं। आप भी तो नाले पार कर ही जाते हैं, चरित्तर चाचा आगे-आगे, आप उनके पीछे-पीछे। चरित्तर चाचा नहीं रहे, तो हाथ में कोई लाठी रख लेते हैं आप

और उससे नाले के पानी को नापते हुए निकल जाते हैं। मैं भी ऐसे ही काम चला लूँगा, पिताजी।"

नाले पार करने का यह किस्सा चरित्तर ने ही टीपू को सुनाया होगा और खूब हँस-हँसकर सुनाया होगा, यह ध्यान में आते ही चरित्तर पर मन-ही-मन गुस्सा जाता है शशांक और बच्चे को यह सब सुनाने का मजा उसे चखा देने का पुख्ता निर्णय ले लेने के बाद बेटे से कहता है, "नाले तो पार कर जाओगे, मगर नदी में क्या करोगे? वहाँ भी किसी लाठी से ही काम चल जाएगा क्या?"

"नदी तो लोग नाव-जहाज से पार कर लेते हैं। पटना जाने में आप भी तो नाव-जहाज से ही गंगा पार करते थे।"

"मान लो, नाव डूब गई," बाप नहले पर दहला मारता है।

"डूब कैसे जाएगी नाव? नाव पर चढ़े सवार ज्यों ही आवाज लगाएँगे, 'बोलिए गंगा मैया की...' मैं भी अपने गले से जोरदार आवाज निकालूँगा, 'जय...जय...' और जहाँ दूसरे यात्री पाँच, दस या बीस पैसे के सिक्के नदी के पानी में डालेंगे, मैं आपकी ही तरह पचास पैसे का सिक्का नदी में फेंक दूँगा। तब कैसे डूब जाएगी नाव? और, अगर डूब ही गई, तो मेरा बाल भी बाँका होगा क्या? मैं तो किसी तरह नदी के किनारे लग ही जाऊँगा, बिलकुल जिन्दा।"

अपने ही गाल में एक चाँटा लगा लेने की इच्छा शशांक के मन में आती है और वह प्रण करता है कि अब कभी भविष्य में अपनी कोई गुप्त बात वह अपने इस बेटे को नहीं सुनाएगा जो बाप की कही हुई हर छोटी-बड़ी बात को कंठस्थ रखने का आदी हो गया है। गुस्से में आकर वह बोल पड़ता है, "तो साफ-साफ बताओ, तैरना सीख लेना चाहते हो या नहीं?"

एक क्षण के लिए टीपू अकबका तो जरूर जाता है, मगर फिर सँभलते हुए बोलता है, "सीख लेना तो जरूर चाहता हूँ, मगर..."

"क्या मगर?" गुस्सा बरकरार रखता है शशांक।

"पानी में डूबने का डर तो है, पिताजी।"

"कोई डर नहीं है। इतने बच्चे सीख रहे हैं या नहीं? पेट से सीखकर तो कोई नहीं आता।"

"मगर, पिताजी, आपने तो खुद बताया था कि पानी में डूबकर बहुत लोग मरते हैं।"

"यह तो नहीं बताया था कि लोग क्यों डूब जाते हैं। कोई जान-बूझकर मरना चाहे, तो उसे कैसे रोका जा सकता है! जो गलतियाँ करते हैं वे डूबते हैं। और...यह मैंने कभी नहीं कहा था कि बहुत लोग मरते हैं। एक करोड़ में एक मरता होगा।"

"वह एक मैं भी तो हो सकता हूँ, पिताजी।"

"तो इस डर से कोई तैरना सीखे ही नहीं, पानी में घुसे ही नहीं! दुनिया इस तरह नहीं चलती है, बेटे। मरने का यह डर सताता, तो आज इनसान इतनी ऊँचाई तक नहीं

पहुँच पाता। इतना खतरा तो जिन्दगी में हर किसी को उठाना ही पड़ता है। और, सुन लो, तुम्हें यहाँ कोई खतरा नहीं है; तुमसे वैसी कोई गलती होगी ही नहीं कि पानी में डूबने का डर रहे।"

"कैसे नहीं होगी?"

"मैं रहूँगा तुम्हारे साथ; चरित्तर रहेगा तुम्हारे साथ। जरूरत हुई तो किसी तैराक को भी रख लूँगा अपने साथ।"

"केवल अपनी गलती का ही तो डर नहीं है। आपने कभी बताया था कि पानी में पनडुब्बे रहते हैं जो टाँग खींच लेते हैं।"

यह सुनते ही शशांक ठठाकर हँस पड़ता है और हँसते-हँसते कहता है, "झूठ, झूठ, यह सब झूठ कहा था मैंने। तुम्हें अकेले पोखर में जाने से डराया था। पानी में भूत कहाँ से? मैं तो यह भी देख रहा था कि तुम अपनी अक्ल कहाँ तक दौड़ाते हो।"

"यह तो मैंने पता लगा लिया था, पिताजी, कि पानी में पनडुब्बे रहते हैं या नहीं," हल्की मुस्कराहट के साथ बोलता है टीपू और फिर अचानक गम्भीर हो जाता है, "मगर, पिताजी, यह जान लीजिए कि आग और पानी की मौत बहुत तकलीफदेह होती है।"

"यह सब किसने पढ़ा दिया तुम्हें?"

"आप ने ही तो बताया था कि आग और पानी में आदमी..."

"कहा होगा, कहा होगा," बात को हवा में उड़ाते हुए कहता है शशांक, "उस वक्त बहुत-कुछ झूठ-सच कहना जरूरी हो गया होगा। आज जो बोल रहा हूँ उसे सच मानो। अब मौत की कोई बात ही मत करो। मुझे क्या अपनी मौत का डर नहीं है! मैं भी तो जा रहा हूँ तेरे साथ पोखर में।"

"मगर, पिताजी, एक बार माँ से आज्ञा ले लेना तो जरूरी होगा।"

"अब किसी से कुछ कहने-पूछने की जरूरत नहीं है। मैं जो कह रहा हूँ वही अन्तिम आज्ञा है।"

टीपू खुफिया निगाहों से पिता की पूरी परख करता है, फिर आगे बढ़कर उसकी देह से लिपट जाता है और आहिस्ते से पूछता है, "सच बोलिए, पिताजी, आप अभी जो कुछ कह रहे हैं वह सच कह रहे हैं न, अपने मन की बात?"

शशांक फिर एक बार ठठाकर हँस पड़ता है, हँसते-हँसते बेटे को बाँहों में भरकर ऊपर आसमान की ओर उठा लेता है, और फिर कहता है, "एक बार जोर से खिलखिलाकर हँसो तो, टीपू।"

घुड़सवारी का बहुत शौक है टीपू को, तो एक घोड़ा भी उसे अवश्य मिलना चाहिए।

घोड़े की सवारी करना नहीं जाने आदमी, तो अपनी ससुराल तक में बेइज्जत हो जाए।

एक बार कलासन में ऐन विदा के वक्त हरिचन्द ने सुना दिया, "बैलगाड़ी तो नहीं

जा सकेगी; बैल बीमार पड़ गया है। गाँव में किसी से अभी बैल माँगना भी अनुचित होगा, क्योंकि खेतों में जुताई का काम चल रहा है।"

ऐन विदा के वक्त इस तरह की हरकत पहले भी किया करता था हरिचन्द। इलाके में मेहमान को जोर-जबरदस्ती पकड़-बाँधकर भी अधिक दिनों तक टिका लेने से मेहमान और मेजबान दोनों की इज्जत बढ़ जाती है। शशांक अपने साले के हर बहाने को हर बार अनसुना कर जाता था और जाने की अपनी जिद पर अड़ा रहता था।

इस बार अपना बैल बीमार पड़ गया है और गाँव के सारे बैल खेतों में जुताई कर रहे हैं, तो अब क्या करे शशांक? इस बहाने से पार पाया जा सकता है या नहीं, इस पर विचार करने लगा वह। उसने अपना गुस्सा प्रकट किया, "मुझे तो हर हालत में जाना जरूरी है। अब आज मैं रुक नहीं सकता।"

"तब एक काम कीजिए," हरिचन्द ने रास्ता सुझाया, "घोड़े से चले जाइए। एक तेज घोड़ा मैं ला देता हूँ। वह आपको घंटे-भर में पहुँचा देगा। बैलगाड़ी से यों भी आपका पूरा दिन खराब हो जाता है।"

तेज घोड़ा!...कलासन से राजगंज!...लम्बी दूरी!...घंटे-भर में तय!...ये आवाजें बार-बार उसके कानों में गूँजने लगीं।

शशांक को मित्र रमाकान्त के घोड़े की याद आ गई जिस पर चढ़कर वह राजा साहब के हवाई जहाज को देखने एक कोस की यात्रा पर निकला था।

यह ठीक है कि रमाकान्त के घोड़े को धोखा हो गया था और उसने शशांक को सरकस का आदमी समझ लिया था, मगर इस बात का ही क्या भरोसा है कि कलासन का घोड़ा उसे ठीक-ठीक समझेगा और ठुमक चाल से चलकर राजगंज तक पहुँचा देगा! घोड़े को क्या पता कि उसकी पीठ पर कलासन के एक इज्जतदार आदमी का सुकुमार दामाद बैठा हुआ है!

शशांक ने पूरी गम्भीरता के साथ साफ इनकार कर दिया था, "मैं घोड़े की सवारी पसन्द नहीं करता।"

पहले तो हरिचन्द अपने बदन को हिला-हिलाकर हँसा और फिर अपने मोटे गले से कहा, "मालूम है; मालूम है मुझे कि आप घोड़े की सवारी क्यों पसन्द नहीं करते।"

क्या मालूम है इस शख्स को? बोल तो इस तरह रहा है जैसे कि रमाकान्त के घोड़े से कभी मुलाकात हुई हो और इस मुलाकात में घोड़े ने कोई आपबीती सुनाई हो। शशांक खुफिया निगाहों से अपने साले को निहारने लगा था।

दुबारा-तिबारा हँस लेने के बाद साले ने फिर आवाज कसी, "कहिए तो एक लद्दू घोड़ा का ही प्रबन्ध कर दूँ; यात्रा निरापद होगी।"

बहनोई-विरोधी यह आदमी काफी उद्दंडता के साथ चौथी बार भी हँसा और उपस्थित बच्चों की ओर नजर घुमाकर उन्हें भी हँसने के लिए उकसा दिया। अगर देह-हाथ से बीस और स्वभाव से अतिक्रोधी नहीं होता यह बात-बात पर बेवजह हँसनेवाला

आदमी, तो यह जानते हुए कि अपना साला दिल्लगी कर रहा है शशांक कोई अच्छा सबक सिखा देता इस रुखे आदमी को। यह दिल्लगी तो नहीं हुई; यह हुआ किसी मेहमान को घर में बुलाकर बेइज्जत करना।

इस बेइज्जती की टीस अभी तक मौजूद है बहनोई के कलेजे में।

रमाकान्त के घोड़े के समय उसने यह कसम जरूर खाई थी कि आइन्दा न तो वह खुद कभी घोड़े पर सवार होगा और न किसी गैर को घोड़े पर चढ़ने की सलाह देगा, मगर बदली हुई परिस्थितियों में अब वह उस कसम से बँधा नहीं है। जिस परिस्थिति में उसने यह कसम खाई थी वैसी परिस्थिति में ही गधे को बाप कहने का चलन है। उस घोड़े को दिया हुआ वचन, जिसका पालन आज तक वह करता आया है, आज ही भंग कर देने का निर्णय लेगा शशांक और बेटे को तुरन्त बुलाकर कहेगा, "परसों रविवार को बनमनखी चलना है; तैयार रहना।"

"क्यों?" बेटा पूछेगा।

"एक घोड़ा खरीदना है मवेशी हाट से।"

"घोड़ा!" कुछ अचरज से पूछेगा टीपू, "किसलिए?"

"तुम्हारे लिए," बहुत ही सहज स्वर में जवाब देगा शशांक।

बेटे की पैनी निगाह एक बार फिर पिता के चेहरे पर दौड़ जाएगी। इस बार भी वह आगे बढ़कर पिता की देह से लिपट जाएगा, और आहिस्ते से पूछेगा भी," आप सच बोल रहे हैं, पिताजी, अपने मन की बात?"

शशांक न तो ठठाकर हँसेगा और न बेटे को गोद में ही उठा लेगा। इस बार वह सिर्फ हल्के से मुस्कराएगा और आहिस्ते से जवाब देगा, "सच बोल रहा हूँ।"

ताली पीटकर नाच पड़ेगा टीपू और फिर स्थिर होकर कहेगा, "इसमें कोई खतरा नहीं है?"

"बिलकुल नहीं," अपनी सहजता बरकरार रखेगा शशांक।

"ताड़ के गाछ से गिरे आदमी, तो मर सकता है; हाथी से गिर पड़े, तब भी मर सकता है; मगर घोड़े से गिरकर आदमी नहीं मर सकता," टीपू सीना तानकर सुनाएगा बाप को।

बाप भी बेटे के अन्दाज में सीना तानकर कहेगा, "कभी नहीं।" बाप इससे भी आगे बढ़कर कह देना चाहेगा कि ताड़ के गाछ से गिरकर भी आदमी नहीं मर सकता, ताकि इसके बाद घोड़े से गिरकर मरने का कोई सवाल ही पैदा न हो, मगर इस भय से कि इतना सुन लेने के बाद टीपू ताड़ के गाछ पर चढ़ने और वहाँ से गिरने का कोई खेल मन में सोचने न लगे, वह चुप लगा देगा और अधिक तन गए सीने को ध्यान में रखते हुए बस इतना ही और जोड़ेगा, "हाँ-हाँ, कभी नहीं मर सकता, घोड़े से गिरकर कहीं आदमी मरता है! धत!"

"मैं तो यह भी विश्वास नहीं करता, पिताजी, कि कोई घोड़े से गिर भी सकता है। दो-ढाई हाथ ऊँचा तो रहता ही है घोड़ा। गिरने से पहले ही उछलकर नीचे क्यों नहीं चला आएगा घुड़सवार? आपके जमाने में अगर बच्चे गिर जाते थे घोड़े से, तो निश्चय ही या तो घोड़े दुष्ट हुआ करते होंगे या बच्चे अनाड़ी। मेरे विद्यालय में घोड़े पर चढ़कर आनेवाला एक भी बच्चा घोड़े से नहीं गिरा है। मेरे सामने कसम खाकर ऐसा कहा है उन्होंने।"

"हाँ-हाँ, वे घोड़े ही दुष्ट थे। विद्यालय के मैदान में अक्सर मैं उन्हें एक दूसरे पर दुलत्तियाँ झाड़ते देखता था। अब ऐसा नहीं होता होगा।" कहकर शशांक अँगड़ाई लेगा।

"आप तो तुरन्त ही किसी की बात का विश्वास कर लेते हैं," पिता को फटकार सुनाएगा टीपू, "आपको किसी ने सुना दिया कि इलाके में सैकड़ों आदमी घोड़े से गिरकर मर गए हैं और आपने उसका कहना सच मान लिया। बिलकुल झूठ बोला था वह आदमी। मैंने तो यहाँ तक पता लगा लिया था कि न तो बेलाही में कोई सुधांशु झा घोड़े से गिरकर मरा था और न लक्ष्मीपुर में कोई हिमांशु मेहता। सिरसिया में तो सूरज सिंह के नाम के किसी आदमी का ही पता नहीं चला। सब झूठ था, पिताजी। आपको डराया होगा किसी ने।"

"हाँ-हाँ, अवश्य उस आदमी ने मेरे साथ दिल्लगी की थी।"

"एक बात और बताऊँ, पिताजी?"

"क्या?"

"आपकी यह जानकारी भी बिलकुल गलत है कि जो घोड़े से गिरकर मरता है उसे लाख पुण्य करने के बावजूद नरक में जगह दी जाती है। ठाकुरबाड़ी के पंडित जी ने मुझे बताया था कि योद्धा तो अक्सर घुड़सवार होते रहे हैं और मरने पर उन्हें सादर स्वर्ग ले जाया गया है। आप तो व्यर्थ ही डर रहे थे, पिताजी?"

"पंडित जी ने तुम्हें जो बताया उससे मुकर भी जाएँ, तब भी मैं तुम्हें घोड़े पर चढ़ाकर ही दम लूँगा। वह आदमी भी कोई आदमी है जो नरक जाने के भय से घुड़सवारी करे ही नहीं! जब एक दिन सबको मरना है, तो घुड़सवारी से क्या डरना!"

"बिलकुल नहीं डरना है, पिताजी। परसों घोड़ा आ जाए; फिर तो मैं आपको भी घुड़सवारी सिखा दूँगा। डर की तो कोई बात ही नहीं है, बिलकुल नहीं।"

बाप की इच्छा हो जाएगी बेटे से पूछ लेने की, "घुड़सवारी तो तुमने सीख ली। अब बताओ कि और क्या-क्या सीखोगे तुम? मैं तुम्हें लाखों में एक बनाऊँगा, टीपू।"

गाँव के अन्दर बहुत दिनों से छटपटा रहा है टीपू। इस बार टीपू का ही जोर चलेगा। राजगंज के खेत का धान घर-खर्च के लिए रख लिया जाएगा और करमनचक के धान को बेचने से जो पैसे मिलेंगे वे टीपू के मन के मुताबिक खर्च किये जाएँगे। पिछली बार भी टीपू उस पैसे से दिल्ली की यात्रा करना चाह रहा था। मन छटपटा रहा है टीपू

का, तो इस बार शशांक जरूर ले जाएगा बेटे को दिल्ली शहर।

गाछ हाँककर सौ-सौ योजन दूर चली जानेवाली हथिऔंधा की डाइन बुढ़िया मरने को बहुत पहले मर गई, मगर इलाके के बच्चों को अभी भी तड़पाती रहती है वह, बेकरार किये रहती है। राजगंज के बच्चों की प्रार्थनाओं में जरा भी दम होता, तो मरने के बाद जल्दी ही फिर से जी जाती वह बुढ़िया और भेस बदलकर पूरे राजगंज में चकफेरी करते हुए हर घर के बच्चों के कानों में कहती फिरती, "मैं गाछ लेकर कारी मड़ड़ के बगीचे में रहूँगी। जिसे दिल्ली-कलकत्ता-बम्बई जाना हो वह रात बारह बजे तक वहाँ अवश्य आ जाए।" उस दिन हर घर का हर बच्चा अच्छे-अच्छे बहाने बनाकर कमरे से बाहर दरवाजे पर, या आँगन में, या फिर पिछवाड़े में सोने की जिद कर बैठता...रात बारह बजे से पहले...सुबह तक सही-सलामत बिस्तर पर हाजिर... ओह, हर रात!...

कोई-कोई बच्चा तो पूरे गाछ को ही हथिया लेने की इच्छा करता रहा है, और हाथ में गाछ आने से पहले ही आनन्दित आह्लादित हो गया है, "माँ, पिताजी तो तुम्हें काशी ले जाने के लिए रुपये का जुगाड़ नहीं कर सके; अब तुम्हारा बेटा तुम्हें काशी ले जाएगा। चलो, फटाफट तैयार हो जाओ...मौसी बीमार है, तो अभी तुरन्त चल देना है हम लोगों को। खाने का टंटा छोड़ो। खाना अब हम लोग वहीं खाएँगे। चार-पाँच मिनट में तो हम पहुँच ही जाएँगे वहाँ...प्रयाग जाने के लिए इतना सामान क्यों बाँध रही हो, नानी! रात में मैं वहाँ नहीं रुकूँगा। एकदम सुबह गाछ उड़ाऊँगा और शाम तक वापस आ जाऊँगा। एक दिन में मन नहीं भरेगा तुम्हारा, तो एक सप्ताह तक रोज घुमा लाया करूँगा वहाँ से। प्रयाग सौ कोस दूर हो या चार सौ कोस दूर, पन्द्रह मिनट में जाना है और पन्द्रह मिनट में आना है। तेज हाँकूँगा, तो उतना समय भी नहीं लगेगा। तुम अभी सँभलकर गाछ पर बैठोगी भी नहीं कि मैं बोलूँगा, 'उतरो नीचे; आ गया प्रयाग...'"

राजगंज के बाहर की दुनिया देखने के लिए शशांक कितना तड़प उठता था अपने बचपन में! पिता को इतनी फुरसत कहाँ कि बेटे को देश-परदेश घुमा लाएँ! वह तो कभी-कभी निराश हो उठता था कि जिन्दगी में कभी बाहर की धरती भी देख पाएगा वह! और, अगर कभी देखना सम्भव हुआ, तो...ओह, ऐसा होगा कभी!

काश! डाइन बुढ़िया जिन्दा रहती अभी!

डाइन बुढ़िया मर गई, मगर तब भी बच्चा शशांक यह सपना देख लेता...हथिऔंधा के उस गाछ का पता लगा लेता है वह जिसे डाइन बुढ़िया हाँकती है। शाम होते-होते पहुँच जाता है वह हथिऔंधा और अँधेरा घिरते ही चुपके से चढ़ जाता है उस गाछ पर, और फिर गाछ के किसी खोड़र या किसी मोटी डाल की ओट में दुबककर बैठ जाता है। बुढ़िया आती है, गाछ पर चढ़ती है, और चटपट गाछ हाँक देती है... नहीं, ऐसा नहीं होता है। बुढ़िया गाछ हाँकने को होती है तो अचानक बुदबुदा उठती है, "गाछ भारी लग रहा है," और फिर अँधेरे में चौकन्नी आँखों से चारों ओर देखते

हुए आवाज लगाती है, "कौन बैठ गया है गाछ पर? तुरन्त बोलो, नहीं तो बाण चला दूँगी।" खोड़र से तुरन्त मुँह बाहर निकाल देता है शशांक और दोनों हाथ जोड़कर काँपती आवाज में कहता है, "मैं हूँ, डाइन दादी। तू मेरी दादी है, मैं तेरा पोता। मुझे भी घुमा दो, दादी। मैं किसी को कुछ नहीं बताऊँगा। तू जो कहेगी, मैं वही करूँगा। तुम्हें हमेशा अपनी दादी मानूँगा, डाइन दादी।" इतना बोलकर वह टप-टप आँसू बहाने लग जाता है। डाइन बुढ़िया का दिल पिघल जाता है और वह बोलती है, "ठीक है, सँभलकर बैठो। कभी किसी को बताना नहीं यह बात। मैं तुम्हें हर जगह घुमा दूँगी।"

काश, वह डाइन बुढ़िया यह सब करने-कहने के पहले ही मर गई!

टीपू को भी जरूर खबर मिल गई होगी उस डाइन बुढ़िया की।

अब दिल्ली ही नहीं, अपने राजगंज से निकलकर अपने हिन्दुस्तान को देखेगा टीपू।

"अपना हिन्दुस्तान, पिताजी, जैसे अपना राजगंज?"

"हाँ, रे टीपू, अपना हिन्दुस्तान, जैसे अपना राजगंज।"

देख रहा है टीपू दिल्ली को, दहशत भरी निगाहों से देख रहा है। डर लग गया है उसे, अचानक किसी ओर से आकर बाबर खड़ा न हो जाए उसके सामने और पूछने न लगे, "क्यों जी, टीपू सरदार, तुमने कभी आदेश दिया था कमुआ को मुझे कैद कर ले आने के लिए? यह कैसे सोच लिया कि मैं तुम्हारे घर में रोटियाँ बेल दिया करूँगा? इब्राहीम लोदी की गैरहाजिरी में तो तुम अवश्य मेरे बेटे हुमायूँ को ही चौका-बरतन करने के लिए ले जाने की बात सोचते? बोलो, अब क्या सलूक करूँ मैं तुम्हारे साथ? भेज दूँ अभी अपनी फौज तुम्हारे राजगंज को मटियामेट कर देने के लिए?"

दहशत-भरी निगाहों से देखता रहा टीपू इस दिल्ली को।

मगर अपनी दिल्ली कब तक पराई रहती! अपनी दौलत कब तक कब्जे से बाहर! पिता के मुख से टीपू अपनी दिल्ली और दौलत की कहानियाँ सुनता रहा, ढेर सारी कहानियाँ। और फिर तो ऐसा हिल-मिल गया वह अपनी इस दिल्ली से कि लगा बाबर और उसके बेटे-पोतों ने उसका पीछा छोड़कर पूरी दिल्ली ही उसे सौंप दी। और अब ऐसा तो कभी नहीं होगा कि बाबर अपनी पूरी फौज के साथ धड़धड़ाते हुए उसके घर में घुसेगा और चिचियाकर बोलेगा, "कहाँ है विद्रोही टीपू सरदार? मैं उसे सजा दूँगा, फरगना ले जाऊँगा उसे।"

"...यह धरती सूरमाओं की है, बेटे; इसकी मिट्टी मस्तक पर लगा लो..."

टकटकी बाँधकर देखता है टीपू महलों और दुर्गों को। जंगलों और पहाड़ियों में कुछ ढूँढ़ने लगता है टीपू...अचानक युद्ध के बाजे बजते सुनाई पड़ने लगते हैं। वीरों की टोलियाँ महलों और दुर्गों से निकलकर जंगलों और पहाड़ियों में फैलने लगती हैं। वीरों के सिंहनाद से सारा आसमान गूँज उठता है...

उन्हीं वीरों में एक वीर कवच-कुंडल लगाए और हाथों में हथियार लिये बैठा हुआ है ननकेसर साह के घोड़े पर, उसे दौड़ा रहा है वहाँ के जंगलों और पहाड़ियों में, और बार-बार उसके कन्धे को थपथपाते हुए बोल उठता है, "और तेज, मेरे चेतक, और तेज..."

अचानक गहरी उदासी छा जाती है टीपू के चेहरे पर, "काश! मैं भी इसी धरती पर पैदा हुआ होता! यहाँ के सूरमाओं में एक होता! काश!"

शरमाते-सकुचाते हुए पूछता है टीपू पिता से, "अपनी धरती तो राजगंज की धरती है; यह तो नहीं है अपनी?"

"हाँ, रे टीपू," बेटे के सिर पर हाथ फेरते हुए कहता है शशांक, "जैसे राजगंज की धरती अपनी है वैसे ही यह धरती भी अपनी ही है, बेटे। यह राजस्थान अपना है... यह महाराष्ट्र अपना है...गुजरात अपना है...बंगाल अपना है...द्रविड़, उत्कल, ये सब अपने हैं, टीपू..."

भावपूर्ण नयनों से निहारता है पुत्र पिता को, जैसे कि पूछ रहा हो, "सच बोल रहे हैं न, पिताजी, बिलकुल सच?"

"ये अपनी नदियाँ हैं, टीपू...गंगा...यमुना...कृष्णा...गोदावरी...कावेरी..."

विस्मित-आह्लादित हो उठता है टीपू। अपना कहने के लिए एक साहू पोखर तक नहीं था उसके पास राजगंज में, मगर आज...! चीखती-चिंघाड़ती और कल-कल बहती नदियों से मन की दो बातें करने की इच्छा हो जाती है टीपू की। अपनी हर नदी का जल बोतल में बन्द कर वह राजगंज ले जाएगा ताकि अपनी दौलत पर नजर रहे उसकी।

राजगंज में बहुत कुछ नहीं है...नहीं है, तो क्या हुआ! पिता से कहता है पुत्र, "अपने पहाड़ कहाँ-कहाँ हैं, पिताजी?...झील...झरने...कुंड...नहर...? मैं सब कुछ देखूँगा, पिताजी; अपनी पूरी दौलत देखूँगा; क्या-क्या हैं, कहाँ-कहाँ हैं।"

और फिर पिता से कहता है टीपू, "इस दौलत की खबर राजगंज को नहीं है न, पिताजी?"

कुछ कहने की बजाय पिता मुस्करा पड़ते हैं, तो बेटा बोल उठता है, "मैं घर पहुँचकर पूरे राजगंज को उसकी इस दौलत की खबर कर दूँगा।

यह सब सोचते-कहते हुए निहाल हो उठता है टीपू।

"देख रहे हो, टीपू, यह कितना बड़ा मन्दिर है!"

निगाहें फैलाकर देखता है टीपू और पिता से पूछता है, "इसमें किस देवता का बास है, पिताजी?"

"यह महादेव का मन्दिर है, भोला बाबा का। कुछ माँगना हो इनसे, तो माँग लो," हँसते हुए कहता है शशांक।

"इनसे माँगूँ?"

"हाँ-हाँ, माँगो।"

"इनसे कुछ माँगूँ, तो राजगंज के महादेव गुस्सा तो नहीं जाएँगे?"

"क्यों, गुस्सा क्यों जाएँगे?" अचम्भित हो उठता है पिता।

"राजगंज का आदमी बाहर के किसी देवता से कुछ माँगे, इस बात का गुस्सा नहीं होगा उनको?"

जोर से हँस पड़ता है शशांक और फिर बेटे से कहता है, "दोनों महादेव एक ही हैं, बेटे, दोनों अपने। इनसे माँगो या उनसे माँगो, देनेवाला एक ही है।"

राजगंज के महादेव की गरीबी का दुख टीपू के दिल से छँट जाता है। पिता के साथ वह जा घुसता है मन्दिर में, बुदबुदाकर अपना परिचय देता है अपने नये महादेव को और मन-ही-मन पूछता है उनसे, "राजगंज में जो मैंने कहा था वह याद है या नहीं?"

पिता पुत्र को किस्से सुनाता है उस पीर के जिसकी मजार के सामने दोनों बैठे हुए हैं। किस्से समाप्त कर पिता उठते हुए कहता है, "आओ, टीपू, हम इस मजार पर एक चादर चढ़ाएँ।"

"हम चादर चढ़ाएँगे, पिताजी?" शंका उभर आती है टीपू के मन में।

"हाँ, बेटे।"

"मगर वह पीर तो मुसलमान थे।"

"तो क्या हुआ?"

"हम हिन्दू हैं न, पिताजी?"

दोनों हाथों से बेटे के सिर को थाम पिता ललाट चूम लेता है पुत्र का और फिर उसके सिर पर हाथ फेरते हुए कहने लगता है, "ऐसा मत बोलो, टीपू; भगवान सुनेंगे, तो बहुत बिगड़ेंगे। जो भी पीर-फकीर और सन्त-महात्मा हैं, वे सब भगवान के दूत हैं। हम सब एक ही भगवान के बेटे हैं; वहाँ कोई हिन्दू या मुसलमान नहीं है। वे कपूत हैं जो आपस में झगड़ते हैं। जो हमसे प्रेम करें, वही तो हमारे अपने हुए, चाहे वे हिन्दू हों या मुसलमान।"

"तब तो, पिताजी, पीर साहब को भी मैं अपना मानूँ?"

"हाँ, बेटे, बिलकुल अपना।"

बच्चों के पास पीर-फकीर को पहुँचने में समय ही कितना लगता है! अचानक लम्बी-लम्बी दाढ़ीवाला कोई महात्मा टीपू के पास सरक आता है और हाथ की छड़ी चमकाते हुए कहता है उससे, "तुमने मेरे किस्से सुन लिये। अब यह बताओ कि मैंने लोगों की जो सेवा की है, उनके लिए जो त्याग किया है, वह सब तुम भी करोगे न?"

टीपू के मुँह से बरबस निकल पड़ता है, “हाँ, पीरसाहब...” नहीं, वह पीरसाहब नहीं कहता, वह पिता से पूछता है, “पिताजी, पीरसाहब मेरे कौन लगेंगे, परदादा या लकड़दादा?”

अपने साथ पूरे राजगंज को दौलतमन्द बनाते हुए आ खड़ा होता है टीपू पिता के साथ बोधिवृक्ष के नीचे और पिता के साथ वह भी बुदबुदाता है—

बुद्धं शरणं गच्छामि
संघं शरणं गच्छामि
धम्मं शरणं गच्छामि।

टीपू को लगता है, पूरा राजगंज खड़ा है उसके पीछे और बुदबुदा रहा है,

बुद्धं शरणं गच्छामि
संघं शरणं...

बेटे का बचपन पिता के पास ही गुजरेगा, बन्द कमरे से बाहर गाँव की गलियों में, गाँव के खुले खेतों-खलिहानों में। गाँव के हर रिश्ते से बँध जाएगा टीपू और यह बन्धन ऐसा होगा कि बचपन की दहलीज पार कर लेने के बाद भी कभी टूटेगा नहीं। स्वागत के हर क्षण में, विदा के हर मौके पर गाँव की मिट्टी तक उससे गुफ्तगू कर बैठेगी...

खेतों और खलिहानों के बीच अक्सर नोक-झोंक चलेगी, “बताओ तो, किसकी याद से खिंचा चला आया है टीपू फिर इस बार?” हर बार आधे पर समझौता करेंगे वे दोनों।

गाँव का पोखर टीपू को सामने पाते ही बोल पड़ेगा उदास स्वर में, “देखो तो, टीपू, कितना गँदला हो गया हूँ मैं! आए हो, तो जरा गाँववालों से कहकर जाना कि मेरी सफाई करवा दें। अगर ऐसे ही कूड़े-कचरे से भर्ती रही मैं, तो किसी दिन बिलकुल ही लोप हो जाएगा मेरा। तब अफसोस मत करना कि तुम्हारा पोखर कहाँ चला गया।”

गाँव का कुआँ इशारे से बुला लेता है बहुत दिन बाद गाँव आए टीपू को और फिर शिकायत करने लगता है उसके पास, “जरा देखो मेरा हाल, किस कदर लोग मेरी जमीन को हथियाते चले जा रहे हैं! अब क्या मेरी जरूरत किसी को नहीं है? तुम तो जानते हो कि सुबह से गायब बच्चा अक्सर उसके माँ-बाप को यहीं मिल जाया करता है। यह सही है कि मेरा पानी अब पीने के काम नहीं आता, मगर यहाँ खेलते बच्चे को कभी प्यास महसूस होने दी है मैंने? अब क्या गाँव में बच्चे ही नहीं रहे कि मेरी कोई जरूरत ही नहीं रही!”

अमराई की कोयल कूककर रोक लेती है टीपू को और सुनाती है, “क्यों जी, टीपू, कहाँ चले गए थे परसाल? तुम्हारा मुँह तक देखने को नहीं मिला। मैं तो कूक-कूककर

थक गई, मगर जवाब में तुम्हारी तरह कोई नहीं कूका मेरे साथ, चिढ़ाने की गरज से भी नहीं। अब अगर इस तरह आना-जाना बन्द करोगे, तो सुन लो, मैं भी छोड़ दूँगी तुम्हारे राजगंज आना।"

टीपू पर नजर पड़ते ही गाँव की कुतिया अपने बच्चों को इकट्ठा कर लेती है और बताने लगती है उन्हें, "इस आदमी को ठीक से पहचान लो; यह हमारा अपना आदमी है। कुछ शरारती रहा है बचपन में, इसलिए कोई ठीक नहीं कि अभी भी एक-आध ढेला हम पर चला दे, मगर दिल साफ है इसका। तुम सब भी एक-आध बार भूँककर हट जाना; टकरा मत जाना इस आदमी से। यह जान लो कि सिर्फ हमारा हाल जानने बार-बार आता है यह इस गाँव; परदेश में भी इसे हमारी याद आ जाती है।"

टीपू के गाँव आते ही राजगंज के कौए तक अपनी सभा बुला लेते हैं और निर्णय कर लेते हैं कि कल से टीपू के दरवाजे पर ही कौआ-गुहार होगा। अग्रज अपने नवजात अनुजों को बार-बार खबरदार करते हैं, "बचपन में यह आदमी बड़ा ही धूर्त और चंचल रहा है। उसके सामने काँव-काँव करते हुए ऊँघना मत। कोई ठीक नहीं कि कब किधर से आकर तुम्हारी टाँग पकड़ ले वह। टाँग नहीं तोड़ेगा, जान नहीं मारेगा, मगर इस बात का गुस्सा तो जरूर करेगा कि राजगंज के कौओं ने अपनी नाक कटा दी। हाँ, काँव-काँव जरूर करना उसे देखकर; यही सुनने तो आता है वह इस गाँव।"

नहीं टूटेगा यह बन्धन। जेठ की दुपहरिया ढूँढ़ने चली जाएगी टीपू को दूर-दूर और ढूँढ़कर कहेगी, "एक दिन के लिए भी तो चलो अपने गाँव। मुझे भुला बैठे क्या?" पूस की रात पतिया लिख भेजेगी, "शिवालय के सामने पीपल गाछ के नीचे एक और बूढ़ा बिना कम्बल-रजाई के रात गुजार रहा है। तुम आ रहे हो न?"

नहीं टूटेगा यह बन्धन, तब कितना अच्छा होगा!...कितना अच्छा!

सामने का आदमी बेचैन है, बेहाल है; कोई उसका हाल नहीं पूछता।

यह कैसे शहर में आ टिका है टीपू जहाँ हर आदमी एक-दूसरे से कटकर चलता है। कितना प्यारा था अपना राजगंज!

बरबस याद आ जाता है अपना गाँव, अपने लोग।

भूमि मड़ड़ के बगीचे में कुछ चरवाहे बच्चों ने एक बन्दर को एक गेहुँअन पर दाँत कटकटाते देखा। साँप फन काढ़कर फुफकार रहा था और बन्दर बार-बार उस पर हाथ चला रहा था। बच्चे दूर से तमाशा देखने लगे थे। अचानक उन्होंने देख लिया साँप को बन्दर को डँसकर भागते हुए। बच्चों ने झटपट गाँव में खबर भेजी।

लोग दौड़े हुए आए थे। साँप का विष तेजी से चढ़ रहा है। परेशान होने लगे थे गाँव के लोग, कैसे बचा लिया जाए उस बन्दर को। मांगन मन्तरिया को बुलाया गया। किसी तरह बन्दर को कब्जे में लाया गया और मन्तरिया उसका विष झाड़ने

लगे। बन्दर के प्राण नहीं बचे और पूरे राजगंज को लगा कि कोई गाँव का, घर का आदमी मर गया है।

उस भावशून्य और निर्जीव शहर में राजगंज उकसाता है अपने टीपू को, "उस बेचैन, बदहाल आदमी के पास जाओ तो; जरा पूछो तो उसका हाल..."

"तुम्हें अपनी माँ की याद नहीं आती?" पूछता है टीपू अपने एक नये सहकर्मी मित्र से।

"याद करने के लिए दुनिया में बहुत सारे लोग हैं; किस-किस को याद करूँ, टीपू महाशय?"

"माँ सबसे पहले याद आती है, सबसे अधिक," मुस्कराते हुए कहता है टीपू।

"तुम्हें आती होगी याद, मुझे तो नहीं आती।" बेरुखी झलकती है मित्र की बोली में।"

जिस माँ ने तुम्हें लाड़ से पाला है, तुम्हारे लिए दुख-कष्ट सहा है, उसकी याद नहीं आती? छि:, कितना सताया होगा तुमने अपनी माँ को बचपन में!"

"यह सब किताबों में मैंने भी पढ़ा है; बस, किताबों में। जन्म देने में जो कष्ट हुआ हो, उसके बाद भला क्या सहा मेरी माँ ने मेरे लिए! कब मिला मुझे माँ का दुलार और कब सताया मैंने अपनी माँ को! मैं तो कभी-कभार ही घर जाया करता था; माँ मेरी और मैं माँ की सूरत देख लिया करता था।"

"तुम्हें माँ का दुलार भी नहीं मिला! बहुत बदनसीब लगते हो।"

"बदनसीब हूँ मैं?" कुपित हो उठता है टीपू का मित्र," पढ़-लिखकर इतने अच्छे ओहदे पर आ गया हूँ; मोटी तनखाह मिल रही है, फिर भी बदनसीब हूँ?"

"तनखाह मिल गई, माँ तो नहीं मिली?"

"नहीं मिली, तो अच्छा ही हुआ। तुम्हारी तरह माँ का जाप तो नहीं करता हूँ मैं। सपने में भी तुम देखते हो माँ को खाँसते हुए, तो बेचैन हो उठते हो। मैं तो निश्चिन्त हूँ, बेफिक्र हूँ; घर भी नहीं जाता बुढ़िया का दुखड़ा सुनने। तुम बहुत भावुक हो, बेहद कमजोर हो, टीपू महाशय।"

"तुम्हें माँ मिली होती, तो ऐसा नहीं बोलते तुम," कहकर टीपू गुमसुम-गम्भीर हो जाता है।

हर बीमार हुमायूँ देखता है पिता बाबर को पलँग के चारों ओर घूम-घूमकर ईश्वर से कुछ बुदबुदाते हुए। बरबस ढलक पड़ती हैं आँसू की बूँदें आँखों से और पोर-पोर भीग जाती हैं। हर हुमायूँ अपनी अलग प्रार्थना सुनाने लगता है ईश्वर को, "इस पिता को कभी मैं क्या दूँगा, बताओ तो? एक छोटी-सी जान है मेरी; उतने से काम चल जाएगा क्या? कुछ और दो न पिता को देने के लिए।"

भारी झंझट में फँसा हुआ सहकर्मी मित्र अपने को मुक्त अनुभव करता है और

अपनी खुशियाँ जाहिर कर बैठता है टीपू महाशय पर, "जिसे तुम बाप कहते हो उसके कर्ज से आज मुक्त हो गया मैं। मेरे खाने-पीने और पढ़ाई-लिखाई पर कुछ खर्च किया था उसने। आज उस बुड्ढे का एक-एक पैसा हिसाब चुकता कर दिया। उसके बकाये की अन्तिम किस्त भी आज भेज दी; अब मरकर गंगा पहुँचने का इन्तजाम वह खुद करे।"

टीपू को बरबस अपने पिता की याद आ जाती है...मेले में कन्धे पर बैठाकर नाच दिखाते हुए पिता...बेटे के साथ गुल्ली-डंडा का खेल खेलते हुए पिता...आँखें लाल-लाल कर गुस्सा दिखाते हुए पिता...डर दिखाकर इस-उस बात की मनाही करते हुए पिता...बेटे के उदास मुखड़े को देख-गले छाती से चिपकाते हुए पिता...बालों में हाथ फेरते हुए भविष्य के प्रति सचेत करते पिता...

उँगली पकड़कर बचपन की दहलीज पार कराते हुए पिता की बरबस याद आ जाती है टीपू को। पिता के किस कर्ज की पहली किस्त का भी भुगतान कर पाएगा वह, सोच में पड़ जाता है टीपू।

वह बाप कितना बदनसीब है जो बेटे की उँगली पकड़कर उसे आगे ले जाने से कतराता है, अपना बेटा भी एक बोझ-सा लगता है जिसे!

शोर मचाकर दरवाजा खुलवानेवाले मेहमान को मेजबान जरा गौर से निहारता है और मन-ही-मन गुनने लगता है, यह भुच्च देहाती कौन है?

ठठाकर हँस पड़ता है भुच्च देहाती और बोलता है, "मुझे नहीं पहचाना? पहचानोगे भी कैसे! गाँव में तो कभी तुम रहे नहीं, हमेशा घर-परिवार से बाहर। मैं तुम्हारा चाचा लगूँगा।"

"चाचा!" परेशानी में पड़ जाता है मेजबान और किंचित् भ्रू-विक्षेप के साथ पूछता है, "कैसा चाचा?"

गाँव-घर का हाल-चाल पूछे जाने की बजाय "कैसा चाचा?" पूछे जाने पर जरा अस्थिर हो उठता है मेहमान और फिर सहमते हुए बताता है, "गाँव में मेरा घर तुम्हारे घर से बस चार ही घर पूरब तो है। मैं तुम्हारे पिताजी को भैया कहता हूँ; तो फिर बताओ, मैं तेरा कौन हुआ?"

"आप मेरे चाचा हो गए!"

मेजबान की बोली समझ सकने में असमर्थ भुच्च चाचा हल्के से मुस्कराता है; होंठ फैलते जाते हैं। तब तक आगे के लिए अपने को तैयार कर लेता है मेजबान और पूछता है, "अब यह बताइए, चाचा, कि किस इरादे से आप यहाँ चले आए हैं?"

"इरादा कोई खास नहीं है," फिर से चाचा बनने की कोशिश में भुच्च चाचा कहता है, "बस, समझ लो, तुम्हें देखने आ गया हूँ।"

"बस-बस, झूठ बोलने की जरूरत नहीं है। मैंने अखबारों में पढ़ा है कि अभी गाँवों में अकाल पड़ा हुआ है आप अगर काम-धाम की तलाश में निकले हैं, तो शहर

का चक्कर लगाइए, मैं इसमें कोई मदद नहीं कर सकता।"

"नहीं-नहीं, मैं काम की तलाश में नहीं आया हूँ; मैं तो..."

"तो फिर आए होंगे किसी रोग का इलाज कराने। उसके लिए अस्पताल हैं; ढेर सारे चिकित्सक बैठे हुए हैं शहर में। मैं तो आपका इलाज नहीं करूँगा कि यहाँ मेरे पास चले आए आप।"

"नहीं-नहीं, मैं अपना इलाज कराने नहीं आया हूँ। हाँ, अस्पताल में यहाँ अपने गाँव का एक मरीज जरूर है। उसे..."

"उसे दवा के लिए पैसे चाहिए। मेरे पास तो कारूँ का खजाना है न कि खोज-खोजकर गाँव के रोगियों को अस्पताल में भर्ती कराऊँ और फिर उनके इलाज पर पैसे लुटाऊँ! आप कहिए उससे कि खबर भेजकर गाँव से पैसे मँगा ले। मेरे पास देने के लिए कानी कौड़ी तक नहीं है।"

"ओह, पैसे की उसे बिलकुल जरूरत नहीं है। आज तो उसे अस्पताल से भी मुक्ति मिल गई..."

"मुक्ति मिल गई! हाय राम! मेरे पास क्यों दौड़े चले आए हैं? मेरे पास तो इतना समय नहीं कि मैं मुरदा जलाने जाऊँ। मैंने आज तक किसी मुरदे को नहीं जलाया है और इस मामले में मुझे कोई अनुभव नहीं है, चाचाजी। मेरी मानिए तो ऐसा कीजिए कि मुरदा को अस्पताल में ही छोड़कर आप लोग भाग जाइए। मुरदा फूँकने में काफी तरद्दुद है; पैसे भी अब बेकार खर्च होंगे। जब अस्पतालवालों ने जान ले ली है, तो अब लाश फुँकवाने का इन्तजाम भी वे ही करें। गाँव में बोल दीजिएगा कि ढोल-बाजा के साथ अरथी निकली और विधि-विधान से अग्नि-संस्कार हुआ। कोई पता लगाने तो नहीं आएगा यहाँ गाँव से। कहाँ ध्यान है आपका? सुन रहे हैं न, क्या बोल रहा हूँ?"

"सुनने की जरूरत नहीं है। रोगी स्वस्थ हो गया है और आज घर भी जा रहा है।"

"यह भी अच्छा ही हुआ। मगर आप भी तो उसी के साथ हो लेते; इधर क्यों टघर गए आप?"

"मैं भी उसी के साथ जाऊँगा। इधर तो आया था कि..."

"कि किसी बहाने रेल-भाड़ा वसूल लीजिए, राह-खर्च माँग लीजिए। घर से निकलते वक्त कुछ सोचते हैं या नहीं? यह नहीं देखते हैं कि टेंट में कुछ पैसे भी हैं या नहीं? काँख तले धोती दबाते हैं और यह सोचते हुए चल पड़ते हैं कि किसी तरह शहर में दाखिल हो जाना है, फिर तो वहाँ एक भतीजा बैठा ही हुआ है सदावर्त बाँटने और दान-पुण्य करने के लिए। मैं असमर्थ हूँ, चाचा; मुझे माफ कर दीजिए। मुलाकात करने आए थे; हो गई न मुलाकात? अब आप अपना रास्ता नापिए।"

अपना टीपू गाँव के किसी चाचा से करेगा कभी ऐसी मुलाकात?

जीवन के जिस डगर पर भी घूमेगा अपना टीपू, उसका बचपन उसके साथ रहेगा।

चिरंजीव

मुद्दई और मुद्दालेह के झगड़े को बड़े ध्यान से सुनता है न्यायाधीश। एक बकरी को लेकर विवाद उठ खड़ा हुआ था दो आदमियों के बीच। इज्जत-आबरू का ऐसा मामला उखड़ा और अदालती कार्रवाइयों ने ऐसा रंग पकड़ा कि अब उन दोनों के पोते हाजिरी दे रहे हैं अदालत में।

न्यायाधीश महाशय को एक पुराना झगड़ा याद आ जाता है जिसमें चुल्हवा ने मिश्रीकन्द तो खा लिया था उसका, मगर बदले में अपना लड्डू नहीं चखाया था उसे। मुकदमे की सुनवाई के लिए अगली तारीख देकर वह अपने अरदली को बुलाता है और फिर उसके कानों में आहिस्ते से कह देता है, "इन दोनों से कहना मुझसे मिल लेने के लिए। दोनों को एक साथ ही आने के लिए कहना मेरे पास।" उसे लगता है कि एक बार फिर चुल्हवा को साथ लिये वह पिता के पास पहुँच गया है, "पिताजी, मैंने इसे मारा है जरूर, पर पहले पूरा किस्सा सुन लीजिए..." इसी चुल्हवा के साथ तो फिर उसे खेलना है; झगड़ने से काम चलेगा!

गाँव की एक परिचित चीख परदेश के इस महल्ले में उभर्ती है। यह तो लच्छू चाचा की नई बहू की चीख है, बिलकुल वही। साहब अपने रसोइये को बुलाता है और पूछता है उससे, "यह महल्ले से कैसी चीख आ रही है?"

रसोइया हँसकर बात टालना चाहता है, "यहाँ की औरतें बहुत झगड़ालू हैं, हुजूर। उनके बीच जब-तब चख-चख होता रहता है।"

"यह चख-चख नहीं है, भाई; यह चीख है, चीत्कार।"

"इसमें कोई क्या करे! घर के मर्द नालायक हैं।"

"नहीं, कल मैं खुद जाऊँगा उस महल्ले में; तुम मेरे साथ चलना।"

क्या करेगा यह नया साहब उस महल्ले में जाकर? आग तो नहीं लगाएगा, "सुन लो, बहन, अगर कोई तुम पर हाथ छोड़े, तो तुम भी हाथ उठाने में हिचक मत करना! मैं तुम्हारी पीठ पर रहूँगा!"

सहकर्मी मित्र की आँखें अचरज से फैल जाती हैं, "कैसी बातें कर रहे हैं, टीपू महाशय! निमंत्रण तो उसने मुझे भी दिया था अपनी शादी में शरीक होने के लिए, मगर मैं तो अछूतों के उस गन्दे महल्ले में नहीं जाऊँगा। पता नहीं, किस वातावरण में पले-पुसे हैं आप, और क्या संस्कार पाए हैं आपने बचपन में कि बदबू से जरा भी घबराहट नहीं होती आपको!"

तो क्या अब नहीं जाएगा टीपू अछूतों के उस महल्ले में? पिरथिया की शादी में भी शरीक नहीं होगा? क्या सोचेगा पिरथिया अपने मन में!

कुछ जवाब देने की बजाय टीपू महाशय की निगाह मित्र के सिर की ओर दौड़ जाती है और वहाँ ढूँढ़ने लगती है, कोई लम्बी-मोटी टीक है या नहीं इस सिर पर।

रात का खाना खाकर पति महाशय जरा निकल पड़ते हैं टहलने पिछवाड़े की

ओर, मगर थोड़ी देर में ही लौट भी आते हैं। पत्नी जरा अचरज से पूछती है, "किधर निकल गए थे इस ठंड में?"

"जरा मंगल दास को देखने चला गया था।"

"कौन मंगल दास?"

"जिसे आज तुमने एक कथरी सीकर दिया है। कथरी लपेटकर बड़े आराम से सो रहा है वह।"

"उसका नाम मंगल दास है?"

"गाँव में शिवालय के सामने पीपल गाछ के नीचे एक ऐसे ही बूढ़े को जाड़े की रात काँपकर गुजारते देखा था मैंने अपने बचपन में। उसका नाम मंगल दास ही था।"

सड़क के किनारे रुक-रुककर आगे बढ़ रही बुढ़िया पर निगाह पड़ती है राहगीर की ओर वह रुक जाता है। उसे तो हर बुढ़िया में बस एक शक्ल पूर्णिया की धर्मशालावाली बुढ़िया की दिखाई पड़ जाती है। इस बुढ़िया को भी कुछ चाहिए क्या, सोच उठता है राहगीर और पास जाकर पूछता है उस बुढ़िया से, "क्या चाहिए, बूढ़ी माँ?"

कमर सीधी करने की कोशिश में असफल बुढ़िया अपना मुँह ऊपर उठाती है, तो किसी अजन्मे-अपरिचित पोते की शक्ल दिखाई पड़ जाती है उसे। "मुझे सड़क पार करा दो," बस इतना बोलती है बुढ़िया; इससे आगे कोई कष्ट नहीं दे सकती है वह अपने इस पोते को।

बन्द कमरों में नहीं बीतेगा टीपू का बचपन; भजनलाल के चुनचुन से बहुत पीछे भले ही रह जाए वह। किसी बड़े ओहदे तक नहीं पहुँच पाए वह; पंडित-ज्ञानी बनने में असमर्थ रह जाए; धन बटोरना उसे नहीं आए; मगर ईश्वर यह तो नहीं कहेंगे उससे, "रे टीपू, मैं तुमसे भी निराश ही हुआ।"

9

पूर्णिया से घर के लिए रेलगाड़ी में जब सवार हुआ शशांक, तो उसे ऐसा महसूस हुआ कि एक अदद छड़ी के अतिरिक्त और कोई सामान है ही नहीं उसके पास। यह जानते हुए कि अगर दिव्या की दी हुई एक सूई भी उससे गायब हो जाती है तो उसका पानी उतार लेगी वह औरत, शशांक अपने बक्सा, गठरी और झोली की ओर से इस कदर लापरवाह हुआ कि एक स्टेशन पर जब गाड़ी देर तक टिक गई, तो वह चाय पीने नीचे उतर गया और उतरा सिर्फ अपनी छड़ी लेकर। पूर्णिया स्टेशन पर भी जब गाड़ी आई, तो खिड़की के पास की जगह हथियाने के लिए वह झपट्टा मारकर गाड़ी में घुसा, मगर इस क्रिया में छड़ी द्वारा खलल पैदा किये जाने के बावजूद उसने छड़ी का त्याग नहीं किया, जबकि रेलगाड़ी के सफर में यह पूछे जाने पर कि खिड़की के पास

की जगह चाहिए या उसके बदले में कुछ और, दुनिया के तमाम बच्चों की तरह वह भी रूठ-ऐंठकर झटपट जवाब दे देता, "मैं तो खिड़की के पास बैठूँगा...हुँह, छड़ी!" जब सिर पर सामान रखे कुली को लेकर राधेश्याम डिब्बे के अन्दर आया, तो अपने ही सामान को शशांक ने इस नजर से देखा जैसे कि सामान राधेश्याम का हो और अपने इस सामान की बाबत राधेश्याम उससे पहले ही कह चुका हो, "मेरे ये सामान अगर घर के स्टेशन तक साथ देते हैं तुम्हारा, तो इन्हें स्टेशन से मेरे घर तक ले जाना। अगर ये सामान बीच में ही गायब हो जाते हैं, तो मन में किसी बात का मलाल मत करना; हमारी दोस्ती इसके बाद भी पक्की रहेगी। मगर, हाँ, अपने हाथ की छड़ी का खयाल अवश्य रखना; वह गुम हो गई, तो फिर कभी मुझे अपना मुँह मत दिखाना।"

खिड़की की बगल की जगह पर कब्जा करते ही वह उस जगह से इस तरह चिपक गया कि उस डिब्बे में उपस्थित ऐसे यात्रियों, जो खिड़की के पास बैठने का लोभ संवरण नहीं कर पाते हैं और कभी तो पान की पीक फेंकने या खैनी की थूक थूकने, कभी सिगरेट-बीड़ी का धुआँ उड़ाने, या कभी तपेदिक की खाँसी का बलगम फेंकने का बहाना बनाकर खिड़की के पास बैठे लोगों को उठाकर स्वयं वहाँ बैठ जाने में अक्सर कामयाबी हासिल कर लेते हैं, में से कोई एक भी इतनी हिम्मत नहीं जुटा पाया कि खिड़की के पास बैठे उस आदमी का ध्यान भी भंग किया जाए जो एकटक खिड़की के बाहर देखे जा रहा है और जिसकी तन्मयता से यह विश्वास करना पड़ता है कि अगर डिब्बे के अन्दर किसी बात को लेकर दो आदमियों के बीच कोई झगड़ा खड़ा हो और मारा-मारी शुरू हो जाए, तब भी वह आदमी तब तक खिड़की के बाहर देखना बन्द कर अन्दर की ओर नहीं देखेगा जब तक कि मारा-मारी के दौरान एक-आध घूँसा अपने लक्ष्य से फिसलकर उसकी देह पर भी नहीं पड़ जाता है।

खिड़की से बाहर देखते हुए भी कुछ देख नहीं रहा था शशांक। और बार की तरह इस बार खेत-मैदान, गाछ-वृक्ष, कुएँ-तालाब, बाग-बगीचे, लोग-बाग व्यर्थ ही उसे अपनी ओर आकर्षित करने की असफल कोशिश करते रह गए। रेलगाड़ी के डिब्बे में बैठे-बैठे ही वह लम्बी-लम्बी यात्राओं पर निकला हुआ था जिनमें उसे ऐसे लोगों से मिलना हो रहा था, ऐसी जगहों से गुजरना पड़ रहा था जिनका कोई अस्तित्व अभी खिड़की के बाहर नहीं था। इन यात्राओं में धीरे-धीरे वह इतना खो गया कि और सामानों के साथ अपनी एक अदद छड़ी की सुरक्षा का खयाल भी उसके दिमाग से उतर गया। इतना ही तो नहीं हुआ; इन यात्राओं के पिछले चरण में यह छड़ी एक ऐसा बोझ बन गई कि अगर उस डिब्बे में किसी चीज की चोरी का हल्ला होता, तो वह बुरी तरह नाराज हो उठता कि चोर का ध्यान उसकी छड़ी की ओर क्यों नहीं गया जो काफी देर से उसके हाथ से छूटकर अलग पड़ी हुई है। चोर की चोरी देखकर भी चुप रह जाता वह और इस बात का आनन्द मनाता कि जीवन में पहली बार अपनी आँखों से यह देखने को मिल गया कि चोर कैसे चोरी करते हैं। अगर गुस्से में आकर उसने

खुद यह छड़ी खिड़की के बाहर नहीं फेंक दी, तो इसका मुख्य कारण यही रहा होगा कि लोग अपने घरों में कूड़े-कचरे भरे रहते हैं और उन्हें बाहर इस डर से नहीं फेंकते हैं कि पड़ोसी उन्हें उठा ले जाएँगे।

डिब्बे में बैठे-बैठे दुनिया-भर की यात्राओं के दौरान वह अपने ख्वाबों और खयालों में इस कदर डूबा कि सम्भावना इस बात की बढ़ गई कि अपना अन्तिम स्टेशन राजगंज आ जाने पर भी वह खिड़की के पास की जगह पर चिपका ही रह जाएगा; गाड़ी पश्चिम दिशा की अपनी यात्रा पूरी कर लेने के बाद अब उलटकर पूरब दिशा की ओर चलने लगेगी; दो-एक स्टेशन गुजर जाएँगे, तब अचानक उसे कहीं कुछ उलटा-पुलटा जैसा लगेगा; भौंहें सिकोड़कर वह सोचेगा, तो तुरन्त इस उलटा-पुलटा के मूल में गाड़ी की उलटी चाल नजर आ जाएगी; क्या सचमुच उलटी चाल चल रही है गाड़ी, यह देखने के लिए वह खिड़की के बाहर मुँह निकालकर यह देखेगा कि इंजन गाड़ी को पीछे ठेल रही है या आगे खींच रही है; वह गाड़ी की उलटी चाल पर कतई विश्वास नहीं करेगा और इसे अपना दिशा-भ्रम मानकर अगले स्टेशन पर किसी से पूछकर विश्वास कर लेने की बजाय खुद उस स्टेशन का नाम पढ़ेगा; 'हे ईश्वर, यह दिशा-भ्रम ही हो,' मनाते हुए वह, बिलकुल एक ऐसे यात्री की तरह जिसका इस इलाके में पहली बार आना और रेलगाड़ी में चढ़ना हुआ हो, अपने पास बैठे यात्री से मन-ही-मन काँपकर आहिस्ते से पूछेगा कि आगे कौन स्टेशन है; और ज्यों ही उस सहयात्री का जवाब मिलेगा, वह बरबस अपनी जगह से उछलकर खड़ा हो जाएगा और चीख पड़ेगा, "हाय राम, मुझे तो राजगंज जाना था; मेरा स्टेशन तो पीछे ही छूट गया।"

यह सम्भावना हकीकत नहीं बन पाई। गाड़ी को उलटकर चलने का मौका नहीं दिया शशांक ने। ठीक समय पर उसने अपना ध्यान खुद ही भंग कर दिया।

गाड़ी के चालक, गाड़ी के गार्ड और स्टेशन के छोटा बाबू-बड़ा बाबू को हर स्टेशन पर लुक-छिपकर गालियाँ बुदबुदाने और गाड़ी के इंजन को खुले आम जोर-जोर से गालियाँ सुनाने के बाद बुरी तरह थककर कूथते-कराहते यात्रियों को लेकर हाँफती-सुस्ताती, रूठती-बिदकती रेलगाड़ी उस स्टेशन तक आ ही गई जिसके आगे अब राजगंज ही पड़ता था।

इस स्टेशन पर गाड़ी के रुकते ही खिड़की से झाँक रहे मुखड़े को बिलकुल अनदेखा करते हुए एक घसियारिन ने घास का एक मोटा गट्ठर खिड़की के अन्दर फंदा दिया। खोपड़ी भिड़ाकर गट्ठर का सामना करने की बजाय शशांक पूरी देह को उछालकर पीछे दुबका। उठ खड़ा हुआ वह, शीघ्रता से सिर और देह पर पड़ी घास-फूस को झाड़ा, और खिड़की की बगल की जगह से उसे बेदखल कर देनेवाले गट्ठर को काफी गुस्से में बेंच से नीचे पटक दिया। इस उठा-पटक को देखकर देखनेवाले अभी से यात्रा के अन्त तक उस पर तिरछी निगाहें डाल-डालकर हँसें-मुस्कराएँ, इस स्थिति से भरसक उबरने के लिए शशांक तमतमा उठा और खिड़की के बाहर घसियारिन को

ढूँढ़ने के बहाने ऐसी नजर फेंकी जैसे कि नजर मिलते ही घसियारिन घास का गट्ठर छोड़कर भाग खड़ी होगी।

नजर के सामने घसियारिनों की एक पूरी फौज खड़ी थी और लगभग हर डिब्बे में दरवाजे से या खिड़की के जरिये घास के गट्ठरों को अन्दर डाल रही थी। बगल के ही डिब्बे में जब उसने एक घसियारिन को अन्दर के किसी यात्री को गालियाँ बकते और उस पर हाथ का हँसिया चमकाते देखा, तो सिर अन्दर खींचकर वह बुदबुदा उठा, "एक भी पानवाला नजर नहीं आ रहा है।"

एक पानवाला सामने से गुजरा, तो काफी अनिच्छापूर्वक उसे एक पान खाकर थूकना पड़ गया।

गाड़ी अगले स्टेशन के लिए चल पड़ी, मगर तब भी वह कुछ बुझा-बुझा रहा। जोरदार ठहाका तो किसी ने नहीं लगाया था, पर उसे यही लगता रहा कि जब-जब उसने धोखा देकर आसपास बैठे लोगों पर नजर का तीर फेंका है, उन लोगों ने उससे भी अधिक चतुराई के साथ उसे देख-देखकर मुस्काना अचानक बन्द कर दिया है। दिल को यह समझाकर कि ये सब भुच्चड़-गँवार हैं, उसने राहत पाई और चिन्तामुक्त हो गया।

मगर फिर ध्यान लगाकर कहीं की यात्रा पर निकल जाना अब उसके लिए सम्भव नहीं था। गाड़ी के चलते ही अगले और अन्तिम स्टेशन पर उतरने के लिए लोग सुगबुगाने लगे। जिन लोगों के पास हल्का-फुल्का एक अदद सामान था उन्होंने तुरन्त उसे अपनी गिरफ्त में ले लिया। झोला कन्धे से लटक गया, गठरी गोद में आ बैठी और लोटा-छाता हाथों में दबोच लिया गया। शशांक को यह सोचकर काफी सन्तोष हुआ कि एक अदद सामानवाले ये सारे-के-सारे यात्री उससे भी बढ़कर भुलक्कड़ हैं जो जब तक गाड़ी नहीं रुकती तब तक तो अपने एक अदद सामान की रट लगाए रहते हैं और ज्यों ही गाड़ी रुकती है कि एक अदद में सिर्फ अपनी देह को गिनकर झटपट घर की राह पकड़ लेते हैं। यह सोचकर तो वह और भी आनन्दित हो उठा कि उसके साथ ऐसा आज तक नहीं हुआ जैसा इन यात्रियों में से हर एक के साथ हुआ होगा कि वह घर तक का आधा रास्ता पार कर गया होगा या घर तक पहुँच गया होगा और तब अचानक याद आने या पत्नी के याद दिलाने पर वापस स्टेशन की ओर दौड़ पड़ा होगा और फिर स्टेशन पर गाड़ी को नदारद पाकर या उपस्थित गाड़ी में अपने अदद को अनुपस्थित देखकर कलेजे में लगातार उठती टीस के साथ वापस उस घर की ओर गया होगा जहाँ बेरहम बीवी अपने हथियारों को चोखा कर उसका आसरा देख रही होगी।

ऐसा कहीं इस बार उसके साथ ही न घट जाए, इस डर से शशांक ने एक अदद छड़ी को हाथ में ले लिया, एक अदद झोले को कन्धे से लटकाया, और मन-ही-मन रटने लगा, " दो अदद और।"

कहीं और मन टिकाकर पहाड़ा पढ़ते हुए बच्चों की तरह जो, चिल्ला-चिल्लाकर

पाँच पंचे पचीस रटते हुए कैसे तो पाँच पंचे बीस चिल्लाना शुरू कर देते हैं!—शशांक भी, सम्भव था, दो अदद सामान को अपनी देह से लटकते देख 'दो अदद और' की रट लगाना भूलकर कहीं और अपना ध्यान जमा देता, मगर कुछ लोगों ने डिब्बे में ऐसा हड़कम्प मचाया कि उसकी नजर 'दो अदद और' पर ही जम गई। एक अदद सामानवाले बैठे यात्रियों की निश्चिन्तता से कुढ़कर और उनके मन में पल रहे षड्यंत्र से सतर्क होकर भारी-भरकम गट्ठर-बक्सावाले जवाबी कार्रवाई कर बैठे। वे लगे अपने-अपने सामानों को उठाकर, ठेल-धकेलकर डिब्बे के दोनों दरवाजों के आगे जमा करने। कुछ देर तक तो अपने भारी सामान पर नजर जमाकर शशांक और लोगों की हरकतों से अप्रसन्न होता रहा, मगर फिर उसने भी शरीर के सारे बल का उपयोग कर ऊपर की बर्थ से अपना गट्ठर और बक्सा नीचे उतारा। इसके आगे वह इस डर से रुक गया कि अगर सामानों को ठेल-धकेलकर दरवाजे तक पहुँचा देने के पहले ही वह बम बोल गया, तो ढेर सारे दर्शकों की वजह से इस यात्रा का अन्त काफी दुखद हो जाएगा। वह चुपचाप खिड़की से बाहर की जमीन, गाछ-वृक्ष और सड़क-पगडंडी देखने लगा ताकि यह पता चल जाए कि अगला स्टेशन अब कितनी दूर है। सब कुछ अपरिचित पाकर उसने अनुमान किया कि राजगंज अभी भी दूर है। मगर दूर होने के बावजूद अब कहीं और की यात्रा नहीं की जा सकती थी। उसे अहसास हुआ कि दरवाजे पर पहुँच गए भारी सामानवालों का निश्चय ही यह इरादा है कि स्टेशन पर मिलनेवाले गिने-चुने कुलियों के सिर पर सामान रखकर वे तो खिसक जाएँ, और खिड़की के पास एक कोने में आराम से बैठे बाबू साहब को प्लेटफार्म पर उतरकर एक सिरे से दूसरे सिरे तक 'कुली भैया-कुली बाबू' की चीख लगाने पर मजबूर होना पड़े। वह और भी सावधानी से खिड़की के बाहर की जमीन निहारने लगा ताकि प्लेटफार्म पर गाड़ी के पहुँचते-पहुँचते ही वह खिड़की से बाहर मुँह निकाल ले, चिल्लाकर किसी कुली को बुलाए और उसे अपने से चिपका लेने की कोशिश करे।

भारी सामानवालों की दरवाजा जाम करने की कोशिश की तीव्र प्रतिक्रिया एक अदद सामानवालों पर हुई। हालाँकि स्टेशन पहुँचने में अभी भी एक-आध कोस का सफर बाकी था, मगर तब भी वे सब अपनी-अपनी जगह छोड़कर दरवाजे की ओर बढ़ चले और भारी सामानों को फाँद-छलाँगकर दरवाजे के मुँह पर खड़े हो गए। भारी सामानवालों की अक्ल पर अब पत्थर पड़ गया।

इतने में गाड़ी की रफ्तार जरा धीमी हुई। जिस मुँह का अगला उपयोग खिड़की से बाहर होकर कुली को चिल्लाकर आकर्षित करने और उसे चिपका लेने के लिए निश्चित कर लिया गया था उसे उससे पहले ही खिड़की से बाहर यह देखने के लिए निकलना पड़ गया कि गाड़ी की रफ्तार अभी ही धीमी क्यों हो गई।

रफ्तार काफी धीमी हो गई और शशांक ने देखा कि ढेर सारे लोग बिना कोई हो-हल्ला मचाए गाड़ी से नीचे कूद रहे हैं। वह ताज्जुब से उन्हें देखने लगा, मगर तभी

उसे नीचे खड़े कुछ लोग गाड़ी में चढ़ते भी दिखाई पड़ गए। फिर तो उसकी निगाह उन लोगों की ओर भी गई जो दूर से दौड़े आ रहे थे और हाथ हिला-हिलाकर शायद गाड़ी के चालक को कुछ इशारा कर रहे थे। इंजन की ओर उसकी नजर चली गई, तो उसने चालक को नीचे के एक आदमी से एक कटहल ग्रहण करते देखा। तुरन्त उसकी नजर गाड़ी के दूसरे सिरे की ओर दौड़ गई जहाँ गार्ड बाबू कुछ ग्रहण तो नहीं कर रहे थे, मगर गाड़ी की रफ्तार में नीचे साथ-साथ चल रहे एक आदमी से हँस-हँसकर बतियाते हुए भी आँखें गड़ाकर यह देखने की कोशिश में लगे हुए थे कि चालक और क्या-क्या ग्रहण करने जा रहा है।

शशांक को ऐसा महसूस हुआ जैसे कि पहली बार इस रास्ते से वह रेलगाड़ी में सफर कर रहा हो। ऐसा पहले नहीं होता था। देश-दुनिया की खबर रखने के लिए यात्रा काफी जरूरी है, उसने मन में सोचा। पूर्णिया जाते वक्त अगर वह राधेश्याम के साथ गपशप में मशगूल नहीं रहता, तो उस बार भी कुछ और देखने-सुनने को मिल जाता।

अचानक मुँह अन्दर कर पीछे की ओर घुमाना पड़ गया शशांक को। धीमी होकर बिलकुल रुक जाने की बजाय गाड़ी ने अपनी रफ्तार तेज की, तो ठीक उसकी बगल में बैठा मूँछ और मुरेठा से सम्पन्न यात्री, जो शायद ऊँघ रहा था अथवा गाड़ी के बिलकुल स्थिर हो जाने का आसरा देख रहा था, अचानक अपनी जगह से उछलकर खड़ा हो गया और राह की रुकावटों को लाँघता-फलाँगता डिब्बे के मुँह तक जा पहुँचा, और वहाँ से एक जोरदार, लम्बी छलाँग नीचे की ओर लगा दी।

चारों खाने चित गिरा वह जमीन पर। और लोगों के साथ शशांक को भी हँसी छूट गई। डिब्बे से सिर निकाल-निकालकर यात्रीगण उसे देखने लगे थे।

चलती गाड़ी से कूदने और पट-चित गिरने का शायद अच्छा अभ्यास था उस आदमी को। लोग हँसे, तो वह लजाया नहीं; वह भी सबके साथ हँसा। हँसते-हँसते उठ खड़ा हुआ वह। एक ओर लुढ़क गए अपने मुरेठे को उठाया उसने और फिर जरा दूर पड़े एक छाते की ओर बढ़ा। यह छाता...? मूँछ और मुरेठा से सम्पन्न उस व्यक्ति को डिब्बे के अन्दर छाता से सम्पन्न तो नहीं पाया था उसने! तो फिर यह छाता किसका है?

किसी का हो, उसका नहीं है, यह सोचकर शशांक ने अपना ध्यान उधर से हटाया। जिसका छाता है उसे कोई फिक्र ही नहीं; बोलने-चीखने से भी कतरा रहा है वह; तो फिर किसी गैर को क्या पड़ी है उस छाता के लिए चिन्ता करने की!

मगर, छाता उस मूँछवाले का हरगिज नहीं था। अपना छाता लेकर कोई तीर की तरह क्यों छूटे और चलती गाड़ी से क्यों कूदे! वह ऊँघ नहीं रहा होगा, सही वक्त का आसरा देख रहा होगा। छाता का असली मालिक अब बोलने से लजा रहा है; छाता तो मिलेगा नहीं, लोग उस पर हँसेंगे अलग से।

क्या चुपके-चुपके यह देखकर कि डिब्बे में किसके चेहरे पर अब यात्रा लगभग पूरी कर अपने मुकाम पर पहुँच जाने की खुशी के बावजूद मुरदनी छाई हुई है, यह

पता लगाया नहीं जा सकता है कि छाता किस शख्स का था?—यह खयाल शशांक के दिमाग में आया।

तभी बिजली की तरह यह खयाल भी उसके दिमाग में कौंधा कि कहीं और लोग चुपके-चुपके उसकी ओर ही तो नहीं देख रहे हैं, खिड़की के पास एक कोने में आराम से बैठे बाबू साहब की ओर?

इस खयाल से बेवजह क्यों परेशान हो वह! छाता तो उसका है नहीं...नहीं है न?

एक बार शशांक छात्र-जीवन में अपने बक्सा-बिस्तर के साथ पटना जा रहा था। उसके साथ गाँव का एक परिचित आदमी भी था जिसे मानसी जाना था। जब मानसी में गाड़ी रुकी, तो वह ग्रामीण अपना झोला लेकर नीचे उतरने लगा। शशांक ने उसे टोक दिया, "आप घी का डिब्बा भूल रहे हैं।"

"घी का डिब्बा! किसका?" ग्रामीण ने हैरत से पूछा।

"आपका।"

"मैं कहाँ घी का डिब्बा लेकर आया हूँ! वह तो आपका है।"

"मेरा?" शशांक ने उसे हैरत से देखा।

"हाँ-हाँ, आपका ही है। आपको याद नहीं है; रामदास लेकर आया होगा स्टेशन। राजगंज में ही मैंने इस डिब्बे को आपके सामान के साथ देखा था। बनमनखी में आपको सुध नहीं रही इस डिब्बे को कुली को थमाने की, तो इसे मैं उठाते आया। किसी और का होता, तो बनमनखी में ही गाड़ी बदलते वक्त उतार ले जाता इसे। आप ठीक से याद कीजिए, डिब्बा आपका ही है।"

याद नहीं आने के बावजूद घी का वह डिब्बा पटना तक अपना डिब्बा बनकर गया, मगर पटना में अपना असली घी का बन्द डिब्बा बक्सा से बाहर निकला। जब अगली छुट्टियों में वह घर पहुँचा, तो माँ की निगाह सबसे पहले उस डिब्बे पर ही पड़ी और उसने पूछा, "यह पुराना डिब्बा कहाँ से उठा लाए? किसका है?"

कहीं यह छाता अपना ही तो नहीं था?

घर से चलते वक्त छाता लिया था क्या?...छाता लिया था, ऐसा याद तो नहीं आ रहा है। कपड़े-लत्ते ले लेने के बाद उसने चोरबत्ती ली थी, लोटा लिया था, दवाएँ ली थीं, मगर। छाता...छाता माँगा होता, तो और चीजों की तरह छाता के लिए भी हुज्जत हुई होती। छाता को लेकर कोई हुज्जत या बतकही हुई थी, यह तो बिलकुल याद नहीं। हाँ, दिव्या से उसने यह जरूर कहा था कि यात्रा के लिए जो भी सामान जरूरी हैं उन्हें ले लेने हैं ताकि बाहर में कोई परेशानी या तकलीफ न हो और किसी चीज के लिए किसी के आगे मुँह न खोलना पड़े, मगर स्पष्ट रूप से छाता का नाम नहीं लिया था उसने। यात्रा में लोग छाता लेकर भी चलते हैं, इतना तो दिव्या भी जानती ही है। हो सकता है, दिव्या ने उसके घर से निकलते-निकलते एक छाता भी टीपू को थमा दिया

हो उसकी कोई भारी भूल सुधार देने की गरज से। टीपू कन्धे से झोला लटकाए हुए तो था, मगर उसके हाथ में भी कुछ था क्या...छाता? डिब्बे में झोले के साथ रख दिया होगा छाता भी चुपचाप। गाड़ी से तो केवल पूर्णिया में ही उतरना पड़ा था। उसे कुली से सामान उठवाते देख राधेश्याम ने छाता उठाया होगा। वापसी में भी राधेश्याम ने उसके हाथ में छड़ी देखी होगी, तो छाता अपने हाथ में ले लिया होगा।

अगर उसे यह खबर होती कि एक छाता भी उसके साथ जा रहा है, तो छाता का यह हाल नहीं होता, कभी नहीं होता। शशांक को अपनी बीवी पर जोरों का गुस्सा आया, बनती है अक्लमन्द, मगर अक्ल भैंस की भी नहीं है। कोई चीज किसी के साथ लगाई जाती है, तो कम-से-कम उसकी जानकारी में यह बात अवश्य दे दी जाती है। चली थी भूल सुधारने और इसी में एक छाता चला गया। यात्राओं पर निकलनेवाले लोग साथ चलनेवाले बच्चों औरतों तक को गिन लिया करते हैं जो सजीव हैं, बोल सकते हैं। कहीं छूट जाने पर छाता तो चिल्ला भी नहीं सकता, "मुझे क्यों छोड़ रहे हैं; मैं आपका ही सामान हूँ।"

अगर ईश्वर चाहे, तो अभी भी उसका छाता उसके घर में हो सकता है। बिना माँगे भला दिव्या अपने मन से छाता दे! घर से कोई छाता साथ चला ही नहीं है। तब मूँछवाला जिस छाता को लेकर कूदा था वह उसका अपना ही रहा होगा या फिर किसी और का। अब ईश्वर की मर्जी...

प्लेटफार्म पर गाड़ी के रुकते-रुकते भारी सामानवालों की 'कुली-कुली' की आवाजें उसके कानों में पड़ी, तो वह चमका और झटपट खिड़की से मुँह बाहर निकालकर उन लोगों से अधिक तेज आवाज में वह कुलियों को हाँक लगाने लगा। तेज आवाज की बदौलत नहीं, 'हल्का सामान है, बहुत हल्का' कह-कहकर ही आखिर एक कुली को फँसा लेने में वह कामयाब हो गया।

कुली के पीछे-पीछे चलते हुए शशांक को ऐसा लग रहा था जैसे कि बहुत दिनों के बाद वह घर वापस जा रहा है; दिव्या से मिले बहुत दिन हो गए; शक्ल-सूरत से टीपू भी जरूर कुछ बदल गया होगा। वह दौड़कर घर पहुँच जाना चाहता था जहाँ उसे देखते ही टीपू 'पापा-पापा' कहते हुए दौड़कर आएगा और उससे लिपट जाएगा, और फिर वहाँ से दौड़कर अपनी माँ के पास चला जाएगा सुनाने, "माँ, पिताजी आ गए।" दिव्या उसे देखते ही खिल जाएगी और हँसकर कहेगी, "पहले तो आपको एक प्याला चाय ही चाहिए।" झटपट चाय बना लेगी वह और प्याला उसके सामने रखकर खुद भी पास में बैठ जाएगी, और फिर कहना शुरू करेगी, "आप नहीं थे, तो, जानते हैं, क्या-क्या हुआ यहाँ..."

खाक खिलेगी और खाक सुनाएगी! एक नजर उस पर डालेगी और दूसरी नजर

कुली पर पड़ते ही चीख पड़ेगी, "हाय राम, छाता?"

नहीं, इस बार वह दबेगा नहीं। यह अत्याचार है। जो औरत घर आए पति का स्वागत तक नहीं कर सकती है; पति सही-सलामत घर लौट आया है, इस पर, खुश नहीं हो सकती है; कोई चीज कैसे गुम हो गई, तरीके से यह पूछ नहीं सकती है; उस औरत के सामने गिड़गिड़ाना सम्भव नहीं होगा उसके लिए। इस औरत को कैसा मुँहतोड़ जवाब देना है, मन में सोच लिया शशांक ने।

उसने सोचा कि वह मुझे चमकाते हुए कड़ककर बोलेगा, "हाय राम, छाता खो गया। हाय राम, छाता को मैंने दान में दे दिया। हाय राम, छाता मेरी चीज थी। हाय राम, मैंने उसे पानी में फेंक दिया...बोलो, अब क्या बोलना है तुम्हें?"

पति की इस बुलन्द बोली और भयमुक्त चेहरे से कुछ-कुछ विश्वास होगा बीवी को कि छाता खोया नहीं है, बल्कि कहीं और सुरक्षित रख छोड़ा गया है। तब भी पति के हाव-भाव और बोली-व्यवहार से चोट खाकर वह आँखें गुरेरकर देखेगी पति की ओर। इस गुरेर का कोई असर नहीं लेगा पति और अपनी ऐंठ को बरकरार रखते हुए साफ कह देगा, "छाता चोरी हो गया। जाओ, अपना काम करो।"

छाता चोरी हो गया, उस पर यह ऐंठ! 'जाओ, अपना काम करो' सुनते ही दिव्या तो फुफकार उठेगी, मगर चिल्लाकर 'क्यों? कहाँ? कैसे?' जोड़कर वह कोई प्रश्न पूछे, इससे पहले ही तो टूट पड़ेगा शशांक, "छाता चोरी हुआ है तुम्हारे चलते। मैंने जान-बूझकर छाता नहीं लिया था। बताओ, छाता के लिए एक बार भी कहा था मैंने? चली थी अक़्लमन्द की दुम बनने और अक्ल का ऐसा अजीर्ण हुआ कि छाता तो दे दिया, मगर यह बताना भूल गई कि साथ में छाता भी जा रहा है। और अब चिचिया रही है, "हाय राम, छाता?"

दोष उसी का है, यह सुनकर तो ऐसा धक्का लगेगा दिव्या रानी को कि दम सूख जाएगा उसका। धक्का खाकर डगमगाने के बाद फिर से सँभलने की कोशिश न करे वह और खम्भा नोचनेवाली खिसियानी बिल्ली की तरह कहीं बढ़-चढ़कर बोल न बैठे, "हाँ-हाँ, भारी गलती हुई कि मैंने छाता दिया, मगर मैं यह तो नहीं जानती थी कि घर से बाहर निकलनेवाला आदमी अपनी आँख घर की ताक पर रखकर बाहर निकल रहा है," इसलिए चुप हो जाने की बजाय शशांक फिर आगे बढ़ेगा और इस बार अपनी बात को एक नया मोड़ दे देगा, "मैं तो अब तक बेकार ही उस छाता के लिए दुखी हो रहा था। दुख तो अब मुझे इस बात का हो रहा है कि कितनी विपत्तियाँ झेलकर, कितने खतरे उठाकर मैं यात्रा से वापस आया हूँ, मगर बीवी को शौहर के दुख-कष्ट से कोई मतलब नहीं। उसे तो बस अपना छाता चाहिए, छाता, छाता, छाता। पूर्णिया बस पड़ाव के पास जिस रिक्शे को ट्रक ने धक्का मारा, कहीं उस पर मैं भी सवार होता! तब तो मेरी भी जान चली ही गई थी। लौटकर तब कौन यहाँ बीवी-बच्चे के पास आता! डिब्बे में खिड़की के पास बैठने के लिए दो आदमियों में ऐसा झगड़ा हुआ

कि चाकू चल गया। मैं भी एक खिड़की के पास ही बैठा हुआ था। अगर कहीं मुझसे ही झगड़ा हुआ होता, तो चाकू खाकर मैं घर आता या उस जख्मी बेचारे की तरह मैं भी पूर्णिया अस्पताल का रुख करता? घर पर उसके बीवी-बच्चे अब उसकी राह ही देख रहे होंगे। बनमनखी में मैंने अपनी आँखों से एक आदमी को चलती गाड़ी में चढ़ जाने के प्रयास में फिसलकर गाड़ी के चक्के के नीचे जाते देखा। मैंने अपनी आँखों से देखा। जो लोग लाश देखने गए उन्होंने वापस आकर बताया कि शरीर के टुकड़े-टुकड़े हो गए थे। मरनेवाला तो मर गया और दुनिया के झंझट से मुक्त हो गया, मगर एक औरत की माँग तो सूनी हो गई, उनके बच्चे तो अनाथ हो गए। उस आदमी की जगह मैं भी हो सकता था; यात्रा में दुर्घटना किसी के साथ भी घट सकती है। अभी मैं घर आया, तो तुम मेरा कुशल-क्षेम पूछती, जल्दी से एक प्याला चाय बनाकर पिलाती, मगर यह सब कुछ नहीं, लगी छाता के लिए दिक करने, चीखने-चिल्लाने। छिः।"

अब तक तो सिट्टी गुम हो जाएगी उसकी; हकलाने लगेगी, "दिक तो मैं..." दौड़ पड़ेगी रसोई की ओर, "चाय मैं तुरन्त..."

झटपट चाय बनाकर प्याला हाथ में थामे दुलकती हुई चली आएगी वह। चाय का प्याला सामने रखेगी और फिर अँगड़ाई लेकर मुस्कराते हुए बोलेगी, "मुझे तो किसी बात का डर नहीं था। मैंने तो आपके घर से निकलते ही यह मनौती मानी थी कि अगर आप सकुशल वापस आ गए, तो पाँच रुपये का प्रसाद चढ़ाऊँगी। अभी तुरन्त टीपू को भेजती हूँ ठाकुरवाड़ी।"

"भेज ही दो, और यह भी सुन लो कि बस इसी मनौती के कारण ही मेरी मति ऐन वक्त पर स्थिर रह गई, उलटी नहीं। चोर ज्यों ही छाता लेकर गाड़ी से कूदा, मेरा एक मन तो हुआ कि मैं भी उसके पीछे गाड़ी से कूद जाऊँ, चलती गाड़ी से। जान से हाथ धो बैठने का पूरा-पूरा खतरा था इसमें। मैं नहीं कूदा।"

"राम-राम, ऐसा भी कोई करे! चलती गाड़ी से कूदे एक छाता के लिए! छाता भी कोई चीज है, देह की मैल बराबर। धन-दौलत चला जाए, तब भी क्या हर्ज? फिर से कमा लेगा आदमी। जान है तो जहान है। आप जरा भी अफसोस मत कीजिए छाता के लिए।"

"मुझे बिलकुल अफसोस नहीं है। यह तो काल था जो छाता के पीछे मुझे कुदाकर मेरी जान लेना चाहता था। भगवान ने मुझे बचा लिया।"

"हाँ, बचा लिया। जरूर कोई ग्रह था आपके ऊपर, छाता लेकर पिंड छोड़ा। छाता नहीं जाता, तो कोई बड़ा अनिष्ट होता। मैं दस रुपये का प्रसाद चढ़ाऊँगी।"

दस रुपये के प्रसाद के चढ़ावे का तत्काल यह असर हुआ कि ठाकुर जी ने शशांक को तुरन्त सावधान किया, "रे मूढ़! किस बेहोशी में बढ़े जा रहे हो? कुछ अपने सामान की सुध-बुध भी है क्या? किधर है वह कुली जिसके सिर पर अपना सामान लादा था?

तुम्हारे घर की बजाय कहीं वह अपने घर की ओर तो नहीं निकल पड़ा है?"

अचानक सामने नजर दौड़ी, तो ठकमुर्री लग गई उसे। कहाँ है कुली, अपना सामान? हाय राम, यह क्या हो गया! सिर पर बोझ लेकर चल रहा था; उड़ कैसे गया? एक छाता गया, तो जाने देता। अपना दोष छुड़ा लेने से तो छाता वापस नहीं मिल रहा था! दिव्या दो-एक बार बोलकर चुप हो जाती। अब क्या जवाब देगा वह उस बेचारी को? कौन-सा मुँह दिखाएगा उसे? काल वह मूँछवाला नहीं था जो छाता लेकर गाड़ी से कूदा था; छाता तो सचमुच देह की मैल बराबर है; काल तो यह कुली निकला जिसने घर ही सूना कर दिया अब यह काल मिलेगा भला!

अब कहाँ से मिलेगा! भारी भूल हुई। कुली का नाम पूछ लेता; किस गाँव का रहनेवाला है, यह भी पूछ लेता। पूछ सकता था, बहुत आसानी से पूछ सकता था। सच-सच बता भी देता वह अपना नाम-पता। सामान उठाते वक्त उसके मन में यह बात थोड़े ही होगी कि सामान लेकर भागना है! वह तो मौका पाकर निकल भागा है। इस तरह बेहोश होकर कोई किसी भले आदमी को भी चोरी के लिए उकसाए, तो वह भला आदमी भी कब तक और क्यों अपने को पाप-पुण्य के झमेले में फँसाए रखेगा? धन-दौलत की जरूरत किसे नहीं है! वह बेचारा तो एक कुली ही था, पचीस-पचास पैसे के लिए सिर पर भारी-भारी बोझ लादकर दौड़ लगानेवाला।

रंग-रूप कुछ याद आ रहा है उस कुली का? वह भी नहीं। याद आए तो कैसे? सारा माल-असबाब एक अजनबी को सुपुर्द करते वक्त यह कहाँ हुआ सामानवाले को कि उसकी शक्ल-सूरत जरा ठीक से देख ले! एक बार भी तो निगाह नहीं जमाई थी उसने कुली के चेहरे पर। चेहरे पर कुछ तो नजर आ ही जाता, कुछ कटा-फटा, कोई दाग, लम्बी-टेढ़ी नाक, फूले-पिचके गाल, छोटी-बड़ी मूँछें, बिलअनुपस्थित या मुँह के बाहर तक उपस्थित दाँत। कुछ तो नजर आता ही। अब तो यह हाल है कि किसी के पूछने पर इतना-भर जवाब देते बनेगा कि बिलकुल बच्चा नहीं था वह और न उसे बूढ़ा ही कहा जा सकता है; कद-काठी के हिसाब से उसे लम्बू नहीं कहा जा सकता, मगर नाटू कहना भी घोर अनुचित होगा; मोटा नहीं था, तो पतला भी नहीं था; रंग के नाम पर यदि गोरा-भभूका नहीं, तो कोई कल्लू काला-कलूटा भी नहीं। अब भला इस शिनाख्त पर कहाँ से पकड़ा जाए चोर वर्षों की खोज-ढूँढ़ के बाद भी!

बदन में झुरझुरी पैदा हुई और शशांक अपने-आपको गलियाने लगा। ठीक ही तो कह रही थी दिव्या कि अलग से एक कमीज रख लीजिए और निकल जाइए। अगर कोई सुने कि एक दिन की यात्रा पर मैं इतने सामान लेकर चला था, तो पूरा पागल ही समझेगा या और कुछ? एक ऊँट सामान लेकर चले थे कुली के भरोसे, मगर उल्लू की अक्ल में यह बात नहीं आई कि सामान लादकर कुली अपनी टाँग से चलेगा, सामानवाले नवाब साहब की टाँग से नहीं। अब तो दिव्या झाड़ू भी मारे, तो सहना पड़ेगा उसे, सहना ही है। उसके बाद ही साहब की आँख खुलेगी, अक्ल पर पड़ा ताला टूटेगा।

अगर ईश्वर चाहें, तो अभी भी...

अगर कुली पीछे ही छूट गया हो और अब वहीं से चलता बनने का इरादा पक्का कर रहा हो, तो इस इरादे पर पानी फेर देने हेतु ईश्वर को उधर ही तैनात हो जाने की प्रार्थना बुदबुदाकर शशांक स्वयं तेज कदमों से आगे की ओर बढ़ा। जिस सड़क पर आँख दौड़ाते ही बार-बार आँखों के आगे अँधेरा छा रहा था, उसी सड़क पर थोड़ी ही दूर आगे बढ़ने पर साक्षात ईश्वर उसका सामान सिर पर लादे आगे-आगे जा रहे दिखाई पड़ गए। अब ईश्वर हो या कुली, वह लगभग दौड़कर अपने सामान के करीब चला गया; घर तक कदम से कदम मिलाकर गया; और घर के अन्दर सामान उतरवाकर कुली का एक रुपया ईश्वर को देकर विदा कर दिया...अब सिर्फ एक छाता...

दिव्या और टीपू दोनों मौजूद थे घर में! दिव्या ने ऐसी नजर से घूरा जैसे कि अब पूछ ही बैठेगी, "पूर्णिया की गाड़ी छूट गई क्या?" नहीं, इस नजर में यह प्रश्न नहीं है। राजगंज के प्लेटफार्म पर ही क्या उसका पूरा दिन और पूरी रात बीती और पूर्णिया की हर गाड़ी छूटती रही उससे? यह नजर तो उसके चेहरे पर किसी गम को ढूँढ़ रही है जो उसके साथ गए किसी सामान के गुम हो जाने से पैदा हो गई हो। मगर, तब तो नजर उसके खाली हाथ पर पहले पड़नी चाहिए। हर भय और घबराहट को झटककर उसने अँगड़ाई ली और मुस्कराते हुए बीवी से बोला," बक्सा-गट्ठर खोलकर देख लो, तुम्हारा एक-एक सामान वापस आ गया है।"

पति की मुस्कराहट से बेअसर रहकर पत्नी ने पूछा, "बहुत जल्दी आ गए?"

जान-बूझकर भभक उठा पति, "मैं वहाँ घर-बास करने तो नहीं गया था।"

"मैं समझ गई," मुँह बिचकाकर पत्नी बोली, जिस काम से आप गए थे वह नहीं हुआ। मैं जानती थी, काम आपसे नहीं होगा।"

चिढ़ गया पति और गुस्से में बक दिया, "अच्छी तरह से बात करो, तो मैं कहूँगा कि काम हुआ; और ऐंठकर बतियाओगी, तो सुन लो, काम नहीं हुआ।"

पति के अच्छी तरह से बात करने के आदेश को पत्नी ने शिरोधार्य किया और बिलकुल चुप हो गई। टीपू को अपने वे सारे काम याद आ गए जो उसने पिता को पूर्णिया जाते वक्त सौंपे थे। वह पिता से बिलकुल सट गया और उन्हें अपनी ओर आकर्षित कर पूछा," धर्मशाला गए थे न, पिताजी?"

"कैसे जाता! वहाँ वर्षा हो रही थी।"

"वर्षा हो रही थी?" दिव्या अचम्भित होकर पूछ बैठी।

"हाँ, मूसलाधार," मुँह बनाकर बोला शशांक।

"तब तो पूरा दिन बेकार गया होगा। छाता लगाकर तो निकल सकते थे बाहर," दिव्या ने कुछ बुझे स्वर में कहा।

"मेरे पास छाता तो था नहीं।" कहकर शशांक ने दिव्या की ओर से अपना मुँह फेरकर निगाह टीपू पर जमा दी। उसे लगा कि टीपू से कुछ बोले इससे पहले ही उसे

दिव्या की जोरदार चीख सुनाई पड़ जाएगी और इस चीख में, स्पष्ट या अस्पष्ट, छाता जरूर मौजूद रहेगा। दिव्या की चीख कानों में नहीं पड़ी, तो वह फिर बीवी से मुखातिब हुआ, "मैं भूल गया और छाता देने का होश तुम्हें भी नहीं रहा।"

"क्यों होश रहता मुझे? यह कोई बरसात का मौसम तो है नहीं," दिव्या ने स्पष्ट किया।

"मगर अब बरसात आ गई है; अपना छाता निकाल लो। कहाँ है अपना छाता? पूर्णिया में पानी बरस गया है, तो दो-एक दिनों में यहाँ भी बरसेगा ही।"

"छाता ठिकाने से रखा हुआ है; जब बरसात आएगी, तब निकालूँगी। राधेश्याम जी वहाँ एक छाता का जुगाड़ नहीं कर सकते थे क्या?"

यह सुनते ही कि छाता घर में है और अब अगर छाता नहीं मिलता है तो उसकी पूरी-पूरी जिम्मेदारी दिव्या के ऊपर है, शशांक का चेहरा खिल उठा और अब उसने चहकते हुए कहा, "राधेश्याम ने छाता का जुगाड़ किया, तभी तो जरूरी काम कर पाया मैं। मगर वह सब सुनाऊँगा बाद में, पहले एक प्याला चाय पिलाओ मुझे।"

दिव्या चाय बनाने गई और शशांक बेटे से मुखातिब हुआ, "मैं तुम्हारे सारे काम कर आया हूँ, टीपू। मैं धर्मशाला गया था। वहाँ जो धर्मशाला के व्यवस्थापक तुम्हारे चौधरी चाचा हैं उनसे धर्मशाला में घुसते ही भेंट हो गई। जानते हो, मुझसे नजर मिली, तो उन्होंने मेरा हाल-चाल नहीं पूछा; पूछ बैठे, 'टीपू राजी-खुशी तो है?' और, जब मैंने उन्हें बताया कि अब टीपू बिलकुल बदमाशी नहीं करता है, तब इस बात पर खुश या नाराज हुए बगैर बोल पड़े, 'मुझे यह बताने की बिलकुल जरूरत नहीं है। मैंने जिस पहले दिन टीपू को देखा था उसी दिन उसके ललाट को देखकर यह जान लिया था कि यह लड़का धीरे-धीरे बहुत लायक और होशियार हो जाएगा,' और फिर उन्होंने मुझसे कहा, 'सुन लीजिए, शशांक बाबू, यह बेटा एक दिन अपने बाप का नाम रोशन करेगा। पढ़-लिखकर बहुत बड़ा आदमी बनेगा यह लड़का।'"

टीपू ने टोक दिया, "पढ़ तो रहा हूँ, पिताजी। माँ से पूछ लीजिए, आपके जाने के बाद मैंने घर नहीं छोड़ा है। खेल में मन ही नहीं लगा मेरा। और क्या कह रहे थे चौधरी चाचा?"

"बस, बड़ाई किये जा रहे थे तुम्हारी। और, हाँ, आते वक्त उन्होंने तुम्हारे लिए एक रुपये की मूँगफली दी थी, मगर वह तो मैं रास्ते में ही चट कर गया।"

शशांक हँसा, तो खिलखिलाकर टीपू भी हँस पड़ा, "जरूर जीभ ललच गई होगी, जरूर।"

शशांक ने हँसते हुए हाँ में सिर हिलाया और फिर गम्भीर होकर बोला, "और किससे मिलने के लिए कहा था तुमने?"

"बुढ़िया से...टीटू..."

"हाँ-हाँ, उस बुढ़िया से भी मुलाकात हुई थी," शशांक ने आसन बदलकर कहा,

"तुम तो बोल रहे थे कि वह मर गई होगी। नहीं, मरी नहीं है। उसने ही मुझे पहचाना। जब वह मुझे घूर-घूरकर देखने लगी, तो मैंने उससे पूछा, 'क्या चाहिए, बूढ़ी माँ? बाजार से कुछ मँगाना है क्या?' मैंने तो यों ही पूछा था, मगर उस बुढ़िया का चेहरा चमक उठा और वह पूछ बैठी, 'टीटू कहाँ है?' टीटू सुनना था कि मैंने तुरन्त पहचान लिया, वही बुढ़िया है।"

"बुढ़िया ने और कुछ नहीं पूछा, पिताजी?"

"हाँ, बुढ़िया मुझसे देर तक बतियाती रही। वह पूछने लगी कि अब टीटू कितना बड़ा हो गया है। वह खूब असीस रही थी तुम्हें। मगर...बुढ़िया शायद पागल हो गई है। जानते हो, क्या बोल रही थी वह?"

"क्या?" टीपू ने डरते-डरते पूछा।

"बोल रही थी, 'एक दिन मैंने सपने में देखा कि मेरा टीटू पढ़ने-लिखने में जी नहीं लगाता है और दिन-भर खेलता रहता है। दो दिनों तक मैं भूखी रह गई; कुछ खाने की इच्छा ही नहीं होती थी। तीसरे दिन भगवान की पूजा की मैंने और उनसे वर माँगा कि मेरे टीटू को खूब बड़ा आदमी बनाना, खूब बड़ा। और उसके बाद ही मैंने मुँह में अनाज डाला।' अब सोचो, टीपू, बुढ़िया इस तरह सपने देखकर दो-दो दिनों तक भूखी रह जाएगी, तो जिन्दा रहेगी? भूख से ही किसी दिन मर जाएगी वह। मैं तो कहता हूँ कि वह पागल है। तुम नहीं पढ़ोगे, तो वह सपने में कैसे देख लेगी तुम्हें नहीं पढ़ते?"

कुछ देर तक गुमसुम रह गया टीपू और फिर बड़े आहत स्वर में पूछा, "बुढ़िया चल-फिर सकती थी या नहीं, पिताजी?"

"हाँ-हाँ, चल-फिर लेती थी; मजे में चलती-फिरती थी। काफी फुर्ती थी बदन में।" तड़ातड़ बोल गए पिता।

स्वर आहत हुआ था, अब आँखें आर्द्र होने लगी थीं टीपू की। शशांक कुछ घबराया और फिर टीपू से कहा, "अब तो बेचारी का सारा कष्ट दूर हो गया। उसे ले जाने के लिए उसकी बेटी आई हुई थी। कल शाम में ही बेटी के साथ चली गई होगी बुढ़िया। बहुत कहने-सुनने और मनाने पर ही बेटी के घर जाने को राजी हुई थी वह। बेटी काफी धन-दौलतवाली है...हाँ, अब याद करो तो, और किससे मिलने को कहा था मुझसे?"

टीपू को अन्यमनस्क देखकर फिर शशांक ही बोला, "तुम्हें याद नहीं आ रहा है, मगर मुझे याद है। मैं मिलकर आया हूँ न! तुमने मुझे अस्पताल के सामने बैठनेवाले काने भिखमंगे से भी मिलने और उसे बीस पैसे देने को कहा था। मैंने उसे बीस पैसे दिये और कहा, 'ये पैसे टीपू ने भिजवाए हैं। याद है तुम्हें, यह टीपू कौन है?' वह मुस्करा उठा और बोला, 'हाँ-हाँ, खूब याद है। कहाँ है टीपू? वह क्यों नहीं आया मुझसे मिलने?' तब मैंने कहा, 'वह नहीं आ सका। उसने तुम्हें ही राजगंज आने को कहा है।' जानते हो, टीपू, तब उसने मुझे क्या जवाब दिया?"

टीपू ने सिर्फ नजरें ऊपर उठाईं, बोला कुछ भी नहीं।

"उसने मुझे कहा, 'पिता फिर आगे बढ़े,' 'अभी मैं कहीं नहीं जाऊँगा। जब टीपू पढ़-लिखकर बहुत बड़ा डाक्टर बन जाएगा, तब मैं उससे अपनी कानी आँख ठीक करवाऊँगा। इससे पहले राजगंज भी नहीं जाऊँगा मैं।' और फिर उसने पूछा मुझसे, 'टीपू मन लगाकर पढ़ रहा है न?' मैंने जवाब दिया, 'हाँ-हाँ, पढ़ रहा है; डॉक्टर बनेगा और तुम्हारी आँख जरूर ठीक कर देगा।' उससे यह भी कह दिया, 'अब टीपू डॉक्टर बनकर ही तुमसे मिलने आएगा।'"

पिता की ओर देखकर टीपू हल्के-से मुस्कराया।

"और भी किसी से मिलना था शायद," सोच की मुद्रा में बुदबुदाया शशांक और फिर तुरन्त यादकर बोल पड़ा, "हाँ, धर्मशाला की बगल में जो वैष्णव भोजनालय है वहाँ भी तो जाना था। तुमने कहा था न यह देखकर आने के लिए कि उसका मालिक अभी भी पहले की तरह ही गुस्साता है या नहीं। बिलकुल पहले की तरह गुस्साता है अभी भी। और, तुम्हें तो वह अच्छी तरह याद रखे हुए है। अचरज तो मुझे इस बात का हुआ कि उसने मुझे भी पहचान लिया।"

टीपू ने जिज्ञासापूर्ण दृष्टि से पिता की ओर देखा। पिता मुस्करा पड़े और कहा, "हाँ, ज्यों ही मैं वैष्णव भोजनालय में कुछ जलपान करने के इरादे से घुसा, उसकी नजर मुझ पर पड़ी। नजर पड़ी और टिक गई। और फिर एकाएक उसने अपने नौकरों को बुला-बुलाकर कहना शुरू किया, 'सावधान! सावधान! वह लड़का आ गया है, गिलास फोड़नेवाला। अभी बाहर ही है; अन्दर आए, तो निगाह रखना। एक गिलास भी फूटा, तो तुम लोगों के वेतन से गिलास के पैसे काट लिये जाएँगे।' फिर उसने हर एक को बुलाकर मेरी ओर इशारा करते हुए भी कुछ कहा। उसने बताया होगा कि मैं उस लड़के का बाप हूँ और अब मेरा गिलास फोड़नेवाला बेटा भी अन्दर दाखिल होने ही वाला है।"

कहकर शशांक हँसा, और तब टीपू भी हँस पड़ा। पिता अचानक गम्भीर हो गए और बोलने लगे, "मैं तो सकपका गया; गुस्सा भी आया मुझे। एक मन तो हुआ कि तुरन्त वहाँ से बाहर निकल जाऊँ, मगर फिर यही सोचा कि एक गिलास के लिए, पता नहीं, कब तक वह हमें इस तरह याद करता रहेगा; क्यों न उस गिलास की कीमत उसे दे ही दूँ जो तुमने कभी फोड़ दिया था। मैं सीधे उसके पास गया और बोला, 'सुनिए, जनाब, मेरे बेटे ने कभी आपका एक गिलास फोड़ दिया था। वह खुद तो नहीं आ सका है, मगर उसने मुझसे कहा है गिलास की कीमत चुका देने के लिए। बताइए, कितने पैसे हुए? मैं उस बच्चे का पिता हूँ।' इतना सुनकर तो, उस तोंदल की, समझ लो, तोंद पिचक गई। हाँ, आवाज लड़खड़ा गई थी उसकी। एक क्षण तक तो उससे कुछ बोला ही नहीं गया, मगर फिर बहुत ही नम्रता के साथ बोला, 'नहीं-नहीं, गिलास के पैसे मैं नहीं लूँगा। गिलास के पैसे तो...रे हरामखोर...' मैं तो सकते में आ गया उसकी बोली पर, मगर देखा कि उसकी निगाह मुझसे हटकर अपने एक नौकर

पर चली गई है और उस 'हरामखोर' से कहा जा रहा है, 'तुम कुछ देखते-सुनते भी नहीं हो कि किसे पानी चाहिए। खानेवाले को जरूरत है पानी पीने की, मगर पिलाने की चिन्ता तुम्हें नहीं है। पेट में जो जगह पानी के लिए है उसे भी तुम दाल-रोटी से ही भरवाना चाहते हो। चलेगा यह भोजनालय, दो रुपये में पेट-भर भोजन? हरामखोरी करोगे, तो पकड़कर निकाल दूँगा यहाँ से...' नौकर को डाँटकर..."

टीपू को हँसी छूट गई। पिता काफी उत्साहित होकर आगे बढ़े, "नौकर को डाँटकर वह तोंदल बिलकुल बदली आवाज में फिर बोलने लगा, 'कीमत लेनी रहती, तो मैं उसी दिन वसूल लेता। मगर उस बच्चे से भला कैसे वसूलता मैं पैसे! मैंने तो उसके चाल-चलन और हाव-भाव से यह अन्दाजा लगा लिया था कि बच्चा होनहार है और जरूर किसी दिन बड़ा आदमी बनकर मेरी दुकान में खाना खाने आएगा, और तब अचानक ही उसके मन में यह बात आएगी कि इस मोटू ने एक गिलास का पैसा वसूला था और एक बच्चे का दिल दुखाने की सजा इसे अवश्य मिलनी चाहिए। अब जब बड़ा आदमी बनकर कहीं रहेगा यह, तो मैं ही इसके पास अपने किसी काम से जाऊँगा और जोर देकर कहूँगा, 'हुजूर, आपने बचपन में मेरा एक गिलास फोड़ा था; आज उसके बदले में मेरा एक काम करना होगा। कैसे नहीं कीजिएगा!' कहकर वह हँसा और हँसते-हँसते अचानक चेहरा तमतमा उठा उसका। मुझे डर हुआ कि कहीं कोई नाटक तो नहीं कर रहा है यह मेरे साथ। पर, नहीं, वह इस बार खाना खा रहे एक ग्राहक पर बिगड़ा, 'क्यों भाई, यह क्या तरीका है! मैं देख रहा हूँ कि एक बार दो रोटियाँ लेकर आप उसी पर अटके हुए हैं, मगर मुफ्त की सब्जी तीन-तीन बार ले चुके हैं। दो रोटियों पर इतनी सब्जी अपने घर में भी खाते हैं क्या? छि:, लाज-शर्म भी नहीं लगती।' उस ग्राहक को तीसरी रोटी माँगने पर मजबूर कर वह तोंदल मेरी ओर देखने लगा और अचानक ही आश्चर्यजनक रूप से बोली में मिठास लाते हुए कहने लगा, 'सच कह रहा हूँ, मैं उस बच्चे से पहले ही दिन इतना प्रभावित हुआ था कि अगर वह एक की बजाय चार गिलास फोड़ देता, तब भी मैं उसे केवल डाँटकर छोड़ देता। सच बताइए, उसने मेरी डाँट का बुरा तो नहीं माना?' मैंने जवाब दिया, 'बिलकुल नहीं, बिलकुल नहीं।' अभी मैं और कुछ कहने ही जा रहा था कि मोटी देह के बावजूद भोजनालय का मालिक काफी फुर्ती से गद्दी छोड़कर मेरी ओर उछला। मैं काँपकर कई कदम पीछे हट गया, कहीं वह मार-पीट की भूमिका तो नहीं तैयार कर रहा था अभी! मैं अपनी रक्षा की बात सोचने लगा। मगर, नहीं, वह मेरी ओर नहीं उछला था। वह उछलकर भोजनालय के दरवाजे पर जा खड़ा हुआ और अपने दोनों हाथ फैलाकर अन्दर घुसने के इच्छुक दो आदमियों को अन्दर आने से रोक दिया, 'आज नहीं आने दूँगा अन्दर, हरगिज नहीं आने दूँगा। दो दिनों से आप दोनों मुझे हलाल करने पर तुले हुए हैं, मगर अब और नहीं करने दूँगा हलाल न जाने किस साले दुश्मन ने आप दोनों को इस भोजनालय का पता बता दिया है! भोजनालय यह

है जरूर, मगर खैरात नहीं बँटती है यहाँ, भंडारा नहीं देता हूँ मैं। दो रुपये में आदमी की ही खुराक मिलेगी, हाथी की नहीं। हाथी की खुराक के लिए आप लोग किसी और भोजनालय का रास्ता पकड़िए। अब यहाँ कोई गुंजाइश नहीं है। शहर में बहुत दानी-धर्मी आप लोगों के लिए लंगरखाना चला रहे हैं; वहीं जाइए, वहीं जाइए, भाई।' और जब तक दोनों वहाँ से विदा नहीं हो गए, तोंदल दरवाजा छेंककर खड़ा रहा। उनके जाते ही राहत की साँस लेते हुए वह अपनी गद्दी पर चढ़ा और एक क्षण सुस्ताकर फिर मुझसे बात करने लगा..."

टीपू खूब जोर-जोर से हँसने लगा। अत्यन्त उत्साहित होकर शशांक फिर किस्से को लेकर आगे बढ़ा, "मुझसे कहने लगा वह, 'आपको मैं इन दोनों का खेल दिखाता, मगर, क्या करूँ, एक को खिलाने में आठ रुपये की टूट होती है। हे भगवान! अगर नजर नहीं रखता मैं और ये दोनों भोजन-भट्ट एक-आध महीना दो-दो रुपये देकर यहाँ भोजन करते रह जाते, तो क्या हाल होता इस वैष्णव भोजनालय का!' इतना बोलने के बाद उसकी आवाज बिलकुल मुलायम हो गई, 'आपके लिए क्या मँगवाऊँ, रोटी या भात?' खाना खाने तो मैं वहाँ गया नहीं था। जलपान का इरादा भी इसलिए था कि उसे नजदीक से देखूँ, क्योंकि तुमने मुझसे कहा था उसे देखकर आने के लिए। भीतर जाने के बाद कम-से-कम एक प्याला चाय पीकर भी नहीं निकलता, तो पता नहीं, उसके कैसे गुस्से का सामना करना पड़ जाता मुझे! मगर मेरा काम तो हो चुका था और अब मैं बिना जलपान किये भी निकल सकता था। मैंने कहा, 'मेरा पेट तो भरा हुआ है।' मुस्कराकर बोला वह, 'पेट भरा हुआ है, तब...' अचानक चीख उठा वह, 'गिलास के पैसे लगेंगे...' मैं तो घबरा उठा, यह किस पागल से पाला पड़ा है! पैसे वसूलने का यह भी कोई तरीका हुआ! जरूर बेइज्जत करने का इरादा रहा होगा इस चांडाल का। पैसे तो मैं दे ही रहा था; यह कैसी खीस? इसे तो उपकार मानना चाहिए था मेरा कि मैं इसका डूबा हुआ पैसा देने आया था...मगर, लो, वह मुझसे थोड़े ही कह रहा था गिलास के पैसे के लिए! जिससे कह रहा था, वह एक कोने में बैठा खाना खा रहा था और उसने वहीं से चिल्लाकर जवाब दिया, 'नहीं लगेंगे गिलास के पैसे; दोष मेरा नहीं है।' तनतनाता हुआ तोंदल उसके पास तक चला गया और फिर ऐसा ताना-बाना मारा कि एक-एक कर मेज, कुर्सी, थाली, गिलास का कमजोर शीशा और ईश्वर तक को अपराधी घोषित कर देने के बाद भी खाना खानेवाला ग्राहक अपने को अपराध-मुक्त नहीं कर सका। नगाड़े ने कहा कि ग्राहक के सुपुर्द किये गए गिलास को, जो उसकी नजरों के आगे उसके उपयोग के लिए है, भयंकर भूडोल में भी मेज से गिरने या गिरकर फूटने से बचाने की जिम्मेदारी उस ग्राहक की है। ऐसे में तूती का कोई तीर भी तुक्का बनकर ही रह जाता। गिलास के पैसे गिन दिये गरीब ग्राहक ने। गिलास के पैसे वहीं मेज पर गिनवा लेने के बाद भी वह वहाँ से चला तो ऐसी मुद्रा में था जैसे कि अभी भी कुछ और पैसे वसूलने को बाकी रह गया था, मगर गद्दी

पर बैठते ही उसका गुस्सा गद्दी में समा गया और होंठों पर एकबारगी मुस्कराहट प्रकट हो गई। वह बोला, 'चाय तो आपको पीनी ही पड़ेगी।' मैंने चटपट जवाब दिया, 'हाँ-हाँ, मैं चाय पीऊँगा।' चाय पीऊँगा, 'यह तो मेरे मुँह से बरबस निकल गया। क्या पता, इनकार करूँ और वह आगबबूला हो जाए! मगर स्वीकार करने के बाद मैंने महसूस किया कि मुझे उस वक्त ही निकल जाना चाहिए था जिस वक्त वह ग्राहक के साथ झमेले में झाँव-झाँव कर रहा था। अब मैं अच्छी तरह जान रहा था कि वैष्णव भोजनालय के अन्दर जो भी मौजूद हैं सबके सब लतहा घोड़े के पास खड़े हैं और किसी को भी किसी भी वक्त कसकर लताड़ लग सकती है। मगर अब क्या हो! चाय का आदेश जा चुका था, और अब चाय भी आ ही गई थी।

"मैं गद्दी के सामने की कुर्सी पर ही बैठकर काफी सावधानी के साथ चाय पीने लगा। मैं काफी डरा हुआ था कि पता नहीं कब मेरी किसी गलती पर उसका ध्यान चला जाए और इस बार वह खब्तुल हवास क्रोध से तमतमाकर मुझ पर ही बरस पड़े। अगल-बगल से कोई गुजरता, तो मैं प्याले को मेज पर रखकर पकड़ लेता था, ताकि अगल-बगल के किसी धक्के से भी प्याला सुरक्षित रह जाए। प्याले की चाय भी मैंने आधी ही पी; डर हुआ कि यह खब्ती मुँह बनाकर कहीं सबके सामने बोल न पड़े, 'कह तो रहे थे कि पेट भरा हुआ है, मगर प्याले की चाय चाट-पोंछकर पी गए... हा-हा-हा-हा...चाय के लिए जगह थी?...हा-हा-हा-हा...'

चाय पीते हुए मैं यह भी सोच रहा था कि इस चाय के पैसे देने हैं या नहीं। चाय तो मैं उसके अनुरोध पर पी रहा हूँ। अगर पैसे देने लगूँ, तो बिगड़ न पड़े वह, 'बहुत बेशर्म हैं आप! पैसे दिखा रहे हैं मुझको! इतनी गर्मी है पैसे की, तो अब तक कहाँ छुपे बैठे थे? पैसे क्यों नहीं दे गए थे अब तक? इस बार यह सोचकर अन्दर घुस गए कि वैष्णव भोजनालय का बेवकूफ मालिक अब तक तो भुला चुका होगा कि कभी किसी बच्चे ने एक गिलास फोड़ दिया था उसका। ऐसा भुलक्कड़ नहीं हूँ मैं। मैंने देखते ही पहचान लिया था कि आप महाशय कौन हैं। और, यह भी सुन लीजिए कि मेरे पैसे पचाकर कोई मर भी जाएगा, तो उसकी हड्डी से अपने पैसे वसूल कर लूँगा मैं। अब तो आप गिलास के पैसे भी रखकर ही जाइए।' और फिर अपने नौकर को भी हाँक लगाकर पूछ ही बैठेगा, 'इस जनाब को चाय स्पेशल दी थी न?'...और अगर बिना पैसे दिये बाहर की ओर टघर जाऊँ, तो कहीं यह सनकी गद्दी से उछलकर दौड़ न पड़े मेरे पीछे, 'पैसे?' और फिर मजमा लगाकर बकने न लगे, 'वाह भाई, वाह! शर्म नाम की कोई चीज नहीं है आपके पास? मैंने तो सज्जनता दिखाई कि एक बार 'ना' कह दिया, मगर आप ऐसे दुर्जन निकले कि फिर दुबारा नहीं कहा कि 'पैसे ले ही लीजिए; नया गिलास मँगवाने में पैसे तो लगे ही होंगे आपको।' ठीक है, मैंने गिलास के पैसे लेने से इनकार किया, मगर यह तो नहीं कह दिया मैंने कि आज से, अभी से ही वैष्णव भोजनालय में आपका खाना-पीना मुफ्त। मैंने आपसे चाय पीने का अनुरोध

किया था। इस अनुरोध का फायदा उठाना चाह रहे हैं आप? मगर ऐसा अनुरोध तो हर दुकानदार अपने हर ग्राहक से करता है। मुझे पता नहीं था कि आप इतने नीच हैं। अब पता चल गया, तो आप गिलास के पैसे भी देकर ही जाइए। अब तो सूद भी लूँगा इतने दिनों का। आप खड़े रहिए यहाँ; मैं जरा सूद का हिसाब कर लूँ। नहीं, अन्दर चलिए; यहाँ से भागने की कोशिश करेंगे आप।'

"उससे छिपाकर एक एकटकिया मैंने मुट्ठी में दबाया और धीरे से उठते हुए उससे बोला, 'अब मैं जाऊँ?' मिठास टपकी उसके जवाब से, 'ठीक है, जाइए।'... पैसे दूँ या नहीं दूँ!...'वैष्णव भोजनालय याद रहेगा न?' 'हाँ-हाँ, याद रहेगा, खूब याद रहेगा।'...दे ही दूँ!...'जब टीपू बड़ा आदमी बन जाए, तो उसे लेकर जरूर पधारिएगा यहाँ।' 'पधारूँगा, पधारूँगा।'...अब दे दूँ!...'अच्छा, नमस्ते।'...लीलामय भगवान! अब कोई लीला मत करना।

"नमस्ते के साथ ही उसकी निगाह एक ग्राहक की थाली पर चली गई। मौका को गनीमत खयाल कर मैं पैसे दिये बगैर ही अन्दर से बाहर की ओर ठहरती हुई चाल से चला। कदम काँप रहे थे, कोई चीज तो नहीं चली है पीछे से...पैसे?...पैसे?...पकड़ो..."

टीपू हँसते-हँसते बेदम हो रहा था। दिव्या चाय लेकर चली आई, तो बाप ने बेटे से कहा, "मुझे अब याद नहीं कि और किसी से मिलने के लिए तुमने कहा था या नहीं। और किसी से मिल भी नहीं पाता मैं। झड़ी-पानी में कहाँ-कहाँ जाता! अब तुम जाओ; मैं चाय पीकर थोड़ा आराम करूँगा।"

"यह छड़ी, पिताजी?" छड़ी को देखकर मुस्कराते हुए पूछा टीपू ने।

"कुत्ते-बिल्ली को मारने के लिए कभी मूसल और कभी लोढ़ा लेकर दौड़ना पड़ता है। अब छड़ी चमकाऊँगा जानवरों पर," शशांक ने हँसते हुए जवाब दिया।

छड़ी छूकर, चमकाकर टीपू ने देखा कि छड़ी उपयोगी है या नहीं, और फिर माँ-बाप को चाय पीने के लिए छोड़कर वहाँ से हट गया। उसके हटते ही दिव्या ने पूछा, "अब बताइए, कितना काम करके आए हैं आप?"

चाय पीते हुए शशांक ने कहा, "काम तो पूरा ही हो चुका है, मगर मैंने अन्तिम निर्णय नहीं लिया है कि क्या करना है। अब तुम्हारे साथ विचार-विमर्श करने के बाद ही अन्तिम फैसला करूँगा। कुछ मैं सोच लूँ, फिर तुम्हारे साथ बातें करूँगा।"

चाय पीकर दिव्या ने पूछा, "आपको भूख भी तो लगी होगी। हलुआ बना दूँ?"

"लो, यह कहना मैं भूल ही रहा था। आराम की खास जरूरत नहीं है मुझे; भूख ही लगी हुई है। रास्ते-भर कुछ खा नहीं पाया; सिर्फ एक प्याला चाय पीकर आया हूँ। हाँ, राधेश्याम ने भरपेट खिला दिया था।"

हलुआ खा लेने के तुरन्त बाद ही पति-पत्नी में गुफ्तगू शुरू हुई। पति ने कहना शुरू किया, "राधेश्याम के साथ यही तय हुआ था कि मैं वहाँ भजनलाल जी से मिलूँगा, जो स्वयं भी एक शिक्षक हैं, और उनके बेटे को देखूँगा जो एक आदर्श बच्चा है,

और फिर भजनलाल जी की तरह ही मैं टीपू को घर पर रखकर ही उसे उसी राह पर ले चलूँगा जिस राह पर चलकर उनका बेटा चुनचुन आज एक आदर्श बालक बना हुआ है। मगर मैंने अपने मन में यह तय कर लिया था कि टीपू को अब अपने पास किसी भी हालत में नहीं रखूँगा और उसे पूर्णिया में ही किसी छात्रावास में दाखिल कराऊँगा। मैंने राधेश्याम के साथ जाकर भजनलाल जी और चुनचुन से मुलाकात कर ली, और फिर अकेले ही इस इरादे से निकल गया कि एक किसी अच्छे छात्रावास का पता लगा लूँ। कई छात्रावास देखे मैंने, मगर उनमें दो मुझे बहुत पसन्द आए। इन दो के अलावा जो छात्रावास हैं उनमें बच्चों को रखने से बेहतर है घर पर ही रखकर उन्हें बरबाद होने देना।"

"घर पर नहीं रखूँगी मैं," दिव्या चटपट बोली, "उन दो छात्रावासों में से किसी एक में रख दीजिए टीपू को।"

"हाँ, यही मैंने भी सोचा है। मगर यह तय कर लो कि किसमें रखना है। दोनों छात्रावासों की अलग-अलग विशेषताएँ हैं। कुछ मैंने सोचा है, कुछ तुम सोचो।"

पत्नी सोचने के लिए तैयार हो गई और पति ने विशेषताओं पर प्रकाश डालना शुरू किया, "पहले छात्रावास की सबसे बड़ी विशेषता यह है कि वहाँ दिन-रात लिखन्त-पढ़न्त होती रहती है। वहाँ एक-से-एक पढ़वैया मिलेंगे तुम्हें।"

"यही ठीक रहेगा," दिव्या ने झटपट सोचकर कहा, "दूसरों को देख-देखकर भी तो पढ़ेगा।"

"देखकर पढ़ने की बात ही नहीं है," शशांक बोला, "यहाँ बच्चों को लाठी के हाथ से पढ़ाया जाता है। जो माता-पिता अपने बच्चे से तंग आ गए हैं, समझ लो, उनके ही बच्चे रह रहे हैं इस छात्रावास में एक-से-एक बदमाश बच्चे यहाँ सीधे हो गए हैं। टीपू को इसमें डाल दूँ, तो दो दिनों में नानी याद आ जाएगी उसे।"

"बच्चों को पढ़ते नानी क्यों याद आएगी! समझा-बुझाकर भी तो पढ़ाया जा सकता है उन्हें। एक बार बच्चा समझ जाए, तो खुद ही मन लगाएगा पढ़ने में," दिव्या ने अपना मन्तव्य प्रकट किया।

बमककर बोला शशांक, "तो आज तक समझाया क्यों नहीं अपने बेटे को? मैं भी तो देखता कि तुम्हारे समझाने से वह पढ़ने में मन लगाता है या नहीं। अब सुन लो कि समझाने-बुझाने से कुछ नहीं होगा। छात्रावास के अधीक्षक महोदय से भी मैंने मुलाकात की। उन्होंने स्पष्ट कहा कि बगैर लाठी के लौंडों को सही रास्ते पर लाया नहीं जा सकता। मैंने उसी क्षण निर्णय ले लिया कि टीपू को इनके छात्रावास में ही भर्ती कराऊँगा।"

"आपका बेटा है, जो जी में आए कीजिए," दिव्या ने अपनी स्थिति स्पष्ट करते हुए कहा, "और भी तो बच्चे होंगे वहाँ। जैसे सब पढ़ेंगे वैसे टीपू भी पढ़ेगा।"

"बस, इसी बात का तो सन्तोष है कि और भी बच्चे रहेंगे वहाँ, और उनकी देखादेखी टीपू भी जाड़े की रात में पोखर में स्नान कर लिया करेगा।"

"सुन लीजिए इनकी बात!" अचरज से बोलेगी दिव्या, "भला पोखर में क्यों नहाएगा बच्चा रात में...जाड़े की रात में!"

"सुन ही लो, क्यों नहाएगा। बच्चों को आधी रात के बाद भी पढ़ना होता है। अब अगर आधी रात से पहले ही उन्हें नींद सताने लगे, ऊँघाई आने लगे, तो बच्चा एक डूबकी पोखर में लगाएगा या नहीं? उसके बाद तो दो-तीन घंटे तक बिना ऊँघे आराम से पढ़ सकता है पढ़नेवाला!"

"मैं तो टीपू से कह दूँगी कि नींद आए, तो सो जाया करना। कोई जरूर नहीं है पोखर में नहा-नहाकर पढ़ने की।"

"अभी टीपू वहाँ पहुँचा भी नहीं है कि तुम उसकी पढ़ाई में खलल पहुँचाने के लिए तैयार हो गई। तुम्हारी यही आदत मुझे अच्छी नहीं लगती। अधीक्षक महोदय ने मुझे यह कहकर भयमुक्त कर दिया है कि इस स्नान से सर्दी-बुखार तो हुआ है, मगर आज तक कोई बच्चा इस सर्दी-बुखार से मरा नहीं है।"

"मरे या न मरे, कष्ट तो होता ही होगा।"

"कष्ट खाक होता होगा! बच्चे तो ऊँघाई के डर से स्वयं चले जाते हैं पोखर में डुबकी लगाने। हाँ, वहाँ की पिटाई से जरूर कष्ट होता होगा उन्हें।"

"पिटाई भी होती है?"

"हाँ, वही तो कष्टदायक है। पिटाई तो ऐसी होती है कि बच्चा महीना-महीना-भर लँगड़ाता रह जाता है, महीनों हाथ निर्जीव झूलता रह जाता है।"

"ऐसा होता है? मुझे तो विश्वास नहीं होता। ऐसा नहीं होता होगा।"

"तुम अनुमान से कह रही हो कि ऐसा नहीं होता होगा और मैं देखकर आया हूँ कि ऐसा होता है। सारी बातों का सही-सही पता पाने के इरादे से मैं छात्रावास तक चला गया था। वहाँ छात्रावास के मैदान में मैंने एक बच्चे को बड़े अटपटे स्वर में बोल-बोलकर कोई किताब पढ़ते देखा। उसके पास बैठ गया मैं। मैंने देखा कि उसका एक गाल फूला हुआ है। यह पूछना अच्छा नहीं लगा कि गाल हाल में फूला है या जन्म से फूला हुआ है। मुझे यह जानने-पूछने की जरूरत भी नहीं थी। मगर और बातों की जानकारी लेने के लिए उसे फुसलाने के इरादे से मैंने एक चाकलेट उसकी ओर बढ़ाया। उसने ना में सिर हिलाया और आहिस्ते से बोला, 'नहीं खा सकूँगा; दाँत में दर्द है, गाल फूला हुआ है। उसके पास बैठते ही मैंने यह प्रकट किया था कि मैं भी अपने बच्चे को वहाँ भर्ती कराना चाहता हूँ। उसने मेरी बात केवल सुन ली, कोई प्रतिक्रिया जाहिर नहीं की। चाकलेट बढ़ाने के बाद जब मुझे लगा कि वह मुझसे बतियाने को कुछ-कुछ राजी हो गया है, तब मैंने पूछा, 'गाल कैसे फूल गया?' उसने आहिस्ते-आहिस्ते अपना फूला गाल एक हाथ से सहलाते हुए जवाब दिया, 'मास्टर जी ने थप्पड़ मारा था।' मैंने पूछा, 'मास्टर जी अगर इस तरह थप्पड़ मारते हैं, तो तुम लोग अपने माँ-बाप से शिकायत क्यों नहीं करते? मत पढ़ो ऐसे विद्यालय में, मत रहो

ऐसे छात्रावास में।' जवाब में उसने मुँह चमकाकर कहा, 'क्यों नहीं मारेंगे मास्टर जी? मास्टर जी नहीं मारेंगे, तो ज्ञान कैसे होगा? गाल तो जिन्दगी-भर फूला नहीं रहेगा, मगर विद्या तो जिन्दगी-भर के लिए साथ हो जाएगी।"

"बच्चे तो मास्टर जी के डर से शिकायत नहीं करते होंगे, मगर कभी-कभार उनके नाना-चाचा तो पहुँचते ही होंगे बच्चे के पास। वे तो जरूर पूछते होंगे अपने बच्चों से, 'क्यों लँगड़ा रह हो?...हाथ में क्या हुआ है?...गाल क्यों फूला हुआ है?'"

"बिलकुल नहीं पूछते हैं। उन्हें तो खुशी होती है कि बच्चे को रास्ते पर लाने के लिए मास्टर जी पूरी कोशिश कर रहे हैं। बच्चे की भर्ती के वक्त ही यह इकरार हो जाता है कि पढ़-लिखकर जब बच्चा घर लौटेगा. तो केवल उसकी हड्डियाँ साथ रहेंगी। देह की एक-एक हड्डी गिन लें उसके घरवाले। कोई पिता यह फरियाद नहीं कर सकता कि उसके बच्चे का मांस कहाँ गया। मांस के लिए कोई दावा स्वीकार नहीं किया जाएगा।"

"जिनके माँ-बाप कसाई हैं वे पढ़ें वहाँ। मेरा टीपू नहीं जाएगा मांस नुचवाने। यह कोई बात हुई कि टीपू लौटकर आएगा, तो मैं उसकी देह की हड्डियाँ गिनकर सन्तोष कर लूँगी कि एक भी कम नहीं है!"

"बेटे को पढ़ाना चाहती हो या नहीं, साफ-साफ बोलो? जब मैंने लगभग तय कर लिया है कि टीपू को वहीं रखूँगा, तो अब विघ्न उपस्थित मत करो उसकी पढ़ाई में। पढ़ाई तपस्या है, मांस तो गलेगा ही।"

"आप ऐसे पत्थर दिल हैं, तो जो जी में आए कीजिए; मैं जानती हूँ कि टीपू एक दिन नहीं टिकेगा वहाँ, पहले ही दिन छात्रावास से भाग आएगा।"

"उस तरफ से बेफिक्र रहो तुम। जेल से भी अधिक कड़ा पहरा रहता है वहाँ। जिस गलफूले बच्चे से मुलाकात हुई थी मेरी, वह चाहकर भी मैदान से निकल सकता था क्या? तुरन्त पकड़ लिया जाता। पकड़े जाने के बाद जो कुटम्मस होगी, उसके डर से ही कोई बच्चा निकल भागने की कोशिश तक नहीं करता। हाँ, ऐसा हुआ है कि कुछ बच्चों ने दुस्साहस किया है और निकल भागने में सफल भी हुए हैं, मगर, सुन लो, वे सबके सब अभागे थे।"

"आपकी नजर में वे अभागे थे, मैं तो उन्हें भाग्यवान मानती हूँ।"

"कैसे मानती हो उन्हें भाग्यवान? पढ़ाई चौपट हुई उनकी; माँ-बाप से बिछड़ गए; आज तक लापता हैं।"

"लापता हैं?"

"हाँ। इस डर से कि वापस घर जाने पर उन्हें पुनः छात्रावास पहुँचा दिया जाएगा, वे लौटकर घर गए ही नहीं। कहाँ होंगे अभी वे, जरा खुद दिमाग दौड़ाकर देखो तो। कोई कहीं भीख माँग रहा होगा, कोई किसी गिरोह में रहकर जेबकटी कर रहा होगा, कोई किसी घर में चौका-बरतन में लगा होगा। तभी तो कह रहा हूँ कि सब अभागे

थे। एक बार कहीं फँस जाने पर बच्चों के लिए सम्भव भी तो नहीं होता कि माँ-बाप की याद आते ही वे घर की ओर चल पड़ें। चोर-जेबकतरों के गिरोह में जो एक बार फँसा, तो समझ लो, जीवन-भर के लिए फँस गया। जो बच्चों से भीख मँगवाकर कमाई कर रहे हैं वे भी तो गुंडे पालते हैं इन बच्चों पर नजर रखने और उन्हें भाग जाने से रोकने के लिए। जिस अनाथ बच्चे को पकड़कर लोग घर में चौका-बरतन करवाते और पानी भरवाते हैं वे भी तो चौकस रहते हैं कि मुफ्त का नौकर हाथ से निकलने न पाए। वहाँ भी तो भागनेवाले बच्चों को कुटम्मस का डर बना रहता है। इन बच्चों को भाग्यवान कहोगी तुम?"

"सब कुछ जानते हुए भी आप टीपू को उस छात्रावास में रखना चाहते हैं? इतना बड़ा खतरा हम नहीं उठा सकते।"

"तो क्या मैं अपने बेटे को अनपढ़-गँवार बनाकर रखूँ? अभी ही यह कैसे सोच लेती हो कि अपना टीपू भी भागने की कोशिश करेगा ही और भागने में सफल भी हो जाएगा?"

"यह भी तो नहीं कह सकते कि वह भागने की कोशिश कभी करेगा ही नहीं, और जब भी करेगा असफल ही होगा।"

"टीपू को वहाँ भर्ती करने के पहले ही हम उसे समझा देंगे कि छात्रावास से भागना नहीं, और अगर भागना तो भागकर घर ही आना।"

"वाह-वाह, आपने समझा दिया और बेटा समझ गया! वह ऐसा नहीं सोचेगा कि जिस बाप ने जान-बूझकर उसे उस छात्रावास में डाल दिया है, घर जाने पर उसे पकड़कर फिर वहीं पहुँचाएगा? आपके दिमाग से आदमी काम करे, तो बेटे से भी हाथ धोना पड़े। मैं उससे साफ-साफ कहूँगी, 'देखो बेटे, अगर तुम्हारा मन छात्रावास में नहीं लगे, और वहाँ से भागने की इच्छा हो, तो चुपके से मुझे एक चिट्ठी डाल देना। मैं खुद तुम्हें घर ले आने के लिए पहुँच जाऊँगी।' उसके चिट्ठी लिखने के बाद भी जब हम वहाँ नहीं पहुँचेंगे, तभी तो वह निराश होगा और वहाँ से भागेगा।"

"तुम्हारा कहना बिलकुल सही है, मगर यह कहाँ निश्चित है कि टीपू जो पत्र लिखेगा वह तुम्हें मिल ही जाएगा। जहाँ बच्चों पर इतना कड़ा पहरा रहता है वहाँ इस बात पर भी तो निगरानी रखी जाती होगी कि बच्चा अपने माँ-बाप को कुछ अंट-शंट लिखकर नहीं भेजने पाए। चुपके से चिट्ठी लिखकर कैसे भेज देगा बच्चा? कदम-कदम पर पहरा, बाहर निकलने की इजाजत नहीं। और, आजकल कोई-कोई चिट्ठी किस रफ्तार से चलती है, मालूम है? एक बरस में बारह कोस। मुझे तो सुनने को यह मिला है कि भागनेवाले बच्चे महीना बीतते-बीतते निकल भागे थे। वहाँ तो जो महीने-दो महीने टिक जाता है, वह तो फिर इतना पक जाता है कि छह महीने बाद छुट्टियों में घर आने पर भी माँ-बाप के साथ अपना दुख-सुख नहीं बतियाता।"

"सिर्फ एक महीना तक खतरा रहेगा?"

"हाँ, भागने का खतरा पहले महीने में ही रहता है। वह गुजर गया, तो, समझ लो, खतरा टल गया।"

"तब भला चिट्ठी-पत्री का क्या भरोसा! हाँ, एक और उपाय है।"

"क्या?"

"हम लोग एक-डेढ़ महीने तक पूर्णिया में ही डेरा डाले रहेंगे। मैं टीपू से रोज मिलूँगी और कहूँगी, 'देखो बेटे, अगर तुम्हारा मन छात्रावास में नहीं लग रहा है और यहाँ से भागने की इच्छा हो रही है, तो मुझसे साफ-साफ बोलो। मैं तुम्हें साथ लिये लौट चलूँगी। तुम्हारी इच्छा के विरुद्ध मैं तुम्हें एक पल भी यहाँ नहीं रख सकती। माँ से कुछ नहीं छिपाओ, बेटे; साफ-साफ बोलो।' और आप भी सुन लीजिए कि टीपू ने कुछ बोलने की बजाय चुप्पी भी साध ली, तब मैं तो नहीं रहने दूँगी उसे वहाँ। मैं तभी सन्तुष्ट होऊँगी जब टीपू हँस-हँसकर कहेगा, 'नहीं, माँ, मेरा मन तो यहाँ खूब लग रहा है। मुझे यहाँ से मत ले जाओ, माँ; तुम्हारे पैर पड़ता हूँ।'"

"उपाय अच्छा है, मगर सम्भव नहीं होगा। तुम एक महीना तक रोज बेटे के साथ बात करने की योजना बना रही हो, मगर वहाँ तो ऐसा है कि टीपू को भर्ती करा देने के बाद दूसरे दिन से ही तुम्हें बेटे के पास आने की मनाही हो जाएगी। उसकी एक झलक तक देखने को नहीं मिलेगी दूसरे दिन से।"

"झलक देखने को मिलेगी छह महीने बाद जब बेटा छुट्टियों में घर आएगा?"

"हाँ, इस दरमियान तुम किसी जरूरी काम से बेटे को घर भी बुलाना चाहोगी, तो उसे आने नहीं दिया जाएगा।"

"मैं बीमार पड़ूँगी और मरती रहूँगी, तब भी मेरे बेटे को नहीं आने दिया जाएगा?"

"मैंने तो वहाँ ऐसा ही देखा। जब मैं छात्रावास के अधीक्षक महोदय से बातें कर रहा था, तो उसी वक्त एक बच्चा आया वहाँ और उनसे कहा, 'मास्टर जी, मेरी माँ सख्त बीमार है; मरने से पहले मेरा मुँह देख लेना चाहती है। क्या करूँ मैं?' मास्टर जी ने जवाब दिया, 'देखो बेटे, मरना-जीना तो यहाँ लगा ही रहेगा। कहाँ-कहाँ दौड़ेंगे, किस-किस की फिक्र करोगे? तुम्हारा मुँह देख लेने-भर से ही तो तुम्हारी माँ स्वर्ग नहीं चली जाएगी? अगर मुँह देख लेने से उसकी आत्मा को शान्ति मिलती है, तब भी जरा अपने मन में विचार करो तुम कि तुम्हारी माँ को अपने परलोक की जितनी चिन्ता है उतनी चिन्ता है उसे तुम्हारे इहलोक की? घर जाओगे, तो कम-से-कम एक पखवारे की तुम्हारी पढ़ाई चौपट होकर रहेगी। और, अगर उसकी सख्त बीमारी लम्बी खिंच गई, और माँ ने तब तक तुम्हें अपने से दूर नहीं जाने दिया जब तक वह मर नहीं जाती, तो सोचो, क्या होगा तुम्हारे भविष्य का? माँ को शान्ति मिल जाएगी और तुम जीवन-भर अशान्त भटकते रह जाओगे। तब तुम्हारी माँ आएगी तुम्हें दाना देने?' वह बच्चा मुस्करा उठा और बोला, 'आप ठीक कह रहे हैं, मास्टर जी। मैं लिख देता हूँ, वह ईश्वर को याद करे।'"

"ठीक है, मैं ईश्वर को याद कर लूँगी, मगर यह तो नहीं होने दूँगी कि मैं तो

छह महीने तक बेटे को देखने के लिए इन्तजार करती रह जाऊँ और मेरा बेटा पहले महीने में ही मुझसे बहुत दूर चला जाए। ऐसे छात्रावास में नहीं डालूँगी मैं अपने बेटे को। अगर आपका इरादा टीपू को उसमें ही रखने का है, तो पहले पक्का प्रबन्ध कर लीजिए कि बच्चा भागने न पाए।"

"जिस भगवान पर भरोसा रखकर और लोग अपने बच्चों को वहाँ डाले हुए हैं उसी भगवान पर तुम भी भरोसा रखो, दिव्या। बच्चा अनपढ़ रहे, इससे बेहतर है कि वह भाग जाए; गँवार रहकर हमारी नाक कटाए, इससे बेहतर है कि हमारी नजरों से दूर भीख माँगे या चौका-बरतन करे।"

"मैं आपकी बात काट तो नहीं रही हूँ, मगर एक महीना मैं पूर्णिया में रहूँगी जरूर और चोरी-चुपके उससे मिलती भी रहूँगी। वहाँ रहूँगी, तो मिलने का कोई-न-कोई उपाय निकाल ही लूँगी।"

"उपाय निकलेगा और तुम टीपू को लेकर घर चली आओगी। जब इस बार मैंने पक्का इरादा कर लिया है उसे बाहर भेजने का, तो तुम दिल से चाह रही हो कि वह यहीं रहकर पढ़े। जिस बच्चे को घर में मुँह माँगी चीज मिलती है खाने को, जो घर में ठूस-ठूसकर खाता है, वह भला कभी कहेगा, 'मुझे यहाँ से मत ले जाओ, माँ; तुम्हारे पैर पड़ता हूँ!' वह तो दूसरे ही दिन रो-रोकर कहेगा, 'मैं यहाँ नहीं रहूँगा, माँ; मैं भाग जाऊँगा। मुझे जल्दी ले चलो यहाँ से।' तुम्हारा दिल पिघल जाएगा; तुम कहोगी, 'चलो घर, अभी चलो मेरे साथ।' चटकारे की चीज नहीं मिलेगी खाने को, तो सह लेगा वह; मगर जब पेट-भर खाना नहीं मिलेगा, तो घर के लिए वह छटपटाएगा ही। शुरू-शुरू में तो वहाँ बच्चों को भूख से रात में नींद तक नहीं आती है; रात-भर कराहते हैं बच्चे।"

"वहाँ पेट-भर खाना भी नहीं मिलता?"

"पेट-भर मिलेगा खाना, तो पढ़ेगा खाक! कभी आलस सताएगा, कभी नींद आएगी। खाने की घंटी बजती है, तो अधीक्षक महोदय स्वयं भोजन कक्ष में उपस्थित हो जाते हैं और बच्चों को खाना परोसे जाने के पहले वे नियमित रूप से उन्हें सुनाते हैं, 'प्यारे बच्चो! माँ-बाप ने तुम्हें यहाँ पढ़ने के लिए भेजा है, खाने के लिए नहीं। जीभ को फटकारो, भूख को मारो। उतना ही खाओ, प्यारे बच्चो, जितने से तुम्हारी साँस चलती रहे।' बच्चे केवल सुनते ही नहीं, इस सीख को अमल में भी लाते हैं। जब तक बच्चों का भोजन समाप्त नहीं हो जाता, अधीक्षक महोदय उनकी नजरों के सामने मौजूद रहते हैं। थाली में भात मुट्ठी-भर परोसा जाता है, रोटी गिनती से एक। दो-तीन कौर से अधिक का अनाज नहीं रहता। वह भी पूरा कहाँ खाता है बच्चा! एक कौर या दो कौर। कोई-कोई तो आधा कौर खाकर ही गिलास-भर पानी गट-गट पीता है और उठ जाता है। हर रोज कुछ-न-कुछ बच्चे ऐसे जरूर निकल आते हैं जो अधीक्षक महोदय का प्रवचन सुनते ही उनके सामने जा खड़े होते हैं और उनसे निवेदन कर बैठते हैं, 'मास्टर जी, आज की भूख ऐसी नहीं है कि मुझे बहुत सता पाए। आज कुछ अधिक

पढ़ने का इरादा है मेरा; मैं खाना नहीं खाऊँगा।' बेहद खुश कर देते हैं ये अपने मास्टर जी को और उनसे ढेर-ढेर शाबाशी पाते हैं। तुमसे यह सब देखा-सुना नहीं जाएगा और तुम तुरन्त टीपू को लेकर घर चली आओगी। इसलिए तुमसे कहता हूँ कि भगवान पर भरोसा रखकर छोड़ दो टीपू को वहाँ। पढ़ाई पर इतना ध्यान और कहीं नहीं दिया जाता होगा, मैं दावे के साथ कह सकता हूँ।"

"झाड़ू मारूँ ऐसी पढ़ाई को। मरभुक्खों के बेटे पढ़ते होंगे वहाँ जो आधा पेट खाकर या बिना खाए भी दिन काट सकते हैं। मेरा बेटा नहीं पढ़ेगा वहाँ। आप पता लगा लीजिए, किसी अच्छे घर का बच्चा वहाँ नहीं पढ़ता होगा। हे राम! ऐसे में तो भूख से ही मर जाए बच्चा!"

"भूख से बच्चे मरते हैं, तो क्या छात्रावास में उनके भूत रह रहे हैं! भूख से आज तक एक भी बच्चा नहीं मरा है। आहार कम मिलता है, तो रोग बच्चों को दबाने दौड़ते हैं जरूर, मगर उन्हें दूर रखने की दवाइयाँ भी तो बच्चे खाते ही रहते हैं। सुबह के नाश्ते में बच्चे दवाई ही लेते हैं। कोई टिकिया खा रहा है, कोई चूर्ण फाँक रहा है, कोई चम्मच आसव-अरिष्ट पी लेता है, किसी ने शहद के साथ कुछ चाट लिया। मांस जरूर गल जाता है देह का, बच्चा पिलपिला जरूर हो जाता है, मगर भूख से साफ मर नहीं जाता है कोई।"

"पिलपिला हो जाता है बच्चा?"

"कैसे नहीं होगा पिलपिला? झूठ बोल दूँ कि नहीं होता है? पिलपिला तो ऐसा होता है कि सींक की तरह पतला दिखाई पड़ने लग जाता है। छह महीने के बाद छुट्टियों में टीपू ही घर आएगा, तो पहचान पाओगी उसे? पहली नजर में तो केवल उसका चश्मा दिखाई पड़ेगा।"

"चश्मा?"

"हाँ-हाँ, चश्मा पहनकर ही तो वह आएगा। उस छात्रावास के सारे बच्चे चश्माधारी हैं। जो बच्चा रात में भी सोने की बजाय पढ़ाई में आँख फोड़ेगा, उसे चश्मा तो पहनना ही पड़ेगा।"

"मेरा टीपू चश्मा पहनकर आएगा इसी उम्र में?"

"तो क्या हो गया? अन्धा होकर तो नहीं आएगा? आँखों की रोशनी कुछ मन्द पड़ जाएगी, मगर यह तो सोचो, अन्दर की रोशनी कितनी तेज हो जाएगी! आँख जरा जाएगी, ढेर अक्ल आएगी। मेरा बेटा पढ़-लिखकर पंडित तो हो ही जाएगा।"

"पिलपिला हो जाएगा, पिलपिला।"

"हो जाएगा क्या हमेशा के लिए? जब तक पढ़ाई चलेगी, पतला रहेगा वह। पढ़ाई पूरी कर ज्यों ही घर आएगा, साल-दो साल के अन्दर हम उसे खिला-पिलाकर भादों का भैंसा बना देंगे।"

"भैंसा बनेगा बाद में, मगर अभी तो मेरी कोख का जन्मा मेरे सामने आएगा और

मैं उससे पूछूँगी, 'कौन हो तुम?' मैं उसे पहचान तक नहीं पाऊँगी!"

"मैं कह रहा हूँ, पहचान लोगी तुम। एक अरसे के बाद तो कोई भी परिचित सामने आता है, तो कुछ बदला हुआ ही आता है; उसे पहचानने में समय लग जाता है! जिस गलफूले बच्चे से मेरी मुलाकात हुई थी, पहले तो मुझे भी उसका केवल चश्मा ही नजर आया था। चश्मा को जमीन से ऊपर निराधार लटकते देख जब मैं जरा निकट गया, तो उसका सींक-सा बदन भी मुझे दिख गया। फिर तो उसके गाल की फुलाई तक नजर आ गई मुझे। हड्डी बची रहेगी, दिव्या, तो मांस के चढ़ने में समय नहीं लगेगा। मुझे पक्का विश्वास है, मेरा बेटा मोटा होकर रहेगा, भादों के भैंसा जैसा।"

"अब आप भी सुन लीजिए कि टीपू आपका ही नहीं, मेरा भी बेटा है। मैं किसी भी हालत में उसे उस छात्रावास में भर्ती नहीं होने दूँगी। ऐसी पढ़ाई से बाज आऊँ मैं।"

"तो फिर रखो उसे आँचल में बाँधकर! मैं खूब समझ रहा हूँ कि तुम उसे बाहर भेजना ही नहीं चाहती हो। जब बच्चे की देखभाल नहीं कर सकती, उस पर शासन नहीं कर सकती, उसे घर पर पढ़ाने के लिए एक तिनका इधर से उधर नहीं हिला सकती, तो फिर जाने दो उसे वहाँ जहाँ भेज रहा हूँ मैं!"

"मैंने यह कब कहा है कि उसे बाहर भेजिए ही नहीं? हाँ उस छात्रावास में तो मैं अपने बेटे को हरगिज नहीं जाने दूँगी। आप एक दूसरे छात्रावास के बारे में भी तो बता रहे थे। उसी में डाल दीजिए टीपू को। जरूर वह छात्रावास इस छात्रावास से बेहतर होगा, हर हालत में बेहतर होगा। आपने मुझे भी कुछ सोचने के लिए कहा था। मैंने सोच लिया है, टीपू को इस दूसरे छात्रावास में ही डालूँगी।"

"अभी ही कैसे सोच लिया? पहले सुन तो लेती कि इस दूसरे छात्रावास में कैसे पढ़ाई होती है, क्या पढ़ाई होती है।"

"पढ़ाई तो होती है न?"

"हाँ, मगर किताबों की पढ़ाई वहाँ नहीं के बराबर होती है। जहाँ पहले छात्रावास को लोग पढ़ाकू छात्रावास कहते हैं वहाँ इस छात्रावास का नाम लड़ाकू छात्रावास पड़ गया है।"

"यहाँ के बच्चे लड़ाकू होते हैं?"

"हाँ।"

"किताबें नहीं पढ़ते?"

"बिलकुल नहीं।"

"परीक्षाएँ नहीं देते?"

"हर परीक्षा में बैठते हैं और हर परीक्षा में हर लड़का उत्तीर्ण भी हो जाता है।"

"बिना पढ़े?"

"क्यों नहीं, प्रश्नों के उत्तर तो उत्तर-पुस्तिकाओं में लिख ही दिये जाते हैं।"

"नहीं मानती मैं; बिना पढ़े कोई कैसे जवाब लिख देगा?"

"परीक्षा में लिखने के लिए लड़ाकू लड़के अपने-अपने लिक्खाड़ लेकर जाते हैं। बच्चों के बाप-चाचा-भाई तक पहुँचते हैं उनकी मदद में। उनका काम होता है प्रश्नों के सही उत्तर तैयार कर बच्चों तक पहुँचाना और नकल मारने में उनकी मदद करना।"

"बाप-चाचा-भाई?"

"हाँ, उन्हें जाना पड़ता है। कैसे नहीं जाएँगे वे! एक लड़के का किस्सा सुनने को मिला वहाँ। परीक्षा के समय उस बच्चे का बाप नहीं पहुँच पाया था उसके पास। परीक्षा देकर वह लड़का जब घर पहुँचा, तो पिता ने पूछा, 'परीक्षा कैसी रही, बेटे?' बेटे को घाव तो पहले ही हो चुका था, उस पर बाप ने नमक छिड़क दिया। आग तलवों से लगी, तो सिर में जाकर बुझी। बेटे ने मुँह पर जवाब दिया, 'यह पूछते थोड़ी भी शर्म नहीं आई आपको? सबके बाप वहाँ पहुँचे थे, मगर आपका भूत तक नजर नहीं आया! क्या कर रहे थे यहाँ? अपने श्राद्ध की तैयारी में लगे थे क्या? छि:! थू! जरा भी फिक्र नहीं, जरा भी चिन्ता नहीं बेटे की! ऊपर से पूछ रहे हैं, कैसी परीक्षा रही, बेटे।'"

"ऐसा जवाब दिया बेटे ने बाप को?"

"हाँ, गलती का फल तो भुगतना ही पड़ेगा।"

"तब तो टीपू भी कभी अपने बाप से इस तरह बोल सकता है?"

"अगर ऐसी गलती मैं करूँगा, तो अवश्य बोलेगा वह।"

"यह तो अजीब बात हुई कि पढ़ाई हो बेटे की और परीक्षा की तैयारी करे उसका बाप! परीक्षा में चित हो जाए बेटा, तो गलती बाप से हो गई!"

"हाँ, नये जमाने की नई हवा है यह। इस छात्रावास में नये जमाने के बच्चे रहते हैं।"

"इस पर कोई रोक-थाम नहीं है?"

"कौन रोकेगा लड़ाकू लड़कों को नकल मारने से?"

"जो परीक्षा लेते हैं वे रोकेंगे।"

"वे तो निरीह प्राणी होते हैं, इन लड़कों से निपटने में असमर्थ। परीक्षा के दिनों में जब वे घर से निकलते हैं, तो तैंतीस करोड़ देवताओं को सुमिरते परीक्षा-भवन तक पहुँचते हैं। परीक्षा-भवन में जब लड़कों की मेज पर रखे छुरे-चाकू पर नजर पड़ती है उनकी, तो उनकी रूहें काँप उठती हैं, मुँह से बकारी तक नहीं फूटती।"

"लड़के चाकू दिखाते हैं?"

"चलाते भी हैं जरूरत पड़ने पर। जिसने रुकावट डाली उस पर चाकू चला। ऐसे में कोई क्यों जान देगा जान-बूझकर!"

"वहाँ रहेगा, तब तो अपना टीपू भी चाकू चलाना सीखेगा?"

"अपना टीपू तो माहिर चाकूबाज निकलेगा, मैं दावे के साथ कह सकता हूँ। साल गुजरते-गुजरते कोई उससे हाथ मिलानेवाला नहीं मिलेगा।"

"आपने सोच लिया है कि इस छात्रावास में भी टीपू को भर्ती किया जा सकता है?"

"हाँ, उसमें नहीं तो इसमें।"

"एक बात पूछूँ?"

"पूछो।"

"वहाँ बच्चे पढ़ते नहीं हैं, तो दिन-भर करते क्या हैं?"

"करने को बहुत कुछ है। कुछ-न-कुछ करते ही रहते हैं। ऐसा नहीं पाओगी कि कोई बिलकुल खाली बैठा हुआ है। कहीं जूए की बाजी लगी हुई है, कहीं शराब का दौर चल रहा है, कहीं गाँजे की चिलम चढ़ाई जा रही है, कोई दिलफेंक शायरी सुना रहा है, किसी के मुँह से वीरों के संवाद झड़ रहे हैं। हर वक्त धूम-धड़क्का, उछल-कूद। पढ़ाकू छात्रावास के लड़के आधी रात के बाद तक जगते हैं, तो लड़ाकू छात्रावास के लड़के भी आधी रात से पहले नहीं सोते।"

"मैं समझ गई, आप मजाक कर रहे हैं। भला टीपू की उम्र के बच्चे दारू पीएँगे और चिलम चढ़ाएँगे! करेगा कोई विश्वास?"

"तब मजाक समझकर ही टीपू को भर्ती हो जाने दो इस छात्रावास में। मगर मैंने तुम्हें कोई नई बात तो नहीं सुनाई है; पहले भी कई बार अखबारों से पढ़कर सुनाया है कि आज के बच्चे अपनी कच्ची उम्र में ही किन-किन आदतों के शिकार हो गए हैं।"

"दुनिया में बहुत-कुछ अच्छा-बुरा हो रहा है। हम अच्छाई को पकड़ेंगे कि बुराई के पीछे दौड़ लगाएँगे! दुनिया के सारे बच्चे तो खराब नहीं हो गए हैं! राजगंज में तो कोई बच्चा दारू नहीं पीता, चिलम नहीं चढ़ाता। आपने यह तय कैसे कर लिया कि टीपू को दारू-गाँजा पीनेवाले बच्चों के बीच रखा जाए? जान-बूझकर बच्चे को खराब करने का इरादा है क्या? मति तो नहीं मारी गई है आपकी?"

"मेरी मति मारी नहीं गई है। मैं कुछ सोच-समझकर ही कोई फैसला करता हूँ।"

"यह क्या फैसला किया आपने कि बेटे को डॉक्टर-इंजीनियर बनाने की बजाय अब उसे गुंडा-आवारा बनाने को सोच रहे हैं? कैसे समझूँ कि आपकी मति मारी नहीं गई है? यही टीपू घर आएगा, तो मुझे चाकू दिखाकर चिलम भरने को कहेगा, और आपको चाकू दिखाकर दारू पीने के लिए पैसे माँगेगा। चाकू केवल दिखाएगा ही नहीं, चलाएगा भी जरूरत पड़ने पर।"

"जब दिखाए-चलाएगा, तब सोचेंगे हम कि क्या करना है हमें। अभी तो हम वही फैसला लेंगे जिसमें टीपू का भला हो।"

"हाय राम! क्या भला होगा टीपू का गँजेड़ी बनने से?"

"इस छात्रावास से जो लड़के विद्यालय की परीक्षा में उत्तीर्ण होकर निकलते हैं वे आगे महाविद्यालयों की परीक्षाओं में भी अपनी लियाकत और जाँबाजी के बल पर सफलता प्राप्त करते चले जाते हैं। चाकू का जोर हर जगह चलता है। टीपू की किस्मत अगर बहुत खराब हुई, तब भी वह कम-से-कम एक गुंडा बनकर तो जरूर वापस आएगा घर। हमारे दोनों हाथ में लड्डू हैं।"

"बेटा गुंडा हुआ और बाप के हाथ में लड्डू?"

“पढ़ाकू छात्रावास से पढ़कर निकलनेवाले सारे बच्चे बाबू नहीं बन जाते। उनमें से भी ढेर सारे नौकरी की तलाश में भटकते रहते हैं और अन्त में झख मारकर वापस घर आते हैं। घर पर माँ-बाप का बोझ बनकर दिन गुजारते हैं वे। नौकरी नहीं मिली, तो अब यह लियाकत तो उनमें है नहीं कि एक अपने पेट का गड्ढा भी वे किसी तरह भर सकें। ऐसी बदकिस्मती किसी लड़ाकू लड़के को नहीं घेरती। लड़ाकू छात्रावास में तो ऐसी नींव पड़ जाती है कि वहाँ का लड़का कभी भूखों मर ही नहीं सकता। छीन-झपटकर भी वह अपना पेट भरने में कामयाब होता रहेगा। पेट भरने की बात छोड़ो, वहाँ के लड़के आज शान की जिन्दगी जी रहे हैं अपनी गुंडई के बल पर। कल पेट का मसला हल हो जाए, इसीलिए तो आज बच्चे पढ़ाई में प्राण लगा रहे हैं। अगर गुंडा ज्ञानी से बाजी मार लेता है, तो तुम खुद सोचकर बताओ, क्या बनाओगी टीपू को, ज्ञानी या गुंडा?”

“चुप भी रहिए; क्यों अलाय-बलाय बक रहे हैं मेरे सामने! जो आज तक मेरे मैके या ससुराल के खानदान में नहीं हुआ वह आज मैं अपने बेटे को बनाऊँ! कहीं मुँह दिखाने लायक भी रहूँगी मैं! कभी कि जाना ही पड़ गया, तो गाँव-घर के लोग आ-आकर पूछेंगे, ‘क्यों गे दिव्या, सुनने में आया है कि तुम्हारा बेटा गुंडा निकल गया है! यह सच है क्या! मेहमान तो बहुत सीधे-सादे लगते थे; बेटा कैसे गुंडा हो गया!’ राजगंज की औरतें मुझ पर नजर पड़ते ही फुसफुसा पड़ेंगी, ‘भगवान ने एक ही तो बेटा दिया, वह भी गुंडा। इससे तो अच्छा था, निपुत्तर रह जाती बेचारी।’ किसी के सामने आँख उठाकर कभी बात भी कर सकूँगी मैं! मगर, आपको शौक हुआ है बेटे को गुंडा बनाने का!”

“लगता है, तुम अभी तक सतयुग में ही निवास कर रही हो। गुंडा हो गया, तो मैके में पूजा होगी तुम्हारी। जब कभी कलासन जाओगी, गाँव-घर के लोग टूट पड़ेंगे तुमसे मुलाकात करने के लिए और रोज सुबह से शाम तक बासी मुँह उनका दुखड़ा सुनते ही तुम्हारा समय बीतेगा, ‘...गे दिव्या, मेरे बेटे पर कुछ दुश्मन चढ़ाई कर रहे हैं। अब अपने भाई को कैसे बचाओगी, तुम जानो। टीपू को भेज देना एक दिन के लिए...दिव्या दीदी, मेरी जमीन पर एक हरामजादे ने घर बाँध लिया है। मैं तो उससे पार नहीं पाऊँगा। अब टीपू के आए बगैर मेरा काम नहीं होगा। इस बार राजगंज मैं भी चलूँगा तुम्हारे साथ। कब जा रही हो?...मुझे पहचान रही हो न, दिव्या बेटी? टीपू क्यों नहीं आया? अपने नाती का मुँह देखे बहुत दिन हो गए। उससे जाकर कहना, नाना ने बुलाया है। अब कोई ठीक तो नहीं है कि कब पंछी उड़ जाए। एक मुसीबत खड़ी कर दी है कुछ बदमाशों ने। हजारों रुपये खर्च हो गए, मगर फल कुछ नहीं निकला। अब एक टीपू का ही आसरा है। ससुराल जाते ही टीपू से कहना, नाना ने तुरन्त बुलाया है...’ किसी दिन तुम्हारा पहलवान भाई हरिचन्द अपने भानजे से निवेदन कर बैठेगा, ‘अब तो तुम्हें ही चलना होगा, रे टीपू। तुम नहीं गए, तो जमीन मेरे हाथ से निकल

जाएगी। नाक अलग से कटेगी मेरी। ऐसे नहीं मानेंगे वे लोग। अब लोहा को लोहे से ही काटना होगा।' और इस राजगंज में तो कोई चूँ तक नहीं करेगा। जिस हनुमान सिंह से तुम इतना भय खाती हो, वही देख लेना, टीपू के आगे कुत्ते की तरह पूँछ डुलाता फिरेगा और दिन में दस बार मुझसे मेरा हाल-चाल पूछने आएगा। राजगंज की नकचढ़ी और बदमिजाज सास अपने-अपने घरों में बहुओं को डंडे से सैंतकर चली आया करेंगी तुम्हारे घर, सटकर बैठते हुए तुम्हारे सिर से जूँ निकालने लगेंगी और फिर गपड़चौथ के शुरू में ही बोल पड़ेंगी, 'तुम्हारी तबीयत बहुत सुस्त देख रही हूँ, बहू। तेल किधर है? मैं सिर-पैर में मालिश कर देती हूँ; अभी मन शुद्ध हो जाएगा।'"

"मुझे नहीं करवानी है मालिश सिर-पैर की और नहीं भेजना है बेटे को लठैती-भड़ैती में। मेरा बेटा पढ़-लिखकर इज्जत-आबरू की जिन्दगी गुजारेगा कि गुंडा बनेगा!"

"रहती हो चहारदीवारी में बन्द, तो जानोगी कैसे कि दुनिया कहाँ से कहाँ चली गई! किसी जमाने में सुन लिया कि गुंडा होना बुरी बात है, और उस बात को आज तक गिरह बाँधकर बैठी हुई है। कान खोलकर सुन लो कि आज गुंडों के पास जो इज्जत है, दौलत है, वह भले आदमियों के पास नहीं। आज जो लोग इज्जतदार कहलाते हैं, दौलतमन्द बने हुए हैं, बड़े-बड़े ओहदों पर विराजमान हैं, उन सबके पीछे गुंडई की ताकत है। भगवान का शुक्र मानो कि वे हम पर खुश हैं; टीपू को एक जाबिर गुंडा बनते देर नहीं लगेगी।"

"अब और मत बोलिए; लोग सुनेंगे, तो हँसेंगे। मैं कलियुग में ही रहती हूँ, मगर आज तक नहीं सुना कि किसी ने प्रार्थना की हो, 'हे भगवान, मुझे गुंडा बना दो... हे ईश्वर, मेरा बेटा गुंडा हो जाए।' हल जोतकर कमा-खा लेगा मेरा बेटा, मगर ऐसा बड़ा आदमी नहीं बनेगा कि पहले गुंडा बनना जरूरी हो जाए।"

"तो तय रहा, टीपू घर पर ही रहेगा। जब किसी छात्रावास में टीपू को रखना तुम्हें पसन्द ही नहीं, तो और कुछ किया भी नहीं जा सकता है। मुझसे जहाँ तक सपरेगा पढ़ा दिया करूँगा मैं घर पर। उसकी किस्मत में लिखा होगा पढ़ना, तो पढ़ेगा।"

"यह मैंने कब कहा कि टीपू को छात्रावास में रखना मुझे पसन्द नहीं! आज न कल तो उसे बाहर जाना ही पड़ेगा। मगर अभी इन लड़ाकू-पढ़ाकू छात्रावासों को छोड़कर कोई और जगह चुनिए। और भी तो छात्रावास होंगे; पूर्णिया में न हो, तो कहीं और भेज दीजिए।"

"कल उसे बाहर भेजना ही है, इसलिए आज ही उसे बाहर भेज दिया जाए; ऐसा सोचना उचित नहीं लगता। जिस भजनलाल जी से मिलने मैं राधेश्याम के साथ गया था और जिनका बच्चा घर में माँ-बाप के साथ रहकर अपनी कक्षा में अव्वल आता है, उन्होंने मुझसे कहा कि एक दिन उनके बेटे चुनचुन को भी ऊँची और विशिष्ट पढ़ाई के लिए बाहर जाना ही पड़ेगा, मगर माँ-बाप की निगरानी में वह ऐसे ढर्रे पर आ गया है

कि कहीं बाहर जाने पर भी वह बिगड़-बहक नहीं सकता। टीपू के बारे में जब मैंने उनसे बातचीत की, तो उन्होंने स्पष्ट कहा कि अगर गाँव में पाठशाला है तो मैं टीपू को अपने पास रखकर वहाँ की पढ़ाई पूरी करने दूँ। टीपू को कैसे निगरानी में रखा जा सकता है, इसके लिए उन्होंने अपना उदाहरण मेरे सामने पेश कर दिया। उनकी बात मुझे जँची जरूर, मगर इस बच्चे से मैं तंग आ गया हूँ और किसी तरह इससे पिंड छुड़ाना जरूरी है। इसीलिए तो मैंने इसे लड़ाकू छात्रावास तक में भर्ती कर देने की बात मन में सोच ली। तुम तैयार नहीं हो, मगर जिस डर से कहीं भी बाहर भेज देना चाहती हो टीपू को, वह डर तो बना ही रहेगा। बाहर कोई ऐसी जगह नहीं है जहाँ बच्चे को बेखटके भेज दिया जाए। माँ-बाप की निगरानी में बेटा किस तरह पनप सकता है, यह तो मैंने भजनलाल जी के घर में देख लिया है। मगर क्या देखा है और क्या सुना है, उस पर ध्यान देना बेकार है। हमने तय कर लिया है, तो अब टीपू को बाहर भेजकर ही दम लेंगे। कहने को तो ज्योतिषी ने भी टीपू को घर पर रखने के लिए ही कहा है, मगर हमारी मुसीबत...

"ज्योतिषी? किसी ज्योतिषी के पास गए थे क्या?"

"हाँ, गया था। मैं इसी सोच-विचार में उलझा हुआ था कि टीपू को किस छात्रावास में भर्ती करूँ, भर्ती करूँ या घर पर ही रखकर पढ़ाऊँ। तभी मेरे मन में यह खयाल आया कि जरा देखूँ, यह ज्योतिषी क्या कहता है इस सम्बन्ध में। यों तो पंडितों और ज्योतिषियों की भविष्यवाणी में मैं विश्वास नहीं करता, मगर मुझे तो जैसे किसी ने ठेलकर उनके पास तक पहुँचा दिया।"

"राधेश्याम जी ले गए होंगे।"

"उससे कहकर मैं अपनी मखौल उड़ाता क्या! उससे कहता, तो वह मुझे ज्योतिषी के पास तक फटकने नहीं देता। मैं अकेले ही गया था।"

"कहाँ के ज्योतिषी हैं वे? पूर्णिया के ही?"

"हैं तो वे बनारस के, मगर साल में एक सप्ताह के लिए पूर्णिया आते हैं।"

"बड़ी भीड़ होगी वहाँ?"

"भीड़ तो ऐसी थी कि वहाँ पहुँचकर भी उनसे मिल पाने की उम्मीद मैं खो बैठा था। एक अजीब ढंग से मुलाकात हुई।"

"कैसे?"

"मुलाकात के लिए अन्दर जानेवालों का ताँता लगा हुआ था और मैं बाहर भीड़ में खड़ा सोच रहा था, रुकूँ या चला जाऊँ। तभी अन्दर से आवाज़ आई, 'आइए, आइए, शशांक बाबू!' आवाज कानों में पड़ी, तो मैं चौंका। चौकन्ना होकर मैं इधर-उधर देखने लगा कि कोई और शशांक बाबू तो नहीं हैं जिनकी बुलाहट हो रही है। तब तक फिर आवाज आई अन्दर से, 'आपको ही बुला रहा हूँ, राजगंज के शशांक बाबू!' इस बार मैंने यह नहीं सोचा कि कोई और राजगंज भी हो सकता है जहाँ के शशांक बाबू को बुलाया जा रहा है। मैं भीड़ को काटकर अन्दर जा घुसा।"

"जरूर बनारस के ही कोई पहुँचे हुए पंडित होंगे; नाम बोलकर पुकार लिया।"

"तुरन्त किसी को पंडित मत मान बैठो। ऐसा जादू बहुत जादूगर दिखाते हैं। मुझे तो अभी भी वह आदमी फर्जी मालूम पड़ता है।"

"आप अन्दर गए; फिर?"

"उन्होंने मुझे एक कुर्सी पर बैठाया और मैं कुछ बोलूँ इससे पहले वे खुद बोल उठे, 'मैं जानता हूँ, आप किस उलझन में पड़े हुए हैं। मैं आपकी उलझन दूर कर दूँगा। आप मन में किसी फूल का नाम रखिए।'"

"किसी फूल का नाम?"

"हाँ, और फूल का नाम मन में सोचकर जब मैं उन्हें निहारने लगा, तो वे बोल पड़े, 'आपके मन में गुलाब का फूल है।'"

"सच बता दिया?"

"बिलकुल सच।"

"तब आप कैसे उन्हें फर्जी बोल रहे हैं? कोई सिद्ध महात्मा ही इस तरह बता सकता है।"

"इसी बात का तो मुझे अफसोस है कि मैंने मन में गुलाब क्यों रखा, गूलर का फूल क्यों नहीं रख लिया। मगर उस वक्त तो फूल के बारे में सोचते ही हनुमान सिंह की याद आ गई और उसके साथ ही गुलाब के फूल की।"

"गूलर में तो फूल होता ही नहीं।"

"तब पता चल जाता, महात्मा कितने सिद्ध हैं।"

"इसके बाद आपने अपना प्रश्न पूछा?"

"बिना कुछ पूछे ही वे उत्तर देने लगे, 'आप अपने बेटे से पिंड छुड़ाना चाहते हैं और उसे घर से बाहर किसी भी गलत-सही जगह में पटककर निश्चिन्त हो जाना चाहते हैं। ऐसा करना अन्याय होगा, उस बच्चे पर जुल्म होगा।'"

"जो पंडित मन की बात तक बता दे, उसकी हिदायत पर तो ध्यान देना ही चाहिए। आपने उनसे कहा नहीं कि 'महाराज, आप जो कहेंगे, मैं वही करूँगा?'"

"मैं तो यह सोचने में लग गया था कि किस तिकड़म से उसने मेरे मन की बात जान ली। मेरे कुछ पूछे-कहे बगैर ही वे आगे कहने लगे, 'मुझे पता है कि आपके गाँव में एक विद्यालय है और उसमें आपका बेटा टीपू अभी कई वर्षों तक पढ़ सकता है। जब तक वहाँ की पढ़ाई पूरी नहीं हो जाती, आप कदापि उसे बाहर मत भेजिए।'"

"हाँ, अब नहीं भेजेंगे। आप भी तो इसी विद्यालय से पढ़कर निकले थे। बाहर भेजने में क्या खतरा है, यह भी बताया?"

"हाँ, स्पष्ट कहा कि बच्चा बिगड़ जाएगा, बरबाद हो जाएगा।"

"बाहर जाकर बच्चे बिगड़ते हैं, यह तो मैं देख चुकी हूँ। मेरे कलासन के ही कुछ लौंडे बाहर पढ़ने गए थे। न जाने क्यों पढ़ाई पूरी किये बगैर ही उन्हें वापस आ जाना

पड़ा था। घर पर वे ताड़ी-दारू पीते थे और माँ-बाप के मुँह पर उलटा-सीधा बकते थे। यह तो पूछ लिया था न ज्योतिषी महाराज से कि यहाँ की पढ़ाई पूरी कर लेने के बाद तो बाहर जाने में कोई खतरा नहीं है टीपू को?"

"मुझे पूछने का मौका कहाँ मिलता था! वे तो आप-से-आप कहते चले जा रहे थे। हाँ, उन्होंने कहा कि जब टीपू ऊँची पढ़ाई के लिए गाँव से बाहर जाएगा, तो हमेशा ही पढ़ाई में अव्वल आएगा।"

"कहा है, मगर कह देने-भर से तो कुछ नहीं हो जाता। पहले टीपू यहाँ की पढ़ाई पूरी कर सकेगा, तभी तो बाहर जाएगा। पढ़ने-लिखने की ओर टीपू को खूब रुचि हो जाए और खेल-कूद से वह जी चुराए, इसके लिए कुछ होम-जाप करवा लेने की बात क्यों नहीं पूछी पंडित महाराज से? ऐसे पंडित तो आसानी से बच्चे का मन इधर से उधर फेंक सकते हैं। दो-चार सौ रुपये में काम हो जाता।"

"मैंने तो हजार-दो हजार तक खर्च कर डालने की बात मन में सोच ली थी। मन की बात मुँह तक भी तो नहीं आई। वे बोलने लगे, 'क्यों मन में होम-जाप करवाने की बात सोच रहे हैं? किसी पूजा-पाठ की जरूरत नहीं है।'"

"एक तावीज ही माँग लेने की बात आपके मन में नहीं आई?"

"आई नहीं, तो कैसे उन्होंने कहा, 'किसी जन्तर-तावीज की जरूरत नहीं है टीपू को। मेरा आशीर्वाद उसके काम आएगा।'"

"उतने बड़े पंडित ने आशीर्वाद दिया है, तो अब जरूर पढ़ेगा मेरा बेटा, घर पर रहकर भी पढ़ने में मन लगाएगा। भजनलाल का बेटा भी तो घर पर ही पढ़कर अपनी कक्षा में अव्वल आता है।"

"भजनलाल का बेटा किसी तावीज के जोर या किसी के आशीर्वाद-भर से अव्वल नहीं आता है कक्षा में। पंडित जी ने तो कह ही दिया कि टीपू के लिए उसके माँ-बाप को भी मेहनत करनी पड़ेगी, हमेशा एक आँख बेटे पर रखनी पड़ेगी। उन्होंने तो खोलकर कहा कि दिव्या को भी समझा दीजिएगा..."

"दिव्या? मेरा नाम?"

"तुम्हारी तरह मैंने भी उन्हें बीच में ही टोक दिया था, 'कौन दिव्या?' मुस्कराते हुए बोले वे, 'दिव्या, आपकी पत्नी, जिसे बचपन में घर के लोग दुलार से झलिया कहकर पुकारते थे।'"

"हाय राम! इतना तक बता दिया उन्होंने! क्या कहा दिव्या को समझाने?"

"सुनकर क्या करोगी! मैंने पंडित जी से भी कह दिया कि दिव्या अपने बेटे के लिए कोई कष्ट नहीं उठा सकती।"

"ऐसा कैसे कह दिया? आपने ही पाल-पोसकर इतना बड़ा कर दिया टीपू को? मैं सब करूँगी; आप बताइए, पंडित जी ने क्या-क्या करने को कहा है।"

"करोगी, तो सुनाऊँ?"

"हाँ, सुनाइए।"

पति की देखादेखी पत्नी ने भी आसन बदला और शशांक सुनाने लगा टीपू की बाबत वे सारी बातें जो पूर्णिया से राजगंज तक की वापसी यात्रा में उसके मन में उपजी थीं। बड़े ध्यान से सुन रही थी दिव्या और बीच-बीच में चहक भी उठती थी, "हाँ-हाँ, यह कर लूँगी; यह तो मामूली बात है...कैसे आलसी हूँ मैं? जाड़े में आधी-आधी रात में उठकर चाय पिलाई है मैंने आपको; भूल गए?...ज्योतिषी महाराज कैसे जान जाएँगे भला! आपने ही बताया होगा कि मेरी बीवी बहुत चीखती-चिल्लाती है। ठीक है, अब नहीं चीखूँगी। अगर कभी मुझे गुस्सा आए, तो आप धीरे से फुसफुसा दीजिए, 'ज्योतिषी जी-ज्योतिष जी,' मैं चीखना बन्द कर दूँगी...मैं भी कोई किताब लेकर बैठूँगी टीपू के साथ। कुछ तो मेरा ज्ञान भी बढ़ेगा...सुन लीजिए, अगर आपकी ओर से कभी कोई कसर हुई, तब तो बगैर चीखे नहीं रहूँगी मैं। तब आपके लाख 'ज्योतिषी जी-ज्योतिषी जी' फुसफुसाने पर भी चुप नहीं होऊँगी...हाँ-हाँ, टीपू को मनाना अब मैं जान गई हूँ। कोई बात समझाकर कहती हूँ, तो वह मान जाता है...हाँ, इस बार टीपू को दिल्ली दिखा ही दीजिए। एक बात कहूँ, मैं भी तो कहीं बाहर नहीं गई हूँ आज तक...फुलवाड़ी तो हमारी ऐसी बनेगी कि हनुमान सिंह के दरवाजे की ओर थूकने भी नहीं जाएगा हमारा टीपू..."

हर बात पर दिव्या की सकार सुन लेने के बाद भी जब शशांक ने अपनी योजना और व्यूह से उसे पूरी तरह अवगत करा दिया, तो फिर गुर्रा-गुर्राकर कहने लगा उससे, "ठीक से सोच लो...अपनी कूवत देख लो...मुँह से हाँ-हाँ कहना बहुत आसान है... जरूर कुछ और सोच रही हो तुम; साफ-साफ बोलो..."

देर तक हाँ-हाँ की रट लगाने के बाद फिर से 'देख लिया-सुन लिया' बोलते-बोलते अचानक दिव्या के तेवर बदल गए। उसने अपने बदन को पूरी तरह तानकर पति से पूछा, "टीपू रोज स्नान करेगा या नहीं?"

"हाँ, करेगा, रोज करेगा।"

"मगर जाड़े में आपकी देखादेखी..."

"करूँगा, करूँगा, मैं भी रोज स्नान करूँगा; जाड़े में, सर्दी में, कँपकँपी में, बुखार में भी," शशांक अकस्मात चीख-चीखकर बोलने लगा था।

इन चीखों से डर गई दिव्या। वह पूछना चाहती थी कि ज्योतिषी महाराज से विदा लेते वक्त उनके पैरों पर पचीस-पचास रुपये उसके पति महोदय ने रख दिये थे या नहीं, मगर उसे लगा कि अब उसके पति महोदय चीख-चीखकर कह न बैठें, "वह जरूर फर्जी ज्योतिषी था। मैं उसकी एक बात नहीं मानूँगा। टीपू बाहर जाएगा पढ़ने। बेटा रोज नहाए, इसके लिए बाप को भी रोज नहाना पड़ेगा; यह कोई बात हुई! बाहर रहकर वह नहाए या नहीं नहाए, उसकी मर्जी। उसे यहाँ रखूँ और जाड़े में भी रोज-रोज नहाऊँ, यह मुझसे नहीं होगा।"

उन चीखों के जवाब में दिव्या धीरे से फुसफुसाई, "ज्योतिषी जी-ज्योतिषी जी।"

भाग 4

सामने रखी यह तसवीर किसकी है जिसे एकटक निहार रहा है शशांक, जिसे अक्सर टकटकी बाँधकर निहारता रह जाता है वह? यह उसकी अपनी तसवीर तो नहीं!

कभी अपनी ही तसवीर को इस तरह से निहारा करता था वह, और उसकी अपनी ही तसवीर उसे किसी गैर की तसवीर लगने लगती थी। आज जो सामने रखी तसवीर है वह अपनी तो नहीं, मगर उसे लगता है, यह उसकी ही तसवीर है, बिलकुल उसी की।

पुरानी तसवीर की जगह शशांक की इस नई तसवीर ने हथिया ली है। पुरानी तसवीर अब कहीं दीवाल से टँग गई है और यह नई तसवीर उसकी मेज पर इस तरह पड़ी रहती है कि जब कभी शशांक हो अपने कमरे में, सोते-बैठते, उसकी नजरों के आगे उसकी यह अपनी तसवीर रहे। दीवाल से टँगी पुरानी तसवीर के सामने खड़ा होकर कितनी ही बार देर-देर तक देखता रह गया था टीपू उस तसवीर को, देख-देखकर मुस्कराया था, और फिर सामने पड़ गए पिताजी से पूछ भी डाला था, "यह आपकी तसवीर है न, पिताजी?" शशांक हर बार हाँ में सिर हिलाकर मुस्कराया था, मगर टीपू के बाहर जाते ही उसकी निगाह मेज पर रखी तसवीर की ओर चली गई थी और वह फुसफुसा पड़ा था, "ऊँहूँ, दीवाल से टँगी वह पुरानी तसवीर अब मेरी नहीं है। मेरी तसवीर, वह देखो, मेरी मेज पर रखी हुई है।" कहीं बेटा इस बात पर लड़ने के लिए उतारू न हो जाए, इसलिए अनुपस्थित टीपू से मुस्कराते हुए वह यह भी पूछ ही डालता था, "है न मेरी तसवीर? है न?" अनुपस्थित बेटे की खिलखिलाहट पिता के कानों में पड़ जाती थी और पिता क्रीड़ाकोप से बिगड़ उठते थे बेटे पर, "क्यों रे, तू मेरा मन रखने के लिए खिलखिला पड़ा? यह तसवीर मेरी नहीं है क्या?"

पुरानी तसवीर के अपने चेहरे को बड़े प्यार से निहारा करता था कभी शशांक, अपने उस चेहरे से बेहद-बेहद प्यार था उसे। चेहरों की भीड़ में औरों को उसका चेहरा कैसा नजर आता था, इस पर कभी ध्यान ही नहीं गया उसका; उसे तो अपना चेहरा सबसे आकर्षक, सबसे मोहक दिखाई पड़ता था। आज उस पुरानी तसवीर का नहीं, इस नई तसवीर का अपना चेहरा उसे सबसे आकर्षक, सबसे मोहक दिखने लगा है। उस चेहरे में कई खोट थे; इसमें एक भी दिखा दे तो कोई!

इस चेहरे का स्वागत करते हुए कोई नानी चिहुँकी तो नहीं होगी, "हाय राम, इसे तो नाक ही नहीं है। बस, दो सुराखें नजर आ रही हैं।" नाती पैदा हुआ ननिहाल में

और नानी को अलग से एक काम पकड़ा दिया। अब नानी नाती के गोड़-हाथ में तेल लगाए ही, उसे आँखों में काजल भी पहनाए ही, ऊपर से नाती के चेहरे पर एक नाक भी उगाए नानी, दबी नाक को पकड़-पकड़कर उठाए नानी।

पैदा होते ही उसकी नाक को लेकर जो हंगामा मचा था, वह आज तक भी शान्त हुआ है क्या! नानी ने नाक को भरसक उगाया-उठाया, मगर कोई नाक इतनी तो नहीं धँसी रहती है अन्दर कि कोई माँ या नानी नाप-जोखकर बाहर निकाल दे बच्चे की नाक। पता नहीं, पुरानी तसवीर में अपनी नाक कैसे उसे बड़ी प्यारी लग रही थी! आज भी उसकी पहचान में उसकी नाक ही सबसे आगे रहती होगी। न जाने कितनी बार गाँव के कितने ही लोगों ने अपने परिचित, दोस्त या सम्बन्धी से कहा होगा, "आपने पहचाना नहीं शशांक गुप्ता को? जब हम दोनों बाजार से गुजर रहे थे तो एक घर के सामने कुर्सी लगाकर एक आदमी बैठा हुआ था। उसने सिर उठाकर हमारी ओर देखा भी था।" उस परिचित, दोस्त या सम्बन्धी ने झटपट जवाब दिया होगा, "हाँ-हाँ, जिसकी नाक जरा पिचकी हुई है। अब पहचान गया अच्छी तरह से।" गाँव में ही टीपू का कोई संगी, चुल्हवा-हरिया, किसी नये छोकरे को बहुत अचरज के साथ बताता होगा, "लो, तुम टीपू के पिताजी को भी नहीं पहचानते? जो आदमी राधे मास्टर के यहाँ कभी-कभी पहुँचते हैं और खूब ठहाके लगा-लगाकर हँसते हैं उनके साथ..."..."हाँ," नया छोकरा बीच में ही टोक देता होगा, "और जिनकी नाक जरा..."

ऐसी नाक लेकर अगर कोई ब्याह रचाने जाए, तो दुलहिन को डोली में बैठाकर लाने की सारी गुदगुदी ही गायब हो जाए। डोली से इस नाक के बाहर होते ही मर्द तो नाक-भौं सिकोड़कर आँखों के इशारे से या फुसफुसाकर एक-दूसरे से बतिया लेंगे, मगर गाँव-घर की लुगाइयाँ तो दुलहिन की माँ को घेरकर जोर-जोर से बोलने लगेंगी, "यह आपने क्या किया, बताइए तो? बेटी की नाक कितनी सुन्दर है! और, जरा खुद देखकर बताइए तो, कहाँ है दुलहे की नाक? अपनी बेटी क्या नककटी थी जो इसके साथ साट दिया! हे राम, बिना नाक का दामाद!" बारात दरवाजे पर है और दुलहा घर में, और अब कुछ किया नहीं जा सकता, यह खयाल मन में आ जाएगा और दुलहिन की माँ हो-हल्ला मचानेवाली लुगाइयों को एक कामचलाऊ जवाब दे बैठेगी, "तुम लोगों को क्या मालूम कि कितनी मुश्किल से यह रिश्ता तय हुआ है! बहुत भारी घर का लड़का है यह। सौ-सौ लड़कियों के बाप इस लड़के के बाप के तलवे धो-धोकर पी रहे थे। वह तो हमारा खानदान इतना ऊँचा है कि मेरी बेटी के साथ रिश्ते की बात पक्की हो गई। सोने की सुराही बगल में रखी रहेगी, मगर कोई दासी ही गिलास में पानी भरकर देगी इसे। महल में पलँग से नीचे तो उतरने ही नहीं दिया जाएगा इसे। और, यह कैसे कह रही हैं आप सब कि दुलहे को नाक ही नहीं है? नाक है; हाँ जरा पसरी हुई है।" सास के इस कामचलाऊ जवाब के बाद भी जब मंडप में बैठा दुलहा हर एक नजर को अपनी नाक से टकराते देखेगा, तो बरदाश्त कर सकेगा? वहीं सिर

झुकाए मन-ही-मन प्रार्थना नहीं बुदबुदाने लगेगा वह, "हे धरती माँ! तुम फटो, मैं समा जाऊँ तुम्हारे अन्दर...?"

इस नई तसवीर की नाक जब डोली से बाहर निकलेगी, तब क्या फुसफुसाएँगे लोग और क्या इशारे करेंगे आँखों से? सास बेवजह घर-बाहर करती रहेगी और भीड़-भाड़ के सामने खड़ी होकर बोल पड़ेगी, "दुलहे को देख लिया न? ठीक से देख लो। इतनी सुन्दर नाकवाला दामाद पूरे गाँव में है किसी के पास? आँखवाले को भेजा था लड़का देखने।"

इस नई तसवीर की आँखें भी कितनी बड़ी-बड़ी, कितनी लुभावनी हैं! जब पुरानी तसवीर का अपना वह चेहरा उसे सबसे आकर्षक और मोहक लगा था, तब उन आँखों की ओर उसका ध्यान नहीं गया था? हाँ, ध्यान गया था; मगर तब न जाने क्यों तो, उसे लगा था कि अगर आँखें कुछ और बड़ी हो जातीं, तो पूरे चेहरे में विकृति आ जाती। आँखें बड़ी हो नहीं सकती थीं, तब मन को तो कुछ कहकर सन्तोष दिलाना था। आज वही आँखें क्यों बहुत फीकी और बेहद अनाकर्षक लग रही हैं? उन आँखों ने क्या कम सताया है उसे! बचपन में बात-बात पर झगड़नेवाली उसकी साबो दीदी हर झगड़े में उसे खरोंच लगाना नहीं भूलती थी, "हुँह, आँखें कैसी हैं, नेवले की तरह, चोंधर। देख तो मेरी आँखें, कितनी बड़ी-बड़ी हैं!" अपनी बड़ी आँखों के बल पर साबो दीदी बहुत चतुर, सयानी और पराक्रमी बनकर हर हार को जीत में बदल डालती थी। गुस्से में दौड़ पड़ता था वह साबो दीदी की ओर, उसे मुक्के मारने, नोचने-खसोटने; पर उसका चेहरा रुआँसा हो जाया करता था और अपनी ही नजरों में बहुत छोटा हो जाता था वह। खून के घूँट पीकर रह जाता था बेचारा।

खून के घूँट पीकर टीपू भी रहेगा क्या? किसी की हलकी खरोंच भी लगेगी उसे? किस बात से अपनी ही नजरों में छोटा हो जाएगा टीपू? एक झगड़े में कभी किसी छोकरे ने उससे कह दिया था, "हुँह, मुँह कैसा लगता है, सूअर की तरह।" टीपू के एक थप्पड़ में ही इस छोकरे को अपने दृष्टि-दोष का अहसास हो गया था और उसने अपनी बात वापस ले ली थी। मगर उसके बाद भी रूप-गर्वित बेटा अपनी माँ से पूछने चला गया था, "गे माँ, देखो तो, मेरा मुँह सूअर की तरह लगता है?"

असली दुख तो इन आँखों का ही रहा है जो आज भी पुरानी तसवीर में गुच्ची-सी दिखाई पड़ती हैं। शादी करने से क्यों कतरा रहा था वह? अकारण ही?...ध्यान में नानी चली आती थी जरूर और उससे कहने भी लगती थी, "शादी से क्यों भागता है, रे? दुलहन पसन्द नहीं करेगी? नाक जरा छोटी है, इसलिए? धत, पगला।" भाई का असली दुख जानते हुए पीछे से साबो दीदी आ खड़ी होती थी और नानी को हटने के लिए कहकर उससे कहने लगती थी, "ले, बदल ले आँखें। यही दुख है न? कौन मुँहझौंसी कहेगी कि तुम्हारी आँखें गुच्ची-सी हैं? तब भी बदल ले। मेरा क्या, अब आँखें फूट भी जाएँ तो! अब क्या फिर मुझे डोली में बैठना है, कोहबर में जाना है! बोल, बदलेगा?"

आँखों की अदला-बदली किये बगैर ही चला था शशांक बारात लेकर। हाँ, अब याद आता है, शादी के मंडप में बहुत देर बाद ले जाया गया था उसे। क्यों देर हुई थी, यह सोचकर आज भी सिहर उठता है वह। परछन के बाद मंडप में ले जाने की बजाय उसे आँगन में पड़ी झिलँगी खाट पर बैठाकर रखा गया था, बहुत देर तक रखा गया था। इस बीच अवश्य घर में कुछ उठा-पटक हो रही होगी। दिव्या की कोई मामी ही थी जो उसकी खाट के पास आ बैठी थी उससे कुछ बोलने-बतियाने। वह बोलने-बतियाने थोड़े ही आई थी, वह तो किसी और मकसद से पहुँची थी वहाँ। जब भी सिर उठाकर देखा था उसने उस मामी की ओर, मामी को अपने चेहरे पर तीखी निगाहें गड़ाकर देखते हुए पाया था। वह जरूर आई थी उसकी आँखों का निरीक्षण करने। ज्यों ही पूछा था उसने, "इतनी देर क्यों हो रही है?" —मामी कोई जवाब दिये बगैर भागी थी वहाँ से। खुदा की नेक निगाह थी उस पर कि देर से ही सही, मगर मंडप में ले जाया गया उसे; सिन्दूरदान हो गया, और उधर से दुलहन भी साथ कर दी गई उसके। कुछ भी हो सकता वहाँ, कुछ और। इन आँखों को दिखाकर खुदा की मदद लिये बगैर दिव्या-सी दुलहन ले आना सम्भव नहीं था।

खुदा की नेक निगाह नहीं हो, तो गुच्ची-सी आँखों वाला कोई दुलहा ले आए तो दिव्या-सी किसी दुलहन को! परछन के वक्त ही दुलहन की माँ दुलहे के ऊपर से मूसल घुमाने की रस्म शुरू करते-करते अचानक जोरों से चीख पड़ेगी और चीखकर अपने सिर पर या फिर दुलहे के सिर पर ही अपनी पूरी ताकत से मूसल दे मारेगी। चीखकर मूसल चलाने के बाद गश खाकर गिरेगी बेचारी। "क्या हुआ?"..."क्या तो हो गया!" चीखते-बोलते लोग टाँगकर ले जाएँगे दुल्हन की माँ को घर के अन्दर। दुलहन का बाप दौड़ा चला आएगा पराए घर जा रही बेटी के बिलगाव से व्यथित बीवी को डाँट सुनाने, "बिलकुल बन्द करो यह नखरा-तिल्ला। अभी विदा होकर बेटी देहरी से बाहर भी नहीं निकली है और तुम लगी अभी से गश खाने।" होश में आ जाए बीवी और तब तबीयत का हाल पूछने की बजाय कड़ककर डाँटे वह, यह मनसूबा मन में ही धरा रह जाएगा। अचानक आँखें खोलेगी बेटी की माँ और सामने बेटी के बाप को देख चीख उठेगी, "क्यों रे अँखफूटे, तुम्हें भेजा बेटी के लिए वर ढूँढ़ने या किसी भी सूरदास को पकड़ लाने? यह नहीं देखा कि जिसे जँवाई बनाने जा रहे हो उसके चेहरे पर आँखें हैं या गुच्ची? बोलो, जल्दी बोलो, क्या ठूसा हुआ था तुम्हारी आँखों में? मैं तो यह ब्याह होने नहीं दूँगी।" बिलकुल सर्द पड़ गए मर्द के मुँह से लड़खड़ाती आवाज निकलेगी, "तुम्हारे भाई भी तो थे ही वहाँ। उन्होंने ही कहा, लड़का बढ़िया है।" बेटी की माँ अपने मर्द का मुँह नोच लेने के अन्दाज में बोल पड़ेगी," किसके मामा और किसके भैया ने क्या कहा, यह नहीं सुनना है मुझे; बेटी का बाप क्या देखकर आया था, यह जानना चाहती हूँ मैं। लड़के की गुच्ची में रोशनी है? उसे दिखाई भी पड़ता है?" "हाँ, रोशनी है; विश्वास करो, दिखाई पड़ता है उसे," अन्दर अटक गई साँस

को बाहर छोड़ते हुए मर्द बोलेगा," हाथ में लाठी लेकर टेक-टेककर चलने की बजाय मैंने उसे काफी फूरती से इधर-उधर आते-जाते, चलते-फिरते देखा है। तुम्हारे भाई ने भी देखा है।" "चुप रहो; पट्टी मत पढ़ाओ मुझे, कलमुँहें!" बरस पड़ेगी बेटी की माँ, "मेरे गाँव का सूरदास रोज पोखर में नहाता था, गाँव के एक छोर से दूसरे छोर तक चलकर। मेरे गाँव में एक आदमी दूध बेचने आता था एक कोस दूर से। दूध के पैसे से सौदा-सुलुफ खरीदते हुए घर वापस जाता था। वह अन्धा था, अन्धा, वज्रान्ध। तुमने देखा कहाँ है अन्धों को! लौटा दो बारात; ब्याह नहीं होने दूँगी मैं। जान-बूझकर बेटी को कुएँ में डाल दूँ क्या?" तब लड़की के ढेर सारे मामा-चाचा-भैया के बहुत हाथ-गोड़ पकड़ने और समझाने के बाद कुछ ढीली तो पड़ेगी बेटी की माँ, मगर सिन्दूरदान के पहले दुलहन की चार सखियाँ दूलहे को घेरकर बैठ जाएँगी, और फिर हँस-हँसकर बातें करते हुए उनमें से कोई एक अचानक अपना हाथ उसकी आँखों के आगे करेगी और दो-एक अँगुलियाँ मोड़कर हँसते-हँसते पूछ बैठेगी उससे, अच्छा, मेहमान जी, बताइए तो, मेरे हाथ में कितनी अँगुलियाँ हैं?" एक बार नहीं, चार-चार बार, पाँच-पाँच बार पूछेगी वह यह सवाल, हर बार कुछ कम या कुछ अधिक अँगुलियाँ मोड़कर। अगर गिनने में एक बार भी कोई हड़बड़ी-गड़बड़ी हुई, या बोलने में ही चूक हो गई, तो फिर...चारों सखियाँ एक साथ चीखकर भागेंगी वहाँ से। कुहराम मच जाएगा। दुलहन की माँ आँगन में निकल आएगी और हाँफती-काँपती जोर-जोर से सारे बरातियों को गालियाँ पढ़ने लगेंगी। बेटी का बाप घर के किसी कोने में निढाल गिर पड़ेगा और सुबकने लगेगा। धोखेबाजों को मजा चखाने गाँव के लोग लाठियाँ लेकर दौड़ पड़ेंगे। "किधर से भागा? कहाँ भागा?" पूछते हुए लोग दुलहे को पकड़ने के लिए दौड़ तो लगाएँगे, मगर खोज-ढूँढ़ में दुलहे के पैर के जूते मिलेंगे, दूलहा लापता मिलेगा। अपना बक्सा-बिस्तर जनवासा में ही छोड़-छोडाकर गड्ढा-गोबर, नाला-पानी फाँदते-फलाँगते जी-जान से जिधर-तिधर भाग रहे बरातियों में जो भी जहाँ पकड़ा जाएगा वहीं हथियारबन्द घरातियों के आगे गिर जाएगा और उनके चरणों में लोट-लोटकर कहेगा उनके पूछने पर, "हाँ-हाँ, होगा, जरूर होगा। आप लोग बोल रहे हैं, तो सच ही बोल रहे होंगे। मगर मैं भी सच कहता हूँ; बाप किरिया खाकर कहता हूँ, मैं भी नहीं जानता था कि यह साला सूरदास है। मैं बिलकुल निर्दोष हूँ..."

इस नई तस्वीर की आँखें लेकर कोई पहुँचे ब्याह करने, तो ऐसा सम्मोहन हो इन आँखों का कि परछन में सास दुलहे को दही और अक्षत के टीके तब तक लगाती ही रह जाए जब तक वहाँ उपस्थित स्त्रियों की भीड़ में कोई हलके-से मुस्कराकर उसके कानों में फुसफुसा न पड़े, "तुम अकेली ही भोर तक टीके लगाती रह जाओगी क्या? हटो, हमें भी परछन करने दो।" और, अगले दिन ही शिवानी कुढ़ती-खीझती पहुँचेगी शिव को सुनाने, "बताइए तो, महाराज, यह कैसे सम्भव है कि सबकी मनोकामना पूरी कर दूँ मैं? सारी कुँवारी कन्याओं की एक ही इच्छा है, वर की आँखें खूब बड़ी-

बड़ी हों। जरा मैं भी देखती, कौन है यह टीपू, कैसी बड़ी-बड़ी आँखें हैं उसकी। इन छोकरियों को और कुछ नहीं चाहिए; बस, बड़ी-बड़ी आँखें। जरूर इसमें कोई आपका भी षड्यंत्र है। एक पूजा तो होती है मेरी, इसे भी आप बन्द करा देना चाहते हैं।"

पुरानी तस्वीर का वह चेहरा तब उसे महज इसलिए मोहक-आकर्षक लगता था कि वह उसका अपना चेहरा था; और, रूपवान होने की कभी कोई इच्छा ही नहीं जगी थी उसके मन में। तब वह सोचा करता था कि ईश्वर से कभी कुछ माँगना ही हुआ, तो रूप नहीं माँगेगा वह; रूप माँगकर तो वह बहुत ही दरिद्र हो जाएगा। मगर अपनी इस तसवीर के लिए तो रूप ही माँगा था उसने। माँगा था न?...जब दिव्या के पाँव भारी हुए थे, और प्रसूति के लिए वह मैके चली गई थी, तब शशांक का मन आनेवाले मेहमान पर टँग गया था और वह हर क्षण, हर पल अपनी इस नई तसवीर के नये रूप की कल्पना में खोया रहता था। सुन्दर मुखड़ेवाले एक-से-एक सुन्दर चित्र पहुँच गए थे दिव्या के पास और शशांक के आदेशानुसार टँग भी गए थे उसके कमरे में। दिव्या को खास हिदायत थी कि रात में सोने से पहले इन चित्रों को भरपूर नजरों से निहारते हुए वह अपनी आँखें बन्द करे और भोर में पलकों के खुलते ही सामने टँगे चित्रों के मुखड़ों को मन में अच्छी तरह बसाते हुए बिस्तर छोड़े। कितनी ही बार उसे बेहद लजा देनेवाला दृश्य उभरकर उसकी आँखों के सामने आ गया था जिसमें दिव्या और उसकी माँ को घेरकर उसकी साली शशि अपनी सखियों के साथ जोर-जोर से गा बैठी थी :

सँभाल मेरी माई, दीदी को अब तू सँभाल।
तेरे घर में है एक लकड़बग्घा;
जल्दी से इसको निकाल।
निकाल मेरी माई, दीदी को अब तू सँभाल...

पत्र संख्या 3 के कलासन पहुँचते ही सास ने दामाद का संकेत ग्रहण किया था और नौकर वनमाली को—जो उस घर में एक घरनी का आधा काम सँभाल रखा था, मगर जिसका मुँह लकड़बग्घा की तरह था—फौरन घर से भगा दिया था। कैसे नहीं भगाती सास? घर में रोज उठते-बैठते उस नौकर के चेहरे पर नजर पड़ती दिव्या की। अगर पैदा होनेवाले शिशु का मुँह भी लकड़बग्घा की तरह हो जाता तब? तब क्या होता?.. रूप नहीं माँगता, तो कितना दरिद्र रहता वह अपनी इस नई तस्वीर में भी!

एक रूप का दोष ही तो नहीं था अपनी उस पुरानी तसवरी में। मन के अन्दर न जाने कौन तो 'अकेला अकेला' भूँकने लगा था, और तसवीर के नीचे गहरी स्याही में ये पंक्तियाँ उतार दी गई थीं :

देखता पलकें उठाकर
मौन मैं यह विश्व-मेला;
घूमता सुनसान पथ पर
मैं अकेला, मैं अकेला।

इन पंक्तियों के भँवर में पूरा व्यक्तित्व ही फँस गया था। कुंडली मारकर बैठा कोई गेहुँअन फुफकार मारता था, "मैं अकेला, मैं अकेला।"

इस जीवन के नाटक में मंच पर उतरने से शशांक की रूह काँपती थी। और लोगों की तरह मंच पर उतरकर उछलना-कूदना, नाचना-गाना, रोना-हँसना उसे सम्भव नहीं लग रहा था। वह तो जीवन-भर एक दर्शक बना रह जाना चाहता था और मंच पर अनवरत चल रहे नाटक को कहीं से छिप-छिपकर देखते रहने की इच्छा थी उसकी। भीड़-भभ्भड़ को उसकी उपस्थिति का अहसास तक नहीं हो, यही चाहता था वह। उसके हर क्रिया-कलाप पर, उसकी हर बोली-बात पर लोग हँसेंगे, खूब-खूब हँसेंगे लोग उस पर—इस बात से बहुत घबराता था वह। किस-किस से बताए, कैसे बताए कि उसके अन्दर कौन बसता है! गुस्साकर, चीखकर भला क्यों वह कहे भीड़ से, "मत हँसो; मुझ पर हँसने की कभी कोशिश मत करना। मेरे सामने भला तुम्हारी क्या बिसात, क्या औकात! मैं तो चाँद-सूरज से पूछनेवाला हूँ, 'तुम क्यों?...तुम किसलिए?...'"

तब इस दुनिया से दूर किसी और दुनिया का वासी बना हुआ था वह, जहाँ वह स्वच्छन्द विचरण करता था। अपने इस लोक में मन-भर नाचता-गाता था, उछलता कूदता था; खिलखिलाकर, ठहाके लगाकर हँसता था वह; और कभी बैठकर जी-भर रो भी लिया करता था। अपनी यह रुलाई भी सुख पहुँचाती थी उसे; आनन्द मिलता था शशांक को। वहाँ नन्दन वन में सुनयना कविता ढेर सारे कुसुम लेकर अपने लिए पुष्प-वेणी गूँथती दिखाई पड़ जाती थी; और उसे देखकर शरमा-सकुचा जाती थी, सारे कुसुम समेटकर एक ओर भाग खड़ी होती थी विहँसते हुए और किसी झाड़ी की ओट में खड़ी हो अपलक निहारती रह जाती थी उसे। वहाँ मन्दाकिनी के मन्द प्रवाह में खेती हुई अपनी स्वर्ण-तरी कोई मानिनी मिलन और बिछोह के गीत गुनगुनाती थी और रजत उदकान्त पर उसे बैठा देख जोर-जोर से गाने लग जाती थी। यहाँ न मानिनी थी, न कविता; क्या करता वह इस लोक में रहकर!

जहाँ माँ के लाड़-प्यार में पलते हुए भी माँ हमेशा उसे एक छाया-सी प्रतीत हुई थी, पिता से जुड़े रहने पर भी लगा था उसे कि कोई पिता का अभिनय कर रहा है, साथ-साथ खेलते हुए सारे संगी-साथी भी अपरिचित-अजनबी लगे थे उसे, वहीं दिव्या के आगमन की सूचना-भर मिलते ही उसे लगा था कि कोई नितान्त परिचित, कोई बहुत ही अपना, आ रहा है उसके पास। अब भी क्या सुनसान पथ पर घूमता हुआ वह अकेला रहेगा? चुपचाप देखता रह पाएगा इस विश्व-मेला को? दिव्या के आते-आते ही

एक तूफान उठ खड़ा हुआ था उसके अन्दर। मन के अन्दर अकेला-अकेला की भूँक लगानेवाला कुत्ता अचानक ही चुप हो गया था। कुंडली मारकर बैठा गेहुँअन धीरे-धीरे रेंगता हुआ आँखों से ओझल हो रहा था। तसवीर के नीचे गहरी स्याही में उतारी गई पंक्तियाँ जोर-जोर से थरथराने लगी थीं और धूमिल-धुँधली होती जा रही थीं। अदाकारों की सूची में एक नाम उसका भी जुड़ गया था।

मगर मंच पर उतरने से अभी भी कतरा रहा था शशांक, घबरा रहा था वह। दिव्या इस लोक में नहीं, उस लोक में ही उतरी। शशांक उधर ही भागा। नन्दन वन में ढेर सारे कुसुम लेकर अब अपने लिए दिव्या पुष्प-वेणी गूँथने लगी थी, और नजर पड़ते ही सारे कुसुम समेटकर भागने की बजाय ढीठ बनकर पूछ बैठती थी उससे, "किसे ढूँढ़ रहे हैं, महाशय? कौन हैं आप?" मन्दाकिनी के मन्द प्रवाह में तैरती स्वर्ण-तरी में बैठ अब दिव्या मिलन और बिछोह के गीत गुनगुनाने लगी थी, और रजत उदकान्त पर खड़े पुरुष को देख जोर-जोर से गाने की बजाय चप्पुओं को रोककर क्रीड़ा-कोप से पूछ बैठती थी, "बहुत बेशर्म हैं आप। एक अकेली औरत को इस तरह आँखें फाड़-फाड़कर देख रहे हैं! कोई भ्रम तो नहीं हो गया है आपको? मैं तो अपने शश...चाँद के लिए गुनगुनाती हूँ मिलन-बिछोह के गीत। कौन हैं आप? क्या नाम है आपका?" रजत उदकान्त पर खड़ा पुरुष ढीठ की तरह मुस्कराता था, "मेरा नाम है शश...चाँद।"

मंच पर उतरने से अभी भी कतराता था शशांक, भीड़-भभ्भड़ के सामने होने से अभी भी घबराता था वह, मगर जिस दिन दिव्या ने उससे कहा था, "ऐसे नहीं सुनाऊँगी; कान इधर लाइए...ऊँहूँ, और नजदीक...," और फिर उसके कान में अमृत घोल दिया था, उस दिन, उसी वक्त उस मुन्ने की आवाज उसके कानों में भी पड़ी जो उछलता-कूदता मंच पर चला आया था और अपनी तोतली आवाज में दर्शकों के सामने उद्घोषणा कर रहा था, "अब आपके छामने आ लहे हैं महान कलाकाल छी छछांक। मैं हूँ उनका चिलंजीव," ...और फिर छी छछांक को यह होश भी नहीं रहा कि वह किसी मंच पर उतर चुका है और अब लगातार अभिनय करता रह जाएगा। लोग हँस रहे हैं या तालियाँ बजा रहे हैं, इसका भी खयाल नहीं रहा उसे। अनायास... अनायास क्या-क्या होने लगा!...

जब 'अकेला-अकेला' की धूम मची हुई थी, तो अपनी तसवीर के सामने खड़ा होकर भी मन की कोई बात बहुत धीरे से फुसफुसाता था वह अपने ही कानों में। बहुत चौकन्ना रहता था वह, कोई देख तो नहीं रहा है, कोई सुन तो नहीं रहा है! अपनी तसवीर के सामने भी मुस्कराते हुए लजा जाता था वह, कोई अन्तरंग बात बतियाते हुए शर्म से सिमट-सिकुड़ जाता था।

दिव्या ने ही क्या अपने आगमन की सूचना-भर से तोड़ दिया था शशांक के इस अकेलेपन को?

हाँ, हलचल हुई थी, हिलोरें उठी थीं मन में, मगर अपनी तनहाई से जुदा हो जाने

का डर लगातार मन में घबराहट पैदा करता रहा था। प्रवेश-निषेध को नजरअन्दाज कर कोई अन्दर दाखिल होने की कोशिश कर रहा था, जबरन दाखिल होने की कोशिश। कौन है यह?—यह प्रश्न बार-बार एक हौआ की तरह उसके सामने प्रकट हो जाया करता था। घोर अजनबी, नितान्त अपरिचित...और...हे राम! यह तो एक लड़की है, एक औरत!...वह रोमांचित हो उठता था, सिहर उठता था यह सब सोचकर।

अभी दिव्या आई भी नहीं थी कि उसके अपने अन्दर से ही निकलकर सामने खड़े हो गए दंडधर से उसे अपना मन खोलना पड़ गया था; और, कभी हँसकर, कभी ऐंठकर, कभी गुस्साकर कहता चला गया था वह, "हाँ-हाँ, मेले भी ले जाऊँगा, तमाशे भी दिखा लाऊँगा...ठीक है, चिथड़े लपेटकर गुजार दूँगा मैं पूरी उम्र; दिखा दूँगा, ऐसा दिन आ गया, तो गुदड़शाह बनकर भी दिखा दूँगा...हाँ-हाँ, मनाऊँगा-मनाऊँगा, दुलार-मलार से ही मनाऊँगा..." मगर दंडधर से बतियाते हुए भी वह चौकन्ना था, कहीं कोई सुन तो नहीं रहा है! कोई छिपकर लिख तो नहीं रहा है उसके मुँह से निकली हुई एक-एक बात को! और, जब क्रोधातिरेक में बेसुध होकर वह बोल गया था, "हाँ-हाँ, ब्रजमोहन की तरह मैं भी वाग्युद्ध करूँगा, मल्ल-युद्ध करूँगा। मगर शादी जरूर करूँगा। अब तुम मुझे लाख डराओ-धमकाओ, चिढ़ाओ और भूत दिखाओ, शादी तो अब मैं करके रहूँगा;" तब अचानक ही उसके मन में अपने ही पागल हो जाने का खयाल आ गया था...यह क्या? यह क्या बोल गया वह? इस तरह चिल्लाकर? जरूर किसी तीसरे-चौथे ने सुन लिया है उसे चिल्लाते! घबराहट पैदा होने लगी थी उसके मन में। उसे तो लगा था कि पास ही गाँव का लँगड़ा ढिंढोरची खड़ा है; और जब इस लँगड़े ने ढिंढोरा पीट-पीटकर ढेर सारे लोगों को इकट्ठा कर दिया है तब उन सबके सामने हाथ चमका-चमकाकर उसने घोषणा की है, "शादी तो अब मैं करके रहूँगा।" एक बार नहीं, चिल्ला-चिल्लाकर कई बार लोगों को सुना दिया है उसने। अपनी इस घोषणा से खुद ही बेचैन हो उठा था वह। हाथ चमकाकर और चिल्ला-चिल्लाकर बोलने पर उसे बेहद शर्म आने लगी थी। अब तो उसकी नजरें जमीन में धँसी हुई थीं और लोगों की कटूक्तियाँ उसके कानों में पड़ रही थीं। निकम्मे लोगों को तो मजा आ रहा था, सूने मंच पर एक नट जो आ गया था नाच दिखाने। एक मेमने के गले को धीरे-धीरे रेतने की भी तो तैयारी हो रही थी। "हे राम, यह क्या सुन रहा हूँ! हाँ, आ गया, कलियुग आ गया," कहकर कोई अति गम्भीर और बहुत ही उदास हो गया था। संसार के सारे दोहे-चौपाई को तुलसीकृत माननेवाले एक भक्त ने पहले तो पूरी भीड़ के कर्ण-कुहरों में प्रवेश कर जानेवाली बुलन्द आवाज में एक चौपाई सुनाई थी और फिर चुन-चुनकर लोगों के सामने उस चौपाई का अखंड पाठ आरम्भ कर दिया था। एक शख्स ने अपना एक गँवरमसला कबीरदास के मुँह से उगलवा दिया था। जिन्हें कोई दोहा-कहावत याद नहीं आ रहा था वे लगातार थू-थू, छी-छी किये जा रहे थे। एक आदमी जब-तब उबलकर पासवाले से पूछ बैठता था, "इस तरह छटपटाते तो

आज तक किसी को नहीं देखा था! इस आदमी के अन्दर कैसी आग लगी हुई है!"

शशांक को लगा था कि लँगड़े ने फिर ढिंढोरा पीटना शुरू किया है, और उसके पाँव जमीन में बिलकुल गड़ गए हैं, इस तरह गड़ गए हैं कि जोर लगाने से भी नहीं उखड़ते।

नजरें गड़ी हुई हैं, पाँव गड़ गए हैं, मगर यह डर अभी भी तो बना ही हुआ है कि कहीं फिर से हाथ चमकाकर वह चिल्ला न पड़े, "हाँ-हाँ, शादी तो अब मैं करके रहूँगा।"

और अगर अब पाँव उखड़ भी गए, भागने में वह सफल भी हो गया, तब भी अपनी बेबसी से अब मुक्त हो पाएगा वह? अब कोई ठीक है कि कब और कहाँ उसके मुँह से अचानक बोल फूट पड़े, "हाँ-हाँ, मनाऊँगा, दुलार-मलार से ही मनाऊँगा... बनूँगा, गूदड़शाह बनकर भी दिखा दूँगा..." अब अपने ऊपर ही कोई वश नहीं रहा उसका। और जब अपने को इस तरह उघारना शुरू करेगा वह, तो फिर लोग तो मंच की ओर दौड़ेंगे ही नट का नाच देखने।

मगर अब हो तो क्या?

अब तो ऐसा होगा कि खेत-बहियार से गुजरते हुए बदरी दास की तरह वह भी किसी गोरी-चकोरी को देखकर अलाप कर बैठेगा, "चल गे गोरिया रहर के खेत में।" और तब ईख या रहर के खेत से ललनाओं की दबी खिलखिलाहट सुनने को नहीं मिलेगी। चंडी-काली की मुद्रा ग्रहण किये एक साथ कितनी ही औरतें अगल-बगल के खेतों से निकलकर उसके सामने आ जाएँगी और उसे घेरकर हाथ का हँसिया दिखाते हुए चिचिया-चिचियाकर पूछेंगी, "क्यों रे नसकटे, क्या गा रहा था? किसे सुना रहा था? आग लग गई है देह में? फेंको थूक और चाटो उसे, नहीं तो मुंडी काटकर खेत में रोप दूँगी।" झटपट थूक फेंककर चाटना ही तो पड़ेगा उसे। लो, हो गया नाटक शुरू और पहुँचने लगे दर्शकवृन्द!

दिव्या—एक पराई औरत, मगर अपनी हो जानेवाली—अभी आई भी नहीं थी और उसे लगा था कि राह-बाजार में चलते हुए किसी भी औरत को देखकर—देखने में हो जरा रूपवती-चन्द्रमुखी—वह साथ चल रहे राधेश्याम को केहुनी मार देगा। दिल्ली-यात्रा में जिस तीखेपन के साथ गुजाय ने डाँटा था उससे भी अधिक फुफकार मारते हुए राधेश्याम डाँट देगा, "खबरदार, शशांक! बहुत गन्दी बात।" चाल-चलन ठीक रखने की सलाह देकर गुजाय की तरह राधे-मास्टर वहाँ की बात वहीं थोड़े ही भुला जाएगा! वह तो मिर्च-मसाला लगा-लगाकर अपने ढेर सारे दोस्तों को अपने एक दोस्त का किस्सा ठहाके मार-मारकर सुनाएगा। और फिर तो एक अकेला लँगड़ा ही नहीं, ढेर सारे ढिंढोरची जहाँ-तहाँ ढिंढोरा पीटते रहेंगे," शुरू हो गया, शुरू हो गया एक नया नाटक, एक नये कलाकार के साथ। "लोग दौड़ेंगे, बगटुट दौड़ेंगे मंच की ओर।

बूढ़े शीबू महाराज बेदाग छूट गए थे। उलटे जवान बतसिया को ही डाँट पिलाई थी उपस्थित बनिहारिनों ने। मगर, इस बार? इस बार तो छीछालेदर होगी उसकी। उनमें

से कोई एक कहीं यह प्रस्ताव भी न रख दे, "इस मुँहजले की देह में आग लगी हुई है। इसी ने गरज-गरजकर सबको सुनाया था, 'शादी तो मैं करके रहूँगा, शादी तो मैं करके रहूँगा।' ऐसे मत जाने दो इसे; इसके मुँह में चूना-कालिख पोतो।"

न जाने मंच पर कैसे-कैसे दृश्य में उतरना पड़ेगा उसे! मंच पर उतरने से कतई इनकार था उसे। वह नाचे और लोग देखें, ऐसा नहीं हो सकता। अभी भी वह बाँह छुड़ाकर, जिधर से भी रास्ता मिले, अपने अकेलेपन की ओर भाग जाना चाहता था। सपना था, पूरी जिन्दगी एक दर्शक के रूप में बने रहने का; साहस नहीं था, एक अभिनेता के रूप में मंच पर उतरने का। दिव्या के आगमन की सूचना-भर से रंग-भंग हो जाता क्या! इतना बड़ा उलट-फेर हो जाता!

दिव्या उसकी दौलत बनकर बिलकुल उसके पास आ गई, तब भी तो मन में खटका बना ही हुआ था—क्या पता, कैसी हो यह औरत! क्या हो इसके मन में!...

कोहबर में शशांक ने डर से घूँघट तक नहीं उठाया था दिव्या का। डर लगा था, कहीं यह औरत मुँह झाड़कर चिचिया न उठे, "धीरज धरो, धीरज धरो, अब तो जा ही रही हूँ तुम्हारे घर।" तब क्या कोई जवाब फूटेगा उसके मुँह से? वह तो अन्दर-ही-अन्दर काँप जाएगा, "हे राम, किसी और ने सुन तो नहीं लिया!"

फेरे लगाते समय मन में शरारत सूझी थी, काट ले पीठ में चिकोटी; पर, हिम्मत नहीं हुई। डर लग गया, कहीं जोर से चीख न पड़े, "ऊई माँ!" और फिर छमककर मंडप से बाहर न चली जाए और जोर-जोर से बोलने न लगे, "बाप रे बाप, कैसे नाखून हैं! खून निकल आया होगा पीठ से।" "क्या हुआ? क्या हुआ?" के जवाब में बलबलाती हुई बोल सकती है यह औरत, "होगा मेरा सिर! मैं नहीं जाऊँगी ऐसे जंगली के साथ। कहिए पंडित जी से, उठ जाएँ मंडप से।" तब क्या होगा? क्या होगा उसका हाल? कैसा मंच सजा मिलेगा उसे अपने अभिनय के लिए? दर्शकवृन्द किस तरह निहारेंगे उसे?

किवाड़ की झिरी से अन्दर झाँक रही शशि ने जब देर तक लालटेन को बुझते नहीं देखा और देखा कि बहन के साथ-साथ बहनोई भी मुँह लटकाए बैठे हैं, तो ढीठ की तरह कमरे के अन्दर चली आई थी और हँसते हुए लालटेन उठाकर कमरे से बाहर भाग गई थी। दिव्या ने सिर उठाकर शशि की ओर देखा था और उसका चाँद-सा मुखड़ा देखने को मिल गया था शशांक को। मगर तब भी, शशि के संकेत और प्रोत्साहन पर भी, आगे बढ़कर चन्द्रमुखी को चूम लेने का साहस नहीं जुटा पाया था वह। अगर चन्द्रमुखी बिगड़ जाए और उसे धकेलकर खुद कमरे से बाहर निकल जाए, तब? बाहर आकर वह रो-गाकर शोर भी मचा सकती है, "मेरा भाग्य फूटा है, तो मैं कुएँ में डूब मरूँगी। यह आदमी बदचलन है। ऐसे छिछोरे के साथ मैं कैसे अपनी जिन्दगी गुजारूँगी! माँ! गे माँ! मेरा गला टीप दो।" तब हो सकता है, दूसरे के

गाँव में, दूसरे के घर में, किसी डर से वह धीमे कदमों से दरवाजे के बाहर निकले और दोनों हाथ जोड़कर उपस्थित समुदाय से निवेदन कर बैठे, "मुझसे गलती हो गई। मैं पढ़ने-लिखनेवाला आदमी हूँ। किताबों में पढ़ा था कि...दिव्या जी मेरी पत्नी हुईं न, इसलिए ऐसी हरकत...शशि लालटेन लेकर निकल गई, तो मैंने उसका गलत अर्थ लगा लिया। मुझे बस एक बार माफ कर दीजिए; आइन्दा ऐसी गलती नहीं होगी।"

गलती तो हो गई कि एक पराई औरत को अपने से चिपका लिया, अपने ही पीछे जासूसी करने छोड़ दिया, उघार-उघारकर देखने की इजाजत दे दी। मैं तो 'मैं' ही रहूँगा; कोई पराई औरत 'मैं' तो नहीं हो सकती। कौन है यह औरत?...कोई मदारी डमरू बजाते हुए पास आ गया है और अब बन्दर के गले में रस्सी डालने ही वाला है।

नहीं हो सकता है ऐसा। दिव्या 'मैं' नहीं हो सकती। वह दर्शक बनकर रहेगा; अभिनय नहीं होगा उससे। हे ईश्वर! मदद करना।

दिव्या के दिन कटने लगे शशांक के साथ, तब क्या हुआ?

तब भी लुकता-छिपता रहा शशांक, सायास प्रयत्न करता रहा मंच से इधर-उधर रहने का।

शादी रचाकर शशांक लौटा, तो दुलहन के साथ सारी दुनिया उसके कमरे में कैद हो गई...गाँव में आग लग गई है, आग फैलती जा रही है, तो क्या हो गया! लगने दो आग, फैलने दो आग को। अपना घर तो सही-सलामत है। बहुत लोग हैं आग बुझानेवाले गाँव में; सबके सब दौड़ गए होंगे। एक मेहमान आया हुआ है घर में; उसके साथ भी तो कोई रहे...लो, बाढ़ का पानी घुस गया है गाँव में। लोग सामान सहित घर छोड़-छोड़कर भाग रहे हैं। बिलकुल झूठ। पानी की एक बूँद का प्रवेश नहीं हुआ है अपने घर में! लोग तो भेंड़ हैं, भेंड़। किसी एक ने अगर कह दिया कि बाढ़ आनेवाली है, तो शेष सारे लोग गाँव छोड़कर भागना शुरू कर देंगे। जब घुसेगा बाढ़ का पानी अपने घर में, तो देखा जाएगा। कमर छू लेगा पानी, तो निकला जाएगा घर से। अभी ही वह घर के बाहर क्यों देखने जाए कि पानी गाँव में घुसा या नहीं! ओले गिर रहे हैं, पत्थर बरस रहे हैं, तो गिरने-बरसने दो; अपने घर में तो कुछ नहीं हो रहा है। एक मुलायम औरत ठहरी हुई है इस घर में; उसे छोड़कर जाना होगा!

घर से बाहर कहाँ जाए शशांक बेवजह?

तीसरे दिन अचानक खयाल आया कि राधेश्याम गाँव में ही है और तीन दिनों से मुलाकात नहीं हुई है उसके साथ। क्या सोच रहा होगा वह? इतनी जल्दी तो वह भुला नहीं बैठा होगा उन बातों को जो शादी के पहले अक्सर वह गुस्से में उगलता रहता था!—"ऐंठो, कुछ दिन और ऐंठ लो; मगर सुन लो कि तुम्हारे जैसे मर्द ही शादी के बाद बीवी को शहद की तरह चाटते हैं।" कितनी ही बार बोल गया था राधे मास्टर, "अगर मेरी बात सच साबित नहीं हो, तो कुत्ता पोस लेना मेरे नाम पर।" उसकी बात

सच निकल रही है क्या? अभी जाते ही पूछ तो नहीं बैठेगा यह बेशरम, "तीन दिनों से शहद चाट रहे थे न?"

दिव्या से कुछ क्षणों की मोहलत लेकर लगभग दौड़ता हुआ पहुँचा था वह राधेश्याम के पास। और अभी बेचारे राधेश्याम ने किसी बात का जिक्र भी नहीं किया था—न शहद के गुण की चर्चा, न किसी कुत्ते की बाबत बातचीत-कि शशांक अपना दुखड़ा सुनाने बैठ गया, "घर में तो मेला लगा हुआ है, यार। अभी तो घर के खर्चा-पानी का भी मुझे ही पूरा खयाल रखना पड़ रहा है, नमक से लेकर जलावन तक का इन्तजाम। साबो दीदी तो अभी भी चिढ़ाने से बाज नहीं आती; तीन दिनों में सारी पुरानी घटनाएँ सुना गईं। मैं तकिये में मुँह गड़ाकर सुनता रहता हूँ और घर के सारे बच्चे सुन-सुनकर ताली पीटते रहते हैं। मीना दीदी का बेटा तो छाया की तरह मेरे पीछे लगा रहता है। उतना छोटा बच्चा कैसे-कैसे सवाल पूछता रहता है! इन तीन दिनों में उसके एक हजार एक सवाल के जवाब दे चुका हूँ मैं। दिव्या जब से आई है यहाँ, मैं ठीक से उसका मुँह भी नहीं देख पाया हूँ; दिन-भर महल्ले की औरतों की भीड़ लगी रहती है। रात में भी चैन नहीं है, यार; ओसारे पर सोना पड़ता है; घर के अन्दर कहीं जगह ही नहीं है सोने की।"

इसके बाद भी राधे मास्टर शहद के किसी गुण की चर्चा करेगा? मौका हाथ नहीं लगा, नहीं तो वह खुद जरा अन्यमनस्क होकर कह उठता, "मैं सोच रहा हूँ, राधे, कि एक कुत्ता पोस लूँ और उसका कोई एक नाम भी रख दूँ।" शर्म से पानी-पानी हो जाता तब वह बेशरम। अब गाँव के एक दोस्त का कौन-सा किस्सा ठहाके मार-मारकर सुनाए वह अपने पूर्णिया के दोस्तों के बीच!

एक दिन तो शशांक को शहद चाटते हुए पकड़ लेने की कोशिश भी की थी राधे मास्टर ने; दरवाजे पर आकर हाँक लगाई थी, "अरे शशांक! घर में हो, भाई? सिर्फ पाँच मिनट के लिए बाहर आ सकते हो?" हाँक सुनकर बाहर आ जाता शशांक, तो शायद अपने प्यारे दोस्त से यह भी सुनने को मिल ही जाता, "एक कुत्ता पोसने की बात सोच रहे थे न? कुत्ता मैं ले आया हूँ तुम्हारे लिए, मगर नाम क्या रखोगे उसका?" मगर दोस्त की हाँक के जवाब में अन्दर से कोई आवाज ही नहीं आई थी। आवाज आती कैसे? होंठों पर तर्जनी रख पत्नी से चुप रह जाने का निवेदन करते हुए वह हलके कदमों से कमरे से बाहर निकला और पिछवाड़े का दरवाजा खोल घर से बाहर निकल गया था। पिछवाड़े की सड़क से एक गली के रास्ते वह तुरन्त सामने की सड़क पर आ गया था और फिर अपने ही घर पर उसके पिताजी के साथ बतियाते हुए राधे मास्टर की मुलाकात उस शशांक से हुई थी जो न जाने कब से किसी काम से बाहर निकला हुआ था।

राधे मास्टर डाल-डाल, तो शशांक एम.ए. पात-पात।

शादी के बाद यह गौना क्या?...यह माना कि पहली बार ससुराल गई बेटी के मुँह से

यह सुनने के लिए जरा अधिक व्याकुल रहते हैं उसके माँ-बाप कि ससुराल में ससुर ओल तो नहीं है, सास करैला तो नहीं है, ननदें मिरचाई तो नहीं हैं। मगर जो बेटी ससुराल में बस एक हफ्ता गुजार कर आई है, उसे क्या वहाँ का हाल-चाल सुनाने में साल-दो साल लग जाएँगे? जब गई हो किसी के घर, तो जाकर ठीक से रहो उसके घर में, सँभालो अपनी गृहस्थी। यह क्या कि गौना होगा दो साल, तीन साल, पाँच साल बाद! साल तो लगे ही! मगर यह सब कोई कहे, तो किससे? राधेश्याम से कहा जाए, तो वह तो ठहाकों में ही जवाब देगा। पिताजी को बस इतने-भर से मतलब था कि बेटे की शादी हो जाए; अब बहू बीस बरस बाद आए, तब भी वाह-वाह। माँ रहती, तो, हाँ, जरूर पोते के लिए तरसना शुरू कर देती अभी से।

शशांक को अपने दोस्त के पास ही जाना पड़ा था। मगर उसके सामने उसने काफी होशियारी से अपनी बात कही, "मैं तो चाहता हूँ, राधे, कि अभी दिव्या को दो-तीन साल यहाँ नहीं लाऊँ, मगर लगता है कि ऐसा सम्भव नहीं हो सकेगा। पिताजी के मन में यह बात घुमड़ तो रही है, मगर शादी कराने में ही उन्हें इतना जोर लगाना पड़ गया कि अब गौना के बारे में मुझे कुछ कहने से घबराते हैं। उनकी तो शुरू से एक रट रही है कि जल्दी से एक औरत घर में आ जाए, तभी घर का रूप सुधरेगा। मगर मैं अभी दो-चार साल निश्चिन्त रहना चाहता था। हाँ, उनका कष्ट मैं जरूर देख रहा हूँ। पहले तो दो-तीन रोटियाँ खा भी लेते थे; अब तो बस मुँह जुठारकर उठ जाते हैं। नौकर के हाथ का खाना भी कैसा होगा! अब तो बिनमा भी जान-बूझकर ऐसा खाना बनाता है कि उसे जल्दी रसोई से मुक्ति मिल जाए।

"क्या करूँ, समझ में नहीं आ रहा है।"

महीना भी नहीं बीता था कि नवोढ़ दुलहा पिता का कष्ट सुनाने अपने दोस्त के पास चला गया था। मगर राधे मास्टर ठहाके नहीं लगा पाया था।

चूहों की भीड़ में कोई चूहा भैंसा जैसा मोटा नजर आए, तो देखनेवालों की नजरें अटक जाएँगी उस पर; और, अगर वह भैंसा दूध की तरह सफेद या सिन्दूर की तरह लाल हो, तो शोहरत फैलने लगेगी उसकी दूर-दूर तक। चिट्ठियों की भीड़ में शशांक की चिट्ठियों का कुछ ऐसा ही रुतबा था। मियाँ-बीवी दोनों को दिल्लगी सूझ रही थी और दोनों पूरी डाक-व्यवस्था का खिलवाड़ किये हुए थे। मगर बेचारे शशांक के मन में कभी-कभी डर समाता था। डाक के बम्बे में अपनी मोटी चिट्ठियाँ डालने वह खुद जाया करता था; और जब टिकट की औकात से अधिक वजन लेकर आनेवाली उधर की चिट्ठियों पर डाकिया दो-तीन बार पिताजी से जुर्माना वसूलकर चला गया, तो सारा काम छोड़कर वह डाक बँटने के समय से कुछ पूर्व डाकखाना में हाजिर होने लगा था। मन में कैसे नहीं समाता डर? इस जनाब की चिट्ठियों से तो इत्र-फुलेल तक की गंध आती थी। यह तो अजीब बात है कि किसी एक की शादी हुई नहीं कि गाँव के

चार मनचले उसकी चिट्ठियाँ उड़ा लेने की ताक में लग जाते हैं। किसी की बीवी की चिट्ठियाँ पढ़ना कितनी बुरी बात है! और, साली की एक भी चिट्ठी किसी के हाथ लग जाए, तो यह कितना खतरनाक होगा! अगर वह सावधानी नहीं बरते, तो उसकी चिट्ठियाँ उड़ाते लोगों को देर नहीं लगेगी। बैजनाथ भैया एक बार असावधान हुए थे, तो भाभी के नाम लिखी उनकी एक चिट्ठी शशांक के हाथ लग गई थी। बैजनाथ भैया ने पत्र की प्रशस्ति में लिखा था, "मेरी प्यारी रामदुलारी, चरण-कमलों में प्रणाम।" हाल-हाल तक शशांक 'चरण-कमलों में प्रणाम' कहकर भाभी को चिढ़ाता रहा है। उसकी ही कोई चिट्ठी किसी के हाथ लग जाए और फिर जब-तब, जहाँ-तहाँ गायक का चेहरा देखे-पहचाने बगैर ही उसे अपनी चिट्ठी के किसी गीत या दोहे की कोई पंक्ति बार-बार सुनने को मिले, तो कितनी फजीहत होगी उसकी! मगर अब उसे क्या डर! वह तो खूब फूँक-फूँककर चल रहा था। हाँ, एक खतरा डाकिये की तरफ से था जरूर। अगर उसे पता चल जाए कि यह खत नई बीवी के पास से आया हुआ है और वह खत नये शौहर की तरफ से जा रहा है, तो डाक छाँटने के वक्त ही वह उन्हें अपने कब्जे में कर ले, और फिर रात के भोजन से जरा जल्दी ही निबटकर डाकखाना की बत्ती जलाए और बाँचना शुरू करे उन पत्रों को। भोला-भाला वह डाकिया भी पत्र की एक-एक पंक्ति पर किलकते हुए और पत्र के समाप्त होते-होते उसे फिर से शुरू करते हुए देर रात तक अपने बन्द कमरे में धमा चौकड़ी मचाता रह जाएगा। कोई ठीक नहीं कि कभी-कभार शौहर के हाथ की लिखी चिट्ठी डाकिया अपनी बीवी के ठिकाने पर रवाना कर दे और बीवी की ओर से आनेवाली चिट्ठी पर पानेवाले का नाम पढ़े तो साफ-साफ लिखा मालूम पड़े, "मिले राजगंज के डाकिया को।" इस खतरे का अहसास होते ही शशांक कई बार अकेले में डाकिया से जा मिला था और हर बार उसे विस्तार से बताया था कि अपनी लम्बी पढ़ाई पूरी कर अब वह अपने गाँव आ गया है और अब उसके दोस्तों की चिट्ठियाँ आती रहेंगी। उन चिट्ठियों में अगर एक भी इधर-उधर हो गई और लिखनेवाले को पत्र का जवाब नहीं मिला, तो वह यह तो नहीं सोचेगा कि चिट्ठी रास्ते में गुम हो गई। वह तो पत्र का जवाब तक नहीं देनेवाले घमंड में चूर दोस्त से ऐसा खार खाएगा कि फिर कोई चिट्ठी देना तो दूर, अगर कहीं मुलाकात हो गई तो पहचानने तक से इनकार कर देगा। मुंशी जी को दो-तीन दफे चाय भी पिला दी थी उसने।

शशांक ने अगर नाचना शुरू भी किया था, तो बिलकुल बन्द कमरे में। दर्शकों के लिए कुछ देख पाना मुहाल था। बीवी से अबोला ठानकर एक दिन जब वह अपनी चप्पल ढूँढ़ रहा था और एक दिव्या को छोड़कर और बहुतों से पूछताछ कर रहा था, "ऐ कुर्सी! मेज! पलँग! लोटा! गिलास! खिड़की! दरवाजा! दीवार,! तुम लोगों में से किसी ने अगर मेरी चप्पल निगली है, तो तुरन्त उगल दो," अगर उस वक्त दिव्या कुछ नहीं बोली रहती और तब भी उसे सुनाई पड़ जाता, 'चप्पल कोने में है,' तो एकदम

सिहर उठता शशांक और खुफिया निगाहों से कमरे की एक-एक चीज देख लेने के बाद भी जब इस निष्कर्ष पर नहीं पहुँच पाता कि जवाब पलँग ने दिया है या दीवार ने, तो झटपट मन में यह पुख्ता निर्णय ले लेता कि अब घरजँवाई बनकर जिन्दगी भले ही गुजार देगा वह, मगर इस घर में नहीं रहेगा; यहाँ तो दर्शकवृन्द उपस्थित हैं।

अपने उघार हो जाने का डर बेहद सताता था शशांक को। किसी भी स्पर्श से बेहद घबराता था यह छुई-मुई! 'कोई निहार तो नहीं रहा है!' ताल दे-देकर यह प्रश्न नाचता रहता था उसके सामने सदा-सर्वदा।

मगर, टीपू...टीपू के आगमन की सूचना ने ही उसे बेहाल कर दिया था।

उस दिन जब मियाँ-बीवी के बीच चल रहे गाल-फुलाव और रस्सा-कशी के दौरान बीवी के भ्राता हरिचन्द और कलासन के गरदड़-मार चौधरी को पिद्दी बराबर बताकर मियाँ ने अपने कल्लू और बौकू पहलवान के बाँकापन का बखान किया, तो बीवी ने भी ऐंठ और अकड़ के साथ जवाब दिया था, "जो मेरी मदद में आ रहा है, वह आपकी टीक पकड़कर नचाएगा आपको; और जब आपके बौकू-कल्लू उसे देखेंगे, तो आपको सलाम तक करना भूल जाएँगे। हाँ, आपको नाचते देख वे जरूर पूछ बैठेंगे हँसते हुए, 'मालिक, यह आपका ही बेटा है न?'"

यह सुनते ही अनायास मियाँ के मुँह से एक हाथ लम्बा 'क्या?' निकल आया था। घर के अन्दर बीवी का रास्ता रोक-रोककर मियाँ पूछने लगा था, "सच, दिव्या? सच?"

और फिर अनायास उसने ऐसी हरकतें शुरू कीं कि उसे खुद अहसास हो गया, वह मंच पर दाखिल हो चुका है और दिव्या दर्शक-दीर्घा में बैठी हुई है। हारकर, मजबूर होकर उसने दिव्या से कहा था, "बीवी के सामने क्या डर, क्या लाज? तुम्हारे लिए मैं बच्चा, मेरे लिए तुम बच्ची।"

कुछ और हारता, मजबूर होता चला गया था शशांक। मंच के सामने एक दिव्या ही नहीं, कुछ और चेहरे भी दिखाई पड़ने लगे थे।

मजबूर होकर उसने शशि को लम्बी-लम्बी चिट्ठियाँ लिखी थीं, और शोख साली की जवाबी चिट्ठियों में उसे ठहाके सुनाई पड़ रहे थे।

दिव्या के मैके पहुँच जाने के बाद जब शशांक का पत्र संख्या-1 पहुँचा होगा, तब नटखट शशि ने ही मजाक-मजाक में सुनार के यहाँ से निकती मँगवा ली होगी और उस पर नब्बे ग्राम दाल और साठ ग्राम गुड़-चीनी तौलते हुए अपनी दीदी को चिढ़ाती होगी, "देख लो, दीदी, पक्का वजन। जीजाजी ने जितना लिखा है उससे न एक ग्राम अधिक, न एक ग्राम कम।" दूसरे-तीसरे दिन ही सुनार ने उनके नौकर को निकती लौटाने के लिए अवश्य टोक दिया होगा और तब लकड़बग्घे की शक्लवाले उस नौकर ने जरूर हँसकर कह दिया होगा, "निकती तो अभी वापस नहीं मिलेगी, चाचा! दिव्या दीदी को बच्चा होनेवाला है न! मेहमान जी ने पत्र लिखा है निकती पर

तौलकर उसे दाल और गुड़-चीनी खिलाने के लिए!" पता नहीं, सुनार बूढ़ा है या जवान, और कैसी हँसी आई होगी उसके चेहरे पर; मगर वहाँ और जो भी उपस्थित रहे होंगे, खिलखिलाकर हँस पड़े होंगे, "हा-हा-हा-हा, नब्बे ग्राम दाल और साठ ग्राम गुड़-चीनी! हा-हा-हा-हा..." यह 'हा-हा' वाली हँसी न जाने कहाँ-कहाँ कितनी बार हँसी गई होगी! पत्र संख्या-9 का तो ऐसा असर हुआ कि ससुराल में खटमल उन्मूलन सप्ताह मनाया गया। ससुर बेचारे तक को खाट पटक-पटककर खटमल निकालना पड़ गया था फुरसत निकालकर। 'जँवाई रूठा हुआ तो नहीं है? मेहमान जी ससुराल क्यों नहीं आते?'—ऐसे प्रश्न पूछनेवालों को आज तक बेचारी सास न जाने क्या झूठ-सच सुना देती थी, मगर इस पूरे सप्ताह आँगन में घुसनेवाले हर औरत-मर्द को बिना पूछे ही हँस-हँसकर बताने लगी थी वह, "मेहमान के नहीं आने का राज अब जाकर खुला है! मेरी समझ में यह बात आ ही नहीं रही थी कि जब दान-दहेज में कोई कमी नहीं की मैंने, तो फिर मेहमान को तकलीफ किस बात की है। अब सुन लो कि कितना कोमल है मेरा जँवाई; खाट में एक भी खटमल बरदाश्त नहीं कर सकता। आओ, दो-चार खटमल तुम भी मार डालो।" और फिर उस सप्ताह के बाद वाले सप्ताह में ही कलासन के हर रूठे हुए दामाद के पास पत्नी के हाथ की लिखी हुई चिट्ठी या किसी से लिखवाकर सास की भेजी हुई चिट्ठी पहुँची होगी, "ससुराल से भला इस तरह नाता तोड़ा जाता है! हो सकता है, पहले कभी भूल हो गई हो, मगर, विश्वास कीजिए, कि अब यहाँ की किसी भी खाट में एक खटमल नहीं मिलेगा।" देर-सबेर ढेर सारे लोगों को उस असली दामाद का नाम-पता तक मालूम हो जाएगा जिसने खटमल के डर से ससुराल जाना छोड़ दिया था। इस किस्से को सुनकर लोग रोने तो नहीं ही बैठेंगे!

पत्र संख्या-3 के पहुँचते ही नौकर वनमाली की छुट्टी कर दी गई थी। चौबीसों घंटे घर में रहनेवाले नौकर के कान में तो बात चली ही गई होगी, और अपनी छुट्टी के असली कारण का उसे पता चल ही गया होगा। आईने में बार-बार उसने अपना मुँह निहारा होगा और कम-से-कम एक बार तो अवश्य शशि के पास पहुँचा होगा कहने के लिए, "नौकर की जरूरत नहीं हो तो यह बात दूसरी है, दीदी; यह कहना गलत है कि मेरा मुँह लकड़बग्घे के मुँह से मिलता-जुलता है। गौर से देखो न।" उस पर भी जब उसे भगा दिया गया होगा, तो तनतनाता हुआ ही वह उस घर से बाहर निकल गया होगा। जिस नौकर को एक घरनी का आधा काम सँभालते लोगों ने देखा होगा उसे गाँव में ही रखनेवाले दस निकल गए होंगे। जिसने भी उससे अपने यहाँ रहने का आग्रह किया होगा उसे इस गँवार, कुरुचि-सम्पन्न नौकर ने अवश्य कह सुनाया होगा, "एक बात पहले ही सुन लीजिए, मालिक; मैं आज यहाँ, कल वहाँ नौकरी करनेवाला आदमी नहीं हूँ; जहाँ रहता हूँ वहाँ टिकता हूँ। अगर आपके घर में भी कोई बच्चा पैदा होनेवाला हो और आप लोगों को भी मेरा मुँह लकड़बग्घे के मुँह की तरह दिखाई पड़ता हो, तो बात अभी ही खुलासा बोल दीजिए। मैं महीने-दो महीने की नौकरी नहीं

करता।" कलासन का एक नौकर ऐसे घर में नौकरी करना चाहता है जहाँ बच्चा पैदा होनेवाला नहीं हो, यह सुनकर तो हर सुननेवाला हँसते-हँसते लोट-पोट होता होगा। हँसने में और मजा आए, इसलिए लोगों ने यह पता भी तो लगा ही लिया होगा कि नौकर ऐसा क्यों कहता है।

शुभ घड़ी के आते ही नवजात शिशु को तुरन्त एक अच्छा-सा नाम चुनकर दे दिया जाए, इस इरादे से उसने दिव्या से कहा था एक बही बनाकर हर नया नाम उसमें टाँक लेने के लिए; एक तमाशा खड़ा कर देने के लिए कभी नहीं कहा था। दिव्या की सखी-सहेलियाँ अपने-अपने देवर, जेठ, ससुर और ननिया-ददिया ससुर के नाम लिखाती होंगी, तो हँस-हँसकर ही लिखाती होंगी। नैहर में हँस लेने के बाद अपनी-अपनी ससुराल में हँसती होंगी वे। घर में छाँट-फटक करनेवाली जिस बनिहारिन को ऊखल या चक्की को हाथ लगाने के पहले पाँच नये नाम रोज बक देने की सख्त हिदायत थी वह बुढ़िया जब बड़बड़ाती-भुनभुनाती घर से काम पर निकलती होगी, तो टोले के हर घर में हँसी का फव्वारा फूटता होगा।

एक भेंट के लिए प्रतीक्षा में पलकें बिछाए बैठी जिन ललनाओं की चर्चा शशि ने अपने पत्र में की थी उनमें केवल भावी माताएँ ही नहीं, बहुत-सी कुँवारी कन्याएँ भी होंगी और उन्होंने एक साथ यह तय किया होगा कि इस बार सिंहेश्वर मेला जाने की भी भला क्या जरूरत जबकि चिड़ियाखाना देखने का आनन्द इस बार अपने कलासन में ही मिलनेवाला है..." गे दीदी, जरा ठीक से देख ले इसकी अगाड़ी-पिछाड़ी; ऐसा चिड़ा कहीं और मेला-ठेला में देखने को नहीं मिलेगा..."

जिस मंच पर उसका अभिनय आरम्भ हो चुका था उसके सामने एक-एक कर ढेर सारे दर्शक, ढेर सारे श्रोता बैठते जा रहे हैं, यह अहसास होते ही बुरी तरह घबरा उठा था शशांक; लाज-शरम से पानी-पानी होता रहा था वह।

मगर ऐसा तब तक ही हुआ जब तक टीपू नहीं आया था।

टीपू आया और सब कुछ बदल गया।

एक मुन्ना उछलता-कूदता मंच पर चला आया था और उद्घोषणा कर बैठा था, "आपके छामने आ लहे हैं महान कलाकाल छी छछांक। मैं हूँ उनका चिलंजीव..." लगा, इस उद्घोषणा के लिए ही अब तक रुका हुआ था शशांक। पिता की पोशाक और मुद्रा में तत्काल दाखिल हुआ वह मंच पर और झुक-झुककर दर्शकों का अभिवादन किया उसने। दर्शकों ने स्वागत में तालियाँ पीटीं, तो खुद भी ताली बजाकर बाप ने बेटे को उकसाया, "बजाओ, बेटे, तुम भी बजाओ ताली।"

ससुराल से शुभ समाचार लेकर आए कोनमा नाई के हाथ से चिट्ठी लेकर पढ़ते-पढ़ते उसे लगा कि उसके पैर जमीन छोड़ रहे हैं और वह हवा में उठ रहा है। अचानक उछल-उछलकर वह नाई के सामने ही नाचने न लगे, इसके लिए उसे अपने

ऊपर अंकुश लगाना पड़ा था, मन को समझाना पड़ा था, "रे मन! रुको, थोड़ी देर रुक जाओ।" और, जब नाई को खिला-पिलाकर और खुद भी खा-पीकर वह निश्चिन्त हुआ और सोने के लिए अपने कमरे में घुसा, तो अन्दर से किवाड़ की सिटकिनी लगाते-लगाते उसके होंठों से बरबस निकल पड़े, "अब मैं एक पिता हूँ।" बिस्तर पर बैठकर एक-एक शब्द पर जोर देकर उसने अपने-आपको सुनाया, "अब...मैं...एक... पिता हूँ।" मेज या पलँग पर मुक्के मारने की बजाय हवा में मुक्के चलाकर उसने अपने पिता हो जाने की घोषणा की! कमरे में चहलकदमी करने के बाद वह दीवार पर टँगे अपने चित्र के सामने जा खड़ा हुआ और उससे अंग्रेजी में पूछा, "क्या तुम एक पिता हो?" और तसवीर को चुप रहते देख उसने उसे जवाब देने को उकसाया, "बोलो, हाँ, मैं एक पिता हूँ।" चित्र को छोड़कर दीवार से पूछा उसने, "मालूम हुआ कुछ, अब मैं एक पिता हूँ?" कनस्तर पर नजर पड़ी, तो बुरी तरह डाँट बैठा वह अंग्रेजी में, "क्या तुम जानते हो, मैं कौन हूँ? जानते हो, अब मैं एक पिता हूँ?" किसी दिन यह शक होने पर कि निगली हुई चप्पल को तुरन्त उगल देने के उसके आदेश के जवाब में दीवार या पलँग की आवाज सुनने को मिली है कि चप्पल कोने में है, वह तुरन्त घर छोड़कर जिन्दगी-भर के लिए घरजँवाई तक बन जाने को तैयार था, मगर आज अगर उसके 'मैं कौन हूँ?' के जवाब में फुसफुसाकर भी कुछ गिटपिट करती दीवार, तो उस गिटपिट में उसे एक सही उत्तर मिल जाता और बहुत खुश होकर वह बोल उठता, "बहुत अच्छा, बहुत अच्छा, तुम्हारे जवाब से बहुत खुश हूँ। अब से साल में तुम्हारी दो बार पुताई करवाऊँगा।"

कभी बन्द कमरे में फुसफुसाकर बोलते हुए भी उसे डर बना रहता था, कोई सुन तो नहीं रहा है लुक-छिपकर। मगर आज वह एक-एक के पास जाकर बता देना चाहता है कि वह एक पिता बन गया है और बेहद-बेहद खुश है। 'अब मैं एक पिता हो गया हूँ' के संस्कृत अनुवाद की शुद्धता पर उसे पूरा भरोसा नहीं हुआ था और संस्कृत में शुद्ध-शुद्ध नहीं बोल पाने का भारी मलाल हुआ था उसे। जिस बंगाली मित्र से बंगला में 'मैं तुम्हें प्यार करता हूँ' बोलना सीखा था उसने, उससे बंगला में 'मैं एक पिता हूँ' कहना नहीं सीख पाने का बड़ा अफसोस हो रहा था। उसे दुनिया की समस्त भाषा-उपभाषाओं में चिल्ला-चिल्लाकर कहना चाहता था वह, "अब मैं एक पिता हूँ,...अब मैं एक..."

उसे तो ऐसा धन मिल गया है कि अब तो भीड़ लगाकर सबको दिखा देने की इच्छा उठती है उसके मन में। अब बूढ़े शीबू महाराज से ही वह किस बात में कम? अब तो किसी जवान बतसिया से अकेले में वह भी कह सकता है, "यह चोली बहुत फबती है तुम्हें, मगर यह लहँगा इससे मेल नहीं खाता। इससे मेल खाती एक साड़ी है मेरे पास; वह तुम्हें दे दूँगा। आज शाम में मैं अपने पिछवाड़े में ही रहूँगा; आ जाना।" अब अगर इस बात पर शोर मचाया बतसिया ने, तो गर्जन-तर्जन में वह शीबू महाराज

को भी मात कर देगा, "चुप, बेशरम, सबको अपनी जवानी मत दिखा। चोली-साड़ी चाहिए, तो पटाओ किसी छैला को। मुझे भी कोई छैल-छबीला समझ रखा है क्या? खबरदार, आइन्दा कभी मुझसे कुछ माँगने मत आना। जो करम आज तक मैंने नहीं किया वह मैं अब करूँ बाल-बच्चेदार हो जाने के बाद?" और तब वहाँ उपस्थित सारी बनिहारिनें भी उसी पर टूट पड़ेंगी, "नहीं, गे बतसिया, तुम हाथ में गंगाजल लेकर भी बोलोगी, तब भी हमें तुम्हारी बातों का विश्वास नहीं होगा। जिस बेचारे ने गाँव की किसी छौंड़ी को आज तक आँख-भर देखा भी नहीं होगा, वह भला साड़ी का लालच देकर तुम्हें फुसलाएगा, अँधेरे में घर के पिछवाड़े में आने को कहेगा? है यह विश्वास करनेवाली बात? तू है ही उछालछक्का; गई होगी अपनी जवानी की उठान दिखाकर उस पर डोरे डालने, और जब बिलकुल नाउम्मीद हो गई उसकी तरफ से, तो जल-भुनकर उछाल दिया उस भले आदमी पर कीचड़। पहले भी वह नंगा-लुच्चा नहीं था, अब तो बाल-बच्चेदार ठहरा। जरा आदमी देखकर चिल्लाया करो।"

अब तो शशांक खेत-बहियार में बदरी दास से भी अधिक बेखबर होकर चिल्लाता-गाता चला जाएगा, "चल गे गोरिया रहर के खेत में।" सुननेवाले सुनें, देखनेवाले देखें।

बाहर से नैनागढ़ की लड़ाई सुनकर घर में घुसा था टीपू और अन्दर घुसते ही माँ के साथ उसने यह लड़ाई छेड़ दी, "जल्दी खाना मुझको दे दो, पल की देर लगाओ नाय...बोला आल्हा नर ऊदल से, भैया सुनो उदयचन्द राय...

माँ ने खाना परोसा, मगर थाली में कलौंजी अनुपस्थित। बेटा बिदक उठा, "पहले मुझे कलौंजी दे दो, पल की देर लगाओ नाय। ऐसे भोजन नहीं करूँगा, मैं देता तुमको बतलाय..."

मंच पर अभिनय हेतु उपस्थित पिता यह सब सुन रहा था।

जैसे-तैसे खाना खाकर टीपू घर से बाहर भागा, तो दिव्या पूछने गई शशांक से, "आपका भी खाना लगा दूँ?" जवाब में केवल मुस्कराया शशांक और पत्नी को टुकुर-टुकुर देखता रह गया। जब पत्नी गुस्सा गई कि स्वामी के कान में दासिन की बात घुसी या नहीं, तो बेटे के पीछे-पीछे बाप सीधे नैनागढ़ में प्रवेश कर गया, "बोला आल्हा नर ऊदल से, भैया सुनो..." बीवी ने बीच में ही घुड़क दिया, "मेरा कपार बोला नर ऊदल से...मैं बोल रही हूँ, खाना ले आऊँ?" तब भी नैनागढ़ से बाहर नहीं निकला वह बाप, "इतनी जल्दी क्या है मछला, मुझको बात देओ समझाय। यह भोजन का वक्त नहीं है, मैं देता तुमको बतलाय..."

शाम में थोड़ी देर के लिए ही बाहर निकला था शशांक। लौटकर आया, तो दिव्या को रसोई में व्यस्त देख वह आँगन की खाट पर चुपचाप पसर गया। एक दबी हँसी की आवाज उसके कानों में पड़ी। वह चौकन्ना हुआ और खाट पर उठ बैठा। फिर से पसरने जा ही रहा था वह कि एक खिलखिलाहट सुनाई पड़ गई। वह उठकर रसोई के

दरवाजे पर जा पहुँचा और देखा कि रोटी बेलने और झूम-झूमकर हँसने में व्यस्त है उसकी बीवी। थोड़ी ही देर पहले बीवी को बिलकुल ठीक-ठाक देखकर गया था वह। उसने जरा झुककर बीवी के चेहरे की ओर देखा और अभी भी उसे अपनी उपस्थिति से बेखबर देखकर धम्म से उसके सामने बैठ गया और बोला, "क्या बात है?" एक बार और भी जोर से खिलखिलाकर पत्नी ने कहा, "बाद में बताऊँगी;" मगर कभी बेलना छीनकर और कभी चकला झपटकर जिद मचानेवाले पति से एक क्षण की भी मोहलत पाना जब उसके लिए मुश्किल हो गया, तो बोलते-बोलते बीच में ही बार-बार फूट पड़नेवाली हँसी को बहुत रोक-दबाकर उसने कहना शुरू किया," आपके जाते ही गौरी चाची आई थीं और आते ही बड़े उदास स्वर में आपका हाल-चाल पूछने लगीं। जब मैंने बताया कि सब कुछ तो ठीक ही है, बिगड़ उठीं मुझ पर और बोलीं, "कैसे ठीक है? पहले भी तो उसे चाय की तलब होती थी, मगर इस तरह तो कभी नहीं कहता था कि जल्दी चाय पिलाओ, पल की देर नहीं लगाओ, पल की देर नहीं लगाओ। और तुम्हारे जरा-सा ना कहने पर वह आँगन में उछलने-कूदने लगा और हवा में हाथ भाँजते हुए बमक-बमककर बोलने लगा, "चाय नहीं मिलने पर खट-खट तेगा बाजे और छपक-छपक तलवार बाजे।" कैसे बोल गई, 'सब ठीक है?' चाय नहीं मिलेगी, तो सिर कटेगा, खून बहेगा घर में, जब मैंने बताया कि वह सब तो यों ही हँसी-मजाक हो रहा था, तो बिलकुल विश्वास नहीं हुआ चाची को और उलटे मुझे ताड़ने लगीं, "अरी, चुप, मुझसे छिपाकर क्या होगा? मैं उसे बचपन से जानती हूँ। वह किसी भी बात पर सिर काटने और खून बहानेवाला मनुष्य नहीं है। जरूर कोई अन्दरूनी बात है। दिमाग में खराबी आई है क्या? साफ-साफ बता मुझसे। मैंने अपने कान से सुना, तू भी उसे पागल कह रही थी।"

"बस बस बस बस," बीच में ही बीवी की बोलती बन्द करते हुए शशांक बोल उठा," आइन्दा गौरी चाची पूछने आए या गौरा चाचा, कह देना कि मेरा दिमाग सचमुच खराब हो गया है; जब से बेटा हुआ है, दिमाग का कोई पेंच ढीला पड़ गया है। कौन क्या कहता है, अब यह सब मुझे सुनाने की जरूरत नहीं। कोई किवाड़ की झिरी से झाँके या उचक-उचककर दीवार के ऊपर से देखे, अब मेरे घर में ऐसे ही खट-खट-तेगा और छपक-छपक तलवार बाजेगी। अब मुझे रत्ती-भर परवाह नहीं कि कौन क्या सुनता है, क्या देखता है और क्या कहता है। मैं बाप बन गया हूँ, और अब बाप की करनी करूँगा, बाप की बोली बोलूँगा।" इतना कहकर अचानक ही उछलकर हवा में हाथ भाँजते हुए शशांक ने आल्हा पाठ शुरू कर दिया—

ऐरा गैरा नत्थू खैरा, मंगरू देखे, सुने ढोढ़ाय।
रत्ती-भर परवाह नहीं है, मैं देता तुमको बतलाय।
सुनकर शौहर की ये बातें बीवी गई सनाका खाय, बीवी गई सनाका...

सनाका खाने की बजाय दिव्या मुस्करा उठी थी; पति के मुख से पहली बार उसे सुनने को मिला था, रत्ती-भर परवाह नहीं, रत्ती-भर भी नहीं...

जब बेटावाला नहीं था मियाँ, तो उसकी दौड़ बस मसजिद तक ही हुआ करती थी। अपने इकलौते रास्ते पर आँखें मूँदकर आ-जा सकता था वह, आँखें मूँदे हुए ही रास्ते के गड्ढे-नाले को छलाँगते-फलाँगते। मगर अब बेटे ने उसे गाँव के जिस तिस रास्ते पर दौड़ाना शुरू किया, ठौर-कुठौर घुमाना शुरू किया।

बेटा बगीचे की ओर निकल गया है, तो उसे पकड़ लाने पिछवाड़े से सीधा रास्ता पकड़ेगा वह; और अगर बेटा अभी गया है, तो उसे ढूँढ़ने वह भी अभी ही जाएगा। अब अगर उसे रास्ते में समय-कुसमय अलस भाव से बैठी शौच क्रिया से निवृत्त होने की कोशिश कर रही औरतें मिल जाती हैं, तब वह अपने पाँव मोड़ नहीं लेगा, अपना मुँह घुमाते-फिराते नहीं चलेगा, आँखें बन्द कर दौड़ नहीं पड़ेगा। उन औरतों का काम रहेगा खड़ी होकर मुँह घुमा लेना या बैठे-बैठे ही घूँघट आगे सरकाकर मुँह लटका लेना। इसकी बजाय अगर कोई औरत जलती निगाहों से उसे घूरने लगती है या मुँह खोलकर गालियाँ बक देती है, तो उन बैठी हुई औरतों के मध्य में तो वह नहीं रुकेगा, मगर दस कदम आगे बढ़कर वह रुकेगा और उलटकर जवाब भी दे देगा, "गालियाँ मत दो; मैं कुछ नहीं सुनूँगा। अब इस रास्ते से मैं भी चलूँगा। मेरा बेटा बगीचे की ओर जा रहा था, तो उसे किसी ने रोका क्यों नहीं? इस रास्ते से मैं उसे ढूँढ़ने भी नहीं जाऊँ! हुँह!"

टहटह दुपहरिया में युवतियाँ बेखौफ देह मल-मलकर नहाती हैं पोखर पर, तो क्या करे एक बेटे का बाप? उधर ढूँढ़ने नहीं जाए अपने बेटे को? पक्की खबर मिली है कि टीपू पोखर की ओर गया है, तभी तो दौड़ा हुआ आया है वह इस ओर। अब अगर उसने किसी औरत को नंग-धड़ंग देख भी लिया, तो बस देख-भर लिया। उस खयाल से आया तो नहीं था वह। उन्हें सिमटते-सिकुड़ते देखकर वह लजा जाए और लजाकर भाग जाए, इससे तो काम नहीं चलेगा उसका। अगर जरूरत हुई, तो वह दंडवत खड़ा होकर उनमें से किसी एक से आँखें मिलाकर पूछ भी बैठेगा, "कोई बच्चा नहाने आया था पोखर में?" अब अगर उन औरतों को यह एक ठूँठा बहाना लगे उसके वहाँ जाने का, तो लगे; कर दें वे गाँव-भर में शिकायत कि उसका चाल-चलन बिगड़ा हुआ है। अगर गाँव में किसी ने भी यह शिकायत उसके कान में फुसफुसाकर भी डाली, तो वह बम की तरह फूट पड़ेगा, "कहनेवाले को कह दीजिए, जाकर फौजदारी करे। मैं अपने बेटे को ढूँढ़ने गया था। वह डूब जाए, तो कोई अपना बेटा मुझे दे देगा क्या? और अगर किसी ने दे भी दिया, तो क्या वह मेरा बेटा हो जाएगा?...हुँह, उघार देख लिया मैंने...भारी जुल्म हो गया...हुँह!"

झूठ या सच, गाँव में एक किस्सा चमका कि एक दिन हीरालाल बाहर से आए अपने

कुछ मेहमानों के साथ अपने दरवाजे पर बैठा हुआ गप-शप कर रहा था। ऐन उसी वक्त उसका चिलबिल्ला बेटा रघुआ हाथ में गुल्ली-डंडा लिये हाजिर हुआ और बाप से बोला, "बाबू, चलिए खेलने!" सारी निगाहें उसकी ओर मुड़ गईं। अनबूझ को बूझ पाने में बिलकुल असमर्थ बाप ने बेहद अचरज के साथ बेटे से पूछा, "क्या करने?" बाप के अचरज से जरा भी विचलित नहीं हुआ बेटा और खूँटे की तरह खड़ा रहकर जवाब दिया, "गुल्ली-डंडा खेलने!" मेहमान बरबस खिलखिला उठे एकबारगी और इस हँसी से बाप बौखला उठा। बेटे को पकड़ लेने के इरादे से वह लपका। जो बेटा मेहमानों की हँसी पर ही कुछ-कुछ सावधान हो चुका था, उसने जब बाप को तेवर बदलते देखा तो कदम-भर पीछे हटा और बाप को अपनी ओर लपकते देख घबराहट में गुल्ली-डंडा भी फेंककर सरपट भागा। उड़ाकू बेटे को पकड़ने के लिए खुद भी उड़ना पड़ेगा और न जाने कब तक उड़ान भरनी पड़ेगी, इसलिए हारकर बेटे के पीछे दौड़ने की बजाय बाप घर के अन्दर घुस गया और घर में उपस्थित या शायद अनुपस्थित बेटे की माँ पर जोर-जोर से बरसने लगा ताकि बाहर बैठे मेहमानों को यह सुनने को मिल जाए कि जो बच्चा अभी सुबह-सुबह तक इतना सुशील और समझदार था वह अचानक इतना शोहदा कैसे हो गया।

किस्से के अन्त तक पहुँचते ही पड़ोसी नारायण गुप्ता जोर से हँस पड़ा और सुनाया कि जब बेटे को विश्वास हो गया कि अब बाप का गुस्सा उस पर निगाह पड़ने पर ही भड़केगा और अब गुस्सा ऐसा नहीं है कि उसे खोज-ढूँढ़कर निकाला जाए, तब वह बाप की निगाहों से बच-बचकर बार-बार माँ के पास जाता रहा और उससे निवेदन करता रहा, "माँ, तुम एक बार पिताजी को समझाओ। एक बार समझाकर देखो तो। टीपू के पिताजी भी तो टीपू के साथ गुल्ली-डंडा खेलते हैं।"

किस्से का अन्त सुनकर शशांक जरा भी नहीं शरमाया। उसने अत्यन्त गम्भीर मुद्रा में जवाब दिया, "हाँ, भाई, मुझसे ही गलती होती रही। मैंने तो आज गरुड़ पुराण में पढ़ा कि बाप को बेटे के साथ गुल्ली-डंडा नहीं खेलना चाहिए।

इतना कहकर शशांक ने पड़ोसी के चेहरे पर से अपनी दृष्टि हटा ली और मुँह बिचकाकर आसमान की ओर देख लिया। घर में घुसते हुए शशांक की पीठ पर बड़ी तीखी निगाह डाली नारायण गुप्ता ने और उसी क्षण अपनी पत्नी से जाकर कह देना चाहा कि अब इस पड़ोसी को दबाकर रखना सम्भव नहीं होगा; यह नया-नया बेटावाला हुआ है।

किस्सा तो इस बात का भी बनेगा कि शशांक महाशय बेटे के साथ मेले में जलेबियाँ खा रहे थे। लोग छौंक-बघारकर सुनाएँगे किस्सा। चुटकी लेने तो नारायण गुप्ता ही पहुँचेगा। आकर पहले तो ऊल-जलूल उगलेगा देर तक और फिर बड़ी चतुराई से सिंहेश्वर मेले की चर्चा कर बैठेगा। मेले की चर्चा होगी और उसे बोलने का मौका

मिल जाएगा, "मेले में हर साल अजब साह हलवाई की दुकान आती है। उसकी जलेबियाँ बड़ी अच्छी होती हैं, बड़ी रसीली और कुरकुरी भी।" जवाब तो पहले से ही तैयार रहेगा शशांक के पास और बड़े ही सहज स्वर में वह बोलेगा, "हाँ, भाई, लाजवाब होती हैं उसकी जलेबियाँ। मुझे तो उसके नाम से मुँह में पानी भर आता है। देखिए न, आपने नाम लिया अजब साह का और मेरे मुँह में पानी आ गया।" इतना कहकर वह खूब जोर लगाकर हा-हा-हा-हा हँसेगा। मगर इस हँसी को वह गुप्ता एक मामूली हँसी समझेगा और सुख की तलाश में आगे बढ़ेगा, "मेले में तो यह भी देखा गया है कि बाप बेटे को घुमा-फिराकर जलेबी की दुकान के सामने खड़ा कर देता है और बता भी देता है कि यह जलेबी की दुकान है, ताकि बेटा जलेबी के लिए ललच उठे, फिर मचलने लगे और फिर ठुनकना भी शुरू कर दे; और तब बेटे के नाम पर बाप को जलेबियों से पेट भर लेने का मौका मिल जाए। देखनेवाले को लगे कि बाप बेटे को जलेबियाँ खिलाने लाया है। मगर कोई-कोई बेटा भी ऐसा घाघ निकला है कि जलेबी के लिए जिद करना तो दूर, दुकान के अन्दर घुसने तक से इनकार कर दिया है उसने। और तब बाप ने बेटे को ठुनका मार-मारकर दुकान के अन्दर घुसाया है। यहाँ तो हल्ला है कि यह किस्सा अपने ही गाँव के किसी बाप-बेटे का है।" कहकर कनखियों से देखेगा नारायण गुप्ता कि गाँव के इस हल्ले पर शशांक चिहुँकता-चमकता है या नहीं। मगर अभी भी क्या वह पहलेवाला शशांक है कि छुई-मुई बन जाए! चिकोटी का जवाब वह ठुनका से देगा, "हाँ-हाँ, जरूर होगा यह किस्सा अपने ही गाँव के किसी बाप-बेटे का। यहाँ ऐसे भी तो घर हैं जिन घरों के बच्चों ने जलेबियाँ कभी खाईं ही नहीं। मिठाई के नाम पर उन्हें केवल गुड़ का स्वाद मालूम है जो कभी-कभार पर्व-त्योहार पर छटाँक-आधा छटाँक चखने-चाटने के लिए मँगवा लिया जाता है। अब ऐसे बच्चे जलेबी देखकर तो ललच नहीं उठेंगे; वे तो मेले में गुड़ की दुकान खोजेंगे। मगर, यह विश्वास नहीं होता कि बाप ने पेट-भर जलेबियाँ खाई होंगी। यह तो तभी हो सकता है कि रास्ते में उसे किसी का खोया बटुआ मिल गया हो या फिर मेले का खर्च निकालने के लिए रात-बिरात किसी के गाछ से टोकरी-भर आम या दो-चार कटहल ही तोड़ लिये हों और उन्हें हाट में बेचकर पैसे का जुगाड़ कर लिया हो। हाँ, है, इस तरह का आदमी अपने गाँव में है।" अब अगर नारायण गुप्ता को यह याद नहीं भी आया कि जब से शशांक गुप्ता के पिछवाड़े में कटहल के गाछ ने फलना शुरू किया तब से आज तक कितनी बार शशांक गुप्ता की बीवी के मुँह से फूल झड़े हैं, तब भी पिछला एक साल तो उसे याद आ ही जाएगा जिसके दौरान कितनी ही बार कटहलवाली ने सुबह-सुबह पिछवाड़े में अपने कटहल गाछ के पास पहुँचकर हाय-हाय मचाई है और फिर चिल्ला-चिल्लाकर पड़ोसिन को सुना भी दिया है, "रात में किसी कलमुँहे ने फिर कटहल तोड़ा है। चोर जरूर आसपास में ही रहता है।" और तब कटहल बेचकर मेला जानेवाली बात नारायण गुप्ता को बिच्छू के डंक की तरह चुभेगी। बात चुभेगी और नारायण सोच

लेगा वहाँ से घर जाते ही नारायणी से साफ-साफ कह देना, "अब पड़ोसी के कटहल पर दाँत गड़ाना ठीक नहीं होगा। इस आदमी के मन में मैल है और अब कभी भी वह भीड़ इकट्ठी करने की कोशिश करेगा। कल ही कटहल का एक पेड़ कहीं से मँगाओ और अपने पिछवाड़े में रोप दो। एक नींबू का पेड़ भी मँगवा ही लेना। यह शैतान कटहल के बाद अब रोज सुबह-शाम नींबू की भी गिनती किया करेगा।" मन में यह निर्णय लेकर कि अब कम-से-एक पखवारे तक पूरे हल्ला-हंगामा के साथ वह खाने के लिए कटहल खरीदेगा; कटहल लेकर हाट जा रहे कुंजड़े को अपने दरवाजे पर ही रोक लेगा; देर तक मोल मोलाई करेगा; तराजू में पासंग है या नहीं, इसकी जाँच करेगा; बटखरे को उलट-पलटकर खुद भी देखेगा और आसपास खड़े लोगों को भी बुलाकर दिखाएगा; बटखरा अगर पत्थर का हुआ, तो उसे हथेली पर रखकर देर तक तौलेगा और उसमें खोट बताकर कठहुज्जत भी करेगा; अगर वजन में कटहल नौ छटाँक हुआ, तो एक छटाँक को मुफ्ती मानकर केवल आठ छटाँक की कीमत जोड़ेगा और अगर कुंजड़े ने नाह-नूँह की, तो उसे पत्थर का खोटा बटखरा रखने के जुर्म में बटखरा-अधिकारी से, कटहल को सड़ा हुआ साबित कर स्वास्थ्य निरीक्षक से और किसी की गाछी-वाड़ी से चुराकर कटहल बेचने के सन्देह में अपने परिचित दारोगा से हथकड़ी लगवा देने की धमकियाँ भी दे डालेगा; आठ छटाँक की कीमत का आधा तत्काल भुगतान करेगा और आधे पैसे के लिए किसी और दिन आने को कह देगा; और, अगर कुंजड़े ने जरा भी काँय-काँव की, तो अपनी लाख टका की औकात का ताव दिखा-दिखाकर सिर पर टोकरी लादे घर-घर जाकर कद्दू-बैगन बेचनेवाले उस दो कौड़ी के कुंजड़े की ऐसी छीछालेदर करेगा कि चार छटाँक कटहल की कीमत का तकाजा वह अगले छह महीनों तक करता रह जाएगा, मगर कभी उबलने-गरमाने की हिम्मत नहीं होगी उसकी; ताकि, अगर कभी भविष्य में कटहल की चोरी का कोई हल्ला शशांक गुप्ता के घर में शुरू हुआ और इस बार के हल्ले में जनानी आवाज के अलावा एक मरदानी आवाज भी शामिल हो गई, और वह मरदाना हल्ला घर से निकलकर बाहर सड़क-दरवाजा तक चला आया, और वह मरदानी आवाज किसी एक ही निशाने पर तीर की तरह बरसने लगी, तब कुंजड़े के साथ होनेवाले रमझल्लों के ढेर सारे चश्मदीद गवाह अपनी-अपनी जबान हिलाने से बाज नहीं आएँगे, "नहीं, भाई, हमें तो शशांक गुप्ता की बातों का जरा भी विश्वास नहीं होता। हमने अपनी आँखों से नारायण गुप्ता को कटहल खरीदते कितनी ही बार देखा है और हाल-हाल. तक कुंजड़े को कटहल के पैसे का तकाजा करते भी देखा है। जो आदमी इतनी आसानी से कटहल चुराता है या चुरा सकता है, वह भला खरीदकर क्यों खाएगा कटहल? शशांक गुप्ता के मन में गलत सन्देह हो गया है; कम-से-कम कटहल तो नहीं ही चुराता होगा नारायण गुप्ता।" —नारायण गुप्ता एक ऐसा हथियार तो उस पर चला ही देगा कि भविष्य में अगर कभी हो-हल्ला मचाने के इरादे से उसने अपना मुँह खोलना भी चाहा, तो इस डर से कि

जवाब में कोई दूसरा भी अपना मुँह खोलने से बाज नहीं आएगा और गाँववालों को बुला-बुलाकर या उनके घर जा जाकर एक ऐसा शर्मनाक और दर्दनाक किस्सा सुनाना शुरू कर देगा कि, सम्भव है, शशांक अपने ही गाँव-समाज में निन्दित, कुत्सित और बहिष्कृत हो जाए, और तब वह खुद तो चुपचाप गम खाकर रहे ही, अपनी बीवी से भी मुँह सी लेने और बात को बिलकुल पचा लेने का निहोरा करने लगे; और इस मेलेवाले किस्से को ही हथियार बनाकर नारायण गुप्ता शशांक को आगे सुनाएगा, "उस बाप के बारे में यह भी कहा जा रहा है कि एक सेर जलेबियाँ तौलाकर वह बेटे के साथ दुकान में ही बैठ गया और जलेबियाँ खाने लगा। बेटे ने पहली जलेबी तो बहुत अनिच्छापूर्वक अपने मुँह में डाली, मगर जैसे ही उसे जलेबी का स्वाद मिला, उसने हप्पू की तरह जलेबियों पर हाथ साफ करना शुरू किया। बाप ने देखा कि बेटा कपूती पर उतर आया है, तो उसने जूठे हाथ से ही एक तमाचा उसके गाल पर जड़ दिया और बोला, "जलेबी खाना सिखाने मैंने तुम्हें यहाँ तक लाया, और अब मुँह चलाना तुम मुझे सिखाने बैठे हो। सारी जलेबियाँ तुम ही चट कर जाओगे, तो मैं क्या यहाँ पत्तल चाटने आया हूँ!" एक साथ बेटे ने रोना शुरू किया और बाप ने जलेबी खाना। बेटा जल्दी-जल्दी रोकर चुप तो हुआ, मगर ज्यों ही आँखें पोंछकर उसने पत्तल पर नजर फिराई, वह और भी जोर-जोर से रोने लगा। बाप ने उसे डाँटकर कहा, "चिल्लाओ मत; और एक सेर खरीद देता हूँ; घर पर पूरा सेर तुम ही भकोस जाना, मगर भकोसने के पहले एक बार यह जरूर याद कर लेना कि मेरा पेट तुमसे बड़ा और मेरी खुराक तुमसे अधिक है।" बाद का किस्सा यह है, शशांक भाई, कि बाप ने घर ले जाने के लिए एक सेर जलेबी खरीदी, जलेबी का दोना हाथ में लिये देर तक मेले में बेटे के साथ इधर-उधर घूमता रहा, और जब वापसी का समय हुआ, तो अपनी बैलगाड़ी के पास जा पहुँचा और दोने को चुपचाप गाड़ी के अन्दर एक कोने में रख दिया। गाड़ीवान को गाड़ी जोतने का आदेश देकर बाप गाड़ी पर चढ़ने से पहले पेशाब कर लेने के लिए बैठा ही था कि गाड़ी में जा बैठे बेटे की अचानक एक लम्बी चीख और फिर जोर-जोर से रोने की आवाज आई। बाप दौड़ा-दौड़ा आया और बेटे से पूछा कि क्या हुआ, तो बेटा रोते-रोते ही नकियाकर बोला, "दोने में एक भी जलेबी नहीं है।" इतना कहकर एक बार खूब जोर से हँसेगा नारायण गुप्ता और फिर आँखें नचाकर बोलेगा, "आप बता सकते हैं कि यह किस्सा किसका हो सकता है?" आगे का किस्सा स्वयं सुना देने के लिए देर से कुलबुला रहा शशांक ज्यों ही बोलेगा, "हाँ-हाँ, मैं बता सकता हूँ; मुझे उस बाप का नाम मालूम है;" त्यों ही नारायण उसे बोलने में बाधा पहुँचाकर कहेगा, "ऊँहूँ, आप कभी नहीं बता सकते; आपका अन्दाजा बिलकुल गलत है; " और फिर बिलकुल सटकर फुसफुसाएगा, "मैं तो सोच भी नहीं सकता था। अभी भी विश्वास नहीं होता मुझे। मगर कहनेवाला तो कहता है कि उसने सब कुछ अपने आँख-कान से देखा-सुना है। क्या बताऊँ, शशांक भाई, यह किस्सा आपके साथ ही

जोड़ा जा रहा है। आप हाल में बेटे के साथ मेला गए थे न। कहनेवाले ने अपना नाम खोलने से मुझे मना कर दिया है, भारी कसम दे दी है; मगर मैंने भी उसे धमका दिया है कि अब इस किस्से को वह किसी और को न सुनाए और भूल जाए कि ऐसा कभी कुछ हुआ था। इसमें बहुत बदनामी है, शशांक भाई। गाँव के जिन दो-चार आदमियों को यह सब सुनने को मिला है, वे तो किस्सा सुनानेवाले से जिद कर रहे थे कि अगर ऐसा घिनौना आदमी अपने गाँव में है कोई, तो उसका नाम बताओ; गाँव में उसका हुक्का-पानी बन्द किया जाएगा। मगर मैं तो ऐसा होने नहीं दे सकता। अब समझिए कि यह किस्सा दफन हो गया। आप भी अपने जेहन से यह बात उतार ही दीजिए कि कभी बेटे के साथ आप मेला भी गए थे और मेले में जलेबियाँ भी खाई थीं।" इतना कहकर जैसे ही दम मारेगा नारायण गुप्ता, शशांक गुप्ता चालू हो जाएगा, "किस्से में अभी भी कुछ कसर है, नारायण भाई। दोने की जलेबियों को लेकर बाप-बेटे के बीच काफी बक-झक और तू-तू मैं-मैं हुई। और, जब बेटे ने बाप की इन बातों का बिलकुल विश्वास नहीं किया—कि दुकानदार ने केवल दोना थमा दिया होगा और उसमें जलेबियाँ नहीं डाली होंगी; या, सम्भव है, मेले की भीड़ में कोई साथ लग गया होगा और बगल-बगल चलता हुआ कुछ उसी तरह जलेबी निकाल-निकालकर खाता रहा होगा जिस तरह जेबकतरा जेब या अंटी से पैसे निकाल लिया करता है; या फिर, हो सकता है, एकबारगी ही झपट्टा मारकर पूरा दोना उठा ले जाने की बजाय बार-बार कोई चील पास आती होगी और हर बार एक जलेबी झपट ले जाती होगी, और धक्कम-धक्का खाते हुए मेला-ठेला देखने में व्यस्त और हाथ में दोना के होने-भर की खबर रखनेवाले बेचारे बाप को इस बात का होश ही नहीं रहा कि जलेबियाँ उड़-निकल रही हैं और दोना हल्का होता जा रहा है—तब बाप ने बेटे को एक करारा थप्पड़ रसीद किया और बोला, 'मैं एक सेर का बोझ अपने हाथ में लिये चलता रहा, मगर तुम इसकी निगरानी तक नहीं कर सकते थे। सिर्फ तुम्हारी वजह से जलेबियाँ गायब हो गईं।' बेटा इस आरोप से इतना घबराया कि रोना-कलपना तो दूर, रास्ते भी पानी तक के लिए उसने अपना मुँह नहीं खोला; और बाप ने मेला से घर तक की यात्रा मस्ती में सीटी बजाते हुए पूरी की।" इतना कहने के बाद यह दिखाने के लिए कि बाप ने किस तरह सीटी बजाते हुए घर तक की यात्रा तय की, शशांक भी मस्ती में सीटी बजाना शुरू करेगा, और जब वह भाई नारायण को बगलें झाँकते हुए देखेगा, तो सीटी बजाना रोककर फिर से चालू हो जाएगा, "यह किस्सा कहनेवाला, जिसने सब कुछ अपनी आँखों से देखा है और कानों से सुना है, कौन है, यह मैं जानता हूँ। जिस वक्त मैं दुकान में बेटे के साथ जलेबियाँ खा रहा था उस वक्त मैंने देख लिया था, आप दुकान में एक चौकी के नीचे छुपे बैठे थे। थे न?" इतना कहकर जोर से हँसेगा शशांक और रह-रहकर हँसने के लिए ताकत लगाएगा। फिर एकबारगी वह चुप हो जाएगा और अब टूटती आवाज में कहेगा, "जब आप यह किस्सा सुनाने चले हैं, नारायण भाई, तब तो सौ

बार दफन हो-होकर भी यह किस्सा चलता-फिरता नजर आएगा। तब क्या होगा, नारायण भाई? हुक्का-पानी बन्द हो जाएगा, तो..." 'तो' के बाद कुछ कहने की बजाय रोना शुरू कर देगा वह..." ऊँ ऊँ ऊँ ऊँ...आँ आँ आँ आँ...

पड़ोसी के रुख और रवैये से ऐसा अकबकाएगा नारायण गुप्ता कि उसकी आँखों के आगे अँधेरा छा जाएगा, और उस अँधेरे में ही पड़ोसी की एक नाली बिजली की तरह कौंध उठेगी। अब खसकन्त में ही अपनी बेहतरी मान तेज कदमों से चलकर वह अपने घर में जा घुसेगा और अपने बिस्तर पर एक कटे वृक्ष की मानिन्द गिरेगा। जब उसकी गुम हो गई आवाज वापस आ जाएगी, तो वह हाँक लगाकर अपनी पत्नी को बुलाएगा और उसे समझाना शुरू करेगा, "आज तक जो हमारे घर का पानी शशांक गुप्ता की नाली से बहकर बाहर जाता रहा है उसे अब बन्द कर दो। उसकी बीवी ऊपर से तो चखचख करती है, मगर अन्दर से बहुत खुश रहती है कि हमारा पानी उसे मुफ्त में मिल जाया करता है। हमारे पानी से वह अपना बगीचा तर रखता है और साग-सब्जी भी पटाता है। पानी तो हमारा, मगर साग-सब्जी में हमारा कोई हिस्सा नहीं; ऐसा नहीं हो सकता। कल ही एक मजदूर रखकर अपनी एक अलग नाली खुदवा लो। हम अपना पानी नहीं जाने देंगे उसकी ओर।"

मुँह में बनारसी पान, गाने के सुर-ताल पर हरकत करते पाँव, और जब-तब होंठों से फूट पड़ते बोल 'वाह-वाह, क्या कमाल है!'—इस रूप में मेले में लौंडे का नाच देख रहे बाबू शशांक गुप्ता, एम. ए. को वहाँ उपस्थित भीड़ ने जरा ठीक से देखा होगा और, बहुत सम्भव है, उस भीड़ के कम-से-कम आधे लोगों ने पहचान भी लिया होगा। घर पर दूसरे-तीसरे दिन उस नाच के बारे में कुछ पूछने की जुर्रत अगर किसी को हो, तो भगवान करे, वह एक नारायण गुप्ता को ही हो। भले ही वह खुद मेला न गया हो, मगर किसी से कुछ सुन-जानकर ही शशांक गुप्ता से बस इतना-भर ही तो पूछे वह, "क्यों, शशांक भाई, कैसा लगा मेले में लौंडे का नाच?" हो सकता है, इतना खोलकर नहीं भी पूछे वह कलमुँहा और केवल नमस्ते कहकर रह जाए, मगर इस नमस्ते के साथ की मुस्कराहट से ही उसके मन के मैल का पता नहीं लग जाएगा क्या? हाँ, अवश्य लग जाएगा। और, जो आदमी एक सुबह से ही केवल इस आसरे में अपने दरवाजे के सामने कुर्सी लगाकर बैठा हो या बीच-बीच में चहलकदमी करता रहा हो कि दिन-भर में कभी तो नारायण गुप्ता घर से बाहर निकलेगा और कुछ तो ऐसी बात बोलेगा जो तकरार शुरू करने में ताड़ बराबर न सही, तिल बराबर ही मदद कर दे, वह आदमी क्या इस कपट नमस्ते को निर्विरोध बरदाश्त कर लेगा, पचा लेगा चुपचाप? शशांक इस नमस्ते पर भी बमक उठेगा और बोलेगा, "केवल नमस्ते करके रह गए; कुछ पूछा नहीं? हाल-चाल तो पूछ लेते।"

पड़ोसी के रोद्र रूप को देख लेने के बाद भी अभी तो नारायण गुप्ता मुस्कराकर

ही जवाब देगा," पड़ोसी का हाल-चाल पड़ोसी से छिपा थोड़े ही रहता है!"

"बिलकुल नहीं, बिलकुल नहीं," मुँह चमकाकर बोलेगा शशांक, "मगर आप आज कुछ पूछना चाहते थे, कुछ सुनना चाहते थे।"

कुछ-कुछ विस्मित-विमूढ़ नारायण गुप्ता पूछ बैठेगा, "क्या पूछना चाहता था मैं?"

"कल मैं मेला गया था; मेले में लौंडे का नाच देखा था; इसके अलावा आज और किस चीज के बारे में पूछते आप?" मुँह हिला-हिलाकर बोलेगा शशांक।

जब लगेगा नारायण गुप्ता को कि शशांक गुप्ता का क्रोध कृत्रिम है और वह तो चुहलबाजी पर उतर आया है, तो हँसी छूटेगी उसे और हँसते-हँसते बोलेगा वह, "हाँ, भाई, लौंडे के नाच में तो बड़ा मजा आया होगा। कैसा था नाच?"

"आप क्या सुनना चाहते हैं?" भृकुटी ताने पूछेगा शशांक, "क्या बताऊँ, अच्छा लगा या बुरा? क्या सुनकर कलेजा ठंडा होगा आपका?"

तत्काल नारायण गुप्ता को अपनी गलतफहमी का अहसास हो जाएगा, और वह देर तक चुप रहकर अन्दर-ही-अन्दर गुनने लगेगा कि जब रात में कटहल टूटा ही नहीं है, नींबू के गाछ को छुआ तक नहीं गया है, और उसके घर के पानी को पड़ोसी के नाले से बहाने की क्रिया बिलकुल बन्द है, तब किस बात के लिए सुबह-सुबह इस आदमी पर ताव चढ़ा हुआ है। वह यह भी तो सोचेगा कि जिस आदमी की पहले जबान तक नहीं हिलती थी, जो आज तक दब्बू बनकर जीता रहा, वह आदमी आज इतना गरम हो रहा है, तो जरूर इसके पीछे कोई राज है; और राज बस यही हो सकता है कि इसे जरूर कहीं से बल मिला है और लड़ने-झगड़ने के लिए चढ़ाया-बढ़ाया गया है। और, तब नारायण को खतरे की बू आने लगेगी। वह एक नजर शशांक के घर की ओर दौड़ाएगा, तो उसे लगेगा कि अन्दर काफी गहमागहम है। शायद शशांक गुप्ता के घर में लठैत मौजूद हैं, यह खयाल आते ही वह काफी घबरा जाएगा और अब वहाँ से तुरन्त हट जाने की कोशिश करेगा। शशांक गरजकर पड़ोसी की चुप्पी तोड़ेगा, "बोलिए, क्या कहूँ मैं?...अच्छा लगा?...बुरा लगा?...

बत-बढ़ाव के डर से बतकही बस अभी ही समाप्त कर देने के इरादे से नारायण गुप्ता घबराहट भरी आवाज में कहेगा, "अभी मैं अब कुछ नहीं बोलूँगा, भाई। आपको मेरे बारे में अवश्य किसी ने कुछ कहा है, और, भगवान जानता है, बिलकुल गलत कहा है। मैं इसके सम्बन्ध में अब बाद में बातें करूँगा।"

इतना कहकर नारायण गुप्ता अपने घर की ओर पाँव बढ़ा देगा, मगर तभी कड़क बाँका की आवाज उसके कानों में पड़ेगी, "रुकिए, बात अभी होगी, बाद में नहीं। अभी की बात अभी।"

ठिठक जाएगा नारायण गुप्ता और टूटती आवाज में बोलेगा, "आप नहीं जानते, शशांक भाई, कि मेरे और आपके कितने दुश्मन यहाँ हैं। हम लोगों का भाईचारा ढेर सारे लोगों को खटकता है। आप अभी तैश में हैं; शान्त हो जाइए, फिर मैं आपसे

विस्तार में बातें करूँगा। मैं भागा तो नहीं जा रहा हूँ!"

इतना कहकर भागेगा नारायण और तेज कदमों से चलकर अपने घर में घुस जाएगा। मगर शशांक भी उसके पीछे घुस जाएगा उसके घर में और गरज-गरजकर कहेगा, "भागकर आप जाएँगे भी कहाँ! मैं जहन्नुम तक आपके साथ जाऊँगा। आज आपके मैं अपना हिसाब चुकता कर ही लूँगा।"

"तो क्या आप मेरे घर में घुसकर मुझसे तकरार करना चाहते हैं?" व्यग्र हो उठेगा नारायण गुप्ता।

"मैं हर तरह से तैयार होकर आया हूँ। और, अब मुझे लोक-लज्जा का भी भय नहीं है।"

घर में अनहोनी घटते देख नारायणी दौड़ी चली आएगी और खड़ी होकर दोनों के मुँह बारी-बारी से निहार लेने के बाद अपना मुँह खोलेगी, "क्या हुआ?"

"कुछ नहीं हुआ," बीवी से मुखातिब हो जाएगा नारायण, "तुम तो जानती ही हो कि हमारे दो घरों के कितने दुश्मन इस गाँव में बसते हैं। हम अब उनके कुचाल बरदाश्त नहीं कर सकते। तुम जाओ। हम लोग आपस में सलाह-मशवरा कर रहे हैं। मरदों के बीच बात हो रही है; किसी औरत को इसमें पड़ने की जरूरत नहीं है।"

वहाँ से खिसकने में नारायणी ने देर की, तो नारायण उबलकर कहेगा, "कहा न, जाओ।" और, जब नारायणी वहाँ से सचमुच जाने लगेगी, तो वह मृदु कंठ से कहेगा, "जरा एक प्याली चाय पिलाओ शशांक भाई को।"

"मैं चाय पीने नहीं आया हूँ यहाँ; मैं हिसाब चुकता करने आया हूँ," शशांक घृणापूर्ण नजरों से उनकी ओर देखते हुए कहेगा।

नारायणी के जाने का दोनों इन्तजार करेंगे, और उसके जाते ही शशांक से पहले नारायण ही बोल उठेगा, "आप थोड़ी देर बैठिए, शशांक भाई; मैं जरा पाखाना से हो आता हूँ।"

"जोर से लगा है पाखाना?"

"हाँ, भाई, मेरे दुश्मनों की यहाँ कमी तो नहीं है। ऐसा कभी नहीं होता था। पता नहीं, किसी दुश्मन ने कहीं कुछ खिला-पिला दिया या किसी ओझा-गुणी से कुछ करवा दिया कि मेरा हाजमा ही खराब हो गया है। कह रहा हूँ न आपसे, हमारे और आपके दुश्मनों की यहाँ कमी नहीं है, और वे कुछ भी कर सकते हैं।"

"ठीक है, हो आइए पाखाना से; मगर, बाहर जाएँगे क्या?"

"नहीं, भाई अब बाहर जाने का वक्त नहीं है।"

"ठीक है, मैं तब तक बैठता हूँ," कहकर पास पड़ी एक चौकी पर बैठ जाएगा शशांक। बैठने की इजाजत दिये या मनाही किये बगैर नारायण कनखियों से शशांक की ओर देखता हुआ आँगन में लोटा ढूँढ़ने लगेगा, लोटा से पहले बीवी को ढूँढ़कर रसोई में उसके साथ जल्दी में कुछ फुसफुसाएगा, बाहर निकलने से पहले हाथ में

लोटा धारण किये देर तक रसोई में खड़ा रहेगा और, रसोई की ओर निगाह जमाकर बाहर बैठा बखेड़िया जोर-जोर से हँकारना शुरू करे, इससे पहले ही अन्दर से जला-भुना वह बाहर निकलेगा और सीधे पाखाना की ओर बढ़ जाएगा। शशांक उसके पीछे पाखाना घर तक जाएगा ताकि नारायण को यह सन्देह हो जाए कि पड़ोसी आज उसे बाहर भाग निकलने तक का मौका देना नहीं चाहता है; और ज्यों ही नारायण पाखाने का किवाड़ भिड़काएगा, वह तीखे स्वर में बोल उठेगा, "जल्दी कीजिएगा।"

किवाड़ की फाँक से नारायण गुप्ता कुछ कर गुजरने पर उतारू पड़ोसी को पाखाना के पास ही मँडराते देखेगा, तो सोच में पड़ जाएगा। खूँटे की तरह गड़ गया है दुर्जन, तो कैसे न हो उसे देरी? और, जब तक खूँटा उखड़ता नहीं, कैसे करे वह जल्दबाजी?

अपने घर में इस तरह तो कोई हफ्तों महीनों गुजार सकता है, ध्यान में यह बात आते ही चिचिया उठेगा शशांक, "क्यों भाई, सो गए क्या?" जवाब में साँस तक चलने की आवाज नहीं आएगी, तो शशांक छल से पूछेगा, "तो फिर मैं बाद में आऊँ क्या? अभी जाऊँ?"

"हाँ, शशांक भाई," अन्दर से जवाब मिल जाएगा, "बाद में ही आइए। मेरी तबीयत ठीक नहीं है। अभी देर तक अन्दर बैठना पड़ेगा मुझे।"

"मगर, बाद में मैं भूल जाऊँगा।"

"मैं खुद याद दिला दूँगा। आप मुझ पर विश्वास कर जाइए।"

"नहीं, मैं आपके भरोसे नहीं रह सकता। मैं बैठता हूँ; मामला फरियाकर ही जाऊँगा।"

"मैं अब बात नहीं मानूँगी, शान्त नहीं रहूँगी," चिल्लाती हुई नारायणी प्रकट होगी और शशांक के आगे मुँह-हाथ चमकाकर बोलेगी, "सींग उग गए हैं आपको? घर के अन्दर घुसकर लड़ेंगे आप?"

अचानक पाखाना के किवाड़ पर अन्दर से जोरदार थाप पड़ेगी और उसके साथ ही काफी तेज आवाज में नारायणी को सुनने को मिलेगा, "तुम जाती हो यहाँ से या मैं निकलूँ बाहर? मरदों के बीच में तुम्हें पड़ने की क्या जरूरत! हम मामला शान्तिपूर्वक निपटा लेंगे। तुम जाओ, तुरन्त जाओ।"

बीवी का जाना किवाड़ की फाँक से ही नारायण को नजर आ जाएगा, और बीवी के जाते ही वह शशांक भाई से पूछ बैठेगा, "अगर मैंने नाच के बारे में पूछ ही लिया, तो कोई बुरा काम तो नहीं हो गया मुझसे? भगवान जानता है, मेरे मन में जरा भी मैल नहीं था; मेरी नीयत में कोई खोट नहीं था, शशांक भाई।"

"मैं जानता हूँ, मन में मैल था, नीयत में खोट था। आपने नाच के बारे में नहीं, लौंडे के नाच के बारे में पूछा था। आपने सीधी तरह से नहीं, कुटिल मुस्कान के साथ पूछा था। गाँव के और भी बहुत लोग नाच देख रहे थे, मगर किसी और से पूछने नहीं गए आप। औरों को भी मालूम हुआ होगा कि मैं लौंडे का नाच देखने गया था, मगर

कोई और मुझसे पूछने नहीं आया। आप कौन होते हैं मुझसे पूछनेवाले?"

"हाँ, भाई, मुझसे गलती हुई।"

"भारी गलती हुई है। मैं लौंडों का नाच देखूँ या रंडियों की महफिल में बैठूँ, आपको क्या लेना-देना है इससे?"

"हमें क्या लेना-देना है; कुछ नहीं," किसी दिशा से अपनी आवाज के साथ नारायणी उग जाएगी, "कोई जूआ खेले, दारू पीए या रंडी के पास जाए, हमें इससे कोई मतलब नहीं।"

"हाँ, हमें कोई मतलब नहीं," अन्दर से सिर हिलाकर हुँकारी भरते हुए बोलेगा नारायण, और फिर पत्नी की उपस्थिति से खबरदार होकर एकबारगी बिगड़ उठेगा उस पर, "मगर तुम क्यों चली आई बीच में टप-टप करने? मामला फरिया गया है। जाओ, जल्दी जाओ यहाँ से।"

फाँक से यह देख लेने के बाद कि बीवी चली गई है, वह काफी सर्द आवाज में बोलेगा, "ठीक है, शशांक भाई, अब मैं आपसे कभी कुछ पूछूँगा ही नहीं। कसम खाकर कहता हूँ, कभी कुछ नहीं पूछूँगा।"

"पूछेंगे कुछ नहीं, मगर हल्ला करेंगे सब कुछ? अभी मैं यहाँ से निकलूँगा और आप मेरे पीछे गाँव की चकफेरी करने निकल जाएँगे, और लोगों को पकड़-पकड़कर सुनाएँगे कि मैं मुँह में बनारसी पान दबाए रसिया की तरह झूम-झूमकर लौंडे का नाच देख रहा था और किलक-किलककर लौंडे को शाबाशी भी दे रहा था। जरूर जाएँगे आप; इससे तो बाज नहीं आएँगे।"

"नहीं-नहीं, ऐसा मत सोचिए, शशांक भाई। एक पड़ोसी का क्या धर्म होता है, यह मैं खूब जानता हूँ। कान पकड़ता हूँ," अन्दर में अपने कान छूकर बाहर खड़े शशांक को सुनाएगा, "जो कभी कहीं आपकी चर्चा भी करूँ। चर्चा होगी, तो मैं अपना मुँह सी लूँगा, जबान तक नहीं हिलाऊँगा। हाँ, कोई बुरी चर्चा होगी, तो आपको खबर जरूर कर दूँगा। अब तो ठीक?"

"ठीक है, अब मैं चलता हूँ।"

शशांक जाने को मुड़ेगा तो पड़ोसी का एक आग्रह सुनाई पड़ेगा उसे," एक बात पूछूँ, शशांक भाई; गुस्साएँगे तो नहीं?"

"क्यों नहीं गुस्साऊँगा? ठीका लिया है नहीं गुस्साने का? जैसी बात होगी वैसा सलूक करूँगा।"

हें हें हँसते हुए नारायण बोलेगा, "यों ही बोल गया। दरअसल, मुझे कुछ पूछना ही नहीं है अब।"

"मगर अब मैं सुनकर ही जाऊँगा। जल्दी पूछिए।"

"पूछना कुछ नहीं था, मगर मैं यह बताना चाहता था कि नाच के बारे में मैंने आपसे कुछ पूछा ही नहीं था; मैंने तो केवल नमस्ते कहा था।"

"उतने से ही सब कुछ जाहिर हो गया था, नारायण जी।"
"तो फिर...अब आपस में राम-सलाम भी बन्द?"
"हाँ-हाँ, बन्द; बिलकुल बन्द," कहते हुए तेजी से निकल जाएगा वहाँ से शशांक।

जहाँ कभी दूसरों के हँसने का भय सताता रहता था शशांक को, वहीं अब उसे खुद ही हँसी आती थी अपने अभिनय पर। जो मंच पर उतरने तक से कतराता था, वही अब ऐसा खुला कि सारी नजरें उससे बँध गईं। अपने इस रूप की कभी कल्पना भी नहीं की थी उसने। कोई चूहा इतना तो नहीं मुटाएगा कि एक भैंसे की शक्ल में आ जाएगा! यह बेटा जो-जो न कराए उससे! लोगों ने दौड़ना भूल गए शशांक को फिर से दौड़ना सीखते देखा; लोगों ने तूती को नगाड़े की तरह गड़गड़ाते देखा; लोगों ने देखा कि अब छुई-मुई छूने से अपनी पत्तियाँ नहीं सिकोड़ता, गड़ाने के लिए काँटे उगा लेता है; लोगों ने एक गूँगे को वाचाल होते देखा; जिस घर से चिड़िया-चुनगुन तक की आवाज नहीं आती थी, उसी घर में अब एक बाघ को गुस्साते-झुँझलाते देखा लोगों ने; बेटे के पीछे बाप को ओला-पानी में गली-सड़क पर दुलकी चलते देखा; चिल्ले की सर्दी में इस खेत से उस बहियार तक दौड़-भाग करते देखा; टहटह दुपहरिया में कभी इस बाग में, कभी उस बगीचे में हँकार लगाते देखा...टीईईईईपूऊऊऊऊ...रे टीईईईईपूऊऊऊऊ...

बहुत कुछ ऐसा देखा, जो अब तक किसी बाप में नहीं देखा था लोगों ने। जिस-तिस दिन कोई किसी दूसरे से हँसते हुए पूछ बैठता था, "एक अजूबा देखा?" हो-हो हँसते हुए दूसरा बोल पड़ता था, "हाँ-हाँ, देखा; आज ही सुबह-सुबह देखा...हा-हा-हा-हा..."

हँसता रहे टीपू, तो फिर हँसे सारी दुनियाँ, जी भरकर हँसे। यह भी तो बोलती है दुनिया, "नया-नया बेटावाला हुआ है यह आदमी।" झूठ बोलती है क्या?...हाँ, अब मैं एक पिता हूँ...पंडित जी, क्या होगा इसका अनुवाद संस्कृत में?...ऐ चटर्जी, 'मैं तुम्हें प्यार करता हूँ,' बंगला में यह बोलना तो मैंने सीख लिया; अब यह भी मुझे सिखा दो कि बंगला में कैसे बोलूँगा, 'अब मैं एक पिता हूँ'...ऐ चिड़िया-चुनमुन, बन्दर-भालू, तुम सब भी सुनो, ध्यान से सुनो,...काँव काँय काँव...चूँ चूँ म्याऊँ...बों बों में...घू घू हुआ...समझ रहे हो न, अब मैं कौन हूँ?...

कितना बदला शशांक कि अन्तरंग तक बदल गया उसका। बेटे की हँसी-खुशी में ऐसा खोया कि अपने-आप तक को खो गया वह। अनन्तकाल पर छा जानेवाला शशांक समय के एक मामूली टुकड़े में ही बँध गया। कोई और तो नहीं था अपनी चिरपिपासित प्रेयसी के साथ सदा-सदा के लिए चित्रार्पित हो जानेवाला। कितना मनाया था उसने चाँद को...

आओ, हे चाँद,
छोड़कर अपना गगन-ग्राम,
गगन-पथ का लक्ष्यहीन फेरा।

आओ,
हम भी चित्रित हो जाएँ
इन पत्थरों पर।
ऐसे
कैसे निभा पाऊँगा मैं
हर रोज यहाँ आने की कसम!

और, जब चाँद आया चित्रार्पित हो जाने उसके साथ, उसे ढूँढ़ने लगा, तो वही लापता! बुदबुदाकर, भुनभुनाकर लौट गया चाँद फिर से अपने गगन-ग्राम, फिर से लगाने गगन-पथ का लक्ष्यहीन फेरा।

कल्पना-लोक की अपनी जिस प्रेयसी की प्रतीक्षा करता रहा था वह, वह नहीं आई? नहीं आई उसकी कल्पना?...

कन्धे पर
पालकी उठाए चल रहे
रवि-शशि से
कल्पना ने कहा,
"रुको,
उतार दो कन्धों से पालकी।
मैं आ गई,
पहुँच गई अपने प्रियतम के पास।
वह...वहाँ...वही है...
उसी ने पुकारा है मुझे;
उसे ही ढूँढ़ती रही हूँ मैं।"

'दौड़कर चली जाऊँ...?
अब कैसी शरम...!'
"नहीं...नहीं,
उन्हें ही बुला लाओ।
कहो न उनसे, मैं आ गई;
कहना, आपकी कल्पना आई है।"

लो, यह क्या!
क्या कहा रवि ने?

क्या कहा शशि ने?
किस बन्धन में
बँध गया है उसका प्रियतम?

उदास, गमगीन
वापस आ गए दोनों;
और चुपचाप
उठा ली पालकी
फिर से अपने कन्धों पर।
व्यथित-व्याकुल स्वर में
पूछ बैठी कल्पना,
"क्या हुआ? क्या कहा?"
पालकी लिये
आगे बढ़ गए कहार
और इतना-भर कहा,
"यह वह नहीं
जिसे तुम ढूँढ़ रही हो।
यह कोई और है;
कोई और ही है, कल्पने।"

दुरदुरा दिया उसने रवि को, शशि को; चिर-प्रतीक्षित प्रेयसी की पालकी लौटा दी। इतना बदल गया वह! इतना बदल सकता है कोई आदमी!

प्रतीक्षा पूरी हुई और अब प्रिय से मिलन होगा, यह सोचकर कितनी आत्मविभोर हो उठी थी अजन्ता की वह अक्षतयौवना! प्रियतम से मिलने बावली बनी दौड़ी चली आई थी...

जानती थी मैं,
जानती थी,
किसी दिन आएगा
मेरा वसन्त,
मेरा शरद,
मेरा ग्रीष्म।

उपेक्षित, अवमानित, उत्तापित लौट गई वह फिर से पत्थरों में समा जाने। दुत्कार दिया था उसे उसके अपने ही प्रियतम ने...

मेरा वसन्त,
मेरा शरद,
मेरा ग्रीष्म
मेरे आँगन में खेल रहा है।
कौन हो तुम?
किस ग्रीष्म-शरद-वसन्त को ढूँढ़ने निकली हो?
तुम्हारा वसन्त यहाँ कोई नहीं;
तुम्हारा शरद कोई और होगा;
कहीं और होगा तुम्हारा ग्रीष्म।
आगे बढ़ो,
इस ठौर से जाओ।

क्या गुजरा उस बेचारी पर!...
अधरों की रक्तिमा गुम हो गई;
पीलिमा छा गई कपोलों पर;
उदास हो उठे कर्ण-फूल;
नूपुरों के स्वर बन्द हो गए;
दीप्त कनक-मेखला
फिर से मलिन हो गई;
फिर से निद्रालस हुए
कंकण और भुजदंड।
सिर झुकाए
देर तक खड़ी-खड़ी
अँगूठे से जमीन कुरेदती रही वह उपेक्षिता,
और फिर
धीमे कदमों से
लौट गई अपने पाषाण-गृह में।

नन्दन वन की उस रूपसी को कितनी मीठी नजरों से निहारा करता था वह, कितने पास जा-जाकर पुकारा करता था! तब मनुहारें होती थीं उसकी; आज तिरस्कार हो गया। वह भी छली गई...

पुष्प-चयन करती रही
देर तक नन्दन वन में;
देर तक गूँथती रही

बैठकर अपने लिए पुष्प-वेणी।
सोचती रही, सोचती रही—
आज जब पुकारेगा परदेशी,
तो समेटकर सारे कुसुम
आज भी भाग जाएगी वह?
कब तक होती रहेगी यह क्रीड़ा!
आज जब पुकारेगा परदेशी,
तो गूँथना बन्द कर
ठोड़ी टिका देगी अपने घुटनों पर
और बैठी रह जाएगी चुपचाप;
आज भागेगी नहीं।
आज जब पुकारेगा परदेशी,
तो विहँसकर देख लेगी उसकी ओर
और लजाकर
अपनी जाँघों के बीच
छिपा लेगी अपने मुखड़े को;
आज नहीं भागेगी, नहीं भागेगी।
आज जब पुकारेगा परदेशी,
तो दौड़कर चली जाएगी वह उसके पास
और अपने लिए गूँथी गई पुष्प-वेणी
डाल देगी अपने प्रियतम के गले में।
आज भी भाग जाएगी वह?
नहीं, नहीं, नहीं, नहीं, नहीं...

देर तक गूँथती रही
प्रियतम के लिए पुष्पहार;
देर तक सोचती रही—
सिर झटककर
किस तरह देखेगी वह अपने प्रियतम की ओर;
देखकर
किस तरह शरमाएगी वह;
किस तरह
दौड़ी चली जाएगी वह उसके पास;
किस तरह

डाल देगी उसके गले में पुष्पहार।
आह्लादित वह रूपसी
कभी मुस्करा उठती,
कभी खिलखिला पड़ती।

देर होती गई;
दूर तक नहीं दिखा कोई।
प्रतीक्षा करती रह गई रूपसी
हाथों में पुष्पहार लिये।
कर्ण-मृदंग पर
नहीं हुआ आघात... "कविते! मैं..."
परदेशी नहीं आया,
नहीं आया परदेशी।

अपना भला-सा नाम बताने नहीं चला जाया करता था वह हर बार? पहचान में देर हो गई नृत्यांगना से, इसलिए कुपित हो गया वह? मगर ऐसा क्योंकि बिलकुल बिसरा दिया, बिलकुल ठुकरा दिया? किसे सुनाए वह बेचारी अपनी व्यथा-कथा?...

अपने एक बादल को
ढूँढ़ते हुए
मैं जी-भर नाचती थी।
टपक पड़ता था वह
इधर से, उधर से,
और बताकर अपना नाम
मुझसे पूछता था,
"पहचाना मुझे?"

थमकर,
भौंहें सिकोड़कर
मैं देखती थी उसकी ओर;
और,
छिपाकर अपना आह्लादित
रोककर अपनी हँसी
'ना' में सिर हिला देती थी।
बुदबुदाया करता था वह...

"अभी भी नहीं पहचाना?"
तब,
होंठों पर हाजिर हो गई हँसी को
मुँह फेरकर
छिपा लेती थी उससे;
मगर,
जाने से पहले
तसल्ली दे दिया करती थी,
"याद करूँगी,
तब बताऊँगी बाद में।"
यह कौतुक-क्रीड़ा ही
कारण बन गई
उसके कोप का?
मेरी नटखट 'ना'
और किस तरह 'हाँ' कहती?
'बाद में बताऊँगी' सुन लिया;
हँसते-विहँसते
नहीं देखा इस आवाज को?
एक बार भी नहीं देखा?

सोचा था,
जब
नगाड़े पर दे-दे थाप
इस बार
क्रीड़ारत हो उठेंगे
गगन में पयोधर;
खोलकर अपने पिच्छ
नाच उठेंगे कलापी;
बाँधकर अपने पाँवों में मंजीर
चली आऊँगी नाचने
मैं भी कवर-पुच्छों के बीच;
ढूँढ़ता हुआ मुझे
उतर आएगा मेरे आकाश में
मेरा बादल;

देखकर मुझे रुकेगा,
तैरता हुआ पास आएगा,
पूछेगा, "पहचाना मुझे?"
तब,
इस बार
कुछ बोलूँगी नहीं मैं;
'हूँ...हूँ...'
हुँकारी में
सिर हिला दूँगी;
होंठों पर
हाजिर हो जाएगी हँसी,
तो मुँह छिपाऊँगी नहीं।
इस बार तो अनाड़ी
फैला देगा अपनी बाँहें!

आया,
इस बार भी
आया मेरा बादल;
मगर,
न रुका,
न कुछ बोला,
एक नजर
देखा तक नहीं मेरी ओर;
उड़ गया,
ऊपर ही ऊपर उड़ गया
एक और नन्हे बादल के साथ।

रजत उदकान्त पर बैठा जिस मानिनी की कभी आकुल प्रतीक्षा किया करता था वह, उसी मानिनी से अब ऐसा भय कि सामने जाना तो दूर, उसकी निगाहों तक से बचकर निकल जाना चाहता है वह! मानिनी अब जादूगरनी हो गई! कोई काला जादू कर बैठेगी उसके ऊपर!...

स्वर्ण-तरी में बैठ,
छोड़कर नौका
मन्दाकिनी के मन्द प्रवाह में

आ गई मानिनी
गाती-गुनगुनाती
मिलन और बिछोह के गीत।
रजत उदकान्त पर बैठा प्रतीक्षक
बनाता रहा बालू के घर
एक बालक के साथ,
और फुसफुसाकर
कहा उस बच्चे से,
"वह नाववाली औरत जादूगरनी है,
जाबिर जादूगरनी है।
उससे आँखें मिला लूँ,
तो जादू कर बैठेगी वह।
पल में बना देगी एक बकरा;
गले में रस्सी डाल
बैठा लेगी अपनी नाव में;
और,
मुझे लिये चली जाएगी,
न जाने,
कहाँ,
कितनी दूर!
हम नहीं देखेंगे उसकी ओर;
बनाते रहेंगे बालू के घर।

ऐसा बदला शशांक कि बहिरंग बदला, अन्तरंग बदला। सामने रखी बेटे की तसवीर तक उसे अपनी तसवीर लगने लगी। एक तसवीर थी जो बराबर उसकी मेज पर पड़ी रहती थी, मगर अब वह तसवीर दीवार से टँग गई है। क्या तो लिखा हुआ है उस तसवीर के नीचे! जरा पास जाकर धुँधला गई पंक्तियों को पढ़ता है शशांक...

देखता पलकें उठाकर
मौन मैं यह विश्व-मेला;
घूमता सुनसान पथ पर
मैं अकेला, मैं अकेला।

मुस्कराहट उतर आती है उसके होंठों पर। न जाने किसने किन क्षणों में ये पंक्तियाँ लिख डाली थीं तसवीर के नीचे! बड़ा बेचारा रहा होगा वह आदमी।...अकेला!... अकेला!..."मैं अकेला नहीं हूँ," बुदबुदा उठता है शशांक।

अनन्तकाल पर छा जानेवाला शशांक अब बालू के ही घर बनाएगा; आनन्द है इसमें। खुद मंच पर नहीं उतरे और एक मूक दर्शक की तरह लुक-छिपकर देखते रहे दुनिया को, इसमें भला क्या आनन्द! ढेर सारी खुशियाँ हैं यहाँ, इन सबको तिलांजलि दे दे वह! होगा कोई मूरख ऐसा करनेवाला। शशांक गुप्ता, एम. ए. अपना हिस्सा लेकर जाएगा। यह तो होना ही था, उतरना ही था उसे मंच पर। भय से, लाज-संकोच से दूर रह जाए वह इस दुनिया से? नहीं, वह भी और लोगों की तरह उछलेगा, कूदेगा, नाचेगा, गाएगा, हँसेगा और रोएगा। वह भी और लोगों की तरह बालू के ही घर बनाएगा; इसी में आनन्द है।

मेज पर सामने पड़ी तसवीर में बेटे के हँसते हुए मुखड़े को एकटक निहारता है शशांक। मुस्कराहट फूटने लगती है उसके चेहरे पर। आह्लादित हो उठता है वह। उसे लगता है, उसके जाने की उद्घोषणा हो चुकी है,... "अब आपके छामने आ लहे हैं महान कलाकाल छी छछांक...।" वह देखता है, दर्शक तालियाँ पीट रहे हैं; और अब, खुद भी ताली बजाते हुए सामने की तसवीर से कह उठता है वह, "बजाओ, बेटे तुम भी बजाओ ताली।"

2

मेज पर सामने पड़ी तसवीर में हँसते हुए एक मुखड़े को एकटक निहारता है शशांक। आँखें धुँधला जाती हैं उसकी; मुखड़े की हँसी गायब है। हँसता हुआ मुखड़ा था; हँसी कहाँ गायब हो गई!

इस उजड़े, उदास दुख-ग्राम में समूची सृष्टि ने मिलकर एक हँसी दी थी उसे। वह गायब हो गई?

धीरे-धीरे अपना सिर सामने की मेज पर टिका देता है शशांक और धीरे-धीरे अपनी आँखों को मुँद जाने देता है।

बचपन में वह सपना देखा करता था कि हवा में तैर रहा है वह; उड़कर इधर-उधर जा सकता है। इस सपने को कई बार देखा था उसने। हवा में तैरते हुए उसे अपार खुशी महसूस होती थी। मगर, जब सपना टूटता था, तो बेहद दुख हुआ करता था उसे। उसे लगता था कि जीवन की एक बहुत बड़ी खुशी उससे छिन गई है। हर बार सपना टूटने पर उसे यह दुख उठाना पड़ता था। उसे याद है कि जब वह सपने में अन्तिम बार हवा में तैर रहा था, तो आनन्दित होने की बजाय उदास हो गया था वह और बुदबुदा उठा था, "धत, यह सपना ही है। मुझे उड़ना नहीं आएगा। मैं अभी सपने में उड़ रहा हूँ।"

आँखें खुल गईं उसकी। सिर उठाकर फिर उसने तसवीर पर निगाह डाली, और उसे लगा कि एक सपना देखकर ही जगा है वह।

मगर, आज क्या खो गया उसका? क्या छिन गया? हुआ क्या है उसके साथ?

कुछ जरूर खोया है; कुछ जरूर हुआ है उसके साथ; नहीं तो, रह-रहकर सिहर क्यों उठता है वह? पूरे बदन में सनसनी क्यों हो जाती है एकाएक? अचानक कलेजा किसी भारी बोझ से दबने लग जाता है। अचानक कोई तीर चुभता है और छाती को छेदता हुआ पार होने लगता है। अचानक उसे अपना शरीर हवा में लुप्त होता महसूस होता है, और तब उसे घबराहट में अपने अंगों को टटोलना पड़ जाता है।

दुख को उसने कभी दुत्कारा नहीं है; पीड़ा से वह कभी नहीं घबराया है। उसे अच्छी तरह याद है कि बचपन में एक बार इस अनित्य-असार संसार पर सोचते-सोचते उसकी आँखों से आँसू बहने लगे थे। संसार की घोरतम पीड़ाओं का सामना करने के लिए वह बचपन से ही तैयार बैठा हुआ है। तब आज दुख का एक बोझ उससे उठाया क्यों नहीं जा रहा है? कितनी असह्य पीड़ा है यह कि उससे सही नहीं जा रही है?

एक सपना ही तो टूटा है। सपने में देखा था...एक बच्चा है...नाम है उसका टीपू...वह टीपू उसे पापा कहकर पुकारता है...अब सपना टूट गया, तो क्या वह बच्चों की तरह आँसू बहाए? जैसे बचपन में वह सन्तोष कर लिया करता था कि वह सपने में उड़ रहा है आकाश में और उसे उड़ना नहीं आएगा, उसी तरह आज भी तो वह सपना टूट जाने पर अपने सारे दुख-पीड़ा को झटककर सन्तुष्ट और सुखी हो सकता है। जीवन में जिसने कभी कुछ पाने की चाह ही नहीं की, उसे आज भला किस चीज के गुम हो जाने का गम सताएगा। और, गम भी उस चीज के गुम हो जाने का जो उसे सपने में मिली थी!

एक सपना ही तो देखा था न! मन में सोचते हुए पैनी निगाहों से वह सामने की तसवीर के हँसते हुए मुखड़े को छूने-टटोलने लगता है।

यह हँसता हुआ मुखड़ा किसका है?...किसका है?...

एक कोई दिव्या थी...

थी नहीं, है; अभी भी है दिव्या; दिव्या उसकी बीवी है...

उसने एक बेटे को जन्म दिया था...

...जन्म दिया था?...नहीं, ऐसा नहीं हुआ था। तब यह एक सपना ही था; सपना ही देखा होगा उसने...

मगर सपने की बात सपना टूट जाने के बाद अभी भी सच क्यों लग रही है? उसे याद है, ससुराल का कोनमा नाई शशि का एक लम्बा खत लेकर आया था। पूरा खत, आखिरी 'पुनश्च' तक, नीली स्याही में लिखा हुआ था; मगर उसके बाद शशि ने लाल स्याही में लिखा था, ब एकार बे, ट आकार टा...बेटा। सपने में आया था कोनमा नाई वह खत लेकर?...

शशांक की हाँक पर चली आती है शशि और शशांक पूछता है उससे, "एक बात

सच-सच बताना, शशि, तुमने नाई की मारफत एक खत भेजा था न मेरे पास और उसमें लिखा था न, 'ब एकार बे, ट आकार टा'?"

शशि ने अपना सिर झुका लिया, तो फिर बोला शशांक, "यह सच नहीं था न? बोलो, मैं जरा भी दुखी नहीं होऊँगा। साली तो कोई भी मजाक कर सकती है।"

"मैं रोज महादेव के मन्दिर में फूल चढ़ाने जाती थी और उनसे यही माँगती थी कि मेरी दीदी की कोख खुल जाए। मुझे भरोसा था कि भगवान जरूर सुनेंगे मेरी प्रार्थना, जरूर प्रसन्न होंगे मुझ पर। एक दिन सपने में ही देखा मैंने कि दिव्या दीदी के एक पुत्र हुआ है। दूसरे ही दिन पत्र लिखा था मैंने। भगवान पर भरोसा नहीं होता, तो पत्र नहीं लिखती मैं, ऐसा मजाक कभी नहीं करती।"

"मैं इस मजाक का जरा भी बुरा नहीं मानता। यह क्या साधारण बात है कि महादेव को फूल तुमने चढ़ाए और प्रार्थना दिव्या के लिए होती रही! तुम्हें इतना स्नेह है हम लोगों से, यही बहुत है; यही बहुत है, शशि। मुझे और कुछ नहीं चाहिए। औढरदानी भी किस-किस पर ढरेगा, कितनी प्रार्थनाएँ पूरी करेगा! एक बेटा नहीं हुआ, तो मैं किसी भगवान को गालियाँ दूँ क्या? एक बेटा के होने, न होने से क्या बनता-बिगड़ता है! मुझे इस बात का जरा भी दुख नहीं। क्यों दुख करूँगा मैं? भगवान को जो जी में आए, करे; मुझे उससे क्या लेना-देना!"

शशांक बोलता रहा और शशि सिर झुकाए चुपचाप सुनती रही। बोलकर चुप हुआ शशांक, कहीं खो गया क्षण-भर के लिए, और फिर धीमे-धीमे बोलना शुरू किया, "यह भी अजीब संयोग है, शशि, कि जो सपना तुमने देखा, वही मैंने भी देखा। नाई की मारफत तुम्हारा पत्र मुझे मिलता है जिसमें ब एकार और ट आकार लिखा हुआ है। छठी के अवसर पर मैं कलासन पहुँचता हूँ और दो दिनों तक वहाँ रहता हूँ। कलासन से लौटकर जब दिव्या राजगंज आती है, तो उसकी गोद में मैं बच्चे को देखता हूँ। दिव्या मेरे सामने आती है और मुस्कराते हुए गोद के बच्चे को मेरी ओर बढ़ाकर बोलती है, 'लीजिए, अब सँभालिए अपने बेटे को। अभी से शैतान हो गया है।' उसके बाद... उसके बाद क्या-क्या होता है, याद है तुम्हें?"

शशि सिर उठाकर गुमसुम निगाहों से शशांक की ओर देखती है और फिर ना में सिर हिलाते हुए मद्धिम आवाज में कहती है, "मुझे क्या मालूम, और क्या-क्या देखा आपने...सपने में?"

"तुम इस तरह उदास क्यों हो गई? यह मुझे अच्छा नहीं लग रहा है। मैं कभी किसी देवता के पास यह कहने नहीं गया हूँ कि एक बेटा मुझे चाहिए ही। दिव्या के एक बच्चा नहीं हुआ, तो क्या वह मेरे साथ नहीं रह सकती? दिव्या बहुत दुखी है क्या?"

आँसू रोक पाने में असमर्थ शशि बाँहों से अपनी आँखें पोंछती है, तो हतप्रभ हो उठता है शशांक, "अरे, तुम रो रही हो? क्यों रो रही हो, बताओ तो? एक बेटा नहीं हुआ, तो क्या बिगड़ गया हमारा? दिव्या मेरे साथ है; खुशी-खुशी जीवन गुजार लेंगे हम।

बिना बेटे के लोग जी रहे हैं या नहीं? हम भी जी लेंगे, शशि। तुम रोना बन्द करो।"

आँसू का तार नहीं टूटा; रुलाई और भी तेज हो गई। शशि की ठोड़ी पकड़ उसके सिर को ऊपर उठाते हुए बोला शशांक, "सपने की बात सुनाकर मैंने तुम्हारा दिल दुखा दिया न? मगर, जानती हो, सपने में फिर क्या हुआ?"

कुछ बोली नहीं शशि, भयभीत नजरों से देखती रह गई शशांक को! "जानती हो, क्या हुआ?" शशांक ने कहना शुरू किया, "वही बच्चा जिसे बेटा बताकर सपने में दिव्या ने अपनी गोद से मेरी गोद में डाल दिया था, बीमार पड़ गया। सात दिनों तक तीव्र ज्वर में छटपटाता रहा वह, और आठवें दिन..."

आगे नहीं बोल सका शशांक। हथेलियों से मुँह ढाँपकर जोर से फफक उठी शशि। एक कदम पीछे हटकर खुफिया निगाहों से देखा शशांक ने शशि की ओर, और बोला, "तुम्हें पता है कि क्या हुआ आठवें दिन?...जरूर तुम्हें पता है...तब यह कैसे मान लूँ कि जो तुमने देखा वह सपना था; जो मैंने देखा वह भी सपना ही था?...बोलो, यह सपना नहीं, सच था।"

शशि कुछ बोल नहीं रही थी; लगातार सिसकियाँ भरकर रोती जा रही थी वह। शशांक को दया आई उस पर और पास जाकर उसके सिर पर हाथ फेरते हुए कहा शशांक ने, "इस बार उल्लू बन गई न तुम। मैंने भी एक मजाक ही किया तुम्हारे साथ। आठवें दिन का सपना तो कोई मैंने देखा ही नहीं। मगर एक बात सुन लो, शशि। अगर सपने में आठवें दिन कुछ बुरा होते देखा है तुमने, तो यह अपनी बहन से मत बताना। उससे कुछ कहोगी, तो बहुत दुखी हो जाएगी वह।"

...सपना ही सही, मगर आठवें दिन क्या हुआ, यह शशि जानती जरूर है। कुछ बुरा ही हुआ जिसे जानकर दिव्या दुखी हो जाएगी; बहन के इस दुख ने ही उसे ऐसा दर्द दिया कि फफककर रो पड़ी थी वह।

...मगर सपने की बात पर किसी का इस तरह रोना जँच नहीं रहा है उसे। पता नहीं, सच बोलने का साहस नहीं हुआ शशि को या यह सब सचमुच सपना ही था! मगर, अब शशि कुछ बोलेगी भी नहीं; जिद करने पर भी कुछ नहीं बताएगी। शायद गौरी चाची कुछ बता दे। शशांक को याद है कि दिव्या माँ बन गई है, यह सुनकर गौरी चाची आई थी उसके पास।

घरझंकनी गौरी चाची से अपने ही घर में मुलाकात हो जाती है शशांक की, और पास की चौकी पर बैठकर बड़े ही अनमने भाव से पूछता है वह, "चाची, मुनिया के कोई बच्चा हुआ या नहीं?"

"हाय राम!" चिहुँक उठी चाची, "कैसी बातें कर रहे हो तुम! इस दुनिया में नहीं रहते क्या? अपने घर-परिवार की भी खबर नहीं रखते? मुनिया के क्या कोई आज बच्चा हुआ है! विवाह के बाद पाँव फेरने ससुराल से आई थी यहाँ, तो उसके पाँव भारी थे।

गौना में भरी गोद वह ससुराल गई थी। अब तो वह चार-चार बच्चों की माँ बन गई है। तुमने भी तो देखा ही होगा उसे पिछले दशहरे में। दो-दो बार वह बच्चों के साथ बहू से मिलने आई थी। हो सकता है, उस वक्त तुम घर में नहीं रहे हो।"

चाची झूठ बोल रही है। शशांक को अच्छी तरह याद है कि जिस दिन दिव्या के माँ बन जाने की खबर चाची को मिली थी उस दिन दो बार उसे ढूँढ़कर लौट गई थी चाची। तीसरी बार फिर आई चाची, तो उससे मुलाकात हुई। मिलते ही कहने लगी, "तुझे ही ढूँढ़ रही थी, रे शशांक। बहू की गोद भर गई, यह सुनकर कलेजा तर हो गया। चिथड़पीर तो कलासन के रास्ते में ही पड़ता है न; जरूर बहू ने वहाँ चिथड़ा चढ़ाया होगा।" चाची तो बस यह जानना चाहती थी कि इतनी जल्दी किस देवता ने दिव्या की गोद भर दी थी। उसी देवता के पास वह भी अपनी मुनिया को ले जाती, ताकि उसकी कोख भी जल्दी खुल जाए। मगर, चाची अभी झूठ क्यों बोल रही है? किसी ने पहले से ही कुछ सोचकर कान तो नहीं भर दिये हैं उसके झूठ बोल जाने के लिए?

जवाब देकर चुप नहीं रह गई चाची। उसे शशांक का चेहरा उदास दिख गया और वह बोलने लगी, "मगर, तुम अभी से उदास क्यों हो रहे हो? ऐसा तो होता ही है कि कोई औरत जल्दी माँ बन जाती है और कोई-कोई जरा देर से। किसी-किसी औरत की कोख खुलने में तो बीस-बीस बरस लग गए हैं। अभी क्या हुआ है बहू को! देख लेना, अब बहुत जल्दी ही वह भी माँ बन जाएगी। भगवान के घर में देर है, अन्धेर नहीं है, बेटा।"

शशांक कुछ बोल नहीं रहा था, मगर पैनी निगाहों से चाची के चेहरे को एकटक निहारते हुए यह पता लगाने की कोशिश कर रहा था कि चाची झूठ बोल रही है या सच।

शशांक ध्यानपूर्वक सुन रहा है, इससे उत्साहित होकर चाची ने कुछ और बोल जाने से अपने को रोका नहीं, "देर हो रही है, तो इसमें बहू का दोष भी कम नहीं है। किसी देवी-देवता को पूजते तो उसे मैंने कभी देखा ही नहीं। भगवान को बैरी बनाकर तो कोई नहीं रह सकता। कलासन आते-जाते कभी एक चिथड़ा चिथड़पीर पर फेंक दिया होगा; उतने से ही तो काम नहीं चल जाता। बेटा-बेटी के लिए लोग किस दर पर भीख माँगने नहीं जाते!"

शशांक सुनने से उकता नहीं रहा था, तो चाची बोलने से बाज क्यों आती। दम मारकर वह फिर चालू हो गई, "तुम्हारे सास-ससुर भी तो निश्चिन्त बैठे हुए हैं। यह कोई बात हुई कि बेटी को ब्याह दिया और चिन्ता समाप्त हो गई! उन्हें तो चाहिए था कि अपने खरचे पर बेटी को यहाँ-वहाँ के देवी-देवता के पास ले जाते, इस-उस फकीर और महात्मा की शरण में बेटी को लेकर पहुँच जाते। मुनिया की शादी अभी तय ही हुई थी कि मैं उसे लेकर पुरैनी के महादेव के दर्शन करने गई थी और बेटी की गोद जल्दी ही भर देने के लिए उनसे प्रार्थना की थी। बेटा-बेटी ऐसे ही पैदा नहीं हो जाते!"

यह भी याद है उसे कि चाची को उसने ही बताया था कि दिव्या शादी से पहले

पुरैनी के महादेव के पास गई थी। यह सच है कि उस वक्त बेटा माँगने नहीं गई थी वह उनके पास। मगर आज तक कोई बच्चा नहीं हुआ उसे और दुबारा वह फिर कभी नहीं गई पुरैनी, ऐसा हो सकता है भला! कलासन से पुरैनी है ही कितनी दूर! हो सकता है, नहीं ही गई हो दुबारा। चाची के हाव-भाव से तो नहीं लगता कि वह झूठ बोल रही है। मुनिया के चार बच्चे हैं, कितनी खुश होकर बता रही है वह। झूठी खबर क्यों फैलाएगी चाची?...हाल-हाल तक वह तो यहीं जानता था कि मुनिया के कोई बच्चा हुआ ही नहीं है! अगर शादी के तुरन्त बाद ही मुनिया ने अपने पहले बच्चे को जन्म दे दिया था, तब वह भी सच ही है कि दिव्या की कोख आज तक बन्द ही रही है। तब यही सच है कि जो कुछ भी उसने देखा था, सपने में ही देखा होगा।

बक-बक करने से मना नहीं किया गया, तो अपने-आप कैसे बन्द कर ले चाची अपनी चोंच। वह बोलती रही, "बेटा-बेटी के लिए लोग क्या-क्या नहीं करते! एक औरत से बच्चा नहीं होता, तो दूसरी-तीसरी शादी तक करते हैं। कभी-कभी तो ऐसा भी देखा गया है कि जब तक मरद दूसरी शादी नहीं कर लेता तब तक पहली औरत बाँझ ही बनी रह जाती है। मैंने तो अपने मायके में अपनी आँखों से देखा है कि शादी के बाद दस बरसों तक जब पहली बीवी को कभी पेट नहीं रहा, तो मरद एक औरत को ब्याह कर ले आया। फिर तो ऐसा हुआ कि अगले साल से दोनों ही बीवियाँ बियाने लगीं और पाँच बरसों के अन्दर सात बच्चों ने जन्म ले लिया उस घर में। जो घर सूना-सूना और उदास था, वह बच्चों से भर गया; मनसायन हो गया वह घर। दूसरी बीवी नहीं आती, तो हो पाता ऐसा!"

चाची की बकबक बुरी लगी शशांक को और उसने चाची को मुँह बन्द करने के लिए कह दिया, मगर चाची ने उसे ही डाँटना शुरू किया, "कैसे मुँह बन्द कर लूँगी मैं! दीदी मर गई, तो अब कैसे नहीं सोचूँ मैं तुम्हारा भला-बुरा! मैंने तो केवल दूसरी शादी की बात कही है, कलासनवाली को घर से निकाल बाहर करने के लिए तो नहीं कह दिया। जिसे भगवान ने समर्थ बनाया है वह तो एक साथ चार-चार बीवियों को खवासिन बनाकर रखता है घर में। इसी राजगंज में ढूँढ़कर देखो कि दो बीवियाँ किसी के पास हैं या नहीं। जिस औरत से बाल-बच्चे की उम्मीद ही नहीं उस औरत का मुँह चाटकर रहेगा क्या उसका मर्द जिन्दगी-भर!"

खिन्न होकर बिना कुछ बोले वहाँ से उठ गया शशांक और अपने कमरे में जाते-जाते उसने कनखियों से चाची को भी कुछ बुदबुदाते-भुनभुनाते घर से बाहर जाते देख लिया।

अभी भी चाची झूठ बोल रही है क्या? कोई आदमी इस तरह बोले और तब भी उसकी बातों का विश्वास नहीं किया जाए, यह सम्भव है क्या? मगर यह भी कैसे मान लिया जाए कि चाची जो बोल रही है वही सच है, और जो उसने स्वयं अपनी आँखों से देखा है, कानों से सुना है, वह सब सपना था?

चाची बड़ा-से-बड़ा झूठ बोल सकती है और उस पर किसी को विश्वास भी करा

सकती है। मुनिया के कोई बच्चा आज तक नहीं हुआ है, इस दुख को साफ छिपाकर यह चाची ऐसी हँसी हँस सकती है कि किसी को भी विश्वास कर लेना पड़े कि मुनिया सचमुच चार बच्चों की माँ बन गई है। चाची से कुछ पूछने की बजाय उसे फेकू दास के पास जाना चाहिए था सच्ची बात जानने के लिए। उसे याद आ रहा है कि फेकू दास आया था उसके पास यह पूछने-जानने कि ऐसा कौन-सा दान-पुण्य किया था उसने कि इतनी जल्दी बेटावाला हो गया।

शशांक को बेटा हुआ है, यह सुनकर फेकू दास आया था उसके पास और कहा था उससे, "तुम बेटेवाले हुए, बड़ी खुशी हुई। मगर, अब हमारी भी मदद करो। पिछले आठ बरसों में मैं साहू पोखर की मछलियों को आटे की एक लाख से अधिक गोलियाँ खिला चुका हूँ। पर, कोई असर देख नहीं रहा हूँ।" अभी भी वह मछलियों को आटे की गोलियाँ खिलाने पहुँचता होगा, यह सोचकर फेकू दास के घर पर जाने की बजाय उसने साहू पोखर का ही रुख किया और उस वक्त से जरा पहले ही जाकर पोखर के पास मँडराने लगा जिस वक्त दास जी के वहाँ पहुँचने की उम्मीद थी।

फेकू दास से पोखर पर मुलाकात तो हुई, मगर शशांक कुछ घुमा-फिराकर पूछे इससे पहले दास जी ने ही उसे टोक दिया, "कहो, शशांक, अभी लाख पूरा नहीं आया क्या?"

"कैसा लाख?" जरा अचरज से पूछा शशांक ने।

"आटे की एक लाख गोलियाँ खिला दीं मछलियों को?"

"मैं क्यों खिलाऊँ मछलियों को आटा?" सशंकित हो उठा शशांक।

जरा हँस पड़े फेकू दास और कहा, "वही तो मैं भी कह रहा हूँ। ईश्वर को स्मरण किया करो, वही काफी है। मछलियों के आशीर्वाद से कुछ होनेवाला नहीं है। कब तक आटे की गोलियाँ बना-बनाकर खिलाते रहोगे मछलियों को! दस बरसों से तो देख रहा हूँ तुम्हें पोखर में गोलियाँ फेंकते। अब तो गिनती भी लाख से ऊपर चली गई होगी।"

अकबका गया शशांक, यह कैसी बात बोल रहा है फेकू दास! दस बरसों में किसी एक दिन भी तो नहीं देखा होगा इसने उसे पोखर में गोलियाँ डालते। बूढ़े का दिमाग काम नहीं कर रहा है क्या? जरूर किसी और को देखा होगा अपनी ही तरह मछलियों को आटा खिलाते। वह जरा सँभलकर बोला, "मैं नहीं खिलाता मछलियों को आटा। भगवान ने मुझे सब कुछ दिया है; अब मछलियों से कुछ माँगने की जरूरत नहीं है।"

"ऐसा मत कहो, शशांक; एक बच्चा तो जरूरी है माँ-बाप के लिए। मगर मछलियों को आटा खिलाकर यह प्राप्त नहीं किया जा सकता।"

"तब कैसे किया जा सकता है?" यह पूछ लेने की इच्छा अचानक शशांक के मन में लग गई। उसे लगा कि जब फेकू दास मछलियों को आटा खिला-खिलाकर हार गया, तो फिर अपनी मनोकामना की पूर्ति के लिए कोई और दान-पुण्य या पूजा-भजन

शुरू किया होगा इसने। और, अब तो लगता है कि पिछले साल-दो साल में ईश्वर की दया से यह बाप भी बन चुका है। क्या सचमुच बाप बन चुका है, यह जान लेने के खयाल से उसने दास जी से पूछा, "आपका क्या हाल-चाल है, चाचा?"

"मैं तो अब हर तरफ से निश्चिन्त होकर राम को भजता हूँ, शशांक," तृप्ति भरी आवाज में फेकू दास ने सुनाना शुरू किया, "जीते-जी पाँचों बेटों में बाँट-बखरा कर दिया और वे सबके सब आनन्द से हैं..."

"पाँच बेटे!" ठक रह गया शशांक।

"पिछले साल एक पोते की भी शादी कर दी..."

पोते की शादी! सामने खड़ा फेकू दास ही है न! स्तब्ध रह गया था शशांक उसके मुँह से अनाप-शनाप सुनकर। किसी दान-पुण्य या पूजा-भजन से, सम्भव है, पिछले दस साल में पाँच बेटे हो गए हों फेकू दास के; मगर एक पोता भी हो गया और पिछले साल उसकी शादी भी हो गई, यह कैसे हो सकता है? यह सब सपने में तो नहीं सुन रहा है वह फेकू दास के मुँह से!...यह फेकू दास ही है या उसका भूत?... पोखर से निकलकर तो नहीं आया है?...इस सुनसान दोपहरी में...इधर तो बरसों से फेकू दास का चेहरा भी नहीं देखा है उसने गाँव में। ऐसा न हो कि वह यहाँ से लौटे और किसी के साथ फेकू दास की चर्चा कर बैठे, तो सुननेवाला चीख पड़े, "फेकू दास से मुलाकात हुई थी? पोखर की तरफ गए थे क्या? आपको मालूम नहीं कि उसे मरे हुए आज दो साल से ऊपर हो रहे हैं? खैर मनाइए, जान बच गई। सुनसान दोपहरी में आपको उधर जाना ही नहीं चाहिए था। गाँव के कई लोगों ने उसे इस वक्त पोखर से बाहर निकलकर टहलते देखा है।"

मगर अब भूत के आगे से भाग निकलना सम्भव है क्या! अब भूत ही उसे जल्दी से छुट्टी दे दे। भूत अभी भी कुछ बके जा रहा था, मगर शशांक के कानों में कोई बात पड़ नहीं रही थी। ज्यों ही उसने एक बार भूत का मुँह बन्द देखा, अपना मुँह खोल दिया," अब मुझे जाने की इजाजत दीजिए, चाचा। और, हम लोगों पर भी अपनी दया-दृष्टि रखिए। आपको हम लोग बराबर घर में याद करते हैं आपके जैसा नेक आदमी अब दुनिया में रहा कहाँ, चाचा! मुलाकात हो गई, तो लगता है, भगवान के दर्शन हो गए। अब बराबर आपसे मुलाकात करने यहीं चला आऊँगा। अब मैं जाऊँ, चाचा?"

"हाँ-हाँ, जाओ; मगर, एक मन्दिर बनवाओ भगवान का। उसने तुम्हें समर्थ बनाया है," भूत ने आदेश दिया।

"मैं अभी घर जाकर तुरन्त एक राजमिस्त्री को बुलाऊँगा, चाचा। और, सुन लीजिए कि मैं उस मन्दिर का नाम रखूँगा फेकू दास का मन्दिर। अब जाऊँ?"

भूत दिल दहला देनेवाली हँसी हँसा और बोला, "ठीक है, ठीक है, मैं रहूँगा उस मन्दिर में। हाँ, अब तुम जाओ।"

शशांक मुड़ा, पाँच कदम मद्धिम गति से चला, फिर गति तेज की, और फिर

लगभग दौड़ता हुआ लोग-बाग के बीच पहुँच गया। इस दौरान उसने एक बार भी उलटकर नहीं देखा कि भूत पोखर में ही फिर से घुस गया या किसी और तरफ निकला।

सीधे घर जाकर अब वह किसी से पूछने नहीं निकलेगा कि फेकू दास के पाँच बेटे हैं या वह अभी भी मछलियों को आटे की गोलियाँ खिला रहा है। अब वह भूत ही बना होगा, या फिर मछलियों को आटा खिलाते-खिलाते अब तक पागल हो गया होगा। एक राधेश्याम झूठ नहीं बोलेगा। छठे दिन तो वह भी मौजूद था। रात की गाड़ी से पूर्णिया से आया था वह। रास्ते में ही किसी से खबर मिल गई थी उसे और घर जाने की बजाय वह सीधे उसके पास आ गया था। रात उसके ही घर बिताई थी उसने। सातवें दिन एक क्षण के लिए भी वह उसके पास से नहीं हटा था। और, आठवें दिन तो...उसके बाद भी वह दो दिनों तक पूर्णिया नहीं गया था; छाया की तरह रहा था उसके पास। कितना मायूस था वह! रो पड़ा था जैसे कि वह भी एक बाप हो उस बच्चे का। और, जो बाप की तरह रोया था, झूठ बोलते हुए उसकी आँखें तर नहीं हो जाएँगी? छिपा पाएगा राधे अपने आँसू उसकी निगाहों से? मुँह फेरकर बाँहों से आँसू पोंछते हुए पकड़ लिया नहीं जाएगा वह? इतना ही बहुत होगा यह जानने के लिए कि आठवें दिन जो कुछ हुआ वह सच था या सपना।

आठवें दिन की बात तो नहीं भूलेगा वह?...

मगर, क्या हुआ था आठवें दिन?...वह खुद भी क्या जोर देकर बोल सकता है कि आठवें दिन जो कुछ हुआ था वह हकीकत था, कोई सपना नहीं? अगर वह बोलना-बड़बड़ाना शुरू करे, तो क्या पता, राधेश्याम ही घबराकर दो-चार आदमियों को बुला ले हाँक लगाकर और उनसे कहे, "इस आदमी को सँभालो; इसकी तबीयत ठीक नहीं है।" सपने में ही जो एक नाम उसकी जबान पर चढ़ गया है और अब उतरने का नाम नहीं लेता, पहली ही बार उस नाम को सुनकर अचरज से पूछ न बैठे, "कौन टीपू?" और फिर खुफिया निगाहों से उसके अन्दर झाँकते हुए कुछ सोचने में लीन न हो जाए! तब, शशांक उग्र होकर खुद से ही पूछ बैठता है, "सपना सच नहीं हुआ, इसलिए फफककर रो पड़ूँगा मैं?"

हो सकता है, राधे मास्टर शनिवार को पूर्णिया से आए और देर तक शशांक का आसरा देख लेने के बाद अबकी बार खुद ही खाना खा-पीकर उसके पास पहुँच जाए। प्रसन्न मुद्रा में हँसते हुए आ सकता है वह और आते ही पूछ सकता है उससे, "क्यों, शशांक, बहुत उदास, गमगीन बैठे हुए हो; कोई बात है क्या?"

तब तो वह अपनी पूरी ताकत लगाकर मुस्कराएगा और जवाब दे देगा राधे को, "नहीं तो, बिलकुल उदास नहीं हूँ मैं," और फिर संयत होकर कहना शुरू करेगा, "एक उपन्यास पढ़ा था कभी। उसमें एक बच्चे का चित्रण था। बड़ा ही प्यारा बच्चा था वह। न जानें क्यों आज उस बच्चे की याद आ गई!..."

"मैं जानता हूँ, क्यों याद आ गई उसकी," बीच में ही टपक पड़ेगा राधे मास्टर।

टकटकी बाँध देगा शशांक राधे मास्टर के चेहरे पर।

"अब तुम्हें अकेलापन सताने लगा है..."

अभी भी कोई जवाब नहीं देगा शशांक।

"अब बराबर तुम्हें एक बच्चे की याद आया करेगी।"

"किस बच्चे की? किस बच्चे की याद आएगी?" मुँह से बरबस निकल आएगा यह और जोर-जोर से धड़कने लगेगा दिल उसका।

"ऐसे ही किसी बच्चे की जो कभी किसी उपन्यास में मिल जाएगा या कहीं खेलता-मचलता दिख जाएगा।"

"नहीं, ऐसी बात नहीं है," बोल उठेगा शशांक और फिर जरा रुककर कहेगा, "उस उपन्यास का वह बच्चा है ही इतना प्यारा कि किसी को भी जब-तब उसकी याद आ जाएगी। उसका नाम भी बड़ा प्यारा था। जानते हो, क्या नाम था उसका?"

नाम बोले या नहीं बोले? सुनकर चीख तो नहीं पड़ेगा राधेश्याम?

"उस बच्चे का नाम था...टीपू!"

चीख उठने की बजाय बोल सकता है राधेश्याम, "बच्चा प्यारा हो, तो उसका नाम भी प्यारा लगने लगता है। बहुत प्यारा लगता है यह नाम, तो समय आने दो, अपने बेटे का नाम टीपू ही रख लेना।"

इसके बाद भी राधेश्याम से पूछने के लिए कुछ बच जाएगा क्या? मगर, उसे इतना तो सुना ही देना पड़ेगा, "मुझे बेटे की ऐसी चाह नहीं कि अभी से उसका नाम रख लूँ।"

"मैं तुम्हारा दोस्त हूँ, शशांक; मुझसे कुछ मत छिपाओ। मैं समझता हूँ, खूब समझता हूँ, तुम क्यों उदास हो। अब तुम्हें एक बच्चे की जरूरत है।"

"यह गलत है," अपनी आत्मा को मरोड़कर चिल्ला पड़ेगा शशांक, "मैं पूरी जिन्दगी बगैर किसी टीपू के गुजार सकता हूँ। सौ जनम बिना किसी बच्चे के बिता सकता हूँ। तुम क्या जानो, मैं कौन हूँ, क्या हूँ! मेरा अकेलापन मुझे आनन्द देता है; सताता नहीं, उदास नहीं बनाता। ऐसा क्या है जो मुझे उपन्यासों से, कविताओं से नहीं मिल जाता? तुम यह नहीं समझ सकते; तुम्हारे भाग्य में वह सुख, वह आनन्द नहीं है, राधे।"

जिस आदमी ने कभी कहा था कि अगर उसकी भी गत बुरी न हो जाए, तो वह कुत्ता पोस लेगा उसके नाम पर, उस आदमी को आज शशांक का इस तरह जवाब देना ही उचित होगा।

"चिल्लाओ मत," कुछ ऐंठकर ही बोलेगा राधेश्याम, "मेरी नेक सलाह मानो और भाभी के साथ कुछ दिनों के लिए बाहर निकलकर विशेषज्ञों की सलाह लो। कभी-कभी बहुत मामूली इलाज की जरूरत होती है।"

"अब तुम यहाँ से जाओ," गुस्सा प्रकट कर बैठेगा शशांक, "इसी में भला है तुम्हारा। एक भूल तो कर दी मैंने कि तुम्हारे कहने पर शादी कर ली। अब तुम्हारे

कहने पर अपनी मस्ती में और कोई खलल आने नहीं दूँगा। जाओ, अभी चले जाओ; मेरा मिजाज ठीक नहीं है।"

राधेश्याम उसकी ओर मुस्कराते हुए देखेगा, और फिर उसका रुख देखकर वहाँ से टहल जाना ही उचित समझेगा।

शशांक इस बात की सावधानी बरतेगा कि वहाँ से जाते हुए राधेश्याम उसका फफकना न सुन ले।

राधेश्याम झूठ बोल जाएगा?

जिस वक्त पहुँचा था राधेश्याम उसके घर, बच्चे का शरीर तवा की तरह जल रहा था। सातवें दिन हाथ में थर्मामीटर लिये लगातार बैठा रह गया था राधेश्याम बच्चे के पास। कमरे में भीड़ लगी रहती थी। हर एक घंटे पर बुखार देखने के लिए थर्मामीटर लगाता था वह। मुँह या काँख से थर्मामीटर निकालकर जब वह उसमें बुखार देखता था, तो उपस्थित सारे लोग एक साथ पूछ बैठते थे, "कितना बुखार है?" बताने की हिम्मत नहीं होती थी उसकी। थर्मामीटर एक ओर रखते हुए वह अनमने भाव से बोलता था, "ठीक है।" लोग समझ जाते होंगे, बुखार तेज है।

सच कोई नहीं बोलेगा अब। अब हर आदमी सच को सच ना बताएगा। पिछले दस बरसों में जो कुछ भी हुआ है सबको राधेश्याम झूठा करार देगा। तब क्या होगा राधेश्याम से कुछ भी पूछकर, सातवें दिन की बात या आठवें दिन की बात?

सब कुछ अभी भी उसकी नजरों के सामने घूम रहा है, तो फिर उसकी सच्चाई पूछने वह किसी और के पास क्यों जाए! उस बच्चे का नाम टीपू ही था। बाहर से खेलकर आया था टीपू और थका-माँदा लेट गया था माँ की बगल में। शरीर का स्पर्श होते ही दिव्या चौंक गई थी। ललाट छूकर देखा उसने, बुखार काफी तेज था। शशांक को खबर मिली और पति-पत्नी के बीच यह विचार हुआ कि आज-भर देख लिया जाए, तुरन्त दवा-दारू पर उतरना ठीक नहीं होगा। दूसरे दिन शाम को घानो बाबू को बुला लिया गया। वे डॉक्टरी के अलावा—झाड़-फूँक भी जानते थे। उनके बारे में यह कहा जाता था कि जब रोग उनकी दवा से दूर नहीं होता, तो वे झाड़-फूँक से उसे दूर करते हैं। तीन दिनों तक दवा चलती रही उनकी; झाड़-फूँक भी हुई; मगर बुखार कम नहीं हुआ, कष्ट बढ़ता ही गया। पाँचवें दिन बहुत बेचैन था टीपू; निश्चेष्ट भाव से आधी आँखें बन्द कर पड़ा हुआ था बिस्तर पर और रह-रहकर चौंकने लगा था। दिव्या आँसू बहाने लगी; शशांक अस्थिर होने लगा। लोगों की सलाह पर काली बाबू के पास पहुँचा वह। रोगी का इलाज घानो बाबू कर रहे हैं, यह सुनते ही शशांक पर बरस उठे काली बाबू और मरीज को देखने से साफ इनकार कर दिया। वहाँ दवा के लिए आए कई लोगों में से किसी एक की भी हिम्मत नहीं हुई कि काली बाबू का गुस्सा कम करने की कोशिश करे। सिर झुकाकर सुनता रह गया शशांक; पढ़-लिखकर भी घानो

मन्तरिया के पास इलाज के लिए जानेवाले बेवकूफों के किस्से सुनाते रहे काली बाबू। करोड़ की दौलत का मामला होता, तो फटकारकर चला आता शशांक, मगर बीमार बेटे के इलाज का मामला था। जब काली बाबू के दवाखाना में उपस्थित लोगों में से हर एक ने बहुत ध्यानपूर्वक उनकी एक-एक बात सुनी, हर बात पर हुँकारी भरी, और अन्त में उन्हें यह सामूहिक निर्णय सुना दिया कि एक काली बाबू को छोड़कर इस पूरे इलाके में और कोई भी डॉक्टर कहलाने योग्य नहीं है, तब कहीं जाकर असहाय और निरुपाय शशांक महाशय पर काली बाबू को दया आ गई।

काली बाबू आए थे। रोगी का हाल देखा, तो लाल-पीला हो उठे और लगे जोर-जोर से घानो मन्तरिया को गालियाँ बकने। इलाके के उन गँवारों को भी गलियाने से वे बाज नहीं आए जो आज भी रोग का इलाज झाड़-फूँक से करवाते हैं। लगे हाथ उन्होंने यह भी धमकी दे दी कि इस गँवार इलाके में वे अब और अधिक दिनों तक टिकनेवाले नहीं हैं। कुछ सुस्ताकर उन्होंने रोगी को देखा, दो-चार बातें पूछीं, और दवा के लिए तुरन्त किसी आदमी को भेज देने का आदेश देकर जाने के लिए उठ खड़े हुए। घर से बाहर होते-होते उन्होंने रोगी के सही इलाज के लिए यह हुक्म भी दे दिया कि अगर घानो मन्तरिया घर में फिर से घुसने की कोशिश करे तो उसकी टाँग तोड़कर उसे घर से बाहर फेंक देना है।

दवा लाने के लिए शशांक स्वयं हो लिया था काली बाबू के साथ। जब दवा लेकर लौटा वह, तो देखा कि घानो बाबू घर में मौजूद हैं। दिव्या चुपचाप खड़ी थी और वे शोचनीय मुद्रा में कुर्सी पर सिर झुकाए बैठे थे। शशांक ने उन्हें देखा, तो सकपका गया। घानो बाबू ने सिर उठाकर उसे एक बार देखा और फिर पूर्ववत हो गए। काली बाबू ने अपनी दवा तुरन्त चालू कर देने के लिए कहा था, मगर शशांक को हिम्मत नहीं हो रही थी कि वह घानो बाबू के सामने बच्चे को काली बाबू की दवा खिलाकर उनका अपमान करे। घानो बाबू उसे माफ कर दें और यहाँ से जाएँ, मन-ही-मन मनाने लगा शशांक।

घानो बाबू कुर्सी पर ऊँघते नजर आए, तो शशांक ने घिघिआकर कहा, "रात में बच्चे की तबीयत काफी खराब हो गई थी, डॉक्टर साहब। रात में आपसे मुलाकात नहीं हो सकी थी। सुबह जिस वक्त मैं आपके पास पहुँचा, आप नहीं थे। आपको देर हो सकती है या आप आज नहीं भी आ सकते हैं, यह सोचकर मैं काली बाबू के पास पहुँच गया था।"

शशांक झूठ बोला था कि रात में या सबेरे वह घानो बाबू के पास गया था, मगर यह सच था कि अगर कोई जाता भी तो घानो बाबू से उसकी मुलाकात नहीं हो पातीं। घानो बाबू अक्सर रात में दूर देहात के रोगियों को देखने निकलते थे। रात-भर वे गाँव-गाँव घूमते थे और रोगियों का इलाज करते थे। आज तक न कभी किसी भूत ने उन्हें पटका और न कहीं कभी चोर-डाकू ने ही रास्ता रोका। सवारी के लिए उनके

पास एक होशियार घोड़ा था जो इलाके के लगभग सारे गाँवों से परिचित था और अँधेरे में भी रास्ता तय कर सकता था। घोड़ा ऐसी चाल से चलता कि घानो बाबू उस पर बैठे-बैठे ऊँघ भी लिया करते। सूरज के उगते-उगते घानो बाबू का घोड़ा मालिक को पीठ पर बिठाए गाँव में घुस जाता और दवाखाना के सामने पहुँचकर इतनी जोर से हिनहिनाता कि मालिक की नींद टूट जाती।

ऊँघते हुए घानो बाबू ने शशांक का बहाना सुन लिया और अब सिर उठाकर कहने लगे, "आप तो जानते हैं कि मैं रात में यहाँ नहीं रहता हूँ और सुबह मैं जरूर आ जाता हूँ। एक रात आप रुक सकते थे। जब किसी रोगी को मैं नहीं सँभाल पाता हूँ, तो खुद किसी बड़े डॉक्टर से सलाह-मशवरा करने पूर्णिया तक चला जाता हूँ। मामले को अपने हाथ से बाहर जाते देखता, तो मैं खुद आपको सलाह दे देता रोगी को लेकर कहीं और जाने के लिए। इस कालीपद के पास आप क्या सोचकर गए? इसे डॉक्टरी आती है क्या? ठीक से सूई तक लगाना तो नहीं जानता है यह शख्स। मैं पूछता हूँ, इसके मुल्क में क्या हैजा नहीं होता, लोगों को बुखार नहीं लगता? अपने मुल्क में ही डॉक्टरी क्यों नहीं की इसने? वहाँ से भागकर इस इलाके के लोगों की जान लेने क्यों चला आया? इसलिए चला आया कि यहाँ के लोग मूर्ख हैं! भगवान की दया से रोगी अच्छा हो गया, तो कालीपद की जय-जयकार; और इसके इलाज से रोगी मर गया, तो देवी-देवता को एक हजार गालियाँ। अपने मुल्क में यह शख्स गाँजा-भाँग बेचता था। वहाँ से भागकर जब यहाँ आया, तो बहुत दिनों तक यहाँ भी वही धन्धा करता रहा यह। कैसे-कैसे तो एक किताब इसके हाथ लग गई और उसे पढ़कर यह डॉक्टर बन गया। रोगी भी मिलने लग गए। आप पढ़े-लिखे हैं; आपको तो इससे बचना चाहिए। यह तो मालूम होगा ही कि कितने लोगों की जानें लेकर अब सर्दी-बुखार का इलाज करने लगा है यह। खैर, आप उससे दवा ले आए हैं, तो खिलाइए बच्चे को। भगवान करे, फायदा हो। ऐसे मेरी जरूरत जब भी महसूस हो, मुझे बेहिचक बुला लीजिएगा।"

इतना सुनाकर घानो बाबू चले गए। काली बाबू का इलाज चालू हो गया। पाँचवाँ दिन गुजर गया, मरीज की हालत जरा भी नहीं सुधरी। रात में मरीज को देखने फिर आए काली बाबू; दवा बदल दी और सुबह तक हालत में सुधार हो जाने का आश्वासन देकर चले गए।

छठे दिन हालत में और भी बिगाड़ आ गया। काली बाबू को खबर गई, तो भुनभुना उठे वे। अभी भी उन्हें दोष उस दवा का लग रहा था जिसे घानो मन्तरिया ने मरीज को दी थी, और जिसके कारण अब किसी दवा का असर ही नहीं हो रहा था। चरित्तर को कहा गया था डॉक्टर साहब को साथ लेते आने के लिए, मगर चरित्तर को यह कहकर लौटा दिया डॉक्टर ने कि वे थोड़ी देर बाद आएँगे। बहुत देर हो गई, तो चरित्तर को दुबारा भेजा गया। इस बार काली बाबू अपने साथ अपनी किताब लेकर आए थे। किताब खोलकर उन्होंने शशांक को कहना शुरू किया, "देखिए, शशांक

बाबू, पढ़िए, क्या लिखा है किताब में...लिखा है, नींद में बेचैनी होगी। बेचैनी हो रही है...एक लक्षण है चौंकना। वह आप देख ही रहे हैं...जीभ कितनी मैली हो गई है, आप खुद देख लीजिए...खाँसी कभी कम, कभी अधिक होगी, मगर होगी जरूर। ऐसा हो भी रहा है...पेशाब पहले से बहुत कम होगा और इसका रंग लाल होगा, यह भी किताब में लिखा हुआ है...लक्षण तो सारे-के-सारे मिल रहे हैं, मगर, समझ में नहीं आता, दवा का असर क्यों नहीं हो रहा है! आज तक ऐसा नहीं हुआ था कि कोई रोग किताब से बाहर चला जाए और मेरी समझ में नहीं आए। जरूर बच्चे को कुछ ऐसी दवाइयाँ पहले दी गई हैं जो अब मेरी दवाइयों को बेअसर बना रही हैं। ऐसा करता हूँ कि एक बार फिर मैं दवा बदलता हूँ। भगवान चाहेंगे, तो इस बार फायदा होकर रहेगा।"

शशांक को किताब पढ़ाकर वापस लौट गए काली बाबू और उस वक्त कोई दवा न देकर एक घंटा बाद दवा ले आने के लिए कह दिया। शशांक इस बार खुद गया और कुछ पहले ही उनके दवाखाना में हाजिर हो गया। वहाँ घर के नौकर से पता चला कि काली बाबू अभी पूजा-घर में घुसे ही हैं और वहाँ से निकलने में एक-डेढ़ घंटे का समय लग जाएगा। शशांक डर गया, काली बाबू के मन में कोई और बात तो नहीं है? वे अब कोई और दवा देने से इनकार तो नहीं कर रहे हैं? रोगी की हालत गम्भीर तो नहीं हो गई है? शशांक काँप उठा; उसकी आँखें गीली हो गईं।

एक-एक मिनट भारी लग रहा था उसे। अब दो घंटे तक काली बाबू की हाँ या ना के आसरे में नहीं रह सकता था वह। क्या करे वह! किससे क्या सलाह ले! राधेश्याम भी तो राजगंज में नहीं है; आज आएगा भी तो रात में। और, अभी तो तुरन्त किसी डॉक्टर की ही जरूरत है। काली बाबू के पास फिर आएगा वह एक घंटा बाद, तब तक घानो बाबू से भी क्यों नहीं भेंट कर ले वह, फिर से ले चले उन्हें अपने बच्चे के पास।

दौड़ता-भागता शशांक घानो बाबू के घर पहुँचा। बाहर से हाँक लगाने पर कोई आवाज नहीं आई, तो हाँक लगाते हुए वह अन्दर घुस गया। घानो बाबू की पत्नी की निगाह उस पर पड़ी और वह गुस्से में बोली, "सोए हुए हैं अभी!" ठिठक गया वह, लौटा नहीं। अभी तो किसी भी गुस्से को बरदाश्त कर सकता था वह। औरत गुस्साकर चली गई, और उसने सामने खाना खा रहे एक बच्चे से पूछा, "किधर हैं पिताजी?" बच्चे ने एक कमरे की ओर इशारा कर दिया। शशांक बेधड़क उस कमरे में घुस गया और देखा कि घानो बाबू सचमुच सोए हुए हैं। एक क्षण खड़ा सोचता रह गया, जगाए या नहीं जगाए। घानो बाबू के बिगड़ जाने और रोगी को देखने से इनकार कर जाने का डर सताने लगा उसे। मन नहीं माना, तो झकझोरकर जगा दिया उसने घानो बाबू को। घानो बाबू उठ बैठे, आँखें मलीं और पूछा, "क्या बात है?" शशांक ने घबराहट-भरे स्वर में कहा, "एक बार आपको चलना पड़ेगा, डॉक्टर साहब। मरीज की हालत ठीक नहीं है।"

घानो बाबू कुछ सोचने लगे और फिर जवाब दिया, "ठीक है, चलता हूँ।"

तैयार होने में उन्हें आधा घंटा लग गया। ऐसा लग रहा था जैसे उन्हें जबरदस्ती पकड़कर ले जाया जा रहा हो। रोगी के पास बैठकर वे देर तक उसके बारे में पूछताछ करते रहे; तीन दिनों तक उनका इलाज बेअसर क्यों रहा, इसका कारण बाजार में बिक रही नकली दवाओं को बताया; और, कोई रोग बेकाबू क्यों हो जाता है, इसके लिए काली बाबू जैसे नीम-हकीमों को जिम्मेदार ठहराया। "इस मरीज की भी हालत बिगाड़कर रख दी है काली बाबू ने," कई बार बुदबुदाए घानो बाबू और अन्त में कहा, "मैं दवा दे रहा हूँ। बुखार कम जरूर हो जाएगा, मगर बिलकुल उतर जाएगा और अब चढ़ेगा नहीं, ऐसा मैं नहीं कह सकता।" यह कहकर वे शशांक के मुँह की ओर ताकने लगे थे।

इसी वक्त दरवाजे पर साइकिल की घंटी बजी और फुसफुसाहटें हुईं, "काली बाबू आ रहे हैं।"

घानो बाबू सावधान हो गए।

काली बाबू दवा की पेटी थामे अन्दर आ गए, मगर मरीज के पास ज्यों ही उन्होंने घानो मन्तरिया को बैठे देखा उनका पारा चढ़ गया। बैठने के लिए उन्हें एक कुर्सी दी गई, मगर बैठने की बजाय उन्होंने खड़े-खड़े कहा, "घानो बाबू आ गए हैं, तो अब मेरी कोई जरूरत नहीं है। अब मैं चलता हूँ।" कहकर वे चलने के लिए मुड़े, तो शशांक ने आग्रह किया, "आप भी रुकिए न, डॉक्टर साहब; मरीज की हालत ठीक नहीं है।"

"मरीज की हालत ठीक नहीं है, मगर घानो बाबू तो आ गए हैं। अब मैं यहाँ रुककर करूँगा ही क्या!" कहते हुए काली बाबू वहाँ से लौटने लगे।

घानो बाबू, जो अब तक चुपचाप बैठे थे, बोल उठे, "हाँ-हाँ, अब रुककर आप क्या करेंगे! मरीज की हालत खराब कर दी, तो अब खिसक जाने में ही बेहतरी है।"

काली बाबू ने उलटकर जवाब दिया, "खिसकने-भागने का काम तो आप करते हैं। मुझे मालूम है, कितनी बार जान लेकर भागने की नौबत आई है आपको। एक-एक किस्सा जानता हूँ मैं। जिस दिन चाहूँगा, हथकड़ी लगवा दूँगा। कोई योग्यता है आपके पास?"

"योग्यता नहीं है, तो यों ही मरीज दौड़े आते हैं मेरे पास, यों ही दूर-दूर से लोग बुलाने आते हैं मुझे? आपके पास क्या योग्यता है, बताइए तो? बाजार से एक किताब खरीद ली और बन गए डॉक्टर! किताब पढ़-पढ़कर सर्दी-बुखार का इलाज करते हैं और समझते हैं अपने को धन्वन्तरि! जो आदमी जिन्दगी-भर गाँजा-भाँग बेचता रहा, वह रातोरात डॉक्टर बन जाएगा और आदमी का इलाज भी शुरू कर देगा, ऐसा आज तक नहीं सुना था। लोग आपके इलाज से भले मर जाएँ, रत्ती-भर चिन्ता है आपको इस बात की? मेरे पास योग्यता है; मैं एक नामी डॉक्टर के साथ सात साल गुजार चुका हूँ।"

काली बाबू गुस्से से काँपने लगे, "आप किस धन्वन्तरि के पास सात साल गुजारकर आए हैं, यह क्या मुझे पता नहीं है? जिस जोगा बाबू के पास सात साल गुजारकर आप

डॉक्टरी करने निकले हैं उसे दवा की पुड़िया तक बाँधने का शऊर नहीं था। और, अगर डॉक्टर नामी हो गया, तो क्या सात साल गुजार लेने पर उसका घोड़ा-कुत्ता भी डॉक्टर बन जाएगा? मैंने भी आज तक ऐसा नहीं सुना। मेरे पास सरकारी कागज है, सरकार का दिया हुआ कागज, कि मैं डॉक्टरी कर सकता हूँ। समय आएगा, तो दिखा दूँगा वह कागज। आप क्या दिखाएँगे, कद्दू?"

ऐसा मुँह-चुथौवल शुरू हुआ था कि मारा-मारी की नौबत आ गई। बीच-बचाव करनेवाली कठ लोग मेहनत कर रहे थे। शशांक के मुँह से आवाज तक नहीं निकल रही थी। बिस्तर पर बीमार बच्चा किसी भी क्षण दम तोड़ सकता है, इस बात को लड़ने-झगड़ने में व्यस्त दोनों डॉक्टर भूल चुके थे। शशांक अन्दर-ही-अन्दर अपने कलेजे को मजबूत कर रहा था और सोच भी रहा था, अगर बच्चे को कुछ हो गया, तो समूचे संसार से वह बदला लेगा, सारी सृष्टि पर थूक देगा।

काली बाबू लड़-झगड़कर विदा हो गए। घानो बाबू कुछ और बोलने-बुदबुदाने के लिए रुक गए। शशांक ने उन्हें टोका, "बच्चे को दवा अभी ही देंगे न, डॉक्टर साहब?

घानो बाबू का ध्यान टूटा। पेटी से उन्होंने दो टिकिया निकालकर दीं, एक अभी खिला देने को कहा और एक बुखार नहीं उतरने पर तीन घंटे बाद। दूसरी टिकिया खिलाने के एक घंटे बाद शशांक को पुनः मिलने को कहकर घानो बाबू चले गए।

जैसे काली बाबू चले गए वैसे ही अब घानो बाबू भी मरीज को देखने नहीं आएँगे! चार घंटे के बाद उनसे मुलाकात हो पाएगी क्या! उससे पहले ही वे अपने घोड़े पर सवार होकर रात के सफर पर निकल जाएँगे। यह संकेत भी तो उन्होंने दे ही दिया कि रोग अब उनके वश का नहीं रहा।

अब क्या किया जाए?

राजगंज में ले-देकर यही दो डाक्टर हैं, दोनों नीम-हकीम। मरनेवाले को भगवान ही बचा सकता है, कोई तीसरा डॉक्टर नहीं, इसलिए बहुत-से मरीज चुपचाप मर जाया करते हैं। उनके घरवाले किसी डॉक्टर को नहीं कोसते, किसी की धर-पकड़ नहीं करते। मगर तब भी कोई-कोई मरीज या उसके घरवाले किसी तीसरे डॉक्टर की ओर दौड़ते हैं। कोई तीसरा डॉक्टर इस गाँव तक नहीं आता, इसलिए अक्सर मरीजों को खाट पर लादकर तीन-तीन, चार-चार कोस दूर तीसरे डॉक्टर के पास ले जाया जाता है। जो समर्थ हैं वे पूर्णिया तक चले जाते हैं।

उसे भी अब तक गाँव से निकल जाना चाहिए था, बार-बार शशांक अपने-आप को ही फटकारने लगा था।

राजू को साइकिल से कलासन भेजा गया। वह वहाँ से खबर लेकर आया कि हरिचन्द मामा पुरैनी से एक डॉक्टर के साथ दो-तीन घंटे के अन्दर पहुँच रहे हैं।

दिन ढल गया। रात उतरने लगी। इस रात से बेहद घबराहट होने लगी शशांक को। किसी सुनसान में बिलकुल अकेले होने का डर सताने लगा था उसे। घानो बाबू

अपने घोड़े से गाँव के बाहर निकल चुके थे। काली बाबू किसी कोने में बन्द केवल यह पता लगाते रहे थे कि तेज बुखारवाले बच्चे का क्या हुआ। राधेश्याम गाँव में नहीं था। हरिचन्द कुछ घंटों के बाद आएगा, ऐसी खबर थी। पूरा गाँव खाली पड़ा था। केवल एक घर में एक बाप अपने बीमार बच्चे के सिर पर हाथ फेरते हुए बार-बार पूछ रहा था, "मुझे पहचान रहे हो न, बेटे; मैं हूँ पापा..."

रात की गाड़ी से राधेश्याम चला आया था। अपने घर नहीं जाकर वह सीधे शशांक के पास चला आया था। घर पहुँचने के पहले ही उसे टीपू के बीमार होने की खबर मिल गई थी। बच्चे की हालत देखकर वह काफी गम्भीर हो गया था। उस पर नजर पड़ते ही शशांक की आँखें भरभरा गईं और तकिया में मुँह गड़ाकर वह सिसक उठा। पति को आँसू बहाते देख दिव्या अपने आँसू रोक नहीं पाई और वह वहाँ से हटकर दूसरे कमरे में चली गई। राधेश्याम देर तक शशांक को समझाता रहा, उससे कहता रहा, "अगर तुम रोओगे, तो भाभी का क्या हाल होगा! कौन सँभालेगा उन्हें?" वहाँ से उठकर फिर वह दिव्या के पास भी गया था और उसे धीरज बँधाते हुए देर तक बच्चे की बीमारी और इलाज के बारे में पूछता रहा था।

कलासन से हरिचन्द के आने का सब कोई आसरा देख रहे थे।

हरिचन्द जरा देर से आया था, मगर ट्रैक्टर से एक डॉक्टर के साथ आया था वह। डॉक्टर पुरैनी के थे और इलाके में अच्छा नाम था उनका। आते ही उन्होंने रोगी को अपने जिम्मे ले लिया। डॉक्टर ने बर्फ की जरूरत बताई। एक आदमी को ट्रैक्टर से बर्फ की तलाश में मुरलीगंज भेजा गया। राधेश्याम खुद जाना चाहता था, मगर शशांक एक क्षण के लिए भी उसे अपने से दूर जाने की अनुमति नहीं दे रहा था। बर्फ लेकर आदमी भिनसार में पहुँचा था। मुरलीगंज में बर्फ नहीं मिली, तो वहाँ से बनमनखी चला जाना पड़ा था।

सातवाँ दिन शुरू हो गया था। सुबह में पहले भी बुखार कुछ कम हो जाया करता था, मगर उस सुबह तबीयत और दिनों की अपेक्षा काफी बेहतर दिख रही थी। शशांक बेटे के पास बैठा रह गया था और जब-तब पूछ लिया करता था, "मुझे पहचान रहे हो न, बेटे; मैं हूँ पापा..." बेटे के साथ ढेर सारी बातें करने की इच्छा हो रही थी, मगर उसे ऐसा करने से रोक दिया गया था। ऐसा लग रहा था जैसे एक युग के बाद उसे बेटे से भेंट हुई हो और न जाने कितनी बातें उसके साथ बतियाने के लिए पड़ी हों।

वह सुबह मिली ही थी उसे बेटे के साथ बतियाने के लिए, बेटे से अपनी सारी बातें कह देने के लिए, बेटे की सारी बातें सुन लेने के लिए। दोपहर होते ही बुखार फिर चढ़ने लगा। बर्फ के पानी में तौलिया भिगो-भिगोकर देह पोंछी जाती रही लगातार, मगर कोई असर नहीं हुआ इसका। दवा बेअसर जाती रही। तीसरी डॉक्टर भी निराश हो गया, उदास हो गया।

ज्वर इतना तेज हुआ कि बच्चा प्रलाप की स्थिति में चला आया। रह-रहकर कुछ

बोलने-बुदबुदाने लगा था वह। शशांक अपना सन्तुलन खो बैठा। कान लगाकर बैठा हुआ था शशांक और बेटे का प्रलाप सुन-सुनकर कभी कमुआ को बुला लाने के लिए किसी को भेजता और कभी हरिया-घुटरा को टीपू के पास बैठाया जाता। टीपू तो केवल बुदबुदाता था; कौन आता है, कौन जाता है, इससे बेखबर हो चुका था वह; इससे अब कोई सरोकार नहीं रहा उसका। टीपू के संगी-साथी गुमसुम निगाहों से उसे देखते हुए देर तक बैठे रह जाते थे और फिर चुपचाप चले जाते थे। हर एक के मुँह से बोली छीन ली गई मालूम पड़ती थी।

कमरे में भीड़ बनी रहती थी। हर घंटे, आध घंटे पर राधेश्याम बुखार देखता था थर्मामीटर से और बुखार देखकर थर्मामीटर एक ओर रख देता था। एक बार फुसफुसाहट होती थी," कितना बुखार है?" और उस फुसफुसाहट को भी बन्द कर देने का आदेश रहा करता था राधेश्याम के जवाब में, "ठीक है।"

चुप्पी पूरे घर में फैलती जा रही थी। डॉक्टर चुपचाप दवा दे देते थे। हरिचन्द के चेहरे पर घबराहट थी। राधेश्याम काफी गम्भीर हो चुका था। दिव्या जिधर-तिधर हवा में डोल रही थी। शशांक यह पूछना बन्द कर चुका था, "मुझे पहचान रहे हो न, बेटे; मैं हूँ पापा.."

पूर्णिया चलने की तैयारी होने लगी।

मगर, अब आज कोई गाड़ी नहीं थी पूर्णिया के लिए; कल सुबह ही जाना हो सकेगा। ट्रैक्टर से चलने की बात किसी ने चलाई, मगर इसे खतरनाक मानकर इस पर अमल नहीं किया गया। डॉक्टर ने सुबह में रेलगाड़ी से चलने की ही राय दी।

शशांक को याद है, वह दिन, वह रात कैसे बिताई उसने। उसकी भूख ही समाप्त हो गई थी, तो क्या खाता वह! कभी-कभी चाय ले लिया करता था। डॉक्टर ने उससे कई बार कहा था, "आप सुबह से भूखे हैं; कुछ खा लीजिए। इस तरह तो आपकी तबीयत भी खराब हो जाएगी।" बच्चे से एक मिनट के लिए भी उससे दूर हुआ नहीं जाता था। राधेश्याम ने कई बार कहा था, "शशांक, तुम जाओ, थोड़ी देर आराम कर लो।" वह उठ खड़ा होता था और आराम करने के खयाल से उस कमरे से बाहर निकल भी जाता था, मगर फिर लौट आता था वह उसी कमरे में, जैसे कि वहीं से अधिक आराम की और कोई जगह उस घर में हो ही नहीं। रात के एक बजे उसने राधेश्याम से कहा था, "राधे, मुझे आधा घंटा सो लेने दो, मगर आधा घंटा के बाद जरूर उठा देना मुझे।" राधेश्याम खुद जगा रह गया था और आधा घंटा के बाद भी शशांक को नहीं जगाया था। ढाई घंटे बाद शशांक हड़बड़ाकर खुद उठ बैठा था; किसी सपने में चौंककर जग गया था वह।

सपने में ही नहीं, अब दिन में भी उठते-बैठते, चलते-फिरते वह चौंकने लगा था। फुसफुसाहट से ऊँची आवाज वह बरदाश्त नहीं कर पा रहा था। कोई तेज आवाज सुनाई पड़ चली, कहीं हल्का-सा धमाका हो जाता, तो उसका दिल जोर-जोर से धड़कने

लग जाता था। पेशाब करने के लिए पिछवाड़े की ओर वह लगभग दौड़कर ही जाता था और फिर वहाँ से दौड़ता हुआ ही लौटता भी था। पाखाना के लिए वह जाता था, तो जल्दी ही निबटकर आ जाता था। और, इस बीच वह दहशत से भरा रहता था, कमरे से कोई तेज आवाज न आ जाए, दिव्या की लम्बी चीख सुनाई न पड़ जाए। उसे महसूस हो रहा था कि अब वह किसी के सहारे चल-फिर रहा है, अब कोई शक्ति शेष नहीं है उसके अन्दर, अब वह लगभग प्राणहीन हो चुका है।

किसी तरह उसका बेटा अच्छा हो जाए, महज इतनी प्रार्थना करने-भर के लिए शक्ति शेष थी उसके अन्दर। सारी सृष्टि के सामने नतमस्तक होने को तैयार था वह। आज वह किसी का भी ऋण कबूल कर लेगा। चिरौरी करवा ले कोई, निहोरा करवा ले; आज सब कुछ करने को तैयार था वह। किसी झाड़-फूँक करनेवाले को आज वह दूरदूराएगा नहीं, आदर से बैठाएगा। दुनिया में इतने लोग झाड़-फूँक करवाते हैं या नहीं? सबके सब बेवकूफ और अन्धविश्वासी हैं? सब हैं, तो वह भी उनमें से एक रहेगा, उनसे अलग होकर बहुत ज्ञानी और होशियार बनने की कोशिश नहीं करेगा वह। आज किसी का भी दिया हुआ तावीज वह बेटे की बाँह से बाँध देगा; किसी भी देव-स्थान से लाया हुआ भस्म-भभूत बेटे की देह में मल देगा। आज अबोध बच्चों की तरह वह भी नानी की इस कहानी को बिलकुल सच मान बैठेगा कि कभी कोई राजकुमार एक बीमार राजकुमारी की जान बचाने के लिए किसी काले गुलाब की तलाश में निकला था। आज किसी फकीर या बाबा पर नजर पड़ते ही वह दौड़कर उनके चरणों में गिर जाएगा और उनसे अपने बेटे की जान बचा लेने के लिए घिघिआ उठेगा। फकीर और साधु तो एक-से-एक चमत्कार कर दिखाते हैं। उनके भीतर असाधारण शक्ति होती है। चमत्कार को झूठा नहीं ठहराया जा सकता। दुनिया रहस्यों से भरी है। वह घोर अज्ञानी है जो दो-चार पोथियाँ पढ़कर ही अपने को महान ज्ञानी मान बैठता है और संसार के रहस्यों को समझे बगैर झूठ-सच और सही-गलत का निर्णय देने लग जाता है। कोई इस संसार के रहस्यों को समझे बगैर झूठ-सच और सही-गलत का निर्णय देने लग जाता है। कोई इस संसार को जान ही कितना पाया है! आज पंडित जो भी पूजा-पाठ बताएगा, वह बेहिचक करेगा; जो भी मूँगा-मोती धारण करने को कहेगा, कर लेगा वह। रुद्राक्ष की मालाएँ पहन लेगा वह आज। वह रविवार व्रत करेगा, जीवन-भर पीपल में पानी डालेगा, तुलसी की सेवा करेगा, सूरज को जल चढ़ाएगा, हर साल छठ में खड़ा रहेगा वह पानी के अन्दर दोनों हाथ जोड़कर आधी रात से सूरज के उगने तक। सब कुछ करेगा वह, मगर उसका बच्चा बच जाए। हर साल चिथड़पीर को चिथड़ा चढ़ाने जाएगा वह; हर साल पुरैनी के महादेव के दर्शन के लिए निकलेगा। सब मिलकर बचा लें उसके बच्चे को। और फिर तो वह बेटे को अपनी आधी उमर, अपनी पूरी उमर दे देने के लिए जिस-तिस देवता की प्रार्थना करने लगा।

आज समूची सृष्टि से हाथ जोड़कर वह एक भीख माँग रहा था। इतने लोग, इतने

जीव-जन्तु जी रहे हैं इस संसार में, एक उसका बच्चा भी साँस लेता रहे इन सबके बीच।

एक आदमी, जो कभी अपने को सृष्टि का केन्द्र-बिन्दु मानता था, आज कितना असहाय, कितना तुच्छ मान बैठा था अपने-आपको!... एक बच्चे के कारण!...

सातवाँ दिन समाप्त हो गया। आठवें दिन का सूरज शशांक की ओर नजरें किये उग आया आसमान में और शायद फुसफुसाकर मुस्कराते हुए उसे सुना भी दिया, "आज भी पूछो न, 'मैं क्यों? मैं किसलिए?...'"

पूर्णिया की गाड़ी पकड़ ली गई। घर में ताला लगा दिया गया था। साथ में राधेश्याम, हरिचन्द और चरित्तर भी थे। उन्हें गाड़ी में चढ़ाने ढेर सारे लोग पहुँचे हुए थे। टीपू के सारे दोस्त उसे विदा करने आए थे। टीपू उस वक्त होश में था और आँखें खोलकर आसपास बैठे-खड़े लोगों को देख लिया करता था। गुमसुम निगाहें अपनी दोस्तों पर गड़ाता था वह, मगर न तो किसी से कुछ बोलता था और न किसी को अपने पास ही बुलाता था। किसी पर एक क्षण निगाहें जमाता था वह और फिर शून्य में देखने लग जाता था। क्या टीपू चाहकर भी बोलना नहीं चाह रहा था? अचानक अपने दोस्तों से क्यों इतना विमुख हो रहा था वह? उस वक्त शशांक का भी ध्यान इस ओर नहीं गया था, नहीं तो शायद उसी वक्त फूट-फूटकर रोने लग जाता वह।

गाड़ी आगे बढ़ने लगी। दिन चढ़ने लगा। और, इसके साथ बच्चे का ज्वर भी तीव्र होने लग गया था। सारे लोग जल्दी-से-जल्दी पूर्णिया पहुँच जाना चाहते थे, जल्दी-से- जल्दी किसी अच्छे डॉक्टर को पा लेना चाहते थे, मगर बच्चे के बुखार को उनसे भी अधिक जल्दबाजी थी...

आठवाँ दिन आधे पर भी रुक गया। सूरज आधे आसमान तक ही पहुँच पाया था। पूर्णिया की अभी आधी दूरी ही तय हो पाई थी...

अभी, इस वक्त भी आठवाँ दिन अपने आधे पर ही रुका हुआ था, सूरज आधे आसमान तक जाकर स्थिर है, पूर्णिया का आधा रास्ता तय करने को बाकी है... और, शशांक रुककर यह आसरा देख रहा है कि अब जल्दी से दिव्या आए और उसे झकझोरकर जगाते हुए कहे, "उठिए, दिन चढ़ आया है। कब तक सोए रहेंगे! आज टीपू आपसे भी पहले जग गया है..."

सहमी-सहमी निगाहों से शशांक देखता है अपने चारों ओर...यह औरत विलाप क्यों कर रही है?...इस बच्चे की साँस बन्द हो चुकी है क्या?...मगर, राधेश्याम यहाँ उसके साथ?...और फिर यह चरित्तर भी?...यह सब क्या है?...बनमनखी रेल स्टेशन पर...इतने लोगों के बीच...यह औरत...यह बच्चा...बच्... "टीपूऊऊऊऊ" जोरों से चीख पड़ता है शशांक...

और चीखकर यह आसरा देखता है वह कि झटपट अपने बिस्तर से दौड़कर आ

जाए दिव्या, झकझोरकर जगा दे उसे, और हाँफते हुए पूछने लगे, "क्या हुआ? सपने में बौआ रहे थे क्या? चीख क्यों पड़े?..."

और, आँखें मलता हुआ टीपू भी सामने आ खड़ा हो, पिता को घूरने लगे, और फिर माँ से पूछ बैठे, "क्या हुआ, माँ?"

इसी आसरे में आधे दिन को रोक लिया है शशांक ने, सूरज को आधा आसमान से ऊपर चढ़ने नहीं दिया है, पूर्णिया का आधा रास्ता बन्द कर खड़ा है...

मगर दिव्या अभी भी झकझोर क्यों नहीं रही है उसे, कह क्यों नहीं रही है नींद तोड़ने के लिए, उसके चीख पड़ने का कारण क्यों पूछ रही है? न आए दिव्या, टीपू ही आ जाए; दौड़कर आ जाए, "पापा, पापा, क्या हुआ? चीख क्यों रहे हैं?"...

जिस तरह बचपन के एक सपने में अन्तिम बार हवा में तैर रहा था वह, तो आनन्दित होने की बजाय उदास होकर बुदबुदा पड़ा था, "धत, यह सपना है," उसी तरह आज, अभी, जब आठवाँ दिन अपने आधे पर रुका हुआ है, सूरज आधे आसमान पर स्थिर है और पूर्णिया की आधी दूरी अभी तय होने को बची हुई है, वह उदास होने की बजाय आनन्दित होकर बुदबुदा नहीं सकता है! —"धत, यह सपना है।"...न आए कोई; क्या हर्ज है! सपना तो टूटेगा ही...

मगर, कब टूटेगा यह सपना!...तब तो हर हालत में यह सपना नहीं, सच ही हुआ।

ये आठ दिन ही नहीं, जब से पैदा हुआ टीपू तब से इस आठवें दिन तक की यात्रा में कहीं कुछ सपना नहीं है; सब सच है, बिलकुल सच है। टीपू का बड़का कुआँ, टीपू की कचहरी मैदान, टीपू का गुल्ली-डंडा, टीपू का आल्हा पाठ, कचहरी का कुत्ता, ननकेसर का घोड़ा, पीपल के नीचे जाड़े में ठिठुरता मंगलदास, पूर्णिया का काना भिखमंगा, अकेली बुढ़िया...कुछ भी झूठ नहीं है। इस पूरी यात्रा में दिव्या साथ रही है, खुद शशांक शरीक रहा है। और, टीपू ने उस आठवें दिन विदा ली है उनसे।

सब सच है; और अब बेहतर है, आधे आसमान तक जाकर स्थिर हो गए सूरज को वह उस आठवें दिन की यात्रा पूरी कर लेने की इजाजत दे दे, उस आठवें दिन को समाप्त हो जाने दे वह।

अगर यह सब सच है, तो उस आठवें दिन जो औरत विलाप कर रही थी, वह अभी भी अपने आँसू रोक पाती होगी क्या! उस औरत के आँसू पोंछ देने पड़ेंगे, उसे चुप करा देना होगा। उसे यह कहकर समझाना होगा, "एक सपने को सच मानकर क्यों रो रही हो उस बच्चे की तरह जो सपने में अपने सामने एक मिठाई भरा दोना देखता है और अचानक नींद टूट जाने पर उस दोने को गायब देख रोना-तड़पना शुरू कर देता है...क्यों रो रही हो, दिव्या? विश्वास करो, यह सब सपना था। सच होता, तो क्या मुझे कुछ भी खबर नहीं होती? बरस-पर-बरस बीत जाते और मुझे पता तक नहीं चलता कि घर में कोई बच्चा भी है? न जाने कहाँ किस बच्चे को देख लिया तुमने और अब उस बच्चे से अलग हो जाने का दुख सता रहा है तुम्हें। उस बच्चे का नाम

तक किसी से जान लिया और अब 'टीपू-टीपू' चिल्ला रही हो। ठीक है, अब ईश्वर से एक बच्चा माँग ही लो; और, जब बच्चा हो जाए, तो उसका नाम टीपू ही रख देना। मगर अभी याद तो कर लो ठीक से, सपना ही देखा था न!"

वह पूछेगा दिव्या से, "क्यों, दिव्या, यह सच है या सपना?"

"क्या?"

"हमारे घर में एक बच्चा ऊधम मचाया करता था न?"

यह सुनकर क्या करेगी दिव्या?...

तीखी निगाहों से चुपचाप उसके चेहरे को घूरने तो नहीं लग जाएगी?...

बगैर कोई जवाब दिये चुपचाप उसके आगे से चली तो नहीं जाएगी?...

फफककर रो तो नहीं पड़ेगी दिव्या?...

फफककर रोएगी क्यों? उठकर सामने से चली भी क्यों जाएगी? जिसने कभी सपना भी नहीं देखा, उसे किस सच पर रोना आएगा? वह जरूर उसके चेहरे को घूरने लग जाएगी और फिर, शायद कुछ उदास होकर या, हो सकता है, निगाहें नीची कर मुस्कराते हुए बोल उठेगी," आपने सपने में कुछ देखा है क्या?"

"तुमने कुछ नहीं देखा है?"

"मैं सपने नहीं देखती।"

"देखा मैंने भी नहीं है, मगर चाहता हूँ, देखूँ।"

"क्या देखना चाहते हैं सपने में?"

"एक बच्चा हो तुम्हारी गोद में, और जब-तब फनफनाती-फुफकारती मेरे पास आ जाओ तुम और बच्चे को मेरी गोद में पटक देने के बाद ऊपर से यह भी सुना जाओ, 'निठल्ले की तरह दिन-भर किताबें पढ़ते रहते हैं; एक बच्चा तक पकड़ा नहीं जाता। जब तक मैं रसोई से निपट नहीं लेती तब तक सँभालिए इसे'...बच्चे को गोद में लिए सामने खड़ी हो जाओ और गुस्साती-मुस्कराती पूछ बैठो, 'बोलिए, बच्चे को रखेंगे या गँड़तरा साफ करेंगे; जल्दी बोलिए?'...कभी-कभी पढ़ते-पढ़ते मैं ऊब जाऊँ, तो उठकर चला जाऊँ तुम्हारे पास, बच्चे को चूम लूँ और फिर उसे तुम्हारी गोद से अपने गोद में डाल लूँ, देर तक जी बहलाऊँ उससे मैं अपना..."

"और जब बच्चा रोने लगे, तो आप उसे फिर से मेरी गोद में पटक दें..."

"लो, तब तुम्हें पता नहीं कि किसी रोते हुए बच्चे को मैं जितनी आसानी से चुप करा सकता हूँ उतनी आसानी से उतनी जल्दी उस बच्चे की नानी भी उसे चुप करा नहीं सकती। जानती हो, बचपन में अपने एक दोस्त नत्थन के घर मैं जाया करता था। उसके घर के पास ही एक बूढ़ा रहता था। जब भी मैंने उस बूढ़े को देखा, किसी रोते हुए बच्चे को चुप कराते ही देखा। रोता हुआ बच्चा उसकी गोद में आते ही किलकारी भरने लग जाता था। नत्थन को हाँक लगाकर मैं बाहर खड़ा यही देखता रहता था कि

बूढ़ा किस तरह उछल-नाचकर और पशु-पक्षियों की बोलियाँ बोल-बोलकर बच्चे को चुप कराने में कामयाब हो जाता है। मैं उस बात का दावा करता हूँ कि उस बूढ़े की ही तरह मैं भी किसी भी रोते हुए बच्चे को चुटकी बजाते चुप करा सकता हूँ।"

"अगर बच्चे ने गोद में पाखाना-पेशाब कर दिया, तब?" हँसते हुए बोल पड़ेगी दिव्या, "तब क्या करेंगे?"

एक क्षण के लिए अकबका जाएगा शशांक; बुदबुदाएगा, "पता नहीं, वह बूढ़ा क्या करता था;" और फिर गुस्सा भरकर बोलेगा, "मैं तो जमीन पर पटक दूँगा। चुप भी कराऊँ, और ऊपर से..."

"पटक देंगे जमीन पर?" अचानक गमगीन मुद्रा में बोल पड़ेगी दिव्या।

खिलखिलाकर हँसने की बजाय दिव्या को उदास होकर बोलते देख घबरा जाएगा शंशाक और झटपट कह बैठेगा, "नहीं-नहीं, ऐसा मैं कर सकता हूँ भला! मगर, यह जान लो, बच्चा मेरी गोद में पाखाना कभी करेगा ही नहीं। बच्चे को गोद में लेने से पहले मैं हर बार भगवान को स्मरण कर लिया करूँगा। अगर इस पर भी भगवान ने दगा दिया, तो अपना करम ठोंक लूँगा। करम तो तुम ठोंकोगी, अगर बच्चे को मेरी गोद में देने से पहले अच्छी तरह से उसकी जाँच-परख नहीं कर लोगी। बच्चा तो छुलछुलाना भी शुरू करेगा, तो मैं इतनी जोर से चीखूँगा कि घर के किसी भी कोने से तुम दौड़ती-हाँफती पहुँच जाओगी मेरे सामने और मैं तड़ाक बच्चे को तुम्हारी गोद में 'पकड़ो पकड़ो' कहते हुए डाल दूँगा। घबराकर पेशाब रोक रखा हुआ बच्चा तुम्हारी गोद में स्थिर होते ही फिर से छुलछुलाना शुरू कर देगा और मैं उछल-उछलकर तालियाँ बजाने लगूँगा।"

"यह सपना तो बहुत प्यारा लगेगा आपको? सच तो और भी प्यारा?"

"मैं सपने की बात कर रहा हूँ, सच की नहीं। तुम तो जानती हो कि चिलका-बच्चा से मुझे कितनी घिन लगती है। आज तक अपने किसी भानजा-भानजी को भी मैंने अपनी गोद में नहीं बिठाया है। गोद का बच्चा गुंडई करता चला जाए, मगर तुम उस पर गुस्सा नहीं सकती, गुस्से में एक तमाचा लगा नहीं सकती। किसी लड़कोरी औरत के पास तो मैं दो मिनट ठहर नहीं सकता। ऐसी बदबू आएगी उसकी देह से कि पास में खड़ा रहकर साँस लेना मुश्किल हो जाएगा। पूरा घर ही इस तरह गँधाता है कि घर के लोग, मैं समझता हूँ, मजबूरी में रुके रहते हैं उस घर में। ये बच्चे तो रात की नींद तक हराम कर देते हैं। कुछ दिन पहले नारायण गुप्ता के घर से अक्सर आधी रात को उसके बच्चे के लगातार रोने-चीखने की आवाज आती थी, और यहाँ इस घर में मेरी नींद टूट जाया करती थी। उस वक्त ऐसी खीस होती थी कि मन होता था, एक डंडा लेकर बाहर निकलूँ, नारायण गुप्ता का दरवाजा खुलवाऊँ, पहले तो कुछ पूछे कहे बगैर एक-एक डंडा दोनों मियाँ-बीवी को जमाऊँ और तब कहूँ, 'अगर बच्चे को रोने-चिल्लाने से रोक नहीं सकते, तो सुबह होते-होते उसे ननिहाल रवाना करो। कल फिर मुझे नींद में बाधा आई, तो इस बार भाला लेकर आऊँगा।' सच कहता हूँ,

दिव्या, ऐसे घर में मैं एक दिन भी काट नहीं सकता। मगर तब भी लोगों को जब अपने बाल-बच्चों से सटते-लिपटते देखता हूँ, तो मन में इच्छा होती है कि एक बार सपने में देखूँ कि अपने बच्चे के साथ मैं भी सटता-लिपटता हूँ क्या, मैं भी और लोगों की तरह बिलकुल जानवर तो नहीं हूँ! बस एक बार सपने में कुछ अनुभव कर लेना चाहता हूँ।"

"सपने में और क्या-क्या देखना चाहते हैं?"

"दिल से पूछ रही हो?"

"हूँ।" हुँकारी भरेगी दिव्या।

"बच्चा पालने में झूल रहा हो और तुम उसे लोरी गाकर सुला रही हो। मैं कभी अपने कमरे से पालने में झूल रहे बच्चे को झाँकने चला जाता हूँ और कभी अपने कमरे में ही लेटा तुम्हारी लोरियाँ सुनकर मुस्कराता हूँ, आनन्दित-आह्लादित होता हूँ।"

"मुझे तो कोई लोरी नहीं आती।"

"बच्चा पैदा होता है, तो माँ आप-से-आप लोरी सीख लेती है। तुम्हें नहीं आएगी, तो मैं सिखा दूँगा।"

"आपको आती है लोरी?"

"हाँ, सुनोगी?"

"हूँ।" हुँकारी भर देगी दिव्या।

"तुम लोरी इस तरह गाओगी :

सो जा, सो जा राजकुमार,
पिछवाड़े में खड़ा सियार।"

मुस्करा उठेगा शशांक और आगे कहेगा :

"फूफी तेरी गई पिछवाड़े,
वह सियार था उसका यार।"

"धत, बेशर्म! लाज भी नहीं लगती!" डाँटकर बोलेगी दिव्या, "मैं ऐसी लोरी गा सकती हूँ भला!"

"क्यों?" भौं चढ़ाकर बोलेगा शशांक, "मेरे साथ तुम मजाक नहीं कर सकती? शौहर के साथ बीवी का हँसी-मजाक नहीं चलता है क्या?"

"हाँ, चलता तो है।"

"तो फिर तुम आगे यह भी जोड़ोगी :

डोली लेकर आया था
वह संग-साथ में चार कहार :
उसमें तेरी फूफी बैठी
बैठा दुलहा बना सियार।"

"हे राम! हे राम!" चीख पड़ेगी दिव्या, "साबो दीदी सुनेगी, तो उसे तो आपकी पुरानी दुश्मनी याद आ जाएगी।"

"तुम मुझे भी तो नहीं छोड़ोगी :

तेरा बाप दौड़कर आया,
कहा चीखकर, 'रुको कहार,
बहन न मेरी यों जाएगी,
रुपये लूँगा एक हजार।'"

"और वह सियार," दिव्या आँखें मटकाकर बोलेगी, "आपको एक हजार देकर पालकी उठाने के लिए कहारों को बोल देगा। आप एक हजार लेकर घर लौट आएँगे। अपने ही मुँह से ऐसी बातें बोल रहे हैं आप!"

"यह मैं नहीं, तुम बोल रही हो; लोरी तुम गा रही हो। और, लोरी में एक हजार रुपये नहीं देता है सियार। वह तो गुस्से में आ जाता है और बोलता है :

'दुर-दुर, रुपया एक न दूँगा,
कैसे दे दूँ एक हजार?
काली-कलूटी बहन तुम्हारी,
इसके दूँगा पैसे चार।'"

"हे भगवान!" माथा ठोंक लेगी दिव्या, "कौन-सी बहन आपकी काली-कलूटी है जो मैं ऐसी लोरी गाऊँगी? ऐसी दिल्लगी मैं नहीं कर सकती। अब मुँह बन्द कीजिए अपना।"

"वाह-वाह, तुम्हारी लोरी मैंने सुन ली, और अब मैं अपना मुँह बन्द रखूँ! तुम मेरे साथ दिल्लगी करोगी, तो मैं क्या तुम्हें यों ही छोड़ दूँगा! सुन लो, मैं क्या सुनाऊँगा लोरी में..."

"आप भी लोरी सुनाएँगे?"

"हाँ, सुनाऊँगा, चुप नहीं रहूँगा। सुनो अपनी लोरी का जवाब :

सो जा, सो जा, राजकुमार,
तुम्हारी मौसी पिछवाड़े में गई,
उसको लेकर भाग गया एक हाथी,
तुम्हारा मामा हरिचन्द दौड़ा,
हाथी को देखकर जोर-जोर से रोने लगा,
रो-रोकर उसने कहा हाथी से, 'जीजाजी, जीजाजी,
दो पैसे भी तो देकर जाइए...'

यह लोरी सुनकर तुम मुँह बिचका दोगी और कहोगी, 'ऊँहूँ, नहीं हुआ। इस तरह कहीं लोरी गाई जाती है! कोई तुक ही नहीं है;' और मैं जवाब दूँगा, 'तुक नहीं है, तो क्या हुआ! अर्थ तो है इसमें।' और, अगर मेरी लोरी सुनकर बच्चा सोने की बजाय और भी जगकर रोना शुरू कर दे, तो मैं उसे चुप कराने ठहर नहीं जाऊँगा वहाँ; चुपचाप अपने कमरे में वापस सोने चला जाऊँगा। क्यों, यह ठीक रहेगा न?"

अब तक दिव्या की पलकों पर सचमुच कोई सपना उतर आएगा। कुछ भावुक हो उठेगी वह। उसके मन में न जाने क्या-क्या घुमड़ने लगेगा अब! वह पूछ बैठेगी, "सपने में कुछ और भी देखना चाहते हैं?"

"हाँ, दिव्या, और भी बहुत कुछ देखना चाहता हूँ। देखना चाहता हूँ, बच्चा कुछ बड़ा होकर गुल्ली-डंडा खेलने लगता है। एक दिन उसे पकड़कर मैं कहता हूँ, 'बहुत शेखी बघारता है तू कि इसको हराया, उसको हराया। आज खेल तो मेरे साथ। आज देख, मैं तुम्हें कितना पदाता हूँ।' अविश्वास और विस्मय की निगाह से वह मुझे घूरता है और फिर कहता है, 'आप खेलेंगे, पिताजी? इस उम्र में?' और, जब मैं उसे 'डर गए?' कहकर ललकारता हूँ, तो वह छाती फुलाते हुए चला आता है मेरे साथ पिछवाड़े में खेल खेलने। खेल में झगड़ा हो जाता है; मैं उसे और वह मुझे बेईमान कह देता है। सपने में ही सही, मगर यह सुनने में बड़ा ही मजा आएगा कि मेरा बेटा मुझसे कहे, 'आप पक्का बेईमान हैं, पिताजी।'"

खोई निगाहों से दिव्या उसे निहारती रहेगी और शशांक सुनाता रहेगा, "सपने में देखता हूँ कि राधेश्याम बैठा हुआ है और तुम हमें नाश्ता परोसते हुए राधेश्याम को सुनाती हो, 'कल शाम में ही मिठाई मँगवाई थी। अभी परोसने के लिए जाती हूँ, तो देखती हूँ कि पूरा दोना ही खाली है। अभी भी इनकी आदत सुधरी तो है नहीं। रात में किसी वक्त उठकर पूरा दोना चट कर गए होंगे।' तब मैं अपनी मुस्कराहट दबाकर जवाब दे देता हूँ तुम्हें, 'मुझे कैसे गंध मिल गई मिठाई की! अपने बेटे से पूछो कि दोना कैसे खाली हो गया। एकदम चटोरा निकला है यह; बिलकुल अपने मामा पर गया है'...शीशे का कोई आधान तुमसे ही फूट जाता है। जब उस पर नजर पड़ते ही मैं गरज-गरजकर महँगाई और गृहस्थी पर तुम्हें भाषण सुनाने लग जाता हूँ, तो बीच में ही तुम चीख पड़ती हो, 'अपने लाड़ले को डाँटिए जाकर; वही कमरे में गेंद उछाल रहा था।'...बच्चे की किसी शैतानी की खबर मिलते ही मैं तुम पर टूट पड़ता हूँ और तुम्हें बच्चे को शह देने और उसकी तरफदारी करने पर खूब कोसता हूँ। कभी तुम उफनती-उबलती चली आती हो मेरे सामने और रुआँसी आवाज में गुस्सा भरकर बोलती हो, 'मैं कह देती हूँ, अब अपने चिबिल्ले बेटे को सँभालिए। मैं लोगों के उलाहने सुनते-सुनते तंग आ गई हूँ। आपके दुलार ने बच्चे को बिलकुल खराब कर दिया है। ऐसा बेटा आज तक नहीं देखा जिसे बाप का कोई डर ही नहीं।' बच्चा होगा, तो एक-न-एक झगड़ा होता ही रहेगा हमारे बीच। तुम किस तरह झगड़ती हो, यह देखने में मुझे कितना मजा आएगा! आएगा न?"

हाँ-हूँ करने की बजाय दीर्घ निश्वास छोड़कर बोलेगी दिव्या, "भगवान करे, आपके लिए यह सब सपना नहीं, सच होकर आए।"

"हाँ, दिव्या," बच्चों की तरह बोलने लगेगा शशांक, "अब यह सच ही हो जाए। सपने में खाक मजा आएगा! अब हम भगवान को जगाएँगे, उन्हें प्रसन्न करेंगे। कैसे खुश नहीं होंगे भगवान! हमारी एक बात तो उन्हें माननी ही पड़ेगी...अरे, यह क्या!... तुम्हारी आँखों में आँसू!...रो रही हो क्या?...लो, इसमें रोने की क्या बात है!...मैं तो केवल सपने की बात कर रहा था। तुमने सच पर जोर दिया, तो मैंने हाँ कर दी। मैं तो तुम्हारे लिए तैयार हुआ था। यह उम्मीद मत रखो मुझसे कि बच्चे के लिए मैं किसी देवता के आगे सिर पटकने जाऊँगा। तुम्हें भगवान से अपने लिए माँगना हो, तो माँगो; मेरे लिए माँगने की गलती मत करना। मैं किसी लन्द-फन्द में पड़ना नहीं चाहता हूँ। गुल्ली-डंडा खेलने के लिए मैं आफत का पहाड़ उठा लूँ अपने सिर पर! इतना मूर्ख हूँ क्या! चलो, उठो, चाय पिलाओ। देर तक चाय नहीं पीने से ऐसे ही दिमाग गड़बड़ाने लगता है।"

शायद दिव्या तीखी निगाहों से चुपचाप उसके चेहरे को घूरने की बजाय बगैर कोई जवाब दिये उसके आगे से चली जाएगी। क्या-क्या सपने बुनता है शशांक, यह सुनने बैठ नहीं जाएगी वह। वहाँ से हटकर एक कोने में चुपचाप आँसू बहाने और जी-भर रो लेने के लिए आगे बढ़ जाएगी वह। शशांक ने सपने में क्या देखा, क्या नहीं देखा, यह सब उस बेचारी से पूछने की क्या जरूरत! सपने में कोई बच्चा उधम मचा रहा था इस घर में, इस सपने को मन में ही रख लेता वह। कोई दो आदमी एक सपने को एक साथ मिलकर तो नहीं देखते! जान-बूझकर क्यों पूछा गया उससे यह सब! जब घर का आदमी, अपना मर्द भी ताना देने लगे, तो रो-रोकर जिन्दगी गुजार देने के सिवाय और क्या चारा है! अब रो-रोकर ही तो यह जिन्दगी कटेगी उसकी!

"क्यों, दिव्या, आगे बढ़ गई? कोई जवाब नहीं दिया?" बगैर कोई जवाब दिये चुपचाप चली जा रही दिव्या को रोककर पूछ बैठेगा शशांक।

"क्या जवाब चाहते हैं आप?" तिलमिलाकर बोलेगी दिव्या, "बोलिए, क्या जवाब चाहते हैं? कोई बात घुमाकर क्यों पूछते हैं? खुलकर क्यों नहीं बोलते? क्या जवाब दे सकती हूँ मैं? जब बाँझ ही निकल गई मैं, तो अब क्या जवाब दूँ?"

"दिव्या, यह सब क्या बकने लगी! मैंने तो...मेरा मकसद..."

"खूब समझती हूँ मैं आपका मकसद; खूब समझती हूँ, आप ताने दे-देकर क्या कहलवाना चाहते हैं मुझसे। मगर, यह आपने कैसे सोच लिया कि मैं आपको कुछ करने से रोकूँगी, हल्ला करूँगी, हंगामा मचाऊँगी? जो जी में आए, कीजिए; मैं कौन होती हूँ रोकनेवाली!"

"कैसे नहीं हो तुम रोकनेवाली, अगर मैं कुछ गलत करूँ तो? मगर...मगर मैं

करने क्या जा रहा हूँ?...क्या कहा मैंने?...क्या सुन लिया तुमने?...मैंने तो..."

"जो आप सुनाना चाहते थे, वह सुन लिया। मैं रोड़े नहीं अटकाऊँगी। इस घर में जगह मिलेगी, तो एक कोने में रहकर, एक पेट खाकर अपनी बाकी उमर, काट लूँगी।"

"क्या बके जा रही हो? पूरी बात तो सुनो..."

"अब सुनने को बचा क्या है; सब तो सुन लिया।"

"क्या सुन लिया? बोलो, क्या सुन लिया?"

"सुन लिया कि मैं बाँझ हूँ; सुन लिया कि आपको एक बच्चा चाहिए; सुन लिया कि आप शादी रचाकर एक औरत को घर में लाना चाहते हैं। ले आइए जिसे लाना हो। इस घर में जगह नहीं मिलेगी, तो किसी कुएँ में जगह ले लूँगी।"

"मैंने ऐसा कब कहा कि मैं शादी..."

"और कैसे कहा जाता है! आपने सपने में एक ऊधम मचाते बच्चे को अपने घर में देख लिया और अब बहुत भावुक होकर मुझसे पूछ रहे हैं कि यह सपना है या सच। अभी भी क्या मैं नहीं समझूँगी कि आप अब एक बच्चे के लिए व्याकुल हो रहे हैं!"

"और इसके लिए अब मैं एक शादी भी करना चाहता हूँ?"

"नहीं तो क्या बच्चा आसमान से टपकेगा आपके घर में ऊधम मचाने के लिए?"

"तुम बेवकूफ हो, बात सुने-समझे बगैर उड़ जाती हो।"

"हाँ-हाँ, बेवकूफ तो हूँ ही मैं, मगर किसी के मन की बात समझने के लिए काफी अक्ल है मेरे पास।"

"तुम यह बात जान लो, दिव्या, कि अगर तुम मर भी गई, तो मैं किसी औरत को इस घर में लाने नहीं जा रहा हूँ। एक बच्चे के लिए शादी तो..."

"यह सब अब मुझे मत सुनाइए आप; मन में जो इच्छा है उसे पूरी कर लीजिए। मैं कोई पाप अपने सिर लेना नहीं चाहती।"

"मेरे मन में ऐसी कोई इच्छा नहीं है, दिव्या। तुम विश्वास तो करो मेरी बात का।"

"जो मैं जान चुकी हूँ उसे छिपाने से क्या फायदा! मैं चार सौतों के साथ रह सकती हूँ, मगर दुबारा आपसे कोई ताना सुनना पसन्द नहीं करती।"

"मैं ताना नहीं दे रहा था, दिव्या।"

"मैं नहीं मानती।"

"तो जबरन शादी कराओगी क्या?"

"हाँ, वह तो अब होकर रहेगी, नहीं तो मैं जान दे दूँगी।"

"तो फिर दे दो जान," कड़क उठेगा शशांक, "एक औरत की जिन्दगी मैं बरबाद कर चुका हूँ; अब एक औरत को बरबाद करने का पाप मैं भी अपने सिर उठाना नहीं चाहता। सुन लिया न; अब दे दो जान।"

नहीं, रुककर सुनेगी नहीं, चुपचाप आगे से चली भी नहीं जाएगी। फफककर रो पड़ेगी दिव्या। फफककर रो पड़ेगी यह याद आते ही कि एक बच्चा ऊधम मचाया

करता था उसके घर में। जो सच उसकी साँसों में बसा हुआ है उसे सपना कैसे मान लेगी वह!

दिव्या को हथेलियों से मुँह ढाँपकर फफक उठते देख हतप्रभ हो उठेगा शशांक, "अरे, यह क्या! यह क्या कर रही हो? रो क्यों पड़ी?"

"क्या सपना था?...क्या सपना था?" चीखकर और भी जोर-जोर से रोने लगेगी दिव्या।

देर तक किंकर्तव्यविमूढ़ खड़ा रह जाएगा शशांक, दिव्या को सिसकियाँ भरते देखता रह जाएगा चुपचाप, और फिर आगे बढ़कर हल्के से छूएगा उसे और धीमी आवाज में फुसफुसाएगा, "दिव्या...दिव्या..."

आँसू रोककर बोल पड़ेगी दिव्या, "जो सच मेरी कोख में नौ महीनों तक पलता रहा, जिस सच को मैंने अपनी छाती का दूध पिलाया, उस सच को मैं सपना मान लूँ? कैसा लग रहा है आपको...पालने में सपना झूला करता था? आँगन में सपना खेला करता था? मैं दिन-रात माँ-माँ की आवाज सपने में सुना करती थी? कौन ऊधम मचाया करता था हमारे घर में?...टीपू!...मेरा बेटा!..."

दिव्या की आँखों में फिर से भरभरा आए आँसू पोंछ देगा शशांक और कहेगा, "दिव्या, मुझे माफ कर दो; मैंने तुम्हारा दिल दुखा दिया। मैं तो यह चाहता था...मैं चाहता था, दिव्या, कि जो सच हमें दुख पहुँचा रहा है उस सच को सपना मानकर क्यों नहीं हम मुक्त हो जाएँ इस दुख-दर्द से! मेरे कलेजे में भी दर्द है, दिव्या। जिस दिन तुमने मेरे कान में अमृत घोल दिया था उस दिन से ही मेरी कोख में भी पलने लगा था तुम्हारा टीपू। जिस दिन अपनी गोद के बच्चे को पहली बार मेरी ओर बढ़ाते हुए तुमने कहा था, 'लीजिए, अब सँभालिए अपने बेटे को,' उस दिन से मैं भी अपनी छाती का दूध पिलाते आया था तुम्हारे टीपू को। आज भी मैं उसे कभी अपनी गोद में बैठा, कभी अपनी पीठ पर लदा और कभी अपने कन्धे पर झूमता महसूस कर लेता हूँ। यह सपना भी होता, तो सच की तरह लगता मुझे। मगर इस सच को भी मैं भुला देना चाहता हूँ, सपना मान लेना चाहता हूँ। तुम भी अब इसे सपना मान लो, दिव्या, सपना ही मान लो।"

"कैसे मान लूँ इसे सपना?...कैसे?...कैसे मान लूँ?...बोलिए न," शशांक की छाती में अपना सिर डाल देगी दिव्या और आँसू का तार बँध जाएगा।

ठीक ही तो कहती है दिव्या, कोई कैसे भुला दे यह सब, कैसे मान ले इसे सपना!- दिव्या के माथे पर हाथ फेरते हुए सोचने लगेगा शशांक। उसने खुद ही क्या सचमुच भुला दिया है टीपू को; मान लिया है कि किसी टीपू को सपने में देखा करता था वह?

तब, मेज पर सामने पड़ी तसवीर में किसके मुखड़े को एकटक अभी भी निहार रहा है वह? यह भी क्या सपना ही है? टीपू को सपने में आया मानकर अभी भी क्यों वह

उस बच्चे की तरह उदास हो रहा है जो सपना के टूटते ही मिठाई का दोना ढूँढ़ते हुए तड़पने-कलपने लगता है? जिस तरह कभी हवा में तैरते हुए वह बुदबुदा उठा था, "धत, यह सपना है," उसी तरह सामने की तसवीर को निहारते हुए अभी भी क्यों नहीं बुदबुदाता है वह, "धत, यह सपना है...सपना ही है यह...?"

भुलाया जा सकता है टीपू को जो उसका बचपन दुबारा लेकर आया था उसके पास?

भुलाया जा सकता है उस टीपू को जो देशान्तरित पिता की उँगली थाम उसे फिर से अपनी जमीन, अपनी मिट्टी, अपनी डीह की ओर घुमाने निकल गया था?

गुजरे हुए लोग, भुलाई हुई गलियाँ, बिछड़े हुए दोस्त, गुम हो गईं स्मृतियाँ टीपू ही तो इन सबको लौटा लाया था उसके पास। शशांक का बचपन फिर से दौड़ने लगा था राजगंज की गलियों-मैदानों में, चकफेरी देने लगा था, शरारतें करने पर आमादा हो गया था, जमीन के चप्पे-चप्पे से कुछ बतियाने लग गया था...

फनफनाती आती है दिव्या और शशांक को सुनाने लग जाती है, "आपको भूख नहीं लगती, तो क्या दुनिया में किसी को भूख नहीं लगती! सुबह से निकला हुआ है टीपू और अभी तक कुछ खाया-पिया नहीं है। भूख से छटपटा रहा होगा, मगर घर आकर खा नहीं सकता।"

शान्त स्वर में पूछता है शशांक, "अभी होगा कहाँ वह?"

"खेल रहा होगा बड़का कुआँ के पास, और कहाँ होगा!" कहकर दिव्या वहीं खड़ी रह जाती है कि बाप अब अपना आराम त्यागकर उठे और भूखे बेटे को बुला लाए।

शशांक लेटा रह जाता है। वह भी तो बचपन में जाया करता था बड़का कुआँ के पास जेब में कौड़ियाँ भरकर। वहाँ भूख लगती है क्या! बड़का कुआँ को तो किसी बड़े देवता ने वरदान दिया है, "रे बड़का कुआँ, मैं तुम्हें यह वर देता हूँ कि जो भी बच्चा तुम्हारे आसपास रहेगा, उसे न तो भूख सताएगी न प्यास।" जो बच्चा पेट भरा रहने पर भी इस-उस चीज को खाने के लिए घर में ठुनकता रहता है, उसे भूख सताएगी, तो क्या बड़का कुआँ के पास से भागकर वह घर नहीं आ जाएगा? बड़का कुआँ क्या बच्चे को जंजीर लगाकर रखता है?

शशांक को निश्चिन्त देखकर दिव्या झनक उठती है, "क्या हुआ, बुला क्यों नहीं लाते उसे? बिस्तर छोड़ा नहीं जा रहा है क्या?"

आलस की बात नहीं है। जरूरत पड़ने पर वह इस धूप में भी करमनचक दो बार जा सकता है और दो बार आ सकता है। उसे यह अच्छा नहीं लगता है कि बड़का कुआँ के पास जाकर बच्चों की भीड़ में से वह अपने बच्चे को पकड़ लाए। और भी बच्चे होंगे वहाँ, तभी तो टीपू अभी तक खेल रहा है उनके साथ। अब यह तो अच्छा नहीं लगता कि बड़का कुआँ के पास जाकर वह चीखे-चिल्लाए, दूसरे बच्चों पर गुर्राए और, क्या पता, कुछ देर खड़ा होकर उन्हें उपदेश ही सुनाने लगे। बड़का कुआँ को

बड़े देवता ने एक दूसरा वर भी तो दे रखा है, "रे बड़का कुआँ, मैं तुम्हें यह वरदान देता हूँ कि तुम्हारे पास जो भी बड़े-बुजुर्ग आएँगे, वे तत्काल उपदेशक बन जाएँगे; उनके मुँह से अनमोल मोती झड़ने लगेंगे; सूक्तियों का ताँता बँध जाएगा; अनमोल बोलों की भीड़ जमा हो जाएगी।" वहाँ पहुँचकर गँजेड़ी बाप भी बच्चों के छुप-छुपकर बीड़ी पीने का सन्देह कर बैठता है और इससे कलेजा जल जाने की बात उन्हें सुनाने लग जाता है। जुआरी भाई वहाँ जाते ही बच्चों को कौड़ी-गुल्ली का खेल खेलने से रोक देता है और पिछले जुर्म के लिए उनके कान ऐंठने लगता है। ऐसे उपदेशक से बच्चे बहुत चिढ़ते हैं, उन पर बहुत हँसते हैं। यहाँ तो पैदा होते ही हर बच्चा यह खबर लगाने लगता है कि बचपन में उसका बाप क्या-क्या किया करता था, चाचा कैसी-कैसी शरारतें करते थे, बड़े भैया की क्या-क्या करतूतें हुआ करती थीं। कोई-कोई बच्चा तो दूसरे के बाप-भाई की भी जानकारी रख लेता है। टीपू को सबके सामने से बुलाने का मतलब होता है उन सारे उपस्थित-अनुपस्थित बच्चों से टकराना। वह ऐसा नहीं करेगा, शशांक मन में निर्णय लेता है और लेटे-लेटे ही बीवी को सुनाता है—"अब आ ही रहा होगा। आ जाएगा थोड़ी देर में।"

"आप जाते हैं या मैं खुद जाऊँ?" आँखें तरेरकर पूछती है दिव्या।

शशांक धीरे-धीरे बिस्तर से उठता है। एक बार उसकी माँ खुद ही पहुँच गई थी बड़का कुआँ के पास। बिलकुल उसके पास नहीं जाकर जरा दूर से ही हाँक लगाई थी। मगर तब भी शशांक ने माँ को डाँटकर कहा था, "साबो दीदी को भेज ही देती हो मुझे बुलाने, तो फिर तुम क्यों चली आई यहाँ? अगर फिर कभी तुम आई, तो मैं पूरे दिन नहीं जाऊँगा घर।" शशांक ने नहीं चाहा कि टीपू भी माँ का आना नापसन्द कर उसे फटकारे। मगर बिस्तर से उठते हुए उसने तय कर लिया कि वह बिलकुल अपने पिता की नकल करेगा, और फिर उसने दिव्या को सुना दिया, "मैं जा रहा हूँ। पहले दूर से ही देख लूँगा कि टीपू बड़का कुआँ के पास है या नहीं। अगर वहाँ हुआ, तो चीखूँ-चिल्लाऊँगा नहीं; आहिस्ते से उसे बुलाऊँगा और अगर उसके आसपास दूसरे बच्चे मौजूद रहे, तो मीठी आवाज में ही कहूँगा, 'खाना खा लो, बेटे, फिर खेलना।'"

शशांक की बात को मसखरी मानकर दिव्या क्रीड़ा-कोप से कहती है, "आपका वश चले, तो टीपू का खाना तक पहुँचा आइएगा बड़ा कुआँ के पास।"

जब से टीपू जाने लगा है बड़ा कुआँ के पास, शशांक को यही लगता रहा है कि कितनी ही बार उसे टीपू की मारफत बुलावा भेजा है बड़का कुआँ ने अपने पास आने और ढेर सारी बीती बातें बतियाने के लिए।

टीपू फिर से ले गया था उसे कचहरी मैदान की ओर।

टीपू ने एक गेंद की फरमाइश की, तो झटपट हाँ भर दी शशांक ने और उसी दिन एक गेंद खरीदकर ला भी दिया। अगर ना कह देता वह, तो, क्या पता, भुनभुनाकर कह

ही बैठता छोकरा, "आपने तो बैजनाथ चाचा को बीड़ी पीते देख लिया और किसी को यह शुभ समाचार नहीं देने के एवज में एक गेंद वसूल लिया। मैं किसको पकड़ूँ?"

कचहरी मैदान में गेंद खेलते हुए शशांक को भी यह उम्मीद बँधी थी कि एक दिन राजकिशोर, बाबर और विश्वनाथ की तरह उसका भी नाम चमकेगा; मैदान के एक छोर में वह गेंद पकड़ूँगा, तो प्रतिद्वंद्वियों को नचाता, पानी पिलाता पहुँच जाएगा दूसरे छोर। मैदान में विरोधी दल के जो हमदर्द होंगे—बड़ा ही मीठा सपना देखा करता था शशांक—वे तो बार-बार चीख-चीख कर चेतावनी देते रहेंगे अपने खिलाड़ियों को, "लगे रहो शशंकवा पर...उसे मत छोड़ना...यह साला बहुत खतरनाक है...वह गेंद पकड़ने नहीं पाए; पकड़ लिया, तो गोल दागकर ही गेंद छोड़ेगा साला..." उस दिन तो, मन में सोचा करता था शशांक, वह जितनी गालियाँ सुनेगा उतना ही उसका सीना फूलता चला जाएगा। और, जब इस-उस गाँव से उसके दरवाजे पर हाथी आने लगेंगे उसे आदर-सत्कार के साथ ले जाने के लिए, तो उसके पिता का भी सीना जरूर फूल जाएगा, यह अनुमान किया करता था शशांक।

नाम थोड़ा भी नहीं चमका और कचहरी का मैदान छूट गया उससे। जब टीपू इस मैदान में कूदा, तब फिर से जुड़ गया वह इस मैदान से। फिर से उसने अपनी तैयारी जोर-शोर से शुरू की। उसका यह सोचना सर्वथा सही था कि यदि बाप किसी कारणवश पिछड़ भी गया है, तो उसे पिछड़ा हुआ नहीं माना जाएगा अगर बेटा बाप की देख-रेख में आगे निकल जाने में कामयाब हो जाता है। बेटे का नाम चमका, तो क्या बाप का नाम बगैर चमक के ही रह जाएगा! टीपू को ले जाने के लिए जब किसी गाँव का हाथी उसके दरवाजे पर पहुँचेगा, तो टीपू का आदर-सत्कार तो बाद में होगा, असली आरजू-मिन्नत तो पहले उससे की जाएगी। आए हुए लोग उसकी खुशामद करेंगे, "जाने दीजिए, बाबूजी; टीपू नहीं गया, तो हमारी मिट्टी पलीद हो जाएगी।" गाँव के लोग तक पैरवी करने चले आएँगे, "जाने दीजिए टीपू को, शशांक भाई; इसके कारण अब तो अपने गाँव का नाम बिकता है।" कभी-कभी तो दरवाजे पर किसी हाथी के रुकते ही, शशांक अभी से ही सोच लेता है, वह दिव्या के सामने ऊपरी मन से भुनभुना उठेगा, "अब यह कहाँ का हाथी आ गया! यह लड़का, लगता है, पढ़ नहीं सकेगा, खेल ही खेलता रह जाएगा। दस आदमी घेर लेते हैं, तो मुझसे ना कहा भी तो नहीं जाता।"

वह तो भुला चुका था बाजो माली को। टीपू ने उसकी याद करा दी, उसके घर तक ले आया। फल का एक गठरीनुमा झोला कन्धे से लटकाए पूरे गाँव में फूल बाँटने निकलता था बाजो। कितनी ही बार माँ के कहने पर वह बाजो को बुलाने उसके घर गया था। बाजो चौकी पर कहाँ बैठा हुआ मिलता था उसे, इतना तक याद आ जाता है शशांक को। बाजो का चेहरा-मोहरा तक उभरने लगता है उसके सामने—काला

रंग, खिचड़ी दाढ़ी, कुछ-कुछ धँसा हुआ ललाट, छोटी-छोटी आँखें। बाजो ने बुढ़ाना शुरू किया था उस वक्त ही।

अब तक बाजो मर चुका होगा क्या?

कितना अच्छा हो, नहीं मरा हो बाजो! अपनी पुरानी जगह पर बैठा दिख जाए वह! शशांक उसके पास पहुँच जाए और पहली बार उसे प्रणाम कर सुनाने लगे उसे, "मुझे पहचान रहे हैं न, चाचा? मैं शशांक हूँ। बचपन में बराबर आता रहता था आपके पास। हर बार जिद कर आपसे बेला की एक माला लेकर ही लौटता था...अब क्या फूलों के गाछ नहीं हैं आपके पास?...देखिए न, मेरा बेटा टीपू फूलों का बड़ा ही शौकीन है..."

बचपन में जहाँ फूल के गाछ देखे थे उसने, वहाँ अब फूल का एक भी गाछ दिखाई नहीं पड़ता। मगर, फूल का धन्धा बन्द थोड़े ही कर दिया होगा बाजो के बेटों ने! देर तक हाल-समाचार पूछने के बाद जरूर बोलेगा बाजो, "कल से अपने बेटे को भेज दिया करना मेरे पास। मैं उसे ढेर से फूल दिया करूँगा।" और, जब शशांक वहाँ से चलने के लिए उठेगा, तो उसे एक क्षण रुकने के लिए कहकर बाजो अपनी किसी पतोहू को हाँक लगाएगा और अन्दर से कोई आवाज नहीं मिलने पर खुद ही उठकर अन्दर जाएगा और वहाँ से बेला की एक माला ले आकर उसके हाथ में पकड़ा देगा।

इस बाजो को मरा हुआ कैसे मान ले वह! टीपू ने अगर जिन्दा कर दिया है उसे, तो अब वह जिन्दा ही रहेगा। एक लड़की को उसी पुराने घर से निकलकर बगल के एक घर में घुसते देखा था शशांक ने, मगर उस लड़की से यह पूछना सम्भव नहीं हुआ उसके लिए कि बाजो मर गया या जिन्दा है। गाँव में भी किसी से नहीं पूछा उसने बाजो के बारे में। क्या पता, कोई कह ही दे," बाजो तो कब का मर चुका है।" तब कितना दुखी हो जाएगा वह! अभी इतनी आशा तो है कि किसी दिन अपने घर पर बाजो जरूर मिल जाएगा, और उस दिन, जहाँ से भी हो, बेला की एक माला का जुगाड़ करना पड़ जाएगा बाजो को उसके लिए। उसे पता तो है, कितना जिद्दी है यह शशांक।

एक दिन अचानक टीपू मचल उठता है, "पिताजी, मुझे एक पिल्ला चाहिए।"

शशांक तीखी निगाहों से बेटे को घूरता है। अब बेटे के लिए एक पिल्ले का इन्तजाम भी बाप ही करे! उसे भी तो बचपन में एक पिल्ले की जरूरत हो गई थी, मगर उसके लिए पिल्ले की तलाश में उसके पिताजी तक कभी नहीं निकले थे। हाथ में जंजीर लिये अपने ममेरे भाई सुबोध के साथ दिन-दिन-भर वह पूरे गाँव की चकफेरी दिया करता था पिल्ले की तलाश में। पेट काटकर और जीभ पर काबू रखकर वह एक-एक पैसा जुटाता था कुत्ते को मांस खिलाकर अपने घर टिकाने के लिए। मगर यहाँ तो बेटे ने बाप को जिम्मेदारी सौंप दी और खुद दौड़-धूप और त्याग-तपस्या से मुक्त हो गया। नहीं होगा यह सब; बेटा अपने लिए पिल्ले का इन्तजाम आप करे।

अचानक तीखी निगाहों में मुस्कराहट उतर जाती है। वह पूछता है बेटे से, "कुत्ते का बच्चा ही चाहिए न, पिल्ला हो या पिल्ली?"

"नहीं, पिल्ला चाहिए, पिल्ली नहीं," बेटा तत्काल जवाब देता है।

बेटे को मुसहरी भेजा जा सकता है कुत्ता के बच्चे के लिए। शशांक को बचपन में अपने एक दोस्त मोहन से यह खबर मिली थी कि मुसहरी में ढेर सारे पिल्ले हैं। अभी भी मुसहरी में पिल्लों की कमी नहीं होगी। मगर, टीपू कुत्ते के जिस बच्चे को लेकर आएगा वह पिल्ला ही होगा क्या? अगर उसकी माँ ने भी मुँह बिचकाकर कह दिया, "धत, यह तो पिल्ली है," तब?

जब-जब शशांक कुत्ते का बच्चा लेकर मुसहरी से घर पहुँचा था, हर बार उसकी माँ ने उस बच्चे को पिल्ली करार दिया था। तंग आ गया था शशांक और अन्त में माँ से पूछ बैठा था, "आखिर पिल्ला होता है कैसा?" उसे आज याद नहीं कि माँ ने क्या जवाब दिया था, मगर टीपू के इस सवाल पर दिव्या तो साफ-साफ कह देगी, "मुझे नहीं मालूम; अपने पिताजी से पूछो।" और तब टीपू दौड़ा हुआ आ जाएगा उसके पास अपने सवाल के साथ। वह क्या जवाब देगा भला!

उसने जरा हँसकर, मगर इस हँसी का कारण बताए बगैर, बेटे से कहा, "चलना मेरे साथ; मैं तुम्हें मुसहरी से एक पिल्ला ला दूँगा।"

और, एक बार फिर टीपू के साथ वह अपनी पुरानी मुसहरी को देखने गया था। और, इस नई मुसहरी में देर तक वह अपनी मुसहरी की उन जगहों को ढूँढ़ता रहा जहाँ एक अलाव जलता रहता था, एक बुढ़िया बैठी खाँसती रहती थी, नंगे बच्चे कुत्तों और पिल्लों के साथ खेलते रहते थे...

एक पिल्ला उपलब्ध करा देने की बात हँसकर बोलते-बोलते अचानक शशांक ने अपने कन्धे पर एक मोटे-ताजे बन्दर का बोझ महसूस किया। उसे लगा कि जो बच्चा बन्दर उसके बचपन में उछलकर उसके कन्धे पर चढ़ बैठा था, वह आज भी वहीं बैठा हुआ है और इतने दिनों में अब काफी मोटा-ताजा भी हो गया है। वह सिहर उठा। अपने दोनों कन्धे उचकाकर बेटे से कहा उसने, "पिल्ला पोसने की इजाजत तो मैं दे देता हूँ, मगर, सुन लो, घर में बन्दर पोसने नहीं दूँगा। कोई घर पर मुफ्त में भी बन्दर देने आए, तो उसे रखने से इनकार कर देना।"

"क्यों, पिताजी?" उत्सुकतावश पूछ दिया बेटे ने।

बाप ने अनमने भाव से जवाब दिया, "बन्दर ऐसा जानवर नहीं है कि पोसा जाए। दिन-भर किकियाता और दाँत किटकिटाता रहेगा। एक बार पिताजी को मालूम हुआ कि मैं बन्दर पोसना चाहता हूँ, तो वे खड़ाऊँ लेकर मुझे मारने दौड़े थे।"

"खड़ाऊँ लेकर दौड़े थे दादाजी!" बोलते हुए टीपू ताली बजा-बजाकर हँसने लगा था। शशांक ने बेटे को हँसते देखा और मन-ही-मन यह सोचकर मुस्कराने लगा

कि अगर बेटे को असली किस्सा मालूम हो जाए, तो यह, न जाने कितने दिनों तक, हँसता-नाचता रह जाएगा।

शशांक को बचपन में जब कभी बुखार आता था और दो-चार दिनों तक चढ़ा रह जाता था, तो बिस्तर पर पड़े-पड़े वह सोचने लगता था कि यह बुखार अब कभी उतरेगा नहीं। यह सोचकर वह काफी दुखी और निराश हो जाता था कि अब जिन्दगी-भर वह बिस्तर पर ही पड़ा रह जाएगा, अब कभी और बच्चों की तरह वह खेल-कूद नहीं सकेगा, अब कभी उसे खाने को मिठाई-पकवान नहीं मिलेंगे। काश, वह अच्छा हो जाए; बुखार उतर जाए उसका! रह-रहकर सोचता था वह।

जब बन्दर का बच्चा उसके कन्धे पर चढ़कर उतरने से बिलकुल इनकार कर दिया, तो उसे लगा कि बुखार तो उतर जाया करता था, मगर यह बन्दर अब कभी नहीं उतरेगा उसके कन्धे से। उसकी कल्पना में यह दृश्य आ गया कि उम्र बढ़ने के साथ यह काफी बड़ा हो गया है, और उसके कन्धे पर बैठा बच्चा बन्दर अब काफी मुटाकर भीम बन्दर बन गया है और अभी भी उतरने का नाम नहीं लेता था। वह बेहद रुआँसा हो उठा था यह दृश्य देखकर।

इस बन्दर के कारण ही आज तक वैर-भाव बना हुआ है उसके मन में गिरिधारी के प्रति जिसने पहले तो उसे पैसे तक का लोभ दिया था उस बन्दर को पाने के लिए और बाद में बन्दर को उत्पाती मानकर मुफ्त में भी शशांक के कन्धे का बोझ हल्का करने से साफ इनकार कर दिया था। और, यह तो अचरज की बात है कि एक समझदार बुजुर्ग बचपन के उस बोझ को अभी भी अपने कन्धे पर महसूस कर ले; बन्दर को कन्धा छोड़े एक जमाना गुजर चुका है।

एक मन हुआ शशांक का कि वह बेटे को असली किस्सा सुना ही दे। मगर, सुनाना उसने इस तरह शुरू किया, "बचपन में एक बार मेरा एक साथी बन्दर का एक बच्चा पोसने के लिए ले आया। पहले ही दिन बन्दर उसके कन्धे से इस तरह चिपका कि उतरने का नाम ही नहीं ले रहा था। मेरा वह साथी बहुत भयभीत हो गया और रोने लगा। वह रोते हुए मेरे पास आया। मुझे एक तरकीब सूझी। कोई खाने की चीज मैंने उससे कुछ दूरी पर रख दी। ज्यों ही बन्दर खाने के लिए नीचे उतरा, मैंने उसे चिल्लाकर कहा, 'भागो।' वह लड़का जान छुड़ाकर भागा और अपने घर में ऐसा घुसा कि एक हफ्ते तक इस डर से घर से बाहर नहीं निकला कि वह बन्दर अभी भी कहीं आसपास ही होगा और उसके कन्धे पर फिर से चढ़ बैठने के लिए अभी भी उसे ढूँढ़ रहा होगा।"

टीपू खिलखिलाकर हँसा और बोला, "पिताजी, आपका वह साथी बड़ा ही डरपोक होगा।"

बाप नहीं हँसा, मुस्कराया तक नहीं। बेटे के मन्तव्य से चिढ़कर उसने तुरन्त यह फैसला कर लिया कि बेटे को असली किस्सा वह नहीं सुनाएगा, और अपने को इस

बात के लिए सावधान कर दिया कि बेटे को हँसी के ढेर सारे किस्से सुनाते हुए भविष्य में कभी भूल से भी बन्दर का असली किस्सा उसके मुँह से निकल न जाए। बेटे की हँसी धीमी हुई, तो वह गुस्से में भुनभुनाया, "हाँ-हाँ, डरपोक था वह...भारी डरपोक था...डरपोक तो था ही...मगर, तुम तो बन्दर नहीं पोसोगे?"

"नहीं, पिताजी, मैं बन्दर नहीं पोसूँगा," इस बार भी हँसते हुए ही बोला टीपू, "दादाजी खड़ाऊँ लेकर..."

भूला हुआ बिकुआ—जो अब राजगंज में दिखाई नहीं पड़ता और पता नहीं, किस दूसरे गाँव या कसबे में जा बसा है—अब हमेशा याद आता रहता है उसे।

बेटे के साथ सुबह-सुबह टहलने निकला करता था शशांक। एक दिन हँसते-हँसते उसने बेटे को यह किस्सा सुना दिया, "बचपन में पिताजी के साथ सुबह में टहलने निकलना मेरे लिए सम्भव नहीं हो पाता था। वह भिनसारे ही लोटा लेकर दिशा-मैदान के लिए निकल पड़ते थे। मेरा ऐसा कोई साथी भी नहीं था जो सुबह में हवाखोरी के लिए निकले। एक साथी था बिकुआ। उसने मुझे खबर दी कि हाट के बिहान बहुत-से बच्चे हाट में पैसे चुनने के लिए जाते हैं। और फिर हमने आपस में तय कर लिया कि अब हम लोग भी इस धन्धे पर निकलेंगे। मगर, जानते हो, टीपू, हमारे नसीब अच्छे नहीं थे। एक भी पैसा किसी दिन हमारे हाथ नहीं आया। कुछ दिनों के बाद हमने गुस्साकर वहाँ जाना बन्द कर दिया था।

बाप की बदनसीबी पर रास्ते-भर हँसता आया था टीपू।

उस दिन मंगल था। बुध को राजगंज की हाट लगती थी। अगली सुबह जब बेटा बाप के साथ घूमने निकला, तो घर से निकलते ही बेटे ने कहा, "आज हम हाट होते हुए घूमने निकलेंगे, पिताजी।"

"क्यों?" रास्ता बदलने का कारण पूछा पिता ने।

"कल हाट लगी थी। मैं देखूँगा कि अब बच्चे पैसे चुनने जाते हैं या नहीं।"

शशांक ने मुस्कराकर कहा था, "मैं साथ में नहीं रहूँगा। तुम अकेले जाओ। कचहरी मैदान में टहलता हुआ मिल जाऊँगा मैं।"

बच्चों को देखने नहीं, खुद पैसे चुनने जाएगा यह छोकरा, यह सोचकर ही मुस्करा पड़ा था शशांक, और कचहरी मैदान में टहलते हुए बगैर किसी निष्कर्ष पर पहुँचे यही सोचता रह गया कि टीपू को हाट जाने की इजाजत देकर उसने कुछ बुरा तो नहीं किया। टीपू का इन्तजार अभी देर तक किया जा सकता था, मगर कचहरी मैदान में लोगों की आवाजाही बढ़ते देख अचानक उसके मन में यह खयाल आया कि कहीं टीपू उछलता-दौड़ता सामने हाजिर होकर चीख न पड़े, "मिल गया, पिताजी, मिल गया," और मैदान में आ-जा रहे लोग ठिठककर जानने की कोशिश न करें कि क्या मिल गया छोकरे को, क्या पाने के लिए भेजा था शशांक गुप्ता ने अपने बेटे को। यह

खयाल आया और डरकर शशांक भागा अपने घर की ओर।

उछलता-दौड़ता ही हाजिर हुआ था टीपू और चीखा भी, "मिल गया, पिताजी, मुझे मिल गया।" मगर शशांक अपने घर में था और बिलकुल निडर होकर पूछा उसने, "क्या मिल गया?"

"पचास पैसे!" पचास पैसे का एक सिक्का आगे बढ़ाते हुए बेटे ने कहा।

शशांक के मन में दुबारा यह प्रश्न उठा कि टीपू को आइन्दा हाट में पैसे चुनने के लिए जाने से रोक देना उचित होगा या नहीं और उसने अपने मन को यह कहकर तसल्ली दी कि इस बहाने भी टीपू उसके साथ सुबह में टहलना जारी रखेगा, और धीरे-धीरे हाट में पैसे चुनने के लिए उसका जाना आप-से-आप बन्द हो जाएगा। यह बच्चों का धन्धा रहा है; बचपन समाप्त होते ही लोग निकल जाते हैं उस धन्धे से।

टीपू की कमाई को हाथ लगाते ही उसे अपने बिकुआ का खयाल आ गया और उसने बेटे से कहा, "इस पचास पैसे पर आधा हक मेरे दोस्त बिकुआ का है। पचीस पैसे तो मैं इसे दे दूँगा।"

"बिकुआ चाचा को!" मुस्कराते हुए बोला टीपू, "मगर वे हैं कहाँ?"

"जिस दिन मिलेगा उसी दिन इस पैसे की मिठाई खिला दूँगा उसे। जहाँ उसका बचपन गुजरा है वहाँ कभी तो जरूर आएगा वह घूमने, और यहाँ आने पर मुझसे मिले बगैर जाएगा भी नहीं। अब तो उसका पता लगाकर भी बुलाना पड़ेगा उसे।"

पिता का प्रस्ताव बेटे ने सहर्ष स्वीकार कर लिया था। बिकुआ चाचा के नाम पर एक गुल्लक आ गया घर में। 'बिकुआ चाचा जिन्दाबाद' कहकर वह पैसे गिराया करता था उस गुल्लक में, और किसी-किसी सुबह उदास होकर कहा करता था पिताजी से, "पापा, आज बिकुआ चाचा का नसीब ठीक नहीं था; एक भी पैसा नहीं मिला।"

हाल-हाल तक जाता रहा था टीपू बिकुआ चाचा के लिए पैसे चुनने।

गाँव की गलियों से गुजरते हुए जब बेटा बाप की रहनुमाई करने लगा, तो अन्दर से गुस्सा गया बाप और एक बार तो बिगड़कर बोल भी पड़ा, "चुपचाप चलो मेरे साथ। राजगंज में तुम मुझे राह दिखाने चले हो!" मगर जब बेटे की चेतावनी के बावजूद एक गली में चलते हुए अचानक रुक जाना पड़ा उसे, तो वह सकपका गया। बेटा मुस्कराकर रह गया, लजा गए बाप को कुछ सुनाकर और चिढ़ाया नहीं।

कुछ सुना भी देता बेटा, तो बाप भला क्यों चिढ़ता! जिस गली से वह अपने दोस्त नत्थन के घर जाया करता था वह गली अब गुम हो गई है, मगर वह तो अभी भी उस गली से आगे बढ़कर सब कुछ देख रहा है—नत्थन का घर; उसकी जवान बहन; जवान बेटी को डाँटती हुई उसकी माँ, "तुम्हें लाज-शरम नहीं है कि साड़ी की कोंछी इतना ऊपर कर खोंसती हो;" नत्थन के घर के पास ही एक और घर; उस घर में बच्चों को चुप कराता एक बूढ़ा...

उस बुढ़े की तो अब किसी को भी याद नहीं आती होगी पूरे गाँव में। कब का मर चुका होगा वह बूढ़ा, और उस टोले में ही उसके बाद कितने ही बूढ़े मरे होंगे। मगर टीपू ने तो उस बूढ़े को अपने बाप का हमसफर बना दिया।

किसी जमाने में अगर शशांक सहित पाँच आदमी बैठकर यह विचार कर रहे होते कि रोते हुए चिलके-बच्चे के साथ क्या सलूक किया जाए और उन पाँच में दो इस बात का समर्थन कर रहे होते कि उसे या तो जमीन पर पटक दिया जाए या तब तक थप्पड़ लगाया जाए जब तक वह चुप नहीं हो जाता, तो शशांक शेष दो को बोलने तक से मनाकर तुरन्त पहले दो का पक्ष कर बैठता। रोते हुए बच्चों को चुप करानेवाला वह बूढ़ा उसके दिमाग से बहुत पहले ही उतर चुका था। टीपू के साथ वह बूढ़ा फिर हाजिर हो गया था अपने घर में गोद में रोते हुए बच्चों को लेकर। उस बूढ़े के बारे में बताते हुए बाप ने बेटे से कहा, "जानते हो, टीपू, तुम बचपन में बहुत चें-चें करते थे। तुम्हारी माँ हार जाती थीं 'ओ ओ आ आ' करते, मगर तुम चुप नहीं होते थे। मैं तुम्हें अपनी गोद में उठाया था और चुटकी बजाते चुप कर देता था। यह कला मैंने उस बूढ़े से ही सीखी।"

"किस तरह चुप कर देते थे, पिताजी?"

"अब अभी क्या मैं उछलूँ-कूदूँ, हाथ-मुँह चमकाऊँ, सीटी बजाऊँ, गाना गाऊँ?" आँखें तरेरकर बाप ने बेटे को जवाब दिया, "जब कोई रोता हुआ बच्चा मेरी गोद में आएगा, तो फिर देख लेना, कैसे चुप होता है वह।"

बाप मुस्करा पड़ा, मगर यह देखकर नहीं कि आँखें तरेरने से बेटा सहमकर चुप हो गया है; एक बच्चे का खयाल आ गया था उसे, जो जरूर कभी उसकी गोद में चुप कराने के लिए डाल दिया जाता रहेगा।

टीपू ने उसे एक और पुराने परिचित से भेंट करा दी जो दूसरे ढेर सारे संगी-साथियों की तरह गाँव छोड़कर भागा नहीं था। कदम्ब को पहचानकर रुक गया शशांक वहाँ और निहारने लगा उसे। यहाँ बैठकर तो अब पूरी बस्ती का नक्शा वह फटाफट तैयार कर सकता है। इस कदम्ब से पूरब किसका घर था, इस कदम्ब से पश्चिम कितने कदम चलकर किस गली में घुस जाया करता था वह, अब तो कदम्ब ही यह सब बता देगा।

बस्ती का नक्शा बाद में तैयार करता रहेगा शशांक, यहाँ तो कदम्ब ने शशांक से आँखें मिलते ही मुस्कराकर पूछ डाला, "समझ गया, क्या चाहिए तुम्हें; मगर इस बार अपने लिए आए हो या अपने बेटे के लिए?" शशांक का तो मन हुआ कि जोर से सुना डाले कदम्ब को, "किसी के लिए कुछ नहीं चाहिए," मगर कदम्ब को कुछ सुनाने की बजाय उसने बेटे से कहा, "तुमने कभी यह सोचा है कि कौए की टाँग में रस्सी बाँधकर उसे भी पतंग की तरह उड़ाया जा सकता है?"

"कौए को!" मैंने ऐसा कभी नहीं सोचा है, पिताजी। मैंने ऐसा कभी देखा भी

नहीं है। पतंग की तरह वह उड़ भला कैसे सकता है! न तो उसे उड़ाकर पेंच लड़ाने-काटने का काम किया जा सकता है और न तो डोर ढीलकर उस पर मनमाना असर पैदा किया जा सकता है। वह तो बीच में ही किसी गाछ पर बैठ जाएगा। आपने डोर बाँधकर किसी कौए को..."

"बस, तुम्हारी यह आदत बहुत ही खराब है; कुछ पूछूँ, तो मुझसे ही सवाल कर बैठते हो कि मैंने वैसा किया है या नहीं। मैं इतना गन्दा बच्चा नहीं था कि कौए को पकड़ता और उसकी टाँग में रस्सी बाँधकर उसे उड़ाता। मगर, गन्दे बच्चे ऐसा जरूर करते होंगे, यह मैं कह सकता हूँ।"

"कौए को..."

"कौए को खोंते से उतार लाते होंगे; और कहाँ से लाएँगे कौए को!"

"हाँ, पिताजी, खोंते में कौए का बच्चा जरूर मिल जाता होगा।"

"तो तुम यह सोच रहे हो कि किसी खोंते से तुम भी कौए का एक बच्चा ले आ सकते हो! सुन लो, अभी ही चेताता हूँ तुम्हें कि भूल से भी कभी जान जोखिम में मत डालना। खोंते से कौए के बच्चे को उड़ा लेना आसान नहीं है। कौआ उड़कर इधर-उधर जाता है, तब भी उसकी एक आँख अपने गाछ पर, अपने खोंते पर लगी रहती है। किसी के खोंते पर हाथ लगाने से पहले ही वह वहाँ आ पहुँचता है और फिर दुश्मन के सिर पर इतने जोर से चोंच मारता है कि आधी चोंच तक माथे में गड़ जाती है और बलबलाकर खून बाहर निकलने लगता है। जिसे चोंच लग गई, वह तो गाछ से सीधे जमीन पर गिरकर अपने हाथ-पाँव तोड़ लेता है। मैं अब यह कह सकता हूँ कि किसी गन्दे बच्चे को भी यह नसीब नहीं हुआ होगा कि खोंते से कौआ उतारकर उसे पतंग की तरह उड़ाया हो।"

"गाछ पर नहीं चढ़ेगा, जमीन पर ही पकड़ लेगा कौए को। कौए तो आँगन-ओसारे में भी आ बैठते हैं।"

"हुँह," गुस्सा गया बाप, "पकड़ लोगे तुम कौए को आँगन-ओसारे में?"

"हाँ, कोशिश करूँगा, तो पकड़ लूँगा," बेटे ने चाहा कि बाप का सीना फूल जाए।

बाप ठंडा पड़ गया और बोला, "पकड़ सकते हो, मगर किसी कौए को पकड़ने की जरूरत नहीं है। सुन लो", बाप ने कुछ सोचकर कहा, "मैं यह बरदाश्त नहीं कर सकता कि मेरा बेटा कौए की टाँग में रस्सी बाँधकर उसे उड़ाए।" कुछ और सोचकर उसने आगे कहा, "सुन लो, मैं तुम्हें कौए के पास फटकने तक की मनाही कर रहा हूँ।"

"अगर कोई कौआ खुद मेरी ओर बढ़ने लगा, तो मैं भाग जाऊँगा क्या?" बेटे ने बाप की मनाही पर गुस्सा प्रकट करते हुए कहा।

शशांक ने गुस्से से बेटे की ओर देखा, मगर जवाब बुदबुदाते हुए दिया, "हाँ, भाग जाना है।" शशांक जानता था कि बेटा कौआ को देखकर भागेगा नहीं, मगर अभी उसे एक ऐसे ही जवाब की जरूरत थी।

...अब तो किसी कौए को देखकर भी टीपू की याद आ जाया करेगी।

इतर चंडीथान के पास पहुँचते ही अचानक बहुत सावधान हो उठता है शशांक। नागों सिंह की कटाह कुतिया यहीं आसपास रहती है और खदेड़ती भी है, यह खयाल आते ही उसके पूरे बदन में सिहरन-सी हो जाती है। पूछने पर टीपू बताता है, "यहाँ कोई कटाह कुतिया नहीं रहती।"

मगर, कटाह कुत्ते कहाँ रहते हैं, यह भी बताता है टीपू। वह पिता को पूरी खबर दे देता है कि किस गली के कुत्ते केवल भौंककर रह जाते हैं और किस टोले के कुत्ते खदेड़कर काटते भी हैं; किधर के कुत्ते केवल डाकिये और भिखमंगों को परेशान करते हैं और किधर से रात में गुजरते हुए एक लाठी हाथ में अवश्य रख लेनी चाहिए।

गाँव में पिता के साथ घूमते हुए बहुत कुछ बताता चलता है टीपू। तनुक मंडल के बथान की ओर इशारा करते हुए कहता है वह, "इस बथान की बगल से भी कभी नहीं गुजरिएगा, पिताजी। इसमें एक बहुत ही मरखनी गाय रहती है, किसी को भी देखना पसन्द नहीं करती। एक बार तनुक मंडल की पतोहू को ही सींग मारकर जमीन पर पटक दिया उस गाय ने। हल्ला है कि उस बेचारी की टाँग में जरब आई है। तनुक मंडल ने तो उसे उसके नैहर पहुँचा दिया है और लोगों को सुनाते चलते हैं, "बाप ने दहेज में बेटी के साथ वह गाय भेजी थी। अब अगर वह गाय उसकी बेटी पर ही चोट करती है, तो दोष किसका, कौन इलाज कराएगा उस बेटी का? अब तो वह गाय अगर कभी मेरे बेटे को भी पटकती है, तो उसे भी दवा-दारू के लिए अपनी ससुराल ही जाना पड़ेगा।"

सड़क से सटे मैदान में योग-मुद्रा में खड़े एक घोड़े की ओर इशारा करते हुए बेटा बाप को बताता है, "यह मैदान मिसरी साह का है, पिताजी, और मैदान में बँधा हुआ यह घोड़ा भी उसी का है। घोड़े को प्राय: लम्बी रस्सी में बाँधा जाता है ताकि वह मैदान में घूम-घूमकर चरे, मगर इस घोड़े को मैदान में घूम-घूमकर चरने के लिए इतनी लम्बी रस्सी नहीं दी गई है। लोग बताते हैं कि जब सड़क के बगलवाले इस खेत से फसल उगाकर काट लेना मिसरी साह के लिए बिलकुल सम्भव नहीं रहा, तो उसने जमीन परती छोड़ दी और इसे घास का मैदान बन जाने दिया। यह मैदान बना, तो लोगों ने इसे अपने-अपने खेत में जाने का रास्ता बना लिया। दिशा-मैदान के लिए भी लोग यहीं पहुँचने लगे या इसी से होकर आगे बढ़ते थे। तंग आ गया मिसरी साह और तब उसने यह घोड़ा खरीदा। बनमनखी हाट से आया है यह घोड़ा। लोग कहते हैं कि बनमनखी जाकर हाट में मिसरी साह सीधे घोड़ों के दलालों से मिला और उनसे एक ऐसा घोड़ा खरीद देने को कहा जो दुलत्ती झाड़ने में तो माहिर हो ही, किसी को देखकर उसके दाँत में भी चुलबुली पैदा होती हो। उस दिन हाट में सबसे ऊँची कीमत पर यही घोड़ा बिका था। यह भी सुनने में आता है कि खरीद के वक्त घोड़े

की आधी कीमत ही चुकाई गई थी और मिसरी साह ने घोड़े के मालिक को इस बात पर राजी कर लिया था कि बकाया रकम का भुगतान एक हफ्ते बाद घोड़े का रंग-ढंग देख लेने पर किया जाएगा। हफ्ता भी पूरा नहीं हुआ कि सड़क पर कीचड़ देखकर बगल के मैदान में उतरकर आगे बढ़ रहे एक राहगीर के कन्धे में दाँत गड़ाकर घोड़े ने यह दिखा दिया कि किसी को देखकर उसके दाँत में चुलचुली होती है, और एक घसियारिन को महज एक दुलत्ती में चार लुढ़कनियाँ खिलाकर यह साबित कर दिया कि दुलत्ती मारने में उसका जोड़ा नहीं मिलेगा। बकाया रकम ले जाने के लिए पाँचवें दिन ही घोड़े के मालिक के पास खबर पहुँचा दी गई। पौ फटते ही घोड़ा यहाँ पहुँचा दिया जाता है और सूरज डूबने के बहुत बाद तक इसे मैदान में खूँटे से बँधा रखा जाता है।"

अब तो ऐसा होगा कि गाँव की गलियों से गुजरते हुए दिखाई पड़ जानेवाले हर भले-बुरे कुत्ते पर लाठी चमकाते हुए चलना पड़ेगा उसे; नजर के सामने पड़नेवाले सारे माल-मवेशियों को तनुक मंडल की गाय या मिसरी साह के घोड़े के रूप में देखेगा वह; और तब भी, क्या पता, किसी दिन कुछ लोग टाँगकर घर पहुँचाएगा उसे और उसकी बीवी को खबर करेंगे, " एक घोड़े की लताड़ लग गई है..."

गाँव की कौन-सी गली अब किस आँगन होकर गुजरती है, यह खबर अब कौन देगा उसे?...ऐसी ही एक बन्द गली को देखकर वह ठिठककर खड़ा हो गया था, मगर टीपू आगे बढ़कर आँगन में घुस गया था और उसे भी अपने पीछे आने के लिए कहा था... बन्द गली के सामने का हर आँगन तो आम रास्ता नहीं बन जाता। अब तो आँगन पार कर जाने की बजाय उसे वापस लौट आना पड़ेगा। आँगन में एक पैर डाला नहीं कि ढेर सारी आवाजें चढ़ बैठेंगी उस पर, "क्यों रे बेशर्म, आँगन में क्यों घुसा?...लाओ तो लाठियाँ...बहू-बेटी के आँगन में यह मर्द घुस आया! पहले इसे खूँटे से बाँधो..." तब टीपू भी नहीं रहेगा उसके पास उसे बचा लेने के लिए।

गाँव के हर रास्ते की जानकारी रखता था टीपू। पाखाने की बदबू के कारण किस गली से निकल जाना सम्भव नहीं होगा, कहाँ रास्ते पर शीशे के टुकड़े बिखरे रहते हैं, किस सड़क पर कहाँ कितना बड़ा गड्ढा है, यह सब जानता था टीपू।

अकेला होता उस दिन, तो पानी भरे एक गड्ढे में गिर ही जाता शशांक। पानी में पैर रखने के पहले ही टीपू ने चिल्लाकर सावधान किया उसे, "पिताजी, उधर से नहीं, इस किनारे से चलिए;" और फिर सुनाने लग गया था वह अपने पापा को, "अगर आप उधर से बढ़ जाते, पिताजी, तो चार कदम चलने के बाद ही अचानक फिसलकर गड्ढे में गिर जाते और देखते कि आपके उठते-उठते ढेर सारे बच्चे वहाँ जमा हो गए हैं और आपको देख-देखकर ताली बजाते हुए हँस रहे हैं। यहाँ के बच्चे तो पूछने पर

भी किसी राहगीर या गाड़ीवान को गलत रास्ता ही बताते हैं, ताकि उन्हें नाचने और हँसने का मौका मिले। अगर कभी कोई राहगीर या गाड़ीवाला सामने से भाग गए दुष्ट बच्चे को गलियाता है या मौज मनाते बच्चों पर गुर्राता है, तो उन बच्चों को डाँटने की बजाय टोले के बड़े-बुज़ुर्ग गड्ढे में फिसल गए राहगीर या कीचड़ में फँसी बैलगाड़ी में बैठी सवारियों को ही सुनाने लग जाते हैं, "सरकार बहादुर से कहिए, इस सड़क को भरवा दें।"

अब यह गाँव टीपू का गाँव है। बाप तो हाल में आया हुआ लगता है; बेटा काफी अधिक दिनों से रह रहा था इस गाँव में। टीपू के गाँव में रहकर टीपू को ही कैसे भुला देगा वह!

था यह राजगंज कभी उसका ही गाँव। मगर अपने ही गाँव से धीरे-धीरे अपरिचित होता चला गया था वह, और जब तक टीपू नहीं आया, एक देशान्तरित की तरह रह रहा था वह अपने ही गाँव में। टीपू न केवल उसका बचपन दुबारा लेकर आया, उसका गाँव भी उसे वापस कर दिया। तनुक, हरिलाल, दुक्खन, मेदनी, सरजुग नाई, बाँसुरीवाला सुरजा—इन सबसे भी मुलाकात करा दी उसकी टीपू ने। अब क्या यह सम्भव है कि इन सबसे मिलते हुए, इन सबकी याद करते हुए वह टीपू को ही भुला दे! अब तो टीपू की यह आवाज भी रह-रहकर उसके कानों में पड़ती है, "पापा, अब यह मेरा गाँव है। मैं नहीं रहूँगा, तो रह पाएँगे आप मेरे इस गाँव में?"

एक गाँव ही नहीं, अब तो शशांक का पूरा संसार ही टीपू का संसार हो चुका है। इससे बाहर कहाँ जाएगा वह? और यहाँ हवा भी बुदबुदाती है, "टीपू!...कहाँ हो, टीपू?...मर गए क्या?..."

मर गया टीपू?...सच?...हाँ।

सामने की धुँधला गई तसवीर पर एक उखड़ी निगाह डालता है शशांक और फिर आँखें बन्द कर धीरे से सामने की मेज पर अपना सिर टिका देता है। धीरे-धीरे बुदबुदाता है वह," तुम मर गए, टीपू? मर गए, बेटे? सचमुच मर गए?" तभी अचानक किसी भारी चट्टान का बोझ वह अपनी छाती पर महसूस करता है; अचानक कोई तीर छाती को छेदकर पार होता हुआ लगता है; अचानक उसे अपना शरीर हवा में लुप्त होता मालूम पड़ता है; और तब, मेज पर सिर पटककर वह रो पड़ता है, फफकने लगता है, "टीपू!...तू मर गया, बेटा!...सचमुच मर गया?..."

3

टीपू सचमुच मर चुका था; यह देखकर, जानकर भी शशांक विश्वास नहीं करना चाह रहा था इस मौत पर।

ऐसे ही एक दिन गुजाय की घरवाली ने भी गुजाय की मौत पर विश्वास करने से इनकार कर दिया था।

गुजाय दिल्ली गया था बदरी दास के साथ। बदरी तो लौट आया, मगर दिल्ली ने ऐसा मन मोहा गुजाय का, इस तरह पकड़ा उसे कि फिर लौटकर घर नहीं आया वह। एक पत्र आया उसके किसी परिचित का कि गुजाय मर गया। बहुत दिनों तक गाँववालों को यही पता था कि गुजाय गर्मी में लाल किला के पास पानी पिलाने का धन्धा करता है और जाड़ा में किसी और धन्धे से पैसे बटोरता है। इस बीच एक बार और बदरी दास राजो मिसर के साथ दिल्ली गया था, मगर दिल्ली से लौटकर उसने गुजाय के घरवालों को इतना ही बताया कि पूरी दिल्ली छान लेने पर भी गुजाय का कहीं पता नहीं चला और गुजाय, बहुत सम्भव है, पैसा कमाने पंजाब की ओर निकल गया था। खबर दिल्ली में ही मरने की आई थी। इतने दिनों में कुछ दोस्त-यार बन ही गए होंगे उसके। उन्हीं दोस्तों में से किसी एक ने पत्र लिख दिया था उसके घरवालों को। जुलूस में शामिल होने गया था गुजाय बदरी दास के साथ; खबर आई कि एक जुलूस में ही मारा गया वह।

खबर मिलते ही पिट्टस मच गई थी घर में। गुजाय की घरवाली को रह-रहकर दाँती लगती थी। मगर, रोने-पीटने में बहुत देर तक साथ नहीं दिया उसने घरवालों का। शीघ्र ही आँखों के आँसू सुखाकर उसने उपस्थित सारे लोगों को सुना दिया कि यह मानने को वह बिलकुल तैयार नहीं है कि उसका पति मर गया है। खबर झूठी है, बार-बार चिल्ला-चिल्लाकर कह दिया उसने सारे लोगों को।

खबर झूठी नहीं है, एक गुजाय की घरवाली को छोड़ शेष सारे लोग यह मान चुके थे। दिल्ली में इस घर का कोई दुश्मन नहीं जो झूठी खबर लिख भेजेगा। गुजाय का कोई दुश्मन दिल्ली में ही निपटेगा उससे। घरवालों को परेशान करने का इरादा होता, तो कोई झूठा पता-ठिकाना भी अवश्य लिख भेजता पत्र में जिस ठिकाने पर पहुँचकर घरवाले जिन्दा या मुरदा गुजाय का पता लगाते और पत्र लिखनेवाले की वैर-शुद्धि हो जाती। मगर, गुजाय की बीवी कुछ सुनने को भी तैयार हो, तब तो उसे समझाया-बुझाया भी जाए। उसकी तो बस एक ही रट है कि कोई उसके साथ दिल्ली चले; वह असली बात का पता लगाएगा। इससे पहले वह कुछ भी मानने को तैयार नहीं।

किसी औरत को उसने अपने पास फटकने तक नहीं दिया। हाथ की चूड़ियाँ नहीं फोड़ी जा सकीं; माँग में सिन्दूर की और भी मोटी लकीर डाल ली उसने।

घरवाले दिल्ली जाने को कैसे तैयार हो जाते! किस ठिकाने पर जाकर पता लगाते गुजाय का! वहाँ कहीं लाश तो रखी होगी नहीं कि उसकी घरवाली को ले जाकर मर्द का मरा मुँह दिखा दिया जाए उसे। जुलूस में जो जख्मी हुए होंगे उन्हें तो वहाँ के अस्पतालों में ढूँढ़ा भी जा सकता है, मगर जो दब-पिचकर मर गए उन्हें तो नदी-नाले

को सुपूर्द कर दिया गया होगा। अब ढूँढ़ने से किसी की हड्डी भी मिलेगी क्या! जहाँ सौ-पचास आदमी सड़कों पर और इस-उस जुलूस में रोज मरते हैं वहाँ यह बतानेवाला कौन है कि मौजा राजगंज का गुजाय नामधारी एक आदमी इतने दिनों पहले मरा है और अब उसकी हड्डियाँ इस नदी में या उस नाले में ढूँढ़ी जा सकती हैं! गुजाय की बीवी तो लाश माँगेगी पहचानने के लिए।

पुरोहित जी ने बार-बार समझाया कि खोज-ढूँढ़ में दो हजार पाँच सौ बेकार खर्च हो जाएँगे, उसे मृतक के श्राद्ध में खर्च करना उचित होगा, नहीं तो दुहरी मार पड़ जाएगी। हर एक को पुरोहित जी की बात जँची थी। सारे लोग एकमत थे कि दिल्ली जाकर कोई खोज-ढूँढ़ करने की आवश्यकता नहीं है, और अब गुजाय भले ही कहीं जिन्दा हो, मगर घरवालों का यह धर्म हो जाता है कि उसका प्रेत-कर्म कर दें और शुद्ध हो जाएँ। मृतक को प्रेत-शरीर से मुक्ति दिला देना उचित होगा, और इस आसरे में कि गुजाय जिन्दा है और किसी दिन घर लौट आएगा, प्रेत-कर्म को टाल देना सर्वथा अनुचित होगा। गुजाय की आत्मा भटकती रहेगी।

मगर श्राद्ध हो तो कैसे! गुजाय की घरवाली ने भारी उत्पात खड़ा कर दिया।

नाइन नख काटने आँगन में आई, तो उसे झाड़ू मार बैठी गुजाय की घरवाली। दरवाजे पर मुंडन के लिए बच्चों को बुलाया गया, तो वह चैला लेकर दरवाजे की ओर दौड़ी। पहली बार किसी पुरोहित को यजमान के घर में पहले गालियाँ मिलीं और तब दान-दक्षिणा।

जैसे-तैसे श्राद्ध हुआ। गुजाय को प्रेत-शरीर से मुक्ति मिल गई। उसकी आत्मा भटकने से बच गई। मगर, उस दौरान उसकी घरवाली को कमरे में बन्द कर रखा गया था।

शशांक भी अब बन्द हो जाना चाहता था अपने कमरे में जीवन-भर के लिए। उसे बुरा लग रहा था यह सब सुनना कि घर में कोई मर गया है, कि कोई मर गया है इसलिए अब उसे शुद्ध होना पड़ेगा, कि जो मरा है उसे प्रेत-शरीर से मुक्ति दिलानी होगी। निस्संग भाव से पड़ा हुआ था वह अपने बिस्तर पर। किसी को उसके पास जाने तक में डर लगने लगा था। बैजनाथ भैया के कहने का कोई असर नहीं पड़ा। गौरी चाची की कोशिशें बेकार गईं।

राधेश्याम को जाना पड़ा उसके पास। कमरे का दरवाजा भिड़ाकर वह घंटों बैठा रह गया चुपचाप उस कमरे में। क्या बोले वह, क्या कहे शशांक से, कुछ सोच नहीं पा रहा था वह। खुद उसकी भी आँखें गीली होने लगी थीं। और जब उसे लगा कि अब और देर हुई तो वह खुद रो पड़ेगा और तब शशांक से कुछ कहना सम्भव नहीं हो पाएगा उसके लिए, तब उसने बहुत धीमी आवाज में शशांक से कहा, "शशांक, जिसे ईश्वर ने भेजा था उसे ईश्वर ने बुला लिया। हिम्मत से काम लो, इस तरह टूटो नहीं..."

शशांक ने अपनी आँखें फिराई थीं राधेश्याम की ओर और फिर शून्य में स्थिर हो

गई थी उसकी दृष्टि। अचानक उसकी आँखों से आँसू भरभरा आए और उसने करवट लेकर तकिये में अपना मुँह गड़ा लिया। सिसकियाँ भरकर देर तक रोता रह गया शशांक।

जब सिसकियों का जोर कुछ कम हुआ, तो राधेश्याम फिर बोला, "कर्म-कांड से विमुख होना उचित नहीं होगा, शशांक। क्रिया-कर्म तो करने ही पड़ेंगे। तुम्हें शुद्ध होना पड़ेगा।"

कई क्षणों तक कोई जवाब नहीं मिला शशांक की ओर से। मगर फिर तकिये से मुँह निकालकर आँसू पोंछे उसने और राधेश्याम से मरी हुई आवाज में बोला, "शुद्ध मुझे क्या होना है, बताओ तो! जिन्हें शुद्ध होना हो, वे हो जाएँ शुद्ध। मैं इसकी जरूरत महसूस नहीं करता। मैं न पहले शुद्ध था, न अब अशुद्ध हूँ।"

देर तक कोई बोली नहीं फूटी थी राधेश्याम के मुँह से। मगर फिर उसने धीरे से कहा, "प्रेत-कर्म तो करना ही पड़ेगा, शशांक।"

"क्यों?...किसलिए?..."

शशांक की ऊँची आवाज पर दम साधना पड़ गया था राधेश्याम को, मगर फिर वह बोल गया, "आत्मा की शान्ति के लिए।"

"मुझे कुछ नहीं करना है," कहकर फिर तकिये में मुँह गड़ा लिया शशांक ने।

"टीपू के लिए यह नहीं करोगे?" राधे की आवाज में गिड़गिड़ाहट थी।

"क्यों करूँगा? कुछ नहीं करना है मुझे। मेरी आत्मा की शान्ति के लिए क्या होगा? क्यों आया था टीपू? आकर चला क्यों गया? मैं अशान्त रहूँगा, तो अब भटके उसकी भी आत्मा।"

"पिता हो, ऐसा मत बोलो, शशांक। ईश्वर की मर्जी हुई; टीपू का क्या जोर!"

"मैं किसी ईश्वर को नहीं जानता; एक टीपू को जानता हूँ," कहते-कहते शशांक ने करवट ली और इस बार अपना मुँह राधेश्याम की गोद में गड़ा दिया। राधेश्याम उसके सिर को सहलाते हुए कहता रहा, "इस तरह क्यों बोल रहे हो, शशांक! इस तरह मत बोलो।"

कर्म-कांड पूरा हुआ था, मगर मन से असम्पृक्त रहा था शशांक। उसका ध्यान कहीं और बँटा हुआ था। ध्यान तुलसी-चौरा के पास गड़े ध्वज-दंड की ओर गया था जिसे उखाड़ फेंकने की इच्छा मन में हुई थी। ध्यान शिव-लिंग की ओर चला गया था जो जगह घेरकर बेकार ही पड़ा हुआ था और अब उस पत्थर के टुकड़े को उखाड़ फेंकने की जरूरत महसूस हो गई थी। देवी-देवताओं के चित्र दीवालों से टाँगने के लिए कीलें ठोंक-ठोंककर उन्हें बहुत ही गन्दा और बदसूरत बना दिया गया था और अब से बहुत पहले ही सारे चित्रों को उतारकर कीलें उखाड़ ली जानी चाहिए थीं, ताकि दीवालों को अपनी खूबसूरती वापस मिल जाए, यह विचार उसके मन में उपजा था। ऐसे ही न जाने कितने दिनों से गणेश-महेश-दिनेश की मिट्टी की मूर्तियाँ इधर-उधर घर में पड़ी

हुई थीं, जो थीं तो घर को सजाने के लिए, मगर बहुत ही भद्दी लगती थीं। किसी की नाक टूटी हुई, किसी का हाथ गायब। इनकी उपस्थिति से घर कबाड़खाना की तरह लगने लगा था और इस कबाड़ को उठा फेंकने का इरादा मन में आया था।

ढेर सारे इरादे मन में आए, मगर अमल में एक भी नहीं आया। यह सब ही क्यों करे वह, एक क्षीण मुस्कराहट उसके होंठों पर आ गई थी यह सोचते हुए। देवी-देवता तो तुरन्त उसे दुखिया मान लेंगे और उनके कलेजे तर हो जाएँगे, ऐसा सोच लिया शशांक ने। जो जहाँ हैं, पड़े रहें वहीं; वह किसी में हाथ नहीं लगाएगा। हाँ, अगले साल यह ध्वज-दंड बदला नहीं जाएगा। जब सड़-गल जाएगा यह, तो इसे उखाड़कर जलावन के काम में ले आया जाएगा तुलसी-चौरा का तुलसी खुद ही सूख जाएगा। अब किसे फुरसत है रोज एक लोटा पानी उसे पिलाने की! दिव्या को भी कोई और काम नहीं रहेगा क्या! देवताओं के चित्र इस बार जब घर की पुताई के वक्त उतारे जाएँगे, तो फिर उन मैले और फट-चिट गए चित्रों को दुबारा नहीं टाँगा जाएगा, और मजदूरों को इस बार कीलें भी उखाड़ लेने के लिए कह दिया जाएगा। मिट्टी की मूर्तियाँ सावधानी के अभाव में खुद ही गिर-पड़कर टूट-फूट जाएँगी और टूटे टुकड़ों को बटोरकर दिव्या उन्हें जब-तब घर के बाहर फेंकती रहेगी। फिर कौन लाएगा घर में नई मूर्तियाँ खरीदकर!

हर तरफ से असम्पृक्त होते हुए भी उसकी निगाहें घर में आते-जाते लोगों के चेहरों पर पड़ रही थीं। वह देख रहा था कि सारे-के-सारे लोग उसे भारी बदनसीब समझ रहे हैं। अक्सर सुनते-सुनाते रहते हैं लोग कि गुजर गए पिता का दुख छह महीने से अधिक नहीं टिकता; माँ मरती है, तो साल लग जाता है उस दुख से उबरने में; बीवी के मरने का दुख बस तब तक सताता है जब तक घर में दूसरी बीवी नहीं आ जाती; मगर, बेटा मरा हो, तो उसकी याद अपनी मौत तक सताती है बाप को। घर में आते-जाते सारे लोग एक ऐसे ही पिता को देख रहे थे जो पुत्र-शोक से पीड़ित हुआ था। क्यों न समझें वे उसे एक दुखिया, भारी बदनसीब!

भीड़ को देखकर वह अन्दर-ही-अन्दर सिमट-सिकुड़ गया था। कई बार उसके मन में आया कि वह दुत्कार दे सारे लोगों को, "मुँह पर उदासी लाने की कोई जरूरत नहीं है यहाँ। संसार में मरना-जीना लगा हुआ है; मुझे कोई दुख नहीं। सहानुभूति किस बात की! एक बेटे के मरने से मैं बदनसीब कैसे हो गया!" मगर उससे कुछ भी कहते नहीं बना। उसकी लम्बी चुप्पी ने उसे कुछ भी कहने-बोलने का अवसर ही नहीं दिया। और फिर उसे यह भी महसूस हुआ कि जिस ऊँचाई से वह नीचे खड़े लोगों को कुछ कहना चाहता है, सम्भव है, उसकी बात किसी के कान में पड़े ही नहीं, और अगर पड़े तो लोग समझें कि मन में कुछ और है और बाहर से कुछ और बोल रहा है पुत्र-शोक से पीड़ित पिता।

देखकर भी अनदेखा कर दिया था शशांक ने उन सारे लोगों को जो उसके घर

आए थे, उसके पास पहुँचे थे। मगर ज्यों ही वह उस भीड़ से अलग अपने कमरे में बन्द हुआ, किसी ने ठेलकर पहुँचा दिया उसे उन संगी-साथियों के बीच जिनके साथ बचपन गुजरा था उसका।

हर एक पर नजर गई उसकी और उसने देखा कि हर एक की निगाह उस पर ही गड़ी हुई है। बचपन में कभी किसी ने ऐसी निगाहों से नहीं घूरा था उसे। तब क्या कोई जानता था कि उनके बीच कोई एक बदनसीब भी है, भारी बदनसीब! तब हर दोस्त उसके आगे-पीछे लगा रहता था, उसे अपना घनिष्ठ बनाना चाहता था और, शायद, अन्दर-ही-अन्दर उसके भाग्य से ईर्ष्या भी किया करता था। मगर आज उन सबके चेहरों से सहानुभूति बरस रही थी उसके लिए। और शशांक अपनी नजरें नहीं मिला पा रहा था उनसे! आप-से-आप झुक गया था उसका माथा अपने दोस्तों के सामने। आज सबको अपने सबसे अभागे दोस्त का पता चल गया था।

"आज नहीं," गुलबा ने मुँह खोला था, "मुझे बचपन में ही पता चल गया था कि यह लड़का बदनसीब है। इसके साथ एक बार मैं खोंते से एक कौआ का बच्चा उतार लाने के लिए कदम्ब गाछ पर चढ़ा था। खोंते तक पहुँचा भी नहीं था कि एक बड़े कौए ने मेरे सिर में चोंच मार दी। मुझे नीचे उतर जाना पड़ा था। दूसरे दिन मैं अकेले गया था और खोंते से कौए का बच्चा उतार ले आया था। उस दिन ही मैंने जान लिया था कि बदनसीब है यह शशांक और इसकी बदनसीबी दूसरे को भी घाल सकती है। मुझे याद है कि हफ्तों मैं इससे छिपाकर उस कौए के बच्चे को गुड्डी की तरह उड़ाता रहा और मेरे मन में हमेशा यह बात आती रही कि अगर इस बदनसीब लड़के की नजर भी पड़ जाएगी कौए के बच्चे पर, तो वह उड़ना बन्द कर देगा, बीमार पड़ जाएगा या मर ही जाएगा। अच्छा हुआ कि उस दिन गाछ पर यह नहीं चढ़ा था, नहीं तो गिरकर अवश्य जान से हाथ धो बैठता। मैं नसीबवाला था, बिना किसी नोंच-खरोंच के नीचे उतर आया था।"

"जान तो मैं भी गया था," बिकुआ बोलने लगा, "मैं भी बचपन में ही जान गया था कि यह मनहूस है। जब कभी इसके साथ हाट में पैसे चुनने गया था मैं, किसी दिन भी एक सिक्का नहीं मिला था मुझको, उस दिन भी नहीं जिस दिन यह शुभ समाचार लेकर पहुँचा था मैं कि कल शाम के वक्त हाट में एक ग्राहक के साथ एक बनिया की हाथापाई हुई थी और बनिए ने ग्राहक पर कोई बटखरा चलाने की बजाय उसके सिर पर सिक्कों से भरी अपनी वजनदार थैली ही दे मारी, जिस थैली का मुँह उसकी गिरफ्त से बाहर हो गया था और ढेर सारे सिक्के जमीन पर बिखर गए थे। इसके बाद ही इसके साथ जाना बिलकुल बन्द कर दिया मैंने। और तब, देखो मेरा नसीब, ऐसा कभी नहीं हुआ कि मैं पैसे चुनने हाट पहुँचूँ और एक-आध सिक्का मुझे नहीं मिले। हाट से सीधे मैं जगदीश साह हलवाई की दुकान पर पहुँचा था और जितने पैसे पाता था सबके रसगुल्ले खा लेता था। मुझे भी यह डर बना रहता था कि अगर कभी इस

मनहूस लड़के ने मुझे रसगुल्ले खाते देख यह पता लगा लिया कि मैं पैसे कहाँ से लाता हूँ, तो शायद इसकी मनहूसियत मुझे भी दबोच लेगी और तब हाट में कोई सिक्का सामने पड़ा भी रहेगा तो मुझे दिखाई नहीं पड़ेगा।"

"मुझे तो याद आ रहा है," मोहन बोल पड़ा था, "कि मैंने शशांक को उस वक्त ही बता भी दिया था कि वह बदनसीब है। हालाँकि पिल्ला-पिल्ली की पहचान हम दोनों में से किसी को नहीं थी, मगर जिस मुसहरी से मैं अपने घर केवल पिल्ले लेकर पहुँचता था उसी मुसहरी से यह हमेशा पिल्ली उठाकर घर ले गया। क्या पता, मुसहरी का पिल्ला भी इसके हाथ पड़ते ही पिल्ली बन जाता हो! मैंने इसे उस वक्त ही मुँह खोलकर कह दिया था, 'तुम अभागे हो; तुम्हारे नसीब में पिल्ला नहीं है।' मगर मैं यह नहीं जानता था कि वह बदनसीबी यहाँ तक इसका पीछा करेगी।"

"मैं जानता था, मैं यह भी जानता था," गिरिधारी भी बोलने से नहीं चूका, "कि बदनसीबी इसका पीछा कभी नहीं छोड़ेगी। जिस दिन बन्दर इसके कन्धे से चिपक गया और उतरने का नाम तक नहीं ले रहा था, उसी दिन मैंने यह जान लिया था। जिस पर मेरे रिरियाने-घिघिआने का भी असर नहीं हुआ, वह बदनसीब नहीं होगा तो और क्या होगा! यह जान गया था मैं, तभी तो मुफ्त में भी जब यह बन्दर देने आया था, तो मैंने लेने से इनकार कर दिया था। पूछ लो, उस दिन के बाद से आज तक कभी कोई चीज मैंने इससे ली है, माँगी है?"

"अब एक बात मुझे भी याद आ रही है," बहुत देर से मन-ही-मन कुछ सोचते हुए बुदबुदाया नत्थन।

सबकी निगाहें नत्थन पर चली गईं, मगर कुछ बोलने की बजाय बिलकुल चुप होकर उसे कहीं और ध्यान लगाते देख सबने एक साथ ही पूछ डाला, "कौन-सी बात?"

नत्थन ने उदास और गम्भीर मुद्रा में कहना शुरू किया, "मेरे घर के पास ही एक बूढ़ा रहता था। तुम लोगों ने भी अवश्य देखा होगा उसे। सड़क के सामने ही अपने घर के ओसारे में वह हमेशा पड़ा रहता था। बच्चों का रोना वह बरदाश्त नहीं कर सकता था। लोग रोते हुए बच्चों को उसी के पास ले आते थे चुप कराने। महल्ले में किसी बच्चे के रोने-चीखने की आवाज अगर उसके कानों में पड़ जाती थी, तो वह खुद भी टहल जाया करता था उस बच्चे के घर की ओर और उसे गोद में लिये चला आता था अपने ओसारे पर। शशांक जब कभी पहुँचता था मेरे पास, तो मेरे घर में नहीं रुकता था वह; बाहर से ही हाँक लगाकर वह सड़क पर खड़ा हो जाता था और बच्चों को चुप कराते उस बूढ़े को एकटक निहारता रहता था। तब मेरी समझ में यह बात नहीं आती थी कि उस बूढ़े में क्या रस मिलता है इसे। आज बूढ़े के प्रति इसका आकर्षण मेरी समझ में आ रहा है। कोई खींचकर ले जाया करता था उस बूढ़े के सामने। जरूर कोई ऐसा आभास मिल रहा था इसे कि एक दिन वह रोएगा और चुप होने के लिए उस बुढ़े की गोद में ही अपना सिर डालेगा, उससे ही अपने आँसू पुँछवाएगा। आज

सब मेरी समझ में आ रहा है। क्या तुम लोगों को ऐसा नहीं लगता..."

"नहीं, नहीं, झूठ है यह सब," चिल्ला उठा था शशांक, "सब झूठ है। तुम क्या जानो कि कैसी किस्मत लेकर पैदा हुआ हूँ मैं! कोई पैदा ही नहीं हुआ है मुझ-सा किस्मतवाला। जिन्दगी-भर टाँग में रस्सी बाँधकर कौए को उड़ाते रह जाओगे, जिन्दगी-भर सुबह-दोपहर-शाम रसगुल्ले खाते रह जाओगे, मगर मेरी तरह किस्मतवाले कहला पाओगे क्या? मेरी ऊँचाई तक कभी पहुँच पाओगे तुम? तुम सब तो कीड़े-मकोड़े की तरह दिखाई पड़ रहे हो मुझे; दिखाई नहीं पड़ रहे हो, सचमुच हो ही कीड़े-मकोड़े। सौभाग्य मानो इसे तुम अपना कि बचपन के कुछ दिन तुमने मेरे साथ गुजारे हैं, उन गिने-चुने बच्चों में रहे हो जिन्हें मेरे साथ खेलने का अवसर प्राप्त हुआ था और मुझे यार-दोस्त कहकर पुकार सकते हो। इसे अपनी एक बड़ी दौलत मानो। मगर, अब जाओ, दूर हो जाओ। मैं किस्मतवाला हूँ, मेरी बराबरी में नहीं आ सकते तुम सब। मेरा नसीब उस दिन थोड़ा टेढ़ा हुआ था जिस दिन एक औरत बीवी बनकर चली आई थी मेरे घर में। उस दिन कुछ और बिगड़ गया था नसीब जिस दिन एक बच्चा बेटा बनकर पैदा हो गया था यहाँ। मगर अब नसीब फिर सीधा हो गया है, फिर चमक उठा है। एक दलदल में फँस गया था मैं, मगर अब उससे बाहर निकल आया हूँ। यह सब ईश्वर की कृपा हुई; ईश्वर ने बचा लिया मुझे। मैं नसीबवाला हूँ, बेटा मर गया। बेटा मर गया, बहुत अच्छा हुआ। पुत्र-शोक से पीड़ित तुम्हारे जैसे कीड़े-मकोड़े होंगे..."

अच्छा हुआ, मर गया टीपू। अब दिव्या भी मर-खप जाए, तो फिर से लौट चले वह अपनी पुरानी दुनिया में।

अब ईश्वर इतनी कृपा और करें कि इस दिव्या को भी दूर हटा लें उससे। जिस बेटे को अपनी कोख में नौ महीनों तक रखने का दम भर्ती थी वह, अब क्या उसके जाने पर भी अपनी जान लेकर बैठी रह जाएगी वह यहाँ? नहीं, उसे मर जाना चाहिए। मैके गई है, तो अब उसका लौटकर आना नहीं हो। जल्दी ही कलासन से यह ख़बर आ जाए कि दिव्या ने जहर खाकर अपने प्राण दे दिये, कि दिव्या रात में न जाने कब घर से निकल गई और सुबह उसकी लाश एक कुएँ से निकाली गई। यह शुभ समाचार पाते ही वह दौड़कर एक लोटा जल तुलसी में डाल देगा, एक लोटा जल से शिव-लिंग को नहला देगा। इस बार प्रेत-कर्म में कोई बाधा नहीं आएगी। ऊपर से, कम-से-कम एक पखवारा तक रोज किसी वक्त दो मिनट मौन रहकर उस अभागिन की आत्मा की शान्ति के लिए ईश्वर से प्रार्थना कर लिया करेगा वह।

...अगर दिव्या ने जी कड़ा कर लिया, मरी नहीं और कलासन से फिर उसके पास लौट आई, तब...?

तब घर में घुसते ही दिव्या से कह डालेगा वह, "आ गई हो, तो घर के एक कोने में जगह बना लो अपने लिए। मगर, सुन लो, अब मेरे एकाकीपन में कभी कोई

खलल पहुँचाने की कोशिश मत करना। अगर अभी कोई भी दुख साल रहा है तुम्हें, तो उसे अपने तक ही रखना। मैं नहीं चाहता कि तुम्हारा कोई दुख मेरी छाया भी छूने पाए। अब यह बात अपने मन से बिलकुल उतार दो कि हमारे आँगन में फिर कभी कोई बच्चा खेलेगा, घर में ऊधम मचाएगा। दुनिया की बहुत-सी औरतें बाँझ रहकर जिन्दगी गुजार चुकी हैं, अभी भी दुख-सुख से अपने दिन काट रही हैं। तुम भी अपने को उनमें से एक मान लो। अब न चिथड़पीर को कोई चिथड़ा चढ़ाना है और न पुरैनी के महादेव के दर्शन के लिए कभी जाना है। मैं किसी देवी-देवता के आगे तुम्हें कुछ बुदबुदाने या सिर झुकाने की भी इजाजत नहीं दे रहा हूँ। जिसने एक को टिकने नहीं दिया, उससे कोई दूसरा अब चाहिए ही नहीं हमें। घर में अब कोई व्रत-उपवास नहीं होगा। अगर कभी कुछ माँगना ही हुआ देवी-देवताओं से इस घर के लिए, तो मैं स्वयं अपनी प्रार्थना लेकर उनके पास..."

कभी क्यों, वह रोज पहुँचाएगा अपनी प्रार्थना उनके पास, "इस घर से टीपू को उठा लिया तुमने, यह भारी कृपा हुई मुझ पर। इस कृपा पर कायम रहना। दिव्या को तुमने नहीं उठाया, ताकि ढेर सारी दुखिया औरतों की तरह अब वह भी अपने दिन दुख में काटे, तो कुटिल और कठोर बनकर अपने इस निर्णय पर भी अटल रहना। हो सकता है, मुझे गहरी नींद में पाकर कभी वह आधी रात में बिस्तर से उठे और दबे पाँव आँगन तक जाकर तुलसी को झटपट एक लोटा पानी पिला दे या जल्दी-जल्दी एक लोटा जल से शिवलिंग को नहला दे। हो सकता है, मेरी अनुपस्थिति में वह सिर पटक-पटककर तुम्हारे सामने आँसू बहाए, रोए-चिल्लाए। तुम ईश्वर हो, कठोर हो, कुटिल भी हो, कभी तरस मत खाना इस औरत पर, इसे कोई भीख मत देना। जहाँ ढेर सारी दुखियारी औरतें तुम्हारे आगे आँचल पसारकर निहोरा करती रह गईं और उनके आँचल तुमने कभी कुछ नहीं दिया, वहाँ अब इस एक औरत पर ढल जाना घोर अनुचित होगा। ईश्वर हो, इतनी समझ तो है ही तुम्हारे पास।"

और ईश्वर के पास अपनी पहली प्रार्थना पहुँचाकर ही वह विदा ले लेगा उस दुनिया से जहाँ रोज बेहिसाब मरनेवाले प्राणियों को नीचा दिखाकर एक बच्चे ने अपनी मौत से एक भारी तूफान खड़ा कर दिया था उसके लिए, जहाँ एक मामूली औरत ने उसके बाहु-पाश में बँधी अनिन्द्य सुन्दरियों और प्रेयसियों को मुक्त कर उसे ही अपने पाशु-बन्ध में फँसा लिया था किसी जादू के जोर से...

अपने सारे मुखौटे मंच पर ही उतार फेंकेगा वह और दर्शकवृन्द से कह देगा, "बहुत हो गया; अब और नहीं।" उसकी इस उद्घोषणा पर उसके लिए हर्षनाद होगा या मुरदाबाद, इस पर कोई ध्यान दिये बगैर वह मंच छोड़कर गुम हो जाएगा...

और अब वह लुक-छिपकर फिर से देखना शुरू करेगा दुनिया के मंच पर अनवरत चल रहे नाटक को। फिर से अकेले में, अपने को हर एक की निगाहों से बचाकर, वह

हँसेगा, रोएगा, नाचेगा, गाएगा, और उसका जीवन आनन्दमय हो उठेगा...अलौकिक आनन्द!...

उसकी मेज से हट गई उसकी अपनी तसवीर अब फिर से अपनी पुरानी जगह पर वापस लौट आएगी। तसवीर के नीचे अंकित पंक्तियों के हरफ, जो धुँधले नजर आने लगे हैं, फिर से चुका दिये जाएँगे; और मन-ही-मन गुदगुदी अनुभव करता हुआ वह जब-तब गुनगुना उठेगा—

देखता पलकें उठाकर
मौन मैं यह विश्व-मेला;
घूमता सुनसान पथ पर
मैं अकेला, मैं अकेला।

सृष्टि के केन्द्र में फिर से स्थिर हो जाएगा वह, और आनन्दातिरेक के क्षणों में पूछ ही डाला करेगा सूरज से, चाँद से, "तुम क्यों?...तुम किसलिए?..."

समय के एक मामूली टुकड़े से बँध गया शशांक फिर से अनन्तकाल पर छा जाएगा, और इस मामूली धरती से उठकर अपने कल्पना-लोक में प्रवेश कर जाएगा। आज भी प्रतीक्षा कर रही अपनी प्रेयसियों को याद कर आह्लादित हो उठता है वह और बुदबुदा पड़ता है अपनी बाँहें फैलाकर, "आ जाओ, हम फिर साथ हो जाएँ..."

इस पुकार को सुन लिया होगा काव्य-पुस्तक की उस प्रेयसी ने, और हँसती, खिलखिलाती, दौड़ती चल पड़ी होगी अपने प्रियतम से मिलने...

हाँ, दौड़ी हुई ही आई थी काव्य-पुस्तक की वह नायिका, मगर हँसती-खिलखिलाती नहीं। शशांक मुस्करा पड़ा, अवश्य इस मानिनी को अपने अवमान का खयाल आ रहा होगा, मगर मना लेगा वह अपनी इस मानिनी को, अवश्य मना लेगा।

हाँफ रही थी बेचारी, और सामने आते ही कहा, "जानते हो, शशांक, आज क्या हुआ है?"

"हाँ, जानता हूँ," खिलखिलाने की कोशिश की शशांक ने।

अचरज से पूछ बैठी मानिनी, "जानते हो?...क्या जानते हो?"

मुस्कराकर सुनाने लगा शशांक—

चौकन्नी नजरों से चारों ओर देख
और हलके-से बन्द कर कक्ष-कपाट,
वेद, पुराण और उपनिषदों के पीछे से
भोज-पत्रों की एक जिल्द
निकाल ली होगी जटाधारी वेदाचार्य ने,
और फिर एक बार

सशंकित निगाहों से सूने कमरे को देख
जिल्द खोल डाली होगी।
जिल्द खुलते ही छिटककर
बाहर निकल आई होगी तू
और बढ़ी होगी
कपाट खोल
कक्ष से बाहर निकल जाने के लिए।
इतने में वेदाचार्य ने
अपने बूढ़े हाथों से
पकड़ लिया होगा तुम्हारा हाथ,
और गुस्से से काँपता हुआ
अवश्य कहा होगा,
'करमजली, चली कहाँ?
किसके लिए
सुलगी हुई है आग तेरे अन्दर?
प्यार क्या उम्र की कैद होती है!
जरा झाँककर देखो मेरे अन्दर।
कौन रसिया मिलेगा ऐसा
जो इस तरह गिड़गिड़ाएगा,
घिघिआएगा तुम्हारे आगे!'
हाथ छुड़ा पाने में असफल
काँप गई होगी तू डर से,
मगर ऐन वक्त पर
सूझ गया होगा यह कह देना,
'रूप की नगरी में
नहीं घुस सकते आप आचार्य,
यह नियम रख डाला है आपके शिष्यों ने।
नहीं मालूम आपको?
मचाऊँ शोर?'
भय से छोड़ दिया होगा
उसने तुम्हारा हाथ,
और दो कदम पीछे हटकर,
जोड़कर अपने दोनों हाथ
गिड़गिड़ाया होगा वह,

'कविते! भूल हो गई,
माफ कर देना;
कुछ मत कहना किसी से,
कुछ भी मत कहना।'

बोलो, "ऐसा हुआ था न?"

"हाँ, हुआ था ऐसा," हुँकारी भरते हुए बोली मानिनी।

"और फिर तुम्हारा किससे सामना हुआ, यह भी सुन लो," कहकर सुनाने लगा शशांक—

कूट-कूटकर ऊखल में
बना रहे थे वैद्यराज
पाचन की गोलियाँ
और कराही में
तैयार कर रहे थे आसव-अरिष्ट।
कमर सीधी की,
तो नजर पड़ गई तुम पर।
हाँक लगा बैठे,
'कविते! जरा सुनती जाना।'
लपझप चाल से
पहुँची तुम उनके पास
और कहा,
'जल्दी में हूँ, महाराज।
जो कुछ कहना हो,
संक्षेप में कहिए।'
संक्षिप्त जिन्दगी में
अब कितना संक्षेप, कविते!'
उदास स्वर में कहने लगे वैद्यराज,
'कभी मेरे पास भी बैठो,
मुझसे भी बातें करो।
मैं भी... मैं भी...
नहीं समझी?'
'समझ गई; अब जाऊँ?'
कुपित हो उठे वैद्यराज
और गुस्से से काँपते हुए चीख पड़े,

'फूल-सी जवानी
फूल की तरह मुरझा जाएगी, अभागिन।
चिरयौवना बना दूँगा मैं
खिलाकर अपना च्यवनप्राश,
पिलाकर अपना द्राक्षासव।
नहीं रुकोगी?'
तुम भला कैसे रुक जाती!
तुम्हें नहीं रुकते देख
गुस्से में जोर-जोर से बड़बड़ाने लगे वैद्यराज;
लात मारकर ऊखल को
जमीन पर लुढ़का दिया,
कराही उलटकर
सारा आसव बह जाने दिया जमीन पर।
तुम ऐसी डरी
कि सरपट भागी वहाँ से।

सच कह रहा हूँ न मैं?" मुस्कराते हुए पूछा शशांक ने।

हाँ में सिर हिलाते हुए बोली कविता, "हाँ, सच कह रहे हो; ऐसा ही हुआ है।"

"अब यह भी सुन लो कि आगे क्या हुआ तुम्हारे साथ," कहकर सुनाने लगा शशांक—

दिख तो रहे थे ज्योतिषाचार्य
ज्योतिष-ग्रन्थों में लीन,
मगर ध्यान
कहीं और था उनका।
बार-बार निगाहें उठाकर
देख लेते थे सामने;
कहीं तुम निकल न जाओ चुपचाप,
हँसते मुखड़े की एक झलक भी वे देख न पाएँ,
वंचित न रह जाएँ तुम्हारी हथेली के स्पर्श-सुख से!
टोक देंगे,
बुला लेंगे तुम्हें,
और अगर नहीं गई तुम उनके पास,
तो, क्या पता,
ज्योतिष-ग्रन्थों के पन्ने फाड़-फाड़कर

उड़ाने न लग जाएँ हवा में—
यह सब सोचकर
तुम चली गई उनके पास
और फैलाकर उनके सामने अपनी हथेली
मन्द हँसी से कहा,
'पढ़कर मेरी हस्त-रेखाओं को
आज बता ही दें
मेरा भविष्य।'

क्यों, कविते, सच कह रहा हूँ, न मैं? हुआ था न ऐसा?"

"हाँ, हुआ तो था ऐसा, मगर उसके बाद..."

"वह भी जानता हूँ मैं। सुन लो, वह भी मेरे मुँह से ही सुन लो—

तुम्हारी हस्त-रेखाओं में
देर तक खोए रहे ज्योतिषाचार्य,
और फिर हथेली छोड़कर
उदास मुस्कराहट से कहा,
'इन रेखाओं में
मैं कहीं नहीं हूँ, कविते।
मेरा दुर्भाग्य!
मगर, भागवन्त है तू;
अपने प्रियतम से
आज मिलन होगा तुम्हारा
सदा-सर्वदा के लिए।'"

"नहीं, नहीं, नहीं, ऐसा नहीं हुआ," चीख पड़ी कविता, "ऐसा कुछ नहीं कहा उस खूसट ने।"

घबरा उठा शशांक, "तब?...तब क्या हुआ?...क्या कहा ज्योतिषी ने?"

अश्रु-सिंचित नयनों से सुनाने लगी कविता—

"हथेली फैलाई ही थी उसके सामने
कि चौंक पड़ा था वह
नजर पड़ते ही हस्त-रेखाओं पर।
मेरी हथेली तक छूट गई
उसकी निर्जीव हो गई उँगलियों से।
देर तक चुप रह गया वह,

तो मैंने पूछा, 'क्या हुआ, महाराज?'
सिर उठाकर
बड़े ही उदास स्वर में उसने कहा,
'बड़ी हतभागिनी है तू, कविते;
तुम्हारी हस्त-रेखाओं में
पुत्र-योग नहीं दिखता।'"

कहकर रो पड़ी कविता, सिसकने लग गई।

शशांक ने हैरत से कहा, "रो क्यों रही हो? और तो कुछ नहीं कहा उस ज्योतिषी ने?"

"और क्या बचा था कहने को!" भर्राए कंठ से कहा कविता ने, "अगले ही क्षण मेरी मौत क्यों नहीं बता दी उस खूसट ने! अब और रुकूँगी नहीं; अब कहीं नहीं विचरूँगी; नहीं निकलूँगी अपने कक्ष से बाहर; बन्द हो जाऊँगी भोज-पत्रों की जिल्द में सदा-सर्वदा के लिए।"

रोती-कलपती तेजी से दूर जा रही कविता को भौचक देखता रह गया शशांक; इतना तक नहीं कह सका, "पुत्र-योग नहीं है, तो क्या हो गया, कविते! प्रियतम का योग तो है न इन रेखाओं में!"

याद आई शशांक को अपनी वह नृत्यांगना जिसका जी दुखा दिया था उसने, मगर जो अभी भी आकाश में उमड़ते बादलों को देख आ जाती होगी अपने एक बादल को ढूँढ़ने। आ गई होगी वह, ढूँढ़ रही होगी उसे। इस बार शशांक दौड़कर उसे बाँहों में भर लेगा...

नगाड़े पर दे-दे थाप
क्रीड़ारत हो उठे थे
गगन में पयोधर,
और खोलकर अपने पिच्छ
नाच उठे थे कलापी
बाँध क्या पाई होगी वह
अपने मन को आज भी,
और बाँधकर पाँवों में मंजीर
नहीं चली आई होगी
कवर-पुच्छों के बीच!
बादलों के बीच
आज मिल जाएगा उसे
अपना भी बादल।
कहाँ है कोई कवर-पुच्छों के बीच!

नहीं आई वह?... नहीं आई?
हाँ, उधर, वही है,
वही है बैठी हुई,
और उसकी गोद में
एक नन्हा बादल है कोई।
कुछ पास सरक जाता है वह
और देखता है,
थपकियाँ दे-देकर
सुला रही है अपने नन्हे बादल को
वह नृत्यांगना;
लोरी सुना रही है अपने नन्हे बादल को,
'सो जा, सो जा, राजकुमार...'
कर्ण-मृदंग पर होने लगा आघात,
'सो जा, सो जा, राजकुमार,
पिछवाड़े में खड़ा सियार।
फूफी तेरी गई पिछवाड़े;
वह सियार था...'

बादलों के बीच से बहुत तेजी से उड़ा वह बादल और देखते-देखते दूर निकल गया उस आकाश से...फिर लौटकर आना नहीं होगा...अब किसकी तलाश में आएगा वह इधर!...

जाएगा वह अजन्ता की उस अक्षतयौवना के पास जिसे आज अपनी लम्बी प्रतीक्षा की अन्तिम घड़ी का अहसास हो गया होगा; अब प्रियतम आने ही वाला है, यह सोचकर जो आत्म-विभोर हो उठी होगी, बावली बन गई होगी...

आज फिर
रक्ताक्त हो उठे होंगे उसके अधर
और लाली छा गई होगी कपोलों पर;
कर्ण-फूल मुस्करा उठे होंगे
और मुक्त हो गए होंगे
नूपुरों में बँधे स्वर;
कनक-मेखला दीप्त हो उठी होगी
और तोड़कर गहरी नींद
कसमसा रहे होंगे कंकण और भुजदंड।

चिरंजीव

रह-रहकर आह्लादित हो
बुदबुदा उठती होगी वह अक्षतयौवना,
"जानती थी मैं,
जानती थी,
किसी दिन आएगा
मेरा वसन्त,
मेरा शरद,
मेरा ग्रीष्म।"
मगर, पाँव बढ़ते हुए भी
रुक जाते होंगे उसके।
असमंजस में पड़ी
सोच रही होगी,
'जाऊँ!...कि नहीं जाऊँ!...
जाऊँ!...
कि कुछ देर और ठहर जाऊँ!'

मुस्करा उठता है शशांक। गुदगुदी उठती है उसके पूरे बदन में। आत्म-विभोर हो उठता है वह, अब और नहीं, और नहीं रुकेगा वह, दौड़कर चला जाएगा असमंजस में पड़ी उस अक्षतयौवना के पास, सिर झुका देगा उसके आगे और बाँहें फैलाकर कहेगा,

"लो, आ गया;
आ गया तुम्हारा वसन्त,
तुम्हारा शरद,
तुम्हारा ग्रीष्म।
आओ,
चलो मेरे साथ;
घूम आएँ हम
इस गली, उस डगर,
इस गाँव, उस नगर।"

ऐसी अनहोनी!
माँ बन गई वह छिनाल!
भौंहें सिकुड़ गईं उसकी;
आँखें फाड़-फाड़
देखती रह गई देर तक,

और फिर सुना दिया साफ-साफ,
"कौन हो तुम,
नहीं पहचानती।
मेरा वसन्त,
मेरा शरद,
मेरा ग्रीष्म
मेरी गोद में खेलता है,
घुटरूँ मेरे आँगन में चलता है।
मैं नहीं जाती
किसी गली, किसी डगर,
किसी गाँव, किसी नगर।"

कुछ कहे बगैर, कुछ और पूछे बगैर लौट जाता है शशांक धीरे-धीरे, चुपचाप।

लौट जाता है शशांक उदास और गमगीन, मगर तभी निगाह पड़ जाती है उसकी कन्धों पर पालकी उठाए तेजी से चले आ रहे रवि-शशि की ओर। पालकी में अवश्य उसकी कल्पना होगी; कल्पना-लोक से आ रही होगी उसके ही पास। अगवानी में आगे बढ़ जाता है वह। सचमुच उतार देते हैं रवि-शशि अपने कन्धों से पालकी; और, पालकी से कल्पना उतरे इससे पहले ही आगे बढ़कर ओहार हटा देता है शशांक और मुस्कराते हुए आँखें झपकाकर सुना देता है अपनी प्रियतमा को—

"ढूँढ़ा तुमने,
पाया मैंने;
बहुत शुक्रगुजार हूँ, कल्पने।
अब बैठकर इस पालकी में
चलेंगे हम बादलों के पार,
पहाड़ों के ऊपर,
झरनों के पास,
सागर के किनारे..."

ठहाके बरसा दिये
रवि और शशि ने।
हैरत से देखा उसने
कहारों की ओर;
हँसी दबाकर

कहा उससे कल्पना ने,
"तुम भूले हो,
भटके हो,
भ्रमित हो।
मैं तो चली हूँ
अपने लाड़ले की तलाश में।
बड़ा शरारती है मेरा मुन्ना;
सुबह का निकला
शाम तक अटका रह जाता है
जहाँ-तहाँ।
अब नहीं जाने दूँगी उसे दूर।
बैठाकर उसे भी इस पालकी में
चलेंगे हम बादलों के पार,
पहाड़ों के ऊपर,
झरनों के पास,
सागर के किनारे।
भागकर इधर ही
तिल आया करता था मुन्ना।
अब और नहीं आने दूँगी;
ढूँढ़ तो लूँ जरा..."
पालकी उठाकर
आगे बढ़ गए रवि-शशि;
कल्पना चली गई।
लौट गया शशांक
कहारों के ठहाके लेकर।

ठहाके क्या नन्दन-वन तक साथ जाएँगे उसके, सोचने लगा शशांक, क्या नन्दन-वन की वनिता भी चली गई होगी उसे भूल बिसरकर? एक अकेला वही तो जाया करता था नन्दन-वन...और वह वनिता नहीं खेलती थी क्या लुका-छिपी का खेल?... भाग जाना और फिर-फिर आना!...

क्यों नहीं टहल आए एक बार नन्दन-वन की ओर...

प्रतीक्षारत रूपसी
उपस्थित है नन्दन-वन में;
ढेर सारे कुसुम लेकर

गूँथ रही है पुष्प-वेणी;
अपने लिए नहीं,
मेरे लिए।

देख लेती है रूपसी
कनखियों से,
पर समेटकर सारे कुसुम
आज नहीं भागती वह,
नहीं भागती।
टिकाकर घुटनों पर ठोढ़ी
बैठी रह गई है वह चुपचाप।
क्यों?...
मेरे लिए, मेरे लिए।

"वनिते!
बैठी हुई हो गुमसुम;
गुँथी पड़ी है पुष्प-वेणी।
उठोगी नहीं?
कोई व्रत है?
किसी ध्यान में हो?"

सिर उठाती है रूपसी;
एक नजर देखती है अजनबी को
और फिर भभक पड़ती है,
"चिबिल्ले की माँ हूँ;
भोग रही हूँ यह सब।
रोज फूल चाहिए बेटे को,
रोज माला चाहिए;
ऊपर से आदेश—
'यहाँ रुकी रहना,
वहाँ बैठी रहना।'
बैठी हुई हूँ;
आदेश है लाड़ले का।"

चिरंजीव

अब क्या करे शशांक? अब और कहाँ जाए? अब क्या उचित होगा किसी रूपसी के पास जाना, किसी मानिनी के आगे मुस्कराना? अब तो उचित यह होगा कि अगर कोई रूपसी उसकी ओर कदम बढ़ाए, कोई मानिनी बाँहें फैलाए दौड़ी आए, तो दुत्कार बैठे वह, दूर से ही दुरदुरा दे। मगर...जा तो वह कहीं भी सकता है...मन्दाकिनी के तट पर...यों ही विचरने...बालू के घर बनाने...हो सकता है...क्यों नहीं हो सकता कि कोई मानिनी मानमनौअल खोजने पहुँच ही जाए वहाँ?...कोई रूपसी रूठी आवाज में पूछ ही बैठे, "बालू के घर अकेले ही बनाओगे? मैं..."

शशांक के कदम बढ़ जाते हैं मन्दाकिनी की ओर...

आ गई मानिनी
स्वर्ण-तरी में बैठ
गाती-गुनगुनाती,
बिछोह के नहीं,
मिलन के गीत।
रजत उदकान्त पर बैठा प्रतीक्षक
अनायास निहारने लगा उस ओर।

तट पर नहीं रुकी नाव;
आगे बढ़ गई मानिनी।
नाव में बैठा एक मुन्ना
उचक-उचककर देख रहा था उसकी ओर।
और,
हवा में तैरती एक फुसफुसाहट
पड़ी उसके कानों में—
"आज हम
नहीं उतरेंगे इस तट पर;
बालू के घर
किसी और तट पर बनाएँगे।
यहाँ बैठा वह भद्र पुरुष
जादूगर है बंगाल का।
भागो,
भागो यहाँ से।"

व्यथित हो उठा शशांक। और, व्यथित हृदय को अनायास उस दुखिया की याद आ गई जो अपनी व्यथा-कथा सुनाने उसके पास आया करती थी। उस दुखिया के दुख

के आगे उसका अपना दुख कितना छोटा है! दुखिया के आँसू पोंछते हुए तो वह अपना दुख बिलकुल भुला देगा। उसे भी कोई दुख है क्या! अब तो वह स्वयं जाएगा हर एक दुखिया के पास और हर एक का दुख दूर करेगा, जरूर कर देगा। भला कौन-सा दुख है इस संसार में जो सचमुच किसी को दुखी कर दे! अभी सबसे पहले जाएगा वह उस हतभागिनी चन्द्रमुखी के पास जिसके क्रीड़ानक में हाथों में मशाल लिये कज्जाकों की एक टोली घुस आई थी और उस हतभागिनी की कब्र तक खाक कर दी थी।

शशांक बढ़ जाता है उस क्रीड़ानक की ओर जहाँ कभी चन्द्रमुखी...

क्रीड़ानक तो हरा-भरा है और फुदक-फुदककर फूलों को सींच रही है चन्द्रमुखी। अपना सारा गम पी गई वह, भुला दिया अपने सारे दुखों को! शशांक भी क्या अपने एक छोटे-से दुख को इसी तरह दूर नहीं कर लेगा?

उसे देख मुस्करा पड़ी चन्द्रमुखी, परिचित निगाहों से देखने लगी उसकी ओर। मुस्कराते हुए पास आया शशांक और पूछा उससे, "मुझे पहचान लिया?"

"हाँ, पहचान रही हूँ। तुम...तुम तुक्कड़ हो न? किधर निकले?"

कुछ आहत तो हुआ शशांक, मगर मुस्कराते हुए ही जवाब दिया, "तुम्हारी व्यथा-कथा याद आ गई और मैं चला आया तुम्हें देखने।"

"मेरी व्यथा-कथा? किससे सुनी तुमने?"

"तुमने ही तो सुनाई थी कभी।"

"क्या?"

"तुम्हें याद नहीं!" कहकर सुनाने लगा शशांक—

"कज्जाकों की एक टोली
हाथों में लिये जलते मशाल
एक दिन
आ गई थी तुम्हारे क्रीड़ानक की ओर।"

"आई होगी," अन्यमनस्क भाव से कहा चन्द्रमुखी ने।

"तब तुमने उनसे कहा,
'लूटने ही तो आए हो?
ले लो पाँवों में बँधे नूपुर;
खोल लो कनक-वलय, भुजदंड;
थाम लो हाथों में यह स्वर्ण-मेखला;
दे देती हूँ तुम्हें कानों में सुशोभित करन-फूल;
लो, यह मोतियों की लड़ी ले लो।'"

"मैंने कहा था!" कुछ सोचती हुई बोली चन्द्रमुखी, "कहा होगा।"

"जलता रहा तुम्हारा क्रीड़ानक,
देखती रही तुम मौन, निस्पन्द;
और बिना चीखे, बगैर चिल्लाए
स्वयं भी होम हो गई
उस धधकती ज्वाला में।"

"मैं?" भौंहें सिकोड़कर बोली चन्द्रमुखी, "मैं तो..."

"तुमने ही तो कहा था मुझसे—

'खोंस रखे होंगे उन्होंने अपने जूड़ों में
सौभाग्य-कुसुम
जिनके लिए खड़े कर दिये गए हैं
जगह-जगह ताजमहल;
मेरी तो कब्र तक...'"

"नहीं, नहीं, नहीं, नहीं; यह देखो, मेरे जूड़े में भी खुँसा हुआ है सौभाग्य-कुसुम; और उधर देखो, उस झाड़ी के पास मेरा सौभाग्य खेल रहा है। अब क्या मैं इसलिए रोऊँ कि कोई ताजमहल खड़ा नहीं हुआ मेरे लिए?" बोलकर जोर से खिलखिला पड़ी चन्द्रमुखी और लपझप चाल से दौड़ पड़ी बाँहें फैलाए उस झाड़ी के पास जहाँ उसका सौभाग्य खेल रहा था।

दुख से नहीं, घृणा और क्रोध से चेहरा विकृत हो उठा शशांक का। यह भी कोई षड्यंत्र ही तो नहीं था कि एक टीपू मरा और सारी नायिकाएँ बदचलन हो गईं, एक का आँगन सूना हुआ और सारी प्रेयसियों की गोदें भर गईं! मगर इसे षड्यंत्र क्यों मान ले वह? नियति का कोई आग्रह भी तो हो सकता है इसमें, ईश्वर का कोई आदेश। नन्दन-वन की ओर तो निकम्मे दौड़ेंगे, मन्दाकिनी के तट पर असमर्थों की भीड़ लगेगी। वह ऊपर है, इन सबसे ऊपर। जो आनन्द उसे अभीष्ट है, वह न तो नन्दन-वन के पास है, न मन्दाकिनी के किनारे। वह समर्थ है और ईश्वर का दूत बनकर आया है यहाँ ईश्वर की सन्तानों को राह दिखाने। इसी में आनन्द है और यही आनन्द अभीष्ट है उसका। दुनिया के और सारे भोग-आनन्द उन लोगों के लिए हैं जो जानवरों की तरह जी रहे हैं।

संसार की महान आत्माओं को जानवरों की तरह जीना कभी रास नहीं आया है। घर में एक मामूली मौत ने कभी विचलित नहीं किया किसी को, कभी पथ-भ्रष्ट होने नहीं दिया। वह क्या एक टीपू को नहीं भुला सकता? बार-बार सामने आ जाने वाले टीपू को दूर भगा नहीं सकता?...जो किसी ने भी किया है उसे अवश्य कर सकता है वह भी।

वह पढ़ेगा, खूब पढ़ेगा; इतिहास पढ़ेगा, दर्शन पढ़ेगा, वेद पढ़ेगा, शास्त्र पढ़ेगा;

संसार का सारा ज्ञान आत्मसात् कर लेगा वह। पढ़-लिखकर वह पंडित बनेगा, ज्ञानी बनेगा, महापंडित, महाज्ञानी। और फिर ईश्वर की सन्तानों की रहनुमाई में भिड़ जाएगा। वह सूक्तियाँ बाँचेगा, उपदेश सुनाएगा, अमर बोलों की रचना करेगा, और जब-तब उस दुख-ग्राम के प्राणियों तक सन्देश पहुँचाता रहेगा अपना। तब कहाँ से टपकेगा टीपू? इतनी भीड़ को चीरकर वह कैसे पहुँच पाएगा उसके पास? इस बार भुला पाएगा वह टीपू को, बिलकुल भुला देगा। एक तूफान जो खड़ा कर दिया है उस लौंडे ने, उस तूफान को रोक देगा वह, शक्तिहीन कर देगा उसे।

सारी बदचलन नायिकाओं को बोरों में बन्द कर कबाड़खाने में डाल दिया गया और उनकी जगह मोटे-मोटे ग्रन्थों की कतारें सजने लगीं। पुस्तकों का अम्बार लग गया शशांक के कमरे में। भारी मेला लग गया देश-विदेश के महापुरुषों और महापंडितों का। उनके साथ शास्त्रार्थ में पिल पड़ा शशांक। अब कहाँ फुरसत कि किसी टीपू को याद करे वह!

अगले बीस-पचीस बरसों का कार्यक्रम तय कर लिया उसने। यह तय कर लिया गया कि किस साल किस विषय पर उसका अध्ययन-मनन शुरू होगा, कितने दिनों तक चलेगा और फिर अगले किस वर्ष में वह मानव-जाति का एक विशेष दुख दूर कर देने में कामयाब हो जाएगा। यह भी उसने तय कर लिया कि अपना अध्ययन-मनन कितने दिनों तक चालू रखेगा, और किस साल के बाद वह विशुद्ध उपदेशक के रूप में बहाल हो जाएगा। यह निश्चय भी उसने अभी ही कर लिया कि उपदेशक के रूप में वह लम्बी दाढ़ी रखेगा, सिर के बाल भी लम्बे कर लेगा और साधुओं की तरह चोला पहना करेगा जिसका रंग गेरुआ होगा। अपने राजगंज का त्याग तो वह कभी नहीं करेगा, इस निर्णय पर पहुँचने में उसे क्षणांश नहीं लगा, मगर एक यह निर्णय अभी नहीं लिया गया कि उपदेशक के रूप में भी वह राजगंज में अपने इसी मकान में रहेगा या कोई नया मठ-मन्दिर बनवा लेगा। हँसकर उसने इस निर्णय का भार भावी उपदेशक के जिम्मे कर दिया।"

यह भी अभी ही तय कर लिया गया कि किन पुस्तकों का पठन वह पहाड़ों पर जाकर करेगा, किस विषय पर चिन्तन झरनों के किनारे बैठकर करना उचित है, किन महापुरुषों के साथ किसी जंगल में जाकर गुफ्तगू करने की जरूरत होगी, किस समस्या का समाधान महीनों किसी रेगिस्तान के रेत को देखते रहने के बाद ही प्राप्त किया जा सकता है, किस चिन्तन के लिए मरघट जरूरी है, और किस निष्कर्ष को पाने के लिए बड़े शहरों के बड़े चौराहों पर खड़ा होना पड़ेगा। तय तो यहाँ तक हो गया कि दिन के किस प्रहर में वह अमर बोलों की रचना करेगा, किस अवधि में तर्क-वितर्क के लिए मस्तिष्क का अधिकतम उपयोग हो सकेगा, कब से कब तक उपदेशों के लिए प्रभावशाली शब्दों और सुन्दर वाक्यों को लिख पाने में कामयाबी मिलेगी, भोर

की ठंडी हवा किस काम के लिए उपयुक्त होगी, टहटह दुपहरिया में किस विषय पर ध्यान उचित होगा, और रात की नीरवता का सबसे अधिक फायदा किस तरह उठाया जाएगा। कब कमरे का दरवाजा खुला रहेगा और कब खिड़कियाँ तक बन्द रहेंगी, यह भी तय हो गया।

यह सब तय करते-करते उसे उन दिनों की एक झाँकी दिखाई पड़ गई जब एक छोटे-से राजगंज में रहते हुए भी सारी दुनिया से उसका सम्पर्क स्थापित हो जाएगा। न जाने कहाँ-कहाँ से कितने पत्र आएँगे कि उनके जवाब तैयार करने के लिए उसे कई सचिव और सहायक रखने पड़ जाएँगे। रोज दूर-दूर से आए भक्तों, प्रशंसकों और मुलाकातियों का ताँता लगा रहेगा, और कभी-कभी तो तंग आकर उसे अज्ञातवास तक में जाना पड़ जाएगा। संसार के सारे पंडित और ज्ञानी नतमस्तक रहेंगे उसके आगे। और, सम्भव है, किसी दिन अकेले में कोई पाँवों पर गिर जाए और घिघिआते हुए कहे, "महाराज, भारी झंझट में फँसा हुआ हूँ। मुझे राह दिखाइए; सच-सच बताइए, दुनिया में भगवान है या नहीं।"

होंठों पर थिरकती मुस्कराहट के साथ शशांक ने कमरे की दीवारों से टँगे ढेर सारे महापुरुषों और दार्शनिकों के चित्रों पर एक सरसरी निगाह दौड़ाई और यह सोचकर आह्लादित हो उठा कि एक दिन इन सारी तसवीरों के ऊपर लोग अपने घरों में उसकी तसवीर टाँगेंगे; शताब्दियों बाद भी चतुर-चालाक पति अपनी गर्भिणी पत्नी के कमरे में उसकी ही तसवीर टाँगेगा, और ज्यों ही पत्नी चिहुँककर कहेगी, "हाय राम! यह किसकी तसवीर टाँग दी जिस पर सोते-जागते नजर पड़ेगी मेरी! इसकी आँखें तो गुच्ची-सी हैं," त्यों ही पति बिगड़कर डाँट देगा, "चुप, करमजली। गुच्ची-सी आँखें देख लीं, मगर पूछा नहीं कि तसवीर किसकी है। यह तसवीर है महाज्ञानी शशांक की। अगर ईश्वर ने उनके जैसा बेटा दे दिया, तो उसके साथ हम भी अमर हो जाएँगे। लोग किताबों में उसके माता-पिता के नाम भी पढ़ेंगे और पता लगाएँगे कि माँ पर किस देवी की कृपा थी और पिता किस देवता की पूजा करते थे"; कभी-कभी किसी बालक का भविष्य बताते हुए ज्योतिषी उसके माता-पिता को सुना ही देंगे, "बालक की नाक बता रही है कि आगे चलकर यह भारी पंडित होगा। अगर मेरी बात का विश्वास नहीं हो रहा हो, तो मँगाइए महापंडित शशांक की कोई तसवीर और उस तसवीर से मिला लीजिए अपने बालक की नाक।"

तसवीरों की भीड़ में अचानक एक तसवीर उसकी आँखों के आगे उभर आई और एकाएक वह ठंडा पड़ गया। मगर शीघ्र ही एक लम्बी साँस छोड़कर उसने बुदबुदाते हुए शून्य को सुनाया, "सुन लो, टीपू, अब यह भुला दो कि तुम कभी मेरे घर में मेरा बेटा बनकर पैदा हुए थे। तुम मर चुके हो, अब इसे स्वीकार कर लो। संसार में मरना-जीना लगा ही रहता है; मैं तुम्हारी मौत के लिए अब और दुखी नहीं हो सकता। मैं एक बड़े उद्देश्य को लेकर पैदा हुआ हूँ और अब निर्बाध अपने लक्ष्य

की ओर बढ़ जाना चाहता हूँ। मुझ पर पूरी मानव-जाति के कल्याण की जिम्मेदारी है, और अब यह बिलकुल सम्भव नहीं है कि करोड़ों-अरबों लोगों को दुरदुराकर मैं एक अकेले तुम में उलझकर रह जाऊँ। और फिर, तुम स्वयं सोचो, जो मर चुका उससे मेरा क्या वास्ता! अगर नियन्ता ने मुझ पर कोई भार नहीं दिया होता, इस संसार में मुझसे कुछ कराने की उसकी इच्छा नहीं रही होती, तब ऐसा भी तो हो सकता था कि तुम्हारी जगह मैं बीमार पड़ता और मर जाता। बोलो, ऐसा हुआ? अब अगर ऐसा नहीं हुआ और रोज ही अनगिनत बच्चे मरते हैं और माँ-बाप से हमेशा के लिए दूर हो जाते हैं, तो फिर तुम किस वैर-शुद्धि के लिए चले आए करते हो मेरे पास? कुछ तुम्हारा भी तो धर्म होता है। तुम्हारी आत्मा की शान्ति के लिए मैं ईश्वर से प्रार्थना करूँगा, वचन देता हूँ; मगर...मगर अब बिलकुल बन्द करो मेरे पास आना। सुन लो, टीपू, अब बन्द कर दो मेरे पास आना।"

हर तरफ से निश्चिन्त होकर शशांक ने ज्ञान के सागर में छलाँग लगा दी और गोता लगाने लगा।

पाप और पुण्य को चुटकी बजाते जान लेने के लिए शशांक जिन सूत्रों की रचना में व्यस्त था उसमें सामने की खुली खिड़की काफी बाधा उपस्थित कर रही थी। पिछले एक घंटे में वह तीन बार खिड़की बन्द करने के लिए बिस्तर छोड़ चुका था, मगर हर बार खिड़की की ओर बढ़ने की बजाय वह कमरे से बाहर जाकर यह देख आता कि दिव्या क्या कर रही है या फिर एक गिलास पानी पी लेता और अपने कमरे में आते ही सामने की खिड़की बन्द कर देने का खयाल भूलकर फिर से सूत्रों की रचना में पिल पड़ता। चौथी बार खिड़की बन्द करने का खयाल आते ही वह अपने-आप पर गुस्सा गया और बिस्तर से नीचे उछलकर सीधे खिड़की के पास जा पहुँचा। निगाह खिड़की के बाहर चली गई और घर के सामने खड़े एक लड़के पर टिक गई। उसने गौर से देखा, यह तो कमुआ था, कुछ बड़ा हो गया था अब।

वह झटपट खिड़की से हटकर दीवार की ओट में खड़ा हो गया और बुदबुदाने लगा, "यह क्यों खड़ा है यहाँ? क्यों आ गया है इस तरफ?" उसे लगा कि लड़का दरवाजा खुलने के इन्तजार में खड़ा है और अगर देर तक दरवाजा नहीं खुला, तो अवश्य इस खुली खिड़की से ही वह अन्दर झाँकना शुरू कर देगा। वह कई कदम पीछे चलकर कमरे में ऐसी जगह खड़ा हो गया कि अगर कोई खिड़की से झाँके भी, तो उस पर निगाह पड़ने नहीं पाए। खिड़की इस बार भी बन्द नहीं कर पाया वह।

कमरे में कुछ देर छिपकर खड़ा रहने के बाद वह फिर धीरे से काफी सावधानीपूर्वक खिड़की के पास आया और चुपके से फिर एक बार बाहर की ओर देख लिया। इस बार वह उबल गया, लड़का अभी भी ज्यों-का-त्यों, जहाँ-का-तहाँ खड़ा था, खिसकने का नाम नहीं ले रहा था। खिड़की बन्द करने की बजाय वह फिर छिपकर खड़ा हो

गया और एक क्षण बाद पुन: खिड़की की ओर बढ़ने की बजाय वह दिव्या के कमरे की ओर चला गया।

दिव्या अपने कमरे की खिड़की से बाहर शायद कमुआ की ओर ही देख रही थी। शशांक के अन्दर घुस आने से उसका ध्यान जरा भी भंग नहीं हुआ था। शशांक एक क्षण ठहरकर बाहर निकल आया, मगर फिर, और इस बार पैर पटकते हुए, वह दिव्या के पास जा पहुँचा और पूछा, "क्या देख रही हो?"

दिव्या ने मुड़कर उसकी ओर देखा, तो ऐसा लगा उसे दिव्या के चेहरे से कि उसने भी अवश्य कमुआ को देख लिया है। मगर जब दिव्या कुछ नहीं कहते हुए खिड़की छोड़कर बिस्तर पर बैठ गई, तो शशांक एक मिनट तक झूठमूठ कमरे की दीवारों को निहारता रहा और फिर बोल गया, "बाहर कमुआ खड़ा है।"

दिव्या इस बार भी कुछ नहीं बोली, तो शशांक ने उसे कड़े शब्दों में सुना दिया, "इस लड़के को परकाने की जरूरत नहीं है; किवाड़ खटखटाए, तो खिड़की से कह देना, चला जाए यहाँ से।"

दिव्या को इतना सुनाते ही शशांक ने अपने अन्दर काफी शक्ति का संचार महसूस किया। वह उस कमरे से पाँव पटकते हुए अपने कमरे में आया, काफी निर्लज्जतापूर्वक खुली खिड़की खट से बन्द की और उछलकर बिस्तर पर बैठते हुए पाप-पुण्य से उलझ गया।

ऐसा नहीं उलझ पाया वह कि बगल के कमरे में बड़बड़ाकर कोई उसे कुछ सुनाना चाह रहा हो और वह सुन नहीं पाए। स्पष्ट बड़बड़ाहट उसके कानों में पड़ने लगी "...तब तो कमुआ मरेगा ही...हाँ, मर जाए; मुझे क्या!...आज नहीं मरेगा, तो सुबह तक तो जरूर मर जाएगा...मरना तो है ही उसे; अब तो कोई उसे बचा नहीं सकता...कैसे नहीं मरेगा! मरेगा जरूर...उसकी सौतेली माँ तो चाहती ही है कि वह मर जाए। अब और लोग भी चाहते हैं। और लोग भी भगवान से मनाते ही होंगे कि कमुआ मर जाए...हे भगवान, उसे जरूर मार देना...मर जाएगा वह, तो बहुत लोगों के कलेजे ठंडे हो जाएँगे...जरूर हो जाएँगे, यह तो मैं जानता हूँ..."

शशांक ने जोर से आँखें मींच लीं और सिर को दोनों हाथों के बीच इस तरह दबा लिया कि कान भी बन्द हो जाएँ, मगर बड़बड़ाहट कुछ अधिक ही तेज हो चली थी, "...हे भोलानाथ! मुझको भी एक घाव हो जाए...हे विष्णु भगवान! एक घाव मुझे भी दे दीजिए...हे ब्रह्मा जी! आपसे भी प्रार्थना करता हूँ। मेरी प्रार्थना पर ध्यान दीजिए और एक बड़ा-सा घाव मुझे भी दे दीजिए, कमुआ के घाव से भी बड़ा...सवा रुपये का प्रसाद चढ़ाऊँगा...बेईमानी नहीं करूँगा...एक घाव देकर देखिए तो...बम शंकर, बम शंकर...हरे राम, हरे कृष्ण...जय भगवान विष्णु...एक घाव, एक घाव..."

एक लम्बी साँस खींचकर शशांक ने इस बड़बड़ाहट को रोक दिया। बिस्तर से उतरकर वह दिव्या के पास गया और खिड़की से एक बार बाहर देखकर उससे मीठी

आवाज में कहा, "अभी तक खड़ा है कमुआ। जरा पूछ तो लेते, क्या बात है।"

मुँह से कुछ बोलने की बजाय दिव्या ने पति की ओर उन निगाहों से देखा जिनमें जवाब स्पष्ट पढ़ा जा सकता था, "जो आप जानते हैं, जो मैं जानती हूँ, वह पूछकर क्या होगा!!" कमरे में चहलकदमी करते हुए बड़बड़ाने लगा शशांक, "सौतेली माँ ने फिर मार-पीट की होगी, कोई कष्ट दिया होगा। मगर...हम क्या कर सकते हैं भला! भागकर वह यहाँ क्यों चला आता है?"

इस बार भी दिव्या की निगाहों में ही जवाब मिला, "जहाँ आँसू पोंछनेवाला हो कोई, उधर ही तो दौड़ेगा दुखिया। अनायास उसके अभ्यस्त पाँव इधर बढ़ गए होंगे, और यहाँ पहुँचने पर याद आया होगा कि जिससे मिलने के लिए वह घर से चला है, वह तो..."

चहलकदमी बन्द कर शशांक बिस्तर पर दिव्या के पास ही बैठ गया और एक क्षण की चुप्पी के बाद धीरे से बोला, "हो सकता है, भूखा हो; बुलाकर खिला दो खाना। किसी उम्मीद से ही तो घर के सामने आ खड़ा हुआ है।"

"बुला लीजिए" कहकर दिव्या ने करवट बदल ली। दिव्या की इस प्रतिक्रिया पर शशांक क्षण-भर सोचता रहा और फिर दरवाजे की सिटकिनी खोलकर कमुआ को हाँक लगा दी।

शशांक की हाँक सुनकर सकपका गया था कमुआ। उसे तो यही पता था कि टीपू अपना घर छोड़कर इस गाँव से जा चुका है और इस गाँव में अब और कोई घर नहीं है टीपू का। जब कई हाँक लगाने पर उसे विश्वास हुआ कि उसे ही बुलाया जा रहा है, तो वह डरता-सहमता आ गया टीपू के पिता के पास।

कमुआ को बहुत देर तक बैठाए रखा था उन दोनों ने। कमुआ को भूख नहीं थी, मगर जोर डालकर उसे कुछ खाने को मजबूर कर दिया था टीपू की माँ ने। इधर कई दिनों से सौतेली माँ की मार-पीट बन्द थी, मगर टीपू के पिता ने सहज ही जान लिया कि ऐसा इसलिए हुआ कि मार-पीट के लिए वह औरत कोई मौका ढूँढ़ नहीं पाई होगी; और फिर उसने जरा बुलन्द आवाज में कमुआ को कह दिया, "अगर फिर कभी वह औरत मुक्का-थप्पड़ चलाती है, तो तुम सीधे हमारे पास चले आना।"

दिव्या ने और भी जोर देकर कहा, "हाँ, सीधे चले आना।"

जब कमुआ वहाँ से चला, तो पति-पत्नी दोनों उसे जाते हुए देखते रहे। दिव्या के मुँह से अनायास निकल गया, "कमुआ अब पहले से कुछ बड़ा दिख रहा है।" दोनों की निगाहें आपस में टकरा गईं और उनकी निगाहों ने ही एक-दूसरे से कहा, "अपना टीपू भी अब इतना ही बड़ा हो गया रहता।"

शशांक गुमशुम अपने कमरे में चला गया, अपने बिस्तर पर जा बैठा और पाप-पुण्य के सूत्रों की तलाश कुछ देर के लिए स्थगित कर इस पर ध्यान जमाने लगा कि आज कमुआ के लिए टीपू क्या-क्या करता और उसके नहीं रहने पर अब उसे

क्या-क्या करना चाहिए या क्या-क्या वह कर सकता है। अचानक उसे जोरों की बेचैनी हुई और अचानक उसने अपने-आपको बोलते सुना, "वह क्यों चला गया? खुद रुका क्यों नहीं कमुआ के लिए?..."

अत्यन्त मनोयोगपूर्वक कुछ अमर बोलों की रचना में लगा हुआ है शशांक। कमरे की खिड़कियाँ तक बन्द हैं; निगाहों को बाहर निकलने का मौका नहीं दिया गया है। मगर बन्द दरवाजे पर थपथपाहट होती है और ध्यान भंग हो जाता है उसका। गुस्से से जल-भुन उठता है वह और अन्दर से ही चिल्लाकर जवाब देता है, "अभी नहीं खुलेगा दरवाजा, किसी भी हालत में नहीं।"

अन्दर की आवाज के जवाब में इस बार थपथपाहट भी कुछ अधिक जोर से होती है। शशांक गुस्से के जोर से उछलकर दरवाजे के पास जा पहुँचता है और दरवाजा खोलकर चीखना ही चाहता है कि सामने दिव्या को फुसफुसाते पाता है, "मंगलदास आया है।"

अपने निर्णय पर अटल रहकर शशांक चीख पड़ता है, "आया है तो मैं क्या करूँ, नाचूँ? जान रही हो कि मैं व्यस्त हूँ, तब भी मंगल-अमंगल को कुछ कहकर लौटा नहीं सकती? कह देती, मैं घर में नहीं हूँ। अब अपना समय मैं मंगल दास और सनीचर दास से भेंट-मुलाकात करने में जाया नहीं कर सकता।"

"दरवाज़े पर आ गया है, तो दो मिनट बतिया लीजिए," धीरे से बोलती है दिव्या।

किसी अपढ़-गँवार से क्या बतियाऊँ मैं?" अपनी खिसियाहट को जरा भी कम नहीं होने देता है शशांक, "उससे वेद पर बातें करूँ या उपनिषद पर? दरवाजे पर आने का वक्त हो गया है, इसीलिए आया है वह। जाड़ा आ गया है, और अब उसे दान में एक कम्बल चाहिए। दे दो एक कम्बल; मुझसे पूछने-कहने की क्या जरूरत! घर में नहीं हो कम्बल, तो एक कम्बल की कीमत ही दे दो, बाजार में खरीद लेगा।"

"वह कम्बल माँगने नहीं आया है।"

"तब आया है किसलिए? कह दो, चला जाए।"

"आप खुद कह दीजिए। वह मुझसे पूछने लगा कि..."

"कि टीपू कहाँ है," अपनी रौ में कहता है शशांक, "कह देती, मर गया। यह कहने के लिए मेरा जाना जरूरी तो नहीं है। साथ में सिंघाड़े की छोटी-सी पोटली भी लेकर ही आया होगा। लौटा देना उसे; कहना, बाजार में बेच ले, कुछ पैसे हो जाएँगे। जाओ, उसे दफा करो यहाँ से।"

"जो करना हो, आप खुद करें। मैं जा रही हूँ अपने कमरे में सोने। उस मंगल-अमंगल को जाना होगा, तो खुद चला जाएगा। कहाँ-कहाँ से तो चले आते हैं ये कंगले-भिखमंगे!"

बुदबुदाकर दिव्या हटती है वहाँ से और शशांक धड़ाम से दरवाजा भिड़ा देता है। खट से सिटकिनी भी लगा लेता है शशांक, उछलकर बिस्तर पर जा पहुँचता है और

जल्दी से कलम उठा लेता है अमर बोलों की रचना के लिए।

हाथ में कलम लेकर घुटनों पर ठोड़ी टिकाए झूमते हुए दिमाग पर जोर डालता है। तभी उसे अचानक महसूस होता है कि कोई पीछे खड़ा है और आँखें तरेरकर, भृकुटी तानकर लम्बी-लम्बी साँसें खींचता-छोड़ता उसे एकटक घूर रहा है। उलटकर पीछे नहीं देखता है वह, मगर उसका झूमना बन्द हो जाता है; हाथ से खिसककर कलम गिर जाती है और आँखें आप-से-आप बन्द हो जाती हैं उसकी। आवाज उसके कानों में पड़ती है, "अगर मंगल दास इस तरह लौट गया, पिताजी तो, सुन लीजिए, इस बार मैं छत से नहीं उतरूँगा। रात-भर बैठा रह जाऊँगा इस ओसारे की छत पर, चाहे ठंड से जुकाम हो जाए, बुखार हो जाए, या मर ही क्यों न जाऊँ; उतरूँगा नहीं, नहीं उतरूँगा, नहीं उतरूँगा..."

सचमुच नहीं उतरेगा, सोच में पड़ जाता है शशांक, अगर उसने इस जिदियाए बच्चे को स्वयं छत पर चढ़कर जबरदस्ती उतार लेने की कोशिश की, तो सम्भव है, वह अपनी छत से नारायण गुप्ता की छत पर छलाँग लगा देगा, और फिर उस छत से शीतल चौधरी की छत पर छलाँग लगाने की कोशिश में निश्चय ही उन दोनों मकानों के बीच की उस गली में गिर जाएगा जिसमें राहगीर मूत्रोत्सर्ग के लिए घुसते हैं, रात-बिरात लोग मल-विसर्जन तक करने से बाज नहीं आते, शीशे के टुकड़े फेंके जाते हैं जहाँ, और जिस गली में एक बार एक गेहुँअन मारा गया था जिसका जोड़ा फिर कभी दिखाई तो नहीं पड़ा, मगर है उस गली में ही।

शशांक झटपट आँखें खोलकर अपने चारों ओर देखता है और फिर जल्दी से दरवाजा खोलकर चला आता है दिव्या के पास। वह आहिस्ते से बैठ जाता है दिव्या की बगल में और फिर फुसफुसाकर पूछता है उससे, "मंगल दास चला गया क्या?"

जरा रुककर जवाब देती है दिव्या, "देख लीजिए खिड़की से, है या चला गया।"

शशांक उठकर खिड़की से बाहर देखता है और फिर दिव्या से फुसफुसाता है, "गया नहीं है; बैठा हुआ है बाहर में।"

दिव्या कोई जवाब नहीं देती। शशांक कहता है, "बहुत उदास देख रहा हूँ उसे। तुमने उससे कुछ कहा है क्या?"

"मुझसे कोई बातचीत नहीं हुई है," करवट बदलते हुए कहती है दिव्या।

"तो फिर बुला लो उसे अन्दर। इतनी दूर से आया है बेचारा। कभी कुछ माँगने नहीं आया है; कई बार तो कुछ खाने-पीने से भी इनकार कर दिया है इसने। आज भी एक पोटली लेकर आया है; सिंघाड़े ही होंगे उसमें।"

दिव्या चुप ही रहती है। उसे बिलकुल निश्चेष्ट और निस्संग पाकर स्वयं दरवाजा खोलता है शशांक और मंगल दास से आँखें मिलते ही खुशी जाहिर करते हुए बोलता है, "अरे, मंगल दास, तुम!"

"हाँ, मालिक," पोटली उठाते हुए उठ खड़ा होता है मंगल, "आज सुबह ही

आया था। काम भी मुझे मिल गया है। मोहनपुर में मिट्टी कटाई का काम है। अभी वहीं से आ रहा हूँ। सोचा, मालिक से भेंट कर आऊँ।"

"रहोगे मोहनपुर में ही?"

"नहीं, मालिक, रहूँगा यहीं। अपना शिवालय छोड़कर नहीं जाऊँगा। मेरा तो पुराना डेरा है, पीपल गाछ के नीचे," कहते हुए मुस्करा पड़ता है मंगल दास।

"ठीक है, अब तुम खाना खा लो और कुछ देर आराम कर लो यहाँ; फिर चले जाना अपने शिवालय।"

"खाना मैंने खा लिया है, मालिक," बहुत सहज स्वर में कहता है मंगल दास, "हाँ, सुस्ताऊँगा यहाँ जरूर थोड़ी देर।" कहकर अपना गमछा फर्श पर बिछाता है वह और फिर अचानक पूछ बैठता है, "टीपू मालिक को नहीं देख रहा हूँ? उनके लिए कुछ सिंघाड़े ले आया हूँ।"

सिंघाड़े की पोटली कमरे के अन्दर बढ़ा देता है मंगल दास। दिव्या वहाँ से हटकर दूसरे कमरे में चली जाती है।

टीपू के लिए आया है मंगल; सिंघाड़े टीपू के लिए हैं, इसलिए टीपू को तो वह ढूँढ़ेगा ही—यह अच्छी तरह जानता था शशांक और देर से सोच रहा था कि वह मंगल दास को क्या जवाब देगा। कह दे, टीपू मर गया?...हर साल टीपू को ढूँढ़ता हुआ आता है; सिंघाड़े लेकर आता है टीपू के लिए; केवल इसलिए तो नहीं कि कभी एक रजाई दी थी टीपू ने उसे?...नहीं, इसलिए नहीं। एक शून्य है उसके पास जिसे भरने चला आता है वह यहाँ। निवंश है न मंगल दास!

बहुत ही सहज स्वर में बताता है शशांक, "टीपू अब शहर में पढ़ता है, मंगल, दिल्ली में। अब तो वह साल में एक बार कुछ दिनों के लिए ही आ पाएगा। तुम्हारी चर्चा वह बराबर किया करता था; जा रहा था, तो कहने लगा, "अब तो मंगल चाचा के सिंघाड़े मुझे खाने को नहीं मिलेंगे।"

कुछ उदास हो जाता है मंगल, मगर फिर पूछता है, "अब कितने दिनों बाद आएँगे टीपू मालिक?"

शशांक फीकी मुस्कराहट के साथ कुछ सोचने लगता है और फिर बताता है मंगल को, "उसके आने का कोई ठीक नहीं है, मंगल। कभी भी दो-चार दिनों के लिए आएगा और लौट जाएगा। भगवान चाहेंगे, तो हो जाएगी कभी मुलाकात।"

"हाँ, मालिक," प्रसन्न मुद्रा में कहता है मंगल दास, "मैं तो हर साल आता ही हूँ; कभी तो मुलाकात होगी ही। आप चिट्ठी लिख दीजिएगा, मालिक, कि मंगल आया था।"

"हाँ-हाँ, जरूर लिख दूँगा, और यह भी लिख दूँगा कि उसके हिस्से के सिंघाड़े हम लोगों ने गटक लिये।"

मंगल दास जोर-जोर से हँसने लगता है। शशांक भी उसकी हँसी में शरीक होता है और फिर बोलता है," अब तुम आराम करो, मंगल; काफी थक गए होगे।"

कहकर शशांक घर के अन्दर हो जाता है।

शशांक दिव्या के पास आकर बैठ जाता है। थोड़ी देर चुपचाप बैठा रह जाता है वह और फिर बोलता है, "मंगल का दिल दुखाना अच्छा नहीं लगा मुझे। मैंने उससे कह दिया कि टीपू पढ़ने के लिए दिल्ली चला गया है।"

दिव्या, जो लेटी पड़ी हुई थी, उठकर बैठ जाती है और कहती है, "लगता है, इस आदमी से हमारा कोई पूर्व जन्म का रिश्ता है।"

"हाँ, दिव्या," शशांक काफी उत्साहित होता है दिव्या के इस कथन से, "जरूर कोई रिश्ता है, जरूर।"

थोड़ी देर तक दोनों चुपचाप बैठे रहते हैं और फिर शशांक बोलता है, "इस बार हम इसे एक नया कम्बल जरूर दे दें। टीपू की दी हुई रजाई तो अब तक बिलकुल फट-चिट गई होगी। यह आदमी कभी कुछ माँगता नहीं है। अब तो पीपल गाछ के नीचे और भी ठंड लगती होगी इसके बूढ़े शरीर को।"

दिव्या की आँखों में स्वीकृति है, देखता है शशांक।

जब मंगल जाने को होता है, तो दिव्या बक्से से एक कम्बल निकालकर ले आती है, और शशांक मजबूर कर देता है मंगल दास को उसे ले लेने के लिए। उसके जाते ही बुदबुदाता है शशांक, "हर साल हमें यह झूठ बोलना पड़ेगा, हर साल..."

शशांक अपने कमरे में लौट आता है। तुरन्त कलम नहीं थामता अमर बोलों की रचना के लिए। तकिये से उठकर बैठ जाता है बिस्तर पर। फिर उठकर कमरे की सारी खिड़कियाँ खोल देता है। अत्यन्त प्रसन्न और सन्तुष्ट मुद्रा में सोचता है वह बिस्तर पर लेटे-लेटे, आज तो हो ही गई कुछ अमर बोलों की रचना। इसके लिए सन्तों और शास्त्रों के पास जाना बहुत जरूरी नहीं है। मन-ही-मन निर्णय ले लेता है वह, जब तक रहेगा मंगल दास तब तक उसे रोज ही एक बार जाना होगा शाम में शिवालय की ओर उसके साथ कुछ बोलते-बतियाने। और फिर अचानक बेचैन हो जाता है वह, टीपू को मरना नहीं चाहिए था। इस मंगल दास के लिए भी जिन्दा रहना था उसे। वह रहता, तो वही जाया करता मंगल के पास। बहुत गलत हुआ...बहुत ही गलत...भला क्यों मर गया टीपू!...

परेशान हो रहा है शशांक, बुरी तरह परेशान। रात में ढाई बजे ही जग गया था वह। अभी तक कुछ भी नहीं सोच पाया है वह। इतने शास्त्रों को मथ डाला है, तो निश्चय ही बहुत-सी बातें उसके मस्तिष्क में घुस गई होंगी, मगर तब भी ऐसा क्यों हो रहा है कि हाथ में कलम उठाकर रह जाता है और कागज पर कुछ उतार नहीं पाता! क्यों हो रहा है ऐसा?...क्यों?...

कारण पकड़ में आ गया; एकाग्रता चाहिए। इसी काम के लिए पुराने जमाने में ऋषि-मुनि एक जगह आसन जमाकर बैठते थे और तपस्या में इस तरह लीन हो जाते थे कि चिड़िया-चुनमुन तक उनकी जटाओं में घोंसले बना लेते और बच्चे पैदा कर-करके

बाहर उड़ाते रहते थे। दस-बीस-पचीस वर्षों के बाद कहीं जाकर कोई बात उनकी अक्ल में घुसती थी और तब वे अपना ध्यान तोड़कर आँखें खोलते थे। यहाँ तो घंटे में चार बार ध्यान टूटता है या तोड़ दिया जाता है। ऐसे में खाक कोई काम हो सकेगा! भोर की मीठी नींद आने के बहुत पहले ही रात में किसी भी वक्त नींद के टूटने पर अपने लक्ष्य का खयाल कर बिस्तर से उछलकर नीचे आ जाने के बाद भी तो निर्बाध ध्यानमग्न हो जाना सम्भव नहीं हो पाता। उठते ही दो लोटे जल से आँखों में छींटे मारिए, तब खैर है। आसन जमाइए नहीं कि पेशाब लग जाएगा। ध्यान जमाइए नहीं कि पाखाना की हाजत महसूस होने लगेगी। इतना हुआ, तो अब दन्त-धावन भी हो ही जाना चाहिए। इसके बाद तुरन्त एक प्याली चाय नहीं हो, तो ध्यान ठीक से जमेगा नहीं, रह-रहकर भंग हो जाएगा। इस अनपढ़ बीवी के कारण मन में जो यह अन्धविश्वास जम गया है कि स्नान कर लेने के बाद ही मन पवित्र हो पाता है और आदमी एकाग्रचित्त हो सकता है, यह अलग जान खा रहा है; अब पहले की तरह कभी दो-चार-पाँच दिनों में एक बार स्नान कर लेने की बजाय रोज दोनों वेला, चिल्ले की सर्दी में भी, स्नान करने में समय का दुरुपयोग करना पड़ रहा है। पेट-पूजा में अलग समय बरबाद होता है।

इतना सब कर लेने के बाद भी निवृत्ति कहाँ! सारा गाँव एक शैतान की तरह उसे ही तंग करने पर तुला हुआ है। हर एक को उसकी मदद चाहिए। नारायण गुप्ता का शीतल चौधरी के साथ झगड़ा हो और लाठा-लाठी शुरू हो जाए, तो दोनों ही इस बात की गिरह लगाएँगे कि एक पढ़ा-लिखा पड़ोसी होकर भी शशांक गुप्ता दो-एक डंडे की चोट का खतरा उठाकर बीच-बचाव के लिए क्यों नहीं दौड़ा। गाँव के किसी दूसरे टोले में भी कोई मरा, तो निकम्मों की तलाश में एक निकम्मा शशांक गुप्ता भी दिख जाएगा उन्हें और इस निकम्मे को भी अब मुरदा जलाने काढ़ागोला या मानसी तक जाना होगा। अगर इस उत्सव में, उस त्योहार पर, इसकी शादी में, उसके श्राद्ध में शरीक न होकर समय का सदुपयोग अपने अध्ययन-मनन में करो, तो हल्ला मच जाएगा कि उस आदमी को बिरादरी से बाहर करो; पढ़-लिखकर गाँव में घास छील रहा है, मगर ऐंठ कम नहीं है इसमें। रोज दो-चार-पाँच आदमी चिट्ठी पढ़वाने तो आएँगे ही, दरखास्त लिख देने तक को बाध्य करेंगे। अगर मुकर जाओ, तो सुन लो एक ऐसे आदमी की चर्चा जिसने कोदो देकर पढ़ा है और जिसे एक दरखास्त तक लिखना नहीं आता। कुछ पैसे माँगनेवाले भी आ ही जाते हैं उसका समय खाने और यह सोचकर आते हैं कि जिसके घर में रोज सिर्फ एक मुट्ठी चावल का खर्च है उसके पास तो अवश्य ढेर सारे पैसे होंगे। दुददुरा दो, तो कहाओ कंजूस-मक्खीचूस। शशांक बाबू से राय लेनेवालों की भी कमी नहीं है यहाँ; शशांक बाबू का धर्म होता है कि वे सुबह से शाम तक दरवाजे पर कुर्सी लगाकर बैठे रहें राय बाँटने के लिए।

इस तरह किसी ऋषि-मुनि की एकाग्रता भंग नहीं की जाती रही होगी। तभी तो उन्हें सफलता मिल जाया करती थी। अब किसी तपोभूमि में अपनी सारी किताबें लेकर

जाना तो सम्भव नहीं हो सकेगा उसके लिए, मगर यह तो सम्भव है ही कि वह सख्ती बरते और लोगों से मिलना-जुलना बिलकुल बन्द कर दे। संसार के दुखों को हरने के लिए बहुत जरूरी है सांसारिकों से बिलकुल अलग हो जाना। आज न कल तो उन्हें पता चल ही जाएगा कि शशांक गुप्ता किस तपस्या में लीन थे और उस तपस्या का फल किसके बेटों, पोतों और परपोतों को पहुँच रहा है।

रात के ढाई बजे से सुबह नौ बजे तक वह कागज पसारकर हाथ में कलम पकड़े रह गया, कुछ पा लेने के लिए कमरे में चहलकदमी भी की, सिर को खुजलाया, मगज को ठोंका, मगर हाथ कुछ नहीं आया। कारण बस इतना ही था कि इस अवधि में उसे बार-बार अन्दर-बाहर करना पड़ा था। अब एक बार और बाहर निकलकर वह दिव्या से इतना-भर कह आना चाहता है कि अगर उससे भेंट करने के लिए दरवाजे पर भगवान भी आ पहुँचता है, तो उसे तब तक रुकने के लिए कह दिया जब तक वह खुद कमरे से बाहर आकर भगवान से भेंट नहीं करता। भगवान रुकना नहीं चाहे, तो वापस लौट सकता है।

मन में यह निर्णय लेकर कमरे का दरवाजा खोलता है वह। उसकी नजर सामने दिव्या पर पड़ती है जो शायद दरवाजा खुलने का ही इन्तजार कर रही थी और अब तेजी से उसकी ओर बढ़ी आ रही है। शशांक का एक मन होता है कि वह दूर से ही दिव्या को डाँट दे, "खबरदार, इस तरह तेजी से आने और मुझे बेकार की बातें बढ़ा-चढ़ाकर सुनाने की जरूरत नहीं है," मगर शीघ्रता में वह कोई निर्णय नहीं ले पाता और उसका भी मन हो जाता है कि अब सुन ही ले कि इतनी तेजी से आकर दिव्या कौन-सी बात सुनाना चाहती है।

पास आकर दिव्या फुसफुसाती है, "लच्छू चौधरी की दूसरी बीवी आई हुई है..."

"तो मैं क्या करूँ?" बिफर उठता है शशांक, "गाँव में ढेर सारी बीवियाँ आती रहती हैं और गाँव से ढेर सारी बेटियाँ जाती रहती हैं। मैं कोई औरत तो नहीं हूँ कि मुझे यह समाचार देने इतनी तेजी से दौड़ी आ गई मेरे पास!"

"गाँव में नहीं, आपके घर में आई है, आपके पास, कुछ कहने।"

"कह दो, मैं कुछ नहीं सुनूँगा," अपना सारा गुस्सा उतारते हुए कह देता है शशांक, "मेरा काम एक बीवी से चल रहा है; दूसरी औरत की जरूरत नहीं है मुझे; वह लौट जाए।"

आप इस तरह क्यां बक रहे हैं? किसी दुखिया के साथ इस तरह..." रुखाई के साथ बोलती है दिव्या।

अनायास कुछ ढीला पड़ जाता है शशांक और कहता है, "वह तो भागकर मायके चली गई थी; फिर लौटकर चली क्यों आई?"

"वहाँ शरण नहीं मिली। भाई ने बैलगाड़ी से आधे रास्ते तक पहुँचा दिया और फिर गाड़ी से उतारकर कहा, 'सुख से या दुख से, जाकर रहो अपने शौहर और सौत

के पास ही।' लौट आई बेचारी, मगर घर में घुसते ही मार पड़ गई सौत की; पीठ को लुआठी से दाग दिया है उस डायन ने।"

"तो मैं क्या करूँ, दिव्या?" घुटन भरी आवाज में कहता है शशांक, "यह काम तो लच्छू चौधरी का है कि वह इस औरत की रक्षा करे।"

"लच्छू चौधरी कुछ नहीं करता, तभी तो बेचारी हमारे पास आई है।"

"गाँव में और भी तो लोग हैं; उनके पास भी तो जा सकती थी।"

"गाँव के सारे लोग मर गए हैं इसके लिए। इस बेचारी के लिए किसी ने कुछ नहीं किया। किसके पास जाए यह!"

"मैंने ही इसके लिए क्या किया है कभी कुछ, जो मेरे पास चली आई है! आती थी वह टीपू के पास, मेरे पास नहीं। गाँव में इतने लोग हैं, वे तो मरे हुए हैं इसके लिए, और जो..."

पूरा वाक्य नहीं बोल पाता है शशांक। वह भरसक दिव्या के आगे टीपू का कोई प्रसंग उखड़ने देना नहीं चाहता, मगर यहाँ ऐसी लापरवाही होती है कि प्रवाह में वह टीपू का नाम बोल जाता है। दिव्या पर असर होता है कि उसकी आँखें गीली हो जाती हैं। एक क्षण के लिए तो वह बिलकुल निस्तेज हो जाती है, मगर फिर अपने को सँभालकर सुना देती है शशांक को, "वह अभी भी टीपू के पास ही आई है, आपके पास नहीं।"

कहकर दिव्या हलके कदमों से पिछवाड़े की ओर चली जाती है। लच्छू चौधरी की नई बीवी शायद पिछवाड़े में ही खड़ी है। शशांक तीखी निगाहों से दिव्या को जाते हुए देखता है और अपने अन्दर काफी बेचैनी का अनुभव करता है...क्या कहा दिव्या ने?...क्यों कहा ऐसा?...

सोच की मुद्रा में लौट आता है शशांक अपने कमरे में; दरवाजा भिड़ाए बगैर ही अपने को बैठाता है बिस्तर पर और सामने पसरे कागज पर दृष्टि जमाकर कहीं और ही खो जाता है। अचानक सादे कागज पर दो आकृतियाँ उभर आती हैं। एक जबरजंग औरत एक दूसरी सहमी-सकपकाई और छटपटा रही औरत का झोंटा पकड़कर उसे जमीन पर गिरा देती है और फिर चूल्हे तक खींचकर एक दहकती लुआठी से उसकी पीठ दाग देती है। दर्द से चीख उठती है वह दूसरी औरत। उस चीख के जवाब में उस घर के सामने भीड़ लगाए लोगों के बीच ठहाके बरस पड़ते हैं। कोई एक सुनाने लगता है, "पुरानी बीवी को भला यह कैसे बरदाश्त हो कि शौहर अपनी नई बीवी के साथ उठ-बैठ करें! अभी के झगड़े का कारण बस इतना ही है कि लच्छू रात में अपनी नई बीवी के साथ सो गया था।" मजा लेने इकट्ठे हो जाते हैं लोग; कलह सदा के लिए दूर हो जाए, इसमें किसी की दिलचस्पी नहीं है। और, लच्छू चौधरी की दिलचस्पी केवल इस बात में है कि दो में से कोई एक औरत भाग जाए उसके घर से और तब वह चैन की जिन्दगी गुजारे अपने घर में। अब ऐसी हालत में क्या कर सकता है वह, क्या कर सकता है, दिमाग पर जोर देकर सोचने लगता है शशांक और तभी कागज पर से सारी

आकृतियाँ गुम हो जाती हैं...नई बीवी तो भागकर नैहर चली गई थी, मगर...मगर... अचानक सादे कागज पर बैलगाड़ी की लीक उभर आती है और एक बैलगाड़ी उस लीक पर चलती दिखाई पड़ जाती है। गाड़ी से एक औरत की सिसक-सिसककर रोने की आवाज आ रही है। पन्ने के बीच तक गाड़ी के पहुँचते-पहुँचते गाड़ीवान बैलों की रास तान देता है और गाड़ी रुक जाती है। उस औरत को डाँटकर जबरन नीचे उतार दिया जाता है और गाड़ीवान गाड़ी का मुँह घुमा देता है। गाड़ी हाँके जाने के पहले उसमें सवार एक और मर्द मीठे-कड़ुए स्वर में उस औरत को सुना देता है, "हमारा भाई-बहन का रिश्ता तो नहीं टूटेगा, मगर अब नैहर का आसरा छोड़ दो तुम। दुख से या सुख से अब अपनी ससुराल में ही रहना होगा तुम्हें। यहाँ से राजगंज अब थोड़ी ही दूर है; पैदल चली जाओ।" गाड़ी चली जाती है और वह औरत वहीं सड़क के किनारे बैठकर जोर-जोर से रोने लगती है...कब तक बैठी रहेगी यह औरत? कोई रुककर उसका दुख पूछेगा? दूर करेगा उसका दुख?...कैसे दूर करेगा, ध्यान लगाकर सोचने लगता है शशांक। आँखें खोलता है वह और पन्ना बिलकुल सादा दिखाई पड़ता है... क्या करेगी वह औरत? कैसे अपना दुख दूर करेगी?—यह सोचते हुए शशांक फिर कहीं गुम हो जाता है। उसकी आँखें बन्द हो जाती हैं...और...सूरज डूबने को है और धीरे-धीरे धुँधलका बढ़ता जा रहा है। जोर-जोर से रोती हुई वह औरत अचानक चुप होकर राजगंज की ओर बढ़ने लगती है। राज के अँधेरे में वह राजगंज में प्रवेश कर जाती है...यह क्या? अपने घर की ओर जाने की बजाय वह उधर साहू पोखर की ओर क्यों बढ़ रही है?...दम साधकर शशांक अपनी निगाहों से पीछा करता है उस औरत का। पोखर के किनारे तक आ जाती है वह। दिल जोर-जोर से धड़कने लगता है शशांक का। चौकन्नी निगाहों से चारों ओर देखती है वह औरत, कुछ बुदबुदाती है, और फिर..."कौन?" अचानक चिहुँक उठती है औरत, "कौन?"

कोई अपनी बाँहों से उसके दोनों पैर जकड़ लेता है, "यह नहीं हो सकता। अपने रहते मैं तुम्हें पोखर में छलाँग लगाने नहीं दूँगा। चलो, मेरे साथ चलो।"

"कौन हो तुम?" काँपती आवाज में पूछती है औरत।

"मैं हूँ, चाची, टीपू," जवाब मिलता है उसे।

और भी जोर से आँखें मीच लेता है शशांक। अब क्या होगा? अब कौन बचाएगा उसे पोखर में छलाँग लगाने से? वह क्या करे इस औरत के लिए? भाग क्यों गया टीपू? क्यों मर गया? वह रहता, तो...

धीरे से आँखें खोल देता है वह और पूरे कमरे पर दृष्टि फेरता है। उसकी आँखें मोटे-मोटे ग्रन्थों पर रुकती हैं, आँखें महापुरुषों के चित्रों पर टिक जाती हैं, क्या ये सब इस औरत की मदद नहीं करेंगे?...

नहीं, ये महापुरुष अब नहीं आ सकते लच्छू चौधरी की इस दूसरी बीवी का दुख दूर करने। इन मोटे-मोटे ग्रन्थों से भी अब कोई भला नहीं होगा उसका। उसकी अपनी

सूक्तियों और अमर बोलों से ही क्या होनेवाला है इस संसार में? वे भी मोटे ग्रन्थों में सज जाएँगे, विलीन हो जाएँगे। जिस संसार के दुखों को दूर कर देने की चिन्ता है उसे, इस संसार में क्या लच्छू चौधरी की यह बीवी नहीं रहती? जब तक जिन्दा है वह, उसे हर दुखिया की खबर लेनी होगी, हर दुखिया के आँसू पोंछने होंगे। कमरे में बन्द रहकर कोई महापुरुष नहीं बन सकता...कमरे से बाहर होने पर ही सूक्तियाँ लिखी जा सकती हैं, अमर बोलों की रचना हो सकती है...

बाहर निकलकर शशांक हाँक लगाता है दिव्या को और उसके आ जाने पर कहता है उससे, "इस औरत की मदद की जानी चाहिए। मुझसे जो भी बन पड़ेगा, करूँगा मैं। उससे पूछो तो, क्या मदद चाहती है वह।"

पिछवाड़े में अभी भी मौजूद लच्छू चौधरी की दूसरी बीवी के पास फिर जाती है दिव्या, और शशांक को लगता है, आज कोई बड़ा काम करने जा रहा है वह।

आज कोई बड़ा काम करने जा रहा है वह, यह अहसास होते ही वह कमरे में मोटे-मोटे ग्रन्थों से उदास हो जाता है। इन ग्रन्थों के अध्ययन मात्र से वह महान नहीं बन सकता; पंडित बन सकता है, महान नहीं। बन्द कमरे से बाहर निकलना होगा उसे। हर मानवीय गुण-प्रेम, दया, सेवा, त्याग—एक ऐसा ग्रन्थ है जो उसे महानता की राह पर आगे बढ़ा सकता है। यही असली दौलत है, और यह दौलत जिसके पास जितनी है वह उतना ही महान है।

हर महापुरुष अपने युग के दुख-कष्टों को दूर करने पैदा होता है और अपनी सन्तति के लिए महज कुछ संकेत छोड़कर चला जाता है। अपने कष्टों को दूर करने के लिए हर युग को अपना महापुरुष पैदा करना पड़ता है।

मगर ऐसे महापुरुष हैं कौन?...

शशांक देखता है एक भीड़ को जो महापुरुषों की बिरादरी में शामिल होने के लिए बेताब है। कोई काल-पात्र गड़वा रहा है, कोई महल और मीनार बनवा रहा है, कोई अपने नाम पर नगर बसा रहा है, कोई अपनी प्रस्तर-प्रतिमा चौराहे पर स्थापित कर रहा है, और कोई अपनी प्रशस्ति पत्थरों पर खुदवाकर जगह-जगह टँगवा रहा है।

महापुरुष हैं ये सब?...

कोई छल-बल-कौशल से गद्दी हथियाता है और चिल्ला-चिल्लाकर लोगों को कहता है, "अब मुझे महापुरुष मान लो।" कोई पीठ पर पोथियाँ लादे बाजार घूम जाता है और उच्चारित करता फिरता है, "कोई नहीं है मुझ-सा पंडित, मुझ-सा ज्ञानी; महापुरुष मैं बनूँगा।" कोई नर-मुंडों की मीनार खड़ी कर देता है और मूँछें ऐंठकर कहता है, "कौन है मेरे जैसा बलवाला, विक्रमवाला? अब तो मानोगे मुझे महापुरुष!" कोई अपनी प्रशंसा में भाटों से भजन लिखवा रहा है, चारणों से प्रशस्तियाँ पढ़वा रहा है, और खुद बड़बड़ा रहा है जहाँ-तहाँ, "अब तो मेरी ऊँचाई को नहीं छू रहा है कोई;

अब तो हो ही गया महापुरुष।" कोई इतिहासकार के कमरे में चुपके से घुस जाता है और कहता है उससे, मैं सुनहली स्याही और मोटी कलम लेकर आया हूँ। महापुरुषों की सूची में मेरा पहला नाम लिखो। बोलो, लिखते हो या नहीं?"

ये सब महापुरुष ही हैं?...

नहीं, ये कतई महापुरुष नहीं है, इनकार कर देता है शशांक इन्हें महापुरुष मानने से। जिसका जीवन प्रेम और दया से अनुप्राणित है, वही महापुरुष है। जिसने जीवन में सेवा का व्रत ले रखा है, त्याग जिसके जीवन का चरम लक्ष्य है, वही महापुरुष है। महापुरुषों की बिरादरी में धका-पेल घुसनेवाले लोगों की भीड़ में ऐसा पुरुष शरीक नहीं होता। गद्दी हथियाने की चाह नहीं होती इसमें; फजीलत की पगड़ी इसके सिर बँधी नहीं रहती; इसके पास हत्यारे का कलेजा नहीं होता; यह भाटों और चारणों को बहाल नहीं करता प्रशस्तियाँ लिखवाने और पढ़वाने; और न यह सुनहली स्याही और मोटी कलम लेकर किसी इतिहासकार के कमरे में घुसता और उसे धमकियाँ देता है।

अपने जीवन का ध्येय स्थिर कर लेता है शशांक। उसकी यह इच्छा मर जाती है कि महापुरुषों के चित्रों के बीच उसका भी चित्र घर-घर में टँगे, उन सारे चित्रों के ऊपर। कीर्ति-ख्याति की अब कोई इच्छा नहीं है उसके मन में; नाम और यश से विमुख हो उठता है वह। इस क्षण-भंगुर संसार में सब कुछ क्षण-स्थायी है। जहाँ इस पृथ्वी पर भारी उथल-पुथल हो रही है, सागर बनते-बिगड़ते रहे हैं, नदियाँ प्रकट होती हैं और लुप्त हो जाती हैं, पहाड़ उगते हैं और धँस जाते हैं, वहाँ अपने यश को किस सागर, किस नदी, किस पहाड़ से बाँधकर चिरस्थायी बना लेगा कोई? नष्ट हो गए नगरों और विलुप्त सभ्यताओं से अब कहाँ आ रही है कोई आवाज किसी के नाम के डंके की? जहाँ पूरा-का-पूरा इतिहास कालग्रस्त हो गया है, वहाँ उसके इतिहास-पुरुष भी तो अपने को काल के ग्रास से बचा नहीं पाए हैं। जिस ब्रह्मांड में सूरज और सितारों का भविष्य अनिश्चित है, जिस पृथ्वी का अपना ही अस्तित्व खतरे में है, वहाँ मिट्टी का कोई पुतला किस यश की कामना कर सकता है?

जिस अलौकिक आनन्द की चाह थी उसे, वह अब उसकी गिरफ्त में आ गया है, ऐसा महसूस करता है शशांक। वह तो अब तक भटका ही हुआ था; टीपू ही उसे कोंचता रहता था, "वह भूखा है, पिताजी...वह नंगा है...वह बीमार है...हम उसके लिए कुछ नहीं कर सकते?" बेटे ने बाप की रहनुमाई कर दी। अपनी छोटी उम्र में ही कितना बड़ा हो गया था टीपू!

शशांक को एक बुढ़िया की याद आती है। उस साल बाढ़ में हजारों गाँव डूब गए थे, सैकड़ों गाँव बह गए थे। बाढ़ से जान बचाकर निकल जानेवाले लोगों में से दस-बीस राजगंज आ पहुँचे थे। उनमें एक बुढ़िया थी। बदकिस्मती से बुढ़िया बच गई थी और उसका पूरा परिवार बाढ़ में डूब गया था। बुढ़िया पूरे गाँव में पागल की तरह घूमती

रहती थी और हर मिलनेवाली से पूछ बैठती थी, "अब मुझे कौन खिलाएगा?" गाँव में कोई पगली बुढ़िया आई हुई है, यह सुनकर गाँव का हर बच्चा उसे देखने गया था, और ढेर सारे बच्चे भीड़ बनाकर उसके पीछे चलते रहते थे। बुढ़िया की चाल-ढाल और बोली पर उन्हें खूब हँसी छूटती थी। कई बच्चों ने तो बुढ़िया की नकल में चलना और बोलना भी सीख लिया था। अचानक कभी कोई बच्चा छाती पीटकर कह उठता, "अब मुझे कौन खिलाएगा?" और तब सारे बच्चे खिलखिलाकर हँस पड़ते थे। उन हँसनेवालों में एक शशांक भी रहा करता था।

टीपू शरीक नहीं होता उन हँसनेवालों में। पूर्णिया में एक अपरिचित बुढ़िया को उसने अपनी दादी बना ली थी। वह रोज उसके लिए बाजार से दूध ला दिया करता था, उसके छोटे-मोटे काम कर दिया करता था और उसके साथ बैठकर बतियाता रहता था। राजगंज आकर भी उस बुढ़िया को भुला नहीं पाया था वह। इस पगली बुढ़िया को देखने टीपू भी घर से निकलता और बुढ़िया के पास जाकर उससे कहता, "अब मैं तुम्हें खिलाऊँगा; मगर, बोलो, मेरी दादी बनोगी न?"

आज टीपू रहता, तो कितना अच्छा होता! टीपू के साथ हर किसी के दुख-दर्द में शरीक होता रहता उसका पिता। उसके चले जाने से अपने को बहुत कमजोर, बहुत असहाय महसूस कर रहा है शशांक। पूरा गाँव तो उसके रिश्ते से बँधा हुआ था; हर परिचित-अपरिचित उसका आत्मीय बना हुआ था; हर किसी को उसकी जरूरत थी। तब भी उसको छोड़कर क्यों चला गया वह? क्यों चला गया? यह भी नहीं सोचा कि उसका बाप किसके कन्धे पर लदकर जाएगा!

ईश्वर के पास पहुँचा होगा टीपू, तो वे भी इसे देखकर भौचक रह गए होंगे और पूछा होगा, "तुम चले आए, टीपू? भूल तो नहीं गए कि मैंने अपने किस काम के लिए भेजा तुम्हें? मैं तो यही जानता था कि तुमसे निराश नहीं होऊँगा मैं। अभी तो बहुत दिनों तक वहाँ रहना था तुम्हें। मैं बुलाता, तब आते। मगर अभी ही, बगैर बुलाए, क्यों चले आए? वहाँ क्यों मर गया तू? क्यों?..."

और यहाँ शशांक रह-रहकर पूछ बैठता है, "हाँ, बोलो, बताओ, क्यों मर गया तू? क्यों?...क्यों मर गया, टीपूऊऊऊऊ!"

4

क्यों?...क्यों मर गया टीपू?

अब कौन बताएगा शशांक को? कौन जवाब देगा उसे इस सवाल का?

टीपू के संगी-साथी तो एक बार अवश्य जाएँगे उससे पूछने, "क्यों रे टीपू, तू हम सब को छोड़कर क्यों चला गया? तू क्यों मर गया, टीपू?"

एक बार टीपू के साथ उसके कुछ दोस्त कारी मड़ड़ के बगीचे में भूत से मिलने गए थे। उस बगीचे में जिस लोटा को छोड़कर सुँघनी साह भागा था, वह अभी तक भूत के कब्जे में ही था। कई कारणों से वे सब इस लोटे को उपरा लेना चाहते थे। यह भी तय हो गया था कि वे सब बारी-बारी से उस लोटे को अपने-अपने पास रखेंगे।

...इस बार तो हीरालाल का बेटा रघुवा गाँव की नाट्य परिषद को एक भी पैसा देने से मना कर देगा अपने बाप को और फिर देखेगा कि नेपथ्यशाला में कैसे भुजंगीलाल उसके कान पकड़ता है और कैसे उसकी गरदन पर हाथ लगाकर जोर से उसे बाहर की ओर धकिया देता है! बस इतनी-भर तो खबर पहुँचनी है इस भुजंगी के पास कि भूत के साथ हीरालाल के बेटे की गुफ्तगू होती है।...अब तो हरिया ललचनमा-फलचनमा को साथ लिये बगैर अकेले ही घुस जाएगा कारी मड़ड़ के बगीचे में और शरीफे मस्त-मलंग की तरह खाएगा। इस बार अगर भूमि मड़ड़ सामने आया, तो हरिया यह तो नहीं कहेगा कि वह धतूरा के लिए आया था बगीचे में; इस बार मड़ड़ के झोंटा पकड़ने पर वह कड़ककर कहेगा, "दिखाई नहीं पड़ा कि बबूल गाछ के नीचे मैं किससे बतिया रहा था? भूत ने ही कहा, 'दो-चार शरीफे खाकर जाना, हरि।'...अब अगर कभी मनिहारी दुकान के गंगादास ने पूछा, मन में सोच लेता है चूल्हवा, कि 'क्यों रे छोकरा, अब बाप के पैसे नहीं चुराता क्या? कभी आता नहीं है अब बिस्कुट खरीदने?' तो इस बार वह मुस्कराकर जवाब देगा, 'जिस भूत ने हम लोगों को सुँघनी साह का लोटा दिया है, उसी ने यह भी कह दिया है हमें कि 'अगर तुम लोगों का मन कभी बिस्कुट खाने का हो, तो मुझसे कहना; मैं गंगादास की दुकान से बिस्कुट उड़ाकर लोगों को दे दिया करूँगा।' यमुना तो तुरन्त अपने बाप से जाकर कहेगा, "सारे उधारी ग्राहकों की एक सूची मुझे दे दीजिए। अब विश्वनाथ मिसर हो या शत्रुघन सिंह, पैसे वसूलकर लाना मेरे जिम्मे रहा।" और हर उधारी ग्राहक को वह साफ-साफ सुना देगा, "दुबारा नहीं आऊँगा मैं। भूत ने मुझे कह दिया है, 'सात दिनों की मोहलत दे दो। दुबारा किसी के भी पास नहीं जाना है। आठवें दिन एक बार आकर बस उनके नाम बता जाना जो बकाया नहीं चुकाते हैं।' ...अब तो घर से ही मुस्कराते हुए जाएगा घुटरा विद्यालय की ओर। आज ही अगर गाँव में भूत से लोटा मिल जाने का हल्ला हो गया, तो कल जरा सबेरे ही विद्यालय पहुँच जाएगा वह और गुरुजी के कान में फुसफुसाकर कहेगा, "गुरुजी, भूत मुझसे पूछ रहा था कि पोद्दार गुरुजी पाखाना करने किधर जाते हैं। मैंने उससे झूठ बोल दिया कि साहू पोखर की ओर जाते हैं। आप तो कचहरी गाछी की ओर जाते हैं न, गुरुजी?"

अगर भूत लोटा लौटाने से इनकार कर दे, तब भी कोई ऐसा एक शब्द भी नहीं

बोलेगा जिसे सुनकर भूत दुखी या नाराज हो जाए, ऐसा निर्णय उन बच्चों ने आपस में ले लिया था। भूत दर्शन दे दे, यही कम नहीं है और इतने से ही उनके बहुत सारे काम बन जाएँ, इस बात पर सभी सहमत थे।

एक-दूसरे की कमर में हाथ डाले बबूल गाछ के नीचे जाकर उन बच्चों ने प्रार्थना की, "हे भूत, हम आपका गुणगान करते हैं और आपकी कृपा चाहते हैं। सुँघनी साह के लोटे की तो आपको कोई जरूरत नहीं पड़ती होगी; हमें दे दीजिए न वह लोटा। हम तो आपको अपना देवता मानते हैं।"

भूत भूल-चूक से लोटा उनमें से किसी के सिर पर न गिरा दे, इस बात की पूरी सावधानी बरतते हुए देर तक खड़े रहने के बाद भी जब गाछ से न तो कुछ गिरा और न किसी को उतरते ही देखा गया, तो उन्होंने भूत को अपनी दूसरी प्रार्थना सुनाई, "हे भूत, हमें सुँघनी साह के लोटे से कुछ लेना-देना नहीं है। हम तो केवल आपके दर्शन करने आए हैं। हमें दर्शन देकर हमारा उपकार कीजिए। हम आज से सिर्फ आपको अपना देवता मानेंगे।"

बबूल गाछ के पास से बहुत निराश होकर लौटे थे सारे बच्चे। मगर क्या टीपू भी अपने संगी-साथियों को निराश लौटा देगा? उसे तो मालूम है कि भूत के दर्शन नहीं होने से वह और उसके दोस्त कितने दुखी हुए थे। तब भी क्या टीपू प्रकट नहीं होगा अपने उन्हीं दोस्तों के साथ भेंट-मुलाकात के लिए? वह तो दूर से ही इन्हें देखकर दौड़ पड़ेगा इनकी ओर चिल्लाते हुए, "मैं टीपू हूँ; डरना नहीं; भागना नहीं।"

मरने के बाद भी टीपू राजगंज नहीं छोड़ेगा, यह तो उसके सारे दोस्तों को मालूम है।

एक दिन वे सब भी भूत बनेंगे, इस बात से काफी खुशी होती थी उन्हें। हरिया खुश था कि तब वह बेखौफ गुल्ली-डंडा खेला करेगा अपने और भूत दोस्तों के साथ। यमुना को इस बात की खुशी थी कि वह कहीं भी और कभी भी अपने या अपने घर के दुश्मनों को दबोचकर लतिया देगा। चुल्हवा की जीभ पर उन मिठाइयों का स्वाद उतर आया था जो भूत बन जाने के बाद जगदीश साह हलवाई की दुकान से उड़ाकर ले आया करेगा वह। घुटरा अभी से राहत की साँस लेने लगा था कि पढ़ाई-लिखाई का पहाड़ उसकी छाती से उतर जाएगा।

यह तय हो गया था कि भूत बनने के बाद कोई भी राजगंज नहीं छोड़ेगा और सब एक साथ रहेंगे। किस बगीचे में और किस गाछ पर रहेंगे वे सब, यह भी तय हो गया था। टीपू ने अपने बगीचे का एक गाछ अपने सभी दोस्तों को पहचनवा दिया था।

उस गाछ के पास एक बार जरूर पहुँचेंगे टीपू के दोस्त और पूछेंगे, "तू क्यों मर गया टीपू? इतनी जल्दी भूत बनने की बात तो तय नहीं हुई थी हमारे बीच!"

शशांक अपने बिस्तर पर औंधा पड़ा था। रह-रहकर कुछ याद आता था, कचोट उठती थी, और मछली की तरह तड़प उठता था वह। कानाफूसी उसके कानों में पड़ी और

ज्यों ही उसने सुना कि टीपू के अग्नि-संस्कार की बात चल रही है और यह तय किया जा रहा है कि अग्नि-संस्कार कहाँ होगा, वह झटपट बिस्तर से उठ गया और हाँक देकर राधेश्याम को बुलाया। डबडबा गई आँखों से उसने राधेश्याम से कहा, "राधे, अग्नि-संस्कार मेरे बगीचे में ही होगा।"

"लोग तो कह रहे हैं..." राधे पूरा बोल भी नहीं पाया था कि भरभरा आई आँखों को पोंछते हुए कहा शशांक ने, "लोग क्या कह रहे हैं, कहने दो; जो मैं कह रहा हूँ, वह करो। टीपू अपने बगीचे में ही रहेगा।

"ठीक है," कहकर राधेश्याम कमरे से बाहर निकल गया था।

टीपू ने अपनी जगह ले ली होगी। मगर, क्या उसके संगी-साथी उस ओर जाएँगे भी? उसके सारे साथियों को मनाही नहीं हो गई होगी उस ओर जाने से? टीपू को, टीपू की सारी बातों को, उसके साथ हुए निर्णयों-निश्चयों को भुला नहीं चुके होंगे वे?... बाप तो जाएगा, जाता रहेगा उस बेटे के पास जो कभी उससे दूर नहीं जा सकता, जो हमेशा हाजिर रहेगा उसकी हर बात सुनने के लिए।

सूरज के डूबने का देर से इन्तजार कर रहा था शशांक। हल्के धुँधलके में घर से निकला वह और लोगों की नजरों से अपने को छुपाते हुए अपने बगीचे की ओर बढ़ गया। अपने ही बगीचे में चौकन्नी निगाहों से चारों ओर निहारते हुए प्रवेश कर गया वह। एकबारगी रोमांचित हो उठा वह...अचानक टीपू प्रकट हो जाए, तो! टीपू दौड़ता हुआ आए और उसकी छाती से लिपट जाए! "पापा! पापा!" —कानों में बज उठी यह आवाज। उसकी आँखें डबडबा गईं और उसे लगा कि अब वह रो पड़ेगा, देर तक यहीं बैठकर रोता रह जाएगा, यहाँ की मिट्टी से लिपटकर रोने लगेगा। उसने मन को शान्त किया, भला क्यों आया है वह! उसे लौट चलना चाहिए। उसने अपने आँसू पोंछे, और तभी...तभी उसे एक गाछ के नीचे बैठा हुआ कोई दिखाई पड़ गया। शशांक की ओर उसकी पीठ थी।

जोर-जोर से धड़कने लगा शशांक का दिल। साँस तक रुक गई उसकी। उसने निगाहें जमाईं; कोई बालक था बैठा हुआ। क्या करने आया है, सोचने लगा शशांक। वह आहिस्ते से कुछ कदम आगे बढ़ा।

कौन हो सकता है वह? शशांक पंजों के बल चलकर एक गाछ की ओट में खड़ा हो गया। बालक चुकुमुकु बैठा हुआ था दोनों जाँघों के बीच अपना सिर गड़ाए और शायद रह-रहकर सिसकियाँ ले रहा था। क्या पास जाकर उठाए वह उस बालक को, सोच में पड़ गया शशांक। तभी उस बालक में हरकत हुई और शशांक ने उसे मुँह ऊपर कर आँखों से आँसू पोंछते हुए काँपती आवाज में यह कहते सुना, "मुझे छोड़कर क्यों चला गया तूँ? तू क्यों मर गया, टीपू?"

चिहुँक उठा शशांक, यह आवाज कमुआ की थी।

चिरंजीव

उससे इतना भी नहीं हुआ कि आगे बढ़कर वह कमुआ को उठा ले, उसके आँसू पोंछे और उसे साथ लेते हुए बगीचे से बाहर आकर उसे समझा-बुझाकर उसके घर भेज दे। कमुआ उसे देख न ले, इस बात की चिन्ता हो गई उसे। आहिस्ते से वह लौट गया और कमुआ की निगाहों से बहुत दूर जाकर खड़ा हो गया। कमुआ को जब उठते देखा उसने, तो काफी तेज कदमों से वह अपने घर की ओर भागा। क्या कमुआ से उसे पूछ लेना था, "क्या कहा टीपू ने? कुछ कहा?"

दूसरों की नजरों से बचने-छुपने की शशांक की कोशिशों का ऐसा असर हुआ कि अब लोग खुद उसे देखकर नजरें झुका लेते; शशांक की चुप्पियों से लोग इतने सहम गए कि वे खुद उसके सामने पड़ना नहीं चाहते; अब शशांक बेहिचक जब जी चाहे निकलता घर से; गाँव की किसी भी गली-डगर से जब जी हुआ घूम आता; समय-कुसमय जिधर मन होता निकल पड़ता बेमतलब; कहीं बैठता, तो घंटों बैठा रह जाता बेमतलब।

एक दिन शशांक घर से निकलकर साहू पोखर की ओर बढ़ गया, चक्कर लगाता रहा वहाँ और फिर एक किनारे बैठकर निहारने लगा पोखर को गहरी निगाहों से।

इस पोखर में नहाने की बड़ी जिद किया करता था टीपू। बड़ी ही ललचाई नजरों से देखता था वह दूसरे बच्चों को नहाते हुए। इस सुख के लिए तरसता रह गया था वह कि और बच्चों की तरह वह भी तैरकर जाठ तक जा पहुँचे, उस पर चढ़ जाए और फिर उस पर से पानी में छलाँग लगाए। मगर उसे तो सख्त मनाही थी इस पोखर में घुसने की। किनारे तक में डुबकी लगाने की अनुमति नहीं दी गई थी उसे। कितनी कोशिशें करता रहा था शशांक अपने टीपू को हर खतरे से बचाकर रखने के लिए! इस पोखर में भी उसके डूब जाने का डर सताता रहता था शशांक को, मगर यहाँ भी तो पहरा पड़ रहा था। तीन-तीन पनडुब्बे-पानी के भूत-बैठे रहते थे यहाँ टीपू की रक्षा के लिए...

उन पनडुब्बों की आवाजें पड़ने लगीं शशांक के कानों में...

"...मैंने साफ-साफ सुना दिया था टीपू को, "सुन लो, टीपू, इस पोखर में नहाने का विचार त्याग दो। यह बड़ा ही मारक पोखर है। इस पोखर को मेरे परिवारवालों ने ही खुदवाया था और यह मुझे ही निगल गया। है कोई भरोसा इसका? इसीलिए तो अब मेरे घरवाले कभी इसकी सफाई तक नहीं करवाते। नासमझ लोग आते हैं यहाँ नहाने। ऐसा कोई-कोई साल ही गुजरता होगा कि पोखर की पकड़ में एक भी नहीं आए। तुम तो समझदार हो; अगर कुछ हो गया तुम्हारे साथ, तो सोचो, क्या बीतेगा तुम्हारे पिताजी पर। तुम्हारे लिए इतना व्याकुल रहते हैं वे, और तुम्हें उनके लिए जरा भी चिन्ता नहीं! पिता का कहना मानो, लौट जाओ यहाँ से। मैंने अपने बाप को रोते देखा था, इसीलिए इतना कह रहा हूँ तुमसे..."

"मुझे तो तब भी डर लगा रहता था," दूसरा पनडुब्बा बोलने लगा था, "कि इस लड़के का कोई ठीक नहीं कि कब पानी में कूद पड़े। मेरा डरना वाजिब था। मैं

देखता था कि वह किनारे पर आकर बैठ गया है और जाठ तक तैरकर जानेवाले हर बच्चे पर उसकी निगाह अटक जाती है। गौर से देखने पर उसके बदन में होनेवाली हरकत तक दिखाई पड़ जाती थी जो दूसरों के जाठ पर चढ़ने और फिर ऊपर से पानी में छलाँग लगाने पर होती थी, जैसे कि वह भी जाठ पर चढ़ गया है और फिर वहाँ से पानी में छलाँग लगाई है। वह लड़का जोश में किसी भी वक्त पानी में कूद जाता। मैंने उसे सुना दिया, 'सुन लो, बेटे, मैं परदेश कमाने निकला था और तुम्हारे गाँव ने मुझे भूत बनाकर रख लिया। अब मुझे किसी से मोह-ममता नहीं है। मैं भूत हूँ और गुस्से में हूँ। अगर कभी पोखर में तुमने टाँग भी लटकाई, तो खींच लूँगा। पानी के अन्दर जमीन पर मुँह रगड़-रगड़कर मारने में मुझे खूब मजा आता है। इधर बहुत दिनों से...'"

"तब भी तो एक दिन," तीसरे पनडुब्बे ने सुनाया, "घुटने-भर पानी में आ ही गया था वह। मैंने उसे लौटा दिया। मैंने कहा उससे, 'सुनो, मुन्ना, मैं राजगंज का ही रहनेवाला और जीवन-भर बच्चों को ही भूँजा खिलाता रहा मैं। मुझे तुमसे प्यार है, इसलिए कह रहा हूँ तुमसे। मैं तुम्हारा कोई बुरा नहीं करूँगा, मगर इस पोखर में पचासों पनडुब्बे हैं और वे सब बहुत ही कठोर और निर्दय हैं। तुम्हें तैरना नहीं आता है; ये सब तुम पर लगे हुए हैं। चुपचाप निकल जाओ यहाँ से। तुम तो अपनी मीना फुआ के पास जानेवाले हो अपने पिता के साथ वहाँ की नदी में तैराकी सीखने। वहाँ से सीखकर आना, तब आ जाना इस पोखर में भी कभी-कभार डुबकी लगाने। मगर, अभी नहीं, बिलकुल नहीं, निकलो, भागो। 'देख रहे हो वह लाश,' अपनी ही लाश को पानी पर तैराते हुए मैंने कहा, 'पेट कितना फूला हुआ है उसका, हाँड़ी की तरह।' उस दिन जो टीपू गया, तो फिर कभी झाँकने तक नहीं आया पोखर की तरफ..."

जाठ पर चढ़ने की जिद में नहीं मरा टीपू। ललचाई नजरों से देखता रह गया, तरसता रह गया, मगर पाँव नहीं पड़े उसके पोखर के पानी में। तब भी मर गया।... तब क्यों मर गया? किस दुख से?

मौत का डर था, तभी तो घुड़सवारी का मजा भी बिलकुल फीका पड़ गया था टीपू के लिए। घोड़े से गिरकर भी तो नहीं मरा टीपू। जिन्दगी प्यारी थी, तभी तो उसने पिता को आश्वस्त कर रखा था, "वे अभागे हैं जो घोड़ों पर चढ़ते हैं। जिन्दा रहूँगा, तो हाथी पर चढ़ूँगा, हवाई जहाज में चढ़ूँगा। मैं क्या बेवकूफ हूँ कि अभी घोड़े पर चढ़कर जान दे दूँ! मैं तो कभी घोड़े पर नहीं चढ़ूँगा। क्यों, पिताजी, मैं गलत बोल रहा हूँ क्या?"

पिता ने तो बेटे को हर खतरे से बचा लेना चाहा था।

कितने ही तो अजन्मे और असमय काल-कवलित घुड़चढ़े तैनात थे टीपू की रक्षा के लिए। टीपू की मौत ने हर एक को आहत कर दिया। उदास और गमगीन सबके सब पहुँच गए थे शशांक के पास। शशांक अभी भी पहचान रहा था उनमें से कितनों

को ही—किशुनगंज के चन्द्रमा सिंह, फत्तेपुर के सुधाकर यादव, रामगंज के निशाकर मंडल, लक्ष्मीपुर के हिमांशु मेहता, बेलाही के सुधांशु झा, गमैल के रजनीपति सिंह, मधुकरचक के हिमकर ओझा...सूरज सिंह...महादेव सिंह...

सब बुदबुदा रहे थे, बड़बड़ा रहे थे, एक-दूसरे को सुना रहे थे...

"...घुड़चढ़ा बनने की तो कोई तमन्ना कभी रही ही नहीं मेरे दिल में, और यह सोचकर तो मुझे शर्म आने लगी कि घोड़े से गिरकर मरना है। हवाई जहाज से गिरकर मरना होता, जरा भी हिचक नहीं होती मुझे; हाथी से गिरकर मर जाऊँ, तब भी लाज-शर्म की कोई बात नहीं। घोड़े से गिरकर मरो, तो जो सुनेगा वही धिक्कार बैठेगा, 'ऐसा ही शौक था, तो घोड़े पर चढ़कर उतर जाता; शौक पूरा हो जाता मरदूद का। बूता नहीं था साले को, तो क्या जरूरत थी घोड़े को हवा में उड़ाने की! ऐसे नालायक तो मरेंगे ही।' इस शर्म को पीने के लिए तैयार हो गया मैं। मगर, देखो तो टीपू को, जरा भी खयाल नहीं आया उसे हमारा..."

"...मैं घोड़ा तो क्या, किसी गधे की पीठ से, किसी बकरे की ऊँचाई से भी गिरकर मरने को तैयार हो जाता। टीपू बचा रहे, तो फिर मौत कैसी भी हो, बड़ी प्यारी हो जाती। मैं तो अपनी मौत पर बेहद-बेहद खुश था। हमेशा लगता रहा कि कोई भारी सुख भोग रहा हूँ मैं। क्या सूझा टीपू को कि यह सुख छीन लिया मुझसे! अब तो कोई जिन्दगी भी मिलेगी, तो स्वीकार नहीं करूँगा मैं। उस मौत से जब सुख नहीं मिला, तो भला अब कोई जिन्दगी कौन-सा सुख दे पाएगी मुझे!..."

"घुड़सवारी में मरकर जब मैं स्वर्ग पहुँचा था, तो इस बात की खुशी मुझे कभी नहीं रही कि वहाँ कामधेनु के दूध से भरा कलसी जैसा लोटा मुँह में लगाने के लिए रोज मिलता है। मैं तो बराबर यही सोचता था कि अपना टीपू ठीक-ठाक रहे, तो ठीक है, कामधेनु का दूध मिले तब भी ठीक, नहीं मिले तब भी ठीक..."

"...मैं तो कल्प-वृक्ष में झूला डालकर पेंग मार रहा था कि सामने एक यमदूत आ खड़ा हुआ। झोंटा पकड़कर उतार लिया मुझे झूले से और बोला, 'गलती से आ गए हो स्वर्ग में। घुड़चढ़ों को नरक में जगह मिली है। अगर अभी भी टीपू की जिन्दगी ही तुम्हें प्यारी लग रही हो, तो नरक में जाना होगा तुम्हें। बोलो, क्या इरादा है; यहाँ रहोगे या नरक में जाओगे?' मैंने भी कड़ककर जवाब दिया, 'झोंटा छोड़ो; चलो जिधर चलना है; बहुत प्यारी है मेरे लिए टीपू की जिन्दगी...'"

"...मैं तो महफिल में बैठा अप्सराओं का नाच देख रहा था। पीठ पर एक जोरदार लात पड़ी, तो हड़बड़ाकर उठ खड़ा हुआ। मुझे घसीटकर महफिल से बाहर ले गया लात मारनेवाला यमदूत और बोला, 'घोड़े से गिरकर मरे हो; नरक में रहना होगा।' मैंने कहा, 'चलो।' उसने कहा, 'चाहो, तो यहाँ भी रह सकते हो।' मैंने पूछा, 'कैसे?' उसने कहा, 'कह दो, घोड़े की सवारी कभी तुमने की ही नहीं।' अब यहाँ कोई नहीं पूछेगा कि स्वर्ग में किस मौत के बल से आ गए। मैंने जवाब दिया, 'सुन

लो, भाई, मैं झूठ नहीं बोलूँगा, मेरी मौत घोड़े से गिरकर हुई है। कभी झूठ बोलना ही हुआ, तो टीपू के लिए बोलूँगा।' उसने फिर कहा, 'टीपू के लिए ढेर सारे घुड़चढ़े रवाना हो गए हैं नरक की ओर। तुम एक नहीं भी जाओ, तब भी कोई फर्क नहीं पड़ता है।' मैंने जवाब दिया, 'फर्क पड़ता है; तुम नहीं समझोगे। मैं टीपू के लिए मरा था, स्वर्ग के लिए नहीं...'"

इतना त्याग, इतनी तपस्या हुई थी टीपू के लिए, मगर तब भी टीपू मर गया, तब भी मर गया टीपू...क्यों?...क्या आया था उसके मन में?...

जिस मांगन मन्तरिया का नाम अपने बचपन में सुना था शशांक ने और इतना-भर जानता था कि बस्ती में कहीं उसका घर है, उस मन्तरिया का घर बेटे ने दिखाया था उसे, और यह भी बताया था कि मांगन अभी भी जिन्दा है और अभी भी अगर बेटा जागेसर सिंह साँप का विष उतारने में असफल होने लगता है, तो खुद मांगन सिंह हाथ लगाता है।

शशांक बस्ती की ओर घूमने निकलता है और दूसरी बार मांगन मन्तरिया का घर देखता है। घर के सामने आते-आते उसे अचानक लगता है कि टीपू आज भी साथ है उसके, मगर आज टीपू चलकर नहीं, उसके कन्धे पर लदकर आया है; टीपू को एक विषधर ने...

दरवाजे पर गोहार मारता है शशांक। अन्दर से एक बूढ़ा निकलता है, उसके पीछे एक जवान। दोनों चेहरे जाने-पहचाने हैं शशांक के, गाँव में कितनी ही बार देखे हुए। तो, यही बूढ़ा है मांगन सिंह और यह जवान उसका बेटा जागेसर सिंह।

जागेसर सिंह जरा भी देर नहीं लगाते। तुरन्त नीम की टहनियाँ मँगाई जाती हैं। और जागेसर सिंह उन टहनियों से झाड़ा देते हुए मंत्र बुदबुदाने लगते हैं, "पारबती परबत बसे, बसे नीम की डार...कड़वी नीम कसावरी, विष की राँधू खीर। उठो डंक भोजन करो, संग जाय के दूर..."

बूढ़ा मन्तरिया टीपू पर आँखें टिकाए बैठा हुआ है ओसारे पर।

"...लंक सी कोट, समन्दर सी खाई; उतर रे बिस राजा रामचन्दर की दुहाई... सपथ साँचा, पिंड काँचा..."

बूढ़ा मन्तरिया गम्भीर होने लगता है।

"...बिस हार हार, बिस छार छार, बिस काटी; बिस हो जा रे गोबर माटी...हो जा रे गोबर माटी...गोबर माटी..."

विष का जोर बढ़ते देख लेते हैं मांगन मन्तरिया; उठकर चले आते हैं टीपू के पास। जागेसर हट जाते हैं और बूढ़ा मन्तरिया झाड़ा देने लगता है, "पारबती परबत बसे, बसे नीम की डार..." इन्हें भगवती का वरदान है; विष जरूर उतर जाएगा।

अचेत टीपू में चेतना लौट आती है; सुगबुगाता है, धीरे-धीरे आँखें खोल देता है; और फिर उठकर बैठ जाता है वह। दर्प से चेहरा दमक उठता है बूढ़े मन्तरिया का;

मूँछें मुस्करा उठती हैं। वह फिर से ओसारे पर आ बैठता है और कहता है शशांक से, “तुम्हारे पिताजी से अच्छा परिचय था मेरा। जब-तब हम साथ बैठकर बातें भी किया करते थे। बहुत बच्चे थे तुम जब मैंने तुम्हें देखा था। तुम्हारे इस बेटे को भी मैं आज से पहले देख चुका हूँ, मगर यह नहीं जानता था कि यह तुम्हारा ही बेटा है। यह एक बार पहले आ चुका है यहाँ। गमैल के एक किरतनिया को गेहुँअन ने डँस लिया था। उसके साथ आए लोगों में यह लड़का भी था। उस किरतनिया को मैं बचा नहीं पाया था। उस दिन इस लड़के के चेहरे पर जो दर्द देखा मैंने वह किसी के चेहरे पर नहीं था। पहले तो मैंने यही समझा कि यह उस किरतनिया का ही बेटा है, पर बाद में पता चला कि यह उस किरतनिया का कोई नहीं है। इसे मैंने बहुत ही उदास और गमगीन होकर भीड़ से अलग धीरे-धीरे लौटते देखा था, और इसकी वह सूरत आज तक मेरी आँखों में टिकी हुई है। जिस वक्त तुमने इसे अपने कन्धे से उतारा, इसके चेहरे पर नजर पड़ते ही मैंने पहचान लिया इसे और इसकी वह सूरत मुझे याद आ गई। उस वक्त ही मैंने मन में ठान लिया कि इस बच्चे को जैसे भी होगा बचाऊँगा मैं; और, अगर नहीं बचा पाया, तो माँ भगवती से भी नाता तोड़ लूँगा और फिर कभी जीवन में झाड़-फूँक नहीं करूँगा...”

जीवित रहे मांगन मन्तरिया; टीपू ही मर गया। क्या आया था उसके मन में?...

एक दिन नाक चढ़ाए दिव्या प्रकट हुई शशांक के सामने और उस पर तीखी निगाह डालकर पूछा, “यह क्या पढ़ा दिया है आपने टीपू को कि अब वह मेरा कोई बाहर का काम करता ही नहीं है। शाम में कहता है, ‘नहीं जा सकूँगा; अब साँप-कीड़ा निकलने का समय हो गया है।’ और दिन में सुना देता है, ‘कैसे जाऊँ? सड़क पर एक साँड़ बैठा हुआ है।’ क्या बात है, कुछ कह तो नहीं दिया है उससे?”

शशांक जोर से हँस पड़ा था यह सुनकर। यह हँसी उस खुशी से निकली थी जो बेटे को सुरक्षित देखकर उसके हृदय में उपजी थी।

गिरिधारी की छत से एक बार कूद पड़ा था टीपू, मगर उसके बाद शशांक ने गमैल के बाबू अनन्दी सिंह को इस तरह बेटे के पीछे लगा दिया कि अब सम्भव ही नहीं था कि कोई कुछ कहकर, फुसलाकर या जोश दिलाकर टीपू को किसी खतरे में डाल सके।

कभी किसी संगी-साथी ने अवश्य ललकारा होगा, “है कोई माई का लाल जो इस गाछ की सबसे ऊँची डाल पर जा बैठे?”

चुप्पी पसर गई होगी, मगर एक क्षण बाद ही एक माई के लाल की आवाज सबके कानों में पड़ी होगी, “माई का लाल तो है, मगर...”

“अगर-मगर क्या?” ललकारनेवाले ने ऐंठकर पूछा होगा।

“मगर, पहले एक कहानी सुन लो। एक थे बाबू अनन्दी सिंह...”

अगर कभी किसी ने एक साँप मारकर बहादुर बन जाने की बात टीपू को सुझाई होगी, तो अवश्य बाबू अनन्दी सिंह उसके कानों में फुसफुसा पड़े होंगे, "कह दो, 'मेरे घर में नागपूजा होती है; और अगर किसी साँड़ पर डंडे बरसाकर वीरकेशरी बन जाने के लिए टीपू को उकसाया होगा, तो अनन्दी सिंह ने टीपू को बताया होगा,' चीख पड़ो, 'अरे बाप, साँड़ पर शिवजी सवार रहते हैं।'"

इस बात से खुश रहता था शशांक कि अब कभी उसके कहने पर भी किसी कुएँ में कूदने से इनकार कर देगा टीपू और जवाब में कहेगा, "मुँह से आप कह तो रहे हैं कुएँ में कूद जाने के लिए, मगर आपका दिल कह रहा है, 'नहीं, बेटे, कुएँ में मत कूदना।'

"मैं दिल से कह रहा हूँ, कुएँ में कूद जाओ।"

"सोच लीजिए, पिताजी, अब अगर और कहेंगे कूदने के लिए, तो मैं कूद ही जाऊँगा।"

"हाँ-हाँ, कूद जाओ।"

"कूद जाऊँ?"

"हाँ।"

"ठीक है, कूद जाऊँगा, मगर उससे पहले एक किस्सा सुनाऊँगा आपको। गमैल में एक थे बाबू अनन्दी सिंह। एक बारात में खुरहान गए थे। खुरहान में यह हल्ला हुआ कि बाबू अनन्दी सिंह की बन्दूक असली नहीं, फुसफुसी है। गरम हो गए बाबू अनन्दी सिंह..."

किसी ने न बुरा सोचा, न बुरा किया और न बुरा होने ही दिया; तब भी मर गया टीपू। तब भला क्यों मर गया?...क्यों?...

...क्यों?...अचानक रोंगटे खड़े हो गए शशांक के...माँ चंडी तो रुष्ट नहीं हो गई थीं उस पर?...

एक बार टीपू पिता के साथ पाठे की बलि देखने चंडीथान गया था। टीपू हर पाठे को बड़े गौर से फूल-माला पहनते, मिमियाते और फिर कटते देखता रहा था। हर बार वह सिहरता और आँखें मींच लेता था। लौटकर घर आने पर उसने पिता से पूछा था, "यह प्रथा बन्द नहीं हो सकती, पिताजी?" पिता के जवाब से सन्तुष्ट नहीं हुआ था वह, और शाम में पिता से कहने चला आया था, "मैं इस प्रथा को बन्द कर दूँगा, पिताजी।"

"कैसे?" पिता ने पूछा था।

मुस्कराया था टीपू, "वही तो ठीक से पता नहीं चल रहा है।"

चिरंजीव

उस दिन के बाद फिर कभी बलि-प्रथा को लेकर टीपू ने कोई चर्चा नहीं की थी, और शायद वह अपनी बचकानी प्रतिज्ञा भी बिसर चुका था। मगर पूरे एक साल बाद एक अजीब घटना घटी, और ऐसा लगा शशांक को कि पूरा साल टीपू जरूर माँ चंडी को अपनी प्रार्थनाएँ सुनाता रहा होगा और माँ मजबूर हो गई होंगी उस बच्चे की बात मान लेने को।

अष्टमी थी, निज बलि का दिन। लोग बलि के पाठे के साथ झुंडों में चंडीथान पहुँचने लगे थे। चंडीथान के पुजारी आ चुके थे। उस दिन चंडीथान में पुजारी के अलावा बलित बकरे के सिर के लिए छीन-झपट और उठा-पटक करनेवाले और भी कई ब्राह्मण पंडित डेरा डाले रहते थे, और वे सबके सब हाजिर हो चुके थे। बलि-पशु पर कृपाण चलानेवाला करन बहादुर भी आ गया था।

बलि वेदी की पूजा शुरू हुई और पूजा के लिए करन बहादुर गहवर से कृपाण लाने गया। वह खाली हाथ लौटा और भयंकर सूचना दी, "गहवर में कृपाण नहीं है।"

सारे लोग भौचक रह गए। पुजारी जी गहवर की ओर दौड़े, उनके पीछे उच्छिष्ट-भोजी ब्राह्मण पंडित। कोना-कोना छान लिया गया। कृपाण सचमुच गायब था गहवर से।

"कृपाण की चोरी! क्या जमाना आ गया!" पंडितगण बुदबुदाने लगे थे।

चंडीथान के कपाट पर कभी ताला नहीं लगता था, केवल कुंडी चढ़ा दी जाती थी। पुजारी जी मोहनपुर के रहनहार थे, रात में गाँव चले जाते थे। कोई प्रतिमा नहीं थी अन्दर जिसके वस्त्राभूषण की चोरी का डर रहता। केवल काली पूजा में प्रतिमा बनाई जाती थी और उस अवधि में रात में भी पुजारी जी को चंडीथान में ठहरना होता था।

कृपाण में कितना लोहा लगा होगा और बाजार में लोहा प्रति सेर किस दर से बिकता है, यह सब जान लेने पर भी लोगों को पंडितों की इस बात पर विश्वास नहीं हो रहा था कि कृपाण कीमती था और उसकी चोरी हो सकती थी। आज तक क्यों चोरी नहीं हुई कृपाण की? अष्टमी को बलि पड़ेगी और सप्तमी की रात में कृपाण गायब! कल शाम तक कृपाण देखकर गए हैं पुजारी जी। नहीं, कृपाण की चोरी नहीं हुई है। कोई नहीं घुसा है गहवर में एक मामूली चीज चुराने। उस कृपाण को पचा पाना मुश्किल होगा किसी के लिए भी। कोई भारी रहस्य है इसमें।

रहस्य का पता चल गया; भीड़ में फुसफुसाहट फैली कि यह किसी मुसलमान का काम है।

क्या सचमुच? कौन मुसलमान करेगा यह? मोबीन मियाँ ऐसा करवा सकते हैं क्या? क्यों करवाएँगे? सलीम मियाँ की कोई चाल तो नहीं है इसमें? सफीक डाका डालने जाया करता है; वह आया होगा चार-पाँच सेर लोहा चुराने?

यहाँ तो हिन्दुओं से, हिन्दुओं के देवताओं से कोई वैर नहीं रखते मुसलमान। चमड़ा बेचकर जब भी कलकत्ता से आते हैं मोबीन मियाँ, तो उनका नौकर ठाकुरवाड़ी पहुँचता है प्रसाद चढ़ाने। हर होली में बाहर नौकरी कर रहे सलीम मियाँ के दोनों

छोटे भाई राजगंज चले आते हैं रंग खेलने। सफीक की बीवी तो छठ व्रत भी करती है; घाट पर छठ के गीत गाती है। एक कृपाण के गुम होने पर दूसरा कृपाण आ जाएगा, यह क्या कृपाण गायब करने से पहले नहीं सोचा होगा उसने जो अन्दर घुसा होगा? अगर मुसलमानों को फसाद ही करना होता, तो अवश्य वे गाय मारकर यहाँ फेंक जाते। नहीं मुसलमानों ने कुछ नहीं किया है। पंडितों की कोशिशों के बावजूद लोगों ने इस अफवाह को दबा दिया। उन्हें तो कुछ और ही रहस्य दिखाई पड़ रहा था इसमें।

"अब क्या होगा?" एक-दूसरे से सवाल करने लगा।

"होगा क्या," पंडितों ने अपना समाधान प्रस्तुत करते हुए कहा, "अभी तुरन्त तो कोई दूसरा कृपाण आ नहीं सकता। हम तत्काल कहीं से एक फरसा या गँड़ासा मँगवा लेते हैं। देवी को चढ़ावा से मतलब है; पाठा कृपाण से काटा जाता है या फरसा-गँड़ासा से, इस बात से उसे क्या लेना-देना! बस, फरसा या गँड़ासा की पूजा कर दी जाएगी और वह शुद्ध हो जाएगा।"

लोग नहीं माने। उन्हें कृपाण का गायब होना एक विघ्न की तरह लगा और यह विघ्न देवी की ओर से ही हुआ लग रहा था उन्हें। कुछ लोग अब अगले साल बलि चढ़ाने का विचार कर घर लौट जाना चाह रहे थे। पंडितों ने उन्हें डराया, तो किसी एक ने राय जाहिर की, "गमैल के दुर्गाथान का कृपाण तो गायब नहीं हुआ है; हम लोग वहीं चलें।"

अकस्मात गमैल जाने का निर्णय ले लिया लोगों ने। पंडितों ने राह रोकी, दो-एक के साथ धक्का-मारी भी की, मगर अन्त में स्वयं भीड़ की अगुआई करते हुए चल पड़े गमैल की ओर।

चहकते हुए घर में घुसा था टीपू और सबसे पहले बेटे ने ही खबर दी थी शशांक को कि चंडीथान में क्या-क्या हुआ था। उस वक्त उसकी आँखों में वही चमक थी जो बुझौअल कहते वक्त किसी बच्चे की आँखों में होती है। शशांक उस वक्त उस बुझौअल को बूझ नहीं पाया था। उसे क्या पता था कि बेटा कोई बुझौअल कह रहा है।

महीनों चर्चा होती रही कि अगले साल चंडीथान में बलि चढ़ेगी या नहीं। दूसरा कृपाण मँगवा लिया था पुजारीजी ने। कई पंडितों को माँ चंडी ने सपना दिया और सपने में बलि की माँग की। चोर अन्धा हो चुका है, ऐसी खबर भी गाँव में फैल गई। मगर इस बार गाँव के युवक आगे आ गए थे। उन्होंने किसी की बात नहीं मानी और अपना पुख्ता निर्णय सुना दिया, "अब राजगंज के चंडीथान में बलि नहीं चढ़ेगी।"

शायद यह होना ही था। भैंसों का कटना बहुत पहले बन्द हो चुका था। कटनेवाले पाठों की संख्या में भी कमी होती आ रही थी। यह एक संयोग था कि बलि अचानक बन्द हो गई। टीपू के वश की बात नहीं थी इसे बन्द कर देना। मगर टीपू खुश था, बेहद खुश था; उसकी प्रतिज्ञा पूरी हो गई थी। बेटे को खुश होने दिया था बाप ने; हाँ,

उससे चोर का शुक्रगुजार होने के लिए नहीं कहा।

छह महीने बाद लोगों के दिमाग फिर एक बार चकराए। चंडीथान के कुएँ से पानी भरते वक्त किसी की बाल्टी कुएँ में गिर गई। काँटा गिराया गया, मगर बाल्टी उसमें नहीं फँसी। तब एक गोताखोर को बाल्टी निकालने के लिए कुएँ में घुसाया गया। बाल्टी मिल गई, मगर गोताखोर के हाथ से वह कृपाण भी टकरा गया, चंडीथान का छह महीने पहले गायब हो गया कृपाण।

पुजारी और पंडितों ने उत्सव मनाया, मगर गाँव शरीक नहीं हुआ इस उत्सव में। गाँव ने अपना निर्णय और भी पक्का कर लिया। यह कैसी चोरी हुई, किसने ऐसी चोरी की, इस पर बहुत ध्यान नहीं दिया लोगों ने।

तब शशांक को भी यह खयाल नहीं आया था कि यह चोरी...

टीपू की मौत के बाद आज अचानक यह खयाल आ गया उसके मन में, कहीं टीपू ने ही तो...माँ चंडी के कोप का शिकार तो नहीं हो गया वह...शरीर के रोंगटे खड़े हो गए...

हाँ, हो सकता है...हुआ होगा ऐसा...टीपू घर से निकला होगा...

अब याद आ रहा है शशांक को, रामलीला देखने के बहाने टीपू शाम में ही घर से निकलता था और आधी-आधी रात तक घर से बाहर रहता था। सप्तमी की रात में आधी रामलीला देखकर ही वह चंडीथान की ओर चल पड़ा होगा। कोई उसके साथ भी होगा क्या—कमुआ, रघुआ, हरिया...? नहीं, अकेला ही होगा वह। चंडीथान के सामने पहुँचकर एक बार चौकन्नी नजरों से चारों ओर देखकर वह अहाते में घुस गया होगा। कपाट की कुंडी तक हाथ पहुँचाने के लिए उसने अवश्य दो-चार ईंटें जमा की होंगी, एक के ऊपर दूसरी रखी होंगी और फिर उन पर चढ़कर बहुत आहिस्ते से कुंडी उतारी होगी। अन्दर घुसते हुए जरूर उसका दिल धड़कने लगा होगा। उसने दोनों हाथ जोड़कर माँ चंडी को सिर झुकाया होगा और कोई प्रार्थना की होगी। फिर उसने कृपाण को हाथ लगाया होगा। जरूर उसके हाथ-पैर काँप रहे होंगे। कृपाण उठाकर वह मुड़ा होगा; दरवाजे तक आकर एक बार अच्छी तरह बाहर झाँक लिया होगा; बाहर आकर फिर कपाट की कुंडी चढ़ा दी होगी; वहाँ से सावधानीपूर्वक कुएँ की ओर बढ़ गया होगा; एक क्षण खड़ा रहा होगा कुएँ के पास टोह लेने के लिए; और फिर काँपते हाथों से कृपाण को इस तरह कुएँ में गिराया होगा कि वह सीधे पानी में गिरे, कुएँ की दीवार से नहीं टकराए। छपाक् के साथ ही वह भी चंडीथान से बाहर निकल गया होगा और वहाँ से सीधे घर की ओर चल पड़ा होगा, दौड़ा नहीं होगा...

ऐसा ही हुआ था क्या? क्या टीपू ने ही...? रोंगटे खड़े हो जाते हैं शशांक के, तब क्या माँ चंडी का ही कोप-भाजन बना वह?

नहीं, ऐसा नहीं हो सकता; माँ ने तो उसकी पीठ थपथपा दी होगी। माँ चंडी कहाँ

कुपित हुई थीं उस पर? उसने भी तो एक बार...

माँ जिन्दा थीं। गौरी चाची पर भगवती आई हुई थीं। ऐसा जब-तब हुआ करता था और एक हंगामा हो जाया करता था। आँगन की स्त्रियों के अलावा पड़ोस की औरतें भी इकट्ठी हो जाती थीं; कभी-कभी भगवती के आदेश पर उन्हें बुलाया भी जाता था। शशांक की माँ को भी कई बार जाना पड़ा था। उस दिन भी उसका बुलावा आया था, मगर वह नहीं गई। शशांक ने माँ से पूछा, "माँ, मैं जाऊँ?" माँ ने मना कर दिया। शशांक को पहली बार मौका मिला था यह देखने का कि भगवती कैसे प्रकट होती हैं, क्या बोलती हैं। उसने जाने की जिद की, तो माँ ने अनुमति देते हुए यह भी कह दिया, "अगर देवी पाठा-बकरा का चढ़ावा माँगे, तो हाँ नहीं भरना।"

शशांक ने देखा कि पूजा-घर में बाल बिखराए, आँखें लाल-लाल किये गौरी चाची बैठी हुई हैं। धूपदानी में धूप जल रहा है और सामने हाथ जोड़कर कई स्त्रियाँ खड़ी हैं। गौरी चाची की हर बात वे स्वीकार करती जा रही हैं और अपने दुख-दर्द हरने के लिए उनसे प्रार्थना करती जाती हैं।

शशांक जरा आगे आकर गौर से गौरी चाची को निहारता है। गौरी चाची की नजर उस पर पड़ती है और वह बोल उठती है, "बैठो, बैठो यहाँ।"

कई स्त्रियाँ एक साथ हाथ बढ़ाकर उसे बैठा देती हैं। गौरी चाची बोलने लगती हैं, "तुम्हारी माँ को बहुत गुमान हो गया है; उसका गुमान तोड़ दूँगी मैं। मुझे एक पाठा चाहिए; बोल, तू चढ़ाएगा या नहीं?"

कुछ हतप्रभ हो उठा था शशांक। उसके कुछ बोलने के पहले ही कई स्त्रियाँ बोल उठीं, "हाँ-हाँ, एक पाठा चढ़ा देगा। आप गुस्सा दूर कीजिए, माँ।"

मगर शशांक ने ना में सिर हिला दिया था। भगवती को बहुत पूजती आई है उसकी माँ, और माँ ने उससे कह दिया था, "अगर देवी पाठा-बकरा का चढ़ावा माँगे, तो हाँ नहीं भरना।" उसने हिम्मत से कहा, "मैं पाठा नहीं चढ़ाऊँगा।"

बिगड़ उठी थीं भगवती, "तो फिर तू मरेगा। बोल, पाठा चढ़ाएगा या नहीं?"

शशांक ने दृढ़तापूर्वक जवाब दिया था, "मैं प्रसाद चढ़ा सकता हूँ, सवा रुपये का, पाँच रुपये का, पचीस रुपये का, मगर मैं पाठा नहीं चढ़ा सकता।"

"नहीं चढ़ाएगा?" गुस्से से काँप उठी थीं गौरी चाची।

"नहीं," शशांक ने वहाँ से उठते हुए कहा। सारी औरतें भगवती को मनाने में लगी हुई थीं, शशांक को अबोध बता रही थीं, और गौरी चाची गालियाँ बकते हुए श्राप देने लगी थीं। शशांक अपनी माँ के पास आ गया था और उसे पूरा किस्सा सुना दिया था। माँ ने उसकी पीठ ठोंककर कहा था, "जो किया सो अच्छा किया। तू अजर-अमर रहेगा, बेटा; कुछ नहीं होगा तुम्हें।"

क्या हुआ, मर गया वह? गौरी चाची के मुख से निकला हुआ श्राप खाली गया। सौ बार जनम ले टीपू, सौ बार चंडीथान का कृपाण कुएँ में डाल दे, और हर बार

ऐसा करते ही उसकी मौत हो जाए, तब भी नहीं मानेगा शशांक कि माँ चंडी के कोप से मर गया टीपू।

कोई और कारण था कि टीपू मर गया। कोई ऐसा ही बड़ा दुख था उसे कि यहाँ का हर सुख बहुत छोटा पड़ गया था उस दुख के सामने। किसी का मोह उसे रोक नहीं पाया।

जब बीमार था टीपू, तो घर में केवल फुसफुसाहटें उभर्ती थीं। कोई शोर, कोई धमाका बरदाश्त नहीं कर पा रहा था शशांक। किसी हल्के धमाके पर भी चौंक उठता था वह, किसी अनिष्ट के भय से घबरा जाता था। आँखें बन्द किये बिस्तर पर पड़ा रहता था टीपू और उसके पास उसके चेहरे पर टकटकी बाँधे बैठा रहता था शशांक। किसी तेज आवाज पर बेटे की आँखें खुल जाती थीं और उसकी आँखें पिता की विषाद-भरी निगाहों से टकराती थीं। शशांक हल्के से झुककर पूछा करता था, "मुझे पहचान रहे हो न, टीपू; मैं हूँ पापा..." देर तक अपलक निहारता रह जाता था बेटा बाप के चेहरे को और फिर आँखें बन्द कर लेता था।

हाँ, टीपू पहचान लेता था पापा को, उनके दुख को भी जान लेता था। वह जान चुका था कि उसके मरने के बाद उसका पापा जिन्दगी-भर किसी हल्के धमाके पर भी चौंकता-चिहुँकता रहेगा किसी अमंगल के भय से। मगर तब भी टीपू मर गया। उसका कोई अपना दुख काफी बड़ा होगा उसके पापा के दुख से। पिता का मोह छोड़ देना पड़ा उसे।

बिस्तर पर पड़ा बीमार बेटा गुमसुम निगाहों से देखता रहता था अपनी माँ को अपने आसपास मँडराते हुए। माँ का हर सपना उसकी आँखों में उतरा हुआ था। टीपू का कितना गुमान था उस माँ को! बेटा पैदा हुआ, और दिव्या के पाँव जमीन पर नहीं पड़ते थे। आज तक माँ क्या बोलती-बुदबुदाती रही है, सब सुन चुका था टीपू, "... बौकू-फोकू पहलवान क्या हाथ मिलाएगा मेरे बेटे से!...क्यों रे टीपू, तू मेरी मालिश नहीं कर देगा? कर देगा न, बेटा?..." टीपू जानता था, बड़ा होकर कितना बड़ा आदमी बनना है उसे माँ के लिए, क्या-क्या कह रखा है माँ ने उससे।

मगर इस माँ के लिए भी वह नहीं रुका। रोक नहीं पाया होगा वह अपने-आप को, तभी तो चला गया।

अचेतावस्था में टीपू बुदबुदाया करता था, "कमुआ...हरिया...घुटरा..." शशांक कान लगा देता था सुनने के लिए, क्या-क्या बोलता है टीपू। अपने संगी-साथियों को छोड़कर जाने की पीड़ा उसे सता रही थी। और, जब टीपू होश में रहता था, तो पास बैठे दोस्तों के मुँह से सुनने की इच्छा होती थी उसकी—गाँव की गली, मैदान, पोखर, कुआँ, खेत, बहियार, गाछ और बगीचे के किस्से। अपनी मिट्टी का मोह जकड़ता था उसे; मिट्टी की महक घेरती थी टीपू को।

मगर सबसे नाता तोड़कर चला गया वह। सबको छोड़कर!...कोई भारी दुख!...

बीमारी के दौरान न जाने क्या-क्या सोचा करता था टीपू! शशांक के दो चचेरे भाई थे, एक बैजनाथ भैया, दूसरे राजनाथ भैया। चार साल पहले राजनाथ भैया की मौत हो गई थी। उनके मस्तिष्क के अन्दर कोई गाँठ बन गई थी और वे जब-तब चक्कर खाकर गिर जाया करते थे। कुछ दिनों तक पूर्णिया में इलाज चला था उनका, मगर फिर उन्हें पटना ले जाना पड़ा था। वहाँ उस गाँठ को हटाने के लिए उनकी खोपड़ी खोली गई थी। इस शल्य-क्रिया के बाद वे होश में नहीं आए; देहान्त हो गया उनका। यह सब पता था टीपू को।

टीपू की बीमारी का चौथा या पाँचवाँ दिन था। कमरे में उसके पास अकेला शशांक ही बैठा हुआ था। टीपू की आँखें खुली थीं और वह शून्य में आँखें इधर-उधर दौड़ा रहा था। शशांक भी चुप था और घुटनों पर सिर टिकाए कभी-कभी कनखियों से टीपू की ओर देख लिया करता था। टीपू कुछ सोच रहा होगा। वह अचानक ही पिता से पूछ बैठा, "पापा, राजनाथ चाचा की मौत कैसे हुई थी?"

एकबारगी चमक उठा था शशांक, बेहद घबरा उठा था टीपू के इस सवाल से। टीपू को सब पता था, मगर तब भी पूछ रहा था कि उनकी मौत कैसे हुई थी। अपने को सँभालकर उसने जवाब दिया था, "उन्हें कोई भारी बीमारी थी, बेटे।" इसके बाद क्या बोले वह, यह सोच नहीं पाया। कई क्षणों तक चुप बैठा रह गया था वह, और फिर उसने बड़े ही चिन्तामुक्त स्वर में सुना दिया था बेटे को, "तुम्हें मामूली बुखार है; दो-तीन दिनों में उतर जाएगा।"

कहकर शशांक बेटे के मुखड़े की ओर देखता रह गया था। कोई भाव नहीं था उसके चेहरे पर; सुनकर मुस्कराया नहीं था टीपू। शशांक कुछ और कहने-पूछने से घबरा गया था। मगर उस दिन उसे पूछ लेना था क्या?—"ऐसा तुमने क्यों पूछा, टीपू? किसी की मौत का खयाल क्यों आया तुम्हारे दिमाग में? बोलो, मुझे डरा रहे हो न? कोई सच तो..." उस दिन नहीं पूछा बेटे से शशांक ने कुछ भी!

एक बार शशांक ने पूछा था बेटे से, "तुम पढ़ते क्यों नहीं हो? पढ़ोगे नहीं, टीपू?"

टीपू ने मन की बात नहीं छुपाई थी; सच बता देने को तैयार हो गया था वह। उसने कहा था, "मैं क्यों नहीं पढ़ता हूँ, बताऊँ, पिताजी?"

पंडितों और ज्योतिषियों ने यह उद्‌घोषणा की थी कि अगले साल बहुत से ग्रह एक जगह जमा हो रहे हैं और इस योग से सृष्टि का प्रलय हो जाएगा। इस प्रलय की चर्चा दिन-रात बूढ़े से लेकर बच्चे तक की जबान पर रहती थी। हर आदमी राम को भजने लगा था। हालाँकि यज्ञ-हवन, पूजा-पाठ और भजन-कीर्तन के जरिये भारत-भूमि को प्रलय से बचा लेने की पूरी कोशिशें हो रही थीं, मगर तब भी बढ़ते हुए पापों को

देखकर किसी को भी यह आशा नहीं रही कि इस प्रलय से सृष्टि बच पाएगी। लोग परलोक के लिए तैयारी करने लगे थे।

टीपू ने जवाब में सुनाया था, "आप भी तो जानते हैं, पिताजी, कि अगले साल प्रलय होनेवाला है। जब प्रलय ही हो जाएगा, और सारे लोग डूब-मर जाएँगे, तो फिर पढ़कर क्या होगा? फायदा?...इसीलिए तो मैं खूब खेलता हूँ, पिताजी; बस, एक साल और।"

पूछने पर इस बार भी सच बोल जाता टीपू। बुखार के सातवें दिन सुबह में तो उसकी तबीयत काफी अच्छी दिख रही थी। टीपू मरं भी सकता है, यह विश्वास कतई नहीं कर सकता था शशांक। अगर जानता कि टीपू...तो पूछ लेता बेटे से, "तुम्हें क्या यहाँ कुछ भी पसन्द नहीं आया, टीपू? किस बात से डर रहे हो? कौन-सा दुख सता रहा है तुम्हें? क्यों यहाँ जी नहीं लगा तुम्हारा?"

बचपन में एक डर ने शशांक को भी डराया था। बच्चा नहीं था वह, गाँव के उच्च विद्यालय का छात्र बन चुका था। मीना दीदी की शादी हो चुकी थी और बहनोई को वह बराबर पत्र लिखा करता था। एक पत्र में हाल-समाचार लिखने के बाद एक पंक्ति डाल दी थी उसने, "बुढ़ापे से बड़ा डर लगता है।" कैसे यह पंक्ति लिखी चली गई, पत्र देने के बाद बहुत दिनों तक सोचता रह गया था वह, और इस बात से बेहद लजाता रहा था कि पत्र पढ़कर कितना हँसा होगा उसका बहनोई और न जाने क्या-क्या मन में सोचता रहा होगा। अपनी अगली मुलाकात में बेहद शरमाता रहा था वह, मगर बाद की किसी भी मुलाकात में उस पत्र के सम्बन्ध में कोई चर्चा नहीं की थी उसके बहनोई ने। बहुत अच्छा हुआ होगा, अगर किसी गड़बड़ी से उन्हें यह पत्र ही नहीं मिला होगा। मगर इस डर से डरा था वह जरूर, और इसे जाहिर करने से भी अपने को रोक नहीं पाया था वह।

ऐसे किसी डर ने टीपू को भी तो नहीं डरा दिया था?

यह भी याद आता है शशांक को कि कभी-कभी इस संसार की बातें सोच-सोचकर काफी व्याकुल हो जाया करता था वह, और तब वह अपने आँसू रोक नहीं पाता था, सिसकियाँ तक भरने लग जाया करता था। एक रोज तो माँ ने पकड़ ही लिया था उसे इस तरह रोते। वह उस रात माँ के बिस्तर पर ही सोया हुआ था। अचानक रात में नींद खुल गई थी उसकी और अचानक उसके दिमाग में—न जाने कौन-सा दोहा-साखी पढ़ा था उस दिन—इस फानी दुनिया का खयाल आ गया था। वह तो समझ रहा था कि माँ सोई हुई है। खूब मगन होकर सोचने लगा था वह इस फानी दुनिया पर फिर आँसू भी बहने लगे थे उसकी आँखों से। मगर ज्यों ही उसे सिसकियाँ आईं, माँ हड़बड़ाकर उठ बैठी और झकझोरने लगी उसे, "शशांक, रो रहे हो क्या? उठो।"

शशांक नहीं उठा, दम साधकर पड़ा रहा। सिसकियाँ रुक गई थीं और माँ ने फिर यह सोचकर नहीं जगाया कि बेटा सपने में रो पड़ा होगा। कुछ देर तक जगी बैठी रह गई थी वह और फिर लेट गई थी।

क्या यह सब सोचकर टीपू ने भी कभी आँसू बहाए थे, सिसकियाँ भरी थीं? शशांक को नहीं मालूम। नहीं मालूम कि टीपू का जी यहाँ लगता था या नहीं।

मन तो उसका भी उचाट हो ही गया था बहुत छोटी उम्र में ही। तभी तो वह उस उम्र से ही गुनगुनाता आया था :

देखता पलकें उठाकर
मौन मैं यह विश्व-मेला;
घूमता सुनसान पथ पर
मैं अकेला, मैं अकेला!

मगर, उसने तो टीपू की तरह...न कुछ गुनगुनाया टीपू ने, कभी कुछ जाहिर होने नहीं दिया, और चुपचाप निकल गया। ऐसी विरक्ति! इतनी घृणा!

शायद टीपू ने सब कुछ जाहिर कर दिया था। उसका दुख, उसकी बेचैनी तो जाहिर हो ही रही थी उसकी भाग-दौड़, उसकी कारगुजारियों से। जब उसे लगा कि अब और दुख, और बेचैनी नहीं झेल सकेगा वह, अपने सन्तप्त मन को नहीं सँभाल पाएगा, तब चला गया वह ईश्वर से कहने, "हे ईश्वर, मुझे माफ कर दें। मुझे दुख है कि आपको निराश कर दिया मैंने। मगर आपकी उस दुनिया में नहीं रह सकूँगा मैं; नहीं रहा जाएगा मुझसे..."

"बुढ़ापे से बड़ा डर लगता है," बहनोई को लिखे पत्र में इस एक पंक्ति को डालकर उनकी नजरों में एक दार्शनिक बन गया होगा शशांक, एक होनहार, कोई बुद्ध, कोई महावीर; मगर उसका यह डर, यह दुख शीघ्र ही दूर हो गया था। और, फिर तो वह यह सोचकर शरमाता रहा था कि उस पंक्ति को पढ़कर खूब हँसा होगा उसका बहनोई।

टीपू का जख्म जरा गहरा था। उसने किसी को कुछ नहीं लिखा, किसी से कुछ नहीं कहा; सीधे पहुँच गया ईश्वर के पास। उनके पूछने पर अवश्य कहा होगा टीपू ने, "हे ईश्वर, मैंने भी तो यही सोचा था कि झुलझुल बूढ़ा होऊँगा। चाहा था कि तब मरूँगा जब सिर के बाल रूई की तरह सफेद हो जाएँगे; मुँह का हर दाँत विदा लेकर चला जाएगा; सामने कोई छाया प्रकट होगी, तो पूछना पड़ेगा, "कौन आदमी; कोई कुछ सुनाएगा, तो गुस्साकर कहूँगा, "क्या बोल रहे हो? जोर से बोलो न; और जब मुझ पर नजर पड़ते ही कोई भी औरत पटापट प्रार्थना बुदबुदाने लगेगी, हे देव, मेरे

बाल-बच्चों को भी इस टीपू बूढ़े की उम्र तक पहुँचने देना; उनकी देह भी पत्थर बना देना इस बूढ़े की तरह।"

"हे ईश्वर, हमने तो अपनी मंडली में सब कुछ तय कर लिया था। कमुआ, हरिया, घुटरा, रघुआ वगैरह भी तैयार हो गए थे इस बात पर कि हम एक साथ बुढ़ाएँगे और एक-साथ बुढ़ापे का सुख भोगेंगे। इस बात का हमें जरा भी अफसोस नहीं था कि नाती-पोतों के सामने हमारे लिए गुल्ली-डंडा खेलना या आम-इमली के गाछ पर ढेले चलाना बहुत अशोभनीय होगा और हम ऐसा नहीं कर सकेंगे। हमें इस बात की खुशी थी कि सारा समय हम मटरगश्ती में गुजारेंगे और बैठकर गपड़चौथ करेंगे। तब हमें अपने किसी काम के लिए उठ-बैठ भी नहीं करनी पड़ेगी; एक हाँक पर कई-कई पोते एक दूसरे से पहले दादा के पास पहुँच जाने के लिए दौड़ लगा बैठेंगे और जिस बच्चे को दादा अपना काम सौंपेगा वह दूसरे उदास बच्चों के सामने अपना सीना फुला लेगा।

"हे ईश्वर मेरे मन में सचमुच यह तमन्ना थी कि बुढ़ापे में सुबह-सुबह ज्यों ही मैं दिशा-मैदान से फारिग होकर घर पहुँचूँ, मेरे पोते सिर पर सवार हो जाएँ, "दादा, अभी ही बता दीजिए, आज क्या खाएँगे आप?...आज आपका मन दलपीठा खाने का है; है न, दादा?...दादा, कल राघो दादा के यहाँ इमली आई थी चटनी के लिए। माँ को बोल दूँ, आज आप इमली की चटनी खाएँगे?...सच कहता हूँ, दादा, भगवान किरिया, परसों मैंने हरि दादा को आँवले का मुरब्बा खाते देखा था। आज आपको खाना पड़ेगा आँवले का मुरब्बा। माँ को बोल देता हूँ, दादा ने आँवले का मुरब्बा बनाने के लिए कहा है...सुनिए न, दादा, आज आप बेसन का हलुआ के लिए फरमाइश कीजिए। हम लोगों को यह हलुआ खाए बहुत दिन हो गए...आप कुछ नहीं बोलेंगे, दादा, तो कुछ नहीं बनेगा। माँ परोस देगी हमें माँड़-भात। कुछ हमारी भी तो मानिए..." मैं रामायण पढ़ता रहूँ और उस दौरान दो बार वापस लौटा दिया गया पोता तीसरी बार अपना पाँव पटककर बिगड़ उठे, "रामायण ही पढ़ते रह जाएँगे, तो फिर मैं मालिश कब करूँगा? छोड़िए रामायण, लेटिए बिस्तर पर...दादा, आज जरा देखिए, कैसी मालिश करता हूँ मैं। जिस दिन भी यह मालिश कर दूँगा, आप सुबह में पैदल वरुणेश्वर थान जाकर शाम तक पैदल लौट भी आएँगे। जरा भी थकान महसूस नहीं होगी...नहीं, दादा, मैं तो रोज मालिश करूँगा; मुझे पुण्य बटोरने दीजिए..." मैं हरिया या घुटरा के यहाँ गपोड़ेबाजी करता रहूँ और वहाँ आ धमके मेरा पोता, "बाप रे बाप, कहाँ-कहाँ ढूँढ़ा और यहाँ छिपकर बैठे हुए हैं आप! कुछ याद भी है कि दवा खाने का वक्त हो गया? लीजिए यह टिकिया। माँ ने कहा था ढूँढ़कर दवा खिला देने के लिए। कहीं बाहर निकलते हैं, तो घर पर बोलकर जाया कीजिए। माँ जब-तब आपको देख आने के लिए दौड़ाती रहती है मुझे..." किसी दिन पोता नाचता हुआ आए और बोले, "दादा, मुँह खोलिए, आाा...आज आपका मुँह मीठा कराऊँगा...आप सौ बरसों से ऊपर जिएँगे; पिताजी एक ज्योतिषी से पूछकर आए हैं। आज घर आते ही उन्होंने माँ से कहा है, 'पिताजी

सौ बरसों से ऊपर जिएँगे। अब तो मैं बेफिक्र हो गया।' माँ ने मुझे हाँक लगाई और कहा, 'जाओ, बेटे, दो सेर रसगुल्ले ले आओ। आज हम त्योहार मनाएँगे।' खोलिए मुँह, आााा"...

"हे ईश्वर, हमने बहुत सारे सपने देखे थे और आपस में मरने का समय तक निश्चित कर लिया था। तय था कि चुपचाप कोई नहीं निकलेगा; और जब हम बहुत बुढ़ा जाएँगे, तो मंडली की गोष्ठी में कोई एक प्रस्ताव रखेगा, उस प्रस्ताव को सर्वसम्मति से स्वीकृत किया जाएगा, और फिर अगले जाड़ा में महाप्रयाण होगा। बाल-बच्चों से छिपाकर चुपके-चुपके तीन रातें गुजार देनी थीं बिना चादर रजाई ओढ़े। सम्भव था, हमारी अरथियाँ भी एक साथ ही निकलतीं..."

"तो फिर, जो तय था उस पर टिके क्यों नहीं, टीपू?" जरूर पूछा होगा ईश्वर ने।

टीपू ने जवाब दिया होगा, "हे ईश्वर, यह सब तो मैंने अपनी दुनिया के लिए तय किया था, मगर मैं तो आपकी दुनिया में पहुँचा हुआ था। आपकी दुनिया में, हे ईश्वर, सब कुछ मैंने उल्टा पाया, बिलकुल विपरीत। मैं वहाँ नहीं रह सकता था, नहीं रह सकूँगा। किसी को कुछ बताए बगैर चुपचाप निकल आया मैं..."

"बुढ़ापा तो अभी बहुत दूर था, टीपू। अभी ही क्यों..." वाक्य पूरा किये बगैर ही टीपू के चेहरे पर नजर गड़ा दी होगी ईश्वर ने।

"हे ईश्वर," टीपू ने जवाब में कहना शुरू किया होगा, "अगर ऐसे ही दुख-ग्राम में भेजना था मुझे, तो मेरा कलेजा काठ का क्यों नहीं बना दिया था? मैं वहाँ तिल-तिल जल रहा था, झुलस रहा था, छटपटा रहा था। मैं बहुत बेचैन था वहाँ। इतना सन्ताप मैं नहीं झेल सकता था, प्रभु।"

"मुझे अपना कोई दुख नहीं था। मैं बड़े लाड़-प्यार से पल रहा था। मगर ऐसा हो गया था मेरे साथ कि न मुझे कुछ खाना अच्छा लगता था, न कुछ ओढ़ना-पहनना।

"कमुआ, मेरा दोस्त, अक्सर आधा पेट खाकर रहता था। एक दिन उसकी सौतेली माँ ने उसे बिलकुल भूखा रख दिया था। उस रोज रात में जब मैं खाना खाने बैठा, तो खयाल आया कि आज रात कमुआ तो भूखा ही सो जाएगा। मैंने माँ से कहा, 'माँ, मुझसे खाना नहीं खाया जाएगा। मैं तो खाकर सो जाऊँगा, मगर कमुआ भूख से जगा रह जाएगा रात-भर।' माँ ने जवाब दिया था, 'एक रोज की बात हो, तो खिला दूँ, मगर रोज तो हम खाना नहीं दे सकते उसे।' तब, मैंने माँ से कहा था, 'रोज के लिए तो नहीं कह रहा हूँ; बस, आज एक रोज के लिए कहता हूँ।'"

"एक रोज अपने राजगंज के शिवालय के सामने पीपल गाछ के नीचे एक बूढ़े को मैंने देखा। जाड़े की रात थी और उसके पास ओढ़ने के लिए कोई कम्बल या चादर नहीं थी। घर आकर मैंने माँ से उस बूढ़े को देने के लिए एक कम्बल या चादर माँगी। माँ ने जवाब दिया था, 'दुनिया में बहुत गरीब और भिखमंगे हैं। एक चादर दान

कर देने से दुनिया का कष्ट दूर नहीं हो जाएगा। किस-किस को चादर और कम्बल देगा तू?' उस दिन भी मैंने माँ से इतना ही कहा, 'सबके लिए तो नहीं माँग रहा हूँ। एक आदमी के लिए एक चादर माँग रहा हूँ!'"

उस दिन केवल एक कमुआ भूखा था मेरे सामने, केवल एक मंगल दास पीपल के नीचे जाड़े की रात में ठिठुर रहा था। मगर धीरे-धीरे...एक बढ़कर सौ हो गया... सौ हजार हो गए...'दुनिया में ढेर सारे लोग भूखे हैं, ढेर सारे लोग नंगे हैं,' यह हर घड़ी मुझे कोंचता रहता था। मैं दिन-भर उदास रहता था, दुखी रहता था; रात में बड़े बुरे-बुरे सपने आते थे मुझे।

"सच कहता हूँ, हे ईश्वर, कि जब भी भोजन परोसा जाता था मेरे सामने, थाली से पहला कौर उठाते-उठाते यह खयाल मुझे चोट पहुँचाने लगता था कि न जाने कितने लोगों को यह कौर, यह दाना नसीब नहीं हुआ होगा आज की वेला; लगता था कि ढेर सारी निगाहें मेरी थाली पर गड़ गई हैं और फिर कई-कई हाथ आहिस्ते-आहिस्ते बढ़ रहे हैं मेरी थाली की ओर। सच कहता हूँ, हे ईश्वर, कि जब मैं अपने गुदगुदे बिस्तर पर जाकर रजाई ओढ़ लेता था, तो अचानक मन में आता था कि जरा रजाई उघारकर देखूँ, कैसा जाड़ा लगता है। अनायास मेरी निगाहों में वे सारे लोग घूमने लगते थे जो कहीं सड़क के किनारे या किसी गाछ के नीचे फटा-पुराना बोरा बिछाकर पड़े हुए हैं और किसी की देह पर एक पतली चादर भी नहीं है। यह सोचकर कि सुबह तक इनमें से कितने ही ठंड से जकड़ जाएँगे, ठिठुरकर मर जाएँगे, मेरी आँखें गीली हो जाती थीं और अक्सर मैं रजाई ओढ़कर सिसक उठता था।

"बड़े बुरे-बुरे सपने आते थे मुझे नींद में। मैं सपनों में देखता था कि कोई आवाज बहुत दूर से धीरे-धीरे मेरे पास आती जा रही है, 'मुझे कौन खिलाएगा? मुझे कौन खाना देगा?' यह आवाज मेरे पास आकर एक शोर में बदल जाती थी और डर से मेरी नींद टूट जाती थी। मगर...मगर यह क्या! सपना टूट गया और तब भी वही आवाजें, वही शोर! मैं जोर से अपने कान दोनों हाथों से बन्द कर लिया करता था, मगर तब भी निजात नहीं; वही आवाज, वही शोर...कितनी ही बार ऐसा हुआ है, प्रभु, कि मैं नींद में हूँ और कानों में काँपती फुसफुसाहटें पड़ रही हैं, 'सूरज उगने में अब कितनी देर है? आज भोर नहीं होगा क्या?' अचानक मेरी आँखें खुल गई हैं; मैं डर गया हूँ; मेरी निगाह खिड़की के बाहर दौड़ गई है; और फिर सिर तक रजाई तानकर मैं बुदबुदा पड़ा हूँ, 'अभी देर है; सूरज उगने में अभी देर है, मंगल दास।'"

"एक बार जब माँ कमुआ के घाव के लिए घर से मलहम नहीं निकाल रही थी, तब उसे सुनाकर मैं देवी-देवताओं से प्रार्थना करने लगा था कि मुझे उससे भी बड़ा घाव हो जाए। एक बार जब माँ ने मंगल दास के लिए एक चादर तक देने से इनकार कर दिया था, तो मैं जाड़े की रात में टीन की छत पर जा चढ़ा था कि लो, अब जाड़े में ठिठुरकर मरता हूँ। दोनों ही बार मैं डरा रहा था माँ को; मरने की बात

कभी मन में नहीं आई थी। मगर, इस बार...इस बार बहुत सोच-समझकर मैं चला आया वहाँ से..."

"धरती तो अन्नपूर्णा है, रे टीपू" टीपू की पीठ थपथपाते हुए कहा होगा ईश्वर ने, "वह तो धन-धान्य से भरी हुई है। इतना तो है ही उसके पास कि कोई भूखा-नंगा नहीं रहे। तुम्हारा यह दुख तो आज न कल दूर हो ही जाता। इतनी जल्दी क्यों घबरा गए?"

"दुख इतना-भर रहता, तब भी मैं बरदाश्त कर लेता। मगर जुल्म हो रहे हैं वहाँ, ढेर सारे जुल्म। बरदाश्त नहीं कर पाया मैं उन्हें," कहते-कहते सिर झुका लिया होगा टीपू ने।

"क्या बरदाश्त नहीं हुआ तुमसे? वहाँ और लोग जी रहे हैं या नहीं?"

जो जुल्म कर सकते हैं, वे जी रहे हैं; जो जुल्म देख सकते हैं, वे जी रहे हैं; अपनी नजरों के सामने इन जुल्मों को होते देखना भी सम्भव नहीं हो पाया मेरे लिए; मेरे लिए जीना मुश्किल हो गया, मुश्किल हो गया।"

"ऐसा क्या देख लिया तुमने कि जीना मुश्किल हो गया तुम्हारे लिए?"

"मेरे गाँव के गुजाय चाचा परदेश गए, तो फिर लौटकर नहीं आए। उनके घरवालों ने उनकी घरवाली को मार-पीटकर घर से निकाल दिया। वह औरत अपने बच्चे के साथ रोती-कलपती गाँव छोड़कर चली गई। मेरे गाँव में लोगों को पता चला है कि वह रंडी हो गई, अभी सिलीगुड़ी में है। रंडी होना जरूर कोई मौत से भी बुरी बात है, नहीं तो लोग यह नहीं कहते कि वह मर क्यों नहीं गई, और इसका अर्थ पूछने पर माँ अलाय-बलाय पूछने का आरोप लगाकर मुझे मारने के लिए हाथ नहीं उठा लेती...और वह मौत—लच्छू चाचा की दूसरी बहू की मौत—कितनी दर्दनाक थी! वह बेचारी तो मैके भी गई थी, मगर वहाँ भी भाई ने दुरदुरा दिया। कुएँ में छलाँग लगा ली उसने, डूब मरी...ओह! भयंकर!...मैं थरथरा गया था, घर आकर घंटों कमरा बन्द कर रोता रहा था...रह-रहकर आँखों के सामने प्रकट हो जाती थी सदा के लिए गाँव छोड़कर जाती हुई एक औरत...कुएँ में छलाँग लगाती हुई एक औरत...ऐसे में मैं जी सकता था क्या?"

"हाँ, जी सकते थे, जैसे और लोग जी रहे हैं। गाँव से दो औरतें निकल गईं और तुमने मरने का निर्णय ले लिया? कोई नाता-रिश्ता भी तो नहीं था तुम्हारा उनके साथ।"

"था, हो गया था। गुजाय चाचा के घर से जब उनकी घरवाली बाहर निकाल दी गई और अपने बेटे को लेकर उसने गाँव के बाहर का रुख पकड़ा, तो मुझे यही लगता रहा कि वह बालक और कोई नहीं, मैं ही हूँ; और वह औरत...वह औरत मेरी माँ है। मैं दौड़कर अपनी माँ को यह सब सुनाने आ गया था और उसकी गोद में सिर डालकर देर तक पड़ा रहा, मगर ऐसा महसूस होता रहा मुझे कि मैं अपनी माँ की गोद में नहीं, अपनी उस माँ के साथ-साथ चल रहा हूँ और मेरी वह माँ अब गाँव के सिवान से बाहर होकर न जाने मुझे लेकर कहाँ चली जा रही है। रात-भर मैं अपनी उस माँ के साथ न जाने किन-किन अनजानी जगहों में घूमता रहा था...लच्छू चाचा

की बहू कुएँ में छलाँग लगाकर मर गई है, यह जानते ही मैं फूट-फूटकर रोने लगा था। उससे तो कितनी ही बार मैं मिल भी चुका था। उसकी सूरत में हमेशा मुझे अपनी माँ की सूरत नजर आई थी। कुएँ में सचमुच मेरी माँ डूब गई थी। जो लोग यह सब देखकर भी रह गए, वे जी रहे हैं वहाँ; मुझसे नहीं रहा गया। गाँव छोड़कर जानेवाली, कुएँ में डूबकर मर जानेवाली हर औरत मेरी माँ बनती जा रही थी। ऐसे में मैं वहाँ रह सकता था क्या? बोलिए, रह सकता था?..."

"हाँ, टीपू, तब भी रहते," अवश्य कहा होगा ईश्वर ने, "मैंने तुम्हें जिन्दगी दी थी; मेरी इच्छा से मरना था तुम्हें।"

"यह आपने क्या कह डाला, प्रभु!" टीपू ने अचरज प्रकट करते हुए जवाब दिया होगा, "क्या वहाँ हर एक की मौत आपकी इच्छा से हो रही है? नहीं-नहीं, ऐसा नहीं होता है...नकली दवाएँ आपकी इच्छा से बिक रही हैं क्या? नकली दवाएँ खा-खाकर ढेर सारे लोग दम तोड़ रहे हैं। उनमें आपका यह टीपू भी नहीं हो सकता था क्या? अस्पताल में चिकित्सकों की हड़ताल होती है और वे इस बात का ढोल पीटते हैं कि उनकी हड़ताल काफी सफल हुई है, क्योंकि इस हड़ताल की अवधि में मरनेवालों की संख्या अठगुनी हो गई है। यह नहीं मान सकते कि ऐसी किसी हड़ताल की अवधि में ही मैं अस्पताल में दाखिल हो गया था और फिर...आपने तो मुझे कत्लगाह में भेज दिया था। वहाँ दंगे और बलवे होते हैं। मासूम बच्चों तक को भाले की नोक पर उछाल दिया जाता है। चाकू उतार दिये गए सीने को दोनों हाथों से दबाकर अगर मरनेवाला अपनी मौत का कारण मरने से पहले जान लेना चाहता है, 'मुझे क्यों? मैंने तो...,' तब हत्यारा मुस्कराकर कारण बता देता है, 'जो मेरी कौम का नहीं है वह मरेगा...,' समझ लीलिए, आपका टीपू भी किसी दंगे में किसी कातिल का शिकार हो गया...आपकी दुनिया में हर आदमी पीछा कर रही किसी चाकू के डर से चौकन्ना रहता है, भयग्रस्त रहता है। क्या वजह है? किसी की जिन्दगी ले लेने की भी कोई वजह हो सकती है क्या? ऐसा, पद, प्रतिष्ठा-एक की मौत से दूसरे को मिल जाता है यह सब? बेवजह घूमते हैं कातिल सड़कों और गलियों में किसी मौत को भुना लेने। आज न कल यह टीपू भी किसी सड़क पर, किसी गली में खून से लथपथ होता, क्या इस पर विश्वास नहीं होता आपको?...कानून तो हैं आपकी दुनिया में; उसके हाथ भी लम्बे होंगे; मगर आँखें नहीं हैं उसके पास, और शायद वह बहरा भी है। अन्धा कानून किसी को भी पकड़ लेता है, बहरा कानून गलत सुन लेता है। किसी-किसी बचपन को कारागार के अन्दर बुढ़ापे में बदलते तक नहीं देख पाता है यह। हत्या किसी ने की और फाँसी के तख्ते पर कोई और ले जाया जा रहा है, यह सब नहीं सूझता है उसे। जेलों में बन्द ढेर सारे लोग किनके एवज में सजा भुगत रहे हैं, इससे उसे कोई सरोकार नहीं। कानून जरा ऊँचा सुनता है, केवल उनकी बात जो चिल्ला सकते हैं, शोर मचा सकते हैं।

अक्सर कमजोर, मासूम और बेजबान आदमी गुनहगार दीखता है उसे। ऐसी दुनिया में इस टीपू के साथ कुछ भी हो सकता था, कभी भी कुछ हो जाता। अच्छा हुआ, बहुत अच्छा हुआ, चला आया मैं...”

“नहीं, अच्छा नहीं हुआ, टीपू,” ना में सिर हिला दिया होगा ईश्वर ने और फिर कहा होगा, “मेरी आशा तो पूरी नहीं हुई। तुम्हें तो जुल्म और अन्याय के विरुद्ध खड़ा होना था।”

“मुझे? मुझे खड़ा होना था?” अचरज से आँखें फैल गई होंगी टीपू की, और उसने आगे सुना दिया होगा ईश्वर को, “तब आपको, हे ईश्वर, अपनी ही दुनिया की कोई खबर नहीं है। वहाँ मेरी आवाज कौन सुनता? वहाँ मेरी क्या बिसात, क्या औकात?... वहाँ तो कोई पुरोहित घर से निकलता है, तो देवी-देवताओं को स्मरण करता है कि आज किसी मोटे यजमान की मौत का शुभ समाचार मिले और भारी दान-दक्षिणा का जुगाड़ बैठ जाए...वैद्य-चिकित्सक इस बात का रोना रोते हैं कि इस बार हैजा नहीं चमका, प्लेग नहीं फैला...वहाँ वकील अपने मुवक्किल को सिखाता है, ‘यह कोई मुकदमा हुआ कि दुश्मन ने एक मुरगा चुरा लिया! जाओ, दुश्मन का सिर फोड़कर आओ; मुकदमा जीतना मेरे जिम्मे रहा’...दारोगा चोर को समझाता है, ‘इस धन्धे को छोड़ोगे, तो तुम्हारे बाल-बच्चे भूखों मर जाएँगे। इलाके का मालिक हूँ मैं; बिलकुल बेफिक्र रहो। मगर, हाँ, ब हिस्सा बराबर; मेरे हिस्से में कोई बेईमानी नहीं...क्या-क्या नहीं होता आपकी दुनिया में, हे ईश्वर!...वहाँ बाढ़ आने पर जब गाँव पानी के जाल में फँसी मछलियों की तरह छटपटाने लगते हैं, तो राजा सपरिवार एक रोमांचक और मनोरंजक दृश्य देखने चला आता है—लापता होते हुए गाँव-घर, चीखते-चीत्कार करते लोग, पानी की सड़कें और पानी की गलियाँ, पानी के ऊपर बैठे हुए लोग, झुंड बनाकर पानी में तैरती जा रही लाशें!...वहाँ जुलूस सजते हैं, नारे लगते हैं, जानें जाती हैं, मगर रोटी के लिए शुरू की गई लड़ाई राजमुकुट की लड़ाई बनकर समाप्त हो जाती है। हर अगुआ गद्दार निकल जाता है...’”

“टीपू,” टोक दिया होगा ईश्वर ने, “तुम्हारी उम्र तो यह सब सोचने-समझने की नहीं थी। तू अभी ही क्यों पड़ गया इस पचड़े में?”

एक क्षण देखता रह गया होगा टीपू ईश्वर को अपनी शून्य निगाहों से और फिर कहा होगा उनसे, “मैंने जोर लगाकर कुछ नहीं सोचा है, कुछ नहीं समझा है। अपनी आँखों से बहुत कुछ देखा, अपने कानों से लोगों को बतियाते सुना। एक बार मेरे पिताजी ने भी कुछ ऐसा ही कहा था। मैं उनके कमरे में जा घुसा था। वे आँखें बन्द कर कुछ सोच रहे थे। सामने फैले कागज पर कुछ पंक्तियाँ लिखी हुई थीं। मैं पढ़ने लगा—

श्मशान में बैठे हुए हैं दोनों,
झगड़ रहे हैं आपस में।

एक कहता है,
"तुम लाश हो;
मैं गिद्ध हूँ;
मुझे खाने दो।"
दूसरा भी
बिलकुल यही कहता है,
"द्ध मैं हूँ;
लाश तुम हो;
मैं खाऊँगा।"

मैंने पढ़कर इस तरह 'हूँऊँऊँऊँ' उच्चारित किया कि पिताजी की आँखें खुल गईं। जरा पीछे हटकर मैंने उनसे पूछा, 'पापा, इसका क्या मतलब हुआ, मैं गिद्ध, तुम लाश?' पापा ने मक्खी उड़ाने की तरह मुझे दुरदुराकर कहा, 'जाओ, यह सब नहीं समझोगे।' मगर मैं सब समझ गया था। पापा के साथ रहता था और उनकी ही बात मैं नहीं समझता! मैं गिद्ध नहीं बन सकता, यह तो मैं जानता था; और जब यह जान गया कि मुझे लाश बननी पड़ेगी, तो मैं चुपचाप चला आया वहाँ से, चुपचाप।"

देर तक टकटकी बाँधे देखते रह गए होंगे ईश्वर टीपू को और फिर आहिस्ते से बुदबुदाया होगा, "टीपू, तुम्हें वापस जाना होगा, लौट जाना होगा तुम्हें।"

दिव्या! ऐ दिव्या! सुन रही हो, क्या कह रहे हैं ईश्वर तुम्हारे टीपू से?

जरूर चिहुँका होगा टीपू, "कहाँ? आपकी दुनिया में?"

हाँ-हाँ, अपने माँ-बाप के पास। ईश्वर की बात मान लेनी चाहिए।

"हाँ," दृढ़ स्वर में जवाब दिया होगा ईश्वर ने।

"वापस बड़े-बुजुर्गों की दुनिया में? फिर से ईर्ष्या, द्वेष, क्रोध, घृणा, लोभ, अहंकार की दुनिया में?...हे ईश्वर, कोई बच्चों की दुनिया हो, तो वहाँ भेज दीजिए मुझे; मैं सहर्ष चला जाऊँगा। इस दुनिया में राजा बन जाना भी स्वीकार कर लूँगा मैं! कमुआ को मैं अपना मंत्री बना लूँगा। रघुआ मेरा सेनापति रहेगा। राज्य के बड़े-बड़े पदों पर आसीन रहेंगे चुल्हवा, घुटरा, हरिया, पिरथिया वगैरह। फिर देखिए कि हमारी दुनिया कितनी प्यारी, कितनी न्यारी बन जाती है। हमारी दुनिया में अन्याय और उत्पात नहीं होगा, जुल्म और रक्तपात नहीं होगा। बच्चे भी झगड़ेंगे, मगर क्या बुजुर्गों की तरह? हम घड़ी-दो घड़ी के लिए मुँह फुलाते हैं, गुस्सा दिखाकर रह जाते हैं, और कभी-कभार ही ऐसा होता है कि मामूली मुक्का-थप्पड़ का लेन-देन भी कर लेते हैं। ऐसा कभी नहीं होता कि हम डंडे चलाएँ, गोली दागें, बम मार दें। हमारी दुनिया में भी कभी युद्ध होगा क्या? एक बार चुल्हवा ने मेरा मिश्रीकन्द तो खा लिया था, मगर अपना

गोंद का लड्डू खिलाने से इनकार कर दिया था। तब मैंने उस पर मुक्का चलाया था। मगर ज्यों ही मेरे पिताजी ने अपने फैसले में मुझे गलत ठहरा दिया, मैंने अकेले में पकड़ लिया चुल्हवा को और कहा, 'मेरे एक मुक्का के बदले में मुझे पचास मुक्के लगा लो।' तैयार नहीं हो रहा था वह बदला लेने के लिए और पाँचवा मुक्का के बाद तो बिलकुल अड़ गया वह। एक बार राम-रावण युद्ध में रघुआ रावण ने चुल्हवा राम को ही लतिया दिया। रावण की इस करतूत पर मैंने उसे सजा दी। रघुआ रोता हुआ घर चला गया था। उस वक्त मैंने उसे न चुप कराया, न घर जाने से रोका। मगर मुझे यह चिन्ता सताने लगी थी कि कहीं रघुआ हमसे अलग न हो जाए; और जब तक रघुआ—दूसरे दिन सुबह-सुबह ही—फिर से हमारे बीच नहीं आ गया था, तब तक काफी बेचैन रहा था मैं। ऐसी लड़ाई लड़ेंगे दो बुजुर्ग जो अक्लवाले कहलाते हैं? हम तो अपनी बच्चों की दुनिया में सदा बच्चे ही बने रह जाएँगे। क्या होता है कि बड़ा होते ही आदमी इतना बुरा हो जाता है? बड़ा हुआ और छल-कपट करने लगा; धूर्त हो गया, धोखेबाज हो गया; गुंडा-लुटेरा-कातिल बनते देर नहीं लगी...हे ईश्वर, कोई बच्चों की ही दुनिया हो, तो वहीं भेजिए मुझे; कहीं और नहीं।"

अब यह तो जिद हो गई। कोई और दुनिया है ही नहीं जहाँ तुम्हें ईश्वर भेज दें। सिर्फ बच्चों के लिए तो अब अलग से कोई दुनिया बनेगी नहीं। जिद मत करो, बेटे।

"तुम्हारी बच्चों की दुनिया की तरह मैं भी अपनी इस दुनिया को बना देना चाहता हूँ, टीपू। क्या तुम मेरी मदद नहीं करोगे? निराश कर दोगे मुझे?"

नहीं-नहीं, ऐसा कभी नहीं करेगा मेरा टीपू। ईश्वर जहाँ भी उसे जाने को कहेंगे, वह जाएगा; जो भी करने को कहेंगे, वह करेगा। क्यों, टीपू? हाँ भर दो, बेटे।

"मैं कर पाऊँगा आपकी मदद? वहाँ तो सन्त-महात्माओं के हाथों में भी विष का प्याला थमा दिया जाता है; उन्हें शूली पर चढ़ा दिया जाता है; सीने पर गोली दाग दी जाती है। मैं...मैं तो..."

"विष का प्याला पीकर या शूली पर चढ़कर भी वे मरते हैं क्या? जो दीप जलाए हैं उन्होंने, वे किसी आँधी-तूफान में भी बुझेंगे क्या? उन्होंने मेरी मदद की है, टीपू; तुम भी मुझे निराश मत करो।"

"मैं उनकी तरह महात्मा हो पाऊँगा क्या?"

महात्मा होना जरूरी नहीं है। उनके पद-चिह्नों पर चलने से भी आपका काम हो जाएगा। आप इसकी बातों में मत आइए, प्रभु। मैं इसका बाप

रहा हूँ; दावे के साथ कह सकता हूँ कि यह महान बनेगा। आप इसे वापस भेजे बगैर दम मत लीजिए।

"तुम एक इनसान बनकर तो रह सकते हो? बस, इतना-भर करो; इतने से मेरा काम चल जाएगा। अब तो कोई उज्र नहीं है तुम्हें?"

हाँ-हाँ, कोई उज्र नहीं! अब क्या आपत्ति हो सकती है भला!

"हाँ, एक इनसान की तरह तो मैं जरूर रह लूँगा...तो क्या मैं सचमुच लौट जाऊँ?"

"हाँ!"

"मगर...मगर यह लौटना कैसे होगा? मैं तो मर चुका हूँ।"

हँसकर कहा होगा ईश्वर ने, "वह एक सपना बन जाएगा। जिसने भी तुम्हें मरते देखा, सपने में देखा। आँखें खुलीं और तुम जिन्दा पाए गए।"

"ऐसा भी हो सकता है क्या?" कुछ विस्मय से पूछा होगा टीपू ने।

हाँ-हाँ, क्यों नहीं हो सकता? अभी भी तो ऊँघ रहा हूँ मैं। सो जाऊँगा। सपना आएगा। सपने में देखूँगा कि टीपू मर गया। चीख पड़ूँगा। दिव्या दौड़ी हुई आएगी। झकझोरकर जगाएगी मुझे। पूछेगी, 'क्या हुआ?' मैं पहले राहत की लम्बी साँस लूँगा, फिर बताऊँगा उसे, 'बड़ा ही बुरा सपना देख रहा था; देखा कि टीपू मर गया।' दिव्या मुझ पर बिगड़ उठेगी और मेरी उन आदतों और बुराइयों पर प्रकाश डालना शुरू कर देगी जिनकी वजह से इतने बुरे सपने आते हैं।

टीपू के जवाब में ईश्वर कुछ बोले नहीं होंगे, सिर्फ हँसकर हाँ में सिर हिला दिया होगा।

"ठीक है, तैयार हूँ मैं; चला जाऊँगा वापस," कहकर टीपू ने ईश्वर से नजरें मिलाई होंगी।

ऐ दिव्या! तुमने सुना या नहीं, अपना टीपू वापस आ रहा है। ईश्वर ने उसे आदेश दिया है अपने माँ-बाप के पास लौट जाने के लिए! मैं जानता था, टीपू नहीं मर सकता; अच्छी तरह जानता था, अमर है मेरा चिरंजीव... चिरंजीव नहीं मर सकता...

5

पढ़ाकू पति रात में देर तक पढ़ता रह गया था, इसलिए मन-ही-मन उसे मन-भर सो लेने की इजाजत देकर पत्नी अपने घर के काम-काज में लगी रही। जब वह झाड़ू लगाने अपने कमरे में घुसी, तो पति के कमरे से गों-गों की स्पष्ट आवाज उसके कानों

में पड़ी। उसके कान खड़े हो गए। हाथ में झाड़ू लिये हुए ही वह पति के कमरे में जा घुसी और सोए हुए पति को निहारने लगी। उसे महसूस हुआ कि पति महाशय नींद में बौआ रहे हैं। हाथ का झाड़ू फेंककर उसने दोनों हाथों से पति को झकझोर दिया। हड़बड़ाकर आँखें खोलते हुए पति उठ बैठा और पत्नी पर नजर डालने के बाद अपने चारों ओर दृष्टिपात करने लगा।

पति को देर तक कुछ बोलते-बताते नहीं देख पत्नी ने पूछा, "बौआ रहे थे क्या?" पति ने अँगड़ाई ली और मुस्कराते हुए कहा, "सपना देख रहा था।"

कोई अच्छा सपना तो नहीं ही देख रहे होंगे; नींद में गों-गों कर रहे थे," कहकर पत्नी झाड़ू उठाने के लिए झुकी।

"बड़ा ही बुरा सपना देखा," पति ने मुँह बिचकाते हुए कहा।

"क्या?" हाथ में झाड़ू उठाकर भौंहें चढ़ा दीं पत्नी ने और सुनने के लिए खड़ी रह गई।

सुनाने लग जाता है पति, "मैं कैसे-कैसे तो बनमनखी रेल स्टेशन पर पहुँच गया हूँ। वहाँ अपने साथ राधेश्याम को पाता हूँ। फिर चरित्तर भी नजर आता है। देखता हूँ कि एक औरत मेरे पास ही विलाप कर रही है। पहले तो वह औरत बिलकुल अजनबी लगती है, मगर फिर वह तुम्हारा रूप धारण कर लेती है। मैं घबरा उठता हूँ। तभी मेरी निगाह जमीन पर चादर में लिपटे एक बच्चे पर जाती है। वह औरत उससे लिपटती है। बच्चे की साँस बन्द हो चुकी है। मैं जल्दी से उठकर उस बच्चे का मुँह उघारता हूँ और चीखने लगता हूँ, मगर मेरे गले से आवाज ही नहीं निकलती। मैं छटपटाने लगता हूँ..."

"आपने उस बच्चे को पहचाना?" डरी हुई आवाज में पूछती है दिव्या।

देर तक सिर झुकाए रह जाता है पति और फिर पत्नी की ओर नजर उठाकर कहता है, "हाँ, टीपू था।"

पत्नी बिगड़ उठी, "निठल्ला आदमी ऐसे ही अलाय-बलाय सपने देखता है। जो आदमी दिन-भर चाय पी-पीकर अपनी भूख बिगाड़ लेगा, जिसे गर्मी में भी पानी काटने को दौड़ता है, रात में जग-जगकर जो अंट-शंट किताबें पढ़ेगा, देवी-देवता को नहीं मानेगा, उसे तो ऐसे सपने आएँगे ही। मर्द का तो कोई लक्षण है ही नहीं आप में।"

जवाब में पति भी थोड़ा गरम हो गया, "बुरे सपने क्या और लोग नहीं देखते हैं? क्या हो गया बुरा सपना देखने से? और, यह तो तुम बिलकुल गलत बोल रही हो कि मैं देवी-देवता को नहीं मानता। ढोल पीटकर ही देवी-देवता की पूजा की जाती है क्या? किताब पढ़ने से कुछ नहीं होता है; पहले भी तो मैं किताबें पढ़ा करता था। ठीक है, चाय पीना मैं कम कर दूँगा और रात में देर तक नहीं जगूँगा। स्नान तो अब रोज मैं करता ही हूँ।"

"अच्छा, उठिए। टीपू स्नान करने गया है। इतना बुरा सपना देखा है, तो सवा रुपये का प्रसाद चढ़ा आइए ठाकुरवाड़ी में।"

चिरंजीव

"सवा रुपये का दोना पकड़कर मैं नहीं जाऊँगा ठाकुरवाड़ी; जाऊँगा, तो दस-बीस रुपये का प्रसाद चढ़ाऊँगा।"

"उठिएगा भी, या यहाँ बैठे-बैठे प्रसाद चढ़ा आइएगा?"

एक अँगड़ाई लेकर उठ गया पति।

पत्नी पति के पास पहुँचती है और उसके कान के पास मुँह ले जाकर कहती है, "मैं जरा बाहर जा रही हूँ। रमली की माँ ने बुलाया है। घर में गुलाबजामुन हैं; कहाँ रख दूँ?"

"कहीं भी," अनमने भाव से पति जवाब देता है।

"कहीं कैसे रख दूँ! घर में टीपू है," झनक उठने के बावजूद पत्नी की आवाज फुसफुसाहट से आगे नहीं जा पाती, "आपकी आलमारी में किताबों के पीछे रख देती हूँ दोना।"

"छिपाकर रखने की जरूरत नहीं है। मेज पर रख दो दोना," पति झिड़क देता है।

पत्नी हैरत से एक क्षण पति की ओर देखती है और फिर कहती है, "एक भी बचेगा टीपू से? कुल आठ गुलाबजामुन हैं।"

"मैं कह दूँगा टीपू से। वह छुएगा भी नहीं," पति एक मर्द का लक्षण जाहिर करता है।

"ठीक है, मेज पर ही रख देती हूँ," कहकर पत्नी चली जाती है।

पत्नी के घर से बाहर निकलते ही पति को घर के बाहर का एक जरूरी काम याद आ गया। मगर घर में एक साथ टीपू और आठ अदद गुलाबजामुन को छोड़कर वह घर से बाहर जाए, तो कैसे? जाना जरूरी था, इसलिए उसने टीपू को बुलाकर कहा, "देखो, बेटे, मैं एक काम से बाहर जा रहा हूँ। तुम तब तक घर में ही रहना जब तक तुम्हारी माँ आ नहीं जाती है। मेरी मेज पर गुलाबजामुन का दोना है। तुम दोने पर नजर रखना।"

"ठीक है, रहूँगा घर में," बेटे ने इस भाव से कहा जैसे कि दोना में गुलाबजामुन नहीं, खालिस नीम-नमक के लड्डू हों।

"नजर रखने का यह मतलब नहीं," बाप ने धोती पहनते हुए कहा, "कि तुम अपने को दोना या मेज से बाँधकर बैठे रहना यहाँ। घुटरा-रघुआ कोई आ जाए, तो दरवाजे पर गुल्ली-डंडा खेल सकते हो। एक बात और बता दूँ। मिठाई देखकर हर बच्चे की जीभ ललचती है। बड़े-बुजुर्गों के मुँह में भी पानी आ जाता है। अब अगर तुम्हारी जीभ ललच जाए, तो यह कोई बड़ी बात नहीं है। तुम्हारी माँ भी इसे अपराध नहीं मानती। मगर तब ऐसा करना कि दोने से केवल अपना हिस्सा निकाल लेना। तुम्हारे हिस्से में दो आएँगे या तीन, यह निर्णय तुम्हें ही कर लेना है; हिस्सा लगाने के लिए एक गुलाबजामुन के टुकड़े नहीं होंगे।"

बेटे ने कोई जवाब नहीं दिया, सिर्फ एक बार पिता को घूर लिया।

धोती पहनकर बाप ने कुरते को हाथ लगाया, मगर उसमें सिर और हाथ घुसाने के पहले बेटे को सुनाया, "यह सम्भव है कि जिस वक्त तुम दरवाजे पर खेलते रहोगे उस वक्त कोई बिल्ली घर के अन्दर घुसे और मेज पर रखा दोना देख ले। बिल्ली बहुत धूर्त और धीरजवाली होती है। अगर उसने दोने पर नजर गड़ा दी, तो तुम्हारी चौकसी और निगरानी बेकार जाएगी। कम-से-कम एक गुलाबजामुन तो वह खाकर ही रहेगी। अगर ऐसा होता है, तो तुम बैठकर रोने मत लगना; दरवाजे पर अपना खेल जारी रखना। बिल्ली से परास्त होने पर तुम्हारी माँ को कई बार रुलाई छूट गई है। जब-जब बिल्ली ने दूध पी लिया है, उसे अपनी कोई गलती नजर नहीं आई है, और हमेशा बिल्ली को ही गालियाँ सुननी पड़ी हैं। तुम अपनी माँ की ओर से बेफिक्र रहो।"

कुरते की बाँह में हाथ घुसाते-घुसाते वे रुक गए और कहने लगे, "एक जानकारी ले लो। मिठाई का दोना जिस वक्त हलवाई की दुकान से निकलता है, कौए उसका पीछा करते हैं और यह देख लेते हैं कि दोना किस घर में घुस रहा है। तुम्हें या तुम्हारी माँ को शायद पता नहीं हो, मगर मैंने तो अपनी आँखों से देखा है कि कौआ कमरे में घुसा है और एक रसगुल्ला चोंच में दबाकर निकल भागा है। अगर ऐसा होता है, तो समझ लेना कि एक गुलाबजामुन पर भगवान ने उस कौए का ही नाम लिख डाला था। तुम्हारी माँ गरज-उछलकर कह सकती है कि तुम झूठ बोल रहे हो और ऐसा कभी नहीं हो सकता कि कौआ कमरे में घुसकर दोने से लड्डू निकाल ले जाए, मगर तब मुझे भी गरजकर ही कहना पड़ेगा कि ऐसा हो सकता है, कि चश्मदीद गवाह हूँ मैं ऐसी एक घटना का। मैं तो गरजकर यह भी कह दूँगा, मैंने तो चीटियों के दल को लड्डू लुढ़का-लुढ़काकर ले जाते देखा है; करोगी विश्वास?'"

कहकर बाप ने कुरता पहना, पैरों में चप्पल डाली और जाने से पहले शेष आवश्यक बातें बता दीं, "मैं तो देर से आऊँगा ही, तुम्हारी माँ को भी देर लग सकती है। ऐसे तो वह कहकर गई है कि अभी गई और अभी आई, मगर जब भी ऐसा कहकर गई है, गई ही रह गई है, आई है बहुत देर बाद। गई है वह रमली की माँ के घर। वहाँ से निकलते ही एक जरूरी काम से चली जाएगी विमली की चाची के पास। वहाँ से निकलेगी, तो अचानक याद आएगा कि असली काम तो उसे कमली की चाची से है। वहाँ से हटेगी, तो मन में विचार आएगा कि अब इमली की फूफी के साथ भी एक काम की बात करके ही घर लौटे। उसे देर लगेगी और तब तक तुम भूखे रहोगे। बच्चा कितनी जल्दी-जल्दी भुखाता है, यह तुम्हारी माँ मुझसे बेहतर जानती है। और, मैं तो यह कभी पसन्द नहीं करूँगा कि खाने की चीज मेज पर मौजूद हो और तुम भूख से छटपटाओ। तो फिर ऐसा करना, बेटे, कि भूख महसूस होते ही जो कुछ गुलाबजामुन दोने में बच गए हों उनसे पेट भर लेना। तुम्हारी माँ देर से आएगी, तो किस मुँह से डाँटेगी तुम्हें और मैं उसकी शिकायत पर क्यों कान दूँगा?"

सब समझा-बुझाकर बाप घर से निकला और मन-ही-मन मुस्कराकर यह निर्णय ले लिया कि लौटती में जगदीश साह हलवाई की दुकान से होकर आना है।

पति दौड़कर पत्नी के पास इस तरह पहुँचा जैसे कि बहुत अच्छी खबर सुनाने जा रहा हो और मुँह बिचकाकर इस तरह बोला जैसे कि खबर बहुत ही बुरी हो, "आज फिर दरवाजे पर आकर एक हाथी रुका है।"

"हाथी आया, घोड़ा हिनहिनाया, बकरी मिमियायी, तो मैं क्या करूँ? दौड़कर मुझे क्या सुनाने आ गए?" पत्नी ने कुछ अबूझ बनते हुए जवाब दिया।

एक क्षण तो गुस्सा से गरम होने में लग गया पति को, और फिर उसने मुँह झाड़कर कहा, "मैंने घोड़ा और बकरी की बात तो नहीं की है। हाथी आया है, तो अब भेजो बेटे को गाँव से बाहर गेंद खेलने के लिए।"

"आप रोक लीजिए; मत जाने दीजिए बेटे को।"

"रोक कैसे लूँ?" खीझकर कहा पति ने, "गाँव के लोग चले आते हैं आरजू-मिन्नत करने। दस आदमी घेर लेते हैं, तो मुझसे ना नहीं कहा जाता।"

"तो फिर जाने दीजिए; मुझे क्या सुनाने चले आए," कहकर पत्नी ने यह भी पूछा, "कहाँ का हाथी है?"

अब तक टीपू भी वहाँ आ पहुँचा था। उसने ही जवाब दिया, "हाथी सिरसिया का है। वहाँ वाले आलमनगर जाएँगे गेंद खेलने।"

"यह तो अच्छा ही हुआ," माँ बेटे से बात करने लगी, "लौटती में तुम कलासन होकर आना। मामा से भेंट कर लेना। इसी हाथी से चला जाना। कलासन पास में ही है।"

टीपू तैयार होने लगा।

पति के मन में क्या आया कि उसने पत्नी से निवेदन किया, "मैं भी जाऊँ?"

"कहाँ?" हैरत से पूछा पत्नी ने।

"आलमनगर।"

"गेंद खेलने?" भय ने अचरज की जगह ले ली।

"नहीं, देखने।"

झुँझला पड़ी पत्नी, "लाज नहीं आई बोलते? इस उम्र में जाएँगे जहाँ-तहाँ खेल देखने? घर का काम हरज हो रहा है, इधर ध्यान नहीं जाता? पहले करमनचक जाकर यह देख आइए कि फसल कैसी है; खाद-पानी की जरूरत है या नहीं। अभी कहीं और बाहर जाना नहीं होगा।"

"तुम्हें पता है कि मैं क्यों टीपू के साथ जाना चाह रहा हूँ?" जरूरी समझकर पति ने भी मुँह-हाथ चमकाते हुए कहा, "इसी आलमनगर में राजकिशोर गया था गेंद खेलने और मार खाकर आया था वहाँ से। आलमनगर के विरुद्ध गोल दागा था उसने और गुस्से में आकर आलमनगरवालों ने पिटाई कर दी थी।"

"तो फिर टीपू भी नहीं जाएगा। आप कौन अखाड़िया हैं कि टीपू को बचाकर ले आएँगे!"

"ठीक है, रोक लेता हूँ टीपू को भी," कुछ सोचते हुए पति ने कहा, "मैं तो सोच रहा था कि कलासन होते हुए जाऊँगा और हरिचन्द को भी साथ ले लूँगा।"

पत्नी ने पति को गौर से देखा और फिर कहा, "हाँ, यह हो सकता है। तो फिर आप भी इसी हाथी से चले जाइए। मगर आपको चढ़ने देंगे हाथी पर?"

"चढ़ने नहीं देंगे, तो फिर टीपू को रोक नहीं लूँगा मैं?" हँसकर बोला पति और झटपट तैयार होने के लिए अपने कमरे की ओर दौड़ गया।

पत्नी सब काम हरज कर पति के ससुराल जाने की तैयारी में मदद करने लगी।

आलमनगर के मैदान में खेल देख रहा है शशांक। हरिचन्द को भी साथ लेते आया है वह। पूरे मैदान में टीपू के जोड़ का तो कोई खिलाड़ी ही नहीं है। एक छोर पर गेंद पकड़ता है वह, तो सबको नचाता-पछाड़ता दूसरे छोर तक पहुँच जाता है। आलमनगरवाले बार-बार अपने खिलाड़ियों को चेता रहे हैं, "लगे रहो टिपुआ पर...उसे मत छोड़ना... वह साला बहुत खतरनाक है...गेंद पकड़ने नहीं पाए वह..." शशांक का सीना फूल-फूल जाता है। हरिचन्द थोड़ा गुर्राता है, तो शशांक मुस्कराकर उसे समझाता है, "शान्त रहिए। अच्छे खिलाड़ियों की दौलत यही है। बस इतना करना है कि खेल समाप्त होते ही टीपू को मैदान से निकाल लेना है।"

खेल समाप्त होने को ही है। आलमनगरवाले पाँच गोल खा चुके हैं। चार गोल तो अकेले टीपू ने दागे हैं, इसलिए उस पर तो खतरा काफी बढ़ गया है।

यह क्या? खेल समाप्त होने की सीटी बजते ही आलमनगर के खिलाड़ी खेल का मैदान छोड़कर बगटुट भाग पड़े हैं अगल-बगल के खेत-बगीचे की तरफ। तब भी तीन-चार पकड़ लिये गए हैं। आलमनगरवाले अपने ही खिलाड़ियों की पिटाई कर रहे हैं और गुस्से में उबलकर पूछ भी रहे हैं, "बोलो, नाक क्यों कटवा दी? जब खेलना नहीं आता था, तो मैदान में उतरे ही क्यों?"

टीपू को कन्धों पर उठाए सिरसियावाले मैदान में दौड़ रहे हैं, शोर मचा रहे हैं। शशांक के पास ही खड़े कई लड़के तालियाँ पीट रहे हैं। शशांक का मन होता है, उनमें से किसी एक को बुलाकर कहे, "जरा टीपू से जाकर कहो कि उसके पिताजी उसका इन्तजार कर रहे हैं।"

एक धमाके के साथ घर में घुसकर तीर की तरह पहुँचा था टीपू पापा के पास। उसके हाथ में अखबार और उसके चेहरे पर फैली प्रसन्नता को देखकर ही समझ गया शशांक कि बाहर से एक शोर जो अन्दर आ घुसा था वह 'पहला दरजा पहला दरजा' का शोर था। टीपू ने अखबार फैला दिया पिता के सामने और अपने नाम के नीचे उँगली

रखकर बोला, "देख लीजिए, पहला दरजा।"

परीक्षा-फल अखबार में एक दिन पहले ही प्रकाशित हो गया था, मगर परीक्षार्थियों द्वारा अखबार की प्रतियाँ लूट लिये जाने के भय से अखबार-विक्रेता अखबार चोरी-चुपके बेच रहे थे। टीपू ने पैसे तो दिन में ही जमा कर दिये थे, मगर अखबार के लिए उसे चार बजे भोर में आने के लिए कहा गया था।

शायद रात-भर सोया नहीं था टीपू। पाँचवीं बार उठकर घड़ी देखने के बाद वह ठीक साढ़े तीन बजे घर से अखबार की दुकान के लिए निकल पड़ा था। अकेले में बैठकर पहले उसने परीक्षा-फल देख लिया और तब घर की ओर दौड़ लगाई।

अखबार से नजर हटाकर पिता ने एक अच्छी अँगड़ाई ली और फिर कुछ कहने के लिए ज्यों ही मुँह खोलना चाहा कि सामने से अखबार झपटकर बेटा माँ के कमरे की ओर भागा।

पलँग पर बैठी माँ की मुस्कराती नजरों से उसका सामना हुआ।

माँ से चार कदम पीछे ही रुक गया वह, तेवर बदले, और ऐंठकर पूछा, "बोलो, कौन-सा दरजा?"

"पहला," माँ ने हँसकर जवाब दिया।

"अब तो तुम्हें शक नहीं है," माँ के सामने मस्तानी चाल में चहलकदमी करते हुए बेटे ने पूछा, "कि पढ़ने में मैं तेज हूँ या बोदा?"

"मुझे कभी शक था क्या? मैं तो जानती थी कि मेरा बेटा पहला दरजा में पास करेगा। मैंने तो पूरे महल्ले को सुना दिया था यह पहले ही।"

"नहीं मानूँगा। तुम मुझे बराबर शैतान कहा करती थी," बेटे ने अपना दुख जाहिर किया।

माँ कुछ सकपकाई और फिर सँभलकर जवाब दिया, "झूठ मत बोलो; कभी-कभार कह दिया होगा गुस्से में; दिल से तो कभी नहीं कहा न! माँ भला बेटे को शैतान कहेगी!"

"मगर कभी खुश होकर यह तो नहीं कहा कि मेरा बेटा होशियार है? बोलो, कहा था?"

"कहने से ही होता है? दिल में तो यह मानती ही थी कि मेरा बेटा बहुत होशियार है! तुम्हारे पिताजी को तो मैं कितनी ही बार यह सुना चुकी हूँ।"

"सुनाया होगा गुस्से में; गई होगी शिकायत करने मेरी।"

"चरित्तर से भी ऐसा कहा है; पूछ लेना।"

"तो तुम समझती हो कि मैं एक लायक बेटा हूँ?"

"कैसे नहीं समझती हूँ? पहला दरजा तुम्हें ऐसे ही मिल गया क्या? कौन तुम्हें लायक नहीं समझता है? नाम बताओ तो उसका।"

"मगर, माँ, सुन लो, इस परीक्षा में पहला दरजा मिल जाने-भर से तो लायक नहीं हो गया मैं। अभी कुछ देर है, माँ; कुछ देर है।"

"मैं नहीं मानती। अब क्या देर? अब कोई उँगली नहीं उठा सकता तुम पर।"

"पिताजी अभी नहीं मानेंगे।"

"पिताजी की ऐसी-तैसी। उनके नहीं मानने से क्या होता है? चलो, उनसे मैं पूछती हूँ।"

"अभी मत पूछो। मैंने उनसे डॉक्टर बनने का वादा किया है। डॉक्टर बन जाऊँगा, तब उनसे पूछना। अभी बस इतना पूछो," जरा जोर से बोला बेटा, "कि वे आज मुझे रसगुल्ले और गुलाबजामुन खिलाएँगे या नहीं।"

"खिलाऊँगा, खिलाऊँगा," हँसी के साथ पिता का स्वर सुनाई पड़ता है और फिर बिलकुल टीपू के सामने आ खड़े होते हैं उसके पापा...

टीपू जिस किसी को अपना परीक्षा-फल बताता उसे अपनी पूरी पलटन का परीक्षा-फल सुना देने से नहीं चूकता। टीपू पाठशाला के सारे बच्चों ने छलाँग लगाई थी और गड्ढे में एक भी नहीं गिरा। बाप ने सचमुच गीदड़ी भी नहीं मारी थी, मगर कमुआ तीरन्दाज निकल ही गया। कछुआ-कुल का पिरथिया इस बार नौ दिन में अढ़ाई सौ कोस चलकर दिखा दिया। इस बार हर्रे माँगने पर रघुआ ने हर्रे ही दिया, बहेड़ा नहीं। बाप ने मूलधन गँवाया था जरूर, मगर यमुना ने दिखा दिया कि वह ब्याज तक वसूल लेगा। देखनेवालों ने देख लिया कि बेटा बाप समान नहीं है; चुल्हवा के हाथ में न तो बापवाला दिखौआ धनुष है और न बापवाला फुसफुसा बाण। घुटरा की दाढ़ी-मूँछ अब तक देखते आए थे लोग; इस बार यह भी देख लिया कि उसके माथे में गोबर है या और कुछ।

और अब आगे की फिक्र टीपू गुरुजी को सताने लगी थी...कमुआ महाविद्यालय का मुँह देखेगा या नहीं? यमुना का बाप उसे दुकान का मूलधन वसूलने में तो नहीं लगा देगा? पिरथिया बाबू पिरथीचन्न बनेगा या नहीं? हरिया आगे भी घोड़े को दाना-घास खिलाएगा या नहीं? चुल्हवा फिर से बापवाला दिखौआ धनुष और फुसफुसा बाण तो हाथ में नहीं उठा लेगा? आगे भी हर्रे माँगने पर रघुआ हर्रे ही देगा, बहेड़ा नहीं?

लौंडा गाँव से बाहर जाकर अब शहर की पढ़ाई करेगा, यह सुनकर ही चनरहीवाली की देह में आग लग गई थी। उसने हर जगह यह घोषणा कर दी कि अब कमुआ अपने बाप के साथ काम पर जाया करेगा। चमकलाल के लिए अपनी पत्नी का विरोध कर पाना सम्भव नहीं था। शशांक के कहने पर कमुआ मधेपुरा जाकर अपने मामा को बुला लाया। और, शशांक ने उसके मामा को इस बात पर तैयार कर लिया कि कमुआ मामा के साथ रहकर, अपनी आगे की पढ़ाई जारी रखेगा।

कालेसर यह भूल चुका था कि बेटे को हाकिम बनाकर पिरथिया से बाबू पिरथीचन्न बनाना है। वह बदरी दास के पीछे पड़ा हुआ था कि बाबू राजो मिसर से कहकर वह

कमुआ को कहीं चिपका दें। पिरथिया को बाबू पिरथीचन्न बनाने में अपने को असमर्थ मानकर अब वह केवल पिरथी या पिरथीलाल से ही खुश हो जाना चाहता था। टीपू ने राधे चाचा की मदद ली और उन्हें इस बात पर राजी कर लिया कि वे पूर्णिया में इतना-भर जरूर कर देंगे कि कुछ छोटे-छोटे बच्चों को पढ़ाने का काम कर पिरथिया अपनी पढ़ाई के लिए पैसे जुटा लिया करे।

यमुना के बाप ने हर एक को अपना हिसाब समझा दिया था," बेटे को पढ़ने भेजो, तो हर महीने सौ-सौ के दो पत्ते भी भेजते रहो उसके खर्च के लिए; और अगर बेटा घर में रहेगा, तो इतनी कमाई तो कर ही लेगा कि खा-पीकर भी बाप के हाथ में हर महीने सौ-सौ के दो-तीन पत्ते थमा देगा। तो, भैया, मैं ऐसा मूरख बनिया नहीं हूँ कि बेटे को पढ़ने के लिए भेजकर हर महीने चार-पाँच सौ की चोट सहूँ।" अगर उस मूरख बनिया को राधे मास्टर ठीक से नहीं समझा पाता कि यमुना पढ़-लिखकर कैसा बनिया बनेगा, कितने कारखाने स्थापित करेगा, कितने शहरों में अपनी गद्दियाँ खोलेगा, कितने मुनीम-मुंशी रखेगा, किस तरह उनके यहाँ दावत खाने आए बड़े-बड़े आय-कर और बिक्री-कर अधिकारियों से अपने पूज्य पिता का परिचय कराएगा, तो यमुना का बाप अभी हर महीने चार-पाँच सौ की चोट सहने को कभी तैयार नहीं होता।

हरिया के लिए कुछ करना नहीं पड़ा टीपू को। परीक्षा-फल प्रकाशित होने के तीसरे दिन ही जा खड़ा हुआ हरिया अपने अग्रज के सामने और अपने व्यवहार-विचार में मौलिक परिवर्तन लाते हुए सिर नवाकर कहा उससे, "भैया, मैं तो माँ के लाड़-प्यार में बरबाद हो ही गया था। अगर आप जब-तब मेरे कान उमेठते-रगड़ते नहीं रहते, तो मैं कभी रास्ते पर आ सकता था क्या? अब मैं क्या करूँ, भैया? आगे की पढ़ाई के लिए मैं आपकी बात मान लूँगा, मगर आप भी मेरी यह बात मान लीजिए कि मुझे माँ के लाड़-प्यार में बरबाद नहीं होने दीजिएगा और छोटी-छोटी बात पर भी मेरे कान उमेठते-रगड़ते रहिएगा। अग्रज ने हरिया का कान पकड़ लिया और कहा, "तुम्हें आगे की पढ़ाई भी करनी पड़ेगी; मेरा सिर ऊँचा रखना पड़ेगा।"

रघुआ का बाप तो खुशी से मरा जा रहा था। वह बहुत दिनों से भूँक-भूँककर कहता आया था रघुआ से पड़ोसी को देख-देखकर पढ़ने के लिए; और अब बाप हीरालाल को पक्का विश्वास हो गया था कि बेटा रघुआ जल्दी ही वह दिन दिखा देगा जब उसके पड़ोसी अपने बच्चों को धौल पर धौल जमाते हुए कहेंगे, "अरे चिबिल्ले, पड़ोस के रघुआ को देख-देखकर भी तो पढ़ो।"

घुटरा के बाप ने काफी होशियारी की। घुटरा अब दाढ़ी-मूँछवाला जवान था, और घटकों का आना प्रारम्भ हो गया था। अब अगर ऐन वक्त पर बेटा घर बैठ गया, तो एक दुलहन तो उसे मिलेगी, मगर दहेज में दो पैसे नहीं मिलेंगे। भारी पढ़ाई, भारी पैसा..."यह क्यों भूल जाते हैं, भाई, कि लड़का शहर में पढ़ रहा है और हाकिम बनकर रहेगा?..."

चुल्हवा को उसकी बड़ी बहन ने अपने पास बुला लिया। माँ ने उससे पहले ही कह रखा था, "देखो, बेटी, तुम्हारे पिताजी तो चुल्हवा की पढ़ाई का खर्च उठाएँगे नहीं। तू इसे अपने पास रखकर पढ़ा देना। चुल्हवा कमाने लगेगा, तो तुम्हारा एक-एक पैसा चुका देगा। चुल्हवा पढ़ेगा जरूर; मैं इसे अपने बाप की तरह मूरख नहीं रहने दूँगी। मैं बकरी पोसकर पढ़ाऊँगी इसे, अपने चार थान जेवर बेच दूँगी।"

टीपू सरदार अपनी पूरी फौज के साथ किसी अभियान पर निकल पड़ता है।

राज्य के कई महाविद्यालयों में नामांकन के लिए टीपू आवेदन करता है, मगर उसकी तीव्र लालसा है कि वह भी अपने पिता के शहर में पहुँच जाए; उन सड़कों पर चलने का सुख उसे मिल जाए जिन पर उसके पापा के पाँव पड़ चुके हैं; उस गंगा में वह गोते लगाए जिसके किनारे बैठकर उसके पापा घंटों नदी में तैरती नौकाओं को निहारते हुए किन्हीं खयालों में खोए रहते थे; गाँधी मैदान के किसी कोने में पिता की तरह ही अकेले बैठकर वह सोचने लग जाए—बिलकुल वहीं तो नहीं बैठा हुआ है वह जहाँ कभी-न- कभी एक बार उसके पापा भी बैठ चुके हैं?...इस मूँगफलीवाले से कभी उसके पापा ने भी मूँगफली खरीदी थी क्या?...उस जादूगर का खेल पापा ने भी देखा था क्या?...यहाँ बैठकर अकेले क्या-क्या करते होंगे पापा?...

टीपू की लालसा पूरी होती है और पटना के विज्ञान महाविद्यालय में दाखिला मिल जाता है उसे। नामांकन के एक महीना बाद पढ़ाई शुरू होगी, इसलिए वह पूरा महीना टीपू अपने घर पर ही गुजारता है और महीना-भर उसे यही सिखाया जाता है कि गाँव-घर से बाहर बाहरी लोगों के बीच किस तरह जीवन व्यतीत करेगा वह। महीना समाप्त होते ही शशांक बेटे को लेकर फिर एक बार पटना की यात्रा करता है।

बेटे को वहाँ छोड़कर लौटता है शशांक और पत्नी उसे बैठाकर ढेर सारी बातें पूछने लगती है।

पूछती है दिव्या, "छात्रावास में जगह मिली या नहीं?"

"हाँ, मिल गई है।"

"कराह क्यों रहे हैं? ठीक से बोलिए न।"

"बोल तो रहा हूँ ठीक से; अब कैसे बोलूँ?"

"आप तो नहीं गए होंगे छात्रावास? वहाँ लड़कों की भीड़ रहती है।"

"गया था; सब देखकर आ गया हूँ।"

"कैसे लड़के हैं छात्रावास के?"

"कैसे हैं!...नाक-कान से दुरुस्त।"

"वह तो मैं समझ गई; चाकू-छूरेवाले तो नहीं हैं?"

"अब यह मैं कैसे बताऊँ?"

"हाँ, आपको खाक पता चलेगा! कोई होशियार आदमी जाता, तो...टीपू के कमरे में तो और भी लड़के होंगे?"

"हाँ, एक कमरे में चार लड़के।"

"टीपू उनसे हिल-मिल तो गया था न?"

"परिचय हो गया था; धीरे-धीरे हिल-मिल भी जाएगा।"

"वह तो मैं जानती हूँ। आपकी तरह थोड़े ही है कि कोई साल-पर-साल गुजार दे आपकी बगल में और आपका उसके साथ कभी टोक-नमस्कार भी नहीं हो।"

"और कुछ पूछना है या सब जानती ही हो?"

"पूछना कैसे नहीं है? टीपू को अगर कभी सर्दी-जुकाम हो जाए, हल्का-फुल्का बुखार ही लग जाए, तब क्या करेगा वह बच्चा परदेश में?"

"देख-भाल के लिए छात्रावास अधीक्षक रहते हैं।"

"वह अकेले किस-किस के बच्चे की देख-भाल करेगा? आपने उनसे भेंट भी तो नहीं की होगी?"

"कर ली थी।"

बाल-बच्चेदार आदमी है?"

"हाँ, लगा तो ऐसा ही।"

"कितने बच्चे होंगे?"

"यह पूछा नहीं; अगली दफा पूछ लूँगा।" जरा चिढ़कर बोला शशांक।

अनसुना करते हुए दिव्या ने कहा, "अगली दफा जाएँगे, तो मैं उनके लिए थोड़ा अचार दे दूँगी। अचार खाएगा, तो जरूर खयाल रखेगा टीपू का।"

"ठीक है, दे देना। और कुछ?"

"हाँ, बहुत कुछ...खाना-पीना का क्या प्रबन्ध है?"

"मेस चलता है वहाँ।"

"मेस के बाबा जी को कह दिया है या नहीं कि वह टीपू का विशेष खयाल रखे; कोई अच्छी चीज बने, तो उसे हाथ खोलकर परोसे; टीपू सो गया हो, तो उसे जगाकर खाना खिला दे; कभी टीपू कोई फरमाइश ही कर बैठे, तो बनाकर खिला दे उसे।"

"खयाल रखने के लिए कह दिया है।"

"मुँह खोलकर ठीक से तो कहा नहीं होगा...और फिर कह देने भर से तो नहीं होता है, कुछ लोभ दे देना था।"

"अगली दफा जाऊँगा, तो उसके लिए भी अचार दे देना," मुँह बिगाड़कर कहा शशांक ने।

"हाँ-हाँ, दे दूँगी, दे दूँगी...धोबी तो वहाँ आता होगा?"

"किसी ने तुमसे कह दिया है कि नहीं आता है?"

"अच्छा, यह बताइए कि अगर उसे कभी किसी काम के लिए पैसे की कमी पड़

जाए, तो परदेश में किससे उधार माँगेगा वह?"

"इस तरह अगर-मगर सोचोगी, तो बच्चे को घर में बैठा लेना होगा...अगर ऐसा हुआ...अगर वैसा हुआ..."

"जहाँ तक आदमी से बन पड़ता है, उतना तो वह इन्तजाम करता ही है।"

"वैसी कोई भारी जरूरत होगी दवा-दारू के लिए, तो छात्रावास अधीक्षक मदद कर देगा। ऐसे मैंने टीपू की मुलाकात अपने एक मित्र से करा दी है। वह वहीं एक दूसरे महाविद्यालय में शिक्षक है। टीपू को लेकर मैं उसके निवास-स्थान पर भी गया था।"

"गए तो होंगे खाली हाथ! यह तो नहीं हुआ होगा कि एक डिब्बा बिस्कुट ही ले लें। पन्द्रह साल बाद किसी के घर छूछे हाथ जाए कोई!"

"अब अगली दफा..."

"मैंने कनस्तर भरकर नाश्ता दे दिया था। आपने टीपू को समझा दिया था न कि वह होशियारी से नाश्ता करेगा? शुद्ध घी के खजूर थे। ऐसा न हो कि सब संगी-साथियों में ही बाँट-चूँट दे। उससे तो कोई भी फुसलाकर खा लेगा।"

"तुमने तो सब समझा ही दिया था।"

"मैंने समझाया था सात दिन पहले। आप आते वक्त यह सब बोल नहीं सकते थे क्या?...तब तो बराबर चिट्ठी लिखने के लिए भी उसे याद नहीं दिलाया होगा आपने? यह भी तो मैंने कह ही दिया था।"

"दस लिफाफे खरीदकर मैंने उसे दे दिये। हर एक पर तुम्हारा पता लिख दिया, 'मिले टीपू की माँ को।' दस पुरजे बनाए और हर एक पर लिखा, 'मैं कुशल से हूँ', और फिर तुम्हारे लाड़ले से कहा, 'अगर चिट्ठी लिखने की फुरसत न मिले, तो हर शनिवार को एक लिफाफा में एक पुरजा डालकर लिफाफे को डाक के बम्बे में डाल दिया करना।'"

"हाँ-हाँ, कोई ठीक नहीं, आपने ऐसा कहा भी होगा। उसकी चिट्ठियों का कोई भरोसा नहीं; उसका समाचार मिलता रहे, इसके लिए मुझे खुद इन्तजाम करना पड़ेगा। आप पता लगाते रहिए कि गाँव से कब-कब कौन पटना जाते हैं। बदरी दास तो बराबर किसी-न-किसी के काम से जाते ही रहते हैं। आप उनसे बराबर मिलते रहिए। मैं जो बोल रही हूँ वह कान में जा रहा है या नहीं?"

"हाँ-हाँ, जा रहा है, जा रहा है कान में।"

पत्र आने लगते हैं टीपू के। लिफाफे मैं "मैं कुशल से हूँ," का कोई पुरजा नहीं होता, लम्बी-लम्बी चिट्ठियाँ होती हैं। हर पत्र घर में एक त्योहार लेकर आता है। दोपहर में घर आता है शशांक, तो दिव्या पूछ बैठती है, "डाकघर गए थे या नहीं?" शाम में कहीं से लौटता है शशांक, तो सबसे पहले यही पूछता है दिव्या से, "डाकिया भी आया था?"

डाकघर से आता है शशांक, और दिव्या पूछ बैठती है, "आज भी नहीं आई चिट्ठी?"

"आई है," अनमने भाव से कहता है शशांक, "बेटे ने तुम्हें प्रणाम लिखा है।"

"देखूँ चिट्ठी।"

"चिट्ठी मेरे नाम से है।"

"तो क्या मैं पढ़ नहीं सकती?"

"टीपू ने यह नहीं लिखा है कि तुम्हें भी यह चिट्ठी पढ़ने के लिए दे दूँ। तुम्हारे लिए जितना लिखा है वह मैंने सुना दिया। अब यह मेरी मर्जी है कि..."

"ठीक है, अपनी मर्जी से ही दीजिए।"

"चाय पिलाओ, तो सोचूँगा।"

"यह कोई बात हुई; चाय पिलाऊँ, तब चिट्ठी मिलेगी! निकालिए चिट्ठी, पिलाती हूँ चाय।"

शाम में लौटता है शशांक और दिव्या के पास जाकर आहिस्ते से पूछता है—

"डाकिया भी आया था?"

"आया था।"

"टीपू की चिट्ठी?"

"हाँ।"

"क्या समाचार है?"

"समाचार ठीक है; लिखा है, "मैं कुशल से हूँ।"

"बस इतना ही लिखा है क्या?" झल्ला पड़ता है शशांक, "और कुछ नहीं?"

"चिट्ठी तो काफी लम्बी है, मगर मेरे नाम से है, 'मिले टीपू की माँ को।' आप पढ़ेंगे क्या?"

"हाँ।"

"रुकिए; देती हूँ।"

चिट्ठी लाकर देने की बजाय एक तसला लेकर रसोई में बीवी को घूसते देख शशांक बोलता है, "चिट्ठी है कहाँ? बता दो; मैं ले लेता हूँ।"

"कहीं रख दी है मैंने। जरा अपनी आलमारी में किताबों के पीछे देख तो लीजिए," रसोई घर से ही सुनाती है दिव्या।

शशांक झटपट अपने कमरे में पहुँचता है और किताबों को हटा-हटाकर चिट्ठी ढूँढ़ने लगता है। दिव्या पीछे से वहाँ पहुँचती है और एकबारगी बिगड़ उठती है पति पर, "यहाँ नहीं होगी चिट्ठी। किताबों को सरियाकर रखिए। मैं ढूँढ़ती हूँ चिट्ठी।"

शशांक किताबें सरियाने लगता है।

मेज पर नजर पड़ते ही भभकती है दिव्या, "यह किसी भले आदमी की मेज लगती है? एक बार में तो एक ही किताब पढ़ते होंगे? सात-सात किताबें क्यों पड़ी हैं मेज पर? कागज के पन्ने उड़ते रहें और मैं बटोर-बटोरकर आपको देती रहूँ, मगर

दाब का इस्तेमाल आप नहीं कर सकते। रोशनाई कलम में भी ली, मगर दावात में ठेपी लगाना याद नहीं रहा। मेज पर अभी कैंची की क्या जरूरत थी? पानी पीकर गिलास नीचे रखिए; आधा पीते हैं और आधा गिरा देते हैं मेज पर। अब मैं चिट्ठी ढूँढ़ूँ या पहले मेज ठीक कर लूँ!"

"मैं मेज ठीक कर लेता हूँ," किताबें सरियाकर मेज के पास आता है शशांक, "तुम चिट्ठी निकालो। यह भी याद नहीं आ रहा है तुम्हें कि चिट्ठी कहाँ रख दी?"

"चिट्ठी कहीं है और मिल जाएगी। आप जरा अपना बिस्तर भी ठीक कर लीजिए। सोकर उठने के बाद मसहरी तो समेट दीजिए। इस तरह तकिया रहता है बिस्तर पर? चादर से रात में कुश्ती लड़ते हैं क्या? सोने के वक्त बिछावन की धूल भी नहीं झाड़ सकते?"

"मैं बिछावन भी ठीक कर लूँगा; तुम चिट्ठी ढूँढ़कर निकालो।"

बिछावन का मुआयना करती है दिव्या और फिर आँचल की गिरह खोलकर टीपू की चिट्ठी पति को सुपुर्द करती है।

अपने पहले पत्र में ही टीपू लिखता है, "...आज हमारी पढ़ाई का पहला दिन था। पहली घंटी में एक हिन्दी के प्राध्यापक आए थे। उन्होंने हम लोगों का बड़े ही मीठे शब्दों में स्वागत किया और पूरी घंटी हम लोगों के साथ बतियाते रहे। उन्होंने हमें अभी ही अपने जीवन का एक लक्ष्य निश्चित कर लेने और फिर उसकी प्राप्ति के लिए जी-जान से कोशिश करने को कहा। हम में से हर एक से पूछा था उन्होंने कि कौन क्या बनना चाहेगा। मेरा जवाब था, 'मैंने अपने बचपन में ही तय कर लिया था कि मैं एक डॉक्टर बनूँगा।' उन्होंने बड़े गौर से मुझे देखा, मगर आगे कुछ नहीं पूछा। किसी दिन अकेले में मैं मिलूँगा उनसे और बता दूँगा कि मैं क्यों एक डॉक्टर बनना चाहता हूँ..."

शुरू के दो-तीन महीनों में उसके जो भी पत्र आते हैं सबमें अपनी पढ़ाई, अपने नये दोस्त, अपने प्राध्यापकों से उसका परिचय और अपने खट्ठे-मीठे अनुभवों के बारे में विस्तार से लिखता है वह। फिर एक पत्र एक नई सूचना लेकर आता है, "...अब मैं रोज गंगा में नहाने जाता हूँ। मीना फुआ के पास रहकर मैंने महज तैरना सीखा था, अच्छा अभ्यास नहीं कर पाया था। अब तो मैं तैरकर दूर तक चला जाता हूँ, घंटों तैरता रह जाता हूँ, और थकने पर पानी में ही विश्राम कर लेना भी मैंने सीख लिया है। खूब मजा आता है, पिताजी..."

दशहरा की छुट्टियाँ होने वाली हैं; टीपू अपने घर आने की सूचना देता है।

"चार महीनों में ही कितना बड़ा हो गया है टीपू!" दिव्या शशांक से फुसफुसाती है, "अपना टीपू तो अब जवान हो गया।"

जवान ही नहीं, अब काफी गम्भीर भी हो गया है वह। घर ही नहीं, गाँव में भी एक मेहमान की तरह गुजारता है वह अपनी छुट्टियाँ। अपने हर परिचित से मिलने जाता है वह, खेत-बगीचा, कुआँ-पोखर तक से। छुट्टियाँ समाप्त होते ही अपने सारे दोस्तों से विदा लेकर अपने पढ़ाई पर लौट जाता है टीपू।

गर्मी की छुट्टियों में वह घर नहीं आता, उसकी चिट्ठी आती है, "...महाविद्यालय से छात्रों की एक टोली भ्रमण पर जा रही है। मैं भी उस टोली में शरीक हो जाना चाहता हूँ। मैं इस बार अपने पहाड़ों, नदियों, झीलों, झरनों और शहरों को देख लेना चाहता हूँ। आप इजाजत दे दें..."

यात्रा से लौटकर घर आता है टीपू। अपना बड़ा-सा थैला खोलकर उसमें से छोटी-छोटी गठरियाँ और ढेर सारे जल-भरे बोतल निकालता है और फिर माँ से कहता है, "इन गठरियों में मिट्टी है, माँ, काशी की, प्रयाग की, अजमेर की, बोधगया की, दिल्ली की...और इन बोतलों में मैंने जल भरा है गंगा का, यमुना का, कृष्णा का, गोदावरी का...अब मैं थोड़ी-सी मिट्टी राजगंज की दे देता हूँ और थोड़ा-सा जल बड़का कुआँ से भर लाता हूँ। तुम इन सब जल से इन मिट्टियों को सानकर पूजा-घर में एक वेदी बना दो। जब मैं राजगंज वापस आ जाऊँगा, तो उस वेदी के सामने बैठकर भगवान की पूजा किया करूँगा..."

इस बार घर से जाते हुए टीपू अपनी माँ को सुना जाता है, "माँ, अब पूरे एक साल बाद मिलूँगा मैं तुमसे। छुट्टियों में घर नहीं आ सकूँगा। इस बार की परीक्षा बहुत ही महत्त्वपूर्ण है मेरे लिए और मुझे खूब मेहनत करनी पड़ेगी। इस परीक्षा के तुरन्त बाद ही मुझे उस परीक्षा में शामिल होना है जिसमें सफल होने पर ही चिकित्सा महाविद्यालय में मेरी भर्ती होगी। तुम मुझे ठीक से आशीर्वाद तो दे दो..."

साल से ऊपर निकल जाता है, मगर घर नहीं आ जाता है टीपू। प्राक्-स्नातक की परीक्षा दे देने के बाद भी चिकित्सा महाविद्यालय की प्रवेश-परीक्षा देने के लिए रुका रह जाता है वह पटना में। पहली परीक्षा में उसे अपनी मेहनत का फल मिल जाता है। मगर अपनी खुशी जाहिर करने वह पिता के पास नहीं आता, उन्हें खबर-भर कर देता है परीक्षा-फल के बारे में। उसकी आँख तो प्रवेश-परीक्षा की ओर लगी रहती है। अगर सफलता नहीं मिली, तो घर जा भी पाएगा वह?...केवल सफलता ही नहीं मिलती, प्रथम दस नामों में एक नाम टीपू का रहता है। उसकी खुशियों का वारापार नहीं, मगर वह जानता है, पिता की खुशियों के सामने उसकी अपनी खुशियाँ बहुत छोटी पड़ जाएँगी, चाहे वह कितना ही खुश क्यों न हो ले। और, यह सोचकर आत्म-विभोर हो उठता है टीपू, उड़ता है घर के लिए।

इस बार दौड़कर नहीं घुसता टीपू घर के अन्दर, शोर नहीं मचाता। पिता से सामना होता है उसका। आगे बढ़कर वह पिता के चरण छू लेता है, "पापा, मैं सफल हो गया।" पिता बाँहों में भरकर चूम लेता है बेटे को। आवाज सुनकर माँ दौड़ी चली आती है, "अरे टीपू! तुम..." माँ के चरण छूकर उसे बाँहों में फँसा लेता है टीपू और लगभग घसीटते हुए कमरे में ले जाकर बैठा देता है उसे पलँग पर, और फिर खुद उसके पैरों के पास जमीन पर बैठकर गोद में सिर डालते हुए सुनाता है माँ को, "माँ, अब समझ लो, मैं डॉक्टर बन गया।"

शशांक का सपना...दीन का अर्थ निर्धन? दौड़िए, पिताजी, मास्टर जी गलत पढ़ा रहे हैं...मास्टर जी तो भाग गए। आँय!...तुम पढ़ोगे नहीं, बेटे?...मैं क्यों नहीं पढ़ता हूँ, बताऊँ, पिताजी?...दिव्या, देख लेना, आज से टीपू पढ़ने पर ध्यान देगा...और कल डाक्टर भी बन जाएगा। हूँह!...माँ, तुम्हें नौकर चाहिए न? यह बाबर है, रोटी बेल दिया करेगा। और, यह दूसरा नौकर है इब्राहीम लोदी, चौका-बरतन के लिए... मैं तो पहलवान बनना चाहता हूँ, मगर पिताजी ही तैयार नहीं होते...मैंने अपने बचपन में ही तय कर लिया था, महाशय, कि मैं एक डॉक्टर बनूँगा...किसी दिन अकेले में मैं मिलूँगा उनसे और बता दूँगा कि मैं क्यों एक डॉक्टर बनना चाहता हूँ...शशांक अपना सपना सच होते हुए देखता है और उसकी आँखें भीगने लगती हैं।

शशांक को अच्छा नहीं लगता कि इतनी देर से बतिया रहा है टीपू माँ के साथ, मगर अभी तक एक बार फुसफुसाया तक नहीं रसगुल्ले और गुलाबजामुन के लिए। आज तो उसकी इच्छा टीपू से यह कहने की होती है, "आज सेर-दो सेर मिठाई नहीं लाऊँगा घर में; आज जगदीश साह हलवाई की पूरी दुकान चट कर जानी पड़ेगी तुम्हें। उसके बाद भी मेरा मन भरेगा क्या! फिर तुम्हें सत्तो साह की दुकान पर जाना पड़ेगा, वहाँ से हजारी साह की दुकान पर, फिर शीबू साह की दुकान पर...राजगंज की सारी मिठाइयाँ आज अकेले खानी पड़ेंगी तुम्हें। किसी भी दुकान पर यह मत कह देना, 'अब पेट भर गया, पिताजी'...चल, उठ, ढो-ढोकर मैं कितना लाऊँगा!...तुम्हारा पेट भर गया, तब क्या होगा? मेरा मन तो भरेगा नहीं..."

दिव्या के पाँव जमीन पर नहीं पड़ते। आज भी वह महल्ले में घूमने नहीं जाए क्या! हाँ-हाँ, आज देर लगेगी। कोई जरूरत नहीं है घर में निगरानी करने की। आज बिल्ली को दूध पी लेने दीजिए, कौए कमरे में घुसकर ढूँढ़ लें अपनी पसन्द की चीजें। आज भी चूहे अपने बिल नहीं भरें क्या! मैंने भी इधर चीटियों को लड्डू लुढ़का-लुढ़काकर ले जाते देखा था। मैं जा रही हूँ रमली की माँ के घर...विमली की चाची के पास भी जाना पड़ेगा...कमली की चाची के पास कैसे नहीं जाऊँगी!...झमली की फूफी से नहीं मिलूँगी, तो क्या सोचेगी वह अपने मन में!

"कौन, चरित्तर? अभी तुरन्त आए हो? मालूम हुआ या नहीं कि अपना टीपू अब डॉक्टर हो गया?"

"चाची, अब तो तुम्हारा यह खो-खों भी जल्दी ही बन्द हो जाएगा; घर में डॉक्टर हो गया न..."

दिव्या के पाँव जमीन पर नहीं पड़ते; वह मूसल से नगाड़े बजा रही है।

डॉक्टर की पढ़ाई पूरी होने में अभी डेढ़-दो साल की देर है, मगर डॉक्टर के पिताजी राजगंज में एक चिकित्सालय बनवाने की चिन्ता में अभी से पड़ गए हैं। जब-तब कागज-पेंसिल लेकर बैठ जाते हैं और नक्शा तैयार करने लगते हैं। दिव्या सामने पड़ गई, तो उसे रोककर बुला लेते हैं, और अगर उसकी राय जानना जरूरी हो गया, तो चीख-चीखकर चतुर्दिक हाँक लगाने से भी बाज नहीं आते।

आज फिर कागज-पेंसिल लेकर बैठते हैं डॉक्टर के पिताजी और एक नया नक्शा बनाने लग जाते हैं। काट-कूट शुरू हो जाती है कागज पर, और तब डॉक्टर की माताजी को हाँक लगाई जाती है। हाथ में पेंसिल लेकर कागज पर ध्यान लगाए पति को दूर से ही देख लेती है दिव्या और जल-भुन जाती है। पास आकर पूछती है, "क्या कह रहे थे?"

पति सिर उठाकर पत्नी को देखता है और फिर कहना शुरू करता है, "देखो, दिव्या, डॉक्टर के बैठने का कमरा..."

"मेरे सिर पर होगा," झनक पड़ती है दिव्या, "रोज-रोज एक ही किस्सा। अभी डॉक्टर आया भी नहीं है और अभी से चिन्ता सताने लगी कि डॉक्टर के बैठने का कमरा कहाँ होगा, रोगी कहाँ बैठेंगे, दवाखाना किधर बनेगा, रोगियों के टिकने के लिए कमरे किधर होंगे, उनके घरवाले नहाएँगे किधर और रसोई कहाँ बनाएँगे। इतना बड़ा घर है, कहीं भी बैठ जाएगा डॉक्टर। दरवाजे पर बेंच लगा दिये जाएँगे रोगियों के बैठने के लिए। किसी को टिकना होगा, तो पिछवाड़े के खपरैल में टिक जाएगा। उनके घरवाले नहाएँगे ठाकुरवाड़ी के कुएँ पर और खाना बनाएँगे हमारे पिछवाड़े में। डॉक्टर आएगा, तो खुद सोचेगा यह सब। अभी तो जिस बात की चिन्ता होनी चाहिए उधर ध्यान ही नहीं जा रहा है आपका।"

"किस बात की चिन्ता? किधर ध्यान नहीं जा रहा है मेरा?" शशांक काफी नरमी से पूछता है।

"टीपू अभी भी आपके लिए बच्चा ही है क्या? है आपको जरा भी चिन्ता कि उसकी शादी भी करनी है?" कहकर दिव्या वहीं बैठ जाती है। पति के आगे से कागज सरका देती है, हाथ से पेंसिल लेकर बगल में रख देती है और जोर देकर बोलती है, "बेटा कुँवारा तो नहीं रहेगा?"

"जब पूरा डॉक्टर बनकर आ जाएगा, तब होगी उसकी शादी। चिकित्सालय तो..."

"मैं क्या कल ही शादी कर देने को कह रही हूँ? साल गुजरते देर लगती है क्या? रिश्ता तय होते-होते तो साल लग ही जाएगा। बातचीत तो अब शुरू हो ही जानी चाहिए। अच्छे रिश्ते जब खोजो तब नहीं मिल जाते। अगर अच्छे खानदान की अच्छी लड़की

हमें मिल जाए, तो मंगनी हो सकती है अभी, ब्याह बाद में होगा।"

"कुछ सोचा भी है, कैसी बहू चाहिए?"

"इस घर में तो अब कोई बड़े घर की बेटी ही आएगी। डॉक्टर दामाद के लिए कौन बेटीवाला नहीं दौड़ेगा?"

"पैसा भी खूब देगा?"

"क्यों नहीं देगा? डॉक्टर दामाद पर तो कोई भी पैसा फेंकेगा।"

"अगर खूब पैसा मिले, तब हम यह नहीं देखेंगे कि लड़की कानी है या कुबड़ी; मना लेंगे टीपू को," फुसफुसाकर बोलता है शशांक।

दिव्या तीखी निगाहों से पति को घूरती है और फिर एकबारगी बमक उठती है, "वाह-वाह, कानी-कुबड़ी बहू ले आएँगे! मेरी बहू देखने में परी होगी, परी। हाँ, अगर बेटीवाला दान-दहेज में गहने-जेवर और माल असबाब देता है, तो आप उससे कहने नहीं लगेंगे, "लौटा लीजिए अपनी चीजें। मेरे घर में क्या नहीं है? सोने के थाली-गिलास हैं; चाँदी का पलँग है; और ऐसे गहने-जेवर तो हम अपनी नाइन-धोबिन को जब-तब दान करते ही रहते हैं," मुँह-हाथ चमकाते हुए बोलती है दिव्या।

शशांक मुस्कराते हुए सिर खुजलाता है, और फिर पूछता है, "बहू पढ़ी-लिखी होगी या नहीं? फायदा तो अनपढ़ बहू लाने में ही है।"

"डॉक्टर की बीवी अनपढ़ होगी?"

डॉक्टर की बीवी अगर तुम्हें ही फरमाना शुरू कर दे, "सास जी, जरा एक गिलास पानी पिलाइए...सास जी, जरा..."

"ऐसी बहू नहीं लाऊँगी मैं। बहू तो मैं ऐसी लाऊँगी जो एक टाँग पर खड़ी रहेगी मेरे लिए; सिर में तेल चुपड़ देगी, पीठ-पाँव दबा देगी, पानी भरकर स्नान करा देगी, और कोई अपना काम बगैर मेरी इजाजत के नहीं करेगी।"

"वाह-वाह, बहू आएगी, तो बस तुम्हारा ध्यान रखेगी। मैं गया भाड़ में।"

खूब जोर-जोर से हँसने लगती है दिव्या, और फिर हँसी रोककर कहती है, "नहीं-नहीं, ऐसा नहीं होगा। आपकी सेवा भी होगी। आपके लिए पानी गरम कर देगी, चाय बना-बनाकर पिलाती रहेगी, अच्छी-अच्छी चीजें पकाकर खिलाएगी। मैं हजार में एक चुन लूँगी—सुन्दर, सुशील, शिक्षित, सुघड़, समझदार..."

"चुनने में धोखा भी तो होता है।"

"धोखा कैसे होगा? मैं देख-सुनकर लाऊँगी बहू।"

"मेरे पिताजी भी तो हजार में एक चुनने गए थे; धोखा हुआ या नहीं?"

टीपू डॉक्टर बनकर घर आ जाता है। डॉक्टर टीपू अभी भी टीपू सरदार ही है अपने दोस्तों के बीच। समस्या किसी एक की हो या पूरे गाँव की, टीपू के पास इकट्ठे होते हैं सब और सलाह-मशवरा करते हैं।

आज भी एक समस्या पर सलाह-मशवरा होगा। टीपू के पास खत आया हुआ है घुटरा का।

घुटरा की पढ़ाई ज्यों-ज्यों भारी होती चली गई, घुटरा का बाप घटकों से बेटे पर बोली की रकम बढ़वाता चला गया। जब उसे विश्वास हो गया कि अब और बोली नहीं बढ़ सकती, तो उसने एक रिश्ता तय कर लिया। घुटरा को यह रिश्ता पसन्द नहीं था। उसने अपने दोस्तों से राय ली और अपने ही महाविद्यालय की एक छात्रा के साथ विवाह कर लिया। उस अवसर पर टीपू और कमुआ उपस्थित हुए थे। गाँव में घुटरा के बाप को जब यह पता चला, तो वह आग-बबूला हो गया और उसने बेटे को यह खबर भिजवा दी कि अब उसके लिए माँ-बाप के घर में कोई जगह नहीं है।

घुटरा ने खत लिखा है कि उसे सेना में नौकरी मिल गई है और एक महीने के अन्दर वह नौकरी पर चला जाएगा। अभी वह अपनी पत्नी को अपने साथ नहीं ले जा सकता। उसने पूछा है कि पत्नी को लेकर वह राजगंज आए या उसे मैके में छोड़कर ही नौकरी पर चला जाए।

बैठक रघुआ के घर पर होती है। टीपू, पिरथिया और कमुआ आ चुके हैं। यमुना गाँव में नहीं है; वह अपनी नई गद्दी खोलने सिलीगुड़ी गया हुआ है। और लोग आने ही वाले हैं।

रघुआ पूछ बैठता है कमुआ से, "सुना है कि आजकल तुम्हारी सौतेली माँ टोले-महल्ले में घूम-घूमकर तुम्हारा गुणगान करती रहती है और बहुत शान से कहती है कि मेरा बेटा मास्टर हो गया है?"

कमुआ धीरे से मुस्कराता है, तो तेज आवाज में कहता है रघुआ, "उसे सहारा देने की जरूरत नहीं है; तकलीफ भोगने दो उस औरत को।"

"अपने किये पर रोती है वह; बहुत पछताती है," कमुआ टीपू की ओर देखते हुए कहता है।

"तब भी उसे अलग ही रखो, रोने दो, पछताने दो," दृढ़ स्वर में कहता है रघुआ।

"पिताजी को दुख होगा," कुछ उदास स्वर में कहता है कमुआ रघुआ से।

"अगर रोती-पछताती है, तो उसे माफ कर दो, रघु," टीपू रघुआ से कहता है।

हाँ में सिर हिलाता है कमुआ।

इसी वक्त हरिया कमरे में घुसता है और टीपू हँसकर कहता है उससे, "क्यों रे हरिया, आज अग्रज ने किसी बात पर तुम्हारा कान पकड़ा या नहीं?"

सबके सब हँस पड़ते हैं और हँसी दबने पर हरिया सुनाता है, "हाँ, पकड़ ही लिया। पूरे गाँव में वे हल्ला कर आए हैं कि मैंने मधेपुरा में मकान बनाने के लिए जमीन ठीक कर ली है और जो मकान बनेगा उसका नाम रहेगा अग्रज-निवास। अभी आ रहा था, तो पकड़ लिया कान और कहा, 'सब काम हो रहा है, मगर तुमने अभी तक जमीन नहीं ली। जब मधेपुरा में ही वकालत करनी है तुम्हें, तो जल्दी से

जमीन लेकर मकान क्यों नहीं बनवाते?'"

"ठीक ही तो कान पकड़ा तुम्हारे अग्रज ने," बोलते हुए टीपू हँसता है, "अग्रज-निवास!...हा-हा-हा-हा...उनका नाम ही हो गया अग्रज।"

चुल्हवा आते ही अपने देर से आने का कारण बताने लगता है, "मुझे प्राचार्य ने रोक लिया था। नया-नया महाविद्यालय खुला है और मुझ पर बहुत सारा भार डाल दिया गया है। कुछ देर तो पिरथिया के यहाँ भी हो गई।"

"मेरे घर पर गए थे क्या?" पिरथिया बोल पड़ता है, "पिताजी ने तो बता ही दिया होगा मेरे बारे में।"

"देर कुछ और कारण से हुई," चुल्हवा टीपू की ओर मुँह करके कहता है, "मैं जिस वक्त इसके यहाँ पहुँचा, इसके दफ्तर का एक चपरासी साइकिल से आया। उसने मुझसे पूछा, 'पिरथी बाबू का यही घर है?' मैं जब तक जवाब देता तब तक तो इसके पिताजी बोल पड़े, 'बाबू पिरथीचन का?' उसने कहा, 'हाँ।' तब इसके पिताजी उसे सुनाने लगे, 'मकान तो बाबू पिरथीचन का यही है, मगर बाबू पिरथीचन घर में नहीं हैं। अभी बाबू पिरथीचन अपने दोस्तों के साथ कहीं होंगे। अगर आपको बाबू पिरथीचन से भेंट करनी है, तो आप शाम में आइए। बाबू पिरथीचन शाम तक आ जाएँगे। अगर कोई खबर है बाबू पिरथीचन के लिए, तो मुझे कह दीजिए, मैं बाबू पिरथीचन को कह दूँगा।' वह चपरासी कुछ देर तक तो भौचक देखता रहा उनकी ओर फिर बोला, 'अंचलाधिकारी साहब ने बाबू पिरथीचन को कल सुबह में ही बुलाया है।' इसके पिताजी ने कहा, 'ठीक है, मैं यह खबर बाबू पिरथीचन को दे दूँगा।' चपरासी कुछ इस तरह डर गया कि और कुछ कहे-सुने बगैर ही अपनी साइकिल पर सवार हुआ और तेजी से भागा।"

पिरथिया लजा जाता है, मगर और लोग अपनी हँसी रोक नहीं पाते।

दोस्तों के बीच बातचीत शुरू होती है, तो रघुआ के पिता हीरालाल बीच में कई बार झाँक जाते हैं और एक बार रुककर उनसे निवेदन कर बैठते हैं, "तुम लोगों से एक बात कहनी है मुझे। मेरे पड़ोसी गुरुचरण को समझाओ कि बच्चों को मार-मारकर पढ़ाया नहीं जाता है। वह रोज सुबह-शाम अपने बच्चों को धौल-पर-धौल जमाते हुए चिचिया-चिचियाकर कहता है, 'अरे, चिबिल्ले, पड़ोस के रघुआ को देख-देखकर भी तो पढ़ो।' मेरे कान तो भुथरे हो गए हैं यह सुनते-सुनते। रघुआ तो सरकारी नौकर ठहरा, दो-चार दिनों में सरकारी खेती कराने सबौर चला जाएगा, नहीं तो यहाँ रहने पर मैं उससे कहता कि रोज एक घंटा गुरुचरण के बच्चों को पढ़ा दिया करो। तुम लोग कुछ ऐसा करो कि गुरुचरण यह मार-पीट बन्द करे।"

कमुआ और चुल्हवा के आश्वासन के बाद हीरालाल जी झाँकना बिलकुल बन्द कर देते हैं।

घुटरा की समस्या पर देर तक बातें होती हैं। निर्णय यह लिया जाता है कि यह पूरी

मंडली उसके पिताजी के पास जाकर उन्हें तरह-तरह से समझाएँगे और बहू को स्वीकार कर लेने का आग्रह करेंगे। अगर इस पर भी वे नहीं मानते हैं, तो घुटरा एक सप्ताह के लिए अपनी पत्नी के साथ राजगंज आएगा और टीपू के घर में टिकेगा। अगर उसके पिताजी तब भी नहीं पिघलते हैं, तो साल-दो साल घुटरा की पत्नी अपने मैके में ही रहेगी और उसके बाद राजगंज में ही उसके लिए एक घर तैयार किया जाएगा। आज न कल, सास अपनी बहू को घर ले जाकर रहेगी, इस पर सबको पक्का विश्वास था।

दिव्या अपना उड़ा हुआ चेहरा लेकर चुपचाप पहुँचती है शशांक के पास और उसकी बगल में बैठकर चुप रह जाती है। शशांक अपने हाथ की किताब से नजर हटाकर एक बार उसे देख लेता है और फिर किताब के पन्ने पर नजर जमा देता है। जब देर तक दिव्या कुछ नहीं बोलती, तो उसे कुछ गड़बड़ की आशंका होती है और वह हाथ की किताब एक ओर रखकर पूछता है, "क्या बात है? कुछ कहना चाह रही हो?"

दिव्या धीरे से अपना सिर उठाती है और धीमी आवाज में पति से कहती है, "टीपू कहता है, शादी नहीं करूँगा।"

शशांक बिस्तर पर पालथी मारकर बैठता है और मुस्कराते हुए पूछता है, "क्या कहता है, शादी नहीं करूँगा?"

"हाँ," बहुत उदास स्वर में बोलती है दिव्या।

शशांक जोर से ठहाके लगाता है। दिव्या कुछ अचरज से पूछती है, "हँस क्यों रहे हैं?"

"सचमुच ऐसा कह रहा था?"

"तो मैं क्या झूठ बोल रही हूँ?"

शशांक इस बार और भी जोर से ठहाका मारता है। दिव्या बिगड़ उठती है, "धत, आपसे तो कुछ बोलना-बतियाना भी बेकार है। हमने इतनी लड़कियाँ देख लीं; कुछ की तो अभी तक तसवीरें भी नहीं लौटाई गई हैं। बेटा कह रहा है, शादी नहीं करूँगा; और आप ठहाके लगा रहे हैं। बाप का तो कोई लक्षण है ही नहीं आप में।"

शशांक तकिये की टेक लेता है और गम्भीर होकर बीवी से पूछता है, "तुम कहने क्या गई थी बेटे से?"

"मैं तो कहने गई थी," दिव्या सुनाती है, "कि 'बेटा, हम लोगों ने कुछ लड़कियाँ पसन्द की हैं; तुम उनमें से एक चुन लो।' मगर वह तो बिलकुल नकार बैठा, 'मुझे नहीं चुननी है कोई लड़की; शादी नहीं करनी है मुझे।'"

"तुमने बेटे को समझाया नहीं?"

"हाँ, समझाया," रुआँसी आवाज में जवाब देती है दिव्या, 'मैंने तो उससे ही पूछा कि तुम खुद बताओ कि अब पूरे गाँव में तुम्हारे जोड़ का कोई लड़का अनब्याहा बचा है क्या? तुम्हारे किस दोस्त की शादी नहीं हुई है? एक घुटरा बचा हुआ था। उसने भी जब देखा कि माँ-बाप शादी करने में देर लगा रहे हैं, तो खुद एक दुलहन अपने लिए

तलाश ली।' मगर टीपू तो कुछ सुनने के लिए तैयार ही नहीं है।"

"शादी नहीं करने का कोई कारण तो बताया होगा उसने? कारण नहीं पूछा तुमने?"

"हाँ, पूछा; पूछा मैंने," रोने-रोने को हो जाती है दिव्या, "तब वह बड़ी-बड़ी बातें करने लगा, "मैं परिवार के पचड़े में नहीं पड़ना चाहता हूँ। बाल-बच्चों का बोझ मैं नहीं उठा पाऊँगा। मैंने जीवन में सेवा का व्रत लिया है। उसमें खलल नहीं आने दूँगा।" ऐसी ही बातें सब।"

शशांक के मुँह से एक लम्बा 'हूँ' निकलता है; माथे पर बल पड़ते हैं; भौंहें सिकुड़ती हैं; और वह सिर हिला-हिलाकर बुदबुदाता है, "कहीं कुछ गड़बड़ है।"

"गड़बड़! कैसा गड़बड़?" भयभीत नजरों से निहारती है दिव्या अपने पति को।

शशांक एक चिन्तक की मुद्रा अख्तियार करता है और दिव्या से पूछता है, "अच्छा, यह बताओ कि आजकल वह कोई ऐसा पद-दोहा-गीत तो नहीं गुनगुनाता है जिसका मतलब हो...जैसे कि यह संसार कागज की पुड़िया...या यह संसार झाड़ और झाँखड़...या, कह गिरिधर कविराय चीज जो चारों पटके। सुत दारा धन धाम गए तिनके सब खटके...कुछ इसी तरह का...?"

"इस पर तो मैंने ध्यान नहीं दिया है; मगर, गुनगुनाने से क्या होता है?" सहमते हुए पूछती है दिव्या।

"यह तो हम पता नहीं लगा सकते कि विरक्ति-वैराग्य की कैसी-कैसी पुस्तकें वह कहाँ-कहाँ छिपाकर रखता है और कब चुपके-चुपके पढ़ता है, हम तो वही देखेंगे जो बाहर से हमें दिखाई पड़ेगा। अब यह जान लो कि अगर उसने यह संसार कागज की पुड़िया या झाड़-झाँखड़ शुरू कर दिया है, तो कोई ठीक नहीं कि किस दिन वह घर से लापता हो जाए।"

"घर से लापता!"

"हाँ-हाँ, मन में वैराग्य उपजता है, तो लोग ऐसे ही भागते हैं! जरा यह पता लगाओ कि उसके कमरे में कहीं चिमटा-कमंडल या बघछाला-मृगछाला तो नहीं है।"

"अभी पता लगाकर आती हूँ," दिव्या उठने-उठने को होती है कि शशांक उसे रोक देता है, "रुको, हड़बड़ाओ मत। इस तरह हड़बड़ाने से वह सावधान हो गया, तो कल की बजाय आज ही भाग जाएगा। यह याद करो कि उसे कभी किसी साधु-फकीर से बतियाते भी देखा है।"

"साधु!...फकीर!..." दिव्या मन में गुनने लगती है, और फिर परेशान लहजे में कहती है, "कोई गुपचुप बात होगी, तब तो साधु-फकीर भी रोगी के भेस में ही आया होगा। एक दाढ़ीवाले की याद जरूर आ रही है; उसे दो-तीन दिन दरवाजे पर 'डॉक्टर साहब डॉक्टर साहब' चिल्लाते देखा है।"

"बस, सावधान हो जाओ। वैरागी के घर छोड़ने का समय है आधी रात के बाद और पौ फटने से पहले। जगकर रहना पड़ेगा।"

"मैं अपनी खाट उसके कमरे के दरवाजे के आगे ही डाल देती हूँ।"

"हाँ, यही करना है; तुम्हारी नींद भी पतली है।"

"मगर इस तरह कब तक चलेगा?"

"जब तक उसकी शादी नहीं हो जाती।"

"शादी के बाद भी तो भाग सकता है?" दिव्या अपनी शंका जाहिर करती है।

"नहीं भागेगा।"

"यह कैसे कहते हैं?"

"मैं भागा था? बोलो, भागा था मैं?"

बेटे को हाँक लगाकर बुलाता है शशांक और उसके आ जाने पर कुछ तसवीरें उसके आगे फैला देता है, और फिर बहुत अक्खड़पन के साथ उससे कहता है, "ये मेरी पसन्द की लड़कियाँ हैं। इनमें से एक को तुम्हें चुन लेना है। मैं आधा घंटा का समय तुम्हें देता हूँ। उसके बाद मैं लड़की के पिता को मंगनी के लिए खबर कर दूँगा।"

किवाड़ की ओट से दिव्या प्रकट होती है, "आधा घंटा का समय बहुत कम होता है; दिन-भर का समय दीजिए। चिट्ठी आज की बजाय कल भी लिखी जा सकती है।"

"तुम बकबक करने क्यों चली आई?" शशांक पत्नी को डाँट देता है, "तुम्हें तो मना किया है इधर आने से। जाओ, अपना काम करो।"

"मैंने सुन लिया, तो चली आई। जाती हूँ," दिव्या जाते हुए कहती है और फिर रुककर यह भी जोड़ देती है, "अगर मेरी जरूरत पड़े, तो हाँक लगा दीजिएगा; मैं अपने कमरे में ही रहूँगी।"

दिव्या वहाँ से हटती है और शशांक रूखे स्वर में बेटे से कहता है, "दिन-भर का समय देना सम्भव नहीं है; मैं पाँच मिनट और बढ़ा सकता हूँ। पाँच तसवीरों को देखने में पाँच मिनट, मिलान करने में दस मिनट और निर्णय लेने में अधिक-से-अधिक दस मिनट। पन्द्रह मिनट का समय फालतू दिया गया है। अपना काम शुरू करो। नौ बजकर तेईस मिनट...तैंतिस सेकेंड, शुरू...

"माँ को भी दिखा दूँ?"

"मैंने देख ली हैं, बेटे," अचानक दरवाजे के सामने प्रकट होती है दिव्या, "तुम आँखें मूँदकर किसी भी एक को चुन सकते हो।" कहकर मुस्कराती है दिव्या, मगर तभी शशांक उसकी मुस्कराहट छीन लेता है, "तुम्हें बुलाया तो नहीं गया था? क्यों टपक पड़ी? जाओ अपने कमरे में...टीपू, किवाड़ लगा दो।"

किवाड़ लगाता है टीपू, और शशांक घड़ी देखकर बोलता है, "नौ बजकर छब्बीस मिनट...सत्ताईस सैकेंड, शुरू..."

टीपू तसवीरों पर एक निगाह डालता है और फिर पिता से कहता है, "पापा, मैं अपने कमरे में बैठकर..."

"यहाँ क्या हुआ है?" तेज आवाज में कहता है शशांक, "झील के किनारे और पहाड़ों पर जाने की जरूरत तो नहीं है इन तसवीरों को देखने के लिए।"

"जाने दीजिए न," खुली खिड़की से आवाज आती है, और फिर खिड़की पर दिव्या का चेहरा झलकता है, "बाप के सामने लाज आती होगी।"

शशांक क्रुद्ध नजरों से खिड़की की ओर देखता है और फिर खुद ही उठकर सटाक से खिड़की लगा देता है। बिस्तर पर बैठकर एक मिनट सुस्ताता है वह और फिर बेटे से कहता है, "लाज लग रही है, तो जाओ अपने ही कमरे में; समय का ध्यान रखना।"

"पन्द्रह मिनट..." हर कमरे तक पहुँचनेवाली आवाज में शशांक चिल्लाता है, और सोलह मिनट पूरा होते-होते दिव्या उसके कमरे में दाखिल होती है। उसके अन्दर घुसते ही शशांक पूछ बैठता है, "क्या बात है? तुम कहाँ आई हो? क्या है हाथ में?"

हाथ की तसवीर शशांक के सामने रखते हुए दिव्या कहती है," उसे यह लड़की पसन्द है। मैंने कह दिया, "ठीक है।"

"यह लड़की!" कहते हुए शशांक तसवीर अपने हाथ में लेता है, और फिर उस पर नजर डालते ही चिहुँक उठता है, "यह कौन लड़की है? यह तसवीर तो उन पाँचों में एक नहीं है।"

"हाँ, नहीं है," दिव्या ने हथेली-संचालन के जरिये पति को शान्ति बनाए रखने का अनुरोध करते हुए कहा, "यह तसवीर टीपू ने दी है। लड़की उसे पसन्द है, तो हम बेवकूफ तो नहीं हैं कि एतराज करें! मैंने कह दिया, 'ठीक है।'

"तुम कौन होती हो कहनेवाली?" मुँह चमकाकर कहता है शशांक, "कहना होगा, तो मैं कहूँगा। और, मैं हाँ नहीं कह सकता।"

"जिद मत कीजिए," फुसफुसाती है दिव्या, "बहुत मुश्किल से तैयार हुआ है वह शादी के लिए। इधर कई दिनों से मैं उसे खोया-खोया देख रही हूँ। कल तो मैंने उसे वह गीत भी गुनगुनाते सुन लिया, वही संसार कागज की पुड़िया और झाड़-झंखारवाला गीत।"

"मैं नहीं मानूँगा। उसने मुझे पहले कुछ क्यों नहीं बताया?"

"कैसे बताता?" दिव्या ने मुँह बिचकाकर कहा, "पहले तो इरादा ही नहीं था उसका शादी करने का। मैंने आज सुबह ही अपनी आँखों से देखा है उसे मृगछाला पर बैठकर ध्यान लगाते। दरवाजा बन्द था; किवाड़ की झिरी से देखा मैंने। आप मान जाइए, बिलकुल मान जाइए।"

"कैसे मान जाऊँ?" शशांक बिगड़ उठता है, "जिस लड़की को मैंने कभी देखा नहीं, जिसके बारे में कुछ जाना नहीं, उसे बहू बनाकर घर में ले आऊँ? तुम कह रही हो मान जाने के लिए?"

"तो फिर मत मानिए," दिव्या अपना आक्रोश जाहिर करती है, "मगर तब बेटे से हाथ धोना पड़ेगा। कल ही मैंने एक साधु को टीपू के साथ बतियाते देखा है। उसके

हाथ में दो-दो चिमटे; पास में दो-दो कमंडल, एक हाथ में और एक झोले में। दो क्यों? बताइए, दो क्यों?"

"मैं जानूँ भी नहीं कि लड़की कैसी है?" झल्लाकर बोलता है शशांक।

"जैसी भी हो," आहिस्ते से दाँत चबाकर कहती है दिव्या, "टीपू के मन में बस गई है, तो सब ठीक है। अगर यह लड़की घर में नहीं आई, तो किसी दूसरी को लाने पर राजी नहीं होगा वह, कभी राजी नहीं होगा...और तब आप समझिए कि क्या होगा। मुझ पर बहुत भरोसा मत रखिए! मुझसे रोज-रोज पहरेदारी नहीं होगी। आजकल मेरी नींद बहुत मोटी हो गई है। रात में टीपू दो बार अपने कमरे से बाहर निकला है, मेरी खाट भी दरवाजे के आगे से सरकाई है, मगर मेरी नींद नहीं टूटी। सब सोच लीजिए।"

"यह भी नहीं जानूँ कि लड़की कानी है या कुबड़ी?"

"आपकी अक्ल पर पत्थर तो नहीं पड़ा है? टीपू कानी-कुबड़ी को पसन्द कर लेगा? और, अगर कर लेगा, तो खुद भोगेगा। बुलाऊँ टीपू को?"

"तुम जाओ, मैं बुलाकर पूछ लेता हूँ।"

बेटा के अन्दर आते ही बाप प्रश्न दागता है, "यह किस लड़की की तसवीर है? तुम्हारे पास कैसे आई?"

बेटा वृत्तान्त सुनाता है, "यह लड़की एक बार पटना में सड़क पर दुर्घटनाग्रस्त हुई थी। मैं वहाँ मौजूद था और इसे अस्पताल ले गया था। यह वहीं के एक महिला महाविद्यालय में पढ़ती थी और छात्रावास में रहती थी। उसे खून चढ़ाने की जरूरत पड़ गई थी। मेरा खून उसके खून से मिल गया था और मैंने अपना खून दिया था। हालाँकि शाम तक उसके महाविद्यालय से ढेर सारे लोग उसकी देख-रेख के लिए पहुँच चुके थे और तीसरे दिन उसके घर के लोग भी आ गए थे, मगर तब भी जब तक वह अस्पताल में रही मैं रोज एक-आध बार उसे देख आया करता था। उसके पिताजी जाने से पहले मुझसे मिलने मेरे छात्रावास में भी आए थे। छह महीने बाद वे पुनः मेरे पास आए और इस बार उन्होंने अपनी उस लड़की की मेरे साथ शादी का प्रस्ताव रख दिया। मैंने उन्हें बता दिया कि पढ़ाई पूरी हो जाने के बाद ही मेरी शादी होगी और इसमें अन्तिम निर्णय मेरे पिताजी का होगा। एक पत्र उस लड़की का मुझे बहुत पहले मिला था जिसमें लिखा था...लिखा था कि वह जब भी शादी करेगी मुझसे ही करेगी। मैंने कोई जवाब नहीं दिया था उसकी चिट्ठी का। अपनी पिछली मुलाकात में उसके पिताजी ने मुझे यह तसवीर आपको दिखाने के लिए दी थी। जब शादी की चर्चा चली, तो मैंने उन्हें एक पत्र दे दिया। सम्भव है, वे दो-चार दिनों में यहाँ आ जाएँ।"

एक-गुरु-गम्भीर 'हूँ' निकलता है शशांक के मुँह से और वह बेटे से पूछता है, "तुम्हें यह लड़की पसन्द है?"

"हाँ, माँ ने पसन्द कर ली है," सिर झुकाए जवाब देता है टीपू।

"और अब मैं भी इसे पसन्द कर लूँ?"

"माँ से पूछ लीजिए," मुँह लटकाए ही बोलता है टीपू।

"ठीक है, तुम जाओ और अपनी माँ को..."

"हाँ-हाँ, पसन्द कर लीजिए," कमरे में घुसते हुए दिव्या बोलती है, "हर तरह से ठीक है लड़की; सुन्दर है, पढ़ी-लिखी है।"

"और भी कुछ है, सुशील, सुघड़, समझदार?" बिगड़ी आवाज में पूछ बैठता है शशांक।

"जरूर होगी," सिर हिलाकर कहती है दिव्या, "मैं पूछती हूँ टीपू से।"

'टीपू टीपू' चिल्लाते हुए दिव्या कमरे से बाहर निकलकर अपने कमरे की ओर बढ़ जाती है। माँ के पीछे-पीछे टीपू भी वहाँ जा पहुँचता है। बिस्तर पर बैठकर दिव्या बेटे पर एक तीखी निगाह डालती है और बदले हुए तेवर में चिल्लाकर पूछती है, "यह लड़की बहुत पढ़ी-लिखी है; आते-आते मुझे ही तो फरमाना शुरू नहीं कर देगी?—"सास जी, जरा एक गिलास पानी पिलाइए...सास जी यह कीजिए...सास जी, वह कर लीजिए..."

रूठने को हो जाता है बेटा और बहुत धीमी आवाज में माँ से कहता है, "तुम एक बार उस लड़की से मिल लो और सब पूछ लो।"

"मुझे इतनी फुरसत नहीं है अब," धीमी आवाज में ही दिव्या भी बोलती है, और फिर अचानक नगाड़े की तरह बजती है, "अच्छी बात है, सिर में तेल चुपड़ देगी, पाँव-पीठ दबा देगी, पानी भर देगी स्नान करने के लिए। और क्या-क्या करेगी वह?"

बेटा माँ को इस तरह देखता है जैसे कि कह रहा हो, "मैं क्या जानूँ!"

माँ चिचियाती है, "यह तो सात बार सुन लिया कि बहू सास पर जान छिड़केगी, मगर ससुर...ससुर क्या भाड़ में गया?"

बेटा दाँत पीसते हुए गुर्राकर देखता है माँ की ओर, बोलता कुछ नहीं। जोर-जोर से बोलने लगती है दिव्या, "तब ठीक है! अगर बहू ससुर के लिए भी पानी गरम कर दिया करेगी, चाय बना-बनाकर पिलाती रहेगी, अच्छी-अच्छी चीजें पकाकर खिलाएगी, तब तो यह लड़की मुझे बिलकुल पसन्द है।"

इतना बोलकर माँ बेटे को इशारे से बिलकुल अपने पास बुलाती है और फुसफुसाकर कहती है, "यह तो बता दो कि बड़े घर की बेटी दान-दहेज में क्या-क्या लाएगी?"

इस बार जोर-जोर से बेटा बोलने लगता है, "मैं क्या जानूँ, दान-दहेज में क्या-क्या लाएगी? दान-दहेज के बारे में तो मैंने..."

'दिव्या!' पति की एक लम्बी आवाज उसके कानों से टकराती है, और वह बिस्तर से उठकर हाथ चमका-चमकाकर चिल्लाते हुए बोलती है, "सुन लो, अगर दान-दहेज में गहने-जेवर और माल-असबाब मिलते भी हैं, तो सब लौटा देना है और लड़कीवाले से यह भी कह देना है, "हमारे घर में क्या नहीं है? सोने के थाली-गिलास

हैं, चाँदी के पलँग हैं, और ऐसे गहने-जेवर तो हम अपनी नाइन-धोबिन को जब-तब दान करते ही रहते हैं। ले जाइए अपनी सारी चीजें।"

बहू क्या आई, आफत आ गई घर में!

शशांक 'दिव्या-दिव्या' पुकारते हुए अन्दर आता है, तो दिव्या 'क्या बात है?' नहीं कहती, चढ़े मिजाज से बोलती है वह, "इधर आइए," और अपने कमरे की ओर बढ़ जाती है। शशांक कुछ-कुछ हक्का-बक्का उसके पीछे-पीछे उसके कमरे में जाता है। कमरे में पहुँचते ही दिव्या उलटकर लाल-लाल आँखें दिखाते हुए कहती है, "सुन लीजिए, आज से 'दिव्या-दिव्या की रट लगाना छोड़िए। एक तो आपका बेटा दिन-भर 'अन्नू-अन्नू' करता रहता है, और उसकी बराबरी में आप 'दिव्या-दिव्या' चिल्लाते रहते हैं। अब बेटा-पतोहू के घर में यह सुनना मुझे अच्छा नहीं लगता है।"

"तो फिर..." कुछ हतप्रभ होता है शशांक, "कभी तुम्हें पुकारना हुआ, किसी काम से बुलाना हुआ, तो कैसे बुलाऊँगा मैं?"

"जैसे और लोग और घरों में बुलाते हैं," झनककर बोलती है दिव्या।

"लोगों को तो देखता हूँ बोलते हुए, 'पुरैनीवाली...सिरसियावाली...चनरही वाली...'"

"नहीं, 'कलासनवाली' कहने की भी जरूरत नहीं है। मान लीजिए, आप घर में आते हैं और आपको मुझे बुलाना है," समझाकर कहने लगती है दिव्या, "तो आप बोलिए, 'घर में हो क्या? जरा सुनना...सुनती हो, जी?...देख नहीं रहा हूँ; कहीं चली गई हो क्या?'...इसी तरह..."

"सामने नहीं पाऊँगा, तो ऐसा बोल लूँगा; मगर जब सामने रहोगी, तो मुँह से निकल ही जाया करेगा, 'दिव्या...हाँ, दिव्या...नहीं, दिव्या..."

"तो फिर मुँह से निकालिए, "टीपू की माँ।" आप झूठ-मूठ भी 'दिव्या-दिव्या' करते रहते हैं। 'दिव्या' कहने पर अब मैं बिलकुल नहीं सुनूँगी। आपको लाज नहीं आती, मगर मुझे लाज आती है।"

कहकर दिव्या जाती है। शशांक भूल जाता है कि वह क्या कहने आया था। वह खड़ा-खड़ा कुछ देर तक बुदबुदाता है, "टीपू की माँ, टीपू की माँ, दिव्या नहीं, टीपू की माँ...," और फिर मुँह बिचकाकर वापस दरवाजे की तरफ बढ़ जाता है।

तेवर चढ़ाए 'सुनिए जी' कहकर दिव्या टीपू के बाबू को अपने पीछे आने का आदेश देकर अपने कमरे में रुकती है और पलटकर टीपू के बाबू से कहती है, "अब आप घर में चहकना, किलकना और दौड़ लगाना बन्द कीजिए। घर में पतोहू आ गई है, तो अब एक ससुर की तरह रहना सीखिए आप।"

"वह कष्ट तो मैं भोग ही रहा हूँ," झल्ला पड़ता है शशांक, "अब और कौन-सा कष्ट देना चाहती हो?"

"आप धड़धड़ाते हुए जो घर-आँगन में चले आते हैं, वह ठीक नहीं है," दिव्या पति को बतलाती है, "यह क्यों भूल जाते हैं कि अब घर में बहू आ गई है! घर-आँगन में औरत जैसे-तैसे रहती है। मैं अकेली थी, तब बात और थी। अब यह ठीक नहीं रहेगा। जब भी अन्दर आइए, खाँस-खखारकर आइए।"

"खाँस-खखारकर आऊँ!" कुछ चिन्तित स्वर में बुदबुदाता है शशांक, और फिर पत्नी से कहता है, "जबरदस्ती खाँस पाऊँगा मैं? यह आदत तो..."

"आदत लगाने से लगती है। आदमी जन्म लेते ही ससुर नहीं बन जाता," फटकार देती है।

"आदत लगाऊँगा," शशांक कुछ उदास स्वर में कहता है, "मगर, लगता है, मैं अक्सर खाँसना भूल जाया करूँगा।"

"तब एक काम कीजिए," पत्नी समस्या का दूसरा हल सुझाती है, "आप घर में खड़ाऊँ पहनिए। उसकी खटखट से भी काम चल जाएगा।"

"खड़ाऊँ बूढ़े पहनते हैं; मैं अभी बूढ़ा नहीं हुआ हूँ। खाँसकर ही आया करूँगा," कहकर शशांक अपने कमरे में चला जाता है। देर तक वह कमरे में जबरदस्ती खाँसने-खखारने का अभ्यास करता है, मगर हर बार उसे अपनी ही खाँसी काफी विचित्र लगती है। कभी तो गले से मामूली-सा घर्राटा निकलता है और कभी उसी गले से गलाफाड़ गुर्राहट। वहाँ से उठकर वह फिर पत्नी से मिलता है और उससे कह देता है, "दिव्या... इश्श्श टीपू की माँ, मैं खड़ाऊँ ही ले आता हूँ।"

दिव्या जरा देर लगा देती थी। यह बहू तो बड़ी अच्छी मिल गई कि सुबह-सुबह नित्य-क्रिया से निवृत्त हुआ नहीं कि गरम-गरम चाय सामने हाजिर हो गई। मिजाज तर हो जाता है ससुर का और चाय की घूँट लेते हुए वह बहू को असीसने लगता है।

घंटा नहीं बीतता कि बहू पूछने चली आती है, "चाय बना दूँ, बाबूजी?"

"चाय!" चौंक पड़ता है शशांक, कहीं दिव्या ने इसे कह तो नहीं दिया है कि 'तुम्हारे ससुर को तो हर घंटे चाय की तलब होती है। तुमसे सपरे, तो बना दिया करना। मैं तो इस आदमी से तंग आ गई हूँ। तुम भी ठीक से सोच लो, एक दिन की बात नहीं है।'

घबराहट तो ऐसी होती है कि मुँह से ना भी निकल सकता था, "नहीं-नहीं, मैं इतनी चाय नहीं पीता हूँ;" मगर सौभाग्य रहा कि हाँ निकल गई, "हाँ, पी लूँगा।" दिव्या भला क्यों कुछ कहने जाएगी! इसके घर में भी होगा कोई घंटा-घंटा चाय पीनेवाला जिसके लिए बनाती होगी यह चाय या फिर शहर में रहने से इसे भी लग

गई होगी आदत घंटा-घंटा चाय सुड़कने की। मगर यह ठीक नहीं रहेगा। कब तक सपरेगा इससे? किसी भी दिन सुनने को मिल सकता है, "मुझसे नहीं सपरेगा घंटा-घंटा चाय बनाना; जिसे तलब लगती हो, जाकर बाजार में पी लिया करे।"

"पानी गरम हो गया," दिव्या कमरे में आकर सूचना देती है।"

"किसलिए? "कुछ अचरज से पूछता है शशांक।

"नहाने के लिए, और किसलिए!" दिव्या जवाब दे देती है।

"किसने कहा पानी गरम करने के लिए?" बमक उठता है शशांक, "अभी इस जाड़े में..."

पूरा बोल भी नहीं पाता है वह। एक दबी खिलखिलाहट उसके कानों में पड़ जाती है। जो औरत सामने खड़ी है उसका मुख-द्वार तो बन्द है, तब फिर यह खिलखिलाहट...? सिटपिटा जाता है वह, कहीं सास ने बहू को सुना तो नहीं दिया है, "इस आदमी को गर्मी में भी पानी काटने दौड़ता है। जाड़े में तो बिना गरम पानी के स्नान कर ही नहीं सकता। मैं तो अब इस मर्द को स्नान करने के लिए भी नहीं कहती। बहुत पहले ही भगवान शिव के आगे हाथ जोड़कर प्रतिज्ञा कर ली थी मैंने—इस मर्द ने करवा ली थी मुझसे प्रतिज्ञा—कि कभी किसी भले आदमी को स्नान करने के लिए नहीं कहूँगी मैं। तुमसे सपरे, तो कर दिया करो पानी गरम, नहीं तो फिर तुम भी बैठो चुपचाप।"

ऐसा नहीं कहा होगा दिव्या ने। जाड़े में तो लोग गरम पानी से नहाते ही हैं। बहू के घर में भी कोई करवाता होगा पानी गरम। बहू तो समझदार है कि उसे यह सब कहने-समझाने की भी जरूरत नहीं पड़ी। मगर इस जाड़े में...? पानी गरम होने से क्या होता है!...दिव्या तो रजाई तक लेकर खड़ी रहती थी कि गरम पानी से निकलूँ और सीधे रजाई में घुस जाऊँ। अब यह सब हो सकेगा। मगर स्नान तो अब करना ही पड़ेगा, बारहों महीने, तीसों दिन, जाड़े में भी नहीं तो, कोई ठीक नहीं, किस दिन सुनने को मिल जाए, "अरे बाप, मेरे सिर में जूँ! मैं आई थी, तो एक भी जूँ नहीं थी; यह किधर से उड़कर पड़ गई मेरे सिर में!...और कहाँ से आई होगी! जो आदमी नहाए-धोए ही नहीं, तो उसके सिर में...माँ जी, कोई बदबू आ रही है...उधर से...मुझसे तो बरदाश्त नहीं हो रही है। बाबूजी के कमरे में कोई चूहा तो नहीं मर गया है?..."

शशांक शाम में कहीं बाहर से आता है, तो कमरे में घुसते ही उसकी नजर तिपाई पर रखे मर्तबान पर जाती है। आगे बढ़कर वह मर्तबान का ढक्कन खोलता है, तो चेहरा चमचमा उठता है—गोंद के लड्डू...गमगम!...मुँह तक भरा!...जल्दी से वह एक लड्डू मुखस्थ करता है, मगर तभी कुछ कौंधता है उसके दिमाग में; अपने-आप से प्रश्न पूछता है वह, "मर्तबान यहाँ कैसे? यहाँ क्यों?..."

मुँह का स्वाद बिगड़ता है जरूर, मगर तब भी लड्डू गोंद का है। एक और लड्डू खा लेने के बाद वह टीपू की माँ को हाँक लगाकर बुलाता है। दिव्या आती है, तो पहले तो वह कमरे का दरवाजा बन्द करता है और फिर भृकुटी तानकर बीवी से सवाल पूछता है, "ये लड्डू किसने बनाए हैं?"

"बहू ने।"

"मर्तबान यहाँ किसने रखा?"

"बहू ने।"

"आदेश किसका था?"

"आदेश!" बुदबुदाती है दिव्या, और फिर कहती है, "अपने मन से रखा होगा उसने।"

"झूठ! झूठ!" चिचिया उठता है शशांक, "अवश्य तुमने कहा होगा उससे। तुमने कहा होगा," मुँह चमका-चमकाकर कहने लगता है शशांक, "बहू, तुम्हारा ससुर तो बड़ा ही जिभला है। घर में कोई मीठी चीज हो खाने की, तो मक्खी की तरह दौड़ता है उस पर। आधी-आधी रात में वह चोर की तरह इस कमरे से उस कमरे में जाता है, बन्द कमरों को खोलकर देख लेता है, बन्द बक्से के ताला एक चाभी से नहीं खुलता, तो दूसरी-तीसरी चाभी ताला में घुमाता है, और जब तक छिपाकर रखे गए लड्डू-पेड़े ढूँढ़ नहीं लेता, ढूँढ़कर दो-चार गपक नहीं लेता, तब तक फिर से बिस्तर पर नहीं जाता। लड्डू का मर्तबान उस जिभले के कमरे में ही रख दो।"

"मैंने कुछ नहीं कहा है।"

"जरूर कहा है। तुम्हारी आदत है इस तरह कहने की। तुम्हारी इस आदत के कारण आज तक ससुराल में मेरी खिल्ली उड़ाई जाती है। और अब तुम मेरे ही घर में मेरी फजीहत कराने चली हो।"

"मैं कह रही हूँ कि मैंने कुछ नहीं कहा है।"

"तब कैसे आ गया मर्तबान मेरे कमरे में? बहू गोंद के लड्डू बनाए और एक मर्तबान पूरा-का-पूरा भरकर ससुर के कमरे में रख जाए, ऐसा कहीं देखा है? सुना है कभी?"

"मैं क्या जानती थी कि ऐसी बहू मेरे ही घर आएगी!" कहकर दिव्या किवाड़ की तरफ बढ़ जाती है और सिटकिनी खोलने लगती है।

"सुनो," शशांक नरमी से कहता है।

"क्या?" झनककर बोलती है दिव्या।

"बहू को गुलाबजामुन बनाने भी आता है?"

"मैं क्या जानूँ!"

"एक बार पूछना," कहते हुए शशांक पत्नी के निकट जाता है, "एक बार कहना उसे बनाने के लिए। मगर इस तरह कहना, 'बहू, आज मेरी इच्छा गुलाबजामुन

खाने की हो रही है। बनाना जानती हो, तो बनाओ। तुम्हारे ससुर का मन मिठाई पर तो नहीं जाता, मगर तुम अपने हाथ से बनाकर दोगी, तो वे भी जरूर पसन्द करेंगे।' इसी तरह कहना...कहना...बोलो, क्या कहोगी?"

"कहूँगी, 'बहू, गुलाबजामुन बना दो आज। यह फरमाइश तुम्हारे जिभला ससुर...'

"नहीं, नहीं, नहीं, नहीं," बच्चे की तरह दोनों पैर पटकने लगता है शशांक। दिव्या दरवाजा खोलकर हँसते हुए बाहर निकल जाती है।

बहू उसके कमरे में घुसने लगी है। आगे भी कभी झाड़ू देने के बहाने, कभी मेज साफ करने, कभी बिस्तर की चादर बदलने और कभी किसी और काम से आती रहेगी। शशांक चौकस हो जाता है, यह कमरा एक भले आदमी का, एक भले ससुर का लगता है या नहीं?

सूक्ष्मदर्शी निगाहों से वह अपने कमरे का मुआयना करता है। अचानक उसका दम सूख जाता है, बहू की नजर इस तसवीर पर तो नहीं पड़ गई है! पिछले बीस बरसों से यह तसवीर उसके पास है, षोडशी अँगड़ाई लेती हुई। देख ली होगी बहू ने, तो क्या सोचा होगा मन में? जिस आदमी के घर में जवान बेटा-पतोहू हो, वह आदमी ऐसी तसवीर नजर के सामने टाँगकर रखेगा! हे राम! जल्दी से वह तसवीर दीवार से उतार लेता है और अपने बक्से में डाल देता है। कभी देखने की इच्छा होगी, तो बन्द कमरे में बक्से से निकालकर देख लिया करेगा, मगर अभी तो बक्से में बन्द ही रहेगी यह षोडशी। किसी हसीना की तसवीर नहीं रहेगी अब उसके कमरे में; उनकी जगह देवी-देवताओं के चित्र टँगेंगे—यह निर्णय लेकर आज ही कुछ नई तसवीरों का जुगाड़ कर लेने को सोच लेता है वह।

पढ़ी-लिखी बहू घर में आ गई है, यह खयाल आते ही वह अपनी किताबों की ओर दौड़ पड़ता है। जल्दी-जल्दी किताबें उलटने लगता है वह...रामायण...महाभारत... शिवपुराण...गरुड़पुराण...वात्स्यायन—अरे बाप!—काम-सूत्र? बक्से में, बक्से में...कबीर की साखियाँ...रहीम के दोहे...रामतीर्थ सन्देश...तानाशाहों के प्रेम-पत्र...प्रेम-पत्र? यह भी बक्से में...राजस्थान का इतिहास...गोदान...मैला आँचल...श्री गीत-गोविन्दम्...यह?... धीरसमीरे यमुनातीरे वसति वने वनमाली। गोपीपीनपयोधरमर्दनचंचलकरयुगशाली... गोपियों के पुष्ट स्तनों के मलने में चंचल...इश्श्श...विगलितवसनं परिहृतरशनं घटय जघनमपिधानम्...नहीं-नहीं, इसे भी बक्से में ही जाना होगा...

एक भले ससुर के कमरे में नहीं रहनेवाली किताबें ससुर बक्से में तड़ातड़ डाल देता है, और फिर कमरे में निगाहें दौड़ाते हुए सोचने लगता है, "और कुछ? और क्या-क्या?..."

पूरा इलाका अब नाम जपने लगा है टीपू डॉक्टर का। वह डॉक्टर नहीं, देवता है।

राजगंज तो ऐंठता है, इतराता है।

एक बहू अपनी सास से पूछती है, "माँ जी, मुन्ना को लेकर आप यशोदिया की दादी के घर गई थीं?"

"हाँ, गई तो थी," सास जवाब देती है, "क्यों, क्या हुआ?"

"भला क्यों गई थीं मुन्ना को लेकर?" सब जानते हैं कि वह बुढ़िया डाइन है। आपको नहीं मालूम?"

"है, तो रहने दो," सास ऐंठकर जवाब देती है, "टीपू डॉक्टर गाँव में रहे, तो फिर सौ डाइन रहें इस गाँव में, मैं परवाह नहीं करती।"

"बोल देता हूँ," जवाँमर्द अपनी जवान बीवी पर गुर्राता है, "अब कभी उस राघोपुरवाले लौंडे का नाम भी अपनी जबान पर मत लाना। इसे अपना सौभाग्य मानो कि उस लौंडे की बजाय मेरे साथ शादी हो गई तुम्हारी और तू राजगंज पहुँच गई। बाप के घर से जो रोग लेकर निकली थी, उसका इलाज तो राघोपुरवाला वह लौंडा इस जनम में नहीं करा पाता, गाय-भैंस और डीह बेचकर भी नहीं। करम कूटती उसके घर और रो-रोकर मर जाती। राघोपुर में भी कोई टीपू डॉक्टर है क्या? एक बकरा बेचा और इलाज हो गया तुम्हारा। खबरदार, बोल देता हूँ..."

एक बूढ़ा अपनी बुढ़िया पर बिगड़ जाता है, "मैं जो कह चुका हूँ बनाने के लिए वही आज खाऊँगा। जीभ चल गई है, तो अब मैं उसे दबाऊँगा नहीं।"

बुढ़िया भी गुस्से से नाच उठती है, "मैं नहीं दूँगी वह सब खाने को। बिस्तर पर पड़ते हो, तो मुझे गू-मूत करना पड़ता है।"

"देखो, रगड़ा मत करो," अपनी गर्मी बरकरार रखते हुए बूढ़ा जवाब देता है, "तुम्हें अब कुछ नहीं करना पड़ेगा। अगर धुआँ-डकार हुआ, तो ले लूँगा एक-आध टिकिया टीपू डॉक्टर से।"

किसी और गाँव में रात गुजारकर टीपू घर आता है और माँ के पास जाकर कहता है; "माँ, मुझे दोष मत देना।"

"किस बात का दोष, रे टीपू?"

"अभी मैं लक्ष्मीपुर से आ रहा हूँ। रात-भर एक बच्चे के पास रुकना पड़ा। बहुत गम्भीर थी उसकी हालत। मगर ईश्वर ने उसे बचा लिया। जब मैं वहाँ से चलने लगा, तो उस बच्चे के पिता ने मेरे हाथ में एक हजार रुपये रख दिये।"

"एक हजार!"

"हाँ, माँ, मैंने लेने से इनकार किया और कहा कि मैं अधिक-से-अधिक एक सौ रुपये ले सकता हूँ। मगर वे जिद कर बैठे। बच्चे की माँ आ गई, दादी आ गई; मैं लाचार हो गया, माँ।"

"एक हजार तो बड़ी रकम होती है, बेटा।"

उनके लिए यह रकम बड़ी नहीं है। वे बड़े लोग हैं; दो-दो ट्रैक्टर देखे मैंने दरवाजे पर!"

"तब रहने दो; गरीबों के काम आ जाएगी यह रकम।"

माँ आसरा देखती है बेटे का और उसके घर आते ही सुनाती है, "रे टीपू, मुझे दोष मत देना।"

"क्या हुआ, माँ?"

"गाय पर तो नजर पड़ी ही होगी; एक आदमी जबरदस्ती बाँधकर चला गया है।"

"जबरदस्ती! कौन आदमी था?"

"एक साल पहले उसने अपना इलाज करवाया था तुमसे। उस वक्त उसके पास पैसे नहीं थे और कोई भारी बीमारी थी। दवा का खर्च भी तुमने ही उठाया था। कहने लगा, "माँ जी, जान की कीमत तो कोई कहाँ से देगा, मगर दवा की कीमत तो मुझे देनी ही थी। एक साल से मुझे नींद नहीं आ रही थी। अब एक साल बाद पैसे देना अच्छा नहीं लगा। यह गाय बिया गई, तो सोचा, गाय ही दे दूँ। आज से चैन की नींद सोऊँगा।"

"मेरे सौ-दो सौ खर्च हुए होंगे उसके इलाज में; यह गाय तो छह-सात सौ से कम की नहीं होगी।"

"यह तो मैंने भी कहा उस आदमी से। मैंने तो कहा कि 'तुम गाय बेचकर दवा की कीमत-भर चुका दो।' मगर वह आदमी तो हाथ जोड़कर खड़ा हो गया, और कहने लगा, 'इस गाय का दूध तो अब आप लोगों को ही पीना पड़ेगा।'

शशांक खड़ाऊँ खटखटाते हुए अन्दर आता है और टीपू की माँ को बुलाकर कहता है, "एक अजीब आदमी दरवाजे पर धरना देकर बैठ गया है।"

"किस बात के लिए?" पूछती है दिव्या।

"उसकी बेटी की परसों शादी होनेवाली है; कहता है, "कन्या-दान आप लोगों को ही करना पड़ेगा।"

"हम करेंगे कन्या-दान!" बड़बड़ाती है दिव्या, "हम कैसे करेंगे?"

"इस सवाल का बस एक जवाब देता है वह कि टीपू ने कभी उसकी बेटी की जान बचाई थी और आज से बहुत पहले ही उन्होंने यह निर्णय ले लिया था कि वे उसका कन्या-दान हमसे ही करवाएँगे।"

"जब इतने अच्छे मन से कह रहा है, तो मान लीजिए उसकी बात। हमें तो बेटी है भी नहीं! कन्या-दान का तो भारी पुण्य मिलता है।"

"तो हाँ कह दूँ?"

"हाँ तो कह ही दीजिए, मगर केवल हाँ कह देने से ही कन्या-दान नहीं हो जाएगा। दान में बहुत कुछ देना भी पड़ता है।"

"सारी चीजें उसने खरीद ली हैं; हमें कुछ नहीं खरीदनी है।"

"वाह-वाह, यह कैसे होगा। कुछ तो दान करना ही पड़ेगा हमें अपनी ओर से। बेटी जाएगी, और बाप खाली हाथ भेज देगा?..."

सुबह-सुबह टीपू माँ को सुनाता है, "माँ, रात में तो मैं बच गया; डाकुओं ने घेर लिया था मुझे।"

"डाकुओं ने!" घबरा जाती है दिव्या, "कहाँ?"

"रात में एक रोगी को देखने मैं मधुकरचक गया था। एक बजे रात में मुझे फुरसत मिली। लौटूँ तो कैसे; मोटर साइकिल खराब हो गई। गाँववालों ने रुक जाने को कहा, मगर मेरा लौटना जरूरी था। यहाँ भी एक रोगी की हालत अच्छी नहीं थी रात में। घरवाले ने एक बैलगाड़ी का प्रबन्ध कर दिया और दो आदमियों को भी मेरे साथ लगा दिया। जब मैं गमैल आ गया और सोचा कि अब मैं अकेले जा सकता हूँ, तो उन लोगों को कह सुनकर गाड़ी लौटा दी। मैंने अभी गमैल पार किया ही था कि पीछे से आवाज आई, 'रुक जाओ;' और फिर दो आदमी मेरे सामने आ खड़े हुए। मैं डर गया। एक के हाथ में एक लम्बा चाकू था और दूसरे के हाथ में एक पिस्तौल। मैं समझ गया कि ये डाकू हैं, और तुरन्त उनसे कहा, "भैया, मेरे पास जो कुछ है मैं दे देता हूँ; आप चाकू मत चलाइएगा।"

"इतना कहकर मैं कमीज और पतलून की जेब से पैसे निकालने लगा, घड़ी और अँगूठी खोली। तभी क्या देखता हूँ कि एक डाकू दूसरे का हाथ पकड़कर तीन-चार गज दूर चला जाता है और उसके कान में कुछ फुसफुसाता है। फिर दोनों डाकू मेरे सामने आते हैं और उनमें से एक मुझसे नकियाकर पूछता है, 'आप हम लोंगों कों पंहचांनतें हैं?' मैं सचमुच डर गया, माँ, कि ये तो गमैल के भुतहा गाछ के भूत लगते हैं। मैंने जल्दी से कहा, 'नहीं, भैया, मैं तो नहीं पहचानता हूँ।' तब वह डाकू बोला, 'नहीं पंहचांनतें हैं, तों ठींक हैं; अंगर पंहचांनतें हैं, तो कंहीं बोंलिंएगां नहीं। चंलिएँ, आंपकों रांजगंज तंक पहुँचां देंतें हैं।' मैंने एक बार उनसे कहा जरूर कि मैं अकेले चला जाऊँगा, मगर जोर नहीं दिया कि वे कहीं बुरा न मान जाएँ। समझ लो, मैं कैसे आया, आगे-आगे मैं, पीछे-पीछे भूत। जब हम धोबी टोला के करीब आ गए, तो एक डाकू बोला, 'अंब हमलोंग लौंटतें हैं, मंगर सुन लींजिंए, डांक्टर सांहब, इंस तंरह रांत-बिरांत मत चंलिंएँ; चोंर-डांकूं कां जंमानां हैं' पता नहीं, माँ, वे कौन लोग, किस गाँव के थे। हो सकता है, भूत ही हों।"

किस्सा सुनाकर टीपू मुस्कराने लगता है और माँ देर तक उसे निहारती रह जाती है। टीपू झकझोरकर माँ का ध्यान तोड़ता है और माँ उससे कहती है, "भूत हों या

डाकू, बात तो सच ही कह रहे थे कि चोर-डाकू का जमाना है। अब अकेले रात-बिरात तुम मत निकला करो, टीपू।"

टीपू की माँ तो एक महोत्सव में व्यस्त हो गई है। रोज त्योहार, एक दिन भी खाली नहीं। सुबह से रात तक रोगियों की ही चिन्ता-फिक्र, उनके लिए यह—वह व्यवस्था। दिन में कई-कई बार दौड़-दौड़ जाती रहती है पिछवाड़े। वहाँ रोगियों के टिकने के लिए ढेर सारे कमरे बना दिये गए हैं। उनके घरवालों के लिए भी व्यवस्था कर दी गई है। किसी को भी ठाकुरवाड़ी के कुएँ पर नहाने के लिए जाना नहीं पड़ता। पूरा इलाका ही अब माँ जी को पहचानने लगा है। अक्सर वह रोगियों के साथ आई औरतों से घिरी रहती है। निहाल हो उठती है वह उनकी बातें सुन-सुनकर, और देवी-देवताओं को सुमिरने लगती है, "मेरी उमर लग जाए मेरे टीपू को।"

सब कुछ पा लेता है शशांक, सब कुछ।

आज फिर से निकलता है वह बिकुआ के साथ राजगंज की हाट में पैसे चुनने और वहाँ से लौटते हुए सुनाता है उसे, "क्यों, रे बिकुआ, कैसा नसीब है तेरा कि किसी एक दिन भी एक-आध सिक्का नहीं मिला तुम्हें! देखो तो मेरा नसीब, आज भी पैसों से जेब भर गई मेरी।"

कि कि क आज कौए के बच्चे को गुड्डी की तरह उड़ा रहा है शशांक, और पास आए गुलबा पर नजर पड़ते ही उससे कह बैठता है, "तुम्हारे नसीब में यह सुख है ही नहीं, तो मैं क्या करूँ! तू कदम्ब पर चढ़ा और कौए ने तुम्हारे सिर में चोंच गड़ा दी। देखो, मैं उतार लाया इसे। मगर, अलग से ही देख लो; छूने नहीं दूँगा मैं। तू छू भी देगा, तो यह कौआ उड़ना बन्द कर देगा और बीमार होकर मर जाएगा।"

आज दूसरे सारे बच्चे साहू पोखर के किनारे बैठकर उसे ललचाई नजरों से देख रहे हैं, तो वह क्या करे! उसे तैरना आता है, तो वह पोखर में छलाँग लगाएगा ही, तैरकर जाठ तक जाएगा, चढ़ जाएगा जाठ के ऊपर, और वहाँ से कूदेगा हाथी-डुबाव पानी में।

हाथी पर चढ़कर आज आया है वह गेंद खेलने, और मैदान में गोल-पर-गोल किये जा रहा है। विरोधी दल के समर्थकों की चीखें लगातार उसके कानों में पड़ रही हैं, "लगे रहो शशंकवा पर...उसे मत छोड़ना...यह साला बहुत खतरनाक है...वह गेंद पकड़ने नहीं पाए...पकड़ लिया, तो फिर गोल दागकर ही गेंद छोड़ेगा साला..."

बचपन का एक सपना आज फिर आता है उसके पास हवा में तैर रहा है वह! आज भी यह सपना ही है क्या? मगर यह क्या!—सपना टूटता है और तब भी वह पाता है, हवा में तैर रहा है वह।

आज नत्थन के घर के पास बच्चों को चुप करानेवाला वह बूढ़ा नहीं है। आज तो

उसके घर के ओसारे पर शशांक बैठा हुआ है। लोग अपने-अपने रोते हुए बच्चों को लेकर आते हैं और उसकी गोद में डाल देते हैं। हर रोते हुए बच्चे को हँसा रहा है वह।

सब कुछ पा लेता है शशांक, सब कुछ।

खड़ाऊँ खटखटाते हुए आँगन में चला आता है शशांक और दिव्या से कहता है, "टीपू की माँ, कई दिनों से पुरैनी जाने की इच्छा हो रही है।"

"पुरैनी!" भारी अचरज होता है दिव्या को, "क्या काम है?"

"महादेव के दर्शन की इच्छा हो रही है।"

"अच्छा!" मुँह बनाकर बोलती है दिव्या, "आज हो रही है इच्छा! इससे पहले तो कभी पुरैनी जाने का नाम नहीं लिया था आपने।"

"तुमने भी तो कभी चर्चा नहीं की। तुम तो यह बिलकुल ही भूल गई हो कि आज जो सुख भोग रही हो वह पुरैनी के महादेव की कृपा से है। हमें तो हर साल उनके दरबार में जाना चाहिए था।"

"ठीक है, किसी दिन चले जाइएगा।"

"किसी दिन क्यों? भगवान के दरबार में भी दिन बनाकर जाऊँगा? जब इच्छा हो गई, तो कल ही चला जाता हूँ।"

"मैं रोक तो नहीं रही हूँ; चले जाइए कल ही।"

"तुम भी चलोगी न?"

"आप चले गए, तो फिर मेरे जाने की जरूरत नहीं है।"

"कैसी बातें करती हो, टीपू की माँ!" बिगड़ते हुए बोलता है शशांक, "तुम्हारा जाना अधिक जरूरी है। तुम तो अपनी शादी के पहले भी उनसे मुराद माँगने गई थी और शादी के बाद भी। मुराद पूरी हो गई, तो अब तुम्हारा जाना जरूरी नहीं है? मैं अकेले नहीं जाऊँगा; पुरैनी कभी गया भी नहीं हूँ।"

"ठीक है, चली जाऊँगी। मगर, जाने का क्या प्रबन्ध होगा?"

"मैं आज ही चरित्तर को खबर भेजकर बैलगाड़ी मँगवा लेता हूँ। कल तड़के ही निकल जाएँगे।"

"ठीक है, घर में बहू रहेगी; मैं जा सकती हूँ।"

"एक बात मैं कहूँ?"

"क्या?"

"बहू को भी साथ ले लो। घर देखने के लिए इतने तो नौकर-चाकर हैं। कमरों में ताले लगा देना।"

"बहू से तो पूछना पड़ेगा।"

"पूछना क्यों पड़ेगा? हम जाने को कहेंगे, तो बहू थोड़े ही हमारी बात काट देगी?"

"हाँ-हाँ, बात तो नहीं काटेगी वह।"

"एक बात और कहूँ, टीपू की माँ?"

"क्या?"

"लौटती में हम चिथड़पीर के दर्शन भी कर लेंगे; चढ़ा देंगे एक-एक चिथड़ा।"

"जो चिथड़ा चढ़ाते हैं वे कुछ माँगते भी हैं चिथड़पीर से। क्या माँगेंगे हम?"

"हमें भला क्या माँगना है! सब कुछ तो मिल ही गया है हमें। मगर चिथड़ा चढ़ाकर हम चिथड़पीर से यह तो कह ही सकते हैं कि 'हे पीर साहब, आपको अगर कोई कमी नजर आए, तो पूरी कर देंगे,...और...और बहू क्या माँगेगी, यह बहू जाने।"

दिव्या भाँप जाती है कि खाना खा रहे पति के मन में कोई बात घुमड़ रही है; कुछ कहना चाहता है वह, मगर कहते-कहते रुक जाता है। पूछ बैठती है वह, "कुछ सोच रहे हैं क्या?"

"एक बात मन में आई थी," कुछ उत्साहित होकर बोलता है शशांक, "मगर, छोड़ो, नहीं पूछूँगा। तुम तो कुछ भी पूछने पर बिगड़ जाती हो।"

"यह तो जानूँ कि क्या पूछना चाहते हैं," बिगड़कर ही बोलती है दिव्या मगर यह जवाब काफी उत्साहवर्धक लगता है शशांक को और वह पूछता है, "आज टीपू बहुत खुश नजर आ रहा था; कोई बात है क्या?"

"खुश तो वह रोज ही नजर आता है; बात क्या रहेगी!" काफी अरुचि से जवाब देती है दिव्या।

"हाँ-हाँ, रोज खुश रहता है, मगर आज कुछ अधिक खुश था," कहकर आँखें चमकाता है शशांक।

"था, तो रहने दीजिए। अब ऐसी-ऐसी बातें मैं पूछने नहीं जाऊँगी कि कल कुछ कम खुश क्यों थे और आज कुछ अधिक खुश क्यों हो?"

"पूछने के लिए तो मैं नहीं कह रहा हूँ। घर में रहती हो, तो बगैर, पूछे भी यह सब जान सकती हो।"

"आप क्या परदेश में रहते हैं?" बिगड़ी आवाज में बोलती है दिव्या।

शशांक इशारे से दिव्या को आने के लिए कहकर अपने कमरे में चला जाता है। पीछे से दिव्या भी पहुँचती है और पूछती है, "क्या बात है?"

"बैठो न," दिव्या के बैठने के लिए हाथ से चादर झाड़ते हुए कहता है शशांक। "कोई बात हो, तो बैठूँ," खड़ी-खड़ी बोलती है दिव्या।

"यों ही बुला लिया क्या?" झल्ला पड़ता है शशांक, "बगैर किसी बात के?"

"लीजिए, बैठ गई," इस तरह बैठती है दिव्या जैसे कि तुरन्त उठ भी जाना है।

पहले शशांक धीरे-धीरे मुस्कराता है और तब बोलता है, "टीपू की माँ, आज तो जरूर कोई बात है; मैंने तो अपने कान से सुना है।"

"क्या सुना है कान से?"

"टीपू को अपने कमरे में गाते-गुनगुनाते।"

"मैं परवाह नहीं करती," झटपट जवाब देती है दिव्या, "वह ऐसे खूँटे से बँध गया है कि कूदकर रह जाएगा, खूँटा उखाड़ नहीं सकता। क्या सुना है, वही संसार झाड़-झाँखड़वाला गीत न?"

"धत, वह गीत नहीं, कोई गुदगुदी लगानेवाला गीत। ताली देने की आवाज भी आ रही थी और बहू के धीरे-धीरे हँसने और खिलखिलाने की भी।"

"आप ससुर होकर बहू के कमरे में कान लगाते हैं? लाज नहीं लगती?"

"बस, पूछ रहा हूँ आम, बतियाने लगी इमली। मैं क्यों कान लगाऊँगा! मैं तो खड़ाऊँ खटखटाते आ रहा था; आवाज मेरे कानों में पड़ी।"

"मियाँ-बीवी कमरे में ऐसे ही नाचते-गाते हैं, बिना किसी बात के भी।"

"ऊँहूँ," सिर हिला देता है शशांक, "कोई बात है जरूर।"

"तो फिर खुद पूछ लीजिए कि बेटा नाच क्यों रहा था और बहू खिलखिला क्यों रही थी। मुझे किसी बात का पता नहीं चला है।"

घर में जब खा-पीकर सब सो जाते हैं, तो दिव्या पति के कमरे में जाती है और अँधेरे में फुसफुसाती है, "सो गए क्या?"

"नहीं, जगा हुआ हूँ," शशांक जवाब देता है।

"आज एक बात बताने आई हूँ।"

"क्या?" उठकर बैठ जाता है शशांक।

"आज बहू को मैंने चुराकर अचार खाते देखा है, सुबह में भी और शाम में भी।"

"फिर?"

"मतलब नहीं समझे?"

"मतलब!...क्या हुआ मतलब?"

"आप घुमा-फिराकर मुझसे पूछते रहते थे, तब तो मैं आपके मन की बात समझ जाती थी; और आज मैं खुलासा बोल रही हूँ, तो आपकी समझ में ही नहीं आ रहा है!"

"खुलासा कहाँ बोल रही हो?"

"और कैसे बोला जाता है खुलासा? मैं कभी कहने आई थी कि बहू आज चुराकर सेव खा रही थी...या बहू को आज चुराकर रसगुल्ले-गुलाबजामुन खाते देखा...या और कुछ...आज जब बताने आई हूँ कि बहू का मन अचार पर दौड़ता है, तो समझिए न कि इसका मतलब क्या हुआ।"

शशांक एक क्षण पत्नी के चेहरे पर अपनी खुफिया निगाह जमाता है; मुस्कराहट उसके होंठों पर फैलने लगती है; और फिर कुछ उद्वेलित होकर वह बोलता है, तुम्हारा

मतलब है कि...मतलब...वही मतलब है न?"

"हाँ-हाँ, वही मतलब..." दिव्या हँसकर जाने लगती है, तो शशांक रोकता है उसे, "सुनो, आज तुम भी यहीं सो जाओ न।"

"धत।"

दिव्या अपने कमरे में घुसती है और वहाँ का हाल देखकर एकबारगी गरज पड़ती है अपने पति पर जो अभी भी उस कमरे में मौजूद है और अभी भी एक बक्सा खोलकर और उसमें मुँह-हाथ घुसाकर कुछ ढूँढ़ रहा है, "यह क्या? बक्सा क्यों उकट-पुकट दिया? सारा सामान बाहर फेका हुआ है! क्या सूझता रहता है आपको जब-तब? कौन-सी दौलत रखी हुई है मेरे बक्से में जिसे चोर की तरह ढूँढ़ रहे हैं?"

शशांक जरा भी आहत नहीं होता है; खड़ा होता है और बोलता है, एक जरूरी चीज ढूँढ़ रहा था, टीपू की माँ।"

"कौन-सी चीज ढूँढ़ रहे थे? कुछ नाम तो होगा आपकी उस दौलत का?" दिव्या फिर फुफकारती है।

"धीरे बोलो न; बहू सुन रही होगी। शान्त रहकर बात नहीं कर सकती?"

"मैं शान्त ही हूँ; आप अशान्त करनेवाला काम ही करते रहते हैं। बताइएगा, क्या ढूँढ़ रहे थे?

"पहले तुम गुस्सा थूको; फिर बताऊँगा," चिरौरी करता है शशांक।

"थूक दिया गुस्सा; बोलिए।"

"मेरी लिखी हुई चिट्ठियाँ तो तुम्हारे पास होंगी?"

"कैसी चिट्ठियाँ?"

"वही जो मैंने टीपू के जन्म से पहले तुम्हें भेजी थीं।"

"हे भगवान, इतनी पुरानी चिट्ठियाँ! उन चिट्ठियों में कोई हीरा-मोती तो नहीं था कि मैं सहेजकर रखती! कब की फट-चिट गई होंगी।"

कहकर दिव्या बक्से में अपना सामान सरियाने लगती है। शशांक क्रुद्ध निगाहें उसकी पीठ पर जमाता है और फिर गुस्से को छूमन्तर कर घिघिआता है, "चिट्ठियाँ कहीं होंगी जरूर।"

"कहीं नहीं हैं," दिव्या मुँह फेरे हुए ही बोलती है," क्या जरूरत पड़ गई उन चिट्ठियों की आज? फिर से जवान होना चाहते हैं क्या?"

"जरूरत पड़ गई है, तब तो ढूँढ़ रहा हूँ। उन चिट्ठियों में बहुत-सी बातें लिखी हुई थीं।"

"कैसी बातें?"

"गर्भवती और प्रसूता की जानकारी के लिए कुछ अच्छी-अच्छी बातें थीं उनमें। बहू के काम आ जातीं।"

"चुपचाप बैठिए घर में," मुँह घुमाकर दिव्या कहती है, "डॉक्टर घर में है, और आप चले हैं डॉक्टरी करने!"

खड़ाऊँ खटखटाते आता है शशांक और इधर-उधर देखकर दिव्या के पास फुसफुसाकर कहता है, "यह माना कि डॉक्टर घर में है, मगर डॉक्टर ही तो सारी बातें नहीं जानता, सब कुछ नहीं बता देगा। डॉक्टर दवा देगा, खाना-खुराक के बारे में बता देगा, मगर बहू को यह तो बताने नहीं जाएगा कि चूल्हे की मिट्टी मत खाना...यह खपरैल घर भी बेकार ही है पिछवाड़े में; इसे तो बहुत पहले ही तोड़ देना था...डॉक्टर भला कहाँ से जानेगा कि प्रसूता औरतों को अछवानी दी जाती है या अछवानी में अजवायन या सोंठ पड़ती है!"

"सब आप ही जानते हैं, या मैं भी कुछ जानती हूँ?"

"जानती हो और ऐन वक्त पर भूलती भी हो। बाद में तुम्हारी यह कहने की आदत है, 'मुझे याद ही नहीं रहा, तो मैं क्या करती!...मैं क्या जानती थी कि ऐसा होता है!...'"

"ठीक है, अब कुछ भूलूँगी, तो आपसे पूछ लिया करूँगी। आपको फिक्र करने की अब बिलकुल जरूरत नहीं है।"

तीसरी बार हाँक लगाने पर भी जब दिव्या हाजिर नहीं होती है, तो शशांक बिगड़ उठता है और चिल्ला-चिल्लाकर पूछता है, "आज नहीं आ सकोगी क्या?"

दिव्या को इस बार आना पड़ जाता है और आते ही वह सुनाती है, "आपका ताल शुरू होता है, तो बन्द नहीं होता? आ ही तो रही थी मैं। बोलिए, क्या जरूरी काम पड़ गया है?"

"मिजाज जब खराब हो जाता है, तब आती हो तुम," शशांक कुछ रूखे स्वर में कहता है और फिर मुलायम आवाज में पत्नी से बैठने के लिए निवदेन करता है। दिव्या जब आसन ग्रहण कर लेती है, तब बोलता है वह, "बहू तो अब बच्चे के लिए मोजा-टोपी बुन रही होगी?"

"यह बहू जाने, अभी बुने या बाद में," दिव्या झटपट जवाब देती है, "हर बात के लिए कोंचना अच्छा नहीं लगता है।"

"हाँ-हाँ, यह बहू जाने; बुने या नहीं बुने। तुम्हें उससे कुछ कहने की जरूरत नहीं है," शशांक पत्नी की बात का समर्थन करता है और फिर कहता है, "मगर, यह जान लो, बच्चे के लिए कथरी-गुदड़ी और गँड़तरे वगैरह तुम्हें ही सीने पड़ेंगे।"

"अभी उसके लिए काफी समय है।"

"मगर अभी तुम्हारे हाथ में समय है। बाद में तुम बहुत व्यस्त हो जाओगी, मैं जानता हूँ।"

"कथरी-गुदड़ी सीने में साल नहीं लगता है; एक हफ्ता में सीकर रख दूँगी।"

"इस काम से अभी ही फुरसत पा लो, तो कोई नुकसान हो जाएगा क्या? जो काम तुम्हें करना ही है, और अभी कर सकती हो, उसे कर लेने में भला क्या हर्ज है?"

"ठीक है, कर लूँगी। जब आप सिर पर सवार हो गए हैं, तो कर ही लूँगी।"

"मैं भी तो दिन-भर खाली ही बैठा रहता हूँ...अगर तुम दोपहर में या जब फुरसत हो, मेरे कमरे में घंटे-दो घंटे के लिए आ जाओ, तो मैं भी तुम्हारी मदद कर सकता हूँ। सूई चलाने में भी कोई कारीगरी है क्या! निठल्ला बैठना मुझे यों भी अच्छा नहीं लगता; बहू को मालूम नहीं होना चाहिए, बस।"

"ठीक है, ले लूँगी आपकी मदद। अब जाऊँ?"

मेज पर केहुनी टिकाए और हथेली पर ठोड़ी डाले किसी गम्भीर चिन्तन में खोया हुआ है शशांक। दिव्या चाय का प्याला मेज पर रखकर लौटना ही चाहती है कि शशांक अपना सिर उठाता है और अत्यन्त गम्भीर लहजे में पत्नी से कहता है, "मैं यह सोच रहा था, टीपू की माँ, कि अगर लड़का पैदा हुआ, तो उसका नाम..."

"चुप रहिए, बिलकुल चुप रहिए," उफन जाती है दिव्या, "साठ पूरा हो जाने दीजिए, फिर इस तरह बकबक करते रहिएगा। अभी सठियाने की जरूरत नहीं है। बच्चे का पता नहीं, करधनी तैयार!"

कहकर दिव्या कमरे से बाहर होती है, मगर उसके जाते-जाते भी जोर-जोर से बोलकर शशांक उसे सुना देता है, "ठीक है, अब चुप ही रहूँगा, बिलकुल चुप रहूँगा; अब कुछ पूछने पर भी नहीं बोलूँगा। रख देना बच्चे का नाम—टरना-बेचना, कोनमा-खोनमा, घुड़वा-बुचवा, कुछ भी।" और फिर देर तक खुद ही बड़बड़ाता रहता है अपने कमरे में, "कोई अच्छी बात बोलो, तो काटने दौड़ेगी। और मुझे ही कहेगी कि मैं सठिया गया हूँ। औरत को नाक नहीं हो, तो गुह खाएगी। अभी तो पोता हुआ नहीं, और अभी से इतनी गर्मी! मैं ही सठिया गया हूँ! हुँह..."

अभी भी चुप रह जाए वह? है यह चुप रह जाने की बात?...

आँगन के चार फेरे लगा जाता है शशांक और तब कहीं मौका मिलता है उसे दिव्या को उसके कमरे में अकेले पकड़ लेने का। झटपट सिटकिनी लगाता है वह और आवाज में गुस्सा भरकर बोलता है, "तुम तो बहुत शेखी बघारती हो कि हर कुछ जानती हो तुम और हर वक्त याद रखती हो, मगर अब बोलो कि बहू के कमरे में एक बार भी गई हो तुम?"

"हाँ, गई तो हूँ," कुछ उन्नीस होकर जवाब देती है दिव्या।

"आँखें बन्द कर तो नहीं गई थी?"

"क्या कहना चाहते हैं, कहिए न।"

"बहू नहाने गई थी, तो एक बार मैं उसके कमरे से हो आया था। आश्चर्य है, तुम्हारी नजर ही नहीं पड़ी।"

"किस चीज पर नजर नहीं पड़ी?"

"बहू के कमरे में कोई तसवीर टँगी हुई है—किसी सुन्दर बच्चे की?...भगवान राम की?...या भगवान कृष्ण की?"

"यह सब तो टीपू करता।"

"टीपू नहीं करे, तो तुम नहीं करोगी?"

"ठीक है, आज कुछ तसवीरें मँगवाकर टँगवा देती हूँ।"

"उससे पहले तो तुम उस तसवीर को कमरे से हटाओ जिसमें गदा उठाए हनुमानजी मुस्करा रहे हैं। आते-जाते बहू की नजर पड़ती होगी उस पर। बोलो, कितनी बड़ी भूल हो रही थी तुमसे? कैसे कह देती हो जब-तब मुझे चुपचाप रहने के लिए? अभी भी चुप रह जाता मैं? हनुमानजी देवता हैं, मैं उनका अनादर नहीं करता, मगर, सोचो, हनुमानजी का मुँह लेकर बच्चा पैदा हो गया, तो रोओगी या नहीं?"

"मैं अभी ही उस तसवीर को हटा देती हूँ। आप आज ही बाजार से कुछ अच्छे मुँहवाले देवी-देवताओं की तसवीरें खरीदकर ले आइए; आज ही टाँग भी दूँगी उन्हें।"

शशांक कुछ नरम लहजे में कहता है," अब किसी देवी-देवता की तसवीर टाँगने की जरूरत नहीं है। मैं तुम्हें एक तसवीर देता हूँ..." कुछ भावुक हो उठता है शशांक, "यह तसवीर टीपू के बचपन की है। तुम इसे ही टाँग देना, और ऐसी जगह टाँगना कि सोते-जागते बहू की नजर इस पर पड़े...मैं चाहता हूँ, टीपू की माँ, कि बच्चे की शक्ल-सूरत टीपू की तरह ही हो..." स्वर गीला हो जाता है शशांक का, "बिलकुल टीपू की तरह, दिव्या...बिलकुल...बिलकुल..."

उपसंहार

इस बार मन में कोई खटका नहीं था। अब तो इस घर को वह उसी तरह पहचान चुका है जिस तरह किसी हाथी या ऊँट को पहचान सकता है, और इस घर में उसी तरह आ-जा सकता है जैसे गाँव के किसी चाचा-काका के घर में।

बेखटके लोहे का फाटक खोलकर वह चारदीवारी के अन्दर पहुँचा, ऊपर जाने के लिए खट-खट मकान की सीढ़ियाँ चढ़ीं, कमरे का दरवाजा ठेलकर घुसा और सोफे पर बैठे कोई पुस्तक पढ़ रहे महामान्य का ध्यान बिलकुल उद्दंड बच्चे की तरह भंग कर दिया, "प्रणाम, बाबूजी।"

"अरे, चन्दन, तुम! आ गए! आओ, बैठो,"...अब यह आवाज केवल एक बार कमरे के अन्दर घुसने पर नहीं मिलती, अब दिल्ली स्टेशन से उस मकान तक आते-आते बीसों बार एक चित्ताकर्षक चेहरा उभर-उभरकर आँखों के सामने आ जाया करता और उसके कानों में यह आवाज गूँजने लगती, "अरे, चन्दन, तुम! आ गए! आओ, बैठो...अरे, चन्दन, तुम!...अरे, चन्दन!..."

पहली बार ऐसी मस्ती नहीं थी उसके पास। बेखटके लोहे का फाटक खोलकर नहीं घुस पाया था वह चारदीवारी के अन्दर; सीढ़ियाँ खट-खट नहीं चढ़ डालीं बेखटके; कमरे का दरवाजा ठेलकर अन्दर घुस जाने की हिम्मत नहीं हुई थी। पहली बार एक बड़े आदमी के घर आया था वह, अब तो अपने बाबूजी के घर आया करता है। अब...और...तब!

एक पत्र लिखा था उसने महामान्य सम्पादक को और उस पत्र में दिल्ली आकर उनसे मिलने की अपनी इच्छा जाहिर कर दी थी। शीघ्र ही जवाब आ गया था, "आ जाओ, मैं प्रतीक्षा करूँगा।"...क्या सचमुच? विश्वास नहीं कर पा रहा था चन्दन कि कोई इतना बड़ा आदमी किसी इतने छोटे आदमी की प्रतीक्षा भी कर सकता है। जिस दिन पत्र आया, वह दिन-भर पढ़ता रह गया था उस पत्र को, रात में उठ-उठकर पढ़ता रहा था पत्र की उस पंक्ति को—"प्रतीक्षा करूँगा।" और, हर बार अपने-आप से कह उठता था वह, "चलो, जल्दी तैयारी करो चलने की। जल्दी। बहुत जल्दी।" कोई डर था क्या उसके मन में कि अगर कहीं देर हो गई, तो क्या पता, कब बड़े आदमी को अपनी बड़ी गलती का अहसास हो जाए, उसका मिजाज बदल जाए,

और पत्र आ जाए उसके पास, "अभी मैं दक्षिण भारत की लम्बी यात्रा पर जा रहा हूँ; लौटकर आऊँगा, खबर करूँगा, तब आना मिलने"...? और अगर चन्दन के डर से वे दक्षिण भारत में ही हमेशा के लिए बस नहीं गए, तब अगले पत्रों में भी कुछ इस तरह लिखा रहेगा, "अभी दिल्ली में बहुत गर्मी है। यहाँ आकर जान देने की जरूरत नहीं है। लू से बहुत लोग मर रहे हैं...बहुत पाला है इस साल दिल्ली में। दिल्लीवाले तो दिल्ली छोड़-छोड़कर भाग रहे हैं; तुम्हारे मन में अभी दिल्ली आने का खयाल कैसे आ गया!...और फिर पूर्ण-विराम, "पढ़ो-लिखो; वही देगा काम। क्या होगा मुझसे मिलकर! पत्र तो लिख ही दिया करता हूँ। मेरी सूरत देखने आओगे क्या?"...भूल से ही सही, मगर अभी जो पत्र उसके पास है उसमें तो स्पष्ट लिखा है, "आ जाओ; मैं प्रतीक्षा करूँगा।" और इस पत्र को तो वह अदालत तक में दिखाकर कह सकता है, "हुजूर, देख लीजिए, इस पत्र में क्या लिखा है। मैं बुलाए नहीं गया हूँ, हुजूर।" अगर इस पत्र में भी लिखा रहता, "अपनी इच्छा पर अंकुश नहीं रख सकते, तो आ जाओ। दुरदुराऊँगा नहीं, इतना-भर कह सकता हूँ," तब भी वह चल देता, तुरन्त तैयारी कर बैठता दिल्ली जाने की।

दिल्ली ज्यों-ज्यों समीप होती गई थी, त्यों-त्यों दिल अधिक-अधिक धड़कने लगा था। सोचता रहा था, कैसी मुलाकात होगी? क्या अनुभव लेकर वह घर लौटेगा?

मुलाकात तो हो जाएगी न?...

श्रीसदन को तो ढूँढ़ लेगा वह, मगर उसके बाद...?

मिलनेवालों का तो वहाँ ताँता लगा रहता होगा। भीड़ देखकर घबराएगा वह जरूर, मगर तब भी सकुचाते हुए उसे उस भीड़ में शरीक हो जाना पड़ेगा। दरवाजे पर बैठा परिचारक और लोगों को तो सलामी दे-देकर अन्दर जाने के लिए दरवाजा खोल दिया करेगा, मगर उसे कुछ-कुछ अशुभ मानकर-केवल टीक कटा लेने और पतलून पहन लेने से ही तो गाँव की छाप चेहरे से गुम नहीं हो जाती है! रोक लेगा और पूछेगा, "किनसे काम है?"

"श्री श्रीधर जी से मिलना है," कहते हुए गला सूख जाएगा उसका।

अगर परिचारक भला आदमी हुआ, तो अपने पिछले किसी जन्म का उसके साथ वैर-विरोध याद किये बगैर उससे कहेगा, "रुकिए, मैं जरा इजाजत ले हूँ उनसे।"

"इजाजत लेने अन्दर जाएगा परिचारक और वहाँ से लौटकर पूछेगा उससे, "आपका नाम?"

नाम बताकर खड़ा रहेगा वह, मगर अब अपने भीतर गुदगुदी महसूस करेगा। नाम सुना होगा महामान्य ने और मुस्करा पड़े होंगे, "चन्दन आया है! बुलाओ, बुलाओ। बहुत देर से तो नहीं खड़ा है बाहर में?" यह सोचकर अपरिचित किवाड़ और दीवार के सामने होकर भी वह होंठों पर फैलती जा रही मुस्कराहट को समेट नहीं पाता। और अब, उसे लगता है, किसी भी क्षण दरवाजा खुलने के साथ परिचारक का झुका हुआ

सिर और लज्जा-भरी मुस्कराहट वाला चेहरा प्रकट होगा और उसे सुनने को मिलेगा, "आइए, हुजूर।"

ऐसा होगा ही?...परिचारक बाहर आकर फिर पूछेगा, "आप कहाँ से आए हैं?"

परिचारक के प्रश्न का जवाब आप-से-आप निकल जाएगा चन्दन के मुँह से। मगर जवाब देने के बाद वह एक झटका महसूस करेगा—ऐसा क्यों?...तुरन्त ही वह सहज भी हो जाएगा; चन्दन एक अकेला उसी का नाम तो नहीं है।...मगर, अब? बिशनपुर का तो एक ही चन्दन होगा उनके दिमाग में, और अब अच्छी तरह याद आ गया होगा कि आगन्तुक किस बिशनपुर का चन्दन है। अब मिलेगा सुनने को, "आइए, हुजूर।"

इस बार भी सुनने को मिलता है, "किस काम से आए हैं?"

आसमान से गिरेगा चन्दन। पूरे दो-चार मिनट ले लेगा वह परिचारक को अपनी बात कहने में। मगर अब तो उसका दिल ही बैठ गया रहेगा। अभी तक भी पहचान नहीं पाए वे चन्दन को?...अब आगे भी क्या उम्मीद की जा सकती है?...अपने-आपको धिक्कारने लगेगा वह—क्या जरूरत थी अभी ही जाहिर करने की कि वह मिलने के लिए तड़प रहा है? पत्र तो मिल ही रहे थे; सूरत देखने से भी कुछ मिलेगा क्या? वह कैसे विश्वास कर लिया कि कोई बड़ा आदमी अब उसकी प्रतीक्षा भी करेगा?

तो, अब क्या होगा?...

अब तो वही होगा जो 'अतिथि-अभ्यागत मुरदाबाद' के दिनों में शशांक के घर आए टीपू के पहलवान मामा हरिचन्द के साथ हुआ था। इस बार परिचारक कुछ कहने या पूछने अन्दर से आएगा और फिर अन्दर चला जाएगा महामान्य को सुनाने, "हुजूर, वह आदमी तो भाग गया।"

ऐसा कुछ नहीं होगा, अपने धड़कते दिल को विश्वास कराने की कोशिश महामान्य से मिलने के एक क्षण पहले तक करता रहा था चन्दन।

चन्दन ने पटना से दिल्ली के लिए ऐसी गाड़ी पकड़ी थी जो उसे दिन-दोपहर दिल्ली में उतार दे, ताकि शाम तक श्रीसदन को ढूँढ़ निकालने का समय मिल जाए उसे। मगर जब गाड़ी काफी विलम्ब से चलने लगी और ऐसा लगा कि दिल्ली पहुँचते-पहुँचते रात उतर आएगी, तो कुछ बुरी शंकाएँ घेरने लग गईं उसे। महानगरों की संस्कृति तो शाम ढलने के बाद ही अपने असली रूप में प्रकट होती है, अपना जलवा दिखाती है। तब, रात में कैसे जाएगा वह हौजखास, कैसे ढूँढ़ेगा श्रीसदन को?...रात में खोज-ढूँढ़ कर रहे शहर से अपरिचित नवागन्तुक को शहर की रात का एक चाकू लग गया, तब?...दें!...राम नाम सत्त...तब क्या स्टेशन के प्रतीक्षालय में ही वह रात गुजार दे? और, अगर रात में ही किसी पहर या सुबह-सुबह नींद खुलने पर वह राम का नाम ले ले, "हाय राम, सिर के नीचे थी अटैची; क्या हो गई?"...जल्दी से टेंट टटोले और

चिल्लाकर पिता का स्मरण कर बैठे, अरे बाप, बटुआ भी गायब!"...तब क्या होगा? गुजाय ही तो बनेगा वह भी। किस-किस को अकेले में पकड़कर अपना खस्ता हाल बयान करेगा और एक प्याली के पैसे भी झटक लेने का असफल प्रयास करेगा?... किस-किस को सुनाएगा पेट बजा-बजाकर, "जो भूखे को देगा दान, उसका भला करेगा राम?" और किस-किस से सुनेगा, "हाथ-पाँव से दुरुस्त है, तब भी भीख माँग रहा है साला!" किस तरह लँगड़ाते-डगमगाते फटे हाल पहुँचेगा श्रीसदन तक और बगैर इजाजत चारदीवारी के अन्दर घुस जाने पर परिचारक की डाँट सुनेगा; और फिर अपने करुण प्रश्न के उत्तर में महामान्य के इलाहाबाद चले जाने की खबर सुन लेने पर पत्र दिखा-दिखाकर एक पेट भोजन के लिए गिड़गिड़ाएगा परिचारक के सामने! किस तरह महीने-भर बाद अपने घर लौटेगा बगैर टिकट सफर करने के जुर्म में पन्द्रह दिन मुगलसराय जेल में काटकर!

ऐसा कुछ भी नहीं हुआ था। अगर इतना कुछ भी हो जाता, तब भी सम्पादक श्री श्रीधर जी की जो छवि चन्दन के दिमाग में बन चुकी थी वह जरा भी नहीं बिगड़ती, जो ऋण उस पर चढ़ गया था उससे मुक्त नहीं हो जाता वह।

सम्पादक श्री श्रीधर जी के पहले पत्र ने ही उसके मन को भारी उछाल से भर दिया था।

बचपन से ही चन्दन कहानियाँ और कविताएँ लिखता रहा था, और उस वक्त ही उसके मन में एक साहित्यकार बनने की इच्छा जन्म ले चुकी थी। बच्चों की पत्रिकाओं में उसकी रचनाएँ प्रकाशित होती भी रही थीं। गाँव से निकलकर जब वह महाविद्यालय में पढ़ने पटना चला गया, तो पढ़ाई के दौरान उसे साहित्य से अपना सम्बन्ध तोड़कर रहना पड़ा था। हमेशा सिर पर परीक्षाएँ रहती थीं। मगर एक क्षण के लिए भी वह अपने लक्ष्य से विमुख नहीं हो पाया था। लेखन के लिए जमकर बैठना तो सम्भव नहीं था उसके लिए, मगर फुरसत में वह साहित्य पढ़ता ही रहता था।

पढ़ाई पूरी कर जब गाँव लौट आया वह, तो पढ़ाई-लिखाई के लिए आसन जमा लिया उसने। वह एक लम्बी तपस्या के लिए तैयार होकर बैठ गया था।

उस वक्त भी साहित्य के क्षेत्र में श्री श्रीधर जी की तूती बोलती थी। अच्छी रचनाओं की परख करनेवालों में उनका पहला नाम आता था। पत्र-पत्रिकाओं में प्रकाशित आलोचनात्मक निबन्धों और समीक्षाओं में उनके वक्तव्य-मन्तव्य उद्धृत होते रहते थे। आपबीती और संस्मरणों में उनकी चर्चा रहती थी। हर स्थापित रचनाकार उनके किसी-न-किसी उपकार या ऋण को मुँह खोलकर स्वीकार किया करता था। चन्दन की इच्छा होती थी उन तक पहुँचने की, मगर, वह जानता था, वहाँ केवल रचनाओं के बल पर ही पहुँचा जा सकता है। यह विश्वास जरूर था उसे कि, आज या कल या परसों, उसकी भेंट अवश्य होगी सम्पादक श्री श्रीधर जी के साथ।

उनकी दीर्घायु के लिए ईश्वर के पास पहली प्रार्थना उस वक्त ही पहुँचा दी थी उसने।

पूरी दुनिया से कटकर एक कोने में अकेला पड़ा था चन्दन। साहित्यकारों का मक्का-मदीना बहुत दूर था उसके गाँव से। ऐसा कोई नहीं था जिसकी उँगली पकड़कर आगे बढ़ने की बात सोचता वह। अपनी रचनाएँ लेकर वह निकले और किसी महन्त का दरवाजा खटखटाए, इतना साहस कभी नहीं हुआ उसे; लज्जा उसके पाँव जकड़े रही।

साहस धीरे-धीरे और भी कमता गया; लज्जा धीरे-धीरे और भी बढ़ती गई।

ढेर-सी पत्रिकाएँ प्रकाशित हो रही थीं और, शायद, हर लिखनेवाला छप भी रहा था। मगर चन्दन की निगाह तो कुछ चुनिन्दा पत्रिकाओं पर थी, और तब डंका बजाकर वह श्री श्रीधर जी की पत्रिका में छप जाना चाहता था, एक बार और फिर बार-बार। वहाँ तक पहुँचने के पहले उसे काफी समर्थ हो जाना था, यह अच्छी तरह जानता था चन्दन।

घटिया पत्रिकाओं में उसने अपनी एक भी रचना नहीं भेजी और चुनिन्दा पत्रिकाओं में उसकी रचना छप नहीं रही थी। साल में कोई एक रचना दो-चार पत्रिकाओं में भेजकर वह साल-साल-भर चुप्पी बैठा रह जाता। कभी-कभी अस्वीकृति की परची आती थी और वह उदास हो जाता था, मगर फिर वह दूने उत्साह के साथ लेखन-कार्य में भिड़ जाता था। उन्हीं पत्रिकाओं में प्रकाशित घटिया रचनाओं की ओर उसका ध्यान जाता जरूर था, मगर 'अपनी रचना के प्रति लेखक का मोह' उसे दबोच दिया करता था। कभी-कभी उसकी रचनाएँ इस शीघ्रता से वापस लौटती थीं कि उसे पुख्ता यकीन हो जाता था, रचनाएँ बगैर पढ़े लौटाई गई हैं। किसी सम्पादक का कोई पत्र नहीं आया जो उसे कुछ बताए, बताए कि वह कहाँ खड़ा है। कुछ मठाधीशों के पास उसने अपनी रचनाएँ भेजी थीं और उनमें से कुछ के पत्र उसे देर-सबेर मिले भी थे, पर उन पत्रों में लिखा होता था, "कुलपति का पद ग्रहण कर लेने के बाद मुझे कुछ पढ़ने की फुरसत नहीं मिल रही है...अध्यक्ष बन जाने के बाद काफी बोझ आ गया है मुझ पर; कुछ पढ़ने के लिए समय नहीं निकाल पा रहा हूँ...मेरे लिए कोई राय देना मुनासिब नहीं होगा। अपनी रचनाओं का असली पारखी लेखक स्वयं होता है...आप मेरी फलाँ किताब पढ़िए; उससे आपको समुचित मार्गदर्शन मिल जाएगा...रचना मिल गई है; पढ़कर राय दूँगा। आपके गाँव में पुस्तकालय है या नहीं? पुस्तकालय में मेरे उपन्यास तो होंगे; उन्हें पढ़िए। मेरा एक उपन्यास अभी-अभी प्रकाशित हुआ है। मैंने प्रकाशक को लिख दिया है एक प्रति आपको मूल्यदेय डाक से भेज देने के लिए..."

उसे ऐसा महसूस होने लगा कि उसकी तुच्छ रचनाओं को पढ़ने के बाद कोई कुछ लिखकर उसे कष्ट नहीं पहुँचाना चाहता। उसे लगा कि वह कुछ-कुछ उन मानसिक रोगियों की तरह ही है जो अपने को भगवान समझ बैठते हैं और लोगों के बीच इसकी घोषणा कर देने से भी बाज नहीं आते। ऐसा कुछ समझने और घोषणा करने से पहले

ही कछुआ की तरह बाहर निकाले अपने मुँह को अन्दर समेट लेना चाहता था वह। ढेर सारे लोग भ्रम के शिकार होते हैं; वह भी एक भ्रम का शिकार हो गया है, ऐसा सोचने को मजबूर हो जाता है चन्दन।

उसके आत्मविश्वास पर लगातार प्रहार होता गया।

एक बार तो उसने मन में निर्णय ले लिया कि वह साहित्य के पाँच महारथियों के पास अपनी सबसे अच्छी रचना भेजे और उनसे निवेदन करे, "मान्यवर, मेरे जीवन में एक भारी प्रश्न-चिह्न उठ खड़ा हुआ है। आप इतनी तकलीफ अवश्य करें कि मेरी इस रचना को पढ़ें और मुझे बताएँ कि मेरी रचना में थोड़ा भी दम है या नहीं, कि आगे भी लिखते रहना उचित होगा या नहीं, कि अधिक उचित होगा मेरे लिए मसि-कागज की बरबादी रोककर कोई और धन्धा पकड़ लेना। मैं उचित और संकोचरहित राय के लिए आपका जीवन-भर आभारी रहूँगा...

और अगर पाँचों ने एकमत से उसे सुना दिया कि वह कोई और धन्धा पकड़ ले, तब?...तब क्या करेगा वह? मान लेगा उनकी बात?...कैसे मान लेगा? एक छठा भी तो आ खड़ा होता है उसके सामने और कहने लगता है उससे, "किसी की बात मत मानो। अपनी तपस्या जारी रखो तुम।" तब उसे लगता कि अगर सारा संसार भी उसकी छीछालेदर शुरू कर दे, उस पर थू थू करे, तब भी अपनी भयंकर जिद पर अड़ा रह जाएगा वह, किसी की बात नहीं मानेगा, भंग नहीं करेगा अपनी तपस्या।

सब कुछ दाँव पर लगाकर भी वह अपनी जिद पर अड़ा रह जाना चाहता था; जब वृथा ही गुजारनी है यह जिन्दगी, तो फिर ऐसे गुजरे या वैसे।

एक दिन क्या आया उसके मन में कि एक कहानी श्री श्रीधर जी के पास भेज दी। कहानी भेज दी और फिर बिलकुल भुला देना चाहा कि कोई रचना उसने उनके पास भेजी है। महीना नहीं लगा और उसे एक पत्र मिला सम्पादक श्री श्रीधर जी का।

इस पहले पत्र ने ही उसके मन को भारी उछाह से भर दिया था। संजीवनी की तरह मिला था उसे यह पत्र जिसने उसमें उसका खोया हुआ आत्म-विश्वास फिर से वापस ला दिया था। पत्र में महज सूचना-भर नहीं थी कि उसकी कहानी 'कलरव' में प्रकाशित होने जा रही है; ढेर सारी बातें लिखी थीं उन्होंने और पत्र के अन्त में यह भी लिख दिया था, "तुम अपनी सारी रचनाएँ मेरे पास भेज दो; मैं उन्हें देखना चाहता हूँ।" चन्दन को इस बात का पछतावा होने लगा था कि बहुत पहले ही उसने क्यों कोई पत्र नहीं लिखा था 'कलरव' के सम्पादक को, क्यों कोई रचना नहीं भेजी 'कलरव' में प्रकाशनार्थ। वहाँ से भी अस्वीकृति की परची ही आती, सम्पादक श्रीधर डंडा लेकर उसके घर नहीं आ धमकते।

फिर तो पत्रों का एक अटूट सिलसिला कायम हो गया, और हर पत्र कुछ लेकर आता था चन्दन के लिए। उसे महसूस हो रहा था कि ईश्वर ने उसकी लाज रख ली,

और अब उसे किसी का दरवाजा खटखटाने और किसी के आगे सिर झुकाने की जरूरत नहीं पड़ेगी। जैसे भक्त को भगवान मिल जाते हैं, कुछ उसी तरह चन्दन को श्री श्रीधर जी मिल गए थे।

उनसे मिलने की अपनी उत्कट इच्छा जाहिर कर दी चन्दन ने अपने एक पत्र में और उस पत्र का जवाब आ गया, "आ जाओ; मैं प्रतीक्षा करूँगा।"

गाड़ी जिस वक्त दिल्ली स्टेशन पर रुकी, सूरज डूबने-डूबने को था। झटपट बाहर आया वह, टैक्सी लेकर हौज खास पहुँच गया और श्रीसदन को ढूँढ़ निकाला। कोई दिक्कत नहीं हुई उसे।

दिक्कत हो रही थी लोहे का फाटक खोलकर चारदीवारी के अन्दर घुसने में। अटैची जमीन पर रखकर वह देर तक अन्दर झाँकता रहा। फाटक में कोई ताला लगा हुआ नहीं था, मगर तब भी उसे खोलने का साहस नहीं हो पा रहा था। ऐसा लग रहा था जैसे सिर्फ बाहर में ही नहीं, अन्दर में भी कोई आदमी नहीं हो। जिस मकान में केवल भूत रहता है, वहाँ भी कुछ झन-झनन होता रहता है; यहाँ कहीं कुछ नहीं। तब पहरेदारी के लिए जरूर कोई कटाह कुत्ता मौजूद होगा यहाँ और, बहुत सम्भव है, कहीं छिपकर उसके अन्दर आने का आसरा ही देख रहा होगा, 'आ जाओ; प्रतीक्षा कर रहा हूँ।'

एक मन हुआ, फाटक को जोर-जोर से पीटे; फिर जोर-जोर से आवाज लगाए, "घर में कोई हैं?" मगर डर गया वह, कहीं भूल न जाए कि किस फाटक के आगे खड़ा है वह और सामने के श्रीसदन को गाँव का ही कोई घर मानकर आगे भी गुस्से में चीखना-चिल्लाना जारी न रख दे, "...कोई बोलते क्यों नहीं? मुँह बन्द है? क्या है मुँह में, सकरकन्द?...अरे, मैं पैसे वसूलने नहीं आया हूँ। एक बार आइए तो बाहर... सब मर गए? सबके सब?...ठीक है, जाता हूँ; घर पर गिद्ध बैठा हुआ है, उड़ा लीजिएगा...नहीं, घर में घुसता हूँ...अरेरेरे, कुत्ता..."

कभी तो निकलेगा कोई?...मगर, कब?...

अन्दर की बजाय बाहर सड़क से आता हुआ एक आदमी फाटक के पास रुका और फिर फाटक खोलते हुए उससे पूछ बैठा, "किनसे मिलना है?"

"श्री श्रीधर जी से," जवाब देकर वह उस आदमी की शक्ल-सूरत निहारने लगा।

पूछनेवाले ने बगैर उसका चेहरा-मोहरा देखे, नाम-पता पूछे, उसे फाटक के अन्दर लिया, सामने की सीढ़ियाँ दिखाईं और ऊपर चले जाने को कहा।

वह आदमी नीचे के कमरे में घुस गया और चन्दन सीढ़ियाँ चढ़कर ऊपर की मंजिल पर चला आया। ऊपर एक की बजाय दो दरवाजे मिले उसे, तो वह फिर असमंजस में पड़ गया। किसे खटखटाए, किसे ठेल दे, एक क्षण सोचता रहा वह। एक दरवाजे पर उसने ताकत लगाई, तो दरवाजा खुलता चला गया। अन्दर सोफे पर बैठा एक आदमी सामने पन्नों पर आँखें गड़ाए दिख गया उसे, मगर उस आदमी का

ध्यान जरा भी भंग नहीं हुआ। शहर का यह दरवाजा भी ऐसा था कि खुल गया, मगर थोड़ा-सा चूँ-चर्र भी नहीं किया। यही दरवाजा गाँव में रहता, तो अगल-बगल तीन घरों तक अपने खुलने-बन्द होने की सूचना देता रहता। दरवाजा खुले और सामने बैठे आदमी का ध्यान तक नहीं टूटे! अगर कोई इधर रखी तीनों किताबें उठाकर चुपचाप निकल जाए, तब मन को कैसा भाएगा यह गुम्मा दरवाजा!

दरवाजा पूरा खोलकर वह अन्दर घुस गया। इस बार जो काम दरवाजा नहीं कर पाया था वह काम उसकी देहाती चाल ने कर दिखाया। पन्नों में गड़ी निगाह उसकी ओर उठी और उसने—अब चाहे जो हो!—सोफे पर बैठे व्यक्ति को सम्पादक श्रीधर जी मानकर अपने दोनों हाथ जोड़ दिये और जोर लगाकर, ताकि कंठ की आवाज़ मुँह के बाहर तक आ जाए, कहा, "मैं हूँ चन्दन।"

धोखा नहीं हुआ था। श्री श्रीधर जी के होंठों पर मुस्कराहट फैली और वे बोलते हुए उठ खड़े हुए, "आओ, आओ, अभी मैं तुम्हारी ही बात सोच रहा था। एक कहानी पढ़ रहा था, बिलकुल तुम्हारी एक कहानी की नकल। मैंने तो उस पर लिख भी दिया कि यह चन्दन की कहानी की नकल है। नाम नहीं बताऊँगा लेखक का। आओ, बैठो।"

कहानीकार चन्दन एक कुर्सी पर बैठ गया।

चाय लेकर वही आदमी आया जिसने उसे ऊपर तक पहुँचाया था। चाय रखकर वह आदमी बाहर गया और दुबारा अन्दर घुसा उसकी अटैची लेकर जिसे दरवाजे के बाहर ही छोड़कर वह अन्दर आ गया था और अब तक अपनी अटैची को भूल चुका था।

"चाय पीते हो न?" चन्दन के कानों में आवाज आई। घबराया वह...उचित-अनुचित?... 'शशांक की माँ, मैं तो घबरा गया, लाज से सिकुड़ गया। घबराहट में उस वक्त मेरे मुँह से कुछ भी निकल सकता था, हाँ भी, नहीं भी...' चन्दन के मुँह से निकला, "जी, मैं पीकर आया हूँ।"

जो जनाब सामने बैठे हुए थे उन्होंने अपनी पैनी निगाहों से चन्दन की हरकत देख ली और कहा, "लजाओ नहीं, बेटे; तुम तो मेरे लिए पुत्रवत हो।"

एक अटूट रिश्ता उसी दिन कायम हो गया था...बाबूजी!..

तीन दिनों तक टिका था वह दिल्ली में, चिपका रहा था बाबूजी के साथ। उन तीन दिनों में ढेर सारे लोगों के साथ परिचय हुआ था उसका, ढेर सारी बातें सुनीं-जानीं। परिवार के सदस्यों ने उसे मीठी नजरों से देखा। बाबूजी के साथ वह उनके कार्यालय भी गया था और वहाँ उनके सहायकों और कर्मचारियों के साथ दिलचस्प बातें हुई थीं। तीन दिनों की दिल्ली में और था भी क्या देखने-सुनने को!

दिल्ली छोड़ने के एक दिन पूर्व बाबूजी पूछ बैठे, "मैं तुम्हारी कहानियों का एक संकलन

प्रकाशित कर देना चाहता हूँ; मंजूर है?"

कहावतों का एक हुजूम एकबारगी उसके दिमाग का दरवाजा जोर-जोर से थपथपाने लग गया, और उसी वक्त सड़क से गुजरते नजर आ गए हाथ में 'मेघदूत' की हस्तलिपि लिये प्रकाशकों के दरवाजे खटखटाते कविशिरोमणि कालिदास...

"भैया कालिदास, रचना तुम्हारी अच्छी है; पढ़कर मजा आ गया। मगर अब उसे छापकर मजा कैसे खराब कर दूँ? न तो सरकार में कोई तुम्हारा चाचा-मामा, मंत्री है और न विभाग में कोई भाई-भतीजा हाकिम के पद पर। मंत्री-हाकिम पटाने के गुर मैंने तुम्हें बताए, मगर तुम कुछ करने की हिम्मत ही नहीं रखते। मेरे किसी झूठ-फरफंद में शरीक होने से भी घबरा रहे हो। अभी इस तरह मेरे सामने में ही कुछ बोलने में शरमाते-सकुचाते हो, तो आगे कुछ भी करना तुमसे पार नहीं लगेगा। ऐसे में, भैया कालिदास, तुम अपनी इस श्रोणिभारादलसगमना' को अपने ही पास रखो; मैं इसे बाजार नहीं ले जा पाऊँगा। कैसे बेचूँगा तुम्हारी किताब? बताओ, सोचकर बताओ, कैसे बेचूँगा?..."

"...खुलासा बोलता हूँ, महाशय। इस रचना को मैं छाप तो दूँ, मगर इससे न तो आपका कोई भला होनेवाला है और न मेरा। आपकी रचना गुदगुदाकर रह जाती है। चीज ऐसी हो कि जो कोई पढ़े, उसकी बोटी-बोटी फड़क उठे। इसे पढ़कर तो पाठक अपने पैसे के लिए रोएगा।

"अपनी प्रतिभा पर आप खुश होइए, इतराइए, आपकी मर्जी। मगर मेरी भी सुनिए कि जो प्रतिभा पैसा पैदा नहीं कर सकती, वह प्रतिभा नहीं कहलाती। लिखें ऐसा कि मिले पैसा। एक साँस में पाठक पढ़ जाए आपकी किताब, पढ़ते-पढ़ते साँस रोक ले। और, एक किताब खतम हुई नहीं कि कालिदास की दूसरी-तीसरी किताब के लिए दौड़ पड़े बाजार। मेरी बात मान लेंगे, तो आपके बीवी-बच्चे भी भविष्य में भीख माँगकर गुजारा करने की बजाय बहुत जल्दी ही घर में शान की जिन्दगी गुजारेंगे।

"अगर आपको अभी भी यह नहीं सूझ रहा हो कि आप क्या लिखेंगे और कैसे लिखेंगे, तो घबराइए नहीं; लिखने-भर के लिए तैयार हो जाइए। आप कोई दूसरा धन्धा कर भी तो नहीं सकते। मेरे पास पाँच-सात विशेषज्ञ हैं जो लेखकों की रहनुमाई करते हैं। कथानक की कमी कभी नहीं पड़ेगी। और, अगर कहीं कलम रुक जाती है, तो फिर उनकी मदद लीजिए। अब बोलिए, आप कितना हल्का काम चाहते हैं?"

"...पहले तो यह बताइए, जनाब, कि आप किस वाद के वादी हैं। आपकी रचना मैंने पढ़ी, दुबारा पढ़ी, तिबारा पढ़ी, मगर तब भी कोई वाद स्पष्ट नजर नहीं आया। अगर सचमुच कोई वाद नहीं है आपकी रचना में, तब तो भारी जोखिम का काम कर डाला है आपने, और अब किसी और उपाय से इस जोखिम को दूर करना पड़ेगा। उसके बाद ही इस रचना के प्रकाशन पर मैं विचार करूँगा। उपाय मैं बताता हूँ। आप एक

पान-गोष्ठी का आयोजन कीजिए। मैं कहवा घरों से कुछ ऐसे सज्जन पकड़कर ला दूँगा जो जाम चलते ही अपनी खुर्दबीनी निगाहों से आपकी रचना में कोई-न-कोई वाद ढूँढ़ निकालेंगे। अब एक दूसरी पान-गोष्ठी में उस वाद-विशेष के प्रतिनिधियों और पक्षधरों को आमंत्रित करना पड़ेगा जो अपने पीछे दूसरी-तीसरी रक्षा-पंक्ति तैयार करने के लिए रंगरूटों की बहाली हेतु हमेशा उपलब्ध रहते हैं। अगर आपकी किस्मत अच्छी रही और उस वाद के बाबा को आपका पुजापा पसन्द आ गया—पत्थर नहीं हैं कि बस फूल चढ़ाकर पूजा कर ली जाए! —तो उस गोष्ठी में वे भी शरीक हो सकते हैं। यहाँ आपकी कनफुँकाई हो जाएगी; रचना पर वक्तव्य दिये जाएँगे; और अगर आप बाबा को आगे भी काम लायक दिख गए, तो रचना न केवल मौलिक घोषित की जाएगी, वरन क्रान्तिकारी और युगान्तकारी भी। मगर गोष्ठी में सबसे पहले आपको यह उच्चरित करना पड़ेगा, 'मैं, कालिदास, ईश्वर की शपथ लेकर यह घोषणा करता हूँ कि मैं एक प्रतिबद्ध रचनाकार की तरह अपने साहित्य में अपने वाद की भाषा, शैली, कथ्य और मुहावरों का प्रयोग करूँगा। ईश्वर की शपथ लेकर मैं यह भी वचन देता हूँ कि समय-समय पर बननेवाले हर नियम का पूर्णत: पालन करूँगा और वाद-प्रवर्तक बाबा के आदेश-निर्देश पर चलकर रातोरात अपनी भाषा, शैली, कथ्य और मुहावरों में आवश्यक परिवर्तन ले आऊँगा! ईश्वर की शपथ खाकर मैं यह भी प्रतिज्ञा करता हूँ कि अपने वाद-प्रवर्तक बाबा श्री श्री...'"

"हूँ!...रचना तो तुम्हारी बहुत ही अच्छी है, कालिदास। अब किसी तरह इसका प्रकाशन हो जाए, तो बात बने। इसे तो अपना सौभाग्य मानो कि ईश्वर ने तुम्हें मेरे पास पहुँचा दिया, नहीं तो इतनी अच्छी रचना प्रकाशित होकर भी दबी रह जाती, कुछ पैदा नहीं कर पाती तुम्हारे लिए। मैं तो अपने स्पर्श से मिट्टी को भी सोना बना देता हूँ। अब तक कितनों को ही चमका चुका हूँ। तुम्हारी रचना तो इतनी अच्छी है कि रातोरात शीर्षस्थ साहित्यकार बन जाओगे। जरा-सा जोर लगा दूँगा, तो कोई-न-कोई पुरस्कार दिलाकर ही दम लूँगा। मगर अभी तुम्हें कुछ मुद्रा का प्रबन्ध करना पड़ेगा। मैं अर्थ-संकट में फँसा हुआ हूँ। अभी और पैसे नहीं लगा पाऊँगा। कुछ-ही दिनों की बात है, फिर तो पैसे-ही-पैसे। सोचो मत; घर जाओ और पैसे का प्रबन्ध कर आओ। घर में पैसे नहीं होंगे, मगर गाँव में दो-चार महीनों की मोहलत पर कर्ज-उधार तो मिल ही जाएगा। अरे, ऐसा थोड़े ही होगा कि तुम्हारी पत्नी के पास दो-चार थान जेवर भी नहीं होंगे! बोलो, क्या जवाब देते हो?"

कहाँ कालिदास और कहाँ चन्दन! एक दर-दर भटक रहा है मेघदूत को साथ लिये और दूसरे से पूछा जा रहा है, "मंजूर है?"

चिरंजीव

जब वह गाड़ी पकड़ने के लिए श्रीसदन से चलने को तैयार हुआ, तो बाबूजी ने एक लिफाफा उसकी ओर बढ़ाते हुए कहा, "इसे रख लो। इसमें एक हजार रुपये हैं।" कुछ सकुचा गया चन्दन और बुदबुदाया, "पैसे तो..."

"रख लो, बेटे," बाबूजी ने जरा जोर दे दिया, "वहाँ मिट्ठू पूछेगा कि दादाजी ने उसके लिए क्या दिया, तो भला क्या जवाब दोगे? खूब रसगुल्ले और गुलाबजामुन खिला देना मिट्ठू को।"

कहकर बाबूजी ने एक जोरदार ठहाका लगाया था और चन्दन ने लिफाफा अपनी जेब में डाल लिया।

ठहाके से विदा लेकर चन्दन हाथ में अटैची लिये श्रीसदन से बाहर आ गया। सड़क पर चलते हुए उसने उलटकर एक बार उस घर को देखा जिसके अन्दर बाबूजी बैठे हुए थे और फिर कुछ ऐंठकर आप ही बुदबुदा उठा, "अब यह घर मेरा घर है।"

मीठी मुलाकात का हर क्षण फिर-फिर पास आता रहा और रास्ते-भर बाबूजी के ठहाके उसके कानों में गूँजते रहे।

वे ठहाके अभी भी लग रहे होंगे श्रीसदन में...अभी...किस बात पर?...कहीं...

"लो, तुम आज आए हो! तीन दिनों से एक जीव बैठा हुआ था इस घर में, मगर तुम आए नहीं कि उसके दर्शन हो जाते। कोशी पार से आया हुआ एक लेखक था वह। कुछ लिख लेता है, तो लेखक ही हुआ। मगर तुम उसे देखकर, उसके साथ घंटों गुजारकर यह अन्दाजा नहीं लगा सकते कि यह आदमी एक लेखक भी हो सकता है। तुम्हारे पास बैठेगा और सोंठ मारकर बैठा रह जाएगा। तुम्हें बोलना है, बोलते जाओ; उसके मुँह से बकारी नहीं फूटेगी। तुम्हें जल्दी ही बगैर किसी के बताए यह तो अनुमान हो जाएगा कि आदमी बहरा या गूँगा है, मगर किसी के बताने पर भी कतई यह विश्वास नहीं होगा कि यह एक लेखक भी है। मैंने तो पहली बार ऐसा लेखक देखा था, एकदम गँवरदल...हा-हा-हा-हा...

"बहरा नहीं है वह; गूँगा भी नहीं है। अन्धों के बीच जरूर काना बनकर राज करता होगा। मगर हमारे-तुम्हारे बीच बेचारा मुँह खोले तो कैसे! तुम बात करोगे उसके साथ साहित्य पर, भाषा पर, दर्शन-राजनीति-इतिहास पर। अब बेचारे की इन विषयों में कोई पैठ ही नहीं है, कभी कुछ पढ़ा ही नहीं है उसने, तो चोंच खोलकर बोलेगा क्या? हाँ, बच्चों की तरह बातें करो, तो फिर देखो, कितना बकबक करता है। तुम एक पूछोगे, वह दस सुनाएगा। मैंने तो समझा था कि गाँव का लेखक दिल्ली आया है, तो अवश्य कुछ वजनदार होकर आया होगा, आने के पहले पूरी तैयारी कर ली होगी। मगर जब उससे बातें शुरू कीं, तो वह बिलकुल सफाचट लगा। मेरी कोई बात उसके पल्ले पड़ ही नहीं रही थी। बात सुनता था बड़े ध्यान से, मगर मुँह से बोलता नहीं था कुछ;

बस, आँखें नचाता रहता था, कभी नीचे, कभी ऊपर, कभी मेज पर, कभी दीवार पर। कभी-कभी मुस्कराता था, तो ऐसा लगता था कि कोई पिछली बात अभी समझ में आई है और उस वक्त की कसर अब पूरी कर रहा है। कभी-कभी जवाब में सिर भी हिलाता था, मगर इस तरह कि तुम जान नहीं पाओ कि मरदूद हाँ में सिर हिला रहा है या ना में। जब और बीन बजाना बिलकुल अनुचित लगा, तो मैंने बातों को मोड़ दिया और लगा उससे गाँव-घर और उसके परिवार के बारे में पूछने। अब तो घोंघे का मुँह खुल गया। खूब रस ले-लेकर बातें करने लगा वह। अगली बार वह आएगा, तो तुम्हें खबर भेजकर बुला लूँगा। तुम उसके साथ बैठकर बस इतना-भर पूछना, 'कहिए, आपके बेटे मिट्ठू का क्या हाल-चाल है?' अब तो वह तुमसे लिपट जाना चाहेगा। बेटे की चर्चा से तो वह गद्‌गद्‌ हो जाता है, गद्‌गद...हा-हा-हा-हा...

"बनने की कोशिश में एक दिन वह मुझे सुना गया कि वह बंगला पढ़ लेता है और उर्दू भी उसे आती है। उसके बोलने का ऐसा ढंग था कि मैं समझ लूँ, वह बंगला साहित्य का अच्छा विद्वान है और उर्दू साहित्य की जानकारी में भी किसी से कम नहीं। उस बेचारे को मेरे बारे में क्या पता! उस दिन दोपहर में जब वह मेरे कमरे में घुसा, तो मुझे उर्दू की एक मोटी किताब पढ़ते देख लिया। ऐसा डरा कि मेरे पास बैठने की बजाय वह सीधे अपने कमरे में घुस गया। उसे तो डर हो गया कि कहीं मैं उसकी अधजल गगरी को देख न लूँ। ऐसा संयोग हुआ कि उसी शाम एक बंगाली लेखक अपना एक नया उपन्यास मुझे भेंट करने आए। देर तक उनके साथ बंगला साहित्य पर बातचीत होती रही। कोशी पार से आया हुआ बंगला और उर्दू साहित्य का विद्वान उस वक्त अपने कमरे में मौजूद था, और हमारी बातें भी सुन रहा था। वह तो डर से काँप रहा होगा कि कहीं मैं उसे बुला न लूँ। अगर सचमुच मैं उसे हाँक लगा देता, 'आओ, भाई, तुम भी कुछ अपनी राय जाहिर करो,' तो विश्वास करो कि वह कमरे से ही अपने दोनों हाथ जोड़े निकलता और हमारे सामने आते-आते फूट पड़ता, 'बाबूजी, मैं माफी माँगता हूँ। मैं बिलकुल झूठ बोल गया था कि मुझे बंगला आती है। अभी ही यह भी बता दूँ कि मुझे उर्दू भी बिलकुल नहीं आती। केवल अक्षर पहचानता हूँ, वह भी सबके सब नहीं।' जब तक वह बंगाली लेखक चले नहीं गए, वह अपने कमरे से निकला नहीं। उसके बाद भी दो दिनों तक रहा वह, मगर अब तो उसकी नानी मरे जो कहे कि वह उर्दू-बंगाल...हा-हा-हा-हा...।

"मैं तो अपने स्वभाव से मरा जा रहा हूँ, भाई; और, लगता है, मैं कुछ कर भी नहीं सकता। प्रतिभा नहीं हो, तब भी अगर जिद हो किसी की कि वह लिखेगा ही, और तुम्हारे लाख मना करने से भी नहीं मानेगा; जान दे देगा, मगर कोई दूसरा धन्धा तुम्हारे समझाने-बुझाने पर भी पकड़ने को तैयार नहीं होगा; दिवा-स्वप्न देख रहा हो एक महान

साहित्यकार बन जाने का; दो-चार कहानियाँ लिखकर ही एक अग्रणी कथाकार बन जाने का भ्रम भी हो गया हो उसे, तो बोलो, क्या करोगे तुम? अगर वह तुम्हारे पास आता है, तो दुत्कार दोगे तुम? दुत्कारने से भी नहीं टसके, तो गरदनियाँ, दोगे, 'भागो, यहाँ से?'...हा-हा-हा-हा...मैं तो अपने स्वभाव के कारण गरदनियाँ देना तो दूर, दुत्कार भी नहीं सकता। और, यह भी सुन लो, यह शख्स तो मुझे ऐसी जोंक की तरह लगा कि दुत्कारने से तो बिलकुल नहीं भागेगा; और अगर मैंने गरदन पर हाथ लगाकर कहा, 'भागो,' तो भागेगा खाक, लगेगा ठुनकने मेरे ही दरवाजे पर...ठुनकने...हा-हा-हा-हा..."

अब लगते रहें ठहाके श्रीसदन में। क्या बिगड़नेवाला है इन ठहाकों से। चन्दन मन-ही-मन सोचता है, यह तो निश्चित है कि बाबूजी उसे भगा नहीं सकते, दुत्कार भी नहीं सकते। और यह सोचकर घर की ओर भागी जा रही रेलगाड़ी के एक डिब्बे की एक शायिका पर लेटा हुआ चन्दन दूसरे यात्रियों के जग जाने के भय से एक जोरदार ठहाका मन-ही-मन लगाता है...हा-हा-हा-हा...

'चिरंजीव' का शशांक पूर्णिया के भजनलाल जी से मिलकर जब वापस घर आता है, तो जोरदार चीख लगाकर बुलाता है दिव्या को अपनी बात गम्भीरता से सुनाने के लिए। चन्दन जब दिल्ली से श्री श्रीधर जी से मुलाकात कर घर लौटता है, तो कुछ समय तक तो वह यात्रा-वृत्तान्त सुनाते हुए 'वही कृष्ण और वही वृन्दावन' बना रहता है, मगर भोजन करने के बाद जब वह आराम करने अपने कमरे में जा घुसता है, तो वहीं से शशांक की तरह वह भी आवाज लगाता है, "राधा!"

अगर राधा भी दिव्या की तरह कड़े तेवर में दरवाजे के सामने खड़ी होकर पूछती, "क्या बात है? चीख क्यों रहे हैं?" जवाब देती, "बहकिए मत, सँभलकर बोलिए;" भौंहें चढ़ाकर कहती, "आप दारू पीकर तो नहीं आए हैं?" गुस्से में बमक उठती, "क्यों खींच लेंगे जबान? मैं किसी के साथ भाग गई हूँ क्या?" तब बहुत रस ले-लेकर चन्दन भी शशांक की तरह एक अच्छा नाटक कर बैठता अपनी बीवी के सामने। मगर जब राधा चीख सुनकर डरी-डरी सहमी हुई उसके सामने आ खड़ी हुई, तो अन्दर-ही-अन्दर कुढ़ गया चन्दन और बीवी को पास बैठने का इशारा कर बाद के दृश्य का मंचन शुरू करते हुए चालू हो गया, "ध्यान देकर सुनो, मैं क्या बोल रहा हूँ, और यह बिलकुल भूल जाओ कि मैं वही हूँ जो अब से पहले था। मुस्कराओ मत, पहले ही सावधान कर देता हूँ, नहीं तो गुस्सा चढ़ेगा मुझे और यह गुस्सा मेरे किसी पुराने गुस्से की तरह नहीं होगा। अब मेरा कोई भी गुस्सा बहुत ही खतरनाक होगा...हाँ, सुन लो, अब मेरे सामने अपनी हैसियत का खयाल रखा करो। 'मेरी राधा' और 'प्यारी राधा' का जमाना चला गया। अब इस घर में मैं एक मर्द की तरह, एक मालिक की तरह रहूँगा...अब तुम मुझे कभी भूल से भी निठल्ला नहीं कह सकती। हजार रुपये कमाकर आया हूँ दिल्ली से। वहाँ रद्दी कागज बेचने नहीं गया था मैं...कान खोलकर सुन लो,

ऐन पढ़ाई-लिखाई के वक्त ही तुम्हारी जो आदत हो गई है दरवाजे के सामने खड़ी होकर सब्जी, तेल, जलावन वगैरह के लिए हाहाकार मचाने की, अब उस आदत को बिलकुल छोड़ दो। मैं अपनी पढ़ाई-लिखाई में अब कोई खलल बरदाश्त नहीं करूँगा... मैं कैसे रहता हूँ और मेरा कमरा कैसा रहता है, इस पर कोई मन्तव्य-वक्तव्य देकर अब मुझे कभी चिढ़ाने की कोशिश मत करना। मैं अब बहुत छोटी-छोटी बात पर भी गुस्से में आ सकता हूँ। मैं जिस वक्त अपने कमरे से बाहर रहूँ उस अवधि में ही मेरे कमरे की झाड़-बुहार और साज-सँवार कर दिया करना। मेरे रहते 'यह बात-वह बात' या 'एक जरूरी बात' सुनाने के लिए भी तुम्हारा मेरे कमरे में आना और मेरा ध्यान भंग करना बिलकुल बरदाश्त नहीं किया जाएगा...मुस्कराने की कोशिश मत करो। कह तो दिया कि अब मैं बदल गया हूँ। गुस्सा भड़का, तो फिर मैं खुद उस पर काबू नहीं कर पाऊँगा...और ध्यान से यह सुन लो कि अब मैं मामूली एक प्याला चाय के लिए तुम्हारा निहोरा नहीं करूँगा, घिघिआने नहीं आऊँगा तुम्हारे पास, 'राधा, देर से इच्छा हो रही है चाय पीने की...राधा, तुम्हारा मन चाय पर नहीं जा रहा है क्या?' अब 'मेरी राधा, प्यारी राधा' का आलाप नहीं होगा, नहीं होगा। अब क्या होगा, सुन लो। मैं अपने कमरे से ही सुनाऊँगा, 'चाय'; और तुम्हें झटपट चूल्हे पर चढ़ी तसला-कड़ाही उतारकर चाय की केतली चढ़ा देनी है। मैं तुमसे यह सुनना पसन्द नहीं करूँगा, 'रुक जाइए अभी...खुद बना लीजिए, मैं और काम कर रही हूँ'...कहाँ ध्यान है तुम्हारा? इधर ध्यान लगाओ...पैसे और भी आएँगे। अभी तो केवल एक हजार आया है मिट्ठू राजा के लिए; बरखुरदार रसगुल्ले और गुलाबजामुन खाएगा। इस बार जाऊँगा, तो बाबूजी अवश्य कहेंगे, "एक साड़ी तो लेते जाओ बहू के लिए। वह पूछ बैठेगी कि बाबूजी ने उसके लिए क्या दिया है, तो क्या जवाब दोगे भला?' पोते के लिए मिठाई और बहू के लिए साड़ी! एक पैसा किसी को नहीं दूँगा। तुम्हें किसकी बीवी बनने का सौभाग्य प्राप्त हुआ, इतना-भर जान लेना ही तुम्हारे आनन्द-खुशी के लिए काफी है। मैं तो अब राजा बन गया हूँ। बाबूजी ने कह ही दिया है, 'बेटे, संकोच मत करना। जब भी जरूरत हो पैसे की—हजार, दो हजार, चार हजार, पाँच हजार—मुँह खोलकर माँग लेना।' मुझे अब पैसे की कोई चिन्ता है क्या!...और, अन्तिम बार सुन लो, अगर तुमने अपना पुराना रवैया नहीं बदला, तो कोई ठीक नहीं कि मैं किस दिन घर छोड़कर चला जाऊँ। सीधे चला जाऊँगा दिल्ली; श्रीसदन में डेरा डाल दूँगा। बाबूजी तो ऐसे कमजोर आदमी हैं कि उन्हें किसी को दुत्कारना भी नहीं आता...इश्शश...ठीक भोजन के वक्त घुस जाऊँगा भोजन-कक्ष में। एक कुर्सी हथियाकर बैठ जाऊँगा। होगी किसी की मजाल कि कह दे, 'उठिए, जनाब, आपका हिस्सा नहीं पका है आज। बचेगा, तो खाइएगा बाद में'...बरस गुजार दूँगा, और तब भी सुनने को नहीं मिलेगा, और कितने दिन रहने का इरादा है? यहाँ लंगर नहीं बँटता है, महाराज।'...ध्यान से सुन रही हो या नहीं? फिर मेरा लौटकर आना नहीं होगा। बस जाऊँगा दिल्ली में ही। तुम्हारी याद भी

नहीं आएगी कभी। एक मादा ढूँढ़ लेने में समय नहीं लगेगा। जब चला जाऊँगा, तब पता चलेगा कि आदमी हीरा था या कोयला। पछताओगी, रोओगी, बिलख-बिलखकर रोओगी...खबरदार, मुस्कराओ मत। दिल्लगी की कोई बात सूझ रही हो, तो उसे मन में ही रखो। मैं बिलकुल बदल गया हूँ...'"

शशांक ने अपने बदले हुए रूप का कारण बताते हुए कहा था दिव्या से, "भारी धोखे में हो तुम, अगर सोचती हो कि मैं अभी भी वही हूँ। मैं अब भजनलाल हूँ, भजनलाल!"...चन्दन ने भी अपने बदले हुए रूप का कारण बता दिया राधा को, "मैं अब वह नहीं हूँ जो कभी था। मैं अब एक लेखक हूँ...ले...खक...कहानी-संग्रह छप रहा है मेरा...हूँ!...

राधा ने मुस्कराकर सिर हिलाया। इस मुस्कराहट को अनदेखा कर चन्दन ने तिरछी भौंहें और अधखुली आँखों से उसे घूरते हुए कहा, "समझ गई न सब कुछ?" और फिर एक जोरदार ठहाका लगा दिया, वही श्रीसदनवाला ठहाका...हा-हा-हा-हा...

पन्नों पर चिरंजीव के उतरते ही चन्दन के साथ-साथ शशांक भी घुस आया था उस घर में नोंक-झोंक करने; राधा के साथ अब दिव्या भी दिखाई पड़ने लगी थी फनफनाते, बकबक करते; और मिट्ठू के साथ अब टीपू भी लगा था ऊधम मचाने उस घर में।

दिल्ली से वापस आए चन्दन के साथ अब एक और आदमी चला आया था उस घर में...बाबूजी...आते ही घोषणा कर दी, "अब मैं यहीं रहूँगा..."

और उस घर में बाबूजी ने ऐसा आसन जमाया कि एक चन्दन ही दिल्ली भाग जाने की धमकी नहीं देता था, मिट्ठू भी ऐंठकर पिता से कह देता था, "ठीक है, अब आपसे कुछ नहीं माँगूँगा। दिल्ली जाऊँगा, तो सब कुछ ले लूँगा दादाजी से। राधा गुर्राकर पति को डराती थी, "कर दूँ शिकायत बाबूजी से? लिख दूँ एक चिट्ठी?"

बाबूजी की चर्चा से हर एक की जबान घिस गई थी घर में।

पत्र आते रहे बाबूजी के, और हर एक पत्र एक त्योहार लेकर आता रहा। स्नेह से छलछलाता हुआ हर पत्र! चन्दन पत्र पढ़कर सुना देता था राधा को, मगर उसके बाद भी राधा पत्र लेकर पढ़ने बैठ जाती। दादाजी का हाल-समाचार सुन लेने-भर से मिट्ठू का मन नहीं मानता; वह भी चिरौरी कर बैठता, "दादाजी की चिट्ठी मैं भी पढ़ूँगा, पापा।" हर पत्र में मिट्ठू की चर्चा रहती, राधा की खोज-खबर होती। अगले साल मिट्ठू दिल्ली चला जाए और वहीं दादाजी के साथ रहकर पढ़े, ऐसा लिख भेजा था बाबूजी ने। बहू की तबीयत खराब रहती है, तो चन्दन एक बार उसे दिल्ली ले आकर वहाँ अच्छे डॉक्टरों को दिखा दे, कई बार लिखा था बाबूजी ने। एक दिन तो उनके एक पत्र को पढ़कर आँखें तरल हो आई थीं राधा की और उसने चन्दन से कहा था, "एक बात कहूँ! यह अवश्य कोई पूर्व जन्म का रिश्ता है जिसने बाबूजी को इस तरह

हमसे बाँध दिया है। इस स्नेह, इस दया का और कोई दूसरा कारण हो ही नहीं सकता।"

चन्दन का कहानी-संग्रह छप जाता है और उसकी कुछ प्रतियाँ भी दिल्ली से उसके पास आ जाती हैं। इस बीच वह 'चिरंजीव' के दो भाग तैयार कर लेता है, और इन दो भागों को लेकर बाबूजी के पास जाने की तैयारी करने लगता है।

पापा को कमरे में अकेला पाता है मिट्ठू और उनके पास जाकर चुपचाप बैठ जाता है। थोड़ी देर तक तो वह यों ही बैठा रह जाता है और फिर अचानक बोलता है, "पापा, आप दिल्ली जाएँगे, तो फिर वहाँ तो आपकी देह की मालिश होगी नहीं। मैं आज और कल आपकी खूब मालिश कर देता हूँ।" कहकर मिट्ठू पापा के पाँव दबाना शुरू कर देता है।

चन्दन बोलता कुछ नहीं, मगर पट होकर हाथ-पाँव फैला देता है और फिर कमीज, ऊपर चढ़ाकर पीठ भी उघाड़ देता है ताकि अच्छी मालिश हो जाए। जो लड़का दो-चार बार खुशामद करने के बाद ही मालिश करने को तैयार होता था, वह आज बगैर बुलाए अपनी इच्छा से चला आया है, यह खयाल मन में आते ही इसका असली कारण भी समझ जाता है चन्दन और तकिये में मुँह गड़ाकर मुस्कराते हुए आज की मालिश का असली आनन्द लेने लगता है। मगर बेटे की इस दयादृष्टि का असली कारण इस बार दिल्ली से यह-वह चीज ले आने की फरमाइश नहीं होता; पिता की समझ को गलत ठहराते हुए बेटा असली कारण जल्दी ही जाहिर कर देता है, "पापा, इस बार तो मुझे भी दिल्ली जाना चाहिए।"

"क्यों?" तकिये से मुँह निकालकर पूछता है चन्दन।

"दादाजी ने तो आपको लिखा है मुझे भी साथ ले आने के लिए।"

"हाँ, लिखा तो है..."

"उनकी बात आप कैसे काटेंगे, पिताजी?"

"नहीं काटूँगा, मगर..."

"मेरे बारे में भी तो सोचेंगे दादाजी कि कैसा पोता है जो बुलाने पर भी दादा से मिलने नहीं आता। उन्हें बहुत दुख हो जाएगा, पिताजी।"

"उन्होंने लिखा तो है, मगर इस बार तुम मत जाओ। मुझे दो-एक बार वहाँ से हो आने दो, फिर तुम जाना।"

"मैं जिद नहीं कर रहा हूँ, आप भला-बुरा सोच लीजिए। कहिएगा, तो जाऊँगा, नहीं तो कभी बाद में ही जाऊँगा; आप तो बराबर जाते ही रहेंगे।"

"अब तुम्हें जिद क्या करनी है! साल-डेढ़ साल बाद तो तुम चले ही जाओगे दिल्ली और दादाजी के साथ ही रहोगे।"

"हाँ, यही सोचकर तो मैं कह रहा था कि जरा पहले से देख आऊँ कि कैसे रहना

है, कौन-कौन हैं वहाँ। वहाँ तो मुझे बहुत ठीक से रहना होगा। कोई ऐसा-वैसा काम नहीं करना है कि दादाजी को दुख हो जाए।"

"ठीक है, तीन-चार महीने बाद मैं फिर जाऊँगा, तो तुम्हें साथ ले लूँगा। इस बार तुम रुक जाओ।"

अचानक चन्दन को असमंजस में पड़ा हुआ टीपू याद आ जाता है। एक गिलास शरबत पी चुका है वह, मगर चाची पूछ रही है उससे, "एक गिलास और शरबत लोगे, टीपू?" हाँ कहे, तो घर पर पिता से लथाड़ खाए और ना कहे, तो एक गिलास शरबत से हाथ धोना पड़े! कुछ बोलता नहीं टीपू, पिता की ओर कनखियों से देखता है और फिर उधर से निश्चिन्त होकर चाची के सामने हाँ में धीरे-धीरे सिर हिलाने लगता है। चाची मुस्कराकर गिलास उसके आगे बढ़ा देती है...

चन्दन के होंठों पर मुस्कराहट तैर जाती है...टीपू के घर में मेहमान आए हुए हैं और रसगुल्ले खा रहे हैं। पास ही खड़े टीपू से मेहमान का आग्रह होता है उस मिठाई-भोज में शरीक होने के लिए। टीपू नाह-नूँह करता है, मगर जैसे ही एक क्षण के लिए शशांक वहाँ से हटता है, टीपू मेहमान को सुना देता है, "नहीं लूँगा रसगुल्ले; पिताजी मारेंगे।"

पापा को मुस्काराते देख मिट्ठू टोक देता है, "हँस क्यों रहे हैं, पिताजी? सच कहता हूँ, अब मैं बहुत सुधर गया हूँ; कहीं कोई शरारत नहीं करता। दादाजी के पास जाऊँगा, तो बहुत ठीक से रहूँगा। सुनिए, जैसे ही वहाँ पहुँचूँगा, सबसे पहले दादाजी के पैर छूकर प्रणाम करूँगा; फिर..."

खाना खाते वक्त पति को काफी खुशमिजाज देखकर राधा बोलती है, "मैं भी चलूँ दिल्ली?"

"दिल्ली!" चौंकने की कोशिश करते हुए चन्दन जवाब देता है, "तुम भला किस लिए जाओगी दिल्ली?" मैं तो काम से जा रहा हूँ; 'चिरंजीव' का आधा लिख चुका हूँ; वही दिखाने जाना है।"

"मैं भी काम से ही जाना चाहता हूँ।"

"काम से!" इस बार सचमुच चौंकता है चन्दन, "तुम्हें भला क्या काम है?"

"बाबूजी के दर्शन कर लेती।"

"उसके लिए हड़बड़ी नहीं है। कुछ दिन रुक जाओ, फिर तो मेरा एक पाँव दिल्ली में ही रहेगा। अभी नहीं ले जाऊँगा तुम्हें। वहाँ बड़ी भीड़-भाड़ रहती है। पिछली बार भी मैंने ढेर सारे लोगों को देखा था। एक रोम से आए हुए कोई प्राध्यापक थे; एक सूरीनाम से आए हुए थे। और भी कौन-कौन तो थे। वहाँ तुम्हारे लिए व्यवस्था कर लूँगा, फिर ले जाऊँगा तुम्हें। अभी ले जाने से बाबूजी को परेशानी हो जाएगी।"

"चाहती थी, भेंट कर लूँ। बूढ़े आदमी हैं न; कब क्या हो जाए..."

"ऊँहूँ हूँ हूँ हूँ, उधर से बेफिक्र रहो," चन्दन जल्दी-जल्दी कौर चबाकर कहता है, "अभी तो उनकी डोर बहुत ही मजबूत है। अगले तीस बरसों तक काया हिलनेवाली नहीं है। उनकी फुर्ती देखोगी, तो दंग रह जाओगी। ठहाका तो ऐसा लगाते हैं कि क्या कोई जवान भी लगाएगा वैसा ठहाका! हा-हा-हा-हा...इससे भी अधिक जोरदार।"

"भगवान करे, ऐसा ही हो।"

"ऐसा नहीं होगा, तब मैं कहीं का रहूँगा क्या! मेरा तो बेड़ा ही डूब जाएगा। मुझसे पार लगेगा किसी और का दरवाजा खटखटाते, कहीं और सिर नवाते! मेरे लिए तो चारों ओर अन्धकार-ही-अन्धकार हो जाएगा!"

"मैं जाती, तो कुछ पैसे लेकर आती बाबूजी से," मुस्कराते हुए कहती है राधा।

"पैसे!" नाक-भौं सिकोड़ देता है चन्दन, "पैसे माँगने जाओगी बाबूजी से? यह कैसे बोल गई तुम? तुम एक लेखक की बीवी होने लायक नहीं हो। आज तक मैंने तुम्हें जितना पढ़ाया, सब बेकार गया। किसी दुख में तो नहीं जी रही हो? दोनों जून खाना मिल ही जाता है; दाल में घी खाती ही हो; कपड़े भी कोई खराब नहीं पहन रही हो; फिर पैसे किसलिए?"

"मुझे जरूरत है, तब तो माँगने जाऊँगी।"

"तब सुन लो, पैसे तुम्हें नहीं देंगे बाबूजी, साफ कह देंगे, 'पैसे नहीं हैं।'

"ऐसा कैसे कह देंगे?"

"ऐसा कह चुके हैं वे। एक बार खुद माँ जी ने इलाहाबाद वाली कोठी की पुताई के लिए महज दो-तीन हजार रुपये उनसे माँगें थे। बाबूजी ने ऐसा नाटक किया कि बेचारी माँ जी सोच में पड़ गईं कि सचमुच इतने बुरे दिन तो नहीं आ गए। वैसा ही नाटक कर बैठेंगे, तो कैसा मुँह हो जाएगा तुम्हारा!"

"मेरे सामने कोई नाटक नहीं चलेगा न! ससुर की दौलत में पतोहू का अलग हिस्सा होता है। हजार-दो हजार तो मैं मुँह दिखाई के ले लूँगी।"

"अरेरेरे, मुँह देखकर तो कानी कौड़ी नहीं देंगे वे; मुँह देख लेंगे और कहेंगे, 'ठीक है, मुँह देख लिया; अब जाओ।' तुम्हें देखकर तो वे सोचेंगे कि तुम रोज दो-चार आदमियों का खाना खा जाती होगी। इस मुँह पर तो पैसे नहीं देंगे वे। एक जिल्दसाज उनके प्रकाशन की पुस्तकों की जिल्दबन्दी किया करता था। वह हरदम बना-ठना रहता था। बाबूजी ने अपने सहायक को बुलाकर कहा, "इस आदमी को हटाओ, बेटे। जो छैला बना फिरता है, वह तुम्हारा काम खाक करेगा! किसी गरीब जिल्दसाज को पकड़ो जो मन लगाकर काम करे।" समय पर काम पूरा कर देने और पूरी ईमानदारी से काम करनेवाले उस जिल्दसाज की छुट्टी हो गई। उस तेज जिल्दसाज ने उस छुट्टी का कारण मालूम कर लिया और बाबूजी के पास बढ़ी दाढ़ी और फटे कुरते में पहुँचकर बड़े ही दुखी स्वर में कहा, "बच्चे कई दिनों से भूखे हैं, बाबूजी। अभी मैं उनसे कहकर आया हूँ कि शाम तक रुको; आज कुछ काम लेकर आता हूँ बाबूजी से और शाम

में रोटियों का इन्तजाम हो जाएगा। उससे एक घंटा बाद आने को कहकर बाबूजी ने तुरन्त अपने सहायक को बुलाया और उससे मुँह बनाकर कहा, "जिल्दसाजी के धन्धे में बरकत नहीं है, बेटे। अपना पुराना जिल्दसाज आया था अभी; बहुत फटेहाल दिख रहा था। उसे कुछ काम दो, बेटे। ऐसा करना कि बाजार दर से दो पैसे अधिक ही दे देना। घंटे-भर बाद वह आएगा। उसे कुछ अग्रिम भी दे दो; उसके बाल-बच्चे भूखों मर रहे हैं।" वह जिल्दसाज अभी भी घर से छैला बनकर ही बाहर निकलता है, मगर बाबूजी से जब भी मुलाकात होती है उसकी, वह बढ़ी दाढ़ी और फटे कुरते में ही देखा जाता है। मैं तो उन्हें कुछ-कुछ उस जिल्दसाज की तरह नजर आता भी होऊँगा, मगर तुम्हें देख लेने पर तो वे मेरी भी छुट्टी कर देंगे।"

"अगर इस तरह दया उमड़ती है उन्हें, तो फिर देख लीजिए कि मैं कितने पैसे लेकर आती हूँ। जाने के एक पखवारा पहले से ही मैं सिर में तेल चुपड़ना छोड़ दूँगी। उनके सामने पैबन्द लगी साड़ी में जाऊँगी और आँखों में आसूँ भरकर बोलूँगी, "मैं बहुत कष्ट में जी रही हूँ, बाबूजी, कच्ची गृहस्थी के कष्ट में। माँ-बाप के घर में अनाज की कोठियाँ रहती थीं। माँ सूप से चावल निकालती थी और हंडा में भात पकता था। मेरे घर में तो निकती पर तौल-तौलकर तसली में डाला जाता है अनाज। माँ-बाप के घर का खाया-पिया शरीर है मेरा कि डोल नहीं रहा है; उसी का असर है कि अब पानी भी पीती हूँ, तो शरीर पर चरबी चढ़ती है। घर में कैसी किल्लत है, यह तो मिट्टू के पापा की शक्ल-सूरत से आपने जान ही लिया होगा, बाबूजी। माँ-बाप के घर में थी, तो दूध-घी से नहाती थी; अपने घर में तो एक बूँद के लिए तरस जाती हूँ। जब जी बहुत चलता है, तो चली जाती हूँ मायके घी-दूध खाने और दस-पाँच दिनों के लिए मिट्टू के पापा को भी बुला लेती हूँ वहाँ। मगर इस तरह कब तक जाती रहूँगी भाई-भौजाई की देहरी लीपने, कब तक इन्हें बुला-बुलाकर चटाती रहूँगी घी-दूध! मिठाई का एक-आध टुकड़ा तो तभी मुँह में जाता है जब कभी-कभार किसी के यहाँ से बैना आता है। मिट्टू जब कहीं किसी को कुछ खाते देखता है और मेरे पास आकर आँसू बहाने लगता है, तो उसे चुप करने के लिए मैं उस पर थप्पड़ तो चला देती हूँ, मगर मेरा कलेजा मुँह को आने लगता है..."

"बस-बस-बस, इतना झूठ बोलोगी, तो मैं चुप नहीं रह सकूँगा, सच उगल दूँगा।"

"क्या सच उगल देंगे आप?" झगड़ने को तैयार हो जाती है राधा, "दस-बीस थान गहने गढ़वा दिये हैं क्या आपने मेरे लिए? नौलखा हार पहना दिया है मुझे या सोने का टीका बनवाकर ले आए हैं? कभी यह शौक हुआ कि जवान बीवी के लिए एक साड़ी ही खरीद लें? क्या सुख मिला इस घर में? दाई-लौंडी की तरह खाना पकाती हूँ और पेट भर्ती हूँ। सुनने को आपकी बड़ी-बड़ी बातें मिलती हैं, "राधा, गहने-जेवर से लदी औरतों को मत देखो; सड़कों पर रात गुजारनेवाली उन औरतों को देखो जिनके तन पर वस्त्र नहीं हैं।" मैं देखूँ यह सब? भगवान देखे और आप देखते रहिए। आपसे

पैसे नहीं माँग रही हूँ, तब भी छटपटी हो रही है आपको। मुफ्त में किसी की पतोहू बननेवाली नहीं हूँ मैं।"

"सचमुच?" कहकर ठहाके लगाता है चन्दन।

"हाँ, सचमुच," राधा भी मुस्करा देती है।

"तब तो मुँह खोलकर तुम्हारे लिए एक साड़ी के पैसे माँग ही लूँगा।"

"हाँ, माँग लीजिएगा। पाँच सौ से कम की साड़ी नहीं लूँगी इस बार।"

"यह भी बोल दूँगा," मुस्कराहट रोककर कहता है चन्दन, "कि अगर उसे साड़ी नहीं मिली, तो वह मुझे छोड़कर किसी और के साथ घर बसाने चली जाएगी; उसने आदमी ठीक कर लिया है।"

"हाँ-हाँ, कह दीजिएगा," मुँह घुमाकर हँस देती है राधा।

"और...सुनो," गम्भीर होकर बोलता है चन्दन, "सोने का टीका..."

"वह अगली बार," कहकर जोर से हँस पड़ती है राधा और वहाँ से उठकर चली जाती है।

जिस दिन चन्दन दिल्ली जाने को होता है उसी दिन मिट्ठू एक अच्छी तरह बन्द किया हुआ लिफाफा पापा को सुपुर्द करता है और कहता है, "यह पत्र दादाजी को दे दीजिएगा...दे दीजिएगा न?"

चन्दन मुँह चमकाते हुए लिफाफे को उलट-पलटकर देखता है और फिर मुस्कराते हुए कहता है, "दे दूँगा।"

मिट्ठू खुश होकर कमरे से बाहर जाने लगता है, तो चन्दन हाँक लगा देता है, "सुनो।"

"क्या?" लौटकर पूछता है मिट्ठू।

"मैं जान सकता हूँ कि इस पत्र में क्या है?"

"मुस्कराते हुए ना में सिर हिलाने लगता है टीपू।"

"ठीक है," बाप बेटे को डराता है, "मैं रास्ते में लिफाफा फाड़कर पढ़ लूँगा।..."

"नहींईंईं," रोनी आवाज में चीख पड़ता है मिट्ठू और पिता घबराकर जल्दी से बोल जाते हैं, "अच्छा-अच्छा, नहीं पढ़ूँगा।"

मुस्कराते हुए बेटा सुनाता है, "आपको बाद में बता दूँगा; पिताजी, अभी नहीं।"

ठीक घर से निकलते वक्त राधा कहने लगती है पति से, "आप बाबूजी से कुछ नहीं कहिएगा; मैं तो यों ही कह रही थी। जिन्होंने हमें इतना स्नेह दिया है, उनसे पैसा लेना अच्छा नहीं होगा; माँगना तो और भी अपराध हो जाएगा। हमारे दिन मजे में कट रहे हैं। पैसे का जरा भी लोभ नहीं है मुझे। हम चाहें, तो पैसे नहीं बचा सकते हैं क्या? आए गए को खिलाने-पिलाने में हमारे भी तो हजार-दो हजार साल में निकल ही जाते

होंगे। जरूरी तो नहीं है कि दरवाजे से किसी को भूखा जाने नहीं दें। दरवाजे पर कोई भूखा सोता है, तो सोए; हम भी तो बेफिक्र सो सकते हैं। फुलिया की माँ छठ व्रत छोड़ रही थी इस बार; नारियल खरीदने के पैसे नहीं थे उसके पास। अभी दस रुपये देकर आ रही हूँ; नहीं भी दे सकती थी।"

भावभीनी निगाहों से पति पत्नी को निहारता है और मुस्करा देता है। यह औरत एक लेखक की बीवी होने लायक है, यह खयाल बार-बार आता है उसके मन में और उसे खुश कर जाता है।

इस बार दिल्ली की यात्रा में कहीं भी दिल नहीं धड़का चन्दन का। श्रीसदन के फाटक के पास रुक नहीं गया वह; अन्दर झाँककर यह देखने की कोशिश नहीं की कि कोई आदमी है या नहीं। बेखटके फाटक खोलकर अन्दर घुसा वह और सीढ़ियाँ चढ़कर ऊपर पहुँच गया। बाबूजी के कमरे का दरवाजा ठेलते हुए एक संशय जरूर उभरा उसके मन में कि बाबूजी उसे देखते ही पहचान तो लेंगे न।

ऐसे भी लोग हैं इस दुनिया में जो किसी को एक बार देख लेने के बाद उसे जीवन-भर नहीं भूलते और किसी भीड़ में भी उस चेहरे को पहचान लेने में मिनट की देर नहीं लगाते। चन्दन ऐसे लोगों में है जो किसी के साथ अपनी पहली मुलाकात में लगातार उसके चेहरे को देखते हुए कोई ऐसा चिह्न या दाग ढूँढ़ लेना चाहते हैं जो अगली मुलाकात में उसे तुरन्त पहचान लेने में सहायक हो सके, और दूसरे-तीसरे दिन ही उस चिह्न या दाग के दिमाग से उतर जाने पर परेशान होने लगते हैं कि अब उस आदमी को किस तरह पहचाना जा सकेगा।

ऐसा कितनी ही बार हुआ है कि कुछ-कुछ पहचान में आ रही कोई सूरत सड़क पर सामने से आती दिखाई पड़ी है और 'यह कौन हो सकता है?' सोचते हुए चन्दन को बिलकुल अपनी नाक की सीध में देखने और चलने को मजबूर होना पड़ा है ताकि उस आदमी से कटकर निकला जा सके। लज्जित होना पड़ा है उसे कई बार जब दरवाजे पर आकर किसी ने उसे नमस्कार किया है और उसे असमंजस में पाकर पूछ बैठा है, "मुझे पहचान रहे हैं या नहीं?" ऐसा भी हुआ है कि किसी ऐसे व्यक्ति के सामने अभिवादन में उसके हाथ उठ गए हैं, मुँह से 'प्रणाम' उच्चरित हो गया है, जिसकी शक्ल-सूरत से मिलती-जुलती शक्ल-सूरत का मालिक कोई और ही था जिसके साथ कभी परिचय हुआ था उसका।

पता नहीं, बाबूजी की याददाश्त कैसी है!

कहीं ऐसा न हो कमरे में घुसते ही उसे देखकर वे मुस्करा पड़ें और फिर जिल्दसाजी के धन्धे में बरकत है या नहीं, इस पर पूछताछ शुरू कर दें; या, नजर पड़ते ही कह बैठें, "टाइपराइटर आ गया है। तुम कल से काम पर आ जाओ;" या फिर सुना दें,"

तुम्हें तिवारी ने भेजा है न? कल दफ्तर में भेंट करो मुझसे। वहाँ मैं सारा काम बता दूँगा। दफ्तर देखा है न?"...

दरवाजा ठेलकर अन्दर घुसा चन्दन और चलकर बाबूजी के सामने जा खड़ा हुआ, "प्रणाम, बाबूजी।" बाबूजी ने उसकी ओर नजरें उठाईं और वह झटपट बोल गया, "मैं चन्दन हूँ, बाबूजी।"

"अरे, अरे, मैं पहचान रहा हूँ," बाबूजी मुस्करा पड़े, "कौन कहता है कि तुम चन्दन नहीं हो?...हा-हा-हा-हा..."

लज्जा-भरी मुस्कराहट चन्दन के चेहरे पर उतर आई।

बाबूजी के कुशल-प्रश्न का जवाब देते हुए चन्दन ने मिट्टू का लिफाफा भी मुस्कराते हुए सौंप दिया। लिफाफा फाड़कर पोते का पत्र निकाला उन्होंने और पढ़ते हुए मुस्करा पड़े।

"क्या लिखा है?" आहिस्ते से पूछ दिया चन्दन ने, तो बाबूजी ने भी बिलकुल मिट्टू की तरह ना में सिर हिला दिया और फिर सुना भी दिया, "नहीं बताऊँगा; यह दादा और पोते का आपसी मामला है...हा-हा-हा-हा..."

और, ठहाके के बाद बाबूजी ने काफी जोर देकर कहा, "अगली बार आना, तो मिट्टू को भी अवश्य साथ में ले लेना।"

इस बार चन्दन पूरे सात दिनों तक टिका रहा श्रीसदन में और बाबूजी के साथ तरह-तरह की बातें करता रहा। अब तो उसका मुँह भी खुल गया था। मगर तब भी मन में एक बात थी जिसे वह कहते-कहते रुक जाता था। जाने के दो दिन पहले उसने सकुचाते हुए मन की बात खोल ही दी बाबूजी के सामने, "कहानी-संग्रह छप गया है, बाबूजी, तो अब उसकी समीक्षा भी तो छपनी चाहिए?"

"हाँ-हाँ, समीक्षा छपनी चाहिए, अवश्य छपनी चाहिए, मगर..." कहते-कहते चुप हो गए बाबूजी।

चन्दन ने उनके चेहरे पर नजर गड़ा दी और मन में सोचने लगा, मगर क्या?

"मगर एक बात बता दूँ तुम्हें," एक क्षण की चुप्पी के बाद बाबूजी ने फिर कहना शुरू किया, "समीक्षा की चिन्ता मैं करूँगा; तुम्हें नहीं करनी है यह चिन्ता। तुम रचनारत रहो, चुपचाप लिखते चले जाओ। अगर तुम्हारा ध्यान इस ओर चला गया और तुम समीक्षा के पीछे पड़ गए, तो तुम्हारे लेखन में भारी बाधा उपस्थित हो जाएगी और तुम्हारा अधिकांश समय प्रकाशित पुस्तकों की समीक्षा लिखवाने-छपवाने में लग जाएगा। और सच पूछो, तो तुम्हारा कोई भला होनेवाला नहीं है इससे। अगर अच्छी चीज लिखोगे, तो मैं तुम्हारी रचना पाठक तक पहुँचा दूँगा, इतना विश्वास दिलाता हूँ। आज जो समीक्षाएँ छप रही हैं उनमें बहुत कम ऐसी हैं जिनसे लेखक या पाठक का

भला हो सकता है। जानते हो, समीक्षाएँ किस तरह लिखी जा रही हैं आजकल?..."

फिर नजर आ गए 'मेघदूत' की कुछ मुद्रित प्रतियाँ झोले में लिये समीक्षकों के दरवाजे खटखटाते कविशिरोमणि कालिदास...

"कौन दूत?" समीक्षक चौंककर पूछते हैं।

"मेघदूत, श्रीमान," जवाब देते हैं कालिदास।

"ठीक है, एक प्रति छोड़ जाइए; फुरसत मिलेगी, तो पढ़ूँगा।"

"मैं फिर कब आऊँ श्रीमान?"

"सुनो, भाई, जल्दबाजी हो, तब तो अपनी किताब ले जाओ। मैं व्यस्त आदमी हूँ। बहुत कुछ पढ़ना-लिखना पड़ता है। फुरसत मिलेगी, तो देखूँगा तुम्हारी भी किताब। अभी तो तीस-पैंतीस किताबें पड़ी हुई हैं मेरे पास समीक्षा लिखने के लिए। तुम आते रहो, मगर तंग मत करना अपनी किताब...कौन दूत बताया?"

"मेघदूत, श्रीमान!"

'मेघदूत' की भेंट की गई प्रति को समीक्षक महोदय उलटते-पलटते हैं और भूमिका लेखक के नाम पर निगाह जाते ही भौंहें चढ़ा बैठते हैं, "हूँ!.. पंडित जी ने भूमिका लिखी है?"

"जी, श्रीमान," आहिस्ते से जवाब देते हैं कालिदास।

"कुछ घूस में भी देना पड़ा होगा?"

"नहीं, श्रीमान।"

"हूँ!...भूमिका तो बहुत अच्छी लिखी होगी पंडित जी ने?"

"हाँ, श्रीमान, अच्छी है।"

"होनी ही चाहिए। बीस बरसों तक राजा साहब के घुड़साल में साईस का पद सँभाले रहे, तो भूमिका लिखना तो आ ही गया होगा। अब तो आप जल्दी ही आसमान में उड़ने लगेंगे। मेरे पास आने की भला क्या जरूरत हो गई आपको! पंडित जी ने तो सब बता ही दिया होगा!"

"उन्होंने कुछ नहीं कहा है, श्रीमान। आपके पास मार्गदर्शन के लिए आया हूँ, श्रीमान।"

"हूँ!...मार्ग-दर्शन के लिए!...अब तो आपका मार्ग-दर्शन पंडित जी ही करेंगे। उन्हें आप बराबर कुछ चटाते रहिएगा और वे आपको मार्ग दिखाते रहेंगे। अब मुझसे तो कुछ नहीं होगा।"

"मगर, श्रीमान..."

"जाओ, भैया, उस पंडित के पास ही जाओ। मैं कूड़े-कचरे पर कुछ लिखना नहीं चाहता।"

"मैं तुम्हारे मेघदूत की समीक्षा तो लिख दूँगा, कालिदास, मगर तुम्हें भी मेरा एक काम करना होगा।"

"अवश्य करूँगा, श्रीमान।"

"मेरे दुश्मन मुझे टुच्चा साबित करने की जी-जान से कोशिश कर रहे हैं और अपनी पत्रिकाओं में मेरे विरुद्ध लेख लिखवा रहे हैं। इससे मेरा जो भी नुकसान हो, मगर अधिक नुकसान तो उन लेखकों का हो जाएगा जो मेरी छत्र-छाया में पल-पुस रहे हैं। मेरे लिए जवाबी हमला जरूरी हो गया है। एक लेख तुम भी लिख डालो; किसी पत्रिका में डलवा दूँगा। लिख सकोगे?"

"हाँ, श्रीमान लिख लूँगा।"

"आधुनिक साहित्य के निर्माण में मेरा क्या योगदान रहा है, इससे तो तुम अवगत ही होगे?"

"जी हाँ, बिलकुल।"

"इसी पर एक लेख लिख डालो। शाम में मिलो, तो मैं तुम्हें अपने बारे में कुछ नई बातें भी बता दूँ। लेख मैं खुद भी देख लूँगा, ताकि उसकी नोक-पलक ठीक कर दूँ। जरा जल्दी करना; महीने में एक-आध लेख लिखना पड़ जाएगा तुम्हें।"

"शाम में आपसे मिल लूँगा, और कल सुबह तक लेख तैयार भी कर लूँगा, श्रीमान।"

"काम हो गया, श्रीमान; एक दोहत्थड़ डंडा लगाया है मैंने उस साईस को।"

"सच?"

"हाँ, श्रीमान; शाम तक तो ढेर सारे लोग आ ही जाएँगे आपको खबर पहुँचाने।"

"यह तुमने बड़ा ही अच्छा काम किया, कालिदास। मेरे विरुद्ध विष उगलने का फल मिल गया उसे। अब करे वह साहित्य सम्मेलन की अध्यक्षता। जो कुर्सी मुझे सौंपी जा रही थी, कालिदास, उसे उस साईस साले ने कुछ राजनेताओं की पैरवी के बल पर खुद हथिया ली। तुमने मेरे दिल की आग शान्त कर दी। दो-चार दिनों तक तो दर्द से जरूर कराहेगा वह?"

"तबीयत सुधरते महीना लग जाएगा, श्रीमान।"

"सच?"

"हाँ, श्रीमान।"

"आज शुभ दिन है; अपनी पुस्तक की समीक्षा लिखकर ले आओ मेरे पास।"

"मैं?"

"हाँ-हाँ, मैं एक नमूना दे देता हूँ; तुम उसे भरकर ले आओ। कल ही मैं अपनी किसी पत्रिका में भेज दूँगा छपने के लिए। मैं खुद लिख डालता, मगर तुम्हारी किताब कहीं इधर-उधर हो गई है; मैं पढ़ नहीं पाया था।"

"एक और प्रति है मेरे पास; दे जाऊँ?"

"देर हो जाएगी; अभी मुझे फुरसत मिल नहीं रही है। समीक्षा छप जाने दो; पुस्तक मैं कभी बाद में पढ़ लूँगा।"

साहित्य-जगत की ढेर सारी बातें सुनने को मिलीं शशांक को बाबूजी के मुँह से इन सात दिनों में। कई लेखकों और आलोचकों से भी उसका परिचय हुआ इस बार। इस बार दिल्ली घूमने का भी उसे काफी मौका मिला था। इन सात दिनों में हर दिन वह अपने में कुछ अधिक उत्साह, कुछ अधिक ताकत महसूस करता रहा था। इस बार वह केवल मिलने की खुशियाँ लेकर घर नहीं लौट रहा था, बाबूजी की दी हुई कोई ताकत भी उसके साथ हो गई थी।

लौटने के एक दिन पहले ढेर सारी किताबें उसे पढ़ने के लिए देते हुए बाबूजी ने कहा था, "इन किताबों की एक गठरी बना लो,"...और फिर अचानक पूछ डाला था, "मगर साइकिल कैसे ले जाओगे?"

"साइकिल!" भारी अचम्भा हुआ चन्दन को...यह क्या बोल रहे हैं बाबूजी? साइकिल! उनके ध्यान में चन्दन की बजाय इस बार सचमुच कोई और आदमी तो नहीं आ गया है—जिल्दसाज?...टंकक?...या उनके दफ्तर में काम कर रहा कोई नया आदमी?...उसने आहिस्ते से कहा, "साइकिल तो मैं नहीं ले जा रहा हूँ, बाबूजी?"

"कैसे नहीं ले जाओगे, यार! मिट्ठू की फरमाइश है।"

"मिट्ठू की?...उस पत्र में..."

"हाँ-हाँ, उस पत्र में ही लिखा है उसने। तुमने खरीदकर नहीं दी होगी, तो बेचारे ने दादा को अपनी फरमाइश लिख भेजी। मैं तो उसे लिख रहा हूँ कि अब वह अपने दादा से सीधे बात करे; जब जिस चीज की जरूरत हो, लिख दिया करे। दादा के रहते क्यों वह खुशामद करे तुम्हारी!...हा-हा-हा-हा..."

"साइकिल इस बार मैं खरीद दूँगा उसे," कुछ सकुचाते हुए कहा चन्दन ने।" पैसे लेकर जाओ, तब मैं मानूँगा।"

"पैसे तो..."

"नहीं, यार, पैसे मैं दूँगा; मिट्ठू को मालूम तो हो कि उसे कैसा दादा मिला है... और, सुनो, कुछ फरमाइश तो बहू की भी जरूर होगी?"

"जी, नहीं..."

"कैसे नहीं! तुम कह दोगे, तो मैं मान लूँगा क्या! कल सुबह तैयार रहना; मेरे साथ बाजार चलना होगा।"

"मगर, उसने तो..."

"तब भी चलना, यार। मिट्ठू को दादा मिल गया और बहू को? कुछ नहीं?... हा-हा-हा-हा..."

ठीक कहती है राधा, चन्दन को राधा का कहा हुआ याद आ गया, कि बाबूजी के साथ जरूर किसी पूर्व जन्म का रिश्ता है हमारा।

घर लौट आया था चन्दन और यह जानने के लिए उत्सुक था कि 'चिरंजीव' के दोनों भाग पढ़ लेने के बाद बाबूजी की क्या प्रतिक्रिया होती है। घर पहुँचने के दूसरे दिन से ही उसने अपनी गिनती शुरू कर दी थी...आज बाबूजी ने इतने पृष्ठ पढ़े होंगे...आज यह अध्याय समाप्त हो गया होगा...आज अवश्य सातवें अध्याय में होंगे...मुलाकातियों की भीड़ हुई होगी, तब भी इतने पृष्ठ तो पढ़ ही डाले होंगे...और जिस दिन उसकी गिनती से बाबूजी ने दोनों भाग पूरे पढ़ डाले, उस दिन के बाद से ही काफी व्यग्रता से वह बाबूजी के पत्र की राह देखने लगा।

पत्र आ गया था बाबूजी का। पत्र में उन्होंने काफी संक्षेप में लिखा था, "...पढ़ने में मजा आ गया। पूरी रचना पढ़ने के बाद ही कोई ठोस बात लिख पाऊँगा मैं। एक सचेत रचनाकार अपनी रचना को दुबारा-तिबारा पढ़ने के बाद खुद ही समझ लेता है कि उसे अपनी रचना में कहाँ क्या करना है। मैं संकेत अवश्य कर दूँगा..."

इन पंक्तियों के कितने अर्थ हो सकते हैं, इस पर वह हफ्तों मगज-पच्ची करता रहा और अन्त में, इस बात से खुश होकर कि बाबूजी को पढ़ने में मजा तो आया, वह मन-प्राण से 'चिरंजीव' का तीसरा भाग पूरा करने में भिड़ गया।

तीसरा भाग पूरा होते ही इसे लेकर वह दिल्ली गया था। मगर इस बार रास्ते में उसकी तबीयत खराब हो गई थी। घर पर ही उसकी बांह में एक फोड़ा निकल आया था, मगर साथ में कुछ दवा लेकर वह घर से निकल गया। दिल्ली पहुँचते-पहुँचते फोड़े ने भयंकर रूप धारण कर लिया और उसे हल्का-हल्का बुखार आ गया। बाबूजी ने उसे देखते ही जान लिया कि वह अस्वस्थ है। मगर इस अस्वस्थता को उन्होंने यात्रा की थकान और अपनी दवा की पेटी लेकर उसमें दवा ढूँढ़ने बैठ गए। शाम में पहुँचा था चन्दन और मुँह-हाथ धोकर बिस्तर पर जा लेटा था। उसे जल्दी ही ऐसी नींद आ गई कि बाबूजी ने उसे जगाया भी नहीं। आधी रात के बाद नींद टूटी थी उसकी और वह सोचने लगा था, "अब क्या किया जाए।"

फोड़ा के दिल्ली-इलाज में पखवारा-महीना भी लग सकता है और बाबूजी को खासी परेशानी हो सकती है, इस बात से वह डर गया था। बाबूजी से कुछ बहाना बनाकर वह दूसरे दिन ही दिल्ली से लौट गया था।

घर पहुँचकर उसने अपनी सकुशल वापसी का समाचार बाबूजी को भेज दिया था। बाबूजी का जवाबी खत भी आ गया था। मगर उसे तो अब उस खत का इन्तजार था जो बाबूजी 'चिरंजीव' के तीसरे भाग को पढ़ लेने के बाद लिख भेजेंगे। जब इतना समय गुजर गया कि बाबूजी उस भाग को दुबारा-तिबारा भी पढ़ सकते थे, और उसके

बहुत दिन बाद भी कोई खत नहीं आया उनका, तो चन्दन को बेचैनी सताने लगी। बुरे-बुरे खयाल घेरने लगे उसे...कहीं बाबूजी उससे बिलकुल निराश तो नहीं हो गए!... निराश होकर उसे बट्टा-खाता में तो नहीं डाल दिया!...और, उसे लगा कि अब अगर कोई पत्र आया भी, तो उसमें स्पष्ट लिखा होगा, "...तुम तो इस रचना में उपन्यास का श्राद्ध करने बैठ गए हो...यह क्या कि बित्ता-भर का बन्नो मियाँ और सवा हाथ की दाढ़ी!...नेक सलाह दे रहा हूँ, मसि-कागज से अब नाता तोड़ दो। दुनिया में दूसरे सारे सुख हैं; उनकी तलाश में जाओ..."

बाबूजी नाराज तो नहीं हो गए?—सोचने लगा था चन्दन—उपन्यास जाए भाड़ में; जिस डोर से वह बँध गया है बाबूजी से, वह तो नहीं टूटने पाए।

एक दिन उसने सपने में बाबूजी को नाराज मुद्रा में देख लिया; नाराजगी ऐसी कि मिलने तक से वे कतरा गए। सुबह उठकर एक खत लिख दिया उसने, "...मैं यह मान लूँ कि उपन्यास आपको बिलकुल पसन्द नहीं आया? आप नाराज तो नहीं हो गए हैं, बाबूजी?...

जवाब तुरन्त आ गया था बाबूजी का,...भला उपन्यास अच्छा न लगने से मैं नाराज क्यों होऊँगा! उपन्यास मुझे अच्छा नहीं लगा, इसका कोई कारण बता सकते हो तुम? उसमें तो मैं तुम्हारी प्रतिच्छवि देखता हूँ..."

"प्रतिच्छवि!...मेरी?..."

तब तो उसके गाँव के रहनहार हनुमान सिंह को भी ढूँढ़ निकालेंगे राजगंज में।... जिस दिन गाँव का सबसे गुस्सैल और बिगड़ैल आदमी हाथ में डंडे लेकर उसके दरवाजे पर आ जाएगा और डंडा चमकाते हुए ललकार बैठेगा, "निकलो बाहर, लेखक के बच्चे! आज हनुमान सिंह के साथ फरिया ही लो"; उस दिन क्या होगा...?

"यह शोर मचाना अच्छा नहीं होगा, बाबूजी।"

एक कहानी-संग्रह के प्रकाशित होने पर ऐसा गुल खिला था कि चन्दन को लग रहा था, दो-चार किताबों के प्रकाशित होते ही उसे गाँव छोड़ने की नौबत आ जाएगी। दो-चार लोगों ने उसकी कहानियाँ पढ़ीं और गाँव में गुल मचा कि अब राजगंज के किस्से किताबों में छपने लगे हैं और अब तक जिन बातों की चर्चा गाँव में दबी जबान से होती रही है उन्हें अब बाहरवालों को डंका बजा-बजाकर सुनाया जा रहा है। एक पुराना साथी पूछने चला आया, "एक बात सच-सच बताओ, चन्दन, तुम्हारी कहानी में जो रघुनी साह है वह अपने गाँव का रघुवीर साह ही है न? सब कुछ मिल रहा है। गाँव के सारे लोग जानते हैं कि आज से तीस बरस पहले रघुवीर साह बैलगाड़ी जोतता था। वह अब चोरी का माल खरीदता है, यह भी सबको पता है। जरूर उसी का किस्सा है। बस, थोड़ा-सा फर्क है, एक रघुनी, दूसरा रघुवीर। यह भी कोई फर्क नहीं है। तीस बरस पहले लोग रघुवीर साह को रघुनी ही कहते होंगे।" अन्दर से काफी भयभीत होकर चन्दन ने उसे समझाया, "मैं तो रघुवीर साह के बारे में यह सब जानता

भी नहीं था, भाई। अगर कहीं रघुनवीर साह की तरह रघुनी के भी पाँच बेटे होते और उसका घर भी ठीक बाजार चौक पर होता, तब तो मेरे कहने पर भी नहीं मानते कि दोनों दो हैं। इस बात की कहीं चर्चा भी मत करना।" साथी ने जाते-जाते मुस्कराकर कहा, "अब इस चर्चा को रोक सकोगे क्या! पुस्तक-भंडारवाले ने तुम्हारी किताब की पाँच प्रतियाँ मँगाई थीं और वे सब पचास पैसे प्रतिदिन के हिसाब से लोगों को किराए पर पढ़ने के लिए बाँटी जा रही हैं।"

एक दिन चन्दन बाहर ओसारे में चौकी पर बैठा हुआ था, तो पड़ोसी सत्यनारायण उसका कहानी-संग्रह हाथ में लिये मुस्कराते हुए उसके सामने आया और हँसते हुए उससे कहने लगा, "चन्दन भई, मुझे अब याद तो नहीं आ रहा है, मगर कहानी पढ़कर ऐसा लग रहा है कि जिस वक्त कुलदीपा अपने बाप को गरदनियाँ देकर घर से निकाल रहा था, उस वक्त आप भी मौजूद थे वहाँ और लुक-छिपकर सब कुछ देख रहे थे। हू-ब-हू वही दृश्य चित्रित कर दिया है आपने। मुझे तो अशर्फी बाबू ने बताया कि आपने कुलदीपा पर एक कहानी लिखी है। उनसे ही आपकी यह किताब माँगकर लाया हूँ। एक कहानी आप भोलवा पर भी लिखिए, चन्दन भाई। यह साला बहुत उत्पात कर रहा है। मेरी गाय जो बथान से खुली है, उसमें इस साले का ही हाथ है। आपका क्या बिगाड़ लेगा वह! नाम भोलवा नहीं लिखकर मोलवा-ढोलवा लिख दीजिएगा। जब लिखना शुरू कीजिएगा तो मुझे बुला लीजिए। मैं उसके बारे में कई गुप्त बातें बताऊँगा। यह तो पता ही होगा कि वह साला अपनी भाभी से भी फँसा हुआ है। उसका परदाफाश होना चाहिए, चन्दन भाई।"

रिश्ते में पतोहू लगनेवाली लालचन्द की घरवाली चन्दन के घर में घुस आई और राधा से शिकायत करने लगी, "शिकायत करने नहीं आई हूँ, चाची। मगर चाचाजी ने मुझ पर एक कहानी लिख दी, तो अब उन्हें मेरी सास पर भी कहानी लिखनी पड़ेगी। मुझे क्या पता था कि घरझकनी बुढ़िया दिन-भर टोला-मुहल्ला में मेरी शिकायत करती फिरती है! अब तो मैं भी उस बुढ़िया की काली करतूतों का घर-घर जाकर ढोल पीटूँगी। मेरा तो करम फूटा था कि ऐसी सास मिली। पराये की बेटी को तो यह बुड्ढी कुछ समझती ही नहीं; उल्टे शिकायत भी कर आती है जहाँ-तहाँ। आज बैठकर सुनिए मुझसे इस बुढ़िया का तिरिया चरित्तर और चाचाजी से कहिऐ ऐसी सास पर भी कहानी लिखने के लिए। मैं फिर कल आऊँगी पूछने कि चाचाजी कहानी लिखने के लिए तैयार हुए हैं या नहीं।"

कभी 'अपनी किरिया,' कभी 'तुम्हारी कसम' और कभी 'भगवान की सौगंध' खा-खाकर चन्दन बेचारे को यह विश्वास दिलाना पड़ा है, परदा करनेवाली पतोहुओं तक यह खबर भिजवानी पड़ी है कि उसकी कहानियों का एक भी पात्र इस गाँव का रहनहार नहीं है।

"यह शोर मचाना अच्छा नहीं होगा, बाबूजी," मन-ही-मन बुदबुदाता है चन्दन। मगर... मगर उसे लगता है, उसकी कहानियों के हर पात्र और हर पंक्ति को स्मरण रखनेवाले बाबूजी अपना जवाब लेकर बैठे हैं, "याद करो, यह शोर तो तुमने मचाया है। 'चिरंजीव' के दूसरे भाग में, याद करो, शशांक स्पष्ट कहता है दिव्या से, 'मैं चन्दन हूँ, चन्दन; साँप के लिपटे रहने से भी विषाक्त नहीं होने वाला...' आ रहा है कुछ याद?"

और भी बहुत कुछ याद आने लगा था चन्दन को, और वह लज्जा से सिमटने-सिकुड़ने लगा था। अगर बाबूजी ने उपन्यास में उसकी प्रतिच्छवि देख ली है, तब तो और भी बहुत कुछ देख लिया होगा...ठहाके...हा-हा-हा-हा...लगातार ठहाके...

जानती थी मैं,
जानती थी,
किसी दिन आएगा
मेरा वसन्त,
मेरा शरद,

मेरा ग्रीष्म...और क्या-क्या सुना था चन्द्रमुखी के मुख से? लजाओ मत, यार। अपनी जवानी में 'देवदास' पढ़कर मैं भी देवदास हो गया था। आदमी जब जवान होने लगता है न, चन्दन, तो इसी तरह...हा-हा-हा-हा...

"मेरे साथ ऐसा कुछ नहीं हुआ है, बाबूजी; सच कह रहा हूँ। मैं जो थोड़ा-बहुत जवान हुआ भी, तो वह शादी के बाद। कोई चन्द्रमुखी आती, उससे बहुत पहले ही राधा चली आई थी; सच कह रहा हूँ, बाबूजी।"

क्या बताऊँ, शशांक की माँ, तुम्हारा बेटा तो इतना पत्नी-परायण है कि बीवी का मुँह देखे बगैर एक पखवारा गुजार नहीं सकता। जब भी बहू मैके गई है, एक पखवारा से अधिक नहीं रह पाई है। मुझसे कोई बहाना बनाकर ससुराल चला जाता था तुम्हारा लाड़ला और वहाँ कोई बहाना बनाकर बीवी को साथ लिये चला आता था। यहाँ भी बहाना, वहाँ भी बहाना...हा-हा-हा-हा...

"किस पर हँस रहे हैं, बाबूजी; शशांक पर न? मुझे भी हँसी आती है उस पर। ऐसा तो इससे पहले न कभी देखा, न सुना। मुझे तो कोई ठेलकर भी भेजे, तो इस तरह मैं बीवी के पीछे दौड़ा-दौड़ा ससुराल नहीं जाऊँ। साला नहीं भी पूछे, मगर साली तो मुस्कराकर पूछ ही बैठेगी, "मेहमान जी, इस तरह दीदी के पीछे धावा मारकर क्यों चले आए? तब क्या जवाब दूँगा मैं?...हा-हा-हा-हा..."

"और, शशांक की माँ, इनकी चिट्ठी-पत्री का हाल सुनोगी, तो दाँतों तले उँगली काटोगी। तुम भी तो चिट्ठी लिखती थी; क्या रहता था उसमें? एक छोटे से पन्ने में दो-चार पद, खून से लिख रही हूँ...और स्याही न समझना...और पंछी बन जाऊँ...

उड़कर आ जाऊँ...बस, यही सब न? पर इनकी चिट्ठी देखकर तो तुम अन्दाजा भी नहीं लगा पाओगी कि ये एक बार में कितने पद-दोहे लिखते हैं, या फिर लिखते होंगे एक-एक मिनट की बात, छींकने-खाँसने तक का हिसाब...हा-हा-हा-हा..."

"हा-हा-हा-हा...ऐसा ही मर्द बाद में रोता-पछताता है, जब बीवी टीक पकड़कर उस पर हुक्म चलाने लगती है। मैं तो लिफाफे में बस एक पुरजी डालता था और काम की बातें लिखता था उसमें। चूमा-चाटी का एक लफ्ज कोई ढूँढ़ तो ले उस पुरजी में! राधा ने कुछ इश्कबाजी शुरू की थी—'खून से लिख रही हूँ, स्याही न समझना,' —मगर मैंने जवाब में कसकर डाँट पिला दी, 'खबरदार! खून से लिखने की जरूरत नहीं है; लिखने के लिए हर जगह स्याही उपलब्ध है।' मैं तो अगर किसी दुलहे को मेला-ठेला या हाट-बाजार में अपनी नई-नवेली दुलहन के मुँह में जबरदस्ती पान हूँसते देखता हूँ, तो तरस खाता हूँ उस पर कि क्यों साँप को दूध पिला रहा है वह; और जब से देखता हूँ लाज से छुई-मुई होती बीवी का हाथ पकड़कर खींचते हुए किसी मनिहारा दुकान के सामने खड़ा होते और ऐंठ-ऐंठकर दुकानदार से महकदार तेल-फुलेल और चमकदार अलता-बिन्दिया की फरमाइश करते, तो जी जल जाता है मेरा और यही इच्छा होती है मन में कि उस भोले-भाले आदमी को वहाँ से खींचकर अलग लाऊँ और उसके कान में यह चेतावनी डाल दूँ, "भैया, अगर यही रवैया रहा, तो वह दिन दूर नहीं कि यही लाजवन्ती सुबह की मीठी नींद के समय तुम्हारे चूतड़ पर लात जमाकर तुम्हें जगा देगी और खुद मीठी नींद लेने बिस्तर पर पसर जाएगी; और रात में कान ऐंठकर तुम्हारी ऊँघाई तोड़ेगी और ठुनका मारकर कहेगी, 'आज पाँव-चप्पी नहीं होगी क्या, रे मुँहझौंसा?' मैं तो, बाबूजी, शादी से पहले ही सावधान हो गया था...हा-हा-हा-हा..."

वाह! वाह!...बीवी कहती है, "रे चूल्हा, घर में जलावन नहीं है। शाम से कैसे जलेगा तू? अब शाम से क्या मैके से जलावन मँगाकर जलाऊँगी तुम्हें?" मियाँ भी चूल्हे से ही कहता है, "रे चूल्हा, जरा अपनी चूल्ही से पूछ कि कभी उसके मैके से जलावन आया है क्या? पूछ, रे चूल्हा, चूल्ही के मैके से कभी कोई मक्खी पंखों पर गुड़ लेकर भी आई है क्या?" पूछ, बीवी बोलती है, "रे चूल्हा, अभी महीना-भर पहले ही जो एक झाँपी भरकर शुद्ध घी की खजूर, खाजा और मोतीचूर के लड्डू आए थे, वे किसके मैके से आए थे, रे? बोलो, बोलो, जरा मुँह खोलकर बोलो।" मियाँ निर्लज्ज की तरह मुँह खोलकर बोल देता है, "रे चूल्हा, चूल्ही के लिए आया होगा और चूल्ही ने ही खाया होगा। तुम्हें भी कुछ मिला था क्या?"...वाह रे मियाँ और वाह री बीवी!...हा-हा-हा-हा...

अब उस बेचारे पर हँसना बेकार है, बाबूजी! मुझे तो दोष उसकी बीवी में दिखाई पड़ता है। जलावन नहीं है, तो चूल्हा से क्यों कहने जाएगी वह? सब्जी नहीं है, तो वह थैला को ठुनका मारेगी?—"आज तू खुद चला जा बाजार और ले आ सब्जी। अब मुझसे किसी की खुशामद नहीं होगी।" क्यों नहीं होगी खुशामद? औरत में यह

अकड़-फों! अबोला ठानकर मर्द को नीचा दिखाना चाहती है; सोचती है, दिन-भर मर्द भले अपने पर काबू रख ले और मुँह नहीं खोले, मगर रात में तो मुँहजला आएगा ही बीवी के बिस्तर के पास मँडराने और किसी-न-किसी बहाने खोलेगा ही अपनी चोंच। क्यों करेगा मर्द खुशामद? मर्द कमाता है, कमाकर खिलाता है, ऊपर से खुशामद भी करेगा? बीवी भी सोना के भाव मिलती है क्या? यही दिव्या अगर मेरे पास रहती, तो पता चल जाता उसे; नानी याद करा देता मैं...हा-हा-हा-हा..."

हे बाबा भोले! मैं आपके सामने कसम खाकर प्रतिज्ञा करती हूँ कि अब किसी भले आदमी को भयंकर गर्मी के दिनों में भी स्नान करने के लिए कभी नहीं कहूँगी...क्यों, चन्दन?...हा-हा-हा-हा...

"ऐसे बहुत लोग हैं, बाबूजी, जिन्हें पानी काटने दौड़ता है; एक शशांक की मखौल उड़ाना उचित नहीं होगा। जिस आदमी को गर्मी महसूस होगी वह खुद ही पानी की ओर दौड़ेगा। तपस्या में लीन साधु-संन्यासी तो सालों स्नान नहीं करते। कभी-कभी नहाने की तैयारी करना लाम बाँधने के बराबर हो जाता है। जो समय का बेहतर उपयोग कर सकता है वह क्यों नहाने के पीछे मरे! मगर, आप मुझसे क्यों पूछ रहे हैं, बाबूजी? आपके मन में...? पिछली बार, याद आ रहा है मुझे, जब मैं आपके पास पहुँचा था, तो तुरन्त आप पूछ बैठे थे, 'थके होगे; स्नान करोगे क्या?' और यह पूछते हुए आप मुस्करा भी रहे थे। सुन लीजिए, बाबूजी, जहाँ तक मेरा सवाल है, मैं बगैर स्नान किये एक दाना मुँह के अन्दर जाने नहीं देता। मैं जाड़ा-पाला से भी नहीं डरता। पिछली बार आपने बताया था कि स्नान-घर में गरम पानी की भी व्यवस्था है, मगर मैंने स्नान ठंडा पानी से ही किया था। आप मेरी बात का विश्वास तो कीजिए।"

सिद्धि श्री सर्व उपमा योग्य, सकल समर्थ, वैद्यराज, ज्ञान के कुंड, कविराज, प्रसूति-विज्ञान के महापंडित, नाम उजागर, पूज्य चरण श्री 1001 जीजाजी, राजगंज शुभस्थान का...पत्र संख्या तीन और लकड़बग्घामुख नौकर वनमाली की छुट्टी...हा-हा-हा-हा... पत्र संख्या नौ और साथ में खटमलमार की पुड़िया...हा-हा-हा-हा...

"आपको ऐसे विश्वास नहीं होगा, बाबूजी!...ऐ राधा, मिट्टू के जन्म से पहले की मेरी चिट्ठियाँ निकालो तो तुम अपने बक्से से। बाबूजी का भ्रम दूर कर दूँ।...तुम्हें याद तो होगा, राधा, कि मैं क्या लिखा करता था पत्रों में। कभी ऐसा लिखा था कि चूल्हे की मिट्टी खखोरकर नहीं खाना? यह बात तो तुमने ही मुझे छह महीने पहले बताई थी कि बच्चा पेट में रहता है, तो औरत का मन खपड़ा खाने पर जाता है। तुम्हारी माँ ने किसी नौकर को सचमुच भगा दिया था, तो क्या मेरी चिट्ठी पढ़ने के बाद?...अगली बार राधा को साथ ले जाऊँगा, तो आप सब कुछ पूछ लीजिएगा, बाबूजी।

रामप्यारी!...प्यारी!...हा-हा-हा-हा...

अगर रामप्यारीवाला यह किस्सा शशांक की बजाय मेरे साथ जुड़ा होता, बाबूजी, तो अभी आप ठहाके लगाने की बजाय मेरे भाग्य पर दो बूँद आँसू गिरा देते। शशांक के टोले-महल्ले के लोग भले थे कि बीवी का अभाव नहीं खला उसे और बीवी के जाते ही घर में बहार आ गई। बीवी गई, तो रामप्यारी नाम की एक हँसमुख लड़की खाना बनाने लगी उसके लिए दोनों वेला, गाती-गुनगुनाती फुदकती रहती थी उसके घर में, और शशांक उसे 'प्यारी' कहकर पुकारने भी लगा था। अगर मेरे घर में घुसती वह लड़की, तो टोलेवाले पहले ही दिन जासूसों का जाल बिछा देते। कोई मेरे घर की खिड़की से कान लगाता, कोई दरवाजे की झिरी से घर के अन्दर झाँकने की क़ोशिश करता, कोई अपने कोठे पर चढ़कर नजर मेरे आँगन में गिराता, और जो-सो असमय-कुसमय, मतलब-बेमतलब, बगैर हाँक लगाए घर में घुस जाता और तब पुकारता, 'चन्दन! कहाँ हो, चन्दन?'...और अगर मैं हिम्मत कर उस छोकरी को 'प्यारी' कहकर पुकार लेता, तो वह चटपट कहने चली आती,, "चाचाजी, मेरा नाम प्यारी नहीं, रामप्यारी है।'"

साबो दीदी ठीक ही बता रही थी...क्यों, बहू, क्या बता रही थी साबो दीदी? किसके बारे में बता रही थी?...हा-हा-हा-हा...

"मुझे पूछिए न, बाबूजी; साबो दीदी शशांक के बारे में बता रही थी। विश्वास न हो, तो लीजिए मेरी दीदी का पता और पूछ लीजिए उससे पत्र लिखकर। अगर उसके साथ मेरी तरपरिया भाई-बहन की दुश्मनी है, तब तो आपको मालूम ही हो जाएगा कि मैं बचपन में पिताजी के साथ कहीं बाहर जाता था, तो क्या सचमुच पिताजी अपने साथ गँड़तरा रख लिया करते थे मेरे लिए!...राधा से पूछ लीजिए; इस बार भी भ्रातृ-द्वितीया में दीदी के पास साड़ी भेजी है मैंने, एक जोड़ा। किस्सा मैंने शशांक का लिखा है, बाबू जी, अपना नहीं। मेरी प्रतिच्छवि आप कैसे देख रहे हैं?"

तुम कह रहे हो, तो मान लेता हूँ तुम्हारी बात। मगर मैं तो आज तक यही समझता रहा था कि मिट्ठू का नाम बोलकर मैं जो तुम्हें मिठाई के लिए पैसे देता रहा हूँ उन पैसों की मिठाई तो कभी-कभार ही मिट्ठू को चखने के लिए मिलती होगी; तुम मिठाई का दोना बिलकुल अपने करीब, हाथ-भर की दूरी पर, रखकर 'चिरंजीव' की रचना करते होगे; सुबह का लाया दोना दोपहर तक साफ हो जाता होगा, और शाम का लाया दोना भोर होने-होने तक...गप-गप गपागप...हा-हा-हा-हा...

"आप तो अभी भी ठहाके लगाए जा रहे हैं, बाबूजी...आप गम्भीर क्यों नहीं हो रहे हैं? मैं समझ रहा हूँ, अभी भी आपके मन में...ऐसी हेठी होगी, तो मैं दिल्ली नहीं जाऊँगा...नहीं जाऊँगा दिल्ली...'ऐ चूल्हा, कह दो बाबूजी से कि मैं अब...'"

इस बार सचमुच नहीं गया चन्दन, मगर हेठी और फजीहत के दुख से नहीं, कुछ और

कारणों से। काफी परेशानियों के बीच एक तपोनिष्ठ योगी की तरह उसने 'चिरंजीव' का चौथा और अन्तिम भाग पूरा किया था। बाबूजी को पूरा 'चिरंजीव' पकड़ाते हुए वह आनन्दातिरेक से नाच उठता, भूल जाता कि उस रचना में कहाँ-कहाँ उन्होंने उसकी प्रतिच्छवि देख ली है, मगर अभी वह इस मन:स्थिति में नहीं था कि हुलास-भरे मन से दिल्ली की यात्रा करे। चौथा भाग उसने डाक से भेज दिया। और फिर यह भूल जाने की कोशिश की कि कोई उपन्यास उसने पूरा किया है और उसे बाबूजी के पास उनकी सम्मति के लिए भेजा है।

जिस उपन्यास की उसने स्वयं रचना की थी उसी के एक पात्र की मौत का इतना भारी दुख, ऐसा सदमा!...क्यों?...कोई और दुख तो नहीं था उसे?...

टीपू की मौत का दुख कैसे नहीं सालता उसे?

पिछले साल एक पिल्ला उठा लाया था चन्दन कहीं से और उसे पालने लगा था। देखने में बड़ा खूबसूरत था वह पिल्ला और जब चुपचाप बैठा रहता था, तो एक बड़े फूल की तरह खिला मालूम पड़ता था। आने के कुछ ही दिनों के बाद वह बीमार रहने लगा था। उसे मिट्टी और गोबर खाने की आदत पड़ गई थी, और चन्दन की चौकसी के बावजूद वह मिट्टी-गोबर खा लिया करता था। बीमार पिल्ला किसी अँधेरे कोने में जाकर बैठ जाया करता था और चन्दन उसे ढूँढ़ निकालने में घंटों परेशान हुआ करता था। रात में पिल्ले को वह अपनी खाट से बाँधकर रखता था। पिल्ले ने कभी घर के अन्दर पाखाना नहीं किया और बीमारी के दिनों में भी बाहर जाकर पाखाना करने के लिए कें कें करने लगता था। कभी आधी रात को, कभी रात के तीसरे पहर चन्दन उसे गोद में लेकर कमरे से बाहर निकला करता था। जानकारों से पूछकर उसे दवा भी दी चन्दन ने। मगर वह पिल्ला मर गया। उसे अपनी आँखों के सामने दम तोड़ते देखा चन्दन ने। उस दिन चन्दन से खाया तक नहीं गया। एक महीना गुजारा होगा उस पिल्ले ने चन्दन के साथ, मगर चन्दन को लग रहा था, कोई सगा मर गया है, किसी पुराने परिचित का इन्तकाल हो गया है। वह दृश्य भुला नहीं पाता चन्दन...उसे देखती हुई भाव-शून्य आँखें...तरल हो आई आँखें...गों-गों की आवाज...बाहर की ओर लटकती जीभ...और...चन्दन की आँखों में आँसू भरभरा आए। तकिये में मुँह छिपाकर देर तक सिसकता रह गया था वह, और यह निर्णय ले लिया था, अब किसी और पिल्ले को वह कभी नहीं पालेगा...

टीपू तो उसकी साँसों में बसा हुआ था...उठते-बैठते, सोते-जागते-हर समय टीपू! मिट्ठू के बिना दो-चार-दस दिन वह गुजार सकता था, मगर टीपू के बिना एक पल भी कल नहीं पड़ती। घर से निकलता वह, तो टीपू भी उसके साथ बाहर निकल जाता, और चन्दन का ध्यान खिंचा रहता उसकी ओर—किधर जा रहा है टीपू? किसके घर में घुस गया? कोई शरारत तो नहीं सूझ रही है उसे? क्या बतिया रहा है भिखमंगा से?

अरेरेरे, गाँछ पर क्यों चढ़ रहा है? लो, पोखर की तरफ भागा! 'टीपू! टीपू!' हाँक लगाता रहता बेचारा चन्दन। सड़क पर चलते हुए अचानक कभी कोई टोक देता, "क्यों, भाई चन्दन, कटकर क्यों निकल रहे हो? किसी बात का गुस्सा है क्या? हाँक लगाने पर भी नहीं सुनते?" तब शरमा जरूर जाता चन्दन, मगर उससे कह नहीं पाता, "नहीं-नहीं, कटकर निकलने की बात नहीं है। आगे टीपू जा रहा है न; उसी पर मेरा ध्यान था।"

टीपू इस तरह घुसा रहता था उसके दिल-दिमाग में कि कभी-कभी तो वह मिट्ठू को टीपू कहकर पुकार बैठता, "टीपू, एक गिलास पानी लाओ।" मिट्ठू इतना सुनाने जरूर आ जाता, "पिताजी, आपने टीपू को कहा है पानी लाने के लिए। बाद में मुझे मत डाँटिएगा कि पानी क्यों नहीं लाया।" कभी-कभी मिट्ठू माँ के पास चला जाता और गुस्से में जमीन पर पाँव पटक-पटककर कहता, "माँ, मेरा नाम टीपू है क्या? पिताजी कोई एक ही नाम तो रखेंगे मेरा? जब मन हुआ मिट्ठू कहा, जब मन में आया टीपू कहकर पुकार बैठे।" तब माँ रास्ता बताती, "घर में 'दिव्या-दिव्या' भी तो करते रहते हैं; मैं जवाब देती हूँ क्या? टीपू को पुकारें, तो सुने टीपू; तुम चुप रह जाया करो।"

राधा पिछवाड़े गई रहती, तो चन्दन पिछवाड़े चला जाता; रसोई में रहती राधा, तो चन्दन रसोई में घुस जाता; राधा स्नान-घर में बन्द रहती, तो चन्दन बन्द दरवाजे के आगे खड़ा हो जाता, "...राधा, सुन लो शशांक का हाल। वह मरदूद चाहता है कि टीपू गाछ से गिरे और उसे हल्की चोट आ जाए, ताकि उसे लेकर वह रंडियों के महल्ले में जा सके घूमने। वहाँ एक सुनरी नाम की रंडी है जो हड्डियों के बैठाने जोड़ने का काम करती है। आओ न, तुम्हें ठीक से सुनाऊँ, कैसे-कैसे क्या होता है... राधा, क्या करने आई हो यहाँ पिछवाड़े में? आज पाठे की बलि दी जा रही है। पता है, क्यों? गुरुजी की मौत के लिए। है अभी छुट्टी, सुनोगी?...राधा, जल्दी से बाहर निकलो, तो एक मजेदार किस्सा सुनाऊँ टीपू का! मिट्ठू, आओ, तुम भी सुन लो..."

इस टीपू की मौत हो जाती, और चन्दन बेअसर रह जाता?...

कोई उपन्यास पूरा किया है उसने, यह भूल जाने की कोशिश जरूर की चन्दन ने; कभी-कभी बिलकुल बिसर भी जाता वह; मगर, कुछ आनेवाला है, यह खयाल बराबर आता रहता...क्या?...हाँ, एक चिट्ठी...

"चिट्ठी आई थी बाबूजी की और उन्होंने लिखा था,...'चिरंजीव' का चौथा भाग डाक से भेजकर तुमने ऐसी चुप्पी साधी है कि मैं चिन्ताग्रस्त हो गया हूँ। इधर तो मैं तुम्हारे पत्र का नहीं, तुम्हारा इन्तजार कर रहा था। चौथा भाग भी मैंने पूरा पढ़ लिया है। तुम शीघ्र आओ..."

बाबूजी के पत्र ने कुछ सुगबुगाहट पैदा की उसमें, और उसने दिल्ली जाने की तैयारी कर ली।

घर से निकलते हुए ऐसा जरूर लगा था उसे कि कोई लाश उसके कन्धे पर लदी हुई है, और वह श्मशान की ओर नहीं, किसी प्रदर्शनी में शरीक होने जा रहा है। मगर रेलगाड़ी में बैठते ही उसे लगा कि बाबूजी उसकी बगल में आ बैठे हैं। स्पर्शमणि का स्पर्श हो गया...क्या हुआ?...उपन्यास का एक पात्र मर गया, बस तो?...बहुत भावुक रचनाकार होगा, तो दो बूँद आँसू बहाकर आगे बढ़ जाएगा। रुक तो नहीं जाएगा? उदास होकर स्वयं भी चुप्पियों में बदल तो नहीं जाएगा?...आधा रास्ता तय होते-होते कन्धे पर लदी लाश की बुदबुदाहट कानों में पड़ गई, "काका, मुझे उतार दीजिए, मैं खिड़की के पास बैठूँगा..."

बाबूजी के पास आते-आते काफी रौनक आ चुकी थी उसके चेहरे पर, वही रौनक जो तब होती थी जब वह टीपू के साथ बतियाता होता था, उसके साथ खेलता रहता था, उसकी कारगुजारियों का तमाशा देखता रहता था। खुद चन्दन को अपने चेहरे पर उतर आई इस चिकनाई का अहसास हुआ और उसे लगा कि इस रौनक को देखकर कहीं बाबूजी कह न पड़ें, "बहुत खुश नजर आ रहे हो। चौथा भाग दुबारा लिखकर लाए हो क्या? मुझे शक हो रहा था कि जिस पात्र को तुमने बेटे की तरह लाड़-प्यार किया है उसकी मौत तुम्हें मंजूर नहीं होगी और उसे जिन्दा रखकर तुम जरूर उससे शशांक का सपना पूरा करवाओगे।"

...काश, ऐसा हो पाता!...

खट-खट सीढ़ियाँ चढ़कर ऊपर पहुँचा चन्दन और दरवाजा ठेलकर अन्दर घुस गया। बाबूजी उस वक्त दूरदर्शन पर कोई लोक-नृत्य देख रहे थे। चन्दन हल्के कदमों से चलकर चुपचाप उनके पीछे खड़ा हो जाना चाहा, मगर बाबूजी ने उलटकर देख लिया उसे, "अरे, चन्दन!"

"प्रणाम, बाबूजी।"

"अकेले तो नहीं आए हो न?" बाबूजी ने दूरदर्शन बन्द करते हुए पूछा और सोफे पर आकर बैठ गए।

"जी..."

"क्या 'जी'? हाँ या नहीं?"

"ऐसा हुआ बाबूजी कि..."

"ऊँहूँ हूँ हूँ, मैं कोई बहाना नहीं सुनूँगा। उस बार भी तुमने बहाना बनाया था, और इस बार भी बहू की बजाय बहाना लेकर आए हो। मैंने तो तुम्हें स्पष्ट लिखा था कि बहू को लेकर आना। यहाँ रहने की कोई असुविधा तो नहीं है; इतना बड़ा घर है।"

"उसका आना तय था, बाबूजी, मगर अचानक उसे मैके चला जाना पड़ा। वहाँ कोई यज्ञ हो रहा है।"

“कम-से-कम मिट्ठू को तो साथ ले लेते; वह तो अपने दादा को देख लेता।”

“वह भी अपनी माँ के साथ ही गया। अब अगली बार आऊँगा, तो उन लोगों को जरूर साथ लेते आऊँगा।”

यह तो तुम मुझे पिछली बार भी सुना चुके थे। ले आओ, यार; बूढ़ा हो गया हूँ न; कोई ठीक है कि कब...हा-हा-हा-हा...”

“ऐसा नहीं होगा न, बाबूजी; बगैर हमारी मर्जी के...”

“अच्छा, बताओ, मिट्ठू खूब मजे में तो है न?”

“जी हाँ, खूब मजे में है।”

“साइकिल पर खूब चक्कर लगाता होगा गाँव में?”

“जी हाँ, हर शाम एक चक्कर लगा आता है पूरे गाँव का।”

“लगाने दो; मन लगाकर पढ़ता भी तो है। खेलता है खूब, मगर दरजे में अव्वल भी तो आता है। उसका पत्र तुमने पढ़ा था या नहीं? उसने मुझसे इनाम माँगा है। इनाम में क्या दूँ उसे, बताओ?”

हल्के से मुस्कराता है चन्दन, “जी, वह मुझसे एक गेंद लाने के लिए कह रहा था। एक गेंद ही लेता चला जाऊँगा यहाँ से।”

“ठीक है, एक गेंद कल मैं मँगवा देता हूँ। और, मेरी भेजी सारी किताबें तो उसने अब तक पढ़ डाली होंगी; कुछ और किताबें भी खरीदनी पड़ेंगी।”

“कुछ किताबें इधर मैंने भी दी हैं उसे।”

“ठीक है, कुछ और लेते जाना।”

“जी, ले लूँगा।”

“और इस बार कुछ कपड़े भी ले लेना।”

“कपड़े...”

“हाँ-हाँ, कपड़े, मैं दूँगा, मेरी ओर से दे देना उसे।”

“जी।”

“चन्दन, तुम्हारी तबीयत तो ठीक है न? कुछ अस्वस्थ लग रहे हो।”

“जी नहीं, बिलकुल ठीक हूँ। लम्बी यात्रा से कुछ थकान तो हो ही जाती है।”

“केवल यात्रा की थकान ही नहीं होगी, चन्दन। लम्बी रचना-प्रक्रिया से गुजरे हो; काफी थक गए होगे। तुम्हें थोड़ा विश्राम चाहिए। अच्छा, यह बताओ कि इस बार कितने दिन रुक रहे हो दिल्ली में?”

“जी, मैं परसों चला जाना चाहता हूँ।”

“परसों! अरे, ऐसा क्यों? कम-से-कम एक पखवारा तो ठहरो यहाँ।”

“मैं रुक जाता, बाबूजी, मगर घर पर कुछ जरूरी काम हैं। जाना जरूरी है, बाबूजी।”

“जाना जरूरी है, तब तो जाओ; मगर मेरी यह बात तुम मानो इस बार। घर पर जो भी काम हो, उसे पूरा कर लो। तब तक तुम्हारी ससुराल में यज्ञ भी समाप्त हो जाएगा

और बहू भी वहाँ से वापस आ जाएगी। तुम सपरिवार चले आओ मेरे पास और यहाँ कम-से-कम छह महीने रहो मेरे साथ। बोलो, मेरी बात तुम्हें जँच रही है या नहीं?"

"राधा बहुत दिनों बाद मैके गई है, बाबूजी; अभी छह महीने तक तो उसके लौट आने की उम्मीद नहीं है।"

यह भी अच्छा ही है। छह महीने तक वह मैके में रहेगी; तुम भी छह महीने यहाँ मेरे साथ गुजार दो। हाँ, मिट्टू को अवश्य साथ में लेते आओ। बोलो, आ रहे हो जल्दी?"

"जी, वहाँ जाकर लिखूँगा।"

"लिखना क्या है, यार! जाओ और झटपट आओ।"

"ठीक है, बाबूजी, आ जाऊँगा।"

रात में खाना खाने के बाद जब अपने बिस्तर पर गया चन्दन, तो उसे किसी मीठी नींद की उम्मीद नहीं थी। उसका दिल रह-रहकर जोर-जोर से धड़कने लग जाता था। उसे लगता था, वह जरूर कोई सपना देखेगा और सपने में...बाबूजी उसे झकझोरकर जगा देंगे और पूछ बैठेंगे, "चन्दन, कोई बुरा सपना देख रहे थे क्या?"...

सुबह चन्दन देर तक सोया रह गया था। जब उसकी आँखें खुलीं, तो उसने देखा कि बाबूजी अपने सोफे पर आकर बैठ चुके हैं और कनखियों से उसे ही देख रहे हैं। तो क्या सचमुच रात में कुछ...उठकर वह शौचालय में चला गया और वहाँ से मुँह-हाथ धोकर आया, तो हस्ब मामूल बाबूजी के पास जा बैठने की बजाय अपने कमरे के अन्दर जा बैठा। बाबूजी उस वक्त कुछ पढ़ने में व्यस्त थे, मगर तब भी उन्होंने हाँक लगाकर चन्दन को बुला लिया। चन्दन सामने आया, तो उन्होंने मुस्कराते हुए पूछा, "कैसी नींद आई रात में? आराम से सोए न?"

"जी, जी हाँ," चन्दन ने अपनी क्षीण मुस्कराहट के साथ जवाब दिया और सामने की कुर्सी पर बैठ गया।

परिचारक चाय ले आया था, एक प्याला चन्दन के लिए भी।

"'चिरंजीव' पूरा हो गया, तो अब उसका प्रकाशन भी तो हो जाना चाहिए," चाय पीते हुए बाबूजी ने बात चलाई।

"जी।"

"तुम इस रचना से सन्तुष्ट हो न?"

"जी, जी हाँ।"

"तो फिर इसे छपाई में डाल दूँ?"

"आपने अपनी कोई राय नहीं दी है, बाबूजी। मैं चाहता था, आपकी राय के आधार पर इसमें कुछ काट-छाँट, कुछ जोड़-घटाव..."

"मैं इस रचना से सन्तुष्ट हूँ, और कोई राय देने का खतरा नहीं उठा सकता। अगर

तुम्हें पूर्ण सन्तुष्टि प्राप्त हो गई है, तो फिर इसे पाठक के हाथ में दिया जा सकता है।"

"पूर्ण सन्तुष्टि..." बुदबुदाता है चन्दन और फिर कहता है, "मैं चाहता हूँ कि इस रचना को मैं दो-चार बार और पढ़ जाऊँ, और उसके बाद ही..."

यह भी तुमने ठीक ही सोचा है। तुम आ जाओ मेरे पास और अगले छह महीनों में यह काम पूरा कर लो। मैं यहाँ एक अच्छे टंकक का इन्तजाम भी कर दूँगा तुम्हारे लिए।"

"जी, यही करूँगा; आ जाऊँगा।"

नहा-धोकर जब चन्दन बाहर निकलने की तैयारी करने लगा, तो बाबूजी ने टोक दिया, "अभी कहाँ जाओगे?"

"कल की गाड़ी के लिए टिकट ले आता हूँ। कल भीड़-भाड़ हो गई, तो जगह नहीं मिलेगी।"

"मैं फोन कर देता हूँ दफ्तर; टिकट आ जाएगा।"

"मैं खुद चला जाता हूँ, बाबूजी; थोड़ा घूम-टहल भी लूँगा।"

"ठीक है, जाओ, मगर तुम दफ्तर से तिवारी को साथ ले लेना।"

"जी, ले लूँगा।"

हौज खास से सीधे दरियागंज पहुँचा था चन्दन! दफ्तर में तिवारी जी से भेंट की, उन्हें टिकट खरीद लाने का भार सौंपकर वहाँ से निकल गया और पैदल ही लाल किला की ओर बढ़ गया।

हालाँकि इससे पहले दो बार वह लाल किला देख आया था, मगर इस बार वह मिट्ठू की जिद पर उधर बढ़ गया। उसे लगा कि जैसे मिट्ठू भी उसके साथ हो और बार-बार लाल किला दिखा देने की जिद कर रहा हो।

लाल किला के पास वह यों ही दिन-भर बैठा रहा और दफ्तर बन्द होने से पहले दफ्तर आ गया। वहाँ उसे मालूम हुआ कि उसका टिकट खरीदा जा चुका है और तिवारी जी बाबूजी से मिलने हौज खास गए हुए हैं।

अभी वह दो-तीन घंटे और भी इधर-उधर गुजार सकता था। मगर वह काफी थकान महसूस कर रहा था और बस पकड़कर वह सीधे हौज खास चला आया था।

आज पहली बार उसने मन-ही-मन मनाया कि कमरे में बाबूजी अकेले नहीं हों, ढेर सारे लोगों के साथ बातचीत में व्यस्त हों। वह सीधे बिस्तर पर जाकर आराम करना चाहता था।

अन्दर से उठे ठहाकों ने उसे कमरे से बाहर ही सूचित कर दिया कि मुलाकाती कमरे में मौजूद हैं। वह बरबस मुस्करा पड़ा और अन्दर घुस गया। तीन-चार लोग मौजूद थे वहाँ। वह अपने कमरे की ओर बढ़ रहा था, मगर बाबूजी ने उसे इशारे से वहाँ बैठा लिया।

वे सब चित्रकार थे और बाबूजी के साथ चित्रकला की बारीकियों और इस कला के क्षेत्र में प्रकट हुए नये वादों और आन्दोलनों पर चर्चा कर रहे थे। गम्भीर बातें हो रही थीं, मगर यहाँ भी बाबूजी अपने ठहाकों के लिए जगह बनाते चले जा रहे थे। चन्दन ध्यान से उन सबकी बातें सुनता रहा था और बाबूजी के ठहाकों पर मुस्करा भी पड़ता था। उस दिन उसे मालूम हुआ कि बाबूजी किसी जमाने में देश के महान चित्रकारों में एक थे और संसार की सारी प्रमुख चित्रशालाओं को देखकर बैठे हुए हैं।

सारे मुलाकाती एक साथ ही वहाँ से विदा हुए। उन सबके जाते-जाते एक सज्जन डगमगाते हुए कमरे में घुस आए। 'प्रणाम, भैयाजी' उच्चरित करते हुए उन्होंने बाबूजी का चरण-स्पर्श किया और सोफे पर बैठते हुए बोले, "आज मेरा जन्म-दिन है, भैया जी; यहीं मनाऊँगा आपको अपनी कविताएँ सुनाकर!"

"हाँ-हाँ, सुनाओ, यार; अभी मँगवाता हूँ मिठाई तुम्हारे लिए," हँसते हुए स्वागत किया बाबूजी ने।

कवि महोदय देर तक 'भैया जी' को पिछले पचीस बरसों में रचित अपनी कविताएँ सुनाते रहे और बाबूजी ठहाकों को किसी तहखाने में छिपाकर 'वाह-वाह! क्या कमाल है! 'खूब-खूब!' की झड़ी लगाते रहे। परिचारक दो बार कमरे में नाश्ता और चाय लेकर आया था, और दोनों ही बार जिन निगाहों से वह कवि महोदय को घूर रहा था उससे ऐसा लगा कि कभी पहले उसे भी उनकी कविताएँ सुनने का मौका मिल चुका है, और उसे डर लग रहा है कि कहीं बाबूजी आज भी उसे उन कविताओं का आनन्द उठा लेने के लिए कोई प्रत्यक्ष या अप्रत्यक्ष आदेश न दे बैठें।

खाने की मेज पर भी कविता सुनाने की जिद नहीं छोड़ी कवि महोदय ने; बाबूजी भी वाह-वाह करने की जिद पर अड़े रहे। काफी रात गुजारकर विदा हुए कवि महोदय।

उनके जाने के बाद देर तक उनका किस्सा सुनाते रहे बाबूजी! और, बिस्तर पर जाने के पहले उन्होंने वे सारी चीजें चन्दन के सुपुर्द कीं जो मिट्ठू के लिए खरीदी गई थीं--एक गेंद, ढेर सारी किताबें, एक अच्छी-सी कलम, नये फैशन की कमीजें, ऊनी मोजे, एक टोपी...मुस्कराते हुए कहा बाबूजी ने, "मिट्ठू के पत्र का जवाब नहीं दे पाया था मैं; सुबह एक पत्र भी लिख दूँगा उसके नाम..."

चन्दन को रात की गाड़ी पकड़नी थी, मगर सुबह में नित्य क्रिया से निवृत्त होने के बाद उसने अपना सारा बिखरा सामान समेटकर अटैची और झोले में डाल लिया और तब बाबूजी के पास जा बैठा। बाबूजी ने उसे एक लिफाफा थमाते हुए कहा, "यह चिट्ठी मिट्ठू को दे देना। खबरदार, लिफाफा खोलना मत...हा-हा-हा-हा...

चन्दन ने मुस्कराते हुए लिफाफा अपनी जेब में डाल लिया।

परिचारक चाय रख गया।

बाबूजी ने अचानक कहना शुरू किया, "उपन्यास में किसी पात्र की मौत कई

कारणों से होती है। एक कारण तब होता है जब रचनाकार उस पात्र से छुटकारा पाना चाहता है, ताकि आगे बढ़ने में उसे कहीं मुश्किल पेश नहीं आए। ऐसा कोई कारण तो नहीं था टीपू की मौत के पीछे?"

"जी?" कुछ अकचका जाता है चन्दन।

"टीपू से तुम छुटकारा पाना तो नहीं चाहते थे?"

"जी नहीं, बिलकुल नहीं।"

"कभी-कभी रचनाकार के हाथों किसी पात्र की मौत इसलिए भी होती है कि उससे रचना प्रभावशाली बन जाती है। पाठक को उस पात्र या उस रचना को भुलाना बहुत मुश्किल हो जाता है। ऐसा कोई कारण तो नहीं था तुम्हारे मन में?"

"जी...जी नहीं, ऐसा कोई कारण नहीं था।"

"तब टीपू मरा क्यों?"

चन्दन ने नजर ऊपर उठाई, गौर से बाबूजी के चेहरे को देखा, और मन-ही-मन बुदबुदाया, "टीपू मरा क्यों?...मैं क्या जानूँ?..." बाबूजी की आवाज फिर उसके कानों में पड़ी," कोई तो कारण रहा ही होगा तुम्हारे मन में?"

चन्दन ने सिर नीचे झुका लिया और किसी अँधेरे में ढूँढ़ने लगा, टीपू मरा क्यों?...कारण?...

चन्दन को गम्भीर और गुमसुम होते देख बाबूजी ने अपनी बात शुरू की, "टीपू के जिस भविष्य की कल्पना शशांक ने की थी, वह भविष्य तो टीपू को दिया ही जा सकता है।"

"जी," चन्दन ने सिर ऊपर उठाया, "जी हाँ, दिया जा सकता था।"

"और, दुनिया में होनेवाले जुल्म और अन्याय के बारे में जो कुछ भी सुनाना चाहते हो तुम, वह तो बगैर टीपू को मारे भी सुनाया जा सकता है। नहीं सुनाया जा सकता?"

"जी, सुनाया जा सकता था।"

"तब भला क्यों मार दिया टीपू को?"

चन्दन की निगाहों में और भी तीखापन आ गया बाबूजी को निहारते हुए...मैंने मार दिया टीपू को?...मैंने?...

"उसी जुल्म और अन्याय के विरुद्ध," बाबूजी कहने लगे, "आगे चलकर टीपू को खड़ा नहीं किया जा सकता है?"

"...हाँ...किया जा सकता था..."

"तब टीपू की मौत क्यों?" कहते हुए मुस्कराए बाबूजी, "ईश्वर को भी निराश कर दिया तुमने और शशांक भी आहत हो गया।"

जब चन्दन को लगा कि अब और देर तक चुप नहीं रहा जा सकता, तब उसने कहा, "मैंने इस पर सोचा नहीं था, बाबूजी।"

"सोचना था तुम्हें," झटपट कहा बाबूजी ने, "यह सवाल कोई भी पाठक तुमसे

पूछ सकता है। मैं भी अभी एक पाठक की हैसियत से ही पूछ रहा हूँ। ऐसे बहुत से पाठक होंगे जो अगर अभी मेरी जगह होते, तो घेराव कर देते तुम्हारा और पूछते तुमसे, 'क्यों मरेगा टीपू? क्या हुआ है उसे—कैंसर, गुरदे की खराबी, मस्तिष्क ज्वर, फेफड़े का क्षय? इलाज का कोई इन्तजाम किया है आपने? क्या दवा दी जा रही है टीपू को?' फिर तो एक-से-एक वैद्य और चिकित्सक का नाम बताने लगेंगे वे सब। कोई किसी फकीर की दी हुई तावीज लाकर तुम्हें देगा टीपू को पहना देने के लिए; कोई अपने इलाके के किसी बाबा-महात्मा से कोई जड़ी लाकर देगा तुम्हें और उसे पीसकर टीपू को पिला देने के लिए कहेगा; कोई किसी देवता का भस्म-भभूत तुम्हारे सुपुर्द करेगा टीपू के ललाट और देह में लगा देने के लिए; और कोई किसी गुरु का अभिमंत्रित फूल देगा टीपू के सिरहाने में रख देने के लिए।...और अगर उन्हें मालूम हो गया कि तुम तो उस मासूम बच्चे को एक मामूली बुखार में मार डालने पर उतारू हो, तो, सम्भव है, आस्तीन चढ़ाकर कह बैठें वे तुमसे, 'क्यों, बे लेखक की दुम, क्या समझ रखा है अपने-आपको? लेखक हो गए, तो कोई भी जुल्म कर बैठोगे?'...हा-हा-हा-हा..."

अपने ठहाके के बीच में ही बाबूजी ने चन्दन के बुझे चेहरे को देख लिया और अचानक गम्भीर होकर बोल पड़े, "अरे, तुम उदास क्यों हो गए! कोई पाठक नहीं आया है तुम्हारे पास यह सब कहने। मैं तो एक संकेत-भर दे रहा हूँ कि पाठकों में क्या प्रतिक्रिया हो सकती है। रचनाकार को कठोर होना ही चाहिए। पाठक अक्सर कमजोर और कोमल हुआ करता है। यह रचनाकार जाने कि वह पाठक में क्या प्रतिक्रिया उत्पन्न करना चाहता है। वह पाठक के मन की बात बोले, पाठक के मन का कहना माने, यह मैं अनुचित मानता हूँ। अगर कोई टीपू की मौत के बाद तुम्हारी ओर इशारा करते हुए अपने बेटे के कानों में फुसफुसाती है, "उस आदमी की निगाह से भी बचना, बेटे; वह बड़ा ही दुष्ट और जाहिल है;" तो यह जानकर तुम्हें दुःख हो सकता है, या, सम्भव है, तुम्हारे रचनाकार को आत्म-सन्तोष मिले और वह बहुत ही खुश हो उठे।"

"मैं खुश नहीं होऊँगा, बाबूजी; मैं खुश नहीं हो सकता," कहते-कहते आँखें जमीन पर गड़ा दीं चन्दन ने।

"तब टीपू क्यों मरेगा?" आहिस्ते से पूछा बाबूजी ने, "चौथा भाग शुरू करने से पहले तुम्हारे मन में क्या-क्या बातें आई थीं?"

"बातें?..." बुदबुदाया था चन्दन, "कुछ भी नहीं...न...कुछ नहीं..."

"तुम्हें याद न आ रही हों, मगर कुछ बातें जरूर होंगी तुम्हारे मन में। तुम्हारा टीपू अब मेरे मन में ही इस कदर बस गया है कि उसके लिए दर्द होता है मुझे। जिस टीपू का तुमने निर्माण किया है, जो टीपू तुम्हारे आँगन में खेला-कूदा है, तुम्हारे साथ इस तरह हिल-मिल गया है कि मिट्ठू के बराबर बन गया है और मिट्ठू को जब-तब तुम टीपू कहकर पुकार बैठते हो, उस टीपू से तुम्हें कितना प्यार है, यह मैं महसूस करता हूँ। उसकी मौत पर तुम्हें कितना दर्द हुआ होगा, यह मैं खूब समझता हूँ। उस टीपू को

तुम बेवजह नहीं मर जाने दोगे, यह निश्चित है।...लो!" मुस्करा पड़े बाबूजी, "टीपू की चर्चा हुई, और, मैं देख रहा हूँ, तुम्हारी आँखें छलछला आईं।"

चन्दन ने आँसू पोंछ लिये और बोला, "इस तरह तो मेरे आँसू पहले भी बहे हैं, बाबू जी। मगर...आप सोचिए, टीपू मर भी तो सकता था। इतने बच्चे मर ही रहे हैं यहाँ।"

"टीपू मर सकता था," जरा जोर देकर कहा बाबूजी ने, "मगर तुम यह सोचो, टीपू जिन्दा भी तो रह सकता था। और बच्चों को मरने से तुम नहीं बचा सकते, मगर टीपू की जिन्दगी तो तुम्हारे हाथ में थी।"

"टीपू की जिन्दगी...मेरे हाथ में?...मेरे हाथ में नहीं थी, बाबूजी..."

"क्यों?"

"ऐसा लगता है कि मेरे हाथ में नहीं थी उसकी जिन्दगी..."

"मगर, क्यों?"

देर तक चुप रह गया चन्दन और फिर धीरे-धीरे बोलने लगा, "मैं उपन्यास लिखता चला गया और टीपू की मौत हो गई...उसकी मौत हो गई और मैं आगे बढ़ता चला गया। मरनेवालों में टीपू भी शरीक हो गया; यह कोई बड़ी बात तो नहीं थी, बाबूजी!"

"टीपू की मौत पर किसी ने तुम्हें टोका नहीं? प्रवाह में बह गए तुम?"

"कौन टोकता?"

"बहू...मिट्ठू..."

चन्दन ने ना में सिर हिलाते हुए कहा, "मैं उपन्यास में क्या लिखता हूँ, कोई बात क्यों लिखता हूँ, इससे उन्हें क्या मतलब!"

"तुम मुझे बता चुके हो कि तुम दिन-भर जो लिखते थे उसे बहू रात में पढ़ लेती थी। कभी-कभी तुम बहू और मिट्ठू को पास बैठाकर 'चिरंजीव' का कोई किस्सा सुनाने लग जाते थे। मिट्ठू बड़े शान से कहता फिरता था कि उसके पापा उसी पर कहानियाँ लिखते हैं। टीपू की मौत पर बहू ने कुछ नहीं कहा? मिट्ठू कुछ नहीं बोला?"

"वे कोई मन्तव्य तो नहीं दे सकते थे।"

"पाठक तो थे वे तुम्हारी रचनाओं के। जब उपन्यास का कोई पात्र पाठक का प्यार पा लेता है, तो वह उपन्यास का पात्र-भर नहीं रह जाता, वह पाठक का हमसफर-हमजोली बन जाता है। लेखक की दौलत पाठक की दौलत बन जाती है। टीपू की मौत से बहू जरूर सिहर गई होगी और तुमसे कहा होगा, 'टीपू को बचा सकते हैं, तो बचा लीजिए; उसका मरना अच्छा नहीं लगता है मुझे।' बहू ने जिद की होगी, 'बचा नहीं सकते, तो दूर कर दीजिए उसे अपने माँ-बाप से। खो जाए वह किसी भीड़ में, किसी शहर में, और माँ-बाप बेटे के लौट आने का इन्तजार करते रहें। मारिए मत टीपू को।' बहुत दुख और क्रोध से कहा होगा बहू ने, 'मुझे भी टीपू जैसा बेटा है। सुन लीजिए, इस घर में कोई मौत नहीं होगी।'...ऐसा नहीं कह सकती थी बहू?"

"कह सकती थी।"

"मगर, कहा नहीं?"

"राधा घर में नहीं थी..."

"कब से घर में नहीं है बहू? तुमने तो छह महीने में 'चिरंजीव' का चौथा भाग पूरा किया था। उसके बाद अभी तक..."

"जी, वह इस बार बहुत दिनों तक मायके में रह गई है।"

"मिट्ठू तो था घर में! वह तो बेहद उदास हो गया होगा यह जानकर कि टीपू मर गया। जरूर सोचा होगा उसने कि जब टीपू ही मर गया, तो उसके पापा अब भला कैसे लिखेंगे कोई कहानी उस पर...सोचा होगा कि टीपू के साथ उसका भी किस्सा खत्म हो गया। जरूर एक बार कहा होगा उसने तुमसे, 'पापा, टीपू को मरने मत दीजिए; उसे बड़ा होने दीजिए न।'...नहीं कहा था कुछ उसने तुमसे?"

एक क्षण की चुप्पी के बाद बोला चन्दन, "मिट्ठू भी नहीं था घर में; वह भी माँ के साथ..."

"माँ के साथ...मिट्ठू नहीं है घर में..." बुदबुदा पड़े बाबूजी, और फिर अचक्के में पूछ बैठे, "यह क्या कह रहे हो तुम?"

"जी..." कहते हुए चन्दन ने दृष्टि नीचे गड़ा दी। आँखों से आँसू भरभराकर निकल आए थे और बूँदें जमीन पर टपकने लगी थीं।

बाबूजी की निगाह उसके आँसू पर नहीं गई। उन्होंने उसके कन्धे पर हाथ रख दिया, "मिट्ठू घर में नहीं है...मतलब?...क्या कह रहे हो तुम?...मिट्ठू मजे में है... मिट्ठू रोज शाम में एक चक्कर लगा आता है पूरे गाँव का...मिट्ठू ने एक गेंद के लिए फरमाइश की है...और एक ही लिफाफे में तुम्हारे पत्र के साथ उसका भी पत्र...'मैं खूब मन लगाकर पढ़ता हूँ, दादाजी; अपने दरजे में अव्वल आया हूँ। मैं आपसे इनाम लूँगा'...चन्दन! कहाँ है मिट्ठू?...क्या बक रहे हो अलाय-बलाय!..."

चन्दन उठ खड़ा हुआ। आँसू से उसका पूरा चेहरा तर था। अचानक सिसक पड़ा वह; हथेलियों से चेहरे को ढाँप लिया और फिर धम्म से सोफे पर बैठते हुए सुना दिया, "मिट्ठू मर गया, बाबूजी..."

"क्या?..."

शशांक की चीख चन्दन के कानों में पड़ गई। उसने चेहरे पर से हथेलियाँ हटाईं और बाबूजी की ओर देखा...सामने बाबूजी नहीं थे...सोफे पर शशांक काँप रहा था...

वह उठ खड़ा हुआ सोफे से और भागकर अपने कमरे में आ गया। बाबूजी सोफे से चिपके रह गए थे और शायद सोच रहे थे...यह गेंद क्यों ले जा रहा था चन्दन?... इन किताबों का क्या करता वह?...कपड़े किसे देता पहनने को?...यह सब क्यों?...

चन्दन के कमरे से सिसकियों की तेज आवाज आ रही थी। देर तक हतप्रभ बैठे रह गए थे बाबूजी। फिर उठकर वे चन्दन के कमरे की ओर बढ़े। दरवाजे पर पहुँचकर ठिठक गए वे। देर तक खड़े रहे दरवाजे पर और देखते रहे चन्दन को तकिये में मुँह

दबाकर सिसकियाँ भरते हुए, फूट-फूटकर रोते हुए और भावावेश में रह-रहकर तकिये को भींचते हुए।

जब सिसकियों का वेग कुछ कम हुआ, तो बाबूजी कमरे के अन्दर चन्दन के पास जा पहुँचे और बिस्तर पर उसकी बगल में बैठकर उसके सिर पर हाथ रख दिया, "चन्दन, रोओ मत।"

फूट पड़ा चन्दन, "मैंने रोना बन्द कर दिया था, बाबूजी, बिलकुल बन्द कर दिया था। सारे आँसू सुखा डाले थे मैंने; तभी तो 'चिरंजीव' पूरा हो पाया। मगर आज...आज रोक नहीं पाया मैं अपने-आपको, नहीं रोक पाया..."

"चन्दन!" बालों में हाथ फेरते हुए बोले बाबूजी, "जिस दुख को तुम्हारे शशांक ने भुला दिया है उसे तुम नहीं भुला सकते?"

"भुला दूँगा, बाबूजी...भुला दिया भी है...मगर ईश्वर को यह जुल्म नहीं करना था। बोलिए, करना था?" कहते हुए चन्दन ने अपना सिर बाबूजी की गोद में डाल दिया।

"चन्दन! तुम्हारे सुख-दुख ईश्वर के सुख-दुख हैं। ईश्वर का सौंपा हुआ काम मिट्ठू पूरा कर गया और लौट गया। तुम दुखी मत होओ।"

"जी...ईश्वर का काम पूरा हो गया!...हुआ होगा...मगर मेरा चिरंजीव तो मर गया...मैं दुखी नहीं होऊँगा, बाबूजी...मगर...क्या मुझे दुखी नहीं होना चाहिए?..."

"तुम्हारा चिरंजीव नहीं मरा है, चन्दन। तुम्हारा मिट्ठू बिलकुल तुम्हारे पास है। यह 'चिरंजीव' वह बड़का कुआँ है जिसके पास तुम्हारा मिट्ठू हर वक्त खेलता हुआ मिल जाएगा, वह ननकेसर साह का घोड़ा है जिसे दौड़ाता नजर आएगा मिट्ठू, वह साहू पोखर है जिसके जाठ पर चढ़कर पानी में छलाँग लगाते देखा जाएगा मिट्ठू को, कारी मकड़ की वह गाछी है जिसमें आम-अमरूद तोड़ते पकड़ लिया जा सकता है मिट्ठू...इस 'चिरंजीव' में साँस ले रहा है तुम्हारा चिरंजीव। वह मरा नहीं है...वह मर सकता है भला! चिरंजीव भी कहीं मरता है, रे चन्दन!..."

चन्दन को लगता है, जिस गोद में सिर डालकर पड़ा हुआ है वह, वह गोद बाबूजी की नहीं है; यह उसी बूढ़े की गोद है जिसे शशांक बचपन में अपने दोस्त नत्थन के घर के पास रोते हुए बच्चों को चुप कराते देखता था। एक और रोता हुआ बच्चा आज उसकी गोद में चुप होने चला आया है, मगर आज वह बूढ़ा बच्चे को गोद में लिये पहली बार ईश्वर से भी प्रार्थना कर रहा है, "हे ईश्वर, जिस तरह आज तक हर बच्चा मेरी गोद से चुप होकर गया है उस तरह यह भी चुप हो जाए, इतना सामर्थ्य दो मुझे। इसके दुख हर लो, हे ईश्वर!..."

❂